Lucia St. Clair Robson · Die mit dem Wind reitet

21.12.92

Lucia St. Clair Robson

Die mit dem Wind reitet

Roman

Aus dem Amerikanischen
von Hans-Joachim Maass

Kabel

Titel der amerikanischen Originalausgabe:
RIDE THE WIND – The Story of Cynthia Ann Parker and
the Last Days of the Comanche
Random House, Inc., New York

Umschlaggestaltung: Theodor Bayer-Eynck
Titelillustration: Silvia Mieres
Satz: Clausen & Bosse, Leck
Druck und Bindung: Mohndruck GmbH, Gütersloh
ISBN 3-8225-0215-4

1 3 5 7 9 10 8 6 4 2

Danksagung

Ich danke Darlyne und Bill Morales, die mir bei der Arbeit so großzügig und begeistert geholfen haben, und Joseph Cotton, der mir sein Material über die Geschichte der Familie Parker zur Verfügung gestellt hat. Ich danke auch den Angehörigen des Stamms der Comanchen, die sich liebenswürdigerweise bereit erklärten, Übersetzungen und Aussprachen von Namen und Wörtern in ihrer Sprache zu korrigieren.

Großen Dank schulde ich auch den Bibliotheken und den Bibliothekaren, die mir bei dieser Arbeit geholfen haben. Sie gehören zum Verläßlichsten, was dieses Land zu bieten hat.

Für Sallie Ratliff Taylor,
Lehrerin und Freundin,
die mir einmal sagte,
sie würde auf der anderen Seite
auf mich warten.

Prolog

Achtzehnhundertsechsunddreißig war ein ereignisloses Jahr. In der entlegenen Wildnis von Texas schloß sich ein schlanker, sanftäugiger einundzwanzigjähriger junger Mann namens John Coffee Hays den vor kurzem gegründeten Rangers an. Im Februar brannte das amerikanische Patentamt bis auf die Grundmauern nieder. Unter den vom Löschwasser durchnäßten Papieren, die aus den Trümmern gerettet wurden, fanden sich die Skizzen und Spezifikationen des Patents Nummer 138, der sinnreichen Erfindung eines weiteren Einundzwanzigjährigen, Samuel Colt.

In jenem Jahr überquerten auch die ersten Frauen die Ebenen in einem Treck. Ein junger Ethnologe und Maler namens George Catlin, der sich das Malen selbst beigebracht hatte, ritt Tausende von Meilen durch den amerikanischen Westen, um in einem Wettlauf mit der Zeit Gesichter und Lebensweise einer zum Untergang verdammten Rasse festzuhalten, des amerikanischen Indianers. Die ausgedehnten Landstriche zwischen dem achtundneunzigsten Längengrad und den Rocky Mountains gehörten immer noch Gott allein. Es war ein anscheinend nutzloses Stück Land, das auf Karten achtlos als Die Große Amerikanische Wüste bezeichnet wurde.

Am 21. April 1836 trieb Sam Houstons zerlumpte Armee die Streitmacht Santa Annas bei San Jacinto in die Enge, jagte sie in einen Sumpf und erschlug die Mexikaner, wie immer um Munition zu sparen, Mann für Mann mit den Gewehrkolben. Texas wurde zu einem Staat, der am Sabine River an die Vereinigten Staaten grenzte. Flüchtlinge des Mexikanischen Krieges trotteten langsam von Louisiana zu ihren Häusern und Feldern zurück, von denen viele einen Monat zuvor von Houstons zurückweichenden Truppen niedergebrannt worden waren.

Unter den Flüchtlingen waren auch Angehörige des Parker-Clans sowie Freunde und Schwager der Familie. Das an der äußersten Grenze in die Landschaft geschmiegte Parkers Fort, die letzte Siedlung vor der öden Wildnis westlich des Brazos River, war der Verwüstung entgangen. Seine Bewohner kehrten zurück und nahmen ihr gewohntes Leben wieder auf.

Im Jahre 1836 geschah nicht viel.

Frühling

»Wer unter dem Schirm des Höchsten sitzt und unter dem Schatten des Allmächtigen bleibt, der spricht zu dem Herrn:

Meine Zuversicht und meine Burg, mein Gott, auf den ich hoffe …

Daß du nicht erschrecken müssest vor dem Grauen der Nacht, vor den Pfeilen, die des Tages fliegen, vor der Pestilenz, die im Finstern schleicht, vor der Seuche, die im Mittag verderbt.«

Einundneunzigster Psalm

»Wenn es uns bestimmt ist, hier zu sterben, möge der Herr unserer Seelen gnädig sein.«

John Parker der Ältere

1

Ein wogendes Meer aus tiefem Gras, gesprenkelt mit Gischt aus Schlüsselblumen, hinaufgespült auf Inseln mit hoch aufragenden Eichen, Pecano- und Walnußbäumen. Der blaßblaue Himmel flirrte am Horizont, als die Sonne den Tag erhitzte. Schon bald würde es für die Kinder heiß genug sein, zum nahegelegenen Navasota River hinunterzulaufen, um in dessen kühlem, beschatteten Wasser zu planschen. Der warme Wind des östlichen Texas wehte durch das Palisadentor und brachte Gesellschaft mit. Es war ein Morgen im Mai; eine Zeit von Sonnenschein und Frieden, ein offenes Tor und Indianer.

Innerhalb des hohen hölzernen Vierecks von Parkers Fort waren sechsundzwanzig Menschen zu Salzsäulen erstarrt, als wären sie Kinder, die Statuen spielen. Draußen vor dem Tor saßen Dutzende von bemalten Kriegern mürrisch auf ihren Ponys. Einer von ihnen ließ die schmutzige weiße Fahne fallen, die er gehalten hatte. Sie flatterte langsam zur Erde, wo sein nervöses kleines geschecktes Pferd sie in den Staub tänzelte.

Gib ihnen eine Kuh, Onkel Ben. Bitte. Wenn sie eine Kuh haben wollen, dann gib sie ihnen. Die aufgesprungenen Maiskörner fühlten sich an den Fingern der neunjährigen Cynthia Ann Parker kühl an, als sie die kleine Kürbisflasche mit Hühnerfutter hielt. Unter dem kratzigen Hemd ihres Vaters aus grobem Leinen bekam sie eine Gänsehaut. Das Hemd, immer wieder geflickt, neu gesäumt und umgenäht, bis es nur noch drei oder vier Nummern zu groß war, sah aus, als wäre es mit dem gleichen blassen, graubraunen Staub gefärbt worden, der ihre nackten Zehen bedeckte. Sie beobachtete die Männer am Tor wie ein Kaninchenbaby, das in die Augen einer Schlange starrt.

Sie betteln, hatte Onkel Ben gesagt. Eine Kuh? Was sollten hundert Indianer mit einer Kuh anfangen? Draußen vor dem Fort am Spieß braten? Oder würden sie alle losreiten und die eine Kuh vor sich hertreiben? Was auch immer, Onkel Ben würde sie ihnen nicht geben. Die Parkers hielten nichts vom Betteln. Er würde ihnen sagen, sie sollten weiterreiten, und dann würde jeder wieder an seine Arbeit gehen. Vielleicht würde ihr Großvater, John der Ältere, beim Gottesdienst am Sonntag eine Predigt über die Trägheit halten. Eine Vorahnung machte sich in ihrem Bauch bemerkbar und breitete sich bis in die Brust aus. Sie hörte das Herz in den Ohren pochen.

Ihre Cousine, die fünfzehnjährige Rachel Plummer, hockte gleich neben ihr. Ihre Hände waren voller Mehl und klammerten sich an der Schürze aus grobem Leinen fest. Die anderen Frauen standen in den Türen ihrer Blockhütten, die in zwei Reihen an den Palisaden im Norden und Süden erbaut worden waren. Die Häuser waren klein und vollgestopft, doch dafür paßten alle sieben ins Fort, was aus Sicherheitsgründen den Ausschlag gegeben hatte. Aus dem Korral gegenüber dem Tor erwiderte Ben Parkers großer Rotschimmel das Wiehern eines verschmitzt aussehenden Kriegsponys.

In der Mitte des nackten Hofs beugte sich Rebecca Frost über das widerliche riesige Faß, in dem Lauge und Fett langsam zu schleimiger Seife verkochten. Sie hielt die lange, hölzerne Rührschaufel wie eine Keule mit der rechten Hand umklammert. Der Duft von Morgenkaffee mischte sich mit dem Rauch ihres Feuers und dem warmen, schweren Dunst des Korrals. Vor der Blockhütte Johns des Älteren saß Großmutter Parker auf einer altersschwachen, grob zusammengezimmerten Bank. Ihre Handarbeit lag in ihrem Schoß. Die Geschichte aus der Bibel, die sie gerade erzählt hatte, verebbte, als sie und die kleinen Kinder die Masse bronzener Leiber draußen anstarrten.

Federn flatterten und hüpften an den schlanken, erhobenen Lanzen der Indianer. Die Messingkegel an ihren Beinlingen klirrten fröhlich. Sonnenlicht umströmte sie und schien durch das Tor im Osten, das es jeden Morgen einließ. Das ruhige, gedämpfte Gurren klagender Tauben verhöhnte die Sorglosigkeit, mit der man die schwere hölzerne Tür offen gelassen hatte. Die wenigen Männer, die an diesem Morgen nicht auf die Felder gegangen waren, waren weit von ihren Gewehren entfernt.

»*Wenn du kein guter Junge bist, John, verkaufen wir dich an die Indianer.*« Die Erinnerung daran, wie die sanfte, langsame Stimme ihrer Mutter zu ihrem kleinen Bruder gesprochen hatte, hallte in Cynthias Kopf wider. »*Wir werden dich an die Indianer verkaufen.*«

Aus dem Winkel eines weit aufgerissenen blauen Auges konnte Cynthia sehen, wie Samuel Frost an der Vorderwand seines Blockhauses entlangglitt, wobei das rauhe, unbehandelte Holz sich immer wieder in seinem schweren Baumwollhemd verhakte. Der große Kamin aus Baumstämmen verbarg ihn vor den Blicken der Indianer, doch in der Stille des Innenhofs schien seine Bewegung schon die Luft in Schwingungen zu versetzen. Bestimmt würden die Luftwirbel die Krieger erreichen und sie warnen. Cynthia hielt den Atem an, bis Samuel sich mit seinem neuen Hinterlader im Haus und damit in Sicherheit befand. Die Waffe konnte mehr als dreimal in der Minute feuern. Einhundert Indianer und ein Gewehr, das pro Minute drei von ihnen töten konnte.

Bitte mach das Tor zu, Papa. Mach es jetzt zu. Wie gelähmt vor Furcht stand sie mit Staub bedeckt da und beobachtete, was sich da abspielte. Cynthias Onkel Ben Parker schüttelte die Hand seines Bruders Silas ab und bewegte sich auf die Indianer zu. Der große, geliebte Onkel Ben mit seinen lachenden blauen Augen, dem seidig glänzenden schwarzen Haar und Händen, in denen sich die Spielzeuge, die er immer für die Kinder schnitzte, winzig ausnahmen. Jetzt wirkte er klein und einsam, als er verloren in der hölzernen Türöffnung stand. Ihr Vater, Silas Parker, stand bereit, das schwere Tor zu schließen.

»O Herr«, flüsterte Rachel.

Plötzlich stürmten die Ponys los und überrannten Ben. Als die Welle zurückwich, steckten Comanchen-, Kiowa- und Caddo-Lanzen zitternd in seinem Körper. Die Angreifer heulten auf wie alle verdammten Seelen der Hölle, wichen dem Leichnam aus und stürmten durch das Tor. Frauen und Kinder stoben mit den gackernden Hühnern vor den donnernden Hufen auseinander. Ihre Schreie prallten an den hölzernen Wänden ab und verschmolzen wieder mit dem Kriegsgeschrei.

Cynthia kauerte sich in eine Ecke zwischen Kamin und Wand und starrte den Alptraum da draußen an. Auf der anderen Seite des Hofs sprang der junge Henry White von einer Bank in die Höhe und warf die Arme über den Rand des niedrigen Blockhausdachs. Er strampelte und wand sich; seine nackten Zehen suchten Halt an den Baumstämmen der Außenwand, und seine Hände versuchten sich an den verzogenen Dachbrettern festzukrallen. Er hatte jedes Zeitgefühl verloren und hing eine Ewigkeit so, bis er es schaffte, seine langen Beine über den Rand zu wuchten und langsam die Dachschräge hinaufzukriechen. Die angrenzende Palisade und damit die Sicherheit lag in unerreichbarer Ferne vor ihm. Unter seinen ausgebeulten, abgewetzten Cordhosen waren seine Knie blutig; die Haut war von den zersplitterten Rändern des Dachvorsprungs aufgerissen worden.

Ein Comanche galoppierte an den Blockhäusern entlang auf ihn zu. Sein Pferd durchpflügte den aufgehäuften, steinharten, grob gemahlenen Mais, stürzte Mr. Frosts Arbeitsbank um und ließ die Holzwerkzeuge hinter sich aufwirbeln. Der Reiter richtete sich in vollem Galopp auf, packte Henrys schmale Fesseln und zog. Der Junge krallte sich an den Weidenruten fest, mit denen die Dachschindeln befestigt waren. Lange Splitter bohrten sich unter seine Fingernägel, bis er schließlich wie ein Stück grünes Obst heruntergerissen wurde. Er schrie auf, als er herumwirbelte und in den Wahnsinn da unten geschleudert wurde.

Robert Frost hieb mit der langstieligen Breitaxt seines Vaters nach den Reitern und versuchte verzweifelt, den Rückzug seiner Mutter und seiner Schwester zu decken. Als er gerade zu einem neuen Hieb ausholte, wurde ihm die Waffe entwunden. Er verlor das Gleichgewicht. Er fiel unter die Hufe der heranstürmenden Pferde und rollte sich im Staub zu einem Ball zusammen. Er versuchte vergeblich, Kopf und Bauch zu schützen. Die Angreifer rissen ihre sich aufbäumenden, protestierenden Ponys immer wieder herum und ritten immer von neuem über ihn hinweg, bis kaum noch etwas übrigblieb, was man als einen Menschen erkennen konnte.

Naomi White rannte zum Tor. Ihr langer Rock flatterte ihr um die Beine. Als sie ihre Schritte vergrößerte, verfing sie sich im Saum. Sie stürzte vornüber und ruderte mit den Armen, um das Gleichgewicht zu halten. Sie nahm den ausgeblichenen Stoff in die Hand, zog den Rock bis über die Knie und flüchtete wie ein aufgescheuchtes Reh durch den Höllenlärm. Ein flacher eiserner Backofen, aus dem Bohnen herauskullerten, wurde durch eine Türöffnung gerollt und versperrte ihr den Weg. Sie sprang darüber hinweg und landete mit einem nackten Fuß in dem weichen, blutigen Brei, der einmal ihr Lieblingshuhn gewesen war. Vor Entsetzen laut aufschreiend und schluchzend, hielt sie inne, um den Fuß im Staub zu drehen und abzuputzen. Sie konnte an nichts anderes denken als an das warme, nasse Fleisch und die Federn zwischen ihren Zehen.

Sie spürte einen scharfen, stechenden Schmerz in der Seite und einen weiteren in der Brust. Als sie den Blick an der Lanze emporgleiten ließ, starrte sie in ein bemaltes Gesicht, das von einem halben Dutzend anderer Gesichter flankiert wurde. Sie trieben die noch immer schluchzende Naomi in die Mitte des Innenhofs, wo Mrs. Duty und Rebecca Frost in der Nähe des Seifenkessels in Schach gehalten wurden.

Die große, grobknochige Sarah Nixon verteidigte ihre Tür wie eine Bärenmutter ihren Bau. Heißes Fett von dem gesalzenen Speck vom Morgen spritzte auf, als ihre riesige eiserne Bratpfanne gegen den harten Schenkel eines Kiowa knallte. Ein paar Männer umringten sie, um ihren Spaß zu haben. Lachend und glucksend stießen sie nach ihr und taten, als würden sie zu Pferde gegen die Bratpfanne kämpfen. Zwei von ihnen warfen ihr schließlich Schlingen über den Kopf, die das lange, ergrauende Haar, das von dem Knoten im Nacken herabfiel, einfingen. Sie würgte und stolperte, rannte aber weiter, um nicht hinzufallen und dorthin geschleift zu werden, wo sich schon die anderen Frauen befanden.

Durch das Schreien und Kriegsgeheul hindurch war ein stetiges kleines Wumm-ta-bumm zu hören. Einige der Indianer schlugen mit den stumpfen Enden ihrer Lanzen gegen den bauchigen Eisenkessel. Andere trieben die Schäfte unter den Rand und wuchteten den Kessel, der sich nach und nach neigte, zur Seite. Die zähflüssige graue Masse darin wälzte sich zum gegenüberliegenden Rand. Der Kessel schwankte und kippte dann um. Er ließ die kochende Seifenlauge wie Lava auf die Füße der Frauen strömen. Dieser Anblick, wie sie in dem dampfenden Schleim ausrutschten und fast augenblicklich rote, wunde Beine bekamen, war ein großartiger Spaß. Die Frauen wurden eine nach der anderen mit dem Lasso eingefangen und durch den Dreck geschleift, damit die sie umringenden Indianer ihren Spaß hatten. Die Schreie der kleinen Susan Parker schnitten durch den Lärm, als sie mit einem Seil gefesselt und von einem Pferd durch das Feuer gezogen wurde, wobei Funken und glühende Kohlestücke aufspritzten.

Mit dem Urinstinkt von Raubtieren jagten die Indianer alles, was sich schnell bewegte. Cynthia war völlig regungslos. Sie kauerte sich gegen die Wand des Blockhauses und hielt noch immer die Kürbisflasche mit Mais umklammert. Durch das Chaos auf dem Innenhof hindurch sah sie nur eins; wie ein Gegenstand am falschen Ende eines Teleskops schien das Bild weit entfernt, jedoch klar erkennbar zu sein. Ihr Vater hing leblos an dem schweren Tor, das er zu schließen versucht hatte. Ein Dutzend Pfeile steckten in seinem Rücken und hatten ihn ans Tor genagelt. Ein Arm baumelte schlaff in dem eisernen Winkelhaken für den Querbalken. Sein Kopf war vornübergebeugt. Die Schädeldecke war platt und blutig.

Cynthias verängstigtes Wimmern wurde zu einem Aufschrei, als sie die Laute des Todes fernzuhalten versuchte. Staub wirbelte in dicken Wolken auf und versperrte ihr den Blick auf Silas Parker, der leblos wie eine Stoffpuppe am Tor hing. Sie schrie immer noch, als ihre Mutter sie herumwirbelte und schüttelte, wobei die Kürbisflasche auf die Erde flog. Lucy Parkers Fingernägel gruben sich in den kleinen runden Arm des Kindes. Der Schmerz brachte sie wieder in die Wirklichkeit zurück.

»Such John«, sagte Lucy Parker. Ihre Stimme war kaum zu hören, doch ihre Lippen formten die Worte deutlich. Sie hatte die zweijährige Orlena auf dem Arm und hielt den kleinen Silas an der Hand. Mit einem Kopfnicken zeigte sie auf die hintere Palisadenmauer.

Cynthia glitt vorsichtig an den Blockhäusern entlang. Das Entsetzliche, das sie auf dem Hof sah, machte sie benommen. Sie blinzelte durch Staub und Rauch und Pferdebeine hindurch, um ihren jüngeren Bruder zu finden. Sollte er da draußen sein, war er tot. Einige der Indianer hatten die hysterischen Tiere aus dem Korral getrieben und sie mit flatternden Bisonhäuten in die Flucht gejagt. Jetzt stürmten sie blindlings über das Gelände, wieherten schrill und zertrampelten alles, was ihnen vor die Hufe kam.

Sie entdeckte John, der mit aufgerissenen Augen hinter dem Oxhoftfaß mit dem Wasservorrat hervorlugte. Sie rannte quer über den offenen Hof und zog John um die Ecke des letzten Blockhauses an der Rückseite des Forts. Wer unten am Fuß des Hügels von der Quelle Wasser holen mußte, konnte durch eine kleine Öffnung in der Palisade schlüpfen. Lucy Parker war schon hindurchgekrochen.

Cynthia schob John hinter ihr her und bückte sich, um ihm zu folgen. Da hörte sie eine vertraute Stimme und fuhr herum. Eine Horde heiser krächzender und johlender Indianer schob Großmutter Parker vor sich her und riß ihr dabei die Kleider vom Leib. Sie schrie sie an und stieß nach ihren Lanzen, deren Spitzen ihr den Rock zerfetzten. Das Kind starrte voller Entsetzen, als die Großmutter auf den Rücken geworfen wurde. Zwei Männer hielten ihr die Arme fest, während zwei andere ihre Beine spreizten. Ein fünfter stand breitbeinig über ihr. Dieser hob seine Lanze und trieb sie dann mit beiden Händen durch Großmutter Parkers Schulter in die Erde. Cynthia konnte fast hören, wie die Metallschneide an den Knochen entlangfuhr; es hörte sich an wie das Kratzen von Fingernägeln auf Schiefer. Die Indianer begannen, ihre Lendenschurze zu lösen. Cynthia wußte instinktiv, was sie vorhatten, und daß Großmutters Alter sie nicht davor bewahren würde.

Das Bild des dünnen weißen Körpers ihrer Großmutter, die aufgespießt am Boden lag, sich wand und schrie, verfolgte Cynthia durch die Öffnung in der Palisade. Die unmenschlichen Schreie hallten zwischen den stillen Hügeln wider und zerrissen die Luft. Die gezackten Ränder des grob herausgehauenen Lochs in der Palisade verfingen sich in Cynthias Zöpfen und zerrissen ihren Kittel. Schluchzend riß sie den Kopf los, was Strähnen weizenblonden Haars in dem leichten Windzug tanzen ließ, der durch die Öffnung gesogen wurde. Sie rannte hinter ihrer Mutter her, die auf das dichte Gestrüpp unten am Flußufer im Westen zulief. Der Berghang war mit Kletten und scharfen Steinen übersät, die in dem hohen Gras verborgen waren, doch sie spürte sie nicht mehr als den Staub und den Dung, die ihre Füße bedeckten.

Hinter ihr lief Rachel Plummer mit schwerfälligen Schritten, wobei der fünfzehn Monate alte Jamie bei jedem Schritt auf ihrer Hüfte hüpfte. Rachel war wieder schwanger und stützte ihren leicht angeschwollenen Bauch mit der anderen Hand. Indianer zu Pferde galoppierten immer wieder auf sie zu und johlten und kreischten, als sie herumwirbelte und bei dem Versuch, ihnen zu entkommen, immer wieder stolperte. Dann ritten zwei Indianer Steigbügel an Steigbügel auf sie los. Kurz bevor sie sie über den Haufen zu reiten drohten, rissen sie ihre Pferde auseinander. Mit anmutiger Präzision hoben sie sie auf eins der Pferde und Jamie auf das andere. Dann machten sie auf der Hinterhand kehrt und galoppierten zum Fort zurück.

Für die Parkers war die Rettung schon in Sicht. Sobald sie das Gestrüpp erreichten, konnte Cynthia sie verstecken. Das undurchdringliche Buschwerk war ihre Zuflucht vor dem Fort, wo sie sich ebenso als Gemeinschaftseigentum fühlte wie die Maismühle oder das Wasserfaß. Einsamkeit galt offiziell zwar nicht als Sünde, jedoch die Suche danach schon. Die gestohlenen Stunden, die sie damit zugebracht hatte, dem Sonnenuntergang zu lauschen oder eine Heerstraße von Ameisen zu beobachten, waren ihre größte Missetat. Jetzt erkannte sie, daß sie ein Teil von Gottes Plan waren. Er würde nicht zulassen, daß ihnen noch mehr widerfuhr.

Der Erdboden unter ihren Füßen erzitterte, als ein Dutzend Ponys die Familie überrannte und einkesselte. Während die Reiter sie umkreisten und wie Vieh zusammentrieben, lösten sich vier Männer aus dem Ring und hielten langsam auf dessen Mittelpunkt zu. Sie hielten vor Lucy an, die ihre Kinder hinter ihrem langen, ausgeblichenen Rock zu verstecken suchte. Ihr kleines Gesicht blieb ausdruckslos, aber ihre Haut war unter den spärlichen Sommersprossen um die

Nase und auf den Wangen blaß geworden. Ihre eisblauen Augen starrten auf die bemalten Masken, die sie umgaben. John schnellte hervor und stellte sich mit in die Hüften gestemmten Armen vor sie. Sein kleiner Mund war entschlossen zusammengepreßt – eine rundliche Feldmaus, die sich einem Wolfsrudel entgegenstellt.

Der äußere Ring von Reitern hielt an, und einige lösten sich von den übrigen, um sich anderes Wild zu suchen. Die übrigen blieben auf ihren unruhigen Ponys sitzen. Die grellbunten Federn an Schilden und Pferden flatterten im Wind und verliehen der Szene einen unwirklichen Anflug von Feststimmung.

»Rührt ja nicht meine Mutter an, ihr dreckigen Heiden.« Johns hohe Stimme ertönte im Moment der Stille.

Einer der vier Krieger setzte sein rundbäuchiges Pony in Bewegung, zu der Stelle, an der John stand. Er war so nahe, und der Augenblick schien so lang, daß Cynthia das Gefühl hatte, sie würde den Mann nie vergessen. Seine schlanken Beine steckten fast bis zum Schritt in weichen, hellbraunen Beinlingen mit langen Fransen und klirrenden Messingkegeln. Gesäß und Oberkörper waren entblößt und muskulös. Sein dunkelblauer Lendenschurz flatterte hinter ihm wie eine Fahne. Bogen und Köcher waren quer über die schmale Brust geschlungen. Vier lange Zylinder baumelten an seinem rechten Ohrläppchen und ließen ein leises Klirren hören, als er sich umdrehte, um John anzustarren. Glattes schwarzes Haar umrahmte ein Gesicht, das unter der knallroten Farbe, die ihm Wange und Kinn zerteilten, jung und aristokratisch aussah.

Er saß hoch über dem kleinen John auf seinem Pony. Das Kind zuckte nicht mit einer Wimper, sondern starrte ihn aus den weit aufgerissenen blauen Augen seiner Mutter an. Cynthia erstarrte, zerknüllte eine Handvoll vom Rock ihrer Mutter und wartete darauf, daß der Indianer John mit der schmalen Spitze seiner gut vier Meter langen Lanze aufspießte, die er achtlos in der Hand hielt. Plötzlich ging John einen Schritt zurück, holte mit dem Arm aus und schleuderte den Stein, den er in seinem Hemd verborgen gehalten hatte. Die Stunden, die er damit verbracht hatte, Krähen von den Feldern zu vertreiben, hatten die Zielgenauigkeit des Sechsjährigen geschärft und seinen Arm gestärkt. Der Stein landete auf der Wange des Comanchen und hinterließ einen dunklen Striemen.

Der Indianer beugte sich tief hinunter, und Cynthia schrie auf, als sie alle rückwärts fielen. Der Indianer beugte sich so tief von seinem Pferd hinunter, bis nur noch die mit der Mähne verwobene Schlinge ihn hielt, streckte den Arm nach John aus und tippte ihm auf die Schulter.

»*A-he*, der ist für mich!« Wie ein Chor von Kojoten lachten die Krieger über den Coup. Das weiße Bürschchen war ein würdiger Gegner.

Mit einer Bewegung seiner Lanze befahl der dünne Mann mit dem Habichtsgesicht Lucy, John auf sein Pferd zu heben. Als sie zögerte, straffte sich der Kreis von Reitern. Der Kreis wurde ein wenig enger gezogen, und die Männer bewegten ihre Waffen. Lucy packte John unter den Achselhöhlen und hob ihn hinter den schlanken Reiter aufs Pferd. Der kleine Mustang galoppierte langsam auf das Fort zu, wobei John auf dessen breitem Hinterteil auf und ab hüpfte. Er klammerte sich an dem rohledernen Sattelgurt fest und drehte sich nach seiner Mutter um. Er verzog das Gesicht, als er gegen die Tränen ankämpfte.

Ein hochgewachsener, geschmeidiger Krieger ließ sein pechschwarzes Pony auf der Stelle herumwirbeln, so daß er Lucy und den Kindern ins Gesicht sehen konnte. Die schwarzen Ringe um seine Augen verliehen seinem Gesicht ein anzügliches, satanisches Grinsen, das seine angenehmen Gesichtszüge dennoch nicht verbergen konnte. Sein voller, sinnlicher Mund war zusammengepreßt, als er erst auf Cynthia zeigte und dann auf das Hinterteil seines Ponys. An seiner Skalplocke hing eine Rabenfeder, und seine langen, dicken Zöpfe waren mit Otterfell umwickelt. Als er den Arm ausstreckte, um das Kind auf sein Pferd zu ziehen, sah sie das breite Lederband, das sein Handgelenk vor der Bogensehne schützte. Obwohl er kaum älter als sechzehn war, war sein Griff schmerzhaft fest. Er hob sie so mühelos hoch, als wäre sie eine Puppe.

Als sie sich hinter ihm zurechtsetzte, roch sie Rauch, Talg und Leder. Sie bemühte sich, seinen vor Schweiß und Öl glitzernden nackten Oberkörper nicht zu berühren, doch als er sein Pferd antrieb, verlor sie den Halt und griff ihm mit beiden Armen um die Hüfte. So galoppierten sie zusammen hinter seinem Gefährten her. Die übrigen Indianer, die auf ihren Pferden immer noch einen Kreis bildeten, fühlten sich jetzt gelangweilt, wo der kleine weiße Krieger nicht mehr da war. So stoben sie los, um im Fort Schutz zu suchen, bevor die weißen Männer sie draußen im Freien entdeckten. Lucy und ihre beiden jüngeren Kinder wurden den beiden verbleibenden Männern überlassen, die sie töten oder versklaven würden, je nachdem, was ihnen die Laune eingab.

Aus dem Gestrüpp am nahegelegenen Flußufer beobachtete David Faulkenberry die eingekreiste Familie Parker und fluchte leise vor sich hin.

»Der Teufel soll sie holen. Zur Hölle mit ihnen.« Ob er damit die Indianer oder die Baptisten von Parkers Fort meinte, hätte er selbst nicht sagen können. Erstklassiges Wetter für einen Überfall, und höchstwahrscheinlich hatten sie auch das Tor weit offen gelassen. Er hatte sie immer wieder gewarnt, aber sie wollten nicht hören. Dabei hatten sie alle Antworten in der Bibel, auf die sie so große Stücke hielten. »Der Herr hat's gegeben, der Herr hat's genommen.« Der Lieblingsspruch des alten, des älteren John. Und jetzt sieh dir an, was der Herr an diesem Tag gegeben hat, John Parker.

Der stattliche Farmer ließ seinen mitgenommenen Hall-Karabiner auf einem seiner kräftigen Unterarme ruhen. Schweiß lief ihm über die tiefen Furchen seiner braungebrannten Wangen. Er hatte gebetet und geflucht, als Lucy und ihre Kinder auf ihn zurannten. Ohne Dekkung hatte er da draußen keine Möglichkeit gehabt, ihnen allein zu helfen. Jetzt saßen sie in der Falle, so nah und doch so unerreichbar fern.

Er stählte sich für das, was jetzt getan werden mußte. Er konnte nur einen Schuß abfeuern, so daß es darauf ankam. Er würde es für Lucy tun. Wenn die Indianer versuchten, sie zu vergewaltigen, würde er auf sie losstürmen und sie erschießen. Er durfte sein Ziel um keinen Preis verfehlen. Er hoffte, sie würden ihn schnell töten, nachdem er es getan hatte, doch viel wahrscheinlicher war, daß sie ihn sogar sehr langsam umbrachten.

David Faulkenberry war Veteran von einem Dutzend Schlachten. Er war bei San Jacinto dabeigewesen, als Santa Anna vor gerade vier Wochen Texas verloren hatte, doch zum erstenmal in seinen vierzig Jahren voller Kampf und Mühen spürte er nicht einfache Furcht, sondern Entsetzen. Ihn entsetzte der Gedanke an das, was er würde sehen und tun müssen. Er spannte sich an wie ein Läufer, als der schlanke Indianer und sein hochgewachsener Gefährte die älteren Kinder ins Fort zurückbrachten. Wenn nur sein Sohn Evan oder Abram Anglin hier wären, um das Feuer zu eröffnen, hätte er vielleicht eine Chance, sie anzugreifen. Wenn er jetzt über Parker fluchte, fluchte er in Wahrheit nur über seine eigene Dummheit, weil er allein zum Fluß gegangen war.

Als Lucy mit nur zwei Kriegern zurückblieb, reagierte David fast instinktiv. Er rannte lautlos aus dem Gebüsch und überwand die Distanz mit seinen langen, kraftvollen Beinen. Einer der Indianer hatte Lucy und Orlena auf sein Pferd gezogen. Der andere griff nach dem kleinen Silas. Sie blickten auf, verblüfft über den Anblick des weißen Mannes, der wie ein Geist aus dem hohen Gras und den wehenden Blumen auf dem Hügel aufgetaucht war. Sie starrten auf den lackierten Lauf des Karabiners, der unverwandt auf die Brust des Mannes gerichtet war, der Lucy hielt.

»Also, Sir«, sagte David ruhig, als er auf sie zulief. »Du stellst die kleine Lady jetzt einfach wieder auf die Erde oder ich puste dir den Schädel weg.«

Seine Absicht war klar. Lucy glitt hinunter, griff dann nach oben und zog Orlena vom Pferd. Die Indianer wichen mit ihren Ponys zurück, zogen fest die Zügel an, rissen die Pferde herum und stürmten im Galopp davon. David ließ sie ziehen. Ein Schuß hätte die anderen zurückbringen können. Indianer ließen ungern einen toten oder verwundeten Kameraden zurück. In dieser Hinsicht waren sie wie Klapperschlangen.

»David, sie haben Silas umgebracht. Sie haben ihn skalpiert. Mein Gott, Sie hätten ihn sehen sollen.« Lucy schwankte. Sie gab sich Mühe, ruhig zu bleiben.

»Miz Parker, wir müssen Deckung suchen. Nur noch ein kleines Stück.«

»Nein. Sie haben John und Cynthia. Ich muß zurück. Wissen Sie denn nicht, was sie mit Cynthia tun werden?«

»Wir können nichts tun, Miz Parker. Wenn wir uns nicht in Deckung begeben, werden der kleine Silas und Orlena tot sein, oder man tut ihnen noch Schlimmeres an.«

Lucy hörte nicht zu. In ihrem Schockzustand hatte sie schon kehrtgemacht und war dabei, den Hügel hinaufzugehen. Wie geistesabwesend trug sie noch immer Orlena auf dem Arm, die sich an ihrem Hals festklammerte. David legte ihr seine große Hand auf die Schulter und brachte sie sanft zum Stehen. Er nahm Silas auf seinen Arm, legte den anderen um Lucy und führte sie auf die Bäume in der Nähe des Flusses zu. Auf Händen und Knien schob er sie vor sich in das Gestrüpp wilder Pflaumensträucher und Weinstöcke. Er zwang sie zu kriechen, bis sie durch das Rauschen des Navasota River hindurch den Kampfeslärm nicht mehr hören konnten. Doch dornige Zweige rissen ihnen die Kleidung auf, als sie sich durch das Gestrüpp durchkämpften und sich auf Knien und Ellbogen weiterschleppten.

David rollte mit seinem mächtigen Körper ein paarmal herum, um einen kleinen freien Raum zu schaffen, und zog die Kinder zu sich heran. Er legte ihnen einen schwieligen Finger auf die Lippen. Sie waren so erschöpft, daß es gar nicht nötig war, sie zum Schweigen zu ermahnen. Sie lagen auf dem Bauch, die Gesichter auf den Erdboden gepreßt, und atmeten dessen kräftigen, moderigen Duft ein. Lucy hatte sich neben ihren Kindern ausgestreckt. Den Karabiner in der linken Hand, legte David seinen rechten Arm über alle drei und blieb so liegen, um abzuwarten. Er wußte, daß sie versuchen mußten, die anderen Männer zu erreichen, die im Norden unterhalb des Forts festsaßen, doch bis auf weiteres würde er hierbleiben.

Er streckte seine große, zernarbte Hand aus, zog ein Blatt aus Lucy Parkers strähnigem, honigfarbenem Haar und überlegte seinen nächsten Schritt.

2

Mit seinen großen, leuchtenden Augen unter schweren Augenlidern und seinem Engelsgesicht unter der verschmierten gelben Farbe sah Potsana Quoip, *Buffalo Piss*, wie ein Kind aus, das Krieg spielt. Doch an seiner Lanze steckte ein frischer, blutiger Skalp. Es war für den Penateka-Comanchen der erste Raubzug des Frühlings und sein erster Überfall als Kriegshäuptling. Er hatte noch nicht die Absicht, ihn zu beenden. Die wenigen seiner Männer, die Gewehre hatten, hielten auf den Dächern der Blockhäuser Wache, die wie Flechten über die Palisade hinausragten. Diejenigen, die nicht anderweitig beschäftigt waren, saßen auf ihren Ponys und lauschten den Befehlshabern der drei Stämme, die gerade die Strategie besprachen. Jeder der drei war sein eigener Befehlshaber, und Entscheidungen brauchten Zeit.

Die Siedler schossen von den Bäumen und Baumfallen des Hains unterhalb des Forts aus dem Hinterhalt. Ihr Gewehrfeuer hörte sich an, als würde man in einer Bratpfanne Popcorn machen. Die Indianer saßen in der Falle. Es wäre selbstmörderisch, die weißen Männer anzugreifen, die sich jenseits der offenen Fläche verschanzt hatten. Dennoch wollte Buffalo Piss nicht aufgeben.

»Wir sind doch keine Truthähne«, knurrte er. »Sollen wir wehrlos hier herumhocken?«

»Diese weißen Augen verstehen nicht zu kämpfen. Wir können sie alle töten, statt uns hier mit ihren Frauen zu amüsieren.«

Ooetah, *Big Bow*, wartete eine Sekunde, um seinen Worten größeren Nachdruck zu verleihen. Seine Gesichtszüge schienen aus Walnußholz geschnitzt und blankpoliert zu sein. Seine tiefliegenden Augen verrieten die Weisheit und Großzügigkeit, die Männer dazu brachten, ihm bei Raubzügen willig zu folgen. Seine langen Zöpfe waren mit Streifen aus Rehhaut umwickelt. Er war kräftig gebaut und bewegte sich auf der Erde so geschmeidig wie zu Pferde. Er trug nur wenige Trophäen von seinen Raubzügen, doch jeder wußte, daß er mehr davon besaß als jeder andere. Mit dreiundzwanzig war er das jüngste Mitglied des Kaitsenko, des Bundes der Zehn. Die Zugehörigkeit zu diesem Bund war die höchste Ehre, welche die Kiowa zu vergeben hatten.

»Es ist Zeit zu gehen«, sagte er. »Wir haben Skalps und Pferde und Gefangene und Geschenke für unsere Frauen. Sie werden glücklich sein und für uns tanzen und unsere Betten wärmen. Es ist nicht nötig, daß sie weinen, wenn wir nicht zurückkehren. Ich sage, wir sollten uns zerstreuen, die Reservepferde am Nav-vo-sata abholen und uns an der Furt von Three Rivers treffen. Dort können wir die Beute teilen und uns dann trennen. Der Tag wird alt. Hier können wir nichts mehr ausrichten.«

Während sich die Anführer des Überfalls noch unterhielten, machten sich noch immer Männer über die Frauen her, die in barmherzige Bewußtlosigkeit gefallen waren. Andere Männer packten die geraubte Beute auf die Pferde der Siedler oder waren noch immer dabei, die Blockhäuser zu plündern. Geduldige Ponys standen vor den offenen Türen. Aus den Häusern war zu hören, wie Porzellan zerbrochen und Möbelstücke zerschlagen wurden. Federn einer zerrissenen blauen Quilt-Decke umflatterten verträumt die Leichen, die in dem nassen, glitschigen Schlamm ausgestreckt lagen.

Wanderer saß hoch aufgerichtet und entspannt auf seinem schwarzen Pony To-oh-kar-no, Night, hinter ihm Cynthia, die sich immer noch an ihm festklammerte. Nocona, *Wanderer*, ließ den Blick über den mit Trümmern übersäten Hof gleiten. Quinna, *Eagle*, zog neben ihm die Zügel an. Hinter ihm hockte John. Eagle grinste seinen Freund an und sah sich um.

»Nocona, mein Bruder, ich wünschte, diese Weißen würden

in den Westen kommen, dann könnten wir sie ständig überfallen. Sie haben so wunderbare Dinge und sind so weich wie neugeborene junge Hunde. Es kann sein, daß ich noch länger hier im Osten bleibe.«

Wanderer grunzte, war mit den Gedanken aber bei dem kleinen runden Spiegel, den er in der Hand hielt. Die Rückseite mit dem eingravierten Namen war aus Silber und zeigten ein kompliziertes Muster ineinander verschlungener Blumen und Weinreben. Wanderer rieb das Reliefmuster und ließ den Finger über die kühle, glatte Oberfläche des Spiegels gleiten. Er starrte sein Spiegelbild an. Die großen schwarzen Augen und die Flächen seines Gesichts waren so echt wiedergegeben, als wäre er eine andere Person, die sich selbst betrachtet. Das gab ihm das merkwürdig distanzierte Gefühl, nicht in seinem eigenen Körper zu stecken. Er wickelte den Spiegel in ein Stück Kattun ein und steckte ihn in den mit Fransen geschmückten Beutel, der an seinem Sattelgurt befestigt war. Etwas an diesem Überfall nagte irgendwo in seinem Hinterkopf wie eine Maus, die sich in dem winterlichen Pemmican-Vorrat* versteckt hat. Etwas Ungesehenes, gleichwohl Verhängnisvolles. Er betrachtete den neuen Hinterlader, den sich Big Bow anstelle der alten Muskete an einem Riemen um die Schulter gehängt hatte. Die alte Waffe hatte der Kiowa schon verschenkt.

Nein. Quinna, Bruder Eagle, irrte sich. Die Weißen waren nicht weich. Ein weicher Mensch stellt keine Waffen her wie dieses neue Gewehr. Die Weißen hatten immer neue und bessere Waffen. Die weißen Augen waren wie der Fluß, standen nie still, veränderten sich ständig. Die Menschen, die diese Dinge machten, waren nicht weich oder dumm. Sie kannten sich in diesem Land, das neu für sie war, zwar nicht aus, doch dumm waren sie nicht. Und was würden sie sein, wenn sie lernten, hier zu überleben? Wozu würden sich die jungen Welpen entwickeln? Welche neue Art von Tier bewegte sich da auf das Land Nermenuh zu, das *Land des Volkes*? Wer würde das Opfer sein und wer die Beute?

Abgesehen von dem Kiowa Big Bow war Wanderer vielleicht der einzige Teilnehmer an diesem Überfall, der sich solche Fragen stellte. Plötzlich fühlte er sich unruhig und einsam. Er wollte in die wilden, trostlosen Staked Plains zurückkehren, wo sein Volk lebte, die Quo-

* Pemmican = pulverisiertes, mit Fett vermischtes und in Säcke aus Tierhaut gepreßtes Dörrfleisch (Anmerkung des Übersetzers).

hadi-Comanchen. Unter all diesen Bäumen und Büschen fühlte er sich unbehaglich und eingeengt. Sie verdeckten die Aussicht und boten dem Feind zu viele Verstecke. Der Wind stöhnte in den Blättern wie tote Seelen, denen das Paradies verweigert wurde.

Während die beiden Männer ihren Gedanken nachhingen, beugte sich John zu Cynthia hinüber, die fast Knie an Knie mit ihm saß. Er wollte ihr etwas zuflüstern. Eagle versetzte ihm wie beiläufig mit dem Ellbogen einen Schlag in die Magengrube, der ihm den Atem raubte. Das Kind schnappte nach Luft, würgte und lief erst rot, dann purpurfarben an. Cynthia fürchtete schon, er würde sterben, bevor er wieder Luft bekam. Er machte keinen Versuch mehr zu sprechen. Seine Schwester hatte das Gesicht in der Armbeuge vergraben und preßte den Kopf an Wanderers Rücken. Doch selbst in der Dunkelheit sah sie noch das Bild ihres Vaters vor sich, wie er am Tor hing.

Die Anführer des Überfalls waren zu einer Entscheidung gekommen. Es war Zeit loszureiten, bevor die verzweifelten weißen Männer eine Möglichkeit fanden, sie anzugreifen.

»Huh! Oti, *Hunting A Wife*, Paroni, *Skinny And Ugly*, laßt diese Frau in Ruhe. Werft sie weg«, rief Buffalo Piss seinen Männern zu. Einer von ihnen hüpfte mit ausgebreiteten Armen und Beinen auf der reglosen Gestalt unter ihm herum. Mit seinem in den großen Brüsten seines Opfers vergrabenen Kopf und seinen vogelähnlichen Beinen, die neben den schweren weißen Schenkeln der Frau ausgebreitet waren, sah Skinny and Ugly aus wie ein Kind, das gerade gestillt wird. Er vergrub seine knochigen Finger in den weichen, teigigen Schultern der Frau und machte verbissen weiter, ohne die neben ihm vorbeitrabenden Pferdehufe oder den um ihn herum zerstreuten Unrat wahrzunehmen. Während er Skinny and Uglys Schecken hielt, zerriß Hunting A Wife ein Kattunhemd in Streifen, die er am Kriegszaumzeug seines eigenen Ponys befestigte.

»Sollen wir dich hier etwa zurücklassen wie einen Köter, der in einer Hündin feststeckt?« fauchte Buffalo Piss von der anderen Seite des Hofes. Er liebte es nicht, wenn man sich seinen Entscheidungen widersetzte. Seine Männer würden gut daran tun, ihm eine Zeitlang aus dem Weg zu gehen.

Nach einem letzten Stoß seiner muskulösen nackten Hinterbacken und einem lusterfüllten Grunzen kam Skinny and Ugly wieder auf die Beine und legte sich seinen Lendenschurz um. Er zog seine Beinlinge glatt und bürstete den Staub von ihnen ab. Dann nahm er Hunting A Wife die Zügel seines geduldigen kleinen Schecken ab und prüfte den Knoten, mit dem der verbeulte Kupferkessel an dem breiten ledernen Sattelgurt befestigt war. Überall auf dem Hof sprangen die Indianer mit einem Satz auf die Rücken ihrer Kriegsponys und ritten langsam auf das Tor zu, um ihre Anweisungen entgegenzunehmen. Die an den Pferden der Siedler festgebundenen Töpfe, Pfannen und Werkzeuge klapperten und klirrten.

Die Krieger formierten sich zu einer Siegesparade. Der Hof konnte sie alle kaum fassen. Streifen von Gingham und Kattun, von Leinen und Wolle flatterten zusammen mit den Skalps und Rehschwänzen an Zaumzeug und Schilden. Aus Jacken, denen man die Ärmel abgerissen hatte, waren Westen geworden. Sonnenhauben bewegten sich auf und ab, ihre Bänder flatterten in der immer wieder auffrischenden Brise. Großmutters grauer Schal war um eine nackte Hüfte geschlungen. Eine rote Hemdhose hing schlaff von einer Lanze herab; gelegentlich bewegten sich die Beine, als steckte noch Leben in ihnen.

Wanderer und Eagle sprangen von ihren Pferden herunter und banden die Fesseln der beiden Kinder mit Seilen zusammen, die unter den Bäuchen der Pferde verknotet wurden. So festgezurrt, würden sie vielleicht die Flucht überleben, die vor ihnen lag. Dann bestiegen die Männer wieder ihre Pferde und ließen ihre unruhigen Ponys zu den übrigen aufschließen, die sich am Tor versammelt hatten. Wanderer wußte, daß er nicht an der Spitze reiten mußte. Night, sein Freund, sein Bruder, sein Lieblingspony, war schneller als alle anderen. Er und Night würden gleichermaßen froh sein, diesen Ort zu verlassen.

Überall in dem Hain von Pecanobäumen waren die Männer verstreut, die sich auf den Feldern befunden hatten, als die ersten schwachen Todeslaute über die Hügel zu ihnen drangen. Ihre braungebrannten Hände und Gesichter und ihre ausgeblichenen, staubbedeckten Kleider aus selbstgewebtem Stoff verschmolzen mit der kühlen, dicken Schicht vermodernder Blätter auf dem Waldboden. Schatten und Flecke, die das Sonnenlicht warf, tarnten sie noch mehr. Schillernde Schmeißfliegen, die in Lichtstrahlen aufglitzerten, summten um den Kadaver eines kleinen Skunks herum, die Überreste der mitternächtlichen Mahlzeit einer Eule. Der Aasgeruch brannte den Männern in der Nase.

L. D. Nixon, dessen feines blondes Haar schweißnaß an dem runden, rosigen Kopf klebte, weinte still vor sich hin. Schweiß und Tränen ließen die Brille beschlagen, die ihm auf der kleinen Nase saß.

Seine blaßblauen Augen waren rotgerändert und verweint. Neben ihm, hinter dem riesigen umgestürzten Baumstamm, lag Luther Plummer ausgestreckt. Seine schmalen Schultern zitterten, als er mit einem Einfallsreichtum fluchte, den ihm niemand zugetraut hätte. Er feuerte mechanisch auf alles, was sich über dem gezackten Palisadenzaun oder außerhalb des Tors bewegte, obwohl die Indianer außer Schußweite waren. Beim Nachladen, als er die Bleikugeln wütend in den Lauf seines alten Common-Gewehrs steckte, fluchte er immer noch lästerlich vor sich hin.

Woran James Parker auch denken mochte, er hielt sich wie üblich abseits. Seine tiefliegenden dunkelblauen Augen waren ständig auf das Fort da oben gerichtet; sein Blick schweifte über die nackte Palisadenwand, von vorn nach hinten und dann wieder zurück, als er nach irgendeinem Lebenszeichen seiner Familie Ausschau hielt. Seth und Ashbel Bates und George White berieten sich leise und hockten mit den Gewehren im Arm mit den Rücken an einem massiven Felsblock aus grauem Kalkstein. Whites tiefe Stimme war mal lauter, mal leiser, ein Kontrapunkt zu dem summenden Gesang der Fliegen.

»Der ältere John, Silas, Ben, Samuel und der junge Robert Frost sind da oben. Wenn sie Glück gehabt haben, sind sie tot. Ich sah jemanden den Abhang zum Fluß hinunterlaufen. Die Indianer haben sie aber überrannt. Sieht aus, als hätten sie sie auf die andere Seite der Palisaden zurückgeholt. Ich weiß nicht, ob einer von ihnen es zur Flußsenke geschafft hat oder nicht. Wo ist der alte Lann, wo sind die Faulkenberrys und Anglin? Glaubt ihr, daß sie den Lärm bis in eure Blockhäuser hören konnten?«

»Das nehme ich an«, sagte Seth. »Das ist nicht viel weiter weg als die Felder, und der Wind steht richtig.«

»David ist heute morgen bei Tagesanbruch zum Angeln zum Fluß hinuntergegangen. Er sitzt vermutlich da unten fest. Wenn es einer zum Fluß schafft, kann er ihm helfen. Er hat seinen Karabiner bei sich«, sagte Ashbel.

»Die anderen haben an Anglins Brunnen gearbeitet. Sie müssen in einem Bogen zum Fluß geritten sein. Es sieht so aus, als wären wir die einzigen, die fast in Schußweite liegen«, sagte Seth Bates.

»Wie viele Indianer sind es wohl? Was meint ihr?« fragte White.

»Eine kriegsstarke Abteilung, mindestens fünfundsiebzig oder hundert. Die Caddo sind aus der Gegend, aber die Kiowa und Comanchen sind weit von zu Hause entfernt. So viele Indianer gibt es in diesem Territorium nicht«, erwiderte Seth.

»Ist deine Frau mit den Kleinen da oben, George?« wollte Ashbel wissen.

White nickte und beobachtete weiterhin das Fort von seinem Posten am Felsblock aus. »Sie sind alle da drinnen. Allesamt.« Mit seiner Selbstbeherrschung war es fast vorbei.

»George, James, wir müssen etwas unternehmen«, rief Plummer.

»Was schlägst du vor, Luther?« erwiderte James Parker, ohne in seiner Wachsamkeit auch nur eine Sekunde nachzulassen.

»Was ist mit der Öffnung auf der Rückseite?«

»Wir haben beim Bau des Forts sehr gut geplant. Wir haben drumherum keinerlei Deckung übriggelassen«, sagte Parker geduldig. »Ihr wißt doch, daß wir schon Stachelschweine wären, bevor wir es zur Rückseite schafften. Das Gras ist dort allerdings nicht so niedergetrampelt. Wenn die anderen Männer unten am Fluß sind, können sie vielleicht den Hügel zur Hintertür hinaufkriechen. Und dann? Diese Gewehre richten auf kurze Entfernung gegen Pfeile nichts aus.«

Aus dem Fort war ein durchdringendes Geheul zu hören. Die weißen Männer fuhren zusammen. Eine Masse von Reitern stürmte aus dem Tor und schwärmte fächerartig auf dem Hügel aus, breitete sich nach allen Seiten aus wie Wasser aus einem geborstenen Staudamm. Während sie noch ausschwärmte, wechselte die Meute die Richtung und flüchtete in einem weiten Bogen um den Hain herum nach Norden, parallel zum Navasota River.

»Nicht schießen«, rief White. »Manche von ihnen reiten zu zweit. Sie müssen Gefangene bei sich haben.«

Auf diese Entfernung bestand ohnehin kaum eine Chance, jemanden zu treffen. Die Indianer ritten vornübergebeugt auf ihren Tieren und bewegten sich schnell. Die flatternden Stoffe und die Federn, die vom Wind gepeitscht wurden, machten es noch schwerer, sie zu treffen. Dann verließ der letzte von ihnen das Tor, und sein schwarzes Pony schloß zu den hinteren Pferden auf, die es dann nach und nach überholte. Der Reiter trieb das Tier mit einer langen Reitpeitsche an, ohne jede Rücksicht auf das kleine Kind, das sich an seiner Hüfte festklammerte und dessen blondes Haar im Wind flatterte.

Schweigend sahen die Männer zu, wie Wanderer und Cynthia Ann Parker die nächstgelegene Hügelkette im Nordosten erreichten. Sie schienen auf dem Hügelkamm einen Moment innezuhalten. Sie zeichneten sich vor dem Himmel ab. Das Pferd war bis zum Sprunggelenk in dem wogenden Gras und den Blumen verborgen. Dann verschwanden sie über den Rand und wurden zur Legende.

3

David Faulkenberry und James Parker kehrten am späten Nachmittag desselben Tages zum Fort zurück. Sie wußten, daß jemand nach verwundeten Überlebenden suchen und für die, die sich im Dickicht der Flußsenke versteckt hatten, etwas zu essen holen mußte. Vom Gebüsch am Fuß des Hügels aus blickten sie auf den Abhang, der zur Rückseite des Forts führte. James legte David eine Hand auf den Arm.

»Was ist?« flüsterte David. James zeigte auf etwas.

David richtete sich auf den Ellbogen auf, um durch die Büsche zu blicken. Drei Viertel des Weges hügelabwärts zwischen ihrem Versteck und der hinteren Palisade wogte das Gras, als bewegte sich dort ein großes Tier vorwärts. Was immer es war, es bewegte sich langsam und flach am Boden.

Während sie das Wesen näherkommen sahen, lauschte David dem Zirpen der Grille, die in der Abenddämmerung den Frühling begrüßte. Schwarze Geier kreisten wie Todesengel schweigend über den gezackten Palisaden. Ihre Silhouetten hoben sich vor dem rosafarbenen und goldenen Himmel ab. Sie mußten sich beeilen. Ihnen blieb kaum noch eine Stunde Tageslicht.

»Ich werde einen Schuß riskieren.«

»Nein. Warte noch ein paar Minuten. Was immer es ist, es wird gleich die Felsen dort erreichen.«

David machte seinen Karabiner schußbereit und verfolgte den Weg des Tieres. Die Minuten schleppten sich dahin. Dann streckte sich eine krallengleiche Hand durch den Rand des dicken Grases. Ihr folgte ein dünner, mit geronnenem Blut bedeckter Arm. Die schmutzverkrusteten Finger umklammerten eine Spalte im Felsen und zogen den Körper vorwärts, als wollten sie eine senkrechte Felswand überwinden. Großmutter Parkers strähniges graues Haar lag auf dem helleren Grau des Kalksteins ausgebreitet. Das blutgetränkte Kleidungsstück, daß sie sich unbeholfen um die Schultern gelegt hatte, klebte an der klaffenden Wunde dort. Großmutters zarte, gebrechliche Gestalt war mit dunkelroten Flecken und roten Kratzern und Schnittwunden übersät.

Die beiden Männer vergaßen jede Vorsicht und rannten den Hügel hinauf. Großmutter stöhnte, als David sie aufhob. Er nahm sie so mühelos hoch, als wäre ihre durchsichtige Haut mit Federn gefüllt und nicht mit Fleisch und Knochen. Er trug sie zu den Bäumen hinunter. James trampelte eine kleine Lichtung frei, und dann legten sie sie behutsam zwischen die Büsche, so daß niemand sie sehen konnte. Er zog sein Hemd aus und breitete es über sie. Es bedeckte sie fast vollständig. David brachte ihr in seinem Lederhut Wasser.

»Wir sind gleich wieder da, Mutter«, flüsterte James ihr ins Ohr. Sie konnte die Tränen in seinen Augen nicht sehen, und David tat, als hätte er sie nicht bemerkt. Die alte Frau nickte kaum merklich mit geschlossenen Augen. Ihre aufgeplatzten und geschwollenen Lippen zuckten, was wie ein Lächeln des Wiedererkennens aussah. David und James machten sich erschöpft auf den Weg zum Fort. Die Vorahnungen drehten ihnen fast den Magen um.

David starrte auf die leeren Augenhöhlen des älteren John hinunter. In ihnen wimmelte es von Fliegen in schillernden Farben. Die Krähen hatten schon begonnen, die Toten des Tages in nützliche Nahrung zu verwandeln. Die köstlichsten Leckerbissen, die Augäpfel, pickten sie behutsam als erstes heraus. Es blieb keine Zeit, Gräber für die Leichen auszuheben, und sollte von Fort Houston schließlich doch Hilfe kommen, würde kaum noch etwas da sein, was man würde begraben können. Doch unter keinen Umständen würde er einem aus der Parker-Familie erlauben, zu einer richtigen Beerdigung herzukommen. Diesen letzten Schrecken zumindest wollte er ihnen ersparen.

Schatten krochen über den Erdboden des Forts, doch Faulkenberry starrte immer noch auf den älteren John, dessen dichtes Haar und dessen Bart schneeweiß waren. Er war über achtzig Jahre alt und trotzdem hochgewachsen und robust gewesen. Er hatte immer wie der religiöse Patriarch ausgesehen, dessen Rolle er so lange Zeit gespielt hatte. Jetzt war sein entblößter, verstümmelter und blutleerer Leichnam eingefallen und alt. Das Summen der Fliegen ließ Davids Trommelfell vibrieren. Von Krieg und Tod hatte er schon einiges gesehen, doch nie so etwas wie das hier.

Vergib mir, daß ich dich verflucht habe, John. Solltest du gesündigt haben, hast du einen höheren Preis gezahlt, als von einem Sterblichen gefordert werden sollte.

David stützte sich mit einer Hand an einem Stamm der Palisade, senkte den Kopf und wirkte hilflos. James war stumm. Er blickte mit starrem Gesicht auf den Leichnam seines Vaters.

»Es sieht aus, als wäre hier niemand mehr am Leben«, sagte David. Er wußte, daß es keine Worte gab, die James trösten konnten. »Lucy Parker sagt, sie hätten Rachel und den kleinen Jamie mitgenommen, und sie glaubt, daß auch Elizabeth dabei ist. Wir müssen uns aber vergewissern. Du fängst bei dem Ende der Blockhäuser an, James, und ich sehe hier nach.«

Dunkle Flecken von Nacht sammelten sich in den Höhlungen und Ecken auf dem Hof. Die Dunkelheit legte sich um die Männer, als sie in dem verwüsteten Durcheinander, das einmal das Zuhause von dreißig Menschen gewesen war, suchten und riefen. David tastete sich um die riesigen, gekrümmten Zacken einer zerbrochenen Heugabel herum vor. Wütend über die Störung krächzten die Raben auf den Hausdächern und Palisadenwänden.

Ein Schneefleck hob sich von der dunkler werdenden Erde ab, Mehl, das die Indianer im Sturm der Verwüstung verstreut hatten. Überall lagen Möbelstücke herum. Eine Porzellanpuppe streckte alle viere von sich wie ein elfenhafter Leichnam. David wußte, daß er weder Metall noch Waffen finden würde, nichts, was die Indianer bei ihrer Lieblingsbeschäftigung gebrauchen konnten, dem Krieg.

Er und James gingen schweigend aus dem Fort hinaus, an Silas Parker vorbei, der wie ein einsamer Wachposten am Tor hing. Sein Bruder Benjamin lag immer noch dort, wo er gefallen war. Sie mußten sich beeilen, den Hügel hinunterzulaufen, bevor es zu dunkel wurde, um Großmutter und den Pfad zum Fluß zu finden. David drehte sich ein letztes Mal um, um zum Fort hinaufzublicken, dessen Umrisse sich hart vor dem hohen Himmel abhoben, ein verlassenes Schiff auf einem menschenleeren Ozean. Sie hatten Tage gebraucht, um auch nur einen der Baumstämme zu fällen. Immer wieder waren die Äxte der Siedler an dem festen Hartholz abgeglitten. Ihr Leben war mit diesen Stämmen verbunden, ihnen geweiht. Er fragte sich, ob sie zurückkehren, ihre Toten begraben, die Trümmer beseitigen und von vorn anfangen würden. Er war sicher, sie würden es tun. Sie oder andere, die wie sie waren.

Er erschauerte, als der kühle Abendwind ihm über die nackten Schultern wehte und ihm auf Rücken und Armen eine Gänsehaut machte. Der Chor der zirpenden Grillen pulsierte stetig um sie herum, Hintergrundgeräusch für seine Gedanken. Er und James würden Großmutter Parker zum Versteck der anderen tragen. Sie brauchte dringend Wasser und Pflege, sie war erstaunlich zäh. Aber das waren sie alle.

Morgen würden er und einige Männer in seiner Blockhütte und den Hütten von Lunn und Bates etwas zu essen ergattern und Kleidung und Pferde holen können, *falls* es keine Anzeichen dafür gab, daß die Indianer zurückkommen würden. Er würde einen Mann auf dem schnellsten Pferd losschicken, vermutlich Old Blue. Die anderen Tiere konnten die am schwersten Verwundeten tragen. Der Rest würde die fünfzig Meilen bis zur nächsten Siedlung laufen müssen. Diese Aussicht behagte ihm ganz und gar nicht. Und morgen würden wahrscheinlich zwei der verwundeten Frauen tot sein. Mehr Tod und neues Leiden für die Lebenden. An Rachel und Elizabeth und Cynthia Ann wollte er nicht einmal denken. Für sie fing es gerade erst an.

O Gott, dachte er. Die bedrückende Last von Kummer und Sorgen machte ihn müde. Dennoch ging er methodisch daran, für den nächsten Tag zu planen. Die Überlebenden konnten sich am Fluß verstekken und ausruhen und am späten Nachmittag losmarschieren. Der Mond würde kurz nach Anbruch der Dunkelheit aufgehen. Er hatte gerade die runde, reife, leuchtende Phase erreicht, die so hell war, daß man in seinem Lichtschein lesen konnte. Die Comanchen zogen es vor, bei Vollmond loszuschlagen, das hatte er jedenfalls gehört. Er würde seine Leute auf Umwegen vom Fort wegführen. Die Bussarde würden die Frauen vielleicht noch mehr ängstigen. Und am Abend? Wer wußte, wie weit die unschuldige Brise den Geruch tragen würde.

Rachel Plummers Hände waren an den gerundeten Sattelknopf gefesselt, der sie Stunde um Stunde mehr wundscheuerte. Die Haut auf der Innenseite ihrer Schenkel war wund und blutete. Getrocknetes Blut zerrte an den Haaren ihrer Beine, doch das war eine kleinere Sorge. Eine Schlinge aus Rohleder erstickte sie fast; mal wurde sie lockerer, mal zog sie sich zusammen und riß ihren Oberkörper hoch, wenn ihr Pferd hinter dem vorderen zurückfiel, das es führte. Wenn die Schlinge sich zuzog, mußte sie würgen, bis ihr die Galle in den Schlund stieg und sie deren sauren Geschmack im Mund spürte. Die Schmerzen im Hals schossen ihr dann in einer Zuckung durch das Brustbein, die ihr fast die Arme lähmte und sie einschlafen ließ.

Sie mußte all ihre Konzentration aufbieten, um das Gleichgewicht zu halten, obwohl ihre Füße mit dem Roßhaar-Lasso unter dem Bauch des Tieres grausam zusammengebunden waren. Das grobe schwarze Seil hinterließ an jeder Fußfessel einen hellroten Kreis. Blut strömte ihr in kleinen Bächen über die nackten, geschwollenen Füße. Ihre Schultern verkrampften sich, und ihre Muskeln schmerzten infolge der Anspannung, gegen die Kräfte anzukämpfen, die an Händen, Füßen und Hals zerrten, während ihr Pony blindlings hinter dem Pferd davor hergaloppierte.

Wenn sie zurückfiel und damit zu hart an der Leine zog, die sie hielt, riß der kleine stämmige Indianer am anderen Ende des Seils sein Pferd herum und versetzte ihr einen Peitschenhieb oder schlug sie mit seinem Bogen. Ihre Bluse hing ihr in Fetzen von den Schultern, und ihr Rücken war von langen, dunkelroten Striemen zerfurcht. Ihr dunkelbraunes Haar war nur noch ein struppiges Dickicht, das ihr Gesicht einrahmte und sie blendete, wenn der Wind es ihr in die Augen wehte. Ihr Kopf pochte vor Schmerz, und ihr Mund war ausgedörrt. Die schwere, geschwollene Keule, die einmal ihre Zunge gewesen war, klebte ihr an den Lippen, wenn sie ihr etwas Feuchtigkeit entlocken wollte. Die erbarmungslose Sonne verbrannte ihr den wunden Rücken, und das ständige Rütteln zog auch ihre inneren Organe in Mitleidenschaft. Ihr armes ungeborenes Kind konnte das nie überleben.

Der pochende Schmerz kroch sogar bis in die Poren, verbreitete sich unter der Haut und hüllte ihre Eingeweide ein, bis sie sich gar nicht mehr vorstellen konnte, ohne Schmerz zu sein. Der Überfall am Morgen schien Jahre zurückzuliegen.

Schon vor fünf Stunden, als die zwanzig Comanchen-Krieger aus dem gleißenden Sonnenlicht in den kühlen Schatten der Pecano- und Ahornbäume am Navasota River nördlich von Parkers Fort geritten waren, hatte die Sonne hoch und heiß am Himmel gestanden. Sie hatten ihre überzähligen Lasttiere vor dem Überfall dort zurückgelassen. Ein Wiehern war das einzige Anzeichen dafür, daß hier zwei Dutzend oder mehr Pferde in dem dichten Unterholz versteckt waren. Zwei etwa vierzehnjährige Jungen tauchten lautlos aus dem Wäldchen auf. Ohne ein Wort begannen sie, Lastpferde und frische Reittiere auf die Lichtung am Rande des Wäldchens zu führen.

In einer unheimlichen Stille unter tiefen Schatten befreiten starke, schwielige Finger die schwitzenden Kriegsponys schnell von der geraubten Beute und luden sie auf die ausgeruhten Tiere um. Töpfe und Werkzeuge und andere Metallgegenstände wurden in Lumpen und Tierhäute gewickelt, um ihr Klirren zu dämpfen. Kleinere Gegenstände verschwanden in den schweren, ledernen Packtaschen, die wie prall gefüllte Zecken an schweißfleckigen Sattelgurten hingen.

Der kleine, drahtige, neunzehnjährige Mo-cho-rook, *The Cruelest*

One Of All, stopfte die große schwarze Bibel des älteren John in den quadratischen Tornister aus Hirschleder, den er an der Seite trug. Er hätte wie ein verschmitzter Junge auf dem Weg zur Schule ausgesehen, wäre nicht eine Hälfte seines erschöpften Gesichts rot und die andere schwarz bemalt gewesen. Die Farbe erstreckte sich bis auf seinen nackten, hühnerbrüstigen Oberkörper. Sein schmaler Mund wirkte wie eine klaffende Wunde, und seine großen schwarzen Augen enthielten nichts als Haß.

Als Wanderer die Knöchel seiner Gefangenen von den Fesseln befreite, drehte Night seinen kurzen, geschmeidigen Hals herum. Er schürzte seine samtigen Lippen und knabberte an der Schulter seines Freundes. Wanderer tätschelte ihn geistesabwesend, während er die Knoten löste. Night schnaubte beleidigt und schnupperte statt dessen an dem neben ihm stehenden Schecken. Cynthia saß stumm da und versuchte sich möglichst klein zu machen. Geist und Körper waren benommen und ohne jede Empfindung. Sie wußte instinktiv, daß man sie so beiläufig töten würde, wie ihre Mutter eine Laus zwischen den Fingernägeln zerquetschte. Der Gedanke an ihren eigenen Tod verdrängte alles andere aus ihrem Kopf. Wie würde es passieren? Sie hatte gehört, daß Indianer Babys an den Knöcheln packten und ihre Köpfe an Baumstämmen oder Felsen zerschmetterten. War sie zu schwer für so etwas? Sie sah den knorrigen, mit gelben und braunen Flecken übersäten Baumstamm des Ahorns schon mit ihrer Gehirnmasse und ihrem Blut vollgespritzt wie die Dielenbretter im Schweinestall zur Zeit der Schlachtung. Vielleicht aßen sie Kinder. Würden sie sie bei lebendigem Leibe rösten? War der Rest ihrer Familie tot? Warum versuchte niemand, sie zu retten? Wo war ihre Mutter?

Wanderer zog sie grob vom Pferd und holte sie damit in die Wirklichkeit zurück. Er gab ihr durch Zeichen zu verstehen, daß sie ihre körperliche Notdurft hier an Ort und Stelle verrichten müsse. Sie versteckte sich in dem langen Zipfel des Hemdes, das sie anhatte und hockte sich zu seinen Füßen hin wie ein Hund. Um sich nicht so schämen zu müssen, fixierte sie die leuchtenden Messingkegel, die an der Naht seiner Beinlinge baumelten. Dann hob er sie auf ein anderes Pferd, einen roten Schecken mit wilden Augen, der sie anzublecken schien. Das Pferd zog die fleckige Oberlippe über die langen gelben Zähne hoch, als würde es etwas Verwesendes riechen. Der Hengst legte die spitzen Ohren zurück, tänzelte zur Seite und bäumte sich halb auf seinen krummen Hinterbeinen auf, doch Wanderer hielt ihn und band Cynthia wieder fest wie zuvor.

Einer der Jungen brachte Wasser in einem runden Beutel, der wie der Bauch eines großen Tieres aussah. Wanderer nahm einen tiefen Schluck, während der Junge Night mit den anderen Kriegsponys wegführte, um die Tiere saufen zu lassen. Cynthia sah sehnsüchtig auf die Wassertropfen, die Wanderer übers Kinn liefen. Ohne nachzudenken ließ sie die Zunge über trockene Lippen gleiten.

Zum erstenmal seit ihrer Gefangennahme ertappte sie sich dabei, in die tiefliegenden, unnahbar wirkenden Augen des hochgewachsenen Kriegers zu blicken. Die schwarze Farbe, die sie umrahmte, ließ sie noch größer erscheinen. Sie bemühte sich, einen neutralen Gesichtsausdruck aufzusetzen, da sie nicht wußte, welcher Ausdruck ihn in Wut bringen würde. Er sah sich um, als wollte er sich vergewissern, daß niemand zusah. Dann reichte er ihr das Wasser. Sie hatte kaum die Lippen benetzt, da entriß er ihr schon wieder den Beutel und reichte ihn an seinen Freund weiter, der John bei sich hatte. Seitdem Eagle John windelweich geprügelt hatte, hatten die Kinder nicht mehr versucht, miteinander zu sprechen. John mußte allerdings irgendwie Eagles Unwillen erregt haben. Ein Auge des Kindes war purpurrot, und sein Mund war geschwollen und blutig.

Die Indianer teilten sich in kleine Gruppen auf und trennten auch die Gefangenen.

In weniger als einer halben Stunde saßen sie alle wieder zu Pferde und ritten nach Osten, der Nacht entgegen und dem Trinity River.

Als es dunkel wurde, war sich Cynthia nur der Schmerzen in ihrem Körper und der rhythmischen Bewegung der Pferde und des unablässigen Trappelns der Pferdehufe bewußt. Sie ritt noch immer hinter Wanderer, und beide waren schweißüberströmt. Ihr Gesicht war von dem schneidenden Wind und der stechenden Sonne wund und verbrannt. Die Männer und Pferde mußten so etwas wie Phantome oder Dämonen sein, obwohl sie sie riechen und fühlen konnte. Kein sterbliches Lebewesen konnte so weiterhetzen, Stunde um Stunde über die glühendheiße Prärie. Sie ritten unerbittlich weiter, wobei sie von einem schnellen Schritt in leichten Galopp und dann wieder in Trab verfielen, der Cynthia den Magen umdrehte. Sie hatte das Gefühl, als wären ihre Eingeweide wund.

Gleich nach Sonnenuntergang erhob sich ein strahlender Vollmond über die vor ihnen liegenden Hügel. Der Mondschein ergoß sich über die gerundeten Gipfel und strömte bis in die Täler hinunter. Das Meer aus Gras schimmerte silbern, als der Wind es kräuselte und immer neue Muster zeichnete. Gesprenkelte Ziegenmelker schwirrten vor der strahlend hellen Mondscheibe herum wie Motten um eine brennende Kerze. In weiter Ferne ließ ein Wolf ein verzweifeltes Heulen hören. Cynthia bekam eine Gänsehaut, von dem einsamen, klagenden Laut ebensosehr wie von dem kühlen Hauch des Windes auf ihrer nassen Haut. Von der ätherischen Landschaft sah sie nichts als den glatten, bronzefarbenen Rücken vor sich. Dessen Kordillere aus Rückenwirbeln und den langen Bergkamm einer Narbe, die sich unter dem linken Schulterblatt hinzog, hatte sie sich längst eingeprägt.

Der Mond stand hoch am Himmel und markierte die Mitternachtsstunde, als die Gruppe eine weitere Ansammlung hoher Bäume erreichte. Sie ritten einzeln zwischen den massiven Säulen hindurch und bemühten sich, dem Dickicht der Dornbüsche auszuweichen, die sich drohend nach ihren Beinen ausstreckten. Der freundliche Mond folgte ihnen und zwinkerte ihnen durch Öffnungen im Blätterdach zu. Durch die Bäume sahen sie ein Aufflackern, als stünde der Wald in Flammen, aber die Männer bahnten sich trotzdem ihren Weg auf das Feuer zu. Als sie tiefer und tiefer in den Wald hineinritten, wurde ein unheimliches Heulen und Klagen immer lauter.

Sie kamen an den ersten schattenhaften Umrissen Hunderter angepflockter Pferde vorbei, die auf den kleinen Lichtungen grasten und sich auch Rinde und Blätter von den Bäumen schnappten. Das Feuer war so groß, daß sich das Krachen brennender Holzscheite durch das Geheul und Gejohle vernehmen ließ. Als Cynthia sich zur Seite beugte und an Wanderers Rücken vorbei einen Blick riskierte, wußte sie, daß der ältere John recht gehabt hatte. Und sich zugleich geirrt hatte. Da vorn war eine Hölle, und die war genauso, wie er sie beschrieben hatte. Man mußte aber nicht sterben, um dort verdammt zu sein.

Die riesigen Baumstämme, welche die Lichtung einkreisten, ragten fünfundzwanzig Meter in den Nachthimmel hinauf. Ihre Stämme verwandelten den Ort in einen heidnischen Tempel. Der hellglühende Irrsinn da vorn wurde noch durch den drohenden schwarzen Schlund jenseits des inneren Rings von Bäumen verstärkt. Die Wirklichkeit wurde genauso flüchtig wie die Flammen, die zuckend aufloderten und selbst die Bäume und Büsche wogen und tanzen ließen. Die farbverschmierten Gesichter des Tageslichts wurden zu schauerlichen dämonischen Masken. Licht flackerte über glänzende, mahagonifarbene Wangenknochen, und dort, wo Augen sein sollten, formten die Schatten gähnende schwarze Höhlen. Dutzende von Kriegern feierten ihren Sieg, hüpften, wirbelten herum und wedelten mit blutigen Skalps.

Wanderer glitt von seinem Pony herunter und hüpfte geschmeidig auf den Zehen. Lässig schlenderte er auf den Kreis der Zuschauer zu und rief einigen der Männer, die dort schwankten und ihren Singsang hören ließen, etwas zu. Dort, wo Wanderers warmer Rücken sich an sie gepreßt hatte, fühlten sich Bauch und Brust jetzt kalt an. Cynthia biß sich auf die Lippen, um ihn nicht zu rufen und anzuflehen, er möge bleiben. Wie schlecht er auch sein mochte, er war die einzige Sicherheit, die sie besaß.

Ein paar Männer lösten sich aus dem Kreis und kamen auf sie zu. Sie zerrte vergeblich an ihren Fesseln und ruderte mit ihren kleinen Armen und Fäusten herum, als sich Finger in ihre Knöchel vergruben und sie festhielten, während andere die Knoten lösten. Die Erinnerung an ihre Großmutter ließ sie in Panik geraten. Sie wehrte sich heftig, als man sie kopfüber vom Pferd zog und auf die Erde fallen ließ. Urin brannte an ihren wundgescheuerten Beinen, als das Entsetzen sie die Kontrolle über sich verlieren ließ. Sie kämpfte wie ein Fisch auf dem Trockenen, wurde auf den Bauch gedreht, worauf man ihr Handgelenke und Knöchel fesselte. Sie würgte mit dem Gesicht in dem aufgewühlten Waldboden, als man sie an den Haaren in den Kreis der Tänzer schleifte.

Die Indianer ließen sie neben den ausgestreckten Gestalten von John, ihrer Cousine und ihrer Tante fallen. Als die Männer vorbeigingen, versetzten sie den zuckenden Leibern Fußtritte oder schlugen mit ihren Bogen nach ihnen. Cynthia konnte nur ihre Mokassins sehen und spüren, als man ihr in Bauch und Rippen trat, und fragte sich verbittert, ob zwei davon vielleicht dem Mann gehörten, der sie gefangengenommen hatte. Das Feuer war jetzt so nah, daß sie fürchtete, die intensive Hitze würde ihre Kleidung in Brand setzen. Das Dröhnen der Trommeln hörte nicht auf, und der monotone Singsang wurde nur durch kreischende Schreie unterbrochen, die ihren Ohren weh taten.

Von dort, wo sie lag, konnte sie John und ihre Tante Elizabeth sehen. Ihre Rücken und Beine waren blutig und zerkratzt. Die warme, klebrige Nässe, die Cynthia an ihrem Körper spürte, ließ sie erkennen, daß sie genauso wie John und ihre Tante aussehen mußte. Jeder neue Schlag, jeder neue Fußtritt fügte dem alten Schmerz neue Pein hinzu. Sie schluchzte, und ihre Tränen verwandelten die schwarze Erde unter ihrem Gesicht in Schlamm.

Nach einer Zeit, die ihr wie Stunden erschien, wurden die Tänzer des Spiels müde. Zwei von ihnen schleiften sie und John aus dem Kreis und warfen sie gegen einen Baumstamm, als wären sie Abfall, den sie im Lager zusammengefegt hatten. Als ihr Kopf gegen die gewundene Wurzel einer knorrigen alten Eiche prallte, glitt sie dankbar in einen dröhnenden, mit schwarzem Samt ausgeschlagenen Brunnen hinunter.

Jemand war dabei, Schweine zu schlachten, tat es aber schludrig. Das schrille Quieken der Schweine bedeutete, daß der Stecher die Halsschlagader verfehlt hatte und daß die Tiere sich aufbäumten und zuckten, um zu entkommen. Cynthia haßte die Zeit des Schweineschlachtens und lief nach Möglichkeit immer weg, um sich zu verstecken. Etwas Scharfes grub sich ihr in die Wange. Sie versuchte, es beiseite zu wischen, stellte aber fest, daß die Arme gelähmt waren. Nein, gefesselt. Der Traum verblaßte, und der Alptraum kam ins Blickfeld. Die Tiere schrien immer noch. Cousine Rachel und Tante Elizabeth lagen in Nähe der Flammen; ihre Körper waren mit gelbem Licht bemalt. Man hatte sie entkleidet und mit ausgebreiteten Armen und Beinen an Pflöcke gebunden, die tief in den weichen Erdboden getrieben worden waren. Die rohe Schändlichkeit ihrer Entblößung schockierte Cynthia fast mehr als das Töten und Foltern, das sie mitangesehen hatte.

Vor dem Feuer tanzten einige Indianer noch immer wie in Trance zuckend und hüpfend herum, doch die meisten standen oder hockten neben den Frauen. Sie ignorierten deren Schreie und Stöhnen, lachten und scherzten miteinander, als sie darauf warteten, daß sie an die Reihe kamen. Männer, die fertig waren, spazierten davon, um vor dem langen Tag, der ihnen bevorstand, noch ein paar Stunden zu schlafen. Die anderen hatten es nicht eilig. Es gab viele von ihnen und nur zwei Frauen, aber sie hatten die ganze Nacht Zeit. Während sie warteten, erzählten sie sich immer wieder die Geschichten vom Überfall am Morgen und spekulierten darüber, wie die Anführer wohl die Beute unter ihren Männern aufteilen würden. Es war ein sehr guter Tag gewesen.

4

Cynthia roch den Duft von Kaffee. Kaffee und Liebe und Familie und Zuhause. Ein Hahn krähte in der kühlen Stunde vor Tagesanbruch. Sie und ihre Brüder, John und der kleine Silas, rollten sich unter der riesigen, blauen Quiltdecke mit Gänsedaunen zusammen. Der Duft von Kaffee strömte durch die Ritzen der Bodendielen des niedrigen Dachbodens, auf dem sie schliefen, zu ihnen herauf. Ihr Vater hatte seine großen Arme um sie gelegt, während sie vor dem morgendlichen Kaminfeuer im Schaukelstuhl schaukelten. Sie ließ ihre Finger durch die dichten schwarzen Haare auf seinem Handrücken gleiten, als er einen Becher heißen Kaffees hielt. Himmlische Düfte schwebten über dampfenden Schüsseln mit Maismehlbrei, der mit wildem Honig gesüßt war.

Doch die Welt war aus den Fugen geraten. Ihr geliebter Kaffee war mit dem Gestank frischen Dungs und abgestandenen Schweißes vermischt. Mit dem Gestank von ranzigem Fett und dem beißenden Geruch von Urin, das nahe an ihrem Kopf plätscherte, als sie an der Baumwurzel kauerte, neben die man sie geworfen hatte. Sie sah hoch und entdeckte einen Indianer, der gerade die letzten Tropfen abschüttelte und verschlafen zum Feuer zurückschlurfte.

Es war die Stunde vor Tagesanbruch. Es war kühl. Kaffee lag in der Luft zusammen mit Tod und Entsetzen und Grausamkeit. Ihr Frühstück war Schmutz, Sand zwischen den Zähnen.

»John?« Keine Antwort. Er war verschwunden.

Der Kaffee wurde in dem neuen Kupferkessel von Mrs. White gekocht, der jetzt mit feiner schwarzer Asche von dem offenen Feuer bedeckt war. An langen, angespitzten Stäben, die um das Feuer herum aufgepflanzt waren, hingen rote Banner aus Büffelsteaks. Die Flammen zischten und knackten, als der Fleischsaft auf sie tropfte. Der schwere Duft bratenden Fleisches ließ den leeren Magen des Kindes vor Hunger verkrampfen. Einige Krieger hockten um das Feuer und rissen Stücke von dem verkohlten Fleisch ab. Fett tropfte ihnen von Ellbogen und Kinn, als sie sich mit leisen, gutturalen Stimmen unterhielten. Andere trieben für den heutigen Ritt Pferde zusammen.

Die Indianer bildeten getrennte Gruppen. Die mageren Caddo mit ihren Truthahnfedern hinter den Ohren, ihren knochigen Beinen,

Hakennasen und wehenden Haarkämmen sahen aus wie ein Schwarm zerzauster Vögel. Ihre gerupften Schädel waren mit roten Wellenlinien bemalt. An ihren Nasen baumelten glänzende Blechringe. Die Farbe auf ihren Gesichtern platzte auf und zerbröckelte, was ihnen in dem schwachen Dämmerlicht, das durch die Bäume sikkerte, ein ungepflegtes Aussehen verlieh.

Elizabeth Kellogg lag bewußtlos und fast nackt quer auf dem Rükken eines der Ponys. Ihre Arme und Beine waren gefesselt und mit einem Seil unter dem Pferdebauch zusammengebunden. Sie schien tot zu sein; ihr Kopf baumelte von links nach rechts, als die Gruppe sich im Gänsemarsch durch den Wald bewegte. Ihr Kurs würde sie nach Norden führen und aus Cynthias Leben verschwinden lassen.

Die Kiowa waren eine gutaussehende und arrogante Bande; auf der Erde bewegten sie sich weit graziöser als die untersetzteren Comanchen. Viele der Comanchen trugen ihr Haar nicht geflochten, sondern schoben es sich hinter die Ohren.

Ein schwacher, zitternder Klagelaut durchdrang den Lärm des Lagers. Der kleine Jamie Plummer war aus seiner kalten Wiege aus Laub und Zweigen gerissen und auf einem Pferd festgebunden worden. Seine Mutter folgte ihm. Ihre gequälten, rotgeränderten Augen lagen tief in den dunklen Höhlen ihres verhärmten Gesichts. Ihre zerfetzten Kleider umflatterten sie. Sie ging steif, vorwärtsgezerrt von Tsetarkau, *Terrible Snows*, ihrem Eigentümer. Mit seinen vorstehenden Augen in dem runden Gesicht watschelte er vor ihr her und balancierte behutsam auf seinen seltsam dünnen Beinen. Sein Wanst hing ihm über den Rand seines engen Lendenschurzgürtels. Seine langen Arme endeten in großen, knochigen Händen, die ihm halb bis zu den knotigen Knien reichten. Rachel schlurfte hinter ihm zu den Pferden. Mit geneigtem Kopf würde sie einen Spießrutenlauf über sich ergehen lassen. Die Männer streckten die Arme aus, um sie zu kneifen und zu schlagen.

In der Nähe des Feuers kauerten Big Bow, Buffalo Piss und die anderen Anführer und teilten die restliche Beute, die um sie herum aufgehäuft war. Läufer lieferten die Waren bei den Männern ab, denen sie zugedacht waren. Cynthia konnte Wanderers Kopf über die aller anderen hinausragen sehen, als er sich auf sie zubewegte und dabei zwischen den Gruppen hindurchwieselte. In ihrer Verzweiflung sagte sie sich, daß er keiner ihrer Quälgeister von der letzten Nacht gewesen sein konnte. Sie betete fast, es möge nicht so sein.

Er hockte sich hin und band ihre Füße los. Da die schwarze Farbe von seinem Gesicht abgewaschen war, hatte sie einen flüchtigen Eindruck von Jugend und Unschuld und Intelligenz, bevor er ihr den Kopf an den Haaren hochzog und ihr die Schlinge um den Hals legte. Ihr tanzten Lichter vor den Augen, als er sie mit der Schnur um den Hals auf die Füße riß. Sie schwankte und stolperte. Spitze Nadeln schossen ihr durch die kalten, gefühllosen Beine. Ihre Füße waren Lehmklumpen, die an den Knöcheln hingen. Ihre Muskeln schmerzten in jeder Faser. Ihr Rücken, ihre Beine und Arme waren vor getrocknetem Blut und Schorf steif und unbeweglich.

Etwas in Wanderers Augen schien menschlich gewesen zu sein, hatte sie zu der Erwartung verleitet, sie könne irgendeine kleine Freundlichkeit von ihm erwarten. Sie hatte sich zu dem Glauben verlocken lassen, sie könne sein Verhalten vorhersagen. Sie starrte auf seinen geschmeidigen, an den Hüften schmaler werdenden Rücken, während er vor ihr herschlenderte und ihre Leine locker ließ. Zum erstenmal in ihrem Leben fühlte sie sich tief und brutal verraten. Mit der Unbeirrbarkeit eines Kindes gab sie ihm die Schuld an allem, was ihr und ihren Lieben widerfahren war.

Alles, was sie in dieser Welt wollte, waren freie Hände und ein langes, scharfes Messer. Sie würde es ihm bis zum Heft zwischen seine goldbraunen, glatten Schulterblätter stoßen und sich mit ihrem Gewicht daranhängen, bis das Messer Wanderer bis zum Ende des Rückgrats aufgeschlitzt hatte. Sie wollte fühlen, wie sein Blut ihr die Arme vollspritzte, und zusehen, wie er mit dem Gesicht in den Schmutz fiel. Sie haßte ihn und wußte, daß sie ihn immer hassen würde.

Vielleicht war es der Haß, der in jener zweiten Nacht verhinderte, daß sie den Verstand verlor. Sie konzentrierte sich auf die Rache, die sie nach ihrer Flucht nehmen würde, und mied das Problem, *wie* sie fliehen sollte. Ein festgezogener Knebel schnitt ihr in die Mundwinkel und saugte auf, was ihr an Mundfeuchtigkeit noch geblieben war. Sie lag ausgestreckt auf dem Rücken, war an Armen und Beinen angepflockt; ihre Kehle wurde von einem schmalen Schurz zugeschnürt, der ebenfalls auf beiden Seiten angepflockt war, so daß sie sich zum Schutz vor der Kälte nicht einmal zusammenkauern konnte.

Sie starrte zu den Sternen hoch, die an dem schwarzen Nachthimmel wie Eisstücke glitzerten. Die kühle Nachtluft wehte ihr über die sonnenverbrannte Haut, bis sie Schüttelfrost bekam, der sie von oben bis unten erzittern ließ. In den sechsunddreißig Stunden seit dem Angriff hatte sie nichts zu essen und nur wenig zu trinken bekommen. Ihr Mund war mit schmutzigem Baumwollstoff gestopft. Ihr Magen schien geschrumpft zu sein. Die Innenseiten ihrer Augenlider waren wie feines Sandpapier. Sie konnte John nicht sehen, hörte jedoch die klatschenden, schlürfenden Geräusche der Männer, die Rachel benutzten.

Sie befanden sich wieder am Navasota River auf der kleinen Lichtung, auf der sie gestern ihre Pferde geholt hatten. Warum waren sie hier? Würden sie wieder das Fort angreifen? War sie dazu verdammt, sich immer wieder die gleiche schauerliche Szene anzusehen? Das konnte nicht sein. Jetzt waren nur noch fünfzehn Indianer da, und inzwischen war bestimmt Hilfe unterwegs. Ihre Familie und ihre Freunde mußten inzwischen nach ihr suchen. Cynthia zerrte leise und verzweifelt an den Stricken. Wenn sie entfliehen konnte, konnte sie dem Flußlauf nach Hause folgen. Dieser Alptraum würde verblassen und zu Geschichten werden, mit denen sie einmal ihre Kinder erschrecken konnte. Ihr Vater würde am Leben sein, und ihre Mutter würde das verlorene Kind willkommen heißen. Doch das rohe Leder widerstand ihrem schwachen Zerren, und so mußte sie aufhören. Sie weinte vor Enttäuschung, als sie sah, daß Cruelest One sie beobachtete. Er schien seine schwarzen, glitzernden Schlangenaugen nie von ihr zu wenden, als suchte er nach einem Vorwand, sie zu töten.

Sie konnte nicht ahnen, daß ein Umweg von hundert Meilen in dem riesigen Territorium der Comanchen nichts war. Sie waren jedoch nicht glücklich, wieder am Navasota zu sein. Dort gab es kein Feuer und keinen Lärm. Die wenigen Männer, die noch wach waren, standen oft auf, um sich am Rand des Waldes hinzustellen und auf die vom Mondschein hell erleuchteten Hügel zu starren. Überall auf der kleinen Lichtung verstreut lagen die runden Gestalten der anderen, die unter warmen Decken aus Bisonhaut schliefen.

Cynthia konnte spüren, wie winzige Beine sie kitzelten. Nächtliche Spinnen erforschten ihren Körper. Ekelerregende Vorstellungen von Schlangen, die sich an ihr entlangschlängelten, um sich zu wärmen, ließen sie stundenlang angespannt und mit offenen Augen daliegen. Als sie schließlich einschlief, hörte sie nicht mehr den unheimlichen, blubbernden Ruf der Schleiereule.

Als sie aufwachte, stritten sich zwei Männer. Ohne ein Wort zu verstehen, wußte sie, daß sie der Grund dafür war und daß sie vielleicht sterben mußte. Cruelest One sprach leise, aber mit großer Schärfe. Er stieß seinen knochigen Finger in ihre Richtung. Die anderen hockten oder standen und hörten aufmerksam zu. Ihre Gesichter wirkten in dem Dämmerlicht stumpf und unergründlich. Wanderer sprach als nächster. Seine Stimme war so leise, daß sie fast nicht zu hören war. Als er geendet hatte, grunzten die übrigen und gingen los, um ihre Ponys zu satteln.

Wanderer ging zu ihr hinüber und hockte sich hin. Er studierte sie, als wäre sie ein Kätzchen, das ertränkt werden sollte. Sie starrte ihn verständnislos an. Ihre blauen Augen waren riesig unter dem strähnigen Haar. Eine Träne stahl sich aus dem Augenwinkel und flüchtete die Wange hinunter, doch den Rest des Gesichts behielt sie unter Kontrolle. Für einen Mörder war er noch zu jung, kaum älter als Robert Frost. Wanderer zog sein Skalpiermesser aus der Lederscheide, die an seinem nackten Schenkel festgeschnürt war. Cynthia schloß die Augen, spannte die Muskeln an und versuchte sich an die Gebete zu erinnern, die ihre Mutter ihr vor Jahrhunderten beigebracht hatte. Doch es gab keine Gebete mehr, nur Ströme von Blut, zermalmte Glieder, nackte Frauen und Babys, deren Köpfe aufgeplatzt waren wie Melonen.

Sie spürte ein leichtes Zerren an der Kehle. Er benutzte die Messerspitze, um die Knoten des Lederriemens zu lösen. Als er ihren Hals freibekommen hatte, nahm er ihr den Knebel aus dem Mund. Dann versiegelte er ihr mit der Schneide des Messers den Mund. Anschließend zog er die Messerspitze leichthin in einer anmutigen, geschwungenen Linie von der Höhlung unter ihrem linken Ohr über das Kinn bis zum rechten Ohr. Es war klar, was er damit sagen wollte. Sie nickte und ging davon aus, daß auch er wissen würde, was ihr Nicken bedeutete. Von nun an durfte sie das Leben nicht mehr für selbstverständlich halten. Wanderer hielt es in seinen Händen.

»Er ist gar nicht so schlecht, mußt du wissen.«

»John, wie kannst du so etwas sagen?«

Es war der zweite Tag, nachdem sie den Trinity River verlassen hatten. Die Sonne hatte den Morgendunst aufgelöst und ließ jetzt ihren heißen Atem über die flachen Hügel wehen. Eine Märchenwolke aus Stechmücken tanzte um die Gesichter der Kinder herum, als sie mit dem Rücken an einen alten Pecanobaum gefesselt saßen. Dessen grobe, gefurchte Rinde schnitt in das Muster von wunden

Stellen und Schorf auf ihren Rücken. Sie schüttelten den Kopf und versuchten die geflügelten Winzlinge mit ihren wehenden Haaren abzuwehren, die sich in ihren Augenlidern verfingen und ihnen über Münder und Nasenlöcher krabbelten.

Vor ihnen strömte der Brazos River dahin, den unsichtbarer Frühlingsregen irgendwo im Norden hatte anschwellen lassen. Die Comanchen nannten ihn Tohopt Pah-e-hona, Blue Water River. Dessen tückische, saphirfarbene Wirbel und gischtsprühende Löcher hatten sie um ein Haar ertrinken lassen, als sie mit ihren Pferden hinüberschwammen. Die letzten Tropfen Nässe trockneten gerade aus und bildeten schrumpfende Oasen von Kühle auf ihren Körpern.

»Weißt du, er hat mich nicht mehr geschlagen, und heute morgen schlichen wir davon, und er zeigte mir, wie man Honig kriegt. Er hat mir ein bißchen abgegeben. Sein Pferd ist schneller als die aller anderen mit Ausnahme von Wanderers. Sein Name bedeutet Adler, und er bringt mir die Zeichensprache bei. Hast du gewußt, daß das Wort für Honig *pena* ist?«

Cynthia war nicht mehr neun Jahre alt. Sie war in drei Tagen um ein Menschenleben gealtert. Jetzt gab ihr kleiner Bruder all das für einen Finger voll Honig von einem Mörder her.

»John, hör mir zu.« Sie ließ ihre Stimme zu einem Flüstern werden. »Hast du schon vergessen, was sie getan haben?«

»Eagle hat niemanden getötet. Das waren die anderen.« Sein kleiner Mund wurde zu einem schmalen Strich, der jede Widerrede ausschloß.

Vielleicht war ihm nicht aufgefallen, daß das dichte, gewellte braune Haar seines Vaters von der Kriegslanze dort drüben herabhing. Vielleicht begriff er nicht, was mit Cousine Rachel geschah. Rachels süße, weltentrückte Stimme wehte von dort zu ihnen herüber, wo sie zwischen den Wurzeln einer Pyramidenpappel kauerte und Jamie stillte. Scham schwebte über ihr wie die Wolke von Stechmücken. Sie hob nie die Augen und sprach nie, es sei denn, um ihrem Kind etwas vorzusummen. Sie war so fremd wie die Indianer. Und jetzt wurde John abtrünnig. Cynthia fühlte sich alt und einsam, versuchte es aber nochmals.

»Vermißt du nicht Mutter und den kleinen Silas und Orlena?«

»Natürlich. Vielleicht könnten wir heute nacht fliehen, oder die Ranger werden uns finden...«

Ihr Flüstern hatte Cruelest One aufmerksam gemacht. Er starrte sie aus dem Kreis der Männer an, die gerade die eingekerbten Stäbe studierten, die sie durch fremdes Territorium führten. Sein Blick brachte die Kinder zum Schweigen.

Als sie an jenem Tag und dem nächsten durch Land ritten, das immer flacher und unfruchtbarer wurde, ging Cynthia fieberhaft jede Einzelheit der Tagesmärsche durch und suchte nach irgendeiner Unachtsamkeit, die sie und John entkommen lassen würde. Auffallende Wahrzeichen der Landschaft wurden immer seltener, als sie sich von den Hügeln entfernten und in die Ebene ritten. Der Himmel wölbte sich höher über ihnen, und der Horizont erstreckte sich bis ins Unendliche. Hoffnungslosigkeit gähnte zu ihren Füßen, und sie glitt allmählich hinein. Doch der Tod in der Wüste war besser als das, was mit Rachel geschah. Er war sogar besser als zuzusehen, wie es mit ihr geschah.

Rachel wußte, daß sie nie mehr rein sein würde. Ein Ozean von Wasser und ein Kontinent von Seifen würden es nicht abwaschen. Nicht einmal sämtliche Scheuerbürsten der Welt konnten den Lachsduft getrockneten Samens von ihrer Haut abscheuern. Mit einem leisen, fast stummen Klagen, wie sich das hohe Summen der Mücken im Sommer anhörte, zog sie den Finger am Arm herauf. Das ließ in dem Fettfilm dort eine Furche zurück, in dem ranzigen Biberöl, mit dem ihre Körper sie von oben bis unten beschmiert hatten.

Geistesabwesend rieb und knetete sie die zerfetzten Lumpen ihres Rocks. Der Stoff um ihre Hüften war vor Fett und Schmutz und Schweißsalz steif und schwarz. Wenn sie nicht gefesselt waren, bewegten sich ihre Hände an ihren Beinen auf und ab; erst rieb und massierte sie die Handflächen, dann die Handrücken und dann wieder die Handflächen.

Vielleicht war ihr Mann Luther noch am Leben und suchte nach ihr. Und wenn er sie fand? Was dann? Er würde nie mehr den Wunsch haben, sie anzurühren. Niemand würde es. Sie haßte es, sich selbst zu berühren. Sie sah sich wieder unter zivilisierten Menschen leben. Sie hörte das Raunen und Flüstern, das vor ihr aufhörte und hinter ihrem Rücken wieder losging, wenn sie vorbeigegangen war.

In solchen Momenten reizte sie der Tod. Er tanzte vor ihren Augen wie das Scheinbild von Wasser in einer glühendheißen Wüste. Einfach sterben und Jamie dem Wilden überlassen, der ihn achtlos zusammen mit der übrigen Beute in einer ledernen Packtasche an seinem Pferd hängen ließ. Der ihn fütterte, indem er ihm einen

Topf mit schmutzigem, erstarrtem Maisbrei hinwarf und das Kind von dem leben ließ, was es mit seinen winzigen, ungeübten Fingern herauskratzen konnte.

Immerhin ließen sie zu, daß sie ihn von Zeit zu Zeit stillte, wobei sie nicht wußten, daß ihre Milch versiegte, da sie in ihr gerann. Die wenigen Minuten, in denen sie ihn an der Brust wiegen konnte, waren alles, was sie noch am Leben erhielt. Das und die Notwendigkeit, Cynthia zu töten. Rachel wußte nicht, wie sie es anstellen sollte, doch sie wußte, daß es irgendwann unvermeidlich sein würde. Es war nur eine Frage der Zeit, bis die unschuldige, verletzliche Schönheit des Kindes die Aufmerksamkeit der Indianer erregte. Rachel würde versuchen, bereit zu sein, wenn es geschah.

Der ewige Hunger fraß an ihr und hielt sie schwach und desorientiert. In der vierten Nacht im Freien band ihr Herr und Meister ihr die Hände auf den Rücken und lehnte sie gegen einen kratzigen, verwachsenen Wacholderbaum, den die Wärme des Feuers nicht mehr erreichte. Während die Indianer aßen, warfen sie ihr gelegentlich brutzelnde Stücke von Bisonfleisch auf ihre nackten Schenkel. Sie lachten, wenn sie vor Schmerz aufschrie und sich bemühte, die kleinen Stücke aufzuessen, nachdem sie auf die Erde gefallen waren. Das machte ihnen unendlichen Spaß, brachte Rachel aber nicht viel Nahrung.

Das war die Nacht, in der sie auch ein anderes neues Vergnügen erfanden. Als die Männer, die sie benutzten, schließlich fertig waren und ihr erlaubten, in einen erschöpften Schlaf zu fallen, schlichen sich zwei von ihnen mit einem glühenden Stück Holzkohle an, das sie mit grünen Zweigen festhielten. Cruelest One stieß ihr das heiße Stück Holz in das linke Nasenloch. Er und Terrible Snows kicherten, als sie kreischend und zuckend aufwachte, den Kopf hin und her warf und an ihren Fesseln zerrte, um sich davon zu befreien. Als sie nicht aufhörte zu schreien, steckte ihr Cruelest One seinen schmutzigen Fuß mit dem Mokassin in den Mund, beugte sich hinunter und hielt ihr die Spitze seines Messers an die Kehle. Rachel hörte auf zu schreien. Wann immer Cynthia in jener endlosen Nacht aus ihrem unruhigen Schlaf erwachte, hörte sie, wie ihre Cousine still vor sich hin schluchzte.

5

Vor dem kleinen Trupp erstreckte sich ein Teppich aus Blau. Die Blumen breiteten sich über Meilen auf der sanft gewellten Ebene aus. Am Horizont wölbte sich die Ebene sanft nach oben und verschmolz mit dem kornblumenblauen Himmel. Cynthia saß locker auf dem abgekämpften alten Lasttier, das Wanderer ihr zum Reiten gegeben hatte. Ihre Beine reichten kaum bis zu den Flanken des Pferdes, und sie hatte noch immer die Schlinge um den Hals, spürte aber so etwas wie Stolz, weil sie jetzt ein eigenes Reittier hatte. Der Schmerz in ihrem Körper war jetzt nicht stärker als der, den sie zu Hause nach einem harten Arbeitstag auf den Feldern gespürt hatte.

Ein sanfter Windhauch zerzauste ihr das honigfarbene Haar und ließ den zottigen Schweif des Pferdes flattern. Sie war dankbar für das bißchen Ruhe nach fünf Tagen des Entsetzens, auch wenn es die Stille im Auge des Hurrikans war. Am Morgen waren Cruelest One und drei andere nach Nordwesten geritten. Eine weitere Gruppe mit Rachel, Jamie und John war ihnen gefolgt. Jetzt war sie allein mit Wanderer, Eagle, Big Bow, Howea, *Deep Water*, einem der Hütejungen, und einem Krieger mexikanischer Herkunft namens His-oosanches, den die anderen *Spaniard* nannten. Der letzte in der Gruppe war Buffalo Piss, der Anführer.

Sie vermißte John, obwohl sie bestürzt gewesen war, wie schnell er begonnen hatte, das wilde Indianerleben zu genießen. Eagles Verrat, der den Jungen achtlos gegen zwei Wolldecken, einen Stoffballen und eine gußeiserne Bratpfanne eingetauscht hatte, schien ihn unglücklicher gemacht zu haben als all die Scheußlichkeiten, die er mitangesehen hatte.

Den Verlust ihrer Mitgefangenen empfand Cynthia, als wäre ihr eine schwere Last vom Herzen genommen worden. Es war eine Qual gewesen mitanzusehen, wie Jamies Beine und Arme vor Unterernährung zu Haut und Knochen wurden. Sie mußte nicht länger miterleben, wie John sich in einen Wilden verwandelte, oder sich das nächtliche Stöhnen Rachels und die obszönen Laute der brünstigen Männer anhören. Rachel war zu einem stummen, schändlichen Vorwurf geworden, der Cynthia leise Schuldgefühle eingab, nicht mehr zu leiden. Rachels Anwesenheit hatte das Kind ständig an unaussprechliche Akte und schauerliche Drohungen erinnert.

Sie spürte, wie jemand an ihrer Leine zog. Während die anderen Männer die Route besprachen, riß Wanderer sein schwarzes Pony zu ihr herum. Er zog einen kleinen Beutel aus seinem Gürtel und schüttete sich schwarzes Pulver auf die Handfläche seiner linken Hand. Er vermischte es mit Wasser aus seiner Wasserflasche, steckte die Finger in die Paste und begann, die ungeschützten Teile von Cynthias sonnenverbrannten Schultern und ihrem Gesicht mit dicker Farbe zu beschmieren. Da sie Schläge erwartete, zuckte sie zurück, als seine Hände sie berührten. Doch jetzt waren sie sanft und zugleich fest, als er versuchte, sie vor der Sonne zu schützen.

Als er ihr die klebrige schwarze Farbe auf die Wangen strich, erschrak sie vor dem intensiven Blick seiner Augen, als er sie anstarrte. Furcht aus einer Quelle, die zu tief war, um einen Namen zu haben, brachte sie dazu, den Kopf zu senken und sich abzuwenden. Er verzog das Gesicht, zog sie grob zurück und hielt sie fest, bis er fertig war. In ihrer Familie hatte jeder diese strahlend azurblauen Augen; sie konnte nicht wissen, wie faszinierend sie auf einen Indianer wirkten.

Der beißende Geruch verbrannter Federn hing über dem Lagerfeuer. Ein verkohlter Truthahn, der wie ein großes, gezacktes Stück Holzkohle aussah, lag in der Glut. Deep Water, der Hütejunge, zog ihn mit einem Stock heraus und legte ihn zum Abkühlen beiseite. Außerhalb des Rings von Männern kauerte Cynthia und spürte den nächtlichen Wind auf dem Rücken und die schwache Wärme der Flammen auf Gesicht, Brust und Schienbeinen. Die getrocknete schwarze Farbe auf Wangen und Körper ziepte auf der Haut. Sie pulte mit den Fingern daran und zog sie in ganzen Schuppen ab. Ihr Magen revoltierte vor Hunger.

Deep Water zog die Haut vom Hals des Truthahns ab. Dann zog er sie behutsam über den ganzen Körper, als wäre sie ein Handschuh, und rupfte die verbrannten Federn. Saftiges, dampfendes weißes Fleisch kam zum Vorschein, das mit dem kräftigen Rauch gewürzt war. Der Duft von geröstetem Truthahn mischte sich mit dem Weihrauch brennenden Wacholders und parfümierte die Luft. Wanderer reichte Cynthia einen Flügel und eine Handvoll knuspriger Wurzeln, die wie Kastanien schmeckten. Sie wischte die Erde von ihnen ab, kaute langsam, da sie nie sicher sein konnte, wann oder was sie wieder zu essen bekommen würde. So hob sie sich das Truthahnfleisch als besonderen Genuß bis zum Schluß auf.

Am Himmel segelte ein schrägstehender Mond dahin, während die

Wolken an ihm vorüberrasten. Hohe Pecanobäume drängten sich an dem stillen Fluß, der wie ein schwarzes Samtband unter ihnen lag. Die tiefgrüne Reihe von Bäumen am Wasser war eine Oase in der endlosen Weite aus kurzem Gras, knorrigen Eichen und verwachsenen Rotzedern. Die Ebene erstreckte sich meilenweit in alle Himmelsrichtungen, bevor sie in der Ferne an niedrige Tafelberge stieß.

Die Gruppe hatte an diesem Tag eine unsichtbare Linie überschritten. Der achtundneunzigste Längengrad lag hinter ihnen. Jetzt befanden sie sich in der von ihnen beherrschten Comanchería. Als Cruelest One und Terrible Snows, Rachels Eigentümer, sie verließen, schienen sie die Anspannung und Boshaftigkeit mitzunehmen. Wanderer saß mit den anderen Männern in dieser Nacht rauchend, redend und lachend am Feuer. Cynthia beobachtete ihn, als er sich mit geschickten Fingern eine Zigarette drehte, Tabakkrümel auf ein Pappelblatt streute, es säuberlich zusammenrollte und an den Rändern ableckte, um es zu versiegeln. Er zündete die Zigarette mit einem brennenden Zweig an und setzte sich zu einer ruhigen, in scherzhaftem Ton geführten Diskussion mit Eagle, Big Bow und Buffalo Piss zusammen.

Cynthias Kopf neigte sich immer mehr, sie riß ihn noch einmal hoch, dann fiel er ihr auf die Brust. Sie wachte auf und schaffte es vor dem Einschlafen noch, die verfaulten Pecan-Nüsse vom letzten Jahr wegzuwischen. Sie legte sich auf die Seite, preßte die Hände zwischen die Knie, um sie warm zu bekommen, und wagte kaum zu atmen aus Furcht, Wanderer könnte sich daran erinnern, daß sie nur von der Schlinge um den Hals festgehalten wurde.

Als sie Stunden später aufwachte, stand der Mond tief. Das Feuer war fast ausgegangen. Eine Ecke von Wanderers Bisonfelldecke war um ihre Beine drapiert; er hatte sie dorthin geworfen, als er sich selbst zum Schlafen niedergelegt hatte. Sie nestelte sich vorsichtig etwas weiter unter die Decke und bewegte sich mit quälender Langsamkeit weiter, um ihn nicht aufzuwecken. Wanderer tat nichts ohne Absicht. Er wollte, daß die Decke dort lag, und dabei wußte er, daß sie nicht gefesselt war. Sie hatte jedoch keinerlei Vorstellung davon, wo die Grenzen seiner erstaunlichen Freundlichkeit lagen oder welchen Preis sie dafür würde zahlen müssen. In diesem neuen Spiel waren die Regeln nicht nur ungeschrieben, sondern auch unausgesprochen. Sie nicht zu lernen, konnte schmerzhaft, ja sogar tödlich sein.

Sie lag da und lauschte dem verlorenen nächtlichen Zirpen von Grillen und dem Gesang einer aufgekratzten Spottdrossel, die einer schlafenden Welt ein Ständchen brachte. Das klagende Geheul eines einsamen Kojoten und Wanderers Anflug von Menschlichkeit trieben ihr die Tränen in die Augen. Das Rinnsal wurde zu einer Flut, die den Damm sprengte, den sie gegen all die zermürbenden Schrecken der letzten fünf Tage aufgebaut hatte. Das Wissen, daß sie in einer brutalen, feindseligen Welt völlig allein und hilflos war, überspülte sie, überwältigte sie und schwemmte sie hinweg. Sie schluchzte still und krampfhaft und beweinte den Verlust von allem, was sie liebte.

Eine Flucht war unmöglich. Die Ebene erstreckte sich nach allen Seiten, ausgedörrt, unendlich und gesichtslos. Dort draußen lauerten Wölfe und Bären und Schlangen und Hunger und Durst und ein langsamer Tod. Selbst wenn sie es schaffte, sich in einem Land zu verstecken, in dem es keine Verstecke gab, wohin sollte sie laufen? Ihr Vater hing angenagelt am Tor des Forts. Das gewellte braune Haar, mit dem sie so gern gespielt hatte, schmückte jetzt den Schild irgendeines Wilden. Ihre Mutter, ihr Bruder und ihre Schwester waren vermutlich tot. Falls ihre Mutter irgendwo als Gefangene lebte, litt sie so, wie Rachel gelitten hatte. Der Gedanke daran ließ sie fast vor Pein aufschreien. Nein. Nur das nicht. Sie biß sich auf die Lippe, bis Blut hervortrat. Sie preßte die Augen zusammen und konzentrierte sich darauf, dieses Bild zu vertreiben. Dazu brauchte sie Stunden, und es geschah erst, als sie so lange geweint hatte, daß keine Tränen mehr kamen.

*

Das Geheul ertönte dicht neben ihrem Kopf. Ihm folgte ein Gestank, der zum Schneiden dick war – wie aus einem Faß mit frischem Kuhmist. Cynthia bäumte sich mit wild klopfendem Herzen auf. Auf der anderen Seite des Feuers hüpfte Deep Water herum. Er schüttelte seinen rechten Arm und jaulte vor Schmerz und Überraschung. Es sah aus, als zelebrierte er noch einmal den Skalp-Tanz. Dann sah sie den Skunk, der seine scharfen kleinen Zähne in der fleischigen Wurzel des Daumens des Jungen vergraben hatte und immer noch hartnäckig darauf herumkaute, während er hin und her geschleudert wurde. Blut spritzte auf und besprühte jeden, der in der Nähe war. Buffalo Piss packte das Tier am Schwanz, riß es los, schleuderte es gegen den nächsten Baumstamm und zerschmetterte ihm den Schädel. Es war noch eine Stunde bis Tagesanbruch, aber Big Bow warf frisches Holz ins Feuer, während Deep Water seine zerbissene Hand versorgte. Buffalo Piss entfernte sorgfältig die Afterdrüsen des Skunks. Er ging so vorsichtig mit ihnen um, als wären sie aus Spinnweben. Dann hackte er Kopf und Beine des Tieres ab, nahm es aus und hielt es über die Flammen, um das Haar abzusengen. Dann schnitt er einen langen grünen Ast zurecht, spitzte die Enden an und spießte den toten Skunk auf. Er steckte den Zweig in die Erde und neigte ihn so, daß der Skunk über dem Feuer hing. Während das Fleisch briet, machten sich die Männer bereit, das Lager zu verlassen.

Hand und Unterarm von Buffalo Piss waren von den Dämpfen grünfleckig geworden, doch schien der Gestank, der an ihm und Deep Water klebte, niemanden zu stören. Er war so stark, daß er Cynthia in den Nasenlöchern brannte, und sie hielt sich möglichst weit von den Männern entfernt. Das konnte sie jetzt tun, da sie nicht mehr mit der demütigenden Schlinge um den Hals herumlaufen mußte. Die war so lange Zeit ein Teil von ihr gewesen, daß sich ein weißer Kreis auf ihrem sonnenverbrannten Hals zeigte, als Wanderer sie schließlich abnahm.

Cynthia drehte sich der Magen um, als ihr aufging, was es zum Frühstück geben würde. Sie bezwang ihre Übelkeit, als Wanderer ihr ein kleines Stück davon gab. War dies wieder einer ihrer grausamen Scherze? Sie sah, wie die anderen ihren Anteil herunterschlangen, und schnupperte dann mißtrauisch an ihrem Stück. Sie knabberte daran, denn sie wußte, daß sie bis zum Anbruch der Nacht nichts mehr zu essen bekommen würde. Es schmeckte wie gebratenes Spanferkel, und sie wünschte, er hätte ihr mehr gegeben.

Als die Gruppe den Schutz der Bäume verließ und sich dem trockenen, allgegenwärtigen Wind aussetzte, wurde die sanft wogende Ebene in die Pastellfarben des Sonnenaufgangs getaucht. Das kurze, gewellte Büffelgras wogte vor ihnen wie ein Tausende von Quadratkilometern großer Rasen. Büffelgras war für die Tiere der größte Leckerbissen und für ein Pony eine zu große Versuchung. Schlau wie die Ponys waren, verlangsamten sie das Tempo allmählich und fielen in den Schritt. Sie begannen, im Vorübergehen ganze Büschel abzureißen. Night tat schließlich so, als würde er humpeln, und als die Tiere schließlich nur noch grasen wollten, kam die ganze Gruppe zum Stillstand. Die Männer hatten diese Aufsässigkeit erwartet und ließen die Tiere grasen, bis sie genug hatten. Um die Frage, was genug sei, entspann sich ein Kampf der Willenskräfte, den die Pferde jedoch verloren. Beim Anblick von Nights Humpeln mußte Cynthia unwillkürlich lächeln. Sie mußte zugeben, daß er ein wundervolles Pferd war. Sie beschloß, ihm heimlich ein paar Büschel von dem Gras zuzustecken, das er so offenkundig liebte.

Im Verlauf des Tages wurde die Ebene platter. Feigenkakteen wuchsen manchmal zu einem tödlichen Gestrüpp empor, das so groß war wie ein Mann. Agaven reckten knochige Finger durch das Gras empor. Die Pferdehufe schreckten einen Eselhasen auf, der nur aus Beinen und Ohren zu bestehen schien und in einem wilden Zickzackkurs davonlief.

Im Süden wurden die Bisons, die bis dahin nur als vereinzelte schwarze Punkte aufgetaucht waren, allmählich zahlreicher und verwoben sich mit dem Büffelgras zu einem wolligen Teppich, der sich bis zum Horizont erstreckte, wo die Hitze die Luft tanzen und flimmern ließ. Die kleinen Ponys mit ihren schiefen Hinterteilen und spindeldürren Beinen begannen unter dem gewaltigen blauen Himmelszelt zu tänzeln. Sogar Cynthias plumpes altes Lasttier ließ sich zu einigen wilden Hüpfern verleiten und sah sich verlegen um. Unfähig, noch länger an sich zu halten, wirbelte Wanderer sein schwarzes Pony herum und kollerte wie ein Truthahn.

Alles, was er danach ausrief, war eine Beleidigung und eine Herausforderung. Buffalo Piss schrie Deep Water etwas zu, als beide losgaloppierten. Der Junge hatte Mord im Blick, als er die Ersatzpferde zusammentrieb, um sie hinter den Männern herzujagen. Er schlug mit seiner Reitpeitsche um sich und trieb die langsameren Pferde mit seinem Bogen an.

»*Ob-be-mah-e-vah*« fauchte er Cynthia an, obwohl er ihr gar nicht zu sagen brauchte, daß sie ihm nicht in die Quere kommen durfte. Seit seinem Zusammenstoß mit dem Skunk am Morgen hatte sie sich immer gegen den Wind und möglichst weit von ihm entfernt gehalten. Immerhin hatte er so keine Chance, sich anzuschleichen und ihr weh zu tun, wenn Wanderer ihnen mal den Rücken zuwandte.

Wanderer ritt plötzlich ein Stück voraus. Er warf ein Bein über den Rücken des schwarzen Ponys und wirbelte herum, so daß er verkehrt herum dasaß und die anderen anblickte. So ritt er weiter, schnitt schreckliche Grimassen und verhöhnte sie. Als Deep Water und Cynthia die anderen einholten, vergnügten diese sich damit, immer neue und unmögliche Reitstellungen zu erfinden. Eagle stand auf einem Bein auf dem nackten Rücken seines Ponys und ritt in wildem Galopp zwischen Mesquitsträuchern hindurch. Spaniard kreischte wie ein aufgeregter Affe und hing mit dem Kopf nach unten unter dem Bauch seines galoppierenden Pferdes. Die anderen wetteiferten darin, wer in vollem Galopp den schwersten Felsbrocken vom Erdboden schnappen konnte.

Cynthia sah ihnen verwirrt zu. Wo waren die Mörder und Vergewaltiger der letzten Woche geblieben? Wann würde sich dieses jungenhafte Spiel in Tod und Folter verwandeln? Ihr unberechenbares Verhalten machte Cynthia verwirrter und argwöhnischer als alles andere. Sie würde nie vergessen, was sie ihrem Vater, ihrer Großmutter und ihren Cousinen angetan hatten. In jedem von ihnen lauerte ein Cruelest One, wie harmlos sie sich auch gaben. Sie waren im Spiel genauso verrückt und hemmungslos wie im Krieg.

Von Schnaps hatte sie nichts gesehen, und doch schienen alle völlig betrunken zu sein. Sie waren es auch. Sie waren zu Hause.

Das grollende Rauschen war draußen auf der Ebene meilenweit zu hören. Die Comanchen nannten den Colorado River nicht ohne Grund Talking Water River. Die schnell dahinschießenden Stromschnellen des felsigen Flußbetts übertönten jede Unterhaltung. Die Gruppe ritt zehn Meilen auf dem nördlichen Felsrand entlang, von dem man den fruchtbaren schmalen Uferstreifen überblicken konnte. Am späten Nachmittag hielt sie an einer massiven Ansammlung von Felsblöcken. Buffalo Piss übernahm wieder das Kommando und schickte den grollenden Spaniard den Fluß entlang weiter nach Westen. Die übrigen stiegen ab und begannen, ihre Bündel zu durchwühlen.

Cynthia sah mit zunehmender Panik, wie sie ihren Kriegsschmuck hervorholten. Gab es eine Siedlung in dieser tosenden Wildnis? Soviel sie wußte, hatte das Fort ihres Großvaters die letzte Gruppe von Weißen westlich des Trinity River beschützt. Sie wurde von Hoffnung und Furcht hin und her gerissen. Vielleicht waren noch genügend Weiße in der Gegend, um sie zu retten. Nein. Die Indianer würden nie angreifen, wenn sie wußten, daß sie in der Minderzahl waren. Es mußte ein einsames Blockhaus mit wehrlosen Menschen sein. Die Bewohner gingen wahrscheinlich ihrer Arbeit nach, bereiteten das Essen zu, molken die Kühe oder spielten mit dem Hund. Vielleicht war es auch ein klappriger, staubbedeckter Wagen, ein unbedeutendes Nichts im Vergleich zu den Entfernungen, die er zurücklegte, geführt von erschöpften Pilgern, die auf der Suche nach ihrem Eden waren. Was auch immer: Sobald die Indianer auf Rufweite heran waren, würde sie schreien, um die Leute zu warnen. Und sie würde weiterschreien, bis ihr Quälgeist sie umbrachte.

Big Bow rief etwas und zeigte nach Nordosten. Zunächst konnte Cynthia nichts erkennen. Dann stieg am Horizont eine kleine Staubwolke auf. Wer immer es war, er bewegte sich schnell. Die Wolke schien beim Zusehen immer größer zu werden. Die Männer zogen sich weiter an, zogen ihre geschmückten und verzierten Beinlinge hoch, glätteten die Falten und banden sie an ihren Lendenschurzen fest. Sie bemalten sich und schmierten sich das Haar mit Fett ein und flochten sich Zöpfe. Kriegsschilde wurden behutsam aus ihren weichen Lederhüllen gezogen und geschüttelt, um die Federn zu glätten, mit denen sie gesäumt waren. Wanderer band Nights Schwanz hoch, als sollte das Pferd in den Krieg ziehen, und flocht dem Tier Federn und Glöckchen in die Mähne.

Während er damit beschäftigt war, hielt Cynthia nach irgendeinem Anzeichen dafür Ausschau, daß hier Siedler wohnten. Wenn sie nur wüßte, wo sie waren, würde sie losrennen, um sie zu warnen. Die Erinnerung an Wanderer, der vor allen anderen rückwärts dahinritt, verhöhnte sie, aber sie hatte das Gefühl, es doch versuchen zu müssen. Als hätte er ihre Gedanken gelesen, kam er herüber und legte ihr wieder die Schlinge um den Hals. Das andere Ende befestigte er am Handgelenk.

Dann erkannte sie den Anführer der näherkommenden vier Reiter, und die Beine wurden ihr schwach. Sie klammerte sich am Sattelgurt ihres alten Pferdes fest, um nicht herunterzufallen, und verbarg das Gesicht in der streng riechenden, feuchten und borstigen Mähne des Tiers.

Bitte, Gott. Nein. Bitte. Kein Morden mehr.

Cruelest One trug volle Kriegsbemalung und ritt schnell heran. Er schlug seinen schaumbedeckten, wild und ängstlich dreinblickenden Schecken und trieb ihm die Fersen in die Flanken, bis sich dort Blut mit dem Schaum vermischte. Hunting A Wife, Skinny And Ugly und der laute Indianer, den sie Esa-yo-oh-hobt nannten, *Yellow Wolf*, folgten. Alle ritten mit wehendem Federschmuck und erhobenen Lanzen. Sie hatten sich Bogen und Köcher auf den Rücken geschnallt; ihre Schilde hielten sie mit dem linken Arm. Wanderer hob Cynthia aufs Pferd, als auch der Rest seiner Gruppe die Pferde bestieg und den Neuankömmlingen entgegenritt. Die Männer berieten sich kurz, machten dann kehrt und ritten auf dem Felsrand der Schlucht der untergehenden Sonne entgegen.

Das Licht unter ihnen kam von einer Siedlung, jedoch von keiner weißen. Inmitten der hohen Pyramidenpappeln am Fluß waren Hunderte geduckter, spitz zulaufender Zelte verstreut. Nur die Zelte in der Mitte des Dorfs waren klar zu erkennen. Dort brannte ein brüllendes Feuer, das zuckende Schatten über die geisterhaft blaßgelben Linien der nächstgelegenen Tipis schickte. Die übrigen Zelte verschwammen in der Dunkelheit und marschierten zwischen den Bäumen hindurch wie eine Geisterarmee.

Buffalo Piss ließ einen langgezogenen, wehklagenden Ruf hören, den seine Männer wiederholten. Er wurde von Hunderten von Kehlen aufgenommen und vervielfacht, bis der breite, niedrige Canyon von den Schreien widerhallte. Spaniard hatte das Volk von ihrer Ankunft unterrichtet. Die Ponys stürmten über den Felsrand und stürzten sich kopfüber den steilen, schwarzen Abhang hinunter. Sie überholten fast die kleine Lawine von Steinen und Felsbrocken, die vor ihnen herrollte. Cynthia klammerte sich verzweifelt an den Hals ihres Pferdes, bereit, jederzeit abzuspringen, während es vorwärtsstolperte und -stürzte. Diesmal war sie froh, daß ihr Pferd so langsam war. Wanderer hatte ihre Schlinge losgelassen, und hinter ihr waren nur wenige Pferde, die sie zertrampeln konnten, falls sie stürzte. Sie erinnerte sich an das dichte Gestrüpp von Feigenkakteen und schauderte bei dem Gedanken, sie könnte in so ein stacheliges Dickicht hineinrollen.

Die Pferde witterten ihr Zuhause. Mit einem letzten Aufbäumen erreichten sie den flachen Boden und stürmten auf das Dorf zu. Die Reiter zogen an den ersten Zelten die Zügel an und ritten in einer langsamen und feierlichen Prozession durch die schmalen Gassen. Verwandte und Freunde umgaben sie, begrüßten sie mit Singsang und Schreien. Ein Trupp kleiner Jungen schloß sich ihnen an. Die Jungen stießen Jubelschreie aus und winkten mit ihren kleinen Bogen und Lanzen. Ein paar Frauen streckten laut rufend die Arme aus und versprachen so ihre eigene Form von Belohnung. Die Feier nahm an Lautstärke und Intensität immer mehr zu und dauerte bis tief in die Nacht.

Für Cynthia verschwamm alles zu einem Gewirr aus Decken und Kleidern und Ledersäumen. Man hatte sie der Menge überlassen, und so sah sie nur einen lebenden Wald aus Händen und Armen, die sich nach ihr ausstreckten, sie ergriffen, berührten und kniffen. Die wogenden Gliedmaßen schienen direkt aus runden, boshaften Gesichtern zu wachsen. Ob jung oder alt, männlich oder weiblich, sie sahen alle gleich aus und gleichermaßen böse. Sie kauerte sich zusammen und versuchte, das Gesicht zu schützen.

Dann packte jemand ein Stück von ihrem Kittel und zerriß ihn. Die anderen lachten und johlten und zerrten weiter an den zerlumpten Überresten ihrer Kleidung. Jeder wollte etwas von dem gelben Haar als Souvenir. Als sie begannen, daran zu zerren, ruderte sie mit den Armen und kreischte vor Zorn. Sie packte eine Handvoll der ersten besten, drahtigen, struppigen Mähne und hielt fest. Sie zerrte noch immer daran, trat um sich und schrie, als plötzlich alle sich zerstreuten. Ein Monument von Mann baute sich vor ihr auf.

Als sie hochsah, sah sie einen Bauch. Falten und Vorsprünge und Böschungen erdfarbenen Fleisches quollen in und über den Rand seines Lendenschurzes, tauchten darunter wieder auf und setzten sich in zwei riesigen, glatten Beinsäulen fort. Sie konnte das Gesicht nicht sehen, das auf diesem Berg von Körper saß, doch der Mann war so gewaltig, daß es sie nicht überrascht hätte, seine Schultern von den Wolken verhüllt zu sehen.

Er bückte sich, hob sie mühelos auf und klemmte sie sich unter den Arm, als wäre sie ein Sack Mehl. Die Menge teilte sich vor ihnen, als er durch das Dorf stampfte. Die meisten Tipis waren dunkel und leer. Ihre Bewohner waren vor dem Feuer nur als Umrisse zu erkennen. Die Leere der Gassen und Zelte war fast so furchterregend wie der Lärm. Plötzlich wurde Cynthia von der Angst gepackt, dieser Riese würde sie essen. Sie begann wieder um sich zu treten, zu kreischen und sich zu winden. Doch das machte ihm kaum mehr aus als die im Sommer schwärmenden Pferdebremsen.

In einem stillen Teil des Dorfs drang ein schwacher Lichtschein durch die Seite eines Zelts. Der Mann, der Cynthia trug, schob das Fell beiseite, das die Türöffnung bedeckte, und rief der Frau im Tipi etwas zu.

»Tsatua, *Takes Down The Lodge*, Wanderer hat ein Gelbes Haar mitgebracht. Ich mußte das Volk vor ihr retten. Sie wollte gerade anfangen, eine eigene Skalpsammlung anzulegen.« Sein breites, plattes Gesicht verzog sich zu einem Lächeln voller Falten.

Schweigend tauchte Tabbenoca, *Sunrise*, ein Mann mit einem ernsten Gesicht und kurzgeschnittenem Haar neben Cynthia auf. Sie wurde ihm übergeben, und er trug sie ins Zelt. In ihrer Faust hielt sie noch immer lange schwarze Haare umklammert.

»Danke dir, Pahayuca«, sagte Sunrise, als er vorbeiging. »Takes Down The Lodge braucht sie.«

»Danke dir, Pahayuca«, rief die leise Stimme der Frau aus dem Zelt. Pahayuca, *He Who Has Relations With His Aunt*, kauerte sich in der Türöffnung hin und blickte hinein. Er füllte die Türöffnung aus und schien sogar an den Seiten des Zelts weiterzuquellen.

»Ich habe nichts getan.« Seine tiefe, gutturale Stimme kam ihm grollend aus der Kehle wie Erdstöße, welche die Erdoberfläche erreichen. »Danke Wanderer, wenn du ihn siehst, Ara, mein Neffe. Es war eine lange Reise. Vielleicht solltest du ihm für seine Mühe ein zusätzliches Geschenk machen.«

»Natürlich«, erwiderte Sunrise. »Das tue ich morgen, wenn ich ihn für sie bezahle. Wir hatten schon befürchtet, er würde keine finden.«

»Die hier sieht passend aus. Sie ist stark. Sie wird eine gute Arbeiterin sein«, sagte Pahayuca.

Die sich überschlagenden Worte gingen über Cynthias Kopf hinweg, als sie schwankend auf dem festgetretenen Lehmboden stand, auf den Sunrise sie gestellt hatte. Die stickige, schwere Luft und die wilde Mischung von Gerüchen in dem Zelt machten sie benommen. Während sie zwischen Bewußtsein und Bewußtlosigkeit hin und her schwankte, fragte sie sich vage, wie ein Leben als Sklavin wohl sein würde. Dann gewann die Erschöpfung die Oberhand, und sie stürzte kopfüber zu Boden.

Ihr Bewußtsein schien an der Spitze des Zelts zu schweben, als sie spürte, wie Hände sie hochhoben und dann hinlegten. Etwas Schweres schloß den schwachen Lichtschein und den Lärm des Tanzes aus. Sie schlief zu schnell ein, um die sechsbeinigen Geschöpfe zu spüren, die das Bett mit ihr teilten. Am nächsten Morgen wurde sie von den Schreien und dem Kreischen lachender Kinder geweckt.

Sommer

»Wie man einen Knaben gewöhnt,
so läßt er nicht davon, wenn er
alt wird.«
Die Sprüche Salomos, 22,6

6

Cynthia lag unter der schweren, kratzigen Decke und lauschte den Geräuschen von draußen. Einen kurzen Moment lang dachte sie, sie läge unter der alten blauen Decke, und man habe ihr erlaubt, viel länger als üblich zu schlafen. Ihre Cousinen waren schon auf den Beinen und spielten draußen auf dem Hof. Sie hörte Hunde bellen und Pferde, die vorbeitrappelten. Männer und Frauen lachten, als sie ihren morgendlichen Beschäftigungen nachgingen. Über die alltäglichen Morgengeräusche erhoben sich wieder die Schreie spielender Kinder. Nur zwei Dinge stimmten nicht. Es waren keine gackernden Hühner zu hören, und sie konnte keins der Worte verstehen, die gedämpft durch die Zeltwand neben ihrem Kopf zu ihr hereindrangen.

Was wartete da draußen im Licht auf sie? So früh am Morgen? In einem Lager von Wilden? Sie kauerte sich unter der Decke zusammen, zu verängstigt, um sich zu bewegen oder aus dem Zelt zu lugen. Sie wußte, daß sie sich nicht den ganzen Tag dort verstecken konnte, doch sie beschloß, es zu versuchen. Die Sonne erwärmte schon die Seite des Zelts. Sie konnte fühlen, daß jener Teil des Betts schon heißer wurde, und sie fing an zu schwitzen. Vielleicht hatten sie vergessen, daß sie sich dort befand. Vielleicht würde es ihr gelingen, sich davonzustehlen. Doch sie konnte hören, wie sich im Zelt jemand bewegte, und sie würde bald aufstehen müssen. Sie spürte das gleiche dringende Bedürfnis wie jeden Morgen, was immer sonst geschah. Ihr Leben war in Gefahr, und alles, woran sie denken konnte, war die Tatsache, daß sie sich erleichtern mußte. Wo taten die Indianer so etwas?

Wer immer sich dort draußen befand, sie mußte sich dem stellen. Und sie mußte ihnen ihr Bedürfnis verständlich machen. Was würden sie mit ihr machen? Sie ängstigte sich davor, aus dem Schutz ihrer Decke in die steinernen Augen von Cruelest One zu blicken. Sie hatte gehört, daß die Indianer Babys rösteten und Gefangene folterten oder sie zu Sklaven machten. Würde sie von Tagesanbruch bis Abenddämmerung arbeiten müssen, Dinge schleppen und Holz hakken und für sie schuften? Sie betete, ihre Familie möge sie bald retten.

In der Nähe ertönten leise Stimmen. Sie hörte das Klappern von Holz, hörte dann, wie Anmachholz zu Boden fiel, dann Stille. Sie spannte sich in der stickigen Dunkelheit an und versuchte, alles zu erraten – Persönlichkeiten, Absichten, Motive, Verhalten –, und das nur nach den kleinen, anonymen Geräuschen, die zu ihr ins Zelt drangen. Dann spürte sie, wie etwas Warmes und Lebendiges sich unter den Decken zu ihr hochschlängelte. Es berührte ihre Seite. Sie schrie auf, warf die Decke zur Seite und krabbelte blitzschnell über das schmale Bett, bis sie wie eine von einer Hundemeute in die Enge getriebene Katze an der gespannten Zeltwand stand. Eine kleine braune Hand und ein Arm lagen auf der Decke, die den Bettpfosten und das Bettgestell aus roher Tierhaut bedeckte. Der Arm gehörte zu einer Puppe mit einem Lausbubengesicht und glänzenden Knopfaugen. Ein winziger, perfekt geformter Mund voll ebenmäßiger weißer Zähne grinste sie hinter einem Vorhang aus gewelltem schwarzem Haar an.

»*Hi, tai*, hallo, meine Freundin«, sagte die Puppe. »Asa Nanica, *Star Name.*« Damit zeigte sie auf ihre kleine nackte Brust. Das winzige Wesen lachte, streckte sich quer auf dem Bett aus und kitzelte das gelbe Haar. Cynthia kreischte und schlug nach dem Mädchen, wobei sie sich fester an die heiße Zeltwand preßte, die sie wie ein gespanntes Trommelfell im Rücken spürte. Sie hörte ein Geräusch wie von Hennen, die sich für die Nacht zurechtsetzen, ein Gackern und Rascheln von Federn, die geschüttelt wurden. Es hörte sich an, als stritten sich Hühner um ihren Platz auf der Stange. Das Zelt füllte sich mit Menschen.

Sie sahen alle gleich aus und rochen alle gleich. Der Gestank von Rauch und Schweiß, von Leder und Bärenfett machte die Luft so dick, daß sie kaum noch zu atmen war. Von draußen konnte Cynthia dumpfe Schritte hören, als weitere Frauen und Kinder herbeirannten, um sich der Menge anzuschließen, die schon am Eingang wartete. Hier hatte sich ein Publikum eingefunden, um ein Spektakel zu sehen, und die Hauptattraktion war nackt. Cynthia schnappte sich das ausgestopfte Kissen aus Rehhaut und hielt es vor sich. Da in der Menge waren auch Jungen. Das war leicht zu sehen, da auch sie nichts anhatten.

»Geht weg. Laßt mich in Ruhe. Laßt mich allein, ja!« schrie sie ihnen zu. Doch sie lachten nur. Die Frauen kicherten hinter vorgehaltener Hand. Die Gruppe rückte näher, weitergeschoben von jenen, die sich hinter ihnen ins Zelt drängten. Die Luft wurde dicker, wie Gerstensuppe, die allmählich einkocht. Kinder krochen zwischen den Beinen der Erwachsenen hindurch und hockten sich vor ihr hin und starrten sie mit großen schwarzen Augen unter ihrem zerzausten Haar an. Eins von ihnen kroch Zentimeter um Zentimeter weiter, um sie zu berühren, und sie sah sich mit wildem Blick nach einer Waffe, einem Wurfgeschoß, nach einem harten Gegenstand um.

Dann erteilte die Frau, die im Zelt lebte, einen leisen Befehl. Die Menge begann dahinzuschmelzen und rückwärts durch die Zeltöffnung zu verschwinden wie in einer Szene, die rückwärts gespielt wird. Ein letzter Schelm mit abstehenden Haarsträhnen um den Kopf und mit ebenmäßigen weißen Zähnen in dem braunen, grinsenden Gesicht steckte noch den Kopf herein. Takes Down The Lodge verscheuchte den Jungen mit der Bisonrippe, die sie als Rührstab verwendete. Das war eine so vertraute Bewegung, als würde ihre Mutter dem kleinen John mit ihrer großen hölzernen Schöpfkelle drohen, daß sich Cynthia für einen Moment wieder zu Hause fühlte. Dann war der Augenblick vorbei.

Es war still im Zelt. Die Luft wurde dünner. Nur Takes Down The Lodge, die Mutter ihres Mannes, Pohawe, *Medicine Woman,* und das Kind Star Name blieben zurück. Sie standen da und starrten ihren Gast an, der neben dem Bett einen schweren Knüppel gefunden hatte und ihn jetzt drohend gegen sie erhob. Cynthias Haare standen ihr in wirren Strähnen um das Gesicht, und das Sonnenlicht, das durch die lederne Wand ins Zelt drang, ließ die Haarspitzen aufglühen. Tränen hatten in dem Staub auf ihren Wangen salzige Spuren hinterlassen. Ihr stämmiger Körper war angespannt, und ein Muskel in ihrer Schulter zuckte. Ihre aufgerissenen blauen Augen blickten verstört.

Als näherte sie sich einem gefährlichen, in die Enge getriebenen Tier summte Star Name mit leiser, begütigender Stimme, während Takes Down The Lodge und Medicine Woman zusahen. Star Name streckte eine winzige Hand aus und berührte Cynthia leicht am Handgelenk. Die sanfte Berührung löste die Anspannung. Cynthia ließ die L-förmige Keule fallen, Takes Downs Shinny-Schläger, und brach auf dem Bett zusammen. Sie schluchzte in das Kopfkissen und vergrub sich wieder unter den Decken wie eine verzweifelte Krötenechse, die sich im Sand eingräbt. Das Indianerkind krabbelte zu ihr ins Bett und zog die Decke zurück. Star Name legte die Arme um sie und wiegte sie sanft, strich das strähnige, schmutzige gelbe Haar glatt und wischte mit dem Handrücken die Tränen weg. Star Name trug einen Lendenschurz und war so braun wie blankpoliertes Sattelleder.

»*Ka taikay, ka taikay, Tohobt Nabituh*, weine nicht, blaue Augen. *Toquet*. Es ist alles gut.«

Es war die erste warme, menschliche Berührung, die Cynthia seit dem Angriff auf das Fort erlebt hatte. Sie schmiegte sich in die mageren braunen Arme und atmete den süßen, geräucherten Duft von Star Name ein. Sie klammerte sich an sie wie ein Eichhörnchenbaby an einen Ast in dreißig Meter Höhe.

»*Mi-pe mahtaoyo*, armes kleines Ding«, sagte Medicine Woman. Star Name rutschte langsam vom Bett herunter, bis sie sich auf die Knie und eine Hand stützte. Sie zog das Gelbe Haar, das noch immer das Kissen umklammert hielt, auf den bloßen, festgetretenen Lehmboden, auf dem sich immer noch abgetretene Büschel zähen Grases hielten. Cynthia ließ es zu, daß sie zu dem kleinen Feuer in der Mitte des Zelts geschleift wurde. Von dort stieg der Rauch in trägen Spiralen auf und wurde viereinhalb Meter höher durch das Abzugsloch gesaugt. Cynthia sah sich erstaunt um. Nachdem sie sich an die spitz zulaufende Form des Zelts gewöhnt hatte, entdeckte sie, daß es genauso groß war wie das Blockhaus, in dem sie im Fort gewohnt hatte.

Feine Staubkörnchen tanzten in dem morgendlichen Lichtstrahl, der scharfkantig wie ein fester Körper durch die offene Tür eindrang. An der runden Zeltwand sah Cynthia ein Gewirr von Fellen und Bisondecken auf den drei erhöht stehenden Bettgestellen. Das Licht, das durch die lichtdurchlässige lederne Zeltwand eindrang, tauchte die aufgestapelten Taschen und die prall gefüllten Schachteln aus rohen Fellen in einen warmen goldenen Schimmer.

Auf einem der Betten lag ein halbfertiges Hemd aus glattem, weichem Rehleder. Die Ahle aus Knochen, durch langjährigen Gebrauch zu poliertem Elfenbein geworden, steckte in einer Naht. Der Rührstab aus einem Rippenknochen, eine Schildpattschale und ein großes Schlachtermesser lagen auf einem Stück Tierhaut neben dem Feuer. An einem Zapfen, der in einen der Zeltstäbe getrieben worden war, hing ein einfacher rechteckiger Rasierspiegel, dessen Holzrahmen Löcher aufwies und an dem Federn baumelten. Kleidungsstücke und Waffen hingen an Pflöcken oder einer Leine, die zwischen den Zeltstäben gespannt worden war. Der Geruch bratenden Fleisches durchdrang alles.

Cynthia blickte nervös zur Tür und kauerte sich hinter ihrem Kissen zusammen. Durch die ovale Öffnung konnte sie sehen, daß das Lagerleben seinen gewohnten Gang ging. Niemand sah auch nur in ihre Richtung, und vor den dreien, die bei ihr waren, schien sie sich nicht schämen zu müssen. Takes Down The Lodge war klein und pummelig mit einem flachen runden Gesicht und einem scheuen Lächeln. Medicine Woman war älter, hochgewachsen und schlank und hatte freundliche Augen. Star Name hockte auf dem Boden und hatte die Arme um die Knie geschlungen, als wollte sie versuchen, ihre Aufregung über das Gelbe Haar zu beherrschen. Das Glitzern in ihren Augen ließ sie wie ein Kastenteufelchen aussehen, das gleich durch den Deckel springen wird.

Das Zelt sah aus, als hätte ein stürmischer Wind es durchtost und als lebten die Überlebenden noch immer in dem zurückbleibenden Chaos. Doch Cynthia wußte es besser. Trotz der schrägen Wände, die sich zum Rauchabzug hin verjüngten, trotz der durch die Öffnung gedrängten Zeltpfähle sah die Behausung kaum anders aus als das Blockhaus, das sie verlassen hatte. Die Geräte, Werkzeuge und Kleidungsstücke waren einfach, aber mit Umsicht und Sorgfalt hergestellt, und sie wurden von ihren Benutzern geschätzt. Alles befand sich in Griffnähe, wenn es gebraucht wurde. Hier wohnte jemand, hier war jemand zu Hause. Ein einfacher Mensch ohne Ansprüche. Sie befand sich in der Art von Behausung, die sie seit jeher gekannt hatte.

Takes Down The Lodge reichte ihr einen spitzen Stock, an dem ein Stück geschwärztes Fleisch baumelte. Fettropfen fielen zu Boden und hinterließen dunkle Flecke auf der Erde. Cynthia biß durch die knusprige, verkohlte Kruste in das rosafarbene, saftige Fleisch darunter. Sie wischte Fett und verkohlte Stücke mit den Fingern am Schenkel ab und aß das Fleisch direkt vom Stock. Sie hockte sich hin, um die Finger in den Maisbrei zu tauchen, der wie ein grauer Lehmklumpen in einer Schüssel aus Baumrinde lag. Die Mahlzeit linderte den nagenden Hungerschmerz in ihrem Magen. Hätte das Zelt nur einen Abort besessen, wäre sie fast zufrieden gewesen.

Takes Down The Lodge zog einen heißen Stein aus dem Feuer, balancierte ihn auf dem breiten Ende ihres Rührstabs und ließ ihn in einen mit Wasser gefüllten Pansen fallen. Als das Zischen aufhörte, tauchte sie einen Stoffetzen in das erwärmte Wasser und begann, die Schichten von Schmutz und Fett, schwarzer Farbe und getrocknetem Blut abzuscheuern, die sich an ihrer neuen Tochter angesammelt hatten. Medicine Woman machte einen kleinen, kunstvoll mit Perlen verzierten und mit frischen Blättern gesäumten Beutel auf. Sie löffelte etwas von der würzig riechenden Salbe heraus und schmierte sie auf die Schnitte und Kratzer, die noch nicht verheilt waren.

Während Cynthia aß, war Star Name aus dem Zelt verschwunden. Jetzt tauchte sie wieder auf. Sie zerrte ihre Mutter mit der einen und einen langen Stoffstreifen mit der anderen Hand herein. Es war einer ihrer Lendenschurze, ein Geschenk für das Gelbe Haar. Ihre Mutter, Tuhani Huhtsu, *Black Bird*, murmelte einen Gruß und blieb an der Tür stehen. Sie vermied es, in den Lichtstrahl zu treten, während die anderen plappernd an dem neuen Kind arbeiteten. Sie war eine schwere, noch schüchternere Ausgabe ihrer jüngeren Schwester Takes Down The Lodge und schien es vorzuziehen, ein Teil der Einrichtung zu sein.

Während Star Name und Takes Down Cynthia zeigten, wie man den Lendenschurz anlegt, huschte Medicine Woman wie ein Kolibri im Zelt herum. Sie sang mit hoher, aber weicher Stimme ein Lied, das in ihr zu vibrieren schien. Sie wieselte mit einem langen Lederriemen hin und her, legte ihn Cynthia auf den Rücken, wickelte ihn um die Brust und machte dann an verschiedenen Stellen Knoten hinein. Das Kind stand mit seitlich ausgestreckten Armen da und sah zu, wie die dünne Schnur des Lendenschurzes ihr um die Hüften geschlungen wurde.

Sie fragte sich, was die alte Frau da tat. Medicine Woman erinnerte sie irgendwie an ihre Großmutter. Sie war nicht fett wie die anderen Frauen und hatte schmale, scharfe Gesichtszüge. Ihre Augen waren dunkle Brunnen, in denen Sonnenlicht glitzerte. Um die Augen zeigten sich Lachfältchen, die sich auf den Wangen fortsetzten. Cynthia streckte schüchtern den Arm aus und berührte ihre Hand, um zu spüren, ob die braune Haut sich wie ihre eigene anfühlte. Sie fühlte sich genauso samtig an wie die ihrer Großmutter, wie Köper, der durch langes Tragen glatt geworden ist. Und wie bei Großmutter Parker waren auch Medicine Womans Finger lang und kräftig, und ihre Handflächen waren mit Schwielen übersät. Medicine Woman hatte die starken, sanften Hände einer Heilerin. Sie lächelte Cynthia an, legte dem Kind drei spindeldürre Finger leicht auf die Wange und wandte sich dann wieder ihrem Lederriemen zu.

Danach nahm Takes Down Cynthias Haar in Angriff. Sie zog mit einer Bürste, einem Stachelschweinschwanz, der auf einem Holzblock gestreckt worden war, an den Haarkletten. Immer noch kniend und gegen Cynthias Wange atmend, stützte sie mit einer Hand den

Kopf des Kindes und fuhr mit der anderen durch die verfilzten Strähnen der langen, dicken goldenen Mähne. Star Name nahm eine Locke in die Hand, strich darüber und hielt sie ins Licht, um ihrer Mutter deren Farbe zu zeigen.

Auf der anderen Seite legte Medicine Woman ihren Lederriemen, der jetzt voller Knoten war, an Cynthias Fuß an. Cynthia kicherte und führte einen kleinen Tanz auf, damit es nicht kitzelte. In ihrer Not, sich erleichtern zu müssen, tanzte sie ohnehin von einem Fuß auf den anderen. Der Druck in der Blase war fast schmerzhaft. Wie lange konnte sie noch aushalten? Wie sollte sie ihnen klarmachen, daß sie dieses dringende Bedürfnis verspürte?

Takes Down The Lodge tippte ihr mit der Bürste auf die Schulter und gab ihr damit zu verstehen, sie solle stillstehen, und begann, Zöpfe zu flechten. Cynthia starrte geradeaus, da sie das Gesicht der Frau auf so kurze Entfernung nicht fixieren konnte. Es war ein Gesicht, das sie einfach gernhaben mußte. Takes Down hatte große, traurige Rehaugen, die wie bei einer Orientalin schräggestellt waren. Ihr schmaler Mund schien sich quer über ihr Gesicht zu erstrecken und in die runden Wangen auf beiden Seiten einzutauchen. Eine mächtige Adlernase verlieh ihr trotz des mondförmigen Gesichts, das sie umgab, einen Ausdruck ruhiger Würde. Ihr Haar war kurzgeschnitten, und sie hatte es sich hinter ihre kleinen Ohren gesteckt.

Star Name flocht eine Krähenfeder in den dünnen Zopf auf Cynthias Scheitel, um danach zusammen mit Takes Down die beiden Seitenzöpfe mit blauen Bändern festzubinden. Cynthia fragte sich, woher die Bänder stammten. Hatte man sie irgendeinem Siedlerkind weggenommen, als es im Sterben lag? Cynthia hoffte, sie wären bei einem Händler eingetauscht worden.

Nachdem das Ritual mit dem Lederriemen endlich erledigt war, malte Medicine Woman eine rote Linie auf den Scheitel des Gelben Haars, wozu sie ein einfaches Stück Holz benutzte, das sie in die dicke Farbpaste tauchte. Dann hockten sich beide hin, um ihr Werk zu bewundern. Cynthia senkte unter der Last ihrer Aufmerksamkeit schüchtern den Kopf.

Takes Down The Lodge kam mit einem Grunzen auf die Beine und ging zu dem Spiegel hinüber. Sie ging, als watete sie durch tiefen Schlamm. Sie schwankte von Seite zu Seite und hob beim Gehen kaum die Füße. Sie hielt Cynthia das dicke, rechteckige Glas hin. Die leuchtenden Messingkegel klirrten, und die Federn drehten sich langsam an ihren Lederriemen. Cynthia fuhr mit der Hand zum Scheitel. Die rote Linie dort bestürzte sie. Einen Augenblick lang fürchtete sie schon zu bluten, daß die beiden sie mit ihrer schlauen Freundlichkeit eingelullt hatten, um sie hinterhältig schneiden zu können. Dann fiel ihr die Farbe ein, und sie lächelte verlegen. Als sie sich die strahlenden Gesichter ansah, fühlte sie sich ein wenig schuldig, weil sie schlecht von ihnen gedacht hatte.

»Tsa-tua, Takes Down The Lodge.« Takes Down stieß sich gegen die Brust. Ihre Finger versanken in dem weichen Fleisch, das sich wie zwei Segel blähte. »Tsa-tua.«

»Chatua?« Cynthia ließ die fremdartigen Silben im Mund herumrollen und versuchte, sie so auszuspucken wie die Frau.

»Tsa-tua.« Takes Down tippte sich mit beiden Händen an die Brust.

»Tsa-tua.« Cynthia lernte schnell. »Asa Nanica«, fügte sie hinzu, streckte den Arm aus und zupfte leicht an dem glänzenden schwarzen Haar Star Names. Black Bird, die immer noch an der Tür stand, lachte. Sie versteckte sich hinter der Rehhaut, auf der sie herumkaute.

Die hochgewachsene, zierliche Frau trat vor.

»Pohawe, Medicine Woman«, sagte sie.

Cynthia streckte feierlich den Arm aus, um Medicine Woman die Hand zu schütteln. Diese verstand die Geste nicht, sondern nahm Cynthias Hand und preßte sie sich ans Herz. Cynthia konnte es unter ihren Fingern flattern fühlen, als wäre es ein Vogel, der in dem Knochenkäfig von Medicine Womans Brust gefangen war. Dann zog Star Name Cynthia auf die andere Seite des Zelts, um sie ihrer Mutter vorzustellen, Tuhani Huhtsu, Black Bird. Black Bird neigte den Kopf und lächelte scheu. Nur die Mundwinkel verrieten das Lächeln, da sie immer noch auf der Haut herumkaute, was zum Vorgang des Gerbens gehörte. Sie behielt die Haut nicht nur als Schutz im Mund, sondern auch, weil sie gekaut werden mußte.

Jetzt kannte Cynthia sie alle beim Namen, doch die Indianerinnen kannten sie nicht.

»Cynthia«, sagte sie und zeigte auf ihre blasse Brust. »Mein Name ist Cynthia.«

»Tsini-tia?« Sie plapperten los und begannen zu lachen.

»Was ist daran so komisch?« Sie stampfte wütend mit dem Fuß auf und verschränkte die Arme. Das Lachen der Frauen schloß sie aus, denn sie konnte nicht mal ihren eigenen Scherz verstehen. Lachten sie über das, was sie sagte, ober über das, was sie war? Am liebsten hätte sie vor Verlassenheit und Enttäuschung wieder losgeweint.

»Tsini-tia.« Takes Down The Lodge nahm sie in ihre kräftigen, pummeligen braunen Arme und herzte sie. Sie riß sie vom Fußboden hoch und machte sie so wehrlos. Als sie gegen das grobe Rehfell gepreßt wurde, wurden ihre Arme in den Bauch gedrückt, und sie konnte Rauch riechen und Pferde, Staub und wilde Zwiebeln. *Bitte, lieber Gott, laß nicht zu, daß ich mich und diese Frau naß mache. Sie könnte mich dafür umbringen.* Sie schloß die Augen, knirschte mit den Zähnen und spannte sich an, bis die Muskeln schmerzten. Als Takes Down sie wieder auf die Erde stellte, hörte sie, wie ihr Name von Mund zu Mund ging. Wenn sie nur wüßte, was er bedeutete. Tsini-tia, *Little Stay Awhile.* Für ihre neue Familie war dieser Name ein wundervolles Omen.

Star Name nahm Cynthia bei der Hand und wollte fröhlich zur Tür gehen. Dabei plapperte sie drauflos, als verstünde ihre neue Freundin jedes Wort. Cynthia stemmte die Füße urplötzlich so fest in den Boden, daß Star Name fast rücklings zu Boden fiel.

»O nein, das tust du nicht. Ich gehe nicht da raus.« Sie wußte, daß sie sie nicht verstehen konnten, doch das war ihr egal. Immerhin war es auch ihnen egal, daß sie sie nicht verstehen konnte. Sie preßte den Mund zu dem berühmten Parkerschen Strich zusammen, der Linie, die ihre Familie durch Tausende von Meilen feindseliger Wildnis gebracht hatte. Da draußen befand sich der ganze Stamm von diesen Wilden, die nur darauf warteten, sie zu packen und zu verhöhnen und sie mit Dingen zu bewerfen, wie sie es am Abend zuvor gemacht hatten. Sie würde hierbleiben, auch wenn sie sich auf der Stelle naß machte. Es wäre nicht das erstemal, seitdem diese Leute sie entführt hatten.

Außerdem hatte sie keine Kleider an. Sie fühlte sich in ihrer Nacktheit verwundbar und entblößt. Was würde ihre Mutter sagen? Oder ihr Vater? Sie kniff die Augen zusammen und schüttelte leicht den Kopf, um so das Bild ihres Vaters loszuwerden, wie sie ihn zuletzt gesehen hatte. Was würde Großvater sagen? Sie konnte ihm beim Abendgottesdienst hören, wie er von Bescheidenheit predigte. Seine tiefe, dröhnende Stimme war ihr immer wie eine Kanone vorgekommen, die gegen die Kräfte Satans feuert. Sie hatte immer den Kopf gebeugt, eher um aus der Schußlinie zu kommen denn aus Ehrfurcht. »Ich hörte deine Stimme im Garten, und fürchtete mich; denn ich bin nackt, darum versteckte ich mich. Erstes Buch Mose, drei, zehn.«

Der Lendenschurz war nicht nur schmachvoll, sondern auch lästig. Sie trug eine Windel. Der kleine John würde sie auslachen, wenn er sie jetzt sehen könnte. Die grobe Wolle fühlte sich an dem Einschnitt am oberen Ende der Schenkel kratzig und eng an. Sie war sich ihrer nackten Beine, ihrer entblößten Brust und ihres Hinterteils so bewußt, daß sie den ganzen Körper vor Scham prickeln zu fühlen meinte. Außerdem konnte sie in diesem Aufzug nie weglaufen. Das Ding kitzelte die Beine. Wahrscheinlich würde es abfallen. Und was wäre, wenn der Lederriemen riß, oder wenn sie sich in einer Dornenhecke verfing und sich der Stoff löste? Außerdem würde die Sonne ihr Sommersprossen auf Schultern und Gesicht brennen, was ganz und gar undamenhaft war.

Sie versuchte sich gegen den kräftigen Griff von Takes Down The Lodge zu stemmen, die ihr die Hände mit eisernem Griff in die Schulterblätter preßte. Cynthias Füße pflügten Furchen in den Erdboden, als sie zur Tür geschoben und geschleift wurde, während Black Bird und Medicine Woman aufmunternde Rufe hören ließen. In der Türöffnung schwankte sie, ein halbflügger Vogel, der aus dem Nest gestoßen werden sollte. Die Geräusche des Lagers, das Bellen und Wiehern, das Rufen und Kratzen und Hämmern und Lachen, schienen sich zum Crescendo zu steigern.

»*Mea-dro*, Tsini-tia. Gehen wir!« Star Name zog sie an der Hand und grinste. Cynthia trat über die Schwelle und ging ein paar kleine Schritte ins Sonnenlicht. Sie sah sich um, jederzeit bereit, sich loszureißen und sich in die Sicherheit der kühlen dunklen Höhle in der Zeltwand zurückzuflüchten. Sie erschauerte in der Hitze und wartete darauf, daß Gott den Himmel teilte, sich zu ihr herunterbeugte und sie wegen ihrer Schamlosigkeit rügte.

Als sie sich noch weiter ins Tageslicht hinausbewegte, hatte sie das vage Gefühl, hilflos von einem schnellen tiefen Strom mitgeschwemmt zu werden. Als sie auf das Zelt zurückblickte, erschien es ihr so fremd und bedrohlich wie die anderen. Diese Zelte sahen alle gleich aus. Sie duckten sich wie dicke Kegel, überall zwischen Eichen und Mesquitsträuchern und den Massen von Feigenkakteen verstreut auf einem Hochplateau. Auf der einen Seite des Zelts, das sie gerade verlassen hatte, war eine große gelbe Sonne aufgemalt, was sie sich sorgfältig einprägte.

Sie merkte sich die Gestalt des hohen Pecanobaums, der dahinterstand, und das Gestell mit Fleisch davor. Das Gestell hatte drei Pfähle, an denen die Fleischstreifen zum Trocknen aufgehängt waren, während die meisten anderen nur zwei hatten. Sie hatte schon vor langer Zeit gelernt, aufmerksam auf ihre Umgebung zu achten und sich alles einzuprägen, was sie sich merken konnte. Nur zu leicht konnte sie in das falsche Zelt stolpern. Schon der Gedanke entsetzte sie.

Takes Down The Lodge, Black Bird und Medicine Woman hatten jetzt ebenfalls das Zelt verlassen und beobachteten sie. Mit Medicine Woman in der Mitte stellten sie sich vor dem Zelt auf, und an den beiden Enden standen die beiden Schwestern wie Buchrücken. Dieser Anblick der stämmig und lächelnd dastehenden Frauen beruhigte Cynthia ein wenig. Sie war nicht mehr ganz allein. Das Leben im Lager ging unterdessen wie gewohnt weiter. Niemand machte sich lustig über sie, und die Menschen liefen nicht zusammen. Es kam zu keiner Unterbrechung des stetigen, kratzenden Rhythmus der Schabmesser aus Knochen, als sich die Frauen über die auf dem Erdboden angepflockten Tierhäute beugten. Kinder rannten zwischen ihnen herum, gejagt von den Welpen und jungen Hunden, die zu diesem Rudel von Kindern zu gehören meinten. Immer wieder sprang eines der sehr langbeinigen, ungepflegten Tiere ein Kind an und warf es zu Boden, wo es alle viere von sich streckte. Dann wälzten sich beide knurrend und lachend im Staub. Die älteren Hunde hatten keine Zeit zum Spielen. Sie waren vollauf damit beschäftigt, das Lager nach Abfällen zu durchsuchen und ihr Revier zu verteidigen. Es waren nur wenige Männer im Lager, meist ältere, die sich in Bisondecken gehüllt hatten und in der heißen Sonne beisammen saßen.

Die anderen Kinder haben auch keine Kleider an. Ein schneller Blick in die Runde zeigte ihr, daß sie besser angezogen war als die meisten der Kinder, die in ihrem Alter waren oder jünger. Ob nackt oder nicht, zumindest eine Auskunft mußte Cynthia jetzt schnell erhalten. Mit Zeichensprache und der Pantomime von Kindern begann sie auf Star Name einzureden. Dann gingen sie gemeinsam zur Latrine, dem viele tausend Quadratmeilen großen Umland.

Cynthia hatte einen schlechten Zeitpunkt gewählt, um auszuweichen. Sie schrie und kreischte, als der Grizzlybär sie fraß. Mo-pe, *Owl*, war wie ein Bärenjunges gebaut, und Cynthia schrie auf, als sich die kräftigen braunen Finger in ihre Seiten gruben, sie quetschten und kitzelten, bis sie sich zappelnd auf der Erde wand. Sie wälzte sich im Staub, ganz schlapp vor lauter Lachen. Dann rannten die anderen Kinder herbei und versuchten, eine Handvoll Sand zu stehlen, den »Zucker«, den Owl verteidigte. Wer gekitzelt worden war, war aus dem Spiel und setzte sich mit den anderen an die Seitenlinien, um zuzusehen. Als sie alle gefressen worden waren, warfen sich die Kinder übereinander und keuchten vor Lachen und wegen der Vormittagshitze. Einige von ihnen befreiten ihre Lendenschurze von Sand, der entweder beim Spielen eingedrungen oder hineingestopft worden war. Alle waren mit rotem Staub bedeckt, der, mit Schweiß vermischt, in Streifen an ihnen herunterlief. Ihr Haar war damit bestäubt, und der Sand klebte auch an ihren geröteten Gesichtern und Hälsen.

Cynthia ließ die feinen Sandkörner durch die Finger rinnen und sah zu Star Name hinüber. Sie kannte sie weniger als eine Woche, war aber sicher, daß ihre Freundin nicht lange stillsitzen würde. Sie hatte recht. Star Name sprang auf und rannte in Richtung Fluß los.

»*Mea-dro*, gehen wir!« Das Gewirr nackter Glieder zuckte und trat, als die Kinder sich entwirrten, um Star Name zu fangen. Sie rannten durch das Dorf, heulten wie ein Rudel wildgewordener Wölfe und entblößten dabei nackte rote Hinterteile und schwielige Fußsohlen. Sie benutzten Gestelle und Kochfeuer als Hürden, warfen Habseligkeiten um und beendeten Hundekämpfe. Die Hunde hätten ohnehin mit den Beißereien aufgehört, um sich auf die umgekippten Fleischgestelle zu stürzen. Die Frauen ließen ihre Schabmesser und ihr Nähzeug fallen und rannten los, um die Hunde von den Lebensmitteln zu verjagen. Owls Mutter, Tah-hah-net, *She Laughs*, packte ein großes Stück Bison-Steak, als es in Reichweite kam, und hielt fest. Der Hund am anderen Ende, der sich urplötzlich gestoppt sah, schüttelte es und zerrte daran und versuchte, She Laughs von der Stelle zu bewegen, aber er war ihr nicht gewachsen. Sie lenkte ihn mit einer Finte ab und verjagte ihn mit einem festen Tritt in seine knochigen Rippen. Der Hund trollte sich, den zerzausten Schwanz zwischen seine spindeldürren Beine geklemmt, und sie hängte das Fleisch wieder zum Trocknen auf.

Als die rote Staubwolke wegwehte und sich auflöste wie Rauch im Wind, schüttelten die Frauen ihre Handarbeit aus und setzten sich wieder hin. Sie lachten und schnatterten, als wäre nichts gewesen. Die alten Männer zündeten sich wieder ihre Pfeifen an und nahmen die Fäden ihrer Geschichten wieder auf. Diejenigen Männer, die spielten und in dichten Trauben um ihre Würfelspiele hockten, hatten nicht einmal aufgeblickt.

Cynthia rannte mit den anderen auf den Rand ihres neuen Lagers und den kühlen Fluß zu, der sich wie ein Seidenband zwischen hohen Steilufern aus Kalkstein dahinschlängelte. Sie streckte die Beine, soweit es ihr überhaupt möglich war, und beschleunigte ihre Schritte, um Star Name einzuholen. Sie sprang über Felsbrocken und Büsche hinweg und mied die Dornen der täuschend zart wirkenden blaßgrünen Mesquitsträucher. Sie konnte fühlen, wie sich ihre Muskeln unter der Haut streckten, spannten und bewegten. Sie war eine Antilope, ein Rennpferd, ein aufgeschreckter Hase, der frei über die Ebene hüpfte und jagte. Sie warf den Kopf in den Nacken und heulte aus schierer Lebensfreude wie ein Wolf. Sommersprossen, Scham, undamenhaftes Verhalten, darauf kam es nicht mehr an. Die alten Regeln galten hier nicht, und neue schien es nur wenige und zudem einfache zu geben.

Als sie sich dem Rand der Kalksteinfelsen näherten, hatten sie die letzten Zelte hinter sich gelassen. Unter ihnen lag der Fluß, der von den Baumwipfeln verborgen wurde. Cynthia befand sich so hoch oben, daß sie fast erwartete, Wolken vorbeiziehen zu sehen. Tief unten erstreckten sich mit üppigen Eichen bedeckte, sanft geschwungene Hügel bis zum Horizont. Die wogenden Hügelketten leuchteten in vielen Farben, von Tiefgrün bis Dunkelblau, wobei jede Kette schwächer wurde, bis die letzte fast mit dem Himmel verschmolz. Cynthia fühlte sich wie ein Vogel, der hoch über all dem schwebt und hundert Meilen in jede Richtung sehen kann.

Die Kinder stürzten sich über den Rand des Felshangs und rannten den steilen Pfad hinunter, der sich durch den Wacholderhain schlängelte. Cynthia ergriff eine Handvoll der kleinen, harten, metallblau glänzenden Beeren, um Owl und Star Name damit zu bewerfen. Einige winzige, unsichtbare Blüten parfümierten die Luft mit dem Duft von Rosen. Cynthia lief mit den Zehen nach innen, wie Star Name es ihr beigebracht hatte. Takes Down hatte ihr ein paar Mokassins gemacht, und die Füße hatten ihr geschmerzt, bis sie den Trick gelernt hatte, mit einwärts gerichteten Zehen zu gehen.

Die Kinder rannten über den schmalen roten Sandstreifen am Fuß der Kalkfelsen und kletterten über Felsbrocken hinweg, bis sie zu einem tiefen Teich kamen. Die ihn umschließenden Felsen ließen das Wasser auf einer Seite hereinströmen und auf der anderen einen Steilhang aus grauem Kalkstein hinunterstürzen, bevor es wieder den Hauptstrom erreichte. Ein dichtes, tiefgrünes Blätterdach turmhoher Pecanobäume hing über den Teichen und erlaubte dem Sonnenschein nur an wenigen Stellen, die kühlen Felsen zu erwärmen.

Die ersten nackten Leiber tauchten wie ein Schauer von Pfeilen von den Felsen in den größten Teich. Cynthia blieb stehen, wieder einmal in der Falle ihrer Erziehung gefangen. Der Lendenschurz war zwar nicht viel, doch immerhin etwas. Star Name und Owl tauchten schnaubend und prustend wieder auf und bespritzten sich gegenseitig mit Wasser. Owl kletterte heraus und sprang wieder ins Wasser. Sie hatte ihre kurzen, kräftigen Beine bis zum Kinn hochgezogen und zielte auf Star Name. Das hochaufspritzende Wasser schleuderte einen dicken schwarzen Wasser-Mokassin hoch, der auf der anderen Seite des Teiches entlangglitt und zwischen den Felsen verschwand. Aufsprühendes Wasser von Owls klatschendem Aufprall spritzte Cynthia auf Brust und Wangen. Es kühlte sie und nahm ihr die Entscheidung ab. Sie entledigte sich ihrer Mokassins, ließ den Lendenschurz fallen, hielt sich die Nase zu und sprang hinter ihren Freundinnen her. Es kam ihr nicht in den Sinn, daß sie nicht schwimmen konnte. Als sie unterging, füllten sich Mund und Augen mit Wasser, und sie strampelte verzweifelt, um festen Boden unter die Füße zu bekommen. Sie kämpfte sich mit einem Abstoß an dem festen Kiesgrund des Teichs an die Oberfläche, keuchte aber nur und ging wieder unter. Eine starke Hand packte sie und zog sie an die Oberfläche. Owl grinste und hielt Cynthia fest, während diese Wasser ausspie und verzweifelt mit Armen und Beinen zappelte. Star Name drehte sich auf den Rücken und spie Wasser aus. Ihr Haar klebte ihr am Kopf.

Dann glitten die Kinder wie Fischotter die glatte Felsrampe zum zweiten Teich hinunter. Sie schwammen bis zum Rand, kletterten hinaus und rannten wieder zurück, um wieder ins Wasser zu rutschen und das Spiel von vorn zu beginnen. Star Name fand einen dicken Weinstock, der von einem dicken Ast ins Wasser hing. Sie schwangen daran hin und her, ließen sich dann fallen, strampelten mit den Beinen und kreischten, bis sie aufprallten.

Schließlich zogen sich Star Name und Owl und Cynthia am Rand des Teichs auf einen flachen, kühlen Felsblock. Wie glatte braune Seegurken hingen Cynthias Freundinnen über den Rand, schaufelten Sand vom Strand unter ihnen herauf und begannen, ihn sich ins Haar zu reiben. Sie ergriffen Cynthia und frottierten sie ab. Sie ignorierten ihr Zappeln, zogen ihr die Bänder und die durchnäßte Feder aus dem Haar und rieben ihr den Sand mit harten kleinen Fingern in die Kopfhaut. Das gab ihr das Gefühl, blitzsauber und glänzend zu sein, genau wie die Töpfe, die sie und ihre Mutter auf die gleiche Weise gescheuert hatten.

Die Mädchen sprangen ins Wasser, um den Sand abzuspülen, und kletterten dann heraus und legten sich auf eine sonnenbeschienene Stelle. Sie aßen die paar Handvoll getrockneter Trauben und Pemmican-Stücke, die Star Name und Owl sich geschnappt hatten, als sie durchs Lager gerannt waren. Cynthia fand ihren Lendenschurz, zog ihn aber nicht an. Nackt im Sonnenschein zu liegen, war die aufregendste Freiheit, die sie je erlebt hatte, und sie wollte sie so lange wie möglich genießen. Sie hielt wie eine Katze in dem warmen Gras am Strand ein Nickerchen, während die anderen den Nachmittag verspielten.

Als eine kühle Brise über sie hinwegzustreichen begann, kamen sie aus dem Wasser und schüttelten sich wie nasse Hunde. Ihre Finger waren von dem langen Aufenthalt im Wasser ganz runzlig geworden. Cynthia wandte sich ab, als die Jungen vorbeischlenderten, deren kleine, zusammengeschrumpelte Penisse ihnen wie braune Mäuse zwischen den Beinen hingen. Einige trockneten sich mit einer Handvoll Gras ab und zogen sich langsam die Kleider an. Andere machten sich mit dem Lendenschurz in der Hand auf den Weg zum Lager und zogen ihn im Staub hinter sich her. Cynthia zitterte in dem kühlen Schatten der Wacholderbäume, als sie den Abhang hinaufkletterten.

Cynthia und Star Name ließen Owl vor ihrem Zelt am Rand des Dorfs zurück und wanderten Hand in Hand durch das weitläufige Lager nach Hause. Die dreihundert Zelte von Pahayucas Gruppe mäanderten eine ganze Meile an dem felsigen Steilufer entlang. Einige Familien oder Familienverbände hatten es vorgezogen, ihre Zelte etwas abseits aufzuschlagen. Ohne Star Name als Führerin hätte Cynthia sich verlaufen.

»*Yo-oh-hobt pa-pi!* Gelbes Haar!« Star Name ließ Cynthias Hand los und wirbelte herum. Vor ihr stand ihr siebenjähriger Bruder Pahgatsu, *Upstream*, mit seinen Freunden. Cynthia ging auf, daß sie im Lager nicht viele Jungen gesehen hatte, die älter waren als Upstream. Diese mußten sich irgendwo in der Ferne herumtreiben.

Star Name starrte ihn an und sprach aus den Mundwinkeln. »*Tahmah*, Bruder.« Es war eins der Wörter, die Cynthia gelernt hatte. Star Name hatte ihn ihr eines Morgens gezeigt, oder vielmehr seinen Rücken, als er mit seinen Freunden losgerannt war. Doch jetzt kreuzten sich ihre Wege zum erstenmal. Upstream sammelte eine Menge lärmender Kinder um sich, so wie ein Magnet Eisenspäne anzieht. Er hatte das Lausbübische seiner Schwester, zu dem ein Funken Gemeinheit hinzukam. Cynthia machte sich auf Ärger gefaßt. Upstream gehörte zu Star Names Familie. Und diese Kinder waren vermutlich ihre Freunde. Warum sollte sie für eine Außenseiterin leiden, eine weiße Mißgeburt? Cynthia sah sich nach etwas um, was sie schon kannte, um den Weg zu Takes Downs Zelt zu finden. Sie war groß für ihr Alter und hatte lange Beine. Wenn nötig, würde sie ihnen davonlaufen.

Star Name bückte sich und wählte aus dem Kies zu ihren Füßen einen großen, schokoladenfarbenen Hornstein aus. Sie rieb die polierte Oberfläche mit dem Daumen, als sie den Stein geschickt, fast geistesabwesend, in der Hand wog, um sein Gewicht zu prüfen. Mit einer geschmeidigen, flüssigen Bewegung ließ sie den Arm zurückschwingen und den Stein mit einem befriedigenden dumpfen Aufschlag an Upstreams Kopf abprallen. Er jaulte auf. Die anderen Kinder verloren das Interesse, verzogen sich in die Zelte oder rannten hinter ihnen herum.

»*Tamah Kuyanai*, Bruder Großmaul!« Star Name fügte der Verletzung noch eine Beleidigung hinzu und hob noch einen Stein auf. Upstream wich zurück und sah seine Schwester an, als wäre er tief verletzt, daß sie ihn so gedemütigt hatte. Ein Stein flirrte an Star Names Ohr vorbei und erwischte Upstream an der Ferse, was ihn eilig hinter seiner sich zurückziehenden Armee herrennen ließ. Star Name wirbelte herum und entdeckte, daß Tsini-tia grimmig entschlossen einen weiteren Stein in ihre Wurfhand legte und mit dem Arm ausholte, um ihr Manöver zu wiederholen. Star Name lachte und klatschte entzückt in die Hände.

»*Toquet*«, sagte sie. »Das reicht.«

Cynthia grinste zurück. »*Keemah*, komm.«

Sie hakten sich unter und stolzierten durchs Dorf. Als sie um eins der Zelte herumgingen und den offenen Platz in der Mitte des Lagers erreichten, blieb Cynthia plötzlich stehen und zerrte Star Name zurück. Vor Pahayucas großem Zelt saßen Eagle und Wanderer, Pahayuca, Buffalo Piss und Cruelest One. Und Star Name ging direkt auf sie zu. Cynthia ließ sich nur mitschleifen, denn wenn sie sich gewehrt hätte, hätte sie noch mehr Aufsehen erregt.

Cruelest Ones Augen lagen tief in den Höhlen und blickten feindselig wie immer. Sein dünner, gespannter Körper schien voll Gewalttätigkeit zu stecken und bereit, jederzeit zu explodieren. Wie konnte Star Name einfach nur dastehen und sich mit ihnen unterhalten? Sie waren alle Teufel und Mörder. Sie ermordeten Frauen und Kinder.

Cynthia sah erstaunt zu, wie Star Name den Kampf mit Upstream und dessen Freunden vorführte. Sie ahmte das Gelbe Haar perfekt nach bis hin zu dem Akzent ihrer wenigen Comanche-Wörter. Eagle, Pahayuca, Buffalo Piss und sogar Cruelest One lachten.

Wanderer lachte nicht. Er schien Star Name nicht einmal zuzuhören. Er lehnte an einem Packsattel und hatte seine langen Beine übereinandergeschlagen. Er blickte Cynthia mit seinen ernsten, unablässig starrenden Augen an. Sein Blick musterte ihren Körper von oben nach unten, begegnete ihrem Blick und hielt ihn fest. Er schien ihre Gedanken lesen zu wollen, um zu erfahren, was sie dachte. Sie neigte den Kopf und studierte aufmerksam den Erdboden, als sie seine Augen auf ihren nackten Beinen und ihrer Brust fühlte. Unter ihrem Sonnenbrand erglühte sie zu einem tieferen Rot. Am liebsten hätte sie sich wie ein Gürteltier zusammengerollt oder wäre in einer Windhose verschwunden oder gestorben. Alles wäre ihr lieber gewesen, als hilflos dazustehen und zu sehen, wie er sie hinter seiner ernsten Gesichtsmaske auslachte.

Sie begann, sich vorsichtig zurückzuziehen, und zog die widerstrebende Star Name hinter sich her. Cynthia versuchte, nicht zu humpeln, obwohl die Mokassins ihren Füßen weh taten. Sie hatte während des Tages manchmal vergessen, die Zehen beim Gehen einwärts zu stellen. Und wenn sie sich jetzt umdrehte, sah sie, daß Wanderer ihr immer noch mit dem Blick folgte. Während sie steifbeinig weiterging, ballte sie die Fäuste. Sie haßte ihn. Sie haßte ihn sogar mehr als diesen kleinen, bösartigen Mann Cruelest One. Immerhin wußte sie, was Cruelest One dachte. Er hatte vielleicht den Wunsch, sie zu töten, demütigte sie aber nicht. Plötzlich ging ihr Star Names Geplapper auf die Nerven. Es ärgerte sie, weil das einzige Wort, das sie deutlich verstand, Nocona war. Wanderer. Über Wanderer hätte sie Star Name einiges zu sagen, wenn sie nur die Sprache ihrer Freundin sprechen könnte.

In dem bleichen Abendlicht ragten die Kriegsschilde hoch auf den wackligen dreibeinigen Gestellen, die sie hielten; sie wirkten vor dem dunkler werdenden Himmel wie Gespenster. Cynthia stand noch vor Augen, wie diese Schilde mit ihren flatternden Federn von den Männern in voller Kriegsbemalung beim Überfall auf das Fort gehalten worden waren. Die Schilde hatten sie über die Ebenen verfolgt wie ein Schwarm monströser, bösartiger Vögel. Ihr Anblick drehte Cynthia vor Furcht den Magen um.

Fast wäre sie losgerannt, als sie das Zelt mit der aufgemalten hellgelben Sonne sah. Star Name winkte und bog zu ihrem Zelt ab, das in der Nähe lag. Vor dem Zelt mit der Sonne saß Takes Down The Lodge und flickte in dem Dämmerlicht ein paar klobige Mokassins. Takes Down schlug mit der Hand neben sich auf die dicke Bisonhaut. Cynthia setzte sich gehorsam hin und schlang die Arme um die Knie, um sich warmzuhalten. Sie zitterte im auffrischenden Abendwind, und Takes Down grunzte, als sie mühsam aufstand und ins Zelt ging. Als sie herauskam, trug sie einen braun-weißen Umhang aus wunderschön zusammengesetzten Kaninchenfellen mit weißen Hermelinschwänzen, die an den Rändern als Saum angenäht waren. Sie legte Cynthia den Umhang mit der Fellseite nach innen um die Schulter.

Der Umhang war für ein Kind gemacht. Doch konnte Takes Down The Lodge ihn nicht an einem Tag genäht haben. Gehörte er Star Name? Cynthia betrachtete ihn, strich über das seidige Fell und rieb die Wange daran. Das kühle Fell nahm fast sofort ihre Körperwärme an und schien an ihrer Haut vor Wärme zu glühen. Noch nie hatte sie etwas so Elegantes und Warmes besessen.

»Ich danke dir, Tsatua«, sagte sie auf englisch. Hatten die Comanchen ein Wort dafür? Sie sah auf und entdeckte Tränen in den großen dunklen Augen von Takes Down The Lodge. Und plötzlich wußte sie, wem der Umhang gehört und warum Takes Down sie gewollt hatte. Cynthias Augen brannten vor Mitgefühl, und Takes Downs rundes, freundliches Gesicht verschwamm plötzlich. Cynthia tastete nach der kräftigen, von harter Arbeit schwieligen Hand und drückte sie fest.

»Es ist gut, Tsatua. *Toquet.*« Sie ging die paar Worte der Comanchensprache durch, die sie kannte, um das eine zu finden, das sie brauchte. Sie hatte es bei dem Spiel »Grizzlybär und Zucker« gelernt, als Star Name die Rolle der Mutter übernommen hatte, die ihre Kinder vor dem Bären beschützt. »*Toquet, pia*, es ist gut, Mutter.« Sie wußte, warum Takes Down so still und traurig war. Inmitten ihres Volkes, ihrer Freunde und Verwandten, war Tsatua einsam und betrauerte den Verlust ihres Kindes. Das war etwas, was Cynthia verstehen konnte. So etwas war in der Wildnis keine Seltenheit.

Wie war sie gewesen, diese andere Tochter? Und was erwartete Takes Down von Cynthia? Von einem weißen Kind, das nicht mal mit ihr sprechen konnte? Wenn die Comanchen-Sprache ihr vertraut genug war, würde sie erklären können, daß auch ihre Mutter um sie trauerte und sie brauchte. Vielleicht würde Takes Down verstehen und sie gehen lassen. Cynthia nahm sich vor, sie glücklich zu machen, bis sie gerettet wurde oder flüchten konnte.

7

Warum kochte Takes Down The Lodge soviel zu essen? Der große, verbeulte Kupferkessel, der an dem Dreifuß über dem Feuer hing, war voller Fleischstücke. Der Eintopf brodelte und dampfte unter dickem, bräunlichem Schaum. Takes Down bat Cynthia, die vor ihr aufgehäuften wilden Zwiebeln zu säubern, die getrockneten Spitzen abzuschneiden und sie dann in den Topf zu werfen. Das Aroma, das zu dem schwarzen Loch an der Zeltspitze aufstieg, ließ Cynthia das Wasser im Mund zusammenlaufen, und der Duft des Kaffees, der am Rand des Feuers erhitzt wurde, machte sie krank vor Heimweh.

»*Kaka*, Zwiebel. *Too-pa*, Kaffee.« Während sie weiterarbeitete, nannte Takes Down die Namen aller Dinge im Zelt und wiederholte jedes Wort immer wieder, bis Cynthia es aussprechen konnte. Von Zeit zu Zeit hielt sie einen Gegenstand hoch. »*Hakai*, was?« Und Cynthia sagte dann, was es war. Es war ein Anfang. Aber was waren die Worte für einsam und Heimweh und Angst haben? Wann würde sie diese Wörter lernen, damit sie Takes Down The Lodge sagen konnte, wie sehr sie sich danach sehnte, nach Hause zu kommen?

Seit dem bescheidenen Mittagessen aus gestohlenen getrockneten Trauben und Pemmican unten am Fluß mit Owl und Star Name waren Stunden vergangen. Cynthia knurrte der Magen, und der Duft aus dem Kessel war mehr, als sie ertragen konnte. Aber es war unmöglich zu sagen, wann sie essen würden. Es mußte schon fast neun Uhr abends sein. Sie fischte mit dem flachen Rührstab ein Stück Fleisch heraus und pustete, um es abzukühlen, bevor sie es zwischen die Finger nahm und aß. Sie sah sich schuldbewußt um, aber Takes Down lächelte nur.

Cynthia vermißte Star Name, wagte es aber nicht, das Zelt zu verlassen und sie in der Dunkelheit zu suchen. Sie wußte nicht, wie sie um Erlaubnis bitten sollte oder ob sie überhaupt um Erlaubnis bitten mußte. Star Name tat es nie. Sie nahm, was sie brauchte, und gab genauso freigebig. Über ihrem Lendenschurz trug Cynthia eins von Star Names einfachen Kleidern. Diese hatte für ihre Freundin sogar ein Extra-Paar Mokassins mitgebracht. Cynthia zwängte die Füße hinein. Sie konnte nicht begreifen, wie die Frauen so nett und die

Männer so grausam sein konnten. Jedenfalls die meisten Männer. Takes Downs Mann, Sunrise, war es nicht und Pahayuca, der große Dicke, auch nicht.

Sunrise saß gegenüber dem Eingang auf seinem niedrigen Bett und spannte nasses Rohleder auf den gewölbten hölzernen Rahmen eines Steigbügels. Wenn es feucht festgebunden wurde, schrumpfte das Leder beim Trocknen und paßte sich dabei dem Holz an wie Rinde einem Baumstamm. In dem schwachen Lichtschein vom Feuer beugte er sich vor, um sein Werk zu betrachten. Sein schwarzes Haar fiel ihm wie ein Vorhang in die Stirn. Takes Down hielt eine fließende Unterhaltung mit ihm aufrecht, so wie ein schmaler Gebirgsbach gurgelnd über Felsen dahinströmt. Er unterbrach ihren Redestrom mit einem gelegentlichen Grunzen, und Cynthia fragte sich, ob er überhaupt zuhörte.

Die Vorderseite des Zeltes vibrierte, als wäre sie von einem plötzlichen Windstoß erfaßt worden, und Pahayuca erschien in der kleinen Türöffnung. An seinen Schultern wurde die Seite nach innen gezogen und federte mit einem Knall zurück, so daß die Zeltwand erbebte. Als er über den Lehmboden schlurfte, ruderte er mit den Armen und knurrte laut vor sich hin. Er war offenbar der Meinung, Zelteingänge sollten größer sein. Sein schwankender Gang ließ die Muskeln von Rücken und Schultern wogen, als würden große Felssteine in einem Ledersack herumrollen. Er tätschelte Takes Down The Lodge im Vorübergehen den pummeligen Arm und murmelte etwas, was sie in die vorgehaltene Hand kichern ließ.

Als er sich auf das Bett neben Sunrise senkte, ächzten die Riemen aus Rohleder bedrohlich, und in der Mitte bogen sich die Holzlatten leicht durch. Pahayuca rückte weiter ans Fußende, wo er besseren Halt fand, und lehnte sich an das Fußteil des Betts. Er kratzte sich mit den Fingernägeln den Brustkorb und langte mit der anderen Hand unter sein langes Lederhemd, um sich in seinem Lendenschurz eine bequemere Position zurechtzuzupfen. Er ließ ein langes, grollendes Rülpsen hören und begann, über die korrekte Herstellung von Steigbügeln zu schwadronieren.

Er verursachte in dem stillen Zelt einen solchen Aufruhr, daß Cynthia das fünfzehnjährige Mädchen, das ihm gefolgt war, fast nicht bemerkt hätte. Das Mädchen trat so leise und geschmeidig ein, als wäre ein Blatt durch die Öffnung hereingeweht worden. Nur das leise, musikalische Klirren von Glöckchen ließ Cynthia aufmerksam werden. Sie starrte mit offenem Mund. Tsa-wa-ke, *Looking For*

Something Good, war zu schön, um ein Zufallsprodukt zu sein. Ihre Gesichtszüge wirkten, als hätte ein Meister sie aus Zedernholz geschnitzt und dann glattgerieben und eingeölt, bis sie glühten und in anmutigen Kurven von dem gerundeten Kinn bis zu den gewölbten schwarzen Augenbrauen strömten.

Ihr zweiteiliges Kleid war aus mattgelbem Sämischleder. Der Rock schmiegte sich um ihre schmalen Hüften und rieb sich beim Gehen daran. Er hing ihr an den Seiten bis zu den Fesseln ihrer langen Beine, während er ihr vorn und hinten bis über die Knie reichte. Der schwere Besatz an den Seitennähten kräuselte sich, wenn sie sich bewegte. An ihrer schlanken Hüfte schimmerte ein Halbmond rotgoldener Haut durch den Saum ihres perlenbesetzten Ponchos. Der Schlitz, der die Halslinie bildete, war tief ausgeschnitten und reichte bis über die kleinen festen Brüste hinunter. Something Good hatte eine Mähne, die so ebenholzschwarz und schillernd war wie der Flügel eines Raben. Schwere Haarlocken fielen ihr bis auf die Brust.

»*Hi, tai.* Tsa-wa-ke«, murmelte das Mädchen ihren Namen und sah Cynthia voll ins Gesicht. Tsa-wa-kes Nasenlöcher blähten sich leicht, was ihr das ungezähmte Aussehen einer wilden Stute verlieh.

»*Hi, tai.* Tsini-tia.« Hallo, Freundin? War es möglich, mit einem so schönen Wesen befreundet zu sein? Something Good glitt über den Fußboden und setzte sich mit gekreuzten Vollblut-Beinen hin, alles in einer einzigen fließenden Bewegung wie bei Wasser, das an einem Stock herunterläuft. Cynthia versuchte, genauso zu sitzen. Sie schlang die Arme um die Knie und zog ihren Kaninchenumhang fester um sich, damit ihr einfaches Kleid nicht mehr so sichtbar war. Neben Something Good fühlte sie sich wie ein häßliches Balg. War das Mädchen Pahayucas Tochter? Sie würde Star Name fragen, wenn sie sie sah. Es gab so vieles, was sie Star Name fragen wollte, und dabei verstand sie so wenig von den Antworten.

In diesem Moment tauchten Star Name und Black Bird in einer Dampfwolke in der Türöffnung auf; der Dampf stieg aus dem schweren Kessel auf, den sie zwischen sich trugen. Star Name mühte sich mit beiden Händen ab, ihr Ende hochzuhalten. Sie umfaßte den mit Leder umwickelten heißen Metallgriff, bis ihre Knöchel weiß wurden. Upstream schob sie vor sich her und versuchte in seinem Bemühen, nichts zu verpassen, sich an ihnen vorbeizudrängeln. Er setzte sich neben Pahayuca und grinste und winkte Cynthia zu, als hätte er sie nie geärgert und sie ihn nie mit

Steinen beworfen. Wenn er lächelte, sah er genau wie Star Name aus. Vielleicht würde sie die Ranger doch nicht bitten, ihn zu töten, wenn sie sie befreiten.

Star Name nickte ihr nur zu, nachdem sie den Kessel neben dem Feuer abgesetzt hatte, und Cynthia fragte sich, ob sie ihre Freundin irgendwie beleidigt hatte. Sie wußte kaum, wie sie sich richtig verhalten sollte. Hatten sie Höflichkeitsregeln wie die Weißen? Wie auch immer: Ihre Freundin lächelte kaum und setzte sich mit ernster Miene neben ihre Mutter. Die Menschen im Zelt tauschten fast unmerklich die Plätze, so daß die Männer jetzt am Feuer saßen und die Frauen und Kinder hinter ihnen am Rand des Zelts hockten. Cynthia fand sich plötzlich von allen getrennt, als wäre sie von einem unsichtbaren Vorhang umgeben. Es gab jedoch keine Möglichkeit für sie herauszufinden, was jetzt geschehen würde, es sei denn, sie wartete still und geduldig ab, bis es passierte. Sogar Medicine Woman setzte sich weit weg von ihr hin, als sie eintrat.

Als nächster erschien Owl, die ihren Großvater Kavoyo, *Name Giver*, an der Hand führte. Name Giver war untersetzt und stämmig und kraftvoll wie Owl, doch seine Muskeln wurden unter der Haut allmählich schlaff, als wäre diese eine Nummer zu groß. Auch er hatte seine beste Kleidung an, doch sie war abgetragen und ausgefranst, und die Beinlinge waren geflickt. Er hielt sich kerzengerade und ging mit der Würde verblaßter Vornehmheit. Als Owl ihn zu seinem Ehrenplatz neben Pahayuca geleitete, drehte er sich um und sah Cynthia mit umwölkten, schillernden Augen an.

Jeder schien auf etwas zu warten, und die Unterhaltung wurde in leisem Ton geführt. Dann war von draußen ein rhythmisches Läuten von Glocken zu hören, und Big Bow, Eagle und Wanderer betraten gebückt das Zelt. Die zahlreichen Metallkegel, die an die langen Säume ihrer Beinlinge genäht waren, meldeten jeden ihrer Schritte. Das feine Geräusch war von großer Intensität, männlich und martialisch und rührte in Cynthia an einen Nerv. Die drei Männer wandten sich nach links, nachdem sie das Zelt betreten hatten, und gingen einmal rechts im Kreis herum, bevor sie sich mit lautem Glockengeläut und gekreuzten Beinen hinsetzten.

Cynthia verkroch sich noch mehr hinter den aufgestapelten Bündeln und Fellen und Häuten und versuchte, sich so klein wie möglich zu machen. Wanderer sah großartig aus, selbst in den Augen einer Neunjährigen, die ihn nicht mochte. Er war größer als alle anderen, sogar größer als Pahayuca. Sein Jagdhemd war blaß cremefarben und hing ihm über seinen dunkelblauen Beinlingen fast bis zu den Knien. Die Vorderseite des Hemds war mit Quasten aus gewelltem schwarzen Skalp-Haar und weißen Hermelinschwänzen besetzt. Seine Zöpfe reichten ihm halb den Rücken hinunter. Er hatte sie mit Otterfell umwickelt. Von einem Loch in der Mitte einer getriebenen Silberscheibe an seiner Skalplocke hingen zwei Adlerfedern. Seine hohen, bunten Mokassins waren mit feinen Perlenmustern geschmückt, und an den Waden waren lange Fransen.

Auch er drehte sich um, um Cynthia anzusehen, und sie wäre am liebsten im Erdboden verschwunden oder wie heißes Wachs durch das Tuch der Zeltwand geschmolzen, um sich dann draußen mit den Hunden für die Nacht zusammenzurollen. Es war nicht seine Kleidung, die sie so beeindruckte. Sie war zwar schön, aber nicht prächtiger als die von Pahayuca und Eagle. Es war sein Gesicht, das sie in Bann hielt. Mit nur drei schmalen Streifen roter Farbe am Kinn war er nicht mehr der grimmige, maskierte Krieger, den sie beim Rückzug aus dem Fort gekannt hatte. Und er war nicht mehr der übermütige Junge, der auf Night dem fernen Horizont zugaloppierte. Er war auch nicht der arrogante junge Mann, der sie angestarrt hatte, als sie am späten Nachmittag mit Star Name nach Hause gekommen war.

Sie starrte sein klassisches Profil an, das sich vor dem Feuer abzeichnete. Der Widerschein der Flammen setzte seiner kupferfarbenen Haut goldene Glanzlichter auf. Er war erst sechzehn, hatte aber das ruhige Gesicht eines Mannes, der mit sich selbst im reinen und gewohnt ist, andere Männer zu führen. Und obwohl es ihr nicht bewußt war, war genau das der Grund, weshalb sich Cynthia in seiner Gegenwart so unbehaglich fühlte. Jeder, der seiner selbst so sicher war, mußte die Fähigkeiten anderer oft in Frage stellen. Und sie beurteilen. Gewogen und für zu leicht befunden, wie Großvater Parker immer sagte.

Wanderer hatte offensichtlich vor, den ganzen Abend hier zu verbringen, und schon jetzt fühlte sie sich allein schon durch seine bloße Gegenwart elend. Sie zog sich Zentimeter um Zentimeter zurück, schob sich mit den Füßen weiter und rutschte auf der Tierhaut, auf der sie saß, immer mehr auf die Zeltwand zu. Und alle waren so damit beschäftigt, durcheinanderzureden, daß sie bezweifelte, daß jemand sie vermissen würde, falls sie unter dem Zeltrand ins Freie schlüpfte. Sie war so konzentriert mit ihrer Flucht beschäftigt, daß sie die plötzliche Stille nicht bemerkte, die sich auf alle Anwesenden herabsenkte.

Name Giver hatte die Hand hochgehalten. Er wartete, bis er sicher war, daß alle zusahen. Dann zog er seine Medizin-Pfeife aus dem schmalen, perlenbesetzten Beutel, den Owl ihm gab. Sie benutzte zwei grüne Stöcke, um ein glühendes Stück Holzkohle aus dem Feuer zu ziehen und damit sorgfältig die Pfeife anzuzünden. Das war eine Aufgabe, die sonst immer einem jungen Mann oblag, doch niemand stellte Owls Recht in Frage. Sie war Name Givers Auge, und er war für sie alle wichtig. Wenn es sein Wunsch war, daß seine Enkelin seine Pfeifenanzünderin war, dann war es richtig so.

Name Giver inhalierte tief und blies Rauch zur Spitze des Zelts. Dann stieß er eine weitere Rauchwolke zur Erde aus und je eine in die vier Himmelsrichtungen. Dann rief er mit lautem Singsang die Götter an. Als er fertig war, drehten sich alle um und starrten Cynthia an, die vor Entsetzen erstarrte. All das hatte offenbar etwas mit ihr zu tun. War ihre Freundlichkeit nur gespielt, eine List gewesen? Würden sie sie am Ende doch foltern? Hatten sie sich deshalb hier versammelt?

Sunrise stand auf und ging zu ihr hinüber. Er faßte sie am Arm, zog sie auf die Beine und führte sie in die Mitte des Kreises um das Feuer. Sie fühlte sich wie ein Kalb, das zur Schlachtbank geführt wird, als sie vor dem alten Mann stand. Name Giver tastete nach ihr, und sie spannte sich an, als er ihr die Hände um die Hüfte legte. Sie machte sich steif, als er sie hochhob, wobei er mit seinem Singsang fortfuhr. Sie war zwar groß für ihr Alter, doch es schien ihn keine Anstrengung zu kosten, sie noch dreimal hochzuheben, jedesmal etwas höher als zuvor. Das war seine Art, den Vater in der Sonne zu bitten, sie groß und stark zu machen. Als er sie zum viertenmal hochhielt, warf er den Kopf in den Nacken und begann mit geschlossenen Augen einen dröhnenden Singsang. Das Wort »*nanica*« gab Cynthia den ersten Hinweis. *Nanica*. Asa Nanica, Star Name. Sie sollte einen Namen erhalten. Und wenn sie vorhatten, jemanden umzubringen, würden sie ihm doch keinen Namen geben. Oder doch?

»Naduah.« Der alte Mann sagte es viermal. Es mußte ihr Name sein. Sie fragte sich, was er bedeutete. Noch etwas, was sie Star Name fragen mußte. Das Mädchen konnte wunderbar nachahmen und brachte Cynthia, Tsini-tia, Naduah die Zeichensprache bei. Star Name würde wissen, was der Name bedeutete. Cynthia wurde ganz schwach vor Erleichterung. Sie hatten nicht vor, ihr weh zu tun.

Sunrise erhob sich als nächster. Er war ein Zuhörer. Er trank die Worte der Menschen mit den Augen. Worte fielen in sie hinein wie Steine in tiefe Brunnen und ließen auf der glatten, ruhigen Oberfläche seines Gesichts keine Kräuselung zurück. In den sechs Tagen, die Cynthia nun in seinem Zelt lebte, hatte sie ihn nur selten sprechen hören. So überraschte es sie jetzt, seine klare, kräftige Stimme zu hören. Sie konnte die Worte nicht verstehen, an seinem Gesicht aber fast mit Sicherheit ablesen, was er sagte, denn dieses Gesicht wurde plötzlich lebendig und beredsam, genau wie sein Tonfall und seine Gesten.

Er bedankte sich bei Wanderer dafür, daß er ihnen eine neue Tochter gebracht hatte. Wanderer nickte leicht zur Antwort. Er bitte den Vater in der Sonne, sie stark und klug zu machen und ihnen dabei zu helfen, ihr die Sitten und Gebräuche des Volks beizubringen. Er sprach eine halbe Stunde, bevor er ihr erlaubte, sich in dem Kreis von Männern zu setzen. Nach und nach ergriff jeder von ihnen das Wort, während die anderen aufmerksam lauschten. Es war fast elf Uhr, als die Mahlzeit endlich serviert wurde, und sie aßen alle, als hätten sie seit Wochen nichts mehr vorgesetzt bekommen.

Es würde wieder Ärger geben. Wanderer seufzte, als er Eagle beobachtete, der Something Good dabei beobachtete, wie sie Pahayuca ansah, ihren Mann. Wenn er gewußt hätte, daß das Mädchen die Gruppe ihres Vaters verlassen hatte, um Pahayuca zu heiraten, wären ihm Zweifel gekommen, ob es richtig war, diesen Ausflug ins Territorium der Penateka vorzuschlagen. Schon als Wanderer sie vor vier Jahren gesehen hatte, als sie hochbeinig wie ein Füllen gewesen war, hatte er vorhersagen können, was aus ihr werden würde. Genauso wie er sehen konnte, daß Naduah, *Keeps Warm With Us,* eines Tages eine Frau sein würde, für deren Besitz jeder gern viele Pferde hergeben würde. Schon jetzt hatte sie etwas Besonderes an sich, das glatte, gerundete, kaum noch verborgene Aussehen einer Knospe, die kurz vor dem Aufblühen steht. Und beim Volk würde sie eine seltene Blume sein, ungewöhnlich und exotisch. Eines Tages würde sie all den Ärger und die Mühen wert sein, die es gekostet hatte, sie herzubringen.

Unterdessen mußte er sich mit Eagle beschäftigen. Und mit Something Good. Something Good war Eagles Typ Frau – weiblich. Und schön. Und verheiratet. Eine gefährliche Kombination für seinen Freund. Dennoch mußte Wanderer lächeln, obwohl er sein Lächeln nach innen richtete, wo niemand es sehen konnte, als er an die vielen getäuschten Ehemänner und verlassenen Frauen dachte, mit denen Eagles Lebensweg gepflastert war. Er war achtzehn Jahre alt und sollte es eigentlich besser wissen, schien aber nie dazuzulernen. Bei dem Tempo, das er vorlegte, würde er nicht lange genug leben, um die Pferde zu stehlen, die er brauchte, um sich eine Frau zu kaufen.

Das Stehlen einer Frau war zwar kein todeswürdiges Delikt. Es war nicht das gleiche wie der Diebstahl des Lieblingsponys eines Mannes. Eines Tages würde er jedoch einen Schritt zu weit gehen und einen Mann zu sehr reizen, einen Mann, der nicht bereit war, eine Ausgleichszahlung für die Beleidigung anzunehmen, seiner Frau die Nase aufzuschlitzen und das Ganze dann zu vergessen. Wanderer hatte den Verdacht, daß Eagle es vorzog, seine Frauen zu klauen. Das war für ihn ebenso ein Spiel wie die Raubzüge auf Ponys. Seine Ponys verschenkte er immer oder verlor sie beim Würfelspiel, damit er wieder auf neue Jagd machen konnte.

Aber das hier war anders. Something Good gehörte Pahayuca, der sie mit fünfzig Pferden gekauft und bezahlt hatte. Ein unerhörter Preis. Ihr Vater, Tsocupa Mo-pe, *Old Owl*, war ebenso stolz auf sie wie Pahayuca. Das war mit Händen zu greifen. Und niemand durfte Pahayuca ungestraft entehren. Bei einem Überfall vor vier Jahren war Wanderer Hütejunge gewesen, als Pahayuca in eine Gruppe bewaffneter Osage hineingeritten war. Er hatte zwei von ihnen mit bloßen Händen erdrosselt und beide mit einem wilden Aufschrei geschüttelt, als wären es Hunde, bevor er sie auf die Erde fallen ließ. Angesichts dieser Medizin waren die Osage geflohen.

Pahayuca war ein Meister darin, den Feind mit Spuk und Mummenschanz zur Panik zu treiben. Die Osage konnten sich gegen Pfeile und Lanzen wehren, aber nicht gegen einen Irren, der ihnen den Weg zum Paradies abschnitt, indem er sie erdrosselte. So konnten die Seelen dieser Männer nach dem Tod nicht durch ihre Münder entfliehen. Sie würden auf ewig in den verwesenden, stinkenden Leichen gefangen bleiben, zerfressen von Wölfen und Geiern, um dann, wenn sie in der sengenden Sonne ausbleichten und trockneten, an die Knochen gefesselt zu sein. Selbst in diesem heißen Zelt voller Gelächter und Geplapper erschauerte Wanderer bei dem Gedanken. Wer außer Pahayuca hätte auf die Idee kommen können, seinen verrückten Mut und seine Bärenstärke dazu einzusetzen, eine Gruppe von Osage in die Flucht zu jagen? Von diesem Coup würde man sich an den Lagerfeuern noch lange erzählen.

Dieser Pahayuca war ein gutmütiger Bursche. Jeder, der wie er ein Drittel soviel wog wie ein junger Bison, konnte sich das leisten. Aber selbst die Gruppen aus dem Norden respektierten ihn. Das war einer der Gründe für Wanderers Ausflug nach Süden. Pahayuca war sein Großonkel, der Bruder der Mutter seines Vaters. Er hoffte, Pahayuca mit Hilfe dieser Familienbande zu überreden, mit ihnen in die Staked Plains zu kommen oder mindestens damit aufzuhören, mit den Weißen Handel zu treiben. Das konnte zu nichts Gutem führen. Es schwächte die Seele.

Die Penateka, die *Honey Eaters*, waren einst große Krieger gewesen. Jetzt wurden sie von den jungen Männern der Quohadi und Yamparika, der Tenewa und Kotsoteka im Norden *Sugar Eaters* genannt. Die Penateka verkauften ihre Männlichkeit für den süßen weißen Sand und die Stoffe und das Metall und die alten, ungenau schießenden Gewehre, welche die Händler mitbrachten. Schon bald würden sie auch Dummheitswasser trinken, und Wanderer hatte gesehen, was es aus einem Mann machen konnte. Es machte ihn so hilflos und so töricht wie ein neugeborenes Kind.

Als Something Good Takes Down The Lodge dabei half, den Kaffee zu servieren, sah Wanderer, wie Eagle ihre Hand berührte. Sie blickte überrascht auf, und er hielt ihren Blick nur eine Sekunde lang gefangen. Zu spät. Es hatte angefangen. Wanderer warf Eagle einen zornigen Blick zu, doch sein Freund bemerkte ihn gar nicht. Something Good senkte die Augen und ging weiter zu Sunrise.

Wanderer spürte eine Hand, die ihm das Knie schüttelte. Er sah hinunter und entdeckte Star Name, die ihn angrinste. Sie kroch zu ihm auf den Schoß, als er mit gekreuzten Beinen dasaß. Nur Star Name konnte sich eine solche Vertraulichkeit herausnehmen, und die meisten Krieger hätten sie sofort auf die Erde geworfen. Doch Wanderer nahm sie in die Arme, ließ seine Unterarme auf ihren Beinen ruhen und stützte das Kinn auf ihren glänzenden Kopf.

Sie kuschelte sich an ihn und lauschte, als Pahayuca eine seiner lustigen Geschichten spann. Und dann würde sicher noch Name Giver eine erzählen. Wanderer war noch stiller als sonst, da ihm Something Good und Eagle Sorgen machten. Inzwischen gingen die Blitze zwischen den beiden hin und her wie bei einem Sommergewitter. Man konnte sie nur erkennen, wenn man im genau richtigen Moment in die richtige Richtung sah. Wanderer wartete schon sehnsüchtig auf den Moment, in dem die Frauen das Zelt verließen, damit die Männer in Ruhe rauchen konnten.

Cynthia lag an Star Names Rücken geschmiegt in deren schmalem Bett. Black Birds Zelt war kleiner als das ihrer Schwester und weniger überladen. Es enthielt keine Geräte oder Waffen, die ein Mann gebrauchen würde. Als der Leichnam ihres Mannes nach jenem katastrophalen Überfall vor fünf Jahren nach Hause gebracht worden war, hatte sie alles verschenkt oder verbrannt, was ihm gehört hatte. Wann immer die Gruppe in die Nähe seines Grabes kam, ritt sie zu der Felsspalte, in der seine Gebeine lagen, und legte Obst und Blumen daneben. Jetzt war sie Sunrises zweite Frau, und Star Name war damit nicht nur Cynthias Stiefschwester, sondern auch ihre Stief-Cousine.

Cynthia und Takes Down hatten ihr Zelt verlassen, als Sunrise seine einfache Pfeife aus grünem Speckstein hervorgeholt hatte. Die Stimmen der Männer drangen von nebenan herüber. Ihre Unterhaltung und ihr Gelächter waren in den kühlen dunklen Stunden vor Tagesanbruch mal lauter, mal leiser zu hören. Cynthia lag da und lauschte Wanderers Lachen. Sie wollte sich nicht eingestehen, daß diese Laute ihr gefielen. Dieses Lachen erinnerte sie an die einzige erfreuliche Zeit des langen Marsches vom Fort, als Cruelest One und Terrible Snows mit Rachel wegritten und die Männer rauchend und redend am Feuer gesessen hatten.

Direkt vor dem Zelt jaulte ein Hund im Schlaf; seine Nägel kratzten an der Zeltwand, als er im Traum hinter einem Kaninchen herjagte. Meilen weiter draußen in der wogenden Leere von Hügeln und Klippen und Canyons begannen Kojoten, ihre unheimliche, komplizierte Fuge anzustimmen.

Cynthia war erschöpft, konnte aber nicht schlafen. In ihrem Kopf wirbelten zu viele erschreckende Bilder und fremde Wörter und Gebräuche herum. Die Comanchen hingen offenbar nicht dem Glauben an, daß frühes Schlafengehen und Aufstehen sie besser machte. In der Nacht zuvor hatten alle die Rückkehr von Buffalo Piss mit seinen Kriegern gefeiert. Sie hatten gesungen und getrommelt und getanzt, waren kreischend und schreiend die ganze Nacht um die Pfähle mit den Skalps gelaufen, während Cynthia im Zelt kauerte und fürchtete, sie könnten hereinkommen, um sie wieder zu foltern. Sie hatte Angst, unter den Skalps am Pfahl auch den ihres Vaters zu sehen. Cruelest One hatte ihn genommen. Zumindest war er derjenige, der die Lanze trug, die der Skalp schmückte. Hatte Wanderer jemanden getötet? Onkel Ben oder ihren Großvater? War er derjenige gewesen, der Henry White vom Dach gezerrt hatte? Oder Robert Frost den Schädel zerschmettert hatte? Es war alles so verwirrend gewesen. Sie konnte sich nicht erinnern. Und jetzt, urplötzlich, war es für sie wichtig, Bescheid zu wissen. Sie hatte seit Sonnenaufgang gearbeitet und gespielt, und jetzt war es fast schon Abend, und immer noch waren einige wach und unterhielten sich. Nichts, was diese Menschen taten, ergab für Cynthia einen Sinn. Sie konnte in dem Leben keine Ordnung und keine Routine finden. Sie mußte zwar jeden Morgen Holz sammeln und Wasser holen, doch danach gehörte der Tag ihr. Sie mußte zugeben, daß es Spaß machte, aber sie war eine Außenseiterin. Allein. Und manchmal, wenn ihr die Ungeheuerlichkeit ihrer Situation aufging, erschreckte sie das so sehr, daß sie zu zittern begann.

Heute abend war es am schlimmsten gewesen. Sie hatte dagestanden und darauf gewartet, daß sie ihr etwas Schreckliches antaten. Selbst Star Name hatte sie verlassen und sich Wanderer zugewandt. Na warte, ich werde dir schon erzählen, Star Name, wie er mich behandelt hat. Dann würde Star Name sich nicht mehr an ihn schmiegen oder seine Hand halten oder mit ihm plaudern. Sie hatte vermutlich keine Ahnung davon, was für ein Ungeheuer er außerhalb des Lagers war.

Doch wozu das alles? Sie würde das Lager sowieso bald verlassen. Selbst jetzt mußten überall Suchtrupps unterwegs sein, um das Land nach ihr abzusuchen. Sie lag da und lauschte den nächtlichen Geräuschen des Lagers. Die letzten Trommler hatten aufgehört, und es waren nicht mehr viele Geräusche zu hören, nur das Knurren und Jaulen der Hunde, die in Gruppen zusammen schliefen. Nicht mal die Babys schrien nachts. Cynthia lauschte angestrengt, um vielleicht fernes Hufgetrappel oder das Klirren eines Ranger-Trupps zu hören, der unterwegs war, sie zu holen, vielleicht sogar die Männer, zu denen ihr Vater gehört hatte. Ein leises Glockenläuten ließ sie die Augen weit aufreißen, als sie nach ihren Pferden lauschte. Dann schloß sie die Augen wieder. Ihr Herz pochte heftig, als ihr aufging, daß es die Metallkegel einer Schildhülle waren, die der Wind bewegt hatte.

Sie lauschte den gleichmäßigen Atemzügen Star Names und beneidete sie um ihre heitere Gelassenheit. Sie atmete den Lederduft der Zeltwand ein, die so dicht an ihrem Gesicht war. Er erinnerte sie an die Ecke des Blockhauses, in der ihr Vater sein Zaumzeug, seinen Sattel und das Geschirr aufbewahrt hatte. Tränen traten ihr in die Augen, als sie daran dachte. Sie sehnte sich danach, seine Stimme zu hören, um zu spüren, wie er sie schützend in den Armen hielt. Sie langte mit einem Arm unter der Decke hervor und strich über den glatten, frisch entrindeten Pfahl, der eine der Hauptstützen des Zelts war. Er war neu und hatte noch keine Gelegenheit gehabt, den Staub anzusetzen, der den meisten Dingen den gleichen Geruch gab. Der starke Holzduft tröstete sie, so wie es zu Hause die Holzspäne in der Kleidertruhe getan hatten.

Sie mußte nach Hause. Sie mußten sie finden. Was war mit ihnen geschehen? Wo waren die, die beim Überfall der Indianer nicht im Fort gewesen waren? Waren sie alle tot? War ihre Mutter tot?

Oh, hätte ich Flügel wie eine Taube:
Dann würde ich fortfliegen und Ruhe haben.

Leise rezitierte sie den Vers, den sie in der Bibelstunde gelernt hatte. Dann wiederholte sie immer und immer wieder: *Bitte kommt bald, bitte kommt bald*, bis sie schließlich einschlief.

James Parker sprang in den Fluß, um den Skunk zu packen. Er erwischte ihn, als er in höchster Angst wegzuschwimmen versuchte. Der nasse Tierkörper wäre ihm fast aus den Fingern gerutscht. Parker preßte ihn fest und hielt ihn unter Wasser, selbst dann noch, als er schlaff geworden war. Er wollte sicher sein, daß das Tier tot war. Dann watete er vor Nässe triefend an Land, kletterte das steile Flußufer hinauf und ließ den durchweichten Kadaver am Schwanz baumeln. Das Tier hatte keine Chance gehabt, ihn vollzuspritzen, aber der schwere Moschusduft war trotzdem noch da. Diejenigen, die das Tier essen sollten, warteten schon auf ihn. Sie folgten dem Tierkadaver mit den Blicken, als er hin und her schwang. Achtzehn Menschen und ein kleiner Skunk. Es war das einzige, was sie in den zwei Tagen seit Verlassen ihrer Verstecke flußabwärts vom Fort an Eßbarem zur Verfügung hatten. James Parker schien es eine Ewigkeit her zu sein, daß er den verstümmelten Leichnam seines Vaters bedeckt und seinen toten Bruder vom Tor abgenommen hatte.

Die zehn Kinder, die alt genug waren, selbst zu laufen, saßen im Gras und ruhten sich aus. In ihren Augen war außer Hunger und Schmerz nichts zu sehen. Becky Frost hielt immer noch den kleinen Sam White, und Mrs. White hatte ihr Baby im Arm. Nur die beiden Männer und Mrs. James Parker und Mrs. Frost hatten Schuhe. Die nackten Füße der anderen waren blutverschmiert. Allein das würde es jedem Verfolger leicht machen, sie aufzuspüren. Die Kleider aller hingen in Fetzen an ihnen herunter, zerrissen von den Brombeersträuchern am Flußufer. Es wäre weniger schmerzhaft, wenn sie das dichte Gestrüpp an den Flüssen verlassen könnten, doch sie sahen überall zu viele Spuren von Indianern, um es zu riskieren. Sie wußten nicht, daß sie der Nachhut der Angreifer folgten, die sich auf dem Rückweg zum Trinity River befand. Sie glaubten, gejagt zu werden, und sie würden zu Tode gehetzt werden, wenn man sie entdecken würde.

Sie marschierten nur bei Nacht und kämpften sich den Weg durch das dichte, mannshohe Gestrüpp frei, in dem sie die dornigen Äste mit den Händen zur Seite schlugen. Hohe Bäume blockierten den größten Teil des Mondlichts, und wenn sie Stellen mit hüfthohen Brombeersträuchern passierten, merkten sie es nur daran, daß die Dornen sie zerkratzten. Sie bemerkten die riesigen Stier-Nesselbüsche, wenn sich ihre Finger um die behaarten Stiele schlossen, die ihre Hände brennen und schmerzen ließen, bis es eine Qual war, überhaupt etwas zu berühren.

Parker und White wechselten sich darin ab, mit dem Körper einen Pfad freizuschlagen, wobei sie oft die Augen mit einem erhobenen Arm schützten und sich gegen die grüne Wand warfen, um sie mit dem Körpergewicht niederzudrücken. Der zweite Mann trug das jeweils erschöpfteste Kind. Mrs. Frost weinte seit zwei Tagen um ihren toten Mann und ihren Sohn, und nichts, was die anderen sagten, konnte sie trösten oder beruhigen. Die Kinder waren still, denn sie waren zu erschöpft und verängstigt, um auch nur zu wimmern. Sie schienen zu wissen, daß es nicht helfen würde.

Das Wasser kühlte James' Hände ein wenig und linderte so den Schmerz. Er würde auch den anderen sagen, sie sollten Hände und Arme und Füße ins Wasser tauchen. Er zog die Nase kraus, als er das tote Geschöpf betrachtete, das vor ihm baumelte. Er schickte ein kleines Dankgebet zum Himmel, weil er den Feuerstein in seiner Tasche wußte. Indianer oder nicht, die Kinder mußten essen. Er fragte sich kurz, ob er fähig sein würde, den Frauen und Kindern die Kehle durchzuschneiden, falls man sie fing. Sein Gewehr hatte er zurückgelassen; er hatte es versteckt, als ihm im Fort die Munition ausgegangen war. Aber selbst wenn er das Gewehr noch hätte, würde es nicht so schnell feuern, um jeden Angreifer ins Jenseits zu befördern.

Faulkenberry und Anglin haben es wohl auch nicht leicht, dachte er. Sie hatten eine andere Route genommen und trugen die Verwundeten auf eilig zusammengezimmerten Tragbahren aus zerrissenen

Wolldecken und Stäben. Wenigstens brauchten sie die Kinder nicht leiden zu sehen, da nur Lucy und ihre zwei Kleinen bei ihnen waren.

Die achtzehn Überlebenden umstanden den nackten, halbgaren Skunk. Ohne sein schwarzweißes Fell sah er gar nicht schlecht aus. Eher wie ein Kaninchen, ein Eichhörnchen oder ein Opossum.

»O Herr, wir danken dir für das, was du uns beschert hast.« James Parker tranchierte das Tier und vergaß dabei, für sich selbst ein Stück abzuschneiden. Auch so bekam jeder nur kaum mehr als einen Bissen. Dann legten sich alle schlafen, wobei die Familien zusammenblieben, um sich gegenseitig zu wärmen. James Parkers Augen füllten sich mit Tränen, als er sah, wie seine Kinder vergeblich versuchten, sich in ihre zerfetzten Lumpen zu hüllen, um sich vor dem Wind zu schützen. Der Herr unterzog sie einer Prüfung. James betete, Er möge ihnen auch die Kraft geben durchzuhalten.

John Carter und Jeremiah Courtney reparierten gerade ein Leck in der Seitenwand des Fährboots, als James Parker bei Timmin's Crossing am Trinity River auf die Lichtung humpelte. Er hatte seit sechs Tagen nichts gegessen und die letzten fünfunddreißig Meilen dennoch in acht Stunden zurückgelegt. Carter und Courtney sattelten die fünf Pferde, während James ihnen die Geschichte erzählte. Er ging mit ihnen, um die anderen zu holen, die zu schwach und fußkrank gewesen waren, um weiterzugehen.

Am 25. Mai gegen Mitternacht, um die gleiche Zeit, als Pahayuca Cynthia Ann Parker zu Sunrises Zelt trug, schlurften ihr Onkel, ihre Cousinen und Freunde auf den Lehmboden im Hof von Carters Blockhaus. Der weiche Staub fühlte sich unter ihren Füßen wie Samt an, und die brennende Kerze, deren flackernder Lichtschein durch die offene Tür leuchtete, schien verführerisch zu tanzen.

Kurz darauf war der Hof mit Leibern übersät, da die Frauen und Kinder sich einfach hinfallen ließen, wo sie gerade standen. Sie lagen oder saßen und waren sogar zu erschöpft, um zum Haus zu gehen. Anna Carter lief geschäftig unter ihnen herum, verteilte Wolldecken und das bißchen an Lebensmitteln, was sie noch besaß. Die Männer trugen die Schwächsten und die am schwersten Verwundeten in das winzige Blockhaus. Die anderen verbrachten die Nacht im Freien, schliefen aber so tief und fest, als lägen sie in Federbetten.

Bei Anbruch der Dämmerung war James Parker wieder auf den Beinen. Er lieh sich eins von Carters Pferden und machte sich auf den Weg nach Fort Houston, um Freiwillige für einen Rettungstrupp zu gewinnen. Es ließen sich jedoch keine auftreiben. Es gingen Gerüchte, daß Santa Anna eine Streitmacht aufstellte, um in Texas einzufallen, und die Männer marschierten wieder einmal los, um ihn aufzuhalten. Frauen stapelten grimmig entschlossen ihre bemitleidenswert wenigen Habseligkeiten neben ihren Haustüren und machten sich wieder bereit zu fliehen. Niemand konnte auch nur Pferde erübrigen, die bei der Suche nach den Gefangenen helfen konnten.

In seiner Verzweiflung brachte Parker seine Familie notdürftig in einer verlassenen, halbverfallenen Hütte unter, die sie mit den Whites teilen würden. Er zimmerte für die Gebeine seines Vaters und seiner Brüder und Freunde eine kleine Kiste zusammen und bestattete sie draußen auf dem Feld. Es wurde Juli, bis er endlich nach San Augustine reiten und General Houston um Soldaten bitten konnte, die ihm bei der Suche nach den Gefangenen helfen sollten.

Martha Parker war ausgemergelt, und unter den Augen hatte sie schwarze Flecken, nachdem sie wochenlang mit Masern gelegen hatte. Der Arzt der Siedlung hatte sie und ihr Kind längst aufgegeben, doch James hatte ihn um Medikamente angebettelt und die Kranken gepflegt und sie ins Leben zurückgebetet und zurückgeflucht. Er war erst losgeritten, um bei den Soldaten Unterstützung zu erbitten, als er sicher war, daß sie überleben würden. Doch als er jetzt durch die Tür trat, sah Martha sofort, daß er schlechte Nachrichten mitbrachte.

»Was hat er gesagt, James?« Sie richtete sich halb im Bett auf und stützte sich mit einem Ellbogen auf dem harten Bettgestell ab.

»Er sagt, er wird jemanden schicken, der mit ihnen sprechen soll.« James setzte sich zu ihr auf das Bett. Es war das einzige Möbelstück im Raum, wenn man von dem grob zusammengezimmerten Tisch voller Splitter und einer einfachen Holzbank absah.

»Mit ihnen sprechen! Wie kann man mit Wilden sprechen?«

»›Mit Gewalt richtet man nichts aus‹, sagt er. Wir müssen mit ihnen Verträge schließen.«

»Aber ist ihm denn nicht klar, was inzwischen mit Rachel und Elizabeth und der kleinen Cynthia Ann geschieht?«

»Doch, das nehme ich an. Er wird aber keine Truppen schicken. Ich habe ihm erklärt, daß es keinen Sinn hat, mit ihnen zu sprechen, bevor man sie ausgepeitscht hat, und zwar gründlich. Doch er wollte nicht hören. Er sagte, es tue ihm leid. Leid!« Parker sprang auf und begann, die Hände tief in den Taschen vergraben, auf und ab zu gehen. Über seinem langen, ungepflegten Bart glitzerten seine Augen vor Zorn. »Mit ihnen sprechen. Ich wünschte, er wäre bei mir gewesen, als ich die Knochen meines Vaters einsammelte. Die Bussarde und Kojoten hatten sie überall zerstreut. Ich wünschte, er hätte meine Mutter gesehen, als David sie zum Fluß trug. Neunundsiebzig Jahre alt, und du weißt, was sie mit ihr gemacht haben. Es ist ein Wunder, daß sie überlebt hat. Mit ihnen sprechen. ›Laß den Tod über sie kommen und laß sie schnell in die Hölle fahren: Denn Sündhaftigkeit ist in ihren Wohnungen und unter ihnen.‹«

»Was sollen wir tun?«

»Auf Gott vertrauen und es weiter versuchen.«

James Parker und andere, die geliebte Menschen an die Indianer verloren hatten, würden Houstons Politik, mit ihnen Verträge abzuschließen, nie begreifen. Doch er hatte in gewisser Weise recht. Falls Soldaten die Gruppe angriffen, bei denen sich die Gefangenen befanden, hätten die Comanchen diese eher hingeschlachtet, als ihre Befreiung zuzulassen. Es war eine tragische Lektion, welche die Menschen in der Wildnis immer wieder lernen mußten.

8

Als Something Good gefragt hatte, ob Naduah und Star Name mit ihr auf die Honigjagd gehen wollten, hatte Cynthia Takes Down The Lodge angebettelt, sie mitgehen zu lassen. Dann würde sie Something Good fast drei Tage für sich haben. Drei Tage in ihrer Gesellschaft und nicht mehr zusehen zu müssen, wie sie mit Dutzenden von anderen Menschen sprach, immer bei der Arbeit, immer beschäftigt. Cynthia war so aufgeregt, daß Takes Down nicht nein sagen konnte. Als die Mädchen losritten, drehte sich Cynthia um und winkte ihr und Black Bird noch einmal zu. Sie bemerkte nicht den besorgten Ausdruck auf dem sanften Gesicht ihrer Stiefmutter. Takes Down sprach, ohne den Blick von dem kleiner werdenden Rücken ihrer Tochter zu wenden.

»Vielleicht sollte ich mit ihnen reiten.«

»Something Good weiß, was sie tut. Sie schießt besser als manche

Männer in ihrem Alter. Aber wenn du das jemandem erzählst, werde ich es abstreiten.«

»Ja. Und eine alte Frau wie ich würde ihnen den Spaß verderben.«

»Ich möchte gern wissen, warum Something Good ihre Freundinnen nicht mitgenommen hat. Es ist merkwürdig, daß nur die drei losreiten.« Black Bird war noch stiller als Takes Down, besaß aber ein schärferes Gespür dafür, wann sich Klatsch zusammenbraute. Nichts entging ihr, vor allem keine Veränderung im gewohnten Ablauf des Lagerlebens. Und Something Good verbrachte seit einiger Zeit nicht mehr so viel Zeit mit den anderen Frauen.

»Das Kind ist weniger als vierzehn Tage bei uns. Sie ist so neu. Was ist, wenn sie zu flüchten versucht?«

»Auf diesem Maultier? Ich weiß, daß du sie liebhast, Schwester, aber du mußt zugeben, daß sie keine große Reiterin ist.«

»Sie wird lernen. Sie lernt alles schnell.« Takes Down The Lodge beschattete die Augen mit der Hand und stand gleichgültig und regungslos vor dem Zelteingang, bis die kleine Gruppe in dem lärmenden Treiben des Lagers verschwand und nicht mehr zu sehen war. Die kleine und stämmige Takes Down The Lodge sah in ihrem braungelben Kleid wie ein Kalksteinblock aus, dessen untere Hälfte teilweise erodiert war, was sie wie in der Erde angewurzelt erscheinen ließ.

Naduah lernte schnell, aber würde sie schnell genug lernen? Die Welt des Volkes hatte mit Anfängern nur wenig Geduld. Nur mit Überlebenden. Und wenn sie zu flüchten versuchte, würde sie nicht lange überleben. Wenn die Bären und Schlangen sie nicht fanden, würde vielleicht Piam-em-pits, Cannibal Owl, sie finden. Oder Nenepi, das boshafte kleine Volk. Dann war da im Süden noch dieser Stamm der Nermateka, die *People Eaters*. Die Sonne war seit fast einer Stunde aufgegangen und schien Takes Down ins Gesicht. Sie schloß kurz ihre großen, dunklen Augen, um den Gedanken abzuschütteln, ihre neue Tochter könne irgendwo allein und verletzt auf Hilfe warten, und quetschte sich dabei eine Träne aus dem Auge. Das war vielleicht der Sonnenschein. Dann wandte sie sich wieder der Tierhaut zu, die sie mit dem Schabmesser bearbeitete. Es war ja nur für drei Tage, und Naduah würde gesund und munter zurückkommen.

»Wir müssen erst ein Reh töten, bevor wir uns den Honig holen können.« Cynthia war sicher, daß es das war, was Star Name ihr gerade erzählte. Ihre Freundin schmückte das Ganze noch ein bißchen aus, als sie zu zweit auf dem alten Maulesel mit dem Senkrücken dahinritten. Cynthia rutschte auf seinem breiten, grindigen Rücken zur Seite, damit sie über die Schulter Star Name sehen konnte, und verlagerte ihr Gewicht gleichzeitig von dem scharfkantigen Rückgrat des Tiers. Sie saßen auf einem Reitkissen, einem mit Gras ausgestopften Lederbeutel, der von einem Gurt gehalten wurde. Nach einem langen Tag war er schon so platt geworden, daß es kaum noch etwas nützte, daß er Cynthia von dem knochigen Rückgrat des Maulesels trennte. Sie klammerte sich an seiner kurzen Mähne fest, um das Gleichgewicht zu halten, als sie von dem Tier weiter durchgerüttelt wurden.

Sie mußten ein Reh töten? Was hatte denn das Töten eines Rehs mit Honig zu tun? Hatte das irgendeinen verrückten religiösen Grund? Davon gab es bei den Indianern eine Menge. Würden sie das Fleisch essen, um stark zu werden? Wie auch immer: Something Good hatte einen Bogen und einen Köcher voller Pfeile bei sich, als sie auf ihrem nervösen, erdfarbenen Pony vor ihnen herritt. Damit würde sie bestimmt keine Bienen schießen. Normalerweise hatten Frauen nur Messer. Takes Down hatte auch Cynthia eins gegeben, und es war jetzt über ihrem Kleid an der Hüfte festgebunden. Sie legte die Hand auf den polierten Hirschhorngriff und fühlte sich erwachsen und tapfer.

Obwohl sie erst weniger als zwei Wochen bei Pahayucas Gruppe war, wurde ihr Wortschatz schnell größer. Sie konnte in dem beständigen Strom der Unterhaltung, der sie umgab, nur einzelne Wörter und Sätze aufschnappen, doch das lag weder an mangelnder Begabung noch daran, daß sie keine Lehrer hatte. Sie brauchte einfach Zeit. Jeder bemühte sich, ihr etwas beizubringen, zeigte ihr Gegenstände und wiederholte deren Namen. Selbst die Kinder hielten manchmal mitten in einem Spiel inne, um sie abzuhören. Doch obwohl sie meist sehen konnte, was die Leute gerade taten, konnte sie nicht fragen, warum sie es taten. Und genau das wollte sie immer wissen, das Wie und Warum. So wie bei dieser Geschichte mit dem Honig und dem Reh. Sie waren hergekommen, um Honig zu sammeln und nicht um zu jagen. Sie konnte Star Name zwar nach dem Grund fragen, aber sie hatte inzwischen gelernt, daß es viel schwerer war, die Gründe für etwas zu erklären. Sie mußte also geduldig warten. Vielleicht würde das Handeln ihre Frage beantworten.

Warum zum Beispiel ließ Tse-ak, *Lance*, jeden Morgen nach dem

Aufwachen seinen dröhnenden Singsang hören? Warum wandte sich jeder beim Betreten eines Zelts erst nach links, um dann auf die rechte Seite herumzugehen? Warum malten sich die Frauen rote Linien auf den Scheitel ihrer Haare? Und warum hatten sogar tapfere Krieger Angst vor Donner und Blitz? Und warum beharrte Takes Down darauf, ein Ende eines Holzscheits ins Feuer zu legen, statt es einfach ganz ins Feuer zu werfen?

Vielleicht würde Something Good einige ihrer Fragen beantworten können. Während sie weiterritten, musterte Cynthia aus dem Augenwinkel das feine Profil des Mädchens. Sie beobachtete, wie Something Good mit ihrem Pony umging. Ihre langen nackten Beine krallten sich in den Flanken der Stute fest und hoben ihren Körper mit den Schritten des Ponys leicht in die Höhe. Ihr dünnes Wildlederkleid war ihr bis über die Knie hochgerutscht, und die Borte am Saum war umgeklappt und gab den Blick auf ihre kräftigen, glatten Schenkel frei. Sie saß wie schwerelos und schwankte geschmeidig von einer Seite zur anderen, wie hohes Gras, das sich im Wind kräuselt.

Vom geschwungenen Sattelknopf und der Hinterpausche ihres Sattels hingen lange Fransen herunter, ebenso von der V-förmigen Passe ihres Kleids. Die Zügel hielt sie lose in der rechten Hand, die auf ihrem Schenkel ruhte. Ihr linker Arm war gebeugt, und die Hand ruhte in der Falte, wo ihr Bein in den Rumpf überging. Sie saß kerzengerade und elastisch und bewegte sich in vollendeter Harmonie mit ihrem Pony. Ihr Haar war in zwei dicke, mit Lederriemen umwickelte Zöpfe geflochten, doch ein paar Strähnen wurden ihr vom Wind ins Gesicht geweht. Die Glöckchen und Afterklauen, die von den Seiten des Sattels baumelten, erzeugten ein fröhliches Geklapper.

Something Good war die Frau Pahayucas, der wiederum Medicine Womans Bruder und Sunrises Onkel war. Das machte die fünfzehnjährige Something Good zu Cynthias Stief-Großtante. Im Lager beobachtete Cynthia sie und fand immer eine Entschuldigung, um sich in der Nähe von Pahayucas Zelten aufzuhalten. Einmal hatte sie sich sogar in Something Goods Zelt vorgewagt und war im Eingang stehengeblieben, während Star Name die Botschaft überbrachte, die man ihnen aufgetragen hatte. Star Name ging einfach hinein und rief etwas, nur um sicherzugehen, daß Something Good da war. Cynthia folgte ihr schüchtern und stand wie immer stumm da.

Something Good hatte jeder von ihnen ein Stück von dem Brot gegeben, das sie gerade auf einem flachen Stein am Feuer gebacken hatte. Das Brot war dünn und zerbrechlich. Das Mehl bestand aus gemahlenen Pecanonüssen, süßen Mesquitbohnen und Honig. Das Brot hatte einen köstlichen Nußgeschmack, und Cynthia knabberte nur an ihrem Stück herum, um länger etwas davon zu haben und weil es ihre Schweigsamkeit entschuldigte. Während Star Name und Something Good miteinander sprachen, sah Cynthia sich um. Ihr entging nur sehr wenig.

Old Owl, Something Goods Vater, war einer der Anführer des Stamms, und so hatte seine Tochter schöne Besitztümer. Die Zeltpfähle waren mit Muschelketten und Ketten aus getriebenem Silber und Messingscheiben und Knochenröhren behängt. Da waren Dutzende von Lederbeuteln mit Fransen, die meisten noch mit Perlen verziert oder bemalt. Zwischen zwei Stützpfeilern des Zelts hing ein bemalter Umhang aus Bisonfell, wie ihn nur ein Häuptling oder die Frau eines Häuptlings tragen würde. Die Kleider und Beinlinge, die an einer Zeltwand an einem Gestell hingen, waren in blassen Gelb- und Grüntönen gefärbt und mit Glocken und Fellstreifen, mit Muscheln und Quasten geschmückt. An einem Pfahl lehnte Something Goods ein Meter zwanzig langer, L-förmiger Shinny-Schläger, dessen Schaft vom Fett ihrer Hände glatt und poliert war. Der Fußboden war mit Bisondecken bedeckt, und auf ihrer zusammengefalteten roten Satteldecke lag ein Sattel. Ihr aus Rohleder und rotem Flanell geflochtenes Zaumzeug hing daneben. Auf dem Bett lag eine Tagesdecke aus Hermelinfellen.

Das einzige Kriegsgerät waren der Bogen und der Köcher gewesen, die Something Good jetzt trug. Sie hatte den Riemen des Köchers gelockert, so daß er auf dem Rücken ihres Ponys ruhte. Doch was an jenem Tag in Something Goods Zelt Cynthias besondere Aufmerksamkeit erregt hatte, war eine ausgestopfte, aus weichem Rehleder genähte Puppe gewesen. Sie trug eine in allen Details perfekt nachgemachte Frauenkleidung. Ihr bemaltes Gesicht war fast blankgerieben und durch das jahrelange Herumtragen recht mitgenommen. Die Puppe war geflickt worden, aber aus einer Naht lugte ein Stück der Füllung aus weißer Rohbaumwolle hervor. Daneben stand die Miniaturausgabe eines mit Perlen und Quasten besetzten Wiegenbretts. Über allem, sogar den Duft des Brotes überdeckend, das gerade gebacken wurde, lag der schwache Duft von Salbei. Something Good verbrannte ihn oft in ihrem Feuer.

Something Good war aufgefallen, daß das Gelbe Haar sie beobachtete, und das hatte sie amüsiert. Und gerührt. Sie wußte, was es heißt, eine Fremde zu sein. Sie vermißte selbst ihre Familie und ihre Freunde, und wenn Besucher im Lager waren, fragte sie immer nach Neuigkeiten von Old Owls Gruppe. Manchmal, inmitten des alltäglichen Chaos im Lager, kam es vor, daß Naduahs Gesicht einen verlorenen, einsamen und erschreckten Ausdruck annahm, und in diesen Augenblicken hätte Something Good sie am liebsten umarmt und gekitzelt, um sie auf andere Gedanken zu bringen. Sie sah so deplaciert aus mit ihren indigoblauen Augen und ihrem maisgelben Haar, etwa wie ein Königsvogel in einem Rabennest. So war sie auf die Idee gekommen, die Mädchen einzuladen, mit ihr zu reiten. Allein durfte sie ohnehin nicht aus dem Lager, und Ältere wollte sie nicht dabeihaben. Außerdem hatte sie noch einen weiteren Grund für den Ausflug, und sie war sicher, daß die Mädchen ihr Geheimnis für sich behalten würden.

Die beiden plapperten jetzt, als sie neben ihr herritten, und starrten aufmerksam auf den Erdboden. Sie suchten den unebenen Kalksteinboden mit seiner Kruste aus Kalziumkarbonat nach Rehspuren ab. Sie ritten gerade durch eine tiefe Schlucht, den bevorzugten Weg des Volks. Weiße zogen meist die leichteren, ebenen Hügelkämme vor, was sie allerdings oft bereuen mußten: Sie gaben dort hervorragende Zielscheiben ab. Die Seiten des schmales Wildpfads waren mit einem dichten Gestrüpp aus Unterholz, kleinen Pflaumenbäumen, Rosen, Johannisbeer- und Stachelbeersträuchern bewachsen. Dazwischen standen immer wieder Massen von Feigenkakteen und Wildblumen. Eine dicke gelbe, ein Meter achtzig lange Klapperschlange lag auf diesem dicken üppigen grünen Teppich und sonnte sich. Die wenigen hohen Pecanobäume waren von Efeu umrankt, dessen Blätter auf der Unterseite in der Brise silbern schimmerten.

Winzige braune Canyon-Zaunkönige flatterten nervös zwischen den Bäumen hin und her; ihr klares, flüssiges »Ti ti ti ti, tju, tju, tju tju« ging die Tonleiter hinauf und herunter. Als die Mädchen vorbeiritten, fühlten sich auch die gelben Königsvögel gestört, die jetzt wie aufblitzende Sonnenstrahlen über ihren Köpfen herumschwirrten und ihr schnelles »Kwiratchi kwir kwiratchi kwir« zwitscherten. Rosafarbene Prachtmeisen beobachteten sie von den oberen Ästen, während die buntschillernden Spechte sie ignorierten und mit den Schnäbeln ihr Stakkato gegen die Baumstämme trommelten.

Für einen kurzen Moment sah sich Cynthia einem winzigen, edelsteinähnlichen Kolibri gegenüber, dessen Kopf und Hals in der Sonne grün schillerten. Er schwebte in Augenhöhe vor ihr, als wollte er sie inspizieren, bevor er mit vibrierenden Flügeln, die eine Art Glorienschein erzeugten, wieder verschwand. Cynthia drehte sich um, um zu sehen, ob auch Star Name den Vogel gesehen hatte, und die beiden grinsten sich an. Der Geruch der warmen Erde, des dichten Blätterwerks und der Frühlingsblumen war berauschend. Das Lied *Old One Hundred* kam ihr in den Sinn, und sie summte es vor sich hin. Sie hörte den dröhnenden Baß ihres Großvaters und den zarten Sopran ihrer Mutter.

Praise God from whom all blessings flow,
Praise him all creatures here below…

Ihr Gesang endete in dem Kollern von sechs Truthähnen, die im Gänsemarsch am oberen Ende der Schlucht auf der anderen Flußseite daherstolzierten. Dann ergriffen sie in einer Explosion flatternder Flügel die Flucht.

Something Good ignorierte den Lärm und konzentrierte sich auf den Erdboden. Sie folgten einem kalten Bach voller Schmelzwasser, der geräuschvoll gegen die Felsen anbrandete, die sich ihm in den Weg stellten, als er sich beeilte, den mehrere Meilen weiter östlich gelegenen Fluß zu erreichen. Grillen verstummten unter dem Getrappel ihrer Pferde und zirpten weiter, als sie vorbei waren. Es war später Nachmittag, und die Insekten summten, bis das Blut in Cynthias Schläfen im Takt mit ihnen zu pulsieren schien. Something Good hielt plötzlich die Hand hoch und gab ihnen so ein Zeichen anzuhalten. Sie legte einen Finger auf die Lippen.

Sie zog ein Bein hoch, schwang es über ihren Sattel und sprang leichtfüßig hinunter. Beim Aufsprung beugte sie die Knie und kauerte sich mit der gleichen, weichen Bewegung zusammen. *Something Good stellt sich nie ungeschickt an*, dachte Cynthia grimmig, als sie sich bemühte, von dem knochigen Rücken des Maultiers herunterzukommen. Sie hing mit dem Bauch über seinem spitzknochigen Rückgrat, trat mit den Füßen, streckte die Beine aus und tastete nach festem Boden unter den Füßen. Wenn sie auf ihm ritt, hatte sie das Gefühl, als würden sich seine beiden Enden gleich zusammenfalten und sie in der Mitte festquetschen, doch trotz seines gewaltigen Senkrückens war es noch weit bis zum Erdboden.

Star Name war von seinem Hinterteil heruntergerutscht und hatte sich dabei an seinem zerfransten Schwanz festgehalten. *Wenn ich das versuche, würde er auskeilen oder einen fahren lassen.* Der Maulesel hatte während des gesamten Ritts eine laute, knallende Explosion nach der anderen abgefeuert. Sie hatten stundenlang darüber gekichert und ihm immer wieder die Hacken in seine eingefallenen Flanken gestoßen, um ihn möglichst schnell aus seinem eigenen Gestank hinauszutreiben.

Die drei Mädchen hockten an den säuberlichen Wellenrinnen in dem nassen Sand am Rand des Bachs.

»*Adeca*, Reh.« Something Good hauchte das Wort fast lautlos. Sie saßen wieder auf. Star Name faltete die Hände, um Cynthia abzustützen. Dann nahm sie selbst einen kurzen Anlauf und sprang hinauf, wobei Cynthia sie am Rückenteil ihre Kleides hochzog. Sie ritten eine Zeitlang auf dem gleichen Weg zurück, und dann ging es einen steilen Pfad zum oberen Ende der Schlucht hinauf. Sie ritten so, daß der Wind ihre Witterung nicht auf die Rehspuren zutrieb und mieden den kaum sichtbaren Rehpfad, der die Büsche wie ein Scheitel teilte. Cynthia hätte ihn nie entdeckt, wenn ihn Something Good ihr nicht gezeigt hätte. Die Rehe würden bald zum Trinken erscheinen und im Zwielicht auf dem Pfad wie Schatten auftauchen.

Something Good führte sie eine Meile durch die buschbedeckten Hügel zu einem großen, schüsselförmigen Einschnitt, den Überresten einer zusammengebrochenen Kalksteinhöhle. Am Boden der Doline sprudelte eine klare Quelle und bildete einen kleinen, von einem grünen, samtigen Moosteppich umgebenen Teich. Der Teich war flach, nur in der Mitte nicht, wo das Wasser die Farbe von blaßblauer Seide hatte. Es war so klar, daß man den Grund deutlich sehen konnte, und schien bis zur anderen Seite nur wenige Zentimeter tief zu sein. Doch dieser Eindruck täuschte. Die Quelle erstreckte sich fünfzehn Meter in die Tiefe, wo sie in den riesigen unterirdischen See mündete, der sein Wasser durch den porösen Kalkstein abgab.

Die Seiten der Senke waren mit hohen, dichten Farnen bewachsen. Dort war die Luft einige Grade kühler. Am oberen Rand der Schüssel befand sich ein Hain von Pecanobäumen und verkrüppelten Rotzedern, und Something Good gab ihnen ein Zeichen, die Maulesel an den Bäumen anzubinden. Sie stieg nicht ab, sondern drehte um und verschwand in der Richtung des Rehpfads.

Es blieben nur noch zwei Stunden Tageslicht, und Star Name vergeudete keine Zeit. Sie führte die beiden Maulesel zur Quelle hinunter und sah ihnen beim Trinken zu. Die Tiere verscheuchten die Schwärme schwarzer Wasserwanzen, die über die Oberfläche glitten. Ihre Hufe sanken tief in das grüne Moos, so daß Wasser einsickerte und winzige grüne Tümpel entstehen ließ. Dann brachte Star Name die Tiere zurück und wickelte ihnen die geflochtenen Riemen aus Rohleder um die Vorderbeine. Sie schlug ihnen mit der Handkante gegen die Knie, damit sie die Hufe hoben. Sie befestigte die Fesseln mit einem hölzernen Knebel, der durch einen Schlitz im Leder paßte. Dann zog sie zwei lange, angespitzte Pfähle aus der Packtasche und schlug sie mit einem schweren Felsbrocken in den harten Erdboden. Sie band jedes Tier mit fünf Meter langen Seilen aus geflochtenem Bisonhaar daran fest. Die Seile waren an den Enden mit Lederriemen verknotet, damit sie sich nicht lösten. Sie zerrte an den Knoten und Pfählen, um zu prüfen, ob alles fest saß. Die Maultiere taugten zwar nicht viel, doch ohne sie wären sie in ernsten Schwierigkeiten.

Cynthia stand da und sah Something Good wegreiten. Sie spürte, wie sich im Magen ein hohles Gefühl ausbreitete. Was wäre, wenn ihr etwas zustieß? Würde Star Name den Rückweg kennen? Die Schönheiten um sie herum wurden unheimlich und bedrohlich.

»Naduah. *Kee-mah*, komm.« Star Name winkte ihr, und Cynthia ging hinüber, um die Packtasche von dem Maultier loszubinden. Zum Dank schnappte der Maulesel nach ihr, und sie versetzte ihm einen harten Schlag auf die weiche Schnauze, wie es Sunrise immer tat. Ihr Stiefvater hatte sich unmißverständlich geäußert. Du darfst nie zulassen, daß ein Maultier oder Pferd die Oberhand gewinnt. Und laß kein Tier je spüren, daß du Angst vor ihm hast. So baute sie sich jetzt vor dem Maultier auf und starrte es, die Hände in die Hüften gestemmt, wütend an. Es überragte sie, doch der Bluff funktionierte. Es senkte sanftmütig den Kopf, sah sie unschuldig aus den Augenwinkeln an und begann, dicke Büschel Grammagras abzurupfen. Star Name grub eine Feuerstelle und begann, Brennholz heranzuschleppen, während Cynthia die Bündel zum Lagerplatz trug. Sie wühlte darin herum, bis sie die Satteltasche aus enthaarter Bisonhaut fand, aber Star Name schüttelte den Kopf und gab ihr ein Zeichen, sie wieder zurückzulegen. Cynthia seufzte. Ihr Magen knurrte seinen Protest. Kein Wunder, daß Indianer so viel aßen. Sie aßen so selten. Immerhin brauchte sie keine Angst davor zu haben, von Comanchen angegriffen zu werden. Als sie kleinere Baumstämme für ihre Hütten fällten, huschte ihr ein Lächeln über das Gesicht.

»*Hakai*, was?« Star Name hatte den Blick bemerkt, aber Cynthia hätte keine Erklärung gegeben, selbst wenn sie gekonnt hätte. Sie zuckte die Achseln und grinste und wandte sich wieder dem Zusammenbinden der Pfähle ihrer einfachen Hütte zu.

Star Name brachte Cynthia gerade bei, wie man Feuer macht, als Something Good zurückkehrte. Sie kauerten sich eng zusammen, um den Wind abzuhalten, und wechselten sich dabei ab, den kleinen Bogen des Feuerholzes hin und her zu ziehen. Die Rohlederschnur war einmal um das Feuerholz gewickelt, das sich dann schnell drehte, wenn der Bogen von einer Seite zur anderen gezogen wurde. Es war ein langer, mühsamer Vorgang. Während ein Kind das Feuerholz drehte und mit der anderen Handfläche den flachen Stein darauf herunterpreßte, sorgte das zweite Mädchen dafür, daß das Stück Holz mit dem Loch darin, in das das Feuerholz paßte, nicht verrutschte. Star Name stopfte auch ein paar Handvoll Zunder in das rauchende Loch und blies dagegen. Sie benutzte die faserige, ausgefranste innere Rinde der Rotzedern, und es roch gut, als sie zu glimmen begann.

Sie waren beide so mit ihrer Arbeit beschäftigt und von den ärgerlich kleinen Rauchwölkchen und winzigen Funken hypnotisiert, daß sie nicht hörten, wie sich Something Good an sie heranschlich. Sie hatten soeben mit List und Tücke eine richtige Flamme zustande gebracht, als Something Good einen überirdischen, wehklagenden Schlachtruf ausstieß, der den beiden Mädchen das Blut in den Adern gefrieren ließ und an den gezackten Felswänden und Felsvorsprüngen ein unheimliches Echo auslöste, das in den dunkel werdenden Himmel aufstieg. Cynthia liefen kalte Schauer des Entsetzens über den Rücken und ließen ihr die Haare zu Berge stehen. Ihr Herz pochte so heftig, daß sie es hören konnte, als sie mit gezogenem Messer herumwirbelte. Something Good sank auf eins der Betten aus Rotzederästen, welche die Mädchen geschnitten und mit einer Bisondecke bedeckt hatten. Sie lachte so, daß sie sich nicht auf den Beinen halten konnte.

»Ihr solltet nie zulassen, daß euch jemand so überrascht. Ich wünschte, ihr könntet eure Gesichter sehen.« Star Name und Cynthia standen ein paar Sekunden wie vom Donner gerührt da, doch dann griffen sie an, ohne einander auch nur anzusehen oder ein Wort zu sagen. Sie stürzten sich auf Something Good und kitzelten sie, bis ihnen vor Lachen die Tränen kamen und sie zu schwach waren, weiter mit Something Good zu ringen. Sie wälzten sich in einem kaum entwirrbaren Knäuel wild herumrudernder Arme und Beine auf der Erde herum. Schließlich richteten sie sich auf und wischten sich gegenseitig Sand und Kies von den Kleidern.

»Ihr seid mir vielleicht Wachposten. Ich hätte mir eure Skalps nehmen können.«

»Und du bist mir vielleicht eine Ehefrau. Wo ist die Holzkohle für das Feuer? Warum sollen wir uns mit diesem blöden Feuerholz abrackern? Du hättest uns wenigstens den Feuerstein dalassen können.« Star Name trat mit dem Fuß nach dem Feuerholz. Ihr Stolz hatte gelitten.

»Du weißt doch, daß du Übung brauchst, Strahlauge. Und es kann vorkommen, daß du mal irgendwo ohne Feuerstein oder Holzkohle dastehst, aber einen Bogen und ein Feuerholz kannst du dir immer machen. *Namasi-kohtoo*, schnell, schnell. Macht Feuer, und ich werde das Reh abziehen. Es sei denn, ihr wollt es schlachten, und ich mache Feuer.«

»Ich mach es schon.« Star Name grollte ein wenig, als sie die verstreuten Werkzeuge aufsammelte. Es kam nicht oft vor, daß man sich auf ihre Kosten einen Scherz erlaubte, und es gefiel ihr nicht. Sie zerrte fast wütend an dem Bogen, so daß die Flamme schneller größer wurde. Cynthia fütterte sie mit getrocknetem Moos, dann mit kleinen Zweigen, bis das Feuer hell loderte.

Something Good wickelte eine Leine um den Hals des von ihr erlegten Rehs, ließ es aber auf dem Rücken ihres Ponys liegen. Das andere Ende der Leine warf sie über einen niedrig hängenden Ast. Dann hängte sie sich mit ihrem ganzen Gewicht an die Leine, um den Kadaver hochzuhieven, und befestigte das Ende der Leine an dem Baumstamm. Der Tierkörper drehte sich langsam, als die Leine gleich über den Schultern die Haut am Hals einschnitt. Die Mädchen halfen ihr dabei, das Tier bis zu den Hinterläufen zu häuten. Sie zerrten daran, während Something Good das Fell mit ihrem scharfen Messer von dem darunterliegenden Gewebe löste. Am Ende hatten sie das gesamte Fell in einem Stück und mit der Innenseite nach außen vor sich liegen.

Something Good verschloß das Einschußloch des Pfeils und die vier Beine mit Riemen aus Rehhaut und stach kleine Pflöcke hinein, um die Knoten dicht und an Ort und Stelle zu halten. Sie wechselten sich dabei ab, das Fell aufzublasen, bis es aufgebläht war wie eine Blase, dann verschnürte Something Good den Hals. Sie hielt das Ganze hoch.

»Unser Honigbehälter.«

»Oh.« Die Frage nach dem Warum war beantwortet. »Dafür ist das Fell da.«

»Natürlich. Wolltest du den Honig etwa mit bloßen Händen nach Hause tragen?« Star Name streckte ihre vom Häuten noch blutigen Hände vor. Cynthia war froh, daß Something Good ein kleines Reh erlegt hatte. Sie fühlte sich schmutzig und erschöpft, und das Zerlegen des Kadavers hatten sie noch vor sich. Sie wusch sich mit etwas Wasser aus der Kürbisflasche.

Im Lichtschein des Feuers baute Star Name ein kleines Trockengestell zusammen, einen Dreifuß aus anderthalb Meter langen Pfählen, an denen sie horizontal drei weitere Stäbe befestigte, woran sie die Fleischstreifen aufhängen konnten. Cynthia schnitt lange grüne Äste und spitzte die Hölzer an, an denen sie das frische Fleisch für ihre Abendmahlzeit rösten konnten. Die dünnen Fleischstreifen, die Something Good als Reiseproviant zurechtschnitt, würden neben dem Feuer trocknen und geräuchert werden. Was sie weder essen noch trocknen konnten, stopfte sie in einen Beutel aus der Magenhaut eines Bisons, den sie fest verschnürte. Dann verschwand sie mit einer brennenden Fackel, die ihr den Weg weisen sollte, in die Nacht.

»*Hah-ich-ka po-mea*, wohin geht sie?« Es war inzwischen sehr dunkel, und es machte Cynthia nervös, Something Good wieder verschwinden zu sehen.

»Sie will das Fleisch ins Wasser legen, um es kühl zu halten.« Star Name hatte sich inzwischen so daran gewöhnt, ihre Erklärungen mit kunstvollen Gebärden zu verdeutlichen, daß sie es jetzt schon automatisch tat. Als das Holz zu Holzkohle verbrannt war, legte Star Name die Rehleber quer darüber, und die Düfte, die von dem Feuer aufstiegen, machten Cynthia vor Hunger ganz benommen.

Da tauchte Something Good aus der Dunkelheit auf wie ein Geist und brachte ihnen einen Schmaus. Sie tauchten die Finger in den kleinen Lederbeutel und löffelten etwas Mus aus Bisonmark und zerdrückten Mesquitbohnen. Das Mus schmeckte süß und stillte den schlimmsten Hunger. Dann warf Something Good ein paar Seerosenwurzeln aus dem Teich in die Asche.

Nachdem sie gegessen hatten, lehnten sich alle drei gegen den mächtigen Stamm des nächsten Pecanobaums und starrten in die tanzenden Flammen. Something Good hatte Holz nachgelegt, so daß der Lichtschein sich hoch oben in den Baumkronen brach. Sie hatte ein Ende einer zehn Meter langen Leine aus ungegerbter Tierhaut an einem Pfeil befestigt und schoß ihn über einen der Äste. Dann hatte sie zusammengebunden, was an Nahrung noch übrig war, dazu die geblähte Rehhaut, und alles in die Baumkrone gehievt, wo es vor Bären sicher war. Den Rest des Rehkadavers schleifte sie mit Hilfe ihres Ponys weg und kippte den Abfall in eine Erdspalte.

»Wenn heute nacht Bären kommen und nach Nahrung Ausschau

halten, werden sie nur uns finden.« Dann setzte sie sich wieder zwischen Star Name und Cynthia. Sie wirkte entspannt und zufrieden, aber trotzdem unruhig. Sie sah sich in der Dunkelheit um, schien aber nicht Gefahr zu erwarten, sondern etwas anderes.

Überall um sie herum schwirrten die Laute nächtlicher Insekten. Der Wind rauschte im Blätterdach über ihnen. Sonst war es still. Über ihnen leuchtete der Sternenhimmel so hell und klar, daß die Steine auf dem Erdboden winzige Schatten warfen. Something Good versuchte, ihnen mit leiser und beruhigender Stimme ein Wiegenlied beizubringen.

Der Wind singt.
Der Wind singt in den Blättern.
Der Wind singt mich in den Schlaf.

Cynthia versuchte es zu lernen. Sie wiederholte die Worte und versuchte sich an der einfachen Melodie. Sie war jedoch zu hypnotisch für sie, und außerdem war der Tag zu lang gewesen. Ihre Stimme verebbte, und sie schlief mit dem Kopf an Something Goods Schulter ein. Auf der anderen Seite war es bei Star Name auch bald soweit. Keine von ihnen hörte Something Goods zweites Lied. Sie sang es mit noch leiserer Stimme. Jedes Wort war in Spinnweben aus Melancholie gehüllt.

Nei-na-su-tama-habi.
Ich lege mich hin und träume von dir.
Ich stehe auf und denke an dich.
Wenn der Wind mir durchs Haar weht,
Weiß ich, daß du dich in meinem Herzen bewegst.

Keins der Mädchen konnte sich daran erinnern, daß Something Good sie in ihre Betten aus duftenden Rotzederzweigen gelegt hatte. Und während des ganzen langen Tages war es Cynthia nicht einmal in den Sinn gekommen, einen Fluchtversuch zu wagen.

Am nächsten Morgen waren sie früh auf den Beinen, und Something Good wies ihnen ihre Aufgaben zu, als sie die kleine Menge Honig verteilte, die sie als Köder mitgebracht hatte.

»Ihr müßt da drüben auf einer Lichtung nach einem flachen Felsen suchen, auf der anderen Seite der Doline. Und wenn ihr keine Lichtung findet, müßt ihr eine machen. Schneidet die Büsche mit dem Messer ab. Schont die Axt. Es wird ein heißer Tag werden, und das ist gut. Dann werden die Rehhaut und das Fleisch schneller trocknen. Die Sonne läßt den Honig verdunsten, und der Geruch zieht Bienen schneller an. Folgt nicht der ersten Biene. Laßt sie zum Bienenstock zurückfliegen und die anderen mitbringen. Wenn sie ihre Nachschublinie fertig haben, könnt ihr sehen, in welche Richtung sie fliegen und ihnen dann folgen. Solltet ihr eine Fährte verlieren, dann macht das nichts. Weitere werden folgen. Ich werde hier das gleiche machen. Und wo wir uns dann treffen, dort ist der Bienenstock. Wir werden den Baum fällen und warten, bis sie sich etwas beruhigt haben. Dann kommen wir wieder und holen uns den Honig. Die Haut dürfte ihn dann schon halten können. Die Bienen werden natürlich furchtbar aufgeregt sein, aber ihr dürft nicht nach ihnen schlagen. Ignoriert sie. Ihr werdet gestochen werden, aber nicht so oft. Wenn eine Biene euch sticht, dürft ihr nicht den Stachel herausziehen. Kratzt ihn mit dem Messer heraus. Wenn ihr versucht, ihn mit den Fingern herauszuquetschen, setzt ihr nur das Gift frei. Habt ihr noch Fragen?«

Cynthia hatte die Anweisungen nicht ganz verstanden, so daß sie keine Fragen stellen konnte, und Star Name sagte nein. Es war ihre erste Jagd auf die Fliegen des weißen Mannes, das importierte Geschenk, das ihr Volk so bereitwillig akzeptierte wie Pferde und Metall.

Der Himmel hatte die Farbe von gebleichtem Köper, und der Tag war schon heiß. Star Name und Cynthia hatten nur ihre Mokassins und Lendenschurze an, als sie um die große Senke herumgingen, welche die eingestürzte Höhle zurückgelassen hatte. Sie lugten über die gezackten Kalksteinfelsen hinweg, die am Rand der Senke mit Farnen bewachsen waren. Unter ihren Armen sammelte sich Schweiß. Der Teich da unten sah einladend aus wie ein blasser Saphir in einer Smaragdfassung. Der Teich hatte die Farbe des Himmels und spiegelte sogar die kleinen Wolken wider, die im Wasser zu treiben schienen. Später würden sie ein Bad genießen. Jetzt mußten sie arbeiten.

Star Name trug den Honigköder behutsam in einigen breiten dreieckigen Pappelblättern. Cynthia trug eine Axt, die fast so aussah wie die ihres Vaters. Star Name goß den Honig auf einen platten Felsen, und anschließend suchten sich die Mädchen einen behaglichen Platz im Schatten eines Pecanobaums. Star Name wiederholte noch einmal Something Goods Anweisungen in der Pidgin-Pantomimen-Zeichen-Sprache, die sie gemeinsam entwickelt hatten. Sie pflückte eine Handvoll der blaßrosa Blumen, die überall wuchsen, und ließ ihre Freundin daran schnuppern. Dann tätschelte sie sich den Bauch und lächelte. Es würde köstlichen, wohlduftenden Honig geben.

Die erste Biene landete und inspizierte den Köder. Sie schien ihn zu prüfen und zu testen und strich mit ihren Fühlern darüber hin. Star Name und Cynthia erstarrten und beobachteten sie. Als die Biene losflog, fühlten sie sich versucht, hinter ihr herzulaufen, widerstanden aber dem Impuls und warteten statt dessen gespannt, ob weitere Bienen erscheinen würden. Es schien eine Ewigkeit zu dauern, bis eine weitere Biene landete und dann eine dritte. Cynthia ballte die Fäuste. Am liebsten hätte sie den Bienen zugerufen, sich zu beeilen und loszufliegen. Bienen waren ihr noch nie als so langsame, methodische Geschöpfe vorgekommen.

Schließlich stieg eine auf, kreiste zweimal, um Höhe zu gewinnen, und flog los. Die Mädchen rannten hinter ihr her, voller Erregung über die beginnende Jagd. Sie riefen und lachten und johlten, als sie quer über die Hügel rannten. Es war nicht leicht, das winzige Insekt in diesem unwegsamen Gelände im Auge zu behalten, doch sie waren entschlossen, ebensowenig vom Kurs abzuweichen wie ihre Beute. Sie stürmten durch Gruppen von Zwergeichen und der vereinzelten rundlichen Wacholderbäume, und wichen geschickt dem Dickicht von Pflaumen und wildem Wein und Feigenkakteen aus, das zu hoch war, um darüberzuspringen. Sie durchpflügten Wiesen voller Wildblumen und ließen eine schmale Schneise zurück. Sie stürzten die Hügel hinauf und rannten auf der anderen Seite wieder hinunter; manchmal rutschten sie in einem Schauer aus Kieselsteinen zu Tal.

Als sie sich wieder einem Hain aus Pecanobäumen an einem Fluß näherten, sahen sie, wie Something Good über eine offene Grasfläche auf sie zurannte. Dann brach eine zweite Gestalt aus dem Unterholz hervor. Eagle hatte sie gefunden. Die beiden trotteten fast so zerkratzt und schmutzig wie die kleinen Mädchen heran. Eagle grinste, als er die Hand nach der Axt ausstreckte, doch Cynthia blickte finster drein, als sie ihm die Axt übergab.

Was wollte der hier? Sie brauchten ihn nicht und wollten ihn hier auch nicht haben. Jetzt würde er die Führung an sich reißen und alles verderben. Männer sind nicht nur arrogant, sondern machen Frauen ganz schwach und willenlos, wenn sie in der Nähe sind. Something Good würde vergessen, was zu tun war. Und die beiden kleinen Mädchen würden sie nicht mehr für sich haben. Und wenn Wanderer mitgekommen war? Eagle und Wanderer trennten sich fast nie. Sie blickte mißtrauisch auf die Büsche. Sie wartete darauf, daß Wanderer auftauchte, doch zu ihrer Erleichterung tat er es nicht. Einer von beiden war schon schlimm genug. Wenn Wanderer auftauchte, würde sie den Maulesel besteigen und allein ins Lager zurückreiten.

Sie hatten keinerlei Mühe, den Baum mit den Bienen zu finden. Sie hörten das schwache, unheilverkündende Summen, als würde gleich ein Sturm losbrechen. Die Öffnung zum Bienenstock befand sich neun Meter hoch in einem toten Baumstamm. Der Stamm erzitterte, als Something Good und Eagle begannen, auf ihn einzuschlagen. Sie lachten, als die Bienenwolke aus dem Eingang strömte und sie umschwärmte. Als die Tiere auf Cynthias Armen und Schultern und ihrem Gesicht landeten, geriet sie in Panik und schlug nach ihnen. Sie gab sich Mühe, nicht zu weinen, als sie sie stachen. Something Good und Eagle hackten inmitten der Wolke wütender Bienen methodisch weiter, bis der riesige Baumstamm laut knackte und langsam umkippte. Beim Aufprall erzitterte er leicht. Dann brach wirklich die Hölle los, und alle vier mußten sich in heilloser Flucht retten.

Sie rannten zwei Meilen weit und brachen dann erschöpft und lachend auf den Betten in ihrer Buschhütte zusammen. Sie waren über und über mit Schmutz bedeckt, zerkratzt, und ihre Körper glitzerten vor Schweiß. Das Haar hing ihnen strähnig und voller Zweige, Holzstückchen und toter Bienen wirr um den Kopf. Something Good hatte dort, wo sie hingefallen war, eine große Prellung am Arm. Cynthias Auge schwoll schnell zu, und Star Names Oberlippe war schon ganz dick. Eagle zog das große Schlachtermesser aus der Scheide am Gürtel und winkte Cynthia zu sich. Sie kam widerstrebend näher und kniete vor ihm nieder. Er kratzte mit dem Messer Schmutz und Schweiß von den Beulen in ihrem Gesicht und auf ihren Schultern und entfernte dann die Stacheln. Something Good unterzog Star Name der gleichen Prozedur. Dann setzte sich Eagle mit gekreuzten Beinen vor Something Good hin und nahm ihr schmales Kinn in die linke Hand. Sie zuckte kaum merklich zusammen und fixierte den Erdboden, während er ihr im Gesicht und am Hals die Stacheln entfernte.

»*Mea-dro*, gehen wir.« Star Name sprang auf und rannte zum

Rand der Senke. Sie lief den Abhang hinunter, stürmte durch die Farnbüschel und kletterte auf einen großen Felsblock, der zum Teil in den Teich gerollt war. Sie zog ihren Lendenschurz aus, hielt sich die Nase zu, sprang in die Luft, zog die Beine bis unter das Kinn und landete wie eine Kanonenkugel klatschend im Wasser. Cynthia sprang ihr nach. Sie keuchte, als sie in das eisige Wasser eintauchte.

»Du hast mir nicht gesagt, daß das Wasser so kalt sein würde.«

»Du hast mich nicht gefragt.« Star Name klatschte mit der Handkante ins Wasser und spritzte Cynthias Gesicht naß. Sie balgten sich und stürzten im flachen Teil des Teichs von einem Ende zum andern, um anschließend zu tauchen und unter Wasser zu schwimmen. Sie wollten wissen, wer am weitesten tauchen und am längsten unter Wasser bleiben konnte. Star Name gewann, aber Cynthia war ihr dicht auf den Fersen. Dann schwammen sie zur gegenüberliegenden Seite und mieden dabei die kristallklare Quelle in der Mitte. Als sie vorbeischwammen, konnten sie den Strömungswirbel spüren. Sie hüteten sich aber, hinunterzutauchen und die Öffnung zu erforschen. Es gab Geschichten von Kindern und auch von Erwachsenen, die einfach in solche Quellen hineingesogen wurden und nie wieder zum Vorschein kamen. Manchmal wurden ganze Bäume an anderen Stellen herausgespült, wohin sie von unterirdischen Wasseradern mitgerissen worden waren.

Die beiden Mädchen schwammen auf den kleinen Wasserfall zu, der von der höchsten Seite der Senke aus gut zwei Meter Höhe herunterstürzte. Das Wasser sprühte über Felsen und Farne wie ein Springbrunnen im Garten. Sie legten sich darunter und beugten die Köpfe nach hinten, um zu trinken. Dann blieben sie, auf die Ellbogen gestützt, in dem flachen Wasser liegen und ließen das kalte Wasser den Rest von Schmutz und Schweiß abspülen.

»Was ist los?« Cynthia spürte, daß etwas nicht stimmte. Star Name war über Eagles Erscheinen mehr als nur irritiert. Sie war besorgt. Cynthia hatte diesen Ausdruck noch nie in ihrem Gesicht gesehen, wußte ihn aber gleich zu deuten.

»Eagle dürfte nicht hier sein.«

»Warum nicht?«

Es folgte ein kurzes Schweigen. Wieder das Warum. Star Name saß im Wasser und hielt den rechten Zeigefinger hoch. »Something Good.« Dann hob sie den linken Zeigefinger. »Eagle.« Sie hielt die Finger weit auseinander. »*Toquet*, alles in Ordnung.« Dann führte sie die Finger zusammen, bis sie sich berührten. Mit dem rechten

Finger machte sie dann eine rasche Schnittbewegung quer über die Nasenlöcher. »Something Good.« Cynthia brauchte ein paar Sekunden, um richtig zu kombinieren. Dann erinnerte sie sich an die Frau mit der schrecklich entstellten Nase. Die Frau, mit der keine der anderen Frauen viel sprach. Ehebruch. Das war ein Wort, das sie kannte. Es war ein Teil der Zehn Gebote. Und der Frau im Dorf hatte man schon vier- oder fünfmal die Nase durchgeschnitten. Ihr fehlte sogar die Nasenspitze. Hatte man ihr das nur für einen Fehltritt angetan oder einmal für jeden? Cynthia schüttelte verblüfft den Kopf. Auge um Auge. Aber wie konnte jemand Something Good so etwas antun? Der freundliche Pahayuca ganz bestimmt nicht. Oder doch? Sie war die Frau eines Häuptlings. Sie würde bestimmt nichts Unrechtes tun.

Cynthia weinte fast vor Erleichterung, als sie Something Good am Rand der Senke auftauchen und durch das dichte Farnkraut herunterlaufen sah. Something Good zog sich im Laufen das Kleid über den Kopf und sprang wie ein glatter brauner Fischotter vom Felsen ins Wasser, um dann mit mächtigen Zügen auf sie zuzuschwimmen. Sie legte den Kopf im Wasser in den Nacken, um die Strähnen ihres blauschwarzen Haars glatt zu bekommen, und die beiden Mädchen machten ihr Platz. Sie begannen, von der Bienenjagd zu sprechen.

Eagle konnte die Feindseligkeit spüren. Das war nicht schwer. Sie strahlte von den beiden Mädchen aus wie die Hitze des Feuers zwischen ihnen. Zudem war es schwierig, bei einem solchen Festessen, wie sie es gerade hatten, feindselig zu sein. Als ihr Wildbret geröstet war, hatte jeder von ihnen ein Stäbchen aus den Lederschnüren gezogen, mit denen die Beine der geblähten Rehhaut zugebunden waren, die in der Nähe hing. Sie ließen Honig auf das Fleisch fließen, bevor sie das Hölzchen wieder hineinsteckten und den Strom unterbrachen. Zu dem Fleisch aßen sie mehr von Something Goods köstlichem Nußbrot, auf das sie eine Paste aus zerstoßenen Pflaumen geschmiert hatten.

Eagle machte es nichts aus, daß die Mädchen auf ihn wütend waren. Er besaß natürlichen Charme, den er jetzt auf sie losließ. Sie waren immerhin Something Goods Freundinnen, und ob sie es nun wußten oder nicht, sie würden auch seine Freundinnen werden. Cynthia lehnte es ab, ihn anzusehen oder mit ihm zu sprechen. Sie pflückte ein paar staubbedeckte Rindenstücke und ein paar Rehhaare aus dem Honig. Dann fischte sie mit Daumen und Zeigefinger eine tote Biene heraus, hielt sie hoch und ließ den Honig abtropfen, bevor sie sie hinter sich schnippte. Sie bemühte sich krampfhaft, sich auf ihr Essen zu konzentrieren. Star Name neben ihr tat das gleiche.

Sie sind wie zwei weiche, wilde Pantherkätzchen. Eagle gab sich Mühe zu verbergen, wie ihn das Verhalten der beiden Mädchen amüsierte. Er würde sie für sich einnehmen, weil es Something Good unglücklich machte, Spannungen zwischen ihnen zu wissen. Und er wußte, daß er sie für sich einnehmen konnte. Sie würden merken, daß er es tat, würden es aber nicht verhindern können. Ebensowenig wie das Pantherjunge, das er einst aufgezogen hatte, es hatte lassen können, nach einem zuckenden Lederriemen zu schlagen, obwohl es am Ende Eagles Hand gesehen hatte. Frauen waren genauso, und das in jedem Alter. Bei einem Mann, der entschlossen war, seinen Charme einzusetzen, waren sie wehrlos.

Als sie mit dem Essen fertig waren und die Hände an den Zedernnadeln abgewischt hatten, die überall herumlagen, langte Eagle in den Beutel, den er an der Hüfte trug. Er zog eine kleine Knochenscheibe heraus, die durch jahrelangen Gebrauch blankpoliert war. Er streckte beide Hände mit den Handflächen nach unten aus. Das war eine Geste, die bei den Mädchen eine augenblickliche Reaktion auslöste. Es war der alte Trick mit der Erbse unter der Muschelschale. Knopf, Knopf, wo steckt der Knopf? Vielleicht war es der angeborene Instinkt einer Raubtierart. In welches Loch ist das Kaninchen gerannt? In welchem Teich beißen die Fische an? Ohne nachzudenken, streckte Cynthia den Arm aus und zeigte auf Eagles linke Hand. Er grinste sie an und drehte die Hand um, wobei er die langen dünnen Finger langsam öffnete, um ihr dann die leere Handfläche zu zeigen.

»Laß mich mal. Ich kann raten.« Star Name beugte sich vor und sah aufmerksam hin. Sie hatte die Stirn in zornige Falten gelegt, während er mit den Händen herumwedelte und sie umeinander herumwirbeln ließ, um sie zu verwirren. Dann streckte er sie wieder aus und ließ beide Mädchen raten, bevor er sie öffnete. Cynthia hatte richtig geraten, während für Star Name nur die leere Handfläche blieb.

»Gib mir noch eine Chance.« Star Name wußte, woran es gelegen hatte.

»Nein. Es sei denn, es lohnt sich für mich. Was willst du einsetzen?« Er forderte sie heraus, und Star Name biß an.

»Ich wette um meinen Anteil am Honig.« Sie bedachte nicht, daß er es sich kaum leisten konnte, mit dem Honig ins Lager zu reiten.

Niemand vermutete Eagle hier bei den Mädchen. Cynthia war jedoch schockiert. Wollte Star Name wirklich leichtfertig aus der Hand geben, wofür sie gearbeitet und gelitten hatte? Ihr kleiner, voller Mund war so angeschwollen, daß sie kaum sprechen konnte; sie war am ganzen Körper zerstochen. »Und was wirst du setzen?« Star Name war ganz geschäftsmäßig.

Eagle stand auf und ging zu seinen Satteltaschen hinüber. Er kam mit einer großen, dünnen, aus einer Austernschale geschnittenen Scheibe zurück. Er hatte sie bei Big Bow gegen etwas anderes eingetauscht, und der Kiowa wiederum hatte sie einem toten Nermateka abgenommen, einem People Eater von der Küste. In der Nähe des Rands war ein Loch gebohrt, damit sie als Halsschmuck getragen werden konnte. Eagle hielt sie an ihrem Lederriemen hoch und ließ sie langsam herumwirbeln. Das Feuer leuchtete durch ihre durchsichtige Oberfläche in gedämpften Gelb- und Orange-Tönen, aber im Sonnenlicht würde sie in irisierenden Farben glühen, in Blaßrosa, Zartgrün und Blau- und Purpurtönen. Something Good wühlte in ihrem Beutel herum und zog eine Messingpinzette hervor, die von einem Händler stammte. Sie reichte sie Star Name, die sie aufmerksam untersuchte. Pinzetten waren eine Seltenheit und folglich ein lohnender Preis.

Cynthia ging im Geiste ihre spärlichen Habseligkeiten durch, um zu sehen, ob sie etwas wetten konnte. Alles, was sie besaß, hatte sie von Star Name oder Takes Down oder Medicine Woman, und sie wollte nichts verwetten, was jemand ihr geschenkt hatte. Sie konnte zwar ihren Anteil am Honig einsetzen, doch damit würde sie Takes Down und Sunrise um ihren Anteil bringen. Sie hatte sich fest vorgenommen, ihnen den Honig zum Dank für all das zu geben, was sie für sie getan hatten.

»Naduah ist neu. Sie besitzt nicht viel. Laßt sie doch ohne Einsatz mitspielen«, sagte Star Name.

»Niemand spielt ohne Einsatz. Sie kann sich aber für einen Monat um die Pferde des Gewinners kümmern«, entgegnete Eagle.

»Aber ich habe keine Pferde. Was ist, wenn ihr an mich verliert?« wollte Star Name wissen.

»Das wird sie nicht. Something Good und ich sind eine Mannschaft und ihr zwei die andere.« Eagle zog einen Holzscheit zu sich heran und legte einen Stock quer darauf. Dann hob er mehrere Zweige auf und begann, sie in kleinere Stücke zu zerbrechen. Als er einundzwanzig zusammen hatte, legte er sie zwischen den beiden

Mannschaften aus. Er reichte Something Good die Knochenscheibe und begann, mit seinem klaren Tenor das Spiellied zu singen. Star Name und Cynthia stampften den Takt mit den Füßen. Something Good wedelte mit den Händen und drehte sie im Rhythmus. Als das Lied zu Ende war, streckte sie sie Cynthia hin. Diese rieb die richtige Hand, und damit wurde ein Stöckchen auf ihre Seite des Feuers gelegt. Dann war sie an der Reihe.

Sie hatte sich einen Teil des Liedes gemerkt, sang aber nicht. Sie konzentrierte sich zu sehr darauf, den Knochen zu verstecken. Eagle ließ sich jedoch nicht täuschen, und damit hatte seine Mannschaft ein Stöckchen und den Knochen. Stunden vergingen, während die beiden Häufchen mit den Stöckchen auf beiden Seiten mal größer, mal kleiner wurden. Um Mitternacht schrien sie sich alle gegenseitig an und kreischten vor Vergnügen. Ganze Vermögen waren gewonnen und wieder verloren worden. Und Cynthia und Star Name mußten künftig Something Goods und Eagles Ponys versorgen.

Star Name wurde erlaubt, ihren Honig zu behalten. Die Gewinner hätten ihn ohnehin als Geschenk zurückgegeben. Beide wußten, daß ihre Familie ihn brauchte. Sunrise war der Ernährer von Black Bird und Star Name und Upstream, aber es war für einen Mann nicht ganz einfach, sechs Mäuler zu stopfen. Something Good und Eagle sangen das Siegeslied, während Cynthia und Star Name auf dem Holzscheit den Rhythmus schlugen.

Schließlich gingen sie alle zu Bett. Something Good lag zwischen Cynthia und Star Name unter dem Blätterdach der Hütte. Von der anderen Seite des Feuers, bei den Pferden, hörten sie, wie Eagle für sich sein Medizinlied sang, bevor er einschlief. Seine hypnotische Stimme drang mal lauter, mal leiser eine Stunde lang zu ihnen herüber. Cynthia schlief schon lange vorher ein, aber Something Good lag wach und starrte zu den Sternen hinauf, die sie unter dem ausgefransten Dach der Hütte strahlen sah. Als sie zu der Jagd aufgebrochen war, hatte sie durchblicken lassen, wo sie sich aufhalten würden, und war davon ausgegangen, daß Eagle ihr folgen würde. Er hatte tagelang in ihrer Nähe herumgelungert und sie mit diesem absichtlich schmachtenden Ausdruck im Gesicht verfolgt. Und jetzt war er hier, nachdem er zunächst in die entgegengesetzte Richtung aufgebrochen war, um dann umzukehren und zu ihr zu reiten. Und sie wußte nicht, was sie jetzt mit ihm anfangen sollte.

Sie haßte die Mädchen dafür, daß sie da waren, sie haßte sie wegen der unausgesprochenen Anklage in ihrer stummen Besorgtheit.

Denn ihre Gegenwart hatte zwischen ihr und Eagle eine Mauer aufgerichtet. Wenigstens würden sie sie nicht verraten. Sie wußten um die Konsequenzen. Das war offenkundig. Sie fuhr sich mit der Hand an die Nase, um sich unbewußt zu vergewissern, daß sie noch heil und unverletzt war. Und ein anderer Teil von ihr war froh, daß die Mädchen da waren. Sie ersparten ihr die Entscheidung, Pahayuca zu betrügen.

Während sie dem leisen Atem der Mädchen lauschte, zwang sie sich, stillzuliegen, denn sie wußte, daß Eagle so nahe war und auch nicht schlief. Furcht und Enttäuschung und Sehnsucht und Schuldbewußtsein nagten an ihr. Am liebsten wäre sie aufgestanden und zu ihm hinübergegangen. Am liebsten hätte sie über ihm gekniet und wäre ihm mit den Händen über seine harte, schlanke Brust gefahren, in die Kurve seiner Hüfte, dann an den Schenkeln entlang. Sie wünschte, sein Gesicht zu ihr aufblicken zu sehen, erleuchtet von der Laterne der Sterne. Sie wünschte sich, sich an seinem Körper auszustrecken und seine Arme um sich zu spüren. Sie wünschte sich so verzweifelt, ihn zu berühren, daß sie die Finger zu Fäusten ballte, bis die Fingernägel sich in die Handflächen gruben.

Tränen liefen ihr über die Wangen und in die Ohren. Sie rollte sich zur Seite und vergrub das Gesicht in der kleinen Decke, die sie zu einem Kissen zusammengefaltet hatte. Leise weinte sie sich in den Schlaf.

9

Die Brise vom Fluß kühlte die glitzernden Körper von Wanderer und Eagle, die in dem dichten Gras saßen. Ihre schaumbedeckten Ponys grasten in der Nähe. Wanderer hatte das Rennen natürlich gewonnen, doch das hatte Eagle auch erwartet. Er hatte nur versucht, den Vorsprung seines Freundes zu verkürzen.

»Eines Tages werde ich ein Pony stehlen, das so gut ist wie Night.«

»Es gibt keine Ponys, die so gut sind.«

»Irgendwo muß es eins geben, ich werde es finden. Ich werde viel Ärger und Mühe auf mich nehmen, um dich zu schlagen, dann wird dir dieses höhnische Grinsen schon vergehen.«

»Ich grinse nicht höhnisch.«

»Nur nach einem Rennen.«

»Ist das der Grund, weshalb du immer auf Pferde aus bist? Du willst Night schlagen? Wenn du ihn wirklich willst, schenke ich ihn dir.«

Eagle zuckte kaum merklich zusammen und verstummte. Es war ein Angebot, wie es sonst kein Mensch je machen würde. Es würde ihm auch kein zweites Mal gemacht werden. Ein Mann lieh einem Bruder oder einem Freund fröhlich seine Frau aus oder setzte für ihn sein Leben aufs Spiel. Das war natürlich. Dafür konnte er immer eine ähnliche Gunst als Gegenleistung erwarten. Er teilte seine geheiligte Pfeife und konnte bei seltenen Gelegenheiten einem Freund oder Sohn oder Neffen seine Beute schenken. Er verschenkte sogar Pferde, aber niemals ein Kriegspony. Nicht, solange er lebte. Kein Pferd wie Night.

»Night gehört dir, *Tah-mah*, Bruder. Es wäre sehr schlechte Medizin, ihn dir wegzunehmen. Aber ich fühle mich geehrt. Außerdem beißt er mich. Schlimmer noch, er beißt mich an Stellen, wo es mir peinlich ist. Ich habe das Gefühl, daß er es absichtlich tut. Ich habe vom letzten Mal immer noch eine Narbe auf dem Hintern.«

»Ich werde ihm sagen, daß er es lassen soll. Er beißt jeden. Das ist seine Art zu sagen, daß sich die Leute mit ihm keine Freiheiten herausnehmen dürfen.«

»Dich beißt er nicht.«

»Natürlich nicht. Ich bin sein Bruder.«

»Genau.« Eagle bewarf Wanderer mit einem kleinen, trockenen Lehmklumpen. Er zerbröselte, als er ihn an der Schulter traf. Dann streckte Eagle sich in dem kühlen Gras aus, das unter seinem Gewicht zerdrückt wurde, bis der Geruch der Säfte ihn überspülte. Er zupfte ein breites Blatt ab und schnitt mit dem Daumennagel einen kleinen Schlitz hinein. Dann hielt er es behutsam zwischen beiden Daumen und pustete. Night warf den Kopf in den Nacken und wieherte bei dem hohen, durchdringenden Pfeifton.

Seit Sunrises Fest zur Feier der Ankunft des Gelben Haars und ihrer Namensgebung waren fast drei Wochen vergangen. Mit den Männern von Pahayucas Truppe hatte es Feste und Tänze und nächtliche Gespräche gegeben. Sie waren alle paar Tage in ein anderes Lager gezogen, und dies war die erste Gelegenheit überhaupt, unter vier Augen zu sprechen. Wanderer wappnete sich für das Gespräch, das er, wie er wußte, mit Eagle führen mußte. Das war der wahre Grund dafür, daß er mit ihm hergekommen war. Das Rennen war ein

Vorwand. Ein Pferderennen war ohnehin nur dann interessant, wenn er weitere Pferde gewinnen konnte, und Nights Ruf war inzwischen so, daß nur noch wenige gegen ihn wetten würden.

»Bruder.«

»Ja.« Eagle wälzte sich auf den Bauch und stützte das Kinn auf seine sehnigen Arme. Er tat so, als studiere er eine Heerschar von Ameisen, die dabei waren, eine Heuschrecke zu zerstückeln. Aus den Augenwinkeln beobachtete er seinen geliebten Freund, den Mann, den er Bruder nannte, der kerzengerade vor dem Hintergrund des blauen Himmels saß. Jetzt kam es. Eine Gardinenpredigt von Wanderer. Er hätte in so jungen Jahren nie so weise sein dürfen. Es war nicht natürlich. Für Weisheit war noch Zeit genug, wenn sie Tattergreise waren und in Pfeifenrauch gehüllt glucksend über ihre vergeudete Jugend sprachen. Wenn Wanderer nicht aufpaßte, würde er im Alter weder sich selbst noch seine Freunde mit skandalösen Erinnerungen amüsieren können.

»Du weißt, daß Pahayuca mit mir verwandt ist.« Wanderer wußte, daß sich das Problem am besten als Frage der Ehre darstellen ließ und nicht des Muts. Eagle fürchtete sich vor niemandem. Er würde gegen Pahayuca antreten und aus Neugier sogar zusätzlich gegen einen Grizzlybären kämpfen, bis er zerfleischt wurde. Familienehre aber und Gunstbeweise gegenüber einem Freund, das waren wiederum ganz andere Dinge.

Auf Eagles stolzem Gesicht zeigte sich ein Anflug von Schmerz. Er war jedoch wieder verschwunden, bevor Wanderer ihn bemerken konnten. Eagle spürte, was er jetzt gefragt werden würde.

»Ja. Das weiß ich«, erwiderte er.

»Er scheint Something Good sehr zu schätzen.« Warum war dies nur so schwierig? Sie war immerhin nur eine Frau.

»Natürlich tut er das. Pahayuca ist nicht dumm.«

»Das ist er nicht. Und wer ihn entehrt, würde auch mich entehren.«

»Das weiß ich auch.«

»Möchtest du mit mir rauchen, Bruder?« Die Spannung zwischen ihnen war mit Händen zu greifen wie bei einem straff gespannten Lederriemen. Sie fühlten sich einander verbunden, wollten diese Unterhaltung am liebsten vermeiden. Eagle richtete sich auf, beugte sich vor und betastete die goldene mexikanische Münze mit dem Adler, die an einer schmalen Kette auf seiner mageren Brust hing. Nur damit ließ er sich je innere Anspannung anmerken.

Wanderer erinnerte sich, wie Eagle zu der Münze gekommen war. Es war vor drei Jahren gewesen bei ihrem ersten Raubzug nach Pferden. Sie waren tagelang durch die spröde Hügel- und Berglandschaft, in der es von Kakteen und Gruppen von Agaven wimmelte, deren Blätter aufragten wie aufgestellte Schwerter, nach Süden geritten. Trotz der Hitze hatten sie ihre Beinlinge tragen müssen, um sich vor den dornigen Mesquitbüschen zu schützen, die ihren Ponys bis zum Bauch reichten und den steinigen Erdboden so dicht bedeckten wie ein Teppich aus Bisonfell. Sogar der Himmel hatte in einem heißen, schimmernden Weiß geglüht.

Sie waren weit nach Mexiko eingedrungen und über kleine Felder mit verdorrtem Mais geritten, der in dem ausgedörrten Boden trokken raschelte. Die weißgetünchten Adobe-Häuser, die wie Brotlaibe mit Zuckerguß aussahen, glühten und pulsierten in dem flirrenden Sonnenlicht. Die Leute, die in der Erde wühlten, kämpften nur selten, doch diesmal taten sie es. Sie waren geborene Opfer. Der Anblick, wie sie mit Schaufeln und Hacken und Stöcken kämpften, war so, als würde man Kaninchen sehen, die ein Rudel Wölfe herausforderten.

Eagle hatte die Münze an dem zerknitterten weißen Hemd des ersten Mannes glitzern sehen, den er je getötet hatte. Trunken in dem Hochgefühl, höchste Macht über Leben und Tod zu besitzen, wurde er unvorsichtig. Er sprang von seinem Pferd, um sich die Münze zu holen. Er sah nicht die drei Männer, die auf ihn zurannten, sondern bückte sich, um dem Mann die Kette über den Kopf zu ziehen, der schlaff auf dem Hals hin und her schwankte. Er zerrte die Kette gerade über die Ohren, als Wanderer herangeritten kam. Er erlegte zwei der Bauern, die er mit einem Pfeil durchbohrte. Eagle tötete den dritten mit seinem Messer. Er löste geschickt die beiden Skalps, obwohl es seine ersten waren. Er war ein geborener Krieger, dieser Eagle. Mit einem geschickten, kreisförmigen Schnitt am Haaransatz stemmte er dem Mann den Fuß auf die Schulter und riß den Skalp mit einem schnellen Ruck los. Mit einem lauten, schmatzenden Geräusch löste sich das Haar in einem Stück, fast so säuberlich, als wäre das Opfer noch am Leben gewesen.

Es war befriedigend zu töten. Wanderer schenkte der Frage, ob es recht oder unrecht war, nicht mehr Gedanken, als es ein Habicht oder Kojote tut. Es gehörte zum Zyklus des Lebens. Und lieber einen schnellen Tod, als in Alter und Krankheit dahinzusiechen wie der alte Bisonbulle, der hinter der Herde herstolpert und dessen Fell von den

Hörnern der jüngeren Bullen zerfetzt ist. Wanderer wünschte sich einen schnellen Tod durch den Pfeil oder die Lanze eines Feindes. Die Vorstellung, seine letzten Lebensjahre wie Name Giver zubringen zu müssen, der an der Hand herumgeführt wurde, war ihm verhaßt.

Er war sich nicht sicher, was ihm besser gefiel, schreiend in die Schlacht zu reiten oder sich in das Lager eines Feindes zu schleichen und alles zu stehlen, was er haben wollte. Einmal waren er und Eagle in ein Osage-Lager gekrochen und hatten jeden einzelnen schlafenden Krieger berührt, bevor sie deren Pferde stahlen. Bei der Erinnerung daran mußte er lächeln. Sie waren kaum mehr als kleine Jungen gewesen, und sein Vater brüstete sich noch immer damit.

Er warf einen Blick auf Eagle. Die Münze war eine von denen, die erst vor kurzem geprägt worden waren, mit einem Adler darauf. Es war Eagles heiligste Medizin. Er war jedoch zu eitel, die Münze mit seinen anderen heiligen Gegenständen in dem kleinen Beutel zu verstecken, der auf der Innenseite seines Lendenschurzes hing. Eagle strich mit den Fingern noch immer über die Münze, und Wanderer wartete geduldig auf seine Antwort. Er wartete so lange, daß Wanderer versuchte, sich das Leben ohne ihn als Freund vorzustellen.

»Ja, *Tah-mah*. Ich will mit dir rauchen.« Die Worte fielen in die heiße Luft wie Metallstücke in einen Kupferkessel. Sie wurden leise gesprochen, schienen in der schwirrenden Luft jedoch zu hallen. Wanderer ließ einen erleichterten leisen Seufzer hören. Die Sache war geregelt. Eagle würde diese Dummheit vergessen und Something Good in Ruhe lassen. Der Rauch besiegelte jede wichtige Übereinkunft unter Männern. Und dieses Siegel wurde nur mit dem Risiko großer Schande und Entehrung gebrochen, und das war eine Last, die zu schwer war, um von einem Mann getragen zu werden. Er stand auf und ging zu seinem schmalen, bemalten Beutel hinüber, in dem er seine Pfeife und sein Werkzeug zum Feuermachen aufbewahrte. Jetzt konnte er ruhig sein und den Sommer hier genießen. Welchen Ruf die Penateka als Krieger auch immer haben mochten, ihre Gastfreundschaft war die beste, die sich nur denken ließ. Und er wollte sehen, wie das Gelbe Haar, Naduah, sich an ihr neues Leben gewöhnte.

Cynthia kniete über der frischen Haut und löste den größten Teil des Fetts und der Muskeln mit dem schweren Wapitihorn und der Breitaxt aus Feuerstein. Star Name und Owl bearbeiteten in der Nähe ihre eigenen Häute, und um sie herum dröhnte die laute Unterhaltung der Frauen. Nach drei Wochen behielt Cynthia viele der Worte, die sie hörte, aber dem Klatsch konnte sie noch nicht folgen.

Pahayucas vierjährige Tochter, Eta-si Kawa, *Dusty*, balgte sich mit einem tapsigen jungen Hund, der nur aus Ohren und Pfoten zu bestehen schien. Sie wälzten sich im Staub, knurrten sich gutmütig an und zerrten an je einem Ende eines Fetzens roher Tierhaut. Fünfzehn Meter weiter saßen Name Giver und seine Freunde unter einem dichtbelaubten Baum und gaben vor Owls Zelt ihre Geschichten zum besten. Narabe, *Gets To Be An Old Man*, war gerade dabei, eine zu erzählen, in der jemand auf einem Bein herumhüpfte und wie ein Huhn gackerte. Seine Freunde lachten laut, verschluckten sich fast dabei und schlugen sich gegenseitig auf den Rücken. Cynthia wünschte, sie könnte hören und verstehen, was Narabe sagte.

Star Name und Owl stritten sich munter um etwas, und Black Bird kaute mit abwesendem Gesichtsausdruck auf einer Haut herum wie eine Kuh, die ein besonders saftiges Stück wiederkäut. Takes Down The Lodge erledigte die letzten Schritte des Gerbvorgangs. Wenn die Antilopenhaut in der Sonne getrocknet war, konnte sie sie räuchern, um sie geschmeidig zu halten. Sie würde selbst dann noch ihre Form behalten, wenn sie bei Regen und Flußüberquerungen völlig durchnäßt wurde. Cynthia hatte zwei Wochen gebraucht, um Takes Down dabei zuzusehen, wie sie die Haut mit dem Schabmesser bearbeitete und schälte und einweichte und trampelte und schlug, aber schließlich war ein weiteres von ihren Warums beantwortet. Warum sah das Wildleder der Indianer immer soviel ansehnlicher aus als das der weißen Männer? Die Lederhosen der Siedler wurden mit zunehmendem Gebrauch schwarz und schmierig und steif und unförmig. Wenn man mit ihnen in einen Regenschauer geriet, war das lästig und fast eine Katastrophe. Cynthia erinnerte sich an die Hochzeit dieses Schullehrers in Fort Houston. Sie kicherte leicht und neigte den Kopf, damit niemand denken sollte, sie lachte über die anderen. Sie begann, die Schilderung in der Sprache des Volkes zu erarbeiten. Die Geschichte würde ihnen gefallen. Sie würde sie einstudieren und sie irgendwann in diesen Tagen damit überraschen. Doch jetzt fiel es ihr noch zu schwer, bestimmte Dinge zu erklären.

Den Namen des Lehrers hatte sie vergessen, doch ihn selbst würde sie nie vergessen. Er war der häßlichste Mann, den sie je gesehen hatte. Er schien nur aus Knien und Ellbogen und Adamsapfel zu bestehen. Er war mehr als zwei Meter lang und sanft. Seine großen, kurzsichtigen Augen verliehen ihm das Aussehen eines aufgeschreckten Straußes. Er war ein guter, freundlicher, friedlicher Mann. Für die Wildnis etwa so geeignet wie ein Eisstrom in der Hölle. Er stürzte sich jedoch mit unschuldiger Begeisterung ins Leben. Für die Hochzeit hatte er sich einen Anzug aus Wildleder machen lassen, mit dem er dann in einen Wolkenbruch geriet, wie man ihn in Texas oft erlebt, und das am Tag vor der Hochzeit.

Die Hosen machten, was sie immer taten, wenn sie naß wurden. Sie verwandelten sich in eine schleimige Masse, wurden länger, legten sich in Falten um die Fesseln und verdeckten fast seine Mokassins. Also nahm er ein Messer und machte die zu lang geratenen Hosen ein wenig kürzer. Dann setzte er sich neben ein heißes Feuer, um sie zu trocknen. Beim Trocknen zogen sich die Säume wieder zurück, so daß sie am Ende irgendwo an den Waden seiner langen, schlaksigen Beine endeten. Die Knie blieben, wo sie waren, jedoch stark ausgebeult. Und so gingen sie ihm im Mittelgang der Kirche auch voran.

Die Leute hatten darüber monatelang still vor sich hin gelacht. Vermutlich lachten sie noch immer. Der Gedanke beunruhigte Cynthia. Lachten sie etwa immer noch? Machten sie immer noch ihre Scherze, klatschten sie immer noch, zogen sie den armen Mann immer noch auf, wie sie es immer getan hatten? Fluchten die Männer noch immer über die Mexikaner, prahlten sie immer noch über ihre Eskapaden im Krieg, als wäre in Parkers Fort nichts passiert? Versammelten sie sich abends noch immer vor den Türen ihrer Häuser, um über die Flucht vor Santa Anna zu sprechen, dem knappen Entkommen? Wurde sie selbst überhaupt schon vermißt? Nicht mal von ihrer Mutter? War ihre Mutter überhaupt noch am Leben? Es war unmöglich, daß das Leben zu Hause so weitergehen konnte wie zuvor. Jener schreckliche Morgen, die Toten und Sterbenden, die Verwundeten und Verstümmelten, das Entsetzen, all das hatte sie in jeder Sekunde im Hinterkopf wie einen endlos hallenden Schrei. Es war ein Schrei, der durch andere Geräusche gedämpft werden konnte, jedoch nie vollständig verstummen wollte. Wenn sie sich erlaubte, daran zurückzudenken, stand ihr der Tag wieder vor Augen, jedoch mit einem Anflug von Unwirklichkeit wie ein ständig wiederkehrender Alptraum.

An jenem Tag war die Welt für sie untergegangen. Die Welt würde nie mehr so sein wie vorher. Natürlich konnten sie alle nicht vergessen. Aber wo waren sie, wenn sie nicht vergessen hatten? Inzwischen war fast ein Monat vergangen. Bald würde wieder Vollmond sein. Ihr fiel wieder ein, wie es gewesen war, unter diesem Mond dahinzureiten und sich an die schweigende, steinerne Figur vor ihr zu klammern. Wanderer war ein Teil des Alptraums gewesen. Die Erinnerung daran trieb ihr die Tränen in die Augen, und eine davon fiel auf die Tierhaut.

»Naduah.« Takes Down kniete sich grunzend neben ihrer Tochter hin. Takes Downs Stimme klang so vorwurfsvoll, wie sie nur werden konnte, wenn sie auf die Höcker und Beulen zeigte, die Cynthia bei der Arbeit übersehen hatte, da sie mit den Gedanken ganz woanders gewesen war. Das Kind senkte den Kopf, um sich mehrmals mit dem Arm die Tränen zu trocknen. Sie gab vor, sich den Schweiß vom Gesicht zu wischen. Die Haut war mit kleinen Pflöcken, die am Rand durch ausgestanzte Löcher getrieben wurden, am Erdboden befestigt, und das lange Knien ließ Cynthia die Beine schmerzen.

In der Vormittagshitze ließ der Geruch geronnenen Bluts ihr übel werden. Schleim und Fett klebten ihr überall am Körper und kribbelten auf der Haut, wenn sie trockneten und hart wurden. Wieder tröpfelte Cynthia Schweiß von der Stirn in die Augen. Ellbogen und Achselhöhlen und die Kniebeugen juckten. Am liebsten wäre sie einfach weggelaufen und schwimmen gegangen. Der Fluß war jetzt seicht und trieb träge dahin und hatte die Farbe von schwachem Tee, doch wenigstens konnten sie und Owl und Star Name sich ins Wasser legen und spüren, wie das Wasser sie träge umströmte.

Sie wußte, daß sie später zum Fluß hinuntergehen würden, aber kein Mensch sprach davon, daß sie jetzt aufhören sollten. So machte sie sich grimmig entschlossen ans Werk und schabte die Stellen zurecht, die sie vorhin übersehen hatte. Die Arbeit war mühseliger, als es den Anschein hatte. Die Haut mußte mit jedem Strich des Schabmessers ein wenig abrasiert werden. Takes Down hatte ihr immer eingeschärft, wie wichtig es war, die Oberfläche ebenmäßig und glatt zu bekommen. Dabei würde gerade dieses Stück Leder sowieso nicht viel taugen. Für erstklassige Häute war es nicht die richtige Jahreszeit. Die Bisons warfen gerade ihr Winterfell ab, und ihr Haar war mit Kot und Schlamm bedeckt, mit Staub und toten Insekten. Es fiel ihnen in ganzen Fladen aus schmutzigem Filz ab.

All diese Haare abzubekommen, war noch schlimmer, als das Fleisch abzuschaben. Wenn man auf der Haarseite gegen den Strich schabte, ließ es sich noch schwerer entfernen. Es klebte Cynthia an der nassen Haut, wurde ihr in die Nase geweht und brachte sie zum Niesen. Die mit Wasser vermischte Holzasche, die Takes Down einrieb, lockerte das Haar ein wenig, aber nicht sehr. Vielleicht würde Takes Down Sohlen für Alltagsmokassins daraus machen oder einen Teppich oder einen Pemmican-Behälter. Soviel Arbeit für ein Stück rohen, ungegerbten Leders.

Cynthias Arme schmerzten, als sie den Fleischschaber hin und her zog. Es war mühselig, genau die richtige Fleischmenge abzuschaben. Manchmal kratzte sie zu tief und mußte dann auch alles Fleisch um die so entstandene Delle herum entfernen. Das Schabmesser war für einen Erwachsenen gemacht worden und sehr schwer und wurde mit jeder Minute schwerer. Die Erschöpfung machte es für Cynthia noch mühseliger, gleichmäßig damit zu streichen. Der Rohlederriemen, der die Schneide aus Feuerstein im rechten Winkel zum Horngriff hielt, war unebenmäßig, und ihre Hände waren wund. Es bildeten sich schon kleine Bläschen, die später zu Schwielen werden würden, aber noch waren es nicht allzu viele. Cynthia ruhte einen Moment mit gesenktem Kopf aus, während tausende stecknadelfeiner Lichter vor ihren Augen explodierten und die Welt sich um sie drehte. Das Stimmengewirr schien aus großer Ferne zu kommen, aus dem Inneren einer Höhle. Sie schloß die Augen und dachte an Flachs. Die Zubereitung von Flachs war genauso mühselig. Sie hatte es schon immer gehaßt, den Flachs zu schwingen und auf die stinkenden verfaulten Flachsstiele einzudreschen, um die Fasern zu trennen. Und keiner hier schien so erschöpft zu sein wie sie. Sie mußte aber zu Ende bringen, was sie angefangen hatte. Sie durfte Takes Down The Lodge nicht enttäuschen.

Takes Down wischte sich die Hände an einem Lederlappen ab, um den größten Teil des Gerbmittels abzuwischen, das sie zum fünften und letzten Mal in ihre Antilopenhaut rieb. Dieses Gerbmittel war ein Teufelszeug. Als Cynthia es zum erstenmal gesehen hatte, hatte sich ihr fast der Magen umgedreht. Takes Down hatte den Rohledersack, der damit gefüllt war, geöffnet und mehrere Handvoll davon auf die Mitte der Haut gegeben, die sie gerade bearbeiteten. Cynthia hatte die Nase krausgezogen, als Takes Down begann, das Gerbmittel zu verteilen und es mit kräftigen Bewegungen in das Leder einzureiben. Cynthia hatte sich geziert und nur einen Finger in die Masse gesteckt, da ihr davor graute, das Zeug an die Hände zu bekommen. Schließlich hatte sie einmal tief Luft geholt und mit beiden Händen zugegriffen. Das Gerbmittel bestand aus fein zerstoßener Schwarzlindenrinde, die mit Fett und Leber und Bisonhirn vermischt wurde. Es war eine widerwärtige, stinkende, schleimige, graue Geschichte, die mit zunehmenden Alter nicht besser roch. Man mußte eine ganze Stunde mit Sand schrubben, um das Zeug vom Körper zu bekommen. Selbst dann noch hielt sich der Gestank, wenn auch vielleicht nur in ihrer Phantasie.

Takes Down kniete sich wieder neben Cynthia hin und griff nach dem Fleischschaber. Cynthia hielt ihn jedoch hartnäckig fest und schüttelte den Kopf. Sie machte sich wieder verbissen an die Arbeit, während Takes Down sie anlächelte. Dann stand Takes Down auf, ging in Black Birds Zelt und kam mit einem anderen Schabmesser wieder. Sie beendeten die Arbeit gemeinsam. Später machte Takes Down ihr eigenes Stück Rehhaut fertig, zog und streckte es an einem jungen Baum, bis es die gewünschte Form annahm, um es dann mit einem glatten Stein zu reiben und immer wieder durch eine Lederschlinge zu ziehen, damit es geschmeidig wurde. Schließlich hängte sie das Leder zum Bleichen und Trocknen ein letzesmal in die Sonne. Danach war es bereit für das Räuchern, das wiederum ein völlig neuer Arbeitsgang war.

»Genug.« Takes Down stand auf und brachte das Schabmesser gewissenhaft in das Zelt ihrer Schwester zurück, während Cynthia ihres abwischte und in seine Hülle legte. Dann watschelte Takes Down zum Fluß hinunter, im Schlepptau die drei Mädchen, die wie Entenküken hintereinander hergingen. Als sie durch das Dorf kamen, legten andere Frauen und Mädchen ihre Werkzeuge weg und schlossen sich ihnen an. Something Good brachte eine Kürbisflasche mit, und da wußte Cynthia, daß es eine kleine Wasserschlacht geben würde. Sie kamen an der freien Fläche in der Nähe von Pahayucas Zelten in der Mitte des Lagers vorbei, und Owl und Star Name blieben beim Gästezelt stehen.

Eagle und Wanderer saßen unter dem Baum mit der großen Krone und unterhielten sich, während Eagle seinen Jagdbogen reparierte. Star Name plapperte etwas zu Eagle, und Wanderer schien sie wie üblich zu ignorieren. Seit der Honigjagd hatte Star Name eine Zuneigung zu Eagle gefaßt. Er hatte sie beide dort zur Verschwiegenheit verpflichtet und pantomimisch mit ihnen die Pfeife geraucht. Star Name war zwar schockiert gewesen, wie er sich über eine so ernste Sache lustig machen konnte, hatte es aber genossen. Und trotz all des Lachens wußten die Mädchen, daß ihr Schweigen wichtig war. Cynthia gefiel es, daß sie etwas von Eagle wußte, was Wanderer nicht wußte. Er sah immer so verdammt selbstsicher aus, dieser Wanderer, so selbstgefällig. So auch jetzt wieder. Er tat, als gäbe es sie gar nicht.

Sie sah ihn aus den Augenwinkeln an und glaubte, den Anflug eines Lächelns gesehen zu haben, etwa wie das Flattern eines Blatts bei Windstille. Doch als sie wieder hinsah, um sich zu vergewissern, war das Lächeln verschwunden, und er studierte die ein Meter achtzig lange Lederschlaufe, die er zwischen den Händen ausgestreckt hielt. Er drehte sie immer wieder herum, machte mit dem Mittelfinger auf der anderen Seite einen Knoten und zog ihn fest, um den Vorgang dann umzukehren und zu wiederholen, bis das Ganze wie ein unentwirrbares Knäuel aussah. Inzwischen hatte er die Aufmerksamkeit nicht nur der Mädchen, sondern auch mehrerer junger Frauen gewonnen, die ebenfalls stehenblieben, um ihm zuzusehen.

Die Frauen brauchten kaum einen Vorwand. Hohlköpfig hätte Onkel Ben sie genannt. Hohlköpfig und kuhäugig. Immer scharwenzelten sie um Wanderer herum. Es war so durchsichtig, was sie taten, sie kicherten und gurrten und schlugen mit ihren Ruten nach ihm. Es war widerwärtig. Sie konnten ihn haben. Cynthia wollte nichts von einem Mann wissen, der ein unschuldiges Kind so behandeln konnte, wie er sie behandelt hatte.

Jetzt schnippte er wie beiläufig die letzte Schlinge über die Finger und zog die Handflächen auseinander. Er hielt ein kompliziertes Gittermuster hoch. Dann sah er Cynthia offen ins Gesicht und lächelte fast schüchtern. Er bat sie mit einem leichten Kopfnicken näherzukommen, und vom Blick seiner Augen gebannt, ging sie zu ihm hin. Er zog sich vorsichtig das Gewebe von den langen, starken Fingern und streifte es ihr über ihre kleineren. Sie zuckte zusammen, als sie sich berührten. Seit dem Ritt vom Fort war es das erstemal, daß er sie berührte.

»Mein Herz ist froh.« Sie stolperte über die Wörter und wurde rot.

»Komm später wieder. Ich werde dir beibringen, wie man es macht.« Wieder lächelte er sie an. Als sie mit Star Name zum Fluß hinunterging, fragte sie sich, wie sie dieses Gitter unbeschädigt halten konnte. Sie wollte es lieber selbst herausfinden und ihm zeigen, daß sie nicht dumm war, statt sich von ihm etwas beibringen zu lassen. Falls er meinte, sie für sich einnehmen und sie zum Kichern und Muhen bringen zu können wie diese anderen Frauen, irrte er sich sehr.

10

In der Nacht hatte es Tau und Bodennebel gegeben, der wie dicker Dampf von der warmen Erde aufstieg. Er lag noch immer in den Tälern zwischen den niedrigen, dunklen Hügelketten, auf die Cynthia hinunterblickte, und wirkte wie Zuckerguß auf einem Kuchen mit vielen Schichten. Die wie gesteppt wirkende Masse von Wolken am Himmel hatte eine tiefrosa Farbe und sah aus, als hätte man eine riesige Satindecke über die Welt gebreitet. Die Sonne war gerade aufgegangen und würde den Nebel schon bald auflösen. Doch jetzt saß Cynthia noch auf dem Rand des Felsens und ließ ihre langen, braungebrannten Beine baumeln. Sie genoß den Anblick und die Einsamkeit.

Auf dem Plateau hinter ihr grasten dreihundert Pferde und Maultiere, die ein stetiges, lautes, reißendes und kauendes Geräusch machten, als sie das Süßgras in Büscheln abrissen. Zum erstenmal in diesem Monat beim Volk war Cynthia allein. Sie war absichtlich vor Sonnenaufgang aufgestanden, um die Morgendämmerung für sich zu haben. Den größten Teil des Abends war getanzt worden, und sie wußte, daß das Dorf heute länger schlafen würde als sonst. Unter sich hörte sie die ersten, unsicheren Töne von Lances Morgenlied.

Star Name hatte das Lied nach bestem Vermögen übersetzt, doch es hatte eigentlich keinen besonderen Sinn. Es war für Cynthia so vertraut geworden wie der Gesang der Vögel. Und wie die Vögel sang auch Lance jeden Morgen nur aus Freude am Gesang, womit er den Anfang des neuen Tages für sich selbst und für jeden feierte, der zufällig wach war. Cynthia lag jeden Morgen im Bett und lauschte dem Lied, das ihr eine Gänsehaut machte und zugleich Seelenfrieden gab. Sie hätte sich irgendwie um etwas gebracht gefühlt, wenn sie es nicht zu hören bekommen hätte. Er erinnerte sie an das, was Sunrise ihr gesagt hatte, als sie eines Morgens völlig durcheinander aufgewacht war.

»Du solltest glücklich sein, jeden Tag begrüßen zu können. Und wenn du nicht glücklich bist, dann sieh in dich hinein und suche nach dem Grund.«

Rauch begann von den Zelten aufzusteigen, als die Frauen ihre Morgenfeuer machten. Cynthia konnte sie sich vorstellen, wie sie sich behutsam in ihren Zelten bewegten und versuchten, ihre schlafenden Familien nicht zu wecken, wenn sie die Asche aus der Feuerstelle kratzten und die kleinen, noch glühenden Holzscheite anbliesen, die die ganze Nacht unter der warmen Ascheschicht gelegen hatten. Pahayucas Lager breitete sich unter ihr auf der anderen Seite des seichten Flusses aus, wo das Flußtal etwa vierhundert Meter breit war. Der Felsvorsprung, auf dem sie saß, ragte steil vom Flußufer auf ihrer Seite auf. Sie beobachtete, wie die kleinen Lagerhunde sich aus den Knäueln lösten, in denen sie geschlafen hatten, und sich streckten. Dabei reckten sie die Hinterläufe in die Luft und streckten die Vorderpfoten vor. Dann begannen sie mit ihrem täglichen Rundgang, schnupperten nach Unrat und ließen überall ihre Duftmarken zurück, um ihr Revier abzugrenzen. Kurz darauf würden die Jungen herauskommen, gähnend vor ihre Zelte treten und die Gürtel ihrer Lendenschurze festziehen und die Mokassins überstreifen. Dann würden sie ihr Morgenbad nehmen und im Fluß herumplanschen, um dann verschlafen den Pfad zu der Pferdeweide hochzutrotten. Lance war gestern in der Abenddämmerung durch das Lager geritten und hatte verkündet, sie würden heute umziehen.

In dem Monat, in dem Cynthia bei den Indianern war, war sie sechsmal umgezogen, und sie wußte, daß es bei diesen Reisen gemütlich zuging. Sie brauchte sich nicht zu beeilen. Gleich würden die Jungen damit beginnen, die Pferde auf die freie Fläche außerhalb des Lagers zu treiben. Die Herde befand sich hier oben, weil es dort eine Quelle und besseres Gras gab, doch es war ungewöhnlich, daß sie so weit vom Lager entfernt weideten. Das war nicht klug, denn es machte das Volk verwundbar. Angreifer hätten leichtes Spiel. Doch hier wurden sie nur selten gestört, denn sie befanden sich tief auf ihrem eigenen Territorium und zudem in so großer Zahl. Pahayucas Gruppe hatte siebzig oder achtzig Zelte und konnte innerhalb von Sekunden sechzig Krieger aufbieten.

Cynthia beschloß zu gehen, bevor die Jungen ankamen. Es war deren Sache, sich um die Pferde zu kümmern, und sie mochten es nicht mitansehen, daß ein Mädchen ihre Arbeit tat. Sie hatte keine Angst vor ihnen. Sie hatte gelernt, sie mit Blicken so einzuschüchtern, wie Star Name es tat. Sie waren aber laut und grob, und dafür war dieser Morgen zu schön. Sie sah sich nach Night um, denn sie hoffte, ihm die Disteln geben zu können, die sie für ihn mitgebracht hatte. Sie wußte, daß er wahrscheinlich nicht beim Rest der Herde war, suchte aber trotzdem nach ihm. Als sie vorhin an Pahayucas Gästezelt vorbeigekommen war, hatte sie ihn dort nicht gesehen, so daß Wanderer und Eagle wohl ausgeritten waren. Vermutlich waren sie auf der Jagd.

Sie fand Takes Downs Pony, die geduldige kleine Tabukina Naki, *Rabbit Ears*. Rabbit Ears war oft scheu und schien zu wissen, daß sie knochig und häßlich war. Sie nahm die Distel mit zurückgezogenen Lippen behutsam ins Maul und zog mit ihren gelb verfärbten Zähnen den harten Stiel herein. Dann schluckte sie die Distel mit einem seligen Ausdruck herunter.

Cynthia sammelte Sunrises Maulesel, drei Lastponys, ein Reitpferd und Rabbit Ears ein. Sie hielt alle Leinen lose in der rechten Hand. Das Maultier ging besser, wenn sie behutsam vorging, als würde es sie nur aus Höflichkeit begleiten. Sunrises Bisonpony befand sich schon im Dorf und war in der Nähe seines Zelts angepflockt wie gewohnt. Eine von Cynthias Aufgaben bestand darin, dem Tier jeden Tag ganze Arme voll Gras zu bringen, doch diesmal hatte Sunrise sie zum erstenmal gebeten, auch den Rest seiner kleinen Herde ins Lager zu holen. Star Names Bruder Upstream holte sie sonst immer zusammen mit den Tieren seiner Mutter.

Ihr Stiefvater hatte Cynthia wie beiläufig gebeten, nachdem Lance mit seiner Nachricht von dem bevorstehenden Umzug durchs Lager geritten war. Sie wußte aber, daß sie auf die Probe gestellt werden sollte. Nichts würde sie davon abhalten können, eins der Pferde zu besteigen und der aufgehenden Sonne entgegenzureiten, um ihre Familie zu suchen. Nichts außer der Tatsache, daß sie keine große Reiterin war und keinerlei Proviant bei sich hatte. Mit den lammfrommen Lasttieren oder Takes Downs Lieblingsstute konnte sie umgehen, doch ein Pferd, das schnell genug war, den anderen davonzugaloppieren, wäre zuviel für sie. Und Spaniard würde sie in Windeseile aufspüren. Außerdem: Was würde sie vorfinden, wenn sie flüchtete? Selbst wenn sie es schaffte, den Weg nach Hause zu finden? Sie hatte ein tiefes Entsetzen davor, in Fort Houston oder Parkers Fort auf den Innenhof zu reiten und von jedem angestarrt zu werden, als wäre sie ein Geist, der zurückgekommen war, um die Geretteten heimzusuchen. Um sie der stummen Anklage auszusetzen, sie im Stich gelassen zu haben. Vielleicht hatten sie sie vergessen. Oder vielleicht war ihre ganze Familie tot, und sie würde eine Waise sein. Hier hatte sie zumindest Menschen, die sich um sie sorgten.

Schlimmer noch, man würde sie vielleicht in die Obhut ihres Onkels Daniel geben. Und sie konnte sich nicht erinnern, ihn in ihren neun Lebensjahren auch nur einmal lächeln gesehen zu haben. Irgendwann mußte er gelächelt haben, aber sie konnte sich nicht daran erinnern. Sie wußte, wie seine Vorstellungen von dem anständigen Verhalten junger Damen aussahen. Er würde sie im Haus und auf dem Hof eingesperrt halten und nie ausgehen lassen, es sei denn in Begleitung. Er würde ihr nie erlauben, auszureiten oder ganze Landstriche der Wildnis auf eigene Faust zu erkunden. Der Gedanke daran legte sich ihr wie ein Kissen aufs Gesicht und drohte sie zu ersticken.

In Fort Parker würde sie sowieso ein Monstrum sein, eine wilde Indianerin. Als sie die sechs Tiere auf dem Pfad weiterführte, der sich über den felsigen Abhang schlängelte, spürte sie ihre Zöpfe, die vom Abend vorher noch immer voller Fett waren, da Takes Down sie für den Tanz gefestigt hatte. Würden sich die Kinder zu Hause über sie lustig machen und sie mit Steinen bewerfen, wie sie es mit der Mulattenbrut von Puss Weber getan hatten? Sie versuchte, sich an die Gesichter ihrer Mutter, ihres Bruders und ihrer Schwester zu erinnern, doch sie verschwammen ihr vor den Augen.

Ein kräftiger, vertrauter Geruch und eine Stelle mit federartigen, graugrünen Büschen erregten ihre Aufmerksamkeit. Flache Trauben winziger, rosafarbener Blüten winkten ihr zu. Die Blüten schienen in der leichten Brise zu hüpfen und zu winken. Schafgarbe. Was tat die hier? Oben in Illinois bedeckte sie ganze Felder. Ihre Mutter und ihre Großmutter hatten sie in den Osten von Texas mitgebracht, um sie zu haben, wenn sie sie brauchten. Sie pflanzten sie und sammelten vorsichtig die Blüten, doch sie breitete sich im Nu um das Fort herum aus, denn ihre Wurzeln krochen überallhin und ließen überall Ableger emporschießen.

Der würzige Duft der Blüten erinnerte sie an die Bündel, die am Kamin zum Trocknen hingen und das kleine Blockhaus mit ihrem Aroma füllten. *Achillea Millefolium*, benannt zu Ehren von Achilles, der sie im Trojanischen Krieg verwendet hatte. Das hatte jedenfalls ihre Großmutter immer gesagt. Großmutter Parker behauptete immer, Schafgarbe könne alles heilen, Grippe, Gicht, Leber- und Nierenleiden, Wunden.

Die Gedanken an zu Hause waren im Nu verflogen. Hier war etwas, was sie Medicine Woman geben konnte. Sie hatte sie noch nie Schafgarbe verwenden sehen. Vielleicht war die Pflanze hier selten. Sie konnte Medicine Woman zeigen, wie man die Pflanze in kochendes Wasser tauchte und Wunden damit behandelte. Cynthia war so aufgeregt, daß sie jetzt gleich ein paar Blüten sammeln wollte, doch mit den fünf Ponys und einem widerstrebenden Maultier hatte sie alle Hände voll zu tun. Außerdem hatte sie keine Lebensmittelkrümel bei sich, um sie als Opfergabe in das Loch zu stecken, wie Medicine Woman es ihr beigebracht hatte. Sie merkte sich den Standort der Schafgarbe, damit sie ihn wiederfinden konnte, wenn sie die Ponys abgeliefert hatte. Sie wollte allein wiederkommen, um sie zu holen, denn es sollte ihr Geheimnis sein und ihr Geschenk. Sie machte einen kleinen Hüpfer, als sie sich das Lächeln auf Medicine Womans Gesicht vorstellte. Sie hüpfte und tanzte, als sie die Tiere zur Eile antrieb, die das Wasser beim Überqueren des Flusses aufspritzen ließen und dann dem Lager zustrebten. Als Cynthia weiterging, ging sie im Geist die Ansprache an Medicine Woman durch. Sie wühlte in ihrem Comanche-Wortschatz nach den Worten, die genau das ausdrückten, was sie sagen wollte.

Eagle und Wanderer befanden sich ein paar Meilen vom Lager entfernt und suchten nach nachwachsenden jungen Bäumen, um daraus Pfeilschäfte zu machen, als sie das dumpfe Grollen hörten. Es hörte sich an wie fernes Donnergrollen an einem wolkenlosen Himmel, aber sie wußten es besser. Ohne ein Wort trieben sie ihre Ponys zu einem wilden Galopp an, wobei die Schläge ihrer Reitpeitschen einen Kontrapunkt zu dem Trommeln ihrer Fersen bildete, die sie den Tieren unablässig in die Flanken stießen. Meile um Meile jagten sie so dahin, weit über den Punkt hinaus, an dem ein mit Getreide gefüttertes Pferd längst zusammengebrochen wäre. Als sie die ersten Zelte des Lagers erreichten, verlagsamten sie das Tempo nur wenig. Wanderer ritt in eine Richtung, Eagle in eine andere. Beide stießen Warnrufe aus. Sie stießen gegen Zelte, warfen Kessel und Trockengestelle um, überrannten Hunde und Kinder. Als hätten sie in einen Ameisenhaufen getreten, explodierte das Dorf förmlich zu fieberhafter Tätigkeit. Es entstand ein Chaos, das sich in Wellen von den Reitern ausbreitete. Frauen schrien nach ihren Kindern, Hunde bellten, Ponys wieherten und zerrten an ihren Haltestricken.

Cynthia schlängelte sich durch das Gewirr von Zelten und hielt ihre kostbaren Schafgarbenpflanzen fest umklammert. Wenn sie das Lager abbrachen, wurde es woanders immer nach einem leicht veränderten Muster wieder aufgeschlagen. Pahayucas Zelte waren immer in der Mitte und die von Sunrise in der Nähe, aber meist wechselten die Nachbarn, doch für Cynthia sahen die Zelte immer gleich aus. Sie folgte dem Weg, den sie sich sorgfältig eingeprägt hatte, und als die Hysterie sich auf sie übertrug, begann sie nach Hause zu laufen.

Plötzlich merkte sie, daß sie einen falschen Weg genommen hatte. Sie blieb stehen und flüchtete dann durch eine andere Gasse zwischen den Zelten, wußte aber, daß sie sich verlaufen hatte. Voller Panik begann sie ziellos hin und her zu laufen.

»Takes Down The Lodge, Star Name. *Ha-itska ein,* wo seid ihr?« Überall um sie herum arbeiteten die Menschen schnell und mit grimmiger Entschlossenheit, bauten die Zelte ab und verstauten sie. Mit der Präzision jahrelanger Übung fiel das Lager auseinander. Überall um sie herum stürzten Zelte ein. Jede Zeltwand wog hundertfünfundzwanzig Pfund und mußte von zwei oder mehr Frauen zusammengelegt werden. Die aufragenden Skelette der Zeltpfähle fielen langsam um, nachdem die Zeltwand heruntergeglitten war. Cynthia wich den schweren Pfählen aus, die links und rechts von ihr schwankten und umfielen. Sie sprang mit einem Satz zur Seite, um nicht von einer Herde Ponys mit verängstigten Augen niedergetrampelt zu werden, die von einem Dutzend schreiender Jungen vom Rand des Lagers hereingetrieben wurden. Andere Ponys galoppierten links und rechts an ihr vorbei. Sie lief schluchzend weiter, denn sie wußte, daß etwas Schreckliches passiert sein mußte. Vielleicht war es ein Angriff. Vielleicht war ihre Familie da, um sie zu befreien. Wenn ja, mußte sie sie finden. Sie mußte ihnen sagen, daß sie weder Takes Down noch Sunrise, auch nicht Star Name oder Medicine Woman oder auch nur den frechen Upstream töten durften. Auch nicht Owl oder Name Giver. Und Pahayuca war auch nett zu ihr gewesen. Something Good auch. Sie mußte sie retten. Sie wich instinktiv aus, als sie wieder Hufgetrappel auf sich zukommen hörte. Zwei starke Hände packten sie unter den Armen und schwangen sie auf den Rükken des pechschwarzen Ponys. Wanderer hielt sie vor sich, als er durchs Dorf galoppierte. Das Zelt mit der leuchtend gelben Sonne darauf war verschwunden. Sie sah nur noch die vier Stützpfähle; die Betten und andere Habseligkeiten lagen seltsam nackt und entblößt herum. Wanderer sprang herunter, bevor er Night zum Stehen gebracht hatte, und rannte los, um Black Bird und Star Name beim Abbau ihres Zelts zu helfen.

Nights Flanken pumpten wild. Das Pferd würgte, rollte mit den Augen, und seine Beine zitterten vor Erschöpfung, als Cynthia herunterkletterte. Sie schlang ihm die Arme um seinen schweißnassen Hals und umarmte ihn, bevor sie losrannte, um Takes Down zu helfen. Ohne nachzudenken, begann sie die schweren Häute auf den Betten zusammenzufalten. Sie hüpfte auf ihnen herum, um sie zusammenzupressen. Sunrise war schon dabei, alles auf die Lastpferde und das Maultier zu laden, die Cynthia vorhin gebracht hatte. In ihrem wilden Eifer vergaß sie, an die Soldaten und ihre Rettung zu denken. Sie war schon sechsmal mit Takes Down und Sunrise umgezogen, doch diesmal war es anders. Von einem geordneten Verstauen aller Dinge konnte keine Rede sein. Cynthia schnappte sich einfach irgendwelche Dinge und stopfte sie in die Satteltaschen und in jeden Beutel, der noch etwas Platz hatte.

Bei Eagles und Wanderers Ankunft hatte das Volk schon zu packen begonnen. Sie konnten ein Dorf mit tausend Seelen in weniger als fünfzehn Minuten abbauen. Das war nicht schnell genug. Durch die Schreie und die Geräusche umstürzender Pfähle und anderen Geräts hindurch hörte Cynthia ein dumpfes Grollen. Es wurde lauter, hörte sich häßlich und unheilvoll an. Das Tempo steigerte sich, als die Leute ihre Ponys in vollem Galopp auf das niedrige Felsplateau zutrieben. Eine lange, cremefarbene Welle, die zu einer Mischung aus fast gleichen Teilen Sand und Wasser geschlagen wurde, kroch über die breite Flußniederung zu den Canyonwänden auf beiden Seiten. Sie zischte wie eine Million Schlangen, als sie sich schlängelnd ihren Weg bahnte.

Schon schwappte die Welle an die Fersen der Nachzügler am Westrand des Lagers. Etwa zwanzig Meter dahinter tauchte plötzlich eine ein Meter zwanzig hohe Wasserwand auf. Schwere Regenfälle im Hochland weit im Westen hatten das Wasser durch die schmalen Flußbetten und Felsschluchten der Hochebenen getrieben. Nun ergoß es sich in die breiteren Flußbetten stromabwärts und wurde mit dem Druck eines gewaltigen Feuerwehrschlauchs weitergetrieben. Immer mehr Pferde und Maultiere schafften es, den Steilhang zu bewältigen und sich auf höher gelegenem Boden in Sicherheit zu bringen. Nachlässig festgezurrte Taschen und Lasten fielen herunter und ließen Haushaltsgeräte klirrend und klappernd auf die Felsen prallen. Die Zeltpfähle, die hinter den Pferden auf Travois befestigt worden waren, rollten plötzlich von den am Boden schleifenden Stangen herunter und wirbelten durcheinander. Kleine Kinder mit ängstlich aufgerissenen Augen hielten sich an den Travois-Stangen fest, um nicht herunterzufallen.

Das Volk ließ alles zurück, was noch nicht eingepackt worden war, und jagte in wildem Galopp über die Flußniederung. Cynthia saß vor Takes Down auf Rabbit Ears. Sie konnte sehen, wie die Ladung des Maultiers vor ihnen verrutschte, konnte aber nichts dagegen tun. Die in aller Hast verknoteten Stricke lösten sich, und auf einer Seite fiel der

Stapel mit den Decken ihrer Familie herunter. Sie wußte jetzt, welche Mühe es gekostet hatte, sie herzustellen, und sah verzweifelt zu, wie sie herunterfielen. Eine Ecke der Haut, mit der Cynthia sich abgemüht hatte, schleifte in dem dicken nassen Sand, der wie Maisbrei unter ihnen dahinströmte. Sie ballte die Hände zu Fäusten und beschwor die Stricke zu halten, bis sie in Sicherheit waren.

Sunrise galoppierte vor ihnen und trieb die anderen Lasttiere vor sich her. Plötzlich rutschte er von seinem Pony herunter, bis er sich nur noch mit einem Fuß festhielt, der sich um das Rückgrat des Pferdes krümmte. Er schnappte sich etwas, was unter einer Zwergeiche lag, und kam mit einem jammernden Kind zum Vorschein, einem Baby, das in dem Durcheinander von einem der Travois heruntergefallen sein mußte.

Überall um sie herum flüchteten die Dorfbewohner, rannten zwischen den Bäumen hindurch und den Abhang hinauf. Manche stolperten und fielen hin, als der Sand unter ihnen wegrutschte und in ganzen Fladen von der Steilwand abbrach. Überall lagen Kessel und Töpfe, Gestelle mit Fleisch, Spielzeugbogen und -pfeile, Kleider und Decken verstreut. Eagle half Something Good, ein Maultier zu beruhigen, das in Panik geraten war und wild bockend alles abwarf, so daß die Gegenstände durch die Luft flogen. Als Cynthia und Takes Down vorbeiritten, sah Cynthia eine Puppe, die fast unter Rabbit Ears' Hufen im Wasser trieb.

»Bleib stehen, *Pia.*« Rabbit Ears bremste ab, und Cynthia sprang hinunter. Sie schnappte die Puppe, und Takes Down zog sie wieder herauf. Es war Something Goods Puppe. Cynthia preßte sie an die Brust, als sie den sandigen Steilhang hinaufritten, wobei das Pony verzweifelt nach sicherem Halt tastete.

Als sie oben ankamen, ließ Takes Down das Pferd herumwirbeln, um zurücksehen zu können. Die Wasserwand hinter ihnen wurde immer höher, bis sie mehr als vier Meter hoch war. Baumteile und anderer Unrat, ja ganze Bäume rollten und stürzten in der Flut vorwärts, als wären es Zweige. Der Lärm war ohrenbetäubend, und Cynthia hatte das Gefühl, unter dem größten Wasserfall zu stehen, den sie sich nur vorstellen konnte. Auf dem Kamm der Flutwelle wirbelte langsam der Kadaver eines Maultiers herum, dessen vier Beine aus dem Gischt aufragten. Ein paar Zelte standen noch immer dort, wo ihre Besitzer sie aufgegeben hatten. Eines stand für sich allein wie ein Leuchtturm in stürmischer See. Die Zeltwand war noch intakt, und das Zelt schien leer zu sein.

Cynthia sah, wie Wanderer auf das Zelt zuritt, wobei das Wasser Night um die Sprunggelenke wirbelte. Als Wanderer heruntерglitt und im Zelt verschwand, ließ Night ein schrilles Wiehern hören, das lauter war als die heranbrandende Flutwelle. Das Pferd steckte den Kopf durch die Tür, als wollte es seinen Freund zur Eile antreiben. Wanderer kam mit ein paar Taschen herausgerannt und warf sie über den Sattelknopf. Dann verschwand er wieder im Zelt und kam mit einem großen Bündel von Umhängen und Decken in den Armen wieder zum Vorschein. Er balancierte das Bündel vor dem Sattel und sprang von hinten aufs Pferd. Er hielt mit einer Hand die Zügel und trieb Night auf den Steilhang zu.

Das Wasser stand jetzt hüfthoch, und die riesige Welle brandete drohend auf den Lagerplatz zu. Das erschöpfte Pferd kämpfte verzweifelt mit seiner doppelten Ladung, und die Szene schien sich fast in Zeitlupe abzuspielen. Night verlor den Halt und wurde zehn Meter fortgerissen, bevor er wieder festen Boden unter den Hufen hatte. Er schaffte es, noch ein paar Meter an den Hang heranzukommen, und begann dann zu schwimmen. Seine Augen quollen vor Anstrengung hervor, während die Flutwelle drohend über ihnen hing.

»Vorwärts, Night.« Cynthia ballte die Fäuste, bis die Knöchel weiß wurden. Tränen rollten ihr über die Wangen, aber sie merkte es nicht, bis ihr alles vor den Augen verschwamm. »Du kannst es schaffen, Night. Schwimm weiter. Bitte schwimm weiter.«

Dann wurden Wanderer und Night von der Wasserwand überspült. Sie kamen an die Oberfläche und wirbelten stromabwärts, wurden immer kleiner, bis sie schließlich in dem wirbelnden Gischt verschwanden. Ein Pecanobaum trieb gemächlich hinter ihnen her, dessen Wurzelgeflecht wie ein gewaltiges, zerfetztes Segel aufragte.

»Er ist gar nicht so schlecht, mußt du wissen.« John hatte Eagle gemeint, als er dies sagte, aber Cynthia dachte an Wanderers schönes, spöttisches Gesicht. Sie hatte er mit seinem Charme nicht täuschen können. Was ihn betraf, hatte sie von Anfang an recht gehabt. Er war ein Dieb. Ihr Held hatte das Undenkbare getan, einen Angehörigen des Volks bestohlen. Sie alle schwebten in Lebensgefahr, und er plünderte. Er verdiente den Tod. Sie war froh. Doch mußte er Night mit in den Tod nehmen?

Das Pony war bei dem alptraumhaften Ritt vom Fort ihr einziger Freund und ihr einziger Trost gewesen. Ihr fiel wieder ein, wie sein samtweiches Maul ihr die Hand gekitzelt hatte, als er das Süßgras fraß, das sie ihm hingehalten hatte. Wenn sie jetzt zu ihm sprechen könnte, würde er den Kopf senken, damit sie ihn hinter den Ohren kratzen konnte, und mit den Ohren wippen, als wollte er ihr antworten. Wenn sie mit dem Kraulen aufhörte, bevor es ihm recht war, würde er sie mit dem Kopf zwischen den Schulterblättern stoßen, wenn sie wegging.

Beide hatten Schuldgefühle. Cynthia befürchtete, daß Wanderer wütend werden würde, wenn er sie dabei erwischte, daß sie sich mit seinem Pferd anfreundete. Was Night anging, war er sehr besitzergreifend. Und Night schien das Gefühl zu haben, Wanderers Vertrauen zu mißbrauchen. Wenn er mit Cynthia zusammen war, sah er sich mit so etwas wie verstohlener Scheu in seinen sanften braunen Augen um. Und wegen Wanderers Habgier gab es das Pferd jetzt nicht mehr. Cynthia vergrub das Gesicht am Hals des Ponys und weinte in dessen zerzauste Mähne. Nun hatte sie ihre Rache, doch sie schmeckte bitter.

Takes Down tätschelte ihr die Schulter, um sie zu trösten. Sie zog an dem einen Zügel, der bei ihrem Pony um die Unterlippe gezogen war, und trat der Stute in die ausgemergelten Flanken, um die anderen einzuholen. Die Truppe schwärmte in den Hügeln aus und ritt hinter Pahayuca und der riesigen Hahki her, *Blocks The Sun*, seiner Lieblingsfrau. Cynthia lehnte sich zurück und kuschelte sich an den warmen, pummeligen Körper ihrer Stiefmutter. Cynthia spürte, wie Takes Down ihre kurzen Arme schützend um sie legte, während sie Rabbit Ears in die Staubwolke der flüchtenden Dorfbewohner hineinreiten ließ.

Als sie einen neuen Lagerplatz gefunden hatten, war es zu dunkel, um die Zelte aufzubauen. Normalerweise dauerte es nicht lange, das Zelt aufzurichten und eine Schüssel mit Bison-Eintopf zu kochen. Doch jetzt hatten die Leute alles holterdipolter in den Taschen verstaut, oder es lag meilenweit in der Wildnis verstreut. Viele hatten nicht einmal mehr, was sie zum Aufbau ihrer Zelte brauchten. Es würde so manches getauscht und geliehen und geteilt und geholfen werden, bis alles ersetzt war.

Das Gelände war nicht mehr so hügelig und mit Agaven, Feigenkakteen und gelegentlichen Mesquitsträuchern übersät. Ihre Spitzen wirkten vor dem Horizont wie abgeschnitten, und sie waren von aufragenden Felsen umgeben. Dort duckten sie sich brütend und schwarz vor dem grau werdenden Himmel. Auf den ersten Blick schien es ein rauher, unwirtlicher Ort zu sein, doch am Rand ihres Lagers war eine Schlucht. Dort wimmelte es von wildem Wein und

Pflaumenbüschen, und unten strömte ein kalter Fluß dahin. Und überall gab es Bisonspuren, und einige der Männer machten sich bereit, am nächsten Morgen auf die Jagd zu gehen. Pahayuca sagte immer, es wäre dumm, woanders als an den besten Stellen ein Lager aufzuschlagen, da sie soviel Land zur Auswahl hätten. Ein Aufenthalt an dem Hochwasser führenden Fluß kam nicht in Frage. Das Wasser war zu verschlammt und stank zu sehr, um noch genießbar zu sein, und überdies wälzte es sich zu ungestüm zwischen seinen neuen Ufern, wie ein wildes Tier, das an den Gitterstäben seines Käfigs rüttelt. Feuer flackerten vor dem schwarzen Abendhimmel auf, als sich jede Familie zu einer schnellen Mahlzeit aus den Dingen zusammensetzte, die sich in den ungeordneten Habseligkeiten finden ließen. Cynthia zitterte in der Abendbrise, als sie die Satteltaschen durchwühlte und nach ihrem Umhang aus Kaninchenfell suchte. Sie sah zu Upstream hinüber, dessen Gesichtszüge sich vor dem Feuer abzeichneten. Normalerweise sauste er wie aufgezogen herum, doch jetzt saß er mit vorgeschobener Unterlippe und hervorquellenden Augen da. Ein paar Tränen zogen Furchen in den Schmutz auf seinem Gesicht. Sunrise starrte einfach nur in die Flammen, während sich Takes Down und Black Bird leise unterhielten. Sie sprachen wohl über Wanderers Tod, und davon wollte Cynthia nichts hören. Zu hören, wie sie Wanderer betrauerten, als wäre er etwas Besonderes gewesen. Bruchstücke des Tages wirbelten in ihrem Kopf herum, ein Kaleidoskop mit Wanderers elegantem, arrogantem Gesicht in der Mitte. Würde er sie als Geist heimsuchen, weil sie ihm den Tod gewünscht hatte?

Star Name brach die düstere Stimmung, als sie schweigend aus der Dunkelheit kam und sich setzte. Sie hatte sich in dem Lager, das überall Spuren der Überschwemmung zeigte, umgesehen, um ihre vielen Freundinnen zu suchen. Zwei fehlten.

»*Ha-itska* Nocona, wo ist Wanderer?« fragte sie.

»Medicine Woman war krank. Er hat versucht, sie zu retten. Wir wissen nicht, ob sie noch am Leben sind oder nicht.« Takes Down senkte den Kopf und starrte ins Feuer. Tränen strömten ihr über die Wangen. Cynthia erstarrte. Sie ließ entsetzt die Hand in der Satteltasche stecken. Sie hatte den größten Teil dessen verstanden, was Takes Down gesagt hatte.

»War Medicine Woman in ihrem Zelt, als Wanderer hineinging?«

»Ja.« Takes Down konnte kaum sprechen, und ihre sanfte Stimme zitterte. »Sie hatte die Schüttelkrankheit. Wanderer hat Pahayuca gesagt, er werde sie holen. Jetzt sind beide tot.«

Cynthia fröstelte, doch es war mehr als die Nachtluft, was sie zittern ließ. Wanderer und Medicine Woman waren beide tot. Und er war kein Dieb. »Nein«, flüsterte sie auf englisch. »Es tut mir so leid, Wanderer. Das habe ich nicht gewußt.« Die Reue ließ die Tränen noch mehr brennen. Sie erinnerte sich an das scheue Lächeln, mit dem er sie angesehen hatte, als er ihr das Gitternetz aus Lederriemen gegeben hatte. *Er ist gar nicht so schlecht, mußt du wissen.* Und sie erinnerte sich an den Nachmittag, an dem sie mit Medicine Woman Kräuter gesammelt hatte. Sie hatten die Hügel und Schluchten um das Lager herum durchwandert und dabei Zeit und Raum vergessen. Die Zeit hatte Medicine Woman nie etwas bedeutet. Die Zeit blieb um sie herum stehen. Die Welt schrumpfte zusammen, so daß es nur sie beide gab, und Kräuter zu suchen war in dieser Welt das einzig Wichtige.

Sie erinnerte sich, wie sie über einer winzigen, zarten Pflanze gehockt und deren Blätter betastet hatte, während Medicine Woman versucht hatte, ihr zu erklären, wie man sie zubereitet und was sie bewirken würde. Dann hatten sie lange Zeit dagesessen und einen schwarzen Käfer beobachtet, dessen Rückenpanzer in allen Farben schillerte, während er geduldig sein Kotbällchen vor sich herrollte und auf nichts anderes zu achten schien.

»Der Mistkäfer kann dir zeigen, wo die Bisonherde ist.«

»Wie, *Kaku*, Großmutter?«

Medicine Woman tippte leicht mit dem Fingernagel an die Hörner des Käfers.

»Seine Hörner zeigen auf sie.«

»Warum?«

»Manche sagen, es liegt daran, daß sie starke Medizin haben. Ich glaube aber, daß es vielleicht daran liegt, daß die Käfer so dicht am Erdboden krabbeln, daß sie das Vibrieren des Bodens eher spüren als wir, wenn die Bisons näherkommen. Was meinst du?« Sie lächelte Cynthia spitzbübisch an, wobei sich all ihre Gesichtsfalten bewegten und vertieften.

Inzwischen hatte Cynthia sich angewöhnt, nirgendwo hinzugehen, ohne ihre Umgebung genau zu studieren.

»Beobachte die Tiere, achte auf das, was sie essen«, hatte Medicine Woman ihr gesagt. »Sie wissen, was heilt.« Es kam Cynthia vor, als hätte sie die Welt vorher noch nie richtig gesehen. Und je mehr Medicine Woman und Takes Down ihr beibrachten, um so wundervoller wurde alles. Jetzt spürte sie eine Leere in ihrem Leben. Sie erzitterte, als sie den Kaninchenfell-Umhang aus der Tasche zog und ihn sich um die Schultern legte. Sie fand Something Goods Puppe und umklammerte sie mit ihrer freien Hand, während die andere den Umhang auf der Brust zusammenhielt.

»Komm mit, Star Name. Laß uns Something Good suchen.« Sie mußte sich bewegen, mußte etwas tun, um nicht einfach nur dasitzen und trauern und an das Unrecht denken zu müssen, das sie Wanderer angetan hatte.

Die beiden bahnten sich den Weg durch die Gruppen, die sich vor den Feuern versammelt hatten, stolperten dann und wann über Haufen von Gerät und Seilen. In Pahayucas Lager lag nur selten Unrat herum, aber heute abend waren alle zu niedergeschlagen, um an so etwas zu denken. Sie trauerten um Medicine Woman und Wanderer, jedoch still, da ihr Tod noch nicht feststand. Sie wußten, daß wenn überhaupt jemand die Flutwellen überleben konnte, dann Night. Sie würden warten, bevor sie ernsthaft trauerten.

»Something Good, ich habe deine Puppe gefunden.« Cynthia hielt ihr das durchnäßte Spielzeug hin.

»Es macht mein Herz froh, dich zu sehen, Kleines. Leg sie da drüben auf meinen Sattel.« Sie saß mit Blocks The Sun und Tosa Amah, *Silver Rain*, zusammen, den anderen Frauen Pahayucas. Something Good war dabei, für die drei jüngsten Kinder Pahayucas eine Paste aus zerstoßenen Zürgelbaumfrüchten, die sie mit Fett vermischt hatte, zu rösten. Sie zeigte mit dem Rührstab auf Dusty, die mit den Fingern in die Paste griff und naschte. Sie lächelte sie schüchtern an. Es war das einzige Lächeln in der Gruppe. Pahayucas stämmiger siebenjähriger Sohn, Haista Amawau, *Little Apple*, und seine Tochter Kesua, *Hard To Get Along With*, hatten ihre Portionen schon gegessen. Ihre Münder waren mit Fett verschmiert und glänzten. Die geröstete Zürgelbaumfrucht-Paste war eine leckere Süßigkeit, und die Mädchen beobachteten hungrig, wie Something Good mehr davon auf den Stab tropfen ließ.

»Die nächste Portion ist für euch, Schwestern.«

»Something Good, werden Medicine Woman und Wanderer zurückkommen?« Cynthia glaubte fast daran, daß einer ja sagen würde, wenn sie nur genug Leute fragte, und daß es dann auch so kommen würde.

»Ich weiß nicht, Kleines. Wanderer und Medicine Woman besitzen starke Geister, die über sie wachen. Und Night ist das beste Pferd, das ich je gesehen habe. Wir müssen auf ihre Medizin vertrauen.«

Die Trauer in den Augen der Mädchen quälte sie, und sie tippte auf die Bisondecke neben sich. »Setzt euch, dann werde ich euch erzählen, wie Ahtamu, Heuschrecke, seine wunderschön bemalten Kleider bekam. Ihr müßt wissen, daß er früher grau war.« Jeder außer Cynthia wußte Bescheid, doch das machte nichts. Sie rückten alle ein Stück näher, um sich die Geschichte anzuhören, sogar Blocks The Sun und Silver Rain.

Um das Lager mit seinen flackernden Feuern herum herrschte unheimliche Stille. Es gab kaum eine Nacht, in der die Trommeln nicht dröhnten und in der keine Stimme für die Tänzer ein Lied sang oder in der die Männer nicht mit ihren Raubzügen prahlten oder laut rufend beim Würfelspiel hockten. Manchmal brachte ein junger Mann seiner Geliebten mit seiner Flöte ein Ständchen, und dann heulten die Hunde ihre klagende Begleitung dazu.

Doch heute abend hörten sie nur Gets To Be An Old Man, der draußen in der Prärie auf dem Rücken lag und seine Medizin-Gesänge abwechselnd schmetterte und jodelte. Auf einem der gezackten Felsen, die den Horizont säumten, griff ein Kojote das Lied auf, als wollte er antworten. Über demselben Felsen war inzwischen der Mond aufgegangen und ließ die Umrisse des Kojoten klar hervortreten.

Später in der Nacht lagen die beiden Mädchen zusammengerollt unter einer Decke. Sie hatten wie Zwillingsschildkröten die Köpfe eingezogen, um den summenden Moskitos zu entgehen. Die Insekten und das Dröhnen in den Ohren vermischte sich mit ihrer Erinnerung an das Grollen des Wassers und Nights verzweifelten Schrei. Der Kojote begann wieder zu heulen. Sie fragten sich im Stillen, was mit ihren Freunden geschehen war. Der Kojote würde es wissen. Kojoten könnten die Zukunft vorhersagen, sagte Sunrise. Wenn sie nur verstehen könnte, was der Kojote sagte.

Schließlich warf sie die Decke zurück, dankbar, daß aufkommender Wind die Moskitos vertrieben hatte. Sie rollte herum, streckte den Arm aus und legte ihn um die schmale, glatte Hüfte ihrer Freundin. Sie legte das Kinn an Star Names Schulterblatt und ließ sich von dem stetigen Ein- und Ausatmen des Kindes in den Schlaf wiegen.

Sie schlief immer noch, als Eagle bei Tagesanbruch aufwachte. Er sattelte sein geschecktes Pony, nahm Zusatzproviant und zwei Lastpferde mit und ritt der aufgehenden Sonne entgegen. Er machte sich grimmig entschlossen auf die Suche nach seinem Freund, entschlossen, ihn entweder lebend wiederzusehen oder seine Knochen in dem leeren Rehledersack zurückzubringen, den er bei sich trug.

11

Cynthia hustete und würgte, als der Staub ihr in Wolken ins Gesicht blies. Der Staub durchdrang alles, denn die Wolke folgte ihnen, als sie weiterritten. Und sie befanden sich fast am vorderen Ende der Prozession. Sie fragte sich, wie es für die anderen sein mußte, die hinter ihnen waren. Die Kolonne erstreckte sich über mehr als eine Meile und schlängelte sich durch die Hügel. Der trockene, heiße Wind hatte Cynthias Nasenhöhlen und Tränengänge ausgedörrt, bis ihr die Augen und die Nase brannten. Ihre Lippen fühlten sich an wie Sandpapier, und die Haut an Händen und Beinen war aufgesprungen wie Alligatorhaut, von der sich trockene Schuppen abschälten. Ein Sonnenschirm. Was hätte sie für einen Schirm zwischen sich und der Sonne gegeben. Sie ritt wie gewohnt das alte Maultier, und ihre nackten Schenkel waren von dessen räudigem Rücken ganz wundgescheuert.

Beim erstenmal war es noch aufregend gewesen umzuziehen. Wie bei einer Parade oder Vagabunden oder einem Zirkus. Upstream und seine Freunde brachen immer wieder laut schreiend aus der Kolonne aus. Sie scheuchten mit Stöcken Wild aus dem Gebüsch – Vögel, Kaninchen und Mäuse – und schossen mit ihren Spielzeugbogen auf die Tiere. Die älteren Jungen galoppierten auf ihren Ponys herum und führten manchmal unter lautem Geheul gespielte Angriffe gegen schlafende Feinde durch. Die Travois-Stangen, die mit Decken, Bündeln und mit runden Weiden-Käfigen voll winziger Kinder schwer beladen waren, klapperten über den steinigen Boden. Die Hunde kämpften ständig miteinander, und es wurde heftig darauf gewettet, wer bei diesen Beißereien Sieger blieb.

Die Frauen, die zu dritt oder viert nebeneinander her ritten, tratschten munter drauflos. Ihre Babys schaukelten in den langen, fransenbesetzten Wiegenbrettern, die an den Sattelknöpfen befestigt waren. Die zwei Planken, welche die V-förmige Unterseite jedes Wiegenbretts bildeten, erhoben sich über den Kopf des Babys und liefen spitz zu. Selbst wenn eine Wiege herunterfiel, würden die scharfen Spitzen dafür sorgen, daß sich die Bretter in den Boden bohrten und so den Kopf des Kindes unverletzt ließen.

Cynthia beneidete die Vier- und Fünfjährigen, die mühelos auf ihren dicken, friedlichen Ponys saßen. Ihre kurzen, stämmigen Beine standen waagerecht von den Seiten ihrer Pferde ab. An der Spitze der Frauen ritt Blocks The Sun, Pahayucas erste Frau. Sie besetzte immer diese begehrte Führungsposition, denn so blieb ihr der größte Teil des Staubs erspart, und überdies konnte sie bei der Ankunft den besten Zeltplatz ergattern.

Selbst wenn sie nicht Pahayucas Lieblingsfrau gewesen wäre, hätte niemand ihr diese Position streitig gemacht. Sie wog dreihundert Pfund und war einmal dadurch bekannt geworden, daß sie einem Mann bei einer freundschaftlichen Umarmung die Rippen gebrochen hatte. Kein Pferd konnte sie tragen, so daß sie auf einem eigens für sie angefertigten Travois reiste. Darauf saß sie jetzt, wedelte mit den Armen und gab beim Tratschen den Ton an. Sie wirkte heute ernst, doch normalerweise waren ihre Augen fröhlich, wenn man sie in den Falten ihres Gesichts überhaupt entdecken konnte.

Pahayuca klagte gern darüber, daß er Takes Down, die beste Zeltwandmacherin der Gruppe, bitten müsse, Block The Suns Kleider zu nähen. Dafür war sie diejenige, die seine Gäste bewirtete und seinen Schild und seine Lanze trug, wenn sie das Lager verlegten. Und neben ihrem Zelt richtete sie stets auch eins für Besucher ein.

Die Krieger ritten abseits, manche als Nachhut, manche an den Flanken der Kolonne, und einige als Vorhut. Sie hielten Bogen und Lanzen bereit, um ihre Familien jederzeit verteidigen zu können. Ein Mann trug nie etwas, was ihn beim Gebrauch seiner Waffen behindern konnte. Das Klirren und Klappern von Glocken und Kesseln und dem Schmuck des Zaumzeugs der Pferde ließ keine Sekunde nach. Federn und Wimpel flatterten im Wind, und die langen Fransen an Kleidung und anderen Gegenständen wippten im Rhythmus des Schritts der Ponys. Das Volk war am glücklichsten, wenn es zu Pferde saß und unterwegs war, und die Kleidungsstücke und Ausrüstungsgegenstände waren so entworfen, daß sie in Bewegung am besten aussahen. Manche der Kriegsponys trugen buntbemalte Bisondecken auf dem Widerrist, eine barbarische Imitation der frühen spanischen Conquistadoren. Das verlieh der Prozession etwas von höfischer Würde. Der Anblick war Cynthia inzwischen jedoch so vertraut geworden, daß sie eher an die Unbequemlichkeit als an die Romantik von all dem dachte.

»Warum zieht das Volk so oft um?«

Takes Down sah sie amüsiert an. »Wir müssen umziehen.«

»Aber *tosi-tivo*, weiße Menschen, ziehen nicht alle Tage um so wie wir.« Cynthia plapperte es heraus, bevor sie nachdachte, aber Takes

Down schien keine Verbindung zwischen ihrer blauäugigen Tochter und weißen Menschen herzustellen.

»Weiße Menschen verstehen nicht zu leben. Sunrise hat mir erzählt, daß sie Mutter Erde mit scharfen Metallstäben stechen und zerstören. Die fällen alle Bäume, nicht nur die, die sie für ihre Hütten brauchen. Dann lassen sie ihre Pferde alles Gras auffressen, um dann für sie anderes Gras anzubauen, von dem sie nur die Samen an die Pferde verfüttern. Und ihre Pferde können nicht so schnell laufen wie unsere. Das Volk könnte nie so leben.«

»Aber das Volk brauchte doch gar nicht in der Brust von Mutter Erde zu graben. Warum können wir nicht an einem Ort bleiben und jagen?«

»Es gibt keinen Grund, an einem Ort zu bleiben.«

»Ich mochte unseren letzten Lagerplatz. Ich wäre gern länger dort geblieben. Es war schön dort!«

»Aber Naduah, der nächste Platz wird auch schön sein. Pahayuca sucht immer schöne Stellen aus. Es gibt viele davon. Wir können sie alle genießen. Und dann irgendwann zurückkehren und uns wieder an ihnen erfreuen. Und die Tiere bleiben auch nicht an einem Ort, besonders dann nicht, wenn sie gejagt werden. Wenn sie weiterziehen, müssen wir es auch.

Wenn du außerdem den Geruch des großen Winterlagers nach der Schneeschmelze kennen würdest, würdest du nicht fragen, warum wir weiterziehen. So viele Menschen und Tiere lassen viel Dung zurück. Außerdem kann der Feind uns leicht finden, wenn wir an einem Ort bleiben.«

Das war der zweite, unausgesprochene Grund, weshalb Cynthia länger an einem Ort bleiben wollte. Sie hegte noch immer die schwache Hoffnung, ihre Familie würde sie finden oder retten oder freikaufen. Doch inzwischen geschah das wahrscheinlich mehr aus Pflichtgefühl als aus dem Wunsch heraus, ihre Stiefeltern zu verlassen. Sie dachte an ihren Bruder, John, und fragte sich, wo er wohl sein mochte.

»Werden wir die anderen Gruppen des Volks auch irgendwann treffen?« Ob sie es wagen konnte, John zu erwähnen? »Ich würde gern meinen Bruder wiedersehen.«

»Dein Bruder ist bei Old Owls Gruppe. Wir werden sie sehen. Wir werden den Winter mit ihnen verbringen.«

Den Winter? Es war erst Juni. Cynthia fragte sich, wie John und Upstream miteinander auskommen würden. Sie waren einander in vielen Dingen ähnlich. Vielleicht konnten die beiden und sie und Star Name gemeinsam weglaufen. Cynthia versuchte sich den Empfang vorzustellen, den sie in Parkers Fort erhalten würden. Dann gab sie es auf und nickte auf dem Maultier allmählich ein. Am hinteren Ende der Karawane ritt Buffalo Piss und hinterließ Steinmarkierungen, die ihren Reiseweg bezeichneten.

*

Cynthia saß unter der Pappel und schnitzte an dem L-förmigen Shinny-Schläger herum, der so ähnlich war wie der, mit dem sie am ersten Morgen in ihrem Zelt vor Takes Down und Star Name und Medicine Woman herumgefuchtelt hatte. Jetzt wußte sie, wofür er gemacht war, und schnitzte sich selbst einen. Sie schabte lange, sich zusammenrollende Späne ab, und strich den Schläger mit dem Schabmesser glatt. Sie nahm ihn von oben bis unten in Augenschein, um zu sehen, wo sie noch nacharbeiten mußte. Star Name saß eingeschnappt neben ihr, weil man ihr nicht erlaubt hatte, mit den älteren Mädchen und den Frauen Shinny zu spielen. Es lag jedoch nicht in ihrer Natur, lange zu schmollen.

»Paß auf, Something Good!« Sie sprang schreiend auf und ruderte mit den Armen. Doch Something Good war dem Schlag schon ausgewichen, der sie zum Krüppel gemacht hätte, wenn er ihre Knie getroffen hätte. Die meisten der Bewohner des Lagers hatten sich an den Seiten des neunzig Meter langen Spielfelds eingefunden. Sie feuerten ihre Lieblingsmannschaft an und schlossen hohe Wetten ab. Der Lärm war ohrenbetäubend, denn die zwanzig Spieler schrien sich an und fuchtelten im Sonnenschein mit ihren Schlägern herum.

Jeder von ihnen versuchte, den abgeplatteten Ball aus Rehleder auf das Tor der gegnerischen Seite zu schlagen. Der Ball hatte etwa die Größe einer kleinen Kanonenkugel. Er war mit Haar ausgestopft und hatte die Farbe von Staub. Cynthia konnte auch nicht stillsitzen, sondern stellte sich neben Star Name und feuerte die Spieler an.

»Sieh dir Takes Down an. Lauf, *Pia*, lauf! Triff den Ball.« Sie preßte sich die Hände auf die Augen. »Ich kann nicht hinsehen, Star Name. Dabei wird noch jemand umkommen.«

»Aus dieser Gruppe ist noch nie jemand beim Shinny-Spielen getötet worden.« Star Name stellte es in sachlichem Ton fest. »Aber im letzten Jahr ist eine Frau getötet worden. Unsere Mannschaft spielte gegen Old Owls Gruppe, als es passierte. Ich habe es gesehen.«

»Sieh dir an, wie Takes Down rennt, Star Name. Ich hätte nie gedacht, daß sie sich so schnell bewegen kann.«

»Sie ist gut, aber nicht so gut wie meine Mutter.« Tatsächlich waren die beiden spielerisch etwa gleich stark, aber Black Bird legte ihre Scheu sofort ab, kaum daß sie das Spielfeld betreten hatte. Sie rannte und schrie und erweckte den Eindruck, als würde sie jeden töten, der sich zwischen sie und dieses Stück Rehleder stellte. Hinter ihnen saß Cynthias räudige neue Freundin, die mit den Pfoten in ihrer ansehnlichen Floh-Kolonie herumkratzte und in dem spärlichen Schatten hechelte. Die Hündin hatte bei Cynthia ein weiches Herz erkannt und sich nach und nach in das Leben des Kindes gedrängt. Jetzt folgte sie ihr auf Schritt und Tritt.

»Wie sollen wir sie nennen?« Cynthia wußte, daß Namen wichtig waren, obwohl sie nicht sicher war, ob sie auch für Hunde wichtig waren.

»Warum nennst du sie nicht Dog?« Star Name schien die Entscheidung nicht für besonders wichtig zu halten.

»Dog?«

»Sicher. Dann kennt jeder ihren Namen, ohne daß man sie vorstellen muß. Und falls uns noch ein besserer Name einfällt, können wir sie umbenennen.«

Also wurde es Dog.

Takes Down hatte recht gehabt. Pahayuca hatte wieder einen wunderschönen Lagerplatz gefunden. Die siebzig Zelte der Wasp-Gruppe standen verstreut in einem offenen Hain von Pappeln an einem klaren, tiefen Fluß. Er führte durch ein etwa eineinhalb Meilen breites Tal mit hohen, zerklüfteten Hügeln auf jeder Seite. Das Gras, das nicht niedergetrampelt war, stand hüfthoch, und die Pferde grasten zufrieden und suchten sich nur die üppigsten Blätter aus. Das Spielfeld nahm einen großen Teil des ebenen Flußtals ein, das nicht zum Lager selbst und der Weide gehörte.

Cynthia gestattete sich, für einen Moment mit den Gedanken abzuschweifen, und sah am hinteren Ende des Tals Bewegung. Ranger? Ihr Herz machte einen Satz. Diesmal kamen sie wirklich, um sie zu holen. Sollte sie schreien? Sollte sich sich davonstehlen und ihnen entgegenlaufen, damit sie ihre Freundinnen nicht angriffen? Sie setzte sich vorsichtig von Star Name ab, starrte in die flirrende Luft und versuchte zu erkennen, wer da kam. Vier Pferde trabten auf dem gewundenen Pfad heran und erreichten dann das Flußtal. Als sie näherkamen, erkannte Cynthia das stolze, ebenholzschwarze Pony.

»Star Name. *Nabone*, sieh mal!« Cynthias Stimme übertönte den Lärm des Spiels. Dieses hörte sofort auf und wurde zu einem Wettrennen, da die Spieler sofort ihre Schläger fallen ließen und auf die Reiter zurannten.

Eagle, der kerzengerade und entspannt und mit ernster Miene im Sattel saß, ritt an der Spitze. Hinter ihm folgten seine Lastpferde, von denen eins ein improvisiertes Travois mit einer Tragbahre hinter sich herschleifte. Darauf lag Medicine Woman. Sie war hohläugig und sah aus, als hätte man ihr Gesicht mit Asche aus dem Feuer am Morgen eingerieben. Wanderer bildete die Nachhut. Pahayuca galoppierte ihnen aus dem Lager auf dem großen Braunen entgegen, der einmal der Stolz eines mexikanischen Ranchers gewesen war, und schloß neben Wanderer auf. Er schlang seine bärenstarke Arme um ihn und umarmte Wanderer vom Pferderücken aus. Wanderer lachte und rang keuchend nach Luft.

»Ara, mein Onkel, erspare mir deine Dankbarkeit, sie wird mich umbringen.«

»Wanderer, mein Sohn, wir hatten schon befürchtet, du und meine Schwester wärt tot.«

»Ich habe doch gesagt, daß ich sie dir zurückbringen werde. Du hättest dir keine Sorgen zu machen brauchen.«

Medicine Woman bekam wieder einen heftigen Anfall der Schüttelkrankheit, was bedeutete, daß das Fieber wieder gestiegen war. Die Malaria hatte sie geschwächt, so daß sie bei Eintreffen der Flutwelle hilflos im Zelt gelegen hatte. Wanderer hatte nur ihre kostbarsten Besitztümer retten können. An seinem Sattel hing die Medizintasche, um deretwillen sie von Menschen aus der ganzen Comanchería aufgesucht wurde. Silver Rain und Something Good führten ihr Pony ins Dorf. Sie brachten sie nicht zu Pahayucas Zelten mit ihrem Lärm und ihrer Enge, sondern zum Zelt ihres Sohnes. So kam es, daß Medicine Woman bei Sunrise und Takes Down lebte und Cynthia wieder eine Enkeltochter wurde.

Cynthias Schläfen pochten im Takt mit der Trommel, deren Dröhnen ihr schon seit Stunden ebenso zusetzte wie ihre Kopfschmerzen. Die Hitze, der Gestank und die Dämpfe im Zelt waren unerträglich. Doch am schlimmsten von allem war die Stimme von diesem, wie hieß er noch? Wie war sein Name? Sie hatte sich immer bemüht, ihm aus dem Weg zu gehen. Er war ein jähzorniger alter Kauz, der sich nur erweichen ließ, wenn ihm Star Name Honig um den Bart strich. Sie konnte ihn dazu bringen, ein zahnloses, grimassierendes Grinsen zu zeigen, das ihn wie einen lebenden Totenkopf aussehen ließ. Dann fielen ihm die Wangen in den leeren Mund, und die Haut um seine Augen preßte sich zu dichten Falten zusammen.

Jetzt war er wie gewohnt nackt bis auf den fettigen, schmutzigen Lendenschurz, der ihm immer von den dürren Beinen zu rutschen schien. Er hing ihm ausgebeult um den platten Hintern, klaffte an den sehnigen Schenkeln und enthüllte dort den abgegriffenen Medizinbeutel, den er sich in den haarlosen Schritt geklemmt hatte. Es war kaum mehr als Willenskraft, was den Lendenschurz hielt, und es machte Cynthia nervös, den alten Mann so herumhüpfen zu sehen. Wenn sein Lendenschurz tatsächlich herunterrutschte, würde sie sich nicht mehr beherrschen können und lachen. Dabei wußte sie, daß sie damit jeden zornig machen würde. Seine Stimme hörte sich wie Sandpapier an und krächzte jetzt schlimmer als je zuvor, da er seit Stunden geredet hatte und immer heiserer wurde. Das einzig Wundervolle an seinem Sprechgesang war dessen Monotonie. Er hörte sich an wie eine Maschine, die dringend geölt werden muß. Arme Medicine Woman. Das konnte ihr nicht helfen.

Gets To Be An Old Man. So hieß er. Ihr fiel wieder ein, wie Star Name ihn nachgeäfft hatte, als sie versucht hatte, seinen Namen pantomimisch darzustellen. Sie hatte die Wangen eingesogen und geschimpft wie ein Rohrspatz. Gets to Be An Old Man, das mußte der Quacksalber des Lagers sein, und jetzt quälte er die arme Medicine Woman. Warum heilte sie sich nicht selbst, wenn sie tatsächlich die mächtige Medizinfrau war, die jeder in ihr sah? Vielleicht half ihre Medizin nur bei anderen oder wenn sie gesund und stark war. Die Besorgnis im Lager verstärkte Cynthias Ängste um Medicine Woman noch. Sie neigte den Kopf und flüsterte ein Gebet. Sie flehte den Gott an, den sie kannte, eine gute Frau zu verschonen.

Takes Down kam mit einem weiteren Stoß grüner Rotzedernzweige herein und warf sie aufs Feuer. Die Nadeln ließen einen Schauer von Funken aufsprühen, die wie tausende winziger Knallfrösche knatterten. Frische Wolken beißenden Rauchs quollen zur Zeltspitze empor. Gets To Be an Old Man pustete Medicine Woman ins Gesicht und fächelte ihr mit fünf Adlerfedern Kühlung zu. Sein Assistent, ein mürrisch dreinblickender Junge, trommelte weiter, als würden sein Trommeln und der eintönige Singsang des alten Mannes nie aufhören. Cynthia hätte das Zelt verlassen können, doch sie fürchtete, in ihrer Abwesenheit könnte etwas Schreckliches passieren.

Nach sechs Stunden ließ das Fieber nach, und das sanfte, zerfurchte Gesicht der Patientin glitzerte vor Schweiß. Old Man sammelte seine Siebensachen zusammen und schlurfte hinaus. Allen, die draußen vor dem Zelt warteten, winkte er mit erhobenend Armen triumphierend zu wie ein Zirkuskünstler bei einem großen Abgang. Sunrise ging mit ihm, um über die Bezahlung zu sprechen und eine Rezeptur zu erhalten.

Takes Down machte sich mit dem Abendessen zu schaffen, und dann senkte sich gesegneter Friede auf das Zelt. Cynthia kroch zu Medicine Womans Pritsche hinüber, kniete nieder und betrachtete das ruhige Gesicht. Als die alte Frau die Augen aufschlug, entdeckte Cynthia darin winzige goldene Flecken, die wie Schwefelkies aussahen, Katzengold. Das Kind wischte den Schweiß von der weichen Haut, die sich wie Pergament über hohe Wangenknochen straffte. Cynthia strich ihrer Großmutter nasse Haarsträhnen aus der hohen Stirn. Medicine Woman lächelte und streckte eine immer noch zitternde dünne Hand aus. Cynthia nahm sie und strich über den Handrücken. Sie fühlte, wie der Puls in dem schmalen Handgelenk viel zu schnell pochte.

»*Hi, Kaku, nei mataoyo?* Wie geht es dir, Enkelin, mein Kleines?« Das waren die ersten Worte, die Medicine Woman seit jenem Morgen geäußert hatte, an dem man sie ins Bett gebracht hatte, weil sie am ganzen Körper gezittert hatte wie Baumwipfel im Sturm.

»*Nei chat, Kaku,* mir geht's gut, Großmutter.« Cynthia, jetzt Naduah, fiel in den Rhythmus der Worte des Volkes ein. Und, als die Tage vergingen, in den Rhythmus seines Lebens.

12

Es war ein Nachmittag von der Farbe eines glanzlosen Gewehrlaufs, und für Anfang Juli war es ungewöhnlich kühl. Naduah saß mit Star Name unter ihrem Kaninchenumhang. Gemeinsam beobachteten sie das kleine Feuer. Die Flammen flackerten hypnotisierend und wirkten wie ein Kunstwerk, das in immer neuen Mustern von zarter Schönheit tanzt. Die wenigen verirrten Regentropfen, die durch das

Abzugsloch fielen, zischten beim Aufprall auf das Feuer und wurden zu Dampf.

Draußen wurde das Zelt belagert. Regen prasselte in plötzlichen Wellen auf die Zeltwand, bis es sich anhörte, als würden tausend Fäuste dagegenschlagen, und die Luft im Zelt schien davon widerzuhallen. Hagelkörner von der Größe von Wanderdrosseleiern trommelten auf die gespannte Zeltwand, während Donnergrollen wie von Kanonenschüssen dröhnte und in den fernen Hügeln verebbte. Der Wind peitschte den Regen zu senkrechten Wänden, die mit solcher Gewalt auf den Erdboden prallten, daß das Wasser wieder zu Nebel aufsprühte. Der Teppich aus dichtem Gras im Flußtal verhinderte, daß der Erdboden alles Wasser aufnahm. Es lief in Strömen um die Zelte, bis diese in einem breiten, flachen Meer zu treiben schienen.

Der schmale Abzugsgraben, den sie um das Zelt gegraben hatten, war schon längst überflutet, Betten und sonstige Habseligkeiten waren von der Zeltwand weggezogen worden, um den nassen, tastenden Fingern zu entkommen, die sich unter dem Tauschutz hervorwagten. Dieser Ledervorhang hing innen an der gesamten Zeltwand und war in knapp zwei Meter Höhe an den Zeltstangen befestigt. Er fiel bis auf den Fußboden und leitete das Wasser, das durch das Abzugsloch ins Zelt floß, nach draußen. In der Mitte des Fußbodens waren die Kinder trocken. Sie saßen auf Decken aus Bisonhaut, denen man das Haar gelassen hatte, wie auf einem dicken, wolligen Teppich.

Als sich die grauen Wolken, von einem zunehmenden Wind zusammengetrieben, immer mehr aufgetürmt hatten, war Naduah mit Owl nach draußen gegangen, um das Abzugsloch zu schließen. Ein heulender Windstoß in Sturmstärke ließ ihr die Enden ihres Lendenschurzes am Körper kleben, als die ersten riesigen, eiskalten Tropfen ihr auf den Kopf und die nackten Schultern fielen. Naduah kämpfte mit einer der beiden fünfeinhalb Meter langen Zeltstangen, die an den flügelähnlichen Enden der Zeltwand an der Spitze des Zelts befestigt waren. Sie und Owl schlossen sie, so wie ein alter Mann den Mantelkragen bis übers Kinn hochzieht, um den Wind abzuhalten. Die Zeltstange bog sich und sprang in ihren kleinen Händen hin und her, bis sie es schaffte, sie einrasten zu lassen. Sie schüttelte sie, um sich zu vergewissern, daß sie festsaß. Owl war als erste fertig geworden, hütete sich aber, ihre Hilfe anzubieten. Für ein Mädchen, das neun Jahre ihres Lebens bei Weißen vergeudet hatte, holte Naduah die anderen ziemlich schnell ein. Owl bewunderte sie dafür.

Sie zogen die schwere Ledertür zur Seite und traten über die niedrige Schwelle in das warme Zelt. Die Gewichte im unteren Saum der Türhaut hielten sie selbst bei diesem Wind geschlossen. Im Zelt war es trocken. Es herrschte trübes Licht. Owls Mutter, She Laughs, reichte Naduah einen Streifen von geröstetem Kürbis, Ballast, der mit Mais und Tabak transportiert wurde, der wahren Ladung der letzten Tauschreise zu den Tuhkanay, den Wichita, die dreihundert Meilen weiter nordöstlich lebten. Der heiße Kürbis war süß und zart. Naduah nagte die letzten Reste mit den Zähnen von der Haut ab, warf die Schale ins Feuer und wischte sich die Hände an ihrem Lendenschurz ab. Dann wandte sie Name Giver ihre volle Aufmerksamkeit zu. Name Giver begann mit der Geschichte, wie Nermenuh, das Volk, sich vor langer Zeit von seinen Brüdern, den Shoshone, getrennt hatte. Beim Sprechen arbeitete er an einem Kriegspfeil für Wanderer.

Das Licht war trübe, was Owls Großvater jedoch nichts ausmachte. Der graue Star hatte sein Augenlicht allmählich zerstört und seine Augen immer mehr verhüllt, bis sie von einem dicken, milchigen Film überzogen waren. Es sah aus, als würde der Mond von Wolken verhüllt. Er sagte, es gebe ihm das Gefühl, schon in der Geisterwelt zu sein, wo er von Schattenrissen und körperlosen Stimmen umgeben sei. Sein ruhiges, nachdenkliches Gesicht schien manchmal abwesend zu sein und sich mit unsichtbaren Seelen zu vereinen.

Er war das Lieblingsopfer der Kinder bei Ratespielen, denn bei ihm mußten sie sich nicht die Mühe machen, ihm die Augen zu verbinden. Sie setzten sich mit ausgestreckten Beinen in einer Reihe hin, während Name Giver sich an der Reihe entlangtastete. Er wählte ein Kind aus, stellte das Mädchen auf die Beine und warf sie mit herunterhängendem Kopf über die Schulter. Dann lief er im Kreis herum, während die anderen Fangfragen stellten.

»Hast du einen Sattel?« »Hast du ein Pony?« »Hast du eine Puppe?« Wenn Name Giver sein Opfer am Klang der Stimme erriet, rannten die anderen gegen ihn an und riefen, sie würden ihn aufessen. Sie kitzelten ihn erbarmungslos, bis sich alle lachend auf dem Boden wälzten. Naduah hatte die Variante »Blindekuh« eingeführt, die jedoch nicht so beliebt war. Wahrscheinlich, weil dabei niemand gekitzelt wurde.

Jetzt schuf Name Giver langen, schlanken Tod, der beim Aufspüren seiner Opfer durch die Luft schwirrte. Mit Owls Hilfe stellte er noch immer die besten Pfeile der Gruppe her, indem er sich bei der Arbeit auf das Gefühl seiner riesigen, kraftvollen Hände verließ. Manchmal half Naduah Owl dabei, an der Schnur zu ziehen, mit der die bogenähnliche Drehscheibe herumgewirbelt wurde, um die Schäfte glattzuschleifen. Doch nur Owl durfte die Unebenheiten auf den Pfeilen mit einem uralten Stück Bimsstein abschleifen, das seit Jahren von der Familie gehütet wurde und inzwischen schon ganz klein geworden war.

Bündel grüner Hartriegelschößlinge in verschiedenen Stadien der Ablagerung lagen überall im Zelt aufgehäuft oder hingen an den Spitzen der Zeltstangen. Wenn der Rauch sie auf dem Weg zum Abzugsloch passierte, wurden sie haltbar gemacht, und überdies wurden so alle Insekten getötet, die sich noch in ihnen befanden.

Name Giver legte letzte Hand an, indem er den Schaft an den wenigen, kaum sichtbar schiefen Stellen einfettete. Dann zog er ihn durch zwei geschliffene Sandsteinblöcke, die zusammenpaßten und eine zylindrische Form bildeten. Wenn der Schaft so rund war, wie er sich überhaupt nur machen ließ, und sich auf die richtige Weise verjüngte, richtete Name Giver ihn mit den Fingerspitzen auf und zog ihn durch ein rundes Loch, das in eine Knochenscheibe geschnitten worden war. Ein scharfer Sporn, der aus dem Rand des Lochs ragte, fräste eine Rille in den Pfeil.

Name Giver versah jeden Schaft mit vier solchen Rillen. Zwei waren gerade, die anderen beiden gewellt, was er erreichte, indem er beim Hindurchziehen des Schafts das Handgelenk drehte. Später würde Owl die Rillen bemalen, die geraden schwarz und die gewellten rot. Die Rillen verhinderten, daß der Pfeil von der Flugbahn abwich, und symbolisierten den Weg, den er mit blitzartiger Geschwindigkeit zurücklegen würde. Die Rillen ließen auch das Blut besser ablaufen, was das Opfer schneller schwächte. Dann wurde der Schaft gerieben, bis er glänzte, womit er aber noch immer nicht fertig war. Jetzt mußten noch die Federn hinzugefügt und die Spitze hergestellt werden. Die Pfeilspitzen wurden mit großer Sorgfalt aus eisernen Faßreifen und anderen Metallgegenständen geschnitten, die man den Weißen gestohlen hatte. Sie wurden mit bei den Comancheros eingetauschten Feilen geschärft und anschließend in Feuer gehärtet, worauf man sie in kaltes Wasser fallen ließ. Ihre Herstellung dauerte länger als die der alten Flint-Spitzen, aber dafür waren sie robuster und schärfer. Und wenn man Glück hatte, konnte man bei den Händlern sogar fertige Pfeilspitzen kaufen. Drei Dutzend Spitzen, die den Händler sechs Cent kosteten, brachten ihm bei den Indianern eine Bisonhaut ein.

Bei Wanderers Pfeil würde Name Giver am hinteren Ende des

Schafts drei rote Linien aufmalen. Sie waren sein ganzer Stolz, sein Erkennungszeichen, das seine Pfeile von anderen unterschied. Die Spitzen der Kriegspfeile standen im richten Winkel zur Bogensehne, damit sie zwischen menschlichen Rippen eindrangen. Die Spitzen von Jagdpfeilen wurden parallel zur Bogensehne befestigt, um zwischen Büffelrippen eindringen zu können. Name Giver stellte Kriegspfeile her, deren Spitzen lose aufgesetzt und mit Widerhaken versehen waren. Wenn die Spitze in den Körper eines Feindes eindrang, löste sie sich vom Schaft und rotierte kreuzweise in der Wunde, was es schwierig machte, sie herauszuziehen, ohne dabei das Fleisch zu zerfetzen.

Ein Krieger hatte meist hundert solcher Pfeile bei sich und konnte sie von einem galoppierenden Pferd aus so schnell abschießen, daß er ständig einen Pfeil in der Luft hatte. Ein guter, von einem geübten Bogenschützen abgefeuerter Jagdpfeil konnte aus einer Entfernung von zehn bis fünfzehn Metern einen Bison völlig durchdringen.

Name Givers Pfeile waren für die Sorgfalt bekannt, mit der er sie herstellte, und für die schmalen, rot und schwarz bemalten Rillen. Seine Pfeile zeichneten sich dadurch aus, daß sich das gefiederte Ende beim Aufprall immer nach oben neigte, was bedeutete, daß sie perfekt ausbalanciert waren. So würde Name Giver eine Aufgabe haben, bis seine Kraft nachließ und seine Hände, die arthritisch verkrümmt waren wie ein alter Mesquitstrauch, zu zittern begannen. Bis Owl heiratete und sich selbständig machte und niemand mehr da war, der für ihn Hartriegel sammeln oder die Drehscheibe drehen konnte.

Die jungen Männer wollten solche Dinge heute nicht mehr lernen. Sie hatten nur noch eins im Kopf, die klobigen, häßlichen *ella cona*, die Feuerruten der Weißen. Dabei konnten die weder so weit noch so genau oder schnell schießen wie Pfeile. Ein Schuß, und alles Wild im Umkreis von Meilen zerstreute sich. Außerdem hatten diese Feuerruten immer Ladehemmung und explodierten und kehrten sich so gegen ihren Meister. Skinny And Ugly fehlten dank seiner alten Muskete zwei Fingerspitzen. Und wenn das Pulver naß wurde, feuerten die Gewehre überhaupt nicht. Und wie viele die Krieger auch davon stahlen, so konnten sie mit den Weißen doch nie Schritt halten.

Außerdem konnten sie weder genug Pulver noch Munition stehlen, um zu üben, so daß sie mit ihren kostbaren Gewehren auch nicht annähernd so genau schießen konnten wie mit ihren verläßlichen Bogen und Pfeilen. Allein schon das Pulver trocken über einen Fluß zu bringen, war ein größeres Unternehmen. Pfeile brauchte ein Mann nur auf das andere Flußufer hinüberzuschießen und nach der Flußüberquerung wieder einzusammeln. Eines Tages würden die jungen Männer erkennen, wie verrückt es war, nach Waffen zu gieren, die für sie keinen Nutzen hatten. Name Giver wußte, daß es für sein Handwerk immer einen Bedarf geben würde, nämlich nach der Vernichtung der weißen Männer, wenn ihr schlechter Einfluß fortgespült war, so wie Regen Staub von den Zelten wäscht.

Naduah saß zufrieden schnurrend wie ein Kätzchen vor dem Feuer und lauschte dem Toben des Sturms draußen. Sie aalte sich in der gemütlichen Wärme des Zelts. Irgendwann in den anderthalb Monaten der Arbeit und des Spiels und der Streifzüge mit Star Name hatte sie ihren anderen Namen aufgegeben. Sie sah sich jetzt als Naduah, She Keeps Warm With Us. Sie war Star Names Freundin und Schwester, Medicine Womans Enkelin und Takes Down The Lodges Tochter. Sie konzentrierte sich auf Name Givers lange, immer wieder abschweifende Erzählung.

»Regenbogen sind der Atem der Großen Eidechse«, sagte er und zeichnete mit einer ausholenden Bewegung des Arms einen Regenbogen in die Luft des Zelts. »Die Große Eidechse besänftigt den zornigen Donnervogel.« Dann verzog sich sein Gesicht zu einer scheußlichen Maske, als er sich drohend über die Kinder beugte, ein schrecklicher Donnervogel mit ausgestreckten Schwingen, der die Welt bis zum Horizont umspannte.

»Der Schatten des Donnervogels ist die riesige Wolke am Himmel, und aus seinen Augen zucken Blitze. Der Donner ist das Geräusch seiner flatternden riesigen Flügel, und der Regen kommt aus dem See auf seinem Rücken.« Als Name Giver davon sprach, senkte er die Stimme zu einem heiseren Flüstern und blickte von Zeit zu Zeit zur Zeltspitze hoch.

Naduah hielt den Atem an. Sie beugte sich vor, um zu hören und zu verstehen. Ihre großen blauen Augen weiteten sich vor Furcht. Sie blickte hinauf, wenn Name Giver es tat, und erwartete, daß das unheilverkündende blutunterlaufene Auge des Donnervogels sie durch den Rauchabzug anstarrte. Immer wieder liefen ihr kalte Schauer über den Rücken. Kein Wunder, daß die Angehörigen des Volks nur selten hinausgingen, wenn es regnete. Sie gingen nur, wenn es sich absolut nicht vermeiden ließ.

»Blocks The Sun hat mich hergeschickt, um aufzuräumen. Sie sagt, daß Männer immer alles durcheinanderbringen, egal, wo sie gehen und stehen. Wir dachten, ihr wärt beide woanders zu Besuch.« Something Good blieb in der Tür stehen und sah sich um wie ein ängstliches Reh, das jederzeit die Flucht ergreifen will. Die tropfende Tierhaut, die sie sich um den Kopf gelegt hatte, lag in einer Pfütze hinter ihr. Ihr zweiteiliges Kleid aus dünnem Wildleder war naß und schmiegte sich noch enger an ihren Körper als sonst. Das Kleid war schmucklos mit Ausnahme der schweren Borte am Saum und an den Schultern, doch Something Good brauchte keinen Schmuck. Ihr dichtes schwarzes Haar war zu Zöpfen geflochten, die mit Lederriemen umwickelt waren. Es hatte so stark geregnet, daß sie selbst unter dem Lederschirm naß geworden war.

»Wanderer ist mit Buffalo Piss und Big Bow unterwegs«, sagte Eagle. »Er kommt wahrscheinlich erst heute abend zurück. Ich wollte den Tag nicht damit verbringen, alberne Geschichten zu erzählen, wenn es in meinem Herzen Dinge gibt, über die ich nicht sprechen kann.« Eagle rührte das Feuer mit einem Stock um, so daß Funken und Flammen höher flogen, als die Luft sie erreichte.

»Dann will ich dich deinen Gedanken überlassen. Du scheinst deren Gesellschaft neuerdings vorzuziehen.« In der Nähe schlug wieder krachend ein Blitz ein. Something Good zuckte kaum merklich zusammen, drehte sich aber um und hob ihre Regenhaut auf.

»Geh nicht wieder raus. Blocks The Sun hätte dich bei diesem Gewitter nicht herschicken dürfen.« Er wußte, warum sie geschickt worden war. Ehefrauen hatten meist nichts auszustehen, doch eine so junge und schöne Frau wie Something Good würde immer unter Neid und Eifersucht einer anderen Frau leiden. Vielleicht war es Blocks The Sun gar nicht bewußt, daß sie das Mädchen ungerecht behandelte, doch es gab keinen anderen Grund, sie bei diesem Wetter loszuschicken.

Und wie Pahayuca sie behandelte, daran konnte Eagle nicht ohne Eifersucht und Zorn denken, der sich ihm wie eine harte Hand um das Herz legte und es zusammenpreßte. Der riesige, dicke, simple Pahayuca und die gertenschlanke Something Good. Sie war die Tochter eines Häuptlings und die Frau eines Häuptlings, und sie hatten über ihr Leben zu bestimmen. Wie oft fühlte sie, wie an der Schnur gezerrt wurde, die vom Bett ihres Mannes unter seiner Zeltwand hindurch in ihr Zelt reichte? Was fühlte sie, wenn sie ihren nackten Körper in eine Decke hüllte und barfuß und mit aufgelösten Haaren zu ihm hinüberging? Zorn und Scham trieben Eagle die Röte ins Gesicht, und er wandte sich ab, um es zu verbergen. Sie bückte sich, hob die Haut auf und schüttelte die Wassertropfen ab.

»Ich gehe lieber hinaus, als hier bei jemandem zu bleiben, der mich haßt.«

»Ich hasse dich nicht.« Er hörte sich jedoch mürrisch an und hielt den Blick gesenkt. Er hatte keine Lust, ihr in die Augen zu sehen. Er wußte, daß seine Seele in die tiefen Brunnen ihrer Augen fallen und nie mehr ihm gehören würde, wenn er es tat. Und das seinem Bruder Wanderer gegebene Versprechen würde zu Asche werden, die einem durch die Finger gleitet und vom Wind verweht wird.

Manche Dinge geschehen im Leben eines Mannes nur einmal. Nur einmal empfindet er den Kitzel, einen Bison zum erstenmal zu töten, nur einmal erlebt er, wie der Pfeil genau im richtigen Winkel trifft, um an der winzigen Stelle zwischen der kurzen Rippe einzudringen, dann ins Herz vorzustoßen und eine Tonne Fleisch krachend zusammenbrechen zu lassen. Nur einmal stößt ein Mann sein Messer zum erstenmal in den Körper eines anderen Mannes, nur einmal sieht er, wie dieser Feind kraftlos wird, zusammensackt und im Orgasmus des Todes mit glasigen Augen daliegt.

Nur einmal kann ein Mann zum erstenmal in den feuchten, weichen Eingang einer Frau eindringen. Eagle konnte sich nicht mehr an den Namen seiner ersten Frau erinnern, wohl aber an den Vulkan von Vergnügen, das ihn zittern und explodieren ließ und ihn erschöpft und erstaunt und entzückt mit der Erkenntnis zurückließ, daß er dieses Vergnügen noch jahrelang würde genießen können.

Er wußte, daß es in seinem Leben nur eine Something Good geben würde und daß er sie nicht haben konnte. Er schlang die Arme um die Knie und ballte die Fäuste, um die Hand nicht nach ihr auszustrekken. Und so blieben beide stumm, während der kalte Regen auf die Zeltwand trommelte. Something Good zitterte in der feuchten Kälte.

»Komm her und trockne dich ab«, sagte Eagle schließlich. »Kein Mensch wird dich zurückerwarten, bevor der Regen vorbei ist. Ich wollte schon lange mit dir sprechen.« Er hatte das Gefühl, auf einem schmalen Gebirgspfad mit steilen Wänden auf beiden Seiten und bei starkem Wind zu gehen. Man spielt zwar mit dem eigenen Leben, aber nicht mit dem Versprechen, das man einem Bruder gegeben hat. Er hätte gehen müssen, doch seine Beine verweigerten ihm den Gehorsam.

Als er ins Feuer starrte, spürte er eher, als er es hörte, wie Something Good still das Zelt durchquerte und sich neben ihn setzte. Ihr Geruch nach Rauch und nassem Leder und einem Hauch von wildem Salbei machte ihn trunken. Trotzdem blickte er weiter in die Flammen. Seine Muskeln spannten sich, und im Unterleib spürte er, wie sich ein langsam heißer werdender Schmerz bemerkbar machte. Einen Augenblick lang zürnte er ihr, weil sie ihm dies antat. Dann dachte er an ihr sanftes Gesicht, auf dem sich keine Spur von Arroganz oder Arglist zeigte, und der Zorn verrauchte.

»Ich hasse dich nicht. Das weißt du.«

»Ja. Ich weiß es.« Auch sie starrte ins Feuer.

»Ich habe Wanderer versprochen, Pahayuca nicht zu betrügen. Deshalb bin ich dir aus dem Weg gegangen. Dich zu sehen und nicht in der Lage zu sein, dich zu haben, ist so, als hätte ich eine schmerzende Wunde, die nicht verheilt.« Er legte ein Stück Holz aufs Feuer und achtete darauf, daß nur ein Ende ins Feuer ragte. Ein ganzes Scheit ins Feuer zu legen bedeutete Unglück. »Ich sollte das Lager verlassen und zu den Staked Plains und den Quohadi zurückkehren.«

»Nein!« Sie zuckte entsetzt zusammen und kaschierte es, indem sie die Hände ausstreckte, um ihre Zöpfe zu lösen. Sie ließ die Finger durchs Haar gleiten und schüttelte es aus. Das Flechten und die Nässe ließen es abstehen und zu einem dichten, strähnigen Nimbus aus Ebenholz und goldenen Glanzlichtern werden, der ihr kleines, schönes Gesicht umrahmte. »Bitte geh nicht.«

Als Eagle sie schließlich ansah, sah er nur ihre riesigen dunklen Augen, in denen Tränen glitzerten. Er streckte den Arm aus und legte ihr die Hand an die Wange. Sein Daumen wischte ihr den Tropfen aus dem Augenwinkel.

»Wenn du gehst, werde ich dich immer noch lieben«, sagte sie. »Und wenn ich dich nicht haben kann, werde ich dich trotzdem noch lieben. Und wenn du eine andere heiratest, werde ich immer noch dir gehören. Selbst wenn das Feuer erstickt und mit Asche bedeckt ist, lebt es darunter weiter und glüht dort vor sich hin, bis es von der Asche befreit wird und jemand es anfacht.«

Er ließ die Hand langsam über ihr Gesicht gleiten und in der sanften Wölbung von Hals und Schulter ruhen. Er hielt inne und liebkoste sie dann weiter, streichelte ihr Brust und Rippen. Als er ihre Hüfte erreichte, legte er die Hand unter den Rand ihres Umhangs und ließ sie langsam an ihrem warmen, seidigen Körper hinaufgleiten. Als er die Finger um ihre kleine Brust wölbte und mit dem Daumen leicht über die feste Brustwarze strich, konnte er das Pochen ihres Herzens hören und das Erschauern, das sie überlief. Sein letzter nüchterner Gedanke, bevor er sie sanft auf die Decke legte, war ein wehmütiger Gedanke. Ein Mann hat keinen furchtbareren Feind als eine Frau. Gegen sie gibt es keine Abwehr, keinen Sieg und keine Ehre.

13

Rachel Plummer war am Ende ihrer Kraft. Es war ihr gleichgültig, was sie jetzt noch mit ihr machten. Wenn ich Glück habe, dachte sie, töten sie mich und machen meinem Elend ein Ende. Sie ergriff ein dickes Stück Anmachholz von dem Haufen, den sie soeben auf dem Rücken herangeschleppt hatte, und schwang es mit aller Kraft. Es traf Awoominot, A Little Less, völlig unvorbereitet, landete auf ihrer fleischigen Schulter und ließ sie wie einen Sack voller Sand zusammensinken. Die Reitpeitsche, mit der sie Rachel geschlagen hatte, flog ihr aus der Hand und wirbelte ein paarmal in der Luft herum, bevor sie landete. A Little Less lag mit offenem Mund in dem Unrat, der vor dem ausgefransten, geflickten Zelt lag.

Rachel schlug auf sie ein, während die alte Frau auf dem Rücken lag und sich mit Armen und Beinen abstieß wie eine Schildkröte, die auf dem Rücken zu schwimmen versucht. Das Holzscheit prallte von Kopf und Schultern der Frau ab. An der Stirn hatte sie eine Platzwunde, und Blut lief ihr in die Augen. *Wenn sie mich schon umbringen, soll es sich wenigstens lohnen,* dachte Rachel bitter. Während sie weiter auf die alte Frau einschlug, erwartete sie jeden Moment, eine Lanze im Rücken zu spüren oder daß ihr jemand mit einem Kriegsbeil den Schädel spaltete. Sie fragte sich geistesabwesend, wie es wohl wäre, das Beil im Schädel zu spüren. Würde sie überhaupt etwas fühlen? Wenigstens würde es schnell gehen.

Inzwischen hatten sich zahlreiche Nachbarn eingefunden, die lachend und rufend danebenstanden, als sähen sie einem Hundekampf zu. Unter ihnen ein struwwelköpfiger Junge mit steinernem Gesicht, der mit seinen Freunden dastand. *Gib es ihr, Rachel.* John Parker ballte die Fäuste. Er fühlte sich hin und her gerissen. Mal wollte er seiner Cousine helfen, mal nichts mit ihr zu tun haben. Er spürte, wie Röte sein Gesicht verfärbte, und wandte sich ab. Er gab seinen Freunden ärgerlich ein Zeichen.

»*Mea-dro*, kommt. Wer will schon zwei Frauen beim Kämpfen zusehen?« Die fünf kleinen Jungen marschierten durch die Menge wie Zwerghähne. Ihre Miniatur-Bogen und -Köcher hingen ihnen verwegen auf dem Rücken, und an den Gürteln ihrer Lendenschurze schwangen Seile und Proviantbeutel. John sah weder zurück noch nach links oder rechts. Er starrte geradeaus, um seinen Schmerz und sein Schuldgefühl zu verbergen, und weigerte sich zuzugeben, Terrible Snows' weiße Sklavin je gekannt zu haben.

Hinter Rachel ließ sich ein leises Lachen vernehmen, und Terrible Snows entwand ihr die Keule, indem er ihr das Handgelenk verdrehte. Sie fuhr herum und stürzte sich auf ihn. Ihre dünnen Finger spreizten sich und krümmten sich wie Raubvogelkrallen. Sie wollte ihm seine vorstehenden Krötenaugen auskratzen. Sie hatte Mord im Blick und zischte ihre Wut heraus. In ihren rissigen Mundwinkeln bildete sich Schaum. Terrible Snows ließ das Holzscheit fallen und packte ihre Handgelenke mit einem unerbittlichen Griff. Sie wand sich wie eine Schlange, und die Arme schmerzten, doch er hielt sie fest und schob sie vor sich her. Sie stolperte über einen zerbrochenen Sattel und landete auf allen Vieren. Als A Little Less sah, daß Rachel sie nicht zu Tode prügeln würde, stimmte sie ein lautes Geheul an. Rachel, die sich im Staub auf den Ellbogen aufrichtete, schrie zurück.

»Ihr dreckigen Wilden. Ihr lausigen, dummen, stinkenden Wilden. Ihr sollt alle in der Hölle verfaulen!«

A Little Less war wie ein Whiskeyfaß auf Beinen gebaut und lag jetzt wild herumrudernd auf dem Rücken, unfähig, sich zu erheben. Terrible Snows zog seine Mutter hoch und versetzte Rachel einen harten Tritt in die Seite, damit sie aufstand. Als A Little Less einen Stock aufhob, um wieder auf Rachel einzuprügeln, nahm er ihn ihr weg und schob sie ins Zelt. Durch die Zeltwand war zu hören, daß sie immer noch murrend auf und ab ging und wilde Drohungen ausstieß, während sie mit Kessel und Rührstab und Messern klapperte. Sie preßte einen schmutzigen Lappen an den blutenden Kopf. Die Vorstellung war zu Ende, und die Nachbarn wandten sich wieder ihrem Abendessen zu.

Terrible Snows zog seine feuchten, stinkenden Mokassins aus und warf sie Rachel ins Gesicht. Doch das Flicken von Mokassins war die reine Erholung verglichen mit dem täglichen, stundenlangen Gerben von Tierhäuten, oder wenn sie im Dornengestrüpp barfuß hinter den Ponys herjagen mußte. Sie hob die Schuhe auf und machte sich daran, in dem Chaos des Zelts nach ihrem Nähzeug zu suchen. Sie hielt sich auf mehr als Armeslänge von A Little Less entfernt und vermied es, in die Nähe der Zeltwand zu kommen.

Es hatte den Anschein, als würde sie wieder einen Tag überleben. Man hatte sie nicht getötet oder auch nur bestraft. Noch nicht. Und Terrible Snows hatte gelacht, wenn auch mit einem häßlichen Unterton. Rachel hielt das Handgelenk fest, als sie sich unfreiwillig an die Nase griff, um die rohe, schmerzende Stelle zu spüren, wo man sie wieder verbrannt hatte. Die Folter durch A Little Less und deren verstoßene Tochter Toyahbi, *Mountain*, schmerzte unaufhörlich. Das würde aufhören. Rachel hatte genug. Sie würde eine Sklavin sein. Sie würde Reste essen, den Abfall der dürftigen Mahlzeiten der Familie. Sie würde nachts den Schrecken von Terrible Snows stinkendem Atem und seinen Schmerbauch erdulden, würde ertragen, wie er seinen dicken, häßlichen, fleckigen Penis in sie hineinstieß und das trockene zarte Fleisch verletzte. Doch schlagen, schneiden oder versengen würde man sie nicht mehr.

Rachel war schon immer dünn gewesen. Jetzt war sie ausgemergelt. Um ihre tiefliegenden Augen herum hatte sie dunkelrote Flecken von den Schlägen, aber auch von Erschöpfung und Unterernährung. In den Fetzen und Flicken, die sie sich aus den Lumpen und übriggebliebenen Rehlederstücken der Familie zusammenklaubte, sah sie aus wie eine Vogelscheuche. Sie hatte die Flicken in einem wilden Muster zusammengenäht, und alles flatterte ihr um die dünnen Beine. Die Kinder jagten sie und bewarfen sie mit Lehmklumpen und Bisonfladen. Überall an Armen und Beinen hatte sie ständig Risse und wunde Stellen und offene Wunden. Ihre Hände waren schmutzig und schwielig. Rachel war gerade sechzehn Jahre alt geworden und sah aus wie hundert. Und in ihrem Bauch wuchs ihr zweites Kind heran und ließ ihn anschwellen.

Das dichte, kastanienbraune Haar, auf das sie immer so stolz gewesen war, war jetzt ein Eulennest. Es war fettig und völlig verfilzt. Selbst wenn sie einen Kamm gehabt hätte, hätte er es nicht geschafft, sich durch die Kletten und Strähnen hindurchzukämpfen. Auch das Baden hatte sie längst aufgegeben, doch den Tiefpunkt erreichte sie, als sie sich dabei ertappte, wie sie sich eine Laus in den Mund schnippte, so wie es A Little Less immer tat. Sie kultivierte ihre Vernachlässigung noch, indem sie sich so häßlich wie nur möglich machte. Nach zwei Monaten des Mißbrauchs hoffte sie immer noch, daß Terrible Snows sie zu abstoßend finden würde, um sie weiter vergewaltigen zu wollen. Doch das schien unmöglich.

Vielleicht würde es ihr wenigstens gelingen, einige seiner Freunde abzuschrecken. Wenn es um seine Sklavin ging, war Terrible Snows ein sehr großzügiger Mann. Diese Art Gebrauch nutzte sie nicht ab, und er fand viele Männer, die bereit waren, sie auszuprobieren. Nachts lag sie mit zur Seite geneigtem Kopf da, mit steifem Körper und fest zusammengepreßten Augen. Sie gab sich Mühe, so flach wie möglich zu atmen, bis Terrible Snows fertig war. Sie dachte an Luther, ihren Mann. Luther mit seinem knochigen Körper und dem hellen Fleck auf dem Hinterkopf, wo sein Haar allmählich dünner wurde.

Ihm gegenüber hatte sie ihre Pflicht erfüllt. Sie hatte ihm ein männliches Kind geboren und trug ein zweites unter dem Herzen. Und er hatte sie im Stich gelassen. Als die Wochen vergingen und niemand den Versuch machte, sie freizukaufen, wurde sie zunehmend verbittert. Die Schuld an ihrer Not verteilte sie unter denen, die sie quälten, und denen, die das zuließen. Sie würde es ihnen allen zeigen. Sie würde überleben, bis jemand zufällig auf die Gruppe stieß, vielleicht ein Händler oder ein Pelztierjäger.

Sie waren irgendwo da draußen, diese Männer. Sie hatte viele von ihnen vor Independence gesehen, als ihre Familie durch die Stadt gekommen war. Es waren Hunderte gewesen, die sich alle mit Ausrüstung für die Wildnis versorgten. Es waren mehr Menschen gewesen, als sie je an einem Ort gesehen hatte. Sie brachen in langen Karawanen auf oder in Gruppen oder zu zweit. Von Zeit zu Zeit machte sich ein Mann mit einem seltsamen, ungezähmten Ausdruck im Gesicht allein auf den Weg und führte eine Reihe von schwerbeladenen Mauleseln in die unbekannte Wildnis. Die Plains hatten all diese Menschen verschluckt, und der menschenleere, riesige Raum brachte sie zum Schweigen. Zunächst hatte es den Anschein gehabt, als würden sie größer werden, als sie in die Prärie hinausritten. Ihre Gestalten wurden von den flirrenden Hitzewellen verzerrt, die pulsierend vom Erdboden aufstiegen. Dann waren sie verschwunden wie Wassertropfen auf einem heißen Backblech. Aber sie waren doch irgendwo da draußen. Sie erkannte ihre Gegenwart an den Bändern und Kugeln und der neuen Baumwolljacke von Old Owl. Sie waren da draußen irgendwo. Und sie würde darauf warten, daß sie sie fanden.

Terrible Snows und seine Familie wurden vom Unglück verfolgt. Immer waren es seine Pferde, die rätselhafterweise an Dämpfigkeit eingingen oder von den Osage gestohlen wurden. Es war sein Zelt gewesen, das vor zwei Jahren Feuer gefangen hatte und völlig niedergebrannt war. Es war unendlich mühsam gewesen, das Wenige, das sie besessen hatten, zu ersetzen. Sie lebten von dem, was andere wegwarfen oder ihnen schenkten. Terrible Snows mußte sich ständig Pferde leihen, um jagen zu können, und es waren minderwertige Tiere. Er brachte nie so viel Fleisch nach Hause wie andere Männer. Er konnte nie genug Ponys zusammenbekommen, um sich eine Frau zu kaufen, und die Untreue seiner Schwester gegenüber ihrem Mann war für ihn ein ständiger stummer Vorwurf. Er verfluchte sein Pech und hätte schwören können, daß ihn irgendein böser Medizinmann mit einem Fluch belegt hatte. Vor sich selbst aber mußte er eingestehen, daß sein Unglück ihm selbst angelastet wurde. Er wurde zwar wie jedermann sonst behandelt, doch er wußte, daß er eine Aura von Schmach um sich hatte, eine kaum wahrnehmbare Schmach, etwa wie Fleisch, kurz bevor es verdirbt. Terrible Snows und seine Mutter und seine Schwester und seine weiße Sklavin lebten am Rand des Dorfs, abseits von den wohlhabenderen Kriegern, deren Zelte sich um die Tipis von Old Owl gruppierten, dem Friedenshäuptling, und von Santa Ana, dem Kriegshäuptling der Gruppe. Terrible Snows prahlte und schnitt auf und ließ seine Wut an Rachel aus. Das war das einzige Leben, das sie beim Volk kannte. Das und die Grausamkeit der Kinder, die ein schwaches Tier in der Herde sofort entdeckten und es hetzten wie Wölfe einen kranken Wapitihirsch. Sogar John tat so, als würde er sie nicht kennen. Das war nun die Loyalität ihrer eigenen Sippe.

Später in der Nacht, nach dem Kampf mit A Little Less, glitt Rachel lautlos durch das Lager, um nach den Ponys zu sehen. Sie bemühte sich, sich verborgen zu halten, und lief immer an den Zelten entlang, um von niemandem gequält zu werden. Sie wußte, daß sie hier immer eine Außenseiterin sein würde; sie mußte frieren, während andere am Feuer saßen. Sie war einsam, während andere sich in den abendlichen Schatten unterhielten und lachten. Sie wurde mißbraucht, während andere sich liebevoll umeinander sorgten. Es kam ihr nie in den Sinn, jemanden um Schutz und Hilfe zu bitten. Sie waren alle gleich. Sie durchquerte die Dorfmitte und strebte der Weide auf der anderen Seite zu. Ihr Weg wurde duch die Feuer erleuchtet, die durch die Zeltwände schienen. Auf der Weide würde es dunkel sein, doch der Mond würde etwas Licht geben. Und sie würde Terrible Snows eine Zeitlang entrinnen. Vielleicht würde er bei ihrer Rückkehr schon schlafen.

Sie stolperte mit ihrem nackten Zeh gegen einen Felsbrocken und hüpfte ein paar Schritte auf einem Bein weiter, um ihn zu massieren. Wenigstens war es jetzt warm. Wie würde es sein, wenn der Winter kam? Lieber nicht daran denken. Am besten wäre es zu glauben, daß sie dann schon längst wieder im Haus ihres Mannes in Sicherheit war. Als sie an Old Owls Rauch-Zelt vorbeikam, hörte sie drinnen die Stimmen der Männer und verfluchte sie im stillen, bevor sie in der Dunkelheit verschwand.

Wie bei einer Schar von Gänsen, die sich für die Nacht zur Ruhe begeben, drangen meckerndes Lachen und Worte aus dem schwachen Lichtschein des Zelts nach draußen. Von den acht alten Männern, die drinnen um das Feuer saßen, war Old Owl der lächerliche Zwerg. Er sah aus wie jemand, der schon bessere Tage gesehen hat. Sein schulterlanges graues Haar war dünn, zerzaust und hing ihm in unordentlichen Strähnen ins Gesicht. Ein paar vereinzelte Stoppeln sprossen ihm an seinem Wiesel-Kinn wie Getreidestoppeln, die der Pflug nicht erfaßt hat. Selbst für einen Comanchen war er von kleinem Wuchs. Seine krummen Beine, die um den Rumpf eines unsichtbaren Pferdes gepreßt zu sein schienen, ließen seinen Gang schwankend erscheinen.

Eine einsame Adlerfeder baumelte ihm von einer dünnen Schnur seiner Skalplocke wie eine zerfetzte Fahne, die man zu vielen Stürmen ausgesetzt hat. Seine verschlagenen, kurzsichtigen Augen blinzelten eulenhaft über einem Monolithen von Nase. Zum Glück hatte seine Tochter Something Good sein Aussehen nicht geerbt, obwohl sie das gleiche intelligente Glitzern in den Augen hatte.

Old Owls Lendenschurz war abgewetzt und schmutzig, und die steife, zerknitterte Baumwolljacke war viel zu groß für ihn. Er sah aus, als wäre er in der Wäsche eingelaufen und nicht seine Kleidung. Die Jacke war schon jetzt schmutzverschmiert, obwohl sie so neu war, daß man immer noch erkennen konnte, daß sie in dem Stapel der Handelswaren zusammengefaltet gelegen hatte.

Er hatte sie von den Händlern gekauft, die erst vor einer Woche abgereist waren. Old Owl dachte, was für ein Glück sie gehabt hatten, daß Nabisoa, *He Sticks Himself*, vorausgeritten war, um die Gruppe zu warnen, so daß sie die neuen weißen Gefangenen zu einem schnellen Jagdausflug wegschicken konnten. Der Junge war jederzeit bereit, eine Expedition mitzumachen, und hätte sich vermutlich ohnehin vor den Händlern versteckt, aber die Frau hätte Schwierigkeiten gemacht. Sie war nicht die einzige. Old Owl hatte Terrible Snows lange zureden müssen, auf eine Begegnung mit den Händlern zu verzichten. Old Owl ging Schwierigkeiten immer aus dem Wege, wenn es sich machen ließ, und wünschte nicht, daß sich Weiße auf die Suche nach dem Jungen begaben. Die Frau würde den Händlern mit Sicherheit verraten, daß er hier war, und dann würde sich seine Familie auf die Suche nach ihm machen.

Das nächtliche Treffen im Zelt wirkte wie eine Zusammenkunft von Großvätern, was es in Wahrheit auch war. Und Old Owl hatte die großväterlichste Ausstrahlung von allen. Ein freundlicher Mann. Vielleicht ein Diakon oder Schneider oder Oberbuchhalter. Er war Häuptling und Diplomat und Mörder, aber trotzdem ein freundlicher Mann. Er hatte noch keinen Menschen ohne Not getötet, jedenfalls nicht nach seinen Maßstäben. Und heutzutage tötete er kaum noch. Jedenfalls keinen Menschen. Er war vierundfünfzig Jahre alt und dafür körperlich nicht mehr geeignet. Seine Arthritis war zu schmerzhaft für die langen Gewaltmärsche und Nächte auf kalter nasser Erde. Heutzutage taugte er fast nur noch dazu, Ratschläge zu erteilen. Und darauf verstand er sich gut.

Als er gegenüber der Tür auf dem Ehrenplatz saß, entdeckte er in dem Dämmerlicht draußen ein blasses, schelmisches Gesicht unter dichtem, struwweligem Haar, das wie goldene Hobelspäne aussah. Er verzog das Gesicht und gab dem Jungen ein Handzeichen. Er war nicht in der Stimmung, heute abend schon wieder ein Pferd rückwärts ins Zelt kommen zu sehen. Das würde die Stille brechen, und er wäre gezwungen, die Eröffnungszeremonie von vorn zu beginnen. John oder Weelah, *Bear Cub*, wie er genannt wurde, hatte das schon einmal getan, und wie allen Jungen war ihm nicht klar, daß jeder Spaß nur einmal ein Spaß ist.

Doch Cub verschwand in der Nacht, und Old Owl sah zu, wie seine Kumpane nacheinander schweigend das Rauch-Zelt betraten. Sie setzten sich wortlos und blieben stumm, während Old Owl seine narbige, grüngraue Pfeife aus Speckstein hochhielt und sein Gebet an die Sonne sang. Er legte ein wenig echten, ungeschnittenen Tabak zusammen mit einigen Sumach-Blättern als Opfergabe auf den Erdboden. Er strich über die glatte, fast glitschige Oberfläche des Pfeifenkopfes und betastete dessen runde Linien. Es war nicht seine heilige

Pfeife, die er bei wichtigen Beratungen benutzte, aber er mochte sie dennoch.

Seine Medizinpfeife, sein besonderes Stück, hatte einen langen Weg zurückgelegt, nachdem sie aus einem Stück Pfeifenstein aus dem Steinbruch an der Wasserscheide zwischen Saint Peter's River und Missouri neunhundert Meilen weiter nördlich herausgebrochen worden war. Dieser Steinbruch war einmal ein Ort des Friedens gewesen, als Der Vater Der Hinter Der Sonne Lebt alle indianischen Nationen zusammenrief. Sie hatten ohne Furcht nach dem roten Tonstein gegraben. Dann kamen die weißen Männer und entweihten den Steinbruch. Sie brachten den heiligen Stein weg, um daraus Schüsseln und andere alberne Dinge zu machen. Dann befahlen sie den Dahcotah Sioux, den Ort zu bewachen und anderen die Benutzung zu verbieten, damit sie die Pfeifen verkaufen konnten. Jetzt mußte das Volk Krieg führen, um die Pfeifen zu bekommen und für den Frieden rauchen zu können. Und das alles wegen der weißen Männer.

Old Owl nahm einen tiefen Zug aus der grünen Pfeife. Seine Wangen fielen ein, und der heiße Rauch verbrannte ihm die Kehle und gab ihm ein angenehmes Gefühl leichter Benommenheit. Als er den Rauch ausblies, spürte er, wie die kleinen Spannungen und Ärgernisse des Tages mit dem Rauch aufstiegen. Die erste Rauchwolke stieg zur Zeltspitze auf und war für den Vater bestimmt. Die nächste richtete Old Owl nach unten, in die Erde. Sie war für seine Mutter bestimmt, die Erde. Während der Anrufung herrschte absolute Stille mit Ausnahme des leise pfeifenden Atems von So Nabehkakuh, *Many Battles,* den seine Freunde gleichmütig ignorierten.

Vor fünfundvierzig Jahren war Many Battles ein Pfeil in Hals und Luftröhre gedrungen. Sanaco war damals nur ein Hütejunge gewesen, hatte Many Battles aber den Pfeil aus der Kehle gezogen, als dieser zuckend und würgend im Gras lag. Sanaco hatte versucht, die Spitze selbst herauszubekommen. Er legte dem älteren Mann eine Hand auf die Schulter, damit dieser stillhielt, und schob das zerfetzte Fleisch vom Rand der Wunde zur Seite. Dann stieß er den Zeigefinger in das blubbernde Loch und krümmte ihn unter der durchstochenen rosagrauen Röhre, deren entweichende Luft ihr einen Pfeifton entlockte.

Sanaco verschloß das Loch mit einem Kakteenstachel, während Many Battles, der jetzt so ruhig dalag, als würde er gelaust, die Wolken am Himmel studierte. Um sie herum donnernde Hufe der flüchtenden Pferde, die einen Hagel von Lehm- und Grasklumpen auf sie herabregnen ließen, während Kriegsgeschrei die Luft erfüllte. Many Battles hatte diesen Tag nie vergessen und immer darauf geachtet, daß Sanaco bei seinem stillen Streben nach Führung jede Unterstützung bekam, die Many Battles mit seinem Prestige ihm geben konnte.

Fünfundvierzig Jahre lang hatte sich Many Battles' Stimme angehört wie eine Feile, die eine Pfeilspitze aus Metall reibt. Many Battles zog es vor, sich in Zeichensprache zu unterhalten, obwohl das Volk sie nicht so oft verwendete wie die anderen Stämme. Sie brauchten es nicht. Neben Spanisch war ihre Sprache die Sprache der südlichen Plains. Jetzt hatten Zeit und Prüfungen die beiden Männer gleichberechtigt gemacht, und so saßen Sanaco und Many Battles Seite an Seite vor dem Feuer.

Old Owl sah zu, wie ein Freund nach dem anderen die Pfeife rauchte, die von Hand zu Hand ging, immer nach rechts. Die Jugend verbrachte man am besten mit Krieg und Raub und Frauen. Etwas anderes wäre Old Owl nie in den Sinn gekommen. Sofern man jedoch das Mißgeschick hatte, alt zu werden, mußte man seine Zeit so wie jetzt verbringen. Mit Freunden. Ohne dauernd zu kämpfen oder zu prahlen oder ständig seine Männlichkeit beweisen zu müssen. Jetzt genügte es, die Zyklen und Muster des Lebens zu beobachten. Zu sehen, wie die Jungen die Fehler machten, die auch ihre Vorfahren gemacht hatten, und zu sehen, wie sie auch die Freuden des Lebens entdeckten. Zu wissen, daß selbst auf den schlimmsten Winter der Frühling folgte, und daß die Sonne unfehlbar jeden Tag aufgehen würde. Zu wissen, daß der Bison in jedem Jahr zum Volk zurückkehren und daß Mutter Erde nie aufhören würde, Früchte wachsen zu lassen, um ihre Kinder zu ernähren.

Die Pfeife wurde an Kwasinabo weitergereicht, *Snake*. Er hatte offenbar einen schlechten Tag hinter sich. Seine Augenbrauen waren hochgezogen, und die Mundwinkel seines breiten, schmalen Mundes waren wie bei einem alten, gesprungen Bogen nach unten gerichtet. Das bedeutete, daß er entweder zornig war oder nachdachte. Und Snake dachte nicht viel.

»Wie geht es deiner Frau Tosa Pookuh, *White Horse?*« Snake würde White Horse nie verzeihen, daß er sie ihm vor dreißig Jahren gestohlen hatte. Wenn er schlechte Laune hatte, brachte er das Thema zur Sprache, obwohl der Hörnende dem Gehörnten damals zehn gute Pferde gegeben hatte, um ihn zu besänftigen. Und White

Horse und seine neue Frau hatten die Gruppe für fünf Jahre verlassen, bis sich der Skandal gelegt hatte. Snake war zweiundsechzig Jahre alt. Die drei Frauen, die er hatte, waren mehr als genug für ihn, doch die Kränkung nagte noch immer an ihm.

»Snake, Bruder, ich bereue den Tag, an dem ich es zuließ, daß sie mich zur Heirat überredete. Sie plappert wie ein Schwarm von Eichelhähern und füllt meine Zelte mit Verwandten. Ihre Familie ißt mehr als ein Rudel ausgehungerter Wölfe, und ihr Geheul und ihr Fauchen und ihr Klagen verfolgen mich nachts bis ins Bett.«

White Horse lächelte selten. Er hatte ein ausdrucksloses Gesicht mit einem Profil, wie es sich auf Münzen gut ausnimmt. Anfänger brauchten einige Zeit, bis sie erkannten, daß sie einem ausgekochten Schwindler aufgesessen waren.

»Hättest du sie gern zurück?« Er starrte Snake mit einem ernsten, aufrichtigen Gesichtsausdruck an. »Für zwölf Pferde gebe ich dir noch ihre Schwestern, ihre Mutter und drei ihrer Tanten dazu. Meine Tochter *Deerskin* allerdings will ich behalten. Sie macht Pemmican mit viel Fleisch und weniger Obst. Denk doch nur, was für ein Trost dir alle diese Frauen im Alter sein werden. Bei der vielen Übung, die er bekommt, wirst du den stärksten Schwanz von uns allen haben.«

Snake war sich nie ganz sicher, ob White Horse sich über ihn lustig machte oder nicht. Er hatte den Verdacht, daß es so war, und so hatte seine Stimme jetzt einen scharfen, streitsüchtigen Unterton. »Nein. Sie ist genau richtig für dich. Sie ist zu faul, um Häute richtig zu gerben, und außerdem stinken sie. Ihre Hemden fühlen sich wie Baumrinde an, und ihre Mokassins fallen auseinander, wenn man sie nur einmal getragen hat. Ich habe sie sowieso nie haben wollen. Sie hat immer nur Ärger gemacht.«

»Heute hat es in Terrible Snows Zelt Ärger gegeben.« Sanaco war ein einfacher, sachlicher Mann, der die Gabe besaß, einem Streit die Spitze abzubrechen, bevor Blut floß. Many Battles sagte, er könne sogar mit Cannibal Owl Frieden halten. Wenn dieser sich nachts mal zu Sanaco ins Zelt schleiche, werde jener ihn mit einem Würfelspiel oder einer langen, weitschweifigen Diskussion über Pferde ablenken. Er werde seinen Gast so mit Eintopf vollstopfen, daß er nicht mehr fliegen könne. Cannibal Owl werde rülpsend nach Hause gehen müssen und in dem warmen Glühen der Gastfreundschaft jeden Gedanken an Seelen und Tod vergessen.

»Die Frau mit den weißen Augen hat heute abend A Little Less niedergeschlagen. Es hörte sich an, als würde die Hälfte aller Hunde im Dorf kämpfen.« Diese Äußerung wurde mit allgemeinem Glucksen quittiert. Schon jeder von ihnen hatte mal den Wunsch gehabt, A Little Less zu verprügeln. Santa Ana ergriff das Wort.

»Sie verdienen einander, diese beiden. Die Sklavin mit den weißen Augen ist wie ein Tier. Der Freund meines Neffen hat gesagt, sie habe ihn zerkratzt, als er Terrible Snows' Angebot, sie sich zu nehmen, angenommen habe. Es sei, als würde man mit einem Bündel dorniger Mesquitzweige ins Bett gehen, sagte er.« Santa Ana hockte vor dem Feuer. Er hatte ein sanftes, freundliches Gesicht und eine Vergangenheit voller Leichen.

»Frauen mit weißen Augen taugen nichts im Bett.« Schließlich meldete sich Old Owl zu Wort. »Sie sind nur als Sklavinnen nützlich. Das ist der Unterschied zwischen Pferden und Maultieren. Wenn man ein Maultier lange genug prügelt, kann man es zwar zur Arbeit zwingen, doch ein Gefährte wird es nie. Dazu sind sie zu störrisch und haben zu feste Gewohnheiten.«

»Sie können nicht viel wert sein, diese Frauen mit den weißen Augen. Seht euch doch nur an, wie ihre Männer sie ungeschützt lassen. In der Beziehung sind sie fast schlimmer als die Mexikaner.« Sibepapapi, *Shaved Head*, sprach zum erstenmal. Die lange Narbe, die hinter seinem Ohr begann und sich bis zu seinem Hinterkopf erstreckte, wurde von seinem Haar verborgen. Man sah sie nur dort, wo sie den Scheitel zwischen seinen Zöpfen wie eine Art Kreuzung überquerte. Seine Frau hatte diese Seite seines Kopfes rasiert, als er vor Jahren verwundet worden war, und seitdem war ihm der Name geblieben.

»Wenigstens können die Mexikaner reiten. Die weißen Augen sehen im Sattel wie Mehlsäcke aus.«

»Aber sie haben so schöne große Pferde.«

»Sie sind langsam, diese Pferde. Und sie bewegen sich wie Felsblöcke. In der Zeit, die man braucht, um eins herumzureißen, grasen die Bisons schon auf dem Territorium der Ute.«

»Die Weißen müssen fast so intelligent sein wie das Volk. Wenn man ihre Kinder früh genug stiehlt, werden sie gute Krieger und Frauen.« Old Owl hatte Bear Cub, den gefangenen weißen Jungen, inzwischen liebgewonnen. Cub war von Old Owls Neffen adoptiert worden und hatte in den ersten zwei Wochen im Lager durchschnittlich zwei Kinder pro Tag verprügelt. Sogar die älteren Jungen ließen ihn jetzt in Ruhe. Und schon jetzt ritt er fast so gut wie einer aus dem Volk. Old Owl hatte ihm einen Bogen, einen Köcher mit Pfeilen und ein geschecktes eigenes Pony gegeben.

»Erinnert ihr euch noch an Tehan von Satanks Kiowa? Das nenne ich einen Krieger.« Many Battles' Stimme schnitt in die Unterhaltung.

»Ist das der, dessen Haar die Farbe glühender Holzkohle hat und der am ganzen Körper orangefarbene Flecken hat wie ein Salamander?«

»Ja. Und er ist ein Mann, den man im Kampf gern neben sich hat.«

»Dann kann es nur so sein, daß die weißen Augen in ihrer Jugend keine Ausbildung erhalten. Warum sollten sie sonst ihre Häuser so weit auseinanderbauen, daß jeder für sich lebt und keine Hilfe hat, wenn er sich verteidigen muß? Sie müssen verrückt sein.«

»Und sie reißen Mutter Erde auf und reißen ihr das Haar aus, das Gras. Wenn sie sterben, wird sie ihre Knochen nicht an ihr Herz nehmen, so wie sie es mit unseren macht.«

»Sie gehen so nachlässig mit ihren Pferden um, daß bald keine mehr übrig sein werden. Dann werden wir sie schon alle gestohlen haben.«

»Dann müssen wir wieder diese langen Reisen nach Mexiko machen.«

»Weiße sind unwissend. Sie werden hier nie überleben. Wir sollten ihnen alles wegenehmen, was wir nur können, bevor sie aufgeben und dorthin zurückkehren, woher sie gekommen sind.«

»Woher kommen sie?«

»Von dort, wo die Sonne aufgeht. Dort haben sie große Dörfer und alle möglichen seltsamen Dinge, wie ich höre. Ich glaube aber, das meiste von dem, was ich höre, müssen Lügen sein.«

»Ich will nicht, daß sie gehen, bevor ich ihnen eins ihrer neuen Gewehre gestohlen habe. Habt ihr das eine gesehen, das Big Bow hat?«

Und so ging die Unterhaltung weiter, bis den Sternen, die durch den Rauchabzug leuchteten, anzusehen war, daß es halbwegs zwischen Mitternacht und Morgendämmerung war. Old Owl zündete die Pfeife nicht wieder an, als sie ausging, und seine Freunde erhoben sich mit knackenden Knien und machten sich bereit zu gehen.

»Wartet.« Old Owl nahm ein brennendes Holzscheit aus dem Feuer und einen Stock. Cub hatte sich wieder etwas ausgedacht. Old Owl kannte diesen Blick. Er mußte dem Jungen beibringen, sich Beerensaft ins Gesicht zu schmieren, bis die Sonne seine Haut dunkler werden ließ, oder ihm schwarze Farbe zur Tarnung geben. Der Junge war einfach zu hellhäutig, um nachts mit solchen Tricks durchzukommen.

Old Owl hielt das Holzscheit hoch, um sehen zu können, und stocherte mit dem Stock vor der Zelttür herum. Genau wie er gedacht hatte. Unter einer dünnen Schicht Erde lag ein frischer Hundehaufen. Er zeigte ihn den anderen Männern, und alle lachten glucksend. Cub war schon ein Teufelsbraten. Und lernte schnell.

Old Owl schob den stinkenden Hundehaufen zur Seite, damit seine Freunde hinausgehen konnten. Sie gingen hinaus, streckten sich und gähnten in dem kühlen schwarzen Morgen. Dann schlurften sie zu zweit oder dritt zu ihren dunkel daliegenden Zelten zurück. Ihr Weg wurde von einem hohen Himmel voller Sterne erleuchtet, die wie glühende Scheite, die man in die Dunkelheit geschleudert hatte, glitzerten und blitzten.

14

Die Vorstellung, Something Good könnte mit entstellter, klobiger Nasenspitze und einer feuerroten Narbe darauf herumlaufen, mit einem Schlitz quer durch ihre zarten, bebenden Nasenlöcher, jagte Wanderer kalte Schauer über den Rücken. Er konnte sich noch an das alte Weib erinnern, das am Rand des Lagers im Unrat gewühlt hatte, als er noch ein Kind war. Sie hatte von dem gelebt, was einige Familien ihr zu essen gaben, und dafür mit deren Verachtung bezahlt. Für eine Frau konnte der Preis der Untreue hoch sein.

Die Möglichkeit, daß Eagle sein Wort gebrochen hatte, wollte er gar nicht in Erwägung ziehen, mußte sich aber eingestehen, daß Eagle sich in letzter Zeit merkwürdig verhalten hatte. Wäre Wanderer eine Frau gewesen, hätte er keinen Zweifel gehabt. Frauen können Liebe und deren Verwicklungen riechen, so wie man Regen riechen kann, bevor das Gewitter losbricht. Wanderer wußte nur, daß sich das Verhalten seines Freundes, das ihm ebenso vertraut war wie sein eigenes, verändert hatte.

Eagle lachte weniger. Vielleicht wurde er endlich erwachsen und nahm das Leben etwas ernster. Eagle verließ das Lager jetzt öfter allein. Vielleicht bereitete er sich darauf vor, in der Wildnis nach einer Vision zu suchen und um neue Medizin zu bitten. Das war etwas, was nur einen Krieger und dessen Geister anging. Darüber diskutierte er nicht einmal mit seinem Freund und Bruder. Am besorgniserregendsten jedoch war, daß Eagle so in Gedanken versunken gewesen war, daß er nicht bemerkte, wie die kleine vierjährige Dusty hinter ihm vorbeiging, während er aß. Zwei gefangene Adler würden nur dann fressen, wenn sie einander den Rücken zukehrten, so daß nichts hinter ihnen vorbeikommen konnte. Ein Mann mit Adlermedizin hielt sich an das gleiche Tabu.

Wanderer hatte einmal gesehen, wie Eagle in besinnungsloser Wut fast einen Mann zu Boden geschlagen hätte, der dieses Tabu gebrochen hatte. Und Wanderer hatte einen erwachsenen Mann noch nie mit den Fäusten kämpfen sehen wie ein Kind. Wanderer erinnerte sich noch, wie bestürzt der gleichmütige Eagle nach dieser Entweihung gewesen war. Er hatte seine Sachen gepackt und sich die zweihundert Meilen zu den Medicine Mounds begeben, um die Angelegenheit mit seinen Adlergeistern ins reine zu bringen. Der Übeltäter hatte es vorgezogen, sich einer anderen Gruppe anzuschließen, statt in Eagles Nähe zu bleiben.

Und jetzt war Eagle wieder irgendwo unterwegs. Jenseits der Laube, in der Wanderer saß, glühte die Sonne erbarmungslos vom Himmel. Sie dörrte die Erde zu hartem Lehm aus, der an das dünne, zerbrechliche mexikanische Brot erinnerte, das man zu lange auf den flachen Steinen neben dem Feuer hatte liegen lassen. Wanderer hatte es dort oft aufbrechen und schwarz werden sehen, wenn die mexikanischen Frauen von ihren Herdstellen verjagt und vergewaltigt und erschlagen oder gefangengenommen worden waren. Er fragte sich träge, ob die Sonne heiß genug war, um jetzt solche *toth-tee-ahs* zu backen. Wahrscheinlich.

Ging Eagle ihm aus den Weg? Sein Herz war immer in dem Zelt gewesen, das sein Freund nach Belieben hatte betreten und verlassen können. Jetzt war die Tür nicht nur heruntergelassen, sondern fest zugeschnürt. Was auch immer das Problem war, jetzt war es an der Zeit, eine Zeitlang wegzukommen. Vielleicht konnte er auf einer Jagdtour herausfinden, was seinem Bruder zusetzte.

»Spaniard, möchtest du mit Eagle und mir auf die Jagd gehen? Das Leben hier ist zu laut und zu ruhig.«

Spaniard sah auf und grinste. »Vielleicht.« Er machte sich wieder daran, mit zwei kleinen Muschelschalen den Splitter in der Handfläche herauszuziehen. Vergeblich. Cruelest One löste seinen Lendenschurz und zog seinen Medizinbeutel heraus. Er wühlte darin herum, bis er seine Metallpinzette fand und sie Spaniard zuwarf, der dankbar grunzte. Kein Mensch würde es je wagen, Cruelest One als Spanier zu bezeichnen. Oder Mexikaner. Es sei denn, jemand wollte sich eine Sammlung gefährlicher, unversöhnlicher Feinde zulegen und noch ein besonders gefährliches Exemplar dabeihaben.

Cruelest One gehörte dem Volk nicht von Geburt an, und falls das Volk es vergessen haben sollte, Cruelest One vergaß es nie. Mo-chorook, The Cruelest One Of All. Kwasinabo Nabituh nannte ihn Eagle, *Snake Eyes*. Und manchmal schienen seine Augen tatsächlich nicht die eines Menschen zu sein. Bei einem Raubzug war er gut zu gebrauchen, doch bei einem gewöhnlichen Jagdausflug würde Wanderer lieber auf ihn verzichten. Cruelest One wäre vermutlich ohnehin nicht mitgekommen. Er blieb nur selten an einem Ort. Er war soeben von einem Besuch zurückgekommen und würde schon bald wieder unterwegs sein, um eine andere Gruppe zu besuchen. Er war ein Ruheloser in einem Stamm von Ruhelosen. Er war auf der Suche nach etwas, was er in seiner Seele nicht finden konnte.

Pahayuca hatte Wanderer einmal erzählt, wie er Cruelest One vor vielen Jahren beim Überfall auf das mexikanische Dorf vorgefunden hatte.

Die Männer waren alle verschwunden und wühlten wie erwartet auf ihren Feldern in der Erde herum. Die Frauen aber hatten gekämpft.

Als der Trupp sich dem stillen Dorf näherte, scheuchten sie eine Frau aus dem Gebüsch auf. Als sie wegrannte und einen Warnschrei ausstieß, jagte ein Krieger lachend hinter ihr her. Als er neben ihr war, sprang er von seinem Pferd. Er stürzte sich auf sie und riß sie mit seinem Gewicht zu Boden, wobei er ihr die weiße Baumwollbluse aufriß. Sie schaffte es jedoch, sich unter den Rock zu greifen und das Messer mit der dünnen Schneide zu ergreifen, das an ihrem Schenkel festgebunden war. Sie stieß es dem Mann bis zum Knochenhandgriff in die Brust. Beide starrten sich erstaunt an, bis er auf ihrem Körper zusammenbrach. Sie schob ihn beiseite, wobei sich der Messergriff in den Fetzen ihrer Bluse verfing, als sie aufsprang.

Sie war eine junge Frau und eine schöne dazu, doch der Freund des toten Kriegers hob sein kleines Kriegsbeil und ließ es pfeifend auf sie niedersausen. Die Schneide, die wie eine kleinere spanische Breitaxt aussah, spaltete ihr den Kopf bis zu den Schultern. Die Kopfhälften fielen auseinander, und Blut spritzte auf. Der Freund bereute seine Voreiligkeit, als er versuchte, ihren Skalp zu nehmen. Er nahm sich vor, beim nächsten Mal den Kopf seines Opfers heil zu lassen. Doch um sie zu ehren, beugten sich viele der Männer hinunter, um im Vorübergehen ihren Körper zu berühren. Das war die Anerkennung für eine tapfere Kämpferin.

Die anderen Frauen kämpften auch. Sie kämpften mit allem, was sie in die Hand bekommen konnten, als die Krieger sich auf sie stürzten wie ein Schwarm von Haien, die der Geruch von Blut um den Verstand bringt. In völliger Hysterie warf eine der Frauen ihr Baby auf einen Angreifer, als dieser sie gerade mit seiner Lanze durchbohren wollte. Die Frauen kreischten wie Wildkatzen und kratzten und spien und trommelten mit ihren kleinen Fäusten auf die Angreifer ein, bis die letzte von ihnen zerstümmelt und niedergemacht in ihrem eigenen Blut lag, das von dem durstigen Erdboden aufgesogen wurde. Ihre Kinder lagen ebenfalls überall herum wie verfaultes Obst im Herbst. Niemand aus dem Dorf wurde am Leben gelassen, und die einzigen Geräusche, die noch zu hören waren, waren ein gelegentlicher dumpfer Aufschrei eines Ponys oder das Klirren eines Zaumzeugs oder der schwere Atem der Männer, die sich umsahen.

Dann war plötzlich ein sehr schwaches Jammern zu hören, das aus einem der weißen Lehmhäuser kam, das wie das Nest der Grabwespe von den Bewohnern selbst erbaut worden war. An den groben Dachsparren aus Mesquitstrauch-Holz hingen rote und grüne Chilis an Schnüren zum Trocknen, Maronen und Reibeisen aus Rohmetall. In einen der Zwischenräume zwischen zwei Sparren war ein Bündel aus Decken und Lumpen geklemmt. Das Baby, das darin lag, hatte ein Gesicht, das so faltig und rot war wie ein zerknülltes Wachstuch. Der Junge schrie und trat mit den Beinen. Seine winzigen Gesichtszüge versammelten sich in der Mitte des Gesichts wie eine Rosenknospe, und sein steifes schwarzes Haar stand ihm in allen Richtungen vom Kopf ab.

Pahayuca nahm das Bündel auf den Arm und zog die Decke vom Gesicht des Säuglings weg. Dieser ergriff seinen Finger und hielt ihn fest. Dann öffnete sich sein Gesicht wie eine Blüte. Er starrte den bemalten Berg, der über ihm aufragte, mit großen furchtlosen Augen an. Die Wangen glitzerten vor Tränen.

Pahayuca hatte den Jungen mit nach Hause genommen, und Blocks The Sun hatte ihn aufgezogen. Doch Cruelest One war niemandes Sohn.

Vielleicht, wenn er größer gewesen wäre, dachte Wanderer. Oder wenn niemand ihm erzählt hätte, daß er Mexikaner war. Doch er war nur gut anderthalb Meter groß und wußte, daß er anders war. Er hatte sein ganzes Leben mit dem unermüdlichen Versuch zugebracht, besser und schlimmer zu sein als alle anderen. Cruelest One nahm nie Gefangene. Bei Überfällen und Raubzügen tötete er jeden, dessen er habhaft werden konnte. Er lächelte nie, höchstens dann, wenn er sich mitten im Kampfgetümmel befand und Blut in der Furche seines Lanzenschaftes herablief und ihm auf seinen sehnigen Arm strömte. Vielleicht war er ein Bruder der Nenepi, der kleinen Männer, der Dämonen, die nur dreißig Zentimeter groß waren, mit ihren winzigen Bogen und Pfeilen aber jeden Unvorsichtigen töteten.

Lautes Papierrascheln war zu hören, als Cruelest One nach und nach Blätter aus dem großen schwarzen Buch herausriß. Er zerknüllte sie und warf sie auf den Papierhaufen, der neben ihm lag. Als er sämtliche Blätter aus der Bibel des älteren John herausgerissen hatte, begann er, sie in die Öffnung am Rand der zwei Scheiben der groben Bisonhaut zu stopfen. Papier war gutes Isoliermaterial für die Schilde. Es war leichter als Bisonhaar und fing Schläge besser auf als getrocknete Tillandsie. Aus diesem Grund hielten Krieger bei Raubzügen immer Ausschau nach Büchern. Und da die Weißen so aufmerksam in ihnen lasen, mußten sie auch gute Medizin sein, was sie noch wertvoller machte.

Cruelest One hatte das vollständigste Arsenal ihrer Gruppe und besaß sogar mehr Waffen als Buffalo Piss. Nicht viele nahmen sich die Zeit, einige Doppelschilde herzustellen, obwohl der Schild neben dem Medizinbeutel der kostbarste Besitz jedes Indianers war. Cruelest One erlaubte es niemandem, die Bisonhaut mit dem Schabmesser von den gröbsten Fleischresten zu befreien. Er erhitzte geduldig die dicke Schulterhaut eines alten Bisons und dämpfte sie noch mehrmals, damit sie sich möglichst stark zusammenzog und dick wurde.

Dann schnitt er zwei Kreise heraus und rieb und hämmerte sie mit einem glatten Stein, um sie flach und biegsam zu machen. Dann spannte er sie auf einen hölzernen Reifen und nähte sie mit Riemen aus Rohleder zusammen, die er durch ausgestanzte Ösen zog. Nachdem er den Schild ausgestopft und die letzte Öffnung vernäht hatte, bemalte er die Vorderseite mit einem heiligen Tier und schmückte ihn mit Adlerfedern. In den hinteren Kreis waren schon

Löcher gestanzt, an denen er den breiten Lederriemen befestigte, mit dem er den Schild am Arm halten würde. Nachdem all das getan war, stellte er die runde Hülle her, die den Schild schützen sollte.

Cruelest Ones ganzes Leben war auf den Krieg zugeschnitten, mehr noch als bei dem durchschnittlichen Nermenuh-Krieger, der sich durch große Tapferkeit auszeichnete. Wanderer grübelte versonnen, als er Cruelest One beobachtete. Was für ein Mann würde er im Alter sein? Wahrscheinlich so giftig und streitsüchtig wie Satank, der Kiowa-Häuptling. Satank würde im Kampf sterben, und wenn er dazu vom Totenbett aufstehen und sich jemanden suchen mußte, den er töten konnte. Als Wanderer Cruelest Ones steineres Gesicht betrachtete, fragte er sich, ob dieser Mann je fähig sein würde, eine Frau zu lieben. Die Frau, die ihn irgendwann heiratete, tat ihm jetzt schon leid.

Vielleicht war das Eagles Problem. Vielleicht hatte er wieder eine seiner Affären mit einer verheirateten Frau, um sich über den Verlust von Something Good hinwegzutrösten.

Ungestörtheit war in einem Lager des Volkes seltener als ein weißer Bison und wurde nicht annähernd so hoch geschätzt. Es bestand auch kaum ein Bedarf, es sei denn bei verbotenen Rendezvous. Eagle und Something Good hatten jedoch unweit des Lagers ein kleines, unzugängliches Tal gefunden. Dutzende sprudelnder Quellen strömten an den Kalksteinhängen des Tals herunter. Es war kühl dort zwischen den Felsen und Büschen. Die Luft wurde vom Gischt der nahen Wasserfälle und von den hohen Bäumen gekühlt. Wäre das Dorf in der offenen Ebene errichtet worden, wäre es weit schwieriger gewesen, einen solchen Ort zu finden. Doch auch so waren die Treffen der beiden von der Gefahr geprägt, daß man sie jeden Augenblick entdekken konnte. Eagle knabberte an Something Goods schlankem Hals und begann, ihr auf die Kehle und ins Haar zu pusten. Am Ende blies er ihr laut ins Ohr. Sie kicherte und wälzte sich auf ihn, wobei sie ein braunes Bein über seins warf. So lagen sie einen Augenblick da, trunken von dem Gefühl, die nackte Haut des anderen zu spüren. Ihre Beine waren fast gleich lang, und sie kitzelte ihm mit den Zehen den Fuß, während sie sich auf den Ellbogen aufrichtete und auf ihn hinunterstarrte. Ihr Haar strömte ihm um das Gesicht und schloß die Außenwelt mit einem dicken Vorhang aus.

»Was machst du da?«

Er starrte sie mit großen Augen unschuldig an und blies eine Strähne ihrer Mähne aus dem Mund.

»Du hast mal gesagt, deine Liebe sei wie ein Feuer, das unter der Asche begraben liegt und nur darauf wartet, wieder angefacht zu werden. Ich bin gerade dabei, die Holzkohle anzublasen.«

Sie brach lachend auf ihm zusammen, und er spürte das warme, köstliche Gewicht ihres Körpers. Es war gut, eine Frau zu nehmen. Es war das Paradies, eine Frau zu haben, die man liebte. Eagle ließ die Hände an ihrem geschmeidigen Rückgrat entlanggleiten und fuhr mit den Fingern über die geschmeidige Kurve ihrer festen runden Hinterbacken. Er schlang die Arme um ihren schlanken Rücken und umarmte sie, ganz benommen vor Freude. Sie sprach in die Höhlung seiner Schulter, und er spürte, wie sich ihre Lippen auf seiner Haut bewegten.

»Meine Taube, meine Schwalbe, mein hochfliegender Adler, was wird mit uns geschehen?« Eben hatte sie noch gelacht, und jetzt flossen still die Tränen. Er konnte ihre Nässe spüren.

»Something Good, nur der Tod wird uns trennen, das verspreche ich dir. Ich werde einen Weg finden, wie wir zusammenbleiben können.« Er strich ihr immer wieder über Haar, um sie zu trösten. »Weine nicht. Es wird alles für uns gut werden, ich schwöre. Glaubst du mir?«

»Ja, Eagle. Ich glaube dir.«

Naduah hatte die Hände zwischen die Knie gepreßt und versuchte Medicine Woman über die Schulter zu sehen und ihre Erregung zurückzuhalten. Seit Wochen hatte Medicine Woman an etwas gearbeitet, es aber rätselhafterweise immer weggelegt, wenn Naduah das Zelt betrat. Jetzt hatte sie ihr geheimnisvolles Lächeln aufgesetzt und wühlte in einer der Schachteln herum, deren Rohleder sich um Rahmen aus Weidenruten spannten. Unter einem von Takes Downs Kleidern zog sie etwas Beigefarbenes hervor. Sie schüttelte es mit einem leisen Klirren winziger Glöckchen und hielt es hoch. Es war ein einteiliges Kleid aus einem Stück Rehleder, an dessen Saum die Rehbeine baumelten. Medicine Woman hielt es Naduah an den Körper, während Takes Down liebevoll zusah. Sunrise legte sein Arbeitsgerät beiseite, um sie anzulächeln.

»*Kaku*, Großmutter, es ist wunderschön!«

»Probier es an.«

Naduah zog es über den Kopf. Der dichte Fransenbesatz fiel von Halsausschnitt und Schultern herunter und berühte am Saum, der ihr bis unter die Knie ging, die Beine. Dutzende kleiner Metallkegel waren in Gruppen an den Seitennähten und an der Passe befestigt. Wenn sie sich bewegte, klirrten sie leise. Die Rehhaut war stundenlang gekaut und gegerbt und anschließend geräuchert worden, bis sie so zart war wie Leinen, so weich wie Samt und einen blaßgelben Farbton aufwies, der wie dicke geschlagene Sahne wirkte. Selbst wenn das Kleid naß wurde, würde das Räuchern es geschmeidig halten. Es paßte Naduah wie angegossen.

Medicine Woman war aber noch nicht fertig. Sie holte ein kleines Paar schenkelhoher Beinlinge hervor, die in der tiefblauen Farbe des Himmels bemalt waren und ebenfalls Fransen, Glöckchen und Kugeln aufwiesen. Die Bänder, die sie gleich unterhalb des Knies hielten, waren in feiner Perlenstickerei in den Farben Rot, Weiß und Blau gearbeitet. Als nächstes reichte sie Naduah ein kleines Paar weicher, hoher Mokassins mit Fransen an den Schienbeinen, die sich über die ganze Rückennaht erstreckten. Als Naduah das alles anzog und die Enden ihrer Beinlinge an ihrem Lendenschurz festband, schienen sie ihre Beine und Füße zu streicheln, als würden sie sie umarmen. Sie strich sich über die Vorderseite des Kleides, um eingebildete Falten glattzustreichen.

Sie wußte, wieviel Zeit es gekostet hatte, diese neuen Kleider herzustellen. Da war noch mehr. Medicine Woman nahm den Kaninchenfuß vom Hals und streifte ihn ihrer Enkelin über. Er wies am unteren Ende eine feine Perlenstickerei auf. Medicine Woman verknotete den Lederriemen, so daß er warm und pelzig in der Höhlung unter Naduahs Kinn saß.

»Großmutter, nicht deine Medizin. Du brauchst sie selbst.« Sie rang nach Worten, verzweifelt, daß es nach zwei Monaten noch immer so viele Dinge gab, die sie nicht ausdrücken konnte.

»Nein, Enkelin, ich bin alt. Ich habe viel Medizin. Du behältst ihn, und er wird dich beim Aufwachsen beschützen.«

Naduah stellte sich auf die Zehenspitzen, schlang Medicine Woman die Arme um den Hals, zog ihren Kopf herunter und küßte sie auf die Wange.

»Was tust du, Kleines? Willst du mich aufessen? Glaubst du wie die Nermateka, du könntest mit meinem Fleisch auch meine Medizin verschlingen?«

»Das nennt man einen Kuß, *kaku*. Das ist etwas, was Weiße tun, wenn sie jemanden liebhaben.

Wie hast du es fertiggebracht, daß alles so gut paßt, Großmutter? Ich habe doch nie etwas anprobiert.«

Medicine Woman nahm ihren Medizinbeutel vom Haken. Der Beutel war größer als die meisten und aus einem einzigen Stück Kaninchenfell gemacht, dessen Fuß Naduah am Hals hing. Er hatte aufgenähte Fähnchen aus rotem Flanell und ließ sich mit einem Zugband verschließen. Naduah hatte nie gesehen, was sich in ihm befand, und hatte Angst, ihn heimlich zu öffnen. Dazu wurde die Medizin von jedem zu sehr geachtet.

Medicine Woman hielt den Beutel einen Moment, um schweigend mit ihm zu kommunizieren. Als sie das Zugband löste, strömte plötzlich der Duft wilder Kräuter heraus wie ein Flaschengeist. Sie legte den Beutel mit der Öffnung zum Lichtschein des Feuers auf die Handfläche und blickte hinein. Sie kramte mit der freien Hand darin herum und zog eine schmutzige, knotige Schnur heraus. Sie baumelte und tanzte an ihren Fingern wie eine lebendige Schlange. Naduah erkannte den Lederriemen, mit dem ihre Großmutter an jenem ersten Morgen an ihr Maß genommen hatte. Alle ihre Maße waren darauf festgehalten. Zumindest für einen oder zwei weitere Monate. Sie wuchs jetzt schnell.

Schließlich rührte sich auch Sunrise, der mit gekreuzten Beinen auf den dicken Bisondecken seines Bettes saß. Er wühlte in einem Haufen von Schachteln und Beuteln und hielt ein zusammengefaltetes viereckiges Stück marineblauer Wolle hoch. Es war eine nagelneue, bei Händlern eingetauschte Decke, die er für eine besondere Gelegenheit aufbewahrt hatte. Dann schenkte er ihr noch einen kleinen Bogen und ein Dutzend Pfeile.

»Tochter, diese Dinge sind für dich. Ich hätte sie fast vergessen.«

»Einen Bogen und Pfeile?«

»Ja. Ich werde dir beibringen, damit zu schießen. Ich werde dir noch einen Köcher für die Pfeile machen. Du wirst schon bald besser schießen als die Jungen.« Er sah ihren verblüfften Gesichtsausdruck. »Du mußt alles lernen, was du nur lernen kannst. Und bei allem, was du versuchst, solltest du dich hervortun. Wir werden stolz darauf sein, dich als Tochter zu haben, und du wirst stolz auf dich sein, was noch wichtiger ist. Deshalb gibt es keinen Grund, weshalb du nicht jagen lernen solltest, um selbst für dein Essen zu sorgen und dich zu verteidigen. Und bemühe dich, es gut zu tun.« Für Sunrise war das eine lange Ansprache. Naduah hatte sich manchmal schon gefragt, ob er sie überhaupt bemerkte. Immerhin war sie nur ein Mädchen. Jetzt wußte sie, daß er sie im Auge behielt. Dann sprach Takes Down mit ihrer leisen, schüchternen Stimme.

»Ich habe auch ein kleines Geschenk für dich, Tochter.« Takes Down hielt sich selbst für einen einfachen und schlichten Menschen, was sie nicht war. Nicht für diejenigen, die sie kannten. Sie hatte eine Art, mit der Hand vor dem Mund zu sprechen, als wünschte sie, unbemerkt zu bleiben. Sie bot ihr Geschenk an, als erwartete sie, daß es abgelehnt wurde. Naduah nahm es und umarmte sie fest, wobei ihre Arme nur zum Teil um den pummeligen Körper ihrer Mutter herumreichten.

Takes Downs Geschenk war eine mit wunderschöner Perlenstickerei versehene Hülle aus Rehleder mit einem Schulterriemen. Die lange, spitz zulaufende Lasche wurde durch einen flachen Messingknebel an einer Schnur verschlossen. Die Schnur verlief durch die Innenseite der Tasche und kam am Boden wieder heraus, wo sie mit einem Knoten festgehalten wurde.
Naduah löste den Knoten, zog den Knebel heraus und lugte hinein. Darin waren kleinere Beutel mit Farbpulver, zwei oder drei Bürsten in Schachteln aus Riedgras, eine Haarbürste aus dem Schwanz eines Stachelschweins, Lederriemen, Schnüre und Bänder sowie Otterfell für ihre Zöpfe und eine Pinzette aus Muschelschalen. Da war sogar ein Spiegel. Takes Down gab ihr noch etwas, eine aus Rehleder genähte Puppe wie die von Something Good, die jedoch ein Kleid trug, das genauso war wie Naduahs neues, und echte Haare hatte – von Takes Downs Kopf.

Naduah preßte die Geschenke an sich und wirbelte herum, damit die Fransen an ihrem Kleid flogen. Medicine Woman hatte sich die Zeit genommen, noch zusätzliche Fransen anzunähen, die jetzt wie ein spielender Welpe um sie flatterten. Naduah liebte es, wie die Fransen ihr Arme und Beine kitzelten und die Glöckchen leise klirrten.

»Ich muß es Star Name und Black Bird und Something Good und Owl zeigen.«

»Wenn du zurückkommst, kannst du deine neuen Sachen in den Kasten da drüben legen.« Damit wurde sie von Takes Down sanft daran erinnert, daß Kleid und Beinlinge für besondere Gelegenheiten gedacht waren. Sie würde Naduah nie verbieten, sie auch täglich zu tragen. Sie wollte sie nur wissen lassen, was angemessen und vernünftig war, und die Entscheidung Naduahs Urteil überlassen.

Naduah blieb kurz vor der Tür stehen, um dem Geräusch der Trommeln und dem Gelächter von der anderen Seite des Dorfs zu lauschen. Als sie auf Star Names Zelt zuging, sah sie sich um und betrachtete die Zelte, aus denen sanft flackernder Feuerschein drang.

Sie betrachtete die vertrauten Rahmen, an denen Tierhäute zum Gerben aufgespannt waren, und die Hunde, die sich zum Schlafen aneinandergelegt hatten und im Schlaf leise jaulten und zuckten. Ihr Hund folgte ihr auf den Fersen. Sie sah die Schilde Wache halten, was ihr das beruhigende Gefühl verlieh, daß sie und die von ihr geliebten Menschen vor jedem Angriff sicher waren.

Sie spürte eine plötzliche Zuneigung zu all dem in sich aufwallen. Wie hatte sie sich hier je einsam und verlassen fühlen können? Das Lager schien fast wie ein großes Haus zu sein, in dem jedes Zelt ein Zimmer war. Als sie so auf der stillen, staubigen Straße stand, hatte sie das Gefühl, sich in einem vertrauten Flur zu befinden und von Familienangehörigen umgeben zu sein. Sie blieb stehen, damit Sunrises Kriegspony sie mit dem Maul anstupsen konnte. Seine Lippen tasteten auf ihrer ausgestreckten Handfläche behutsam nach dem zarten Gras, das sie ihm sonst immer mitbrachte. Sie strich ihm über den Hals und flüsterte ihm etwas zu. Sie entwirrte und trennte die dicken Strähnen seiner Mähne mit den Fingern und zog ein paar Kletten heraus. Dann stellte sie sich vor ihm auf die Zehenspitzen, langte hinauf und kratzte ihn fest hinter beiden Ohren, während er mit einem seligen Ausdruck in seinem knochigen Pferdegesicht dastand.

»Gefallen dir mein Kleid und die Beinlinge und Mokassins?« Sie trat zurück, damit er in dem bleichen Sternenlicht besser sehen konnte. Das Pony schnaubte. »Du hast recht, altes Schlachtroß. Sie sind schön.« Sie wirbelte herum und hüpfte auf Star Names Zelt zu, tanzte im Rhythmus der Glöckchen an ihrem Kleid und übte dabei den Fersen-Zehen-Schritt der Tänze, die sie gerade lernte. Sie bekam plötzlich Lust, Wanderer ihren Putz vorzuführen. Ihm zu zeigen, daß sie kein Kind war, daß sie genauso gut war wie diese jungen Frauen, die immer mit ihren großen, dummen Kuhaugen hinter ihm herstarrten. Und eines Tages, wenn sie sehr tapfer sein würde, würde sie ihm erzählen, daß sie ihn mal für einen Dieb gehalten hatte, und sich dafür entschuldigen. Eines Tages. Wenn sie viel tapferer war als jetzt.

15

Dieser Jagdausflug war ein Fehler. Als Wanderer ihn vorgeschlagen hatte, schien es eine gute Idee gewesen zu sein, eine Gelegenheit, mal aus dem Lager wegzukommen und den Verdacht zu zerstreuen, der sich wie Sturmwolken über Pahayucas Zelten zusammenbraute. Jetzt bereute Eagle, daß er mitgekommen war. Er sah zu seinem Freund hinüber, der in dem schwächer werdenden Licht vor dem Feuer saß und gerade dabei war, die Stiele von Truthahnfedern zu spalten, die Enden in Leim zu tauchen und sie mit Sehnen an den Schäften seiner Jagdpfeile festzubinden. Das Schweigen zwischen ihnen war so, als würde Cannibal Owl ihre Freundschaft verschlingen, doch Eagle sah keine Möglichkeit, das Schweigen zu durchbrechen. Er mußte auch weiterhin auf der Hut sein, damit Wanderer nicht erfuhr, was bis jetzt nur ein Verdacht war. Von den beiden Menschen, die er am meisten liebte, mußte Eagle einen verraten.

Er gab vor, sich auf die Seerosenwurzeln und wilden Zwiebeln zu konzentrieren, die am Rand der Flammen in der Asche garten. Er stocherte mit einem Stock darin herum, um sie zu wenden, damit sie gleichmäßig rösteten. Mit dem Rauch stieg der starke Duft der Zwiebeln auf. Dann stand Eagle auf und ging zu Spaniard hinüber, um zu sehen, was er mit der heutigen Jagdbeute machte, einem jungen Bison. Normalerweise war Spaniard schon satt, bevor er mit dem Ausnehmen eines Tieres fertig war. Für ihn waren Herz und Leber und Innereien ein Festessen, solange ihn niemand daran erinnerte, daß er mit den anderen teilen müsse. Seine bevorzugte Delikatesse waren die abgeschnittenen Euter einer frisch erlegten Ricke, aus denen er die warme Mischung aus Blut und Milch sog, die daraus hervorspritzte. Immerhin meldete er sich freiwillig für die schmutzige Arbeit des Schlachtens. Und wenn man es ihm sagte, teilte er auch mit den anderen.

Wäre Spaniard träge gewesen, hätte er schon längst Fett angesetzt. Er war aber so kompakt wie ein Möbelstück aus Mahagoni, und seine Arme und Beine wirkten, als hätte man sie auf einer Drehbank gedrechselt. Sein buschiges schwarzes Haar schien vor Elektrizität zu tanzen. Immer standen ihm Strähnen von seinen dicken Zöpfen ab, gleichgültig, wieviel Bisonmist er sich ins Haar rieb. Mit seinen glatten, gezupften Augenbrauen, seinen schwarzen Augen, der Hakennase, die sich in einem kühnen Schwung bis zu seinen Nasenlöchern herunterzog, und seinem vollen, sinnlichen Mund, wirkte Spaniard mit Ausnahme seines Haars fast wie einer aus dem Volk. Seine aztekischen Vorfahren hatten ihr Blut reingehalten.

Spaniard reichte Eagle die Überreste von Hirn und Knochenmark, die er auf einem Stück Haut verrührt und mit einem Rippenknochen gegessen hatte. Einige Stücke grauer Masse klebten ihm noch an den Winkeln seines breiten Mundes, und er spie noch mehr davon aus, als er Eagle begrüßte. Eagle nahm den Lederteller und die Fleischstücke, die der Mexikaner auf Platten aus getrockneten Lederabfällen angerichtet hatte, die das Blut absorbieren sollten. Er ging zum Feuer zurück und bot Wanderer etwas von dem warmen Hirn und dem Mark an. Wanderer nahm sie schweigend entgegen, während Eagle geschäftig herumlief und Stöckchen sammelte, die er dann anspitzte, um das Fleisch daran zu rösten. Bevor der Abend zu Ende ging, würde jeder von ihnen etwa fünf Pfund davon essen.

Noch lange nachdem Wanderer schon schwer atmete und Spaniard mit seinem nächtlichen Stöhnen und Herumwerfen und Zähneknirschen begonnen hatte, lag Eagle wach unter der Bisondecke. Der mißgestaltete Mond schien durch durchsichtige Wolken hindurch, als sähe man ihn hinter einer Glimmertafel. Eagle war auf einer nicht allzu eifrigen Suche nach dem alten Schildmacher, der hier irgendwo leben sollte. Eagle fühlte sich unwohl in dem Penateka-Territorium. Diese lebten weit südlich und östlich der Staked Plains, des riesigen Plateaus, auf dem die Quohadi umherstreiften, ohne von weißen Männern und deren Zerstörung belästigt zu werden. Die Hügel hier standen zu dicht, und es gab zuviel Buschwerk. Das Land schien daran zu ersticken. Eagle vermißte die grenzenlose Weite der Heimat und die Möglichkeit, jederzeit den Horizont sehen zu können.

Die Gedanken, die ihm durch den Kopf geschwirrt waren wie ein Schwarm Pferdebremsen, kehrten zurück und quälten ihn. Es war ein klarer Fehler gewesen, diesen Jagdausflug mitzumachen. Wanderers bohrende Fragen machten ihn zu verwundbar. Eagle hatte geglaubt, die Zeit nutzen zu können, um nachzudenken und Pläne zu schmieden. Im Dorf, wo er ständig Pahayuca über den Weg lief und mit ihm reden mußte, hatte er sich unwohl gefühlt. Doch fürchtete er nicht um sich selbst. Pahayuca konnte ihm nichts weiter antun, als ihn zu töten. Ohne einen Kampf würde es nicht dazu kommen. Eagle war gewohnt zu kämpfen. Er machte sich aber Sorgen um Something Good. Sie war diejenige, die leiden würde, falls man sie beide ertappte. Sie wäre verstümmelt und für den Rest ihres Lebens entehrt. Falls das passierte, das wußte er, würde er Pahayuca töten und lebenslänglich das Exil auf sich nehmen müssen, falls er selbst nicht von einem Verwandten getötet wurde. Vielleicht sogar von Wanderer.

Konnte er ohne Something Good leben? Einfach immer weiter nach Norden und Westen reiten und nie mehr zurückkehren? Nein. Nach nur drei Tagen fern von ihr hatte sich der Schmerz von der Leistengegend bis in die Brust ausgebreitet. Es war wie Hunger im Februar, wenn der Schnee von Windstößen zu Verwehungen zusammengetrieben wird, wenn der Pemmicanvorrat zu Ende geht und die Babys vor Hunger schreien. Er würde sich zwar mit den eigenen Händen oder anderen Frauen Erleichterung verschaffen können, doch das wäre nicht besser, als würde er einen leeren Magen mit Baumrinde füllen. Er hatte viele Frauen gehabt, aber noch keine wie sie.

Sie würden gemeinsam weglaufen können. So etwas geschah jeden Tag. Aber dies war anders. Pahayuca war im gesamten Land des Volkes bekannt und geachtet, auch im Norden. Seine Frau und deren Liebhaber würden nirgends willkommen sein. Sie konnten zu den Kiowa gehen und bei Big Bow leben. Wenn jemand Verständnis dafür hatte, daß man einem anderen die Frau stahl und mit ihr durchbrannte, dann er. Er hatte darin selbst einige Erfahrung. Doch es würde lebenslängliches Exil bedeuten und eine harte Probe für ihre Liebe. Er hatte ihr versprochen, daß für sie alles gut sein werde. Und sie sagte, sie glaube ihm. Er wünschte, er könnte es selbst glauben.

Die Jagd war für alle drei ein harter Tag gewesen, und die Sonne brannte erbarmungslos auf sie nieder. Als Wanderer am Rand der kalten Quelle trank, die vom Grund der flachen Schlucht emporsprudelte, fühlte er, wie er auf den Armen und dem Rücken eine Gänsehaut bekam. Er sprang auf und wirbelte herum. Am Rand der Schlucht über ihnen standen ein Dutzend Tonkawa mit ihren Bogen im Anschlag. Zwei der Tonkawa rutschten schon den Abhang herunter, um sich die drei Ponys mit der gesamten Jagd- und Kriegsausrüstung zu schnappen.

»Nermateka, People Eaters«, hauchte Eagle. »Was haben die hier so weit nördlich zu suchen, weit weg von den Sümpfen und ihren stinkenden Fischen?« Die Tonkawa waren unbeholfene Reiter und besaßen nur wenige Pferde. Diese hatten es aber geschafft, die drei Jäger zu überrumpeln.

»Wir werden jetzt mit ihnen gehen«, murmelte Wanderer. »Diese

Leute sind dumm, und wir können ihnen leicht entkommen.« Der Anführer, ein hochgewachsener magerer Mann mit dem irreführenden Namen *Placido*, machte eine arrogante, ausholende Bewegung mit dem Arm. Wanderer kletterte den Hang zu ihm hinauf, gefolgt von Eagle und Spaniard.

In der Hitze des Mittsommertages trugen mehrere der Tonkawa ärmellose, bemalte Lederjacken mit einer gewölbten Verlängerung um den Unterleib. Die *cuera*, die Lederrüstung der Conquistadoren, lebte also immer noch. Die meisten der Männer hatten sich senkrechte Streifen auf Stirn und Kinn gemalt oder tätowiert. Vielleicht war es das Klirren eines ihrer Muschelhalsbänder gewesen, das Wanderer zu spät gewarnt hatte.

Als sie mit auf dem Rücken gefesselten Handgelenken und unter den Pferdebäuchen zusammengebundenen Füßen dahinritten, gab Wanderer den beiden anderen, die hinter ihm ritten, mit den Händen ein Zeichen. Er wußte, daß die People Eaters keine guten Reiter waren, jedenfalls nicht Könner wie er und seine Freunde. Falls die People Eaters etwas von Pferden verstanden hätten, hätten sie ihre Gefangenen auf ihren eigenen, träge dahintrottenden Lastponys festgebunden. Die drei Kriegsponys der Comanchen waren fast so etwas wie drei unsichtbare Reservekrieger.

Wanderer gab Night mit einem leisen Schnalzen und einem Stoß des rechten Knies in die Flanke ein Zeichen. Night scherte aus der Marschkolonne aus und galoppierte los. In einer Reflexbewegung wirbelte der Tonkawa herum, um das Pferd festzuhalten, und aus dem Augenwinkel sah Wanderer, wie Eagle und Spaniard in entgegengesetzten Richtungen davonstoben. Selbst mit gefesselten Händen waren sie bessere Reiter als die Männer, die sie gefangengenommen hatten. Er wußte, daß sie leicht entkommen konnten.

»People Eaters, ihr stinkt nach Yamswurzeln und Fischscheiße! Ihr seid Krötenlaich und weich wie Moskitolarven in faulenden Tümpeln.« Eagles Stimme erhob sich über das Gebrüll und Hufgetrappel. Wanderer sah ihn vor sich, Eagle saß stolz auf seinem Pony.

Er hatte natürlich nicht die Anweisungen befolgt. Statt zu fliehen versuchte er, die Tonkawa von seinem Blutsbruder abzulenken. Wanderer beugte sich vor und preßte Night die Knie fester in die Flanken. Als sich sein Körper im Rhythmus mit Nights langem Schritt bewegte und ihm dornige Mesquitzweige gegen die Beine peitschten, lehnte er sich an den Hals des Ponys und vergrub sich in dessen Mähne wie eine Klette.

Er konnte hören, wie die Geräusche der Verfolger schwächer wurden, und lachte mit Night leise vor sich hin. Dann spürte er einen heftigen Ruck in der Schulter, als hätte ihn eine riesige Hand nach vorn geschoben. Er wurde von einem Pfeil durchbohrt, der sich in dem fleischigen Teil von Nights Hals vergrub. Das Pony stolperte, kam wieder auf die Beine und galoppierte weiter. Wanderer versuchte sich loszureißen, aber der Pfeil war wie festgeklebt und nagelte ihn an seinem Pony fest. Er verfluchte die People Eaters dafür, daß sie mit einer Jagdspitze auf ihn geschossen hatten, als wäre er ein Rehbock. Sein Blut vermischte sich mit dem von Night und wehte ihm ins Gesicht, so daß er kaum noch etwas sehen konnte. Er spürte, wie sich die Betäubung in Schulter und Arm ausbreitete und hörte, wie das Hufgetrappel hinter ihm immer lauter wurde. Voller Zorn riß er an dem Lederriemen, der ihm die Handgelenke fesselte. Er zerriß sich die Haut, aber der Riemen hielt.

Der Tonkawahäuptling, Placido, holte Wanderer als erster ein, doch kurz darauf waren sie umringt. Obwohl Wanderer verwundet war und ihm die Hände gefesselt waren, brauchten die Tonkawa vier Mann, um Wanderer von seinem Pony herunterzureißen. Night bockte und bäumte sich auf und keilte mit den Hinterhufen aus, als einer der Krieger versuchte, ihn zu besteigen. Er wirbelte herum und vergrub die Zähne tief in der Schulter des Mannes, direkt am Halsansatz. Drei andere Tonkawa mußtem Night auf Kopf und Maul schlagen, damit er losließ. Obwohl ihm das Blut über den Kopf strömte, zog Night seine Lippen über die geröteten Zähne zu etwas wie einem höhnischen Grinsen zurück.

Sein Opfer fiel auf den Rücken. Die blutroten Reihen der Zahnabdrücke spien Blut aus. Der Mann sah sich mit wildem Blick nach einer Waffe um. Mehrere Männer warfen dem Pferd Lassoschlingen um den Kopf und um die Hinterbeine und rissen das Tier um, das alle Viere von sich streckte. Der Mann, den Night gebissen hatte, schlug mit einem Bogen auf Nights Gesicht und sein weiches Maul ein. Nights Ohren waren angelegt und klebten ihm fast am Kopf. Jetzt beugte er den Hals und rollte mit den Augen, als würden sie gleich in seinem Kopf verschwinden. Sein mächtiger Rumpf hob und senkte sich, als er in wilder Wut aufschrie. Wanderer kämpfte mit seinen Fesseln, um ihm beizustehen, als ihn etwas Hartes und Schweres direkt am Hinterkopf traf. Er sackte zusammen. Hinter seinen geschlossenen Augenlidern tanzten und zuckten helle Lichter wie Sterne. Als er aufwachte, war er wie ein Mehlsack quer über den

Rücken eines Maultiers gebunden. Das Blut, das ihm in den Kopf stieg, war nicht dazu angetan, den stechenden Schmerz dort zu lindern. Jede heftige Bewegung schickte Wanderer neue Zuckungen durch die Augen. Die Betäubung in der Schulter ließ allmählich nach und wich einem pochenden Schmerz. Jemand hatte in einem halbherzigen Versuch, die Blutung zu verlangsamen, Gras in die Wunde gestopft, das noch mehr an dem zerrissenen Fleisch kratzte. Noch immer lief Wanderer Blut in kleinen Bächen über den Arm und wurde von den Fingerspitzen in die Luft geschleudert, als sein Körper mit dem Schritt des Maultiers schwankte. Die Lederriemen hatten den Blutkreislauf abgeschnitten, und seine Zehen rollten sich vor stechenden Krämpfen zusammen.

Am schlimmsten war jedoch, daß Eagle nicht den Mund halten konnte. Was war mit ihm los? Wollte er erreichen, daß die Tonkawa ihn schnell umbrachten, um die Qualen zu vermeiden, die mit Sicherheit auf sie warteten? Er ließ lästerliche Flüche auf die Tonkawa los, als wäre er dabei, deren Gesichter in frischen Kuhmist zu pressen. Was er sagte, war nicht mißzuverstehen, und so prügelten sie immer wieder mit ihren Bogen und Musketenkolben auf ihn ein. Sie schienen ein grausames Vergnügen daran zu finden, in gebrochenem Spanisch und Comanche Beleidigungen mit ihm auszutauschen. Eagle, der auf einem zweiten lendenlahmen Maultier mit einem Tragegurt um die Hinterhand festgebunden war, ritt kerzengrade und verhöhnte die Tonkawa auf dem gesamten Weg zu deren kleinem Jagdlager. Immerhin war es Spaniard gelungen zu entkommen. Es bestand jedoch nur geringe Aussicht, daß er es schaffen würde, rechtzeitig mit einem Rettungstrupp zurückzukommen, um sie zu befreien, doch das Volk würde sie rächen und ihre Knochen anständig begraben.

Die nachlässig zusammengezimmerten Hütten aus Zweigen verschmolzen mit den verkrüppelten Wacholderbäumen, deren Gestrüpp in alle Richtungen wuchs. Das Lager wäre aber trotzdem leicht zu finden, denn man brauchte nur der Nase nachzugehen. Am Himmel wimmelte es von Krähen und Bussarden, die träge ihre Runden drehten, die gewohnte Begleiterscheinung eines Jagdlagers. Der Gestank der Kadaver war noch in hundert Meter Entfernung zu riechen. Mehrere Haufen toter Bisons, die sich wie braune Felsblöcke aus dem Gras erhoben, lagen verwesend in der Sonne. Nur ihre Zungen hatte man für die Abendmahlzeiten herausgeschnitten. Die Fliegenschwärme waren so dicht, daß man sie mit dem Messer hätten schneiden können, sie wimmelten auch um das frische Blut an Wanderer und Night.

Diese Leute waren dümmer, als Wanderer gedacht hatte. Sie hatten sich viel zu lange an diesem Ort aufgehalten, auf dem Gebiet ihrer Feinde. Es war denkbar, daß ihr Glück sie verließ und eine Gruppe des Volkes ihnen zufällig über den Weg lief. Wenn Eagle es nicht schaffte, daß man sie beide schon vor Sonnenuntergang umbrachte, was weit wahrscheinlicher war.

Die Tonkawa hatten sie an Armen und Beinen gefesselt und gegen zwei Mesquitsträucher in der Nähe des Feuers gelehnt. Sie hatten mit voller Absicht die Mesquitsträucher gewählt, damit die Gefangenen zusätzlich von den scharfen Dornen gequält wurden, die ihnen in Rücken und Schultern drangen. Die Tonkawa begannen langsam mit ihrem Siegestanz und stampften fest mit den Füßen auf die Erde, um ein möglichst lautes Geräusch zu erzeugen. Ihre Gesänge begannen leise und wurden erst im Verlauf der Nacht lauter. Während sie Luftsprünge machten und herumwirbelten, stachen sie mit ihren Messern in die Luft. Einer von ihnen kam Wanderer dabei so nahe, daß er ihm ein Stück vom Ohrläppchen abschnitt. Das Blut tröpfelte Wanderer den Hals hinunter. Eagle wurde von einem Schlag mit einer Muskete umgestoßen, und jemand richtete ihn wieder auf. Während des ganzen Tanzes und trotz der Schläge hörte er keine Sekunde auf, sie zu verhöhnen. Wanderer fürchtete schon, er wäre verrückt geworden.

Ein untersetzter Krieger mit langen, baumelnden Armen und engstehenden Augen trat aus dem Kreis tanzender Männer heraus. Ein anderer legte die lange Schneide seiner Lanze in die Flammen. Der erste Mann hockte sich vor Eagle hin und sagte etwas in seiner eigenen Sprache. Eagle spie ihn an, so daß der Speichel seinem Quälgeist über die Wangen lief. Der Tonkawa versetzte Eagle einen harten Schlag, was einen roten Blutstrom aus dem linken Nasenloch auslöste. Dann schlug er ihn nochmals mit der Faust und brach ihm die feine Adlernase, die danach schief in Eagles Gesicht hing. Trotzdem lachte und höhnte er immer noch.

Der Mann zog sein langes Messer aus dem Gürtel. Es glitzerte im Lichtschein des Feuers. Er stieß nach Eagles Augen, aber auch das brachte den höhnischen Redeschwall nicht zum Stillstand. Dann senkte der Tonkawa das Messer und begann, aus Eagles Schenkel ein Stück Fleisch herauszusägen. In diesem Moment wußte Wanderer, das alles, was er schon immer über die People Eaters gehört hatte, den Tatsachen entsprach.

»Möge es dir den Magen verknoten«, sagte Eagle seinem Feind beiläufig. »Und möge es deinen Dung dazu bringen, für den Rest deines kurzen Lebens wie Wasser aus dir herauszulaufen.«

Ein zweiter Mann brannte die Wunde mit der glühenden Lanzenschneide aus, doch Eagle schien seinem Schmerz so weit entrückt zu sein, daß es nichts gab, womit sie ihn treffen konnten.

»Ist es wahr, daß ihr eure eigenen Babys eßt? Und daß ihr eure Frauen wie Vieh züchtet, damit sie zartes Babyfleisch austragen? Ladet ihr mich zu Babybraten ein, wenn ich zu euch ins Dorf komme?«

»*Tah-mah*, Bruder, ist es so schlimm? Brauchst du sie so sehr? Willst du lieber so sterben, als ohne sie zu leben?« Wanderer waren endlich die Augen aufgegangen.

»Bruder, einer von uns muß heute nacht sterben. Das wissen wir beide. Es ist mir lieber, sie töten mich.« Er trat nach dem Mann, als dieser das Filet auf der Messerspitze schwang und auf das Feuer zuging. Als Eagles Füße zurückschwangen, bemerkte der Tonkawa nicht den gezackten Felsbrocken, den Eagle losgetreten hatte und der neben seinem Freund landete. Wanderer rutschte etwas zur Seite, um ihn mit dem Bein zu bedecken. Er konnte spüren, wie der Stein ihm ins Fleisch schnitt. Er sprach zu Eagle.

»Ich beneide dich Bruder. Nach dieser Nacht brauchst du nicht ins Paradies zu reiten. Du kannst mit deinen Brüdern, den Adlern, dorthin fliegen.«

»Das hoffe ich.« Eagle lächelte Wanderer mit der unteren Hälfte seines früheren Grinsens an. Der obere Teil, seine Augen, waren vor Schmerz schon verschleiert, und sie starrten ins Leere. Doch die beiden Freunde unterhielten sich, als sprächen sie über ein Pferderennen.

Die Tonkawa hatten ihren Tanz beendet und saßen oder hockten jetzt erwartungsvoll am Feuer. Wie bei einem Wolfsrudel glühten ihre gelben Augen in dem Lichtschein. Das wahre Vergnügen dieses Abends hatte begonnen.

16

Als Spaniard vor Pahayucas Zelt von seinem Pferd heruntersprang, brach das Pony zusammen. Die Vorderbeine knickten als erste unter ihm ein. Dann schlug das Tier mit dem Kopf laut auf dem Erdboden auf und rutschte vorwärts, während Rumpf und Hinterhand folgten. Dann rollte der Hengst auf die Seite, und sein Herz zuckte ein paarmal krampfhaft. Dann fuhr ein Zittern durch den ganzen Körper. Die Beine zuckten selbst im Tod, als müßte das Tier auch jetzt noch so weiterlaufen, wie es in den letzten sechsunddreißig Stunden gelaufen war. Schließlich lag das Pony reglos da. Die Augen starrten geradeaus, und an den dampfenden Flanken bildete sich immer noch Schaum. Aus dem Winkel seines weichen Mauls tröpfelte Blut.

Naduah starrte entsetzt das Tier an, während sich Krieger an ihr vorbei ins Zelt drängten. Lance brauchte nicht durchs Lager zu reiten, um zu verkünden, daß Spaniard allein zurückgekehrt war. Die Nachricht verbreitete sich wie Pollen im Wind. Die Menschen kamen herbeigelaufen, um zu hören, was mit den beiden anderen Jägern geschehen war. Sie standen in kleinen Gruppen zusammen, unterhielten sich leise oder riefen einander Fragen zu. Naduah wünschte, sie würden alle still sein, damit sie hören konnte, was im Zelt gesprochen wurde. Star Name begann leise zu weinen. Naduah preßte die Hand ihrer Schwester und spürte, wie auch ihr Tränen in die Augen stiegen.

»Vielleicht sind sie gesund und munter, Star Name.«

»Nein. Spaniard wäre sonst nie einfach so ins Lager galoppiert. Das gibt es sonst nicht. Ein Bote bleibt immer draußen vor dem Lager und gibt ein Signal. Es ist etwas Schreckliches passiert.«

Die Gespräche verstummten, als Buffalo Piss in der Zeltöffnung erschien. Er schien kaum älter zu sein als die Jungen, die er jetzt herbeiwinkte, aber sie standen plötzlich alle still. Dann drängten sie sich durch die Menge, um ihre geflüsterten Anweisungen zu erhalten. Dann rannten die Jungen zu der Wiese am Fluß, wo die Ponys weideten. Irgendwo jammerte ein Baby, das zum Schweigen gebracht wurde, bevor es für einen zweiten Schrei auch nur Luft holen konnte. Das Zelt leerte sich von Kriegern, von denen jeder loslief, um seine Waffen zu holen. Trotz aller Neugier versuchte niemand, sie anzuhalten und ihnen Fragen zu stellen.

Pahayuca ging gebückt durch die Öffnung und blinzelte in dem hellen Sonnenlicht. Wie um ihn anzukündigen, begann in einem fernen Teil des Dorfs eine Trommel zu dröhnen. Andere schlossen sich an, und so gingen die Signale hin und her wie bei Kojoten, die auf verschiedenen Berggipfeln stehen. Pahayuca beschattete die Augen mit der Hand und blickte auf die Menge, als wollte er am Horizont nach den jungen Männern suchen, welche sie alle liebten. Als er sprach, war in seiner dröhnenden Stimme keine Spur mehr von dem Clown oder Geschichtenerzähler.

»Die People Eaters haben unsere Männer überrascht. Vielleicht halten sie Wanderer und Eagle gefangen. Es waren zwölf, und Spaniard kehrte nicht um, um sich zu vergewissern, ob seine zwei Brüder entkommen konnten.« Ein leises Murmeln erhob sich, das langsam anschwoll wie eine leichte Dünung auf einer ruhigen See. Pahayuca streckte den Arm aus und brachte die Menschen zum Schweigen.

»Wenn sie gefangen wurden, hätte er ihnen nicht helfen können. Wenn sie fliehen konnten, brauchte er nicht zu helfen. Er wird uns zu ihnen führen. Spaniard kann den Spuren eines Schmetterlings auf einem Feld voller Blumen folgen. Wir werden sie finden.«

Spaniard verließ das Zelt und blieb stehen, zum Teil von Pahayucas mächtigem Rumpf verdeckt. Als er schweigend weiterging, teilten sich die Menschen vor ihm. Kein Wort wurde zu ihm gesprochen, und er schien beim Gehen den Boden zu studieren, als suchte er schon jetzt nach den Spuren seiner Freunde.

Eagle brauchte eine lange Zeit zum Sterben. Dafür sorgten er selbst und die Tonkawa. Der Himmel hatte die tiefschwarze Farbe, die wenige Stunden vor der Morgendämmerung kommt, als Eagle mit leiser, klarer, fester Stimme seinen Todesgesang anstimmte.

Ich bin ein Geist.
Du machst mich zu einem Geist.
Wo ich jetzt bin, machst du mich zu einem Geist.
Selbst der Adler stirbt.

Er hatte entweder für das Lied oder seinen Tod den richtigen Zeitpunkt gewählt, und als er die letzte Zeile gesungen hatte, entwich seine Seele. Wanderer meinte, sie fast sehen zu können, einen Dunst, der Eagles grauen Lippen entströmte und in Spiralen aufstieg wie ein Adler auf einem warmen Luftstrom.

Die Tonkawa erhoben sich. Sie streckten sich mit knackenden Gelenken, nachdem sie so lange Stunden gesessen hatten, und trotteten zu ihren Umhängen und Decken hin. Der hochgewachsene, magere Tonkawa, Placido, hob seine Lanze vor Eagles regloser, verstümmelter Gestalt. Der Konzentration in seinem Blick war anzumerken, daß er auch für den tapferen Krieger ein Gebet zum Himmel schickte. Dann wandte er sich um und folgte den anderen und ließ Wanderer in der kalten Nachtluft zurück, die sich um das ausgehende Feuer herum herabsenkte.

Wanderer hatte kaum noch Zeit zu verlieren, zwang sich aber, regungslos zu bleiben, bis er sicher sein konnte, daß jeder fest schlief. Er beugte den Körper, bis er den gezackten Stein mit seinen abgestorbenen Händen erreichen konnte. Er schlüpfte ihm immer wieder aus den eingeschlafenen Fingern, und die Anstrengung jagte ihm schmerzhafte Zuckungen durch die verwundete Schulter und den Arm. Er versuchte es verbissen weiter, bis er den Stein fest in der Hand hielt und damit an dem Lederriemen sägen konnte, der ihm die Handgelenke fesselte. Es dauerte eine Stunde, bis das Leder endlich riß, als er daran zerrte. Er beugte sich vor, befreite sich von den Fußfesseln und zog die Beine hoch, um den Blutkreislauf in Gang zu bringen.

Er kroch mit steifen Gliedmaßen zu Eagle hinüber, der immer noch in sitzender Stellung gefesselt war. Seine Beine und Arme waren bis auf die Knochen abgeschält. Die Sehnen hingen daran wie die Bänder an einer zerbrochenen Puppe. Wanderer schloß seinem Freund mit den Fingerspitzen sanft die Augen und zog ihm die Goldkette mit der Münze über den Kopf. Dann ließ er die Hand mit der Handfläche auf der kalten, schmalen Brust ruhen.

Ruhe dich aus, wenn du ins Paradies kommst, mein Bruder. Vielleicht wartet dort jemand wie Something Good auf dich. Mach dir keine Sorgen wegen deiner Knochen. Ich werde zurückkommen und sie holen. Du wirst gerächt werden. Ich brauche keine Pfeife, um dir das zu schwören.

So lautlos, wie die Fledermäuse in der Dämmerung flattern, lief er gebückt zu der Stelle, wo die Pferde angepflockt waren. Night spitzte die Ohren und ließ sie zur Begrüßung kurz flattern, machte aber kein Geräusch. Er liebkoste Wanderer mit seinem warmen Maul die Wange, während sein Freund die Leine mit dem gleichen gezackten Felsbrocken durchschnitt. Gemeinsam stahlen sie sich zwischen Bäumen und Mesquitsträuchern davon, wobei beide behutsam die Beine hoben und sie in der Dunkelheit genauso behutsam wieder aufsetzten.

Naduah richtete sich kerzengerade im Bett auf. Ein durchdringender, schneidender Klageruf erhob sich in die Nacht und trug Something Goods Seele auf der Stimme ihrer Trauer in den Himmel. Weitere Frauen schlossen sich ihr an, manche Stimme harmonisch, manche unmelodisch, doch keine reichte an den Schmerz eines Herzens heran, dem jeder Grund zum Leben genommen worden war. Naduah wußte nicht, wer da trauerte. Der unheimliche, heulende Schrei war kaum als menschlich zu erkennen, geschweige denn als Schrei Something Goods. Er schickte Naduah kalte Schauer über den Rücken, als sie in der Dunkelheit nach dem Lendenschurz tastete, den sie vor sechs Stunden neben dem Bett hatte fallen lassen.

Dunkle Gestalten rannten durch die Nacht, um sich bei Pahayucas Zelten zu treffen. Die Feuer dort waren wieder angefacht worden. Frauen eilten herbei, um bei der Trauer zu helfen, und klagten und weinten schon beim Laufen. Die obere Hälfte von Something Goods linkem Zeigefinger lag in einer Blutlache im Staub, und drei Frauen hielten ihr die Arme fest, um sie davon abzuhalten, sich die Kehle durchzuschneiden. Die Flammen des Feuers im Zelt schienen durch die durchscheinenden Wände und ließen die Umrisse der Schattengestalten erkennen, die dort drinnen kämpften. Naduah drängte sich durch die Menschen hindurch, die an der Zeltöffnung standen, und stürzte sich auf Something Good.

»Nein, Schwester. Tu's nicht.« Sie schrie, um sich durch die Trauer ihrer Freundin Gehör zu verschaffen. Doch Something Good hörte niemanden. Blocks The Sun, die selbst schluchzte und stöhnte, hielt die Arme des Mädchens fest und zwang sie auf das aufgestapelte Bettzeug. Vier Frauen hielten ihr Arme und Beine fest, als sie dort lag, mit Armen und Beinen zappelte und immer wieder »Eagle!« schrie. Die anderen Frauen ließen Klagelaute hören und schnitten sich in die Arme. Dann zerrissen sie ihre Kleider, um sich auch in die Brüste zu schneiden. Der Fußboden im Zelt war mit lauter abgeschnittenen Frauenhaaren bedeckt. Und ein oder zwei weitere Fingerglieder folgten denen von Something Good. Naduah ging vor Entsetzen rückwärts aus dem Zelt. Die Schreie und der flackernde Lichtschein ließen in ihrem halbwachen Zustand alles wie eine Halluzination erscheinen.

Eagle war tot. Und Wanderer? Wo war Wanderer? War er auch

tot? Sie wirbelte herum, um nach ihm zu suchen, und stieß fast mit einem staubbedeckten, blutverkrusteten Pony zusammen, das so schmutzig und ausgemergelt war, daß sie es kaum erkennen konnte. Naduah schlang Night die Arme um den Hals. Plötzlich füllte sich die Luft um sie herum mit dem Warnruf des Volkes, »T-t-t-t-t-t!«, der sich anhörte, als würden Grillen in der Morgendämmerung plötzlich auffliegen. Alle wußten von Nights Wildheit und fürchteten, das Kind könnte verletzt werden. Night zuckte nur leicht zusammen, als ihre Hand die Wunde an seinem Hals berühte. Er fuhr mit dem Kopf herum und stieß sie sanft an, um sie darauf aufmerksam zu machen.

»Armer Night. Was ist passiert? Keine Angst«, sagte sie mit leiser, singender Stimme. »Ich werde mich darum kümmern. Medicine Woman kann dich heilen.« Sie vergrub das Gesicht in der schmutzigen Nässe seiner bebenden Flanke und flüsterte, so daß niemand es hören konnte. »Wo ist Wanderer, Night?«

»Naduah, würdest du dich für mich um Night kümmern?« Sie fuhr zusammen und sah hoch. Der Anblick des hohläugigen Gespensts, das hinter ihr stand, erschreckte sie fast. Er hatte sich zum Zeichen der Trauer den linken Zopf abgeschnitten, so daß nur ein paar gezackte Strähnen übrigblieben. An seinem Hals glitzerte Eagles Goldmünze in dem Licht, das durch die Zeltöffnung nach draußen drang. Unfähig, zu diesem Geist, diesem Gegenteil des gutaussehenden Wanderer zu sprechen, nickte sie stumm, die Arme noch immer um den Hals seines Kriegerponys geschlungen.

»Gut. Du bist der einzige Mensch, dem er je erlaubt hat, ihn zu berühren. Wenn du nicht sicher bist, was zu tun ist, frage Sunrise. Ich werde ihn morgen aufsuchen. Heute abend muß ich mit Pahayuca sprechen und Buffalo Piss und dem Rat.« Er wandte sich halb zum Gehen, blieb aber noch lange genug, um zu sagen: »Mein Bruder ist tot.« Seine Stimme war fast zu leise, um den Lärm aus den Zelten zu übertönen, und sie war erstaunt zu sehen, daß dieser erbarmungslose Krieger, das Idol der Jungen und Ideal der Frauen, weinte.

Männer weinten nicht. Jedenfalls nicht die weißen Männer, die sie gekannt hatte. Aber dort kauerte Name Giver vor seiner Zeltöffnung. Er hatte sich seine abgewetzte Bisondecke über Kopf und Gesicht gezogen, und darunter schüttelte sich sein Körper in Schluchzen. Die Hysterie verbreitete sich, als die Nachricht von Eagles Tod in der stillen Nachtluft von Zelt zu Zelt ging. Und über allem ertönten die schneidenden Trauerschreie Something Goods.

Der verrückte, unbekümmerte Eagle. Jeder liebte ihn. Naduah erinnerte sich an seine ebenmäßigen weißen Zähne, die in seinem mutwilligen Grinsen aufblitzten, als er sie und Star Name bei dem Ratespiel geschlagen hatte. Sie erinnerte sich an die Nacht auf der Honigjagd, als sie alle vier unter dem Sternenhimmel stundenlang gelacht und gespielt und gesungen hatten.

Arme Something Good. Armer Wanderer. Sie waren keine richtigen Brüder, er und Eagle, standen einander aber näher als Brüder. Sie waren die dunkle und die helle Seite derselben Person. Was würde Wanderer jetzt tun, wo ein Teil von ihm nicht mehr da war? Wie betäubt nahm Naduah eine Handvoll von Nights Mähne in die Faust und führte ihn weg, ohne den auf dem Rücken des Pferdes drapierten Zügel zu beachten. Heute abend mußte sie etwas von Wanderer berühren, um sicher zu sein, daß er zurückgekehrt war. Sie und Night gingen langsam durch die lauten Trauerbekundungen, die um sie herum mal leiser, mal lauter zu hören waren. Durch die meisten Zeltwände waren Feuer zu sehen, und die Gesichter der Menschen, die ihnen entgegenkamen, waren vom Weinen verzerrt. Naduah ließ sich von ihrer Trauer mitreißen und weinte ebenfalls. Sie wischte sich die Nase am Arm ab.

Doch immerhin war Wanderer wohlbehalten wieder da. Sie hatte ihn vermißt. Sie hatte vermißt, wie er mit seiner leisen, volltönenden Stimme grüßte, wenn er das Zelt betrat, um mit Sunrise zu sprechen. Obwohl sie sich in seiner Gegenwart noch immer unbehaglich fühlte, hatte sie sich angewöhnt, ihn zu beobachten, wenn er sich dessen nicht bewußt war. Oft stand sie an der Zeltwand und wand sich vor Verlegenheit, während Star Name mit ihm lachte und ihn neckte, bis ein Lächeln über sein schönes Gesicht huschte wie Sonnenschein auf tiefem Wasser. Jetzt hatte er ihr sein geliebtes Pony, seinen Freund, anvertraut. Und er hatte mit ihr gesprochen wie mit einer Erwachsenen. Als sie Night auf die Weide führte, trug sie den Kopf schon ein wenig höher.

Medicine Woman summte das Lied fast um die *pouip*-Wurzel herum, auf der sie kaute. Es war die gleiche hohe, unsichere Stimme, die Naduah nachts so oft in den Schlaf sang, doch mit einem anderen Unterton. Sie schien auch zu lauschen. Es hörte sich an wie die Hälfte einer Unterhaltung unter Erwachsenen, die eine wichtige Vereinbarung treffen. Während sie kaute und sang, zog sie Stücke getrockneten Grases aus der Wunde in Wanderers Schulter. Er hielt die Augen geschlossen und ließ es mit Gelassenheit geschehen. Naduah zuckte zusammen, als einzelne Grashalme, die in der getrockneten Mischung aus Lymphe und Blut klebten, mit Gewalt herausgezogen werden mußten. Medicine Woman schabte behutsam den Schorf ab, der sich schon zur Hälfte gebildet hatte, und gab Naduah ein Zeichen, sie sollte ihr ein in warmes Wasser eingeweichtes Stück Stoff bringen.

Nachdem Medicine Woman den restlichen Schmutz von dem häßlichen Loch abgewaschen hatte, das von purpurrotem Fleisch umgeben war, spie sie den *pouip*-Saft darauf und fügte etwas von der gekochten Schafgarbe hinzu, die Naduah mitgebracht hatte. Dann spaltete sie den ovalen Teil eines Feigenkakteenblatts, das *nopal*, und legte es mit der offenen Seite nach unten auf die Wunde. Sie band es mit weichen Lederstreifen fest und hockte sich dann hin, um ihr Werk zu bewundern.

»Du weißt, daß du ein paar Tage ruhen solltest, mein Sohn. Aber das wirst du natürlich nicht tun.«

»Du kennst mich gut, Großmutter.« Er schlug die Augen auf und sah sie an. Unter der Kastanienfarbe seines Teints wirkte sein Gesicht bleich.

»Wann wirst du aufbrechen?«

»Sobald ich genug Männer zusammenbekommen habe. Viele haben sich auf die Suche nach meinem Bruder und mir begeben, aber die dürften bald wieder da sein. Spaniard kennt Nights Spuren und kann feststellen, daß ich entkommen bin.«

Naduah saß in stummer Verzweiflung da. Es wäre sinnlos zu protestieren. Er würde ihr zuhören, wie man einem Kind zuhört. Und würde dann trotzdem aufbrechen, um sich töten zu lassen. Vielleicht würde der nächste Kriegertrupp mit Wanderers Knochen zurückkehren.

Gets To Be An Old Man, der Adlermedizin besaß, ließ Wanderer und dessen Krieger vor Tagesanbruch aufstehen und im Fluß baden. Jetzt saßen sie alle in Old Mans Medizinzelt in einem Kreis. Sie hatten nur Lendenschurze an und trugen ihr Haar offen und gelöst. Jeder hatte sich Adlerfedern in die Skalplocke gesteckt und das Haar mit Salbei eingerieben. Während die Pfeife herumging, sang Old Man sein Adlerlied, das er von Zeit zu Zeit unterbrach, um sie über den korrekten Ablauf der Zeremonie zu unterrichten.

Während er Old Mans hohem Singsang lauschte, schweiften Wanderers Gedanken auf einen von nur wenigen begangenen Pfad ab. Er fragte sich, ob Big Bow recht haben konnte. Der Kiowa lachte über Medizinmänner. Ein Mann müsse seine Kraft selbst gewinnen, sagte er, und sie nicht von einem anderen erbetteln – außerdem seien sie alle Betrüger, die eigene Ziele verfolgten. Wanderer wußte, daß einige es waren. Da war etwa der Medizinmann, den man dabei erwischt hatte, wie er auf die Hufe eines guten Pferdes einhämmerte, das er mit einem Fluch belegt hatte. Bis dahin hatte der Eigentümer des Ponys geglaubt, daß es an dem Fluch lag, daß sich die Hufe des Tiers immer wieder entzündeten.

Es konnte aber nicht schaden, jede Machtquelle zu nutzen, die zur Verfügung stand. Wer wußte schon, was helfen würde und was nicht, bevor es ausprobiert worden war? Außerdem war es gut für die Moral. Die Zeremonie trennte die Krieger vom Rest der Gruppe und machte sie zu etwas Besonderem. Das gab ihnen das Selbstvertrauen und die Kraft, alles Notwendige zum Schutz ihrer Familien zu tun.

Wanderer grübelte darüber nach, daß ein gefangenes Mädchen an der Zeremonie teilnehmen mußte. Das Gelbe Haar wäre geeignet. Er würde Deep Water beauftragen, Medicine Woman darum zu bitten, es Naduah zu erklären, damit sie keine Angst bekam. Deep Water, Owls Bruder, folgte Wanderer überall hin. Er wartete jetzt vor dem Zelt wie ein junger Wolf vor der Öffnung seines Baus, begierig, sich den Älteren irgendwie nützlich zu machen. Und mit siebzehn war Wanderer, der Anführer seines ersten Kriegstrupps, in Deep Waters Augen ein Erwachsener.

Wanderer sah sich in der Runde der Männer um, von denen jeder eigenen Gedanken nachhing. Sie waren alle von kräftigem und muskulösem Körperbau. Er hatte sie sorgfältig ausgewählt. Er wünschte, sein Bruder könnte bei ihm sein, aber er wußte, daß er den von ihm ausgewählten Männern zutrauen konnte, gut zu kämpfen. Falls sie je hier herauskamen und sich auf den Kriegspfad begeben konnten.

Er fühlte sich in diesem heißen Zelt angebunden und hilflos. Er wollte seinen Männern durch die Ebene voranreiten und sich beeilen, seinen Bruder zu rächen. Er war voller Ungeduld, endlich wieder den Wind durchs Haar wehen zu spüren, wie er gegen seinen Schild anbrandete, und wartete begierig darauf, die heiße Sonne auf der Haut und die Riemen von Köcher und Bogen auf der nackten Brust zu spüren. Zu spüren, wie Night unter ihm dahinflog. Den

Feind zu finden und ihn anzugreifen und dabei das Donnern der Pferdehufe mit Schreien zu übertönen. Vor Erregung und nachlassender Spannung trunken zu sein.

Doch mehr als alles andere wollte er Rache. Er wollte die Knochen seines Bruders finden und dafür einen schrecklichen Preis einfordern. Es kostete ihn große Mühe, sich zum Stillsitzen zu zwingen und Old Man zuzuhören, sich davon abzuhalten, mit den Fingern vor Ungeduld auf den Knien zu trommeln.

Mit dem Gesicht nach Osten saß Naduah in ihrem neuen Kleid aus beigefarbenem Wildleder, ihr langes, goldenes Haar aufgelöst, neben Wanderer. Sie war groß für ihr Alter, doch er ließ sie immer noch klein wirken. Die Trommeln dröhnten stetig, und der Singsang der sechs Sänger übte eine hypnotische Wirkung aus. Die Männer des Kriegstrupps gingen im Kreis herum und schüttelten ihre Kürbisrasseln im Takt mit dem Trommelschlag und stampften mit den Fersen auf den Lehmboden. Kleine Staubwolken stoben auf und trieben mit den Westwind fort.

Jeder Tänzer trug einen aus dem Flügel eines Adlers hergestellten Fächer, und die Männer bückten sich und richteten sich wieder auf. Die Zeremonie schrieb vor, daß sie junge Adler waren, die das Nest verlassen. Sie schrien wie Adler und wirbelten langsam herum, wobei sie auf eingebildeten warmen Luftströmungen emporstiegen. Nach einer Stunde fielen sie auf die Knie, um sich auszuruhen, und die Trommeln verstummten. Die Vormittagssonne erreichte gerade ihre volle Hitze, und Naduah konnte fühlen, wie ihr der Schweiß über den Rücken lief. Das Kleid lastete schwer auf ihren schmalen Schultern.

Sie hatte sich vor der Zeremonie gefürchtet, obwohl Medicine Woman ihr erklärt hatte, daß alles nur zum Schein geschehe. Wanderer und seine Männer trugen Kriegsbemalung und sahen wild und gefährlich aus, als sie Sunrises Zelt umringten und Naduah als Gefangene verlangten. Obwohl sie wußte, daß es ein Teil der Zeremonie war, setzte ihr Anblick furchterregende Erinnerungen frei, die schon begonnen hatten, in die sonnenlosen Tiefen ihrer Seele hinabzusinken.

Sunrise hatte so getan, als wollte er sie mit seiner Lanze verteidigen, doch sie hatten ihn zur Seite geschoben und sie zur Mitte des Dorfs getragen. Sie hatte sich leicht zappelnd gewehrt. Sie hatte Angst gehabt und sich geschämt und gefürchtet, Wanderer vor aller

Augen Schande zu machen. Doch jetzt genoß sie die Aufmerksamkeit, wenn man einmal von der Hitze und dem Staub absah. Wenigstens hatte sie es genossen, bis Yellow Wolf aufstand, um eine Geschichte zu erzählen, während die Tänzer sich ausruhten.

Sie hatte Yellow Wolf noch nie gemocht. Sie mochte nicht, wie er um die dicke Nase herumblinzelte, die zwischen seinen buschigen Augenbrauen hervorsprang. Seine Augen kamen ihr immer vor, als wären es die Augen eines Tiers, das aus einer dunklen Höhle starrt. Und die Geschichte, die er sich ausgesucht hatte, ließ ihr den Schweiß auf dem Rücken zu Eiswasser werden. Er spielte Eagles Überfall auf den kleinen John an dem Tag nach, an dem er und Naduah gefangengenommen worden waren. Yellow Wolf mußte sich in dem Kreis der Männer befunden haben, die sie umringten. Als er geendet hatte, gab es Gelächter und Gejohle und wilden Applaus von Trommeln, Rasseln und stampfenden Füßen.

Naduah sah nicht hoch, bis er mit den anderen Tänzern wieder niederkniete und der Lärm erstarb. Dann gab es am hinteren Ende der Menge Erregung und Unruhe, als Sunrise und Takes Down The Lodge und Medicine Woman sich ihren Weg durchs Gedränge bahnten. Sie riefen und fuchtelten mit Messern herum und drohten, ihr Kind wieder an sich zu bringen und zu retten. Statt dessen legten sie aber vor ihr Geschenke nieder – einen kleinen Beutel voll klirrender Metallkegel, eine Elle blauen Stoffs, ein paar Mokassins für den Alltagsgebrauch und einen Shinny-Ball. Dann trat Pahayuca vor. Er hielt einen Zügel in der linken Hand. Am anderen Ende davon bewegte sich störrisch ein rotbraunes Stutenfohlen. Das Tier tänzelte, durch den Lärm und die Verwirrung nervös geworden, aufgeregt hin und her. Die schwarzen Beine des Tiers wirkten, als hätte es schwarze Strümpfe an. Pahayuca hielt Naduah den Zügel hin, um ihr zu zeigen, daß das Pferd ein Geschenk war. Dann führte er sie aus dem Kreis.

Medicine Woman hatte ihr nichts von den Geschenken erzählt, und Naduah war sprachlos. Dann begann wieder der Tanz, der sich den ganzen Nachmittag hinzog, bis die Männer nach und nach, keuchend und in Schweiß gebadet, einfach zu Boden fielen. Die ganze Zeit hindurch saß Wanderer reglos wie eine Statue, aufrecht und schweigend da. Seine Augen waren mit schwarzen Ringen ummalt, was sie denen seines Bruders ähnlich machte, des Wolfs. Jetzt erhob er sich langsam und trat in die Mitte des Rings.

Er hielt seinen Fächer wie ein Zepter. Er war aus dem gesamten Körper eines Adlers hergestellt worden. Der geschwungene Kopf und der Schnabel bildeten den Griff. Der Körper war in bemaltes Rohleder gehüllt, und die Schwanzfedern spreizten sich in dem eigentlichen Fächer. Als Wanderer einsam und hochgewachsen und mit zum Himmel gewandtem Gesicht dastand, begann er mit lauter, klarer Stimme sein Gebet um Hilfe.

Eagle Spirit, du siehst mich hier.
Hilf mir.
Ich ziehe in den Krieg, um meinen Bruder zu rächen.
Hilf mir.
Schick gutes Wetter.
Schick meine Brüder, den Adler und den Wolf, die mich führen sollen.
Ich habe geraucht.
Mein Herz ist traurig.
Gib mir die Pferde und die Waffen meiner Feinde.
Gib mir ihr Leben und das Leben ihrer Familien.
Ich wünsche Rache.
Hilf mir.
Ich werde mich erinnern.
Hilf mir.
Eagle Spirit, höre mich.

Obwohl er mit erhobenen Armen, reglos und still dastand und sich nur sein Mund bewegte, schien Wanderer zu wachsen, sich in die Höhe zu recken und die Macht zu erflehen, nach der er greifen mußte, um seinen Kriegszug erfolgreich zu machen. Naduah sagte sich, daß es die klirrend heiße Luft sein mußte, die ihn schimmern und vor Energie vibrierend erscheinen ließ, daß es die Hitze war, die seine Stimme wie Donner dröhnen ließ, so daß das Echo seiner Worte von den Hügeln jenseits des Dorfs zurückrollte.

Als er geendet hatte, entstand ein langes Schweigen. Er drehte sich um und überreichte Naduah seinen Fächer, dann schritt er davon, ohne sich umzusehen. Dann gab ihr jeder einzelne Tänzer seinen Fächer und seine Rassel, um sich daraufhin zum Baden zum Fluß zu begeben. Takes Down brachte ihr einen großen Beutel, in den sie die heiligen Gegenstände der Männer legte. Als das Volk sich zerstreute, um sich für das Fest am Abend vorzubereiten, halfen Takes Down und Medicine Woman und Star Name Naduah auf die Beine. Ihre Beine waren eingeschlafen, da sie so lange in der gleichen Stellung gesessen hatte, doch sie war stolz, ausgewählt worden zu sein. Dennoch konnte sie nur an zwei Dinge denken. Daß Wanderer vielleicht nicht lebend zurückkehrte und daß sie jetzt ein eigenes Pony besaß.

17

»Wie sollen wir sie nennen?« Naduah jagte eine Krötenechse, die mit der von Star Name um die Wette laufen sollte, sprach aber über ihr neues Fohlen, das in der Nähe graste. Naduah schlich sich an die rundliche kleine Eidechse an, die sich gerade verzweifelt mit Sand vollschaufelte, um sich zu verstecken. Die Eidechse sah aus wie ein winziges gepanzertes Ungeheuer, das unter ein Nudelholz geraten war. Naduah stieß leicht gegen das Tier, worauf sich in den Mundwinkeln der Echse zwei winzige Blutstropfen bildeten.

»Sieh mal!« Sie zeigte es Star Name.

»Ja. Ich habe gehört, daß sie das können, habe es aber noch nie gesehen. Wir sollten Medicine Woman fragen, was es bedeutet.«

»Ob es bedeutet, daß Wanderer etwas Schlimmes passiert ist?«

»Ich weiß nicht, Schwester.«

Naduah hielt die Krötenechse fest, bis sie zu zappeln aufhörte und es sich in der Wärme ihrer Hand gemütlich machte. Naduah piekte sich am Finger, als sie leicht über die stachelige Halskrause der Echse strich. Sie wiederholte ihre erste Frage.

»Wie sollen wir das Fohlen nennen?«

»Der Name wird dir noch einfallen. Hab Geduld.«

»Aber sie braucht einen Namen. Wie kann ich sie trainieren, ohne daß sie einen Namen hat?«

»Dann gib ihr jetzt einen vorläufigen und ändere ihn, wenn dir der richtige Name einfällt.«

»Das gibt doch nur Verwirrung.«

»Wir tun das dauernd. Erst warst du Tsini-tia, und jetzt bist du Naduah, Keeps Warm With Us. Männer wechseln oft den Namen.«

»Warum tun sie das?«

»Weil sie immer nach besserer Medizin Ausschau halten oder einen neuen Geist hören oder etwas Besonderes tun oder einfach nur Lust haben, den Namen zu ändern. Manchmal geben ihnen die Leute einen Namen, den sie gar nicht haben wollen, aber trotzdem nicht loswerden können. Wie bei Pahayuca. Glaubst du etwa, er hat es gern, He Who Has Relations With His Aunt genannt zu werden?«

»Warum heißt er so?«

»Keine Ahnung. Und fragen werde ich ihn auch nicht.«

»Woher hat Buffalo Piss seinen Namen?«

Star Name lachte. Es war ein prustendes Lachen schieren Vergnügens, das Naduah inzwischen mehr liebte als jedes andere Geräusch.

»Bei seiner ersten Bisonjagd stürzte sein Pferd, und ein Bisonbulle, der gerade vorbeilief, machte ihn naß. Und ein Bisonbulle pißt wie ein Wasserfall. Das brachte Buffalo Piss so in Wut, daß er sein Pferd bestieg und diesen Bison und noch einen weiteren mit demselben Pfeil tötete. Der Pfeil ging durch beide Tiere hindurch. Seitdem weiß jeder, daß Bisonpisse starke Medizin ist, und seitdem heißt er so.«

»Und wie steht es mit Pahayucas Tochter Kesua? Das bedeutet Hard To Get Along With.«

»Kesua ist so gutmütig, daß wir ihr diesen Namen gegeben haben, um sie zu necken.«

»Und warum nennt man diese Gruppe die Wasp?«

»Errätst du das nicht?« Naduah schüttelte den Kopf, und Star Name erzählte es ihr: »Unsere Krieger stechen fest zu und sind verschwunden, bevor der Feind überhaupt weiß, wie ihm geschehen ist.«

»Warum ändern die Frauen ihre Namen nicht so oft wie die Männer?«

Star Name hatte sich an Naduahs ewige Fragen nach Dingen gewöhnt, die jeder wußte, und beantwortete sie geduldig. Doch sie hielt Naduah für eine vom Volk, so daß die Wissenslücken ihrer Freundin sie manchmal überraschten. Natürlich änderten Frauen den Namen nicht so oft wie Männer. Aber warum? Sie saß mit gekreuzten Beinen in dem dicken Gras, hielt eine eigene Eidechse in ihren kleinen braunen Händen und überlegte.

»Weil Männer Medizin brauchen, um die Dinge zu tun, die sie tun müssen. Um im Krieg kraftvoll zu sein, um Tiere zu finden und fähig zu sein, sie zu fangen und zu töten. Ihre Namen sind ein Teil ihrer Medizin. Man braucht nicht viel Kraft, um Häute zu gerben und Zelte aufzubauen.« Star Name stand auf und nahm eine würdige Haltung an. Sie streckte ihre Eidechse wie eine Opfergabe der Sonne entgegen und begann durch die Nase zu singen wie Gets To Be An Old Man. »O Großer Nähgeist, mach meine Sehnen stark und meine Finger flink und meine Nähte säuberlich, damit ich die Hemden meines Mannes gut nähen kann.« Beide kicherten.

»Sunrise bringt mir aber bei, wie man mit Pfeil und Bogen umgeht. Er sagt, ich muß wissen, wie man alles macht.«

»Er hat recht. Er hat versprochen, es auch mir beizubringen. Doch das ist es nicht, was von dir erwartet wird. Die Frauen halten das Lager in Ordnung, aber die Männer halten es am Leben. Sie müssen jederzeit bereit sein, uns zu verteidigen. Das ist auch der Grund, warum sie nie Gepäck tragen, wenn wir auf Reisen sind.«

Sie knieten am Rand des Kreises nieder, den Star Name mit der Seite ihres Mokassins in den Sand gemalt hatte, beugten sich darüber und setzten ihre Eidechsen in die Mitte.

»Wenn meine gewinnt, Schwester, mußt du mir eine Ladung Holz ins Zelt bringen. Und wenn deine gewinnt, bring' ich dir Holz«, sagte Naduah.

»*Toquet*, in Ordnung.« Immer noch kniend und die Hände über ihrer Eidechse wölbend, blickte Star Name mit einem schlauen Seitenblick zu Naduah auf.

»Und wenn meine das nächste gewinnt, darf ich Wanderer als erste begrüßen, wenn er zurückkommt.«

Naduah sah ihrer Freundin in die Augen, die von ihren so verschieden waren wie Saphir von Obsidian. Sie hatte nicht die Absicht, sich zu irgendwelchen Geständnissen über Wanderer verleiten zu lassen. Sie teilte sonst alles mit Star Name, doch nicht ihre Gefühle für ihn. Sie gab dem Gespräch eine andere Wendung.

»Glaubst du, daß sie alle gesund wiederkommen werden? Owls Bruder, Deep Water, ist auch mitgegangen, und wenn ihm etwas passiert, muß die ganze Familie leiden. Sie sind schon lange weg.«

»Noch nicht so lange. Weniger als zwei Monde. Manchmal bleiben Krieger jahrelang weg.« Jahrelang. Das konnte nicht sein. »Es kann sein, daß sie den Spuren der People Eaters bis zum großen Wasser folgen müssen. Wanderer wird seine Männer sicher zurückbringen. Keine Angst.«

»Glaubst du wirklich?«

»Natürlich. Er wird eines Tages ein berühmter Häuptling sein.«

»Woher willst du das wissen?« Es gefiel ihr, ihn so gelobt zu hören. Vielleicht glaubte sie, ihm gegenüber Besitzansprüche zu haben, weil er sie gefangengenommen hatte.

»Das ist leicht zu erklären. Er ist besser als alle anderen in seinem Alter und auch besser als viele, die älter sind als er. Hat er dir schon mal erzählt, wie er die Cheyenne überlistete, die gerade großen Kriegsrat hielten?«

»Nein«, erwiderte Naduah. »Wann hat er dir das erzählt?«

»Das hat er gar nicht. Ich habe es von Pahayuca gehört. Er erzählte die Geschichte an dem Abend deines Namensfests. Doch ich nehme an, daß du sie damals nicht verstehen konntest.«

»Er hat einen Kriegsrat überlistet? Willst du etwa sagen, sie standen sich nicht in der Schlacht gegenüber?«

»Nein, sie waren im Lager. Bereiteten sich auf den Kampf vor. Das war vor zwei Jahren. Wanderers Bruder forderte ihn heraus, es zu tun.«

»Ist sein Bruder mitgegangen?« Naduah wußte, daß sie Eagles Namen nicht nennen durfte. Es wäre seinem Andenken gegenüber respektlos gewesen.

»Nein. Es war schon für einen Mann allein schwer genug, damit durchzukommen. Für zwei wäre es Selbstmord gewesen.«

»Es hört sich sowieso wie Selbstmord an. Allein! Das war doch verrückt!« Naduah fröstelte beim bloßen Gedanken.

»Nicht verrückt. Tapfer. Hör zu. Er ging zu jedem Mann seiner Gruppe und lieh sich Cheyenne-Kleidung. Die Krieger nehmen oft Kleidungsstücke des Feindes mit, mußt du wissen, besonders solche, die sie einem tapferen Mann abgenommen haben. Sie tragen sie, damit die Geister des Feindes auch ihnen helfen. Und erbeutete Mokassins benutzen sie, um irreführende Spuren zu hinterlassen.«

Naduah nickte altklug, obwohl es ihr neu war.

»Es war dunkel, und er ritt direkt durch ihr Lager. Er hatte sich seinen Umhang über den Kopf gezogen und verbarg so sein Gesicht. Es war ein provisorisches Lager, und das Ratsfeuer brannte nicht in einem Zelt. Er stand bei den Männern, die sich um die Kriegshäuptlinge der Cheyenne versammelt hatten, und berührte jeden von ihnen mit seiner Reitpeitsche, bevor er sich davonschlich. Dann bestieg er Night und ritt wieder aus dem Lager. *Suvate*, das ist alles. Hast du die Geschichte wirklich noch nie gehört?« Naduah schüttelte den Kopf. »Es war eine der Lieblingsgeschichten von Wanderers Bruder.«

»Ich vermisse Wanderers Bruder. Er hat immer lustige Geschichten erzählt. Die hier habe ich aber noch nie gehört.«

»Ich glaube, daß wir alle zusammen ihn nicht so vermissen wie Wanderer und Something Good.« Sie schwiegen einen Augenblick, als sie an die Honigjagd dachten. Dann wurden die Krötenechsen unruhig und kitzelten die Hände der Mädchen, als sie ihre brütend heißen Zellen erforschten.

»*Sem-ah, Wa-hah-duh, Bhi-hee-duh*, eins, zwei drei!« Die Mädchen ließen die Tiere frei und hüpften und schrien, um sie der Ziellinie entgegenzutreiben. Das Rennen fand ein schnelles Ende. Das Feld zerstreute sich, während die Eigentümer der Tiere sie wieder jagten. Star Name keuchte, als sie den Faden der Unterhaltung wieder aufnahm.

»Du kannst Owls Großvater bitten, dem Fohlen für dich einen Namen zu geben.«

»Den Pfeilmacher?«

»Ja. Sein Name bedeutet Name Giver, verstehst du?«

»Du meinst, er gibt wirklich Namen?«

»Natürlich. Er hat auch dir deinen gegeben, oder hast du das etwa schon vergessen?« Selbst Star Names Geduld wurde durch ständigen Gebrauch ein wenig erschöpft. »Du mußt ihm ein Geschenk machen, aber er wird mit allem zufrieden sein, was du selbst gemacht hast. Es braucht nichts Großes zu sein. Er mag dich. Wir werden mit ihm sprechen, wenn wir zurück sind.« Star Name betrachtete wehmütig das rotbraune Fohlen. »Ich wünschte, ich hätte auch ein Pony.« Sie sah fast nie unglücklich aus, und es tat Naduah weh, sie jetzt so zu sehen.

»Du kannst meins reiten, wann immer du willst. Sunrise sagt, daß sie bald alt genug sein wird. Hab nur Geduld. Er sagt, wenn man etwas braucht, bekommt man es auch.«

Unten an der Baumreihe beim Fluß bildete sich eine Staubwolke und trieb auf sie zu.

»*Posa bihia*, diese bösen Jungen.« Das Volk fluchte nicht, doch bei Star Name hörten sich die Worte wie ein Fluch an. Upstreams Bande schwärmte hinter ihm aus. Alle ritten in gestrecktem Galopp. »Das ist das Pony, das ich hätte haben sollen.« Star Name würde sich ewig an der Tatsache stoßen, daß Upstream, der jünger war als sie, trotzdem ein Pony bekommen hatte. Natürlich würde er sich eins »leihen«, wenn er kein eigenes hätte. Und außerdem mußte Upstream mit seiner Ausbildung beginnen. Star Name gefiel das alles trotzdem nicht.

»Sieh mal, Schwester. Sieh doch! Ich habe sie getötet.« Upstream fing schon an zu schreien, bevor er auch nur nahe genug war, um verstanden zu werden. Doch beim Näherkommen wiederholte er es immer wieder.

»*Ich* habe sie getötet.« Sarai Na-pe, *Dog Foot*, war anderer Meinung.«

»Ich habe sie als erster berührt.«

»Aber ich habe sie getötet.«

Als sie in einer riesigen Staubwolke und aufspritzenden Kieselsteinen anhielten, wurde offenbar, daß mehrere das Tier getötet hatten. Die Gabelantilope hing quer über der Hinterhand von Upstreams kleinem roten Schecken. Das junge Pferd war erst kürzlich dazu ausgebildet worden, totes Wild zu tragen, und wirkte nervös. Upstream ignorierte das Bocken und Auskeilen des Ponys und zeigte hinter sich. Die Gabelantilope sah wie ein riesiges Stachelschwein aus. Hunderte kleiner Pfeile zitterten mit den Bewegungen des Pferdes.

»Ich sehe, Bruder. Ich habe gar nicht gewußt, daß du so viele Pfeile besitzt!«

»Die anderen haben sie getroffen, aber meiner hat sie getötet.«

»Das war mein Pfeil.« Dog Foot blieb bei seiner Geschichte. Die anderen fielen jetzt in die Auseinandersetzung ein, behaupteten, selbst erfolgreich gewesen zu sein, oder ergriffen Partei für die eine oder andere Seite. Anschließend ritten sie alle im Rudel davon, immer noch laut streitend.

Star Name wandte sich an Naduah. »Bei dem Fleisch da wird es nicht ein Stück geben, das nicht nach Metall schmeckt. Und wahrscheinlich haben sie das Tier so lange gehetzt, daß das Fleisch sowieso bitter sein wird.«

Sie ließen ihre entsprungenen Renn-Eidechsen zurück, hoben die Zügel des Fohlens vom Boden auf, banden es los und trotteten hinter den Jungen her.

Die steife, ausgefranste Bisonhaut lag vergessen da. Ebenso hatte Naduah ihren Auftrag vergessen, getrockneten Bisonkot zu sammeln und zu Takes Down The Lodge nach Hause zu schleppen. Als sie sich hinhockte und das bemitleidenswerte kleine Geschöpf im Gras betrachtete, erinnerte sich Naduah an die geschwollenen Euter der Gabelantilope, die Upstream und seine Freunde am Tag zuvor getötet hatten. Warum waren die den Jungen nicht aufgefallen? Das waren vielleicht Jäger. Sie waren wohl zu aufgeregt gewesen, weil sie ihr erstes Stück Großwild erlegt hatten.

Das Kitz war zu schwach, sich auf den Beinen zu halten, und blickte zu ihr hoch. Der Pfeil in seinem Lauf hatte wohl nicht dem Kitz gegolten, das sich in dem hohen Gras versteckt hatte. Die Kerbe im

Schaft hatte jedoch bewirkt, wozu sie gedacht war, und das Blut war frei aus der Wunde geströmt. Jetzt hatte das Kitz schon zuviel Blut verloren, um gehen, geschweige denn laufen zu können.

»Du bist ein bißchen spät dran, nicht wahr? Du kannst kaum älter als einen Monat sein.« Naduah sprach beruhigend auf das Kitz ein. Sie hockte immer noch und teilte das Gras mit den Händen. »Wo ist dein Bruder? Bist du allein?« Einzelwürfe waren bei Gabelantilopen selten, es sei denn, die Mutter hatte zum erstenmal geworfen. Naduah suchte das umliegende Gelände vorsichtig nach einem Zwilling ab. Sie stocherte mit dem Stock, den sie beim Brennstoffsammeln immer bei sich hatte, im Gras herum. Sie hatte gelernt, nie die Hand in Gras oder Büsche zu stecken, wo sie nichts sehen konnte, oder Baumstämme oder Baumfallen nur mit einem Stock umzudrehen. An solchen Stellen lebten zu viele stechende oder beißende Geschöpfe.

Während sie weitersuchte, überlegte sie, was zu tun war. Es gab keine Haustiere im Lager, abgesehen von den jungen Adlern, die als halbflügge Vögel gestohlen worden waren. Doch die wurden gehalten, um für ihren Eigentümer Federn zu liefern. Dann und wann freundete sich ein Kind mit einem Hund an, doch die Freundschaft währte meist nur, bis der Hund etwas erwachsenere Pflichten übernahm. Naduahs Liebling, Dog, saß jetzt neben ihr, legte den Kopf auf die Seite und sah spöttisch erst sie, dann das Kitz an.

»Nein, wir werden es nicht jagen, Dog.«

Die Hunde im Lager hatten ihre Aufgaben. Sie zogen kleine Travois und warnten vor feindlichen Angriffen. Sie hielten das Lager von Aas frei, und ihre Kämpfe boten immer gute Unterhaltung. Außerdem waren sie Brüder der Kojoten und Wölfe, die wiederum Brüder des Volks waren. Und Hunde wurden nie als Nahrung verwendet. Gabelantilopen aber waren Nahrung.

Naduah ging wieder zu dem Kitz zurück, das keuchend auf der Seite lag. Sie begann es sanft zu streicheln, strich zärtlich über das seidig glatte, lange, zimtfarbene Fell. Naduah sprach leise weiter auf das Kitz ein, obwohl es zu schwach war, sich überhaupt zu wehren. Es starrte Naduah mit riesigen, traurigen braunen Augen unter langen schwarzen Wimpern an. Es schüttelte die großen Ohren mit den zarten Äderchen und löste die Frage, was zu tun war. Das Kitz hatte das Herz des Kindes im Sturm erobert.

Naduah grunzte, als sie sich bückte und das Tier aufhob. Sie achtete darauf, daß sie den kleinen Pfeil nicht berührte. Wenn sie ihn herauszog, konnte die Blutung wieder beginnen. Das Kitz wog etwa zehn Pfund, und der Rückweg zum Lager war lang. Naduah ließ die Haut, die erst halb mit Bisonkot gefüllt war, liegen und marschierte los. Sie überlegte kurz, ob sie das Kitz auf der Haut hinter sich herschleifen sollte, fürchtete aber, der unebene Boden könnte dem Tier noch mehr weh tun, als wenn sie es trug. Folglich machte sie sich auf den Weg. Die schlanken Beine des Tierbabys mit den schwarzen Enden baumelten in der Luft, und der Kopf ruhte vertrauensvoll an Naduahs Schulter.

Als sie auf die Gruppe der Frauen zutaumelte, die unter dem Baum von Takes Downs Zelt nähten, verstummten Lachen und Tratschen schlagartig. Das blonde Haar des Kindes klebte ihm vor Schweiß an der Stirn, und die Muskeln der schmalen Arme waren vor Anstrengung gespannt. Naduah lehnte sich leicht nach hinten, um das Gewicht des Kitzes auszugleichen, und konnte ihm kaum über den Kopf hinwegblicken. Takes Down sah sie einen Moment zärtlich an, bevor sie sprach.

»*Peta*, mein Kind, leg es da hin, auf dieses Stück Haut. Wie weit hast du es getragen? Und wo ist die Haut mit dem Brennstoff, den du sammeln solltest?«

»Ich habe es unten an der Biegung des Flusses gefunden, in der Nähe der Wasserrinne, wo die Höhleneulen leben. Ich habe die Haut dagelassen, werde sie aber noch holen und zwei Ladungen Kot mitbringen.«

»Das gibt aber einen zarten Braten, Naduah.« She Laughs war Owls Mutter und Name Givers Tochter. Sie war eine Witwe ohne Schwäger, die sie hätten heiraten können, und sonst hatte sich niemand bereitgefunden, ihre Sippe zu ernähren. Ihr fünfzehnjähriger Sohn Deep Water war der einzige Jäger in der Familie, obwohl Owl manchmal Niederwild mitbrachte. Sie waren öfter ohne Fleisch als die anderen, und das Fleisch, das sie überhaupt hatten, wurde ihnen oft aus Mitleid geschenkt, etwa ein Teil eines Bisons, dessen Jäger in dem Chaos einer Jagd nicht hatte identifiziert werden können.

Naduah schlang die Arme fester um den Hals des Kitzes, als sie den Kopf des Tieres auf dem Schoß hatte. Ihr Mund war zu dem entschlossenen Parkerschen Strich geworden, und ihre blauen Augen blitzten.

»Niemand wird sie essen. Ich werde sie als Freundin behalten.« Ein Wort für Haustier fiel ihr nicht ein, und sie hatte den Verdacht, daß es auch keins gab.

»Hinter Naduah werden im Lager schon bald mehr Tiere herlaufen, als es draußen überhaupt gibt.« Naduah dachte, daß es für She Laughs an der Zeit war, ihren Namen zu ändern, denn neuerdings lachte sie nicht mehr genug. Doch sie wußte, daß She Laughs einsam war, und verstand, warum sie manchmal so bissige Bemerkungen machte. Naduah ignorierte sie.

»Wo ist Großmutter? Ich will, daß sie mir bei der Heilung des Kitzes hilft.«

»Nayiya, *Slope*, bringt gerade ein Kind zur Welt. Deine Großmutter ist hingegangen, um ihr zu helfen. Sie wird bald wieder da sein.« Takes Dowm lächelte ihr scheues Lächeln. Es war gut, wieder ein Kind zu haben. Sie taten so unerwartete Dinge. Vor allem dieses.

»Da wir gerade von Geburt sprechen...« Ekarero, *She Blushes*, griff den Klatsch wieder auf, wo er vorhin unterbrochen worden war. Name Givers Schwester hatte ein zartes Netz von Lachfalten um Augen und Mund, obwohl sie oft müde aussah. In einer Familie mit einem blinden Bruder, zwei Kindern und nur zwei Frauen gab es immer viel Arbeit.

Naduah schenkte ihnen keine Beachtung. Sie hatte sich lange gefragt, worüber die Frauen sich Tag für Tag bei der Arbeit unterhielten. Jetzt wußte sie es, und es interessierte sie nicht sonderlich. Sie mußte sich noch keine Sorgen um Männer machen, die nachts zu ihr ins Bett krochen, oder um Geburtswehen. Wenn die Frauen von nützlichen Dingen sprachen, etwa davon, wie man eine Zeltwand am besten zuschnitt oder wo die saftigsten Beeren zu finden waren oder wie man ein Pferd besänftigte, hörte sie zu. Doch jetzt summte sie dem Kitz einfach nur etwas vor und strich ihm über den Kopf, während sie auf Medicine Woman wartete.

»Something Good...« Naduahs Kopf zuckte leicht, als der Name ihrer Freundin genannt wurde.

»Der Krieger, der gerade gestorben ist...« Die Stimmen der Frauen wurden leiser, und sie steckten die Köpfe zusammen wie Hennen, die hinter demselben wehrlosen Käfer her sind. Naduah mußte sich anstrengen, um sie zu hören.

»Silver Rain ist sicher, daß sie ein Liebespaar waren. Das hat sie mir selbst gesagt. Und jetzt erwartet Something Good ein Kind. Von wem wohl? Was meint ihr?« Adeca, *Deer*, sah eher wie eine Bisonkuh aus als wie das Tier, dem sie ihren Namen verdankte. Sie galt als verläßlichste Klatschquelle des Dorfs. Naduah ging ihr aus dem Weg, doch nicht, weil sie sie nicht mochte, sondern weil die Frau nicht wußte, wie stark sie war. Es kam vor, daß sie dem Kind spielerisch auf den Rücken klopfte und damit fast in den Staub warf.

»Es ist wahrscheinlich nicht von Pahayuca. Sie geht noch immer jede Nacht hinaus, um den Toten zu betrauern. Sie hat sich die Haare abgeschnitten und spricht fast mit niemandem mehr.« She Blushes schaffte es, etwas zu dem Klatsch beizutragen, sich dabei aber den Anschein einer Frau zu geben, die über solchen Dingen steht.

»Was wird Pahayuca wohl machen?« fiel Takes Down leise ein.

»Er liebt sie so sehr, daß er kaum etwas erkennt. Er stolpert beim Gehen über die eigenen Füße.« Deer wühlte in den Schluchten ihres riesigen Schoßes nach ihrer verlorenen Nadel herum. Das war das Ärgerliche an den schlanken Stahlnadeln. Sie verschwanden so leicht.

»Pahayuca ist schon seit Jahren nicht mehr fähig, über seinen Bauch hinweg auf die Füße zu blicken.« She Laughs murmelte um das Sehnenfadenknäuel herum, das sie im Mund weichkaute. Mit den Fingerspitzen zwirbelte sie das Ende eines Stück Sehne zu einer feinen Spitze und ließ es anschließend trocknen, damit es steif wurde. Jetzt benutzte sie den Mund als Spule und zog den Faden heraus, mit dem sie die Sohle am Oberleder eines Mokassins festnähen wollte. Der Rest des gelblichen Fadens lag neben ihr in einem losen dicken Zopf. Das erinnerte Naduah an Lucy Parker, die ihre Nähseide auch so hingelegt hatte, damit sie sich nicht verhakte.

»Sie tut mir leid.« Doch Black Bird tat jeder leid, der Kummer hatte.

»Mir nicht.« Und Deer tat niemand leid. »Sie hat einen Häuptling zum Mann und überhaupt alles, was sie sich wünschen kann. Sie sollte dankbar sein und nicht hinter anderen Männern herlaufen wie eine schamlose Tuhkanay, eine Wichita-Frau.« Deer hatte schon lange kein Mann mehr aufgefordert, ihm nachzulaufen.

»Stimmt es, daß die Wichita-Frauen über der Hüfte nichts anhaben?«

»Das habe ich gehört.«

»Kein Wunder, daß die Männer immer losreiten, um bei ihnen Tabak einzutauschen. Heilige Rituale. Feine Ausrede.« She Laughs erstickte fast an ihrem Sehnenfaden, und die anderen Frauen fielen in das Gelächter ein. Sie heulten höhnisch und schwankten vor lauter Lachen hin und her. Als sie mit der Handarbeit weitermachten, kicherten sie immer noch. So war es immer.

Naduah saß stumm da. Ihr Gesicht brannte, und in ihr kochte der

Zorn. Gehässige Frauen. Was wußten die schon von Something Goods und Eagles Liebe? Sie erinnerte sich an den Abend der Honigjagd, als sie zu viert unter dem Sternenhimmel am Lagerfeuer gesessen und sich unterhalten und über Eagles alberne Geschichten gelacht hatten. Eagle hatte viele der Leute nachgeahmt, die sie kannten, und anschließend hatten sie sich vor Lachen auf dem Boden gewälzt. Er hatte Deer perfekt nachgeahmt, sogar die langsamere, schleppende Sprache der Penateka.

Something Good hatte in jener Nacht gestrahlt. Ihr Gesicht hatte vor Glück geglüht. Jetzt war das Licht in ihren Augen ausgetreten worden, und Naduah dachte verzweifelt, daß es wohl nie wieder entzündet werden würde. Es tat Naduah weh, ihre Freundin wie ein Stück Holz herumlaufen zu sehen, immer nur still arbeitend, nie lächelnd. Vielleicht hatte Takes Down eine Idee, was für ein Geschenk man Something Good machen konnte. Und Naduah beschloß, ihre Freundin zu fragen, ob sie nicht Shinny mit ihr üben wollte. Das mußte sie aufheitern. Und sie würde ein Kind haben. Naduah konnte ihr helfen, es zu versorgen.

Nachdem Medicine Woman ihr mit dem Kitz geholfen hatte, würde Naduah nach ihrem neuen Fohlen sehen. Und sie mußte Star Name suchen und ihr die Gabelantilope zeigen. Und mit Name Giver wegen eines Namens für ihr Pony sprechen. Dann mußte sie noch zwei Ladungen Bisonkot holen und wilden Wein sammeln, der noch gestampft werden mußte. Sie würden bald wieder umziehen, mit all dem geschäftigen Treiben, das so ein Umzug mit sich brachte. Bevor es soweit war, mußte das Gabelantilopenbaby stark genug sein, eine solche Reise zu überstehen, und Naduah mußte sich noch etwas einfallen lassen, wie sie das Kitz transportieren wollte. Dann waren da noch die Tasche, die sie für Sunrise machte, und die Puppe, die sie als Überraschung für Star Name nähte. Dann waren da die Ausflüge mit Medicine Woman, um Kräuter zu sammeln, und Takes Down hatte ihr versprochen, sie dürfe bei der nächsten Zeltwand, die sie machen solle, mithelfen. Sunrise wollte ihr beibringen, wie man mit Pfeil und Bogen schießt und ihr beim Training des Fohlens helfen. Dann konnte sie mit Owl und ihren anderen Freundinnen immer wieder Tretball spielen. Und dann waren da noch die Pferde, um die sie sich kümmern mußte. Ihre Tage waren voller Verpflichtungen, und das Geflecht von Beziehungen wurde immer komplizierter. Sie hatte angefangen, in der Sprache des Volks zu denken, und hatte wenig Zeit, sich mit der Vergangenheit aufzuhalten. Über den Lärm des Lagers hinweg, über die Unterhaltungen und den Krach der spielenden Kinder, das Bellen und Wiehern und den leiernden Medizingesang von Gets To Be An Old Man, der sich anhörte wie das heisere Kollern einer ganzen Schar von Truthähnen, ließ sich Lances Gesang vernehmen. Der Ausrufer ritt langsam durch die Straßen und hielt die Bisonhaut hoch, die Naduah hatte liegen lassen. Lance sah immer aus, als würde er jeden Moment einschlafen. Er hatte ein erschlafftes Gesicht mit langen Gesichtszügen, dessen Ausdruck unverfälschte Einfalt verriet. Er besaß aber ein perfektes Gedächtnis. Deshalb war er vom Rat der Gruppe zum jüngsten Lager-Ausrufer ernannt worden, den es seit Menschengedenken gegeben hatte.

Naduah ging schüchtern zu ihm, um die Haut zu holen. Sie reichte ihm das Stück kandierte Zürgelbaumfrucht, das Takes Down ihr gegeben hatte. Er betrachtete es feierlich, wie es seine Art war.

»Die Jungen haben das in der Nähe der Wasserrinne gefunden. Upstream sagte, die Haut sähe aus wie die von Takes Down.«

»Ja, Lance. Ich mußte sie liegen lassen. Ich wollte sie aber holen.« Er nickte mit dem Kopf und ritt weiter, wie immer tief in Gedanken versunken, und knabberte geistesabwesend an der Süßigkeit.

Sie hatte das Kitz gerade noch rechtzeitig gerettet. Hätten die Jungen das Tier als erste gefunden, wäre es irgendwo zur Abendmahlzeit geworden. Sie hielt den Kopf des Kitzes, während Medicine Woman den Jagdpfeil entfernte. Der hintere Rand der Spitze war gerundet, so daß sie sich leicht herausziehen ließ.

Als Naduah in die großen, zutraulichen Augen des Kitzes blickte, spürte sie das Band, das einen mit einem hilflosen Tier verbindet. Wie viele Antilopensteaks sie im Leben auch noch essen würde, dieses Weibchen würde immer etwas besonderes sein, ein Individuum und eine Freundin.

18

Die Hügel um das Lager herum flimmerten und tanzten in den Hitzewellen, die von ihnen aufstiegen. Die Sonne hatte das Gras ausgedörrt, bis es braun und verschrumpelt war und stellenweise trockenen, hellbraunen Kiesboden sichtbar machte. Die Pferde grasten lustlos oder versammelten sich im Schatten der wenigen Pappeln. Alles war mit Staub bedeckt, und es schien nirgends eine Farbe zu geben, nur Schattierungen von Braun, das sich bis zum Horizont erstreckte. Der Himmel war weiß und wolkenlos und starrte auf sie herab. Es war unmöglich, hinaufzusehen, ohne zu blinzeln und Tränen zu vergießen. Naduah bekam schon bei dem bloßen Gedanken, sie könnte etwas tun, einen Schweißausbruch.

Die Zeltwände waren ein ganzes Stück aufgerollt worden, um etwas Wind einzulassen, falls sich eine Brise ins Lager verirrte. Die schweren Rollen wurden von kräftigen, gegabelten Stöcken gehalten, die am Rand der Zelte in den Boden getrieben worden waren. Unter den aufgerollten Zeltwänden konnte Naduah sehen, wie ihre Nachbarn auf ihren Decken lagen oder mit langsamen Bewegungen der notwendigen Hausarbeit nachgingen. Die meisten Menschen saßen draußen unter schattigen Bäumen, genau wie sie und Sunrise und Takes Down.

Es war still im Dorf, und Naduah ging auf, daß es das Lachen der Kinder war, das sie vermißte. Die waren alle unten am Fluß und saßen bis zur Brust im lauwarmen Wasser. Wenn sie Sunrise nicht versprochen hätte, ihm bei der Arbeit an einem Sattel für sie zu helfen, wäre sie bei den Kindern gewesen. Teile des Sattels lagen um ihn herum verstreut.

Ihre Gabelantilope, Pah-mo, *Smoke*, und Dog hatten sich neben ihr zusammengerollt. Sie hatten versucht, die Antilope zu dem Rudel zu legen, als gehörte sie dazu, doch sie schob die Hunde von sich. Dog war zwar treu und ergeben, aber auch läufig und übelriechend und mit Flöhen übersät. Jetzt schliefen die beiden Tiere friedlich nebeneinander, erschöpft von einem mit Spielen verbrachten Morgen. Sie hatten eine seltsame Freundschaft geschlossen. Smoke sprang hoch und stieß die Vorderläufe in die Luft, während Dog sanft ihren Hinterlauf packte, ihn schüttelte und fauchte, als wollte sie ihn herausreißen. Dann jagten beide wie wild durchs Lager.

Zunächst versuchten die anderen Hunde dazwischenzugehen. Zwei der größten kamen steifbeinig und arrogant näher, entschlossen, die Gabelantilope auf den Speiseplan zu setzen. Dog ging ihnen auf ihren kurzen Beinen staksig entgegen. Auf ihrem Rücken sträubte sich das Fell.

»Schnapp sie dir, Dog«, zischte Naduah hinter ihr her. Mehr brauchte Dog nicht zu hören. Sie rannte so schnell hinter den beiden her, daß ihr Bauch fast auf dem Boden schleifte. Die anderen Hunde klemmten verblüfft den Schwanz ein und flüchteten. Dog jagte sie in einen riesigen Haufen mit Werkzeug und Geräten, die klirrend und klappernd zu Boden fielen. Schließlich ließen die andern sie und Smoke in Ruhe. Sie ignorierten sie, als wäre Smoke nichts weiter als ein weiterer großer Hund.

Smokes Name war Naduah irgendwann eingefallen, wie Star Name es prophezeit hatte. Als sie sah, wie das Kitz leichtfüßig und still unter den Zelten umherging und ihr auf Schritt und Tritt folgte, dachte Naduah an den Rauch, der aus den geschwärzten Abzugslöchern aufstieg und sacht vom Wind davongetragen wurde. Mit Takes Downs Hilfe hatte sie ein kleines Halsband aus rotem Tuch gemacht, das mit Rindleder unterlegt wurde. Sie nähte die Metallkegel an, die sie bei der Adlerzeremonie erhalten hatte, damit Smoke zu hören war, wohin sie auch ging. Jetzt konnte sie sie finden, falls sie durch die Gegend streunte. Außerdem hatte das Kitz sich die Unart angewöhnt, sich von hinten an Naduah anzuschleichen und sie spielerisch zu stupsen, wenn sie nach dem Feuer sah. Oder sie steckte ihrer Freundin die kalte, nasse Schnauze in den Nacken und prustete sie an. Damit war Naduah zumindest vorgewarnt.

Neben ihr zwirbelte Takes Down geduldig Strähnen aus steifem schwarzen Roßhaar, die sie blitzschnell mit einer Hand auf ihrem runden Schenkel rollte, während sie mit der anderen nach und nach neues Haar zugab. Ein Teil des langen Seils, das sie so herstellte, würde zu einem schweren, stacheligen, zehn Zentimeter breiten Sattelgurt für Naduahs neuen Sattel gewebt werden. Takes Down wartete darauf, daß Sunrise mit dem Rahmen fertig wurde, damit sie das nasse Rohleder darüberspannen und festnähen konnte.

»*Pia*, Mutter, warum malen sich die meisten Frauen ihren Scheitel rot an?« Naduah kniete und hielt für Sunrise die fünfzig Zentimeter lange geschwungene Holzstange. Daraus würde der Sitz entstehen, wenn sie durch geschnitzte Holzbögen mit der anderen Stange verbunden wurde. Sie hielt das helle Pappelholz so fest, wie sie nur konnte, weil Sunrise gerade dabei war, mit einer glühenden metallenen Ahle Löcher hineinzubohren. Der Nachmittag war so heiß, daß sie das kleine Feuer kaum bemerkte, daß er neben sich angezündet hatte, um die Ahle zu erhitzen und den Klebstoff weich zu machen, den er in die Fugen strich.

»Sunrise, sag unserer Tochter, warum wir im Haar rote Farbe tragen.« Takes Down kannte die Antwort. Wenn man ihr die richtigen Fragen stellte, stellte sich heraus, daß sie erstaunlich viel Wissen in sich gespeichert hatte. Wenn es aber um wichtige Dinge ging, meldete sie sich nie zu Wort, Sunrise mußte sich äußern. Das fiel in seine Verantwortung. Er dachte kurz nach, bevor er antwortete.

»Die rote Linie auf dem Scheitel einer Frau bindet sie an Mutter Erde, von der alles kommt und die alles wachsen läßt. Die rote Linie symbolisiert die lange Wegstrecke, die eine Frau im Leben zurücklegt, und bittet die Geister, sie so fruchtbar zu machen wie ihre Mutter, die Erde.«

»Vater, willst du mir das Reiten beibringen?«

»Ja. Aber warum bittest du nicht Wanderer um Hilfe, wenn er zurückkommt?«

»Das würde ich nicht wagen. Ich glaube nicht, daß er seine Zeit mit einem Kind vergeuden will. Und einem Mädchen noch dazu.« Sie hielt den hölzernen Bogen fest, so daß die Bohrlöcher des Bodens und die Sattelstange zusammenpaßten, während der Leim trocknete. Sie bemerkte nicht den Blick, den Takes Down und Sunrise über ihren Kopf hinweg wechselten.

»Halt das hier fester, Tochter. Laß es nicht ausrutschen.« Sunrise band die Teile mit grüner Rehsehne zusammen, die beim Trocknen schrumpfen und härter werden würde. Dann wiederholte er den Vorgang noch dreimal und legte den Rahmen beiseite, bis der Leim trocknete. Die langen, geschwungenen Stangen würden parallel zu den Flanken des Ponys laufen, und die Bogen würden sich an den Rücken des Tiers schmiegen. Während er wartete, nahm er das fein geschwungene, wie eine Untertasse aussehende Sattelhorn und schnitzte und glättete es weiter.

Obwohl Sunrise ein ruhiger Mensch war, saß er jedoch selten still. Seine Hände waren ständig mit etwas beschäftigt, schnitzten, nähten oder reparierten. Und er war nicht häufig zu Hause. Da er zwei Familien zu ernähren hatte, war er oft auf der Jagd, obwohl er sich nur selten weit vom Lager entfernte, selbst wenn er auf Pferde aus war. Er hatte keinen Bruder und sorgte sich darum, was mit seinen Frauen und Kindern passieren würde, falls er getötet werden sollte. Manchmal, wenn die jüngeren Männer Hunderte von Meilen nach Süden ritten, tief nach Mexiko hinein, um Pferde zu stehlen, mußte ihn das alles sehr belastet haben. Er fühlte sich angebunden und gefesselt. Doch Naduah hörte von Sunrise nie eine Klage. Er klagte über nichts.

Naduah und Star Name arbeiteten außerhalb des Lagers mit dem Fohlen, um durch nichts abgelenkt zu werden. Star Name hielt das neue Zaumzeug, das Takes Down gemacht hatte. Es war einmal um Winds Unterlippe geschlungen, dann wieder um ihren Hals. Naduah kletterte auf einen Felsblock, legte sich mit ihrem ganzen Gewicht auf den Rücken des Ponys und sprach mit leiser Stimme zu ihm und bewegte sich sehr langsam. Sie hatte einige Zeit gebraucht, um zu lernen, daß sie von rechts aufsteigen mußte statt von links, wie es ihr richtiger Vater und ihre Onkel immer getan hatten. Die Männer des Volks bestiegen ihre Pferde von rechts, weil sie ihre Waffen in der rechten Hand hielten und es ihnen die Mühe ersparte, sie quer über den Rücken des Ponys zu heben.

»Wenn wir hier fertig sind, sollten wir mit unseren Bogen üben«, sagte Star Name. »Ich habe Upstreams Zielscheibe mitgebracht.« Die Zielscheibe bestand aus einem äußeren, etwa zehn Zentimeter breiten Ring aus Weidenzweigen, der durch Lederspeichen mit einem zweieinhalb Zentimenter breiten Ring in der Mitte verbunden war. Bei dem Spiel der Jungen kam es darauf an, einen Pfeil durch den mittleren Teil der Scheibe zu schießen, während das Rad rollte.

»Er wird wütend auf dich sein, wenn er merkt, daß du sie genommen hast.«

»Nein, das wird er nicht. Er hat vier oder fünf davon, und die hier ist so klein, daß er sie sowieso nicht trifft. Ich glaube, er würde sie gern verlieren. Sunrise hat sie für ihn gemacht, und Upstream möchte ungern zugeben, daß er für diese Scheibe noch nicht gut genug ist.« Sie ließ keine Gelegenheit aus, ihrem Bruder einen Seitenhieb zu versetzen, und der zahlte mit gleicher Münze zurück.

»Außerdem sind sie alle auf einem Jagdausflug. Sie sind hinter Heuschrecken oder Kolibris oder ähnlichem Großwild her. Sie haben genug Lebensmittel mitgenommen, um bis nach Mexiko zu reiten. Was eine gute Sache ist. Wenn sie sich auf das verlassen müßten, was sie töten, müßten sie hungern.«

»Ich habe neulich, als Sunrise und ich übten, dreimal das Ziel getroffen.«

»Gut. Dann können wir bald gemeinsam auf die Jagd gehen.«

»Wir können nicht auf die Jagd gehen. Wir sind Mädchen.«

»Doch, können wir doch. Auf eine Jagd für Frauen. Du hast Santa Ana noch nicht kennengelernt. Er ist bei Old Owls Gruppe. Und seine Frau nimmt an der Jagd und auch an Überfällen teil. Wir müssen einfach nur härter arbeiten und beweisen, daß wir mithalten können. Sunrise kann diese Hilfe gebrauchen. Er wird uns mitreiten lassen. Er ist anders als die meisten Männer.«

In diesem Moment stampfte das Pony unruhig.

»Ruhig, Wind.« Name Giver hatte sich einen guten Namen für sie überlegt, genau wie Star Name gesagt hatte. Und die Kräuter, die Naduah ihm zum Geschenk gemacht hatte, hatten ihm gefallen. Er hörte ernst zu, als sie ihm sagte, wie er sie zubereiten müsse und was sie bewirkten. Er hängte den Beutel, den sie für die Kräuter gemacht hatte, an einen Holzpflock an einer der Zeltstangen. Wenn sie ihn besuchte, tat es ihr gut, die Kräuter dort zu sehen.

Er hatte ihr erklärt, der Wind sei der Bote der Geister. Er trage deren Worte zu ihrem Volk. Wenn Seelen erlöst würden, trage der Wind sie zum Himmel. Der Wind gehe überall hin und sehe alles. Nuepi, *Wind*, würde Naduah mit der Geschwindigkeit eines Präriewindes überall hintragen, wohin sie wolle.

Die Mädchen wurden von Smoke unterbrochen, welche die Reiter als erste sah. Sie sprang in einem weiten Kreis über die wogende Ebene, und der weiße Fleck auf ihrem Spiegel reflektierte das Sonnenlicht und setzte einen beißenden Geruch frei, der Gefahr ahnen ließ. Ihr Halsband mit den vielen angenähten Metallkegeln klirrte wie wild.

»Smoke. Komm her.« Naduah steckte beide Zeigefinger in den Mund und stieß den schrillen Pfiff aus, auf den Smoke und Wind zu reagieren gelernt hatten. Der Kopf des Fohlens fuhr hoch und riß Star Name das Zaumzeug aus der Hand. Wind blickte über die Schulter auf Naduah, die von ihrem Pony heruntergiltt. Sie schlang Smoke lose ein Seil um den Hals, als die Antilope sich so weit beruhigt hatte, daß sie sich fangen ließ. Wie gewohnt sahen sie zunächst die Staubwolke. Dann die Reiter. Einer löste sich von den übrigen, während die anderen anhielten und warteten.

»Es ist Deep Water, Owls Bruder. Sie sind wieder da!« Star Name lief schon, als sie es ausrief. Sie sprang fast so behende wie Smoke über Felsbrocken und Wasserrinnen hinweg, und ihre Zöpfe flatterten im Wind, als sie losrannte, um die Nachricht als erste zu verkünden. Deep Water kehrte zurück, um die Rückkehr der Krieger vorzubereiten. Wanderer war wieder da. Oder tot.

Ohne nachzudenken sprang Naduah von dem Felsen auf Winds Rücken. Sie überraschte das Pony so sehr, daß es zu protestieren vergaß, obwohl es noch von keinem Menschen geritten worden war. Wind bockte ein wenig und stampfte mit den Vorderhufen, als träte sie auf eine Schlange, doch dann gehorchte sie dem Kniedruck und der festen Hand am Zügel.

Plötzlich sah die Welt für Naduah völlig anders aus. Sie war zwar früher schon geritten, doch immer nur auf alten, klapprigen Pferden und war dabei immer von Frauen umgeben gewesen, etwa wenn sie das Lager verlegten. Jetzt war sie allein auf der Ebene, und der Wind zerzauste die Mähne ihres halbwilden Ponys und ließ auch ihr Haar wehen. Sie konnte spüren, wie sich Winds Muskeln zwischen ihren Schenkeln und Knien anspannten, und fühlte, wie sie selbst mit dem Rhythmus des Pferdes mitging. Sie fühlte sich schön und weise und mächtig und schnell.

Am liebsten hätte sie Wind mit den Fersen in die Flanke getreten, um so schnell und weit wie möglich über die Ebene zu galoppieren. Hätte liebend gern gespürt, wie ihr der Wind um die Ohren pfiff, wie die Erde unter ihr dahinflog, als würde sie fliegen. Um zu wissen, daß sie eins war mit einem schönen, kraftvollen Tier. Statt dessen war auch sie sich der steten Gefahr bewußt, von der das Leben des Volks durchdrungen war, und so ritt sie langsam los, um ihren Freund zu begrüßen oder zu betrauern.

Wanderer sah sie locker und entspannt näherkommen, wobei ihre linke Hand auf dem Schenkel ruhte und das Seil hielt, das Smoke um den Hals geschlungen war. Smoke sträubte sich und bockte am anderen Ende des Seils, denn sie fürchtete sich vor den vielen Männern und Reitern, den flatternden Wimpeln und Federn. Naduahs rechte Hand hielt den Zügel, als wäre sie als Reiterin auf die Welt gekommen.

Wanderer mußte unter seiner finsteren Maske schwarzer Kriegsbemalung unwillkürlich lächeln, als er sich an das schmutzige, unterwürfige Balg erinnerte, das er vor vier Monaten ins Lager mitgebracht hatte. Nein, unterwürfig war sie nie gewesen. Nicht mal damals. Sie hatte schon immer diesen Funken in sich gehabt. Er erinnerte sich an ihr Gesicht, als sie dachte, er werde ihr die Kehle durchschneiden, als sie, alle Viere von sich gestreckt, auf der Erde lag. Er hoffte, er würde dem Tod genauso tapfer ins Auge sehen.

Ihr Körper hatte ein kräftiges, honigfarbenes Braun angenommen, das ihre Haarfarbe vorteilhaft hervortreten ließ. Die Stunden unter der sengenden Sonne hatten es ausgebleicht und fast weiß gemacht, und die Strähnen wehten ihr wie Maisfasern ums Gesicht. Als sie näherritt, konnte er ihre strahlend blauen Augen mit den langen blonden Wimpern sehen. Ihre Augenbrauen traten wie dornenweiße Federn vor ihrer dunklen Haut hervor. Wanderer sah ihr an, daß sie gewachsen war, und sie trug ihre neue Größe mit Würde.

Er mußte so bald wie möglich mit Sunrise über sie sprechen. Trotz seiner Kriegsbemalung und der schaurigen Ladung, die er bei sich hatte, huschte ihm ein Lächeln über das Gesicht, als er an die Frau dachte, zu der sie werden würde. Sein Lächeln sah grotesk aus, denn sein Gesicht war völlig geschwärzt, was bedeutete, daß er Rache genommen und die Schuld bezahlt hatte. Er setzte wieder seine finstere Maske auf, hob die Lanze zum Gruß, von der Federn und Wimpel flatterten, und wartete, bis sie bei ihm war.

»*Hi, haitsi.*« Sie sprach mit lauter fester Stimme und zeigte sich unbeeindruckt von seinem wilden Aussehen. »Hallo, Freund. Mein Herz tanzt wie das Fohlen im Frühling vor Freude, meinen Bruder heil und gesund wiederzusehen.«

Feierlich wie ein kleiner Krieger, das muß man ihr lassen. Die Zukunft sieht immer besser aus. Und eine Antilope. Was will sie mit einer Antilope? Weiß sie denn, daß ich zu den Quohadi gehöre, den Antilopen-Comanchen? Das ist ein sehr gutes Zeichen. Mit einer Anstrengung brachte Naduah Wind dazu, neben Wanderer aufzuschließen. Gemeinsam ritten sie auf das Lager zu, im Gefolge die Krieger, von denen viele lange schwarze Skalps an ihren Schilden trugen.

Deep Water, der als Hütejunge aufgebrochen war, ritt jetzt mit einem Skalp an seiner Lanze zusammen mit den Kriegern zurück. Zwei der Männer hatten Verbände, aber Wanderer hatte sie alle lebend zurückgebracht, dazu noch Pferde und mit Beute beladene Lasttiere. Als Naduah mit ihm voranritt und seine Männer sich wild und stolz hinter ihnen einreihten, hatte sie das Gefühl, als würde ihr vor Stolz das Herz platzen.

Und aus dem großen weichen Lederbeutel, der an Nights Sattelgürtel festgebunden war, drang gedämpftes Klappern. Die Knochen waren auf dem Weg nach Hause. Wanderer würde sie bei sich tragen, bis er sie weit draußen auf den Staked Plains dem Vater seines toten Bruders übergeben konnte.

Als sie sich dem Dorf näherten, kam ihnen eine große Menschenmenge entgegen, um sie zu begrüßen. Medicine Woman führte die Parade singender Frauen und Mädchen an. Sie trug einen schlanken jungen Baumstamm, den Skalp-Pfahl. Später würden die neuen Skalps für den Tanz daran aufgehängt werden, doch jetzt schmückten die meisten von ihnen noch Lanzen und Schilde der Männer. Wanderers Skalp baumelte an Nights Unterlippe, ein Zeichen seiner Verachtung für den Feind. Das ganze Dorf bildete eine riesige Prozession, die singend und trommelnd durchs Lager zog. Die Hunde bellten, und die Jungen, die sich links und rechts aufgebaut hatten, schrien ihren Jubel hinaus. Da Naduah unsicher war und nicht wußte, wie sie sich verhalten sollte, ritt sie neben Wanderer weiter. Sie fühlte sich selbstbewußt und hielt in der Menge nach ihrer Familie und ihren Freunden Ausschau.

Als sie die andere Seite des Lagers erreichten, rissen die Krieger ihre Pferde herum und ritten auf dem gleichen Weg zurück, auf dem sie gekommen waren. Jeder bog bei seinem Zelt ab und übergab Pony und Waffen seiner Frau oder Schwester oder Mutter. Wanderer stieg vor Pahayucas Gästezelt ab. Er gab Naduah Nights Zügel. Dann reichte er ihr Lanze und Bogen, Köcher und Schild. Sie saß benommen da und wiegte die Dinge behutsam in ihrem kleinen Arm. Sie wollte protestieren, doch er lächelte kaum merklich und nickte in Richtung ihres Zelts. Dann verschwand er in seinem Zelt.

Sie saß immer noch auf ihrem Pferd und versuchte, die mehr als vier Meter lange Lanze im Gleichgewicht zu halten, als Star Name angerannt kam.

»Naduah, er hat dir seine Waffen anvertraut!« Star Name schrie und duckte sich, als Naduah sich zu ihr umdrehte und die Lanze dabei in einem tödlichen Bogen herumwirbeln ließ. »Paß auf! Naduah, du mußt vorsichtig damit umgehen.«

»Was soll ich damit tun? Hilf mir. Halt mal den Schild für mich.«

Star Name wich entsetzt zurück. »Das kann ich nicht tun. Er hat dich gebeten, sie zu halten.«

»Wieso mich?«

»Er hat hier weder Mutter noch Schwester oder Frau, du Dumme.«

»Er hat nur etwa dreißig Frauen, die gern seine Frau wären. Wahrscheinlich noch mehr, wenn man die mitzählt, die für ihn nicht in Frage kommen, es aber trotzdem gern wären.« Während Naduah sich bemühte, niemandem mit der Lanze die Augen auszustechen, neigte sie den Köcher und hätte fast die Pfeile verloren. Star Name streckte die Hand hoch, um sie aufzufangen, als sie aus dem Köcher glitten.

»Was soll ich mit all diesen Sachen anfangen?« fragte Naduah verzweifelt.

»Ich werde Wind führen, dann kannst du alles halten. Medicine Woman oder Takes Down oder Sunrise können dir sagten, was du tun mußt.« Sie gingen langsam, wichen allen Entgegenkommenden aus und hielten die Lanze aufrecht, so daß sie keinen Schaden anrichten konnte.

Star Name half Naduah, die Waffen in Sunrises Zelt zu bringen. Dann winkte sie und verschwand, um sich ihre guten Sachen anzuziehen. Naduah pflockte Wind und Night an, gab ihnen Wasser zu saufen und rieb sie mit Bündeln von Süßgras ab. Dann ging sie los, um ihre Familie zu suchen. Sie fand Sunrise als ersten, wagte es aber nicht, ihn zu stören. Sunrise half gerade Name Giver dabei, Deep Water in der korrekten Behandlung seines Skalps zu unterrichten. Die zwei Männer rauchten und schickten ein Gebet zum Himmel, als sie an dem Zelt vorbeikam. Anschließend würden sie sorgfältig das Fleisch von der Kopfhaut abschaben und den kreisrunden Skalp auf einem Reifen aus Weidenholz festspannen und ihn von Osten nach Süden nach Westen nach Norden und dann wieder nach Osten zusammennähen, so wie sie auch ein Zelt betraten. Anschließend würden sie das Haar ölen und kämmen und an einem Pfahl festbinden, wo es den ganzen Tag trocknen würde, bevor es mit den anderen an den Skalp-Pfahl in der Mitte der Tanzfläche aufgehängt werden würde.

Später würde der Skalp mit rotem Stoff unterlegt und dazu verwendet werden, ein Jagdhemd oder eine Lanze zu schmücken. Niemand fragte, ob der Skalp von einem Mann oder einer Frau stammte. Darauf kam es nicht an.

Im Lager schienen alle vor Freude außer sich zu sein. Die alten Männer schwelgten in Erinnerungen an ihre Jugend. Die jüngeren mußten immer wieder die Geschichten ihrer Coups erzählen und untermalten sie mit ohrenbetäubendem Lärm. Schließlich fand Naduah ihre Großmutter bei der Tanzfläche vor Wanderers Zelt. Medicine Woman gab den anderen Frauen Anweisungen, die Rehhufe an dem hohen Skalp-Pfahl festbanden, damit sie ratterten, wenn der Pfahl geschüttelt wurde.

Wanderer stand vor seinem Zelt, doch Naduah kam nicht an ihn heran. Er war von Menschen umringt, die ihm gratulierten und dafür

Geschenke erhielten. Naduah gab die Suche nach Takes Down auf und ging zu ihrem Zelt zurück.

Dort fand sie Takes Down, die gerade weitere Wapitizähne an ihrem eigenen Kleid und dem ihrer Tochter annähte. Wanderers Schild stand draußen auf einem Dreifuß mit der Vorderseite zur Nachmittagssonne. Seine Lanze lehnte an dem Dreifuß, und der Köcher hing daran. Alle Waffen nahmen von den Sonnenstrahlen Kraft auf. Takes Down hielt Naduahs neuestes Kleid hoch und schüttelte es, so daß Dutzende von Zähnen klapperten.

»Du wirst dich anhören wie hundert Rasseln, Tochter.«

Naduah lächelte matt. Die Zähne würden das Kleid noch schwerer machen. Als das aufregende Gefühl, mit Wanderer ins Dorf zu reiten und seine Waffen zu empfangen, jetzt allmählich verebbte, fühlte sie sich im Stich gelassen und ausgeschlossen. Immerhin war das Kleid schön. Die vielen Reihen von blitzend weißen Wapitizähnen leuchteten hell auf dem honigbraunen Wildleder.

»Muß ich auch tanzen?«

»Nur wenn du willst.« Takes Down hatte ihre besten Messingarmbänder gefunden und sie aufgeteilt. Die Hälfte gab sie ihrer Tochter. Naduah mußte die Hände hochhalten, damit sie nicht herunterrutschten, oder sie festhalten, wenn sie ihr an den Handflächen baumelten. Sie saß geduldig da, während Takes Down ihr kleines Gesicht und das Kinn mit roter Farbe bemalte und zum Abschluß die rote Linie auf dem Scheitel zog. Sie kicherte, als ihre Mutter ihr auch die Innenseiten der Ohren rot anmalte. Es kitzelte. Schließlich löste Takes Down Naduahs Zöpfe und fettete das Haar sorgfältig ein.

»Ich hoffe, du hast dir gemerkt, wie die Farbe aufgemalt wird, dann kannst du's beim nächsten Mal selbst machen.«

»Ja, Mutter.« Draußen wurde es dunkel, und das Trommeln und Singen und Rufen wurde stärker. Naduah rutschte unruhig hin und her, denn sie hatte Angst, etwas zu verpassen. Als Takes Down endlich fertig war, rannte das Kind aus dem Zelt.

»Langsam, langsam. Du wirst dir das Kleid ruinieren, wenn du hinfällst.« Takes Downs Stimme erreichte sie erst, als sie schon losgelaufen war. Naduah verlangsamte ihre Schritte zu einem schnellen Marschschritt, wobei die Metallkegel an ihrem Kleid inmitten all der anderen Menschen, die auch der Tanzfläche zustrebten, klirrten und klapperten.

Pahayuca, Buffalo Piss, Sunrise und die anderen Angehörigen des Rats saßen in einem Halbkreis um das Feuer. Sie hatten sich trotz der Hitze ihre Umhänge um die Schultern gelegt. Der Pfahl mit seiner schauerlichen Belaubung aus Skalps ragte vor ihnen auf. Reihen von Tanzenden, eine mit Männern und eine mit Frauen, standen einander gegenüber und tanzten vor- und rückwärts. Dann bildeten sie einen Kreis und bewegten sich um den Skalp-Pfahl. Im Rhythmus der Trommeln loderten die Flammen hoch empor und ließen die Tanzenden wie Umrisse erscheinen. Plötzlich war ein Schrei zu hören, und die Tänzer hielten inne. Deep Water ritt auf seinem Pony heran und trieb seinen Speer in die Bisonhaut, die an der Öffnung des Halbkreises ausgelegt war. Es herrschte Stille, als Deep Water von seiner Tat und seinem ersten Skalp erzählte. Dann stieg er ab und ging zu seinen Kameraden, die außerhalb des Kreises saßen. Dann ritt ein zweiter Mann herein und tat es ihm nach.

»Was tun sie da?« Naduah beugte sich vor und flüsterte in Takes Downs rotbemaltes Ohr.

»Sie klären, wer eine Trophäe verdient hat. Die Männer des Rats hören zu und entscheiden, wer jede einzelne Trophäe verdient hat. Für einen Feind können nur zwei Trophäen gewertet werden.«

»Entscheidet denn nicht der Besitz des Skalps?«

»Nein. Es ist viel tapferer, einen lebenden Feind mit dem Kerbholz zu berühren, als einem Toten den Skalp abzunehmen. Selbst wenn ein Mann einen Feind tötet, kann ein anderer Anspruch auf eine Trophäe erheben. Bei solchen Kämpfen geht es sehr verwirrend zu, und dies ist die einzige Möglichkeit, wirklich festzustellen, wer was verdient hat.«

Naduah wartete ungeduldig darauf, daß Wanderer an die Reihe kam. Er würde bestimmt als letzter dran sein. Sie hatte recht. Sie zuckte zusammen, als ein Aufschrei zu hören war, der sich wie Fingernägel auf Schiefer anhörte. Night galoppierte auf den Lichtschein des Feuers zu, als würde ein Stück Dunkelheit Amok laufen. Das Pony rannte auf den Kreis zu, als wollte es die dort sitzenden Männer niedertrampeln. Naduah wich zurück und versteckte sich halb hinter Takes Downs beruhigend breitem Kreuz. Takes Down zuckte mit keiner Wimper, sondern saß seelenruhig da, als Night gerade rechtzeitig, fast mitten im Galopp, anhielt, und Wanderer trieb seine Lanze in die durchlöcherte Bisonhaut. Er saß auf seinem Kriegspony. Die flackernden Flammen ließen ihn und sein Pferd wie poliert erscheinen. Dann erzählte er seine Geschichte.

Beim Zuhören fühlte sich Naduah ganz krank, gleichzeitig jedoch auf seltsame Art stolz und freudig erregt. Es war das gleiche Gefühl, das sie überkam, wenn sie sah, wie die Jungen Kolibris folterten. Nach dem Lärm der Rasseln und Trommeln und dem Beifall für die Geschichten der anderen dröhnte Wanderers Stimme in der Stille.

»Wir haben die Nermateka, die People Eaters, gefunden. Die den Körper unseres Bruders getötet und entweiht haben. Wir überraschten sie im Schlaf wie ein Habicht eine hilflose Maus. Wir nahmen sie gefangen. Wir schnitten ihnen Arme und Beine ab. Wir schnitten ihnen die Zungen heraus. Wir skalpierten sie. Aber wir töteten sie nicht. Wir fachten ihre Feuer an, bis die Flammen hochschlugen. Wir warfen sie lebend ins Feuer und tanzten lachend um sie herum, während sie mit ihren zungenlosen Mündern ächzten und stöhnten. Während das Fett ihrer Körper knisterte und schmolz und ihre Haut aufplatzte und das Blut in der Hitze kochte, selbst als es an ihnen herunterrann. So haben wir unseren Bruder gerächt.

Wir jagten ihre Frauen und Kinder wie Präriehühner durchs Unterholz. Wir spießten sie auf und verstümmelten sie und überließen sie den Ameisen. Es ist niemand mehr da, der ihre Knochen beweinen kann. Wir brannten ihr Dorf nieder. Wir nahmen alles, was sie hatten. Sie werden uns keinen Kummer mehr machen. Hört mich, Bruder Wolf und Bruder Eagle und mein Bruder, der tot ist. Ich habe mich gerächt. *Suvate*, es ist vorbei.«

Doch es war noch nicht ganz vorbei. Der Tonkawa-Häuptling Placido und sein kleiner Jagdtrupp waren zurückgekehrt, als die Trümmer seines Dorfs noch rauchten. Er ritt schweigend durch die Ruinen und hielt nur an, um einen Kriegspfeil der Comanchen mit drei aufgemalten roten Linien am Schaft aufzuheben. Er erkannte ihn. Er hatte Wanderer einen abgenommen, der genauso aussah. Placido weinte still und legte den Pfeil behutsam in seine Satteltasche. Er verließ das Lager auf der anderen Seite und begab sich auf die Suche nach den Überresten seiner Frau und seiner Kinder, um sie zu beerdigen.

19

Naduah trat von einem Bein auf das andere. Sie kratzte sich die Striemen und Stellen an Armen und Beinen und fuchtelte nach den Moskitos und Pferdebremsen, die sie umschwärmten. Die Luft, die sie einatmete, war ein Gebräu aus Insekten, angedickt mit Staub und gewürzt mit dem schweren Duft von Pferdeäpfeln, und das Ganze war fast bis zum Siedepunkt erhitzt. Kein Blatt bewegte sich. Überdies gab es kaum Blätter, die sich hätten bewegen können. Nur Kakteen und ein paar verwachsene Mesquitsträucher, Rotzedern und Pfahleichen. Sie wollte sich hinsetzen, doch dafür war kein Felsen in der Nähe groß genug, und wenn es einen gegeben hätte, wäre er zu heiß gewesen, um ihn auch nur anzurühren. Der Erdboden war voller Kies und übersät mit allerlei dornigen Pflanzen. Ihr fiel etwas ein, was ihr Vater gesagt hatte: In Texas kratzt, sticht oder stinkt alles. Am schlimmsten jedoch war, daß sie aus Eitelkeit lieber dieses schweißtreibende Kleid trug statt ihren Lendenschurz.

Sie bereute schon, mit Wanderer hierhergekommen zu sein, damit er sich ihr Fohlen ansah. Aber er hatte darum gebeten, das Tier zu sehen, und sie hätte nicht nein sagen können. Als er davon gesprochen hatte, war sie so aufgeregt gewesen, daß sie nach Hause gelaufen war, um es Sunrise und Takes Down zu erzählen. Sunrise hatte von seiner Ahle, seinen Sehnen und seinem Leimstock aufgeblickt und sie angelächelt.

»Das ist eine Ehre, Tochter. Hör dir sehr aufmerksam an, was er dir zu sagen hat. Er hat das beste Kriegspony trainiert, das ich je gesehen habe. Er kann dir viel beibringen.« Dann wandte er sich wieder seiner Arbeit zu.

Doch Wanderer sagte überhaupt nichts, dem sie hätte lauschen können. Und er arbeitete auch nicht mit dem Fohlen, sondern starrte es nur aus jedem Winkel an und ließ die Hände über jeden Teil von Winds Körper gleiten. Und er ignorierte Naduah sogar noch mehr als die Moskitos. Es war schon schlimm genug, übersehen zu werden, doch nicht einmal dabei konnte sie sich behaglich fühlen. Sie blickte sehnsuchtsvoll auf den kleinen schattigen Fleck unter der kleinen Rotzeder und wünschte, sie könnte sich dort verkriechen. Aber das wäre würdelos und vermutlich auch nicht ehrerbietig. Sie seufzte und lutschte an einem geschälten Stück Feigenkaktus, aus dem sie

Flüssigkeit in ihren ausgedörrten Mund preßte. Wanderer inspizierte jetzt Winds Hinterhand, nachdem er sich von den Augen an vorgearbeitet hatte. Jetzt war er wohl bald mit der Inspektion fertig.

Kein Wunder, daß er noch nicht verheiratet war. Wahrscheinlich würde er auch die schönste Frau in der Gruppe genauso übersehen. *Das geschieht ihnen recht,* dachte sie mit mehr als nur wenig Bosheit. Jede von ihnen würde ihr bestes Kleid dafür hergeben, hier mit Wanderer allein zu sein. Das würde ihnen so passen. Sie sprachen von nichts anderem als von Wanderer. Diese Frauen überschlugen sich fast, die Mädchen übrigens auch, um von ihm zum Tanz auserwählt zu werden. Sie stellte ihn sich vor, wie er tanzte, alle anderen um Haupteslänge überragend und mit der Hand auf der Hüfte seiner Partnerin, wie er sich vom Takt der Trommeln hypnotisiert bewegte.

Er tanzte geschmeidig, geistesabwesend, in seliger Unkenntnis dessen, daß die anderen Frauen herumstanden und sich mit Spekulationen quälten, um wen er wohl freien und wen er heiraten werde. Naduah glaubte, daß er es für sein Recht hielt, mit Frauen zu flirten. Sie hatte es ihn schon tun sehen. Doch vergaß er die Frauen, sobald etwas Wichtiges auftauchte. Etwa ein Pferd.

»Frauen leben, um Männern zu gefallen«, hatte Takes Down einmal lachend gesagt. »Männer leben, um sich selbst zu gefallen.«

Die Art, wie er ihr Pony untersuchte, begann Naduah gereizt und nervös zu machen. Würde er sich über Winds Fehler lustig machen? Sie liebte dieses Pferd. Sie wußte nicht, was sie tun würde, falls er Wind lächerlich machte. Eine solche Inspektion konnte ohnehin kein Pferd ohne Beanstandungen überstehen. Nicht einmal Night. Was wäre, wenn er etwas an Naduahs Pflege auszusetzen hatte? Wenn er sagte, es sei Zeitverschwendung, sich mit dem Fohlen zu beschäftigen? Sie wurde allmählich streitsüchtig, als sie sich seine Kritik ausmalte. Es war ihr egal, was er dachte. Sie liebte dieses Fohlen und würde es selbst trainieren. Sie würde es zu dem besten Pony weit und breit machen.

»Sie ist ein wunderbares Pony.« Naduah erstickte fast an der zornigen Entgegnung, die sie in Gedanken schon geprobt hatte. Statt dessen sprudelte sie etwas hervor, was ihr gerade durch den Kopf schoß.

»Woher weißt du das?« Sie hätte nichts Klügeres sagen können.

»Komm her.« Er gab ihr ein Zeichen, und sie trottete zu ihm hinüber, wobei sie mit einer Hand die Insektenwolke zu verjagen suchte. Wind wurde ungeduldig und schnaubte, tänzelte und schüttelte den Kopf.

»Nicht mehr lange, Wind.« Er strich ihr über das Maul. »Siehst du diese Ausbuchtung auf der Stirn?« Naduah nickte. »Das bedeutet, daß sie ein größeres Gehirn hat als ein Durchschnittspferd. Sie ist intelligent.«

Das hätte ich dir schon vorher sagen können, dachte Naduah, hütete sich aber, es auszusprechen.

»Ihre Augen stehen weit auseinander und sind klar. Hüte dich vor einem Pferd mit aufgequollenen oder entzündeten Lidern oder Augen mit einem bläulichen Stich oder glasigen Augen. Ich werde dir später noch zeigen, wie man die Augen eines Pferdes auf weitere Defekte prüft. Jetzt wollen wir es schnell machen. Ich nenne jetzt nur die wichtigsten Merkmale. So, stell dich hier vor sie und sieh dir ihre Brust an. Ihre Beine sind gerade und nicht zu weit auseinander. Sie hat einen schmalen Widerrist.« Jetzt gingen sie weiter, um Wind von der Seite zu betrachten.

»Wenn dort, wo der Kopf auf dem Hals sitzt, ein zu großer Winkel zu sehen ist, wird das Pony Atemprobleme haben. Jetzt geh mal mit der Hand über das Rückgrat. Spürst du die Muskeln auf beiden Seiten? Hüte dich vor einem Pferd, dessen Rückgrat zu weit über diese Muskeln aufragt.« Naduah dachte bedauernd an Sunrises altes Lasttier. Wanderer strich Wind weiter über das Fell und betastete ihre Umrisse so sanft und liebevoll, als wäre sie eine Frau.

»Sie hat einen kurzen Rücken. Das ist gut. Sie hat einen Rückenwirbel weniger als die Pferde des weißen Mannes. Das bedeutet, daß sie von alter spanischer Rasse ist. Es bedeutet auch, daß sie einen kräftigen Rücken hat. Und ihr Hals zeigt einen anmutigen Schwung vom Kopf bis zum Widerrist. Nimm dich vor Pferden in acht, deren Hals anders geschwungen ist. Sie leiden wahrscheinlich an Blähungen.

Am wichtigsten aber sind Hufe und Beine. Da mußt du jeden Teil genau untersuchen. Vergewissere dich, daß die Vorderläufe vom Rumpf gerade herunterkommen und nicht vorstehen oder nach hinten geneigt sind. Stell dich vor das Pferd und dahinter, um zu sehen, daß es weder X- noch O-Beine hat. Die Beine dürfen auch weder zu dünn noch zu dick sein. Und die Hufe sollten vom ersten Gelenk an eine gerade Linie bilden.« Er bückte sich, um es ihr zu zeigen, und sie sah ihm mit den Händen auf den Schenkeln über die Schulter. Sie hatte nie geahnt, wieviel man bei einem Pony in Augenschein nehmen mußte.

»Dies sind nur wenige Dinge, auf die man achten muß. Es gibt noch viel mehr. Wir werden uns jedesmal ein paar dieser Dinge vornehmen. Steig auf.«

Er trat zurück, um sie aufsitzen zu lassen, und bot ihr keine Hilfe an. Sie sah sich verstohlen nach einem Stein, nach einem Baumstamm, nach irgend etwas um, worauf sie sich stellen konnte. Da war nichts. Lachte er wieder über sie? Sie sah zu ihm hoch, doch sein schönes Gesicht war ernst und zeigte offenbar nur Interesse an dem Pferd. Sie trat ein paar Schritte zurück, rannte los und machte einen verzweifelten Satz, bei dem sie alle ihre Muskeln anspannte. Sie hatte es um ein Haar geschafft und mußte nur ein bißchen vorrutschen, um richtig zu sitzen.

»Du mußt lernen, von beiden Seiten aufzusteigen, von hinten oder falls nötig sogar aus einem Winkel. Im Notfall kannst du es dir nicht leisten, wählerisch zu sein. Jetzt laß sie mal im Kreis herumgehen.« Naduah tat es und trat Wind leicht die Fersen in die Flanken, um sie in Gang zu bringen. »Wenn ich mit dir fertig bin«, sagte Wanderer, »wird sie Signalen gehorchen, die ein anderer nicht mal sehen wird.« Er drehte sich mit ihnen, als sie ihn langsam umkreisten. »Halt die Hände unten und zieh nicht am Zügel. Wind tritt fest auf, und ihre Bewegungen sind ebenmäßig. Jetzt laß sie Schritt gehen, wenn du kannst. Treib sie ganz leicht an und preß ihr die Schenkel fest in die Flanken. Beug dich ein wenig vorwärts und pumpe mit den Füßen. Du darfst dich nicht mit den Händen festhalten. Benutze deine Beine. Du mußt so oft wie möglich die Beine benutzen. Es kann sein, daß du die Hände eines Tages für andere Dinge brauchst. Gut. Sie geht immer noch gleichmäßig und wirft die Füße nach vorn. Du mußt ihren Rhythmus mit Schienbeinen und Knien und Schenkeln spüren. Mit deinem Gesäß und den Händen und dem Herzen. Du mußt jede Zuckung und jedes Anspannen ihrer Muskeln spüren. Du mußt selbst mit geschlossenen Augen wissen, was sie tun wird und in welcher Verfassung sie sich befindet. Sieh dir ihre Ohren an. Sie können dir manches verraten. Wenn sie ausgebildet ist, kann sie dich damit vor Gefahr warnen und dir sagen, ob die Gefahr von einem Menschen oder einem Tier ausgeht. Sie wird deine beste Freundin sein. Du wirst sie so gut kennen wie dich selbst und für sie sorgen wie für dich selbst. Vielleicht sogar noch besser.«

Wanderer sprach mit ruhiger, fester, fast hypnotisierender Stimme, er ließ sie keine Sekunde lauter werden.

»Ich möchte, daß du einmal um das Dorf herumgaloppierst und dann zurückkommst. Kannst du dich auf ihr halten?«

»Selbstverständlich.« Naduah hörte sich beleidigt an, doch sie wünschte, sie könnte sicher sein, es zu schaffen. Sie trat Wind in die Flanken und schnalzte mit der Zunge, und das Pony rannte los. Naduah klammerte sich fest. Es ging nicht nur um ihr Leben, sondern auch um ihre Ehre. Fünf Minuten später kehrte sie schweißüberströmt zurück, brachte Wind zum Stehen und glitt herunter. Ihre Beine zitterten von der Anstrengung, sie an das Pony gepreßt zu halten. Die beiden lauschten Winds Atem. Er ging leise und gleichmäßig, weder rasselnd noch keuchend.

»Beobachte ihre Flanken unterhalb des Hüftknochens. Wenn sie sich beim Einatmen einmal und beim Ausatmen zweimal bewegen, ist das ein schlechtes Zeichen. Ein solches Pferd hat Atembeschwerden. Aber sie ist in Ordnung. Führ sie ein bißchen herum, um sie abzukühlen. Und das wird für heute genügen.«

»Ich habe etwas zu essen mitgebracht«, sagte sie schüchtern. »Takes Down hat noch etwas mehr eingepackt. Würdest du es mit mir teilen? Wir können am Fluß unter den Pappeln essen.« Naduah wußte, daß sie nicht das Recht hatte, noch mehr von seiner Zeit in Anspruch zu nehmen. Er hatte wichtige Dinge zu tun und hatte schon mehr Stunden mit ihr zugebracht, als sie von ihm erwartet hatte. Doch ihr ging erst jetzt allmählich auf, wie gründlich er alles anging, was er unternahm. Warum wollte er überhaupt ihr Pony trainieren? Der Gedanke machte ihr etwas zu schaffen. Sie war nur ein Mädchen. Sie würde nie ein Krieger sein. Seine leise Antwort ließ sie zusammenzucken.

»Einverstanden. Ich kenne einen guten Platz zum Essen.« Er ließ einen leisen Eulenschrei hören, um Night zu rufen, der in der Nähe graste. Es war ein unauffälliges Signal, das sie sich merkte, als sie nach Smoke und Dog pfiff. Als sie zum Fluß ritten, erzählte ihm Naduah mit glänzenden Augen von ihrem neuen Sattel. Smokes Halsband klirrte im Takt mit dem Hufgetrappel, als sie Naduah zu einem Wettrennen locken wollte. Und Dog verschwand im Gebüsch, um einem Rascheln auf den Grund zu gehen, das nur sie hören konnte.

»Takes Down sagt, daß ich ihn selbst säumen darf. Das wird der schönste Sattel, den du je gesehen hast.« Sie hatte inzwischen gelernt, daß Bescheidenheit beim Volk nicht sonderlich bewundert wurde. Wanderer beobachtete sie, als sie ohne Sattel neben ihm herritt. Ihre langen, kräftigen Beine waren Wind fest in die Flanken gepreßt, und sie ritt mit anmutigen, geschmeidigen Hüftbewegungen. Anders als die meisten Weißen war sie eine geborene Reiterin. Natürlich konnte er an der Art, wie sie saß, etwas von Something Goods Stil erkennen. Sie hatte sich ein gutes Vorbild ausgesucht, hatte aber auch ihren eigenen Stil.

Auch ohne seine Hilfe würde sie eine hervorragende Reiterin werden. Würde er die nötige Zeit aufbringen wollen, um sich zu vergewissern, daß sie nicht nur die Grundregeln lernte, sondern auch die Feinheiten? Doch wenn es um Waffen und Pferde ging, war für Wanderer alles grundlegend. Die Plains verziehen weder Sorglosigkeit noch Unfähigkeit oder Unwissenheit. Es würde lange dauern, bis sie alles lernte. Es gab so viel, was sie wissen mußte. Warum tat er das überhaupt? Er betrachtete sie wieder, ihren glatten, kräftigen Körper und ihre langen, maisgelben Zöpfe, die eingefettet waren, damit ihr Haar bei dem ewigen Wind nicht hoffnungslos verfilzte. Sie erwiderte seinen Blick aus ihren strahlend blauen Augen, die unter den weißen Wolken ihrer Augenbrauen wie ein Stück Himmel wirkten. Sie lächelte scheu und zeigte dabei ein Aufblitzen ebenmäßiger weißer Zähne in ihrem braungebrannten Gesicht. Dann wurde sie unter der Sonnenbräune rot und schlug die Augen nieder. Sie tat, als konzentrierte sie sich auf ihr Pony.

Er tat all dies, weil er sah, welchen Platz sie in seiner Zukunft einnehmen würde. Das war der Grund. Solange er noch hier war, würde er ihr so viel wie möglich beibringen. Und wenn er zu den Quohadi zurückreiten mußte, der Antilopen-Gruppe auf den Staked Plains, würde er Sunrise Anweisungen dalassen, damit dieser wußte, was Wanderer ihr beigebracht hatte und was sie noch lernen mußte. Takes Down und Medicine Woman waren schon dabei, ihr viele Dinge beizubringen, und außerdem würde er Something Good um Hilfe bitten. Das würde auch für sie gut sein und ihr vielleicht einige Ablenkung bieten.

Nach dem Morgen mit Wanderer spazierte Naduah durchs Lager nach Hause. Sunrise hatte ihr eingeschärft, all ihre Sinne zu gebrauchen und sich nicht nur auf ihre Augen zu verlassen, und so erschnupperte sie sich den Weg nach Hause. Sie konnte fast die Augen schließen und sagen, was die Menschen gerade machten. Dort wurden Pecan-Nüsse geröstet und Mesquit-Brote gebacken, und dort wurden Mais und Fleisch geröstet. Nein, der Mais wurde geröstet und das Fleisch gekocht. Dort dampften Pferdeäpfel und Gerbmittel, und einer der Hunde hatte einen Skunk gefangen. Und hier war jemand dabei, Mesquitbohnen oder wilden Wein zu sammeln. Sie roch den schwarzen, üblen Geruch von Rosita, einer Pflanze, mit der sich die Frauen einrieben, um Käfer und anderes Ungeziefer fernzuhalten, wenn sie durch dichtes Gestrüpp marschieren mußten. Und *Gray Hand* hatte ihr Fleisch wieder zu lange liegen lassen, bevor sie es zum Trocknen aufhängte. Es wurde schon schlecht.

Sie spürte den Duft von geschnittenem Gras für die angepflockten Kriegsponys, roch zerstoßenes Eichenlaub und die Zedernnadeln der Bäume. Sie roch den Schweiß von Menschen und Tieren. Sie roch den Duft von Pferdedecken und dem frischen Leder der Häute, die dort gestapelt lagen, und Rauch. Es gab so viele Arten von Rauch. Sie schnupperte und atmete tief ein, schloß die Augen, um die Düfte zu unterscheiden. Hier Tabak mit Schmack. Die Pfeife wurde also nur bei einer Unterhaltung geraucht und nicht bei einer Beratung. Dann der Rauch von Bisonkot und verschiedenen Hölzern. Deer verwendete wohl verrottete Maulbeerbaumrinde, um ihre neue Antilopenhaut zu räuchern. Das würde der Haut eine dunklere, gelbbraune Farbe geben.

Silver Rain kochte gerade einen Topf mit Trockenpflaumen. Der süßliche, penetrante Duft war im ganzen Lager zu riechen. Und dort war jemand dabei, gelbe Farbe herzustellen. Sie konnte die Zürgelbaumwurzeln riechen, die zusammen mit vermoderter Eichenrinde gekocht wurden. Als sie durch die Gruppen arbeitender Frauen und spielender Hunde und Kinder weiterging, versuchte sie, nicht nach links oder rechts zu blicken, sondern sich ausschließlich auf ihre Nase zu verlassen. Das war ein Spiel, das ihr Spaß machte, eine Art Schatzsuche und eine Probe. Sie versuchte immer, neue Gerüche zu erkennen und ihre Fähigkeit zu schärfen, sie auseinanderzuhalten.

Einer der Männer war dabei, seinen Bogen zu reparieren. Die Luft vor seinem Zelt war mit dem scharfen Geruch von heißem Leim aus gekochten Pferdehufen und Hautresten erfüllt. Der Menge des von ihm verwendeten Leims nach zu schließen, mußte es einer dieser zusammengeleimten Bogen sein, die aus mehreren Schichten Holz oder Knochen bestanden. Und nach dem Geruch verkohlten Holzes zu schließen, würde es dort bald einen neuen Tretball geben. Name Giver hatte versprochen, den Mädchen einen zu machen. Die übliche Methode bestand darin, eine mit dem Rohleder bespannte Eichenwalze über ein Feuer zu halten, um die unebenen Stellen abzubrennen und sie weich zu machen. Dann würde er die Walze glatt und rund kratzen. Naduah spürte ihre wunden Zehen und den schmerzenden Spann und wünschte sich, Name Giver würde sich die Zeit nehmen, den Ball mit dem Gummiharz des Mesquitstrauchs zu beschichten, damit er etwas weicher wurde.

Naduah schnupperte den schwachen Duft von kandierten Zürgelbaumfrüchten und ging der Nase nach. Sie wußte, daß man ihr etwas davon anbieten würde, wenn sie vorbeikam, um guten Tag zu sagen. In der einen Hand hatte sie Winds leeres Zaumzeug und in der anderen hielt sie das dicke, pelzige Stück Bärenfell umklammert, das Wanderer ihr als Sattelunterlage geschenkt hatte. Sie hatte ihm gar nicht sagen können, wie glücklich sein Geschenk sie machte, als sie schon von Buffalo Piss und Pahayuca unterbrochen worden war und sie ihn in einer dicken Wolke aus Rauch und Unterhaltung hatte zurücklassen müssen.

Als sie am Fluß gesessen hatten, hatte er ihr aber die Geschichte dieses Bärenfells erzählt. Sie ließen die Beine in dem lauwarmen Wasser baumeln und aßen das luftgetrocknete Fleisch und den Honig, den sie mitgebracht hatte. Sie fragte sich, wie sie je darauf hatte verfallen können, ihn für arrogant zu halten. Sie erschauerte jetzt, als sie an die Geschichte dachte, die er ihr erzählt hatte. Sie versuchte sich vorzustellen, wie es sein mußte, allein einem Grizzlybären gegenüberzustehen. Wanderer hatte sich im Würgegriff des Bären befunden, gehalten von dessen zottigen Vorderbeinen, als er dem Tier mit seinem Messer die Kehle durchschnitten hatte. Ein Wasserfall aus warmem Blut war auf ihn herabgeströmt. Und eine der dicken scharfen Krallen hatte die lange, geschwungene, seidenweiche Narbe unter seinem linken Schulterblatt zurückgelassen.

Wanderer hatte so gleichmütig davon gesprochen, als erzählte er ihr von einer Kaninchenjagd. Und er zeigte ihr das Messer, das sie sogar in die Hand nehmen durfte. Es war ein bei einem Händler erstandenes einfaches breites Schlachtermesser, das etwa dreißig Zentimeter lang war und einen flachen Holzgriff hatte. Es sah genau wie das aus, das ihre richtige Mutter benutzt hatte. Dieses Messer war erst ein paar Jahre alt, aber schon so oft geschärft worden, daß es viel dünner war als das ihrer Mutter. Auf der flachen Seite der Klinge konnte sie gerade noch die Worte »Green River« erkennen. Wanderer hatte mit seinem Messer getan, was die meisten Angehörigen des Volkes mit diesen Abziehmessern ebenfalls taten. Er hatte die ursprüngliche Schneide heruntergeschliffen und sie nur auf einer Seite abgeschrägt. Er hielt das Messer ständig rasiermesserscharf und ölte es regelmäßig ein. Takes Down besaß eins, das schon so abgenutzt war, daß es nur noch wie ein schmaler Span war, und hatte dafür eine besonders schmale Hülle angefertigt.

Wanderer war erst fünfzehn gewesen, als der Bär ihn angriff. Was wäre gewesen, wenn er nicht die Geistesgegenwart besessen hätte, das Messer in der Hand zu halten und den Arm freizuhalten, als der Grizzlybär ihn packte? Was wäre gewesen, wenn er dort draußen allein gestorben wäre, irgendwo in einer wilden Schlucht auf den Staked Plains, wenn Wölfe und Kojoten und Raben und Geier seine Knochen saubergenagt und sie weggeschleift und in alle Winde zerstreut hätten? Dort, an dem warmen, schlammigen Fluß, in dem fleckigen Schatten der Pappeln, als die Sonne hoch und heiß über den mit dornigen Sträuchern und Kakteen bewachsenen Hügel stand und die Grillen zirpten, hatte sie das Messer gehalten, das noch warm war, da es so lange in der Scheide an seiner Hüfte geruht hatte. Sie versuchte, sich ihren gutaussehenden Wanderer tot vorzustellen, versuchte sich auszumalen, wie Ameisen auf ihm herumkrabbelten. Was wäre gewesen, wenn er nicht überlebt hätte und nicht in die Lage gekommen wäre, sie auf Nights Hinterteil hochzuziehen und mit ihr wegzureiten? Wäre sie dann noch immer mit ihrer Familie in Parkers Fort? Nein. Dann hätte vermutlich ein anderer sie gestohlen. Das Volk brauchte Kinder. Und sie liebten sie. Vielleicht wäre es Cruelest One gewesen. Allerdings machte der nie Gefangene. Aber es wäre vielleicht jemand gewesen, der genauso schlecht war wie er.

Sie und Wanderer hatten über den Überfall auf Parkers Fort gesprochen, als sie zu zweit auf Night von der Weide zurückritten. Es war schmerzlich gewesen, doch ihm schien daran zu liegen, daß sie genau verstand, was an jenem Tag geschehen war. Sie konnte noch immer seine Stimme hören, wie sie leise und sachlich auf sie einredete. Er hatte sich beim Sprechen umgedreht, um sie dabei anzusehen. Seine großen schwarzen Augen hatten ihr Gesicht so gemustert, wie nur er es tat, wie ein Wolf, der etwas untersucht, dessen er nicht ganz sicher ist.

»Buffalo Piss hatte einen Kriegstrupp gebildet, der dorthin reiten sollte, wo die weißen Männer ihre Behausungen errichten. Die Weißen sind sehr sorglos, und man kann ihnen so leicht Pferde stehlen, daß es sich oft gar nicht lohnt. Wir begegneten einer Gruppe von Caddo. In der Vergangenheit haben wir gegen sie gekämpft, doch vor einigen Jahren verhandelten wir über Frieden und gaben ihnen Geschenke. Als wir ihnen begegneten, hatten wir vor, bei ihnen Mais einzutauschen. Sie luden uns aber ein, uns ihrem Kriegstrupp anzuschließen. Sie sind nicht so gute Krieger wie wir und konnten uns gebrauchen. Sie waren auf einem Rachefeldzug, um den Weißen einen Angriff auf eins ihrer Dörfer heimzuzahlen, den die weiße Polizei verübt hatte.«

»Du meinst die Ranger?« Naduah übersetzte das mit »Umherstreifende Kriegerbanden«, womit sie der Wahrheit schon recht nahe kam.

»Ja. Sie griffen ein Dorf im Morgengrauen an, als alle noch schliefen. Sie töteten viele Menschen und trieben die Ponyherde davon.«

»Warum?« Naduah kannte die Geschichte von ihrem Vater, der einer der ersten Ranger gewesen war. Sie hatte aber gehört, daß der Angriff nur dazu dienen sollte, Pferde zurückzuholen, welche die Caddo den Siedlern gestohlen hatten, und die Diebe zu bestrafen.

»Andere Caddo hatten Pferde gestohlen, um diejenigen zu ersetzen, die Weiße ihnen beim Durchreiten weggenommen hatten.« So sei es weitergegangen, erst habe eine Gruppe gestohlen, dann eine andere, und am Ende seien Leute beteiligt gewesen, die zunächst nichts damit zu tun gehabt hätten. »Das Fort war ein guter Ort, Rache zu nehmen.«

»Aber die Leute dort hatten den Caddo weder etwas gestohlen noch sie angegriffen.« Beide vermieden es, Naduahs Verwandtschaft mit den Opfern oder die Tatsache zu erwähnen, daß sie weiß waren.

»Das spielte keine Rolle. Diejenigen aus dem Caddo-Dorf waren auch nicht diejenigen gewesen, die den Weißen Pferde gestohlen hatten. Das Fort war weit von anderen weißen Siedlungen entfernt. Die Soldaten, die dort gewesen waren, waren verschwunden. Und die Menschen, die dort lebten, waren unvorsichtig. Die Caddo hatten sie beobachtet und wußten, wie ihr Tagesablauf aussah. Big Bow und seine Kiowa und diejenigen von uns, die aus Buffalo Piss' Gruppe waren, waren auf Beute und Pferde aus. Wir befanden uns nicht auf einem Rachefeldzug, sondern die Caddo. Und wenn Blut vergossen wird, vergißt ein Mann, warum er da ist. Blut ist wie das Dummheitswasser des weißen Mannes.«

»Du meinst Whiskey?«

»Ja. *Wih-skee*. Es macht ihn tapfer und dumm, und dann tut er Dinge, an die er sich hinterher nicht mehr erinnern kann. Und so ist es passiert. *Suvate*, das ist alles.«

Und so war es gewesen. Und hier war sie. Und es war fast vier

Monate her, und niemand war gekommen, um sie zurückzuholen. Inzwischen war sie nicht mehr sicher, ob sie es überhaupt wollte. Tief in Gedanken versunken, wanderte sie weiter und starrte die braungelben Staubwoken an, die aufwirbelten, wenn sie die Füße auftreten ließ. Sie wich den langen Fasern der Geißblattrebe aus, die überall in Staub und Kies Ableger schießen ließ. Im nächsten Jahr um diese Zeit würde das ganze Gebiet von ihnen überwuchert sein. Sie trat danach, um die Pflanze zu entwurzeln. Die Geißblattreben wuchsen hier in Massen, und ihre Dornen krallten sich an allem fest, was sich hier bewegte. Ihre roten Blüten aber, die wie pelzige kleine Bälle aussahen, erfüllten die Luft mit dem Duft von Rosen. Sie konnte es schon an einer einzigen Pflanze riechen.

»Naduah.«

»*Hi, tai,* hallo, Freundinnen. Wie geht es euch?« Sie hatte die kandierten Zürgelbaumfrüchte bis zur Quelle zurückverfolgt, einer Laube vor Owls Zelt. She Laughs hatte die Süßigkeit gerade fertig geröstet, die jetzt in einer kleinen Schildkrötenschale lag. She Laughs zeigte ein seltenes Lächeln, das ihr Gesicht aufhellte. She Laughs war eher häßlich und hatte grobe Gesichtszüge, doch ihr Lächeln war so schön, als sollte es die Häßlichkeit vergessen machen. So wie bei der häßlichen kleinen Geißblattrebe mit ihrem köstlichen Aroma.

»Ist Owl da?« Naduah blickte zu der dunklen Zeltöffnung hinter ihnen. Name Giver saß davor und arbeitete an dem Tretball.

»Nein. Sie ist losgegangen, um für ihren Großvater Weidenruten zu sammeln.«

»Wir haben gehört, daß Wanderer dir mit deinem Pony geholfen hat.«

»Ja.« Eka Na-pe, *Red Foot,* war zwar hübsch, aber Naduah nahm sich vor ihr in acht. Sie war eitel und eingebildet und schien nur eins im Kopf zu haben: einen Mann zu finden. Nach Möglichkeit Wanderer. Vielleicht mochte Naduah sie nicht, weil Red Foot diejenige war, die ihm am meisten nachlief und immer dann störte, wenn Naduah es schaffte, ein Wort mit ihm zu wechseln. Jetzt hatte sie drei oder vier Stunden mit Wanderer verbracht, und anscheinend wußte schon das ganze Lager Bescheid. Es überraschte sie nicht, wie schnell sich die Nachricht verbreitet hatte, wunderte sich aber, daß sich alle überhaupt die Mühe machten, über ein neunjähriges Mädchen zu sprechen. Aber sie durfte nicht vergessen, daß bei dieser Bagage alles, was Wanderer tat, Stoff zu Klatsch und Tratsch bot.

»Worüber habt ihr beide gesprochen?« She Laughs Stimme hörte sich schmachtend an. Ob die sich etwa auch für Wanderer interessierte? Sie war alt. Fast dreißig Winter.

»Wir haben über Pferde gesprochen.«

»Ihr seid den ganzen Morgen weg und sprecht nur über Pferde?« Der Neid, der in Red Foots Stimme mitschwang, weckte in Naduah einen Anflug von Schadenfreude.

»Ja. Wir haben über Pferde gesprochen. Und darüber, wie er an dieses Stück Bärenfell gekommen ist.« Sie hielt es hoch. »Ich werde es euch erzählen, wenn ich Zeit dafür habe.« *Und wenn ich die Geschichte lange genug geprobt habe,* dachte sie, als sie die Hand ausstreckte, um das Gesicht von Slopes neugeborenem Baby mit der Krähenfeder zu kitzeln, die an seinem Wiegenbrett hing. Der kleine Junge, der an dem V-förmigen Rahmen festgebunden war, hing an seinem Stab am Dach der Laube und schaukelte sacht. Naduah zupfte an seinem kleinen Penis, der durch die Windel hervorlugte, was ihn wie eine kleine Quelle plötzlich lossprudeln ließ.

»Die Zürgelbaumfrüchte waren gut, She Laughs. Sag Owl, daß ich später vorbeikomme, um sie zu sehen.« Und dann ging sie, bevor jemand ihr weitere Fragen stellen konnte. Smoke und Dog trotteten um sie herum, verhakten sich in Naduahs Beinen und hätten sie fast zu Fall gebracht. Sie verscheuchte sie mit den Armen.

Sie beschloß, Wanderer zu fragen, ob Owl und Star Name zu den Trainingsstunden mitkommen durften. Und sie würde die Mädchen schwören lassen, alles geheimzuhalten, was dort geschah. Das würde Red Foot ziemlich zu schaffen machen. Naduah grinste schon bei der bloßen Vorstellung. Und tat einen kleinen Tanzschritt und glitt dann seitwärts wie beim Liebestanz.

20

Die blaßrote Erde und das kurze, blaugefleckte Gras sahen aus, als hätte man ein zerknittertes, räudiges Bisonfell auf die Hügel geworfen. Sie sanft wogende Ebene erstreckte sich bis zum Horizont, ohne unterwegs durch etwas aufgehalten zu werden. Der Himmel schien tiefer über der Erde zu hängen als sonst und hatte die Farbe von

Asche. Aus der Ferne war das gleichmäßige Dröhnen von Tausenden von Bisons zu hören. Es war ein dumpfes Grollen, das sich ebenso hartnäckig hielt wie der kalte Wind und der graue Himmel.

Wanderer saß lässig auf Night. Er hatte die Zügel in den Gürtel gesteckt und so die Hände frei. Die Zügel waren fast sieben Meter lang und würden sich von seinem Gürtel lösen, wenn er beim Hetzen der Bisons stürzte. Wenn er Glück hatte, würde er sie noch rechtzeitig greifen können, so daß Night ihn vor der heranstürmenden Herde retten konnte. In der kalten Luft der Morgendämmerung dieses späten Oktobertages trug er nur einen Lendenschurz und seine Mokassins und hatte nichts weiter bei sich als sein Abziehmesser sowie Köcher und Bogen. Er ritt ohne Sattel und hatte Night nicht einmal mit dem Gewicht eines Sattelgurtes belasten wollen. Er zitterte ein wenig, als er ein letztes Mal seine Ausrüstung prüfte. Er zog die zusammengerollte Bogensehne unter der Achselhöhle hervor, wo er sie vor der Morgenfeuchtigkeit geschützt hatte, und befestigte sie an seinem Bogen. Wenn die Sehne zu feucht wurde, dehnte sie sich, und wenn sie zu trocken wurde, schrumpfte sie und konnte leicht reißen. Falls diese Sehne riß, hatte er noch zwei Zusatzsehnen in einer kleinen Tasche am Köcher.

Er steckte den Bogen unter den Schenkel, um ihn so festzuhalten, und ließ den Köcher auf die linke Seite hinübergleiten, wo er ihn leichter erreichen konnte, als wenn er über die Schulter langen mußte. Dort, wo ihn eben noch das dichte Fell des Köchers gewärmt hatte, wehte ihm der Wind jetzt kühl über den Rücken. Er schüttelte den Köcher, so daß alle Pfeile auf dem Boden lagen, dem breiteren Teil des tränenförmigen Köchers. Die leere Bogenhülle hing an den Enden schlaff herunter und war dem daran befestigten Köcher nicht mehr im Weg. Beide Zylinder waren aus dem dichten Winterfell eines riesigen weißen Wolfs hergestellt worden, und der Schwanz war zu einer Hülle für den Bogen geworden. Die vier Pfoten hingen an beiden Enden des Köchers herab und waren mit Perlenschnüren und Troddeln geschmückt. Weiße Wölfe waren unter den roten Wölfen der Plains sehr selten, und ihre Medizin war stark.

Wanderer zog sieben Pfeile heraus, die am unteren Ende des Schafts mit den Truthahnfedern sämtlich die drei roten Streifen trugen. Er steckte sich zwei der Schäfte zwischen die Zähne und hielt fünf weitere mit der Bogenhand. Insgesamt wog der Köcher mit seinen zwanzig Jagdpfeilen weniger als zwei Pfund.

Der weite Halbkreis von fünfzig Männern rückte langsam zu der

Bisonherde vor, die auf der anderen Seite des langen, niedrigen Hügelkamms graste und nicht zu sehen war. Die Jäger hatten keinerlei Metall bei sich, keine Hufeisen, keine Sättel, nichts, was quietschen oder klirren konnte, und der Wind wehte ihnen ins Gesicht. In dem grauen Licht des bedeckten Morgenhimmels bewegten sie sich langsam durch den Bodennebel, der um die Hufe ihrer Ponys waberte. Die Männer wirkten wie Geisterjäger, deren Köpfe und Schultern in die dampfenden Schwaden ihres Atems und die ihrer Ponys eingehüllt waren. Wanderer beobachtete aus dem Augenwinkel, wie Pahayuca wie ein Standbild auf seinem großen Rotbraunen saß. Das Volk brauchte keine Schutzformationen auf der Jagd wie andere Stämme. Jeder Mann war sein eigener Herr, arbeitete auf der Jagd jedoch voll und ganz mit den anderen zusammen. Es wäre ihnen nicht eingefallen, anders zu handeln. Die Spannung unter den Männern vibrierte förmlich, als sie auf Pahayucas Zeichen warteten. Sie waren straff gespannte Sehnen aus Fleisch und Blut, die nur durch einen Abzug aus feinem Haar gehalten wurden. Wanderer zwang sich zur Ruhe, zitterte aber immer noch leicht. Night flatterte einmal mit den Ohren.

Während er wartete, dachte Wanderer an eine Jagd vor drei Jahren und an den zerstampften und verstümmelten Leichnam seines Vetters. Wanderer hatte ihn angestarrt, nachdem der verwundete Bulle endlich gestorben und von mehreren Pferden weggeschleift worden war, an die man ihn mit Leinen gebunden hatte. Eine Bisonjagd konnte tödlicher sein als ein Kampf gegen Männer. Bisons waren manchmal unberechenbarer als Männer.

Wanderer erinnerte sich an seine erste Jagd und den riesigen Bullen, den er nur verwundet hatte. Er war dreizehn Jahre alt gewesen und hatte zum erstenmal in seinem Leben Angst gehabt. Seitdem hatte er dieses zunehmende Rumoren der Angst in den Eingeweiden schon viele Male gespürt, doch beim erstenmal war es am schlimmsten gewesen. Er würde nie den stinkenden Atem des Tieres vergessen und das zischende Geräusch von Blut und Dampf, die dem Bison aus Maul und Nüstern drangen. Er sah immer noch den riesigen Rumpf des Tieres vor sich, das plötzlich aus der Staubwolke auftauchte. Er sah immer noch die Äderchen in den verkrusteten, blutunterlaufenen Augen, die dem Bison fast aus dem Kopf zu springen schienen.

Der breite, mit Kletten übersäte und staubverkrustete Rücken des Bisons schien einige Meter breit zu sein, und seine zottige, strähnige

Mähne strich über den Erdboden, als das Tier grunzte und mit den Vorderhufen schlug. Seine Schultermuskeln spannten und wölbten sich, dann senkte es den Kopf und stieß seine gefährlichen, geschwungenen Hörner vor. Der Bison war bereit zum Angriff. Er hatte eine Schulterhöhe von mehr als zwei Metern und wog über zweitausend Pfund. Natürlich hatte Wanderer sich für das erste Mal den größten Bullen ausgesucht, den er finden konnte. Jetzt war zweifelhaft, wer den Tod finden würde. Wanderer wußte, daß die Wucht und der Lebenswille und das Nervensystem den Bullen noch mehrere Meter auf den Beinen halten würden, selbst wenn er starb.

Der Bulle griff an, und Wanderer erstarrte auf seinem Pony. Er sah fasziniert zu, wie der Tod auf ihn zudonnerte. Zum Glück besaß sein Pferd mehr Verstand. Wanderers Vater Pohebits Kwasu, *Iron Shirt*, hatte ihm sein bestes Bisonpony geliehen, und das Pferd war großartig. Der Hengst wich dem heranstürzenden Tier aus und umkreiste es, während der Bisonbulle sich auf den Vorderhufen drehte. Dann stieß dieser sich mit den Hinterbeinen wieder in eine neue Richtung ab und konnte seine zweitausend Pfund Gewicht so blitzschnell herumwirbeln, als wäre er mit den Hufen an einem Drehzapfen befestigt.

Zwei Minuten lang, die zu den längsten in Wanderers Leben gehörten, wich das Pony immer wieder aus und bemühte sich immer wieder, in die richtige Position an der linken Seite des Bullen zu kommen. Es mußte Wanderer auf Bogenlänge heranbringen, damit der Schuß die größte Wirkung erzielte. Der zweite Pfeil drang hinter der Rippe ein, durchstieß den Rumpf bis zum Herzen und drang auf der anderen Seite in die Erde. Der Bison stürzte auf die Knie und hielt dort inne, als wollte er seinem Jäger Tribut zollen, bevor er tot zur Seite rollte. Wanderer war zu erregt gewesen, um seinen ersten Pfeil herauszuziehen, der sein Ziel verfehlt hatte. Scham hatte in ihm gebrannt, als seine Schwester und deren Freundinnen ihn ihm wiedergaben und ihn bei der anschließenden Feier vor der ganzen Gruppe verhöhnten. An jenem Tag hatte er zwei Dinge gelernt. Er gelobte, nie wieder einen Pfeil, der sein Ziel verfehlt hatte, in seinem Opfer zurückzulassen, und zwar ohne Rücksicht auf die Risiken, die er dazu auf sich nehmen mußte. Und er wußte, daß er künftig immer das bestmögliche Pferd unter sich haben würde.

Seine Tagträume wurden durch eine Bewegung am Rand seines Blickfelds unterbrochen, und er spannte alle Muskeln an. Die Bewegung wurde in ein Zeichen für Night umgesetzt.

Pahayucas Hand erhob sich und fiel in einer schnellen, schneidenden Bewegung. Jeder Mann beugte sich vor, und die Ponys rannten los. Die Formation nackter Reiter galoppierte über den Hügelkamm und bildete auf der anderen Seite einen Kreis, so daß die Herde in der magischen Einschließung gefangen war. Als der Kreis der Reiter immer enger wurde und die Bisons immer stärker zusammendrängte, liefen die Kühe und Kälber brüllend und kopflos in der Mitte des Kreises herum. Die Bullen rannten um sie herum und setzten ihre Körper als Barriere ein. Sie rannten mit gesenkten Köpfen und herausgestreckten Zungen, und ihr Atem quoll ihnen in dicken Wolken aus Nasen und Mäulern.

Wanderer mußte nicht einmal die Knie gebrauchen, um Night zu lenken, als er in die Menge der durchgehenden Bullen hineinritt. Night galoppierte mit voller Geschwindigkeit durch die dicke Staubwolke, schaffte es aber dennoch, alten Erdlöchern von Präriehunden auszuweichen, die ihm die Beine wie Zweige zerbrochen hätten und seinen Reiter und Freund unter die wirbelnden Hufe hätte geraten lassen. Falls er stürzte. Night wußte, daß er herumwirbeln mußte, sobald ein Tier getroffen war, um nicht aufgespießt zu werden, falls es sich gegen sie wandte. Und Night war schnell genug, ihre Jagdbeute schnell genug zu hetzen. Das Fleisch eines überhitzten Bisons verdarb schnell.

Wanderer und Night waren wie ein Tier, wie der Zentaur, für den die Indianer die berittenen Spanier vor Hunderten von Jahren gehalten hatten. Doch Wanderer ritt besser als jeder Spanier. Er und Night stürzten sich ins Getümmel, wichen Hörnern und Hufen und den Pfeilen anderer Jäger geschickt aus. Für Furcht oder Nachdenken oder Pläne war keine Zeit. Sie handelten instinktiv, unbewußt, wieselten in Staub und Gestank und Lärm hin und her.

Die Herde zerstreute sich, als einzelne Tiere Öffnungen fanden und über die Hügel davonrannten. Sie wirkten zunächst unbeholfen und tolpatschig, bis sie ihr Tempo gefunden hatten. Dann rannten sie mit erstaunlicher Geschwindigkeit los, schlugen mal Haken nach rechts, dann nach links. Sie liefen einen Zickzackkurs, damit die Köpfe entweder nach links oder rechts gewandt waren. So konnten sie mit einem Auge nach vorn und mit dem anderen nach hinten sehen. Pahayuca sagte, eine Bisonherde könne in Texas frühstücken, im Land der Ute zu Mittag essen und die Abendmahlzeit bei den Wichita einnehmen.

Die Erde war mit gefallenen Bisons übersät. In ihren Flanken steckten Pfeile, und zwar so gleichmäßig, als hätte man sie mit Greifzirkeln vermessen. Schließlich blieben nur die gelbroten Kälber übrig, die entweder verwaist oder von ihren Eltern im Stich gelassen worden waren. Sie blökten und stoben in alle Richtungen auseinander. Während die schreienden und johlenden Jungen losritten, um sie zu erledigen, gab Pahayuca den wartenden Frauen und Mädchen ein Zeichen. Diese rannten den Abhang hinunter, um die Zahl der erlegten Tiere auf dem Kerbholz zu markieren.

Star Name setzte sich rittlings auf das auf dem Rücken liegende Kalb, das alle Viere in die Luft streckte. Mit einem geschickten Schnitt öffnete sie den Bauch. Dann nahm sie einen weiteren Schnitt vor und wühlte im ersten Magen des Kalbs herum. Sie fischte eine Handvoll geronnener Milch heraus, die wie Bauernkäse aussah, nahm sich ein paar Stücke, steckte sie in den Mund und bot Naduah den Rest an. Naduah schüttelte schwach den Kopf und hätte fast das bißchen Frühstück, das sie gegessen hatte, nicht bei sich behalten können.

Es war die erste Jagd dieser Größenordnung, an der sie teilgenommen hatte, und es fiel ihr schwer, sich an die Eßsitten zu gewöhnen. Es war nicht das Schlachten, das ihr etwas ausmachte. Davon hatte sie schon einiges gesehen, obwohl sie es nicht mochte. Es war die Tatsache, daß das Volk alles aß. Und das mit Genuß. Mit den Plains als Tisch und einer warmen Bisonhaut als Teller schlemmten sie.

Einige der Tiere traten noch mit den Beinen, da ihre Nerven immer noch Impulse zum Hirn schickten, obwohl das Herz schon längst aufgehört hatte zu schlagen. Eine Kuh lag auf der Seite und keuchte und stöhnte, während ihr die Haut abgezogen wurde. Immer noch strömte Blut, und die Staubwolke, die der Sturz des letzten Bullen aufgewirbelt hatte, hatte sich noch nicht gelegt. Die rohen, mit grüner Galle aus den zerplatzten Gallenblasen gesprenkelten Lebern waren Delikatessen, die den Jägern vorbehalten waren. Sunrise gab Naduah ein Stück von seiner Leber ab, und sie war überrascht, wie gut sie schmeckte. Sie begann, von den Eingeweiden zu essen. Immerhin waren sie alles, was sie überhaupt bekommen würde, und sie merkte, daß sie begierig aß.

Takes Down biß in ein Stück von dem weichen, gelblichen Talg aus den Lenden des Bullen und ließ es im Mund schmelzen. Ihre Augen waren halb geschlossen, und sie kaute mit dem gleichen seligen Ausdruck im Gesicht, den Rabbit Ears beim Fressen einer besonders zarten Distel gezeigt hatte.

Die Hunde rannten wie wild in Rudeln herum, schnappten und bellten und heulten vor Erregung. Von Zeit zu Zeit rannten sie zusammen und versuchten, sich ein besonders leckeres Stück Abfall zu schnappen, das jemand über die Schulter geworfen hatte. Der Sieger zog mit eingeklemmtem Schwanz über die Ebene, verfolgt von den Verlierern, die ihm laut kläffend auf den Fersen blieben.

Die Herzen wurden herausgeschnitten und beiseite gelegt, um die Bisons zu ehren und zur Fortpflanzung zu ermuntern. Kaum waren die weichen Innereien und anderen Organe aufgegessen, machten sich Männer, Frauen und Kinder schnell an die Arbeit, um das Schlachten zu beenden. Fleisch, das nicht spätestens am folgenden Morgen in Streifen geschnitten war und auf den Trockengestellen hing, würde selbst in diesem kühlen Wetter verderben. Und es gab viel Fleisch. Vier oder fünf Frauen, die mit ihren Männern zusammenarbeiteten, waren nötig, um die von jedem Jäger erlegten Tiere zu verarbeiten.

Takes Down und Black Bird schlachteten die Kühe aus, die Sunrise für seine Familie getötet hatte. Takes Down legte das Tier auf die Seite, schnitt am Bauch die Haut auf und zog die obere Hälfte der Haut ab, wobei sie das Fleisch von den Knochen schnitt. Dann banden sie und Black Bird Seile an die Füße und wendeten den Kadaver mit Hilfe ihrer Ponys, um den Vorgang auf der andere Seite zu wiederholen.

Naduah und Star Name und Owl beluden Lastpferde und ritten den ganzen Tag zwischen der Stelle, an der die Bisons erlegt worden waren, und den Trockengestellen im Jagdlager hin und her. Am Nachmittag taten Naduah Arme und Beine von der Anstrengung weh, schwere Lasten von Fleisch zu tragen und immer wieder auf den Zehenspitzen zu stehen, um die Fleischstreifen aufzuhängen. Sie war mit Fett und Blut bedeckt, das allmählich trocknete und ziepte.

Während die Frauen arbeiteten, wuchteten Sunrise und Wanderer die schwereren Bullen auf die Bäuche, so daß sie alle Viere von sich steckten. Sie durchschnitten die Haut an Brust und Hals und zogen sie zurück, damit sie die Vorderviertel herausschneiden konnten. Sie schnitten an der Mitte des Rückens entlang, wobei sie darauf achteten, die Sehnen am Rückgrat unbeschädigt zu lassen, und lösten die Hinterviertel heraus. Der Steiß verblieb am Rücken. Die Flanke wurde bis zum Bauch aufgetrennt und zusammen mit dem Bruststück in einem Stück entfernt. Die riesige Fleischscheibe wurde zusammengerollt, in ein Stück Haut gesteckt und auf ein Lastpferd geladen.

Sunrise öffnete den Bauch, um die Gedärme zu entfernen, und trennte Rippen und Brustbein. Er schnitt zwischen den mittleren Rippen hindurch, nahm die losen Enden in beide Hände und riß die Rippen scharf nach oben und außen, womit er vom Rückgrat Rippensteaks abbrach. Als er damit fertig war, war nur noch das nackte Rückgrat mit dem Kopf daran übrig. Dann spaltete er den Schädel und löffelte das Hirn in eine Schale aus Magenhaut. Das Hirn wurde beim Gerben gebraucht.

Während Black Bird sorgfältig die Sehnen von der Wirbelsäule entfernte, präparierte Takes Down sie, bevor sie mit Hilfe ihres natürlichen Leims trocken und steif werden konnten. Sie säuberte die feuchten Sehnen, indem sie sie mit einem Stück Knochen abkratzte und dann noch weiter aufweichte, bis weitere Fasern abgeschabt werden konnten. Der Vorgang sah leicht aus. Er war es aber nicht. Die längste Sehne war die, die am Rückgrat entlang verlief. Sie war neunzig Zentimeter lang. Die Sehne unter dem Schulterblatt einer Bisonkuh ist zwar nur dreißig Zentimeter lang, dafür aber besonders dick. Wenn man viele von ihnen zusammenzwirbelt, erhält man eine kräftige Bogensehne.

Während die Kadaver unter den Händen des Volkes immer kleiner wurden und schließlich verschwanden, erkannte Naduah, wie sehr ihr Leben vom Bison abhing. Jeder Teil hatte eine Funktion. Aus den Blasen wurden Medizinbeutel gemacht. Die Knochen wurden zu Schaufeln, Spänen und medizinischen Schienen, zu Sattelknöpfen, Schabmessern und Ahlen, zu Schmuck und sogar zu Würfeln für das Glücksspiel. Das Skrotum wurde abgeschnitten und beim Tanzen als Rassel verwendet. Die Beutel aus Magenhaut würden die ausgedienten Wasserbehälter ersetzen, und Hufe und Füße ergaben Leim und weitere Rasseln. Aus den Hörnern wurden Tassen und Löffel und Schöpfkellen gemacht sowie feuerfeste, wasserdichte Behälter für Pulver und Holzkohle, wenn das Volk mit dem Lager umzog.

Mit dem Haar wurden Kopfkissen und Sattelkissen und Schilde ausgestopft. Wenn man es zusammenflocht, entstanden Seile und Halfter und Kopfschmuck. Die Schwänze waren praktische Fliegenklatschen und Reitpeitschen und wurden auch als Dekoration verwendet. Selbst der Mageninhalt wurde geleert und für den künftigen Gebrauch sortiert. Die kleinen Kügelchen von teilweise verdautem Gras wurden für Medicine Woman aufbewahrt, die damit Frostbeulen und Hautkrankheiten behandelte. Star Name hielt einen besonders großen Haarball hoch, sehr wertvolle Medizin, die zu besitzen Medicine Woman sich glücklich schätzen würde.

Die Häute wurden ebenfalls aufbewahrt, aber sie waren noch nicht erstklassig. Später, Ende November oder Anfang Dezember, wenn die Häute am dicksten waren, würde das Volk nochmals auf die Jagd gehen. Zu dieser Zeit waren die Häute der vierjährigen Kühe als Zeltwände am besten geeignet. Wer auf Decken oder Umhänge aus war, hielt nach kleinen Bisons mit schlanken, kompakten Leibern Ausschau. Deren Haar war so seidig wie Pelz und ergab das beste Bettzeug.

Als die Sonne tief am Horizont hing, sah sie aus, als wäre auch sie in das Blut getaucht worden, das Naduah und ihre Familie über und über bedeckte. Der Wind war jetzt kälter geworden, und Naduah zitterte in ihrem schweißnassen Kleid. In einer langen, erschöpften Reihe folgten die Jäger und ihre Familien der breiten, tiefliegenden Straße der Bisonherde zum Fluß und dem Jagdlager. Die Kundschafter, die ein paar Tage vorher aufgebrochen waren, um eine geeignete Stelle zu finden, hatten gute Arbeit geleistet. Die niedrigen, provisorischen Hütten aus Bisonhaut standen unter Weiden und Pappeln in der Nähe eines klaren Flusses. Am anderen Ufer schützte sie ein steiles Felsufer vor dem Nordwind. Hinter den Hunderten von Trockengestellen, an denen Fleischstreifen hingen, waren die kleinen Hütten kaum zu sehen. Wer zu seiner Behausung wollte, mußte sich den Weg durch ein Gewirr dieser Gestelle bahnen.

»Naduah«, rief Star Name zwischen gewölbten Händen, »wir wollen zum Fluß und baden. Komm mit.«

»Du bist verrückt. Es ist zu kalt.«

»Es ist nicht kalt«, versicherte ihr Owl. Vielleicht nicht für Owl. Für Owl wäre vielleicht nicht einmal geschmolzener Schnee zu kalt. Sie hatte eine Haut wie eine alte Bisonkuh. Doch konnte Naduah der unausgesprochenen Herausforderung nicht widerstehen.

»Ich komme.«

Sie und Star Name standen am Ufer des Flusses und spritzten sich gegenseitig mit Wasser voll. Sie zitterten und bibberten vor Kälte, und unter der Gänsehaut wurde die Haut schon blau. Nur Owl schien das Wetter nichts auszumachen. Sie war ins Wasser gewatet und saß jetzt im Fluß, so daß nur ihr Kopf zu sehen war.

»Feiglinge»«, rief sie. »Es ist nicht schlecht, wenn man sich erst daran gewöhnt hat.«

»Das hier reicht uns, Owl.«

»Beschwert euch aber nicht bei mir, wenn keiner euch zum Tanzen auffordert, weil ihr wie Bisons stinkt«, rief Owl. Sie stand auf und kam auf sie zu. Sie hüllten sich in ihre Umhänge und begaben sich immer noch redend zum Lager zurück.

»Pahayuca hat uns die Büffelzungen-Zeremonie versprochen, wenn wir wieder im Hauptdorf sind«, sagte Star Name.

»Und die Frauen sind deswegen schon ganz aufgeregt«, fügte Owl hinzu. »Ich kann es gar nicht abwarten zu erfahren, wer dazu ausersehen wird, die Mahlzeit zu servieren.«

»Ich vermute, daß sie alle dazu ausersehen werden wollen«, sagte Naduah. Owl lachte vor Entzücken.

»Nicht direkt. Bevor sie die Zunge servieren kann, muß jeder Mann, der mit ihr geschlafen hat, ›Nein!‹ rufen. Sie muß Jungfrau sein, verstehst du?«

»Eine sehr seltene Tierart«, bemerkte Star Name boshaft.

»Und natürlich machen sich die Männer über die Frauen lustig, egal wie es ausgeht.«

»Wißt ihr noch, wie es im letzten Jahr war, als Red Foot servierte und Buffalo Piss sagte, sie schlafe mit allen Hunden im Dorf?«

»Ja. Und dann sagte Sunrise, sie schlafe mit allem, was einen Pimmel habe.«

»Das hat Sunrise gesagt?« Naduah konnte es nicht glauben.

»Ja, das hat er«, erwiderte Star Name. »Ich habe es selbst gehört.«

»Das ist ja das Schlimme. Jeder hört es. Wenn niemand den Mund aufmacht, klatschen alle Frauen Beifall und machen ›li-li-li‹.« Owl machte es vor und ließ die Zunge am oberen Gaumen vibrieren.

»Das kann ich nicht.«

»Doch, du kannst, Naduah. Es geht so.« Owl stellte sich vor Naduah und neigte den Kopf, damit das Mädchen ihre Zunge und ihren Gaumen deutlich sehen konnte. »Du mußt üben.«

Und auf dem Rückweg zu ihren Hütten übten alle drei laut und hörbar.

21

Naduah biß sich auf die Lippe und sah die Pferde auf die Linie der Klippen im Norden zutraben. Sie drehte sich um und legte Star Name die Zügel des gescheckten Ponys, das Wanderer ihr gerade gegeben hatte, in die Hand.

»Nimm ihn. Jetzt haben wir beide eins.« Sie mußte bei dem letzten Wort würgen, fuhr herum und verschwand zwischen den Zelten. Sie rannte mitten durch das Radspiel der Jungen. Das Zielrad und die kleinen Pfeile flogen in mehrere Richtungen, doch sie verlangsamte keine Sekunde das Tempo. Sie ignorierte die Drohungen, die ihr hinterhergeschickt wurden, und rannte zu ihrem Zelt weiter. Sie sprang über die Schwelle in die halbdunkle Wärme und warf sich schluchzend auf ihr niedriges Bett.

Medicine Woman trat so leise ein wie ein Schatten und wartete, bis sich der Sturm gelegt hatte. Dann setzte sie sich neben Naduah und nahm sie in ihre schlanken, zarten Arme.

»Er wird zurückkommen, Kleines. Weine nicht.«

»Erst in zwei oder drei Jahren. Vielleicht noch später. Das hat er gesagt. Das ist eine Ewigkeit.« Naduah schluckte, bekam einen Schluckauf und putzte sich die Nase mit einem Blatt, das Medicine Woman ihr reichte. »Warum mußte er weg? Ich dachte, er ist mein Freund. Er hat mir geholfen, Wind zu trainieren.«

»Weißt du, was Nocona bedeutet, Enkelin?«

»Wanderer.«

»Namen sind sehr persönlich. Jeder sollte anders sein, so wie keine zwei Schneeflocken gleich sind, denn jeder Mensch ist anders. Der Name sagt etwas über einen Menschen aus, so wie deiner, Keeps Warm With Us, Fühlt Sich Bei Uns Wohl. Der Name sagt, wie du handelst und was du in deinem Leben getan hast. Nocona ist ein Wanderer. Er ist etwas Besonderes. Er gehört niemandem und jedem. Wir müssen ihn miteinander teilen.«

»Ich will ihn mit niemandem teilen. Hier in der Wasp-Gruppe mußte ich ihn sowieso schon mit anderen teilen.«

»Es gibt manchmal Dinge im Leben, bei denen einem keine Wahl bleibt. Wanderer gehört dazu. Er ist etwas Besonderes und hat für seine Jugend schon viele Verpflichtungen. Er muß eine Zeitlang zu seiner eigenen Gruppe und in die Staked Plains zurück.«

»Warum ist er so besonders?«

»Manche Menschen sind es einfach. Alle unsere Männer streben danach, gute Krieger zu sein. Alle sind tapfer. Doch der Kojote kann nie ein Wolf sein und der Habicht kein Adler. Wanderer ist ein Wolf unter Kojoten und ein Adler unter Habichten. Er wird dich nicht vergessen, Kleines. Und du mußt dich seiner Freundschaft würdig erweisen.«

»Ich werd's versuchen.« Naduah hielt schniefend einen großen nassen Schluchzer zurück.

»Los, zeig mir ein Lächeln.« Medicine Woman hob das Kinn ihrer Enkelin und lächelte zu ihr hinunter. »So ist es gut. Wir werden unsere Zelte schon bald im Lager von Old Owl aufschlagen. Wir werden mit ihnen den Winter verbringen. Du wirst deinen Bruder sehen.« Naduahs Lächeln wurde breiter.

»Wann?«

»Bald.«

John Parker, Bear Cub, kauerte unter seiner Bisondecke vor dem Zelt seines Großvaters und sah zu, wie Old Owl an einem neuen Bogen für ihn arbeitete. Cub wuchs so schnell, daß sein Bogen nach sechs Monaten beim Volk zu kurz geworden war. Es war später Nachmittag, und das Herbstlicht wurde schwächer. Die beiden saßen vor dem Zelt, um sich die wenigen Strahlen zunutze zu machen, welche die Sonne durch die dicken, sich auftürmenden grauen Wolken schicken konnte. Old Owls Augen waren einmal die eines Habichts gewesen, ließen ihn jetzt aber immer mehr im Stich.

Old Owl hatte am Morgen, kurz bevor Cub zu seinem täglichen Ausflug aufbrach, die Länge des Bogens gemessen. Er hatte den Jungen stillstehen lassen, während er den jungen Osage-Orangenbaum an Cubs Bein gehalten und die Höhe an dessen Hüfte markiert hatte. Er hatte den ganzen Tag damit zugebracht, den Bogen zu formen, und ihn geduldig in die gewünschte, sich an beiden Enden verjüngende Form geschnitzt. Jetzt war Cub wieder da, und Old Owl sprach bei der Arbeit zu ihm. Es war ein Monolog, zu dem es immer dann kam, wenn er mit Cub allein war. Und oft genug auch, wenn sie es nicht waren. Cub hörte aufmerksam zu.

»Halte immer nach Winterholz Ausschau, Cub. Das platzt nicht auf, wenn es trocknet. Orangenholz ist am besten, so wie das hier. Es kommt aber von weit aus dem Norden und ist nicht leicht zu bekommen. Eine junge Esche, die von einem Präriebrand getötet wurde, ergibt auch einen guten Bogen. Aber Ulme, Rotzeder, Weide, Maulbeerbaum oder Hartriegel tun es auch. Du mußt die Rinde abschälen, wenn du die jungen Stämme sammelst, und sie mit Fett einreiben. Schnüre sie zu Bündeln und hänge sie an der Spitze des Zelts über dem Feuer auf. Der Rauch macht sie haltbar und tötet die Insekten darin.«

»Wie viele Stäbe in jedem Bündel?«

»Oh, zehn oder zwölf. Forme den Bogen so, daß du von der Mitte aus, vom Griff her schneidest. Wenn du mit dem Schnitzen fertig bist, mußt du den Bogen mit Sandstein glätten und polieren.« Old Owl verrieb mehr Fett auf dem Stab und hielt ein Ende des geschwungenen Holzes über das Feuer, bis es sehr hieß war. Er grunzte, als er das Ende unter seinem Mokassin bog und den Bogen krümmte. Während er ihn festhielt, sprach er weiter.

»Wenn das Holz abkühlt, wird sich die Krümmung halten. Das Schwierige daran ist, bei beiden Seiten genau die gleiche Krümmung zu erreichen. Manchmal mußt du das Holz neu erhitzen und von vorn anfangen. Geduld ist dabei wichtiger als alles andere. Du darfst nicht aufhören, bis der Bogen genauso aussieht, wie du ihn haben willst. Du darfst dich nie mit weniger als dem Besten zufrieden geben, es sei denn, du bist verzweifelt und hast es eilig. Von deinen Waffen hängt dein Leben ab. Und, was noch wichtiger ist, das Leben deiner Familie.

Vergewissere dich, daß der Griff dick genug ist, sonst wird der Bogen wackeln, wenn du ihn abfeuerst. Und die Sehne wird dir das Handgelenk verrenken.« Cub hielt sein Handgelenk hoch, um seinem Großvater das breite Lederband zu zeigen, das er für diesen Fall angefertigt hatte. Old Owl streckte die Hand aus und drehte Cub das Handgelenk um, um das Band von allen Seiten zu betrachten. »Gut. Wenn du die Ränder mit einem heißen Stein glättest, wird es nicht scheuern. Wo war ich stehengeblieben?«

»Du sprachst gerade davon, daß man den Griff dick genug machen muß.«

»Ja. Und die Enden des Bogens. Sie sollten so breit sein wie dein kleiner Finger. Halte ihn hoch, damit ich Maß nehmen kann.« Cub gehorchte, langte dann unter seinen Umhang und zog unter den Beuteln, die an seiner Hüfte baumelten, einen hervor. Er schüttete sich ein paar runde dunkle Kügelchen auf die Handfläche.

»Die hab ich heute gefunden, Großvater.«

»Was ist es?«

»Rehkötel, natürlich. Du hast mal gesagt, ich sollte dir solche Dinge bringen.«

»Das stimmt. Das habe ich gesagt.« Er betrachtete sie verschmitzt und blinzelte, um sie klar zu erkennen. »Wo hast du sie aufgehoben?«

»Auf einer Wiese eine Meile vom Fluß.«

»Wann hast du sie mitgenommen?«

»Am frühen Nachmittag.«

»Dann wissen wir, daß sie mindestens zwei oder drei Stunden alt sind. Wie alt waren sie wohl, als du sie gefunden hast?«

Cub öffnete einen Knödel mit dem Fingernagel. Er zerbröselte leicht.

»Heute morgen gab es keinen Tau, der sie hätte naß machen können, so daß sie also schneller trockneten. Aber ich würde sagen, daß sie von gestern sind.«

»Und wie groß war das Tier, das sie fallen ließ?«

Cub nahm die Knödel genau in Augenschein, als wollte er einen Geheimcode entziffern. »Mittelgroß.«

»War es ein gesundes Tier?«

»Ja.«

»Gut. Du hast recht. Was für ein Gras hat es gefressen?«

Cub trennte die Stücke des zerbröselten Knödels. »Mir scheint, das kurze dicke Gras, das am Fluß wächst.«

»War mehr Rehlosung in der Nähe?«

»Ja, kleinere Kötel. Das bedeutet, daß es vermutlich eine Ricke mit einem Kitz war, oder?«

»Wahrscheinlich. Ja. Waren die Kötel gehäuft, oder lagen sie zerstreut herum?«

»Sie waren gehäuft.«

»Und was erkennst du daran?«

»Daß die Rehe friedlich grasten und nicht gejagt wurden.«

»Gab es noch andere Spuren in der Nähe?« Und so ging die Befragung weiter. Es war fast dunkel, als Old Owl die Bogensehne herstellte. Er verließ sich dabei auf das Gefühl seiner arthritischen Finger und arbeitete im Licht des Feuers, das zwischen ihm und Cub brannte. Er hob eine etwa fünfundvierzig Zentimeter lange Bisonsehne auf und spleißte mit den Zähnen zwei Fasern ab. Er näßte sie im Mund und rollte sie dann mit der Handfläche schnell auf dem Schenkel, nachdem er seinen Bisonumhang zurückgezogen hatte. Dann legte er eine dritte Faser zwischen die beiden ersten, rollte das

Ganze schnell und fügte dann zwei weitere Fasern hinzu. Als er fertig war, hatte er eine Bogensehne von gleichmäßiger Stärke, die dreimal so lang war wie der Bogen. Er faltete sie in Dritteln und verflocht sie zu einer dreifädigen Bogensehne. Er verknotete die Enden, damit die Sehne nicht zerfaserte, und band sie zwischen zwei Pflöcke, damit sie beim Trocknen straff blieb.

Dann erhob er sich mit knackenden Gelenken und begann, Staub ins Feuer zu treten. Cub half ihm und verteilte die brennenden Holzscheite. Aus dem Zelt kamen ein sanftes Glühen und leise Stimmen sowie der Duft von dampfendem Fleisch.

»Großvater, darf ich deinen Wolfsumhang tragen? Den du getragen hast, als du ein Wolfsspäher warst.«

»Der ist schon alt, Cub. Ich weiß nicht mal mehr, wo er ist.« Old Owl fiel es schwer, seinem Enkel etwas abzuschlagen.

»Er liegt in einer Schachtel ganz hinten unter deinem Bett an der Zeltwand. Ich habe gesehen, wie *Prairie Dog* ihn dort hingelegt hat.«

Vielleicht sollte man kleine Kinder zu Überfällen mitnehmen, überlegte Old Owl und verzog das Gesicht. Wenn Kinder etwas wollen, haben sie die unheimliche Gabe, das zu finden, was sie finden wollen.

»Du bist zu jung.«

»Nein, bin ich nicht. Ich werde behutsam damit umgehen. Ich möchte üben, wie es ist, ein Wolfsspäher zu sein.«

»Kannst du stundenlang stillsitzen, ohne auch nur mit einem Muskel zu zucken?«

»Das übe ich gerade.«

»Wie viele Tage hast du schon mit dem Beobachten von Wölfen zugebracht?«

Cub hätte auf diese Frage gefaßt sein müssen, aber sie traf ihn unvorbereitet. »Keinen einzigen. Aber ich habe schon viele von ihnen gesehen.«

»Kannst du einen Wolf am Fell von einer Wölfin unterscheiden oder die kleinen Unterschiede in ihrem Körperbau erkennen? Und kannst du das auch, wenn sie weit weg sind und schnell laufen? Kannst du erkennen, ob ein Wolf erschöpft oder frisch ist, ob er hungrig ist oder satt, indem du seine Ohren ansiehst? Weißt du, ob er ernsthaft hinter einer Fährte her ist oder einfach nur herumstreunt, und ob er den Wapitihirsch töten oder nur mit ihm spielen will?

Weißt du über Wölfe und Raben Bescheid? Hast du zum Beispiel gewußt, daß Wölfe und Raben zusammen spielen und einander nekken? Ich habe Wölfe und Raben schon wie Kinder Haschen spielen sehen. In der Nähe eines Wolfrudels wirst du oft Raben finden, die für sie vielleicht nach Beute Ausschau halten, vielleicht aber auch nur darauf warten, daß die Wölfe ein Tier reißen, damit auch sie was zu essen bekommen, wenn die Wölfe fertig sind. Weißt du, wie Wölfe jagen? Kennst du ihre Schliche, mit denen sie verschiedene Arten von Wild hetzen? Weißt du das, Cub?« Old Owl sah Cub in der Dunkelheit ernst an.

»Nein, Großvater.«

»Wie kannst du dann erwarten, einen Wolf imitieren zu können? Wenn du jede Frage beantworten kannst, die ich dir über Wölfe stelle, darfst du den Umhang leihen. Er hat mich aus mancherlei Gefahr gerettet. Ich bin darin unsichtbar. Er ist sehr mächtig. Ich kann ihn nicht so ohne weiteres ausleihen.«

»Ich verstehe, Großvater.« Cub war am Boden zerstört.

»Morgen gehen wir auf die Jagd, nur du und ich. Wir werden deinen neuen Bogen ausprobieren. Wir werden einen Grizzlybären schießen und ihn mitbringen, damit deine Mutter was im Topf hat.« Old Owl haßte es, Cub etwas zu verweigern. Als die beiden sich auf den Zelteingang zubewegten, auf der eine strahlend gelbe Sonne sich von dem erleuchteten Zelt abhob, legte er dem Kind die Hand auf die Schulter. Sie taten vieles gemeinsam und waren ein seltsames Paar, der kleine, stämmige, strohblonde Junge und der runzlige alte Mann, dessen dunkelbraunes, faltiges Gesicht wie verwittertes Leder aussah.

»Pahayucas Wasps werden bei uns überwintern. Du wirst deine Schwester wiedersehen, Naduah.«

»Ich freue mich, sie wiederzusehen.« Es war das erste Mal, daß jemand mit ihm über sie gesprochen hatte. Und er hatte nie gefragt.

Das Geheul eines Wolfs folgte ihnen ins Zelt. Vielleicht machte er sich über Cub lustig. Vielleicht wollte er ihn auffordern, etwas über sein Verhalten zu lernen.

»Nenne mich nicht John. Sie haben mir den Namen Weelah gegeben, Bear Cub, weil ich hundert Kinder verprügelt habe, als ich herkam.«

»Alle auf einmal?« Naduah hockte im Staub, damit sie ihrem Bruder ins Auge sehen konnte. Smoke riskierte einen Blick um sie herum, und Dog suchte den Boden nach Flöhen ab.

»Nein, natürlich nicht. Aber einige von ihnen waren größer als ich, und einmal habe ich es sogar mit zweien gleichzeitig aufgenommen. Sie haben mich immer so geärgert, mußt du wissen.« Die Kinder sprachen in der Sprache des Volkes, in der sie schon zu Hause waren. Cub lag auf dem Bauch und hatte es sich auf den Schößen seiner neuen Mutter Tasura, *That's It*, seiner Stiefgroßtante Tahdeko, Prairie Dog, der Frau Old Owls, und Santa Anas Frau *Wild Sage* bequem gemacht. Jede von ihnen hatte eine Muschel-Pinzette in der Hand, und sie waren dabei, Cubs entblößtes Hinterteil von Stacheln des Feigenkaktus zu befreien. Bei der Arbeit unterhielten sie sich, ohne den Jungen zu beachten.

Mit Ausnahme der Füße von den Fesseln abwärts, wo ihn seine Mokassins beschützten, war Cubs zerkratzter, harter und stämmiger kleiner Körper so braun wie Hickory-Walnüsse. Sein Haar war so bleich wie das von Naduah, jedoch gewellter, und die Sommersprossen seiner Mutter standen ihm wie aufgemalt auf der Stupsnase und den Wangen. Er hatte sich in einem vergeblichen Versuch, die Locken zu bändigen, die ihm immer wieder in die Augen fielen, ein Lederband um den Kopf geschlungen. Die Locken waren viel zu kurz, um sich in seine kurzen Zöpfe zwängen zu lassen.

»Aua!« Cub fuhr herum und starrte Wild Sage böse an. Sie hatte ihn mit den Fingern zu hart ins Gesäß gekniffen.

»Dann hör auf, wie eine Kaulquappe zu zappeln, sonst hören wir sofort auf. Ich muß bald das Abendessen machen. Wir haben Gäste, die etwas zu essen haben wollen.«

Trotz der Tatsache, daß es November war, trugen die Frauen Kleider aus leichtem Rehleder. Die Weißen nannten dieses Wetter »Indian Summer«, weil die Comanchen sich die Wärme und den Erntemond für Überfälle zunutze machten, bevor die Kälte weite Ritte unmöglich machte. Naduah konnte jetzt Buffalo Piss hören, der mit seiner Handtrommel durch das riesige Winterlager ritt. Er trommelte eine Aufforderung an die jungen Männer, sich ihm zu einem letzten Vorstoß zu den Siedlungen von Texas anzuschließen, bevor der Winter kam.

»Was ist denn mit deinem Hinterteil passiert, *Tamah*, Bruder?« Cub sah etwas verlegen aus, was nicht oft vorkam.

»Ich war dabei, mich zu erleichtern, und hatte den Kaktus nicht bemerkt.«

»Das hast du davon, daß du ohne Kleider herumläufst wie ein Tuhkanay, ein Wichita. Was wäre gewesen, wenn es eine Klapperschlange gewesen wäre? Wo hätten sie dann die Aderpresse anlegen sollen?« Beide kicherten, und Sage kniff ihn wieder.

»Du siehst selbst aus wie eine Tuhkanay, Schwester. He, ich habe selbst ein Pony. Warte, bist du es siehst.«

»Ich habe auch eins. Und deins wird davon nur eine Staubwolke sehen.«

»Na schön, dann veranstalten wir ein Rennen, aber du wirst keine Chance haben. Old Owl hat mir meins geschenkt und mir beim Training geholfen.«

»Pahayuca hat mir Wind geschenkt, und Wanderer hat mir geholfen, sie zu trainieren.« Die Erwähnung von Wanderers Namen versetzte sie in die Vergangenheit, in die Zeit der Reise, die sie gemeinsam gemacht hatten.

»Es tut mir leid, was ich von Wanderers Freund gehört habe. Er war gut zu mir. Ich nehme an, daß er mich verkaufen mußte. Er hatte keine Frau, um mich großzuziehen.«

»John. Cub. Möchtest du eigentlich zurück?« Ohne nachzudenken hatte Naduah wegen der Vertraulichkeit englisch gesprochen.

»Eine Zeitlang wollte ich es.«

Wild Sage stieß ihm in die Rippen. »Sprich wie einer vom Volk, Cub. Du hast keine Geheimnisse.«

»Erst wenn er anfängt, sich nach Frauen umzusehen, in die er seine Lanze stoßen kann.« That's It lachte nur selten, doch wenn sie dabei war, taten es andere. Wild Sage und Prairie Dog lachten, als sie Cub wieder auf die Beine stellten. Wild Sage betrachtete ihn mit einem wissenden Auge.

»Er wird noch lange warten müssen, bis dieser Dorn zu einer Lanze geworden ist.«

Cub rieb sich die schmerzenden Hinterbacken und grinste die Frauen an. Er beugte sich nach hinten, um das fragliche Organ zur Schau zu stellen.

»Wenn ich das richtige Ziel finde, wird meine Lanze bereit sein.«

Immer noch lachend und plappernd watschelten die Frauen zu Prairie Dogs Zelt, um für die Freunde und Verwandten von Pahayucas Gruppe zu kochen, die Heuschreckenplage, wie That's It sie nannte. Cub verschwand in That's Its Zelt und kam mit Beinlingen, Lendenschurz und einem fransenbesetzten Hemd aus Rehleder wieder zum Vorschein. Er redete weiter, während er sich anzog, und stützte sich auf Naduahs Schulter ab, als er auf einem Bein hüpfend erst den einen, dann den anderen Mokassin überstreifte. Er zog sich das Hemd über den Kopf, als sie auf die Weide zugingen, wo die Ponys grasten. Zum erstenmal seit vielen Monaten sprachen sie englisch.

»Eine Zeitlang habe ich mich ausgestoßen gefühlt. Besonders, als die Jungen versuchten, mich zu quälen. Ich habe Mutter und Vater sehr vermißt. Aber jetzt habe ich nicht mehr die Zeit, noch viel an sie zu denken. Niemand belästigt mich. Sie halten mich alle für prima. Das ist neu, mußt du wissen. Ich kann tun, was mir gefällt. Und jagen macht mehr Spaß, als auf der Farm zu arbeiten, soviel steht fest. Ich habe viele Freunde, und wir spielen den ganzen Tag. Es gefällt mir hier.«

»Ich weiß. Ich habe auch Freundinnen, und meine Familie liebt mich. Glaubst du, daß unsere richtige Familie uns suchen wird?«

»Ich glaube, sie hätten uns schon längst finden müssen, wenn sie uns hätten suchen wollen.«

»Was würdest du tun, wenn sie plötzlich auftauchten?«

Cub musterte den Erdboden und trat beim Gehen Grasbüschel los.

»Ich weiß nicht. Vielleicht würde ich mich verstecken. Wahrscheinlich würde ich das. Im Vergleich zu dem hier war es im Fort so langweilig.« Mit einer ausholenden Armbewegung zeigte Cub auf die Zelte, die Ebene, den Horizont, den Himmel, die Herde grasender Ponys, die Freiheit. »Ich glaube nicht, daß ich wieder ein weißer Mann sein möchte.«

»Siehst du Cousine Rachel eigentlich oft?«

»Nein. Ihre Familie ist vor einem Monat aufgebrochen, um bei einer Gruppe weiter nördlich zu leben. Ich bin froh, daß sie weg sind. Ich glaube, sie ist verrückt geworden, Cindy, und außerdem haben sie sie schlecht behandelt. Es war peinlich, mit ihr verwandt zu sein, obwohl hier kein Mensch weiß, daß ich es bin.«

Das Schweigen war schmerzhaft, als sie an den Ritt von dem verwüsteten Fort am Navasota River dachten. Schließlich brach Naduah das Schweigen.

»Komm. Wir wollen sehen, wer als erster auf der Weide ist. Wer die drei Pappeln als erster erreicht, gewinnt.«

Rachel kauerte sich unter der schäbigen Bisondecke zusammen und versuchte, sich und ihr kleines Baby vor dem heulenden Wind zu schützen, der Schneeflocken um das Zelt wirbeln ließ. Über ihr reckten sich schwarze Äste in den schiefergrauen Dezemberhimmel, und ein Krähenschwarm segelte vor den Wolken dahin. Das Baby weinte so sehr, daß es sich weigerte, gestillt zu werden. Das bemitleidenswert schwache Wimmern des Jungen war durch das Heulen des Windes kaum zu hören.

Im Zelt war es warm, obwohl es stank. Immerhin hätte sie dort näher ans Feuer herankriechen können. Vielleicht hätte die Hitze den Schmerz im Bauch des Babys lindern können. Aber Terrible Snows war zu arm und besaß keine zwei Zelte. Als seine Kumpane erschienen, um zu rauchen und zu prahlen und zu lachen wie eine Herde schreiender Esel, warf er Rachel hinaus, als wäre sie einer der Köter, die durchs Lager schlichen.

A Little Less, Terrible Snows' Mutter, konnte wenigstens andere Frauen besuchen. Selbst ihre Tochter Mountain mit ihrer scheußlichen, verstümmelten Nase hatte eine Freundin, bei der sie Unterschlupf finden konnte. Sie selbst aber, das wußte Rachel, würde hier draußen vor dem Zelt bis tief in die Nacht warten und versuchen müssen, ihr Baby warmzuhalten. Sie hatte einmal versucht, sich vom Zelt zu entfernen, um irgendwo Schutz vor dem Wind zu finden. Als Terrible Snows sie fand, hatte er sie so verprügelt, daß es noch immer weh tat. Allmählich kroch die Kälte durch die Decke, als wäre sie mit Eiswasser getränkt. Rachel spürte, wie die Kälte ihr über Schultern und Rücken kroch. Um ihre dünnen, mit kratzigem trockenen Gras ausgestopften Mokassins herum entstanden kleine Schneeverwehungen. In den Zehen hatte sie schon keinerlei Gefühl mehr, sie waren nur noch wie schmerzende kleine Keulen an den Enden ihrer Füße. Am liebsten hätte sie sich in den Haufen schlafender Hunde gekuschelt, die wie weggeworfene Felle an der Zeltwand lagen.

Sie dachte an die alte Frau, die ihr bei der Geburt geholfen hatte. Ihre Hände waren sanft gewesen, und sie hatte dem Baby eine kleine Decke aus Kaninchenfell gegeben, in die Rachel es hatte wickeln können. Rachel hatte mit A Little Less um diese Decke gekämpft wie eine Dachsmutter, die fauchend und mit entblößten Zähnen ihr Junges verteidigt.

Diese Decke und die alte Bisonhaut reichten jedoch nicht aus. Rachel versuchte sich gar nicht erst vorzustellen, wie kalt es war und wie tief die Temperatur vor dem Morgen noch sinken würde. Sie mußte irgendwo Unterschlupf finden, egal, was Terrible Snows ihr antat. Sie stand auf und wäre wegen der Krämpfe in den Beinen fast wieder hingefallen. Mit einer dünnen Hand zog sie den schäbigen Umhang fester zu, als der Wind ihn wegzuwehen drohte. Im anderen Arm hielt sie das Baby. Sie kämpfte gegen den Wind und ging langsam auf das Zelt von Tasiwu Wanauhu zu, *Buffalo Robe*, der alten Hebamme. Eis knirschte unter ihren Füßen und schnitt durch ihre Mokassins, als wären es Glasscherben.

Als sie vor der Zeltöffnung stand und durch die Zeltwand das sanft glühende Feuer leuchten sah und leise Gesprächsfetzen hörte, taumelte sie. Doch sie wußte, daß sie keine Wahl hatte, und als ein Windstoß sie von hinten weiterschob, schob sie die Türhaut mit der Schulter beiseite und trat durch die Öffnung. Sie sank vor Buffalo Robe zu Boden, hielt mit der Hand den Saum ihres Kleids umklammert und sah mit flehenden Augen zu der Frau hoch.

Die Familie rückte zur Seite, um am Feuer für sie Platz zu machen, und die alte Frau, die wie eine besorgte Henne gackerte, legte ihr behutsam eine warme Decke um die Schultern. Ihre Tochter reichte Rachel einen Hornbecher voll dampfender Brühe, die mit etwas zerstoßenem Maismehl und Pemmican gewürzt war. Die Kinder klammerten sich an ihrer Mutter fest und blickten hinter deren Rockschößen Terrible Snows' Sklavin mit den glänzenden Knopfaugen eines Wurfs Feldmäuse an.

Buffalo Robe nahm das schreiende Baby, dessen winzige Hände schwach herumruderten und dessen Gesicht so verschrumpelt war wie eine Knospe Indischen Flieders, auf den Arm, wiegte es und sang ihm etwas vor. Mit der freien Hand verrührte sie Härtling-Pulver mit Prachtschartenwurzel zu einem bitteren Mittel gegen Koliken. Mit festen Händen, die schon Dutzende von Kindern behandelt hatten, kippte sie dem Baby die Medizin in den Schlund, bevor der Kleine überhaupt merkte, wie ihm geschah. Er holte tief Luft und begann mit einer neuen Attacke auf ihre Ohren. Doch als der schreckliche Schmerz in seinen Eingeweiden aufhörte, fiel er in einen erschöpften Schlaf.

Schließlich hörten Rachels Zähne auf zu klappern, und ihr Körper zitterte nicht mehr. Sie rollte sich in die Decke und legte sich ans Feuer. Die allmählich wieder einsetzende Unterhaltung wiegte sie in den Schlaf, obwohl es dabei jetzt um sie ging.

Am nächsten Morgen wurde sie von lauten, zornigen Stimmen geweckt. Terrible Snows hatte sie aufgespürt, und Buffalo Robe gab ihm deutlich zu verstehen, was sie von ihm hielt. Doch beim Volk griff fast nie jemand in fremde Familienangelegenheiten ein. Die alte Frau sah hilflos zu, als Rachel aufstand und ihr schreiendes Baby an sich nahm. Sie folgte Terrible Snows und ging hinaus in den frostklirrenden Tag. Die mit Rauhreif überzogenen Zelte glänzten in dem blassen Lichtschein der Wintersonne wie dicke Eiszapfen.

Rachel betrachtete ihr Kind. Schmerzen in der Brust machten sie kurzatmig, als sie aufmerksam sein dünnes, gequältes Gesicht betrachtete, seine spindeldürren Arme und Beine und seinen kleinen, aufgetriebenen Bauch, den die Unterernährung hatte anschwellen lassen. Seine Schreie wurden immer schwächer, und er mußte von Zeit zu Zeit aufhören, da er vor Anstrengung keuchte. Sie preßte den Kleinen an sich. Sie plante, wieder zu Buffalo Robes Zelt zurückzuschleichen und das Kind in der Hoffnung dort zu lassen, Buffalo Robe werde es gegen Terrible Snows verteidigen. Vorläufig konnte Rachel jedoch nichts anderes tun, als das Baby auf die schmutzige, völlig verlauste Decke zu legen, auf der auch sie am Fußende ihres Herrn schlief. Dann würde sie seine Prügel auf sich nehmen und sich mit ihrer Schinderei wärmen.

Terrible Snows hatte andere Pläne. Wenn sie in den acht Monaten beim Volk versucht hätte, mehr von dessen Sprache zu lernen, hätte sie jetzt vielleicht aufgeschnappt, was er vor sich hin murmelte, als er vor ihr herstapfte. Aber selbst dann hätte sie kaum etwas unternehmen können. Als sie sich dem Zelt näherten, machte Rachels Herz einen Satz, und Angst schnürte ihr die Kehle zu. In einen Umhang gehüllt, hockte Cruelest One vor der Zeltöffnung wie eine Klapperschlange, die sich zusammenrollt, um dann zuzuschnappen. Als er sie kommen sah, erhob er sich und streckte sich wie eine Katze, dann warf er sich den Umhang lose um seine schmalen Schultern. Rachel trat zur Seite und versuchte, an ihm vorbei durch die Zeltöffnung zu schlüpfen, doch er packte sie am Arm. Seine knochigen Finger bohrten sich wie Krallen in ihr Fleisch.

Sie versuchte sich loszureißen. Sie war so hysterisch vor Angst, daß sie nicht bemerkte, wie Terrible Snows von links auf sie zukam. Er schnappte sich das Baby und entwand es ihr, während Cruelest One sie festhielt. Terrible Snows watschelte los und ließ das schreiende Kind, das er an einem Fuß festhielt, wie eine Satteltasche lässig in der Luft baumeln. Wie gewohnt stand sein Zelt am Rand des Lagers, und er strebte mit entschlossenen Schritten der Ebene zu. Nur wenige Menschen blieben stehen, um ihm nachzublicken. A Little Less und Mountain feuerten ihn an.

Cruelest One versetzte Rachel von hinten einen Stoß, der sie über den eisigen Erdboden rutschen ließ. Sie fiel hin, und Eis zerfetzte ihr die Haut an Knien und Ellbogen. Als sie dort so kniete und ihre blutigen Knie und Handflächen am Erdboden festfroren, warf sie den Kopf zurück und ließ ein lautes Wehklagen hören, als Terrible Snows das Baby über den Kopf hob und es auf die Erde warf. Der winzige Körper hüpfte und rutschte über den vereisten Erdboden. Cruelest One hob das Baby auf und warf es ein Stück vor sich und trat dann nach ihm, als spielte er mit einem Tretball.

Rachel zog sich den Umhang über den Kopf und krümmte sich. Sie wiegte sich sacht hin und her und schloß mit ihren Schreien das Gelächter der beiden Männer und den dumpfen Aufprall des Kindes aus, das immer und immer wieder auf die Erde geschleudert wurde. Dieses Kind, das sich gegen alle Aussichten so entschlossen ans Leben klammerte, wollte nicht so leicht sterben. Als Terrible Snows sich schließlich umdrehte, um der Mutter den kleinen Körper mit den gebrochenen Gliedmaßen zurückzugeben, spürte er in dessen Brust ein schwaches Flattern. Er hielt das Bündel seinem Freund hin, der es in Augenschein nehmen sollte.

Cruelest One zog sich ein zusammengerolltes Seil vom Gürtel und band es unter den Armen des Kindes fest. Als wollte er einem großen Fisch einen Köder hinwerfen, schleuderte er das Baby in ein dichtes Gestrüpp von Feigenkakteen, ein dorniges Dickicht von mehr als zwei Meter Höhe und vier Meter Umfang. Dann zogen die beiden den kleinen Körper wieder zu sich heran und schleuderten ihn erneut in die Dornen. Als sie dieses Spiels müde waren, band Cruelest One das Ende des Seils an seinen Sattel und ritt johlend und schadenfroh kreischend durch das Lager, während hinter ihm die blutige Masse auf dem gefrorenen Boden entlangrutschte. Als er damit fertig war, war kaum noch etwas übrig, was Rachel als ihr Kind erkennen konnte.

Die beiden Männer warfen ihr das Bündel vor die Füße. Da ihnen das Spiel keinen Spaß mehr machte, zogen sie los, um vor ihren Freunden mit ihrer Tat zu prahlen. Als Rachel ihr Kind auf dem Schoß hielt, begann sie zu lachen. Ihr Gesicht hellte sich vor Freude auf, und sie lächelte die Nachbarn an, die sich inzwischen eingefunden hatten, da sie ihr Glück mit ihnen teilen wollte.

»Jetzt ist er tot, seht ihr?« Sie hielt das Kind hoch und plapperte auf englisch los, während ihr die Tränen über das Gesicht strömten. »Jetzt ist er wirklich tot. Er wird nie mehr weinen oder frieren. Er ist jetzt bei Jesus. Ich bin so glücklich.« Dann fiel sie in Ohnmacht und stürzte kopfüber auf den eisigen Boden.

Sie wachte auf, als Buffalo Robe sie sanft schüttelte. Der zerfetzte kleine Leichnam war verschwunden, und sie fragte nie mehr danach. Sie folgte Buffalo Robe zu deren Zelt, wo sie in einen unruhigen Schlaf und dann in ein Delirium voller Alpträume sank. Jetzt mußte sie darum kämpfen, nicht nur am Leben zu sein, wenn Händler oder Soldaten sie fanden, sondern auch bei klarem Verstand.

22

Das gemeinsame Winterlager von Old Owl, Pahayuca, Tosa Wanauhu, *White Robe* und dem alten Mookwarruh, *Spirit Talker*, war riesig. Gut vierhundert Zelte erstreckten sich auf einem dreizehn Kilometer langen Uferstreifen am Fluß. Und jede Gruppe war größer als in der Sommerzeit, da die verschiedenen Familien, die sich auf eigene Faust auf die Jagd begeben hatten, sich ihren Friedenshäuptlingen wieder angeschlossen hatten.

Die Stromschnellen und niedrigen Wasserfälle des Flusses waren zu Eisskulpturen erstarrt – zu Kandelabern, Spitzendeckchen, Kristallblumen und geometrischen Formen. Die Zelte schienen in blaßgolden glühenden Tümpeln zu stehen, dem Widerschein der Flammen auf dem Schnee draußen. Bizarr geformte nackte schwarze Baumstämme und Äste der hohen Pecanobäume schienen in dem flackernden Lichtschein zu schwanken, bevor sie in die schwarze Leere des Himmels aufragten.

Name Givers Zelt war voller Menschen. Sie saßen in Terrassen, auf den Betten, auf den gestapelten dicken Fellen, auf dem Fußboden, während die kleinsten Kinder sich in der Mitte des Kreises am Feuer drängten. Sie erfüllten den großen, blaßgelben Kegel mit Wärme. Schatten der Flammen züngelten an den dunkleren Zeltwänden hoch wie verspielte Kätzchen, die Motten jagen. Strahlen des Feuers flakkerten auf den rotgoldenen Gesichtern und bemalten sie mit Helligkeit und Schatten. Jung und alt, Mütter und Väter, Großeltern und Kinder ließen sich von Name Givers Geschichte gefangennehmen.

Die Märchenlandschaft draußen wurde von einem strahlend hellen Mond erleuchtet, der wie eine Laterne am Himmel hing. Der alte Schildmacher, der dort lebte, mußte angesichts dieser Szene unten auf der Erde gelächelt haben. Der Pfad des Mondscheins schlängelte sich durch filigranartige Frostmuster auf den erstarrten Grasbüscheln, die durch die weiße Schneedecke aufragten, welche die wogenden Hügel bedeckte. In weiter Ferne sangen Kojoten von ihrem Hunger. Es war ein irrsinniger Geisterchor, der Naduah auf Schultern und Armen eine Gänsehaut machte.

Trockene Schneeflocken rieselten sacht vom Himmel. Die nadelspitzen Kristalle bildeten Trauben wie die Blütenblätter winziger Blumen. Naduah hoffte, der Schnee würde eine Weile liegenblieben.

Sie und Star Name und Cub und ihre Freunde konnten dann am nächsten Tag auf alten, glattgescheuerten Fellen die Hügel hinunterrutschen.

Es war Februar, Der Monat, In Dem Die Babys Um Nahrung Schreien. Doch in dem riesigen Lager schrie niemand. Es war ein guter Herbst gewesen, und in fast jedem Zelt waren an den Seiten noch immer steife Rohlederschachteln voll scharfem Pemmican gestapelt. Es gab sogar noch eine Mischung aus Honig und geschmolzenem Talg, die man darauf träufeln konnte. Und es gab Schüsseln mit gekochten Trockenpflaumen und ganze Stapel dampfender Kürbisse.

Naduah leckte sich die letzte Süße von den Fingern und kuschelte sich zwischen Star Name und Owl. Die beiden Mädchen waren schon früh gekommen, um Owl zu besuchen, so daß sie jetzt auf dem besten Teppich saßen. Es war das rötlichbraune Winterfell eines Wolfs mit einer doppelten Pelzschicht, auf der die äußeren Haare zwölf Zentimeter lang waren. Naduahs Schoß wurde von Smoke gewärmt, die sich dort zu einem Ball zusammengerollt hatte, mit den großen Augen jedoch interessiert verfolgte, was um sie herum vorging. Dog drängte sich auch heran und rieb sich von Zeit zu Zeit an dem erstbesten warmen Körper, der sie bei sich duldete.

Auf der anderen Seite des Feuers saß Bear Cub mit seinem neuen Freund Upstream, Star Names jüngerem Bruder. Seitdem die beiden sich zusammengetan hatten, hatten sie sich doppelt so viele Teufeleien ausgedacht wie vorher, aber so blieb das Leben im Lager immerhin interessant. Old Owl ging kopfschüttelnd im Zelt herum und knurrte, Cannibal Owl werde sie aufessen, wenn sie nicht aufpaßten. Und Sunrise gab ihnen Unterricht im Stillhalten, dem härtesten Teil ihrer Ausbildung.

»Das ist langweilig«, sagte Cub zu Naduah. »Aber wir müssen es tun.«

»Was tut ihr denn?« fragte sie.

»Nichts. Absolut nichts. Außer atmen. Ich habe das Gefühl, daß es Sunrise lieber wäre, wir würden auch nicht mal mehr atmen, wenn wir das schaffen könnten. Wir müssen uns hinter einem Baumstamm oder so etwas platt auf den Bauch legen und uns eingraben. Dann müssen wir da liegenbleiben, bis die Feldmäuse um uns herum tanzen und die Kaninchen über uns hinwegspringen. Hast du gewußt, daß Mäuse tanzen?«

»Natürlich. Ich habe Stunden damit zugebracht, sie zu beobachten, wann immer ich mich vom Fort loseisen konnte. Ich bin wahrscheinlich besser darin als du.«

»Ist mir egal. Ich mag es nicht. Ich würde lieber bei *Arrow Point* lernen, wie man mit Pfeil und Bogen umgeht.«

»Er mag zwar dein Vater sein, er verbringt aber nicht viel Zeit mit dir, Cub.«

Cub nahm Abwehrhaltung ein. »Er ist Old Owls Neffe, sein Adoptivsohn, und er ist sehr wichtig. Er hat eben nicht viel Zeit.«

Naduah schnaubte. »Trotzdem kommt er mir nicht gerade wie ein guter Vater vor.« Dann wandte sie sich ab, bevor Cub etwas entgegnen konnte.

Dafür, daß sie Junge und Mädchen waren, hatten sie viel Zeit miteinander verbracht. Cub schien älter zu sein als seine sieben Jahre und ihr auch näher zu stehen als je in der Zeit vor ihrer Gefangennahme. Es war, als hätte das gemeinsam Erlittene ein festes Band zwischen ihnen geknüpft. Obwohl sie neue Freunde und Adoptivfamilien hatten, wußten nur sie beide, wie es war, sowohl weiß als auch rot zu sein.

Naduah betrachtete liebevoll ihren Bruder, der auf der anderen Seite des Zelts saß. Er und Upstream waren gerade von einer von Sunrises Unterrichtsstunden im Stillhalten zurückgekehrt und kauerten sich beide unter ihre Bisonfelle, um wieder aufzutauen. Ihre Zähne klapperten immer noch, und ihre Wangen und Nasen hatten rötliche Flecken. Es würde Naduah nicht gefallen, Cub im Frühling mit Old Owls Gruppe aufbrechen zu sehen.

Beim Volk hieß es, der Winter sei die Zeit, in der die Liebe das Lager beherrsche. Eine Zeit, in der sich jeder ausruhen könne und von der Notwendigkeit befreit sei zu jagen, zu Kriegszügen aufzubrechen oder viel im Freien zu arbeiten. Sie lebten in dem sicheren Wissen, daß ihre Feinde sich ebenfalls nicht auf dem Kriegspfad befanden. Sie hatten die Freiheit, sich in das Zelt eines geliebten Menschen zu stehlen und mit ihm unter warmen Decken zu liegen, ihn zu umarmen und zu lauschen, wie der Wind draußen über die Kälte klagte. Der Winter war die Zeit, in der man neue Tänze lernen und Feste geben konnte. Die Zeit, in der man bei Sonnenaufgang Spiele spielen, von alten Kämpfen und neuen Lieben singen konnte. Es war eine Zeit der gegenseitigen Besuche, da viele Gruppen ein gemeinsames Lager hatten und ihre Zelte unter den knorrigen Ästen der hohen Pecanobäume standen, deren Kronen sich über ihnen wölbten. Das Volk sah Freunde und Verwandte wieder, die das ganze Jahr über fern gewesen waren, und es gab eine ganze Menge Klatsch, der auf den neuesten Stand gebracht werden mußte.

Es war die Zeit, in der die Geschichtenerzähler ihre großen Stunden hatten. Jeden Abend hielten irgendwo zwischen den mehr als vierhundert Zelten, die in der Dunkelheit wie Kerzen glühten, ältere Männer und Frauen des Stamms ihre Zuhörer in Bann. Naduah hatte sich viele von ihnen angehört und war zu dem Schluß gekommen, daß Name Giver von allen der beste war.

Er wußte, wie man die vertrauten Sätze, die wie alte Mokassins, die besser passen als neue, durch langjährigen Gebrauch weich und geschmeidig geworden waren, neu formulieren mußte. Er wußte, wann er die Stimme senken mußte, damit jeder sich vorbeugen mußte, um hören zu können. So zog er sein Auditorium noch tiefer in das Gewebe seiner Geschichte herein. Er verstand sich darauf, sich eine neue kleine Wendung einfallen zu lassen, um seine Zuhörer bei Laune zu halten, und konnte seiner Stimme einen rätselhaften Unterton geben, was der Geschichte eine feine Würze verlieh, so als würde man dem Pemmican statt Pflaumen oder Persimonen getrocknete Trauben beimengen. Er konnte selbst die vertrauteste Geschichte so frisch und aufregend erscheinen lassen, wie sie beim erstenmal geklungen hatte, so daß Naduah vor Vorfreude zitternd darauf wartete, wie es weiterging.

Heute abend war Old Man Coyote, der Schwindler, unter ihnen. Naduah sah ihn deutlich vor sich, als Name Giver ihn schilderte. Er war hochgewachsen und schlaksig und schmächtig, und seine dünnen, groben schwarzen Zöpfe fielen ihm wie ausgefranste Roßhaarseile auf die knochigen Schultern. Er sprach zu dem Wind mit dessen eigener Stimme, manchmal laut, manchmal leise. Er sprach zu allen Tieren und Bäumen, zu allen Lebewesen, und immer in deren Sprache. Jeder mochte ihn, nahm sich aber auch vor ihm in acht, weil er der Schwindler war.

»Ihr wißt, meine Kinder«, sagte Name Giver, »daß ihr bei Tage nie um Geschichten von dem Schwindler bitten oder sie selber erzählen dürft. Außerdem zieht er es vor, daß ihr im Winter von ihm sprecht. Denn er weiß, wann sein Volk am meisten Aufmunterung braucht. Nämlich dann, wenn Piam-em-pits, der alte Cannibal Owl, seine riesigen Flügel ausbreitet und mit seinem Schatten den Blick auf den Mond versperrt, wenn er auf der Suche nach Seelen lautlos durch die Nacht gleitet, als wären sie hilflose kleine Mäuse, die er verschlingen möchte.« Bei diesen Worten stand Name Giver auf, breitete die

Arme aus und beugte sich über die kleinen Kinder in den ersten Reihen. Sein Gesicht verzog sich schauerlich, und er ließ den schrillen Schrei einer Eule hören, die sich im Sturzflug auf ihre Beute stürzt. Schreiend und kreischend stoben die Kinder auseinander und versteckten sich überall, wo sie sich halbwegs sicher wähnten. Alle anderen lachten. Der Ausdruck auf Name Givers Gesicht jedoch, das im Lichtschein des Feuers noch verzerrter wirkte, jagte Naduah kalte Schauer über den Rücken.

»Die Nachtzeit ist die Zeit, zu der wir uns hier in diesem Licht und der Wärme versammeln und die Dunkelheit den Geistern der Toten überlassen können. Hört! Könnt ihr sie hören?« Die Zuhörer wurden mucksmäuschenstill. Draußen fuhr der Wind heulend um das Zelt. »Das sind die Geister. Sie reisen auf der Suche nach dem Paradies auf dem kalten Wind. Und der Schwindler kann verstehen, was sie sagen. Er kann verstehen, was jeder von uns sagt. Er versteht sogar dich.« Damit zeigte er mit dem Finger auf eins der tapfereren Kinder, die inzwischen wieder näher ans Feuer zurückgekommen waren. Woher wußte er bloß, daß das Kind dort saß? Vielleicht hatte er das Rascheln gehört. Vielleicht nur einen Luftzug verspürt. »Er kann auch dich hören, wenn du mit deinen Freunden flüsterst. Es kann sein, daß er auch jetzt zuhört.

Vor langer Zeit, so heißt es, war Old Man Coyote bei uns auf der Erde. Er schritt mit seinen langen Beinen über die Plains und stieg über Berge hinweg. Er beobachtete alle Lebewesen und blieb manchmal stehen, um mit ihnen zu sprechen, und manchmal auch, um ihnen einen Streich zu spielen.

Schließlich war er durch das viele Herumreisen hungrig geworden und sah genau das, was er brauchte. Da war ein ganzes Dorf von Präriehunden in wunderschönen Farben, und alle waren rund und saftig. Dieser Anblick ließ Old Man Coyote das Wasser im Mund zusammenlaufen, und er begann zu überlegen, wie er diese Präriehunde überlisten konnte, um sie zu verspeisen. Als sie vor den Öffnungen ihrer Erdhöhlen saßen, riefen sie dem Schwindler einen Gruß zu. ›Tdek-o! Tdek-o! Tdek-o!‹« In diesem Moment verwandelte sich Name Giver mit seinen milchigen Porzellanaugen in einen Präriehund, er preßte die Hände an die Brust, zog die Nase kraus und schnupperte. »Tdek-o! Tdek-o! Tdek-o!« Irgendwo unter den Zuhörern piepste eine Kinderstimme los und ahmte Name Giver perfekt nach. Alle lachten und klatschten Beifall. Da wuchs offenbar ein neuer Geschichtenerzähler heran.

Name Giver begann mit dem hypnotisierenden Gesang von Old Man Coyote, der die Präriehunde dazu verleitete, mit geschlossenen Augen zu tanzen, damit er sie mit der Keule erschlagen und in den Topf werfen konnte.

»In jenen Tagen«, fuhr Name Giver fort, »waren die Präriehunde sehr schön. Ihr Fell erstrahlte in allen Farben; es gab rote und grüne und gelbe und blaue. Doch dem Schwindler war das egal. Er tötete und aß sie alle. Alle bis auf zwei, die aus ihren Höhlen hervorlugten und sahen, was er vorhatte. Diese zwei waren zufällig braun. Und seitdem sind alle Präriehunde braun. Noch heute sitzen sie auf ihren Erdhügeln und rufen ›Tdek-o! Tdek-o! Tdek-o!‹, rufen es in alle Richtungen und wedeln mit ihren kleinen Schwänzen so schnell, wie sie es früher auch taten. Doch auf Fremde hören sie seitdem nicht mehr. *Suvate*, es ist zu Ende.«

Die schwere Türklappe wurde gerade in dem Moment zur Seite geschlagen, als Name Giver seine Geschichte beendete und alle noch still saßen und seine Worte nachwirken ließen. Lance steckte sein langes, ernstes Gesicht herein.

»Medicine Woman, Something Goods Zeit ist gekommen. Pahayuca bittet dich, ihr zu helfen.«

Medicine Woman stand neben dem Bett und sah auf das schweißnasse Gesicht des Mädchens. Ihr dickes schwarzes Haar, das noch immer unterhalb der Ohren abgeschnitten war, war feucht. Blocks The Sun und Silver Rain hatten alles gut vorbereitet, doch es würde eine schwierige Geburt werden. Something Good war jung und hatte schmale Hüften wie ein Junge. Als die Schmerzkrämpfe Something Good durchzuckten, biß sie sich auf die Lippe und zuckte zusammen, schrie aber nie auf. Naduah hockte sich neben sie und hielt ihr die Hand, während Medicine Woman das Geburtszelt in Augenschein nahm. Sie nahm Naduah oft mit. Sie hatte herausgefunden, daß das Kind die natürliche Gabe besaß, Schmerzen zu lindern und zu heilen.

Wenn das Baby problemlos auf die Welt kam, würde das Zelt absolut genügen. Die flache Höhlung in der Mitte des Fußbodens war mit mehreren Schichten dicker weicher Felle ausgekleidet. Am Rand war ein Pfahl in die Erde gerammt worden. In einem anderen Loch wurde Wasser in einer Tierhaut erhitzt, in die heiße Steine getaucht wurden. Der Dampf vermischte sich mit dem Aroma brennenden Salbeis. Ja, das Zelt war sehr gut. Wenn es keine Komplikationen gab. Doch es würde höchstwahrscheinlich Komplikationen geben. Medicine Woman ging zur Zeltöffnung und murmelte Lance, der davor saß und auf eventuelle Botengänge wartete, etwas ins Ohr. Er stand auf und rannte los. Die Sohlen seiner Mokassins leuchteten heller als die ihn umgebende Dunkelheit. Jetzt konnte man nichts mehr tun, außer auf Gets To Be An Old Man zu warten.

Er erschien schon nach sehr kurzer Zeit, und Naduah hörte sich seinen Medizingesang mit knirschenden Zähnen an. All diese Proben, wenn er stundenlang flach auf dem Rücken lag und seine Rassel über den gleichgültigen Himmel wettern ließ, und dieser nasale Gesang, das alles hatte nichts besser gemacht. Derselbe hochaufgeschossene Jüngling schlug die Trommel, und der Medizinmann fächelte Something Good mit derselben mottenzerfressenen Adlerfeder Kühlung zu. Diesmal jedoch zog er sich dabei ein Otterfell durch die Zahnlücken und hielt es über ihren Körper, als sie sich vor Schmerzen wand.

Er tat, als würde er sich übergeben, um so seine Kraft ans Licht zu bringen, und atmete sie Something Good in den Mund. Dann spie er Medicine Woman auf die Hände, um auch ihr etwas von der Kraft abzugeben. Dann ging er leicht hüpfend wie ein munteres Skelett um das Feuer herum. Er nahm eine würdige Haltung an, obwohl ihm sein Lendenschurz hinten so tief über den Hintern hing, daß er die runzligen Backen entblößte, und brummte einen letzten Vers seines Singsangs. Falls man eine lange Silbe einen Vers nennen kann. Dann sprang er wie eine gealterte Heuschrecke über die Schwelle, um das Baby so zu ermuntern, die Welt genauso leicht zu betreten, und verschwand in die Nacht.

Medicine Woman schmierte sich die Hände mit dem Speichel ein und rieb dann die Handflächen auf Something Goods Unterleib. Dabei summte sie leise ihren eigenen Medizingesang. Die anderen Frauen halfen Something Good auf die Beine, bis sie mit den nackten Füßen links und rechts von der Erdhöhlung stand. Sie ergriff den Pfahl mit beiden Händen und preßte. Sie biß sich auf die Lippen und preßte in dem Bemühen, das Baby herauszuquetschen. Naduah wagte es zu sprechen.

»Schwester, beruhige dich ein bißchen. Laß das Baby kommen, wann es will. Wenn die Wehen kommen, laß dich mittreiben und arbeite mit ihnen. Kämpfe nicht dagegen an.« Sie erinnerte sich an den Rat, den ihre wirkliche Großmutter, Großmutter Parker, jungen Frauen immer gegeben hatte. Und Großmutter hatte viele Babys zur Welt kommen sehen.

»Es tut weh, Kleines.«

»Ich weiß. Aber bleib ruhig und sprich mit deinem Baby. Sag ihm, daß es hier willkommen ist. Sag ihm, wie schön es sein wird und wie sehr du es lieben wirst.«

»Das ist wahr, Kleines. Ich werde es sehr lieben.«

»Sag ihm, daß wir es alle erwarten. Sag es, Something Good.« Something Goods erschöpftes, schönes Gesicht wurde weich, und die scharfen Winkel wurden wieder zu Kurven. Sie schloß die Augen und kam zur Ruhe, zum erstenmal in den sechs Monaten seit Eagles Tod. Medicine Woman, Blocks The Sun und Silver Rain schwiegen, als Something Good zu ihrem ungeborenen Kind sprach. Dann kam eine Wehe, dann noch eine. Sie erfolgten jetzt in immer kürzeren Abständen, doch sie schien sich des Schmerzes gar nicht mehr bewußt zu sein.

Schließlich hatte der kleine, schwarzbehaarte Kopf die enge Öffnung durchstoßen und zerriß den zarten Rand seines Tunnels. Der Kopf war mit nassem, flaumartigem schwarzem Haar bedeckt, fast wie bei einem halbflüggen Vogel. Als immer mehr von dem Kind ans Licht kam, streckte Medicine Woman die Hand aus und half dem Kind durch sanftes Ziehen, in die dunkle stille Welt des Zelts zu kommen. Sie legte es auf die weichen Felle und durchbiß die Nabelschnur. Sie band die Enden ab und massierte das Baby, bis es einen kleinen Schrei hören ließ. Dann hielt sie es hoch, damit Something Good sehen konnte, daß es ein Mädchen war.

Während die Mutter sich keuchend zurücklegte, wickelte Medicine Woman den Säugling in einen Umhang aus Kaninchenfell und brachte das Mädchen zu dem nahen Fluß. Sie durchstieß die dünne Eiskruste am Ufer, schöpfte etwas Wasser und wusch das Kind, das laut schreiend und strampelnd protestierte. Eine halbe Stunde später warf sie die Nachgeburt in das schnell dahinströmende Wasser in der Mitte des Flusses und beobachtete, wie sie von der Strömung fortgewirbelt wurde. Medicine Woman schickte ihre Gebete hinterher, drehte sich dann um und kletterte das Steilufer hinauf.

Silver Rain umhüllte die Nabelschnur mit einem Stück weichen Rehleders und hängte sie an den Zürgelbaum vor dem Zelt. Das Zelt war absichtlich an dieser Stelle errichtet worden. Wenn die Nabelschnur ungestört in einem Zürgelbaum hing, würde das Kind ein langes Leben haben. Naduah beschloß, den Baum zu bewachen, damit der Nabelschnur nichts passierte. Daß das Schicksal eines Kindes von dem launischen Appetit von Krähen abhängen sollte, kam ihr nicht seltsamer vor als das, worüber sie die Frauen von Parkers Fort hatte sprechen hören: Ein Messer unterm Kopfkissen vertreibt den Schmerz, eine Axt unter dem Bett stoppt die Blutung, Muttermilch, die man auf einen heißen Felsen spritzt, beendet die Milchzufuhr in der Brust.

Da es Aufgabe des Großvaters war, nach dem Geschlecht des Kindes zu fragen, hielt sich Old Owl in der Nähe der Zeltöffnung auf. Wenn er einen Hut gehabt hätte, hätte er ihn vor sich gehalten und mit nervösen Fingern gedreht.

»*E samopma*, es ist ein Mädchen.« Blocks The Sun schob ihre massiven Schultern durch die kleine Öffnung und ließ das Zelt aussehen, als brächte es ebenfalls ein Kind zur Welt. Old Owl machte ein langes Gesicht. Er zuckte philosophisch die Achseln, zog seine Beinlinge hoch, die immer an seinen dünnen, krummen Beinen herabhingen, und ging los, um mit Freunden bei einer Pfeife über den Neuankömmling zu sprechen. Er kannte das Gerücht, das wie ein Shinny-Ball bei einem schnellen Spiel durch das Lager flog. Er wußte, daß der ganze Stamm neugierig war zu erfahren, wem dieses Baby ähnlich sah.

Klatsch und Tratsch waren zwar zu jeder Jahreszeit im Dorf Hauptbeschäftigung, doch im Winter waren sie fast noch wichtiger als Essen und Schlafen. Und da das Lager so überfüllt war und jeder freien Zutritt zu den Zelten der anderen hatte, ließen sich Geheimnisse schwerer bewahren als Frischfleisch im Sommer. Schon jetzt strömten Frauen zum Geburtszelt, um ihre Aufwartung zu machen und Vorschläge für Namensgebung und Kinderpflege zu geben, aber auch um zu gaffen. Hauptsächlich, um zu gaffen. Niemand sah Old Owls sanftem, gütigem Gesichtsausdruck an, daß er sich Sorgen machte.

23

Die Blattknospen an den Bäumen waren straff gespannt und glänzend. Die Hügel waren nach den letzten Regenfällen mit einem grünen Schleier überzogen. Die Welt sah frisch gewaschen aus, und die Ponys hüpften übermütig auf der Weide herum, wieherten und keilten aus wie Fohlen. Sie wirkten nicht mehr so schwer und massig wie im Winter, als sie ausschließlich Baumrinde und Zweige zu fressen bekommen hatten. Die Luft war kühl, aber nicht kalt, und die Vögel waren außer sich vor Freude. Sie ließen in den Kronen der Pappeln eine Kakophonie hören, die nicht enden wollte.

Das riesige Winterlager begann sich zu regen. White Robes Gruppe war vor einer Woche nach Norden aufgebrochen, und Spirit Talkers Leute hatten das Lager am Tag zuvor verlassen. Sie waren in der von ihnen selbst aufgewirbelten Staubwolke verschwunden, als hätte diese sie verschluckt. Old Owl und Pahayuca waren mit ihren Gruppen noch etwas länger geblieben, da es ihnen schwerfiel, sich wieder für so lange Zeit zu trennen. Es war zwar denkbar, daß sie sich irgendwo begegneten, aber wenig wahrscheinlich. Das Land des Volkes war riesig. Es bot jedem genug Platz zum Jagen. Der Frühling schien aus allem hervorzubrechen. Vor allem aus Bear Cub und Upstream. Sie führten die Bande kleiner Jungen an, die auf ihren Ponys den schmalen Pfad zwischen den Zelten entlanggaloppierten. Sie johlten und pfiffen und ließen ihre Bisonhäute flattern. Sie ließen Hunde und Frauen und Kinder in alle Himmelsrichtungen auseinanderstieben. Sie ritten die offenen Feuerstellen über den Haufen und ließen mit ihren flatternden Häuten dicke Qualmwolken aufsteigen. Die Kriegsponys bäumten sich auf und wieherten und zerrten an ihren Pflöcken.

Ziel der Jungen war das große Fleischgestell vor Old Owls Zelt. Als sie vorbeigaloppierten, lehnte sich jeder Junge zur Seite und schnappte sich eine Handvoll. Das Gestell blieb so leer zurück wie ein ausgebleichtes Bisonskelett. Cub hing nur noch mit einem Fuß an der Schlinge, die er in die Mähne seines Ponys geflochten hatte, wobei ihm seine gelben Locken um den Kopf flatterten. Er schnappte sich das graue Feuerhorn, das sein Großvater immer an der Zeltöffnung liegen ließ, falls Freunde auf ein Pfeifchen vorbeikamen. Dann schwang Cub sich wieder auf sein Pony. Um dem Schaden noch Spott und Beleidigung hinzuzufügen, klatschte er seiner Schwester im Vorbeireiten auf die Schulter, als wäre sie ein Stück Beute.

»*A-he*, die fordere ich für mich!« Alle Jungen lachten, als sie aus dem Lager ritten, um ihr gestohlenes Festessen irgendwo auf einem sonnigen Felsen am Wasser oder auf einem Hügelkamm mit Blick in die Weite zu genießen. Sie überließen es Naduah und Star Name und den Frauen, die Trümmer aufzuräumen.

»Ich hätte es nie für möglich gehalten«, sagte Star Name kopfschüttelnd, »aber dein Bruder ist schlimmer als meiner.«

»Du hast recht. Old Owl verwöhnt ihn zu sehr. Er hätte in so jungen Jahren nie ein Pony bekommen dürfen.«

»Das hätte auch nicht geholfen.« Star Name bückte sich und hob die herumliegenden Lederriemen und Ahlen auf. »Dann hätte er sich einfach eins gestohlen. Die meisten dieser Jungen haben ihre Ponys geliehen.«

»Sein Vater und sein Großvater bestrafen ihn für gar nichts. Er kann tun, was ihm gefällt.« Naduah fühlte sich bedrückt, aber auch sie war nie bestraft worden. Sie konnte sich nicht erinnern, gesehen zu haben, daß überhaupt jemand bestraft worden war. Die Erwachsenen sagten den Kindern, die sich vorbeibenahmen, daß man sich beim Volk nicht so benehme. Und das war alles.

Während Takes Down das riesige Mosaik aus Tierhäuten ordnete, aus denen sie eine Zeltwand zusammensetzen sollten, mischte sie sich ein.

»Sie lernen, Krieger zu werden. Was sie heute tun, ist eine gute Übung für das, was sie tun müssen, wenn sie auf dem Kriegspfad sind.«

»Die Osage tun mir leid«, sagte Owl.

»Oder die Cheyenne«, fügte Something Good hinzu.

»Und überhaupt jeder, der ihnen in die Quere kommt«, murmelte Deer.

»Sie werden gute Krieger sein, so lange sie sich nicht auf Heimlichkeiten verlegen«, warf She Laughs ein.

»Er ist eine Plage, sonst nichts.« Naduah war eifersüchtig. Nur weil er niedlich war und ein Draufgänger und tapfer bis zur Unvernunft, bezauberte er jeden. Manchmal haßte Naduah es, ein Mädchen zu sein.

Takes Down machte sich still wieder an die Arbeit und gab den Frauen Anweisungen, die für Deep Water, Owls Bruder, eine Zeltwand machten. Sie wußte, warum Cub so kühn war, sagte aber nichts. Gefangene Kinder gaben sich fast immer besondere Mühe, sich zu beweisen. Sie selbst würde sich lieber von einem Angehörigen eines anderen Stamms gefangennehmen lassen als von einem Weißen, der die Sitten und Gebräuche des roten Mannes angenommen hatte. Solche Männer waren weit wilder und viel eher bereit, ihre Gefangenen zu foltern. Cub würde einmal Angst und Schrecken verbreiten, jedoch nicht so sehr wie Cruelest One. Hinter seinem großmäuligen Gehabe war Cub ein zutrauliches, zärtliches Kind.

Während Naduah Spieße von dem Holzhaufen neben ihr schälte und schärfte, sah sie den Frauen zu, die an der großen, zusammengeflickten Zeltwand arbeiteten. Takes Down war gerade dabei, sie zu einem Halbkreis zu stutzen und schnitt entlang der Linie, die sie mit einer angespitzten Weidenrute ins Leder gepreßt hatte. Das Zelt war für Owls Familie eine große Investition. Sie hatten lange Zeit gebraucht, um die zehn Häute für dieses kleine Zelt zusammenzubringen. Die Häute, die Deep Water von Wanderer als Anteil an dem Überfall auf das Tonkawa-Dorf erhalten hatte, sowie die von der Herbstjagd und die übrigen, die sein Großvater als Bezahlung für seine Pfeile erhalten hatte, hatten die Zahl schließlich voll gemacht.

»Warum will Deep Water ein eigenes Zelt haben? Er ist doch erst fünfzehn, auch wenn er einen Skalp mitgebracht hat.« Naduahs Gerechtigkeitsgefühl war verletzt.

She Laughs blickte von den Häuten auf, die sie zusammennähte. Sie hatte die Beine vor sich ausgestreckt und die Zeltwand darübergezogen. Angesichts ihrer groben Züge klang ihre Stimme seltsam musikalisch.

»Ich wünschte, wir hätten ihm schon früher eins machen können. Deep Water braucht ein eigenes Zelt, damit er nicht neben Owl schlafen muß.«

»Warum sollte er nicht neben Owl schlafen?« Naduah und ihre Warums.

»Es ist tabu für ihn, neben mir zu sitzen. Ich darf ihn nicht berühren. Er könnte mich töten, wenn ich es tue.«

»Warum?«

Takes Down meldete sich wieder zu Wort. »Deep Water ist ein Krieger. Er braucht einen Ort, an dem er die Medizin machen kann, die er zum Schutz seiner Familie braucht. Er darf nicht in der Nähe seiner Schwester sein. Es könnte ja sein, daß er etwas von ihren weiblichen Sitten und Gebräuchen annimmt und im Kampf oder auf der Jagd versagt.«

»Außerdem«, fügte Medicine Woman hinzu, »ist das Kochen von Fett verunreinigend, Menstruationsblut ebenfalls. Er muß dort schlafen, wo es keins gibt.«

»Blutest du schon, Owl?« Das war etwas, was alle Mädchen sehnsüchtig erwarteten. Ihr Übergang zur Welt der Erwachsenen.

»Nein. Aber es könnte schon bald dazu kommen.«

Naduah beendete den letzten Spieß, den sie zurechtschnitzte. Die spitzen Stäbe würden durch Reihen von gestanzten Löchern an der Vorderseite des Zelts hindurchgesteckt und zusammengebunden werden, damit es hielt. She Blushes war dabei, die Löcher für sie auszumessen und zu stanzen. Medicine Woman, She Laughs, Black Bird, Deer und Something Good hockten auf der Erde, während Takes Down ihre Arbeit prüfte und bei einigen Dingen letzte Hand anlegte. Die ganze Zeltwand sollte perfekt passen, wenn das Zelt aufgebaut wurde. Takes Down hatte keine Lust, es noch einmal abzubauen, um Korrekturen vorzunehmen.

Der große Halbkreis war an der breitesten Stelle fast vier Meter lang und maß an seinem geraden Rand fast siebeneinhalb Meter; in der Mitte des geraden Randes waren zwei Laschen angenäht, mit denen sich der Rauchabzug schließen ließ. Aus dem unteren Teil dieses Randes waren zwei kleine Halbkreise herausgeschnitten. Wenn man die beiden Enden des geraden Randes zusammenbrachte, kamen die Halbkreise zusammen und bildeten die Zeltöffnung.

Es war eine kleine Zeltwand, aber trotzdem gab es noch immer Nähte, die auf Schwachstellen geprüft werden mußten. Das Zelt würde heulenden Stürmen und Überlandritten standhalten müssen, würde Sonne und Regen und Schnee und Hagelstürme aushalten müssen, die Bäume entlaubten und ganze Vogelschwärme vom Himmel fegten. Überdies war es für Takes Down eine Ehrensache, eine Zeltwand nicht abnehmen zu müssen, um sie nachzubessern. Aus diesem Grund kam jeder auch zu ihr, wenn er eine neue Zeltwand brauchte.

»*Toquet*, in Ordnung«, grunzte sie. »Aufstehen.« Die Frauen erhoben sich, rieben sich die Knie und stöhnten, wie weh ihnen alles tue und wie hart Takes Down The Lodge sie arbeiten lasse. Diese ignorierte sie und wirbelte herum, um jede für das Aufrichten des Zelts in die richtige Position zu bringen. Es wäre ihnen nicht im Traum eingefallen, einen Mann um Hilfe zu bitten. Deren Einmischung brauchte niemand.

Die gut viereinhalb Meter langen Hauptstangen aus Zedernholz lagen bereit. Sie waren frisch geschält worden und rochen wundervoll. Die breiten Enden waren angespitzt worden, damit man sie leicht in die Erde treiben konnte. She Laughs band sie in der Nähe der Spitze zusammen, und vier der Frauen richteten sie auf. Die unteren Enden wurden auseinandergezogen, bis die Abstände gleichmäßig zu sein schienen, und dann fest in die Erde gesteckt. Takes Down schritt die Innenseite ab. Sie begann im Osten und ging von einer Stange zur anderen und maß die Entfernung mit den Füßen. Sie ließ Deer ihre Stange ein wenig nach außen schieben und wies die Frauen dann an, die anderen achtzehn Stangen um die vier dickeren herum zu gruppieren.

Something Good, die Größte und Schlankste von allen, stand auf Deers weichen, fleischigen Schultern. Ihre Füße versanken im Fleisch, als sie die Stangen festband. Deer hielt Something Goods schlanke Fesseln mit den Händen fest und nörgelte ununterbrochen.

»Something Good, du bist zwar die Frau eines Häuptlings, aber das heißt noch lange nicht, daß du dir nicht die Füße waschen mußt. Puh! Wann sind diese Mokassins bloß gestorben? Hast du vergessen, sie zu gerben, bevor du sie zusammengenäht hast? Trägst du vielleicht als Medizin einen toten Skunk darin herum? Wenn ja, ist sie sehr stark.« Something Good kicherte und wäre fast heruntergefallen. Sie mußte sich an den Zeltstangen festhalten.

»Vorsichtig, Deer.« Naduah umkreiste Deer und reckte den Kopf in die Höhe. Falls ihre Freundin ausrutschte, würde sie den Fall mildern können.

»Kind, wir haben schon lange vor deiner Geburt Zelte aufgerichtet.« Deer strahlte Naduah an. Ihre Augen verschwanden fast in den Falten ihres Lächelns wie Korinthen in Weizenteig. »Du hast zugelegt, Something Good«, rief sie hinauf und preßte die Schienbeine des Mädchens. »Schon bald wird so viel an dir dran sein, daß aus dir noch eine richtige Frau wird. Und dann wirst du Blocks The Suns Kleider tragen können.«

»Sie könnte sie jetzt schon tragen. Zusammen mit drei oder vier anderen«, warf She Laughs ein. »Hast du schon gehört, daß Pahayuca jetzt all seine alten Zeltwände aufhebt? Er sagt, wenn Takes Down sie etwas ausläßt, kann Blocks The Sun sie gut tragen.«

Und mit solchen Scherzen ging die Arbeit weiter. Es schien jedoch keiner der Frauen etwas auszumachen. In Wahrheit war Naduah Deer sogar dankbar. Sonst herrschte oft eine gewisse Spannung, wenn Something Good in der Nähe war. Die Nase des Mädchens war noch immer völlig unbeschädigt. Pahayuca hatte sie nicht aufgeschlitzt, obwohl niemand sagen konnte, ob aus Liebe zu ihr oder wegen seiner Freundschaft mit ihrem Vater oder wegen seiner Gutmütigkeit. Im Lager wurde viel darüber spekuliert.

Something Good trug den Kopf noch immer hoch, konnte aber nur mit wenigen unbefangen sprechen. Sie wurde auch nicht mehr so oft wie früher in die Frauenarbeit einbezogen. Takes Down und Black Bird hatten sie um Mithilfe gebeten, und Deer hatte sie akzeptiert, was es den anderen in diesem besonderen Kreis von Freundinnen schwer machte, ihr die kalte Schulter zu zeigen. Und Something Good hatte sich ihnen zunächst nur angeschlossen, weil sie Naduah und Star Name mochte, doch jetzt fühlte sie sich in Gesellschaft von allen wohl. Takes Down verstand ihren Schmerz und hätte sich ohnehin alle nur erdenkliche Mühe gegeben, um sich mit ihr anzufreunden, aber Wanderer hatte ihr das auch nahegelegt und es sich als Gunst für ihn selbst und seinen toten Blutsbruder erbeten.

Die Frauen hoben die Ränder der Zeltwand auf und trugen sie um den Rahmen herum. Takes Down und She Laughs gingen mit zwei langen Stangen nach innen. Sie hielten sie nach außen, stießen sie in die Mitte der Zeltwand zwischen den beiden Laschen des Rauchabzugs und zogen die Haut mit der Fleischseite nach außen langsam an der Außenseite des Rahmens nach oben. Sie hielten diese fünfundachtzig Pfund mit schmerzenden Armen, während die anderen einander auf die Schultern stiegen und die Zeltwand an der Spitze befestigen. Dann steckten sie die Zeltwand an der Vordernaht fest, bis hinunter zur Türöffnung, und pflockten den unteren Saum mit Heringen an. Dann traten alle zurück, um ihr Werk zu bewundern, während Takes Down langsam um das Zelt herumging. Keine der Nähte bildete Falten, keine war verzogen, keine riß unter der Belastung. Andere Frauen kamen hinzu, bis sich eine ganze Schar eingefunden hatte, die anerkennend mit der Zunge schnalzten und gurrten und mit den Händen an den Nähten entlangfuhren, um Takes Downs handwerkliches Geschick zu prüfen.

Der Aufbau eins Zelts war zwar eine Routineangelegenheit, doch gehörte schon ein besonders gutes Auge dazu, alle Teile passend hinzubekommen, vor allem bei diesem Zelt, das kleiner war als die, die Takes Down sonst herstellte. Sie hatte keine alte Zeltwand als Vorlage benutzen können, sondern hatte dieses freihändig auf den Boden gezeichnet. Anschließend hatte sie die verschiedenen Häute in die richtige Form bringen müssen. Sie war an dieses Problem genauso herangegangen wie an die meisten anderen Dinge. Sie dachte im stillen darüber nach, während sie ihrer normalen Hausarbeit nachging. Und dann, an dem Tag, an dem die Zeltwand zusammengesetzt werden sollte, war sie früh auf den Beinen und hatte die Häute schon ausgelegt, als die andere Frauen erschienen. Sie arbeitete schnell und effizient nach irgendeinem Plan, den sie sich zurechtgelegt hatte, und wie üblich hatte sie gut gearbeitet.

»Jetzt braucht es nur noch einen Tauschutz an den Seiten«, sagte Medicine Woman.

»Und eine Frau, die nachts unter der Zeltwand hindurchschlüpft.« Deer lachte und machte ein paar obszöne Handbewegungen.

»So, und jetzt ist der Tauschutz an der Reihe«, sagte She Laughs. »Um den Rest muß er sich selbst kümmern.« Owl schnitt eine Grimasse. Sie hatte den ganzen Winter damit zugebracht, Häute zu schaben, damit ihr Bruder ein eigenes Zelt bekam, um von den Frauen loszukommen, doch jetzt konnte er sich selbst eine hereinschmuggeln.

»Er ist für jede Frau zu häßlich«, murmelte Owl.

»Nein, das ist er nicht.« Star Name beeilte sich, ihn zu verteidigen.

»Wolltest du etwa selbst zu ihm ins Zelt schleichen, Strahlauge?« Es tat gut, Something Good wieder lachend und bissig zu sehen, auch wenn es nur selten dazu kam.

»Habt ihr gehört, daß Old Owls Gruppe bald weiterzieht?«

»Wir werden alle bald weiterziehen. Mir tun nur diejenigen leid, die am Rand des Lagers leben. Da steht der Dung schon knietief. Ihr müßt aufpassen, wohin ihr tretet.«

»In diesem Winter hat es viel zu essen gegeben. Das mußte ja schließlich irgendwo bleiben.«

»Aber nicht vor meinem Zelt.«

»Essen, essen, was gibt es heute abend, She Laughs?« Deer kam immer gleich zur Sache. Von She Laughs wurde erwartet, daß sie den Arbeiterinnen etwas zu essen gab und Takes Down ein Geschenk machte.

»Es gibt Antilope.«

»Gut, ich mag Antilope.« Deer gluckste und begann, seitlich auf She Laughs Zelt zuzurutschen.

»Du magst doch alles, Deer.«

»Das stimmt. Aber Antilope mag ich besonders. Junge Antilope.«

Sie warf Smoke einen berechnenden Blick zu und richete sie im Geiste schon an. Naduah ignorierte den Seitenhieb, und Something Good wechselte das Thema.

»Pahayuca hat als Geschenk für Deep Water eine Bettdecke geschickt. Ich habe sie neben Weasels Wiegenbrett hingelegt. Naduah, kannst du sie mir mal bringen?«

Naduah trabte los, und Smoke sprang vor ihr her. Sie rannte zu Something Goods Baby, Kianceta, *Weasel,* die auf ihrem Wiegenbrett festgeschnürt war. Das Brett lehnte an einem Busch, unter dem die zu einem großen Quadrat zusammengefaltete Decke lag. Und auf der Decke lag eine Prunkotter, die wie ein schönes buntes Armband aussah. Sie glitt langsam auf das Wiegenbrett zu, als wollte sie inspizieren, was dort war. Die kleine Weasel sah fasziniert zu.

Naduah erstarrte und sah sich fieberhaft nach einer Waffe um. Sie blieb vollkommen reglos, da sie Angst hatte, ein Schrei könnte die Schlange erschrecken. Was wäre, wenn sie an der Kinderdecke hochglitt und Weasel in Lippe oder Nase biß? Der Biß einer Prunkotter war meist tödlich, jedenfalls bei einem zwei Monate alten Kind. Doch während Naduah stillstand, handelte Smoke, und zwar so schnell, daß es kaum zu sehen war.

Sie bäumte sich auf und ließ ihre scharfen Hufe auf den Kopf der Schlange niedersausen. Immer wieder bäumte sie sich auf und stieß immer wieder zu, wobei sie die Schlange von der Decke und in den Staub schleuderte, wo sie sie weiter angriff. Erst als Naduah sah, daß die Schlange zerschmettert und leblos auf der Erde lag, schrie sie auf. Sie rannte zu Weasel, trat die Schlange im Vorbeigehen so weit wie möglich zur Seite. Dog nahm an, sie wollte Kriegen spielen, und rannte hinter der Schlange her. Als die Frauen herbeiliefen, kehrte sie mit der Schlange in der Schnauze zurück.

Something Good nahm Weasel und summte ihr etwas vor, um sie zu beruhigen, doch die Kleine war von allen Anwesenden die ruhigste. Naduah kniete vor Smoke nieder, umarmte sie und rieb die Nase an der weichen Schnauze der Antilope. Smoke leckte ihr die Wange.

»Ich werde Cub davon erzählen. Er sagt immer, ich soll mich nicht mit unseren Lebensmitteln anfreunden. Er sagt, daß es schwer ist, die eigenen Freunde zu essen. Als ob ich dich je aufessen würde, Smoke.«

Naduah und Cub waren gerade mit Smoke und Dog um die Wette gerannt. Da eine Antilope wirklich schnell laufen kann, konnte von einem Wettrennen keine Rede sein, doch Smoke liebte es auch so, mit ihnen zu laufen und vor ihnen herzuspringen oder um sie herumzulaufen. Jetzt baumelten die beiden Kinder mit den Beinen an dem niedrigen Ast einer Eiche; Naduah ruderte mit den Armen, um Smoke und Dog davon abzuhalten, ihr das Gesicht abzulecken. Es machte Spaß, die Welt auf den Kopf gestellt zu sehen.

»In Großvaters Gruppe packen schon alle. Warum kommst du nicht mit uns, Schwester?«

Naduah überlegte kurz, schwang sich dann hinauf und setzte sich rittlings auf den Ast.

»Ich würde nie meine Familie verlassen, und sie würden Pahayuca nicht verlassen. Und alle meine Freunde sind bei den Wasps. Ich würde dich sowieso kaum zu sehen bekommen. Du treibst dich ja bloß mit diesem Rudel von Präriehunden herum, die immer nur herumrennen und schreien und andere ärgern. Die meiste Zeit tust ja ohnehin so, als würdest du mich gar nicht kennen.«

»Das muß ich, sonst würden die Jungen mich ärgern. Das weißt du doch.«

»Ich weiß. Aber da, wo ich bin, bin ich besser dran.«

»Was ist, wenn in diesem Jahr jemand nach uns sucht? Soldaten vielleicht?« John war auf eine Astgabel geklettert und versuchte einzelne Blätter mit kleinen Ästen zu durchbohren.

»Ich würde mich verstecken.« Naduah hatte schon darüber nachgedacht.

»Aber wenn sie dich finden?«

»Dann würde ich weglaufen und später zurückkommen. Ich kann das. Ich habe gelernt, einer Spur zu folgen und zu reiten und zu jagen. Was ist mit dir?«

»Ich würde gegen sie kämpfen. Ich würde sie töten.« Cub sprang auf, so daß er jetzt in der Astgabel stand, und stieß mit seinem Messer in die grobe Rinde. »Ich würde sie skalpieren. Ich würde ihre Lebern essen. Kein Mensch wird mich je Großvater wegnehmen.«

»Und was ist, wenn Old Owl dich an sie zurückverkauft?«

»Das würde er nie tun.«

»Es könnte doch sein, daß du ihn irgendwann so wütend machst, daß er es doch tut.«

»Er tut doch nur so. Er ist mir nie wirklich böse. Wenn die Ranger kommen, werden wir ihnen einen warmen Empfang bereiten. *Suvate*, das ist alles.«

»Und woher sollen wir es wissen?«

»Was denn?«

»Ob einer von uns wieder zurückgeholt worden ist?«

Cub setzte sich wieder hin und ließ die Beine links und rechts von der Astgabel baumeln. Er dachte offenkundig nach.

»Wir könnten Zeichen verabreden, um zu zeigen, daß wir immer noch beim Volk sind.«

»Was für Zeichen?«

»Irgendein Signal, das wir uns noch ausdenken können. Und das lassen wir zurück, wenn wir von einem Lagerplatz aufbrechen. Du weißt doch, daß wir immer wieder auf die Lagerplätze der anderen Gruppen stoßen.«

»Was für ein Zeichen wollen wir zurücklassen? Welches Zeichen würde vielleicht noch Monate später da sein?«

Cub sah sie leicht verärgert an. »Ich weiß nicht. Wir könnten etwas in einen Baum schnitzen.«

»Falls Bäume da sind. Und wenn es nicht gerade Hunderte sind.«

»Dann schließen wir einen Pakt. Wenn mir etwas passiert, werde ich Old Owl oder meinen Vater dazu bringen zu schwören, daß sie dich benachrichtigen. Ich weiß, daß sie das tun würden. Und wenn dir etwas passiert, kannst du Pahayuca oder Sunrise bitten, mir Nachricht zu geben. Glaubst du, sie würden das für dich tun?«

»Natürlich. Beim Volk scheint man sowieso immer zu wissen, was bei den anderen Gruppen passiert.«

Aus der Richtung des fernen Lagers ertönte so etwas wie das Kollern eines Truthahns.

»Das ist Großvater. Er ruft mich.« Cub sprang vom Baum herunter und beantwortete den Ruf. Er konnte als Nachahmung durchgehen. »Ich muß los. Sie sind wahrscheinlich schon bereit aufzubrechen.«

Die Kinder banden ihre Ponys los und ritten auf Old Owls Winterlager zu.

»Du wirst mir fehlen, Cub.«

»Du mir auch.«

»Du magst zwar wild sein, aber jedenfalls nicht langweilig.«

»Warte, bist du mich im nächsten Winter wiedersiehst. Dann wird es noch viel schlimmer sein.«

»Versprochen?«

»Versprochen.« Er sah sie mit einem tückischen Seitenblick an. Dann hielt er sich mit den Händen am Hals des Ponys fest und zog die Beine hoch, um besser sehen zu können. »Sie brechen ohne mich auf!« Er ließ die Beine herunterrutschen und spornte sein Pferd zum Galopp an, bevor er wieder sicher saß. Vor ihnen herrschte im Lager das übliche Chaos; alle schlugen auf ihre Lasttiere ein und schrien und johlten und versuchten, an die Spitze der Marschkolonne zu kommen. Cub steckte sich die Zügel in den Gürtel und sprang wieder hoch, so daß er auf dem Rücken des Ponys stand. Er winkte und rief, um seine Freunde auf sich aufmerksam zu machen.

»Wartet auf mich, ihr Abfall von einem Misthaufen der Apachen!«

Upstream löste sich von der Gruppe und ritt auf ihn zu.

»Wo bist du gewesen? Ich wollte mich von dir verabschieden.« Die beiden ritten zu den anderen Jungen hin. Naduah sah sie losreiten und fühlte sich ausgeschlossen. Weil er ein Junge war, durfte Upstream mit den anderen Jungen mitreiten, bis er genug hatte und umkehrte. Sie brachte ihr Pony auf der ersten großen Hügelkuppe zum Stehen und winkte Cub zu, als er sich noch einmal umdrehte und sie ansah, bevor er laut johlend losgaloppierte. Unter ihr schlängelte sich die lange Prozession durch die blaßgrünen Hügel dahin. Naduah blieb noch eine Stunde oder länger sitzen, bis alle hinter einer fernen Erhebung verschwunden waren. Dann riß sie Wind herum und eilte nach Hause, um ihrer Familie beim Packen zu helfen.

24

Beim Wegreiten von dem alten Lagerplatz hatte Naduah noch einmal über die Schulter geblickt und sich an die guten Zeiten erinnert, die sie dort verbracht hatte. Doch wie immer hatte Takes Down recht. Es war Zeit aufzubrechen. Das Lager sah verwüstet und verlassen aus. Das Gras war von den dreitausend Pferden und Maultieren der vier Gruppen, die dort überwintert hatten, niedergetrampelt und abgeweidet worden. Den Pappeln am Fluß hatte man die unteren Äste abgeschnitten, damit die Ponys die Rinde fressen konnten.

Überall lagen unbrauchbar gewordene Gerätschaften, Knochenhaufen und verrottete Kadaver von der letzten Jagd herum. Naduah glaubte am Rand des Platzes eine huschende Bewegung zu sehen, vielleicht von einem Kojoten, der nach etwas Eßbarem Ausschau hielt. Und die Geier oben am Himmel begannen schon zu kreisen wie ein beginnender Sturmwirbel. Naduah konnte sich vorstellen, wie die Ameisen ins Lager einfielen, um alles zu verputzen, was Krähen und Mäuse übrig ließen. Dann würde überall das Gras wachsen, und im nächsten Jahr würde es hier noch grüner sein. Oder im Jahr darauf.

Sie waren jetzt seit zwei Tagen unterwegs und befanden sich weiter nördlich, als Pahayuca und der Rat normalerweise vorsahen. Doch sie hatten vom Durchziehen großer Büffelherden hier oben gehört. Und als wollte er diese Gerüchte bestätigen, war ein Rabe viermal über dem alten Lager gekreist, hatte dann den Kopf geneigt und gekrächzt. Dann war er in diese Richtung davongeflogen. So kam es, daß sie jetzt dem gleichen Weg folgten, den White Robes Gruppe genommen hatte, nachdem sie vor fast einem Monat das Winterlager verlassen hatte. Es war für das Volk eine wichtige Nord-Süd-Route, der man leicht folgen konnte. Die wogende Ebene zeigte einen breiten Einschnitt, der sich quer durch die Hügel bis zum Horizont schlängelte, eine flache Rinne, die von Tausenden von Ponys und Travois ausgefüllt worden war, die hier Jahr um Jahr vorbeikamen.

Wenn der Frühling Texas erreicht hat, vergeudet er keine Zeit. Es war erst Anfang April, und schon lag Hitze in der Luft, und auf den Hügeln wogten unzählige Blumen. Diese Hunderte von Meilen mit wogenden grünen Erhebungen waren für Naduah und Star Name eine zu große Versuchung. Sie hatten ihre Ponys wie unabsichtlich zu einer Seite der Karawane dirigiert und waren dann in einer Schlucht verschwunden. Sie ritten immer weiter, bis sie außer Hörweite waren. Dann galoppierten sie los, um noch weiter wegzukommen.

Jetzt befanden sie sich dort, wo sie gar nicht sein durften, nämlich vor den Spähern, die immer als Vorhut vorausritten. Die beiden Mädchen wollten ihre Reitkünste verfeinern. Star Name hatte Paint eine Schlinge in die Mähne geflochten und hing mit dem Fuß darin und mit dem Kopf nach unten. Sie ließ die Finger durchs Gras gleiten und schnappte nach kleinen Steinen, während ihr Pony galoppierte.

Naduah kauerte auf ihrem Pony. Sie hatte die Füße hochgezogen und ihren ganzen Mut zusammengenommen. »Du mußt dein Pony mit den Knien, den Beinen, jedem Teil deines Körpers spüren.« Sie erinnerte sich an Wanderers Stimme, wie er sie unter der heißen

Sonne stundenlang unterrichtet hatte. Sie bemühte sich, alle Gedanken aus dem Kopf zu vertreiben und sich nur noch darauf zu konzentrieren, wie Winds kräftige Muskeln unter ihren Füßen spielten. Sie schwankte, ließ den Schrittrhythmus ihres Ponys durch den Körper gleiten, bis sie sich in vollendeter Harmonie mit dem Pferd befand. Ohne nachzudenken erhob sie sich und stand.

»Star Name! *Na-bo-ne*, sieh doch!« Und dann fiel sie. Star Name ritt lachend zurück, während Naduah aufstand, ihre Gelenke befühlte und sich das Hinterteil rieb.

»Hast du mich stehen sehen?«

»Ja. Noch etwas mehr Übung, und dann kannst du's!« In diesem Augenblick bemerkten sie in weiter Ferne ein Lager und die darüber kreisenden Geier. Der Himmel war ganz schwarz vor lauter Geiern. Sie sahen aus wie eine bedrohlich aufquellende Gewitterwolke, die sich an dem klaren Nachmittagshimmel seltsam unpassend ausnahm. Da stimmte etwas nicht. Naduah spürte, wie das Unbehagen in der Magengrube stärker wurde. Zwar kreisten fast immer Geier über den Lagern des Volkes, jedoch nie so viele. Wessen Lager war es? Nicht das von Old Owl. Bitte, nicht das von Old Owl. Oder Wanderer.

Wind schnaubte, als der erste schwache Todeshauch, der sich mit dem Duft der Frühlingsblumen vermischte, ihre empfindsamen Nüstern erreichte. Smoke hüpfte schon weiter weg und beschrieb einen weiten Kreis, der Gefahr signalisierte. Ihr weißer Spiegel blitzte. Dog hatte sie inzwischen eingeholt und saß jaulend unter Winds Bauch. Naduah und Star Name starrten nach vorn. Keine der beiden wollte raten, was die Wolke bedeuten konnte. Sie warteten still auf Buffalo Piss und seine Späher.

Buffalo Piss starrte sie finster an, als er sie mit seinen Männern erreichte. Sogar mit seinen glatten, gezupften Augenbrauen und seinem zerzausten, zottigen Haar und seinen großen dunklen Augen sah er wild und verwegen aus. Die Mädchen reihten sich schweigend hinter den Männern ein. Buffalo Piss und Sunrise ritten voraus, als sie sich dem Dorf näherten, das unter der wirbelnden schwarzen Wolke lag.

»Das muß White Robes Gruppe sein«, murmelte Buffalo Piss zu Sunrise. Sunrise hielt sich eine Hand über die Augen, um besser zu sehen.

»Ja.« Sunrise kannte die Plains so gut wie jeder aus dem Volk. Er wußte, wenn ein Stein bewegt worden war, und er wußte auch, ob es zufällig oder mit Absicht geschehen war. Er kannte das Verhalten der Vögel, die Rufe der Tiere, und das zu verschiedenen Tages- und Jahreszeiten. Er konnte Spuren finden, wo ein weißer Mann sagen würde, es gebe gar keine. Und er wußte ohne jeden Anflug eines Zweifels, daß in White Robes Lager etwas Furchtbares geschen war.

Inzwischen hatten Pahayuca und Medicine Woman und weitere Männer sie eingeholt. Ihre Gesichter waren ausdruckslos, doch ihre Muskeln waren angespannt, als sie langsam auf die Zelte zuritten. Der Geruch erreichte sie, als sie noch immer mehr als eine halbe Meile entfernt waren. Die Männer zogen sich schnell zurück, um zu beraten, was sie tun sollten.

»Bleib hier, Kleines.« Medicine Woman wühlte in den Satteltaschen nach ihrem Medizinbeutel. Sie schlang ihn sich um die Schulter und band sich ein Stück Stoff vor Mund und Nase.

»Ich möchte mit euch gehen. Ich kann helfen.«

»Nein. Es könnte eine Falle sein. Es muß einen Angriff gegeben haben, aber vielleicht sind einige der Verwundeten noch am Leben.«

Mit einem Arm vorm Gesicht, um möglichst viel von der stinkenden Luft auszusperren, ritt Naduah zu den wartenden Frauen und Kindern zurück. Viele der Jüngeren standen auf ihren Ponys, um besser zu sehen, aber die Frauen hatten sich die Umhänge über die Köpfe gezogen und wehklagten, vor Entsetzen ebenso wie vor Trauer. Hunde fielen heulend in die Klagelaute ein. Dort, wo Dogs Schwanz begann, sträubte sich ihr das Fell, und sie ging unruhig und steifbeinig zwischen Winds Beinen herum.

Das stetige, hohl klingende Dröhnen von Gets To Be An Old Mans kleiner Handtrommel und das unirdische Wehklagen der Frauen verschmolzen zu einem Totengesang, der Pahayuca, Buffalo Piss und ihre Krieger auf ihrem langsamen Ritt zum Lager begleitete. Die Männer hielten die Waffen bereit. Als sie den Rand des Lagers erreichten, ertönte ein lautes Brausen, als Hunderte von Truthahngeiern aufflogen, ein lebendes Leichentuch, das von einer unsichtbaren Hand hochgehoben wurde. Diejenigen, die nicht gewillt waren, ihren Futterplatz zu verlassen, zischten und grunzten und flatterten mit ihren gewaltigen Flügeln. Sie rissen noch große Fleischstücke aus den Leichen, bevor sie vor den Reitern zurückwichen. Ihre roten Schädel sahen aus wie blutige Totenköpfe, und ihre geschwungenen gelben Schnäbel waren drohend aufgerissen. Krähen wirbelten herum und flogen krächzend Scheinangriffe. Die Männer husteten und würgten, als ihnen der schwere Gestank beißend in Nasen und Münder stieg und sich auf Schlund und Luftröhre legte.

Überall zwischen den stillen Zelten lagen verwesende Leichen herum. Kriegsponys lagen tot vor den Zelten ihrer Herren, noch immer angepflockt. Und da lagen Menschen. Hunderte von Menschen. Von einem Bündel von Pfeilen abgesehen, die noch so dalagen, wie sie aus einem Köcher gefallen waren, gab es keinerlei Anzeichen von Kampf. Hier war nicht geplündert worden, nicht gebrannt, nicht gekämpft und nicht skalpiert. Hier war nur Tod. Medicine Woman, die am Ende der Prozession ritt, die sich zwischen den Zelten hindurchschlängelte, spürte, wie ihr Nackenhaar kribbelte, als würden dort Ameisen herumkrabbeln. Ein winziges Baby, das über und über mit zuckenden weißen Würmern bedeckt war, lag an der Brust seiner toten Mutter. Tränen strömten Medicine Woman über die Wangen, und sie sang für die beiden ein stummes Lied. Sie war sich des Wimmerns nicht bewußt, das ihrer Kehle entströmte. Krieger, alte Menschen, Kinder, ein junges Paar, das sich eng umschlungen hielt, als wäre es bei der Liebe überrascht worden, alle tot. Ihre Gesichter waren nicht mehr zu erkennen, zerstört von der Zeit, den Aasfressern und den Elementen.

Heulend und knurrend stürzte eine vor Angst toll gewordene Hundemeute hinter dem größten Zelt hervor, dem von White Robe. Der Anführer, ein riesiger gelber Köter, unter dessen Haut sich die Rippen abzeichneten und dem Schaum aus der Schnauze quoll, sprang Pahayuca an. Die anderen griffen ebenfalls an und versuchten, den Männern die Beine zu zerfetzen oder den Pferden die Bäuche aufzureißen. Die Männer schlugen mit Lanzen und Bogen und Peitschen nach ihnen oder schossen ihnen Pfeile direkt in die offenen Schnauzen.

Würgend stolperten die Hunde davon und versuchten die Pfeile mit den Vorderpfoten herauszuziehen. Manche waren an den Erdboden genagelt, da die Pfeile sie glatt durchschlagen hatten. Als der Anführer der Meute jaulend zusammensackte, klemmten die anderen den Schwanz ein und rannten. Sie flüchteten in allen Himmelsrichtungen auf die Ebene. Sie rannten auf die untergehende Sonne zu, als versuchten sie, sich über den Rand der sterbenden Welt zu stürzen.

An der Spitze der Prozession begann Pahayuca mit seiner tiefen, volltönenden Stimme einen Sprechgesang. Die hinter ihm ritten, fielen ein, so daß der Gesang das Krächzen und Flügelschlagen der

Vögel übertönte. Ein Requiem für die Toten. Verzweifelt suchte Medicine Woman nach einer Erklärung. Die Geister waren nie so rachsüchtig. Sie rächten sich vielleicht an einem einzelnen oder einer Familie, jedoch nicht an einer ganzen Gruppe. So war das Weltall nicht beschaffen. Konnte es sein, daß sie alle an verdorbenem Fleisch gestorben waren? Wenig wahrscheinlich. Sie war vor Entsetzen wie betäubt, als sie etwas hörte. Es war der erste menschliche Laut auf diesem Friedhof der unbeerdigten Toten.

Sie stieß einen Ruf aus, riß ihr Pony herum und ritt auf das Geräusch zu. Sie bahnte sich den Weg durch die Leichen, die umgestürzten Trockengestelle und die herumliegenden Gerätschaften. Die Männer folgten ihr. Eine alte Frau kroch delirierend zwischen den Leichen herum, stieß sie an und rollte sie zur Seite. Medicine ritt langsam auf sie zu.

»Mutter, was ist hier passiert?«

Die Frau stieß einen kleinen Schrei aus und drehte sich zu Medicine Woman um. In ihren blinden Augenhöhlen wimmelte es von Maden, und sie plapperte wild drauflos. Die alte Frau war in einen Kokon des Irrsinns gehüllt. Ihr Gesicht verfaulte bei lebendigem Leibe und war mit Wunden übersät, aus denen Blut und Eiter strömten. Sie begann zu lachen, gackerte hysterisch und kratzte an den Geschwüren, so daß immer mehr davon aufplatzten.

Medicine Woman schrie. Und schrie nochmals. Sie konnte nicht aufhören zu schreien. Nichts in ihrem Leben hatte sie auf diesen Anblick vorbereitet. Kein Alptraum, keine Geistergeschichte. Kein Schlachtfeld voll skalpierter und verstümmelter Leichen war je so schauerlich gewesen. Medicine Womans Entsetzen übertrug sich auf die Männer. Sie stürmten alle aus dem totenstillen Dorf und stoben auf der Ebene auseinander wie die Hunde, die sie verjagt hatten. Der Rest der Gruppe ritt hinter ihnen her und verlor bei dieser heillosen Flucht Gegenstände und sogar Pferde. Sie galoppierten meilenweit, bis Erschöpfung sie zwang anzuhalten. Und als sie sich zurückzogen, blickten sie immer und immer wieder über die Schultern, als erwarteten sie, von dem Schreckgespenst verfolgt zu werden.

Das Volk hatte einen neuen Feind. Einen Feind, gegen den sie weder Waffen noch Medizin besaßen. Einen Feind, den sie nicht bekämpfen konnten, gegen den sie vollkommen machtlos waren. Die Pocken waren in die Plains gekommen.

In der Abenddämmerung des nächsten Tages schlug die Gruppe schließlich ihr Lager auf. Es war ein fast stummes Lager. Sogar die Hunde schliefen dort, wo sie hingefallen waren. Ihre Beine zitterten noch vor Anstrengung, denn sie hatten versucht, mit den Pferden Schritt zu halten. Vom Rand des Dorfs ließen sich Gets To Be An Old Mans Medizin-Gesänge noch stundenlang hören. Er lag auf dem Rücken und sang in den dunkler werdenden Abendhimmel. Kleinere Gruppen von Menschen versammelten sich um die Kochfeuer und flüsterten von dem Dorf des Todes. Selbst die Trauer war gedämpft, als fürchteten sich die Menschen davor zu trauern, als hätten sie Angst, auf sich aufmerksam zu machen, als könnten sie die Heimsuchung auf sich ziehen, die White Robes Gruppe getroffen hatte.

Viele lagen in einem unruhigen Schlaf, obwohl es noch früh war. Einige wimmerten und stießen Schreie aus, denn was sie gesehen oder gehört hatten, verfolgte sie noch in den Träumen. Nach der Flucht aus dem toten Dorf waren sie die ganze Nacht und den ganzen Tag ohne Pause geritten. Naduah hatte mit hängenden Schultern und wackelndem Kopf im Sattel gesessen, während Wind gleichmäßig durch die Dunkelheit trabte und ihren Weg auf dem unebenen Boden im Schein des Vollmonds mit sicherem Instinkt fand. Something Good war neben ihr geritten. Ihre Tochter, die kleine Weasel, schlief friedlich in dem Wiegenbrett, das am Sattelknopf baumelte. Bei Tagesanbruch machten sich die älteren Jungen und einige der Männer auf die Suche nach verirrten Ponys.

Star Name schluchzte still vor sich hin und fragte immer wieder: »Warum? Warum?« Naduah nahm sie in die Arme, denn sie kannte die Antwort. Sie hatte die Gräber gesehen, die den Weg nach Texas säumten. Sie war hinter Särgen hergegangen und hatte gesehen, wie sie in Gräber gesenkt wurden. Sie wußte, daß es eine Krankheit des weißen Mannes war. Und sie fühlte sich dafür verantwortlich. Sie kannte deren Namen und wußte, was sie anrichtete. Sie wußte aber nicht, wie sich die Krankheit ausbreitete oder wie man sie heilte.

Über die Verbreitung der Krankheit wußte das Volk mehr als sie. Die Comanchen glaubten, die Krankheit werde durch den Atem eines unbekannten Feindes verursacht. Die Pocken, so glaubten sie, würden durch Ausdünstungen ihrer Opfer übertragen. Indem sie vor dem verseuchten Dorf flüchteten und ihr Lager an einem isolierten Ort aufschlugen, hatten sie die Ansteckungsgefahr verringert. Sie wären verschont geblieben, wenn Deep Water nicht den perlenbesetzten Beutel seines Vetters aufgehoben hätte.

Deep Water wäre vermutlich an der Leiche seines Vetters vorbeigeritten, wenn er ihn nicht an seinen bemalten Beinlingen und den Silberscheiben erkannt hätte, die Otter immer im Haar trug. Vor ihm hatten die Scheiben schon seinem Vater gehört, und Otter war nur selten ohne sie zu sehen. Deep Water hatte sich hinuntergebeugt und den Beutel mit der schwarzen Roßhaarquaste aufgehoben. Er hatte noch so dagelegen, wie er hingefallen war, wenige Zentimeter von Otters Fingern entfernt. Deep Water wußte, daß Otter ihn stets bei sich trug, um darin seine Ahle und Leim und Zusatzsehnen und Lederstückchen aufbewahrte, um seine Waffen und seine Kleidung flikken zu können.

Deep Water hatte seine Lanze zu einem kurzen Salut erhoben. Er schickte Otter ein Gebet hinterher, um ihn auf dem traurigen, gewundenen Pfad in die Ewigkeit zu helfen, dem Pfad von Männern, die nicht im Kampf getötet werden. Deep Water legte sich den Riemen des Beutels über die Schulter, riß dann sein Pony herum und ritt hinter den anderen Männern her. Wenigstens würde er etwas haben, was ihn an seinen Vetter erinnerte.

Einige Tage später befielen die Pocken das Zelt von Deep Water, Name Giver, Owl, She Laughs und She Blushes. Medicine Woman kehrte mit schmerzverzerrtem Gesicht von deren Zelt zurück.

»Sie haben alle Feuer in sich. Ihre Haut verbrennt fast die Hand. Gets To Be An Old Man ist jetzt bei ihnen.«

»Vielleicht ist es die Schüttelkrankheit, Mutter. Die gleiche, die du hattest«, sagte Sunrise.

»Vielleicht. Sie haben Schüttelfrost, und Kopf und Rücken tun ihnen weh, genau wie bei mir. Ich glaube aber nicht, daß es die gleiche Krankheit ist. Ich fürchte mich vor dieser Krankheit. Ich glaube, es ist eine, die wir noch nie gesehen haben.«

»Was wird Gets To Be An Old Man tun?« Takes Down blickte von ihrer Handarbeit auf.

»Er wird versuchen, das Feuer in ihnen zu ersticken. Er sagt, sie sollten ein Dampfbad nehmen und dann sofort in kaltes Wasser eintauchen. Sie sollten in die Berge gehen, wo die Quellen am kältesten sind.«

»Dann sollten wir uns bereit machen, mit ihnen zu gehen«, sagte Sunrise.

»Nein!« Sie fuhren herum und starrten Naduah an. Aus dem rasch schwindenden Vorrat englischer Wörter in ihrem Gedächtnis hatte sie das eine herausgefischt, das sie brauchte. Quarantäne.

»Nein.« Sie konnte nichts weiter tun, als es zu wiederholen. Es gab keine Möglichkeit, es ihnen zu erklären.

»Warum nicht, Enkelin?«

»Das dürfen wir nicht. Wir können nicht mit ihnen reiten. Sie müssen allein aufbrechen. Wir müssen sie verlassen. Auf der Stelle.« Sie stand mit geballten Fäusten da, und ihre aufgerissenen blauen Augen flehten verzweifelt. Sie konnten sehen, daß sie Macht besaß, obwohl sie nicht wußten, daß es die Macht der Erfahrung war. Schließlich ergriff Medicine Woman das Wort.

»Ich werde es meinem Bruder sagen, Kleines. Wir werden nicht mit ihnen gehen.« Und sie hielt Naduah, die von Weinkrämpfen geschüttelt wurde, die ganze Nacht in den Armen.

Am nächsten Tag ging Naduah wie benommen herum. In ihrem Kopf pochte es von dem stundenlangen Weinen. Sie würden ihre Freundin Owl im Stich lassen müssen. Und Name Giver und die anderen. Als Naduah packte, um mit dem Rest der Gruppe aufzubrechen, erinnerte sie sich daran, wie Owls starke Finger sich an jenem Morgen, als sie zum erstenmal Bär und Zucker gespielt hatte, in ihren Rippen vergraben hatten. Es war Owl gewesen, die sie an jenem Tag aus dem Wasser gezogen hatte, als sie in den Fluß gesprungen und wie ein Stein gesunken war.

Die ruhige, phlegmatische, gutmütige Owl, die einen großen Teil ihrer Zeit damit zubrachte, ihren Großvater durchs Dorf zu führen und ihm bei der Herstellung seiner Pfeile zu helfen. Arme Owl. Wie oft hatte sie sich schon gewünscht, mit Naduah und Star Name mitzukommen. Und nie hatte sie es geschafft, weil sie kein Pony besaß oder zu Hause helfen mußte. »Du bist so dumm, dumm, dumm gewesen!« Naduah vergrub die Fingernägel in den Handflächen. Warum hatte sie Owl ihr Pony nicht öfter geliehen oder ihr bei der Arbeit geholfen, damit sie auch spielen konnte? »Wie dumm du gewesen bist!« Jetzt war es zu spät. Und da begann Naduah wieder zu weinen.

Sie ging zu Name Givers Zelt, das schon isoliert dastand, da die Nachbarn ihre Zelte schon abzubrechen begannen. Naduah stellte sich in die Türöffnung, da sie Angst hatte einzutreten. Nur Deep Water konnte sitzen, und er hockte vor dem kleinen Feuer und fütterte es mit Zweigen. Seine zarte Gestalt zitterte unter der Bisonrobe, in die er sich gehüllt hatte.

»Deep Water, ist Owl da?«

»Ja. Aber ich glaube, sie schläft.« Er nickte in Richtung der stummen Gestalten unter den Bisondecken auf den Betten. »Sie schlafen alle.« Er sah sie mit tiefliegenden, fiebrig glänzenden Augen an.

»Und Name Giver?«

»Um ihn steht es am schlimmsten.« Beide schwiegen einen Moment, und Deep Water keuchte, als würde ihn selbst die Unterhaltung große Mühe kosten.

»Wir müssen aufbrechen, Deep Water. Wir müssen euch verlassen. Es ist der einzige Weg, alle anderen zu retten. Bitte glaube mir.« Wie sollte einer vom Volk verstehen können, daß die anderen ihn im Stich ließen, wenn es bei ihnen Sitte war, einander bei allen Widrigkeiten beizustehen? Sie war für das *paitai* verantwortlich, daß jemand im Stich gelassen wurde. Sie verließen Deep Water und Owl und Name Giver und She Laughs und die alte She Blushes, weil Naduah es ihnen befohlen hatte.

»Pahayuca und Medicine Woman haben es uns erklärt. Wir verstehen.«

»Sunrise und Takes Down schicken auch Pemmican und luftgetrocknetes Fleisch und Obst und Wasser.«

»Richte ihnen aus, daß sie sehr freundlich sind. Leg die Sachen dort hin.« Dann ließ Deep Water den Kopf wieder auf die Brust fallen und starrte ins Feuer. Vielleicht dachte er daran, daß er Otter auf jener traurigen, dunklen Straße folgen mußte wie ein Krieger, der nicht im Kampf starb. Am Zelteingang lag ein großer Stapel mit Vorräten, Bisondecken und Lebensmitteln, die andere gebracht hatten. Naduah legte die Lebensmittel zusammen mit dem Wasserbehälter hin.

»Wir sehen euch wieder, wenn es euch besser geht.« Sie betete, es möge so sein, wußte aber aus Erfahrung, daß die Chancen minimal waren.

»Ja.« Deep Water sah nicht auf, und Naduah zog sich aus der Türöffnung zurück und rannte weg.

25

Der Sommer verging, und es kam der Herbst, und von Name Giver oder seiner Familie kam keinerlei Nachricht. Die Tage wurden allmählich kühl, und jeder bereitete sich auf den Winter vor. Naduah klammerte sich wie eine Blattlaus an die graue, schuppige Rinde des Persimonenbaums. Es war kein sehr großer Baum, aber es kam ihr vor, als befände sie sich hoch oben. Sie hatte die Beine um den Ast geschlungen und legte sich lang, um sich zu den Blättern am Ende des Asts vorzutasten. Mit der rechten Hand umklammerte sie einen Stock, und sie hielt sich mit beiden Armen am Ast fest. Something Good tat auf einem anderen Ast des Baums das gleiche. Star Name stand auf einem der Äste und hielt sich an einem anderen über ihrem Kopf fest. Sie begann auf und ab zu hüpfen, was den Baum wild schwanken und einen Schauer kleiner schwarzer *naseeka,* Persimonen, auf Takes Down und Black Bird herabregnen ließ.

»Star Name, hör auf! Willst du Something Good und mich umbringen?«

»Entschuldige. Ich habe nicht nachgedacht.«

»Gib uns wenigstens eine Vorwarnung, damit wir uns festhalten können, wenn du das vorhast, Strahlauge«, rief Something Good aus dem Dickicht der gelbstichigen, keulenförmigen Blätter. Unter Weissen hätte Something Good mit ihrem kurzen dichten Haar wie ein schöner, engelhafter Junge ausgesehen. Sie schnitt ihr Haar direkt unterhalb der Ohren ab und würde es zum Gedenken an Eagle wahrscheinlich nie mehr wachsen lassen. Und sie würde für immer in der Abenddämmerung still verschwinden, um ihn zu betrauern. »Wir werden viel zum Trocknen und für Pemmican haben.«

»Wenn wir nur mehr Pemmican hätten, das wir damit würzen könnten.« Black Bird sprach leise, damit die Mädchen sie nicht hören konnten. Sie drückte jedoch eine Sorge aus, die von allen empfunden wurde. Die Bisons hatten sich in diesem Jahr rar gemacht, egal was Pahayuca oder Buffalo Piss oder Old Man auch anstellten. Sogar Naduah konnte erkennen, daß es anders war als sonst. Sie hatte Sunrise gefragt, wohin die Bisons gezogen seien.

»Manchmal verschwinden sie einfach für ein Jahr«, hatte er ihr erklärt. »Wir wissen nicht, wohin sie ziehen, doch sie kommen immer wieder. In manchen Jahren gibt es nicht so viele von ihnen. Wir werden diesmal ein mageres Jahr haben.« Er sah die Furcht in ihren Augen und strich ihr über den Kopf. »Mach dir keine Sorgen, Kleines. Wir werden durchkommen. Das tun wir immer.«

»Glaubst du, daß das Wetter noch lange genug klar bleibt, damit wir die Früchte trocknen können?« Naduah schlug beim Sprechen mit ihrem Stock gegen die Persimonen, so daß sie vom Baum fielen.

»Ja. Wir werden zwei oder drei Tage mit klarem Wetter haben.«

»Woher weißt du das, Mutter?« Seit dem ersten frühen Frost, der aus den sauren Persimonen süße gemacht hatte, war das Wetter wechselhaft gewesen, und Naduah hatte an den Wolken nichts ablesen können.

»Ich weiß es von den Spinnen.«

»Den Spinnen?«

»Ihre Gewebe sind lang und dünn, und sie spinnen ihre Netze hoch über der Erde. Das Wetter wird klar und trocken sein.«

»Und wie sehen sie aus, wenn es Regen geben wird?«

»Das weiß doch jeder, Naduah«, entgegnete Star Name. »Dann spinnen sie kurze, dichte Netze gleich über dem Erdboden.« Naduah speicherte auch diese Information im Kopf. Ihr erstes Jahr beim Volk war gekommen und vergangen. Es war mit neuem Wissen angefüllt gewesen. Auch dieses Stück Wissen würde sie ihrem Vorrat an Wetterinformationen hinzufügen. Wenn der Rauch nicht aufstieg, sondern sich senkte, bedeutete das Regen, ebenso wenn Ameisen sich in einer Reihe fortbewegten und nicht verstreut. Und Insekten wurden angeblich noch angriffslustiger, wenn ein Gewitter bevorstand, obwohl sie ohnehin schon so oft stachen, daß man kaum hätte sagen können, ob ein Unterschied bestand. Und dann konnte man natürlich auch an den Wolken etwas ablesen. Es nahm einfach kein Ende, es gab immer neue Dinge, die sie lernen mußte. Manchmal verzweifelte sie und fragte sich, ob sie je alles wissen würde.

Naduah, Star Name und Something Good kletterten vom Baum, sammelten die heruntergefallenen Früchte auf, legten sie auf die Bisonhäute und schleppten alles zu dem großen flachen Felsen in der Nähe. Sie begannen, das Obst zu einem Brei zu schlagen, unterhielten sich bei der Arbeit und genossen die bleiche Sonnenwärme des späten Oktober. Wenn sie damit fertig waren, würden sie die Samen entfernen, den Brei zu Kuchen formen und anschließend trocknen lassen. Naduah und Star Name würden Wache halten und die Vögel mit langen Stöcken verjagen.

Die Trauben und Pflaumen waren schon getrocknet und in Beuteln verstaut. Diese Früchte konnte man jederzeit kochen. Doch mit den Persimonen hatte es eine besondere Bewandtnis. Sie waren für Pemmican. Die meisten Angehörigen der Wasp-Gruppe zogen Persimonen in ihrem Pemmican vor. Niemand fragte sich warum. Sie taten es einfach. Andere Gruppen verwendeten vielleicht Walnüsse oder Pflaumen oder Kirschen oder Pecan-Nüsse. Doch Wasps nahmen immer Persimonen, wenn es sich machen ließ.

Die drei älteren Frauen waren wieder zu ihrer Hausarbeit zurückgekehrt und hatten die beiden Mädchen zurückgelassen. Sie lagen auf dem Rücken, streckten alle viere von sich, beobachteten die Wolkengebirge und suchten sich Formen aus, die sie an etwas Bekanntes erinnerten. Sie wedelten mit den langen, belaubten Stöcken langsam hin und her und sprachen miteinander.

»In ein paar Jahren können wir *naivises* sein.« Star Name war ein Jahr älter und der Zeit der Reife deshalb viel näher.

»Du meinst, wenn sich die Jungen alle herausputzen und im Dorf herumstolzieren?«

»Wenn die Jungen es tun, nennt man es *taoyovises*. *Naivises*, wenn wir es tun. Die älteren Mädchen haben es letztes Jahr nach der Herbstjagd gemacht, weißt du noch?«

Naduah erinnerte sich. Und jetzt, wo Star Name das Thema zur Sprache gebracht hatte, erinnerte sie sich auch daran, daß es in diesem Jahr nicht dazu gekommen war. Vielleicht war die Jagd für alle zu enttäuschend gewesen, so daß niemand mehr Lust hatte, sich herauszuputzen und zu feiern. Doch vor einem Jahr war es ein großer Spaß gewesen.

Die älteren unverheirateten Jungen und Mädchen hatten ganze Tage damit zugebracht, sich zurechtzumachen. Sie hatten das Fell ihrer Ponys gestriegelt, bis es glänzte, und sich dann selbst Haut und Haar eingeölt, bis auch sie selbst blitzten. Sie schmückten ihre Sättel und ihr Zaumzeug, legten ihre beste Kleidung an und paradierten zu Pferde durch das Dorf. Um sie herum drängten sich die Erwachsenen und die jüngeren Kinder, die ihnen alle lautstark versicherten, wie schön und gutaussehend sie seien und wie stolz das Volk auf sie sei. Naduah hatte dieser Anblick der jungen und kräftigen Menschen elektrisiert. Sie waren die Zukunft der Gruppe.

Naduah war stolz darauf, daß ihr Pony, Wind, schöner und besser trainiert war als jedes andere der Pferde hier. Sie träumte von dem Tag, an dem sie und Wind die Straße entlangtänzeln würden. Dann würde sie jedem zeigen, was Wanderer ihr beigebracht hatte. Und er würde auch da sein, um sie zu sehen, der hochgewachsene, geschmeidige und stolze Wanderer.

Sie war mit den Gedanken zu ihrer Lieblingsphantasie abgeschweift, als sie das leichte Zittern der Erde spürte. Sie und Star Name sprangen gleichzeitig auf. *Gut*, dachte sie. *Diesmal habe ich es genauso früh gespürt wie sie.* Sie sahen sich nach der Quelle der Vibrationen um. Aus dem dichten Gestrüpp hinter ihnen tauchte ein einsamer Reiter auf. Sie brauchten einige Sekunden, um ihn zu erkennen.

»Deep Water!« Sie riefen es wie aus einem Mund und rannten auf ihn zu.

»Bist du allein? Wo sind die anderen?« Naduah fürchtete sich fast zu fragen.

»Tot.« Er sah sie kaum an, sondern ritt im Schrittempo langsam auf das Dorf zu. Sein Pony war erschöpft, und beide waren über und über mit Staub bedeckt. Kein anderes Pferd folgte ihm, nicht mal ein Lasttier. Auf dem Hinterteil des Ponys war ein kleines Bündel festgebunden, darauf war eine Bisondecke zusammengerollt und befestigt, und dann waren da noch seine Waffen. Das war alles, was er bei sich hatte. Als er dicht an ihnen vorbeiritt und weder nach links noch nach rechts blickte, erkannten sie, warum sie so lange gebraucht hatten, ihn wiederzuerkennen. Sein Gesicht war mit Narben übersät und sah aus wie ein Stück Erdboden, das von Pferden zertrampelt worden war.

Die Mädchen ließen ihre Stöcke fallen und folgten ihm. Sie wehklagten um Owl und Name Giver, um She Laughs und She Blushes. Als Deep Water den Rand des Lagers erreichte, zog er sich die Bisonrobe von der Hüfte, um Kopf und Schultern zu bedecken. Das war ein Zeichen seiner Trauer, jedoch mit einem Unterton von Zorn, der am Winkel der Robe zu erkennen war, wie sie sein Gesicht einrahmte. Trauer ging von ihm aus wie die Kräuselung von Wasser, wenn man einen Stein in einen Teich geworfen hat. Sechs Monate lang hatten sie nichts von Name Giver und seiner Familie gehört. Jetzt würden sie erfahren, was geschehen war. Blocks The Sun führte Deep Water zu dem zweiten Zelt, wo er sich ausruhen und etwas essen sollte, während sich die Angehörigen des Rats in Pahayucas Zelt versammelten. Deep Water gesellte sich später zu ihnen, und sie blieben dort bis spät in der Nacht, umgeben von den Klagerufen der Trauernden.

Sunrise erzählte Takes Down immer, worüber im Rat gesprochen worden war, es sei denn, man hatte ihn zum Stillschweigen verpflichtet. Naduah hatte einige Zeit gebraucht, um das zu erkennen, da sie Sunrise so selten sprechen hörte. Während Takes Down in der privaten Atmosphäre ihres Zelts nur selten schwieg. Sunrise sprach manchmal so leise, daß sich Naduah anstrengen mußte, ihn zu verstehen. So wie sie es jetzt auch tun mußte. Er hatte gewartet, bis sie sich alle zur Abendmahlzeit eingefunden hatten, auch Black Bird und Star Name und Upstream. Sie waren alle erschöpft und hatten nach einer Nacht der Trauer starke Kopfschmerzen. Naduah hatte vier Schnitte auf dem Arm, zwei parallele Diagonalen auf der Innenseite jedes Unterarms. Während sie schluchzte und klagte, mischten sich Reue und Schuldgefühle mit ihrer Trauer; sie hatte sich in die Arme geschnitten und die Wunden offen gehalten, damit sie Narben bilden und sie immer an Owl und Name Giver erinnern würden. Und die Narben sollten ihr bewußt machen, daß sie nie mehr eine Freundschaft für selbstverständlich halten durfte wie die von Owl.

Nach dem Abendessen, als man in der Familie meist erzählte, was jeder am Tag erlebt hatte, erzählte Sunrise ihnen Deep Waters Geschichte.

»Deep Water hat gesagt, er würde über das, was mit seiner Familie geschehen sei, nur einmal im Rat sprechen und dann nie mehr. Er hat einen Schwur getan. Stellt ihm keine Fragen.

Drei Tage nach Aufbruch der Wasps waren der Pfeilmacher und seine Familie sehr krank. Ihre Haut hatte Feuer gefangen, und sie hatten furchtbare Schmerzen im Kopf und auf dem Rücken. Dann begannen sie sich etwas besser zu fühlen, und Deep Water glaubte, sie würden gesund werden. Doch dann erschien ein Ausschlag auf ihren Gesichtern, auf Armen und Beinen, auch bei Deep Water. Als aus dem Ausschlag Geschwüre wurden und die Geschwüre sich mit Eiter füllten, wußte er, daß sie die Krankheit hatten, die auch die Menschen im Dorf des Todes getötet hatte. Er tat, was ihm Gets To Be An Old Man gesagt hatte.

Obwohl ihm jede Bewegung das Gefühl gab, als würde man ihm heiße Lanzenspitzen in die Augen treiben, trug er Steine ins Zelt, um Dampf zu machen. Als sie alle in der Hitze gelegen hatten, half er ihnen nacheinander zum Fluß hinunter und ließ sie in das kalte Quellwasser springen.« Sunrises leise Stimme brach, und es entstand ein Schweigen, das nur vom Schluchzen der anderen und dem Wehklagen jener unterbrochen wurde, die in anderen Teilen des Dorfs noch immer trauerten.

»Das Wasser war nicht so kalt wie in den Bergen, doch immer noch kalt. Der Blinde, sein Großvater, war der erste. Deep Water sagt, er sei tot gewesen, als er ihn aus dem Fluß gezogen habe. Dann legte er den Leichnam seines Großvaters ans Ufer und ruhte sich aus. Dann brachte er seine Mutter und anschließend seine Tante zum Fluß und wieder zurück zum Zelt. Sie starben alle, seine Schwester als letzte. Deep Water legte sich hin, denn er war zu schwach, selbst zum Fluß hinunterzugehen, und auch zu schwach, um seine Familie zu begraben. Er sagte, er habe hören können, wie die Hunde und Kojoten sich unten am Fluß um den Leichnam seines Großvaters gebalgt hätten, und er habe nichts tun können, um sie davon abzuhalten. Er habe versucht, Pfeile auf sie abzuschießen, und sich zur Zeltöffnung geschleppt, aber der Fluß sei zu weit weg gewesen. Und außerdem habe er nicht die Kraft gehabt, seinen Bogen auch nur zu spannen.

Das sei das Schlimmste gewesen, sagte er. Zu hören, wie die Tiere um den Leichnam seines Großvaters kämpften. Und dazuliegen, während der Rest seiner Familie nach Tod zu riechen begann. Er trank das letzte Wasser im Zelt und begann, sein Totenlied anzustimmen. Als er aufwachte, befand er sich im Zelt von Big Bow. Ein paar Kiowa, die auf der Jagd waren, hatten ihn gefunden und dorthin gebracht, denn sie wußten, daß Big Bow ein Freund der Wasps ist. Die Geschwüre in seinem Gesicht begannen auszutrocknen, hinterließen aber die Narben, die ihr jetzt seht. Die Krankheit ist wie keine andere, die er je gesehen hat. Sie läßt das Gesicht eines Menschen bei lebendigem Leibe verfaulen.

Er blieb bei Big Bow, bis er sich kräftig genug fühlte weiterzureiten. Dann ritt er zurück, um die Knochen seiner Familie zu begraben. Er mußte am Fluß auf und ab reiten, um die Gebeine seines Großvaters zu finden. Er verbrannte die Zelte seiner Familie, auch sein eigenes neues Zelt, und alles, was sie besessen hatten. Das Pferd, auf dem er hergeritten ist, hat Big Bow ihm geschenkt. Deep Water ist schon seit Monaten unterwegs, um nach dem Ursprung, dem Grund für diese Krankheit zu suchen.«

»Hat er ihn gefunden?« Medicine Woman stellte die Frage, die außer Naduah jeder stellen wollte.

»Er ist weit nach Norden gereist, nördlich des Landes der Kiowa, bis in das Territorium der Cheyenne. Er erfuhr, daß die Krankheit von dem weißen Mann kommt, von den Orten, an denen er Handel treibt. Die südlichen Cheyenne haben ihm erzählt, was sie von ihren Brüdern, den nördlichen Cheyenne, erfahren hatten.

Nördlich der Cheyenne lebte einmal ein Stamm namens Mandan.

Sie hatten ihre Lager in der Nähe der Handelsposten der Weißen. Es gibt sie nicht mehr. Ihr Stamm ist verschwunden. Ihr ganzer Stamm.« Er verstummte einen Moment, als die volle Wucht seiner Worte sie traf. »Deep Water sagt, die Mandan seien von der Krankheit verrückt geworden. Die Krieger hätten sich Pfeile in die Kehlen getrieben oder ihre eigenen Gräber ausgehoben und sich erschossen, so daß sie in die Gräber fielen.

Deep Water weiß nicht, wie die Krankheit ins Lager unseres Bruders kam oder warum seine Familie sich ansteckte. Ich glaube, er gibt sich selbst die Schuld. Und er fragt sich, warum er verschont blieb. Es ist schwer, mit so etwas zu leben. Ich glaube, Deep Water hat Narben, die wir nicht sehen können, Narben, die in ihm sind.«

»Was hat der Rat beschlossen, Mann?«

Sunrise griff zur Hüfte und zog sein Skalpiermesser aus der Scheide an seinem Gürtel. Er hielt es hoch, so daß die Metallschneide im Lichtschein des Feuers blau glitzerte. »Es gibt viele, die für den Handel mit den weißen Männern eintreten. Kein Mensch möchte mehr die Rückkehr zu Flintstein und Knochenmessern und Steinäxten. Sie sagen, daß Deep Water gar nicht genau weiß, woher die Krankheit kommt. Daß er es nur von Leuten gehört hat, die es von Leuten gehört haben, die es von anderen Leuten gehört haben.«

»Was glaubst du?« Takes Down sprach sanft. Wie immer mußte sie Sunrise seine Meinung entlocken und ihn dazu bringen, seine Meinung zu äußern, die er ungebeten nur selten äußerte. Aus diesem Grund würde er auch nie Häuptling werden, obwohl Häuptlinge sich mit ihm berieten.

»Ich glaube, daß Deep Water recht hat. Wir sollten den Kontakt mit Weißen möglichst meiden. Aber er irrt sich auch. Wir treiben seit vielen Jahren mit den weißen Männern und den Spaniern Handel. Und die Krankheit ist jetzt zum erstenmal über uns gekommen. Wir können mit ihnen Handel treiben, müßten dabei aber sehr vorsichtig sein. Wir sollten die Orte meiden, an denen viele Weiße leben, und sollten es nur solchen Händlern erlauben, uns zu besuchen, die wir kennen und mit denen wir schon in der Vergangenheit Waren getauscht haben.«

»Hast du Pahayuca das gesagt?« Takes Down wußte, daß Pahayuca die Meinung ihres Mannes schätzte und sich nach dessen Ansicht erkundigen würde.

»Ja, er ist mit mir einer Meinung. Und das sind die meisten Männer im Rat. Buffalo Piss würde am liebsten nur solche Dinge der weißen Männer benutzen, die wir ihnen wegnehmen. Aber er hat schon immer so gedacht.«

»Bedeutet dies, daß wir künftig anders handeln werden, als wir es bisher immer getan haben?«

»Nein. Am wichtigsten ist jetzt, den Winter zu überstehen. Wir brauchen soviel Pemmican wie nur möglich. Pahayuca und ich und einige andere werden morgen auf die Jagd gehen, um frisches Fleisch zu bekommen. Verwendet alles Bisonfleisch für Pemmican. Hebt nichts davon auf.«

Seit Tagen kehrten die Frauen von ihren herbstlichen Ausflügen zurück, bei denen sie Lebensmittel gesammelt hatten. Ihre Ponys waren mit Pecan-Nüssen und Mesquitbohnen beladen, mit Walnüssen, Eicheln, Früchten, Beeren und Wurzeln. Vor den Zelten jeder einzelnen Familie beugten sich die Frauen über Haufen von Nüssen und getrocknetem Fleisch und zerstießen sie zu einem Pulver, aus dem sie Pemmican machten. Takes Down und Naduah hatten einen Stapel luftgetrocknetes Fleisch zwischen sich. Das Fleisch sah aus wie Lederstreifen, die dreißig bis neunzig Zentimeter lang und gut einen halben Zentimeter dick waren. Das Fleisch war gegen die Faser geschnitten, damit man abwechselnd mageres und fettes Fleisch erhielt. Die Streifen trockneten in weniger als zwei Tagen. Man mußte sie nicht einmal im Auge behalten, denn sie waren so dünn, daß Fliegen keine Eier darin ablegen konnten.

Das Volk nannte es *inapa*. Auf spanisch hieß es *charque*. Luftgetrocknetes Fleisch. Das Wort war von Peru aus den Kontinent hinaufgewandert wie der Stein, der beim Handspiel von einem Mannschaftsangehörigen an den nächsten weitergereicht wird. *Inapa* war unterwegs als schnelle und leicht zuzubereitende Ration gut zu verwenden. Aber Pemmican, *tara-hyapa*, war besser.

Auf einem Schneidbrett, das von einem Baumstamm abgeschnitten worden war, hackte Takes Down die Fleischstreifen in kleine Stücke. Sie arbeitete so schnell, daß Hand und Handgelenke kaum zu erkennen waren. Sie reichte Naduah die Stücke weiter, die diese dann mit einem schweren Holzstampfer weiter zerkleinerte. Danach war das Fleisch *tao*, Pulver, das man aufheben und mit kochendem Wasser zu Brühe machen konnte. Doch dafür konnten sie in diesem Jahr nicht viel erübrigen.

Das zerstoßene, getrocknete Fleisch würde anschließend mit den zum Teil getrockneten Persimonen und dem geschmolzenen Fett verrührt werden. Anschließend würden sie es in große Behälter aus Eingeweiden stopfen, die bei der Jagd beiseite gelegt und danach gesäubert worden waren. Takes Down würde das Pemmican mit geschmolzenem Talg übergießen, um es luftdicht abzuschließen, bevor sie die Eingeweide zuschnürte. So würde das Pemmican jahrelang haltbar bleiben. Was nicht in die Eingeweide paßte, wurde in Schachteln aus Rohleder gelagert. Sie waren sechzig oder neunzig Zentimeter lang und etwa fünfzig Zentimeter breit. Eine gute Größe, denn so ließ sich das Pemmican auf beiden Seiten eines Packsattels gut transportieren.

»*Samarayune*, du mußt das Fleisch gründlich zerstampfen«, sagte Takes Down, die dabei flink weiterhackte.

»Tu ich doch«, seufzte Naduah. »Werden wir unser Lager bald bei Old Owl aufschlagen?«

»Vorerst nicht. Seine Leute haben auch keine gute Jagd gehabt. Die Männer werden es noch einmal versuchen, bevor wir ein gemeinsames Lager aufschlagen. So viele Menschen an einem Ort machen die Jagd schwierig. Wir werden sie später wiedersehen. Und dann wirst du auch deinen Bruder sehen. Wenn er nicht gerade auf dem Kriegspfad ist.«

Naduah machte den Mund auf, um zu protestieren. Immerhin war er erst sieben Jahre alt. Dann ging ihr auf, daß ihre Mutter sie wie immer auf den Arm nahm.

»Wer wird uns in diesem Winter Geschichten erzählen, Mutter?« Der Gedanke machte ihr zu schaffen. Ein Winter ohne genügend Pemmican oder ohne Name Givers Geschichten war eine zu schreckliche Vorstellung.

»Es gibt viele Geschichtenerzähler. Old Owl kann wunderbare Geschichten erzählen. Und Medicine Woman auch.«

»Aber keiner von ihnen ist so gut wie der Blinde. Und wer wird das Ratespiel mit uns spielen? Weißt du noch, als der Pfeilmacher sich diese weiße Robe über den Kopf zog und so tat, als wäre er ein Geist? Und wir kreischten und juchzten und versteckten uns überall im Zelt. Mein Herz pochte so heftig wie die Trommeln von Old Man.«

»Achte auf deine Arbeit, Kind.« Es machte Takes Down Angst, über einen Toten zu sprechen. Sie mußte unwillkürlich über die Schulter blicken. Vielleicht waren nicht alle Knochen des Blinden begraben worden. Vielleicht lag noch irgendein abgenagter Knochen vor dem Bau eines Wolfs. Vielleicht wanderte die Seele des alten Mannes immer noch herum, vielleicht seufzte und stöhnte sie in dem kalten Wind auf der Suche nach dem Paradies, wie es in einer seiner Geschichten gewesen war. Wer konnte wissen, was für schreckliche Dinge die neue Krankheit anrichten konnte. Takes Down erschauerte, als sie einen Holzstampfer aufhob, um ihrer Tochter beim Zerstoßen des getrockneten Fleischs zu helfen.

26

In der kalten Stunde vor der Morgendämmerung, wenn der Dezemberhimmel die Farbe von Asche hat, die mit Ruß befleckt und verschmiert ist, stolperte ein Bison am Rand von Pahayucas Lager gegen eine Zeltwand. Die Wucht des Zusammenpralls und das Ächzen und Brüllen des Tieres weckte die Familie und die Nachbarn. Als der Bulle durch den äußeren Kreis von Zelten weitertorkelte, rannte jeder ins Freie und zog die Schlafdecken enger um sich. Feuer wurden angefacht, und mehrere Leute brachten Fackeln mit. Naduah stand reglos da. Ihre Hand ruhte auf Smokes zitterndem Rücken. Die Gabelantilope drängte sich an sie, und ihre Augen wurden vor Angst noch größer als sonst.

Das Fell des Bison war abgesengt worden, und seine Haut war verschrumpelt wie die warzige Rinde eines Zürgelbaums. Seine Knie waren wundgescheuert, vermutlich von Stürzen. Er mußte bei der heillosen Flucht über die Ebene immer wieder gestürzt sein. Seine Augen waren zugeschwollen, und das Gesicht war verbrannt und voller Brandblasen. Er keuchte. Seine Nüstern strömten dampfenden Atem aus, und seine Flanken hoben und senkten sich.

Die versengten Nüstern mußten seinen Geruchssinn beeinträchtigt haben, der ihn normalerweise einen weiten Bogen um alle Menschen hätte machen lassen. Doch die Geräusche des Lagers, die Rufe und der Lärm ließen ihn jetzt zum Fluß hin abbiegen, der in der Nähe am Fuß eines steil abfallenden, fünfzehn Meter hohen Felsens dahinströmte. Bevor die Männer den Bison fangen konnten, erreichte er den Rand. Immer noch brüllend stürzte er, bis er dumpf auf die Felsen am Fluß aufprallte. Einige rannten auf den schmalen Pfad zu, auf dem man zum Fluß gelangte, um Wasser zu holen. Sie wollten versuchen, den Kadaver zu retten, aber Pahayucas tiefe Stimme dröhnte hinter ihnen her.

»Kommt zurück.« Er zeigte nach Osten, wo die Sonne bald aufgehen würde. Sie schien früh aufzugehen. Da war ein rötliches Glühen, das sich über den Horizont ausbreitete. Naduah sah fasziniert zu, wie der Lichtschein vor ihren Augen immer größer wurde. Sie hatte schon von Präriebränden gehört, aber noch nie einen gesehen. Medicine Woman stand neben ihr und legte ihrer Enkelin eine Hand auf die Schulter.

»Wir hätten das Lager nie hier aufschlagen dürfen.« Sie schien ein Selbstgespräch zu führen. »Wir sitzen in der Falle.«

Naduah sah sie bestürzt an. Sie zog an der dünnen Hand ihrer Großmutter, um sie so zum Handeln zu bewegen.

»Wenn wir uns beeilen, können wir entkommen. Es ist noch weit weg.«

»Nein, Kleines. Wir können es nicht umgehen. Hinter uns ist nur noch dieser Steilhang zum Fluß. Hier gibt es keine Furt, so daß wir nicht auf die andere Seite kommen können, selbst wenn wir es schaffen würden, fünfhundert Tiere zu beladen und diesen schmalen Pfad hinunterzutreiben. Wenn der Wind bei Morgengrauen stärker wird, wird sich das Feuer viel schneller ausbreiten.« Medicine Woman verschwieg ihrer Enkelin nie etwas. Und sie versuchte nie, eine ernste Situation herunterzuspielen.

»Warum können wir nicht einfach alles stehen und liegen lassen? Wir wollen hier doch nicht stehenbleiben und bei lebendigem Leib verbrennen, oder?«

»Still, Kind. Pahayuca und die Männer besprechen es gerade.« Das Gewirr von Männern, das sich gebildet hatte, löste sich auf, und Pahayuca und Buffalo Piss riefen Befehle. Doch Medicine Woman und Takes Down standen immer noch reglos. Sunrise war auf die Jagd gegangen, wie viele der anderen Männer, die Wild für ihre Familien finden wollten.

»Wenigstens sind die Jäger sicher. Sie haben den Fluß weiter unten überquert.«

»Wieviel Zeit haben wir noch? Was meinst du?« Takes Down sah ihre Schwiegermutter an. Inzwischen waren Black Bird und Star Name hinzugekommen, und deren Augen stellten die gleiche Frage.

»Zwei oder drei Stunden höchstens. Wahrscheinlich weniger.«

Naduah kämpfte mühsam ihre Panik nieder. Warum kamen sie nicht in Gang? Warum taten sie nichts? Dies war nur ein provisorisches Lager, ein Ort zum Übernachten. Es würde nicht lange dauern, alles zusammenzupacken. Die Pferde waren irgendwo unter einigen Pappeln angepflockt, wo sie das dicke Büffelgras fraßen. Das Gras war trocken und verwelkt, an seinem Standort aber haltbar geworden und immer noch nahrhaft. Es war aber auch perfekter Brennstoff für einen Präriebrand.

Naduah hätte ihre Mutter und die Großmutter am liebsten angeschrien, um sie dazu zu bringen, sich in Bewegung zu setzen und etwas zu tun. Am liebsten wäre sie wie der Bison blind losgerannt, um sich über den Felsrand in das kalte, sichere Wasser fünfzehn Meter weiter unten zu stürzen. Um dann auf die Felsen zu fallen, wie ihr plötzlich einfiel. Immerhin konnte sie den Pfad hinunterlaufen und sich ins Wasser stürzen und sich retten. Und die gesamte Habe ihrer Familie und die Kinder und die Kranken und ihr Pony zurücklassen.

Jeder Muskel ihres Körpers spannte sich, als sie sich zwang, so lange zu warten, bis ihre Großmutter sämtliche Aspekte der Situation abgewogen hatte. Als Medicine Woman damit fertig war, kam sie wie immer zu der richtigen Entscheidung. Sie ging in das Zelt und kam mit der großen Bisonrippe heraus, die sie als Schaufel benutzten, und zwei spitzen Stöcken zum Ausgraben von Wurzeln. Sie reichte Takes Down und Naduah die Stöcke, während Black Bird und Star Name losrannten, um sich eigene Grabwerkzeuge zu holen. Naduah nahm sich die Zeit, Smoke und Dog im Zelt anzubinden, bevor sie hinter den Frauen herlief.

Medicine Woman hatte inzwischen eine schnellere Gangart eingelegt, und als sie dem Rand des Lagers zustrebte, schlossen sich ihr Frauen und Mädchen an. Sie rief ihnen im Vorübergehen Anweisungen zu. Sie schickte Frauen in einem weiten Bogen um das Lager und befahl ihnen, die Erde umzugraben und so eine Schneise in das Gras zu schlagen. Die Jungen hatten sich schon auf die Weide begeben, um die besten Ponys zu holen. Als sie sie in die Mitte des Lagers trieben, wieherten die zurückgelassenen, die jetzt das Feuer rochen, mitleiderregend und zerrten an ihren Pflöcken.

»Upstream!« Naduah rief ihn an, als er mit den Pferden ihrer Familie vorbeikam. »Binde Wind und Rabbit Ears im Zelt fest.«

»Sie passen nicht hinein.«

»Dann schneide die Tür aus. Bitte, Upstream.«

»Na schön.« Er mußte schreien, um sich in dem ohrenbetäubenden Lärm Gehör zu verschaffen. Pferde wieherten, Hunde kläfften und jaulten, die Männer riefen Befehle, und die Frauen holten die kleineren Kinder zu sich.

Auf der Spitze des Felsens bildete sich eine Reihe von Männern und älteren Jungen. Sie senkten Eimer und Kessel und Beutel aus Bisonmagen zu den Männern hinab, die unten am Fluß standen. Diese füllten die heruntergelassenen Behälter und banden sie wieder an die Seile, damit sie hochgezogen werden konnten. Dann wurde das Wasser von Hand zu Hand weitergereicht und auf die äußeren Zelte geschüttet, um diese so naß wie möglich zu machen.

Jeder, der stark genug war zu gehen, schloß sich Medicine Womans Mannschaft an, die um das Lager herum einen riesigen Halbkreis bildete, der an den beiden Enden an dem steilen Felshang endete. In ihrer Verzweiflung rissen sie Grasbüschel aus und warfen sie auf die Prärie hinter der Schneise. Sie gruben mit allem, was sich als Schaufel benutzen ließ, die harten Wurzeln heraus. Manche knieten und gingen mit ihren Messern auf das verfilzte Wurzelwerk los. Einige der älteren Männer zündeten vorsichtig Feuer an, um die Schneise zu verbreitern und übersehene Grasbüschel abzubrennen.

Einige von denen, die am Rand des Lagers Zelte hatten, begannen sie abzubauen und schleiften sie auf die offene Fläche in der Nähe von Pahayucas Zelt. Es waren jedoch zu viele Zelte, so daß nicht alle abgebaut werden konnten, und das Volk würde viele Tipis brauchen, um darin Schutz vor der Hitze zu suchen. Als die Sonne aufging, konnte Naduah ihren Atem in der kalten Luft sehen, aber trotzdem perlten ihr Schweißtropfen in die Augen.

Ihre Finger waren aufgeschnitten und wund, und ihre Fingernägel waren bis zum Fleisch abgebrochen. Schmutz und Staub hatten sich unter ihnen gesammelt, bis sie bluteten und die Hände schmerzen ließen. Trotzdem wühlte, zerrte und riß sie verbissen weiter und bemühte sich, die hartnäckigen Wurzeln des Büffelgrases auszureißen, ein Wurzelwerk, das eine feste, verfilzte Masse bildete. Sie warf jetzt immer öfter einen Blick über die Schulter, um das näherrückende Feuer im Auge zu behalten. Die Flammen waren jetzt schon deutlich sichtbar; sie züngelten in den Himmel und schienen ihn beim Näherkommen mit ihrer eigenen Farbe zu beflecken.

Das Wild, das ihnen seit Monaten aus dem Weg gegangen war, begann jetzt ins Lager zu kommen. Erst waren es wenige Tiere, doch schon bald wurde das Tröpfeln zur Flut. Die schnelleren Tiere, die Rehe und Gabelantilopen, erschienen als erste. Viele von ihnen rannten durchs Lager und stürzten sich in ihrem Entsetzen über den Felsrand. Naduah war froh, daß sie Upstream gebeten hatte, Wind im Zelt anzubinden. Sonst hätte sie sich vermutlich losgerissen und der Stampede angeschlossen. Jetzt zitterte das ganze Zelt, als die vier Tiere sich aufbäumten und sich losreißen wollten.

Eselhasen rannten hinter den Rehen her und beschrieben einen wilden Zickzackkurs, als hätte man sie mit Stahlfedern aufgezogen. Ihre langen Beine trommelten auf die Erde, so daß man sie kaum erkennen konnte. Ein riesiger roter Wolf, dessen heraushängende Zunge im Laufen Speichel verspritzte, hätte Naduah fast umgerannt. Mehr Wölfe liefen an ihr vorbei, dann Kojoten und Dachse. Dann kamen Skunks angewatschelt, deren dichtes, seidiges Fell sich im Takt ihres rollenden Gangs kräuselte. Die Tiere strömten durch das Lager, dann trennten sie sich und rannten an dem Steilhang in beiden Richtungen davon. Naduah konzentrierte sich so ausschließlich auf das Gras, an dem sie riß und zerrte, daß sie vor Entsetzen aufsprang und losschrie, als eine gut zwei Meter lange Diamantklapperschlange über ihren Fuß hinwegglitt. Dann erschienen andere Schlangen, die wie lebende kleine Rinnsale heranströmten: kurze, bösartige Mokassinschlangen, sich windende Klapperschlangen, noch mehr der schönen Diamantklapperschlangen, schlanke, buntschillernde schwarze Rennschlangen und Peitschenschlangen. Die Reptilien glitten in jede nur denkbare Falte in der zusammengepackten Ausrüstung und des Bettzeugs.

Als die Eidechsen kamen, wirbelten Rußpartikel und beißender Rauch Naduah um den Kopf. Die Eidechsen waren braun und gelb und orangefarben und blau und grün. Sie waren schuppig und gehörnt, geköpert und gefleckt und gestreift und kariert. Mit rissiger oder glatter, schimmernder Oberfläche jagten sie durch das Gras und über die Steine dahin, bis der Erdboden, der sich bewegte und wogte, lebendig geworden zu sein schien. Lange, rundliche, hellgrüne Eidechsen mit Kragenwülsten rannten aufrecht und auf den Hinterbeinen vorbei. Sie hatten die Münder in ihren großen Köpfen weit aufgerissen und zischten. Mit ihren kurzen Vorderbeinen, die sie fest an die Brust gepreßt hielten, sahen sie aus wie winzige Dinosaurier.

Die Insekten und Spinnen erschienen als letzte. Wespen und Bienen und Käfer schwirrten herum und stachen zu, als ihre harten kleinen Körper auf Naduahs Haut aufprallten. Da waren behaarte schwarze Taranteln und riesige, borstige Wolfsspinnen, jede mit acht Augen, die so rot glühten wie Kohlen aus der Hölle. Viele von ihnen waren so groß wie kleine Vögel. Erdschnaken torkelten in großen

Mengen vorbei und bildeten so etwas wie einen Spitzenteppich mit ihrem Gewimmel fadendünner, stelzenartiger Beine. Am schlimmsten von allen waren die Skorpione, die ihre gefährlichen, stachelbewehrten Schwänze auf dem Rücken zusammengerollt angriffsbereit hielten. Wie eine unerbittlich vorrückende Armee marschierten sie über die gefallenen, zuckenden Leiber von Tieren, die nicht mehr weiterkonnten. Schwarzer Rauch trieb jetzt über sie hinweg, der Naduah beißend in Nase und Augen stieg und alle husten ließ. Naduah hatte das Gefühl, den ganzen Mund voller Flaum der Pappelblüten zu haben und spürte, wie die Hitze stärker wurde. Sie rang keuchend nach Luft und sog jeden Atemzug mit der bangen Frage ein, ob sie noch einmal würde atmen können. Trotzdem arbeiteten alle verbissen weiter, während das Brüllen und Krachen des Feuers ohrenbetäubend tönte und die Flammen über ihnen dräuten wie eine zehn Meter hohe Welle, die sie gleich unter sich begraben würde.

Fünfzig Meter entfernt schrie ein Kaninchen, das gestürzt war, in Todesangst auf, als das Feuer es einschloß und zusammenschrumpfen ließ. Soweit das Auge reichte, waren nichts als Flammen zu sehen. Sie schienen die ganze Welt zu verschlingen und sie von den Rändern her nach innen aufzufressen. Sie rückten immer näher an das hilflose Dorf heran. Naduah wußte, daß sie das nie überleben konnten. Die schmale, von Grasbewuchs befreite Schneise sah jämmerlich aus und wirkte wie ein Faden, der sich zwischen ihnen und dem Inferno hinzog.

Die Reihe der Menschen wich zurück. Ihre schweren Wintermokassins zertraten die knirschenden gepanzerten Leiber von Spinnen und Insekten und Eidechsen, die überall herumkrabbelten. Die letzten Vögel waren schon vor einiger Zeit über sie hinweggeflogen. Naduah sah ihnen zu und wünschte, sie könnte sich ebenfalls über den Rauch und die Flammen erheben und wegfliegen. Trotzdem gruben und hackten sie und die anderen verzweifelt weiter und hielten ihre freien Arme schützend vors Gesicht, um sich so vor dem herumwirbelnden Ruß, dem Rauch und den glühenden Partikeln zu schützen.

Die äußeren Zelte waren schon leergeräumt. Die Gesunden stützten oder trugen die Kranken, und Mütter schwangen ihre Babys in den Wiegenbrettern. Der Kreis der Grabenden mußte schließlich aufgeben. Sie ließen ihre Stöcke fallen und rannten vor der intensiven Hitze weg. Im Laufen ergriffen sie von den Dingen, die in den äußeren Zelten gelegen hatten so viel, wie sie tragen konnten, wobei sie nicht nur eigene Habseligkeiten mitnahmen, sondern auch die ihrer Nachbarn. Medicine Woman gab als letzte auf. Als sie loslief, blieb sie mit dem Fuß in dem verlassenen Erdloch eines Präriehunds stecken und stürzte. Als sie den Fuß herauszog, stand er in einem seltsamen Winkel von der Fessel ab.

»Großmutter.« Naduah schrie auf und rannte zu ihr zurück. Das Feuer war schon bedrohlich nahe gekommen. Flammen züngelten am Rand der Schneise, als suchten sie nach der besten Stelle, um darüber hinwegzuspringen. Buffalo Piss tauchte aus dem Rauch auf. Sein junges Gesicht war rußverschmiert. Er und Naduah zogen Medicine Woman, die schon wie eine lebende Fackel brannte, von dem Feuer weg. Naduah stürzte sich mit einer Bisondecke auf ihre Großmutter und erstickte die Flammen mit ihrem Körper. Es waren noch weitere Frauen hinzugekommen, doch sie kamen zu spät. Medicine Woman war blind. Ihre Augen waren von der Hitze versengt worden, und das ganze Gesicht war mit Brandblasen und offenen Wunden übersät.

Sie schien tot zu sein, doch als Naduah schluchzend auf ihr lag, spürte sie den Herzschlag der alten Frau. Er erinnerte sie an ihren ersten Tag im Lager, als Medicine Woman die Hand des Mädchens auf ihre Brust gelegt und sie, Naduah, das zarte Flattern gespürt hatte.

Buffalo Piss zog sie behutsam herunter, als Pahayuca angelaufen kam. Er hob seine Schwester auf, als wäre sie leicht wie eine Feder, und Naduah und Takes Down folgten ihm, bis sie sich vergewissert hatten, daß sie sicher in seinem Zelt in der Nähe des Felshangs lag. Er wußte, daß Sunrise nicht da war und daß Takes Down und Black Bird alle Hände voll zu tun haben würden, sich selbst zu retten, und daß es ihnen unmöglich sein würde, sich auch noch um Medicine Woman zu kümmern.

Kleine Feuer begannen um sie herum aufzuflackern, als Funken auf den Zelten landete. Sie brannten saubere runde Löcher in die Tierhaut, deren Ränder plötzlich aufflammten, als würden sich zarte Blütenblätter öffnen. Das Brüllen des Feuers war so laut wie ein ungeheurer Wasserfall. Wer konnte, ergriff eine Decke oder eine Robe und schüttelte Schlangen und Eidechsen und Spinnen heraus. Naduah schlug auf die Feuer ein, bis ihre Arme sich wie Holzkeulen anfühlten. Dennoch flackerten noch immer neue Feuer auf, verbrannten ganze Zelte und verschlangen noch mehr von dem kostbaren Lebensmittelvorrat. Die Hitze war kaum noch erträglich, und Naduah schnappte nach Luft. Einige Kinder lagen reglos auf der Erde, während ihre Mütter schluchzend auf die Flammen einschlugen.

Pferde schrien, bockten und bäumten sich in blinder Panik auf. Viele von ihnen rissen sich los und galoppierten durch den Rauch in die Flammen oder stürzten sich über den Felsrand, nachdem sie auf ihrer wilden Flucht zuvor Kinder zertrampelt hatten. Jenseits der Schneise, in dem Pappelhain, schrien die im Stich gelassenen Ponys in Todesangst, als sie lebendig geröstet wurden. Es hatte den Anschein, als würde das Feuer nicht nur die Luft verschlingen, sondern auch die Zelte und die Lebensmittel und die Pferde. Die Hitze verbrannte Naduah Nase und Kehle und ließ ihre ausgedörrten Lippen aufplatzen. Sie konnte nicht mehr weinen, weil ihre Tränengänge ausgetrocknet waren, und ihre Augenlider schienen an ihren Augäpfeln zu kratzen.

Die Welt wurde zu blendender, orangefarbener Hitze. Naduah taumelte und stürzte; schwarze Nacht senkte sich auf sie wie eine schwere Decke. Sie ruderte schwach mit der Hand herum, als wollte sie die Schwärze vertreiben, und gab dann auf. Bevor sie ohnmächtig wurde, schaffte sie es noch, eine Bisondecke über sich zu ziehen. Das war die einzige Vorbereitung auf den Tod, zu der sie noch die Kraft besaß.

Naduah wachte durch das Zischen von Tausenden von Schlangen auf. Als sie die Bisondecke zur Seite schlug und sich aufrichtete, erkannte sie, daß zwei Schlangen bei ihr gelegen hatten. Ihre Leiber fühlten sich neben ihrem Körper kühl an. Sie glitten los, um sich einen anderen Unterschlupf zu suchen, und ließen ihre Zungen spielen. Es schneite. Die Flocken wurden zu winzigen Dampfwölkchen, als sie die Flammen erreichten. Naduah streckte die Zunge aus, um ein paar Flocken aufzufangen, denn das Gefühl, jetzt Wasser zu bekommen, elektrisierte sie.

Das Feuer brannte noch immer in einem Kreis um das verwüstete Lager herum, hatte jedoch an Heftigkeit eingebüßt. Es hatte auf beiden Seiten der Schneise den steilen Felshang erreicht und erstarb langsam, da ihm der Brennstoff fehlte. Nur gelegentlich flackerten zornige Flammen hoch. Als das Schneetreiben dichter wurde, erstickte es die Flammen. Um Naduah herum ertönte das Stöhnen und Schluchzen der Überlebenden, die in dem verwüsteten Lager nach Dingen suchten, die noch zu gebrauchen waren. Die Gesichter der Menschen waren rußgeschwärzt. Pahayuca und die Männer des Rats saßen in der Mitte des Lagers. Sie kauerten unter ihren Bisonroben, als sie berieten, wohin sie von hier aus weiterziehen sollten. Bis zu dem stahlgrauen Horizont sah Naduah nichts als eine rauchende, geschwärzte Ödnis, unterbrochen nur durch ein paar gezackte Baumstümpfe und die verkohlten Kadaver toter Tiere, von denen die meisten zu verbrannt waren, um noch eßbar zu sein. Der Schnee wehte jetzt in dünnen Schleiern heran und wuchs um die Leichen herum zu Verwehungen an und breitete eine Decke über sie.

Takes Down kam vorbei. Sie hielt ein totes Kaninchen an den Ohren und trug in der anderen Hand einen Kessel voll Wasser. Sie hockte sich neben Naduah hin und wischte sich das Haar aus dem Gesicht. Das tat sie immer, wenn sie auf ihre schüchterne Art ihre Zuneigung zeigen wollte.

»Bist du verletzt, Tochter?«

»Ich glaube nicht.«

»Trink.« Takes Down ließ das Kaninchen fallen und schöpfte etwas Wasser aus dem Kessel. Naduah trank aus den Händen. Dann langte sie nochmals in den Kessel und spritzte sich etwas Wasser ins Gesicht.

»Medicine Woman bittet dich zu kommen, Naduah. Sie sagt, du sollst ihr ihren Medizinbeutel mitbringen. Ich werde mich inzwischen nach möglichst vielen Tieren umsehen, die wir später essen können.«

»Ich gehe jetzt, Mutter.«

Takes Down ging zu ihrem Zelt, legte das Kaninchen davor auf die Erde und begann, den Verletzten Wasser zu bringen. Andere Frauen töteten alles an Tieren, was sich noch immer im Lager versteckte, doch Holz für die Kochfeuer gab es nur noch wenig. Als sich der Erdboden unter dem Schnee abkühlte, gingen einige von ihnen aus dem Lager und suchten unter den größeren Tieren nach Exemplaren, die noch eßbares Fleisch auf den Rippen hatten. Die geschwärzten Kadaver der Ponys und Maultiere hatten noch am meisten. Als der Schnee den Erdboden feucht machte, legte sich der Geruch von nasser Holzkohle auf alles.

Naduah zitterte, als sie aufstand. Vor weniger als einer Stunde hatte sie noch geglaubt, sie würde nie mehr frieren, und jetzt zitterte sie wieder. Ihre Bisonrobe und ihr Kleid wiesen schwarze Löcher auf, und der Wind schien sie bis auf die Knochen durchzuwehen. Sie hörte Winds schrilles Wiehern und ging zu ihrem Zelt. Drinnen fand sie zwei Pferde, die Gabelantilope und Dog vor, und die gedrängt stehenden Tiere hatten alle Angst. Vor den Bündeln und Schachteln am anderen Ende kauerte ein großer, hellbrauner Kojote, der Smoke anstarrte, als wollte er sie hypnotisieren. Jetzt, wo die Gefahr vorüber war, meldete sich sein Magen wieder zu Wort. Smoke war zurückgewichen, soweit es ihre Leine erlaubte, und zerrte verzweifelt daran. Dog kauerte in dem Bettzeug und jaulte leise.

Als der Kojote Naduah sah, stand er auf und streckte sich langsam und selbstbewußt. Er strich langsam durch das Zelt und berührte Naduah, bevor er sich trollte. Sie ließ ihn gehen, wie es auch jeder andere getan hätte. Kojoten waren heilig. Vielleicht nicht so heilig wie Wölfe, aber immerhin Brüder des Volks. Keiner würde sie essen und damit entweihen.

Naduah streichelte die zitternde Antilope, deren dichtes, sprödes Winterfell sich unter ihren Händen in Büscheln ablöste. Smoke wog zwar nur hundert Pfund, doch vielleicht konnte man sie vor ein Hunde-Travois spannen. Und Wind würde die Demütigung auf sich nehmen müssen, ebenfalls als Lasttier zu dienen. Es waren zu viele Pferde krepiert, so daß man keinem der übriggebliebenen erlauben konnte, untätig zu bleiben. Naduah nahm den Medizinbeutel ihrer Großmutter vom Haken und nahm noch ein paar Lumpen und eine Tasche mit Bärenfett mit. Dann band sie Smoke und Dog los, die hinter ihr hertrotteten, als sie auf Pahayucas Zelt zulief.

Medicine Woman lag auf einem Stapel von Bisondecken, und nur Something Good war bei ihr. Something Good summte leise vor sich hin, als sie sich lautlos im Zelt bewegte, Dinge verstaute und sich bemühte, etwas Ordnung in das Durcheinander zu bringen. Draußen waren Blocks The Sun und Silver Rain dabei, ein Travois in eine Tragbahre zu verwandeln. Sie banden mehrere Querstangen an die zwei langen, wie eine Schere angeordneten Stangen und legten dann einen dicken Stapel der weichsten Bisondecken darauf. Diese bedeckten sie mit einer alten Tierhaut, um die Decken vor dem Schnee zu schützen. Dann banden sie eine geschwungene Weidenrute an die Mitte der Bahre, die Medicine Woman festhalten sollte, wie sehr sie unterwegs auch durchgeschüttelt werden mochte.

Naduah vermengte zerkrümelte trockene Baumpilze mit dem warmen Bärenfett. Der Pilz wirkte schmerzstillend und wurde bei Verbrennungen und Zahnschmerzen verwendet. Medicine Womans Haar war fast an der Kopfhaut abgesengt worden und verströmte einen beißenden Geruch. Unter der Felldecke war sie nackt. Naduah kniete neben ihr nieder und rieb ihr sanft die Fettmischung auf Gesicht, Hals und Ohren ein. Sie bedeckte damit die Brandblasen und die sich abschälende Haut, die an manchen Stellen schwarz war.

»Tut es sehr weh, Großmutter?« Medicine Womans Augenlider

flackerten und öffneten sich, aber die Augen waren glasig und sahen nichts.

»Ja, Kleines. Du hast doch meine Beutel mitgebracht?«

»Ja, *Kaku*.«

»Gut. Du weißt, was du verwenden mußt. Der Pilz scheint zu helfen.«

»Ich hatte eine gute Lehrerin.« Naduahs Tränen tropften auf die Felldecke. Am liebsten hätte sie Medicine Woman gesagt, sie werde bald wieder gesund sein. Doch sie konnte es nicht. Medicine Woman hatte sie nie angelogen, nicht einmal dann, wenn die Wahrheit schmerzlich war. Naduahs Großmutter streckte eine dünne, blau geäderte Hand aus und tastete, bis sie die Wange ihrer Enkelin berührte.

»Du mußt nicht um mich weinen, Kleines. Ich habe die Welt gesehen. Das Augenlicht ist nur eine Art des Sehens. Es gibt noch andere. Ich kann noch in meiner Erinnerung sehen. Du kannst mir Dinge beschreiben.«

Naduah konnte nicht antworten und machte sich an den kleinen Beuteln und gebündelten Blättern in dem Medizinbeutel zu schaffen. Sie hockte sich hin, studierte den Inhalt und entschied, welche Kräuter sie benutzen mußte. Sie konnte ihre Großmutter fragen, hatte aber das Gefühl, daß dies in ihre Verantwortung fiel, daß sie Medicine Woman nicht unnötig beanspruchen oder sprechen lasse durfte. Die zerstoßenen Blätter der Mimose waren gut gegen Schmerz und entzündete Augen. Und dann war da noch die Schafgarbe, die sie gefunden hatte. Sie stellte Wasser aufs Feuer, um die Schafgarbe zu kochen, und begann, die Mimosenblätter in dem kleinen steinernen Mörser, der in dem Beutel lag, zu zerstoßen.

»Kleines.«

»Ja, Something Good.« Naduah war so beschäftigt, daß sie fast vergessen hatte, daß ihre Freundin auch da war.

»Beeil dich. Pahayuca und der Rat haben beschlossen, wohin wir aufbrechen werden. Lance reitet jetzt mit den Anweisungen durchs Dorf. Wir müssen bald aufbrechen. Das Schneetreiben wird dichter.«

Naduah hob den Kopf und konzentrierte sich. Durch das Stöhnen, die Ausrufe der Trauer und das Geklapper herunterstürzender Zeltstangen hindurch konnte sie Lances Singsang hören.

*

Die Wasps verließen das Lager inmitten des Schneesturms. Sie hatten Pferde und Menschen durch Seile miteinander verbunden, damit alle zusammen blieben. Pahayuca orientierte sich an der Windrichtung; er achtete darauf, daß der Wind ihm immer gegen die rechte Wange wehte, um auf leicht südöstlicher Richtung zu bleiben, weg von dem steilen Felshang, der jetzt in den wirbelnden weißen Wolken nicht mehr zu sehen war. Die Gruppe befolgte die Entscheidung des Rats ohne Widerrede. Sie alle wußten, daß es den sicheren Tod für alle bedeuten würde, wenn sie, eingeschneit und meilenweit von Wild und anderen Nahrungsmitteln entfernt, an Ort und Stelle bleiben würden. Sie hatten nur eine Chance: weiterzuziehen.

In guten Zeiten besaß die Durchschnittsfamilie mindestens fünf Lasttiere, fünf Reitponys und zwei Bison- oder Kriegsponys. Jetzt gab es nicht genug Pferde für alle, so daß viele zu Fuß gehen mußten. Wenn sie erschöpft waren, lösten sie sich darin ab, auf dem Pferd eines Freundes oder Verwandten zu reiten. Die Kinder, Kranken und Verletzten lagen auf Travois wie dem von Medicine Woman, die sämtlich mit einer dunkelgrauen Mischung aus Schnee und Ruß bedeckt waren. Die verlassenen Trümmer des Lagers hinter ihnen waren schon bald unter Schnee begraben. Die gebleichten Zeltstangen und zerfetzten Zeltwände wirkten wie die zerkauten Knochen eines verstümmelten Tieres, die man den Geiern überlassen hatte. An der höchsten noch stehenden Zeltstange hing ein Beutel mit einem Stück bemalter Baumrinde, einer Botschaft für die noch nicht zurückgekehrten Jäger.

Naduahs mit Stoffstreifen umwickelte Finger, deren Spitzen hervorlugten, waren rot und schmerzten. Ihr Gesicht war empfindungslos, und an manchen Stellen blätterte erfrorene Haut ab. Ihre Füße konnte sie kaum spüren, nur den stetigen, pochenden Schmerz. Vor ihr hockte Takes Down als kaum erkennbare Gestalt auf dem Rücken von Rabbit Ears. Dann tauchte ein dunkler Umriß aus dem weißen Vorhang auf und stapfte auf sie zu. Die Gestalt ging in die Richtung, aus der sie gekommen waren.

»Tahkobe Ano, *Broken Cup.*« Die Frau blieb stehen und sah zu Naduah hoch. »Hast du meine Tochter gesehen? Ihr Name ist Broken Cup. Wir müssen sie verloren haben.« Der Wind peitschte der jungen Frau die Worte um den Kopf, bevor er sie zersplittern ließ und in alle Himmelsrichtungen zerstreute. Sie rief etwas, doch Naduah konnte sie kaum hören. Dann wandte die Frau sich um und ging weiter.

»Stehenbleiben, Gray Cloud. Broken Cup ist tot. Das weißt du. Ich habe gesehen, wie du sie begraben hast. Komm zurück!« Sie schrie, denn sie wußte, daß die Frau sie nicht hören konnte und nicht einmal umkehren würde, wenn sie sie hören würde. Und sie wußte, daß sie selbst nicht aus der Linie ausbrechen durfte, um ihr nachzugehen. Die kleine Gestalt verschwand in dem wirbelnden Schnee, als wäre sie von einem Ozean aus Gischt verschluckt worden. Naduah prüfte grimmig das in der Kälte steifgewordene Seil aus Tierhaut, das ihren Sattelknopf mit dem ihrer Mutter verband. Ohne diese Seile wäre es ein Leichtes gewesen, das ganze Dorf innerhalb von Sekunden aus den Augen zu verlieren.

*

Das rußverschmierte und fleckige Zelt war überfüllt. Star Name und Black Bird und Upstream hatten es bezogen, um eine Familie ohne Obdach in ihrem Zelt wohnen zu lassen. Something Good hatte ihr Zelt ebenfalls ausgeliehen, und sie und die kleine Weasel waren jetzt bei Star Name und den anderen. Weasel jammerte schwach und ließ sich auch von Medicine Woman nicht beruhigen, die sie sanft auf den Armen wiegte.

Es war Februar, *Der Monat, In Dem Die Babys Um Nahrung Schreien,* und der Frühling würde noch mehr als einen Monat auf sich warten lassen. Der Winter war nach dem ersten Schneesturm mit Macht über sie hereingebrochen, und sie waren noch immer allein in ihrem Lager. Das Wild war zu knapp, um die einzelnen Gruppen in ihrem gewohnten Winterlager zu vereinen. Die Ponys waren zu Skeletten abgemagert; ihr langes, ungepflegtes Fell war glanzlos und voller Schmutz und Kletten. Ihre Hüftknochen ragten aus straff gespannter Haut hervor, und ihre Bäuche waren aufgetrieben und massig, weil sie sich nur von Stöckchen und Baumrinde hatten ernähren können. Ihre Augen waren vor Hunger genauso teilnahmslos wie die ihrer Eigentümer.

Seit Wochen hatten die Wasps nach Wurzeln gegraben und mühselig den gefrorenen Erdboden aufgehackt. Sie hatten Eidechsen und Mäuse gegessen, Schlangen und Ratten und Baumrinde. Vor einer Woche hatte es ein Festmahl gegeben, eine Schildkröte, die Star Name gefunden hatte. Takes Down hatte sie bei lebendigem Leib auf dem Rücken ins Feuer geworfen. Sie hatten alle am Feuer gesessen und wie gebannt zugesehen, als das Tier schwach mit den Beinen zappelte und den Kopf auf seinem mageren, faltigen Hals von einer Seite zur anderen geneigt hatte, als die Flammen sich um den Panzer schlossen. Als das Tier gar war, schob Takes Down es mit einem Stock aus dem Feuer, brach den unteren Teil des Panzers auf, was einen dicken, scharf riechenden Rauch aufsteigen ließ. Sie versammelten sich um das Tier, um direkt aus dem Rückenpanzer zu essen. Sie tauchten Hornlöffel in die Brühe und löffelten das weiche Fleisch heraus. Die Kinder durften als erste essen, reichten jedoch gleich ihre Löffel weiter, ohne viel zu essen.

»Tochter, nimm mehr. Du hast nur einen Mundvoll gehabt, du brauchst Kraft.«

»Ist schon in Ordnung, Mutter. Ich möchte nicht mehr.« Naduah wußte, wie viele Mäuler noch gestopft werden mußten.

Jetzt hatte sie den Geschmack des öligen Fleisches im Mund und wünschte, es wäre mehr dagewesen. Die meisten ihrer Mahlzeiten waren ein Brei aus Mesquit-Mehl, das sorgfältig aus den Bohnen gemahlen worden war, oder eine dünne Suppe aus Pemmican mit Wasser und etwas getrocknetem Mais von dem kostbaren Vorrat. Naduah behielt die dahinschwindenden Vorräte in den Schachteln sorgfältig im Auge. Die meisten davon lagen jedoch schon leer unter dem Bett. Sie zählte immer und immer wieder die Zahl der Menschen, die ernährt werden mußten, und teilte in Gedanken jedem die tägliche Ration zu.

Sunrise begab sich immer wieder zu Fuß auf die Jagd, da die Ponys nicht stark genug waren, einen Reiter zu tragen. Er kehrte fast immer mit leeren Händen zurück. In diesen Tagen sprach er nur selten, da die Verzweiflung ebenso an ihm nagte wie der Hunger. Something Good brachte manchmal etwas Eßbares aus Pahayucas Haushalt mit, doch auch dort war nicht mehr viel übrig. Pahayuca gab jedem zu essen, der hungrig an seiner Tür erschien, und schickte auch denen, die nichts mehr hatten, etwas von seinen schwindenden Vorräten. Und wie oft Naduah auch zählte und maß, kam sie immer nur zu der gleichen Antwort. Es würde nicht reichen.

Sie saß, die Arme um Smoke gelegt, die ihr die weiche Schnauze in die Hand steckte. Die Ricke wartete auf die Büschel getrockneten Grases, nach denen Naduah die kalte, winddurchtoste Ebene absuchte. Die Gabelantilope war inzwischen so mager geworden, daß ihre Augen unter den schweren schwarzen Wimpern noch größer und sanfter zu sein schienen. Im Zelt befanden sich nur sie beide und Dog und die schlafende Medicine Woman. Die Frauen waren unterwegs, um etwas Eßbares zu suchen. Sunrise hatte sich in seiner Verzweiflung mit einigen der Männer auf den Weg gemacht, um in den texanischen Siedlungen Pferde zu stehlen, damit sie wieder jagen konnten.

Die Glocken an Smokes Halsband klirrten fröhlich in der kühlen Stille des Zelts, als sie Naduah anstupste, die mit ihr spielen sollte. Die Antilope stieß ihre Freundin mit den winzigen Hornknospen auf dem Kopf an und tänzelte leicht auf ihren zarten, winzigen Hufen.

Naduah berechnete ein letztes Mal, was der Lebensmittelvorrat für jeden ergeben würde, jedoch eher um aufzuschieben, was sie irgendwann würde tun müssen, als aus Hoffnung, es vermeiden zu können. Tränen traten ihr in die Augen und trübten ihren Blick, und sie hielt ein Schluchzen zurück, als sie in der Tasche herumwühlte, in der sie ihr Abziehmesser aufbewahrte. Mit dem Messer in der einen Hand, die andere auf Smokes Rücken gelegt, führte sie das Tier aus dem Zelt und aus dem Dorf hinaus. Dog trottete ein paar Meter vor ihnen her, und die Ricke sprang ausgelassen herum. Sie freute sich auf eines ihrer kleinen Rennen draußen in dem offenen Gelände. Naduahs Familie würde heute abend Fleisch bekommen, doch sie selbst wußte, daß sie nicht fähig sein würde, etwas davon zu essen.

27

Die Grenze zum Territorium von Oklahoma wirkte im November nicht sonderlich einladend. Der Red River war von zehn Meter hohen Sanddünen gesäumt, auf denen nur ein paar spärliche Sträucher wuchsen. Einen Monat zuvor waren Terrible Snows, seine Frauen und ihre wenigen Ponys über die Sanddünen getrabt und hatten den seichten, schlammigen Fluß überquert. Seit fast einem Jahr war der kleine Trupp von Gruppe zu Gruppe gewandert und dabei allmählich immer weiter nach Norden gelangt.

Mit jedem Umzug hoffte Terrible Snows von neuem, sein Schicksal zu wenden, entweder indem er neue Medizin fand oder noch mehr davon bei irgendeinem Medizinmann hinzukaufte. Er brach immer wieder in dem Glauben auf, daß es woanders besser sein würde. Aber das war es nie. Die Herbstjagden waren überall recht erfolglos gewesen, doch seine Jagden hatten noch weniger eingebracht.

Nördlich des Red River hatten sie Tabbe Nanica, *Sun Name*, und dessen Gruppe von Yamparika, *Root Eaters*, eingeholt. A Little Less und Mountain und Rachel schlugen das Zelt wie üblich an dem schlammigen Rand des Dorfs auf, und ihr Zelt war wie immer kleiner und schäbiger als alle anderen. Der Gestank verwesender Tierkadaver, die man außerhalb des Dorfes hatte liegen lassen, und der Pferdeäpfel von der Weide war hier stärker. Doch wenigstens waren die Ponys greifbar, und Rachel mußte nicht so weit laufen, um nach ihnen zu sehen. Und hier draußen wurde sie auch von den Kindern in Ruhe gelassen. Sie mieden sie inzwischen, als wäre sie von bösen Geistern berührt worden. Niemand stellte Terrible Snows Recht in Frage, sich hier aufzuhalten. Jeder im Volk hatte das Recht, bei jeder Gruppe zu leben, die er sich aussuchte, und zu gehen, wann es ihm beliebte.

Die Ebene hob und senkte sich in eleganten Wellen, so daß die Zelte wie kleine Schiffe auf den Wogen zu reiten schienen. Der Erdboden jedoch war kalt und trocken und braun und wirkte wie verkrustet. Und die eisigen winterlichen Nordwinde heulten über die leeren Weiten, da sich ihnen hier Hunderte von Meilen östlich der Rocky Mountains kein natürliches Hindernis in den Weg stellte. Um viele der Zelte war ein Windschutz aus Unterholz errichtet worden, doch als Terrible Snows erschien, war kein Holz mehr da.

Jetzt saßen Rachel und Terrible Snows und A Little Less in Sun Names Zelt. Endlich war es passiert. Comancheros, Händler aus New Mexico, hielten sich im Lager auf. Und sie feilschten um die weiße Sklavin. Rachels Blick wanderte flackernd von den beiden Mestizen zu der Mahlzeit, die sie aßen. Der Hunger ihres Körpers kämpfte mit der Hoffnung ihrer Seele.

»*Cuanto cuesta la mujer, jefe?*« José Piedad Tafoya schlang das letzte Stück Bisonsteak herunter, das er auf der Spitze seines langen Messers aufgespießt hatte, und wischte sich die Hände an der Weste ab. Fett bedeckte eine mehrere Jahre alte Schmutzschicht, die seiner Kleidung die Farbe von altem Kaffeesatz gegeben hatte. Ihm gegenüber benutzte Chino sein langes glattes Haar als Serviette. Die Flammen schnitzten sein Gesicht zu dem eines Leichnams. Seine wild dreinblickenden, schräggestellten schwarzen Augen und seine Adlernase verliehen ihm das Aussehen eines Raubvogels. Chino war unruhig. Er war zu neu in diesem Geschäft oder eignete sich nicht dafür.

Er war nicht daran gewöhnt, auch nur um etwas zu bitten, geschweige denn dafür zu bezahlen.

José beobachtete Sun Name durch schmale Augenschlitze. Wieviel konnte der Häuptling für die Frau verlangen? Sie war nicht viel wert, soviel stand fest. Er war nicht einmal sicher, ob er sie lebendig nach Santa Fé zurückbringen konnte. Und die Anglos zahlten nicht viel für Leichen. Für Vieh, das sich noch auf den Beinen halten konnte, zahlten sie allerdings hübsche Summen, selbst wenn es schon so heruntergekommen war wie diese Frau. Beim Freikauf von Gefangenen spielte auch der Gefühlswert der Handelsware eine Rolle.

Als hätte sie seine Gedanken gelesen, versuchte Rachel, sich mit den Fingern durchs Haar zu fahren. Das Haar war jedoch so verfilzt, daß sie nur bis zu den Ohren kam. In der brütenden Hitze des Häuptlingszelts zitterte sie in ihrem dünnen Kleid. Sie strich sich ständig über das Gesicht und zupfte ihre zerfetzte Kleidung zurecht und schnippte imaginäre Stäubchen weg. Ihre Augen blickten kurz scharf, um dann gleich wieder ausdruckslos zu werden. Sie schien gelegentliche Vorstöße in die Wirklichkeit zu wagen und sich dort umzusehen, um sich dann wieder in die gemütliche Höhle des Irrsinns zu flüchten.

In den letzten anderthalb Jahren hatte sie genug von der Comanchen-Sprache gelernt, um zurechtzukommen. Meist brauchte sie nur Befehle zu befolgen. Doch jetzt unterhielten sich die Männer in Zeichensprache und Pidgin-Spanisch. Irgendwo in ihrer gequälten Seele begriff sie, daß jetzt etwas Wichtiges geschah. In ihren wachen Momenten starrte sie aufmerksam die Gesichter der Männer an, als wollte sie in deren Gesichtsausdruck die Gedanken ablesen, die sie ihren Worten nicht entnehmen konnte. Ihre Lippen bewegten sich in einem stummen Flehen, ihr zu helfen.

Sun Name war nicht der Mann, der sich drängen ließ. Weil José noch jung war, vergab er ihm die Verletzung der Höflichkeitsregeln. Wenn jemand über Geschäfte sprach, bevor belangloses Geplauder für die richtige Atmosphäre sorgte, war das etwa so, als würde er in Kleidern baden: Die Wirkung war gleich Null. Sun Name würde die Dinge regeln, wenn er die Zeit für gekommen hielt. Er holte seine Pfeife hervor, und A Little Less zog Rachel grob ins Freie. Der Erdboden war mit Eiskristallen überzogen.

In gebrochenem Spanisch und Comanche sowie eleganter Zeichensprache mit schnellen Handbewegungen wurde das Feilschen fortgesetzt. Nach den Gesetzen des Tauschhandels wurde bis tief in die

Nacht verhandelt, wobei die Argumente manchmal verschlungene Wege gingen und ausrutschten wie auf der schlüpfrigen Kriechspur einer Schnecke. Sun Name besorgte den größten Teil der Verhandlungen, da Terrible Snows eine so komplizierte Verhandlungsführung kaum anvertraut werden konnte. Beim Volk wurde bei den Fürwörtern nicht nach Geschlechtern unterschieden, so daß die Übersetzung von Sun Names Pidgin-Spanisch etwa wie folgt lautet:

»Terrible Snows liebt die weiße Frau sehr. Er möchte ihn nicht verkaufen. Ihr müßt zahlen viele Decken, Kaffee, Gewehre, Pfeilspitzen und Pferde. Vielleicht zehn Pferde. Vielleicht zwölf. Terrible Snows wird viel gebrochenes Herz haben, wenn weiße Frau geht.«

»*Jefe*, Terrible Snows liebt nur seinen Magen und sein Würfelspiel.« José wußte, daß ein harter Winter bevorstand, und Terrible Snows erweckte nicht den Eindruck, daß er seine Sklavin auch nur ernähren konnte. »Sie wird schon bald sterben. Wir werden sie euch abnehmen.« Er dachte an die paar Dinge, die ihr erschöpfter Packesel auf dem Rücken trug und die vielleicht zwanzig Dollar wert waren. Gewehre und Pferde, das wäre ja noch schöner. »Wir werden euch einen Sack Kaffee, einen Sack Zucker, drei Decken und ein Fäßchen Whiskey geben.« Whiskey war Josés As im Ärmel, obwohl Schnaps bei den Comanchen nicht immer zog. Wenn er diesen Handel zuwege brachte, hätte er seinen Schnitt gemacht, was ihn in die Lage versetzte, sein Warenangebot zu erweitern.

»Ho-say.« Sun Name lachte und schlug José auf den Rücken. »Wir haben schon oft getauscht. Wir werden noch viele Jahreszeiten tauschen. Ich liebe dich wie meinen Bruder. Ich liebe dich, weil du immerzu Scherze machst. Aber hier geht es um etwas Ernstes. Die weiße Sklavin arbeitet hart. Ohne ihn wird Terrible Snows liebe alte Mutter traurig sein. Vielleicht sterben, weil sie soviel allein arbeiten muß. Jeder Mann liebt die weiße Frau wie seinen eigenen. Die Männer genießen ihn oft. Wir können uns für weniger als acht Pferde nicht von ihm trennen. Gute Pferde. Nicht die durchgerittenen, die ihr an die Kiowa verkauft. Und die Decken und den Zucker und den Kaffee und die Gewehre. Und habt ihr noch etwas von den roten Kugeln? Den großen? Euer Dummheitswasser wollen wir aber nicht.«

»In Ordnung. Ein Pferd und den Kaffee und den Zucker und die Decken.« Chino würde zu Fuß nach Santa Fé zurücklaufen müssen.

»Übrigens, solange wir noch scherzen: Habe ich dir davon erzählt, wie Dog Foot sich mit Dummheitswasser betrunken hat?«

Die Pfeife verschwand in Sun Names riesiger brauner Hand, als er sie José weiterreichte. Diese Hand mit ihren langen, schmutzigen Nägeln und kurzen Stummelfingern erinnerte José an eine Bärentatze. Die Augen des Häuptlings zwinkerten vor Vergnügen, einen Handel weiterzutreiben. José nahm einen tiefen Zug aus der Pfeife und lehnte sich zurück. Er machte sich auf eine lange Geschichte und einen noch längeren Abend gefaßt. Draußen pfiff ein kalter Wind, und etwas Besseres hatte er im Augenblick nicht vor. In Wahrheit blieb ihm keine Wahl.

Von hier würden sie nach Texas und ins Valley of Tears zurückreiten. Dann würde es nach Süden und Westen weitergehen, durch den Palo Duro Canyon bis zum Quellgebiet des Palo Duro River. In Trujillo würden sie sich mit Wasser versorgen und den Puerto de los Rivajenos überqueren, den Einschnitt in das Felsmassiv, die sogenannte Door of the Plains. Von dort brauchten sie nur noch das Taos-Tal bis nach Santa Fé hinaufzureiten. Angesichts des Zustands ihrer Packesel und des miserablen Wetters würden sie für diese Reise mindestens zwei Wochen brauchen.

Donaho in Santa Fé würde ihre erste Anlaufstelle sein. Dieser hatte verbreiten lassen, daß er für jeden weißen Gefangenen, der von den Stämmen freigekauft werde, zahlen wolle. Vielleicht würde es für José so viel Geld geben, daß er sich nicht nur einen Wagen, sondern auch weitere Handelsgüter kaufen konnte. Dann würde er wieder aufbrechen und auf der Suche nach den Comanchen seinen Zickzackkurs durch den wilden, wüsten Llano Estacado fortsetzen, die Staked Plains, und dann weiter über die Prärie ziehen. Heute abend würde er noch mit Sun Name über einen regelmäßigen Treffpunkt verhandeln. Das würde Zeit und Mühe sparen. Mit seinen zweiundzwanzig Jahren hatte José Ideen, mit denen er im Comanchero-Handel Neuland betrat.

Wie die meisten Comancheros hatte auch José Piedad Tafoya Pueblo-indianisches Blut in sich. Seine indianische Mutter hatte ihn Piedad genannt. Mitleid, Mitgefühl. Die Ironie seines Namens ging José nie auf. Der war nichts als ein Teil von ihm wie sein strähniges schwarzes Haar und die durchdringenden dunklen Augen in seinem hageren Gesicht. Schon jetzt war seine Haut hart und aufgeplatzt, nachdem er Hunderte von Tagen in der glühenden Sonne mit der groben, schweren Hacke zugebracht und sich damit abgemüht hatte, die Feuchtigkeit aus den Bewässerungsgräben in den steinigen Erdboden zu leiten, bevor sie verdampfte.

Er war schon früh zu dem Schluß gekommen, daß er für das Leben eines Farmers in New Mexico nicht geschaffen war. Selbst wenn es ihm gelang, etwas anzubauen, würden ihn die Bürokraten aus dem Süden von ihren Büros und Herrenhäusern in Mexico City aus mit ihren Vorschriften erdrosseln. Diese Männer kannten nur Vorschriften und Tarife und Monopole. Warum sollte in einer Welt voll reicher, unehrlicher Männer ausgerechnet er ein armer, ehrlicher Mann sein?

Folglich befand er sich jetzt hier und schacherte mit Sun Name, dem Friedenshäuptling der Yamparika-Comanchen. Sun Name war zwar kaum älter als José, besaß aber die Würde seines Amts und den Respekt von Tausenden von Menschen. Zwar von Indianern, doch es war immerhin etwas. José konnte nie darauf hoffen, eine ähnliche Position zu erlangen. Er würde sich statt dessen mit Geld begnügen müssen. Und er hatte vor, eine Menge Geld zu verdienen. Das war alles, worauf es ihm ankam. Und der Freikauf dieser Frau würde ein guter Anfang sein.

Wenn es ihnen gelang, Terrible Snows betrunken zu machen, würden sie es vielleicht auch schaffen, diesen mickrigen, knieweichen Klepper loszuwerden, den sie auf den Staked Plains gefunden hatten. Terrible Snows sah so aus, als wäre er dem Whiskey nicht abgeneigt. Man mußte es nur schaffen, ihn lange genug von Sun Name loszueisen, um ihn damit vertraut zu machen. Wenn Terrible Snows schon um Pferde als Bezahlung bat, mußte er verzweifelt welche brauchen. Normalerweise setzten die Comanchen sie als Bargeld ein. Terrible Snows sah jedoch nicht sehr wohlhabend aus, nicht einmal nach den Maßstäben der Comanchen.

Das nächste Problem würde darin bestehen, die Frau lebend und unvergewaltigt nach Sante Fé zu bringen. Donaho hatte irgendeinen verrückten religiösen Grund, Gefangene freizukaufen. Er zog keinen Gewinn daraus. Gringos waren seltsame Burschen. Sie zahlten gutes Geld für eine Frau, die schon von dem gesamten Stamm der Comanchen benutzt worden war, waren aber eingeschnappt, wenn sich auch die ausgehungerten Händler ein wenig bedienten. Gringos waren unbegreiflich. Es war viel leichter, mit den Indianern auszukommen.

Aus der Ferne sah die Stadt Santa Fé wie ein Landschaftsmerkmal aus, eine geologische Formation, die sich über den Lehmboden, der die Stadt umgab, erhob. José und sein Partner, seine Handelsware und seine Packesel bewegten sich auf die offene Ebene zu, eine Wolldecke aus Mais- und Weizenfeldern sowie Bewässerungsgräben, die in der Umgebung der Stadt angelegt worden waren.

Aus der Nähe wirkte Santa Fé eher wie eine Ansammlung gestrandeter Ohio-Flachboote. Händler nannten sie eine Stadt für Präriehunde. Eine Stadt mit niedrigen Lehmhäusern an Straßen, die kaum mehr waren als Trampelpfade zwischen verstreuten Farmer-Siedlungen. Es war die Hauptstadt einer mexikanischen Provinz und die Heimat von dreitausend Menschen. Im Westen ragte ein schneebedeckter Berg auf, an dessen Hängen Wasserfälle zu Tal stürzten. Das Wasser strömte in den klaren Fluß, der durch Santa Fé floß, beim Verlassen der Stadt auf der anderen Seite jedoch bei weitem nicht mehr so klar war.

Es wurde schon dunkel, als die erschöpfte, staubbedeckte und unter Schmerzen leidende Rachel hinter José und Chino auf den Hauptplatz der Stadt ritt. Ihre Mokassins waren von den Steinen der Gebirgspfade zerfetzt worden, und so trug sie jetzt ein Paar mexikanische Strohsandalen. Sie war dankbar, nicht laufen zu müssen, und klammerte sich an den Lenden des kleinen Esels fest. Und dieser war vermutlich ebenfalls dankbar, ihr leichtes und angenehmes Gewicht zu tragen statt der schweren, sperrigen Packtaschen. Die meisten der häßlichen Wunden auf seinem Rücken verheilten schon.

Die Gruppe passierte den Gouverneurspalast. Dieser war eine hundertzwanzig Meter breite, einstöckige Lehmhütte. Das grob zusammengezimmerte Eingangsportal wurde von einfachen Baumstämmen gehalten, und die Türen waren so niedrig, daß die hochgewachsenen Händler aus Missouri sich beim Eintreten bücken mußten. Im Moment hielten sich jedoch nur wenige Händler in der Stadt auf. Die meisten von ihnen waren wieder nach Independence aufgebrochen. Ihre riesigen Karawanen aus Planwagen würden erst mit den Regenfällen im Juli oder August in die Stadt zurückkehren. Die Läden an der Plaza, die sie für den Sommer und den Herbst gemietet hatten, waren verrammelt und leer.

In Abwesenheit der Händler schien Santa Fé fast zu schlafen. Die Indianer und Farmer, Kaufleute und Hausfrauen, deren Gesichter von zwei Meter langen Schals verhüllt waren, wirkten wie Schlafwandler. Es hatte den Anschein, als würde die Zeit hier langsamer vergehen. Santa Fé war eine Stadt mit einem gemächlichen Tempo, eine Stadt mit runden Ecken, flachen Strohdächern und zerbröckelnden Lehmmauern.

Rachel sah sich um und hielt ihren einzigen Besitz noch fester an sich gepreßt. José hatte ihr einen Kamm geschenkt, einen schmutzigen Hornkamm mit abgebrochenen Zähnen, den er auf dem Boden seiner Packtasche gefunden hatte. Sie hatte ein Messer zwar genauso nötig gehabt wie einen Kamm, doch inzwischen hatte ihr Haar kaum noch Strähnen. José hatte sie aufmerksam beobachtet, als sie das Messer benutzte. Sie war nicht ganz richtig im Kopf, und nachdem er schon soviel Mühe auf sie verwandt hatte, wollte er sie in letzter Minute nicht mehr verlieren. Zum Glück hatte er den letzten seiner Spiegel weggegeben, so daß Rachel das rosafarbene Narbengewebe ihrer Nase nicht sehen konnte. Der Anblick ihres lehmverschmierten Gesichts blieb ihr erspart. Schmutz und Staub hatten sich in ihren Hautfalten angesammelt und betonten sie, und ihr kurzes, abgeschnittenes Haar stand ihr in Stiften um den Kopf. Vielleicht hätte sie sich in ihrem jetzigen Geisteszustand nicht einmal selbst erkannt.

Von der dem Gouverneurspalast gegenüberliegenden Militärkapelle ertönte eine riesige Messingglocke, die feierlich die Abendstunde einläutete. Alle Bewegung schien erstorben, abgesehen von dem Klicken der Rosenkränze und dem Murmeln von Lippen, als jedermann sein Abendgebet flüsterte. José und Chino waren zwar nicht religiös, hielten aber ebenfalls an und neigten die Köpfe. Man darf zwar die Gesetze mißachten, jedoch nicht Sitten und Gebräuche. Das mißtönende Bimmeln kleinerer Glocken beendete das Dröhnen der großen Glocke, und die Parade der Müßiggänger setzte sich langsam wieder in Bewegung.

José führte die Karawane um die Feuer herum, die auf dem großen Platz angezündet wurden. Bis tief in die Nacht standen dort Männer herum und wärmten sich die Hosenböden ihrer ausgebeulten weißen Baumwollhosen und unterhielten sich. Vor dem Palast zündete ein weißhaariger Portier mit einem langen, herabhängenden Schnurrbart die Fackeln an, die in schrägstehenden Halterungen an den Mauern befestigt waren. Die Flammen schickten dicke Wolken fettigen schwarzen Qualms in den dunkler werdenden Abendhimmel. Aus einer Bar in irgendeiner gewundenen Nebenstraße wurde Gitarrenmusik zu ihnen herübergeweht, die mal leiser, mal lauter war.

José ritt langsam durch die gewundenen Straßen weiter, nickte seinen Bekannten zu und sprach mit jedem, dem er begegnete. Unterdessen blieb Rachel geduldig auf ihrem Esel sitzen. Ihr Mund verzog sich, als ein Lächeln über ihr Gesicht huschte, angeregt durch verborgene kleine Gedanken, die ihr im Kopf herumschwirrten wie Insekten in der Kleidung. Es war dunkel, als sie schließlich vor einer langen, niedrigen Festung mit neunzig Zentimeter dicken Mauern hielten. Die Dachbalken ragten unter dem Dach hervor und wirkten in dem schwachen Licht fast wie Kanonen. Die beiden Fenster waren schmal und verriegelt und lagen tief in der Adobe-Wand. Die große Tür war ebenfalls tief in die Mauer eingelassen und bestand aus schweren Brettern, die achtzehn Zentimeter dick und sechzig Zentimeter breit waren. Als José seine Reitpeitsche mit dem Knochenhandgriff nahm und anklopfte, wurde sie langsam geöffnet. Sie quietschte in ihren hölzernen Scharnieren.

»Wer ist es, La Paz?« Die Stimme einer Frau, die englisch sprach, hallte hinter dem Diener, der die Eingangstür blockierte, durch die Halle. Rachel traten Tränen in die Augen. Als die Tür sich weit genug öffnete, so daß Mrs. Donahos rundes Gesicht erkennbar wurde, konnte Rachel kaum sprechen. Ein paar Augenblicke lang war sie wieder bei vollem Verstand. Ihre Worte mußten sich den Weg durch ihre zugeschnürte Kehle freikämpfen. Sie kamen ihr in einem heiseren, erstickten Flüstern über die Lippen. Ihr Englisch klang selbst in ihren eigenen Ohren fremd.

»Um der Liebe Gottes willen, helfen Sie mir bitte.«

Die Donahos gaben einem Händler, der nach Independence unterwegs war, eine Nachricht mit. Von dort sollte sie, von wem auch immer, an Rachels Mann in Texas weitergeleitet werden. Es würde sich sicher jemand finden, der nach Texas ritt. Independence war ein Trichter, ein Abflußkanal für Menschen, der Siedler und Trapper nach Westen schickte.

Santa Fé war nicht sicher. Zwei Plagen gingen in seinen Straßen um, Typhus und die Revolution. Der Typhus durchlöcherte die Eingeweide seiner Opfer, befiel deren Arterien und ließ ihr Knochenmark verrotten. Die Krankheit ließ ihre Opfer in ihrem erbrochenen Blut sterben. Für die Revolution waren die Pueblos verantwortlich. Etwa alle hundert Jahre wurden sie von den Behörden zu sehr gequält und erhoben sich dann gegen ihre Herren. Dann lagen überall Leichen herum, die den herumschnüffelnden Schweinen als Futter dienten.

Gewalt lauerte unter den Körben mit Obst und Gemüse auf dem Markt und wehte um die Ecken der Gebäude. Folglich begaben sich die Donahos nur dann auf die Straße, wenn es sich nicht vermeiden ließ. Sie beschlossen, lieber die unwägbaren Risiken des Santa Fé Trail auf sich zu nehmen, statt an Ort und Stelle zu bleiben. Sobald Rachel sich so weit erholt hatte, daß sie reisen konnte, spannten sie ihren kleinen Wagen an, ließen ihre Adobe-Festung in der Obhut von La Paz und begannen den achthundert Meilen langen Treck zu ihrem kleinen Holzhaus in Independence.

Die Donahos brauchten sechs Wochen für die Reise. Als Comanchen sie anhielten und den üblichen Tribut verlangten, kauerte die vor Angst hysterische Rachel unter den Fässern und Schachteln unter der Plane des Wagens. Mrs. Donaho kauerte neben ihr und hielt sie mit ihren pummeligen Armen umschlungen und murmelte ihr beruhigende Worte zu, während ihr Mann die Dinge überreichte, die er gerade für eine solche Gelegenheit mitgenommen hatte. Mrs. Donaho plapperte achthundert Meilen lang fröhlich drauflos, auf dem Weg in die Berge und beim Abstieg, bei der Überquerung reißender Flüsse und glühendheißer Wüsten gleichermaßen. Sie plauderte bei Wolkenbrüchen und bei der Fahrt über verschlammte Wege, wenn die Räder im Schlamm steckenblieben und der Lehm immer schwerer an ihren Schuhsohlen klebte.

Mrs. Donaho war ausgehungert nach weiblicher Gesellschaft und weiblichem Verständnis und sprach mit Rachel, während sie sich in den Wind lehnten und ihre wallenden Röcke sich hinter ihnen blähten. Sie sprach immer noch, als ihre Wagen durch den Schlamm, den Lärm und das Gedränge von Independence in Missouri fuhren. Sie war die erste, die das durchhängende Dach ihrer Hütte bemerkte.

»Sieht aus, als könnte die Veranda eine Reparatur vertragen, Mr. Donaho. Höchstwahrscheinlich hat irgendwelches Gesindel den ganzen Sommer und den ganzen Herbst auf dem Dach kampiert. Wahrscheinlich haust jemand in dem Abtritt hinten auf dem Hof.«

»Das würde mich nicht überraschen. Wohnungen sind knapp hier«, erwiderte Donaho.

»Aborte auch. Hier stinkt es jedesmal schlimmer, wenn wir herkommen.« Mrs. Donaho begann, ihr Haar zu richten, ergriff ein paar dunkle graue Strähnen und befestigte sie wieder in ihrem Knoten. »Sieht aus, als hätten wir Gesellschaft.«

Er wartete schon auf sie und saß in der Ecke der niedrigen Veranda und ließ die Beine über den Rand baumeln. Die Nachricht war Rachels Familie überbracht worden.

»Mr. Plummer, wir sind froh, Sie hier zu sehen.« Mr. Donaho streckte die Hand aus. L. D. Nixons Gesicht wurde sogar noch rosiger als sonst, als er zaghaft die Hand schüttelte.

»Mein Name ist Nixon. Lawrence Nixon. Ich bin Rachels Schwager. Ich lebe jetzt in Independence.«

»Und wo ist Mr. Plummer?« rief Mrs. Donaho vom Wagen herunter. »Hat ihm jemand die Nachricht überbracht, daß wir herkommen?«

»Ja, Ma'm. Die Parkers sind Ihnen sehr dafür verbunden, daß Sie Rachel freigekauft haben.« L. D. räusperte sich und sah zu seiner Schwägerin hoch, die im Wagen saß. Sie sprach so leise, daß sie kaum zu hören war.

»Haben Sie den kleinen Jamie gefunden, L. D.?«

»Nein. Wir haben auch nichts von ihm gehört. Dein Vater hat ihn allerdings überall gesucht. Wir hatten gehofft, du würdest etwas wissen, Rachel. Deine Tante Elizabeth wurde vor anderthalb Jahren freigekauft.«

»Wo ist Luther? Ist er am Leben?«

»Wir freuen uns alle, daß du wieder da bist.« L. D. half ihr aus dem Wagen herunter und hielt sie auf Armeslänge von sich. Er gab sich Mühe, seinen schmerzverzerrten Gesichtsausdruck zu verbergen.

»Wo ist er?« Ihre Hände flatterten wie Vögel, doch ihr Gesicht war ruhig, abgesehen von einem kleinen Zucken im rechten Augenwinkel.

»Er ist am Leben. Er konnte aber nicht kommen.«

»Aber ich bin seine Frau, L. D.«

Sie mußte es erfahren, aber jetzt brachte er es nicht über sich. Er mied ihren Blick.

»Rachel, die letzten zwei Jahre sind hart für ihn gewesen. Dich zu verlieren und den kleinen James Pratt und dann nicht zu wissen...«

»Die letzten beiden Jahre sind hart für ihn gewesen.« Rachel ließ ein Lachen hören, das schnell hysterisch wurde. L. D. schüttelte sie, damit sie aufhörte. Das Licht erlosch in ihren Augen und wurde auf der langen Heimfahrt nicht wieder lebendig.

Am 19. Februar 1838 trat sie über die Türschwelle von James und Martha Parker im östlichen Texas. Sie sah ihren Sohn und ihren Mann nie wieder, obwohl Luther mit seiner neuen Frau Angelina in der Nähe wohnte. Sie starb genau ein Jahr später im Haus ihrer Eltern mit achtzehn Jahren.

28

Im Lauf der Zeit häuften sich die Überfälle der Comanchen auf die Siedlungen. Während Präsident Sam Houston Abgesandte mit Geschenken und leeren Versprechungen zu den Indianern schickte, um sie zu bestechen, wurden Texaner gefoltert und skalpiert, verstümmelt und ermordet. Andere kehrten von den Feldern oder von der Jagd zurück und trafen auf den Geruch von Rauch und Tod und mußten erleben, daß sich ein Leichentuch auf ihre Häuser gesenkt hatte. Sie fanden die verstümmelten Leichen ihrer Familien oder ein leeres Blockhaus und eine Blutspur.

Manche von ihnen, wie etwa John Wolf, wurden wahnsinnig. John fand seine Frau bei seiner Rückkehr nackt und tot und fast in Stücke geschnitten vor. Seine beiden heranwachsenden Töchter waren noch am Leben, überlebten aber nicht mehr lange. Man hatte sie entkleidet und wiederholt vergewaltigt und dann mit ausgestreckten Gliedmaßen an die Hauswand genagelt. Bevor man sie skalpierte, hatte man ihnen die Brüste abgeschnitten. Die Mädchen starben, als ihr Vater sie abnahm.

John Wolf wurde ein Comanchen-Jäger. Die Leute nannten ihn Lone Wolf. Er trieb sich jahrelang in der Wildnis herum und kam und ging in den Ranger-Lagern wie ein Geist. Mit seinem wilden Gerede und seinen auf einer Schnur aufgereihten schwarzen Skalps machte er jeden nervös. Doch jeder gab ihm zu essen und wünschte ihm im stillen alles Gute. Der hohläugige und schmutzige Mann mit seinem grauen Haar und dem Bart, der so verfilzt war wie das Fell einer Ziege, ließ seine aufgereihten Skalps am Gürtel baumeln, wie ein kleiner Junge stolz seine gefangenen Fische zeigt. Skalps von Frauen. Von Kindern. John war das egal. Solange sie von Comanchen stammten.

Vielen Texanern war es nur recht. Sie wollten sich die Comanchen für immer vom Hals schaffen. Folglich wählten sie Mirabeau Buonoparte Lamar, den Mann, der ihnen diese Freiheit geben würde. »Markiert die Grenze der Republik mit dem Schwert«, sagte er. Er war ein Poet und kein Mann, der wie ein Krieger aussah. Doch immerhin brauchte er nicht die Attacken zu leiten, sondern mußte nur für die Kosten aufkommen. Er war gewillt, das Land tief in Schulden zu stürzen, nur um Texas von der Pest der Indianer zu befreien.

»Ehre ist wichtiger als Geld«, sagte Präsident Lamar, und so bewilligten die Gesetzgeber von Texas eine Million Dollar zum Kauf von Comanchenblut. Zweitausend Mann meldeten sich freiwillig zur Armee, die vor kurzem aufgestellt worden war, um gegen die Indianer zu kämpfen.

»Wir sollen *was* tun, Sergeant?« Noah Smithwick wollte nicht ungehorsam sein. Er war einfach nur nicht sicher, ob er den Befehl richtig verstanden hatte.

»Der Oberst sagt, absitzen und den Angriff vorbereiten.«

»Absitzen?«

»Absitzen, Smithwick. Absitzen!« Der Sergeant ritt an den sechzig Freiwilligen entlang und gab den Befehl weiter. Dann ertönte ein Klirren und Klappern von Sätteln, Zaumzeug, Sporen und Waffen. Noahs Magen krampfte sich vor Hunger zusammen. Die Lebensmittel waren fast zu Ende, und sie waren alle auf Notrationen gesetzt. Inzwischen teilten sie das letzte Fleisch des Maulesels, der im Biwak erfroren war.

Einige der Männer litten unter Erfrierungen, nachdem der Schneesturm sie überrascht hatte. Sie hatten zwei Tage lang auf den tiefliegenden Roggenfeldern des Lampassas-Tals gekauert und sich beim Schlafen nebeneinander gelegt, um die Körperwärme zu speichern. Und jetzt konnte Noah aus dem schlafenden Indianerlager, das irgendwo hinter dem Hügel lag, die schwachen Laute bellender Hunde, wiehernder Pferde und krähender Hähne hören. Natürlich waren die auf irgendeiner Farm in Texas gestohlen worden. Die beruhigenden Laute verhöhnten sie, während sie in dem eisigen Wind zitterten.

Über ihnen auf einem Hügel, von dem aus man Old Owls weit auseinandergezogenes Lager sehen konnte, saß Colonel Moore mit Häuptling Castro von den *Lipan*-Apachen. Seine Kundschafter hatten gute Arbeit geleistet. Das Lager schlief noch. Seine Bewohner blieben in diesem Winter länger im Bett, um ihre knappen Lebensmittel und die Brennstoffvorräte zu schonen. Das Dorf breitete sich an dem klaren San Saba River aus. Von den glühenden Kochfeuern stiegen dünne Rauchsäulen auf, die an dem lavendelfarbenen Himmel wie Bleistiftstriche wirkten. Es war ein friedlicher Anblick, für den Moore jedoch keine Augen hatte.

Eingebildete Bastarde. Sie haben nicht mal Wachen aufgestellt. Wir werden ihnen beibringen, daß sie sich nirgends mehr sicher füh-

len können. Colonel Moore riß sein Pferd herum und ritt zu seinen Männern hinunter, wobei rosafarbene Granitbrocken und Kies unter den Hufen seines Pferdes aufspritzten. Er pflockte sein Pferd an, ließ es bei den anderen und winkte seine Männer zu sich heran. Die Marschkolonne machte sich auf den Weg durch das Wacholdergestrüpp und marschierte am Fuß des Hügels entlang auf das schlafende Dorf auf der anderen Seite zu.

Noah Smithwick kämpfte sich durch die dicht an dicht stehenden Wacholderbäume, die an seinen Lederhosen und seiner Jacke kratzten. Er hatte sich von einer Wolldecke einen Streifen Stoff abgerissen und um den Hals geschlungen und sich weitere Streifen in die Mokassins gestopft. Irgendwo zwischen dem Abendessen am Vortag und dem überstürzten Frühstück heute morgen hatte er in der Magengrube ein unbehagliches Gefühl. Er hatte schon früher gegen Indianer gekämpft, doch nie so tief auf deren eigenem Territorium und nie in einem Dorf. Sein Freund Rufus Perry ging neben ihm. Rufus war siebzehn und schloß sich meist Noah an, wenn sie mit den Rangern patrouillierten.

»Du wirkst immer so ruhig, Noah. Ich bin so zappelig wie ein Vogel in einem Butterfaß.« Rufe sprach mit leiser Stimme, die schwerer zu hören war als ein Flüstern.

»Laß dich nicht täuschen, Rufe. Ich habe beim Frühstück zu viel Angst mit heruntergeschluckt, und das ist mir nicht gut bekommen.«

»Auf einem Pferd wäre mir wohler.«

»Und ich würde mich zu Hause im Bett wohler fühlen.«

»Ich verstehe, was du meinst. Es ist anders, nicht wahr? Es ist so still da unten. Alle liegen im Bett und schlafen.«

»Und wir haben keine Ahnung, wie viele es sind, und Bäume, hinter denen wir uns verstecken können, gibt es auch nicht. O nein. Stell sie in einer Reihe auf und laß sie gern schreien, aber nur draußen im Freien, wo ich sie sehen und hören kann. Rufus, mir gefällt das ganz und gar nicht.«

Dann drehte sich der Sergeant um und machte eine schneidende Handbewegung, was die beiden zum Schweigen brachte. Die Männer der Kompanie, die bis jetzt im Gänsemarsch gegangen waren, stellten sich in Reih und Glied auf, als der Angriff bevorstand. Noah grinste zu Perry hinüber.

»Höchste Zeit, all diese Furcht nutzbringend anzuwenden.« Er atmete tief durch, spannte Brust- und Schultermuskeln an und kauerte sich hin, jederzeit bereit, auf die Zelte zuzurennen, die jetzt durch die vereinzelten Bäume und das Unterholz hindurch deutlich sichtbar waren. Die Männer trabten los und begannen dann zu laufen. Beim Laufen schrien sie, was ihnen gerade einfiel. »Für Texas« war der beliebteste Schlachtruf. Gefolgt von »Vergeßt Alamo nicht«, was inzwischen ein Satz geworden war, der sich bei jeder Gelegenheit einsetzen ließ. Doch Noah hatte einen eigenen Schlachtruf. Er brüllte ihn beim Laufen, als der Wind seinen langen roten Bart hinter ihm herwehen ließ. »Scheeeiße!«

Die Schlachtrufe der Texaner und ihr Gewehrfeuer weckten Cub. Mit wild pochendem Herzen richtete er sich auf. Er war noch schlaftrunken und wußte nicht, was los war. Falls dies ein Angriff war, wo war dann das Geräusch galoppierender Hufe? Und außerdem war das kein indianischer Schlachtruf. Bevor Cub auch nur seine Kleider finden konnte, hatte sein Vater schon Lendenschurz und Mokassins an und seine Waffen in den Händen. Cub zitterten beim Anziehen die Hände. Wie demütigend es sein würde, ohne Lendenschurz sterben zu müssen. Und es schien eine Ewigkeit zu dauern, bis er seinen linken Mokassin fand.

»Es sind Weiße. Zerstreut euch. Lauft zu den Pferden.« Arrow Point verließ das Zelt gebückt laufend und schnitt die Leine, mit der sein Kriegspony angepflockt war, mit einem Hieb seines Skalpiermessers durch. Als das Pony sich aufbäumte und losgaloppierte, sprang er auf. Cub zögerte. Sollte er bei seiner Mutter bleiben? Sollte er sich dem Kampf stellen und mit seinem Vater kämpfen? Sollte er etwas mitnehmen? Oder nach Old Owl sehen? Nur eine Frage kam ihm nicht in den Sinn: Ob er versuchen sollte, sich den weißen Angreifern anzuschließen. Dann zerriß eine Kugel die Zeltwand und bohrte sich in Cubs zerwühlte Schlafdecken, genau an der Stelle, die noch körperwarm war. Er jagte hinter seiner Mutter her. Das Lager befand sich in völliger Auflösung. Überall zwischen den Zelten stieg Rauch auf, und ohrenbetäubender Lärm war zu hören. Pferde bäumten sich auf und wieherten, und das Gewehrfeuer dröhnte Cub in den Ohren. Er konnte das Pulver und das Blut und die Angst der Pferde riechen.

Das Volk flüchtete in alle Himmelsrichtungen. Ihre Roben und Decken flatterten wie die Flügel einer plötzlich auffliegenden Kette von Wachteln. Zu Fuß oder zu Pferde folgten die Männer den Frauen und Kindern und deckten deren Rückzug mit Pfeilen und Lanzen und ihren alten Gewehren und Musketen. Sie zogen sich langsam in einem gezackten, größer werdenden Kreis zurück, verließen das Lager und rannten dann hinter den Frauen her.

Während Cub lief, warf er einen Blick über die Schulter, um etwas von den weißen Männern zu sehen. Es waren die ersten, die er seit drei Jahren gesehen hatte. Einer der Lagerhunde schoß ihm zwischen den Beinen hindurch, und Cub stolperte über ihn. Er landete, alle viere von sich gestreckt, auf der Erde. Sein Kopf dröhnte, und Ellbogen und Knie waren wundgescheuert. In der Brust schmerzten Kakteenstacheln. Er kam wieder auf die Beine und rannte weiter.

Er sah nicht, wie Noah Smithwick auf ihn anlegte und durch Staub und Rauch hindurch zielte. Was Noah sah, war ein kleiner brauner Comanchen-Junge, dessen dicke Zöpfe vor Fett ganz dunkel waren und dessen Oberkörper trotz der Januarkälte entblößt war. Noah hielt sein Gewehr fest im Anschlag, brachte es aber nicht über sich, auf das Kind zu schießen. Colonel Moore und Präsident Lamar mochten zwar brutale Gewalt ohne jedes Reuegefühl verlangen, doch bei Noah gab es Grenzen.

Er fuhr herum und zielte auf den schlanken Krieger, der gerade sein Pony herumriß und hinter dem Jungen herjagte. Noah fluchte, als die Kugel den Mann nur am Arm traf, so daß er weiterreiten konnte. Der Junge hatte sich schon ins Unterholz gestürzt und war verschwunden.

Colonel Moore und seine Männer waren jetzt allein im Lager. Ihre Opfer und Feinde hatten sich zerstreut wie Häcksel im Sturm, und so konnten sie nur das Stöhnen der Verwundeten hören, die sich kriechend in Sicherheit zu bringen versuchten. Einer der Männer suchte methodisch das Lager nach Überlebenden ab, um sie zu erschießen. Einige andere begannen zu streiten, wem die Skalps zustanden. Smithwick hörte, wie die Streithähne darüber lachten, und zuckte zusammen, als er den Pistolenschuß vernahm. Die meisten der Verwundeten waren Frauen und Kinder.

»Sind die etwa besser als die Indianer, Noah?« Rufe lugte unter seiner wilden Mähne gewellten schwarzen Haars hervor.

»Vielleicht nicht mal so gut wie die. Jedenfalls nicht so schlau.« Noah drehte sich langsam im Kreis herum, um einen Überblick über die Situation zu gewinnen. »Geh langsam zu den Pferden zurück, Rufe. Sie haben uns hereingelegt.«

Der Colonel baute sich in der Mitte des leeren Tanzplatzes auf. Die Hände in die Hüften gestemmt, sah er sich um wie jemand, der beim Kartenspiel soeben seinen besten Freund beim Schummeln erwischt hat. Sein Gesicht war purpurrot, und sein Haar wehte ihm in

Strähnen um den Kopf. Was waren diese Indianer bloß für Feiglinge. Konnten sie sich nicht stellen und kämpfen wie Männer?

»Zündet ihre Zelte an«, brüllte er gegen das Heulen des Windes. »Dann können sie sich an einem großen Feuer wärmen. Brennt alles nieder.« Er machte eine weit ausholende Armbewegung, die das ganze Lager einschloß. Doch bevor seine Männer gehorchen konnten, hörten sie Schüsse von den umliegenden Hügeln. Häuptling Castro ritt mit seinen berittenen Spähern im Gefolge heran. Sein hageres Gesicht verriet nicht mehr Gefühlsregung als das einer Schlange, aber die Wut über Moores Dummheit ließ seine Haut eine Spur dunkler werden. Als die Jäger zu Gejagten wurden, landeten immer mehr Schüsse in ihrer Mitte.

»Zurück zu den Pferden. Dort gruppieren wir uns um.« Moore begann loszulaufen. Castro schrie hinter ihm her.

»Viel zu spät, Colonel. Pferde alle verschwunden. Comanchen nehmen ihn.« Castro spie noch etwas in seiner eigenen Sprache hinterher, wirbelte dann herum und galoppierte mit seinen sechzehn Männern davon. Die weißen Soldaten überließ er ihrem Schicksal. Im Schutz von nur einer kleinen Kavallerie-Patrouille zog sich die texanische Freiwilligenarmee am Colorado River entlang zurück. Mit ihren neueren Gewehren hielten sie die überall herumschwärmenden Comanchen, von denen viele auf den Pferden der Soldaten saßen, auf Abstand. Alles in allem hatte Colonel Moore nur einen Mann verloren, doch Siege dieser Art würde sich Texas nicht mehr oft leisten können.

Wie eine weggeworfene Bisonrobe, die jemand einfach hatte fallen lassen, kauerte Cub an der Leeseite des Zelts. Er versuchte aufzuschnappen, was die Männer des Kriegsrats beschlossen. Ihre Stimmen klangen gedämpft, und er konnte nur das verstehen, was am lautesten gesprochen wurde. Während er zuhörte, träumte er von dem Tag, an dem er groß genug war, im Zelt zu sitzen, die rituelle Pfeife anzuzünden und auf das Feuer zu achten.

Das war eine Ehre, um die er sich bewerben und für die er kämpfen mußte. Er konnte sich nicht darauf verlassen, daß man sie ihm zugestand, nur weil er Old Owls Großneffe und Arrow Points Sohn war. Es kam ihm jedoch nie in den Sinn, daß er sich dieses Recht nicht würde verdienen können. So wie es ihm ebenfalls nie in den Kopf kam, er könnte eines Tages vielleicht nicht im Kriegsrat sitzen oder seine Männer auf Raubzügen befehligen.

Im Zelt sprach Old Owl ein Gebet für die Seelen derer, die vor einigen Tagen bei dem Überfall der weißen Männer getötet worden waren. Seit dem Überfall hatten sie hier zum ersten Mal ihr Lager aufgeschlagen. Sie hatten nachts nur ein paar Stunden geschlafen und waren hart geritten, um möglichst weit außer Reichweite der weißen Männer zu gelangen. Ihre Toten waren mit ihnen geritten, entweder auf die Travois geschnallt oder quer auf den Ponys liegend.

Als sie schließlich hier begraben werden sollten, waren die Leichen schon steifgefroren. Wer quer auf einem Pferderücken gelegen hatte, mußte in dieser Stellung begraben werden. In den Erdspalten um das Lager herum lagen überall Leichen. Es war spät in der Nacht, und die Sterne glitzerten wie Eisstückchen vor Ebenholz. Immer noch konnte Cub das Wehklagen der trauernden Frauen hören und das mitfühlende Geheul der Hunde.

Cub wollte Rache. Rache an denen, die Angehörige des Volks ermordet hatten. Er spitzte die Ohren, um zu hören, ob die Männer losreiten würden, um den Angriff zu rächen. Falls sie es taten, wollte er sich davonstehlen und sich ihnen anschließen. Das taten viele Jungen, obwohl Cub noch nie davon gehört hatte, daß ein Neunjähriger auf dem Kriegspfad gewesen war. Nahrung war in diesem Winter knapp, und er sorgte sich darum, wieviel er von dem Vorrat seiner Familie nehmen durfte. Vielleicht sollte er sich nur auf seinen Verstand verlassen, um jagdbares Wild zu finden.

Das Klirren und Läuten der Glöckchen und Muschelschalen an Beinlingen und Hemden der Männer riß ihn aus seinen Gedanken, als die Männer aufstanden, um das Ratszelt zu verlassen. Cub wich noch tiefer in den Schatten zurück und zog sich seine Robe über den Kopf. Die jüngeren Männer verließen das Zelt, angeführt von Old Owls Neffen, Arrow Point, dessen Arm dort, wo Noah Smithwicks Kugel ein Loch hinterlassen hatte, einen Verband trug.

Kaum hatte die Dunkelheit die Männer und ihre Stimmen verschlungen, schlüpfte Cub ins Zelt. Er hockte sich so unauffällig wie möglich neben der Tür hin. Er hütete sich, seinen Vater um Auskunft zu bitten. Arrow Point war der festen Überzeugung, daß die Erziehung eines Kindes Großvätern und Onkeln und Großonkeln überlassen werden sollte, falls vorhanden. Cub wußte, daß sein Vater in der Annahme zu Bett gehen würde, daß sein Ziehsohn unter dem Stapel von Bisondecken schlief. Falls Arrow Point wußte, daß Cub nachts oft unter dem Zeltrand nach draußen rollte, um mit seinen Freunden umherzustreifen, ließ er nie etwas darüber verlauten.

Wenn Cub etwas wissen wollte, ging er zu dem Mann, den er Großvater nannte. Old Owl ließ ihn alles tun, was er wollte. Er durfte sogar bei Unterhaltungen zuhören. Old Owl sprach mit dem Kriegshäuptling Santa Ana und einigen der älteren Männer.

»Der Winter ist keine Zeit für Überfälle«, knurrte Santa Ana.

»Das solltest du den weißen Männern sagen.« Sanaco war empört, daß die Weißen so unüberlegt den winterlichen Waffenstillstand gebrochen hatten, den die Stämme stets eingehalten hatten.

»Sie verstehen nichts vom Krieg«, krächzte Many Battles. »Sie müssen sehr dumm sein, wenn sie ihre Pferde unbewacht lassen und zu Fuß angreifen.«

»Es war ein lohnender Angriff. Wir haben ihnen siebzig Pferde abgenommen, eins für jeden Mann in der Gruppe«, sagte Sanaco. »Wir haben sie gründlich geschlagen und sie weinend in ihre Zelte zurückgeschickt.«

»Und wir haben einen Krieger und fünf Frauen und zwei Kinder verloren. Das waren die Pferde nicht wert.« Old Owl sprach sanft. Dann schwiegen alle.

»Kannst du Arrow Point ausreden, sich jetzt auf den Kriegspfad zu begeben, Old Owl? Wir brauchen die Männer für die Jagd.« Das Alter hatte Santa Ana nachdenklicher gemacht. Jetzt wog er die Konsequenzen eines Überfalls sorgfältiger ab. Er war immer noch einer der ersten, die sich auf den Kriegspfad begaben, doch nur dann, wenn die Zeit dafür richtig war.

»Du weißt doch, wie junge Männer sind. Ich glaube nicht, daß ich ihn umstimmen kann. Arrow Point hat das Recht, sich Krieger zu suchen. Und es gibt viele, die gern mitmachen werden.«

»Sie haben nicht mal *unsere* Pferde gestohlen.« Sanaco konnte die Dummheit der Texaner noch immer nicht begreifen. »Und sie sind bestimmt mitten im Dorf im Kreis herumgerannt wie Bisons bei der Treibjagd. Wir hätten noch mehr von ihnen umbringen sollen.«

»Wir haben es aber nicht getan. Obwohl sie zu Fuß waren, konnten wir nicht mehr von ihnen töten.«

»Ihre Gewehre sind besser als unsere.« Many Battles entrüstete sich über Old Owls Anspielung, die Krieger hätten nicht richtig gekämpft. Santa Ana lächelte in sich hinein. Er hatte schon oft mitangesehen, wie Old Owl einer Unterhaltung die von ihm gewünschte Wendung gab und seine Gesprächspartner so zu sich herüberzog.

»Ja. Ihre Gewehre sind besser als unsere«, sagte Old Owl. »Sie haben sogar im Winter angegriffen, dazu tief in unserem Territorium. Wohin noch keine weiße Kriegergruppe je vorgedrungen ist.« Im Kriegsrat war von der Notwendigkeit die Rede gewesen, die Toten zu rächen und dem weißen Mann eine Lektion zu erteilen. Arrow Point und die jüngeren Männer zeigten sich bis zur Arroganz selbstbewußt. Sie waren sicher, die Weißen seien unwissende, schwache Feinde. Old Owl wußte es besser. Er fuhr fort: »Ihre Gewehre werden länger, und sie dringen tiefer in unser Land ein. Wo noch vor einem Jahr niemand wohnte, stehen jetzt ihre Holzhäuser. Sie respektieren die alten Sitten nicht mehr, die Art und Weise, auf die wir immer Krieg geführt haben.«

»Aber wir haben sie geschlagen. Wenn es zum Krieg kommt, sind sie wie Kinder.«

Old Owl nickte zustimmend. »Ja, wir haben sie geschlagen. Diesmal. Aber selbst Kinder lernen. Glaubt ihr, daß ihr Kriegshäuptling beim nächsten Mal zu Fuß angreifen wird? Und wird er die Pferde unbewacht lassen?«

Eine Antwort darauf war nicht nötig. Die Männer starrten finster ins Feuer. Schließlich ergriff Santa Ana das Wort.

»Vielleicht ist es gut, daß die Männer die Lager der weißen Männer überfallen wollen. Sie sollten aber dabei Gewehre stehlen, so viele von den neuen Gewehren wie nur möglich.« Die anderen grunzten ihre Zustimmung, bevor sie von anderen Dingen zu sprechen begannen.

Cub schlüpfte hinaus und rannte zu seinem Zelt. Er quetschte sich an der beschwerten Haut über der Tür vorbei und ging zu seinen Schlafdecken, die auf der anderen Seite an der Zeltwand lagen. Er legte sich auf den Bauch und schlüpfte unter die Decken. Er war glücklich bei dem Gedanken, daß es einen Überfall geben und daß sein Vater ihn leiten würde. Und er würde daran teilnehmen.

Cub tobte und wütete und lief wie ein Puma im Käfig im Zelt auf und ab. Er versetzte den Bisonroben Fußtritte und ließ den Kessel seiner Mutter klappernd über den Boden scheppern. Er verfluchte seinen Großvater, der wie ein freundlicher Geier im Halbschlaf neben der Tür hockte.

»Woher hast du gewußt, daß ich vorhatte, mit den Kriegern zu gehen?«

»Es hätte mich überrascht, wenn du es nicht vorgehabt hättest. Du bist aber zu jung.«

»Das sagst du immer.«

»Hab ich dir je die Unwahrheit gesagt?«

Cub war untröstlich. Sein Traum, beim Kriegszug seines Vaters dabei zu sein, war zunichte. Als könnte er Cubs Gedanken lesen, war Old Owl am Abend vor dem Zelt aufgekreuzt und hatte Cub nicht mehr aus den Augen gelassen. Er ging sogar mit ihm nach draußen, wenn Cub zu seiner Lieblingspappel ging, um sich daran zu erleichtern. Old Owl hatte ständig Wache gehalten und die ganze Nacht kein Auge zugetan.

»Ich bin müde, Cub. Wirst du mir schwören, daß du hierbleiben wirst? Deine Mutter braucht dich.«

»Warum sollte ich schwören? Warum sollte ich hierbleiben? Wenn ich zu jung bin, mit Vater hinauszuziehen, bin ich auch zu jung, um mich für Mutter irgendwie nützlich zu machen.« Seine Unterlippe hing so tief, daß man darüber hätte stolpern können, und er blickte finster drein, um nicht weinen zu müssen.

»Du machst dich nützlich, und das weißt du auch. Außerdem würdest du die Männer behindern.« Das waren kämpferische Worte.

»Würde ich nicht!« Cub sprang auf und begann wieder, wütend auf und ab zu rennen. Old Owl schüttelte den Kopf und lächelte, als er dem Jungen zusah.

»Es gibt noch einen Grund, Cub. Kannst du ihn nicht erraten?«

Der Junge überlegte, marschierte aber weiter.

»Ich bin weiß. Ich bin nicht gut genug, weil ich weiß bin.«

»Ja. Du bist weiß. Du bist aber einer von uns. Das weißt du. Sieh mich an, Cub. Weißt du das?«

»Ja. Ich weiß es.«

»Genau. Du kannst nicht mitkommen, weil du weiß bist.«

»Ich verstehe nicht. Wenn ich einer vom Volk bin, was macht es dann für einen Unterschied, wenn ich mitkomme?«

»Denk doch mal nach.« *Denk doch mal nach, mein schönes Kind mit Haar wie die Sonne und Augen wie der Himmel. Ich kann dir nicht alle Antworten geben. Am Ende kannst du dich nur auf dich selbst verlassen.* Old Owl wartete geduldig, während Cub überlegte.

»Die Weißen werden versuchen, mich zurückzuholen.«

»Ja. Willst du das? Ist das der Grund, weshalb du mitkommen willst?«

»Nein! Du weißt genau, daß das nicht der Grund ist. Ich möchte mich um die Ponys kümmern und helfen. Ich möchte ein Krieger sein. Und Beute machen. Bitte, kann ich nicht mitkommen, Großvater? Ich kann sie immer noch einholen. Du hast mir beigebracht, Spuren zu lesen.«

»Die erste Antwort, die ich dir gegeben habe, ist immer noch wahr. Du bist zu jung. Es würde deinen Vater ablenken, sich um dich sorgen zu müssen. Es könnte sein, daß du einen unnötigen Tod verursachst. Und wenn die Weißen dich sehen, werden sie versuchen, dich zurückzuholen. Du wirst für sie ein besonderes Ziel sein.«

»Arrow Point würde sich nicht um mich sorgen. Ich bin ihm doch egal.«

»Das glaubst du. Du solltest mal hören, wie er vor den anderen Männern mit dir prahlt.«

»Tut er das wirklich?«

»Ja, das tut er. Dauernd. Tatsächlich fangen einige der anderen schon an, ihn deswegen zu verspotten. Er bat mich, darauf zu achten, daß du hierbleibst, obwohl ich ohnehin auf dich aufgepaßt hätte.«

»Woher wußte *er* denn, daß ich versuchen würde, mit ihm zu gehen?«

»Weil er das selbst schon mal getan hat, obwohl er damals älter war als du heute. Und ich habe es vor ihm auch getan. Und ich nehme an, daß du es irgendwann auch tun wirst. Aber noch nicht. Nicht bei diesem Kriegszug. Nicht gegen die Texaner. So, wirst du jetzt schwören, daß du hierbleibst? Ich möchte mich hinlegen und ein Schläfchen machen.« Old Owl gähnte herzhaft. Es sah aus, als wollte er sein eigenes Gesicht verschlucken.

»Ja, Großvater. Ich werde hierbleiben. Dieses Mal.«

Im Herbst 1839 saßen Pahayuca und Buffalo Piss mit ihren Kriegern auf ihren Ponys und blickten von einem felsigen Steilhang auf den Colorado River hinunter. Sie wußten, daß ihre Umrisse sich vor dem blaßrosa Morgenhimmel deutlich abzeichneten, aber das war ihnen gleichgültig. Es würde keinen Überfall geben. Die vier Blockhütten, an die sie sich in diesem Tal erinnerten, waren nicht mehr allein. Eine kleine Stadt aus Zelten und schäbigen Hütten, aus Wagen und Bretterbuden war um sie herum emporgewachsen. Selbst zu dieser frühen Stunde wimmelte es im Tal von Landvermessern und Ingenieuren, die dabei waren, die Straßen der Stadt abzustecken. Die Krieger konnten das Krachen der Äxte und umstürzender Bäume hören sowie die Rufe der Männer auf den Planwagen, die aus dem Tal schwach zu ihnen heraufdrangen. Sunrise ritt neben Pahayuca.

»Was tun sie da?«

»Sie stehlen unser Land«, erwiderte Buffalo Piss. Er hatte die Verbindung zwischen der rätselhaften Tätigkeit der Landvermesser und den Horden weißer Männer gezogen, die überall dort auftauchten, wo die Landvermesser ihre Drähte spannten und ihre toten Bäume pflanzten. Denen hatte er einen besonderen Krieg erklärt.

»Wie können sie das tun? Wie kann jemand Land stehlen? Es ist unsere Mutter.«

»Bei ihnen kann man Land besitzen. Sie teilen es so auf wie wir die Beute eines Überfalls. Und sie glauben, daß das Land ihnen allein gehört, daß jedermann ein Stück davon haben kann. Sie ziehen sogar Zäune darum, um andere fernzuhalten.«

»Sie sind verrückt«, sagte Sunrise.

»Ja. Das macht sie aber nur gefährlicher. Ein tollwütiger Wolf ist auch gefährlicher als ein gesunder«, sagte Buffalo Piss. »Kommt. Es sind zu viele. Wir können heute nicht gegen sie kämpfen.«

Die Männer ließen ihre Ponys vom Felsrand zurückweichen und ritten zwischen den Bäumen davon. Sie überließen die Weißen ihrem ameisenhaften Treiben. Schon bald würde sich der kleine Weiler Waterloo mit seinen vier Blockhäusern in eine Stadt mit breiten Straßen und Grundstücken verwandeln, in der sogar für eine Universität Land reserviert war. Präsident Lamar hatte sein bevorzugtes Jagdrevier zu seiner neuen Hauptstadt auserkoren. Und nach dem Gründer von Texas benannte er sie in Austin um. Der Standort Austins war eine Beleidigung, eine Zumutung, ein Fehdehandschuh, der dem Volk hingeworfen wurde. Lamar hatte den Ort absichtlich weit weg von der dünnen Linie der Siedlungen angesiedelt, tief in dem wilden, unbekannten Land, welches das Volk für ihres hielt, in dem es frei umherstreifte und jagte.

29

Die Jagd im Herbst des Jahres 1839 brachte ergiebige Beute. Auf den Hügeln und in den Tälern der Jagdgründe der Penateka loderten die Bäume rot und gelb und golden vor dem tiefen Grau des Himmels und dem glitzernden Wasser des Lampassas River. Viele Gruppen hatten am Fluß ihr gemeinsames Winterlager aufgeschlagen. Zelte erstreckten sich fünfzehn Meilen unter den hohen Eichen und Zürgelbäumen, den Pappeln und Weiden. Tausende von Ponys grasten unter der Bewachung kleiner Jungen, die ohne Sattel ritten.

Naduah und Star Name, Bear Cub und Upstream durchstreiften das gesamte riesige Lager auf ihren Ponys. Ihre Tage waren mit neuen Menschen angefüllt, neuen Freunden, Tänzen und Spielen und Geschichten. Die Kinder der Tekwapi, der No Meat-Gruppe, brachte den Wasps eine Art Versteckspiel bei. Es wurde meist von zwei älteren Kindern organisiert. Eins verschwand auf der anderen Seite eines Hügels, während das andere den Mitspielern dabei half, sich unter Decken und Roben zu verstecken. Dann kam »es« zurück und versuchte zu raten, wer sich unter der Decke versteckte, indem »es« die Decke betastete. Und mit den Fingern hineinstach. Und kitzelte. Wie üblich wurde viel und gern gekitzelt.

Cub und Upstream trieben sich meist irgendwo herum, was Star Name und Naduah am liebsten war. Wenn die beiden im Lager waren, hatten die Mädchen Ärger zu gewärtigen. Oder die Jungen veranstalteten ihre Wettbewerbe im Bogenschießen dort, wo sie alle anderen störten und jedem im Weg standen. Es war aber eine gute Zeit, um jung zu sein und zum Volk zu gehören.

Naduah zog es vor, sich an diesem Tag nicht an den Spielen zu beteiligen. Statt dessen ging sie mit Medicine Woman los, um Wurzeln ausgraben und nach nützlichen Pflanzen zu suchen, die vielleicht selbst am Ende des Jahres noch zu finden waren. Sie begaben sich oft auf diese Expeditionen. Zunächst hatte Naduah versucht, Medicine Womans Pferd an einer Leine zu führen, war dafür aber getadelt worden.

»Ich kann immer noch reiten, Enkelin. Mein Pony und ich reisen seit zehn Jahren zusammen. Er wird nicht zulassen, daß ein niedrig hängender Ast mich aus dem Sattel wirft. Ich kann dem Hufgetrappel von Wind folgen.«

Während sie ritten, beschrieb Naduah detailliert alles, was sie sah. Sie erklärte, was wo wuchs, wie Erdboden und Gelände aussahen und was im Himmel zu erkennen war. Sie benannte die Pflanzen, die sie kannte, und stieg manchmal ab, um ihrer Großmutter Pflanzenproben zu bringen, die sie nicht identifizieren konnte. Medicine Woman starrte mit ihren glasigen Augen geradeaus, als sie an den Blättern roch und sie dann mit ihren langen, zarten Fingern betastete. Sie konnte fast immer sagen, worum es sich handelte und weshalb die Pflanze nützlich war. Bei diesem Ausflug suchten sie nach Bärwurz, einer Pflanze, die zur Familie der Karotten gehört.

»Woher weißt du, welche Pflanzen zu verwenden sind, Großmutter?«

»Andere haben es mir erzählt, so wie ich es dir jetzt erzähle. Ich habe beobachtet, was die Tiere fressen, besonders die Bären. Bären kennen Medizin. Was glaubst du wohl, warum man das hier Bärwurz nennt?« Sie hielt die knorrige Wurzel hoch, die sie in der Hand hielt.

»Ich nehme an, weil Bären sie fressen.«

»Ja. Sie fressen sie zur Winterzeit, und das hält sie gesund. Manchmal probiere ich eine Pflanze an mir selbst aus, wenn ich sie noch nicht kenne. Manche von ihnen sind sehr stark. Es ist manchmal vorgekommen, daß ich davon krank wurde, aber es lohnt sich trotzdem. Du solltest es jedoch erst dann probieren, wenn du viel älter bist. Sind die Weiden jetzt in der Nähe?«

»Ja. Wir sind gleich da.«

Medicine Woman trocknete die Weidenrinde und zerstieß sie zu einem feinen Pulver. »Du mußt sie dann mit Wasser verrühren«, hatte sie Naduah angewiesen. »Die Mischung wird selbst bei der hartnäckigsten Verstopfung wirken. Du mußt nur darauf achten, daß du nicht zuviel davon verabreichst. Pahayuca hat einmal einen Kriegsrat abgebrochen, nachdem ich ihm etwas gegeben hatte. Buffalo Piss sagte, es hätte sich angehört, als wäre im Magen meines Bruders ein ganzer Stamm verrückter Cheyenne eingesperrt. Und als die Explosion kam...« Medicine Woman lachte. »Pahayuca ist ein großer Mann, und er hatte sich lange nicht mehr erleichtert. Die Leute lachen ihn deswegen immer noch aus. Er wird aber lieber platzen, als noch einmal getrocknete Weidenrinde zu essen.«

»Naduah. Naa-duah.« Star Name galoppierte auf dem flachen Felshang vor der Flußniederung heran und ließ ihr Pony in einem Schauer von Steinchen den Abhang heruntergleiten. Als sie ihr

Pferd zum Stehen brachte, war sie völlig außer Atem. Ihr Pony, Paint, hatte schaumbedeckte Flanken und dampfte in der kalten Luft.

»Takes Down sagte, ich würde euch hier finden. Spirit Talkers Gruppe ist endlich angekommen. Sie haben ihr Lager unten am Fluß aufgeschlagen, am Ende der Reihe.«

»Na und?«

»Es ist ein weißer Mann bei ihnen.«

»Hast du ihn gesehen?«

»Nein. Aber ich habe gehört, daß er am ganzen Körper rotes Haar haben soll wie ein Bär. Sogar auf Brust und Rücken. Er ist seit drei Monden bei Spirit Talkers Gruppe.«

»Ist er ein Gefangener?« Naduah wußte, daß das unwahrscheinlich war. Weiße Männer wurden fast immer umgebracht. Langsam umgebracht.

»Nein. Er ist ein Bote der Texaner. Sie wollen Honigreden führen und für jeden Geschenke überbringen. Vielleicht bekomme ich einen neuen Spiegel, denn meinen alten habe ich zerbrochen. Wir sollten ihn uns mal ansehen.«

»Enkelin, es wäre besser, du würdest dem weißen Mann nicht begegnen.«

»Es ist schon in Ordnung, *Kaku*«, warf Star Name ein. »Cub hat ihn schon gesehen. Er hat ihn mit dem Coupstab berührt und konnte entwischen, ohne daß der weiße Mann überhaupt erkannte, daß Cub ein Weißer ist.«

»Mach dir keine Sorgen, Großmutter. Ich werde nicht zulassen, daß er mich stiehlt. Ich werde mir die Robe über den Kopf ziehen und mich abseits halten.« Naduah streckte die Hand aus und hielt das zarte Handgelenk ihrer Großmutter kurz umklammert, als sie Knie an Knie ritten.

»Sei nur vorsichtig, Kleines. Deine blauen Augen blitzen wie der weiße Spiegel deiner Ricke. Deine Antilope war zwar lästig, aber sie fehlt mir.«

»Mir auch, *Kaku*. Vielleicht finde ich eines Tages eine andere.«

Alle drei ritten zum Lagerplatz der Wasps los. Wie gewohnt war Pahayuca mit voller Absicht früh erschienen und hatte sich den besten Platz ausgesucht. Auf der anderen Seite des Flusses war ein Wasserfall, dessen Gischt die dunkelgrauen Felsen besprühte und von den Felsblöcken abprallte. Ein feiner Nebel aus Wassertröpfchen sprühte in den Bach, dessen Wasser sich nach einigen Stromschnellen in den Fluß ergossen. Im Sommer war hier eine kühle, sumpfige grüne Lichtung. Im Winter bildete das Eis bizarre Muster. Naduah sah von ihrer Zelttür aus, wie die Sonne darauf glitzerte.

Als sie Medicine Woman verließen, ritten die beiden Mädchen langsam zu der Stelle, an der Spirit Talkers Gruppe ihre Zelte aufgeschlagen hatte.

»Da ist noch etwas, was ich dir erzählen wollte, aber dazu mußten wir allein sein.«

»Was denn?«

»Bei Spirit Talkers Gruppe sind zwei gefangene weiße Mädchen. Ich habe mich gefragt, ob du vielleicht mit ihnen sprechen willst.« Star Name sah zu ihrer Schwester und Freundin hinüber, und in ihren Augen war Sorge.

»Ich weiß nicht. Ich werde beim Reiten darüber nachdenken.«

»Diese beiden Mädchen sind nicht adoptiert worden. Ich weiß nicht, warum. Die Ältere ist zu alt, die Jüngere aber nicht.« Naduah wußte, daß auch sie wahrscheinlich nicht adoptiert worden wäre, wenn sie zwei oder drei Jahre älter gewesen wäre. Das Volk hätte es für zu spät gehalten, sie richtig zu erziehen. Der Gedanke erschreckte sie.

»Hast du sie gesehen, Star Name?«

»Nein. Sie sind gerade angekommen. Ich habe das alles nur gehört. Naduah, diese Mädchen sind Sklavinnen. Sie gehören nicht zum Volk wie du.«

»Was versuchst du mir damit zu sagen, Star Name? Bedeutet es, daß sie härter arbeiten müssen?«

»Es bedeutet, daß man sie vielleicht nicht gut behandelt hat. Ich wollte dich warnen, bevor du sie siehst oder mit ihnen sprichst. Falls du dich dafür entscheidest, mit ihnen zu sprechen.«

»Ich weiß nicht, ob ich mich noch an meine alte Zunge erinnern kann. Es ist so lange her.«

»Sie sprechen unsere Sprache. Sie sind seit eineinhalb Jahren bei der Gruppe. Im letzten Winter haben einige weiße Männer Spirit Talkers Lager angegriffen, so wie auch das von Old Owl überfallen wurde. Der Eigentümer der Mädchen versteckte sie und drohte, sie umzubringen, wenn sie schrien. Ich habe erfahren, daß ihr Vater bei den weißen Soldaten war, und trotzdem mußten sich die beiden Mädchen still verhalten. Ihr Vater lief durch das Gewehrfeuer und die Pfeile und die Flammen und rief immer wieder nach ihnen. Es muß schrecklich für sie gewesen sein. Es muß traurig sein, wenn man eine Sklavin ist.«

»Warum behandelt man sie so schlecht?«

»Sie sind Sklavinnen, Naduah. Haben Weiße auch Sklaven?«

»Ja.«

»Und wie werden die behandelt?«

»Das kommt auf ihre Eigentümer an. Manchmal schlecht. Manchmal gut. Manchmal bezahlt man Männer dafür, daß sie sie auspeitschen und zur Arbeit antreiben.«

»Bei uns ist es genauso. Nicht jeder ist wie Takes Down und Sunrise.«

Als sie die äußeren Zelte von Spirit Talkers Lager erreichten, bemerkte Naduah leichte Unterschiede gegenüber den Lagern von Pahayuca oder Old Owl. Als sie vor zwei Wintern alle ein gemeinsames Lager gehabt hatten, war sie noch zu neu gewesen, um die Unterschiede zu bemerken, doch jetzt tat sie es. Sie hätte aber kaum sagen können, weshalb sie sich hier etwas fehl am Platze fühlte. Hier zogen mehr Frauen vor, die Häute, die sie gerbten, auf Rahmen festzubinden, statt sie auf der Erde auszubreiten. Und außerdem schien es hier mehr Geschrei und weniger Gelächter zu geben, als sie gewohnt war. Doch rein äußerlich schien das Lager fast genauso wie ihr eigenes auszusehen.

Sie schnupperte prüfend und sog die Luft durch die Nase ein. Was war das? Brot! Brot aus Weizenmehl. Und mehr Kaffee, als sie je in ihrem Lager gerochen hatte, obwohl meist irgendwo welcher gekocht wurde. Woher hatten sie das Mehl? Der weiße Mann mußte es mitgebracht haben. Aus irgendeinem unerklärlichen Grund fühlte Naduah sich unbehaglich. Dies sah zwar wie ein Dorf des Volkes aus, jedoch mit Unterschieden, die so fein waren, daß sie nur ihre Sinne kitzelten. Als sie den Duft von Brot erkannt hatte, fiel ihr auf, daß hier noch mehr Frauen in Stoffblusen und mit Bändern herumliefen.

»Zieh die Robe weiter hoch. Du mußt das Gesicht stärker beschatten.« Star Name streckte den Arm aus und rückte Naduahs Bisonrobe zurecht, so daß sich um Gesicht und Kopf eine tiefe Kapuze bildete. Die beiden Mädchen banden ihre Ponys an einen Baum und gingen zu Fuß durch das bunte Treiben.

»Wo sind die weißen Mädchen?«

»Ich weiß nicht.«

»Sonst scheinst du aber alles über sie zu wissen, Star Name.«

»Deer hat es mir erzählt.«

»Oh.« Takes Downs Freundin Deer konnte manchmal schon über

etwas tratschen, bevor es passiert war. Und sie liebte es, ihre Geschichten mit eigenen Zutaten auszuschmücken.

Dann sahen Naduah und Star Name eines der Mädchen. Sie trug gerade Wasser vom Fluß herauf. Trotz der winterlichen Kälte hatte sie keine Bisonrobe, die sie sich um die Schultern legen konnte. Ihre Handgelenke, die aus ausgefransten Ärmeln hervorlugten, sahen aus wie Stöcke. Gesicht und Kopf, Arme und Beine waren mit blauen Flecken und offenen, eiternden Wunden bedeckt. Ihr Haar war in großen Flecken am Kopf abgebrannt worden. Ihre Nase war bis auf den Knochen verkohlt, und an den Innenseiten der Nasenlöcher war kein Fleisch mehr. Ihr Gesicht war aufgedunsen und mit purpurroten Flecken und Striemen übersät.

Sie humpelte und taumelte unter dem Gewicht des schweren Wassersacks. Dann wandte sie den Kopf und sah in Richtung der beiden Mädchen. Mit ihren vierzehn Jahren war Matilda Lockhart eine alte Frau, ein wandelnder Alptraum. Naduah drehte sich der Magen um. Sie wirbelte herum und rannte weg. Sie rannte, bis sie die Stelle erreichte, an der Wind festgebunden war. Und ihre Hände zitterten, als sie den Knoten zu lösen versuchte. Sie galoppierte in ihr Lager zurück und weinte die ganze Zeit. Sie versuchte nie wieder, die weißen Mädchen zu sehen. Und sie hütete sich, auch nur in die Nähe von Spirit Talkers Lager zu kommen.

Spirit Talkers Ratszelt war voller Männer. Die führenden Friedens- und Kriegshäuptlinge aller sechs Gruppen, die hier im Lager waren, hatten sich versammelt. In der Mitte, gegenüber der Tür, auf dem warmen Ehrenplatz, saß Noah Smithwick. Noah war schon seit langer Zeit in Texas. Vor zehn Jahren hatte er seinen Lebensunterhalt als Hufschmied in der ursprünglichen Kolonie von Stephen Austin verdient.

Diese Versammlung von Indianern in dem Ratszelt erinnerte ihn an die Herrenabende, die er mit seinen Freunden in Austin veranstaltet hatte. Sie nannten sie »Liebesfeste«, und es wurde verlangt, daß jeder etwas zur Unterhaltung beitrug. Der dreibeinige Willie gab Varieteauftritte zum besten, spielte Banjo und hüpfte tanzend auf seinem Holzbein herum. Noah begleitete ihn auf der Fiedel. *Wenn ich es mir recht überlege*, überlegte Noah, *geht es hier vielleicht doch eher zu wie bei dem ewigen Monte-Spiel bei dem alten Vincente Padilla*. Noah fühlte sich jedenfalls wie zu Hause.

Noahs gewaltiger, buschiger roter Bart fiel ihm wie eine Serviette auf die Hemdbrust, und als solche benutzte er ihn auch, als er das fettige gekochte Fleisch aß. Es gab reichlich zu essen. Eine Gruppe von Frauen brachte immer neue dampfende Kessel mit Eintopf ins Zelt. Noah rülpste laut. Zuviel Fleisch und zuviel Tabakrauch und zu viele ungewaschene Körper auf zu engem Raum verursachten ihm leichte Übelkeit. Er war an all diese Düfte gewöhnt, jedoch nicht in so drangvoller Enge. Er hatte das Gefühl, als könnte er die Luft mit seinem Messer durchschneiden, aufspießen und essen. Er wandte sich an den ernst dreinblickenden Delaware, der neben ihm saß.

»Jim, sag Spirit Talker, daß dies ein sehr guter Eintopf ist. Frag ihn, ob außer Bisonfleisch noch etwas drin ist.«

Jim Shaw war elegant. Er war der einzige Indianer, den Smithwick je gesehen hatte, dessen Beinlinge so aussahen, als wären sie in London geschneidert worden. Er sprach Englisch und Spanisch und sechs Indianersprachen und konnte Fährten lesen wie ein Wolf. Er konnte auch ziemlich gemein werden, wenn man ihn bedrängte. Hier in der Wildnis würde es für ihn immer genug Arbeit geben. Er wußte, worauf Noah anspielte.

»Es ist in Ordnung. Comanchen essen kein Hundefleisch.«

Santa Ana langte mit einer fleischigen Hand an Shaw vorbei und strich Smithwick über den Bart, wobei er ständig weitersprach. Brüllendes Gelächter war die Antwort.

»Was hat er gesagt?«

»Er sagt, Weißauge hat einen sehr schönen Bart. Er wünscht, er hätte auch so einen.«

»Sag ihm dankeschön.«

»Bist du sicher, daß ich das tun soll? Er wünscht, er hätte so einen Bart, um ihn an seinen Schild zu hängen. Er will wissen, ob du am ganzen Körper behaart bist. Würde einen sehr mächtigen Skalp ergeben. Sie mögen es, ihn in einem Stück abzuziehen. Ich hab einmal so einen gesehen. Mit Ohren und allem.«

»Sag ihm nicht dankeschön. Was sagt er jetzt?« In seinen drei Monaten bei Spirit Talker hatte Noah meist Spanisch gesprochen. Er hatte Jim Shaw nur kommen lassen, damit er ihm bei den delikaten Manövern half, die bei diesem Rat nötig waren. Drei Monate lang war er allein in dem Comanchenlager gewesen, als Spirit Talkers Gast. Und er hatte es genossen. Doch jetzt mußte er entdecken, daß er von Shaws Kenntnis der Comanchen- und der Zeichensprache abhängig war.

»Santa Ana möchte wissen, ob deine Frauen deinen Bart mögen, wenn du mit ihnen im Bett bist. Kitzelt er sie?« Noah dachte darüber nach, wie lange er keine weiße Frau mehr gehabt hatte. Wer immer den Penateka den Spitznamen *tenyuwit* gegeben hatte, Hospitable Ones, hatte gewußt, wovon er sprach. Comanchen waren in manchen Dingen aufmerksamer und großzügiger als Christen.

Die Frauen rutschten nachts unter seiner Zeltwand zu ihm, was für einige von ihnen keine schlechte Leistung war. Diese Prärie-Schönheiten mußten noch fünfzig Pfund mehr auf den Rippen gehabt haben als er selbst, und er war ein großer, kräftiger Mann. Sie verschwanden wieder, bevor es hell wurde, und er wußte nie, wer sie waren. Doch wenn Spirit Talker morgens zu ihm ins Zelt kam und fragte, wie Noah geschlafen habe, hatte er immer ein breites Grinsen im Gesicht. Dieser zahnlose, schlüpfrige alte Bock. Wenn er die Frauen nicht selbst geschickt hatte, wußte er doch verdammt gut, daß sie bei ihm gewesen waren. Noah fragte sich, was für Geschichten im Dorf über ihn in Umlauf waren. Nun, immerhin waren die Frauen als Schmuckstücke sicherere Gesprächsthemen als Bärte.

Er hatte inzwischen gelernt, daß die Comanchen es nicht liebten, wenn man ihnen kurze Geschichten erzählte. Wer seinen Witz unter Beweis stellen wollte, mußte schon etwas mehr ausholen, und so begann Noah jetzt mit einer ausführlichen Aufzählung all der guten Eigenschaften der Comanchenfrauen. Er endete mit der Schlußbemerkung, sie hätten nur einen Fehler. Wegen seines Barts kicherten sie so viel, daß es schwer sei, mit ihnen zu schlafen. Die Zeltwände erzitterten unter dem Gelächter, als Noah eine Geschichte nach der anderen über sich erzählte.

Noah war ein geborener Geschichtenerzähler, und nachdem er die Comanchen beobachtet hatte, hatte er seine Technik noch weiter verfeinert. Wenn es ums Geschichtenerzählen ging, konnten sie es mit den ausgekochtesten texanischen Lügenbolden aufnehmen. Die Texaner waren auch nicht gerade Nieten. Wenn eine Situation mal völlig verfahren war, so daß man nichts mehr machen konnte, machten sie Witze darüber. Die Texaner und Comanchen hatten einiges gemeinsam. Sie waren hart, gemein, dickköpfig und jederzeit bereit, über sich selbst zu lachen.

»Jungs«, sagte Noah, um seine letzte Anekdote zu Ende zu bringen, »ich habe es sogar damit versucht, meinen Bart hochzubinden, etwa so, wie ihr die Schwänze eurer Ponys hochbindet, bevor ihr in den Kampf zieht. Die kleine Lady mußte so lachen, daß meine stramme kleine Eiche hier« – damit zeigte er großspurig auf seinen Schoß – »plötzlich nicht mehr wollte und schlappmachte wie ein ausgedörrtes Gänseblümchen an einem heißen Tag.« Er hielt Hand und Unterarm hoch, ließ die Hand dann kreisen und ließ sie dann mit der Handfläche nach oben schlapp auf den Schenkel fallen. Die Hand erhob sich noch einmal leicht, zitterte einmal und fiel dann zurück wie ein totes Tier. Seine Zuhörer pfiffen und applaudierten, johlten und stampften mit den Füßen auf den harten Lehmboden. Der runzlige alte Mann neben Santa Ana mußte so lachen, daß er zu würgen begann. Santa Ana klopfte Old Owl auf den Rücken, so daß er fast vornüber zu Boden fiel.

»Warum schneidest du dir nicht den Bart ab?« fragte Santa Ana, während er Old Owl auf den Rücken schlug.

»Meinen Bart abschneiden!« Noah bedeckte den Bart mit beiden Händen, und seine Augen waren vor Entsetzen so groß wie Untertassen geworden. »Meinen Bart abschneiden! Hört mal, Jungs, dann könntet ihr genausogut von mir verlangen, daß ich mir etwas abschneide, was mir genauso nahe und teuer ist.« Damit zeigte er wieder auf seinen von den gekreuzten Beinen eingerahmten Unterleib. »Mein Bart ist meine Kraft und meine Medizin.« Alle Anwesenden grunzten. Das konnten sie verstehen.

»Laßt mich euch eine Geschichte von einem großen Krieger erzählen, der vor langer Zeit lebte. Vor so langer Zeit, daß Spirit Talker noch nicht einmal geboren war. Er war noch nicht mal ein lüsternes Glitzern im Auge seines Vaters, wie wir in Texas sagen. Der Name dieses Kriegers war Samson, und er hatte die großartigste Mähne, die ihr euch vorstellen könnt.« Noah hatte sich inzwischen in Fahrt geredet und fast völlig vergessen, warum er überhaupt hier war. Alle anderen schienen es ebenfalls vergessen zu haben, denn sie lauschten gebannt. Und die Nacht verging.

Als Noah seine Erzählung von Samson und Delila beendet hatte, griff Spirit Talker nach seiner kunstvoll gearbeiteten Medizinpfeife. Stille senkte sich auf das Zelt. Die freundlichen, herumtollenden Hunde verwandelten sich in hungrige Wölfe. Die orangefarbenen Flammen flackerten auf ihren feierlichen, gemeißelten Gesichtern und schnitten noch tiefere Linien in ihre Gesichtszüge.

Noah sah sich in der Stille der Zeremonie – die Pfeife wurde gerade angezündet – um. Er dachte an die Stunden, die er mit den Männern von Spirit Talkers Gruppe zugebracht hatte, und daran, wie oft er an ihren Lagerfeuern gestanden und mit drei oder vier ihrer schlafenden

Hunde zu Füßen für sie gefiedelt hatte. Die Frauen und Kinder, aber auch die Männer hatten gelacht und in die Hände geklatscht und mit den Füßen gestampft und ihre eigene Version von »Haste to the Wedding« getanzt.

Das eigentliche Gespräch würde jetzt erst beginnen, und Noah hatte noch eine kurze Atempause. Er war allein hier, auf Gnade und Ungnade den Männern ausgeliefert, mit denen er sich im Krieg befand. Spirit Talker hatte ihm zwar die Sitte erklärt. Jeder, der beim Volk Gastfreundschaft erbat, selbst ein Feind, wurde ebenso gut aufgenommen wie ein Freund oder geliebter Mensch. Spirit Talker hatte ihm erklärt, daß solange Verhandlungen andauerten, beiden Seiten Sicherheit und gute Behandlung zugesichert würden. Noah wußte, daß er mit an Sicherheit grenzender Wahrscheinlichkeit schon einmal in das schlafende Lager einiger dieser Männer eingedrungen war und versucht hatte, ihre Angehörigen zu töten. Die Tatsache, daß diese Männer auch seinesgleichen überfallen und Weißen Schlimmeres angetan hatten, als sie nur zu töten, tröstete ihn kaum. *O Herr. Ich hoffe, daß wir Weiße für sie alle gleich aussehen.*

Spirit Talker war derjenige, der diesen Rat vorgeschlagen und den weißen Abgesandten vorgestellt hatte, und so hielt er jetzt die erste Ansprache. Er sog tief an der Pfeife, bevor er sprach. Sein Haar wurde allmählich grau, und er war der erste glatzköpfige Comanche, den Noah je gesehen hatte. Er sah aus wie ein nachlässig gerupftes Huhn. Sein magerer Körper war in Beinlinge und hohe Mokassins gehüllt, und er trug einen Lendenschurz, der so lang war, daß er fast den Boden berührte, wenn er stand. Spirit Talkers Brust wurde von einer Brustplatte aus zylindrischen Knochen bedeckt, die zusammengebunden waren und eine Art Lätzchen bildeten. Sie war so schwer, daß sie ihn durch ihr Gewicht vorwärts zu ziehen schien. Seine Stimme war hoch und zittrig. Er sprach eine lange Zeit, während Shaw die Übersetzung murmelte. Schließlich kam er zur Sache. Seine Stimme wurde zu einem Crescendo.

»Wir haben seit undenklichen Zeiten unsere Zelte in diesen Hainen aufgeschlagen und unsere Kinder an diesen Ästen gewiegt. Wenn das Wild von uns wegzieht, brechen wir unsere Zelte ab und ziehen weiter. Wir lassen keine Spur zurück, die das Wild erschrekken könnte. Und nach kurzer Zeit kehrt es zurück. Doch der weiße Mann kommt und fällt die Bäume, baut Häuser und errichtet Zäune, und der Bison fürchtet sich. Die Bisons ziehen weg und kommen nie mehr wieder, und die Indianer müssen hungern. Wenn wir aber dem Wild folgen, dringen wir in die Jagdgründe der anderen Stämme ein, und es kommt zum Krieg.

Die Indianer sind nicht für die Arbeit geschaffen. Wenn sie Häuser bauen und versuchen, wie weiße Männer zu leben, werden sie alle sterben. Wenn die weißen Männer eine Linie ziehen würden, die ihre Ansprüche markiert, und auf ihrer Seite dieser Linie bleiben, würde der rote Mann sie nicht behelligen.«

Da war er, der Kernpunkt der Angelegenheit. Von einem unwissenden Wilden wunderschön zusammengefaßt. Unwissend? Den Teufel auch. Sie wollten ihr Land und die Freiheit, ungestört darauf zu jagen. Ein vernünftiges Verlangen. So konnte es aber nie sein. Lamar würde nie eine Grenze akzeptieren, die Texaner davon abhielt, sich so viel Land zu nehmen, wie sie wollten. Er plante, Texas bis zum Pazifischen Ozean auszudehnen, und zur Hölle mit jedem, der sich ihm entgegenstellte. Selbst wenn er sich mit einer Grenze einverstanden erklärte, würde sie wertlos sein. Sam Houston hatte es so ausgedrückt. »Wenn man zwischen den Texanern und den Indianern eine sechzehnhundert Kilometer lange und dreißig Meter hohe Mauer errichten würde, würden die Texaner Mittel und Wege finden, sie zu überwinden.«

Dieser Vertrag würde genauso sein wie alle anderen. Die Indianer gaben, und die weißen Männer nahmen. Wenn er ein Comanche wäre, würde er über die Forderungen vermutlich nicht einmal diskutieren, geschweige denn so feierlich und würdig darüber nachdenken, wie es diese Männer taten. Einer der anderen Häuptlinge stand auf, um sich ausgiebig über die Liebe zu verbreiten, welche die Comanchen für die Texaner empfänden. Und dann: »Übrigens«, fragte der Häuptling, »hat der Bote mehr Geschenke mitgebracht?«

Am schlimmsten war es gewesen, mit Matilda Lockhart und deren sechsjähriger Schwester in diesem Dorf zu leben. Er hatte gesehen, wie Matildas Augen ihn flehentlich anblickten, damit er ihr half, und er wußte, was ihre Familie an Kummer durchmachte. Er hatte versucht, sie freizukaufen, doch ihr Eigentümer hatte sich nicht von den beiden trennen wollen. Noah wagte nicht, zu stark nachzubohren, um die Chance, Spirit Talkers Bereitschaft zur Zusammenarbeit zu erhalten, nicht zu gefährden. Es war wichtiger, alle Häuptlinge zu den Verhandlungen mitzubringen und die Freilassung aller Gefangenen zu erwirken, als wegen dieser beiden Mädchen den gesamten Vertrag zu gefährden. Doch das Bild dieser beiden, das ihm vor Augen stand, machte ihn entschlossen, fest zu bleiben und die Forderungen der Texaner noch einmal zu wiederholen.

»Die Texaner wollen Frieden mit ihren roten Brüdern.« *Nun, das entsprach immerhin den Tatsachen.* »Es bekümmert sie, daß es zu Tod und Blutvergießen kommen muß. Sie sind traurig, wenn ihnen ihre Kinder weggenommen werden und diese weit weg von ihren Familien leben müssen. Es ist ihnen unmöglich, im Herzen Liebe zu ihren Brüdern, dem Volk, zu empfinden, wenn man ihnen ihre Kinder vorenthält. Vater Lamar bittet euch, zu einem Treffen mit seinem Kriegshäuptling nach San Antonio zu kommen und sämtliche weißen Gefangenen mitzubringen, damit sie denen zurückgegeben werden können, die sie geboren haben und sie lieben.«

Dann ergriff der runzlige alte Mann die Pfeife. Bis dahin hatte er schweigend wie ein ausgemergelter und unglücklicher Wasserspeier dagesessen. Bis dahin hatte Noah angenommen, er sei nur irrtümlich hier, weil er vielleicht der Lieblingsgroßvater eines der Häuptlinge war. Ein Familienfossil, dem das Gnadenbrot gewährt wurde. Old Owl sog lange an der Pfeife. Seine Wangen fielen ein, bis es aussah, als würden sie sich in der Mitte treffen und dort durch die Sogwirkung zusammengehalten. Dann stand er auf. Seine Gelenke knackten laut, und sein Lendenschurz hing ihm schlaff zwischen den krummen Beinen. Nachdem er eine halbe Stunde umständlich geschwafelt hatte, kam er schließlich zur Sache.

»Solange wir uns zurückerinnern können, haben wir im Krieg Gefangene genommen. Wir tun es, weil man auch unsere Kinder nimmt. Es ist so Sitte. Die Zelte des Volks füllen sich oft mit dem Wehklagen der Frauen um ein totes Kind. Unsere Frauen haben nicht genug Kinder. Wenn unser Volk stark werden und gedeihen soll, brauchen wir Kinder. Und ihr Texaner habt mehr, als ihr braucht. Also stehlen wir sie und ziehen sie als unsere eigenen groß und lieben sie.« Noah verzichtete auf den Einwurf, daß in diesem Dorf kein Mensch Matilda Lockhart liebe. Er hätte es nicht gewagt, Old Owl zu unterbrechen. Das wagte niemand. Und was der alte Mann sagte, war unzweifelhaft wahr.

»Sollten wir uns von unseren weißen Kindern trennen müssen, würde uns das große Schmerzen verursachen. Die trauernden Mütter und Väter, die Onkel und Tanten, die Schwestern und Brüder und Cousinen und Großeltern müßten für ihren Kummer entschädigt werden. Und für Sklaven muß ebenfalls gezahlt werden. Wie ich höre, ist das auch bei euch Sitte.

Was wird uns Lamar, der Weiße Vater, uns für unsere Kinder und Sklaven bezahlen? Wir brauchen Pferde und Maultiere und Decken. Und viele Messer und Gewehre, Blei und Pulver und Flintsteine, dazu Kaffee und Zucker und Spiegel und Stoff für unsere Frauen. Meine Frau mag diese bunten mexikanischen Schals, und ich bin zu alt, um nach Mexiko zu reiten und ihr einen zu stehlen. Wenn mein Pferd galoppiert, grunze ich.« Er betastete seine arthritisch geschwollenen Ellbogen. »Ich möchte ein Dutzend dieser Schals und ein Dutzend weiße Westen, solche wie diese hier, die ich anhabe.«

Mit feierlicher Miene zählte Old Owl eine unmöglich lange Liste von Gegenständen auf, die sein Volk als Bezahlung wünschte. Am Ende nannte er Taschenkämme aus Horn, Feilen, Indigo und Zinnoberrot, Messingdraht und seidene Taschentücher.

Noah kannte Old Owl überhaupt nicht, jedenfalls nicht gut genug, um zu wissen, daß er auf den Arm genommen wurde. Das merkten oft nicht einmal Menschen, die Old Owl ihr Leben lang gekannt hatten. Old Owl hatte weder die Absicht, zu den Friedensverhandlungen zu erscheinen, noch auf seinen Großneffen zu verzichten. Er war aber klug genug, keine offene Weigerung auszusprechen, noch dazu aus einem rein persönlichen Grund. Folglich säte er in den anderen den Funken der Gier, nämlich in der Erwartung, daß die Verhandlungen in Flammen aufgehen und scheitern würden. So verlangte er mehr Pferde, als es in Texas überhaupt gab, zumindest in den Händen der Siedler. Er hintertrieb die Verhandlungen mit voller Absicht.

Noah hörte Old Owl mit ausdruckslosem Gesicht zu, während sein Verstand blitzschnell arbeitete, um sich seine Antwort zu überlegen. Er konnte den Indianern Geschenke versprechen, aber eine Bezahlung kam nicht in Frage. Viele Geschenke würde es auch nicht geben. Er sah noch vor sich, wie Lamar schon bei diesem Vorschlag rot angelaufen war. Er hatte im Rhythmus seiner Worte mit der Faust auf den Tisch geschlagen. »Wir lassen uns von Wilden nicht erpressen! Wir werden ihnen gar nichts zahlen. Wir werden nicht zulassen, daß unsere Frauen und Kinder wie Vieh verkauft werden. Bringen Sie einfach nur die Comanchen her, Smithwick«, hatte Lamar mit leiser und gefährlicher Stimme gesagt. »Bringen Sie sie nur her, und danach werden wir schon mit ihnen fertig werden.« Bringen Sie sie einfach nur her. Noah wußte, daß er behutsam vorgehen mußte.

Doch bevor er antworten konnte, erhob sich sein zweiter Irrtum bei diesem Rat. Wenn Old Owl schon aussah, als wäre er der bemooste Großvater irgendeines Häuptlings, war dies ein kleiner Junge, der jetzt eigentlich mit den anderen Jungen hätte Streiche aushecken sollen. Wie sollte er, Noah, diesen pummeligen kleinen Racker ernst nehmen? Smithwick war auch Buffalo Piss noch nie begegnet. Buffalo Piss hatte jedoch einen anderen Stil. Er war direkt. Er vergeudete keine Zeit, und seine Worte zielten auf die lebenswichtigen Organe.

»Wir von den Wasps verhandeln nicht mit den weißen Männern. Sie bringen Krankheiten des Körpers, und, was noch schlimmer ist, Krankheiten der Seele. Wir haben erlebt, was ihr Dummheitswasser mit dem Verstand eines Mannes anrichtet. Wir haben gesehen, was ihre Krankheiten mit den Gesichtern unserer Kinder anrichten. Wir haben gesehen, wie Krieger ihre Männlichkeit für den süßen Zucker des weißen Mannes verkaufen.

Im letzten Jahr hat Spirit Talker mit den Texanern Friedensverhandlungen geführt. Er hat uns davon erzählt. Er hat uns gesagt, das Volk dürfe die Siedler in keiner Weise behelligen. Das Volk dürfe niemanden überfallen. Das Volk müsse nach den Gesetzen der Texaner bestraft werden. Das Volk müsse gegen die Feinde der Texaner kämpfen. Und was ist mit den Texanern? Werden sie für das Unrecht, das sie uns antun, nach unserem Gesetz bestraft? Werden ihre Händler uns gerecht behandeln? Werden die Texaner gegen unsere Feinde kämpfen? Werden sie uns unser Land lassen? Nein. Das werden sie nicht.

Die Wasps sind nicht so dumm, diesmal etwas anderes von den Weißen zu erwarten. Ihre süßen Worte, ihr honigsüßes Gerede, das alles bringt uns nichts als Unheil. Wir werden die Dinge bekommen, von denen Old Owl sagte, wir wünschten sie. Aber wir werden sie uns nehmen.«

Buffalo Piss setzte sich mit einem dumpfen Aufprall hin. Im Zelt war ein leises Murmeln zu hören. Pahayuca, dessen breites Gesicht unglücklich wirkte, blieb stumm. Wie Old Owl wußte auch er, daß es der Frau seines Neffen das Herz brechen würde, wenn man ihr ihre weiße Tochter wegnahm. Und er war klug genug zu wissen, daß er die Stadt eines weißen Mannes nicht betreten durfte. Er und seine Gruppe hatten gesehen, was die Pocken anrichten konnten, und er fürchtete sie. Und er fürchtete sich vor der Vorstellung, was Medicine Woman tun würde, wenn er Naduah zurückverkaufte. Er würde für den Rest seines Lebens keinen ruhigen Moment mehr haben. Andererseits würden all diese Geschenke an die anderen Häuptlinge und an die Menschen ihrer Gruppen gehen. Das Prestige der Häuptlinge würde wachsen. Pahayuca befand sich in einer schwierigen Lage, aber Buffalo Piss setzte sich durch.

Die ersten blassen Lichtstrahlen der Morgendämmerung hellten den schwarzen Nachthimmel auf, als der Rat schließlich beendet war. Alle in ihm vertretenen Gruppen hatten sich damit einverstanden erklärt, im Frühling mit Spirit Talker nach San Antonio zu reiten, nur Old Owl und Santa Ana und die Wasps mit Pahayuca und Buffalo Piss nicht. Spirit Talker erklärte, andere, die nicht hier lagerten, würden sich ihm ebenfalls anschließen. Bei den Gesprächen mit dem Weißen Vater Lamar würden mehr als sechs Gruppen der Penateka vertreten sein. Es würde die größte Gruppe von Friedens- und Kriegshäuptlingen der Comanchen sein, die sich je versammelt habe, um sich mit den weißen Männern zu treffen.

Smithwick war zufrieden. Vielleicht würde es am Ende doch noch Frieden geben.

30

Ende März 1840, vier Monate nach dem Rat mit Noah Smithwick, saßen Pahayuca und Buffalo Piss wieder auf einem Bergkamm und blickten auf eine Stadt hinunter. Diesmal war es San Antonio. Fort Alamo am Rande der Stadt lag noch immer in Trümmern. In der Nähe standen die Zelte von Spirit Talker und den zwölf Häuptlingen, die mitsamt ihren Familien mitgekommen waren. Sie wußten, daß Verhandlungen, Honigreden, lange Zeit beanspruchen konnten, und solange die Verhandlungen andauerten, würden sie alle sicher sein.

Das Lager der Häuptlinge war fast menschenleer. Alle Bewohner hatten sich in der Stadtmitte versammelt. Comanchen und Texaner drängten sich auf dem Platz vor dem kleinen Gerichtsgebäude aus Kalkstein, in dem die Gespräche stattfinden sollten. Die strahlende Märzsonne schien die glitzernden Stein- und Adobemauern mit Licht zu verputzen. Die Plätze der Stadt waren mit einer Staubschicht in wechselnden Grautönen gepflastert, und gelegentlich wurde der Staub von den langen Röcken der Anglo-Frauen aufgewirbelt. Die kürzeren, in fröhlichen Farbtönen gehaltenen Röcke der mexikanischen Frauen flatterten in der Brise. Eine große Menschenmenge hatte sich eingefunden, um zu sehen, wie sich die wilden Indianer so friedlich unter ihnen bewegten.

Texaner warfen für die Comanchenjungen Münzen in die Luft, die mit ihren kleinen Bogen und Pfeilen darauf zielen sollten. Die Frauen der Häuptlinge hatten ihre schönste Kleidung angelegt, und die Glöckchen ihrer fransenbesetzten Ponchos klirrten fröhlich. Von Zeit zu Zeit streckte eine der Frauen die Hand aus, um den Rock einer Texanerin zu befühlen. Sie hielt sie fest, während sie den Stoff betastete und mit ihren Freundinnen über die Qualität diskutierte.

Mehrere Meilen entfernt, im Südwesten am Fluß, konnten Pahayuca und Buffalo Piss gerade noch das riesige Lager der sechs bei den Gesprächen vertretenen Gruppen erkennen. Die Spitzen der Zeltstangen, von denen Federn und Wimpel flatterten, waren vereinzelt zwischen den Bäumen zu erkennen. Sie wirkten wie neues Laubwerk, das neben dem blaßgrünen Blätterdach der Pecanobäume und den hellrosa Flecken der Judasbäume emporzuwachsen schien. Die Hügel in der Umgebung waren mit Tausenden von grasenden Ponys gesprenkelt.

»Vielleicht hätten wir doch mit Spirit Talker gehen sollen.« Pahayucas breites Gesicht war ein einziger Schmerz. Wenn das alles vorbei war, würden die anderen Häuptlinge ihre Geschenke und ihren neuen Putz stolz spazierenführen.

»Nein, wir haben richtig gehandelt.« Buffalo Piss starrte auf die sanft wogende grüne Landschaft. »Ich habe eine Vision gehabt. Ich habe einen Bison vorüberziehen sehen. Einen einzelnen Bison, der sehr langsam nach Nordwesten wanderte. Wir müssen ihm folgen.«

»Mir ist wegen dieser Gespräche auch nicht wohl gewesen. Aber was ist, wenn wir uns irren?«

»Wenn wir uns irren, fangen wir einfach wieder mit den Überfällen an. Die Weißen werden zu uns kommen, um Frieden zu schließen, und dann bekommst du die Geschenke, die du haben willst.«

»Möglich.«

»Es hat bisher immer funktioniert. Die schlechten Indianer bekommen die Geschenke. Den guten Indianern wird ihr Land weggenommen. Sieh dir doch die Wichita und die Cherokee im Norden an. Sie haben versucht, mit den Weißen zusammenzuarbeiten, und die Texaner haben sie massakriert. Sie hatten noch nicht mal die

Leichen vom Schlachtfeld weggeräumt, als schon die Männer mit den Stöcken erschienen und das Land aufteilten.«

Pahayuca grunzte. Sie blieben noch eine Zeitlang sitzen, kehrten dann um und ritten langsam den Abhang hinunter auf ihr dreißig Meilen entferntes Lager zu.

Dem Dolmetscher Gonzales war unwohl zumute, als er die zwölf Friedens- und Kriegshäuptlinge hinter Spirit Talker in das Gerichtsgebäude gehen sah. Die Comanchen trugen ihre Waffen wie selbstverständlich unter ihren Roben und schlenderten mit müheloser Arroganz ins Haus. Präsident Lamars zwei Bevollmächtigte hingegen waren angespannt. Sie strahlten Feindseligkeit aus wie die auf den Plains flirrenden Hitzewellen. Es wäre viel besser gewesen, wenn die Indianer keine Gefangenen zu den Gesprächen mitgebracht hätten, statt nur Matilda Lockhart zurückzugeben, dazu noch in einem solchen Zustand. Die Comanchen verstanden nicht, welche Wirkung ihr armes, ruiniertes Gesicht und ihr geschundener Körper auf die Weißen haben würden.

Sogar Gonzales, der selbst einmal bei den Indianern gefangen gewesen war, wußte nicht, wie schlecht die Situation war. Er wußte nicht, daß Kriegsminister Johnston Spirit Talker und die beiden anderen Häuptlinge vor einem Monat hatte töten wollen, als sie in die Stadt geritten kamen, um den Waffenstillstand zu erbitten. Johnston verzichtete nur deshalb auf sein Vorhaben, weil sich nicht genügend Indianer eingefunden hatten, um den Anschlag lohnend zu machen. Doch diesmal würde es keinen Rat geben. Diesmal würde es nur ein Machtwort geben, eine Aufzählung von Bedingungen, die erfüllt werden mußten, bevor die Häuptlinge unbehelligt würden abziehen können. Bis dahin würde man sie als Geiseln festhalten.

Und die Penateka waren ihrerseits mit einer Reihe von Forderungen erschienen. Sie lebten in dem Wahn, als gleichberechtigte Verhandlungspartner erschienen zu sein. So standen auf beiden Seiten Kinder, die mit Streichhölzern spielten, obwohl sie nicht wußten, was ein Feuer anrichten kann. Es wäre ein Wunder, wenn die Situation in jenem winzigen Verhandlungsraum nicht explodierte.

»*Dios me bendiga.*« Während Gonzales den Segen Gottes erflehte, bekreuzigte er sich mehrmals. Dann folgte er Colonel Fisher über die wackelige Veranda und durch die schwere Tür. Sie fiel hinter ihm mit einem dumpfen Knall ins Schloß. Draußen an der Wand stellten sich ein Dutzend Soldaten, mit ihren blitzenden neuen Karabinern auf.

Im Gerichtsgebäude mit seinen kleinen vergitterten Fenstern wurde die Luft schnell so schlecht, daß das Atmen immer mühsamer wurde. Wäre Haß eßbar gewesen, hätte sich jeder gesättigt gefühlt. Gonzales war kein Dummkopf. Er stand neben der Tür. Colonel Fisher tat die Höflichkeitsbekundungen mit einer Handbewegung ab und kam gleich zum Hauptpunkt.

»Wo sind die anderen Gefangenen? Wir wissen, daß ihr mehr als einen habt. Wir müssen sie alle hier haben, bevor wir mit den Verhandlungen fortfahren können.«

Der alte Spirit Talker erhob sich aus dem Kreis bemalter Häuptlinge, die gleichmütig in der Mitte des kahlen Zimmers auf dem Fußboden saßen. Er streckte eine runzlige Hand aus, als wollte er ein unruhiges Gewässer besänftigen, und legte die Position seines Volkes dar. Er erkannte, daß diese Männer nicht wie sein guter Freund Noah waren, und so verzichtete auch er auf die einleitenden Höflichkeiten.

»Unsere Herzen sind schwer, daß wir nicht in der Lage sind, heute mehr von euren Leuten zurückzugeben. Gruppen, die zu dieser Verhandlung keine Häuptlinge geschickt haben, halten noch viele von ihnen fest. Ich werde mich aber persönlich darum bemühen, daß sie ihre Gefangenen herausgeben. Dazu müßt ihr mir Dinge mitgeben, die ich ihnen als Bezahlung mitbringen kann.« Spirit Talker zählte in leisem Singsang all die Dinge auf, die er sich eingeprägt hatte, eine Liste, die mindestens so lang war wie die von Old Owl. Sein Plan bestand darin, die Gefangenen einzeln freikaufen zu lassen und so einen höheren Preis für sie zu erhalten, als wenn er sie alle auf einmal freigegeben hätte.

»Wir wünschen mit unseren Brüdern, den weißen Männern, in Frieden zu leben. Wir werden einen Weg zu unseren roten Brüdern bahnen, die nicht die gleiche Liebe im Herzen haben wie wir. Wir werden ihnen von eurer Großzügigkeit erzählen und eure Leute an euch zurückgeben. Wie gefällt euch diese Antwort?« Spirit Talker endete mit einem zitternden Ton, klappte seinen Lendenschurz hoch und setzte sich majestätisch hin. Gonzales übersetzte seine Worte, während der alte Häuptling lauschte. Spirit Talker wäre vielleicht ein guter Pokerspieler geworden, jedoch kein großer. Sein Gesicht verriet, wenn auch nur schwach, die Befriedigung über ein gut gespieltes Blatt.

Colonel Fisher erteilte mit lauter Stimme einen Befehl, und die Tür ging auf. Zwölf Soldaten marschierten herein und stellten sich an der Wand auf, die Karabiner im Anschlag und schußbereit. Die Häuptlinge rutschten unbehaglich hin und her.

»Sag Spirit Talker, daß sie alle, er und die anderen Häuptlinge, unsere Gefangenen sein werden, bis die Entführten an uns zurückgegeben sind«, sagte Colonel Cooke, der zweite Bevollmächtigte. Furcht ließ Alirio Gonzales' gesunde dunkle Gesichtshaut erbleichen.

»*Señor Coronel*, das kann ich nicht. Sie werden uns alle umbringen.«

»Sag's ihnen, verdammt noch mal!«

»Ich kann nicht, *mi coronel.*«

»Sag es ihnen, oder ich werde dich persönlich töten.« Cookes Geduld war unter der Anspannung zum Zerreißen gespannt.

Gonzales' Hand lag schon auf der Türklinke, als er seine Botschaft hervorsprudelte. Dann rannte er aus dem Raum und knallte die Tür hinter sich zu. Als er mit seinen schweren Stiefeln über die Veranda lief, folgten ihm Gewehrfeuer, Kriegsgeschrei und Rufe auf den Fersen.

Dann wurde die Tür wieder aufgerissen, und der alte Spirit Talker erschien in der Öffnung. Er stand eine Sekunde lang mit ausgestreckter Hand da, als wollte er sprechen, dann brach er zusammen. Er schlug der Länge nach hin und blieb still liegen. Blut spritzte ihm aus dem Hinterkopf, und graue Gehirnmasse quoll auf den trockenen Holzfußboden.

Die Anglos und Mexikaner von San Antonio standen wie betäubt, aber das Volk reagierte sofort. Der Bezirksrichter fiel zu Boden. Der winzige Pfeil eines Kindes ragte aus dem verrosteten schwarzen Wappen über seinem Herzen hervor. Abziehmesser erschienen unter den langen Fransen der Ponchos der Frauen. Die texanischen Frauen rannten schreiend in alle Himmelsrichtungen, wobei ihre langen Röcke Staubwolken aufwirbelten. Die Soldaten, die in der Nähe postiert waren, begannen auf die Comanchenfamilien zu feuern, die von dem Platz vor dem Gerichtsgebäude zu flüchten versuchten. Die Schüsse trafen jedoch nicht nur den Feind. Kurz darauf stolperten Menschen über die im Straßenschmutz liegenden Leichen. Als sie hinfielen, wurden sie zu Tode getrampelt.

Die Indianer, Jungen wie Männer, versuchten den Rückzug ihrer Frauen und Kinder zu decken, aber das steinerne Labyrinth dieser Stadt der weißen Männer war wie eine Falle. Texaner, die nicht bewaffnet waren, rannten los, um ihre Gewehre zu holen. Der Kampf wurde zu einer Jagd durch die Straßen, zu einer Jagd von Haus zu Haus. Zwei junge Indianer rannten in eine Küche, die kurz darauf von einem Mob schreiender, johlender Männer umstellt war. Jemand erschien mit einem Faß Terpentin, dessen Inhalt auf Wände und Dach gegossen wurde. Dann wurde es von einem Mann lässig mit seiner Zigarre angezündet. Als die Flammen hochzüngelten und die Hitze unerträglich wurde, kamen die Jungen hustend und würgend heraus. Die Texaner erwarteten sie auf beiden Seiten der Tür mit bereitgehaltenen Äxten.

Als sich Staub und Schreie gelegt hatten, zählte man sieben tote und zehn schwerverwundete Weiße. Dreiunddreißig Indianer waren getötet worden, und siebenundzwanzig Frauen und Kinder, viele von ihnen verwundet, wurden in das Stadtgefängnis gepfercht. Eine der Frauen, Spirit Talkers Frau, wurde später am Tag freigelassen. Sie war als Botin vorgesehen.

»Gonzales, sag ihr, sie soll ihrem Volk sagen, daß sie die Familien ihrer Häuptlinge zurückhaben können, wenn die weißen Gefangenen freigelassen werden.«

Colonel Fisher machte ein ernstes, aber triumphierendes Gesicht wie ein Vater, der soeben seine Kinder gezüchtigt hat. Jetzt hatte er diese Leute, wo er sie haben wollte. Es gab nur eine Sprache, die sie verstanden: Gewalt.

Gonzales schloß müde die Augen. Die weißen Gefangenen. Immer wieder nur die weißen Gefangenen. Der kleine Mexikaner wußte, daß Fisher das Volk seines Dolmetschers völlig gleichgültig war. Schließlich litten auch mexikanische Frauen und Kinder. Manche von ihnen waren Familienangehörige der Männer, die während der Revolution Seite an Seite mit den Texanern gekämpft hatten. Aber die zählten natürlich nicht, jedenfalls nicht mehr als die Neger unter den Gefangenen. Gonzales versuchte noch einmal, die zwei Bevollmächtigten zur Einsicht zu bringen.

»*Señor Coronel*, ich halte das nicht für eine gute Idee ...«

Die Geduld des Colonels war so gut wie erschöpft. Gleich würde der Deckel vom Faß springen. Sein Gesicht rötete sich. Er hatte die gesamte Nation der südlichen Comanchen in der Gewalt, und hier wollte ihm so ein dummer kleiner Schmierfink von Mexikaner Widerworte geben.

»Wir bezahlen dich nicht für deine Meinung, Gonzales. Übersetze. Sag ihr, daß die Indianer zwölf Tage Zeit haben, sich zu entscheiden. Wenn die Gefangenen bis dahin nicht zurückgegeben sind, werden wir die Familien der Häuptlinge töten.«

Es war hoffnungslos. So war es immer bei Leuten, die Macht hatten. Sie gingen davon aus, im Besitz aller Antworten zu sein, ohne je Fragen zu stellen. Gonzales hatte fünf Jahre lang beim Volk gelebt. Er wußte, wie die Comanchen auf das Ultimatum reagieren würden. Und niemand fragte ihn. Er zuckte die Achseln und übersetzte die Botschaft.

Spirit Talkers Frau hörte mit ausdruckslosem Gesicht zu. Beim Poker hätte sie ihren Mann geschlagen. Nicht mal ein Anflug eines Ausdrucks war auf ihrem breiten, faltigen Gesicht zu erkennen. Sie nahm den Proviantbeutel, den sie ihr anboten, bestieg das Pony, das sie ihr gaben, und ritt langsam auf die bewaldeten Hügel und das Lager im Nordwesten zu.

»Ich hätte jetzt gern mein Honorar, *mi coronel*«, sagte Gonzales. Und fügte mit zusammengebissenen Zähnen auf spanisch hinzu: »Dreißig Silberstücke sollten es schon sein.«

»Du bekommst dein Geld in ein paar Wochen. Wir müssen beim Parlament eine schriftliche Anforderung einreichen. Diese Dinge brauchen ihre Zeit, und hier gibt es wichtigere Dinge, um die wir uns kümmern müssen.« Cooke rief die letzten Worte hinter Gonzales her. Der Dolmetscher hatte sein Maultier bestiegen und ritt aus der Stadt, heim zu seiner kleinen Farm.

Laut wehklagend ritt Spirit Talkers Frau zwischen die ersten Zelte des riesigen Lagers. Sie hatte sich vor Trauer die Arme aufgeschnitten, und der Rücken ihres Pferdes war naß von Blut. Das Volk kam ihr in dichten Menschentrauben entgegen und stimmte in ihre Klagerufe ein, als es die Nachricht hörte. Die Schreie waren die ganze Nacht zu hören, während die Männer unter ihren Roben auf der Erde saßen und sich schluchzend und stöhnend hin und her wiegten. Als der Morgen kam, lagen drei Frauen tot da. Sie hatten sich in ihrer Trauer tödliche Wunden zugefügt. Dann begann das Hinschlachten der Pferde. Seit Jahren hatte die Trauer keinen solchen Tribut mehr gefordert, doch dafür hatten die Penateka noch nie eine solche Katastrophe erdulden müssen.

Sie hatten fast alle Männer verloren, die sie geführt hatten. Sie brauchten zwei Tage, um all die Maultiere und Ponys zu töten, die den Häuptlingen gehört hatten. Deren Schreie mischten sich mit denen des Volkes. Schließlich lagen überall ihre Kadaver herum, und der Gestank des Todes vereinte sich bald mit dem Geräusch des Todes. Das Dorf sah aus wie eine geplünderte Stadt.

Führerlos galoppierten die Männer los, um sich an der Stadt zu rächen. In ihrer Hysterie fielen die Frauen über die unglücklichen Gefangenen her, die nicht adoptiert worden waren. Sie rissen ihnen die Kleider vom Leib, Kindern wie Erwachsenen gleichermaßen, und nagelten sie auf dem steinigen Boden fest. Sie folterten sie die ganze Nacht und lachten, als die Opfer schrien und um Gnade flehten.

Die Frauen hockten wie Krähen, die an Aas picken, um die Gefangenen herum und schälten ihnen das Fleisch von den Knochen, zerschnitten und verstümmelten sie. Schließlich verbrannten sie sie langsam bei lebendigem Leibe, wobei sie mit den zertrümmerten und zerschlagenen Fingern und Zehen begannen. Mit diesen Unglücklichen starb auch Matilda Lockharts sechsjährige Schwester, deren Schreie unter dem kalten Mond durch die Nacht hallten.

Mit diesen Menschen erstarb auch jede Hoffnung auf Frieden oder Vertrauen zwischen den Texanern und den Penateka-Comanchen. In den kommenden Monaten würden sich beide Seiten über eine Mauer des Hasses hinweg anstarren, eine Mauer, die viel höher und dauerhafter war als die Kalksteinmauern von San Antonio. Für das Volk waren Überfälle jetzt nicht bloß eine Art Sport oder eine Sache der Verteidigung, es ging nicht mal mehr um das Überleben. Die Penateka waren auf Blut aus.

Während er dicke Klumpen trockenen, steinigen grauen Erdbodens mit seiner hölzernen Hacke ausriß, begriff Gonzales, daß es falsch war, draußen auf dem Feld zu arbeiten. Er wußte, daß überall in den Hügeln um San Antonio Gruppen von Comanchen umherstreiften. In ihrer Wut und Enttäuschung töteten sie ziellos und wahllos jeden, der dumm genug war, sich ohne Schutz hinauszubegeben. Dabei waren seit dem Kampf beim Gerichtsgebäude schon zwei Monate vergangen.

Eine weiße Gefangene, eine Frau, war dem entsetzlichen Hinschlachten durch die Comanchen entgangen und hatte es geschafft, sich nach San Antonio durchzuschlagen. Folglich wußten die Stadtbewohner von den verkohlten Leichen, die überall in der wogenden Landschaft am Fluß herumlagen, aber sie waren nicht in der Lage, sich dorthin zu begeben, um die Toten zu begraben. Ebensowenig brachten sie es über sich, den Indianern in ihrer Gewalt gleiches mit gleichem zu vergelten. Die Armee, die nicht zuließ, daß die Geiseln getötet wurden, hatte es erlaubt, daß man sie unter die Haushalte von San Antonio verteilte. Die Frauen sollten dort als Dienstmädchen arbeiten. Doch nach und nach hatten es Frauen und Kinder der Comanchen geschafft, zu fliehen und zu ihren Gruppen zurückzukehren.

Es war Frühling, fast schon Sommer. Gonzales wußte, daß es keine Ernte geben würde, wenn er seine Felder nicht bestellte. Dann würde seine ganze Familie verhungern. Und die Regierung hatte ihn für seine Dolmetscherdienste noch immer nicht bezahlt. Wenn er jetzt säte, würden seine Frau und seine Kinder im Herbst zumindest etwas zu essen und zu verkaufen haben. Falls die Comanchen sie lange genug in Ruhe ließen, so daß er die Ernte einbringen konnte.

Gonzales' Frau und Kinder hatten in der Stadt Unterschlupf gesucht. Ohne sie wirkte das Ein-Zimmer-*jacal,* eine Hütte aus knorrigen Zedernstämmen, verloren und leer. Der ausgeblichene, zerfetzte Vorhang flatterte träge in dem glaslosen Fenster. Der hölzerne Fensterladen, der an nur einem Scharnier hing, schlug in der Brise sanft gegen die Hüttenwand. Dann hörte Gonzales das andere Geräusch. Er hörte die Hufe, bevor er die Lanzenspitzen sah, die sich über den Hügelkamm erhoben, als würden sie aus dem Erdboden herauswachsen. Ihnen folgten die Köpfe der Krieger und dann deren Ponys. Gonzales wirbelte herum und hob seine Hacke, um sich dem Kampf zu stellen.

An jenem Abend kehrte er nicht zu seiner Familie zurück. Und am nächsten Morgen erschienen ein paar bewaffnete Mexikaner, um zu bergen, was von seinem Körper noch übrig war.

Gonzales war der letzte Gefallene in der Region. Die Penateka verschwanden aus dem Hügelland, in dem sie seit zweihundert Jahren umhergestreift waren. Die Menschen von San Antonio kehrten wieder zu ihrem Alltag zurück, dankbar, daß der Kampf am Gerichtsgebäude, wie sie das Massaker zu nennen beliebten, schließlich beendet war. Endlich konnten sie auch die verkohlten Leichen beerdigen, die draußen unter freiem Himmel verwitterten. Die Menschen waren erleichtert, daß die Comanchen sich ihre Niederlage eingestanden hatten und nach Norden zogen, um dort zu leben. Die Texaner waren sicher, künftig nicht mehr behelligt zu werden.

Pahayucas Lager war riesig. Flüchtlinge aus dem Süden hatten es immer mehr anschwellen lassen. Seit Tagen kamen versprengte Gruppen an, Menschen mit abgeschnittenen Haaren und erschöpften Gesichtern. Ihnen war Hoffnungslosigkeit anzusehen, die Furcht, sie könnten nie wieder fähig sein, die verlorenen Häuptlinge zu ersetzen. Sie versammelten sich bei den Wasps, um die Hilfe des einen

Penateka-Häuptlings zu erbitten, der sie in die Schlacht führen konnte. Während die abgehärmten Frauen ihre Zelte errichteten, begaben sich die Männer direkt zum Zelt von Buffalo Piss.

Wer drinnen keinen Platz mehr fand, hockte sich vor die Tür, rauchte und wartete das Ergebnis des Rats ab. Die Beratungen dauerten nun schon drei Tage, doch schon nach dem ersten Tag gab es kaum noch Zweifel über die endgültige Entscheidung. Das Volk bereitete sich schon jetzt auf den Krieg vor. Sie warteten nicht, bis Lance durchs Lager ritt und ihn verkündete.

Aus der Verschwiegenheit des Ratszelts war einiges nach draußen gesickert. Die Nachricht verbreitete sich unsichtbar und unhörbar. Mit dem Blut der weißen Männer würden Schmach und Trauer abgewaschen werden. Die Stimmung im Lager begann umzuschlagen. Aus Verzweiflung wurde so etwas wie grimmige Hochstimmung. Tag und Nacht dröhnten die Trommeln, unablässig. Jeden Tag begaben sich Männer auf die Jagd, und andere kehrten mit Fleisch beladen zurück. Das Dorf war ein Wald aus Trockengestellen. Frauen versammelten sich vor ihren Zelten, um die besten Kleidungsstücke ihrer Männer zu flicken und zu schmücken. Sie reinigten sie, indem sie sie mit weißem Lehm einrieben, den sie trocknen ließen und dann abbürsteten. Männer reparierten ihre Ausrüstung, und der stechende Geruch von Leim durchdrang alles. Das Lager hallte von den Gesängen der Krieger wieder, von denen jeder seine Geister anrief, die ihm in der künftigen Schlacht beistehen sollten.

Es gab keine Möglichkeit, das Schicksal der gestorbenen Gefangenen geheimzuhalten, denn sie hatten in jener Nacht vor San Antonio eine Ewigkeit unter dem Vollmond geschrien. Zwei weiße Jungen waren verschont worden, da ihre Familien sich geweigert hatten, sich von ihnen zu trennen. Sie erzählten Naduah und Star Name, was geschehen war. Naduah ging starr vor Schrecken zu ihrem Zelt zurück. Sie war nicht einmal fähig, der Furcht Ausdruck zu geben, die sie erfaßt hatte. Aber Medicine Woman bemerkte sie fast augenblicklich.

»Was ist los, Kleines?«

»Die beiden *tosi tuinahpa*, die weißen Jungen, haben mir davon erzählt, wie die weißen Gefangenen getötet wurden.«

»Du glaubst doch nicht etwa, daß man dich töten wird?«

»Woher soll ich das wissen? Sie hassen Texaner. Sie haben Grund, sie zu hassen. Ich bin eine Texanerin.«

»Nein, Kleines. Du bist keine Texanerin. Du bist eine Nerm. Eine vom Volk. Niemand wird dir auch nur ein Haar krümmen. Niemand haßt dich. Du hast eine große Familie bei den Wasps. Und die Wasps sind bei den Penateka die mächtigste Gruppe. Du bist hier sicher.«

Naduah fühlte sich bei ihren täglichen Besorgungen im Lager trotzdem unwohl. Sie ging jetzt nur selten ohne Star Name oder ein Mitglied ihrer Familie irgendwohin. Sie ließ ihr Haar schmutzig werden und rieb es mit Fett ein, um es dunkler zu machen. Sie hielt den Blick gesenkt und ging Fremden aus dem Weg. Nach zwei Tagen schließlich wurde Star Name dieses Verhaltens überdrüssig.

»Naduah, hör auf, die Demütige zu spielen. Es ist nicht deine Schuld, daß du weiß bist. Kein Mensch kümmert sich darum. Nur dir scheint es etwas auszumachen.«

»Ich habe das Gefühl, als würden mich alle anstarren.«

»Und wenn sie es täten? Something Good haben sie auch angestarrt, vergiß das nicht. Und sie ist nicht so gebeugt mit der Nase am Erdboden herumgelaufen. Sie hat den Kopf hochgehalten. Du bist eine vom Volk. Und das Volk ist stolz. Wir lassen nicht die Köpfe hängen wie die Nermateka, die People Eaters. Halt den Kopf gerade.«

Naduah hob das Kinn, aber ihr Blick irrte noch immer von einer Seite zur anderen.

»Sieh mir in die Augen und sage: ›Ich bin *Nerm*, eine aus dem Volk.‹ Sag es.«

»Ich bin *Nerm*, eine aus dem Volk.«

»Sag es noch mal. Es muß sich anhören, als ob du es auch meinst.«

»Ich bin *Nerm*, eine aus dem Volk.«

»Lauter.«

»Ich bin *Nerm*.« Ein paar Leute in der Nähe drehten sich um und starrten.

»Und jetzt benimm dich auch so.«

»Ja, Star Name.« Sie hakten sich unter und marschierten durchs Lager. Beide waren wie gewohnt genau gleich gekleidet. Zwei Stunden später kehrten sie mit Kleinholz beladen wieder zurück, als Naduah das schwarze Pony durch das Gewimmel der Kriegsvorbereitungen näherkommen sah.

»Nocona, Wanderer! Star Name, sieh mal!« Naduah ließ ihr Holzbündel fallen und zeigte. »Er ist wieder da. Wanderer ist wieder da!« In ihrer Aufregung ließ sie das Holz liegen und lief ihm entgegen.

»Mein Herz singt, weil ich dich wiedersehe, mein Bruder.« Naduah sah zu ihm hoch, starrte ihn an und versank in den Tiefen seiner

Augen. Sie hatte vergessen, wie groß und leuchtend sie waren. Er war jetzt einundzwanzig. Die Linien seines Gesichts waren schärfer geworden, die Flächen klarer gemeißelt. Von dem Jungen, der er manchmal gewesen war, war nichts mehr da. Naduah war so glücklich, ihn wiederzusehen, daß sie am liebsten lachend herumgehüpft wäre. Statt dessen ging sie neben Night her und strich ihm über den Hals. Er flatterte zur Begrüßung mit den Ohren und schnaubte leise.

»Auch ich bin froh, dich zu sehen.« Wanderer starrte sie an, wie er es immer tat. Sie hatte aber gelernt, nicht zusammenzuzucken, wenn seine Augen sie musterten. Er sah jeden auf diese Weise an. Zumindest jeden, der für ihn zählte, ob im Guten oder Bösen. Naduah war froh, daß sie und Star Name im Fluß gebadet und einander die Haare gewaschen hatten. Sie fühlte sich nicht mehr wie die Range, die sie noch vor zwei Stunden gewesen war. Inzwischen war auch Star Name da und ging neben ihrer Schwester her.

»Wirst du lange bei uns bleiben, Wanderer?« Star Name kam hinter Naduah hervor und sah ihn an.

»Ich weiß nicht. Ich habe von den Friedensverhandlungen in San Antonio gehört. Und Buffalo Piss hat mich gebeten herzukommen. Spaniard und ein paar andere Männer sind mit mir gekommen.« Immer noch starrte er Naduah mit dem alten, amüsierten Lächeln an, das auf seinem Gesicht kein Lächeln war. Schließlich wurde sie verlegen.

»Du mußt noch wichtige Dinge zu erledigen haben«, murmelte sie und senkte den Blick. »Und ich habe mein Holz liegen lassen. Ich muß zurück und es holen. Kommst du später zu uns, um mit Sunrise zu sprechen?«

»Vorläufig nicht. Es gibt so vieles, was im Rat besprochen werden muß.«

»Sunrise ist schon seit Tagen dort. Er kommt nur zum Schlafen nach Hause.« Naduah hätte Wanderer am liebsten gefragt, ob er inzwischen geheiratet hatte, wagte es aber nicht. Persönliche Dinge hatte sie nie mit ihm besprochen. Sie würde Deer fragen. Deer würde es wissen. Naduah zog sich zurück und hob die Hand leicht zum Gruß. Dann drehten sie und Star Name sich um und gingen. Sie spazierten langsam um die Gruppen geschäftiger Menschen herum. Naduah zwang sich, nicht über die Schulter zu blicken und ihm nachzusehen. Sie wollte nicht sehen, wie er ihr den Rücken zuwandte und wegritt, seine Gedanken nur mit Krieg beschäftigt.

Doch Wanderer ritt nicht weg. Er brachte Night zum Stehen und beobachtete Naduah. Er genoß ihre geschmeidige, fließende Art zu gehen. *Sie hat Something Good studiert, und jetzt ist dieser Gang ein Teil von ihr geworden.* Sie war dreizehn Jahre alt und acht Zentimeter größer als Star Name, die ein Jahr älter war. Naduahs Rock spannte sich beim Gehen, und ihre dicken, glänzenden, hüftlangen Zöpfe schwangen im Takt mit ihrem Schritt. Mochte sie sich auch bewegen wie ein Kind, das erwachsen spielt, so zeigte sich allmählich doch die Frau in ihr. Wanderer lächelte leicht, als er die Knie zusammenpreßte und Night auf das Ratszelt zutrabte. Als Wanderer so weiterritt und mit denen sprach, die ihm einen Gruß zuriefen, war er mit seinen Gedanken nicht ausschließlich beim Krieg.

Wanderer studierte die jungen Gesichter, die um das Ratsfeuer saßen. Es mußte für Buffalo Piss ein schwacher Trost sein zu wissen, daß er recht gehabt hatte. Wer mit den Weißen Verträge schloß und mit ihnen Handel trieb, mußte immer auf das gleiche Ende gefaßt sein. Das Volk kam von jeder dieser Begegnungen mit geschmälerter Macht zurück. Jedes nützliche oder schöne Ding, das die Weißen mitbrachten, war mit irgendeinem schrecklichen, unsichtbaren Preis verbunden. *Laß einen weißen Mann nur bis zur Spitze deiner Lanze an dich herankommen,* dachte Wanderer, *und halte dich nie länger in ihrer Nähe auf, als nötig ist, um ihre Skalps zu nehmen.*

Sie waren so jung, diese neuen Kriegshäuptlinge. Und mit seinen sechsundzwanzig Jahren und dem zerrupften, zerzausten Haar und den sorgfältig gezupften Augenbrauen sah Buffalo Piss jünger aus als alle anderen. Seine Haut war glatt wie die eines Babys, und seine Gesichtszüge waren weich und voll. Meist setzte er eine wilde, düstere Miene auf, um die weibliche Schönheit seiner großen schwarzen Augen zu tarnen, doch damit hatte er nie so recht Erfolg. Wanderer hatte ihn jedoch auf dem Kriegspfad gesehen. Er war einer der Besten, einer der wenigen, deren Urteil Wanderer vertraute.

Seit er an jenem Morgen das Zelt betreten und Buffalo Piss kurz zugenickt hatte, hatte Wanderer schweigend in der demütigen Position an der Zelttür gesessen. Er war einer aus dem Norden. Ein Quohadi. Dies war nicht sein Kampf. Er war voller Mitgefühl, wußte aber, daß er nur wenig Unterstützung durch sein Volk bieten konnte, die Antelopes. Sie hatten das Gefühl, daß es am besten war, den Weißen möglichst aus dem Weg zu gehen und nur gelegentlich zu deren Siedlungen vorzustoßen, um Beute zu machen. Die Quohadi schlugen schnell zu und verschwanden dann in der wilden Ödnis der

Staked Plains. Sie hatten sich in den wogenden Hügeln und Hainen der Ito is, der Timber People, wie die Penateka manchmal genannt wurden, nie wohl gefühlt.

Trotzdem war es ein großartiger Plan, den Buffalo Piss jetzt vorschlug, etwas, was noch nie versucht worden war. Und Buffalo Piss war vielleicht genau der Mann, der es schaffen konnte. Es wäre viel wert, es mitanzusehen und daran teilzunehmen. Der Rat hatte jetzt Wanderers totale Aufmerksamkeit. Er beobachtete jeden Mann für sich, schätzte ihn ein und versuchte vorherzusagen, wie er sich im Kampf verhalten würde. Viele der Krieger hatte er noch nie gesehen. Und das bereitete ihm Unbehagen. Buffalo Piss wäre mit den alten Häuptlingen im Rücken weit besser gedient gewesen. Wenn sie aber nicht getötet worden wären, wären dieser Rat und dieser Plan gar nicht nötig gewesen.

Urplötzlich und über Nacht waren wichtige Positionen von Friedens- und Kriegshäuptlingen vakant geworden. Wanderer konnte sich vorstellen, wie viele Tage die Männer damit zugebracht hatten, Leistungen und Verdienste zu würdigen, und ahnte, welche Zeit mit Beratungen verbracht worden war, als jede Gruppe entschied, wer die toten Häuptlinge ersetzen sollte. Sie hatten die geeignetsten Kandidaten in Betracht gezogen und einen gebeten, in der fraglichen Position zu dienen.

Das Ganze war nicht sehr offiziell. Es war durchaus nicht das gleiche, ob man gebeten wurde und ob die Leute einem folgten. Das Volk würde einem Mann nur so lange folgen, wie er gute Entscheidungen traf, nur so lange, bis seine Medizin ihn einmal zuviel im Stich ließ, oder wenn ein anderer Mann auf dem Kriegspfad oder auf der Jagd erfolgreicher wurde. Dann würde der alte Häuptling entdecken, daß seine Ansichten nicht länger gefragt waren und daß niemand mehr seinen Rat suchte.

Die meisten dieser Männer hatten begierig auf die Chance gewartet, eine Führungsposition zu übernehmen. Doch jetzt erkannte Wanderer unter einigen der feierlichen ernsten Masken die Anspannung, die Verantwortung mit sich bringt. Das konnte er verstehen. Tatsächlich mißtraute er denen, die keinerlei Anspannung verrieten. Sie kannten die Bedeutung dessen nicht, was sie taten. Übermäßiges Selbstvertrauen war gefährlicher als Feigheit.

Die Verantwortung für eine ganze Gruppe war etwas, was erst im Lauf der Zeit und nach entsprechender Erfahrung erlangt werden konnte. Wenn diese Verantwortung einem aber aufgezwungen wurde, wenn jemand eines Morgens mit dem Wissen aufwachte, daß Hunderte von Menschen von ihm abhängig waren, von ihm und den Entscheidungen, die ihr Überleben bedeuteten, dann war das etwas, was man nicht auf die leichte Schulter nehmen durfte.

Nach vier Tagen wurde der Rat schließlich beendet, als die Pfeife von Mann zu Mann ging. Wenn ein Mann rauchte, bedeutete es, daß er mit Buffalo Piss gehen würde. Wenn er ablehnte, würde er dableiben. Pahayuca ließ die Pfeife herumgehen, ohne zu rauchen. Wanderer konnte die Erleichterung auf Buffalo Piss' Gesicht nicht sehen, wußte aber, daß er sie empfand. Es würde schwerfallen, mit Pahayuca in der Nähe die Autorität aufrechtzuerhalten. Vielen der Männer im Zelt war Wanderer vielleicht nicht bekannt, es sei denn sein Ruf, aber Pahayuca kannten sie alle.

Es mußte für Pahayuca eine starke Versuchung gewesen sein, mit den anderen mitzuziehen. Doch wie gewohnt gewann sein Urteilsvermögen die Oberhand. Diejenigen Penateka, die zurückblieben, würden auch Führung brauchen. Und wenn Pahayuca blieb, würden auch Medicine Woman und Sunrise und dessen Familie bleiben. Das war gut.

Als die Pfeife näherkam, hatte sich Wanderer noch immer nicht entschieden. Er blickte auf und erfaßte den flüchtigen Ausdruck in Buffalo Piss' Augen. Der Blick war so schnell, daß nur er ihn gesehen haben konnte. Und das brachte die Entscheidung. Er nahm die Pfeife und sog lange daran. Während er sie mit beiden Händen hielt, hielt er die kürzeste Ansprache des Rats.

»Ich bin kein Penateka. Ich bin ein Quohadi. Doch mein Herz ist hier bei meinen Freunden und meiner Familie. Ihre Feinde sind meine Feinde. Jetzt haben die Texaner das Land der Honey Eaters genommen. Eines Tages werden sie vielleicht versuchen, uns das gleiche anzutun. Buffalo Piss hat vor, ihnen Einhalt zu gebieten. Er möchte sie töten oder für immer aus unserem Land verjagen und ihnen die Macht des Volkes zeigen. Ich werde mitgehen und nach Kräften dabei mithelfen.«

Buffalo Piss war dabei, der Republik Texas den Krieg zu erklären. Er würde alle Hilfe brauchen, die er nur bekommen konnte.

31

Hunderte von Schilden und Lanzenspitzen glitzerten im Schein des Vollmonds. Als sie sich durch die Nacht bewegten, wurden sie von Millionen Feuerfliegen eskortiert, die sie umschwärmten. Die unwegsamen Hügel schienen zu leben und ständig ihr Aussehen zu verändern. Fischschwärme, die ein Riff umkreisen. Ständig war ein unheimliches Knarren von Leder zu hören und das sanfte Getrappel tausender Pferdehufe. Gelegentlich war das Klatschen einer Reitpeitsche zu hören, die auf dem Rücken eines widerspenstigen Maultiers landete, sowie das Wiehern und explosive Schnauben unruhiger Pferde. Man hörte das Klappern langer Stäbe, die über Steine hinweggeschleift wurden, und das trockene Rascheln von Buschwerk an Leder. Doch niemand sprach oder lachte. Kein menschlicher Laut war zu hören. Und kein Klirren von Metall. Buffalo Piss und sein Volk, mehr als eintausend Menschen, ritten meist bei Nacht und hielten sich ständig in südlicher und östlicher Richtung. Es war eine Armee mit einem Troß aus Frauen und Kindern. Sie waren so nahe an der neuen Hauptstadt Austin vorbeigeritten, daß ihre Späher auf den Klippen anhielten und auf die flackernden Lagerfeuer und die in den Fenstern der Blockhütten brennenden Kerzen hinunterblicken konnten.

Sie hatten diese Siedlung gemieden. Dort waren noch immer viele Soldaten stationiert. Buffalo Piss hatte es auf die dichter besiedelten Regionen abgesehen, die Golfküste und die wehrlosen Städte dort, die den Zorn des Volkes noch nie zu spüren bekommen hatten. Er dachte nicht daran, all seine Anstrengungen und seine militärische Macht auf die vorgeschobenen kleinen Blockhütten an der Grenze zu verschwenden.

Ben McCulloch schob sich seinen mitgenommenen, schweißnassen Lederhut in den Nacken. Er hielt ihm sein dichtes, kastanienfarbenes Haar aus dem Gesicht, als er sich hinhockte, um sich die Spuren näher anzusehen. Er war seit fünf Jahren Ranger, aber so etwas hatte er noch nie gesehen. Der ausgetretene Weg war achthundert Meter breit, und der Erdboden sah aus, als wäre hier eine Armee vorgerückt, die Pflüge hinter sich hergeschleift hatte.

»So weit im Süden noch Bisons?« Ben zuckte zusammen. John

Ford war ein guter Rechtsanwalt, ein guter Arzt, Landvermesser, Reporter und Politiker. Eines Tages würde er ein guter Ranger sein, jedoch jetzt noch nicht. Ford bemerkte das Zusammenzucken. »Nein. Natürlich sind es keine Bisons. Indianer. Richtig?«

»Richtig.« McCulloch studierte den plattgetretenen Grashalm, den er aus einem Hufabdruck gezogen hatte. »Sie reiten bei Nacht und sind etwa vor zwei Tagen hier vorbeigekommen. Wenn es weniger als eintausend Mann sind, werde ich ihre Pferde essen.«

»Vielleicht solltest du lieber nur anbieten, deinen Hut zu essen, Ben. Er ist bequemer zur Hand und läßt sich besser salzen«, entgegnete Ford.

»Wenn ich diesen Hut auf einer Viehweide liegen sähe, würde ich drüber hinweggehen.« William Wallace hatte die Hände in die Hüften gestemmt und besah sich den Weg. McCulloch und Ford waren beide einen Meter fünfundachtzig groß, aber Wallace überragte sie beide. Ford ignorierte ihn und musterte weiter den Grashalm.

»Woher willst du das wissen? Daß sie bei Nacht reiten und das alles?«

»Sie sind durch die Mesquitsträucher geritten, statt um sie herumzureiten. Und nichts marschiert durch Mesquitsträucher, wenn es sich vermeiden läßt. Teufel auch, sogar Gürteltiere umgehen sie. Und das Gras ist nicht mehr welk, sondern fängt schon an zu trocknen. Hier, fühl mal. Dieser Grashalm liegt schon seit zwei Tagen oder so in der Hufspur. Sieh dir die Insektenspuren auf dem Hufabdruck an. Das machen die bei Nacht. Die Abdrücke müssen also mindestens einen Tag alt sein.«

»Wenn du es sagst. Es geht aber über meinen Horizont, woher du das wissen kannst.«

»Man lernt es, John.«

Die Lektion war schmerzlich gewesen. Und manchmal tödlich. Doch die Rangers hatten in den letzten fünf Jahren von John Coffee Hays eine Menge gelernt. Und Jack Hays hatte von den Comanchen gelernt. Die Indianer, die er jagte, nannten ihn El Diablo, den Teufel, doch er sah kaum danach aus. Er war einen Meter achtzig groß und wog einhundertsechzig Pfund, wenn er klatschnasse Kleider anhatte und volle Taschen. Er wirkte gepflegt, hatte dichtes schwarzes Haar und die langen dunklen Augenwimpern eines Jungen. Er hätte gut als Salonlöwe durchgehen können, als Dandy, der seine trägen Sonntagnachmittage damit verbringt, Damen in ihren Boudoirs voller Spitzen und Rüschengardinen zu unterhalten. Man hätte ihm auch zutrauen können, daß er eine Apanage mit schlanken Zigarren und eleganten Pokerspielen durchbrachte.

Er war nicht einmal ein guter Schütze. Jedoch verstand er sich darauf, kühl alle Chancen und Risiken abzuwägen und sich zu kühnen Manövern zu entschließen. Schon jetzt waren Legenden über ihn in Umlauf. Einer seiner Apachen-Späher hatte einmal zu einem Freund gesagt: »Du und ich, wir reiten gemeinsam in die Hölle. Captain Jack, der reitet allein in die Hölle.«

Hays streifte an der Grenze zur Comanchería, bildete Männer darin aus, ihm zu folgen, sich aber auch auf eigene Faust durchzuschlagen. Er schuf keine Armee, sondern vielmehr Hunderte davon, von denen jede aus nur einem Mann bestand. Seine Ranger verfolgten die Indianer unerbittlich und erkannten ihre Lager an den Geiern und Krähen, die träge über ihnen kreisten. Offiziell waren die Ranger der texanischen Regierung unterstellt, doch weder Hays noch seine Captains trugen Rangabzeichen. »Goldene Tressen und Litzen« waren in ihren Augen etwas für Feiglinge. Das sagten sie, wenn sie sich höflich ausdrückten. Hays hatte Ben McCulloch als einen der ersten Ranger ausgebildet. Und jetzt war Ben einer der besten.

Ben suchte den Boden nach weiteren Zeichen ab. »Comanchen. Nicht daß ich daran gezweifelt hätte. Ich wollte nur sicher sein.«

»Und woher weißt du das?«

»Hier ist eine Fußspur. Kurz und stämmig. So sehen Comanchenfüße aus, rechteckig wie Tabakdosen.«

»Du bist ein Wunder.«

»Das Wunder ist, daß sie so weit nach Süden gekommen sind, ohne daß jemand sie entdeckt hat. Ich möchte gern wissen, wer sie führt. Der Mann ist brillant.« Doch im Geiste grübelte Ben schon über den nächsten Schritt nach. Es wäre Selbstmord, sie jetzt zu verfolgen und anzugreifen. Er hatte zehn Männer bei sich. Selbst unter der Voraussetzung, daß die Comanchen ihre Familien bei sich hatten, was sehr wahrscheinlich war, den Travois-Spuren nach zu urteilen, mußten es mindestens fünfhundert Krieger sein. Ben wußte, daß seine wenigen Männer mehr ausrichten konnten, wenn sie in der Gegend ausschwärmten, Rekruten anwarben und die Leute warnten, die den Comanchen über den Weg laufen konnten.

Mein Gott. Kein Wunder, daß sie sich in letzter Zeit so still verhalten haben. Jeder Comanche im Land muß bei dieser Bande sein. Sie haben sogar ihre Hunde dabei. McCulloch hätte nie geglaubt, daß es den Comanchen gelingen könnte, so viele Menschen für einen Kriegszug zusammenzutrommeln. Doch wenigstens dieses eine Mal hatte er sich geirrt. Ganze Gruppen des Volkes waren früher bis zu eintausend Meilen in Mexiko eingedrungen, bevor die Weißen kamen und in bequemerer Reichweite leichtere Beute boten. Jetzt waren die Comanchen wieder auf dem Marsch, und zwar mit der größten Streitmacht, die je ein Häuptling des Volkes gegen die Weißen geführt hatte, eine rächende Armee in einem Vernichtungskrieg. Ben konnte sich die Verwüstung vorstellen, die sie bei der Verfolgung dieser Kriegergruppe finden würden. Dieser Armee. Es war keine Gruppe.

Wie auch immer, ran an die Arbeit. Er würde versuchen, so viele Männer wie möglich zusammenzutrommeln. Und wenn es keine Verstärkungen mehr gab, würde er mit den Männern angreifen, die er hatte. Ihm blieb keine Wahl, und die Möglichkeit, nicht anzugreifen, kam ihm nicht in den Sinn. Das war sein Job und seine Art zu leben. Dafür zahlte ihm die Republik Texas einen Dollar pro Tag. Wenn sie ihn überhaupt bezahlte.

»Scheiße!«

Wallace und McCulloch und Ford sowie die drei Dutzend Männer, die sie rekrutiert hatten, standen um den Leichnam. Wer hinten stand, reckte den Kopf, um besser zu sehen. Der Mann war erschossen und natürlich auch skalpiert worden. Daran waren sie gewöhnt. Es waren seine Füße, die sie anstarrten. Die Fußsohlen waren abgeschnitten worden. An dem zerfetzten und eingerissenen Fleisch war klar abzulesen, daß man diesen Mann gezwungen hatte, lange auf den gehäuteten Fußsohlen zu laufen. Wahrscheinlich hatte man ihn an ein Pferd gebunden.

»Was für Menschen würden so etwas tun?«

»Comanchen, John.« Wallaces Stimme hatte einen gereizten Unterton. »Wenn du die Indianer so gut studiert hättest wie deine Bibel, würdest du so eine Frage nicht stellen.«

»Man braucht sie gar nicht so eingehend studieren«, sagte McCulloch. »Man braucht sich gelegentlich nur anzusehen, was sie anrichten.«

»Für diese Dummheit beim Gerichtsgebäude werden wir noch lange Zeit zahlen müssen, nicht wahr, Ben?« Noah Smithwick kam hinzu und stellte sich neben sie. Ben nickte und wandte sich zu ihm.

»Du hast drei Monate bei ihnen gelebt, Noah. Und du warst bei dem Rat dabei, als die Häuptlinge beschlossen, sich mit Lamars Bande zu treffen. Wer ist noch übrig, der diesen Haufen führen kann?«

Smithwick grübelte. »Nun, da waren Santa Ana und ein vertrockneter alter Knacker, Old Owl, und ein großer dicker Häuptling, der wahrscheinlich nicht mal ein Pferd finden könnte, das ihn noch tragen kann. Ich glaube, sein Name ist Pahayuca. Dann war nur noch einer da, eine aufsässige Rotznase. Ich weiß nicht, ob einer von denen hier das Kommando hat oder ein ganz anderer. Spirit Talker sagte, es gebe Gruppen, die bei seinem Rat nicht vertreten seien.«

»Hebt eine Kugel in euren Pistolen auf«, rief Ben über die Schulter, als er sein erschöpftes Pferd bestieg. Er brauchte nicht zu sagen, für wen sie diese Kugeln aufsparen sollten. Ein paar Männer begannen, ein Grab für den Leichnam auszuheben. Bisher hatten sie nur viel gegraben und nicht gekämpft. Ben wußte noch immer nicht, wer für diesen Vorstoß zum Meer verantwortlich war, doch er würde es herausfinden. Er hatte Anweisung gegeben, wenn möglich einen Gefangenen lebend nach Hause zu bringen, damit er ihn verhören konnte. Er ging die Liste der Häuptlinge durch, die in San Antonio getötet worden waren. Wer war übrig? Das war ein Rätsel, das an ihm nagte.

Mit jedem Tag schlossen sich den Rangern mehr Männer an, die wiederum mehr Tote beerdigen mußten. Der Comanchen-Häuptling, wer immer er war, hatte seine Armee zu einem riesigen, dünnen Halbmond ausschwärmen lassen, einer Sichel, die alles niedermähte, was sich ihr in den Weg stellte, als sie sich unerbittlich auf die Küste zubewegte. Die Bewohner von Victoria hatten Glück, mit nur fünfzehn Toten davongekommen zu sein. Die Indianer hätten leicht die ganze Stadt massakrieren können, wenn sie sich die örtlichen Gegebenheiten besser zunutze gemacht hätten. Vielleicht war das der Schlüssel. Wie brillant der Häuptling auch sein mochte, so war er doch den traditionellen Methoden des Kampfes verhaftet. Er hatte bei der Stadt das alte Einkreisungsmanöver angewendet. Der Medizin-Ring, der die Opfer reitend umkreist und dabei schreit und feuert. Bei einer Bisonherde mochte das funktionieren, aber Steinmauern gingen nicht in einer Stampede durch.

Wenigstens hatte er einen Fehler begangen. Und es war unvermeidlich, daß er weitere beging. Zum einen wurde sein Troß allmählich schwerfällig und unbeweglich. Die Indianer mußten inzwischen ein paar tausend Pferde und Maultiere gestohlen haben, allein fünfhundert von den mexikanischen Händlern in Victoria. All diese Tiere neben denen, die sie mitgebracht hatten, bedeutete eine Menge Futter und eine Marschkolonne, die nur langsam vorankam.

Sie waren nach Linnville an der Küste unterwegs, und es gab kaum etwas, was sie daran hindern konnte, die Stadt zu nehmen. Es gab weder Befestigungen noch überhaupt feste Gebäude, in denen man sich verteidigen konnte. Da waren nur die Wohn- und Lagerhäuser des Hafens, der San Antonios Appetit auf Tand und Flitterkram befriedigte.

Buffalo Piss hatte seine Armee durch das Hügelland in das fremdartige Sumpfland an der Küste geführt. Sie waren lautlos durch die düsteren Tunnel hoch aufragender Eichen geritten, deren Kronen über ihnen zusammenwuchsen und von deren Ästen und Zweigen Vorhänge aus silbergrauer bartflechtenartiger Tillandsie hingen. Das Volk hatte das Moos gesammelt. Die Frauen würden es zu Satteldekken weben, und die Männer benutzten es als Zunder für ihre Pfeifen. Seitdem kratzten sich alle, da die winzigen Larven der Erntemilbe, die in dem Moos nisteten, in ihre Kleidung gekrochen waren und sich in ihre Haut gebohrt hatten.

Einer der Hunde war von einem Alligator gefressen worden. Mehrere Comanchen hatten Malaria bekommen und mußten zurückgeschickt werden. Doch sonst hatten sie bisher unbehelligt reiten und die weißen Siedlungen überfallen können. Kein einziger Mann war im Kampf gefallen.

Als sie sich der Küste näherten, wurde das Land flacher und von Flüssen und Nebenflüssen durchzogen, an deren Ufern Mangrovenhaine wuchsen. Die Eichen wurden kleiner und gelegentlich von hochgewachsenen, dünnen Kohlpalmen abgelöst. Alle Bäume neigten sich landeinwärts, da der ständige Wind aus dem Golf sie krümmte und verformte.

Das tiefliegende flache Land, das Gestrüpp der Zwergeichen und Zwergpalmen, der Himmel und die in der Ferne liegende Stadt wirkten bleich und verwittert. Die blasse, sanft geschwungene Küste erstreckte sich an der blauen Wasserfläche, deren kleine Wellen träge an den Strand schlugen. Die weiße Augustsonne am Himmel schien alles zu der gleichen Un-Farbe auszubleichen. Sogar die Menschen, dachte Wanderer, als er sich den Schweiß von der Stirn wischte. Er konnte spüren, wie die Hitze ihm den Rücken röstete, als käme sie von den Flammen eines Lagerfeuers. Nur das Wasser des Golfs wurde nicht blasser. Es glitzerte in einem strahlenden, blendenden Blau, das in lebhaftem Kontrast zu Land und Himmel stand.

Wanderer saß neben Buffalo Piss auf einer Hügelkuppe vor dem hölzernen Dorf der Texaner. Es war weit und breit die höchste Erhebung. Sie sahen, wie sich die Frauen hinter und unter ihnen aufreihten, wie sie winkten und ihren Männern zuriefen und zujohlten, sie sollten ihnen Skalps und Geschenke mitbringen. Die Krieger hatten ihre beste Kleidung angelegt und bildeten ihre Schlachtformation, einen Keil. Ihre Ponys tänzelten unruhig in der dampfenden Hitze. Die Männer blickten auf Buffalo Piss und warteten auf sein Zeichen.

Als er den jungen Häuptling beobachtete, überlegte Wanderer, wann dieser begonnen hatte, sich zu verändern. Wahrscheinlich bevor sie vor zwei Wochen das Hauptlager verlassen hatten. Die Lobhudelei und Bewunderung wäre wohl jedem zu Kopf gestiegen. Einen ganzen Tag lang hatten die Krieger paradiert und ihr Kriegslied gesungen. Sie waren in Zweierreihen durch das riesige Lager geritten. Die Frauen hatten ihren Weg gesäumt und ihnen Kleidungsstücke überreicht, die sie als Glücksbringer mitnehmen sollten, und ihnen bei der Rückkehr ein warmes Bett versprochen. Die Feiern hatten mehr als eine Woche gedauert. Das Volk lobte und pries Buffalo Piss, wohin er auch ging. Er war ihr Rächer, ihre Waffe, die ihnen den verlorenen Ruhm zurückbringen sollte. Sie hielten ihn für unbesiegbar. Und jetzt glaubte er es selbst.

Es war normal, wenn jemand glaubte, seine Medizin sei mächtig genug, ihn unzerstörbar zu machen. Aber zu glauben, sie könnte tausend Menschen unzerstörbar machen, das hieß, den Geistern eine große Bürde aufzuladen. Als Tage und Meilen vergingen und das Volk stahl und mordete und Gefangene nahm und unbehelligt an das Große Wasser vorstieß, war Buffalo Piss immer unnahbarer geworden. Er war jetzt Vorschlägen und kritischen Äußerungen seiner Untergebenen gegenüber feindseliger geworden.

Jetzt hob Buffalo Piss seinen Schild und ließ die andere Hand auf die Kriegspfeife fallen, die an einem Lederriemen an dem kunstvoll gearbeiteten Lätzchen aus Knochen hing, das seine Brust bedeckte. Die Pfeife war aus dem Flügelknochen eines Adlers gemacht und bemalt und mit einem langen, perlengeschmückten Anhänger verziert, der einen Besatz aus flaumigen Brustfedern trug. Buffalo Piss ließ einen gellenden Pfiff hören, der sich wie der Schrei eines Adlers anhörte, und senkte gleichzeitig seinen Schild. Mit einem Geheul trieben die Krieger ihre Ponys an, und die Keilformation öffnete sich zu Flügeln, als sie auf die Stadt zugaloppierten.

Wanderer und Buffalo Piss gaben ihren Pferden die Sporen und eilten den Männern nach, von denen alle auf das erste Gebäude am

Rande der Siedlung zuritten. Ein weißer Mann stand mit einem Hinterlader in den Händen vor der Tür des Zollhauses. Er feuerte einen Schuß ab, bevor er überwältigt wurde, schlug aber noch im Fallen wild um sich. Die Krieger trampelten ihn nieder, als sie von ihren Pferden sprangen und versuchten, sich gleichzeitig durch den Eingang zu zwängen.

Cruelest One kam als erster wieder heraus. Er kämpfte gegen den Strom derer, die immer noch versuchten, ins Haus zu kommen. Seine Freunde Skinny And Ugly und Hunting A Wife folgten ihm. Sie schleiften eine Frau hinter sich her, die wild um sich trat und kreischte. Sie wollten sie ins Freie ziehen, wo sie mehr Bewegungsfreiheit hatten. Im Zollbüro war unterdessen die Hölle los. Die Männer rissen jede Kommode auf und kippten den Inhalt der Schubladen auf den Fußboden. Als sie nur Papier fanden, schleuderten sie es ebenso wie die Möbelstücke in sinnloser Zerstörungswut durch die Luft. Buffalo Piss hatte ihnen erzählt, die Waren der weißen Männer kämen in dieser Stadt nach Texas, und ihnen überdies reiche Beute versprochen. Doch alles, was sie fanden, war Papier.

Wer wegen des Gedränges nicht hineinkommen konnte, wartete darauf, daß Skinny And Ugly die Frau endlich ausgezogen hatte. Viele von ihnen hatten noch nie eine weiße Frau gehabt. Sie war eine schöne Frau, welche Maßstäbe man auch anlegte. Sie hatte Haar wie die Sonne, und obwohl sie fast so vollbusig war wie eine Frau aus dem Volk, hatte sie eine Taille wie eine Wespe.

»Wollen mal sehen, wie sie unter all diesem Stoff aussieht.«

»Beeil dich.«

Skinny And Ugly ignorierte sie und riß und zerrte an der widerspenstigen Bluse, während Hunting A Wife mit der komplizierten Reihe winziger Haken und Ösen zurechtzukommen versuchte, die sie auf dem Rücken verschloß. Cruelest One schob Skinny And Ugly beiseite und zog sein Messer.

»Bring sie noch nicht um«, rief ihm einer der Männer zu. »Sonst wird sie schon kalt, bevor wir alle etwas von ihr gehabt haben.« Cruelest One blickte finster in die Runde. Er zog den Baumwollstoff von ihrem Körper weg und schlitzte ihn an der Hüfte auf. Er schnitt die Bluse an der Vorderseite zwischen den weichen Rundungen ihrer Brüste auf und zerrte an den Rändern. Endlich hatte er es geschafft, die Bluse auseinanderzureißen. Die Frau kämpfte und kreischte nicht mehr. Sie war in Ohnmacht gefallen und hing schlaff zwischen Hunting A Wife und Skinny And Ugly.

Sie begannen, an ihren Röcken zu zerren. Unter ihrem Kattunrock trug sie mehrere Baumwollunterröcke mit Volants. Die Menge rückte näher, um besser zu sehen. Einige der Männer fingerten an ihren Lendenschurzen herum und grinsten vor Erwartung. Andere begannen sich mit Bärenfett einzureiben, um leichter einzudringen. Weiße Frauen seien köstlich eng gebaut, hatten sie gehört, aber trokken. Natürlich würde sie nicht mehr trocken sein, nachdem die ersten paar Männer sie benutzt hatten, aber es konnte nicht schaden, auf alles vorbereitet zu sein.

Noch mehr Stoff. Cruelest One riß mit seinen kräftigen, knochigen Fingern an der weißen Leinen-Chemisette und trat dann verblüfft einen Schritt zurück. Er musterte sie, als sie da zwischen seinen beiden Freunden hing. Mitte August war Mrs. Watts hier an der dampfenden Golfküste von Texas sicher in ein Korsett aus Walknochen gezwängt. Cruelest One streckte die Hände aus und zerrte an Schnallen und Bändern, an Schnürriemen und Haken und Ösen. Vor Wut und Enttäuschung versuchte er das Korsett aufzuschneiden, doch seine Messerklinge prallte an den Knochenstreifen ab, die in den Stoff eingenäht waren.

Wanderer galoppierte an Buffalo Piss vorbei und ritt auf die anderen Gebäude zu. Er war neugierig zu erfahren, ob dies tatsächlich die Quelle der guten Dinge war, welche die Weißen besaßen. Buffalo Piss war in einer üblen Laune. Er wußte, daß Night schneller war als sein Kriegspony, konnte sich damit aber nie abfinden. Er brachte sein Pferd so heftig zum Stehen, daß es sich aufbäumte und die Männer mit Sand und Kies vollspritzte.

»Laßt diese Frau da in Ruhe!« Er kreischte fast vor Zorn. »Laßt sie fallen. Werft sie weg. Wir sind hergekommen, um zu kämpfen, und nicht, um zu vögeln.« Cruelest One fuhr herum und starrte ihn, eine Hand noch immer an den Korsettbändern, haßerfüllt an.

»Ich gehe, wenn ich hier fertig bin.« In seiner Stimme lag ein drohender Unterton.

»Dann bleib. Wir anderen aber werden uns die Beute holen, während du deine Zeit mit dieser Frau verschwendest.« Er riß sein Pferd herum und galoppierte auf die Stadtmitte von Linnville zu. Die anderen rannten zu ihren Pferden und folgten ihm unter lautem Geschrei und Geheul. Skinny And Ugly, Cruelest One und Hunting A Wife warfen Mrs. Watts und ihre Rüstung quer auf den Rücken ihres Pferdes, banden sie dort fest und jagten hinter den anderen her.

Als Wanderer mit der ersten Welle von Kriegern nach Linnville hineinstürmte, flüchteten die Stadtbewohner auf der anderen Seite. Sie rannten zum Strand hinunter und begaben sich in allem, was sich über Wasser halten konnte, aufs Meer. Der Überfall hatte seinen wichtigsten Vorteil eingebüßt, das Überraschungsmoment, und das nur wegen Mrs. Watts und ihres Korsetts. Als die enttäuschten Krieger am Strand auf und ab rannten, schrien sie und feuerten ihre Gewehre auf die bedenklich überfüllten Boote ab, die in der sanften Dünung schaukelten. Die Bewohner von Linnville antworteten mit Beleidigungen und höhnischen Zurufen.

Wanderer stürmte an den Piers mit ihren aufgehäuften Bündeln, Säcken und Fässern, ihren Tonnen und den säuberlich aufgeschichteten Stapeln frischen, harzigen Holzes vorbei. Ein kräftiger Geruch nach geteerten Seilen, nach Rohbaumwolle und grober Leinwand lag in der Luft und wurde mit der Hitze immer stärker. Einige Männer waren schon dabei, die Fässer und Tonnen aufzubrechen. Sie verschütteten Mehl, Getreide und Kaffee und rissen Stoffballen auseinander. Wanderer brachte Night vor einem der verwitterten Gebäude am Hafenbecken zum Stehen.

Der robusteste Teil des Gebäudes war seine Doppeltür aus massiver, mehr als zwölf Zentimeter dicker Eiche. Sie war mit einem schweren Balken versehen, der mit einem schweren Schloß und einer Kette befestigt war. Wanderer stieß mit einer Hand gegen die Tür und erkannte, daß er so nie ins Haus kommen würde. Er ging zur Rückseite des Gebäudes herum und zog seine Streitaxt aus der Schlinge am Sattelgurt. Die Bretter an der Rückseite des Hauses waren so dünn, daß er sie mit der Schulter hätte eindrücken können, wenn er es gewollt hätte, aber er hatte sein Hemd in der Hitze ausgezogen, und so war ihm nicht danach zumute, sich Splitter aus der Haut zu ziehen.

Kurz darauf schlossen sich andere an, die mit ihren Äxten auf die Bretterwand einschlugen und -hackten und mit ihren Mokassins dagegentraten, bis sie ein Loch geöffnet hatten, das groß genug war, ein Pferd mit Reiter durchzulassen. Sonnenstrahlen strömten durch die Öffnung und spielten auf den aufgehäuften Waren, die bis zur Decke gestapelt waren. Die erste Kiste, die Wanderer aufbrach, enthielt die neuen Karabiner, Hinterlader mit Perkussionsschloß. Er stieß einen Jubelruf aus und vergaß alles andere, als er die blankpolierten Gewehrläufe betrachtete. Er reichte den Inhalt der Kiste an die anderen weiter, bis nur noch drei da waren, die er für sich behielt. Er begann, systematisch Kiste um Kiste aufzubrechen. Er suchte nach Pulver und Blei und Gußformen für Kugeln, nach Metall und Messern. In dem Stapel von Kisten neben den Gewehren fand er schließlich etwas Besseres. Papierpatronen. Sie hatten eine neue, ungewohnte Form, doch er wußte sofort, worum es sich handelte. In jeder Schachtel lagen zehn Patronen und zwölf Zündhütchen. Und in jeder Kiste aus Kiefernholz befanden sich hundert Schachteln. Wanderer stapelte sie schweigend neben den Gewehren auf und begann, alles an Night festzubinden.

Inzwischen waren die restlichen Krieger eingetroffen, und auf den heißen, sandigen Straßen hallten die Laute von Jubel und Zerstörung wider. Die Krieger hatten die Ballen mit Baumwollstoff, die unten am Landeplatz aufgestapelt waren, auseinandergerissen und in den Straßen verstreut, bis diese aussahen, als wäre in der Augusthitze Schnee gefallen. Kurze Zeit später war Linnville mit zerbrochenen Brettern von Lattenkisten und überall verstreut herumliegenden Waren übersät, unter denen lange, gewundene Stoffbahnen lagen und zerbrochenes Porzellan.

Buffalo Piss schickte einen widerstrebenden Skinny And Ugly dorthin zurück, wo die Frau und die Jungen mit den Lasttieren warteten. Theoretisch hatte auch Skinny And Ugly ein Anrecht auf einen angemessenen Anteil an der Beute, doch er erkannte, daß das normale Verfahren hier wohl nicht zu erwarten war und daß es hier hieß, jeder für sich. Er trat seinem Pony rücksichtslos in die Flanken und galoppierte los, um seinen Auftrag zu erfüllen und dann so schnell wie möglich zurückzukommen.

Krieger begannen durch die Straßen zu tanzen. Sie führten ihren neuen Putz vor. Sie trugen Zylinderhüte und Morgenmäntel, Bänder und Damenhauben und Seidenschals. Die Luft war mit ihren Rufen und ihrem Gelächter und dem Brüllen von Vieh erfüllt, als die Krieger ihre neuen Gewehre ausprobierten. Sie ritten um die umherirrenden Rinder herum und schossen in das Gedränge von Tierleibern, als wären es Enten in einem kleinen Tümpel. Spaniard hatte einen der glänzenden neumodischen Messingspucknäpfe an die Brust gepreßt und torkelte zu Wanderer hin. Er hielt ihn hin und bot seinem Freund einen Schluck von dem Inhalt an. Er hatte ein Oxhoftfaß mit Whiskey gefunden. Wanderer schnupperte daran und zog die Nase kraus.

»Du weißt, was dieses Zeug mit dir anrichtet, Spaniard.«

»Natürlich. Deswegen trinke ich es. Wenn es nichts mit mir anrichten würde, könnte ich genausogut Skunkpisse trinken.« Spaniard johlte über diesen Witz und verschüttete etwas Whiskey über den geschwungenen Rand des Spucknapfs.

»Sieh mal!« Er nickte zum Strand hin, da er seinem Arm nicht zutraute, den kostbaren Whiskey zu halten, wenn er mit dem Finger zeigte. Ein einsamer Mann mit weißem Haar watete an Land und ließ sein leckes Kanu voll Wasser schlagen und sinken. Richter Hayes schwang drohend seine verrostete Muskete aus dem Unabhängigkeitskrieg und schrie die Krieger an, die an ihm vorbeirannten.

»Ihr elenden Schweine. Ihr nichtsnutzigen Hurensöhne, ihr könnt nur alles kaputtmachen. Ihr hergelaufenen Ausgeburten der Hölle!« Seine Stimme hob sich zu einem schrillen Kreischen, als die Comanchen ihn ignorierten. »Ihr Würmer und Maden! Es ist mein Vieh, das ihr da ermordet.« Spaniard war beeindruckt.

»Er muß sehr mächtige Geister besitzen.«

»Oder er ist verrückt.« Wanderer durchsuchte auch weiterhin methodisch die Kisten, die er ins Freie gezogen hatte.

»Jedenfalls ist er ein sehr heiliger Mann.« Spaniard rannte zum Strand hinunter, um sich den tapferen Mann etwas näher anzusehen. Die anderen schienen mit seiner Ansicht über Richter Hayes übereinzustimmen. Keiner von ihnen wagte es, ihn zu berühren. Sie hüpften um ihn herum, während sie weiterhin auf die Menschen schossen, die draußen in den Booten von der Hitze geröstet wurden.

Schließlich zwinkerte der alte Mann, als erwachte er aus einem tiefen Schlaf, und sah sich um. Er stand allein auf einem Sandstrand, auf dem es von mörderischen, betrunkenen Comanchen wimmelte, und er war nur mit einer nicht funktionstüchtigen Muskete bewaffnet. Er zog sich behutsam ins Wasser zurück und watete langsam auf das Skiff zu, das für ihn an Land gerudert wurde. Als seine Freunde ihn ins Boot zogen, zitterten ihm die Beine, und er brach erschauernd in dem abgestandenen, schlammigen Wasser der Bilge zusammen. »Teufel auch, Hayes, wenn du schon an Land gehst, hättest du uns wenigstens etwas von dem Whiskey mitbringen können.«

»Sieht aus, als würde es einen langen, trockenen Tag geben.«

»Welcher Teufel hat dich geritten, dich den Comanchen einfach so entgegenzustellen?«

Richter Hayes gewann schließlich seine Stimme wieder. »Ich war wütend«, sagte er sanft.

»Wütend? Richter, du hast Eisen gekaut und Nägel geschissen!«
»Ob Doc etwas gegen Sonnenbrand in seiner Tasche hat?«
»Vielleicht trennen sich die Damen von einigen ihrer Unterröcke, damit wir uns vor der Sonne schützen können.«
»Glänzende Idee.«
Fluchend und lachend legten sich die Männer in die Riemen, die das schwerfällige Skiff, dessen Schandeckel fast überspült wurden, außer Reichweite der Pfeile und Gewehrkugeln brachten.

Am Strand konnte Wanderer sehen, daß es diesmal keine offizielle Teilung der Beute geben würde. Während die anderen feierten, packte er die Dinge, die er haben wollte, auf seine Tiere. Er nahm Kaffee für sich und für Sunrise und Pahayuca mit. Sie hatten inzwischen eine Schwäche für dieses Getränk entwickelt. Dann hatte er Messer und metallene Faßbänder für Pfeilspitzen, Stoffballen, eine große silberne Suppenkelle, Bänder und Borten für die Frauen – für Something Good, Blocks The Sun, Silver Rain, Takes Down The Lodge und Black Bird. Einen weißen, emaillierten Nachttopf füllte er mit kleineren Kleidungsstücken, Kurzwaren und Nähzeug, mit Eisenwaren sowie Geschenken für Star Name und Upstream. Dann belud er fünf weitere Maultiere mit Geschenken für seine Familie und seine Freunde unter den Quohadi. Das meiste davon waren Waffen und Munition.

Naduahs Geschenk wickelte er behutsam als letztes ein und hüllte es in einen Streifen aus weichem Wollstoff. Es war spanisches Zaumzeug aus gepunztem Leder, das mit getriebenen Silberscheiben und Glöckchen und Quasten aus Seidenschnur geschmückt war. Dann ging er los, um Buffalo Piss zu suchen.

Er fand ihn, wie er unter den betrunken grölenden Kriegern umherritt und sie drängte, sich mit dem Packen zu beeilen, damit sie vor Sonnenuntergang losreiten konnten. Seine Bemühungen waren nicht sonderlich erfolgreich. Die Männer tanzten in der sommerlichen Hitze um brüllende Feuer herum. Die Frauen hatten das Vieh geschlachtet und waren dabei, in dem beliebtesten Gefäß Eintopf zu kochen, in den großen weißen Nachttöpfen. Sie stellten sie direkt auf das Feuer, so daß sie bald rußgeschwärzt waren. Als Feuerholz benutzten sie die Bretter von zertrümmerten Lattenkisten und Möbel aus den geplünderten Häusern.

Fast jeder hatte sich mit neuen Kleidungsstücken herausgeputzt. Alle waren vor Reichtum und Dummheitswasser trunken und völlig aus dem Häuschen. Wanderer ritt zu Buffalo Piss heran, der einer der wenigen war, die sich weigerten, etwas zu tragen, was den weißen Augen gehört hatte.

»Es ist Zeit aufzubrechen.«

»Ich weiß.« Buffalo Piss wußte auch, daß er die Dinge nicht mehr in der Hand hatte, und brauste auf, um es zu verbergen.

»Werden wir südlich und westlich an den weißen Siedlungen vorbeireiten? Dort kann uns niemand aufhalten.«

»Nein, das würde zu lange dauern. Wir reiten auf dem kürzesten Weg nach Hause, auf demselben Weg, auf dem wir gekommen sind.« Buffalo Piss konnte Wanderers Mißbilligung spüren. »Niemand wird uns aufhalten«, rief er aus. »Die Texaner sind geflohen. Wir sind zu stark für sie!«

»Vielleicht liegen sie in einem Hinterhalt, um uns bei der Rückkehr zu überfallen.«

»Sollen sie's doch versuchen!« Buffalo Piss fauchte wie ein in die Enge getriebener Luchs. Sein Kindergesicht verzerrte sich vor Wut. »Ich würde mich freuen, wenn sie es tun. Sie sind Feiglinge. Nirgends haben sie sich gestellt und gegen uns gekämpft. Meine Lanze ist durstig. Ich fordere sie auf, gegen uns zu kämpfen. Ich will, daß sie kämpfen.«

»Das Dummheitswasser hat die Krieger verrückt gemacht. Es kann sein, daß sie dir nicht folgen.«

»Sie werden mir folgen. Und wenn jemand nicht will, ist es auch egal. Es werden genug übrigbleiben, um mit den kriecherischen Texanern fertig zu werden. Wir haben sie geschlagen. Wir haben ihnen beigebracht, daß sie uns nicht für schwach halten dürfen. Jetzt brauchen wir nur noch nach Hause zu reiten, unsere Geschenke zu verteilen und zu feiern. Wir werden noch Jahre von diesem Sieg sprechen.«

Wanderer dachte, als er sah, wie die Männer singend an ihm vorübertorkelten, sich übergaben und hinfielen: *Der Whiskey hat die Eroberer erobert.* Er fühlte sich plötzlich allein und vermißte seinen verstorbenen Freund. Der hatte Whiskey auch verabscheut. Wenigstens hätten sie beide einander Gesellschaft leisten können.

Der Whiskey machte Fremde aus den Männern, die Wanderer kannte, und dabei kannte er nicht einmal viele. Als er durch die mit Unrat übersäte Stadt ritt und den bewußtlosen Leibern und Feuern auswich, hielt er nach jemandem Ausschau, der ihn auf dem langen Rückweg begleiten konnte. In einer kleinen Gasse zwischen zweien der Lagerhäuser unten am Strand fand er Deep Water, der auf einem halbrohen Steak herumkaute. Sein pockennarbiges Gesicht wirkte mürrisch. Er hatte kein Kleidungsstück des weißen Mannes am Körper, und die Maultiere, die er zusätzlich mitgenommen hatte, trugen mit Ausnahme eines der neuen Gewehre nur die Dinge, mit denen er gekommen war. Er hielt sich an seinen Schwur, nur die Dinge des weißen Mannes anzurühren, die er gegen sie verwenden konnte.

»Deep Water!«

Der Junge fuhr herum und starrte ihn an.

»Es ist Zeit, diesen Ort zu verlassen.«

»Sag das diesen Dummköpfen«, spie er. »Sie sind *hibipa,* betrunken.«

»Mit denen sprechen? Genausogut könnte ich gegen einen Sturm anpissen. Komm mit mir. Der große Kriegshäuptling plant, eintausend Menschen und dreitausend mit Beute beladene Tiere direkt durch das feindliche Territorium zu führen.«

»Du meinst Penateka-Territorium.«

»Es ist nicht mehr Territorium der Penateka, Deep Water. Gleichgültig, was Buffalo Piss sagt. Es sind noch immer Texaner da. Und die warten vermutlich schon auf uns. Ich werde über Mexiko nach Hause reiten. Willst du mit mir kommen oder nicht?«

»Na schön.« Deep Water drehte sich um und rief durch das Fenster des nächstgelegenen Lagerhauses. »Upstream.« Star Names elfjähriger Bruder kletterte durch die Öffnung und baute sich grinsend vor Wanderer auf. Er trug ein paar Jungenreithosen aus schwerem grauem Leinen, aus denen der Hosenboden herausgeschnitten war. Seine runden kleinen Hinterbacken blitzten durch die gezackte Öffnung wie der Vollmond durch Wolken. Er hatte sich ein grünes Seidentuch um den Hals geschlungen und sich die Zöpfe mit Streifen aus weißer Spitze umwickelt.

»Was tust du hier?«

Deep Water antwortete für ihn. »Er hat sich heimlich davongemacht, um der Armee zu folgen. Ich habe ihn versteckt, damit du ihn nicht nach Hause schickst.«

»Sattle dein Pony, Upstream. Wir brechen auf.«

»Aber die anderen sind noch nicht fertig.«

»Wir gehen nicht mit ihnen. Wir nehmen den langen Weg nach Süden, quer durch Mexiko und dann wieder nach Norden über die alte Wüstenstraße, und von dort wieder zurück. Du kannst bei den Lasttieren und Mauleseln helfen.«

»Auf dem Weg dauert es doch ewig. Ich habe Geschenke für Mutter und Star Name und Sunrise. Ich will nach Hause.«

»Upstream, hol dein Pony. Ich habe nicht vor, meine Zeit mit Streitereien zu vergeuden.«

»Nein! Ich bleibe bei Buffalo Piss. Und versuch ja nicht, mich zum Mitkommen zu zwingen.« Upstream kauerte sich halb hin, bereit, jederzeit loszurennen und zu flüchten.

»Mach, was immer du willst. Ich werde mich hüten, einen tapferen Krieger wie dich zu zwingen.« Wanderer lächelte zu dem Jungen hinunter. »Sag Pahayuca, daß wir irgendwann ankommen werden. Und solange wir noch in Mexiko sind, können wir vielleicht noch ein paar Pferde stehlen.« Da entdeckte er eine vertraute Gestalt, die in der Gasse, in der sie standen, auf sie zutorkelte.

»Spaniard. Hol deine Tiere. Wir reiten los.«

»Ich bin mit dem Feiern noch nicht fertig.« Spaniard hatte irgendwo seinen Spucknapf verloren und trank seinen Whiskey jetzt aus einem alten Pulverhorn. Seine Zöpfe hatten sich gelöst, und sein Haar stand ihm vom Kopf ab, als hätte ihn ein Blitz getroffen. Auf der Brust breitete sich ein Lavastrom aus Erbrochenem aus, und er stank entsprechend. Deep Water wandte sich an Wanderer und sprach mit sanfter Stimme.

»Wir könnten bei den Pferden seine Hilfe brauchen. Ich kenne ein Heilmittel gegen Whiskey. Wir müssen ihn nur zum Wasser hinunterbringen.«

Wanderer nickte. »Ich kenne dieses Heilmittel.« Sie sprangen beide von ihren Ponys herunter und packten den betrunkenen Krieger. Mit vereinten Kräften schleiften sie ihn um das Gebäude herum und über den feinen Sand des Strands, in den seine Fersen zwei parallele Furchen zogen. Sie warfen ihn ins Wasser und stürzten sich auf ihn, tauchten ihn unter und hielten ihn unter Wasser, bis er sich nicht mehr wehrte. Dann zogen sie ihn heraus und ließen ihn in den Sand fallen. Er stand auf Händen und Knien und übergab sich wieder. Meist kamen nur Whiskey und Meerwasser. Er stand unsicher auf und schüttelte sich wie ein Hund. Das Wasser spritzte ihm aus seiner wolligen Mähne, und um ein Haar wäre er wieder hingefallen.

Die drei Männer trieben ihren Anteil an den gestohlenen Tieren zusammen und ritten los. Spaniard hing wie ein Mehlsack im Sattel und stöhnte mitleiderregend. Wanderer wandte sich mit einem immer breiter werdenden Grinsen zu Deep Water um.

»Von diesem Raubzug werden wir noch lange sprechen, nicht wahr?«

Deep Water lächelte zurück. Seine Augen hellten sein verwüstetes Gesicht auf. »Ja, ich denke schon.« Außer Upstream bemerkte niemand, wie sie aufbrachen. Er winkte ihnen nach, drehte sich dann um und rannte zu den Feiernden zurück.

32

Ben McCulloch war zufrieden. Der Häuptling hatte den entscheidenden Fehler begangen. Vielleicht fühlte er sich zu sicher. Vielleicht war es eine arrogante Herausforderung, ein Fehdehandschuh, den er den Texanern hinwarf. Ben bezweifelte, daß es Dummheit war. Es war auch gleichgültig. Die Comanchen ritten auf dem kürzesten Weg nach Hause, auf der gleichen Route am Colorado entlang nach Norden.

Kaum hatte Ben erkannt, in welche Richtung die Indianer ritten, da wußte er schon, wo er ihnen einen Hinterhalt bereiten konnte. Er schickte Reiter los, die in allen Himmelsrichtungen ausschwärmen sollten. Sie hatten Befehl, jeden verfügbaren kampffähigen Mann zu den dichten Bäumen und dem Buschwerk am Plum Creek in der Nähe von Austin zu bringen. Die Armee der Comanchen mußte die Big Prairie passieren, eine offene Ebene in der Nähe des Creek. Dort wären sie schutzlos.

»Mit all dem Gepäck werden sie es nie nach Hause schaffen.« Ben betrachtete die Stoffballen, die überall den Weg der Indianer säumten. Schon zeigten die Maultiere der Comanchen Ermüdungserscheinungen, und sie wurden aufgegeben, als die Ranger sie jagten und die Nachhut der Armee unter Feuer nahmen. McCullochs Männer hatten die Indianer seit drei Tagen verfolgt und verloren auch schon eigene Pferde. Die Männer sprangen herunter, wenn die Tiere stürzten und mit wogenden Flanken und zuckenden Beinen liegenblieben, bevor sie die Augen verdrehten und krepierten.

Bill Wallace versetzte einem der verbeulten Nachttöpfe einen Fußtritt, so daß er klappernd den Abhang des Hügels herunterrollte, bevor er von einem Wacholderstrauch aufgehalten wurde.

»Ben, sie teilen sich nicht und verschwinden nicht wie sonst im Unterholz. Sie bringen es wohl nicht über sich, sich von all dem Plunder zu trennen, den sie gestohlen haben. Wenn ihr Häuptling Grips hätte, würde er dieses ganze Zeug wegwerfen.«

»Grips hat er schon, und er ist nicht verrückt. Würdest du fünfhundert blutrünstigen, whiskeygetränkten Comanchen-Kerlen sagen, sie sollen ihre Beute wegwerfen, die größte Beute, die sie je im Leben gesehen haben?«

»Ich verstehe, was du meinst.«

»Ein umgekehrtes trojanisches Pferd.«

»Was sagst du da, Ford?«

»Ein umgekehrtes trojanisches Pferd«, wiederholte John Ford. »Statt das verhängnisvolle Geschenk in die Stadt zu bringen, haben sie es herausgetragen.«

»Na schön, trojanisch oder nicht, ich wünschte, wir hätten ein paar Pferde mehr. Dieser Feldzug hat ihnen ganz schön zugesetzt.« Wallace ging zu seinem Pferd hinüber.

Die Gruppe von Männern, die sich Ben McCulloch und seiner kleinen Ranger-Patrouille angeschlossen hatten, wurde stetig größer. Von den ergrimmten Bürgern der Stadt Victoria hatten sich allein siebzig zu ihnen gesellt. Überall im Kielwasser der Comanchen-Armee schlossen sich kleine Gruppen von Rangern, Miliz und Freiwilligen an. Es wurden immer mehr und immer größere Gruppen, die allmählich verschmolzen. Und aus den Hügeln in der Nähe des kleinen, klaren, von Bäumen beschatteten Flusses Plum Creek strömten noch mehr Männer zusammen.

Das Biwak der Texaner in den Hügeln sah eher wie eine Reihe von Müllhaufen aus, nicht wie ein Militärlager. Es bestand aus provisorischen Zelten, die in aller Hast aus steifen schwarzen Guttapercha-Bahnen und alten Decken zusammengebaut worden waren. Dann gab es noch primitive Hütten aus Pfählen und Zweigen. Die Umgebung war mit Federn und Kaninchenfellen und Knochen übersät, den Überresten von Mahlzeiten. Man sah Lumpenfetzen für die Vorderlader und Papierstückchen von den Patronen derer, die das Glück gehabt hatten, Patronen zu ergattern. Die meisten Männer waren gezwungen, im Feld ihre eigene Munition herzustellen. Der Geruch von heißem Blei hing wie eine Wolke über dem Lager.

Noah Smithwick schlenderte zu einer Gruppe von Männern hinüber, die an ihrem Lagerfeuer saßen.

»Was kocht ihr aus, Jungs?«

»Oh, wir haben nur etwas geplauscht und fragen uns, wie es weitergeht, Cap'n. Wir spekulieren darüber, wie der Spaß weitergehen wird.« John Ford saß bei ihnen. Er hatte sich der schützenden Färbung ihres Dialekts angepaßt. »Diese Jungs kommen aus der Gegend von San Augustino.« Ford hatte es sich mit seinem gepackten Bündel im Rücken bequem gemacht. Er hielt einen primitiven Kaffeeröster, eine Blechdose, an einer langen Metallrute über die Flammen. Der Duft der röstenden Bohnen verdrängte den Gestank von kochendem Blei. »Setz dich doch auf einen Becher Kaffee zu uns, Noah. Müßte in ein oder zwei Stunden fertig sein, nachdem ich die Bohnen gemahlen habe.«

»In ein oder zwei Stunden sollte mehr fertig sein als nur der Kaffee, John. Wir kommen allmählich an die Comanchen heran.«

»Gut. Ich kann es gar nicht erwarten, sie kennenzulernen.« Rufe Perry hatte die Ranger verlassen, um sich als Farmer niederzulassen, doch die jetzigen Ereignisse hatten ihn zurückgebracht. Er war gerade dabei, seine Mokassins mit einem der Rehlederriemen zu reparieren, die er zusammen mit einer Rolle Leder zum Flicken in seinem Pulverbeutel bei sich trug. »Du hast ein paar Monate bei den Comanchen gelebt, Noah. Wie verhindern die, daß ihre Mokassins auseinanderfallen?«

»Sie heiraten drei oder vier Frauen, die ständig damit beschäftigt sind, sie zu flicken.«

»Hört sich gut an«, sagte Rufe. »Ich weiß aber nicht, ob mir eine Indianerfrau gefallen würde. Wie ich höre, riechen sie.«

»Riechen!« Noah Smithwick rollte unter seinen buschigen roten Augenbrauen mit den Augen. »O Mann, ich kann dir verraten, daß sie riechen. Sie riechen genau wie Räucherschinken, das Köstlichste, was du je zwischen die Zähne gekriegt hast.«

»Der Schinken oder die Squaws, Noah?«

»Kommt drauf an, was du als letztes genossen hast...«

Er duckte sich, als ein zusammengeknüllter öliger Putzlappen auf ihn zuflog.

»Was dagegen, wenn ich mir mal eure Gewehre angucke, Jungs? McCulloch hat es mir aufgetragen.« Noah entschuldigte sich fast.

»Ja, ich habe was dagegen«, entgegnete Rufe Perry. »Wir sind jahrelang gemeinsam auf Streife gewesen, Noah. Du weißt, daß ich mit einem Gewehr umgehen kann.« Rufe war achtzehn und etwas empfindlich, was sein Alter anging. Er hatte Angst, andere könnten ihn für einen grünen Jungen halten.

»Ich weiß, daß du das kannst, Rufe. Aber von diesen neuen Jungs stecken viele die Kugel vor dem Pulver in den Lauf.«

»Und viele von ihnen tragen ihre Gewehre geladen mit sich herum und mit gespanntem Hahn. Oder lassen sich ihre dämlichen Köpfe wegpusten, wenn sie sich vor den Lauf stellen, während sie die Knarre durchs Gebüsch hinter sich herziehen. Das heißt doch noch lange nicht, daß wir alle Idioten sind.«

»Reg dich nicht auf, Rufe. Das ist doch nur eine Inspektion.«

»Na schön, dann inspiziere einen anderen. Ich bin für meine Waffe selbst verantwortlich und habe was dagegen, wenn ein anderer sie anfaßt. Das gilt auch für dich, Noah.«

»Na schön. Ihr anderen reicht mir die Gewehre bitte eins nach dem anderen.« *Ja, Sir, die Texaner und die Comanchen haben viel gemeinsam. Aufsässig und stolz.*

»Sieht aus, als bekämen wir Gesellschaft.« Die Männer drehten sich um und blickten in die Richtung, in die Ford zeigte. Eine Gruppe von Tonkawa mit ihrem Häuptling an der Spitze kam näher. Placido beugte sich vor, stützte die Hände auf die Knie und rang keuchend nach Luft. Schweiß lief ihm über seinen hageren Leib wie Stromschnellen über eine Felswand. Er und seine vierzehn Krieger waren dreißig Meilen gelaufen. Für eine Gelegenheit, die Comanchen zu vernichten, wären sie liebend gern noch weitere dreißig gelaufen.

»Wo haben die denn ihre Pferde gelassen?«

»Die sind vermutlich dort, wo auch die meisten von unseren sind. Die Comanchen haben sie.« Noah stand auf, um seine Inspektion bei den anderen Männern fortzusetzen. »Könnt ihr euch in etwa einer Stunde bereithalten, Jungs?«

»Wann immer Sie sagen, Cap'n. Es wäre aber trotzdem schön, wenn wir noch Zeit für etwas Kaffee hätten.«

»Dann sehen wir uns in einer Stunde bei den Pflaumenbäumen da drüben.« Und damit schlurfte Noah in der für ihn typischen Gangart davon. John Ford wandte sich an Rufe Perry.

»Du hattest keinen Grund, dich so aufzuregen. Noah und Ben haben das Recht, die Waffen zu prüfen. Bei Leuten, die sich Tag für Tag auf sie verlassen müssen, habe ich noch nie so eine Sorglosigkeit gesehen. Ich habe schon miterlebt, wie Männer, die hinter ein paar Pferdedieben von Comanchen her waren, sie mit verrosteten Gewehren angriffen. Die Indianer kümmern sich besser um ihre Waffen.«

»Mein Gewehr ist nicht verrostet. Wenn wir angreifen, werde ich bereit sein.«

»Ich weiß, Rufe. Ich bete nur, daß auch alle anderen dann bereit sind.«

Ben McCulloch und die mit ihm reitenden Männer waren Teil einer langen Linie, die sich mit einer zweiten, etwa eine halbe Meile entfernten Kolonne in einer Scherenbewegung schloß. Der Plan war, die Indianer in die Zange zu nehmen. Es wurde nur wenig gesprochen. Jedermann hing seinen Gedanken nach. Die Männer wirkten äußerlich kühl, grimmig entschlossen und rücksichtslos, doch Ben konnte die Furcht in ihrem Schweiß riechen. Er hatte sie zuvor schon oft genug gerochen.

Der Wind, der ihnen ins Gesicht blies, war erhitzt, als hätte jemand irgendwo die Luke eines Ofens offen gelassen. Flirrende Hitzewellen ließen Gegenstände auf der weiten, wogenden Prärie zu stummer Musik tanzen. Die Hitze verzerrte die ferne Kolonne der Reiter, bis sie zu wogen schien. Bens Hemd fühlte sich unter den Armen klebrig an, und der Schweiß kitzelte ihn, als er ihm über Hals und Seiten lief und unter den Knien weiterrollte. Sein Mund war trocken, und wenn er die Lippen schloß, klebten sie aneinander.

Die Staubwolke am Südende von Big Prairie wurde größer. McCulloch musterte sie. Placido und seine Tonkawa-Späher stimmten ihm darin zu, daß es mindestens fünfhundert Krieger sein mußten. Und sie hatten ihre Familien bei sich. Das war schlecht. Wenn es etwas gab, was einen Comanchen dazu brachte, sich zu stellen und zu kämpfen, dann die Notwendigkeit, seine Frauen und Kinder zu verteidigen. Sonst konnte es bei einem Kampf gegen Comanchen so kommen, als würden blinde Männer Vögel jagen. Die Comanchen verschwanden einfach in der Landschaft und schienen sich in Luft aufzulösen.

Aus dem Staub tauchten dunkle Gestalten auf, und Ben kniff die Augen zusammen, um sie zu erkennen. Er schüttelte den Kopf. Einen Moment lang glaubte er, er sei eingeschlafen und träume. Oder habe Halluzinationen. Neben ihm ließ Bill Wallace ein leises Lachen hören.

»Das schlägt wirklich alles. Die da haben Texas terrorisiert.« Buffalo Piss ritt vor seinen Männern her, stand auf dem Rücken seines Ponys und rief den Weißen seine Herausforderung zu. Seine Zöpfe waren mit Roßhaar verlängert worden und flatterten fast zwei Meter hinter ihm im Wind. In einer Hand schwang er seine Kriegslanze, und in der anderen hielt er einen zierlichen, spitzenbesetzten Sonnenschirm. Er mokierte sich zwar über die Kleidung der weißen Männer, aber ein Sonnenschirm war zu gut, um ihn einfach liegen zu lassen.

»Sieht aus wie in einem verdammten Zirkus, als wären die Clowns und Akrobaten und Kunstreiter alle plötzlich miteinander verschmolzen.«

»Besser als jeder Zirkus, den ich je gesehen habe. Sieh dir den einen da an, der Damenunterhosen trägt.«

Die Männer mußten fast schreien, um sich durch das Trommeln und das Kriegsgeschrei hindurch Gehör zu verschaffen.

»Warum greifen sie nicht an, statt uns ihre Spielchen vorzuführen?«

»Das ist bei ihnen eben so«, rief Smithwick. »Sie müssen uns erst zum Kampf Mann gegen Mann herausfordern. Das ist männlicher.« Noah kniff die Augen zusammen, um in dem Staub, der zu ihnen herüberwehte, besser zu sehen.

»Und sie versuchen uns abzulenken, bis ihre Hauptkolonne da ist«, rief McCulloch. »Durchbrecht den äußeren Kreis von Kriegern und reitet auf ihre Pferde zu. Treibt sie in den Sumpf im Nordosten. Laßt die Pferde durchgehen, und ihre ganze Formation wird zusammenbrechen.«

»Allmächtiger Herr des Himmels, seht euch an, wie die reiten.« John Ford war voller Bewunderung. »Der da ist gerade unter dem Bauch seines Tieres hindurchgeklettert und auf der anderen Seite wieder raufgekommen. Und das Pferd läuft in gestrecktem Galopp.«

»Nur ein Comanche kann so reiten«, rief McCulloch. Und fügte mit viel sanfterer Stimme hinzu: »Sie reiten ihre Pferde so, wie die Adler den Wind reiten.«

Upstream trieb gerade die Maultiere zusammen, als die wie Todesfeen schreienden Texaner angriffen. Er hörte die Schreie und die Schüsse und das Donnern der Hufe, als die Wucht ihres Angriffs den äußeren Ring von Kriegern durchbrach und sie kopfüber in die Frauen und Kinder und Lasttiere dahinter stürzen ließ. Upstream würgte in der Staubwolke und versuchte, die Tiere in seinem Teil der Herde zu halten. Die Maultiere bockten und schrien und begannen auf der Suche nach einer Öffnung im Kreis herumzulaufen, so daß ihre Ladung klappernd zu verrutschen begann. Ihre großen Augen quollen ihnen vor Schrecken fast aus dem Kopf, und sie entblößten ihre gelblichen Zahnstummel.

Die Hütejungen schrien und ruderten mit den Armen, um die Tiere zurückzuhalten, doch schon brachen einige durch, weitere folgten. Dann ragte eine Gestalt aus der Staubwolke auf, und einen Moment lang glaubte Upstream, er sähe den großen bösen Donnervogel, der mit seinen riesigen Flügeln flatterte. Es war Bill Wallace, der alle anderen überragte und eine Bisonrobe schwenkte, um die Tiere zu erschrecken. Er heulte mit verzerrtem Gesicht, und seine Fuchspelzmütze mit den aufgerichteten Ohren und dem wehenden Schwanz ließ ihn wie ein Zwitterwesen aus Mensch und Tier aussehen. Wie ein Wesen, das den Verstand verloren hatte.

Upstreams Pony geriet in Panik und ließ sich von der Herde mitreißen. Der Junge zog die Beine auf den Rücken des Tiers, damit sie nicht zerschmettert wurden, als die Maultiere gegen das Pony prallten und ihre Ladung verloren. Beutestücke flogen durch die Luft, als die Tiere sich aufbäumten und traten. Upstream war so eingekeilt, daß er den Erdboden nicht sehen konnte. Er konnte sich nur an seinem Pony festklammern und hoffen, daß es nicht in Erdlöchern oder Spalten stolperte und ihn abwarf. Er hatte keine Ahnung, wie das Gelände aussah, bis die ersten Maultiere weit vor ihm aus dem Blickfeld verschwanden. Man hatte sie in den Morast getrieben, den McCulloch gezeigt hatte.

Die Tiere sanken schreiend und zappelnd ein, als die Maulesel hinter ihnen über sie fielen oder über sie hinwegzuklettern versuchten. Frauen und Kinder, deren Pferde von der Stampede überrannt wurden, schrien auf, als sie niedergetrampelt wurden. Es gab für Upstream keine Möglichkeit, sein Pony zum Stehen zu bringen, und er machte sich bereit, jederzeit abzuspringen. Er konnte deutlich die Hunderte gestürzter Tiere sehen, die vor ihm aus dem Sumpf herauszukommen versuchten, die mit den Vorderbeinen wild um sich schlugen und sich aus dem wogenden Meer von Rücken aufzubäumen suchten. Hälse und Köpfe reckten sich vor Anstrengung von einer Seite zur anderen und versanken dann wieder.

Als Upstream den ersten Fehltritt seines Ponys spürte, sprang er ab. Sein Fuß rutschte auf dem Rücken des Maultiers neben ihm ab, und er legte eine Hand auf den verschwitzten Hals des Tieres, um sich abzustützen. Ohne nachzudenken, sprang er von Rücken zu Rücken und rannte so über die Masse von Tierleibern hinweg. Er wich geschickt zappelnden Beinen und Hufen und einem menschlichen Arm aus, dessen Hand verzweifelt in die Luft griff. Upstream benutzte beide Hände, um sich vorwärtszuziehen, hastete über die sperrigen und sich herumwälzenden Leiber hinweg, als kletterte er einen mit Felsbrocken übersäten Steilhang hinauf, der sich ständig veränderte.

Er bewegte sich instinktiv. Beine und Füße fanden Gleichgewicht und Halt, ohne daß er sich bewußt darum bemühte. Sein ganzes Sein, seine Jahre voller Spiel und Training hatten seine Muskeln und Sehnen, seine Augen und Nerven aufeinander abgestimmt. Er hörte nicht das Knacken und Krachen von Knochen, das Klirren von Metall, die Schreie und Schüsse um ihn herum. Er sah nur, wo seine Füße als nächstes landen würden. Er hörte nur, wie ihm das Blut in den Schläfen pochte, spürte nur, wie unter seinen Füßen und Händen Haut und Muskeln wegrutschten.

Als er über das letzte gestürzte Tier hinweg war, versuchte er festen Boden zu erreichen und machte einen großen Satz. Sein Ziel war ein Dickicht von Pflaumenbäumen, doch er schaffte es nicht. Er fühlte, wie er von zwei drahtigen Händen gepackt wurde, deren knochige Finger sich ihm in die Achselhöhlen bohrten, und auf den Rükken eines Ponys gehoben wurde. Er drehte sich um und wollte sich wehren, als er Cruelest Ones Gesicht sah. Es war eine finstere und schauerlich bemalte Maske, doch für Upstream war es ein schönes Gesicht, dessen Anblick ihn beruhigte. Der Junge klammerte sich keuchend am Hals des Ponys fest und preßte die Knie zusammen, um nicht hinunterzufallen. Als hätte sein Körper die Übermittlung der Botschaften seiner Augen verzögert, schossen ihm jetzt die entsetzlichen Anblicke seiner Flucht über die Leiber der zuckenden Maultiere durch den Kopf. Er sah Menschen, die in der Masse von Tierleibern festgequetscht wurden und deren Gesichter ihn ohnmächtig ansahen, als er über sie hinwegsprang. Dann wurde die Anstrengung aus ihm herausgespült, und er wurde schlaff und begann zu zittern.

Cruelest One stürzte sich in das dichte Gestrüpp von Büschen und Bäumen am Rande von Big Prairie und trieb sein Pony erbarmungslos mit der Peitsche an, damit es durch das Dornengestrüpp hindurchgaloppierte. Sie brachten das Dickicht hinter sich und rutschten den Steilhang einer überwucherten Schlucht hinunter, während der Schlachtenlärm hinter ihnen allmählich schwächer wurde. Cruelest One hatte keine Familie zu beschützen und vergeudete keine Zeit mit Kampf. Sie galoppierten ein oder zwei Meilen weiter, wobei sie sich immer am Grund der Schluchten hielten und von Zeit zu Zeit stehenblieben, während weiße Männer oben an ihnen vorüberritten. Schließlich brachte Cruelest One sein Pony zum Stehen und lauschte. Dann ließ er einen heiseren Schrei hören, der aus der Ferne von einem anderen Ruf beantwortet wurde. Er sprach zum erstenmal.

»Skinny And Ugly.« Sie ritten in Richtung des Rufes und fanden Skinny And Ugly und Hunting A Wife und deren Gefangene. Mrs.

Watts war geknebelt und gefesselt und mit Ausnahme ihres Korsetts immer noch nackt. Cruelest One war vollkommen ruhig, und in solchen Momenten war er am gefährlichsten. Er sagte so beiläufig, als ginge es um eine alltägliche Unterhaltung: »Warum trägst du dieses Gepäckstück noch immer mit dir herum?«

Skinny And Ugly wand sich und versuchte, eine trotzige Miene aufzusetzen. »Sie ist schön, viele Pferde wert. Ich werde sie als Sklavin behalten.«

»Bevor du sie nach Hause bringst, wird die Sonne sie zu Kohle verbrannt haben.« Schon jetzt hatte Mrs. Watts Haut eine tiefrosa Farbe angenommen und schälte sich in großen Stücken ab. Ihre entsetzten blauen Augen starrten sie über den straff gespannten Lederstreifen in ihrem Mund hinweg an.

»Ich werde sie zudecken.« Skinny And Ugly zauderte. Falls einer aus dem Volk ein Untertan war, kam er dem am nächsten, und er hatte einen geborenen Führer vor sich.

»Wir haben einen Krieger hier, der ein Pferd braucht«, sagte Cruelest One. Bei diesen Worten richtete sich Upstream, der vor ihm saß, kerzengerade auf.

»Sie gehört mir.«

»Dann hast du das Recht, sie auf jede Weise zu erledigen, die du für richtig hältst. Willst du sie nehmen, bevor du es tust? Wir werden fünf Minuten warten.« Für einen Cruelest One war das ein gewaltiges Zugeständnis.

Skinny And Ugly war zornig und verlegen zugleich.

»Ich kann sie nicht ausziehen. Ich habe es gestern beim Rasten versucht, aber wir hatten nie genug Zeit, es ernsthaft zu versuchen.«

»Dann ist sie für uns nicht von Nutzen, und wir haben keine Zeit zu vergeuden. Wir brauchen dieses Pferd.« Cruelest One bückte sich und knotete die Seile auf, welche die Frau auf dem Rücken des Ponys festhielten. Er gab ihr mit dem Mokassin einen Schubs, so daß sie zu Boden glitt. Die beiden anderen Männer stiegen ab und halfen ihm dabei, sie an einen nahen Baum zu binden. Upstream sah belustigt zu, als Mrs. Watts sich wand und zappelte. Tränen strömten ihr über das Gesicht und näßten den ledernen Knebel. Die Männer entfernten sich gut zwanzig Meter, und dann nahm jeder von ihnen einen Pfeil aus dem Köcher und spannte den Bogen.

»Wir wollen sehen, wer das Herz treffen kann.« Cruelest One schoß als erster, und er hatte perfekt gezielt. Die beiden anderen Pfeile spalteten seinen.

»Das war leicht«, rief Upstream. »Ihr hättet weiter weg gehen müssen.«

Das Kinn der Frau war ihr auf die Brust gefallen, und sie hing leblos in den Seilen.

»Upstream, nimm dieses Pferd. Beeil dich.« Aus der Ferne war Hufgetrappel zu hören, und die drei Männer rannten zu ihren Ponys. Dann galoppierten sie los und ließen Mrs. Watts neben dem Pfad hängen.

Sie war inzwischen wieder zu sich gekommen und fast hysterisch, als Noah Smithwick und seine Männer sie fanden. Der Pfeil war tief in das Korsett eingedrungen und dort steckengeblieben, hatte sie aber nur leicht verwundet, da der harte Walknochen ihn aufgehalten hatte. Sie hatte Glück gehabt. Während die Comanchen sich aufteilten und flüchteten, entledigten sie sich der Beutestücke, die ihren Rückzug so verlangsamt hatten. So fanden sich überall in ihrer Spur die Leichen ihrer schwarzen und weißen Gefangenen, darunter auch die von Frauen und Kindern.

Die Männer von Smithwicks Patrouille hörten auf zu sprechen. Sie ritten mit harten Gesichtern weiter, bis sie wieder einmal anhalten mußten, um ein neues Grab auszuheben. Das letzte war winzig gewesen, ein Grab für ein Baby, dem man den Kopf an einem Baumstamm zerschmettert hatte. Die Verfolgung war zu einer Jagd auf gefährliche Beute geworden.

»Anhalten. Ich muß pinkeln.« Ezekiel Smith hatte kein Pulver mehr und hielt jetzt eine erbeutete Lanze. Ihr schlanker Schaft wirkte winzig in seiner riesigen Hand, als er den Pfad verließ und in dem Gebüsch verschwand, das ihm über den Kopf wuchs.

»Wozu so schamhaft, Zeke? Tu's doch, wo du stehst.« Die Männer waren erschöpft, gereizt und nervös, aber selbst für diese kurze Rast dankbar. Sie hörten ein Schlurfen und ein Rascheln und blickten alle auf die Stelle, an der Smith verschwunden war.

»He, Jungs, seht mal, was ich gefunden habe.« Smith war ein ungeschlachter Koloß, dessen Bauch ihm über den Hosenbund quoll, und seine Brust spannte die schmutzigen Bänder, die als Hosenträger dienten, fast bis zum Zerreißen. Trotzdem grunzte er vor Anstrengung, als er den Körper der Comanchen-Frau hinter sich herzog. Mit der freien Hand zerrte er sie an den Zöpfen, als wären es Seile.

Deer blieb keuchend liegen, wo er sie hatte fallen lassen. Ihre Augen waren stumpf vor Schmerz. Ihr Knie war zertrümmert und ihr Arm gebrochen. Der Knochen ragte durch tiefrote Haut.

Bevor jemand ihn davon abhalten konnte, versetzte Smith ihr mit seinen eisenbeschlagenen Stiefeln einen harten Tritt in die Rippen, womit er ihr noch ein paar Knochen brach. Dann trieb er ihr die Lanze zwischen die Augen und nagelte sie so am Boden fest, als wäre sie ein Insekt. Sie zappelte und zuckte und blieb dann mit aufgerissenen Augen, die in den Himmel starrten, still liegen. Noah gab seinem Pferd die Sporen und packte Smiths Messerarm, als dieser gerade dazu ansetzte, ihren Skalp zu nehmen. Die beiden Männer starrten sich an, und Noah begann sich zu fragen, ob seine Männer ihn unterstützen würden. Schließlich wich Smith zurück. Sie hörten ihn leise vor sich hin knurren, als er hinter ihnen herritt.

Ezekiel Smith war kein heller Kopf, und es war nicht leicht, mit ihm auszukommen, und Noah wußte, daß viele seiner Männer in diesem Fall mit Smith einer Meinung waren. Immerhin war sie nur ein Indianerweib. Und ein Skalp war ein Souvenir, mit dem man bei den Leuten zu Hause prahlen konnte.

»McCulloch wünscht sich einen lebenden Comanchen. Er möchte ihm ein paar Fragen stellen. Vergeßt das nicht, Jungs.« Und Smithwick bemühte sich, die Blicke zu übersehen, die unter seinen Männern gewechselt wurden.

Bei Anbruch der Nacht gingen die meisten Männer zu Fuß und führten ihre erschöpften Pferde zu ihren einsam liegenden Höfen, von denen einige in der Nähe lagen, andere einen oder zwei Tagesmärsche entfernt. Sie verschmolzen geräuschlos mit den Bäumen und dem Gestrüpp der Flußtäler. Viele von ihnen hatten die Comanchenarmee schon seit fast einer Woche verfolgt und wollten jetzt aufgeben. Nur einige wenige setzten die Jagd verbissen fort, die meisten davon waren Ranger.

Ben McCulloch sah zu, wie die texanischen Freiwilligen ihre zusätzlichen Lasttiere mit den aufgegebenen Beutestücken aus Linnville führten. Es hatte keinen Sinn, diese Dinge zu bergen, und niemand schlug es auch nur vor. Auf dem wogenden Gras von Big Prairie feierten die Tonkawa den Sieg an brüllenden Lagerfeuern. McCulloch war zurückgeritten, um mit ihnen zu sprechen. Da war immer noch etwas, was er erfahren mußte. Er hatte eine mürrische Comanchenfrau bei sich, eine Gefangene, die ihm die gewünschte Information geben konnte. Er begab sich zu Häuptling Placido, der gerade ein spätes Abendessen genoß.

»Häuptling, frag diese Frau, wer die Comanchen angeführt hat.«

Placido gab die Frage weiter. »Potsana Quoip.«
»Was bedeutet das?«
»Potsana bedeutet Bison.«
»Und Quoip?«
Placidos Hände sprachen eine beredte Sprache. Die Frau machte eine obszöne Geste in der Lendengegend, als würde ein Mann urinieren.
»Sie sagt, ihm Name Buffalo Pizzle.« *
»Buffalo Penis?«
»Möglich. Ich kenne Potsana Quoip. Tapferer Mann.«
»Ist er noch am Leben?«
»Frau weiß nicht. Vielleicht tot. Vielleicht am Leben.« Placido hatte es offensichtlich eilig, sich wieder seiner Mahlzeit zuzuwenden, und McCulloch ritt weg. Er fragte sich, was er mit seiner Gefangenen tun sollte. Die überall herumliegenden Leichen der toten Comanchen waren seltsam verstümmelt. Ihnen fehlten Hände und Füße. Die Tonkawa hatten sie abgeschnitten und verpackt, um sie als Festessen für ihre Frauen und Kinder nach Hause mitzunehmen. Dann hatten sie sich einen großen Badezuber geliehen, in dem sie aus Teilen der Schenkel ihrer Feinde einen Eintopf kochten. Sie waren euphorisch, daß sie mitgeholfen hatten, die Comanchen zu besiegen, wofür sie mit Pferden belohnt worden waren. Ihre Silhouetten zeichneten sich vor dem Lichtschein der Feuer ab. Sie tanzten und sangen unter den Leichen, die sie im Lauf des Abends weiter verstümmelten.

Nachdem er seine Gefangene bei einem Mann gelassen hatte, der erklärt hatte, er brauche ein Hausmädchen, saß McCulloch auf seinem erschöpften Pferd und betrachtete die Szene. Morgen würde er seine Männer zusammentrommeln und die Comanchen aufspüren. Doch jetzt würde er zum erstenmal seit einer Woche eine ganze Nacht schlafen können.

»John.« McCulloch versuchte, Ford nicht anzulächeln. »In einem offiziellen Bericht für den Kriegsminister von Texas kannst du das Wort ›Penis‹ nicht verwenden.«
»Aber Ben, du hast doch gesagt, ich soll alles so aufschreiben, wie es sich abgespielt hat. Und das ist nun mal sein Name. Buffalo Penis. Das hast du mir selbst gesagt.«
»Trotzdem wird Präsident Lamar mit Schuhen um sich werfen. Es

* Pizzle = Pimmel (Anmerkung des Übersetzers)

mag zwar sein, daß das Parlament von Texas kein Geld hat, um uns zu bezahlen, aber sie glauben trotzdem, das Sagen zu haben.«

»Wie wär's denn mit Buffalo Balls oder Donkey Dick? * Oder Bison Pisser?« Bill Wallace blickte von seinem Pokerspiel auf.

»Wallace, das reicht.« Doch Wallace war mit seinen Vorschlägen noch lange nicht zu Ende.

»Ich weiß, Ben. Nenn ihn doch Comanche Cock oder Buffalo Humps.« **

McCulloch senkte den Kopf und tat, als studierte er auf der zersplitterten Munitionskiste, die ihm als Schreibtisch diente, John Fords Bericht. Vier kleine Steinchen hielten die Ecken des Blatts fest, damit es nicht weggeweht wurde.

»Buffalo Hump wird genügen«, sagte er schließlich, als er nicht mehr lachen mußte.

Wallace legte sein Pokerblatt mit den Bildern nach unten auf die Tierhaut, die als Tisch ausgebreitet war. Er ging zu der Munitionskiste hinüber und zog den Maiskolben, der als Korken diente, aus der Kürbisflasche, die er immer bei sich hatte.

»Ich taufe dich auf den Namen Buffalo Hump. Möge dein Stamm dahinschwinden.« Mit einer großen Geste goß er einen Tropfen Whiskey auf den Bericht.

»Wallace, was machst du da? Wir werden uns neues Papier aus Austin kommen lassen müssen.«

»In Austin haben sie reichlich Papier«, sagte Ford. »Das einzige, wovon es da noch mehr gibt, sind Anwälte. Wie kommt es eigentlich, daß Regierungsämter Anwälte anziehen?«

»Was soll's. Er hätte ihn sowieso noch einmal schreiben müssen.« Wallace setzte sich mit einem Grunzen wieder hin und betrachtete sein vernachlässigtes Blatt.

»Das nenne ich Vergeudung von gutem Whiskey, Wall-eye. Her mit der Flasche.«

»Guter Whiskey!« Jetzt war es Ford, der ein Schnauben hören ließ. »Wallace könnte guten Whiskey nicht von selbstgebranntem Fusel unterscheiden.«

Ben McCulloch hob die Kürbisflasche. »Auf Buffalo Hump.« Alle lachten, als die Flasche herumging.

* »Bison-Eier«, »Esel-Pint«

** »Comanchen-Schwanz«, »Bison-Höcker«, aber auch: »Bison bumst«.

33

Upstream schlief beim Reiten. Er hatte sich bäuchlings auf dem Rükken seines Ponys ausgestreckt. Seine Arme baumelten am Hals des Pferdes, auf dem seine Wange ruhte. Sein kleiner voller Mund war halb geöffnet. Von Zeit zu Zeit zuckten seine Augenlider und die Lippen, als erschreckte ihn selbst im Schlaf noch etwas. Cruelest One ritt vor ihm her und führte das Pferd des Jungen. Der kleingewachsene Krieger war nicht viel größer als Upstream. Sein Körper war jedoch so mager und muskulös, als hätte man alles überflüssige Fleisch abgeschabt und nur das harte Kernholz übriggelassen. In etwa einer Stunde würde er Upstream wecken und dann selbst schlafen, während sein Pferd geführt wurde. Skinny And Ugly hatte mit Hunting A Wife ein ähnliches Arrangement getroffen.

Seit fünf Tagen hatte die kleine Gruppe nur das bißchen luftgetrocknetes Fleisch gegessen, das Skinny And Ugly zufällig in einem Beutel an seinem Sattelgurt bei sich hatte, als die Texaner angriffen. Das Fleisch war inzwischen längst aufgegessen, und ihre Mägen krampften sich vor Hunger zusammen. Cruelest One kaute in einem vergeblichen Versuch, seine knurrenden Eingeweide hinters Licht zu führen, auf einem Stück Leder herum. Er wollte es nicht riskieren, eine Rast einzulegen und zu jagen. Den Rest ihres Ritts würden sie nur noch Wasser in den Magen bekommen, und selbst davon nicht genug. Sie ruhten am Tage drei- oder viermal eine Stunde lang und ritten die ganze Nacht. So ritten sie immer, wenn sie verfolgt wurden. Die Krieger waren daran gewöhnt, doch für Upstream war es hart.

Weit hinter ihnen stieg jenseits der flachen Hügelkuppen Rauch auf. Er stammte von den Feuern, die sie angezündet hatten, um ihre Spuren zu verwischen. Einen Tagesritt von Plum Creek entfernt hatten sie eine ganze Nacht lang Rast gemacht und wären um ein Haar von einer Ranger-Patrouille gefangengenommen worden. Seitdem hatten sie sich nicht mehr zum Schlafen hingelegt.

Am Morgen waren sie durch steile Hügel geritten, die mit dunkelgrünen Zwergeichen bedeckt waren. Jetzt befanden sie sich am Clear Fork des Brazos River auf einem grasbewachsenen Hügel, von dem aus man sehen konnte, wie der Fluß in seinem tief eingeschnittenen Bett träge dahinfloß. Cruelest One wollte einen von Pahayucas regulären Lagerplätzen erreichen. Für den, der verstand, die Zeichen zu lesen, würden welche da sein.

Der Lagerplatz war noch vor kurzem benutzt worden und leicht zu finden. Die Erde war gründlich festgestampft worden, obwohl schon neue Triebe emporschossen und den Boden wieder zu bedecken begannen. Cruelest One und Hunting A Wife hockten vor einem Stapel Bisonknochen, die achtlos weggeworfen zu sein schienen. Die Lage der Knochen schien zufällig zu sein, aber Cruelest One studierte aufmerksam die Kratzer darauf.

»Zwei Tage weiter nördlich. Sie müssen am Pease River sein.«

»Das ist doch alles Tenawa-Land. Wir haben dort nichts zu suchen.« Hunting A Wife hatte schon während des gesamten Ritts üble Laune gehabt.

»Wir haben keine Wahl. Der weiße Mann pfercht uns zusammen wie das Vieh in einem seiner Corrals. Wir brechen auf.« Auf lange Überlegungen verschwendete Cruelest One genausowenig Zeit wie auf Mitgefühl. So ritten sie über die sanft geschwungenen, grasbewachsenen Hügel nach Norden.

Die Überlebenden des Kampfs am Plum Creek trafen in kleinen Gruppen in den Penateka-Lagern ein, die sich am oberen Colorado und am Brazos River entlang erstreckten. Sie hatten mindestens ein Viertel der Armee verloren, die so stolz in den Krieg gezogen war. Sie hatten ihre Toten unterwegs in Erdspalten bestattet. Die meisten der Männer, die im Kampf getötet worden waren, hatten sie am Plum Creek den Wildschweinen überlassen müssen. Viele der Männer waren ohne Pferde und hinter ihren Kameraden hergelaufen. Sie hatten sich an den Schwänzen der Ponys festgehalten, um nicht zurückzubleiben.

Die Männer trennten sich, als sie das Lager erreichten, und betraten es einzeln und schweigend. Sie malten sich die Gesichter schwarz und schnitten ihren Pferden die Schwänze ab, um ihre Trauer und ihre Scham zu zeigen. Die Laute der Trauer waren noch wochenlang zu hören. Buffalo Piss brach zu einem Ritt zu den Medicine Mounds auf, um mit seinen Geistern zu schachern und zu erfahren, was er falsch gemacht hatte. Upstream kam wohlbehalten im Lager an und aß so viel, daß er damit gut durch den Winter gekommen wäre. Anschließend verschlief er zwei Sonnenuntergänge wie ein braunes kleines Backenhörnchen im Winterschlaf.

Er begann, Cruelest One auf Schritt und Tritt durch das Lager zu folgen, und ignorierte die Drohungen und Beschimpfungen und schließlich auch die Erdklumpen, die dieser verärgert nach ihm warf. Er hockte sich wie ein ergebener Hund in der Nähe von Cruelest One hin, während der Krieger rauchte und sich mit den anderen Männern unterhielt. Und manchmal eilte er herbei, um ein Stück Holzkohle für die Pfeife zu bringen oder zu fragen, ob er für Cruelest One irgendwelche Botengänge erledigen solle. Dieser packte schließlich angewidert seine wenigen Habseligkeiten auf seine Lasttiere und brach zu einem seiner Ritte auf, die ihn kreuz und quer durchs Land führten. Upstream blies ein paar Tage lang Trübsal und tröstete sich dann damit, daß er seinen Freunden immer wieder von seinen Abenteuern erzählte. Man fand ihn meist bei einer Gruppe von Jungen, denen er die Plünderung Linnvilles und die Katastrophe am Plum Creek vorspielte.

Der Sommer neigte sich schließlich dem Ende zu, und die Tage wurden kühl, die Nächte kalt. Der riesige, abnehmende Herbstmond wirkte mißgestaltet, als hätte man ihm am Rand ein Stück abgerissen. Die Blätter der hohen Pappeln und Pecanobäume glitzerten in strahlendem Gold, wenn der Mond sie beschien. Trockenes Herbstlaub wurde vom Wind gegen die Seiten von Sunrises Zelt geweht und raschelte, als begehrten Hunde mit kratzenden Pfoten Einlaß.

Naduah und Star Name saßen am Feuer und knackten Pecan-Nüsse, die sie von dem großen Haufen zwischen ihnen nahmen. Medicine Woman sortierte die letzten Haufen Baumrinde und Wurzeln und Kräuter. Sie betastete sie und schnupperte an ihnen, um sie zu identifizieren. Dann verschnürte sie sie zu Bündeln, um sie zum Trocknen aufzuhängen. Einzelne Zweige davon erfüllten die Luft schon jetzt mit ihrem würzigen Duft. Black Bird war dabei, im Lichtschein des Feuers zu nähen, während Takes Down The Lodge Sunrise an dem gewohnten Klatsch des Tages teilhaben ließ. Dog lag auf Naduahs Bett und schnarchte leicht. Niemand wußte, wo Upstream war. Höchstwahrscheinlich war er mit seinen Freunden unterwegs, um die Ponys der Gruppe bei einem Ritt durch den Mondschein zu bewegen, der die Prärie überspülte.

Draußen waren ein leises Klirren und ein trockenes Rascheln zu hören, als die Zelttür zur Seite geschlagen wurde. Wanderer trat ins Licht, gefolgt von Spaniard und Deep Water. Sie gingen alle drei um das Feuer herum und entschuldigten sich bei Medicine Woman, weil sie ihr beim Vorbeigehen die Wärme nahmen. Medicine Woman erkannte die Stimmen.

»Wanderer, du bist also wieder zu uns zurückgewandert.« Ihr Lächeln kräuselte die Lachfältchen um ihre blinden Augen.

»Ja, Großmutter. Und ich habe dir Geschenke mitgebracht.« Er zog einen Sack aus der ledernen Satteltasche, den er in der Hand hielt, und reichte ihn Takes Down. Sie strahlte ihn an.

»Kaffee. Wir hatten schon lange keinen mehr. Er wird uns das Herz und den Bauch wärmen, Wanderer.« Sie ließ die Bohnen raschelnd in einen Eisentopf gleiten und begann, sie zu rösten. Naduah beugte sich vor, um das wundervolle Aroma zu schnuppern und um Wanderer besser sehen zu können. Keiner sprach mehr, als die drei Männer sich neben Sunrise auf seinen Stapel wolliger Bisonfelle setzten. Die Höflichkeit gebot, daß Gäste sich erst aufwärmen und entspannen sollten, bevor man sie mit einer Unterhaltung ablenkte.

Star Name stand auf und schüttelte sich die Pecan-Hülsen aus dem Rock. Sie sah sich nach einem Behälter für die Nüsse um. Als sie sich wieder hinsetzte, saß sie eng neben Deep Water. Naduah sah das Lächeln, das ihre Schwester ihm schenkte. Nur Star Name brachte es fertig, schüchtern und schelmisch zugleich auszusehen. Und das Koboldhafte ließ jetzt auch etwas von der Frau ahnen, die in ihr steckte. Deep Water starrte sie mit seinen großen, traurigen Augen an, in denen sich so etwas wie ein Funken der Freude zeigte. Seine Augen waren so schön, daß man die Narben in seinem Gesicht vergaß.

Star Name war fast fünfzehn und inzwischen zu groß für ein einfaches, einteiliges Kleid. Sie trug den Poncho und den Rock einer Frau. Und sie füllte beides gut aus. Sie hatte ein herzförmiges Gesicht und einen vollen breiten Mund.

Es war Star Name, die sich vor drei Monaten in Wanderers Zelt geschlichen hatte, als er sich im Juli, vor drei Monaten, vor dem Kriegszug von Buffalo Piss, bei Pahayucas Gruppe im Lager aufgehalten hatte. Sie hatte ihm damals ein Paar seiner Mokassins gestohlen und sie triumphierend zu ihrer Schwester gebracht. Naduah brauchte sie, um für ein Paar Maß zu nehmen, daß sie ihm zum Dank für all seine Hilfe mit Wind zum Geschenk machen wollte. Sie hatte das Gefühl, endlich gut nähen zu können. Sie und Star Name hatten viel gekichert, als sie mit Takes Downs spitzem Zeichenstift die Umrisse der Sohle auf die gegerbte Haut zeichnete und sich bemühte, mit ruhiger Hand zu arbeiten. Anschließend hatte Star Name Wanderers Mokassins in das Gästezelt zurückgebracht.

Naduah blickte zu der Schachtel hinüber, in der sie ihr Geschenk in der weichen Hülle aufbewahrte, die sie ebenfalls angefertigt hatte.

Plötzlich hatte sie nicht mehr den Wunsch, ihm die Mokassins zu geben. Sie waren plump. Schlecht genäht. Er besaß vermutlich viele Paare, die sämtlich besser waren als die, die sie gemacht hatte. Sie beschloß, nichts davon zu sagen. Das brauchte sie auch nicht. Star Name brach das Schweigen.

»Naduah hat eine Überraschung für dich, Wanderer.« Naduah starrte sie wütend an. Nicht hier. Nicht vor all diesen Leuten. Was wäre, wenn sie ihm nicht gefielen?

»Nicht jetzt, Star Name«, sagte sie. Naduah spürte, wie ihr die Röte heiß ins Gesicht stieg und hoffte, es würde wie ein Widerschein des Feuers aussehen. »Die Männer müssen über wichtige Dinge sprechen.« Dann verstummte sie verwirrt. Sie wollte nicht, daß die Männer über diese Dinge sprachen. Sie würden sie vielleicht auffordern zu gehen. Sie sah Wanderer so selten. Vielleicht würde er schon morgen wieder aufbrechen. Oder heute abend. Alles, was er tat oder sagte, traf sie unvorbereitet, was sie befangen und schüchtern machte. Trotzdem wollte sie ihn beobachten und ihm die ganze Nacht zuhören. Und den ganzen nächsten Tag auch noch.

»Darf ich mal sehen, Naduah?«

Sie stand langsam und zögernd auf und war sich der nackten Haut um die Hüften nur zu bewußt. Sie wünschte, sie hätte ihre Robe bei sich und fragte sich, ob sie stolpern oder sich sonst irgendwie ungeschickt anstellen würde, als sie zu der Schachtel hinüberging.

»Sie sind schön! Woher hast du gewußt, welche Größe sie haben müssen?«

»Das ist unser Geheimnis«, sagte Star Name und kicherte, als sie an den heimlichen Überfall auf sein Zelt dachte. Wanderer hielt einen der Mokassins gegen seinen Fuß, um zu messen. Er drehte ihn um, um die Sohle zu inspizieren.

»Ich habe die Sohlen aus einer alten Zeltwand gemacht, dem geräucherten Teil am Rauchabzug, damit sie nicht steif werden. Ich habe sie eingefettet, um sie wasserdicht zu machen.«

»Sie hat einen der Skunks geschossen und ich den anderen«, meldete sich Star Name wieder zu Wort. »Aus hundert Schritt Entfernung.« Die dicken, seidigen Skunkschwänze hingen an den Fersen der Mokassins. Sie sollten im Staub schleifen und die Fußspuren des Trägers verwischen. Wanderer lächelte.

»In meiner Schrittlänge oder eurer?«

»In unserer. Aber wir sind gute Schützen, Naduah und ich.« Wanderer reichte die Mokassins herum, damit die anderen die Perlenstikkerei an den Fußspitzen bewundern konnten. Naduah hielt den Kopf gesenkt, glühte aber vor Stolz. Sie konnte die Wärme seines Lächelns fast auf ihrem Scheitel spüren.

»Ich habe auch etwas für dich. Ich werde es dir später zeigen. Es ist etwas von dem Überfall an dem Großen Wasser.«

»Du weißt natürlich, was passiert ist, nachdem du weggeritten bist.« Sunrise sprach zum erstenmal und lenkte das Gespräch jetzt auf die wichtigste Frage.

»Ja. Auf dem Rückweg von Mexiko sind wir bei verschiedenen Gruppen gewesen.« Wanderer äußerte keine Kritik an Buffalo Piss' Entscheidung, sich auf dem Weg nach Norden durch feindliches Territorium zu bewegen. Das war etwas, was nur unter Männern besprochen werden durfte, und zwar im Rat.

»Die weißen Männer haben wieder angegriffen.« Spaniard meldete sich zu Wort.

»Rains Lager«, sagte Wanderer. Sein Gesichtsausdruck wechselte, wurde zornig. »Sie haben alles niedergebrannt. Sie haben den Fleischvorrat von Rains Leuten in den Flammen der brennenden Zelte geröstet. Beim Morgengrauen haben sie wieder angegriffen.«

»Hatte Rain Wachen aufgestellt?« Sunrise stellte eine Frage, deren Antwort hätte selbstverständlich sein müssen, es jedoch nicht war.

»Nein. Natürlich nicht. In unseren großen Lagern haben wir noch nie Wachen aufgestellt.« Es war etwas Unerhörtes, daß ein Lager mit einhundertfünfzig Zelten angegriffen wurde. Das bereitete Wanderer Kopfschmerzen. Die weißen Männer waren tapferer und verwegener, als er ihnen zugetraut hatte.

»Wanderer.« Medicine Womans sanfte, zitternde Stimme rief aus einer dunklen Ecke. »Erzähl du die Geschichte. Es ist verwirrend, wenn alle auf einmal sprechen.«

»Wie du willst, Großmutter.«

Das Schweigen der anderen wurde nur von Dogs Jaulen unterbrochen, die im Traum ein Kaninchen jagte. Wanderer starrte ins Feuer und ordnete seine Gedanken. Der Lichtschein flackerte auf seinem Gesicht, und Naduah hielt den Atem an. Sie war von seiner Schönheit ganz benommen.

Wanderer konzentrierte sich auf die Geschichte, die er erzählte, und durchlebte sie in Gedanken noch einmal.

»Wir waren den Spuren von Rains Gruppe gefolgt und hatten vor, bei ihnen zu bleiben. Doch dann fanden wir einige von ihnen, die sich in dieser Höhle in den hügeligen Felsen in der Nähe des Talking Water River versteckten.

Viele in der Höhle waren verwundet, und eine Frau war vor Kummer irrsinnig geworden. Sie hatte gesehen, wie ihr Baby unter den Hufen der Pferde der beiden Männer zertrampelt wurde. Die Frau schlich aus der Höhle, kletterte auf die Felsen und stürzte sich in den Fluß. Und niemand konnte trauern, es sei denn schweigend. Sie fürchteten die Patrouillen der weißen Männer, die vielleicht noch immer auf der Jagd nach ihnen waren.

Die meisten Männer befanden sich auf der Jagd, als die weißen Augen angriffen. Sie ritten durch das Lager, heulten wie ein Rudel Pumas und schossen in die Zelte. Viele Menschen liefen zum Fluß hinunter und versuchten, sich schwimmend ans andere Ufer zu retten. Die weißen Männer hatten Rains Pferde gestohlen und jagten die Krieger über eine große Entfernung. Sie scheuchten sie durchs Unterholz, als wären sie Präriehühner. Dann kehrten sie zum Dorf zurück und brannten alles nieder, nur das Zelt nicht, in dem sie die Verwundeten aufschichteten.

Als wir Rains Männer fanden, warteten sie auf den Einbruch der Dunkelheit, um sich ihre Ponys zurückzuholen. Wir sind natürlich mit ihnen gegangen. Deep Water würde einen langen Weg zurücklegen, um einen Texaner zu töten, und hier waren welche ganz in der Nähe. Es war leicht, die Pferde zu stehlen.

Die weißen Männer sind so sorglos. Sie haben gelernt, zu Pferde anzugreifen. Und sie haben auch gelernt, unsere Pferde zu stehlen, bevor sie angreifen. Sie haben aber nicht gelernt, sich wieder abzusetzen, zuzuschlagen und dann wegzufliegen. Und sie werden nie lernen, daß wir die besten Pferdediebe sind, die es überhaupt gibt. Wir haben sie auf ihrem Rückzug zu diesem neuen Dorf, das sie stromabwärts am Talking Water River bauen, immer wieder aus dem Hinterhalt beschossen. Wir haben jede Nacht geschrien, als wir mit ein paar weiteren Pferden wegritten, damit die weißen Männer wußten, daß wir ihnen einen Besuch abgestattet hatten.

Schließlich kamen sie nach Hause, obwohl einige von ihnen zu Fuß gingen und sie nur noch wenige zusätzliche Lasttiere hatten. Anschließend feierten sie ihren Sieg mit einem großen Tanz. Ihre Frauen waren auch da. Da beschlossen wir, auch die Pferde zu stehlen, die wir bis dahin nicht hatten bekommen können.« Wanderer erhob sich und ging in leicht gebückter Haltung steifbeinig durch das Zelt, um den Überfall auf Austin pantomimisch anzudeuten.

»Wir krochen zwischen den viereckigen Zelten hindurch wie Kojoten, die nachts ins Dorf kommen, um an den Fleischgestellen herumzuschnüffeln. Wir begaben uns zur Weide, doch sie hatten einen Graben drumherum ausgehoben. Wir füllten einen Teil davon mit Erde aus und führten vierzig ihrer besten Pferde hinaus, während die weißen Augen in der Nähe tanzten und lachten.

Wir drei banden unsere Ponys weit entfernt fest und gingen wieder zurück, um die Weißen zu beobachten, wie sie auf die Weide kamen und entdeckten, daß sie jetzt zu Fuß waren. Ich wünschte, ich hätte verstehen können, was sie schrien.« Wanderer lachte, und der jungenhafte Ausdruck kehrte in sein Gesicht zurück.

»Ich habe es verstanden.«

»Ich wußte gar nicht, daß du die weiße Zunge sprichst, Spaniard.«

»Kann ich auch nicht. Ich brauche sie nicht zu kennen, um zu verstehen, was sie sagten.«

»Ich möchte gern wissen, warum einer von ihnen seinen Hut auf die Erde warf und darauf herumtrampelte«, sagte Deep Water.

»Vielleicht war es ein Opfer für ihre Götter, eine Bitte um Beistand, weil sie die Pferde wiederhaben wollten«, meinte Spaniard.

»Oder es war ein Kriegstanz von ihnen«, fuhr Wanderer fort.

»Rains Leute werden ihre Pferde zum Jagen brauchen und damit ersetzen, was sie verloren haben. Sie leben jetzt in Höhlen oder bei anderen Gruppen.«

Beim Zuhören spürte Naduah die Angst in der Magengrube. Der Gedanke, daß sie vielleicht in ihren Betten angegriffen werden würden, erschreckte sie zutiefst. Sunrise mußte das gleiche gedacht haben.

»Wir werden das mit Pahayuca besprechen und vorschlagen, daß Wachen aufgestellt werden.«

»Ich wünsche nur, wir hätten mehr von den weißen Männern getötet.« Deep Waters Stimme war leise, aber man merkte ihr die Erregung an.

»Wir werden viele von ihnen töten«, sagte Wanderer. »Die Texaner werden sich wünschen, sie wären nie hergekommen. Und wenn wir sie verjagen, werden sie zu Fuß gehen.«

Genau wie sie erwartet hatte, bekam Naduah Wanderer an den nächsten zwei Tagen kaum zu sehen. Er hatte sich mit Pahayuca in das Ratszelt zurückgezogen. Der Rauch im Zelt war so dick, daß er durch die Zeltöffnung nach draußen strömte. Naduah versuchte mehrmals einen Blick hineinzuwerfen, als sie mit Star Name auf dem Weg zu Something Good und dann zum Fluß vorbeikamen.

Something Goods Zelt sah aus wie immer, wenn man davon absieht, daß wertvolle Dinge jetzt hoch an der Wand hingen und daß überall Spielzeuge und Kleidung der kleinen Weasel herumlagen. Weasel selbst saß in der Nähe des Feuers auf dem Fußboden und streckte ihre pummeligen kleinen Beine aus. Sie hatte einige der Fellteppiche beiseite gezogen und eine kleine Lichtung geschaffen und war tief in ihr Spiel versunken. Sie sang leise vor sich hin und zog ein kleines Travois über die Berge und Pfade, die sie gemacht hatte. Ihre Mutter hatte sich eine dicke, pelzige Robe um die Schultern geworfen und nähte.

»Plant Weasel unseren nächsten Umzug?« fragte Naduah.

»Ich nehme an.« Something Good lächelte ihre Tochter an. »Demnächst wird sie verlangen, im Rat zu sitzen und den Männern zu sagen, was sie zu tun haben. Sie ist sehr halsstarrig. Ich weiß nicht, woher sie das hat.« Naduah dachte an den fröhlichen Eigensinn von Wanderers totem Bruder, der es mit seinem Charme geschafft hatte, jeden dazu zu bringen, das zu tun, was er wollte. Something Good sagte: »Als ich gestern Holz sammelte, versuchte sie, hier drinnen Flüsse zu machen. Und brachte Wasser herein, um sie zu füllen. Du hättest mal sehen sollen, wie es hier aussah.«

Star Name hockte neben Weasel und murmelte ihr etwas ins Ohr, während sie aus einer Astgabel ein kleines Pony schnitzte. Gemeinsam hatten sie mit einem Lederriemen das Travois daran befestigt. Während sie spielten, erklärte Naduah, weshalb sie gekommen war.

»Wir möchten Weasel zum Fluß mitnehmen. Mir scheint, sie könnte auch ein Bad vertragen.«

»Sie darf nur nicht zu lange im Wasser bleiben. Sie wird sich erkälten.«

»Wenn die Nachmittagssonne auf den flachen Teil des Flusses scheint, ist es nicht schlecht. Und das Wetter ist warm für diese Jahreszeit.« Naduah trug einen Beutel mit einem Haarwaschmittel. Es war ein dickes Gebräu aus zerstoßener Palmlilie, die mit dem schmarotzenden blassen Teufelszwirn gekocht worden war. Die Mischung sah widerlich aus, erfüllte aber ihren Zweck.

Sie brauchten lange, um mit Weasel aus dem Dorf hinauszukommen. Sie mußten bei fast jedem Zelt stehenbleiben, damit die Frauen sie bewundern und ihr Süßigkeiten geben konnten. Egal, wer ihr Vater gewesen war, es war unmöglich, ihr die kalte Schulter zu zeigen. Der größte Teil ihres Gesichts schien nur aus Augen zu bestehen, in denen kleine Lichter tanzten. Und ihr Lachen war unwiderstehlich.

Endlich hatten es die drei geschafft, das Lager zu verlassen, und trotteten den Pfad zum Wasser hinunter. Sie sprangen zwischen den Rotzedern herum und tauchten plötzlich hinter einem Baumstamm auf, um sich gegenseitig zu erschrecken. Der dicke Teppich trockener Nadeln federte unter ihren Mokassins. Im Schatten der Bäume war es jedoch kühler, und sie fürchteten, Weasel könnte sich erkälten.

»Wir werden dich jagen, Weasel.« Das kleine Kind rannte los. Seine Beine trommelten auf dem Waldboden, und die Kleine schnitt Grimassen, während die beiden Mädchen so taten, als könnten sie sie nicht einholen. Dann verließen sie den Hain und gelangten an das schmale Flußufer. Es war wundervoll, die warme Sonne zu spüren. Sie verbrachten eine halbe Stunde damit, sich zu schrubben und zu waschen, dann legten sie sich ins Wasser.

»Wir sollten jetzt rausgehen«, sagte Naduah. »Die kleine Weasel wird schon ganz schrumpelig.«

»Ich weiß. Aber die Luft ist kälter als das Wasser.«

»Eine von uns sollte rausgehen und sie abtrocknen.« Naduah hatte das Gefühl, ewig im Wasser liegenbleiben zu können. Als das lauwarme Wasser sie umspülte, entspannte sie sich vollständig, und ihre Glieder wurden schlaff.

»Trockne du sie doch ab.« Star Name empfand ähnlich.

»Sie mag dich mehr als mich, Star Name. Du spielst mehr mit ihr.«

»Du verträgst die Kälte besser als ich.«

»Na schön«, seufzte Naduah. Sie stand auf, und aus irgendeinem Grund blickte sie hoch. Und setzte sich so schnell wieder hin, daß sie fühlte, wie der Kies ihr ins Fleisch schnitt.

»Was machst du da oben?« schrie sie. »Verschwinde!«

Star Name und Weasel blickten ebenfalls hoch, und Weasel lachte vor Entzücken. Wanderer war einer ihrer Lieblinge.

»Komm her, spiel mit uns, Wanderer«, rief sie. Sie stellte sich hin und legte die kleinen Hände um den Mund. Sie befand sich in dem flacheren Wasser, und ihr nackter kleiner Körper glitzerte. Über ihren stämmigen, gekrümmten Beinen ragte ihr Bauch hervor.

»Verschwinde«, schrie Naduah wieder, diesmal mit etwas mehr

Schärfe in der Stimme. Wanderer saß oben auf dem Felsen und ließ die Beine über den Rand baumeln.

»Ich werde sie abtrocknen«, rief er. Damit stand er auf und verschwand, als wäre er hinter dem Horizont versunken.

»Verschwinde!« Doch Naduah schaffte es nicht mehr, an Land zu gehen. Sie mußte sich mit Star Name in tieferes Wasser begeben. Inzwischen machte sich die Kälte allmählich bemerkbar. Sie spürten, wie eine kältere Strömung sie erreichte, und ihre Finger und Zehen wurden empfindungslos. Wanderer kam zwischen den Bäumen hervorgerannt, und Weasel lief ihm planschend entgegen. Als er sich vor ihr hinhockte, sprang sie ihm wie ein zappeliges Hundebaby in die Arme und machte ihm die Hemdbrust naß. Er rieb sie fest mit dem Lappen ab, den die beiden Mädchen mitgebracht hatten, bis ihre Haut rosa zu glühen schien. Dann trocknete er ihr das Haar ab, das er fest rubbelte, und zog sie an. Er nahm sie bei der Hand und stellte sich an die Wasserlinie.

»Soll ich euch beide auch abtrocknen?« Naduah hatte ihn noch nie so übermütig gesehen.

»Nein!« Inzwischen wurde auch Star Name wütend. »Verschwinde, damit wir rauskommen können. Uns ist kalt.«

Wanderer streckte beide Hände aus, um zu zeigen, daß sie leer waren.

»Ich habe keine Waffen. Ich kann euch nicht daran hindern, aus dem Wasser zu kommen.«

»Wanderer, das werde ich dir heimzahlen.« Star Name stand finster auf und ging auf ihn zu, die Fäuste in die Seiten gestemmt. Die späte Nachmittagssonne verwandelte die Wasserperlen auf ihrem dunklen, glatten Körper in kleine Edelsteine. Naduah wußte, wie wunderbar Star Name aussah, und fühlte sich plötzlich blaß und häßlich und neidisch.

»Bitte, Wanderer. Laß uns in Ruhe.« Inzwischen klapperten ihr schon die Zähne.

»Na schön.« Er lachte, drehte sich um und ging mit Weasel an der Hand davon. »Wir werden oben auf dem Felsen auf euch warten. Ich habe die Geschenke mit, die ich euch beiden versprochen habe, und wollte sie euch geben, bevor ich aufbreche.«

»Nein!« Ohne nachzudenken, sprang Naduah auf. Das graue Wasser spritzte um sie herum. »Du darfst nicht wegreiten.« Sie zog sich ihr langes, schweres nasses Haar quer über die Brust und watete hinter ihrer Schwester an Land. Inzwischen zog sich Star Name ihr

Kleid über den Kopf und übersah Wanderer, der sich wieder umgedreht hatte, mit souveränem Hochmut.

»Du hast mir doch gerade gesagt, ich soll verschwinden.« Er sah Naduah mit feierlichem Ernst an, aber sie wußte, daß er innerlich lachte. Sie sah es ihm an den Augen an.

»Du weißt, was ich meine. Dreh dich um.« Sie sagte es mit gebieterischem Tonfall und ließ die Hand kreisen, um ihren Worten Nachdruck zu verleihen.

Wanderer drehte sich um dreihundertsechzig Grad und starrte sie dann wieder an. Sie hielt die Hände hoch, versuchte, ihre Blöße zu bedecken und gleichzeitig die Kleider an sich zu reißen, die er ihr hinhielt. Sie versuchte, ihn zu ignorieren, wie Star Name es getan hatte, und konzentrierte sich auf die Kleidung. Das weiche Wildleder klebte an ihrer nassen Haut und machte es schwierig, die Sachen schnell anzuziehen. Sie hielt den Blick gesenkt und vermied es, ihm in die Augen zu sehen. Sie konnte fast spüren, wie er sie betrachtete. Ihr Körper war noch glatt und ohne Haar, doch ihre Brüste begannen zu schwellen, was sie befangen machte. Sie schimpfte, um ihre Verlegenheit zu verbergen, und hüpfte auf einem Bein herum, als sie die Mokassins überstreifte.

»Immer mußt du losreiten. Immer sage ich dir nur auf Wiedersehen. Warum bleibst du nicht bei uns?«

»Ich bin schon lange nicht mehr bei meiner Gruppe gewesen. Ich muß zurück.«

Naduah spürte, wie ihr Tränen in die Augen schossen. Er war so abscheulich. Warum hatte sie immer das Gefühl, daß ihr ein großes Loch in den Leib gerissen wurde, wenn er aufbrach, warum meinte sie zu spüren, als würde ein kalter, düsterer Wind durch die Öffnung hereinwehen? Sie war ihm vollkommen gleichgültig. Für ihn war sie nur ein Kind, das er auf den Arm nehmen konnte. Wahrscheinlich war da irgendwo in den wilden Staked Plains eine Frau, die auf ihn wartete, die vielleicht sogar noch schöner war als Something Good.

Sie gab Wanderer die Robe, und er wickelte Weasel darin ein. Er trug das Kind mühelos auf den Armen. Der Kopf der Kleinen ruhte in der Höhlung seiner Schulter. Eine kleine Hand ragte aus der Robe hervor und spielte mit den Fransen an der Passe seines Jagdhemds. Naduah zitterte im Schatten der Rotzedern. Ihr Haar fühlte sich kalt an und klebte ihr feucht am Hals.

Oben auf dem Felsen wartete Night. Er wieherte, als er sie sah. Naduah strich ihm mit der Hand über den schön geschwungenen

Hals, während Wanderer Weasel auf die Erde legte. Naduahs Robe war wie ein Zelt über ihr drapiert, und ein Teil davon schleifte auf dem Erdboden wie eine königliche Schleppe. Weasel krabbelte so weit, daß sie an Wanderers Beinlingen zupfen konnte, womit sie die kleinen Glöckchen klirren ließ. Als sie aufstand, reichte sie ihm kaum über die Schenkel, so daß sie den Kopf in den Nacken legen mußte, um zu ihm hochzusehen.

»Was hast du mir von dem Kriegszug zum Großen Wasser mitgebracht?«

»Eine nette kleine Klapperschlange als Freundin.«

»Aber ich will nicht...« Weasel fiel darauf herein. »Das hast du nicht«, sagte sie gekränkt.

Wanderer wühlte in den Taschen, die an Nights Sattelgurt hingen. Er zog ein langes dunkelblaues Samtband heraus und reichte es ihr. Als nächstes fand er einen steckrübenförmigen Kreisel, der aus Holz geschnitzt und oberhalb der Einkerbung für die Schnur hellrot und darunter marineblau bemalt war. Die Einkerbung selbst war weiß. Er hatte ihr dafür eine Schnur aus geflochtener Sehne gemacht. Sie wußte sofort, worum es sich handelte, obwohl der Kreisel kunstfertiger gearbeitet war als die unbeholfen zusammengeschnitzten Exemplare, mit denen ihre Freundinnen spielten. Sie lächelte ihn an.

»Zeigst du mir, wie ich ihn mit der Schnur in Gang setze?« Die Kreisel, die sie kannte, wurden mit einer Peitsche in Bewegung gesetzt, mit Lederriemen, die an einem hölzernen Griff befestigt waren.

»Vielleicht zeigt es dir Star Name. Ich muß mit Naduah sprechen.«

Die Geschenke für Star Name überreichte er ihr in Kaliko eingewickelt. Sie packte sie behutsam aus und bedankte sich lächelnd für den Spiegel und die Schachtel mit Zinnoberrot. Naduah tat, als wüßte sie gar nichts von dem, was zwischen ihr und Wanderer vorging, doch Star Name spürte es deutlich. Sie konnte die Spannung spüren, die zwischen ihnen herrschte. Sie war wie das Flattern von Kolibriflügeln. Star Name half Weasel, die Bisonrobe so festzustekken, daß die Kleine die Hände frei hatte, um ihre Geschenke an die Brust zu drücken. Dann begaben sie sich gemeinsam ins Dorf.

Wanderer überreichte Naduah das Bündel mit Deckenstoff. Sie öffnete es und hielt das mexikanische Zaumzeug hoch. Sie drehte es, so daß die silbernen Ornamente in dem schräg einfallenden Sonnenlicht glitzerten. Sie hatte das Gefühl, als würde ihr ein Seil die Kehle zuschnüren. Sie konnte kaum sprechen.

»Es ist wunderschön.« Wanderer mußte sich näher zu ihr hinabbeugen, um sie zu hören.

»Als ich es sah, habe ich an dich gedacht.«

»Bitte geh nicht«, flüsterte sie.

»Ich muß. Aber ich habe doch gesagt, daß ich zurückkommen werde.«

»Wie viele Jahre wird es diesmal dauern?«

»Nur zwei. Oder vielleicht drei.«

»Eine Ewigkeit also.«

»Das Jahr wird um sein, bevor du überhaupt Gelegenheit bekommen hast, mich zu vermissen.«

»Ich brauche deine Hilfe bei der Ausbildung von Wind.«

»Du kommst gut mit ihr zurecht. Du brauchst mich nur dazu, die Schwärme von Männern abzuwehren, die du bald um dich haben wirst. Willst du auf mich warten?« Sie nickte mit gesenktem Blick. Er berührte ihr Haar leicht mit der Hand und schob ihr eine Locke über die Schulter. Dort ließ er die Finger für einen Moment ruhen. Dann drehte er sich um. Er schwang sich ohne jede Anstrengung auf Nights Rücken, und das Pony tänzelte ein wenig, begierig, wieder frei und unterwegs zu sein.

»Ich muß mich beeilen. Spaniard wartet auf mich.« Er ritt los, ohne sich umzusehen.

Naduah setzte sich auf einen Felsen. Dort, wo seine Finger sie berührt hatten, kribbelte es noch in der Schulter. Sie drapierte das fein gearbeitete Zaumzeug auf den Schenkeln und legte sich die Decke um den Rücken, um den Wind abzuhalten. Dann verschränkte sie die Arme, legte sie aufs Knie, senkte den Kopf und schluchzte.

Draußen war grollender Donner zu hören, der Regen ahnen ließ. Im Zelt sah Wanderer seiner Mutter Hawk Woman stumm zu, wie sie der jüngsten Frau seines Vaters Anweisungen gab, die dabei war, ein Paar Beinlinge zuzuschneiden. Als sie schließlich zufrieden war und sah, daß die Beinlinge richtig geraten würden, hob sie einen großen Blecheimer auf und ging zur Zelttür.

»Wohin gehst du?« fragte er.

»Unten am Fluß ist weißer Lehm«, erwiderte sie. »Ich werde etwas ausgraben, um die Kleidung deines Vaters zu reinigen.«

»Es wird bald regnen. Mach es später.« Er sah ihr aufmerksam in die Augen, die in ihrem schmalen Gesicht unnatürlich groß und leuchtend wirkten.

»Dann wird der Lehm zu naß sein.«

»Er ist schon jetzt zu naß und zu schwer. Bitte Visits Her Relatives oder Spotted Pony, ihn für dich zu holen. Deshalb hat Vater sie geheiratet.«

»Sie haben beide zu tun. Und sie geben sich nicht die Mühe, den reinsten Lehm zu finden.« Sie verschwand durch die Öffnung.

Sie war manchmal so störrisch wie ein Maulesel. Wanderer stand mit einem leisen Seufzen auf und folgte ihr. Er würde mit ihr gehen, als hätte er nichts Besseres zu tun. Und er würde ihr dabei helfen, den mit nassem Lehm beladenen Eimer zu tragen. Hawk Woman schonte sich nie und dachte nicht daran, mit ihrer endlosen Arbeit aufzuhören. Iron Shirt, Wanderers Vater, hatte zwei andere Frauen geheiratet, die ihr helfen sollten. Doch wann immer sie mit ihrer eigenen Arbeit fertig war, ging sie los, um einer Freundin oder Verwandten zu helfen.

Iron Shirt schien nicht zu bemerken, daß seine erste, seine Lieblingsfrau, krank war und seit mehr als einem Jahr immer schwächer wurde. Oder vielleicht hielt er es für richtiger, dies zu ignorieren. Vielleicht dachte er, die Krankheit werde sich legen, wenn er sie ignorierte. Iron Shirt war ein kluger Menschenkenner, ein Meister darin, Menschen seinen Willen aufzuzwingen, konnte aber nicht erkennen, daß die Mutter seines einzigen Sohnes Schmerzen hatte und bald sterben würde. Und als Wanderer versuchte, es ihm zu sagen, wollte er nicht zuhören.

Hawk Woman beklagte sich nie und ließ durch nichts erkennen, daß sie von einem schwelenden inneren Feuer verzehrt wurde. Als Wanderer sie fragte, leugnete sie. Wanderer fürchtete sich davor, nach jeder seiner Reisen zur Gruppe seines Vaters zurückzukehren. Er fürchtete, seine Mutter könnte in der Zwischenzeit gestorben sein. Und wenn er zu Hause war, verbrachte er so viel Zeit mit ihr wie nur möglich, da er wußte, daß ihre Tage gezählt waren. Er schwelgte mit ihr in Erinnerungen an seine Kindheit, erzählte ihr von seinen Abenteuern, scherzte mit ihr, wie er es als Kind getan hatte, und half ihr, wann immer es möglich war.

Als sie jetzt durch das Dorf gingen, überragte er sie um mehr als Kopfeslänge. Sie schien im Lauf der Zeit zu schrumpfen, und er fragte sie, inwieweit dies darauf zurückzuführen sei, daß er inzwischen größer geworden war.

»Wanderer!« Einer von Iron Shirts Freunden lief hinter ihnen her und wich dabei geschickt einem leeren Trockengestell aus.

»Ja.« Wanderer und seine Mutter blieben mitten auf der Straße stehen. Überall um sie herum waren Frauen und Mädchen dabei, Streifen getrockneten Fleisches von den Gestellen zu nehmen und Gestelle und Geräte zuzudecken, um sie vor dem bevorstehenden Regen zu schützen.

»Mein Sohn ist gerade von seiner Suche nach einer neuen Vision zurückgekehrt. Er wünscht, daß du ihm dabei hilfst, seinen Schild zu bemalen.«

»Warum bittet er nicht Iron Shirt oder einen der Medizinmänner? Das ist eine Aufgabe für sie.« Die geheiligten Symbole auf den ersten Schild eines Jungen zu malen war eine sehr heilige Aufgabe, die meist den ältesten und geachtetsten Kriegern vorbehalten war.

»Er wünscht, daß du es tust. Er sagt, der Wolf habe zu ihm gesprochen und ihm versprochen, ihm zu helfen. Und niemand hat mächtigere Wolfsmedizin als du.«

Wanderer blieb einen Moment stehen und überlegte. Iron Shirt prahlte damit, wie mächtig die Medizin seines Sohnes sei, und mit der Tatsache, daß neuerdings immer mehr Männer, sogar die älteren, seinen Rat suchten. Doch gleichzeitig nahm die Spannung zwischen ihnen zu. Der junge Welpe würde das Leittier des Rudels eines Tages herausfordern, und das wußten beide.

»Ich werde deinem Sohn helfen«, sagte Wanderer. »Ich werde heute abend in sein Zelt kommen. Sag ihm, er soll für das Feuer Zedernholz und Salbei schneiden.«

»Mein Herz ist froh. Ich werde für dich ein Pony und andere Geschenke bereithalten.« Der Mann strahlte ihn an, drehte sich um und trabte los, um seinem Sohn die gute Nachricht zu überbringen.

»Alle jungen Männer bewundern dich, mein Sohn. Wenn du nicht da bist, erzählen sie Geschichten über dich. Wenn du aufbrichst, erwarten sie jedesmal gespannt deine Rückkehr. Ein Krieger mit deinem Ruf sollte nicht dabei gesehen werden, wie er einer Frau bei ihrer Arbeit hilft.«

Wanderer lächelte zu seiner Mutter hinunter. »Ein Krieger mit meinem Ruf kann tun, was ihm gefällt.«

34

In Cubs Augen glitzerten Tränen. In der rechten Hand hielt er einen spitzen Felsbrocken. In der linken wiegte er einen kräftigen Holzscheit, eine Keule, mit der er sich verteidigen konnte.

»Nein! Ich werde nicht gehen. Großvater, hilf mir.« Doch Old Owl saß zusammengesunken und schluchzend vor seiner Zelttür. Er hatte sich seine Robe zum Zeichen seiner tiefen Trauer ganz über den Kopf gezogen. Cub hatte das niederschmetternde Gefühl, schon tot zu sein und betrauert zu werden. Die Männer der Gruppe versammelten sich vor ihren Zelten und murrten zornig. Frauen versammelten sich in den Zeltöffnungen, sahen zu und weinten.

David Faulkenberry hockte im Staub. Er fuhr sich mit der Hand durch sein dichtes, von grauen Strähnen durchzogenes Haar und sah das Kind verblüfft aus zusammengekniffenen Augen an. Sich zu dem Kind hinunterzubegeben und mit ihm zu argumentieren, war offenbar nicht die Antwort. Er stand wieder auf und sah auf den Jungen hinunter, der für sein Alter zwar groß war, den er aber doch weit überragte. Cub faßte seine Waffen noch fester und starrte ihn wütend an. Es würde nicht einfach sein, mit diesem Bürschchen fertig zu werden, und ihn mit Gewalt zu entführen, würde vielleicht die Krieger auf den Plan rufen. Die Frau, die sich für Johns Mutter hielt, wehklagte in einem Zelt in der Nähe. Seine Tante und die Freundinnen seiner Mutter trösteten sie, indem sie noch lauter heulten.

Die Frauen gingen David immer mehr auf die Nerven. Das Ganze schien noch schwieriger zu werden, als er sich vorgestellt hatte. Dann drängte sich ein schlanker Krieger zwischen den Männern hindurch und stellte sich hinter Cub.

»Wer ist das?« knurrte David aus dem Mundwinkel. Jim Shaw, der Delaware-Kundschafter, antwortete, wobei er starr geradeaus blickte und Handzeichen machte. Er wußte, daß es gefährlich war, Unterhaltungen in einer Sprache zu führen, welche die Comanchen nicht verstanden. Sie waren nur zu schnell bereit, bei den Texanern Verrat zu wittern. Er gab durch Zeichensprache Faulkenberrys Frage und Arrow Points Antwort weiter.

»Bear Cubs Vater. Er wird dem Jungen befehlen, mit uns zu kommen.«

Arrow Point beugte sich mit Tränen in seinen harten Augen vor und flüsterte seinem Sohn sanft etwas ins Ohr. Jim konnte nicht hören, sondern nur raten, was er sagte. Arrow Point würde Cub sagen, er solle ruhig mit den Männern mitgehen und bei der ersten besten Gelegenheit ausreißen. Shaw hielt es für ratsam, dies dem weißen Mann vorzuenthalten. Es wäre zwecklos, die Dinge noch weiter zu komplizieren.

Doch selbst Arrow Point hatte Mühe, Cub zu überzeugen. Das Kind spie in der Comanchensprache einen Strom abgehackter, explosiver Sätze aus. Shaw gluckste beim Übersetzen leise vor sich hin.

»Bear Cub sagt, daß er hier ein Pony und Freunde und eine Familie hat. Er mag den Geschmack von roher Leber und geht gern auf die Jagd. Beim nächsten Kriegszug wird er Hütejunge sein. Und wenn er erwachsen ist, wird er Texaner töten. Und wenn ihr ihn nicht in Ruhe laßt, wird er mit euch den Anfang machen.« Shaw grinste. Sein gutaussehendes Gesicht wirkte spöttisch. »Meint ihr, daß seine weiße Familie ihn noch haben will?«

Das war eine gute Frage, doch jetzt gab es kein Zurück mehr. David Faulkenberry hatte sechs Jahre gebraucht, um den Jungen ausfindig zu machen. Er war vagen Hinweisen von Soldaten und Jägern, von Fallenstellern und Händlern nachgegangen, und hatte den Jungen so mühsam aufgespürt. Wären da nicht Bear Cubs blaue Augen gewesen, die so blau waren wie die Eier von Wanderdrosseln, hätte er wie irgendeine beliebige Range aus dem Dorf ausgesehen. Sein blondes Haar war mit Fett dunkler gemacht worden. Es würde bei weitem schwieriger werden, als David es sich gedacht hatte. Es würde nicht nur einfach darum gehen, die Waren und Pferde auszutauschen, die er mitgebracht hatte, um dafür den Jungen mitzunehmen.

»Was machen wir jetzt?« fragte David. Er war froh, Shaw mitgebracht zu haben. Der Mann mochte zwar arrogant sein, genoß seinen Ruf jedoch zu Recht.

»Wir warten. John Parker wird uns ausgeliefert werden.«

»Wenn sie ihn so gern behalten wollen, warum übergeben sie ihn mir dann überhaupt?« Shaw antwortete mit einem Achselzucken. Sie würden das Kind dem weißen Mann nicht überlassen. Sie liehen den Jungen nur aus oder vermieteten ihn vielmehr, bis es ihm gelang zu entfliehen. Old Owl legte eine bühnenreife Szene hin. Er war ein schlauer alter Mann. Shaw war beeindruckt.

Old Owl schauspielerte jedoch nicht. Unter der stickig heißen Robe trauerte der alte Mann tatsächlich und schluchzte unbeherrscht. Er betrauerte den Verlust seines geliebten Großneffen und von noch mehr. Es war ein Gefühl von Verlust, das er sich nicht genau erklären konnte. Er betrauerte die bei San Antonio und Plum Creek verlorene Ehre. Den Verlust seiner Jugend. Den Verlust der Vergangenheit, zu dem sich ein Gefühl bevorstehenden Unheils hinzugesellte. Old Owl war ein guter Menschenkenner und wußte, daß Cub diesem weißen Mann kaum weglaufen konnte. Irgendeinem anderen vielleicht, diesem jedoch nicht.

Old Owl sah die Hartnäckigkeit in Faulkenberrys Gesicht. Old Owl war nicht zuletzt deshalb dreißig Jahre Häuptling seiner Gruppe geblieben, weil er in Gesichtern lesen konnte. Wenn er sich nicht damit einverstanden erklärt hätte, die Jungen zu verkaufen, wäre dieser Mann mit Soldaten zurückgekehrt. Und es gab keine Möglichkeit, ihnen zu entgehen. Sie hätten sein Volk quer über die Plains gejagt. Die weißen Männer gaben nie auf. Wenn man ihre Städte niederbrannte, bauten sie sie am gleichen Ort wieder auf. Sie wußten nicht, wann sie für ein Land nicht geeignet waren. Sie blieben und veränderten das Land, bis es ihren Vorstellungen entsprach.

Sie waren wie die Ameisensoldaten, die mit ihren Zangen selbst dann noch ihre Feinde festhielten, wenn deren massige Köpfe von den Rümpfen abgetrennt waren. Die weißen Augen waren überhaupt in mancherlei Weise wie Ameisen. Sie waren überall und mischten sich in alles ein. In einem Jahr waren keine zu sehen und im nächsten breiteten sich ihre Nester immer mehr aus. Schon bald würden sie in die Zelte des Volks einziehen und Verträge schließen, die ihnen das Recht auf den Honigvorrat einräumten.

Die weißen Männer waren dabei, die Grundmuster des Lebens zu verändern. Old Owl wußte tief im Innern, daß das Volk sich nicht mehr darauf verlassen konnte, daß die Welt so funktionierte, wie sie seit Urzeiten funktioniert hatte. Die weißen Männer störten die Ordnung der Dinge, lenkten sie auf seltsame Wege, bis es ihr vielleicht nie mehr gelang, zu dem alten Muster zurückzukehren.

Dort in der Dunkelheit unter seiner Bisonrobe kam Old Owl an einen Scheideweg der Straße seines Lebens. Sollte der Junge zurückkehren, würde er sich freuen und alles tun, was nötig war, um ihn zu halten. Wenn er nicht wiederkam, gab es für Old Owl keinen Grund mehr, den weißen Männern aus dem Weg zu gehen. Er wußte, daß er und sämtliche Krieger des Volkes die Weißen ebensowenig aufhalten konnten wie eine Flut oder den Wind.

Er würde damit beginnen, ihren Weg zu beschreiten und alles über sie zu lernen, was er lernen konnte. Ihm blieben ohnehin nicht mehr viele Jahre, und wie sehr er die Weißen auch verabscheute, so interessierten sie ihn. Sie interessierten ihn so wie eine neue Tierart, die in seine Welt eindrang.

Vielleicht würde er am Ende herausfinden, daß Old Man Coyote den Indianern nur einen Streich gespielt hatte und ihn wie üblich wiedergutmachen würde. Old Owl bezweifelte es jedoch. Er war sich nur einer Sache sicher. Bear Cub, Wee-lah, war einer aus dem Volk. Er würde nie wieder ein weißer Mann sein. Das gab Old Owl ein grimmiges Gefühl der Befriedigung.

»Gottverdammich, zur Hölle mit diesem Teufelsbraten!« David spürte, wie ihm der Kaktusstachel in den Fuß eindrang wie der Stachel einer Hornisse. Er fluchte nochmals zwischen zusammengebissenen Zähnen, wild entschlossen, den Jungen nicht merken zu lassen, wie peinlich es ihm war. Er war so dumm gewesen, sich die Stiefel auszuziehen, als er für die Nacht die Decke über den Kopf zog, aber seine Füße hatten weh getan. Sie waren geschwollen, nachdem er wochenlang im Sattel gesessen hatte, um den kleinen John zu jagen.

Er stieß mit einem Zeh gegen einen Stein und fluchte erneut, verlangsamte aber nicht das Tempo. Er sah den kleinen Schatten, der vor ihm herrannte und direkt auf die Pferde zuhielt. Cub hatte schon die Leine durchschnitten und sprang gerade auf den Rücken seines gescheckten Ponys, als David einen Satz machte und ihn an einem Fuß packte. Beide wälzten sich tretend und kämpfend unter den nervösen Hufen des Pferdes im Staub. David mußte seine ganze Kraft aufbieten, um den Jungen festzuhalten. Jim Shaw rannte herbei und kam ihm zu Hilfe.

»Jetzt weiß ich, warum man die Comanchen Schlangen nennt.« David keuchte, als sie Cub mit vereinten Kräften auf die Beine stellten. David verstand nichts von den Verwünschungen, mit denen John ihn überschüttete, doch er wußte, daß der Junge dabei großen Einfallsreichtum an den Tag legte. John war alles andere als ein Dummkopf. Es war David unbegreiflich, wie es der Junge geschafft hatte, das Seil von den Handgelenken zu bekommen, ohne daß er, David, am anderen Ende etwas gespürt hatte. John war tatsächlich eine kleine Schlange, die sich aus allem herauswand.

Faulkenberry und Shaw ritten über die kalte, flache Ebene von Oklahoma in Richtung Fort Gibson. Ein steifer Nordwind wehte von links heran und versuchte, sie aus den bleichen, schmalen Wegfurchen zu drängen. Der Himmel war schwer, grau und unendlich weit. Er hing so niedrig, als würde er sie versengen. Soweit David blicken konnte, lag die Prärie kalt und braun und leblos da. Tot bis zum Horizont.

Tot bis zum Horizont und darüber hinaus. Man konnte hier tagelang reiten und darauf warten, daß sich etwas änderte. Es änderte sich nie etwas. Es war ein Ort, der Einsamkeit erzeugte, wie Slums die Cholera erzeugen. *Sollen die Indianer das Land doch behalten.* David ritt so tief in Gedanken versunken, wie er in der schweren Bisonrobe steckte, die ihm einer der Captains im Fort geliehen hatte. Er hatte sich ein Stück Wollstoff um Kopf und Gesicht gewickelt und auch die Handflächen damit eingehüllt. Nur seine roten, rissigen Finger waren entblößt, um die steifen Zügel zu halten. *Es ist der Wind. Er hört nie auf. Es ist so, als würde einem ständig ein Kind greinend an den Hosenbeinen hängen und Jahr um Jahr daran zerren. Kein Wunder, daß die Frauen hier durchdrehen.* Er freute sich schon auf die Rückkehr zu den Hügeln und Bäumen des östlichen Texas.

Hinter den beiden Männern ritt John Parker. Er starrte sie unter seinen langen, schmutzigen und verfilzten Haaren an wie eine in die Enge getriebene Ratte. Er war so fest verschnürt wie ein Baumwollballen in einem Lagerhaus an der Golfküste, und David und Jim achteten sorgfältig darauf, daß sie außer Spuckweite blieben. Wenn Comanchen-Jungen Spuckwettbewerbe kannten wie weiße Jungen, mußte Bear Cub so etwas wie ein Champion sein.

David grinste fast bei der Vorstellung, daß er Wee-lah Parker dem neuen Ehemann von Lucy Parker Usery zum Geschenk machen würde. Ihn bei dieser Familie zu lassen wäre etwa so, als würde man beim Picknick einer Sonntagsschule ein Hornissennest ins Essen fallen lassen. David überlegte, ob er John nicht vielleicht erst zu dem älteren James Parker bringen sollte. Wenn überhaupt jemand mit ihm fertig werden konnte, dann er. Das wäre Lucy gegenüber etwas gnädiger, wenn auch nicht dem Jungen gegenüber. James Parker hielt nichts davon, die Rute zu schonen und Kinder zu verzärteln.

Der kleine James Pratt Plummer war ebenfalls freigekauft worden und wartete im Fort auf sie. Er würde mit seinem Vetter nach Hause zurückkehren. Jamie war jünger und leichter zu lenken. Luther und seine zweite Frau konnten ihn zurücknehmen. Elizabeth Kellogg war kaum sechs Monate nach ihrer Gefangennahme relativ unbelästigt zurückgekehrt. Rachel Plummer war vor drei Jahren gestorben. Arme Frau. David schüttelte leicht den Kopf, als er an sie dachte.

Jetzt war nur noch die kleine Cynthia Ann übrig. Sie war die letzte von denen, die vor sechs Jahren im Fort Parker geraubt worden waren. Vor sechs Jahren. War es möglich? Sie war nicht mehr die kleine Cynthia Ann. David überlegte kurz, wie sie jetzt aussehen mochte. Und wie sehr sie leiden mußte. Vielleicht konnte John ihnen etwas sagen, falls es je gelang, ihn dazu zu bringen, eine christliche Zunge zu sprechen. Und im Lauf der Zeit würde es so kommen. Kinder sind anpassungsfähig. John würde bald das ganze Barbarentum der Comanchen vergessen.

»Wie ist denn der kleine John Parker mit seinem Onkel James zurechtgekommen?« Abram Anglin lehnte sich an das Flußufer, zog seine knochigen Knie hoch, um die Körperwärme zu halten, und hüllte sich enger in sein Wollhemd.

»Erinnerst du dich noch, wie dieser Grizzlybär in die Blockhütte des alten Lunn eindrang, die Möbel umstellte und die Wände mit dem Inhalt der Speisekammer schmückte?«

»Und ob.«

»Nun, dann stell dir vor, wie es ausgesehen hätte, wenn *zwei* Bären da gewütet hätten, dann hast du das Bild.« David gluckste bei dieser Vorstellung. »James hatte sich wohl vorgestellt, die Haut des Jungen für den Schaden büßen zu lassen, doch der muß sich bei den Indianern ein dickes Zusatzfell zugelegt haben. Das bißchen Haut, das ihm die Weidenrute abzog, hat er nicht mal vermißt.«

»Er wird diesen vorsintflutlichen elenden Baptisten eine Menge für ihr Geld bieten. Ich glaube, wenn ich das nächste Mal in Anderson County bin, werde ich mal bei dem älteren James hereinschauen und mir das Theater ansehen. Übrigens, Faulk, da ist etwas, was ich dich fragen wollte. Warum machst du dich überhaupt auf die Suche nach den Jungen? Es sind doch nicht deine Söhne.«

»Ich weiß nicht, Abram. Ich fühle mich irgendwie dazu verpflichtet. Damit alles seine Ordnung hat, falls du verstehst, was ich meine. Es ist etwa so, als wäre man mit einer schwerbeladenen Maultierkarawane unterwegs, und einige der Packtaschen würden sich plötzlich lösen, und irgendwo flattern ein paar Dinge lose im Wind. Dann muß man einfach die Karawane anhalten und sich darum kümmern. Ich kann James Parkers Besessenheit in dieser Frage verstehen. Er wird nicht rasten und nicht ruhen, bis die Indianer für alle diese Fälle zur Verantwortung gezogen worden sind. Und Cindy Ann ist die einzige, die jetzt noch übrig ist.«

»Ein ziemlich großes Land, um darin nach einem kleinen flatternden Ende zu suchen.« Anglins dunkle Augen blickten müde, und er rutschte ein bißchen herum, um eine Wurzel loszuwerden, die ihm in den Rücken stach.

»Wem erzählst du das, Abe? Ich habe das Gefühl, als hätte ich jeden verdammten Quadratzentimeter davon abgesucht. Aber trotzdem ist sie noch da draußen, und jemand wird sie finden.«

Davids Sohn Evan zitterte leicht, als der Wind mit eisiger Faust über das Flußufer fegte und ihm das Haar zerzauste wie eine Katze, die nach einem Ball schlägt. Hoch über ihnen heulte der gleiche Wind durch die nackten Kronen der Pecanobäume, die schwarz vor dem stahlgrauen Himmel hin und her schwankten.

»Glaubst du, daß Hunter bald mit diesem Kanu zurück sein wird?« brummte Evan. »Es wird schon recht kalt.«

David grunzte unverbindlich. Die Überreste ihres auseinandergebrochenen Floßes waren in der Nähe ans Ufer gespült worden. Sie hatten es zusammengezimmert, um den Fluß zu überqueren und ihre zerstreuten Pferde einzufangen, während Hunter und Douthit nach Fort Houston unterwegs waren, um ein Kanu zu holen.

Anglin döste ein, und das monotone Lied seines leisen Schnarchens wiegte David und Evan in den Schlaf. Es war ein langer, harter Tag gewesen, und sie waren alle müde.

Vor ihnen unten am Fluß verband eine Naht aus Mokassinspuren das Wasser mit dem Sand. Die Männer machten sich deswegen keine Gedanken. Das Massaker am Parkers Fort schien, soweit es die Indianer betraf, alle alten Rechnungen beglichen zu haben. Die Caddo hatten die Schuld marodierenden Comanchen in die Schuhe geschoben, und es hatte keine Vergeltung gegeben. Seitdem hatten sich die Caddo still und friedlich verhalten.

Die Gewehrschüsse wurden aus so kurzer Entfernung abgefeuert, daß sie in Davids Kopf loszugehen schienen. Seine Ohren dröhnten, und sein Schädel vibrierte. Er rannte schon, bevor er wieder ganz wach war.

»Los, Jungs, Zeit zu verschwinden.« Er stürzte sich in den Fluß, als sich ihm ein Pfeil tief in den Rücken bohrte. Abram fühlte unter seinem Pulverhorn einen Schlag gegen den Schenkel. Das Horn war von einer Kugel zertrümmert worden, und einige Splitter waren ihm ins Bein getrieben worden. Er spürte noch einen stechenden Schmerz, bevor es empfindungslos wurde. Er warf sein Gewehr in den Fluß und sprang hinterher. Er schwamm mit mächtigen Zügen auf das gegenüberliegende Ufer zu. David war noch vor ihm, zeigte aber Anzeichen von Erschöpfung. Hinter ihm verblaßte das Rot des Wassers zu einem blassen Rosa. In den Wirbeln seiner Schwimmzüge zeigten sich Schlingen von Blut.

Anglin schloß zu David auf, drehte ihn auf den Rücken und legte ihm einen Arm um den Hals. Mit dem rechten Arm schwimmend zog er ihn auf das andere Ufer. Die bleiernen Regentropfen des Gewehrfeuers ließen um sie herum kleine Geysire aufspritzen.

Als sie das gegenüberliegende Ufer erreichten, spürte Abram das Stechen und Brennen von Pfeilen, die seinen Arm durchdrangen und sich in sein Bein bohrten. Er schleifte David in die Deckung der Büsche am Ufer, wo sie keuchend liegenblieben, um für den Weitermarsch Kraft zu sammeln. Der Pfeil hatte Davids Lunge von hinten getroffen, und sein Atem kam in pfeifenden Stößen.

»Abram, mach dich auf den Weg. Hol Hilfe. Ich werde mich hier irgendwo verstecken.« Sie wußten beide, daß Faulkenberry nicht mehr am Leben sein würde, wenn Anglin den Weg nach und von Fort Houston zurückgelegt hatte, aber keiner von ihnen erwähnte es. Anglin brach den Pfeil in der Wade ab und band diese Wunde und das Loch im Oberarm schnell mit Fetzen seines Hemdes ab. Er hielt ein Ende des Verbands mit den Zähnen fest, während er ihn zuknotete. Er hob David hoch und half ihm, weiter in das dichte Gestrüpp hineinzukriechen, bevor er sich am Fluß entlang nach Fort Houston aufmachte.

Während David und Abram entkamen, hielt Evan die Aufmerksamkeit der Caddo auf sich gerichtet. Er nahm hinter den Bäumen Deckung, während die Abtrünnigen durch das Unterholz geisterten und ihn wie Habichte umkreisten, die sich in trägem Gleitflug auf den tödlichen Angriff vorbereiten.

Der Hilfstrupp fand David am nächsten Morgen tot vor. Er hatte ganze Grasbüschel ausgezupft, um sich in der Nähe eines Tümpels mit klarem Wasser ein weiches Lager zu bereiten, und sich dort zum Sterben hingelegt. Von Evan wurden nur noch seine Fußspuren gefunden, die zum Fluß führten. Die Caddo jedoch sprachen noch jahrelang von ihm, bis die Geschichte zu einer ihrer Legenden wurde.

Er habe wie ein in die Enge getriebener Bär gekämpft, sagten sie, und zwei der Abtrünnigen getötet und einen dritten verwundet. Einer der Indianer zertrümmerte ihm den Hinterkopf mit einem Kriegsbeil, und vier weitere mußten ihn festhalten, während ein fünfter ihn skalpierte. Trotzdem fand er noch die Kraft, sie abzuschütteln, in den Fluß zu tauchen und bis zur Strommitte zu schwimmen, bevor er unterging.

David Faulkenberry hatte in Fort Houston und Umgebung viele Freunde, und seine Beerdigung war schlicht, doch viele Menschen folgten seinem Sarg. Der größte Teil des Parker-Clans stand an dem offenen Grab und sah zu, wie der Sarg aus gelblichem Fichtenholz hinabgesenkt wurde. John Parker, der für diese Zeremonie geschrubbt und gebürstet worden war, trug schmerzende enge Schuhe und einen engen Hemdkragen und stand ebenfalls mit den anderen am Grab. Cubs Beine brannten unter den kratzigen schwarzen Wollhosen, die einem älteren Vetter gehört hatten. Seine Waden, Schenkel und Hinterbacken waren kreuz und quer mit roten Striemen übersät, den Spuren der Schläge mit einer Weidenrute.

Hinter Cubs steinernem Blick tobte der Zorn. Sie hatten ihm das Haar kurz geschnitten. Um es tun zu können, hatten sie ihn gefesselt. Jetzt sah er aus wie ein Mädchen in Trauer. Und sein Onkel hatte ihn geschlagen. In seinen sechs Jahren beim Volk hatte ihn nie jemand geschlagen. Er hatte auch nie gesehen, daß ein Kind geschlagen wurde, es sei denn ein Sklave. Beim Volk wurden Kinder höchstens mit einem leichten Klaps zur Ordnung gerufen.

Man hatte John das Pony weggenommen, als er einen neuen Fluchtversuch gemacht hatte. Von da an wurde ihm verboten, auch nur in die Nähe der Pferde zu kommen. Man fesselte ihnen die Vorderbeine mit einer verrückten Einrichtung aus Stahl, zu der nur der ältere James den Schlüssel hatte. Ohne ein Pferd war Cub nichts, kein Mann und auch kaum ein Mensch. Egal, was er tun wollte, er mußte vorher um Erlaubnis fragen, die meist verweigert wurde. Und man zwang ihn jeden Tag, still dazusitzen und zuzuhören, als sein Onkel aus dem großen Buch vorlas. Dieser las Wörter, die Cub nicht verstehen konnte. Er weigerte sich, sie zu lernen.

Er stand an jedem neuen düsteren Morgen auf, um ewig nur die gleichen Hügel und Bäume zu sehen, denselben stinkenden Hof, dessen Erde festgetreten und mit dem Kot der Haustiere beschmutzt war. Er hatte das Gefühl, als würde er in jahrelang angesammeltem Dreck herumlaufen, der ihn langsam vergiftete. Er mußte ins Bett gehen, wenn die Sonne unterging. Und es gab keine Tänze und keine nächtlichen Gespräche, denen er heimlich lauschen konnte. Andere weiße Menschen tanzten, aber der ältere James Parker erklärte, er halte nichts davon. Das hatte er gesagt. Er halte nichts davon. Aber nicht an den Tanz zu glauben war etwa so, als würde man nicht an das Sonnenlicht glauben.

Nie mehr würde Cub an der Spitze dieser wundervollen, lachenden, klirrenden und klappernden Prozession reiten, wenn das Dorf umzog. Nie mehr würde er mit seinen Freunden Schlachten nachspielen und unterwegs Niederwild jagen. Nie mehr würde er spüren, wie ihm der Wind das Haar zerzauste, wenn er auf den Horizont zugaloppierte. Am schlimmsten jedoch war, daß die weißen Augen von ihm verlangten, wie eine Tuhkanay-Frau, eine Wichita, im Schmutz zu wühlen. Sie brachten seine Seele in Gefahr, indem sie ihn zwangen, Mutter Erde zu entweihen. Er konnte fast hören, wie sie vor Schmerz aufschrie, als die Hacke und der eiserne Pflug in sie hineinschnitten und ihr das Haar ausrissen, das Gras.

John kämpfte seine Tränen nieder, als er völlig stumm und kerzengerade neben seinem Onkel stand. Er sah seine Mutter an, die mit gesenktem Kopf auf der anderen Seite des Grabes stand. Neben ihr stand der Fremde, der sein Stiefvater war. Von all diesen Menschen brachte er nur seiner Mutter Zuneigung entgegen. Ihre erste Begegnung war für ihn unbehaglich gewesen. Sie hatte geweint und die Arme um ihn geschlungen, während er steif dagestanden hatte, ohne eine Reaktion zu zeigen. Doch sein Herz empfand etwas für sie, obwohl er es nicht zeigen konnte. Er würde eine Zeitlang bleiben, bis sein Haar wieder gewachsen war. Und er würde versuchen, seine Mutter näher kennenzulernen. Doch sobald er alt genug war, um aus eigener Kraft zu Old Owls Gruppe zurückzukehren, würde er aufbrechen. Und er würde ausziehen, sich eine Vision zu suchen, und seinen neuen Namen empfangen und ein Krieger werden. Und eines Tages würde er an der Spitze eines Kriegertrupps hierher zurückkehren und den Mann töten, der neben ihm stand.

Die Caddo hatten ihm die Mühe erspart, das gleiche mit dem Mann zu machen, der ihn freigekauft hatte. Als David Faulkenberrys Sarg hinabgesenkt wurde und Cubs Großonkel Daniel vortrat, um die Totenrede zu halten, kam es zu einer weiteren kleinen Rache, von der Cub nichts ahnte. David wäre die Galle übergelaufen, wenn er gewußt hätte, daß einer dieser Baptisten aus der Parker-Familie an seinem Sarg Gebete murmelte.

Cub wußte, daß die Nachricht von seinem Freikauf seine Schwester erreichen würde. Old Owl hatte versprochen, es ihr zu sagen und sie und ihre Familie zu warnen. Sie mußten dafür Sorge tragen, daß sie nicht gefangen wurde. Folglich blieb Cub stehen und zwang sich, vollkommen reglos und stumm zu sein. Er stellte sich vor, er wäre ein Wolf, der auf einem Berg wacht und nach Beute Ausschau hält. Und wie der Wolf würde er geduldig warten.

Inzwischen hatte sich ein durchreisender Fremder zu den Trauernden gesellt. Er sah stumm zu und versuchte, etwas von Texas zu schmecken, ein Gefühl für dieses Land und seine Menschen zu bekommen. Samuel Hilton Walker war nach Bastrop unterwegs, um sich dort Jack Hays' Rangern anzuschließen. Nachdem er fünf Jahre lang in den moskitoverseuchten Sümpfen von Florida gegen die Seminolen gekämpft hatte, war ihm sein Zuhause in Maryland zu zahm vorgekommen. Er hatte gehört, daß die Republik Texas ein Land war, in dem es Aufregung und Gelegenheit zum Fortkommen gab, und so war er hergekommen.

Während er sich umsah, lächelte Sam leicht. *Die Burschen hier in Texas werden ganz schön groß.* Zwischen dem Sabine und dem Red River mußte es mal ein riesiges Sieb gegeben haben, das Männer unter einer bestimmten Größe herausfilterte und in den Osten zurückschickte. Oder vielleicht kamen sie ihm nur groß vor, weil sie ein großes Mundwerk hatten. Oder sie sahen unter all diesem Leder, diesen Fransen und diesen abenteuerlichen Hüten einfach nur größer aus. *Es geht nichts über ein paar Bärenohren auf einer Mütze, um einen Mann größer zu machen und seinen Mut zu stärken.*

Sam war ein kleiner und schlanker Mann. Er hatte ein scheues Lächeln und störrisches, gewelltes braunes Haar. Es war nichts Bemerkenswertes an ihm, obwohl er Frauen sofort auffiel. Vielleicht lag es daran, daß er nicht viel sprach. Und Männer, die nicht viel sprechen, sind oft faszinierend. Besonders dann, wenn ihre Augen so beredt sind wie die von Sam. Sam drehte sich still um und bahnte sich höflich den Weg durch die in Gruppen zusammenstehenden Menschen. Ein Mann, der von Indianern getötet worden war. Diese Gegend schien für ihn genau das Richtige zu sein. Er bestieg seinen drahtigen, langbeinigen grauen Wallach und ritt langsam davon.

35

Es war das Frühjahr des Jahres 1843. Seit Old Owl mit seiner Gruppe angekommen war, um den Winter bei den Wasps zu verbringen und Naduah Bescheid zu sagen, waren eineinhalb Jahre vergangen. Sie hatte gewußt, was ihn hergeführt hatte, sobald er das Zelt betrat. Er hatte mit ihr und ihrer Familie am Abendfeuer gesessen und ihnen erzählt, daß Cub freigekauft worden und noch nicht zurückgekehrt sei. Tränen waren ihm aus den rotgeränderten gelblichen Augen geströmt. Sie waren ungehindert über den gezackten Felsblock seiner Nase gerollt und in die Furchen seines Gesichts geströmt. Schließlich hingen sie an dem scharfen Rand seines Kieferknochens, bevor sie hinunterfielen.

Der Frühling war gekommen, dann der Sommer. Im Herbst, nach der großen Jagd, begann Naduah sich darauf zu freuen, Cub im Winterlager wiederzusehen. Da sie ihn so selten sah, konnte sie sich kaum vorstellen, daß er wirklich verschwunden, ja fast tot war. Sie wollte ihm so vieles erzählen. Sie wollte erfahren, ob sie immer noch schneller war, wenn sie um die Wette liefen, und feststellen, wer von beiden größer war. Sie wollte ihm dabei zusehen, wie er mit seinen Freunden durch das Lager stolzierte und in seinem Kielwasser nichts als Ärger und Aufregung zurückließ.

Sie war in jenem Winter sehr beschäftigt. Sie half im Haushalt und beobachtete, wie Deep Water um Star Name warb. Obwohl manchmal zweifelhaft war, wer um wen warb. Die Zeit hatte die Pockennarben ein wenig weicher und unauffälliger gemacht, und Deep Waters große, traurige dunkle Augen überschatteten sie ohnehin. Doch in der Nähe von Star Name war Deep Water noch immer schüchtern. Was vermutlich einer der Gründe dafür war, daß sie sich entschlossen hatte, ihn zu bekommen.

»Er ist nicht so eitel wie die anderen. Er achtet nicht auf sein Aussehen und stolziert nicht herum und kollert nicht wie ein Truthahn.«

»Bei mir brauchst du ihn nicht zu verteidigen, Schwester«, sagte Naduah. »Ich mag ihn. Er wird eines Tages einer der besten Krieger sein.«

»Das ist er jetzt schon. Er vergeudet keine Zeit damit, sich im Spiegel anzustarren und von den Frauen Haare zu erbetteln.«

»Erinnerst du dich noch an den Winter, in dem Skinny And Ugly im Dorf herumstolzierte und seine Zöpfe auf dem Erdboden schleiften?« Naduah äffte ihn nach. Sie stolzierte majestätisch einher, drehte sich dann langsam um und hielt den Kopf mit steifem Hals erhoben. Als sie sich umdrehte, versetzte sie den vermeintlichen Zöpfen einen Fußtritt, damit sie hinter ihr landeten.

»Dabei waren es nicht mal seine Zöpfe.« Star Name krümmte sich vor Lachen.

»Und als er aufstand, um zu tanzen, fielen sie ins Feuer.« Naduah hielt sich die Nase zu. »Sie stanken schlimmer als die Hühnerfedern, mit denen Weasel mal ein Feuer anzünden wollte.«

»Er mußte damals jedem Pony im Dorf Haare aus dem Schwanz gerissen haben. Und als er sich bückte, um die Zöpfe aus den Flammen zu ziehen, zündete Cub ihm das Hinterteil seines Lendenschurzes an.« Star Name mußte sich setzen, um nicht hinzufallen.

»Er hat nie besser getanzt.« Naduah mußte sich zu Star Name setzen.

»Dann drückte Pahayuca ihn zu Boden und setzte sich auf ihn, um die Flammen zu ersticken. Kannst du dir vorstellen, wie es ist, wenn sich Pahayuca auf einen draufsetzt?« Inzwischen lachten alle beide aus vollem Hals. Sie wiegten sich hin und her, als sie sich vor Lachen schüttelten, und Naduah schlug mit ihren Mokassins auf die Erde. Schließlich legten sie sich auf den Rücken. Die Bisonroben hielten die Kälte des Erdbodens ab. Star Name rollte sich auf die Seite und stützte den Kopf in die Hand.

»Welchen der Jungen magst du am liebsten?«

»Keinen.«

»Gut, dann die Männer. Wer von ihnen gefällt dir?«

Naduah faltete die Hände im Nacken und tat, als würde sie die Äste des Baumes über ihr studieren. »Darüber habe ich noch nicht nachgedacht.«

»Doch, das hast du. Du wartest auf Wanderer.«

»Tu ich nicht!« Naduah richtete sich kerzengerade auf.

»Das ist doch nichts Schlimmes. Es lohnt sich, auf ihn zu warten.«

»Ich warte auf niemanden. Und er wartet bestimmt nicht auf mich. Wahrscheinlich ist er schon verheiratet.«

»Hat er gesagt, wann er wiederkommen will?«

»In zwei oder drei Jahren.«

»Dann bleibt ihm noch Zeit. Wenn er gesagt hat, daß er zurückkommt, wird er es auch tun«, sagte Star Name. »Darauf kannst du dich verlassen.«

»Ich kann mich darauf verlassen, daß er sich nicht für mich interessiert. Ein Kind. Ein Niemand.«

Star Name lächelte sie an, als sie aufstand und ihre Robe abwarf. »Genug geplaudert. Wettlauf bis zum Fluß? Wer verliert, kocht das Abendessen für alle.«

Als der Winter verging, verwandelte sich das Grau des Himmels in Blau, und ein blasser grüner Flaum bedeckte das Braun der Plains. Die Luft war mit dem Duft von Blumen gesättigt. Naduah lag jede Nacht wach und atmete den Duft ein. Als die Erde und das Volk den Frühling feierten, als die Tage länger und wärmer wurden und die Blumen die Hügel in ein Meer strahlender Farben verwandelten, wurde Naduah immer elender zumute.

Während ihre Familie friedlich schlief, warf sie sich unruhig hin und her und suchte nach dem Grund für ihre Not. Doch der lag winzig und hart tief in ihr begraben. Er war wie die Wurzel einer abgestorbenen Pflanze, die auf dem festgefrorenen Winterboden keine Spur zurückläßt. Wenn sie ihn finden und erkennen konnte, so wie Medicine Woman im Winter verborgene Wurzeln fand, würde sie sich vielleicht helfen können.

Als sie jeden Tag unter dem Gelächter und Geplapper arbeiten mußte, von dem sie umgeben war, zog sie sich immer tiefer in sich selbst zurück. Für sie hörten sich die Frauen wie die Elstern und Eichelhäher und Zaunkönige an, die den lieben langen Tag in den Baumkronen krakeelten. Star Name hatte nur Deep Water im Kopf und summte dauernd vor sich hin. Ihre Freude steigerte Naduahs vage Sehnsüchte nur.

Sie konnte ihre Gefühle nicht verbergen. In dem warmen Zelt blieb nur sehr wenig verborgen. Eines Morgens, als sie sich alle reckten und gähnten und sich bereit machten, im Fluß zu baden, richtete Takes Down wie beiläufig das Wort an Naduah. Während sie sprach, schüttelte sie weiter ihre Kleidungsstücke und die Mokassins aus, um sicherzugehen, daß in der Nacht keine kleinen Insekten hineingekrochen waren.

»Ist deine Zeit gekommen, Tochter? Blutest du?«

»Nein, *Pia*. Es hat vor zehn Tagen aufgehört.« Und sie wußte, daß Takes Down es wußte. Naduahs monatliche Blutungen hatten vor einem Jahr begonnen. Nachdem die erste Aufregung sich gelegt hatte, verabscheute sie es. Während sie blutete, ließen die Männer nicht zu, daß sie ritt oder ihre Pferde trainierte. Es war sehr schlechte

Medizin. Sie mußte sich von jedem fernhalten und vier Tage lang fasten. Sie konnte sich nicht das Gesicht waschen, denn sonst würde sie früher Falten bekommen. Sie konnte sich nicht kämmen, denn sonst würde sie graue Haare bekommen. Jetzt wünschte sie fast, sie würde bluten. Dann brauchte sie jedenfalls mit niemandem zu sprechen. Medicine Woman meldete sich zu Wort.

»Fühlst du dich krank, Enkelin? Tut dir etwas weh?«

»Nein.« Sie begann zu weinen und weinte dann noch mehr, weil sie keinen Grund dazu hatte. »Laßt mich doch in Ruhe.« Sie versuchte, aus dem Zelt zu laufen, doch Takes Downs rundlicher Körper blockierte den Eingang. Sie nahm ihre Tochter in die Arme und drückte sie. Naduah zerrte und versuchte sich freizumachen, doch es ging nicht.

»Was ist los, Kleines?« sagte Medicine Woman.

»Ich wünschte, ich wäre tot.«

»Enkelin, so etwas darfst du nie wünschen.«

»Tue ich aber.«

»Vergiß nicht, was Sunrise dir gesagt hat. Steh jeden Morgen auf und lausche. Sieh dich um. Bedanke dich für das Sonnenlicht und für deinen Körper und deinen Geist. Für deine Familie und die Nahrung und die Lebensfreude.«

»Diese Dinge machen mich nicht glücklich. Ich habe es satt zu leben.«

»Dann muß es an einem Mangel in dir liegen. Sieh dich genau um. Betrachte die Schönheit der Welt. Wir brauchen dich heute hier nicht. Geh los, arbeite mit Sunrises neuem Pony. Und wenn du heute abend zurückkommst, dann nenne mir die drei schönsten Dinge, die du gesehen oder gehört oder gerochen oder berührt hast. Teile sie mit mir. Beschreibe sie, damit ich sie mit diesen blinden Augen sehen kann. Willst du das für mich tun?«

Naduah schämte sich plötzlich. »Ja, Großmutter.« Sie umarmte ihre Mutter. Ihre Arme reichten jetzt fast um Takes Down herum. Dann ging sie zu Medicine Womans Bett hinüber, kniete nieder und umarmte auch sie.

Wasser troff von Naduah und Sunrises neuem rotbraunem Schekken, als sie ihn ohne Sattel aus dem Fluß ritt und auf das leicht abschüssige Ufer trieb. Der Hengst stand steifbeinig auf dem grobkörnigen roten Sand, zitterte und schnaubte, während sie ihm über den Hals strich und vor den Ohren kraulte. Wenn sie ein Pony zureiten wollte, bestieg sie es oft im Wasser, wo es weder durchgehen noch so stark bocken konnte. Doch bediente sie sich dieser Methode nur bei warmem Wetter, denn wenn sie damit fertig war, war sie fast immer bis auf die Haut durchnäßt.

Das Pony beruhigte sich langsam, als sie begütigend auf das Tier einsprach, sich vorbeugte und ihm den Mund nahe ans Ohr führte. Es flatterte mit dem Ohr, schüttelte den Kopf und trat zur Seite, aber sie hielt sich fest. Ihre schlanken, kräftigen Schenkel spürten seine Bewegungen, bevor es sie machte. Sie hatte ihr langes blondes Haar zu Zöpfen geflochten, damit es ihr nicht in die Stirn fiel, und trug nur Mokassins und ein altes Kleid.

Das Wasser fühlte sich gut an. Es war eine kühle Schicht zwischen ihrer Haut und der Hitze der Sonnenstrahlen. Als sie sicher war, daß sich das Pony beruhigt hatte und nicht mehr bocken würde, löste sie ihre Zöpfe. Sie schüttelte den Kopf, damit das Haar ihr frei auf die Schultern fiel und in der Hitze zu trocknen begann.

»*Hi tai*, hallo, Freundin.« Sie sah hoch. Die vertraute Stimme ließ sie zusammenfahren. Er hatte sich in den letzten anderthalb Jahren kaum verändert. Seine Gesichtszüge waren etwas eckiger geworden. Seine Verantwortung hatte sie stärker gemeißelt, so daß sich die Haut über den Knochen straffte. Seine Augen schienen tiefer zu liegen und stärker zu leuchten. Sie sah ein goldenes Glitzern in ihnen. Es war wie fluoreszierendes Licht in den schwarzen Wassern unterirdischer Teiche. Er ritt auf sie zu. Night ging behutsam über die vielen glattpolierten Steine am Rand des schmalen Ufers.

»Hallo, Wanderer.« Naduah verstummte verwirrt. Sie wurde sich plötzlich bewußt, daß sie den Rock bis zu den Schenkeln hochgezogen hatte und daß sie eine Frau geworden war, seit sie ihn zuletzt gesehen hatte. Das nasse dünne Wildlederkleid klebte ihr am Körper. Wanderer kam näher. Sein Bein berührte fast das ihre, als er sie in der ihm so eigenen Weise musterte. *Genug*, dachte sie. *Ich bin kein Kind mehr, das du ärgern und in Verlegenheit bringen kannst.* Sie reckte das Kinn leicht in die Höhe und erwiderte seinen Blick offen und selbstbewußt. Sie wartete, daß er seine Musterung beendete. Denn darum handelte es sich offenkundig. Aber obwohl es ihr gelang, ihre Würde zu bewahren, brachte sie es nicht über sich, ihn zu fragen, ob ihm die Änderungen gefielen, welche die Jahre bei ihr bewirkt hatten.

Schweigend wandten sie sich um und ritten im Schrittempo auf das Dorf zu, das auf der Terrasse über dem tiefen, schnell dahinströmenden Fluß lag. Der Rotbraune ging friedlich neben Night her, und

Wanderer und Naduah ritten fast Knie an Knie. Die Zelte der Wasps standen unter den Trauben- und Leier-Eichen, den Ulmen und Zürgelbäumen am Sac-con-eber, dem Little Wichita River. Sie hörten das Lachen von Kindern, die ins Wasser tauchten und planschten und Stöckchen warfen, die ihre Hunde apportieren sollten.

»Ich weiß noch, als wir so etwas taten«, sagte Naduah, um das Schweigen zu brechen. »Star Name und die Enkelin des toten Arrow Maker und ich.«

»So wie ich Star Name kenne, dürfte sie immer noch so spielen.«

Naduah grinste ihn an. »Sie verändert sich nie sehr stark. Nicht im Wesen. Aber jetzt will sie heiraten, mußt du wissen.«

»Oh, das habe ich nicht gewußt. Das hat mir niemand gesagt. Und außerdem sind wir gerade erst angekommen, Spaniard, Big Bow und ich.«

»Big Bow?«

»Der Kiowa. Er läuft wieder vor einem zornigen Ehemann davon. Sie sind mit den Ponys und den Lasttieren vorausgeritten. Ich wollte erst mal zu dir. Eins der Kinder sagte, du wärst hier unten. Und jetzt will ich wissen, was man sich so erzählt. Wer ist der unglückliche Krieger, den sich Star Name ausgesucht hat?«

»Was soll das heißen, unglücklich?« Naduah nahm eine leicht drohende Haltung ein, und Wanderer lachte. Er hob den Arm, als wollte er einen Schlag abwehren.

»Ich meine, sie ist eine Frau mit einem so...« Er zögerte kaum merklich. »...starken Willen. Es wird für einen Mann nicht ganz leicht sein, sie zu bändigen.«

»Mir gefällt sie, wie sie ist.«

»Ich mag diese Art Frau auch, doch das tun nicht viele Männer.« Er sah sie ernst an. »Wen will sie denn heiraten?«

»Deep Water. Er ist ein sehr tapferer Krieger, hat aber nicht genug Pferde, um sie zu kaufen. Sie sagt, sie habe es satt, darauf zu warten, daß er sie stiehlt, und so ist sie mit ihm zu einem Raubzug losgeritten. Ich glaube, sie will die Ponys stehlen, mit denen er sie kaufen kann.« Wanderer lachte, und Naduah sah ihn entzückt an. Sie hatte dieses Lachen vermißt, das sie selbst dann, wenn er da war, nur selten zu sehen bekam. *Nenn mir die drei schönsten Dinge, die du heute gesehen oder gehört oder berührt hast. Das ist leicht, Großmutter. Wanderer. Wanderer. Wanderer.*

»Wie geht es Medicine Woman?« Bei dieser Frage zuckte Naduah leicht zusammen. Konnte er etwa auch Gedanken lesen? Es würde sie nicht überraschen. »Es geht ihr einigermaßen, obwohl ich glaube, daß sie allmählich schwächer wird und es nicht zugeben will. Es ist erstaunlich, wie sie sich zurechtfindet. Menschen, die sie nicht kennen, merken oft gar nicht, daß sie blind ist.«

»Und Pahayuca?«

»Er verändert sich auch kaum, wenn man davon absieht, daß er noch ein paar Pfund zugelegt hat. Pahayuca sieht man das aber kaum an. Und Wind hat ein Fohlen, ein Hengstfohlen. Ich will es dir zeigen. Ich habe Wind von einem von Pahayucas besten Hengsten dekken lassen.

Und Old Owl mußte Cub an die Weißen zurückverkaufen. Sie haben ihn vor mehr als einem Jahr abgeholt, und er ist nicht zurückgekehrt. Manche Leute sagen, Cub sei wieder ein Weißer geworden, aber Old Owl schwört, daß das nicht passieren wird.«

»Was glaubst du?«

»Ich bin mit Old Owl einer Meinung.«

»Hat jemand versucht, dich zurückzukaufen, Naduah?« Es war eine schmerzliche Frage, doch Wanderer hatte das Gefühl, sie stellen zu müssen.

»Nein, aber vor einem Monat waren einige Händler hier und starrten mich an. Sie waren wahrscheinlich nur überrascht, mich zu sehen. Ich nehme an, daß ich hier ziemlich auffalle.«

»Wenn Händler kommen, solltest du dich nicht blicken lassen.« Die Intensität seiner Stimme beunruhigte sie.

»Wanderer, es ist sieben Jahre her. Die Weißen haben mich inzwischen längst vergessen.«

»Cub hatten sie nicht vergessen. Und hast du sie vergessen?«

»Ja.« Die Antwort kam wie aus der Pistole geschossen. Sie brauchte nicht einmal darüber nachzudenken. »Ich bin eine aus dem Volk. Ich würde sterben, wenn man mich wegbrächte, so wie ein Fisch stirbt, wenn man ihn an Land wirft.«

Darauf kam keine Erwiderung, und so ritten sie eine Zeitlang schweigend nebeneinander her. Schließlich stellte Naduah die Frage, die ihr auf der Seele brannte.

»Wirst du diesmal lange bleiben?«

»Das kommt darauf an.«

»Worauf?«

»Wie lange ich für das brauche, weswegen ich hergekommen bin.«

»Und weswegen bist du hergekommen?«

»Um eine Frau zu finden.«

Naduah zuckte zusammen. *Du dummes Huhn! Und du hast gedacht, du wärst endlich eine Frau geworden. Für ihn bist du immer noch ein Kind. Das wirst du auch immer bleiben.* Sie versuchte, ihrer Stimme nichts anmerken zu lassen.

»Hast du da jemanden im Auge?«

»Ja.«

»Wanderer!« Pahayuca und Buffalo Piss und mehrere der Männer galoppierten durch das Dorf auf sie zu und schwenkten ihre Roben über den Köpfen. Kriegsponys bäumten sich auf, zerrten an ihren Pflöcken und wieherten vor Furcht, und Hunde stoben vor den herandonnernden Reitern auseinander. Naduah sprach schnell.

»Ich nehme an, ich werde dich erst wiedersehen, wenn du aufbrichst und dich wie üblich von mir verabschiedest.«

Er hatte nur noch Zeit, sie anzugrinsen, bevor er umringt und gutmütig auf das Ratszelt zugetrieben wurde. Sie sah ihn gehen, rutschte dann von dem Rotbraunen herunter und führte ihn zu ihrem Zelt. Als sie durch das Lager ging, bemerkte sie, daß es sich leicht verändert hatte. Die unverheirateten Frauen interessierten sich plötzlich für ihre äußere Erscheinung. Etliche von ihnen kämmten sich und flochten ihre Zöpfe neu. Und sie gingen mit Spiegeln und Farben ins Freie, wo das Licht besser war. Und andere, die zu zeigen versuchten, wie fleißig und emsig sie waren, liefen kichernd und geschäftig herum.

Sie sind ekelhaft. Wie Hunde, die nach Fleischresten wühlen. Wenn Wanderer eine von denen will, verdient er sie auch. Naduahs Haar war in der trockenen Luft der Ebene fast getrocknet, und sie warf den Kopf in den Nacken, um sich ein paar Strähnen aus dem Gesicht zu schütteln. Das Haar fiel ihr in sanften Wellen bis auf die Hüften und sah aus wie ein Feld voll hellem Weizen, der von einer leichten Brise gekräuselt wird. Als sie weiterging, bewegten sich die Rundungen ihres Körpers geschmeidig unter ihrem dünnen Kleid. Im Inneren fühlte sie sich jedoch leer und empfand nur noch Verzweiflung. Jetzt würde es schließlich doch passieren. Sie hatte diesen Tag seit Jahren gefürchtet. Als sie nach Medicine Woman Ausschau hielt, um bei ihr Trost zu suchen, erinnerte sie sich an die Worte ihrer Großmutter, die sie vor sieben langen Jahren gesprochen hatte, als Wanderer zum erstenmal aufgebrochen war. »Er gehört uns allen.« Doch jetzt, das war viel schlimmer, würde er nur noch einer gehören.

Naduah saß untröstlich vor ihrem Zelt und beobachtete, wie das Abendfeuer langsam erstarb. Sie hatte die Knie hochgezogen, die Arme darauf gelegt und ließ ihr Kinn auf den Unterarmen ruhen, als sie darauf wartete, das Feuer für die Nacht mit Asche bedecken zu können. Sie benutzte diese Arbeit als Vorwand, um nicht zum Tanz gehen zu müssen, um nicht zu sehen, wie die Frauen mit Wanderer flirteten. Der Vollmond schien so hell, daß sie an den schönen Kieselsteinen, mit denen der Boden übersät war, Farben erkennen konnte. Aus einem anderen Teil des Dorfs hörte sie Trommeln und Gesang, die mit der wechselnden Brise mal leiser, mal lauter zu ihr herüberdrangen.

Seit Stunden wurde Musik gemacht. Naduah stand auf und sah in die Richtung, aus der das Trommeln kam. Die Zelte glühten sanft wie riesige dicke Kerzen, die man unter dem Blätterdach der Bäume aufgestellt hatte. Am Himmel zwinkerte der Mond ihr durch die Wolken zu, als wollte er sie aufheitern.

Zwischen den Zelten tauchte ein Pony auf und trottete auf sie zu. Es war Night. Wie gewohnt sprang Wanderer herunter, bevor Night stehengeblieben war. Wanderer ließ sich so geschmeidig und mühelos zu Boden gleiten wie ein Puma. Das Licht des Feuers und der Mondschein glitzerten auf den Muskeln, die unter seiner glatten, kastanienbraunen Haut spielten.

Als er sich umdrehte, um die Zügel auf Nights Rücken zu werfen, erkannte Naduah, daß er nackt war. Er trug natürlich Mokassins und einen Lendenschurz, war aber nackt. Die geraden Linien des Lendenschurzes betonten nur seinen langen, mageren Körper und rahmten ihn ein. Es war das erste Mal, daß sie einen Mann so anstarrte. Und es erschreckte sie. Und faszinierte sie zugleich. Sie konnte sich nicht sattsehen an den fließenden Linien seiner Beine, der Kraft seiner Lenden und der geraden Linie seines Rückens. Er war kein gutaussehender Mann. Er war schön. Er war wie ein wildes Tier, das für das Leben, das es führt, vollendet gebaut ist. Und er war sich seiner Schönheit ebensowenig bewußt wie ein Wolf oder ein Panther. Sie holte tief Luft, stemmte die Fäuste in die Seiten und sprach.

»Sunrise ist nicht da. Er ist zum Tanz gegangen.«

»Ich weiß. Ich habe ihn gesehen. Ich bin gekommen, um zu fragen, warum du nicht zum Tanzen gehst.«

»Ich habe Takes Down The Lodge gesagt, daß ich das Feuer für sie ersticken würde.«

»Wie viele Stunden brauchst du dazu?« Er machte sich schon wieder über sie lustig. Warum suchte er sich nicht endlich seine Frau und ging dann in die Staked Plains zurück und ließ sie in Ruhe? Ruhe, dachte sie unglücklich. War es möglich, jemanden zu betrauern, der noch am Leben war?

»Komm. Du kannst mit mir reiten.« Er wartete, bis sie das Feuer mit Asche bestreut hatte.

»Ich werde gehen.« Als sie auf das Geräusch der Trommeln zuging, hörte sie, wie Night hinter ihr herantrabte. Zwei kräftige Hände packten sie, und Wanderer hob sie so mühelos auf, als wäre sie ein Kind, und setzte sie vor sich. Seine Arme umklammerten sie sanft, jedoch unerbittlich wie ein Staubstock, und sie wußte, daß es sinnlos war, dagegen anzukämpfen. Er hielt sie noch immer für ein Kind, und es gab keine Möglichkeit, ihm das Gegenteil zu beweisen. Er würde sie Schwester nennen und eine andere heiraten und dann weggehen und nie mehr zurückkommen. Sie blieb steif sitzen, bis sie den Ring der Tanzenden erreichten, die gerade damit begannen, sich in dem langsamen Takt der Trommeln zu wiegen. Der schwarze Himmel über ihr war mit hell leuchtenden Sternen übersät. Das flakkernde Licht des Feuers tanzte einen Kontrapunkt zu den langsamen Trommeln. Naduah stieg ab und schloß sich den Zuschauern an. Sie stimmte in den leisen Singsang des Liebestanzes ein und summte die Melodie mit.

Die im Kreis tanzenden Frauen blickten nach draußen und bewegten sich im Takt der Musik von den Fersen auf die Zehen. Dann glitten sie nach links, streckten die Arme aus und wählten sich unter den Männern einen Partner. Wanderer wartete nicht, bis er ausgewählt wurde. Er legte Naduah die Hände auf die Schultern. Seine Berührung schickte ihr kalte Schauer über den Rücken und löste irgendwo unter ihrem Bauch eine leicht mahlende Empfindung aus. Es war das allererste Mal, daß sie mit ihm tanzte.

Eine Stunde lang wiegten sie sich im Mondschein, kreisten, glitten und erhoben sich unter dem hypnotischen Schlagen der Trommeln. Der Takt hüllte sie ein und durchdrang sie wie der Herzschlag von Mutter Erde. Naduah tanzte, die Hände auf Wanderers harte Schultern gelegt und mit geschlossenen Augen. Vielleicht versuchte er nur nett zu ihr zu sein, zu ihr, seiner kleinen Schwester. Wenn sie aber auf der Stelle sterben mußte, hätte schon diese Nacht das Leben lebenswert gemacht.

»Ich will nicht heiraten.« Naduah hockte störrisch vor ihrem Bett. Sie hatte die Arme auf der Brust verschränkt und kniff den Mund zu dem schmalen, widerspenstigen Parkerschen Strich zusammen.

»Naduah, er ist ein Häuptling. Er wird dir viele Dinge geben. Es ist ihm eine Ehre, dich zu fragen.« Sunrise hatte schon aufgegeben, und jetzt versuchte Medicine Woman, ihrer Enkelin Vernunft beizubringen.

Naduah wollte nicht, daß Wanderer eine andere heiratete. Aber der Gedanke, ihn selbst zu heiraten, erschreckte sie. Sie hatte Jahre gebraucht, um dahin zu kommen, daß sie mit dem Gedanken zufrieden war, ihn als Freund und älteren Bruder zu besitzen. Und jetzt erwarteten sie, daß sie sich kopfüber in eine Ehe mit ihm stürzte. Das war lächerlich, absurd. Außerdem konnte sie nicht glauben, daß er sie wirklich wollte. Sie hatte sich vom Gegenteil überzeugt.

»Er wird mich euch wegnehmen. Er wird immer im Rat sitzen oder auf dem Kriegspfad sein. Er wird sechs andere Frauen nehmen und für mich keine Zeit haben.«

»Du kannst von Glück sagen, wenn er sechs Frauen hat«, warf Takes Down ein. »Um so weniger mußt du arbeiten.«

»Ich werde ihn nicht heiraten.«

So etwas hatte es noch nie gegeben. Sunrise schüttelte verwirrt den Kopf. Sie konnte sich nicht weigern. Er hatte mit Wanderer vor sieben Jahren eine Vereinbarung getroffen. Doch Sunrise hatte aus Erfahrung gelernt, daß sich Naduah ebensowenig einschüchtern ließ wie ein Junge. Er versuchte noch einmal, sie zu überzeugen.

»Wir werden dich oft besuchen.«

»Wollt ihr etwa mit mir in die Staked Plains ziehen?«

»Nein. Unser Platz ist hier bei meiner Mutter und ihrem Bruder.«

»Und meiner auch. Wie könnte ich euch verlassen und *Pia* und *Kaku*? Wer soll denn Takes Down bei all der Arbeit hier helfen? Wer wird für Großmutter Kräuter sammeln? Und Star Name und Something Good und die kleine Weasel und alle meine Freundinnen sind hier. Bei den Quohadi kenne ich keinen Menschen. Ich werde einsam sein. Ich gehe nicht.«

Sunrise seufzte und ging in die Nacht hinaus. Wenn Wanderer sie haben wollte, mußte er sie selbst überzeugen.

Naduah wachte verängstigt auf, als sich ihr eine Hand fest auf den Mund preßte. Sie starrte auf das dunkle Gesicht über ihr und kniff die Augen zusammen, um in dem dunklen Zelt etwas sehen zu können.

Der Mann hob langsam die Hand, und sie sah sich um. Als ihre Augen sich an das schwache Licht des mit Asche bestreuten Feuers und des Mondes gewöhnt hatten, der durch die lederne Wand schien, erkannte sie Wanderer.

»Es ist niemand da.« Seine Stimme hörte sich in der Dunkelheit leise und sanft an. Sie blieb gespannt und ängstlich liegen. Sie hatte die Frauen darüber sprechen hören, was Männer taten, wenn sie sich nachts in das Zelt einer Geliebten schlichen. Sie konnte es sich aber nicht vorstellen. Der Gedanke, daß er in sie eindrang, sich in sie hineindrängte, erschreckte sie zutiefst. Trotzdem wagte sie es nicht zu schreien. Sie würde den Klatsch und die Schande nie mehr loswerden.

Sie hatte unter der dünnen Decke nichts an und fühlte sich hilflos und verletzlich. Wanderer legte ihr leicht die Finger auf die Lippen und zog die Decke zurück. Sie erzitterte unter seiner Berührung, und ihr Herz versuchte, sich den Weg aus ihrer Brust freizupochen. Er legte eine Hand darauf und umschloß die volle, runde Brust. Er umkreiste die Brustwarze leicht mit dem Finger. Sie fühlte sich benommen, als seine Hände ihr über den Körper strichen, sie streichelten und liebkosten, was ihr Schauer der Wollust durch den Körper jagte. Als seine Finger sich in das goldene Haar zwischen ihren Beinen vortasteten, krümmte sie sich und wimmerte. Sie warf den Kopf in stummem Protest von einer Seite zur anderen.

Bis jetzt hatte er an ihrer Lagerstatt gesessen. Nun legte er sich neben sie, so daß sein Körper sie wärmte. Er deckte sie halb zu, während seine Hand zwischen ihren Beinen ruhte. Beide lagen einige Augenblicke still da, bis sie sich ein wenig beruhigt hatte. Dann spreizte er leicht ihre Schenkel. Sie konnte ihn nicht aufhalten. Ihre Muskeln hatten aufhört, ihrem Willen zu gehorchen.

Sie fühlte, wie seine Finger, in deren Spitzen ein Feuer glühte, sich vortasteten. Wellen von Hitze flammten in ihrem Unterleib auf, und sie spürte dort eine seidige Nässe. Er tauchte in deren Quelle ein und ließ die Finger durch ihre weiche, geschwollene Schlucht nach oben weiterwandern. Wo sie sie berührt hatten, breitete sich Feuer aus, bis er die winzige Erhebung berührte. Ihr Rücken krümmte sich, und sie warf einen Arm vor den Mund, um nicht loszuschreien. Alle Nerven ihres Körpers schienen sich an diesem Punkt zu treffen. Dort lag der Mittelpunkt ihres ganzen Seins.

Während er ihn mit den Fingern sanft umkreiste und liebkoste, wurde die Intensität des Gefühls immer stärker. Sie wimmerte erneut. Wellen der Ekstase überspülten sie. Sie ließen sie zucken und sich bis zum äußersten anstrengen, um mehr zu bekommen, und doch wollte sie gleichzeitig, daß es ein Ende hatte. Der Höhepunkt überspülte sie in reiner, unverstellter Sinnlichkeit. Als er verebbte, blieb sie keuchend, ausgelaugt und hilflos liegen. Ihr Körper pulsierte noch unter einer warmen Strahlung, die sich von ihrem Unterleib bis in die Zehen und Fingerspitzen ausbreitete.

Sie drehte sich um und sah Wanderer an, dessen Gesicht so dicht neben ihrem lag. Er grinste. Er grinste wie ein böser kleiner Junge, dem gerade ein besonders guter Streich gelungen ist. Sie erwiderte sein Lächeln, streckte die Hand aus und berührte mit den Fingerspitzen seine Wange. Dann erinnerte sie sich an etwas aus ihrer Vergangenheit, zog sein Gesicht zu sich heran und küßte ihn leicht auf den geschwungenen, sinnlichen Mund.

Er zog sich zurück und legte die Stirn in Falten, als wollte er den Kuß schmecken. Dann erwiderte er den Kuß. Er kitzelte sie sanft, bis sie sich herumrollte und die Arme um ihn legte, damit er aufhörte. So lagen sie engumschlungen da, und ihre Herzen schlugen im gleichen Takt. Schließlich sprach er.

»Willst du mit mir kommen?«

»Unter zwei Bedingungen.«

»Welchen?«

»Daß du mich auf deinen Raubzügen mitnimmst.«

»Wenn du willst.«

»Und daß du das irgendwann wiederholst.«

»Wir werden es oft tun. Und auch diesmal sind wir noch nicht fertig.«

Als sie sich an ihn preßte, spürte sie, wie er sich bewegte. Sein Schwanz war hart und fordernd. Sie vergrub das Gesicht in der Höhlung seines Halses und seiner Schulter.

»Wanderer, ich habe Angst.«

»Das brauchst du nicht. Wir lassen uns Zeit. Ich werde dir nur einmal weh tun und dann nie mehr.«

Zwei Tage später versteckte sich Naduah mit ihrer Familie kurz nach Sonnenaufgang im Zelt ihres Vaters. Alle waren damit beschäftigt, das Essen zuzubereiten und zu frühstücken, als stünde nichts Ungewöhnliches bevor. Naduah konnte jedoch das stakkatohafte »Li-li-li« der Frauen hören. Der Ruf schwoll an, als sich immer mehr Menschen Wanderer anschlossen. Er erschien mit Pferden, um Naduah von Sunrise zu kaufen, doch so viel Lärm war nicht gefordert. Männer riefen ihren heiseren, gutmütigen Spott hinaus, und die Kinder stießen Hochrufe aus. Wie viele Pferde brachte er mit? Sunrise wußte es vermutlich, aber er sagte nichts. Sein Gesicht war unverbindlich und ausdruckslos, was Naduah ganz verrückt machte.

Der Lärm vor dem Zelt wurde zum Aufruhr. Naduah spürte, wie sich Gesicht und Hals erhitzten. Sie wurde rot und war dankbar dafür, daß von ihr erwartet wurde, sich nicht blicken zu lassen. Dann hörte sie Hufgetrappel. Sie versuchte, nach dem Geräusch auf die Zahl der Ponys zu schließen. Ihre Röte wurde tiefer. Sunrise starrte auf den Fußboden, um ein feines, nach innen gekehrtes Lächeln zu verbergen.

»Einhundert Pferde«, stellte Medicine Woman sachlich fest. Ihr Gehör war das beste.

»Das kann nicht sein. Kein Mensch bezahlt mit so vielen Pferden für eine Frau.«

Naduah hätte die gleiche Zahl von Tieren geschätzt, konnte es jedoch nicht glauben.

»Wanderer tut es«, sagte Takes Down.

Naduah konnte nicht mehr an sich halten und zog die schwere Zelttür zur Seite und lugte durch den schmalen Spalt hinaus. Draußen sah es aus, als hätte eine Flut von Ponys das Dorf überschwemmt. Sie drängten sich zwischen den Zelten. Da waren kastanienbraune Pferde mit weißen Füßen, dunkelbraune Schecken, schwarzgrundig gescheckte Ponys, rostfarbene Pferde, fuchsfarbene Ponys, stahlgraue sowie Tiere in prunkenden Farben.

Naduah fingerte an dem Spalt der Zelttür herum und beobachtete solange, bis Wanderer auf das Zelt zuritt. Vor Erregung, aber auch vor Stolz und Verlegenheit und Sehnsucht, drehte sich ihr der Magen um. Wanderer war schön und hatte seine beste Kleidung angelegt. Doch vor ihrem inneren Auge sah sie ihn, wie er am besten aussah. Nackt.

Während Spaniard mit den Nachzüglern erschien, belud Wanderer das Pony, das er am Zügel führte, mit Geschenken und pflockte es abseits von den anderen an. Das Pferd war das beste Tier der Herde, eine junge kojotengraue Stute mit schwarzen Beinen und schwarzem Schwanz und einem schwarzen Streifen auf dem Rückgrat. Sie war ein Geschenk für Naduah. Dann wandte sich Wanderer ohne ein Wort um und ritt mit Spaniard davon. Sunrise ließ eine angemessene Zeit verstreichen und dann noch etwas mehr, bevor er das Zelt verließ. Er hatte einen boshaften Sinn für Humor, der so subtil war, daß viele Menschen nicht mal um dessen Existenz wußten. Es würde ihm ähnlich sehen, das Dorf glauben zu lassen, daß er Wanderers unglaubliches Angebot verschmähte.

Und schließlich, als Naduah schon glaubte, keine Sekunde länger warten zu können, gab er ihr ein Zeichen. Gemeinsam gingen sie hinaus, um die Pferde entgegenzunehmen. Sie führten sie auf die Weide, auf der ihre eigene Herde graste, und ließen sie frei. Sunrise hatte Wanderer als Schwiegersohn akzeptiert.

An jenem Abend erschien Wanderer bei Sonnenuntergang, um seine Braut zu holen. Sie gingen Seite an Seite zu dem Gästezelt, in dem er wohnte. Sie mußte ihre langen Beine strecken, um mit ihm Schritt halten zu können. Es kam ihr vor, als pochte ihr das Herz so laut, daß es die gedämpften Geräusche des Lagers übertönte. Als die beiden vorübergingen, hörte alle Tätigkeit auf, und Naduah wußte, daß sie schon wieder rot wurde. Sie war erleichtert, als sie das Zelt betraten und die Türhaut hinter ihnen zufiel und die neugierigen Augen aussperrte.

Bevor Wanderer sie zu dem Bett aus dicken, weichen Bisondecken führte, gab er ihr den silbernen Spiegel, den er seit sieben Jahren bei sich trug. Er starrte sie aufmerksam an, als sie ihn in den Händen hielt und umdrehte, um mit den Fingern das erhabene Muster zu betasten. Es war der gleiche prüfende Blick, mit dem er den Spiegel vor so langer Zeit auf dem Hof eines verwüsteten Forts betrachtet hatte. Wanderer sah Naduah prüfend ins Gesicht, um zu sehen, ob der Spiegel Erinnerungen an den Tag zurückbrachte, an dem sein Stamm die Angehörigen ihres Stamms getötet hatte. Sie sah zu ihm hoch und lächelte ihn dankbar an, worauf seine Anspannung wich.

Sie kam schweigend zu ihm, und er legte die Arme um sie. Sie blieb stehen und liebkoste ihm das Kreuz und seine festen Lenden. Als er sie in den Armen hielt, legte sie ihm die Wange an die Brust. Sie wiegten sich leicht mit geschlossenen Augen, verloren in dem Gefühl, einander zu spüren. Erfüllt von Wohlbehagen und der Freude an der Gegenwart des anderen.

Herbst

»Auf den Plains erweitern sich die Sinne, und der Mensch beginnt, die Herrlichkeit des Seins zu erkennen.«

Col. Richard Irving Dodge,
Hunting Grounds Of The West

36

Das Hochplateau ragte in der Ferne wie eine riesige, gedrungene Festung auf. Dunkel und massiv dräute es vor dem weiten, blauen, wolkenlosen Himmel. Es war eine zweihundert Meilen lange, einhundertfünfzig Meilen breite und zweihundertfünfzig Meter hohe Zitadelle. Ihre Bollwerke schienen direkt aus der wogenden Dünung der sie umgebenden Plains aufzuragen. Senkrechte Felsvorsprünge aus rotem Sandstein wirkten wie fliegende Stützpfeiler, die sich an die Felsen schmiegten. Am Rand des Plateaus glitzerte die gipserne Deckschicht in dem flirrenden Sonnenlicht wie blankpoliertes Silber.

Es war eine Wüste. Jedenfalls glaubten das die Weißen. Eine weglose Wüste. Nichts wuchs dort außer Gras. Und das einzige Wasser, das es gab, war von Mineralsalzen vergiftet. Und es war nicht nur schlecht, sondern auch noch knapp. Die drei Hauptarme des Red River mäanderten durch das Plateau, und ihre Quelle versteckte sich irgendwo in einem verschlungenen Gewirr von Schluchten, tief eingeschnittenen Wasserrinnen und steil abstürzenden Felsschluchten. Noch nie hatte jemand das Plateau auf einer Karte dargestellt, und kein weißer Mann hatte den Red River bis zu seiner Quelle zurückverfolgt. Das Plateau galt als mörderisches Land.

Im Jahre 1541 verlockte der Pueblo-Indianer El Turco Francisco Vasquez de Coronado und dreihundert von dessen Soldaten zu einer Verfolgungsjagd quer über das Hochplateau. El Turco hätte die Spanier wahrscheinlich in die Hölle geführt, um sie von seinem wehrlosen Dorf abzulenken. Und in dem spanischen Expeditionskorps mußte es einige gegeben haben, die der Meinung waren, genau dorthin, in die Hölle nämlich, geführt zu werden. *A la cola del mundo*, an den Hintern der Welt , wie sie es ausdrückten. Dennoch folgten sie ihm unbeirrt. Sie konnten den Versuchungen eines Landes nicht widerstehen, in denen König Tatarrax von goldenen Tellern aß und der Musik goldener Glocken lauschte, die in den Bäumen hingen. Doch als die Soldaten sich auf der Hochebene befanden, wären sie schon für die Bäume dankbar gewesen, auch ohne Glocken.

Meile um Meile quälten sich die Spanier und ihre sechshundert Pueblo-Sklaven über das Hochplateau. Es war so platt wie eine Bratpfanne und fast genauso heiß. Dort war nichts, keine Bäume, keine Felsen, keine Hügelkämme oder Berge, an denen sie den zurückgelegten Weg ablesen konnten. Es gab zwar Schluchten, doch die waren tief in die Ebene eingeschnitten und unsichtbar, bis ein Pferd unsicher schwankend vor einem Abgrund stand. Die Luft flirrte und zitterte unaufhörlich. Ein in der Ferne fliegender Rabe sah aus, als würde er sich dehnen und verzerren, bis er wie ein näherkommender Mann aussah, was dem Land das Aussehen eines von Phantomen bewohnten Orts verlieh. Haine und Teiche schimmerten und lockten, um dann urplötzlich zu verschwinden.

Die Sommersonne erhitzte die schweren Metallhelme und Kürasse der Männer, bis sie so heiß waren, daß man sie nicht mehr berühren, geschweige denn tragen konnte. Die Soldaten fühlten sich in diesen Kleidungsstücken, als würden sie lebendig geröstet. Dabei waren es Männer, die in den unzugänglichen heißen Bergen von Salamanca und Extremadura geboren und aufgewachsen waren, die jetzt aber in ihren Sätteln zu schwanken begannen. Wenn sie ihre Helme abnahmen, wurden ihre Scheitel erhitzt, als hätte man ein Vergrößerungsglas über sie gehalten. Benommenheit ließ sie aus den Sätteln gleiten. Viele stürzten klirrend und klappernd vom Pferd, wobei sie ihre Lanzen und trompetenförmigen Arkebusen ins Gras fallen ließen.

Manchmal wurden sie von den Pferden mitgeschleift, da sich ihre Sporen aus massivem Messing verhakten. Viele von ihnen litten an Dysenterie, die durch das abgestandene Wasser noch verschlimmert wurde. Wenn sie die Augen schlossen, brannte die Sonne gnadenlos durch die Augenlider, und so etwas wie Schatten hatten sie seit Tagen nicht mehr gesehen. Das nur wenige Zentimeter hohe, mattgelb verbrannte Gras richtete sich wieder auf, wenn die Pferde weitertrabten. So hinterließen fast eintausend Männer mit Pferden und Lasttieren für das ungeübte Auge nicht mehr Spuren zurück als ein Schiff auf dem Ozean. Folglich schnitten sie schlanke Zweige von den wenigen verkümmerten Pappeln und Weiden, die an den ausgetrockneten Flußbetten wuchsen. Und mit diesen Pfählen steckten sie ihre Route ab. Manche von ihnen standen noch Jahre später, starre und rätselhafte Wachposten, die sich vor dem Himmel abhoben. Später wurde das Plateau als El Llano Estacado bekannt, die Staked Plains.

Naduah beobachtete seit drei Tagen, wie das Hochplateau immer größer wurde, als die kleine Gruppe kreuz und quer über die wogende

Prärie ritt. Jetzt türmte es sich vor ihnen auf und füllte den leeren Himmel aus. Ein paar verwachsene Rotzedern klammerten sich an die Steilwand. Naduah legte den Kopf in den Nacken, um hinaufzublicken.

»Wir werden es nie schaffen, da hinaufzuklettern.«

Wanderer grinste sie über die Schulter an.

»Du solltest es besser wissen. Glaubst du etwa, ich habe dich den ganzen Weg hierher gebracht, damit du es nur ansiehst?«

»Wie kommen wir denn nach oben, Wanderer?« schrie Star Name von hinten. »Sollen wir uns etwa an den Zedern hochziehen?«

»Es gibt noch einen anderen Weg«, sagte Wanderer. »Hab' Geduld.«

Naduah suchte nach einem Pfad, der nach oben führte, konnte aber keinen entdecken.

Wanderer führte sie um den Fuß des Hochplateaus herum und bahnte sich den Weg durch ein Labyrinth von Schluchten. Schließlich standen sie alle am Rand der tiefsten davon. Gut sechzig Meter unter ihnen sahen sie das aufgewühlte Wasser des südlichen Arms des Red River, der an dieser Stelle brüllend und gurgelnd aus den Staked Plains herausschoß. Wanderer zeigte die Route.

»Wir werden zum Flußbett hinunterreiten, dann an den Felsen entlang oder durch das flache Wasser. Darauf folgen wir dem Fluß stromaufwärts, bis wir die Ebene erreichen. Das ist der leichteste Pfad.«

Der leichteste Pfad. Naduah dachte, daß sie sich lieber an den Zedern der Steilwand hochziehen würde. Wanderer verschwand über den Rand des tiefen Einschnitts, der den Fluß an seiner schmalen Basis einengte. Naduah folgte ihm. Als Wind steifbeinig den gewundenen Pfad hinunterrutschte, fühlte Naduah die Pranken ihres neuen Pumafells an den Beinen. Das Fell war über Winds Hinterteil drapiert wie die bestickten Decken der spanischen *caballeros*. Das Pumafell war teuer gewesen. Sie hatten es fast mit ihrem Leben bezahlt. Naduah dachte daran, wie sie und Wanderer den Berglöwen getötet hatten. Das gab ihr Stoff zum Nachdenken, so daß sie nicht immerzu an den hohen schmalen Pfad denken mußte, auf dem sie ritt. Er war so steil, daß man jederzeit ausrutschen und hinunterstürzen konnte. Sie konnte sich vorstellen, wie es wäre, mit dem Pferd unten auf den Felsen aufzuprallen. *Das Pumafell und der Blick in Wanderers Augen, als er dem Tier meinen Pfeil aus dem Herzen zog. Denk mal darüber nach.*

Es war vor einigen Tagen passiert, als die Gruppe anhielt, um nach einem langen heißen Ritt, der schon vor Sonnenaufgang begonnen hatte, Rast zu machen. Es war später Nachmittag, und sie saßen alle in dem hohen Gras unter der mächtigen Krone einer Pappel und lehnten sich gegen ihre Sättel. Sie hatten einen tiefen Teich gefunden und gebadet und dann wie verhext zugesehen, wie der klare, flache Strom gurgelnd an ihnen vorüberströmte. Die hohen, mit Felsbrokken übersäten Klippen um sie herum waren mit runden, dunklen Zederzypressen und Zwergeichen bewachsen. Außerdem sah Naduah blaßgrüne, fedrige Mesquitsträucher, Pflaumenbäume und wilden Wein, Himbeer- und Johannisbeersträucher und verschiedene Kakteenarten.

Naduah lag auf dem Rücken und beobachtete die winzigen Geier, die hoch über ihnen auf den Luftströmungen, die von den Felsen aufstiegen, kreisten und dahinglitten. Sie fühlte sich träge und mit sich und der Welt im reinen. Auf eine unbestimmte Weise wünschte sie sich, daß diese Reise nie enden würde, daß sie ewig gemächlich über die Plains reiten konnten, um nachts am Feuer zu sitzen, zu lachen und zu spielen. Um mit ihren Freunden Geschichten zu erzählen. Und Wanderer unter ihren Schlafroben zu lieben, bis sie beide erschöpft waren und bis zum Morgengrauen eng umschlungen dalagen.

»Möchtest du zum Essen ein Reh jagen?« Wanderer hatte dagestanden und auf sie hinuntergesehen.

»Natürlich.« Sie war aufgestanden, hatte sich gestreckt und gegähnt. Dann streifte sie sich ihre Mokassins über und zog Bogen und Köcher aus dem Gepäck. Gemeinsam gingen sie zu Fuß zum Fluß hinunter, wo sich der Canyon öffnete und sie auf eine große Wiese mit wogendem Gras kamen. Naduah bewegte sich schweigend und leichtfüßig, war sich aber all der Dinge um sie herum bewußt. Sunrise hatte ihr guten Unterricht erteilt. Es hatte am Vortag geregnet, und die Luft war kühl und rein, die Büsche frei von Staub, den der Regen abgewaschen hatte. Hier, wo es genug Wasser gab, reichte ihnen das Büffelgras bis zu den Hüften.

Wanderer fand eine Stelle fast in der Mitte der Wiese und setzte sich. Er zog Naduah zu sich herab. Er legte sich auf den Bauch, und sie tat es ihm nach.

»Ich dachte, wir wollten Rehe jagen«, flüsterte sie ihm ins Ohr.

»Das tun wir auch. Hat dir noch niemand den Notruf eines Kitzes beigebracht?«

»Nein.«

»Du weißt aber, daß eine Ricke ihr Kitz irgendwo versteckt und dann woanders äst, oder?«

»Natürlich. Solange das Kitz noch sehr klein ist, hinterläßt es keine Duftspur, und die Mutter weiß, daß es allein sicherer ist als bei ihr.«

»Richtig. Folglich machen wir ein Geräusch wie ein Kitz, das sich in Not befindet, und die Ricke wird sofort erscheinen, um ihm zu helfen.«

»Woher weißt du, daß hier Rehe sind?«

»Weil dieses Gelände perfekt für sie geeignet ist. Außerdem ist es die richtige Tageszeit. Sie werden gerade äsen. Sie sind hier.« Er nahm einen dünnen Grashalm in die gewölbten Hände und blies darauf. Es ertönte ein ängstliches Blöken, dann noch eins. Dann lagen beide still.

Naduah lauschte dem Wind, der in dem hohen Gras raunte, und den Insekten, die hier überall summten und schwirrten. Als sie so in dem hohen kühlen Gras lag und spürte, wie die Sonne ihr den Rücken wärmte, fühlte sie sich wieder wie ein Kind. Wanderer ließ den Notruf drei- oder viermal hören, und sie rückte näher an ihn heran. Schließlich berührte ihr Bein seins, und dann lagen sie mit den Körpern nebeneinander. Das war das Schwierigste daran, nicht nur Wanderers Ehefrau und Geliebte zu sein, sondern auch seine Freundin. Sie wollte ihn immerzu berühren, seinen Körper spüren, seine Hände, seinen Mund. Sie konnte sich nie an ihm sattsehen, wenn er still und nachdenklich am Feuer saß oder sich geschmeidig im Lager bewegte. Jetzt, als er den Rehen auflauerte, erkannte sie etwas an ihm.

»Es ist ein Spiel für dich, nicht wahr?« Sie sagte es urplötzlich und sehr leise.

»Was ist ein Spiel?« Er starrte sie an und tat, als irritierte ihn die Störung.

»Alles. Das hier. Die Jagd. Der Krieg, das Leben, die Liebe.« Er starrte sie an, als wäre er bei etwas erwischt worden.

»Warum sagst du das?«

»Dieser Ausdruck auf deinem Gesicht. Ich habe immer gedacht, daß du mich auslachst. Doch gerade ist mir aufgegangen, daß du über jeden lachst. Und über das Leben.«

»Ich lache darüber.« Er dachte eine Weile nach. »Ich nehme es aber auch ernst. Es ist eine ernste Angelegenheit, das Leben zu genießen. Man muß daran arbeiten.«

»Dein Freund und Bruder, der gestorben ist, hat nicht daran gearbeitet.« Sie dachte an sein Lächeln, sein ansteckendes Lachen.

»Nein, das hat er nicht getan. So etwas wie ihn trifft man nur selten.« Wanderer wälzte sich herum und fuhr ihr mit den Fingern durchs Haar. Sie hatte es im Fluß gewaschen, und es fiel ihr lose und schwer um die Schultern. Er beugte sich zu ihr und vergrub das Gesicht darin und atmete den sauberen Duft der warmen Feuchtigkeit ein.

»Ich mag es, wie es sich an den Spitzen kringelt. Es sieht aus wie bleiche Späne von Eichenholz.« Sie legte sich auf den Rücken und schlang ihm die Arme um den Hals. Ihr Körper bäumte sich auf, begierig, jeden Teil von ihm zu berühren. Er legte ihr den Mund ans Ohr und murmelte:

»Du hast wie immer recht, mein Goldhaar. Das Leben ist ein Spiel. Und wenn es vorher kein Spiel war, hast du es dazu gemacht.«

Naduah blickte ihm über die Schulter und sah den Berglöwen als erste.

»Roll dich herum!« Sie schob ihn zur Seite und drehte sich in die andere Richtung. Sie spürte, wie Krallen ihr den Arm zerkratzten, als der federnde Sprung der Großkatze dort endete, wo das Gras von ihren Körpern plattgedrückt war. Ohne nachzudenken, schnappte sich Naduah ihren Bogen, legte einen Pfeil ein und schoß, alles in einer einzigen, fließenden Bewegung. Wanderer schoß gleichzeitig, und beide Pfeile waren tödlich.

»Das ist mir vielleicht ein Reh.« Sie lachte, teils vor Erleichterung und teils, um nicht zittern zu müssen. Sie wischte sich das Blut ab, das ihr über den Arm lief. Wanderer machte ein einfältiges Gesicht, was sie noch mehr zum Lachen brachte.

»Frau, du hast mich so verhext, daß ich vergaß, daß dieser Ruf manchmal nicht nur Rehe anlockt. Hat Medicine Woman dir all ihre Liebestränke gegeben, bevor sie dich mir übergab?« Er knurrte ein wenig vor sich hin, als sie begannen, das Tier zu häuten. »Du wirst noch mein Tod sein, wenn ich mich nicht von deinem Bann löse.« Er sah sie schelmisch an, als sie auf je einer Seite des Kadavers knieten. »Es wäre natürlich nicht so ehrenvoll gewesen, wie im Kampf zu sterben, aber auch kein schlechter Tod. Wirklich kein schlechter Tod.« Er ließ seine freie Hand leicht auf ihrer Schulter ruhen, als sie zum Lager zurückgingen.

Jetzt ritt er vor ihr den steilen Canyonpfad hinunter und saß so locker im Sattel, als wäre er mit Night am Rand des Lagers auf einem Spazierritt. Sie konnte die lange Narbe sehen, die sich unter seinem Schulterblatt hinzog. Sie war dunkler als der Rest seiner Haut, und dort, wo die Sonne vor vielen Jahren das frische Narbengewebe verbrannt hatte, zeigten sich Sommersprossen. Sie lächelte bei dem Gedanken daran, wie oft sie mit ihren Fingern darüber hingefahren war und die weiche, samtige Erhebung liebkost hatte, als er auf ihr lag. Als hätte er ihre Gedanken erraten, drehte er sich um, sah sie an und rief über das Rauschen des Wassers hinweg:

»Laß Wind ohne Zügel gehen.« Er versuchte zu verbergen, daß er sich Sorgen um sie machte, doch sie wußte, daß er es tat.

»Wind kennt diesen Pfad auch noch nicht.«

»Vertrau ihr.« Dann wurde nicht mehr gesprochen. Niemand war zu hören, als der Fluß rauschend von der Hochebene hinunterstürzte und sich durch die schmale Schlucht preßte. Das Geräusch des dahinschießenden Wassers hallte zwischen den sechzig Meter hohen Felswänden wider.

Winds Hufe traten Steinchen los, die scheppernd und klappernd den steinigen Pfad hinunterrollten, bevor sie über den Rand fielen und in den Abgrund segelten. Naduah krampfte sich vor Angst der Magen zusammen, und sie bemühte sich, nicht zu den gezackten Felsen und blutfarbenen Stromschnellen hinunterzublicken. Wind torkelte und schwankte bei jedem Schritt. Sie setzte behutsam jeden Huf auf und spreizte dann die Beine, um nicht durch das eigene Gewicht ins Rutschen zu kommen.

Naduah beugte sich vor und preßte ihre Wange an die von Wind. Wind schüttelte zur Antwort den Kopf. Ihre Vorfahren waren in der Wüste aufgewachsen und durch ihre Herkunft daran gewöhnt, mit wenig Gras auszukommen und lange Strecken zurückzulegen, bis sie an ein neues Wasserloch kamen. Wind war nur vierzehn Hände hoch, ein Abkömmling von reinem Araberblut, das mit ein wenig genügsamem nordafrikanischen Berberblut gemischt war. Ein Texaner hätte Wind zottig, unansehnlich und häßlich genannt, doch für Naduah war sie vollkommen.

Wenn überhaupt ein Pferd auf diesem Pfad sicher vorankommen konnte, dann sie. Aber wie sollte sie diesen wilden Fluß umgehen? Ein Fisch würde es auch nicht schaffen. Sie suchte nach einem Pfad und fand nur stellenweise freies Land, kleine Uferstücke, die sich in das wirbelnde Wasser hineinfraßen. *Es ist unmöglich. Vielleicht erinnert er sich an einen Tag, an dem der Wasserstand niedriger war.* Doch kaum hatte sie den Gedanken zu Ende gedacht, wußte Naduah, daß sie sich irrte. Er wußte, was er tat. Das wußte er immer.

Sie beobachtete, wie sich die dunkle, glatte Haut über seinen

Schulterblättern bewegte, als er Night behutsam den Abhang hinuntergehen ließ. Seine Muskeln traten nicht so schwellend hervor wie die von Pahayuca, doch Wanderer war trotzdem stark. Manchmal, wenn sie sich liebten, hielt er sie in einem eisernen Griff fest, so daß sie sich nicht rühren konnte, wenn er auf sie hinunterstarrte. Es erschreckte und erregte sie zugleich, in solchen Momenten den wilden Hunger in seinen Augen zu sehen.

Er war stark, und er war groß. Er war so groß, daß manche meinten, er sei nicht als Kind des Volkes geboren. Daß er ein Mexikaner sei, den man als Säugling geraubt habe. Sie hatte die Gerüchte gehört. Jetzt würde sie vielleicht die Wahrheit erfahren. Sie war unterwegs, um Iron Shirt kennenzulernen, Wanderers Vater.

*

Wanderers Sippe, die Quohadi, beherrschte die Staked Plains. In einer Nation von Kriegern waren sie die wildesten und tapfersten Krieger. Von ihrer luftigen Höhe aus blickten sie auf den Rest der Welt hinab, um gelegentlich von ihrem Hochplateau herunterzukommen und tief nach Mexiko vorzustoßen oder die texanischen Siedlungen zu plündern. Dann verschwanden sie wieder in ihrer weiten Wildnis. Sie lebten selbstbewußt und sicher in dem Wissen, daß weiße Männer es nie wagen würden, ihr Territorium zu betreten.

Es gab nur eine Gruppe von Menschen, die immer wieder in das Land der Quohadi eindrang. Man nannte sie *ciboleros*, Bisonjäger, und sie kamen aus den Pueblos von New Mexico. Die Pueblo oder Anazasi waren friedliche Menschen. Sie wagten sich jedes Jahr auf das Hochplateau, um Fleisch zu jagen, mit dem sie ihre Familien ernähren und das sie verkaufen konnten.

Es war gefährliche Arbeit. Nicht viele waren dafür geeignet. Doch die, die es waren, kamen jedes Jahr. Sie brachten ihre Familien mit, ihre Frauen und Kinder, ihre Hunde und Ochsen und ihre schwerfälligen Karren. Die Jagd war in diesem Jahr gut gewesen, und die Männer und Frauen von El Mancos Gruppe waren gerade dabei, die getrockneten Fleischstreifen in ihre Karren zu packen. El Manco stützte sich mit einer Hand an der hohen Seitenwand des Karrens ab und knetete das Fleisch mit seinen nackten Füßen zu einer kompakten Masse.

El Manco, One Armed, war immer noch der *mayordomo*, der Anführer der Jagden. Wenn er die Bisons jagte, hielt er die Zügel mit den Zähnen fest. Mit nur einer Hand stieß er den Tieren die Lanze in den Leib, als hätte sie die Kraft von zwei Händen. Jetzt kletterte er von seinem Karren herunter, wischte sich die Füße an den Grassoden ab und ging los, um seinen Leuten den Befehl zum Aufbruch zu erteilen.

In dem riesigen, sich nach allen Seiten ausdehnenden Lager um sie herum regte sich etwas. Die Ochsen brüllten protestierend, als die Männer sie zusammentrieben und vor die Karren spannten. Die überall herumliegenden Bisonschädel und -knochen waren schwarz vor Fliegen. Der Gestank verwesenden Fleisches legte sich mit jeder Stunde schwerer auf das Lager. Die Frauen schaufelten Erde auf ihre Koch- und Rauchfeuer. Dann traten sie zurück und hielten sich die Hände vors Gesicht, um sich vor Asche, Funken, Rauch und Staub zu schützen, die vom Wind hochgeweht wurden.

Mehr als einhundert Männer, Frauen und Kinder, fünfzig Karren, fünfhundert Ochsen und Maultiere sowie fünfundsiebzig Pferde mußten gesammelt und in eine Marschordnung gebracht werden. Es war zwei Stunden vor Aufbruch der Karawane. Das Lager sah aus, als wollte eine Zigeunersippe umziehen. Peitschen knallten, Männer riefen, und die Frauen schrien nach ihren Kindern. Die Ochsen beklagten sich bitterlich, und am Rand der Karawane bellten Hunde.

Eine Karawane von *carretas* hatte keine Chance, sich unbemerkt fortzubewegen. Selbst ohne das laute Quietschen der Radachsen konnte man sie leicht aufspüren, denn ihr Weg war mit zerbrochenen Achsen aus Pappelholz übersät. Die beiden Räder wurden aus massiven Baumstämmen herausgeschnitten und reichten einem Mann bis an die Brust. Sie hatten eine nur annähernd kreisrunde Form, und die Löcher für die Achsen befanden sich fast nie genau in der Mitte. Es war viel von einem massiven Stück Pappelholz verlangt, diese Karren zu tragen, wenn sie über den felsigen Erdboden rumpelten, vor allem, da Bisonfett das einzig verfügbare Schmiermittel war.

Die T-förmige Deichsel hielt die Köpfe der Ochsen in einem unnatürlichen Winkel. Das machte es neben dem Gewicht der Karren notwendig, mehr als viermal so viele Tiere wie sonst einzusetzen, um eine Ladung zu ziehen. *Carretas* waren ein lächerliches Transportmittel, doch sie schleppten gleichwohl die Überreste von zehn- bis zwölftausend Bisons pro Jahr davon. Die Beute war unbedeutend, wenn man sie mit den Millionen von Tieren verglich, welche die Plains bedeckten, doch sie versorgte die Pueblos und abgelegenen Farmen von New Mexico mit Nahrung für den Winter.

El Manco ritt an die Spitze der Kolonne und führte sein Volk nach Osten.

Als er die Gruppe von Komantcia näherkommen sah, bemerkte El Manco, daß eine der Frauen blond war. Doch war das nicht ungewöhnlich. Und von ihrem Haar abgesehen war sie sonst in jeder Hinsicht Komantcia. Die Männer hinter El Manco waren nervös. Sie waren ein wild aussehender Haufen, doch das war meist Bluff. Sie wußten, daß sie Komantcia bei gleichem Kräfteverhältnis nicht gewachsen waren.

Zum Glück war das Kräfteverhältnis hier nicht ausgeglichen. Die Gruppe, die auf sie zuritt, umfaßte nur neun Menschen. Und davon waren nur fünf Krieger. Folglich wartete El Manco ruhig ab. Er hatte schon vor langer Zeit gelernt, sich über Dinge, die er nicht ändern konnte, keine Sorgen zu machen. Und von diesen Dingen war der Tod das Wichtigste. Die Tatsache, daß er sterben mußte, bedeutete ihm nichts, obwohl er es vorziehen würde, nicht durch Folter zu sterben.

Die sechzig Anazasi-*ciboleros*, die sich hinter El Manco drängten, hätten die meisten Männer sehr nachdenklich gemacht. Sogar in der heißen Sonne trugen sie Lederhosen und -jacken. Runde, flache Strohhüte schützten ihre Gesichter vor der Sonne. Ihre Lanzen standen senkrecht. Die dicken Enden steckten in Lederhüllen, und die Schäfte wurden von Riemen, die an die Sattelknöpfe gebunden waren, festgehalten. Ein Wald schlanker Lanzenspitzen bewegte sich über den Köpfen der Männer, von denen jede mit einer Quaste aus buntem Stoff geschmückt war, die im Wind flatterte. Die alten Steinschloßmusketen der Pueblos wurden auf der anderen Seite jedes Sattels ebenfalls senkrecht getragen. Jede Muskete hatte einen mit Quasten versehenen Stopfen im Lauf.

Auf den Staked Plains waren diese Musketen eher zur Drohung denn zur Verteidigung geeignet. Der ständige Wind wehte die Zündsätze weg und blies sofort jeden Funken aus, was die Gewehre fast nutzlos machte. Das drahtige, lange schwarze Haar der Männer war in dicken Zöpfen nach hinten gekämmt. Ihre schwarzbraunen Gesichter waren finster, als sie die fünfunddreißig Zentimeter langen Messer betasteten, die in ihren Gürteln steckten. Sie sahen aus wie eine Bande von Piraten, die inmitten ihrer gestrandeten Masten an Land festsaßen.

»Jesús, bring mit Eulalia den Karren mit den Handelswaren her.« El Manco gab mit dem rechten Arm ein Zeichen und hörte das Quietschen der Räder, die ihre Achsen strapazierten. Dieses Geräusch übertönte die schwächeren Laute knarrender Sättel und flatternder Quasten. Die Komantcia berieten sich in der Ferne, und der *mayordomo* wartete geduldig. Er spürte, wie die kleinen schwarzen Kribbelmücken ihm um den Kopf schwirrten. Sie krabbelten ihm vorn unters Hemd und die Hosenbeine hoch. Er wagte nicht, die Würde des Augenblicks zu ruinieren, indem er nach ihnen schlug. Doch zwischen zusammengebissenen Zähnen verfluchte er sie. Sie hinterließen häßliche Eiterbeulen, die erst nach Tagen wieder verschwanden. Er hoffte, daß sie auch die Komantcia zerbissen.

Wenn es überhaupt Komantcia waren. Es konnten auch Kiowa sein, doch das war weniger wahrscheinlich. Er hoffte, es wären keine. Die Kiowa waren die Verbündeten der Komantcia, hatten jedoch nicht den gleichen etwas unsicheren Frieden mit dem Volk von New Mexico, den die Komantcia seit mehr als sechzig Jahren hielten.

Plötzlich gaben die Mitglieder der kleinen Gruppe ihren Pferden die Sporen und galoppierten auf die wartenden *ciboleros* zu. Der längste Krieger und die goldhaarige Frau ritten Seite an Seite vorneweg. Als El Manco ihnen allein entgegenritt, hörte er Hanibal hinter sich ausrufen:

»*Madre de Dios! Qué mujer!* Was für eine Frau! Ich würde gern wissen, ob der Häuptling vorhat, sie zu verkaufen.«

»In deinem ganzen Leben, Joven«, sagte Jesús, »würdest du nie genug Pferde haben, um sie dir zu kaufen.«

Dann stürmte der Komantcia auf El Manco los, als wollte er ihn unter den Hufen seines Pferdes zermalmen, hielt dann aber langsam die rechte Hand hoch. Mit der Handfläche nach vorn ließ er die Hand vor- und zurückschnellen, ein Zeichen zum Anhalten. Die Ponys blieben kurz vor der Reichweite einer Lanze stehen und tänzelten dort nervös. El Manco hielt noch immer die Hand hoch, doch jetzt bewegte er sie wieder von rechts nach links und umgekehrt. »Ich kenne euch nicht«, sagte seine Hand. »Wer seid ihr?«

Der hochgewachsene, schlanke junge Krieger hielt den Arm vor sich, so daß der Unterarm parallel zur Hüfte verlief. Dann machte er mit dem Arm eine Drehbewegung rückwärts, zur Seite hin. El Manco ließ einen kaum wahrnehmbaren Seufzer der Erleichterung hören. Sie waren Snakes Who Came Back. *Koh-mat* nannten sie die Utes, Those Who Are Always Against Us. Komantcia. Comanchen. Gefährlich, aber nicht so schlimm wie Kiowa. Sie sahen nicht so aus, als wären sie die Kundschafter und Vorhut einer Gruppe von Kriegern. Dazu hatten sie zuviel Gepäck bei sich. Es waren junge Familien, die irgendwohin unterwegs waren.

El Manco hob die rechte Hand und schüttelte den Stumpf seines linken Arms. »Seid ihr Freunde?« fragte er und gab das Zeichen nach bestem Vermögen mit nur einer Hand.

Der Krieger hielt beide Hände in die Höhe und verschränkte die beiden Zeigefinger. »Ja. Wir sind Freunde.«

Dann ritt er vor, um die Geschenke zu fordern, auf die er ein Anrecht zu haben meinte.

Geschenke. Tribut. Bestechung. Es war alles das gleiche. Es war eine Sitte, mit der ein schlauer spanischer Vizekönig im Jahre 1786 begonnen hatte, und heute stellte niemand sie mehr in Frage. Als zum erstenmal der Befehl erging, die angriffslustigen Krieger aus dem Osten zu bezahlen, damit sie auf Angriffe verzichteten, hatten die Komantcia zuerst versucht, Geschenke mit Gegengeschenken zu erwidern, wie es bei ihnen Sitte war. Im Lauf der Jahre jedoch nahmen sie in arroganter Manier entgegen, was sie für den ihnen zustehenden Tribut hielten.

Der Karren war inzwischen umgedreht worden, so daß Eulalia ihren Mann sehen konnte. Sie saß auf dem Bock und ließ ihre kurzen, dicken Beine baumeln. Als sie die Handzeichen beobachtete, flüsterte sie das Gebet, das bei jeder Namensgebungs-Zeremonie für ein Kind gesprochen wurde.

Mögest du immer ohne Krankheit leben,
Mögest du guten Mais und alle guten Dinge haben.
Mögest du bis ins hohe Alter auf dem Pfad der Sonne reisen,
Und im Schlaf ohne Schmerzen sterben.

Würde dies der Moment sein, in dem sie El Manco ermordeten? Sie waren so unberechenbar. Es war schwer zu erkennen. Ein schwarzer Schal schützte Eulalias Gesicht vor der Sonne und verhüllte ihre Furcht. Hinter ihr, auf der Ladefläche des Karrens, waren flache, runde, goldene Brotlaibe aufgehäuft. Sie hatte viele Stunden damit zugebracht, das Mehl für sie in einer Reihe immer feinerer *metates* aus Stein zu mahlen. Natürlich enthielt das Maismehl immer etwas Kies und Sand. »Jeder Mann muß zu seinen Lebzeiten einen *metate* essen«, wie das Sprichwort besagte. Auch die Komantcia liebten das Brot. Es war eine wichtige Handelsware. Doch heute würde das Brot nicht verkauft werden. Sie würden die Brote für einen sicheren Ritt über den Llano hergeben müssen.

Eulalia wußte, daß die Komantcia sie für Eindringlinge hielten. Doch die Vorfahren der Anazasi hatten hier schon Bisons gejagt, als die Snakes Who Came Back noch weit im Norden in den Bergen lebten. Bevor sie auch nur daran dachten, auf ihren stämmigen Beinen in die Plains herunterzukommen und ihre Habe auf dem Rücken zu tragen oder sie von ihren Hunden ziehen zu lassen. Bevor sie ihr erstes Pferd gestohlen hatten und zu einer Bedrohung für jeden wurden, der in ihre Nähe kam.

Jetzt waren Brot und Zucker, Mehl und Kaffee der Preis, den die Anazasi für etwas bezahlen mußten, was ihnen früher gehört hatte. So wie sie Steuern für das Land zahlen mußten, das ihnen gehörte. Eulalia wünschte, nach all den Tributen und Steuern und Kirchenzehnten wäre mehr für sie selbst übrig. Die Spanier nahmen. Die Komantcia nahmen. Die Priester nahmen. Vor allem die Priester. Wenn man die freundlichen Gesichter Eulalias und ihres Mannes sah, konnte man den Zorn und die Wut kaum verstehen, welche die Anazasi dazu brachten, sich etwa alle hundert Jahre oder so zu erheben und ihre Feinde abzuschlachten, immer dann, wenn ihnen zuviel genommen worden war.

Eulalia nahm so viele Brotlaibe, wie sie tragen konnte, und glitt von dem Karren herunter, um sie ihrem Mann zu geben. Dieser wiederum überreichte sie feierlich dem jungen Häuptling und dessen Gefolge.

37

Als sie von der Karawane der Pueblo-Bisonjäger wegritten, konnte Naduah hören, wie sich die *Carretas* wieder in Bewegung setzten. Die Ochsen muhten laut, und das klagende Kreischen der Achsen, um die sich fünfzig Paar Wagenräder drehten, hörte sich an, als würden riesige Fingernägel auf Schiefer kratzen. Naduah knabberte zufrieden an dem Maisbrot. Sie war froh, eine aus dem Volk und keine von den *ciboleros* zu sein, die im Schneckentempo durch die Landschaft krochen.

»Das ist köstlich!« Sie winkte Wanderer mit dem Maisbrot zu.

»Warm und mit Honig schmeckt es noch besser.« Star Name und Deep Water ritten in gestrecktem Galopp heran, um sie einzuholen. Sie ritten Seite an Seite. Spaniards neue Frau und Big Bows jüngste Eroberung blieben abseits, unterhielten sich und kümmerten sich um die Lasttiere. Lance, der Ausrufer der Wasps, hatte ebenfalls beschlossen mitzukommen. Er war wie gewohnt geistesabwesend und schien mit anderen Dingen beschäftigt, blieb meist allein und sang den ganzen Tag lang seine Lieder durch die Nase. Naduah hatte ihn gefragt, warum er mitgekommen sei. Er hatte sie angesehen, als überraschte ihn die Frage.

»Um die Welt zu sehen, natürlich.« Sie wußte, daß sie vermutlich keine andere Antwort erhalten würde.

Star Name blickte über die Schulter und warf den schwerfälligen, primitiven Karren, die in einer Staubwolke verschwanden, einen Blick nach. Vor ihnen erstreckte sich die breite, verwüstete Furche, die schwere hölzerne Räder und hunderte trottender Tiere im Gras zurückgelassen hatten.

»Diese Spur kann man wohl kaum verfehlen, oder?« fragte Star Name.

»Nicht, wenn es so viele sind«, sagte Wanderer. »Sie kommen nicht immer in so großer Zahl.«

Naduah studierte die riesige Fläche völlig platten Landes um sie herum. Das kurze, gewellte, gelbliche Gras erstreckte sich bis zum Horizont wie eine frischgemähte Wiese.

»Und wie erkennst du hier die Spur einer kleinen Gruppe?« fragte sie.

Wanderer zog Nights Zügel an, so daß das Pony auf der Hinterhand kehrtmachte und in die Richtung blickte, aus der sie gekommen waren. Die anderen taten das gleiche. Wanderer und Deep Water warteten schweigend, bis die Frauen von allein auf die Lösung kamen.

»Ich sehe es«, sagte Naduah. »Du auch, Schwester?«

»Ja. Da, wo wir geritten sind, ist das Gras etwas dunkler.«

»So wird es zwei oder mehr Tage bleiben, je nachdem, wie trocken es ist.« Wanderer ließ Night drehen und setzte sich wieder in Bewegung. »Wenn ihr eine Zeitlang hier gelebt habt, werdet ihr lernen, die Pfade im Gras deutlicher zu erkennen. Eines Tages werden sie euch so klar vorkommen, daß ihr euch fragt, wie ihr sie je habt übersehen können. Ihr werdet sogar wissen, wann ein Reh vorbeigegangen ist.«

Naduah löste ihre Kürbisflasche aus der Schlinge am Sattel. Sie nahm einen Schluck und reichte sie Star Name. Star Name kippte den Kürbis hoch, um zu trinken, und blickte dann zu Wanderer hinüber.

»Soll ich das aufheben?« Sie hielt die Kürbisflasche hoch. »Wann werden wir Wasser finden?«

»Schon bald. Trink, soviel du willst.«

»Wie werden wir Wasser finden?« wollte Naduah wissen.

»So wie du immer welches gefunden hast.«

»Wir klettern einfach auf einen hohen Berg und halten nach dunkleren Bäumen am Flußbett Ausschau«, lachte Star Name. »Dort finden sich bei trockenem Wetter die Tümpel.«

»Star Name, du hast keinen Respekt vor Reife und Weisheit.« Wanderer sah gekränkt aus. »Du mußt nach Ponys Ausschau halten.«

»Wenn sie im Gänsemarsch laufen und weitertrotten, ohne zu grasen, sind sie zu einer Wasserstelle unterwegs. Richtig?« Das hatte Sunrise Naduah und Star Name beigebracht.

»Richtig.«

»Oder sieh' dich nach Mesquitsträuchern um«, fügte Star Name hinzu. »Mustangs fressen die Bohnen und lassen die Samen mit ihrem Kot fallen. Und Ponys grasen nur selten mehr als ein paar Meilen von Wasser entfernt.«

»Ebenfalls richtig.«

»Es sieht nicht so aus, als könnte man hier viel Wasser finden.« Die ungeheure Weite der Landschaft schüchterte Naduah ein. Sie war an Ebenen gewöhnt, die bis in unendliche Ferne zu wogen schienen, doch eine so leere und monotone Landschaft hatte sie noch nie gesehen. Da war nichts, was dem Auge Abwechslung verschaffte, nichts, was die Seele beruhigte oder sie von der unfruchtbaren Ödnis ablenkte. Naduah sehnte sich nach einer großen kühlen Pappel, deren raschelnde Blätter sich nachts wie Regen anhörten.

»Es sieht nicht mal so aus, als gäbe es hier überhaupt Wasser«, sagte Star Name.

»Es gibt Wasser, aber es schmeckt wie Pisse«, sagte Spaniard, der zu ihnen aufschloß.

»Er hat recht. Erinnert mich daran, daß ich euch noch sage, daß die Pferde nicht an versalztes Wasser herankommen dürfen. Und was es mit ihnen anrichtet, falls sie es trinken.«

»He, Kiowa, du Zuchthengst«, winkte Spaniard Big Bow zu. »Komm hier rauf. Ich will dich da hinten nicht mit meiner Frau allein lassen.«

»Sehr weise, Spaniard«, sagte Deep Water. »Ich würde Star Name auch nicht mit ihm allein lassen.« Star Name warf ihm einen bösen Blick zu.

»Ich würde ihn mit keiner Frau allein lassen«, knurrte Spaniard. »Ich begreife es nicht. Ich sehe viel besser aus als er. Was macht ihn für Frauen so unwiderstehlich?«

»Er besitzt fünfhundert Pferde und halb so viele Maultiere. Und er hat so viele Frauen, daß keine von ihnen viel arbeiten muß«, sagte Wanderer.

»Deshalb begibt er sich so oft auf den Kriegspfad«, fügte Deep Water hinzu. »Um von seinen Frauen wegzukommen.«

Wanderer und Naduah ritten voraus, während die anderen sich kabbelten.

»Es ist so leer hier, Wanderer. Ich fühle mich verloren und hilflos.« Naduah sah sich in dem unfruchtbaren Gelände um, das unter der Last des weiten Himmel reglos dalag.

»Es ist nicht leer. Es ist grenzenlos. Frei. Nichts vesperrt dir den Blick. Nichts steht zwischen dir und dem Horizont. Oder dir und dem Himmel. Es wird dir gefallen, wenn du dich erst mal daran gewöhnt hast.«

»Möglich. Du wolltest mir sagen, wie man Wasser findet.«

Er nahm den Faden seiner Gedanken auf.

»Achte auf Tauben. Die finden jeden Tag Wasser. Meist sind sie nicht weit davon entfernt. Und auf Grünspechte. Wenn sie Schlamm am Schnabel haben, kommen sie vom Wasser her. Und wenn sie dorthin unterwegs sind, fliegen sie niedrig und auf dem kürzesten Weg. Dann gibt es noch eine Art Gras, das in der Nähe von Wasser wächst. Ich werde es dir zeigen. Selbst wenn kein Wasser zu sehen ist, kannst du etwas davon an die Oberfläche bringen, indem du dein Pony im Sand auf und ab gehen läßt. Und lausche nach Fröschen. Sie werden dich manchmal zu einer verborgenen Quelle führen.«

»Alle diese Methoden hören sich ziemlich unsicher an.«

»Das Leben ist unsicher. Hier vielleicht unsicherer als in dem Land, das du kennst. Aber du wirst lernen.«

Du wirst lernen. Naduah verzweifelte bei dem Gedanken, ob sie je alles lernen würde, was sie wissen mußte. Gerade wenn sie dachte, sie hätte alles geschafft, überfielen sie Wanderer oder Sunrise oder Takes Down The Lodge mit etwas Neuem. Und wieder fühlte sie sich wie ein unwissendes Kind. Wanderer sprach mit seiner leisen, belehrenden Stimme weiter.

»Bei Wasser mußt du sehr vorsichtig sein, besonders bei dem für deine Ponys. Wenn möglich solltest du immer aus einer Quelle trinken. Die Flüsse sind am sichersten bei niedrigem Wasserstand. Bei hohem Wasserstand löst das Wasser die Salze an den Flußufern, und dann ist es kaum genießbar. Du darfst in der Nähe eines versalzenen Flusses nicht mal ein Pferd grasen lassen. Flutwasser hinterläßt Rückstände im Gras, die ein Pony krank machen können.«

»Woran erkenne ich, daß ein Pony davon vergiftet worden ist?«

»Dann schwellen Bauch und Brustkorb an. Und es hustet. Wenn es nicht behandelt wird, wird die Krankheit die Lungen zerstören.«

»Und wie kann man es behandeln?«

»Wenn du die Erkrankung früh genug bemerkst, kannst du ihm Fett in den Hals stecken.« Wanderer schwang ein Bein zur Seite und saß auf Nights Rücken, als wäre er ein Baumstamm, und ließ beide Füße baumeln. »Genug des Unterrichts. Ein Wettrennen zur nächsten Schlucht? Sie liegt etwa drei Meilen vor uns.«

»Woher weißt du, daß drei Meilen vor uns eine Schlucht ist?« Naduah war etwas verärgert. Wie konnte jemand wissen, wo sie sich auf dieser glatten Ebene befanden?

»Irgendwann wirst du es auch wissen. Da gibt es eine Quelle, an der wir unsere Kürbisflaschen und Wasserbeutel füllen können.«

»Ein Rennen mit Night ist kein Wettrennen. Nicht mal für Wind.«

»Ich werde rückwärts reiten.«

»Du könntest sogar auf dem Kopf stehen und reiten. Für Night würde das keinen Unterschied machen.«

»*Mea-dro*, los!« Er schwang das andere Bein auf die andere Seite und sah Naduah ins Gesicht, als Night losgaloppierte. Er schnitt schreckliche Grimassen, die sie erwiderte. Sie konnte der Herausforderung nicht widerstehen, sondern trat Wind in die Seiten und galoppierte hinter Wanderer her.

Vier geruhsame Tage lang ritt die kleine Gruppe über die Ebene. Sie ritten zunächst nach Norden, dann nach Westen, der sinkenden Sonne entgegen. Sie ließen sich Zeit und hielten gelegentlich an, um Bisons oder Gabelantilopen zu jagen. Im übrigen ritten sie so langsam, daß Naduahs Hund mithalten konnte. Dog wurde allmählich alt und legte manche Strecken auf einem Travois zurück. Dort lag sie dann mit der Schnauze auf den Pfoten und blickte mit ihren feuchten braunen Augen friedlich ins Leere. Sie jagte aber immer noch hinter allem her, was sich bewegte, obwohl ihre Beine vor Erschöpfung zitterten, wenn sie zu der Gruppe zurückkehrte.

Den heißesten Teil jedes Nachmittags verbrachte die Gruppe an schattigen Plätzen, mal unter einer Bisonhaut oder einem Gebüsch, gelegentlich auch in dem dünnen Schatten verwachsener Weiden am Grund einer Schlucht. Eines Tages fanden sie eine klare Quelle, die aus dem Grund eines flachen, von Buschwerk überwucherten Canyons eimerweise Wasser hervorsprudeln ließ. Als sie sich an der Quelle niederlegten, um gleich daraus zu trinken, schlich sich Naduah von hinten an Wanderer heran und goß ihm eine volle Kürbisflasche auf den nackten Rücken. Er sprang mit einem Aufschrei auf, schöpfte mit den gewölbten Händen Wasser und sprühte ihr das Gesicht damit voll. Star Name kam ihr zu Hilfe, und damit war der Krieg in Gang. Sie bespritzten sich gegenseitig mit Wasser, bis alle durchnäßt waren. Alle mit Ausnahme von Lance. Er kauerte am oberen Rand der Schlucht und lächelte zu ihnen herunter wie ein gütiger Vater auf seine ungebärdigen Kinder.

Doch als sie immer weiter über die flache Ebene dahinritten, wurde Naduah allmählich unruhig. Vielleicht war sie auch nervös, obwohl sie sich weigerte einzugestehen, daß sie Angst hatte. Inzwischen mußten sie schon in der Nähe von Wanderers Gruppe sein. Er hatte beim letzten Wasserloch Zweige grünen Unterholzes abgeschnitten und sie auf zwei der zusätzlichen Maultiere gebunden. Er wollte ein Signalfeuer anzünden. Und was sollte sie tun, wenn sie schließlich Iron Shirts Lager betraten? Wie würde man sie empfangen? Eine weiße Frau. Wanderer hatte ihr vom Tod seiner Mutter erzählt, die vor zwei Jahren gestorben war. Seine Schwester hatte geheiratet und war zu einer anderen Gruppe gezogen. Jetzt war nur noch sein Vater da.

»Werden wir Iron Shirts Gruppe bald finden?«

»Ja.«

»Was für ein Mann ist er?«

»Wer?«

»Du weißt genau, wer, Wanderer. Mach keine Spielchen mit mir.«

»Du hast keinen Grund, dir Sorgen zu machen, mein Goldhaar.«

»Ich will nur wissen, was mich erwartet. Was für ein Mann ist dein Vater?«

Wanderer ritt schweigend neben ihr her. Das Schweigen schien die Zeit zu dehnen und zu verzerren wie die tanzenden Trugbilder, die ständig am Horizont flimmerten.

»Er ist ein großer Krieger«, sagte er schließlich.

»Davon habe ich gehört. Was noch?«

»Was gibt es denn noch?«

»Es gibt noch andere Dinge an einem Mann außer seinen Fähigkeiten im Krieg.«

»Mag schon sein. Doch das ist alles, was zählt.«

Naduah versuchte es mit einem neuen Anlauf.

»Ist er freundlich?«

»Freundlich? Ich weiß nicht. Er hat große Macht. Sein Atem ist magisch. Er bringt Pfeile dazu, einfach zu Boden zu fallen, so daß sie keinen Schaden anrichten können. Es ist wie bei den Kribbelmücken, nach denen man schlägt. Er hat ein Hemd aus Metall, das Kugeln davon abhält, ihn zu berühren. Er hat mehr Coups als sechs durchschnittliche Männer zusammen. Ich habe nie darüber nachgedacht, ob er freundlich ist oder nicht.«

Es war hoffnungslos. Wanderer konnte alles klar sehen, nur seinen eigenen Vater nicht. Vielleicht wollte er ihr auch nichts sagen. Es würde ihm ähnlich sehen, sie vor Iron Shirt treten zu lassen, ohne daß sie mehr über ihn wußte, als allgemein bekannt war. Man erzählte sich die Geschichten sogar an den Lagerfeuern ihrer eigenen Gruppe weit im Süden. Sie mußte Iron Shirt erst kennenlernen und sich dann eine eigene Meinung über ihn bilden.

Am späten Nachmittag ließ Wanderer erneut eine Rast einlegen.

»Heute abend wird es eine Feier geben«, sagte er. »Wenn du dich dafür umziehen willst, ist jetzt eine gute Zeit dazu.«

Naduah und Star Name durchsuchten ihr Gepäck nach den besten Kleidungsstücken und stellten ihre Pferde nebeneinander, damit sie sich gemeinsam umziehen konnten. Ihre neuen Ponchos und Röcke waren Gemeinschaftsarbeiten gewesen. Takes Down The Lodge, Black Bird, Medicine Woman, Something Good und sogar Blocks The Sun hatten daran mitgearbeitet.

»Wir können dich nicht zu den Quohadi schicken, wenn du wie so eine elende Tonkawa aussiehst«, hatte Medicine Woman gesagt. Sie hatte es zwischen zusammengebissenen Zähnen gemurmelt, da sie die Sehne, die sie im Mund weichkaute, nicht herausgenommen hatte. In den Fingern hatte sie weitere Sehnen gehalten, die sie nur nach dem Gefühl ihrer Finger spaltete.

Naduah zog die Kleidungsstücke aus ihrem besonderen Behälter aus Rohleder und hielt sie einen Moment lang vor sich. Sie erinnerte sich an die Nachmittage mit den Frauen, die daran mitgearbeitet hatten. Dann schüttelte sie die Kleidungsstücke leicht, um die langen, dicken Fransen zu glätten. Die Glöckchen daran klirrten. Sie zog sich nervös und vorsichtig an. Sie band die neuen Beinlinge an den Lederriemen um die Hüfte und steckte den Rock daran fest. Dann zog sie sich den Poncho über den Kopf, dessen waagerechter Schlitz eine hohe, gerade Halslinie formte. Schließlich streifte sie sich ihre weichen, perlenbesetzten Mokassins über, schnürte sie an den Unterschenkeln fest und klappte die fransenbesetzten Spitzen zu Stulpen herunter.

Star Name summte beim Anziehen leise vor sich hin. Wie immer schien sie völlig sorglos zu sein. Allerdings hatte sie auch keinen Schwiegervater namens Iron Shirt.

»Setz dich auf die Ecke des Travois, dann frisiere ich dir das Haar.« Star Name war fertig und stand mit der Bürste in der Hand da. Sie liebte es, mit Naduahs hüftlangem goldenen Haar zu spielen, und bürstete es oft für sie.

»In Ordnung. Und ich werde dir das Gesicht anmalen.«

»Paß auf, daß du saubere Linien ziehst«, sagte Star Name.

»Wie kommst du darauf, ich könnte sie schief und krumm malen?«

»Deine Hände zittern.«

Naduah fingerte unbeholfen an ihrem runden Silberspiegel herum, dem Spiegel, den Wanderer ihr an dem Tag geschenkt hatte, als er Sunrise die einhundert Pferde brachte.

Sie konnte hören, wie ihr das Herz in der Brust pochte, und legte die Hand leicht auf die Brust, um es zu beruhigen. Dann ging sie zu Wanderer hinüber, um ihm mit seinen Zöpfen zu helfen, die sie mit dem Otterpelz umwickelte, der ihn zu einem schnellen Läufer machte.

»Du bist sogar langsamer als ich, Mann. Du bist doch nicht etwa aufgeregt?«

»Natürlich nicht.«

Dabei hatte sie noch nie gesehen, daß er sich mit seiner äußeren Erscheinung soviel Mühe gab. Für die Wolfsringe um die Augen benutzte er seine beste Farbe, reines Graphit von den Chisos Mountains vierhundert Meilen weiter südlich, statt Holzkohle zu verwenden. Er malte die Kreise mit äußerster Sorgfalt, tauchte die Finger in Bärenfett und dann in das schwarze Pulver. Die Adlerfedern, Kennzeichen seiner wichtigsten Coups, waren mit dünnen Holzstäbchen verstärkt und an seiner Skalplocke befestigt. Unter ihnen hing eine senkrechte

Reihe von fünf polierten Silberscheiben an einem Lederriemen. Er trug ein Halsband mit Krallen, die er dem Bären abgeschnitten hatte, den er mit fünfzehn erlegt hatte. Sie waren auf einem Streifen Otterfell aufgereiht. Der buschige Schwanz des Otters hing ihm über den Rücken.

Am meisten jedoch gefiel ihr das fransenbesetzte Jagdhemd, das sie ihm in jenem Sommer gemacht hatte. Es war eine sorgfältige Arbeit, und sie wußte es. Und sie wußte auch, daß kein anderer Mann so gut darin aussehen würde. Allein schon dieser Anblick gab ihr das Gefühl, daß die Arbeit nicht umsonst gewesen war.

Schließlich war er fertig und blickte sie einen kurzen Moment lang fast schüchtern an, als wollte er um ein paar anerkennende Worte bitten. Sie lächelte ihre Zustimmung. Er war großartig. Es war später Nachmittag, als sich der Canyon plötzlich gähnend vor ihnen auftat. Eine Meile vorher wäre sie nie darauf gekommen, daß es ihn überhaupt gab. Wanderer hielt am Rand der Schlucht an, um ein Feuer zu machen, auf das er die grünen Zweige legte, die eine schwarze Rauchsäule aufsteigen lassen würden, die »Achtung!« bedeutete. Hinter ihnen lag die Ebene so platt da wie die Oberfläche eines gelben Teichs. Knapp zweihundert Meter unter ihnen lag der Grund des Palo Duro Canyon.

Der Canyon war ein Märchenland aus gewundenen Tälern, dunkelgrünen Zedern und sandgeblasenen Skulpturen in Schattierungen von Rosa und Rot, Beige und Orange. Wasser und Wind hatten den Sandstein zu bizarren Formen und Gestalten erodieren lassen. Felsen waren terrassiert worden, bis sie wie die Volants am Rock einer spanischen Tänzerin aussahen. Der Canyon war riesig, einhundertzwanzig Meilen lang und an manchen Stellen zwanzig Meilen breit.

Im Westen ging die Sonne unter. Gewaltige Gebirge flauschiger Cumuluswolken schienen an einem strahlend türkisfarbenen Himmel auf einem unsichtbaren Regal zu ruhen. Die Wolken wurden an den Unterseiten rosafarben und golden. Während Naduah zusah, schienen sich die Streifen lavendelfarben zu färben, um dann zu einem dunklen Rosa zu werden wie beim Herzen einer Kaktusblüte. Das Purpurrot schien sich nach oben auszubreiten, bis das ganze Wolkengebirge in dieser Farbe zu glühen schien. Einzelne Wolkenfetzen rissen sich los und schwebten frei in dem blauen Ozean, der sie umgab. Strahlen goldenen Sonnenlichts ergossen sich durch Löcher in den Wolken in Flüsse und Wasserfälle. Naduah, deren Umrisse sich vor dem dunkler werdenden Abendhimmel abzeichneten, sah schweigend zu. Am liebsten wäre sie für immer so auf Wind sitzengeblieben. Um die Zeit anzuhalten und den Sonnenuntergang daran zu hindern, schwächer zu werden. Sie wollte den Ritt auf den Grund des Canyon und in das fremde Lager hinauszögern.

Als sie dort unten angekommen waren, konnte Naduah winzige, rauchgelbe Zelte ausmachen, die zwischen den Bäumen verstreut lagen. Hunderte von schieferblauen Rauchsäulen von den abendlichen Kochfeuern stiegen sich kräuselnd nach oben und wurden von den Windstößen zwischen den Felsen zerfetzt. Von Zeit zu Zeit konnte sie das Bellen eines Hundes oder den Schrei eines ungnädigen Maultiers hören, das Lachen von Kindern und die Stimme einer Mutter, die ihre Familie zum Essen rief. Die Laute trieben leicht und körperlos nach oben wie der Rauch. Und mit ihnen schienen sich Naduahs Sorgen zu verringern und aufzulösen.

Ich bin Nerm. Eine aus dem Volk. Die da unten mochten vielleicht Quohadi sein, die kämpferischste aller Gruppen des Volkes, doch auch sie gehörten zum Volk. Und sie war eine von ihnen. Entschlossen folgte sie Wanderer über den Felsrand und den schmalen Pfad hinunter. Der Rest der Gruppe ritt hinter ihnen her. Lance bildete die Nachhut.

Der Pfad war lang und gewunden, und der Tag neigte sich dem Ende zu. Doch der volle Erntemond erhob sich schon früh über dem Rand des Canyons und überflutete ihn mit perlenfarbenem Licht. Aus dem Dorf konnten sie die Laute von Singen und Trommeln hören, die ihre Ankunft ankündigten. Als sie die ersten hellerleuchteten Zelte erreichten, wurden sie von einem Schwarm fröhlicher Menschen umringt. Naduah konnte hören, wie Iron Shirt in der Ferne etwas rief, bevor sie ihn überhaupt sah.

»Wo ist sie? Wo ist die Frau, die mir meinen Sohn gestohlen hat? Die Frauen der Quohadi scheinen für ihn nicht gut genug zu sein.«

Naduah saß still auf Wind und wartete auf ihren Schwiegervater. Sie hielt das Kinn in die Höhe gereckt und starrte starr geradeaus. Wenn Wanderer großartig war, paßte sie in jeder Hinsicht zu ihm. Mit siebzehn hatte sie ihre volle Körpergröße erreicht und war größer als alle anderen Frauen. Ihr langes blondes Haar, das von der Sonne fast platinfarben gebleicht worden war, hing ihr in dicken Zöpfen bis zur Hüfte. Sie lagen an der sanften Rundung ihrer großen festen Brüste und hingen dann frei hinab. Ein paar weißgoldene Strähnen wurden nicht von den Zöpfen gebändigt und fielen ihr ins Gesicht. Die Sonne hatte ihre Haut zu einem kräftigen Honigton gebräunt. Ihre Gesichtszüge waren ebenmäßig, doch über einem starken, entschlossenen Kinn wölbte sich ihr voller breiter Mund.

An ihrer Hüfte zeigte die Rundung ihrer Rippen eine blassere Honigfarbe mit Sahne. Ihre langen Beine preßten sich Wind fest in die Flanken, und ihre Hüften bewegten sich leicht im Sattel. Sie hatte einen Körper, der danach verlangte, berührt und liebkost zu werden. Es waren jedoch ihre Augen, welche die Menschen dazu brachten, sich nach ihr umzusehen und sie nochmals zu mustern. Sie waren saphirfarben und ließen manchmal diamantene Funken aufblitzen.

»Wo ist sie?« rief Iron Shirt erneut. Die Menge wurde unruhig, und eine Gasse öffnete sich. Iron Shirt durchschritt sie mit dem rollenden Gang, den die meisten der älteren Männer hatten, einem Mittelding zwischen Schwanken und Torkeln. Er hatte den größten Teil seiner fünfzig Jahre auf dem Pferderücken zugebracht, und seine Beine hatten sich daran angepaßt. Sein pechschwarzes Haar war von einigen grauen Strähnen durchzogen. Über dem Gürtel seines Lendenschurzes bildete sich ein kleiner harter Kugelbauch, als hätte er eine Walze aus Eichenholz verschluckt.

Er war kleiner als sein einziger Sohn, hatte dafür aber einen breiteren Brustkorb und breitere Schultern. Doch in seinen durchdringenden schwarzen Augen, der geraden Nase und den geschwungenen Lippen erkannte sie Wanderer wieder. Er schimpfte wild, als er um die beiden herumschritt und sie von allen Seiten inspizierte. *Das kenne ich schon,* dachte Naduah. *Das hat Wanderer sich wohl hier angewöhnt.* Wanderers Bein streifte ihres wie zufällig, bevor er sich von Night heruntergleiten ließ. Naduah stieg ebenfalls ab. Iron Shirt baute sich mit geballten Fäusten, die er in die Hüften stemmte, vor ihr auf.

»Du bist die Frau, die meinem Sohn seit drei Jahren den Kopf verdreht.« Es war keine Frage.

»Ich bin Naduah. Und Wanderer ist nicht wirr im Kopf.«

»Wer hat den Berglöwen getötet?«

Die Frage traf Naduah unvorbereitet. Sie hatte die Haut vergessen, die immer noch auf Winds Hinterteil lag. Sie warf Wanderer einen Blick zu, um zu sehen, ob er antworten würde. Er stand jedoch stumm da und beobachtete sie und ihren Vater mit dem wohlbekannten amüsierten Gesichtsausdruck.

»Wir haben ihn getötet. Wanderer und ich.«

Die Falten in dem Gesicht des älteren Mannes verzogen sich zu einem Lächeln.

»Du hast das getan? Du und Wanderer?«

Naduah deutete das Lächeln als Zweifel. »Ich würde es nicht sagen, wenn es nicht so wäre.«

Die Worte kamen ihr selbst grob vor. Zwei Minuten im Lager, und schon kabbelte sie sich mit ihrem Schwiegervater, einem legendären Häuptling. Doch Iron Shirt schien es nicht zu stören. Er packte sie und hielt sie in einer Umarmung umklammert, die sie fast erdrückte. Es war die Umarmung eines Kriegers. Dann legte er ihr einen Arm um die Schulter und gab den anderen ein Zeichen, näherzukommen.

»Dies ist meine neue Tochter, Naduah«, bellte er. »Mein Sohn hat eine gute Wahl getroffen.« Er drehte sich um und grinste sie an. »Er hat sogar eine sehr gute Wahl getroffen. Bist du sicher, daß dir ein älterer Mann nicht lieber wäre?«

Naduah erwiderte das Lächeln.

»Ich bin mit dem zufrieden, was ich habe.«

»Hast du sein Hemd gemacht?«

»Ja.« Wanderer hatte das verwirrende Gefühl, daß Iron Shirt mehrere Gedankenstränge gleichzeitig verfolgte.

»Würdest du auch für mich eins machen? Keine meiner Frauen kann so gut nähen. Aber verrate ihnen ja nicht, daß ich das gesagt habe.« Er wartete ihre Antwort nicht ab. Als sie sich alle zu der für den Tanz reservierten Fläche begaben, packte er Wanderers Oberarm und schüttelte ihn wie einen Hund, der einen Knochen nicht hergeben will.

»Kein Wunder, daß du immer so unruhig warst und bei jeder Gelegenheit nach Süden wolltest. Ich habe auch eine neue Frau. Sie ist jünger als deine. Stell mir den Rest deiner Gruppe vor.«

Star Name holte Naduah ein, als Iron Shirt mit Wanderer wegging und ihn schon jetzt mit Fragen nach den Penateka und der Situation im Süden bestürmte.

»Ich hoffe, du wirst dir nicht allzu viele blaue Flecken holen«, sagte Star Name mit leiser Stimme.

»Was willst du damit sagen?«

»Wenn sie kämpfen und du sie zu trennen versuchst.«

»Erwachsene Männer kämpfen nicht.«

»Du hast recht. Wanderer wird ihn wahrscheinlich einfach töten.«

»Das bezweifle ich. Aber jetzt weiß ich, warum er unser Gepäck am Rand des Lagers gelassen hat, weit weg von den Zelten seines Vaters.«

»Würdest du eine Wette darauf eingehen, daß Wanderer schon sehr bald einen langen Jagdausflug vorschlägt?«

»Darauf brauche ich nicht zu wetten, Star Name. Das wird er vermutlich tun. Und ich werde froh sein, mit ihm zu kommen. Ich finde es schade, daß unsere Reise hier zu Ende ist.«

»Ich verstehe, was du meinst. Es hat Spaß gemacht, nicht wahr, Schwester? Aber es wird noch viele Reisen geben.«

»Hier kommen die Frauen«, sagte Naduah. »Sie werden wahrscheinlich wissen wollen, ob die Wasps Pflaumen oder Persimonen oder Pecan-Nüsse in ihr Pemmican tun.«

»Oder ob wir bei der Perlenstickerei die Kreuzstich- oder Plattstichstickerei vorziehen. Oder ob unsere Frauen ihre Blusen und Röcke in dem neuen Stil zusammennähen.«

»Und dann werden sie die Nähte unserer Kleider betasten und unsere Mokassins mustern, ob die auch gut genug sind.«

»Und natürlich werden sie auch deine gelben Haare berühren wollen, Schwester.«

»Dagegen habe ich nichts, solange sie nicht versuchen, mir welche auszureißen.«

Das Trommeln hob an, und die Sänger begannen mit ihrem Singsang zum Tanz. Naduah und Star Name schlossen sich der Gruppe von Frauen an, die auf sie zukam. Erst würden sie in den Zelten von Iron Shirt an einem Festessen teilnehmen, sich dann der Begrüßungsfeier anschließen und den Sonnenaufgang herbeitanzen.

38

Naduah lag auf dem Rücken und spürte die Wärme von Wanderers langem, schlanken Körper neben ihrem. Die Goldkette mit der Adlermünze daran ringelte sich auf seiner glatten Brust. Die Sonne hatte die Ostseite des Zelts noch nicht erreicht, aber es war Juni, und der Tag würde heiß werden. Die Bisonrobe war ihnen zu den Füßen heruntergerutscht, und sie war mit einem Ruck aufgewacht. Selbst nach zehn Monaten mit Wanderer bei den Quohadi fühlte sie sich noch befangen. Immer noch dachte sie, wenn sie kurz vor dem Einschlafen war, daß ihre Familie das Zelt mit ihnen teilte und sie entblößt sehen würde.

Sie zog sich behutsam die pelzige Robe bis zu den Hüften hoch und lauschte Wanderers ruhigem Atem. Er hatte ihr das Gesicht zugewandt, das vollkommen friedlich war. Er sah jung und verletzlich aus. Seine Schönheit füllte ihr die Augen mit Tränen. Sie blinzelte und starrte die verschwommenen Linien der Zeltwand über ihr an. Die Formen der Häute bildeten Muster, die ihr vertraut waren. Als ihre Tränen trockneten, studierte sie die von Takes Down säuberlich gestichelten Nähte. Sie seufzte. Man sah sofort, welche Nähte von Takes Down stammten und welche von ihr selbst. Bei der nächsten Zeltwand würde sie es besser machen. Um zu üben, würde sie ihre Hilfe anbieten, wenn jemand eine Zeltwand machen mußte. Inzwischen waren Takes Downs Nähte eine Art Trost für Naduah, denn sie waren so persönlich wie eine Unterschrift.

Naduah lauschte den Vögeln, die draußen in den Kronen der Pappeln und Zedern zwitscherten und kreischten. Von Zeit zu Zeit stürzte sich ein Stärling mit einem Geräusch in die Baumkronen, als würde jemand Papier zerknüllen und zerreißen. Aus der Nähe kam der Morgengesang des ersten Frühaufstehers. Während sie Lance lauschten, der seinen Dank für den neuen Tag hinaussang, hatte Naduah das Gefühl, als hätte er offiziell begonnen.

Sie drehte sich auf die Seite, stemmte sich auf die Ellbogen und kroch behutsam über Wanderer hinweg. Er schlief immer am äußeren Rand des Bettes, jederzeit bereit, aufzuspringen und seine Lanze zu ergreifen oder seinen geliebten Karabiner. Dieser lehnte jetzt an dem Pfosten neben seinem Kopf. Er hielt ihn ständig sorgfältig geölt und poliert, und auf Reisen wurde er in einer ledernen Hülle aufbewahrt. Der Abzugsbügel aus Messing und die Messingbänder um den Lauf glänzten, und der hölzerne Kolben hatte vom vielen Tragen einen seidigen Glanz bekommen. Daneben lagen der Beutel mit den Kugeln und die Pulverflasche. Das dreieckige Bajonett, das unter den Lauf paßte, hatte er zu einer großen Messerschneide zurechtgefeilt. Beim Kampfstil des Volkes war für den Kampf Mann gegen Mann wenig Raum.

Naduah glaubte, über Wanderer hinweggleiten zu können, ohne ihn zu wecken. Doch als ihre vollen Brüste ihn berührten, griff er schläfrig nach ihr. Er zog ihren sinnlichen Körper zu sich heran und fuhr ihr mit den Lippen leicht über Hals und Brustwarzen. Sie biß ihn zart in die Schulter, wobei ihr langes, von der Sonne ausgebleichtes Haar über beide fiel. Dann stieß sie sich auf den Ellbogen ab.

»Ich gehe zum Fluß hinunter.«

»Mmmm.« Er lächelte, ohne die Augen zu öffnen. Dann ließ er sie los, wälzte sich mit einem leisen Grunzen herum und schlief wieder ein. Sie hatten alle bis vor wenigen Stunden gefeiert. Buffalo Piss war mit einem Dutzend Penateka gekommen, und sie hatten wie üblich lange Geschichten erzählt. Heute abend würden die Männer vermutlich lange im Rat sitzen. Buffalo Piss hatte offensichtlich etwas auf dem Herzen.

Naduah zog ihr einteiliges Kleid von dem Gestell, wo es neben Wanderers Alltags-Lendenschurz und -Beinlingen hing. Sie zog es sich über den Kopf und schüttelte die Fransen aus. Sie bürstete sich schnell das Haar, schlüpfte in ihre alten Mokassins und trat in den kühlen, duftenden Morgen hinaus. Neben dem Eingang stand Wanderers bedeckter Schild auf seinem Dreifuß und sog die Kraft der Sonne auf. Er kam ihr vor wie ein Wachposten, der sie vor Gefahr beschützte.

Schwaden von Bodennebel waberten noch dicht über dem Erdboden und hielten sich in den Büschen. Die Luft war von dem Duft von Zedern und Blumen und Rauch erfüllt. Auf allen Seiten erhoben sich die roten Steilwände des Palo Duro Canyon zu einer beschützenden Umarmung. An den Ufern des flachen Flusses, der sich durch den Grund des Canyons schlängelte, wuchs hohes Gras. Unter den Bäumen am Fluß standen die Zelte in weitem Abstand voneinander. Naduah folgte dem ausgetretenen Pfad zu dem besten Badeplatz. Dog kam schwanzwedelnd und unbeholfen umherhüpfend mit. Sie lief von einer Seite des Pfads zur anderen.

Naduah hütete sich, Lance zu stören. Er zog es vor, sein Morgenbad einsam zu nehmen. Er würde schweigend am Wasser stehen und die Arme der aufgehenden Sonne entgegenstrecken. Dann würde er feierlich ins Wasser waten und sich damit naßspritzen.

An Lance war am erstaunlichsten, daß er trotz seiner Beschäftigung mit Religion die Zeit gefunden hatte zu heiraten. Er hatte für Tarku Huhtsu, *Snow Bird*, mit nur wenigen Pferden bezahlen können, doch ihr Vater hatte auch so zugestimmt. Jeder konnte sehen, daß Lance eines Tages ein mächtiger Medizinmann werden würde. Schon jetzt kamen viele zu ihm und baten ihn, ihren Kindern Namen zu geben oder um Amulette für die Jagd oder den Krieg zu erbitten oder ihn aufzufordern, ihre Schilde mit heiligen Zeichen zu bemalen. Und Snow Bird paßte zu ihm. Sie war genauso still und scheu wie er.

Naduah lag heiter und friedlich im Wasser. Sie badete nackt in der Morgensonne. Ihr Haar trieb offen im Wasser, und sie döste still vor sich hin. Über ihr segelte eine Flotte weicher weißer Wolken vorbei, die dauernd ihre Gestalt veränderten und sich zu neuen Gebilden auftürmten. Geier segelten elegant und träge über dem Rand des Canyons dahin. Ein paar späte Fledermäuse schwirrten wie Halluzinationen, die man nur aus dem Augenwinkel sah, zwischen den Bäumen herum. Schon bald würden sie verschwinden, um wie samtige kleine Beutel in den Felsspalten der Canyonwände zu baumeln.

Als sie sich von dem kühlen Wasser umströmen ließ, langte Naduah nach unten und schaufelte mit den Händen Sand herauf. Sie rieb den Körper damit ein und spürte, wie die Sandkörner langsam wieder auf den Grund sanken. Sie war gestern mit Star Name, Deep Water und Wanderer von einem Jagdausflug zurückgekehrt, und sie konnte immer noch den Geruch der zerstoßenen Bohnen der Mescal-Agave riechen, mit denen sie sich eingerieben hatte. Das Pulver hielt Moskitos und Kribbelmücken fern, doch sie mochte den üblen Geruch nicht.

Dann hörte sie das ferne Lachen von Kindern, die zum Fluß herunterkamen, um sich zu waschen, und da wußte sie, daß es Zeit war zu gehen. Sie paddelte langsam aus dem Wasser, ließ die Arme vor sich durch die Strömung gleiten und beobachtete, wie sie das Wasser silbrig glitzernd aufspritzen ließen. Sie zog sich an und füllte die Wasserbeutel, die sie mitgebracht hatte. Als sie durch Buschwerk und Gras und Blumen auf dem Pfad nach oben ging, der durch den Schatten der Pappeln gekühlt wurde, dachte sie an die Hausarbeit, die sie an diesem Tag erledigen mußte. Sie mußte Frühstück machen, Holz sammeln, die Pferde versorgen, das getrocknete Fleisch, das sie gestern mitgebracht hatten, verpacken, die Häute räuchern, die sie gegerbt hatte, und Kräuter sammeln. Es wartete noch die bemalte Robe auf sie, die sie für Wanderer machte, und das Hemd für seinen Vater und die Mokassins, die immerzu geflickt werden mußten.

Und da waren auch noch die Besuche und der Klatsch. Und sie mußte noch Farbstoffe kochen. Es wurde zunehmend schwerer, mit Star Name zu einem langen, gemächlichen Ritt am Fluß aufzubrechen oder mit Pfeil und Bogen zu üben. Und Wanderer hatte ihr versprochen, ihr das Schießen mit seinem Karabiner beizubringen. Die Munition war aber knapp, so daß für das Üben kaum etwas übrigblieb. Naduah gefiel das Gewehr ohnehin nicht. Es war laut und tat ihr in den Ohren weh. Es machte ihr blaue Flecke auf der Schulter, und explodierendes Pulver verbrannte ihr das Gesicht. Sie gab aber trotzdem nicht auf und versuchte es verbissen weiter.

Ohne nachzudenken, summte sie Lances Morgenlied. Die tägliche

Wiederholung und die einfache Monotonie der Melodie machten es manchmal unmöglich, das Lied aus dem Kopf zu vertreiben. Sie blieb schuldbewußt stehen und sah sich um, als ihr aufging, was sie tat. Die Medizingesänge eines Menschen gehörten ihm allein und waren heilig. Sie konnten verschenkt oder verkauft werden, aber man durfte sie nicht nehmen, ohne zu fragen.

Buffalo Piss war mit seinen Männern in die Staked Plains gekommen. Er sprach zu den Häuptlingen, die sich in Iron Shirts Ratszelt versammelt hatten.

»Die weißen Männer sind überall. Sie schwärmen wie Kribbelmücken. Und die alten Penateka-Häuptlinge, Pahayuca und Old Owl, Santa Ana und Sanaco, treffen sich mit ihnen und erklären sich mit ihren Forderungen einverstanden. Die Tapferkeit der jungen Männer wird von dem Whiskey zerfressen, den die weißen Händler mitbringen.

Im letzten Herbst, kurz nach Wanderers Aufbruch, erschienen drei Texaner, um mit uns zu sprechen. Sie luden die Häuptlinge der Penateka ein, mit weiteren der hinterhältigen Feiglinge Honigreden zu führen. Sie wollten, daß wir zu ihnen in die Stadt kommen und uns noch einmal wie hilflose Rehe abschlachten lassen.« Buffalo Piss kaute in seiner Wut fast auf dem Pfeifenstiel.

»Arrow Point und ich wollten sie an Ort und Stelle töten. Oder sie mitten im Dorf festbinden, damit die Frauen sie foltern konnten. Sie haben keine Ehre, diese Texaner. Sie haben uns zu Friedensverhandlungen gelockt und uns dann angegriffen. Und dann erwarten sie, daß wir wieder auf allen vieren angekrochen kommen.

Wir haben den ganzen Nachmittag darüber diskutiert. Nicht darüber, ob wir zu den Verhandlungen gehen sollten oder nicht, sondern ob wir die Abgesandten töten sollten oder nicht. Wir waren den ganzen Nachmittag dort. Und Pahayuca schwieg. Schließlich sprach er. Er war der letzte, der sich zu Wort meldete.

›Die Ehre dieser Männer und die Ehre der Texaner sind mir gleichgültig‹, sagte er. ›Für mich sind nur meine Ehre und die Ehre der Wasps wichtig. Die Texaner gehören nicht zum Volk. Sie verstehen nichts von unseren Sitten und Gebräuchen oder unserer Ehre. Ich will nicht durch das Blut von Männern entehrt werden, die mit einer weißen Fahne zu mir gekommen sind. Ihr Blut ist es nicht wert. Das Blut aller Texaner ist es nicht wert. Denn nachdem sie tot sind, werde ich noch mit mir selbst und meiner Schande leben müssen. Solange sie hier unter meinem Schutz stehen, soll ihnen kein Haar gekrümmt werden. Jeder Mann, der ihnen etwas antun will, muß gegen mich kämpfen. *Suvate*, das ist alles.‹

Was konnten wir da noch sagen? Nachdem Pahayuca und Old Owl sich einverstanden erklärt hatten, sich mit ihnen zu treffen, ließen wir sie ziehen. Die Häuptlinge haben vor einem Monat mit Sam Hyu-stahn Honigreden geführt. Sie erklärten sich einverstanden, Handelsposten zuzulassen. Sie erklärten sich bereit, mit Überfällen aufzuhören. Mit Überfällen aufzuhören! Warum haben die Texaner uns nicht gebeten, mit dem Atmen aufzuhören! Ein Mann, der sich nicht auf den Kriegspfad begibt, ist kein Mann. Und wie üblich weigerten sich die Texaner, sich selbst Grenzen setzen zu lassen. Sie garantieren uns weder unser Land, noch versprechen sie uns, die zu bestrafen, die uns ein Unrecht antun.

Folglich sind wir hergekommen, nämlich die von uns, die unter den Bedingungen im Süden nicht mehr leben können. Die Quohadi werden sich nie ergeben. Sie werden den weißen Männern nie erlauben, Handelsposten zu errichten und ihre Männer mit Dummheitswasser zu zerstören. Und sie werden nie aufhören zu kämpfen.«

Die Pfeife wurde an Wanderer weitergereicht, und als er den Rauch tief einsog, überlegte er. Dann stand er auf und rückte zum Zeichen, daß er als nächster sprechen würde, seine Robe zurecht. Er zog sie sich um die Brust und drapierte sie über seinen linken Arm, so daß die Schultern unbedeckt blieben. In feierlichem Tonfall legte er über die kriegerischen Verdienste von Pahayuca und Santa Ana, von Old Owl und Sanaco Rechenschaft ab. Er erzählte von ihren Coups und ihrer Tapferkeit, ihrer Weisheit und Loyalität. Er erzählte die Geschichte der Penateka und sprach von ihrer Tapferkeit als Krieger. Dann sprach er von den weißen Männern.

»Die Penateka haben immer in dem Territorium gelebt, das die Weißen haben wollen, den leichten Ländereien, in denen es viel Holz und Wild und Wasser gibt. Vor hundert Jahren haben die Spanier versucht, sich dieses Land zu nehmen, und die Penateka haben gegen sie gekämpft und gewonnen. Ihre Krieger ritten furchtlos bei Tageslicht durch die spanischen Städte und nahmen, was immer sie wollten. Doch die Texaner sind anders. Sie vermehren sich wie Kaninchen, wie Fische in den Flüssen, wie Moskitos in den Sümpfen. Ihre Wohnungen sind voller Kinder. Und aus dem Osten kommen immer mehr. Sie bringen Krankheiten mit und Tod und das Dummheitswasser.

Und sie kommen mit Gewehren. Wenn wir sie verjagen wollen,

brauchen wir Gewehre wie sie. Und Pulver und Munition. Ich werde mit einer Gruppe nach Süden reiten, um mehr Gewehre zu stehlen. Wir werden die Weißen überfallen, bis jeder Mann der Quohadi ein Gewehr besitzt. Wir werden Krieg führen, bis die weißen Männer geschlagen sind und unser Land für immer verlassen.«

Iron Shirt sprach als nächster.

»Mein Sohn spricht weise, wenn er sagt, daß wir weiter Krieg führen müssen. Ich stimme ihm aber nicht darin zu, daß Gewehre die Antwort sind. Unsere Pfeile sind besser als die Gewehre des weißen Mannes. Unsere Bogen schießen schneller und brauchen weder Pulver noch Kugeln. Wenn ein Bogen bricht, können wir einen neuen machen. Wenn ein Gewehr unbrauchbar wird, ist es für uns nicht mehr zu gebrauchen. Bogen versagen nicht, explodieren nicht, brennen nicht nach, verrosten nicht und bekommen keine Ladehemmung. Sie verwunden den Mann nicht, der sie abschießt, und machen ihn auch nicht taub. Während die weißen Männer innehalten müssen, um nachzuladen, können wir sie mit Pfeilen überschütten.

Wir sollten uns wann immer möglich die Waffen des weißen Mannes stehlen. Es ist besser, wenn wir sie haben und nicht er. Für unsere Verteidigung dürfen wir uns aber nicht auf sie verlassen. Wir dürfen nicht auf Waffen bauen, die aus einer Quelle außerhalb unserer selbst stammen. Wenn wir das tun, werden wir genauso dumm sein wie diejenigen, die sich mit dem Whiskey des weißen Mannes Mut antrinken.«

Für den Rest des Nachmittags diskutierten die Männer den von Wanderer vorgeschlagenen Überfall. Sein Gesicht blieb während der gesamten Besprechung völlig ausdruckslos. Falls er auf seinen Vater zornig war, weil dieser ihm widersprochen hatte, so zeigte er es mit keiner Miene. Das Ratszelt war kein Ort für Zorn. Zorn war unwürdig, und die Aufrechterhaltung der Würde des Rats war wichtiger als persönliche Kränkungen und Beleidigungen.

Als er in jener Nacht in sein Zelt zurückkehrte, merkte Naduah ihm sofort an, daß es in ihm tobte. Sie stellte ihm wortlos seinen Eintopf hin und wartete, daß er sprach. Schließlich äußerte er sich mit leiser, ruhiger, gefährlicher Stimme.

»Es wird einen Überfall geben. Ich werde eine Gruppe führen, aber wahrscheinlich wird mehr als nur eine Gruppe mitkommen. Buffalo Piss reitet zu der Gruppe von Sun Name, um weitere Männer zu mobilisieren. Nach einem stillen Winter sind alle unruhig. Viele wollen losreiten, um den Texanern eine Lektion zu erteilen.

»Darf ich mit dir reiten?«

»Nein, mein Goldherz. Wir werden weit nach Süden vorstoßen, tief in das Waldland, in dem die Penateka früher jagten. Dort sind jetzt viele weiße Männer, und die werden versuchen, dich zu rauben. Ich will nicht das Risiko eingehen, dich zu verlieren.«

»Ich könnte mir das Haar dunkel färben und mich wie ein Mann kleiden.«

Er starrte sie mit seinem intensiven Blick an, der trotz seines Zorns Zärtlichkeit erkennen ließ.

»Nein, meine Liebe. Färbe dir das Haar dunkel und kleide dich wie ein Mann. Du bleibst trotzdem viel zu sehr Frau, um es zu verbergen. Und deine blauen Augen leuchten wie Signalschilde auf einem hohen Hügel in der Mittagssonne.«

Naduah seufzte. Sie wußte, warum Sunrise darauf bestanden hatte, daß sie schießen und jagen und Spuren lesen lernte. Es waren manchmal viele Wochen, Monate, ja selbst Jahre, in denen die Männer auf dem Kriegspfad blieben. Und dann war es den Frauen überlassen, sich und ihre Familien durchzubringen.

Wanderer begann, seine Waffen zu prüfen. Während er seinen Karabiner säuberte und frische Bogensehnen zusammenrollte, holte sie den Kleidersack aus Rohleder hervor. Sie löste die Klappe und zog sein Kriegshemd, die Beinlinge, die Mokassins, die Decke, die Zopfhüllen und das Halsband mit den Bärenkrallen hervor. Sie schüttelte die Kleidung und untersuchte sie auf Flecken oder abgetragene Stellen. Dann hängte sie sie auf das Gestell, damit die Falten sich aushingen. Als nächstes zog sie seine Adlerfedern aus der steifen, röhrenförmigen Hülle, die die Federn davor bewahrte, unansehnlich zu werden oder zu zerbrechen. Sie band eine Feder an dem Halter aus Knochen fest und polierte die Silberscheiben.

Dann ging sie all die Dinge durch, die er unterwegs brauchte: Tragetaschen, zusätzliche Mokassins, seinen Medizinbeutel, Ausrüstung zum Feuermachen, luftgetrocknetes Fleisch, seinen Pfeifenbeutel mit Stopfer und Tabak, eine Bisonrobe, seine Reitpeitsche, das Pulverhorn, Bleikugeln, Messer, Keule, Sehne und Ahle in ihrem kleinen, zylindrischen Behälter, Lederstückchen zum Flicken, seinen Wetzstein mit Behälter, seinen Beutel mit Kriegsbemalung und Muschelschalen für das Mischen des Pulvers. Sie fügte aus ihrem Medizinvorrat einen Beutel mit *puoip*-Wurzel und einen Beutel mit Skunk-Moschus hinzu, der alle Duftspuren verwischen würde, denen die Hunde der Texaner folgen konnten. Wanderer holte einen

Bleibarren und seine Gußform für die Kugeln hervor. Er fachte das Feuer an, bis es heiß genug war, das Blei schmelzen zu lassen. Während er arbeitete, sprach er.

»Keiner von ihnen hat etwas verstanden. Keiner von ihnen. Iron Shirt lebt in der Vergangenheit. ›Pfeile sind besser als Gewehre‹, sagte er. Niemals fragen sie danach, woher die Gewehre kommen. Woher bekommen sie die Texaner? Wir haben das ganze Land mit Krieg überzogen und finden nur selten einen Ort, an dem die Gewehre gemacht werden. Wer macht sie? Wer verbessert sie?

Ich erinnere mich an das erste Gewehr, das ich je zu sehen bekam, eine alte Muskete mit glattem Lauf, einen Vorderlader. Es dauerte eine Ewigkeit, ihn zu laden. Und die Gewehre werden Jahr für Jahr besser. Wie lange werden unsere Pfeile noch wirkungsvoller sein? Wie wird die nächste Verbesserung aussehen?« Er hielt den Karabiner hoch und schüttelte ihn, um seinen Worten Nachdruck zu verleihen. Und er sah Naduah seltsam an, als hätte er sich beim Sprechen verändert.

»Weißt du, woher die Gewehre kommen, mein Goldhaar?«

»Nein, ich weiß es nicht.« Sie machte sich an ihrer Arbeit zu schaffen. Sie hatte ihm die Wahrheit gesagt. Sie wußte es nicht. In ihrer Kindheit hatte es in den Häusern der Familie immer Gewehre gegeben, aber sie hatte nie gefragt, woher sie kamen. Sie waren einfach nur da. Sie hatte mit ihren Eltern isoliert in der Wildnis gelebt, bevor sie alt genug war, sich an etwas zu erinnern. Sie konnte sich eine Waffenfabrik ebensowenig vorstellen wie Wanderer. Sie konnte sich kaum noch an das letzte Blockhaus ihrer Familie erinnern.

»Pahayuca und Old Owl verhandeln jetzt mit den Weißen.«

»Ja, davon habe ich gehört«, sagte sie.

»Du und Cub, ihr seid nicht mehr da. Jetzt gibt es für sie keinen Grund mehr, nicht mit den Weißen zu sprechen.«

»Das dürfte kaum etwas damit zu tun haben. Die Penateka sind von Soldaten und Rangern gejagt worden, bis ihnen kaum etwas anderes übrigblieb.«

»Es gibt immer etwas, was sie tun können. Sie könnten tun, was das Volk immer getan hat. Kämpfen.« Trotz seines Zorns hörte sich Wanderer traurig an. »Nein. Sie werden alt. Wie mein Vater. Sie haben ihre Coups gewonnen und sich einen Ruf erworben. Sie brauchen den Kriegspfad nicht mehr. Und sie verweigern den jungen Männern die Gelegenheit, Anführer und Häuptlinge zu werden. Sie haben sich von dem Tand verführen lassen, den die weißen Männer uns bringen. Denn du kannst sicher sein, daß der Große Texanische Vater Sam Hyu-stahn seinen Händlern nicht erlauben wird, uns Waffen oder Pferde zu verkaufen. Nichts, was wir wirklich gebrauchen können.

Sie werden uns immer nur Tand bringen, Dinge, ohne die wir immer ausgekommen sind. Bänder und Mehl und Kaffee. Sie werden Kaffee-Häuptlinge sein – Pahayuca und Old Owl und Santa Ana. Kaffee-Häuptlinge!« Er spie die Worte aus, als schmeckten sie bitter.

»Wanderer, bitte, hör auf!« Naduah saß unglücklich auf dem Stapel weicher, pelziger Schlafroben. Sie hatte die Knie hochgezogen und das Gesicht in den Armen vergraben. Er saß neben ihr und legte ihr einen Arm um die Schultern. Mit der zweiten Hand zog er das dicke, flachsblonde Haar zur Seite, um ihr Gesicht zu sehen.

»Ich liebe Old Owl und Pahayuca auch. Ich achte ihren Mut und ihre Weisheit. Ich habe nicht vergessen, was sie als Krieger geleistet haben. Aber die Zukunft gehört nicht mehr ihnen. Sie haben nichts beiseite gelegt, was sie berechtigen könnte, darauf zu wetten. Die Tage ihres Kampfes sind fast vorüber. Wir sind diejenigen, die für das, was sie tun, werden bezahlen müssen. Wir und unsere Kinder.«

»Ich möchte mit dir in den Kampf ziehen, Wanderer. Ich möchte mit dir auf den Kriegspfad ziehen.«

»Diesmal nicht.« Von draußen, aus verschiedenen Teilen des Dorfs, wurden die Laute der Trommeln stärker wie ein Pulsschlag, der mit der Erregung des Krieges immer schneller wird. Die Männer suchten Medizin, die sie im Kampf beschützen sollte.

Wanderer stand auf, um zu gehen, und Naduah versuchte nicht, ihn aufzuhalten. Sie wußte, daß er vermutlich die ganze Nacht wegbleiben würde. Er würde einen von Geistern bewohnten Ort aufsuchen und rauchen und beten, um sich ihrer Hilfe zu versichern. Es gab viele solcher Orte im Palo Duro Canyon, Orte, an denen die Felsen von der Zeit verformt und von den Elementen zu rätselhaften Gestalten geknetet worden waren. Orte, an denen der Wind heulte und aus dunklen Nebencanyons unheimlich stöhnte, Orte, an denen sich im Schein des Vollmonds Schatten zu winden schienen.

»Yee, yee, yee!« Naduah schrie und sprang mit den anderen Frauen in die Luft und bewegte die Arme im Rhythmus der Dutzenden von Trommeln. In der Mitte der geräumten Fläche tanzten die Männer des Kriegstrupps schon seit Stunden. Ihre Silhouetten zeichneten sich vor dem brüllenden Feuer ab, und sie hüpften und stampften.

Einzelne von ihnen hielten inne, um von ihren Heldentaten zu erzählen und die anderen zu bitten, sie zu erschießen, falls sie in den künftigen Schlachten versagten. Sie führten Scheingefechte und feuerten mit ihren Gewehren in die Luft. Außerhalb der Tanzfläche saß Wanderer auf Night und sah zu. Als seine Männer einen durchdringenden Schrei hören ließen, der an Naduahs Trommelfellen widerhallte und ihren Kopf dröhnen ließ, ritt Wanderer in vollem Galopp los. Er ignorierte die Kugeln, die sie ihm über den Kopf schossen, und brachte Night im Mittelpunkt des Kreises zum Stehen.

Es trat eine plötzliche Stille ein, die nur von dem Krachen der Holzscheite im Feuer unterbrochen wurde, dem gelegentlichen Klirren von Glöckchen oder dem trockenen Rascheln einer mit Steinchen gefüllten Kürbisrassel. Wanderers Gesicht war schwarz bemalt wie die Gesichter seiner Männer. Mit einer Hand hielt er den Karabiner über den Kopf, in der anderen Bogen und Köcher. Und als wüßte Night, was von ihm erwartet wurde, drehte er sich langsam herum, damit jeder seinen Reiter deutlich sehen konnte.

»Männer und Frauen der Quohadi.« Wanderers kraftvolle Stimme dröhnte in der Stille. »Wir begeben uns auf den Kriegspfad. Wir werden Pferde und Skalps erringen, Gewehre und Gefangene und Sklaven, die uns noch stärker machen werden. Wir werden uns nehmen, was wir haben wollen, und unsere Feinde weinend in den Ruinen ihrer Häuser zurücklassen. Wir sind stark. Wir sind furchtlos. Wir sind unbesiegbar.« Er ließ den überirdischen, jodelnden Schlachtruf des Volkes hören, und seine Männer stimmten ein. Die Trommeln nahmen den Kriegsgesang auf, und der Tanz begann von neuem.

Bei diesem Ritual, das sich bis in die frühen Morgenstunden hinzog, tanzten sich die Angehörigen von Iron Shirts Gruppe allmählich in Ekstase. Naduah wurde mitgerissen, war trunken vor Erschöpfung und Erregung und vom Trommeln und völlig benommen vom Tanzen. Sie hatte das Gefühl für sich selbst verloren und war zu einem Teil von etwas Größerem und Großartigem und Erregenderem geworden. Das rhythmische Dröhnen schien ihr aus dem Knochenmark zu strahlen und jede Zelle ihres Körpers vibrieren zu lassen. Die Flammen des riesigen Feuers züngelten und tanzten ebenfalls, als wollte sich die Natur anschließen. Das Feuer hypnotisierte Naduah, als wäre sie eine Motte.

Es war fast schon Tag, als sie zu ihrem Zelt taumelte, auf ihr Bett fiel und die warme Robe über sich zog. Als sie langsam in den Schlaf hinüberglitt, fühlten sich Arme und Beine leicht und fremd an, als gehörten sie einer anderen, und in ihrem Kopf drehte sich alles. Sie merkte nicht, als Wanderer eine Stunde später ins Zelt kam und sich schlafen legte. Er hatte nur wenige Stunden Schlaf vor sich, bevor alles wieder von vorn begann.

Wieder einmal stand er auf, zog sich seine Kriegskleidung an und führte die Parade seiner Männer durchs Dorf an. Er trug sein Banner mit Wimpeln aus rotem Fell an einem Pfahl, an dessen Spitze die Adlerfedern seiner Coups steckten. Die älteren Männer säumten den Pfad der Prozession, feuerten sie an und forderten die Frauen auf, mit den Kriegern zu schlafen. Dahinter folgten die Frauen und Kinder, die sich ihren besten Staat angezogen hatten und Kriegsgesänge anstimmten. Als das Fest der zweiten Nacht zu Ende war, eilte Wanderer los, um Naduah einzuholen, die mit wackeligen Beinen vom Tanzen nach Hause ging.

Sie lachte, als er sie in seine starken Arme nahm und herumwirbelte. Er stürmte mit ihr ins Zelt und warf sie behutsam auf die zerwühlten Decken. Er ließ sich behutsam auf sie fallen. Keiner von beiden sprach ein Wort. So wie sie beim Tanzen gespürt hatte, wie ihre Seele und ihr Wille sich mit seinen vereint hatten, so schien jetzt ihr Körper mit seinem eins zu werden. Seine Berührung elektrisierte sie. Er war vor Schweiß und Biberöl, das ihn gegen Kugeln immun machte, glatt und seidig.

Sie schlang die Arme und ihre langen Beine um ihn, um ihn so nahe wie möglich an sich heranzuziehen. Sie wollte ihr Fleisch eins werden lassen, wollte spüren, wie er tief in sie eindrang, sie ausfüllte und ihr Erfüllung schenkte. Das Zelt schien sich mit ihr und Wanderer, die in seinem Mittelpunkt, im Mittelpunkt des Universums, eng umschlungen lagen, langsam zu drehen.

Sie paarten sich fast gewalttätig. Von Wanderers leisem Stöhnen abgesehen waren sie stumm. Sie verloren sich völlig in dem Gefühl, Fleisch und Haut und Muskeln und Knochen des anderen zu spüren. Sie wurden von dem unausgesprochenen Wissen getrieben, daß er in wenigen Stunden aufbrechen und daß sie ihn vielleicht nie lebend wiedersehen würde.

39

Sam Walker tastete um sich und suchte unter den Stöcken und Steinchen und stacheligen Büscheln braunen Grases. Er suchte die winzige Schraube, die seinen neuen Colt Paterson zusammenhielt. Seine Finger stießen gegen einen rundlichen kleinen Tonnenkaktus.

»Verflucht noch mal, Jack.« Er schüttelte die Hand. »Wenn wir ein Feuer hätten, könnte ich wenigstens sehen, was ich mit dieser infernalischen Maschine mache.«

»Sam, du weißt genau, warum wir nach Einbruch der Dunkelheit kein Feuer machen.« Jack Hays' Stimme war leise und angenehm.

»Teufel auch, Jack. Es gibt hier keine Indianer im Umkreis von hundert Meilen«, sagte John Ford.

»Nach gestern bestimmt nicht. Sie dürften mindestens hundert Meilen weg sein und immer noch laufen«, fügte Noah Smithwick hinzu.

»Diese Bande ist verschwunden, aber es gibt vielleicht andere. Wir machen es wie immer. Wir essen vor Sonnenuntergang, reiten dann noch ein paar Stunden und schlagen dann das Lager auf.«

»Lager aufschlagen! Das hier ist in meinen Augen kein Lager«, knurrte Rufus Perry. »Kein Feuer. Nichts zu fressen, bloß dieses trockene alte Fleisch, das so schmeckt, als hätte es jemand einen Monat an den Füßen getragen. Nichts zu rauchen, nichts zu lachen. Noah kann uns nicht mal was vorfiedeln.«

»Dafür bin ich nur dankbar!« warf Ford ein. Rufe hatte meist nichts gegen Hays' Vorschriften, doch nachdem sie den gewaltigen Kriegertrupp der Comanchen gestern in die Flucht geschlagen hatten, hatte er das Gefühl, sie könnten ruhig ein wenig feiern.

»Weißt du, das Problem ist sowieso nicht das fehlende Licht«, murmelte Sam. »Es ist diese verdammte Kanone. Wenn man diese kleine Schraube hier verliert, die das Verschlußstück mit der Schloßzarge verbindet, fällt das ganze teuflische Ding auseinander.« Er fand schließlich die Schraube und hielt sie hoch, als könnten die anderen sie in dem blassen Licht der Sterne sehen. Die vierzehn Männer von Hays' Ranger-Patrouille saßen immer noch im Kreis um ein imaginäres Lagerfeuer herum. Ihre Umrisse zeichneten sich deutlich vor dem helleren Himmel ab. In der Ferne schrie eine Eule, und Zikaden ließen die Nachtluft vor Geräuschen vibrieren.

»Wenn man auf einem galoppierenden Pferd herumgeschubst wird, kann man den Colt nicht nachladen«, fuhrt Sam fort. »Und er ist zu leicht, um ihn jemandem über den Kopf zu dreschen. Schlechtes Gleichgewicht.« Er wog die Waffe in der Hand. »Der Mann, der dieses Ding erfunden hat, ist offenbar noch nie auf Comanchenjagd gewesen.« Die drei Teile der Waffe lagen auf seinem zerknüllten, schmutzigen roten Halstuch, das er auf dem steinigen Erdboden ausgebreitet hatte. Er kniff die Augen zusammen und arbeitete fast ausschließlich nach Gefühl, als er damit begann, sie wieder zusammenzusetzen.

»Damit erzählst du uns nichts Neues, Sam«, sagte Perry. »Aber Teufel auch, wer hätte gedacht, daß wir nahe genug an die Comanchen herankommen, um sie mit Keulen zu erschlagen. Meist kriegen wir nicht mal Gelegenheit, sie zu sehen.«

»Whoopee.« Ford atmete erleichtert auf. »Gerannt sind sie aber, und wie!«

»Es ist mir egal, was du sagst, Sam. *Ich* würde gern den Mann finden, der diesen Revolver gemacht hat, und ihm den Saum seiner Robe küssen. Er ist ein Erlöser. Das ist er, mußt du wissen.« Noah küßte statt dessen seinen Colt und wiegte ihn an der Brust. »Wie viele Indianer werden es wohl gewesen sein? Ich habe mir nicht die Zeit genommen zu zählen.«

»Es waren siebzig«, sagte John Ford.

»Woher willst du das wissen, John?« fragte Walker.

»Ich habe das getan, was mir Bill Wallace beigebracht hat«, sagte Ford. »Ich habe die Beine ihrer Pferde gezählt und die Zahl durch vier geteilt.« Smithwick stürzte sich auf ihn, ein massiver Schatten, der aus der Dunkelheit auftauchte, und sie balgten sich auf dem Boden wie Kinder.

»Macht nicht so viel Lärm, Jungs. Sonst könnt ihr euch eine andere Patrouille suchen.« Hays sagte es leichthin. Er erteilte selten Befehle. Er brauchte es auch nur selten zu tun.

»Wallace hat sich unten in Mexiko einen Spitznamen eingefangen«, sagte Walker. »In dem ganzen verdammten Land gab es kein Paar Schuhe, das ihm paßte. So wurde er bald von jedem Big Foot genannt. Bill sagt, es macht ihm nichts aus. Er meint, das sei ihm lieber, als Lügner oder Dieb genannt zu werden.«

»Big Foot. Das gefällt mir«, sagte Rufe Perry. »Wißt ihr noch, als Johnny da noch so grün war wie eine Wiese im Frühling und unter die Fuchtel von Wallace geriet? Bill hatte ihm eingeredet, daß die richtige Zubereitung eines Bisonsteaks darin bestehe, daß man es unter den Sattel legt und den ganzen Tag darauf reitet. Er redete ihm ein, dadurch werde das Fleisch nicht nur gar, sondern zart, und es könne sogar gleichzeitig den wunden Rücken eines Pferdes heilen.«

Ford stand auf, bürstete sich den Staub von den Kleidern und half Smithwick auf die Beine.

»Das beste Steak, das ich je gegessen habe. Du solltest es mal probieren.«

»Nix da. Das beste Steak wird über einem Feuer aus Bisonkot gebraten«, entgegnete Smithwick. »Würzt es genau richtig. Wenn du mit Bisonscheiße kochst, brauchst du nie Pfeffer. Weißt du noch, als Wallace John zu seiner ersten Indianerjagd mitnahm? Verdammt. Ich wünschte, Big Foot wäre hier, statt in diesem mexikanischen Gefängis zu verfaulen.«

Walker und Wallace waren zwei der Männer gewesen, die sich im Dezember 1842 der unseligen Expedition nach Mexiko angeschlossen hatten. Sie waren alle in der kleinen Grenzstadt Mier gefangengenommen und von den triumphierenden Mexikanern nach Süden getrieben worden. Sam und zwei anderen war es gelungen zu fliehen, doch die anderen waren noch immer in Gefangenschaft. Das war eine Situation, die den Texanern sehr zu schaffen machte.

Hays und Walker schlenderten zu den Pferden hinüber, um die Pflöcke zu kontrollieren. In seinen zweieinhalb Jahren in Texas war Sam Walker zu einem von Hays' vertrauenswürdigsten Männern geworden. Die beiden waren sich in vielem ähnlich. Klein, ruhig, bescheiden und von tödlicher Gefährlichkeit.

Die steilen Hügel auf beiden Seiten des Pedernales River waren mit verwachsenen, dunkelgrünen Zedern und Eichen bedeckt, doch in den geschützten Canyons mit ihren vielen Quellen und ihrem Sickerwasser wuchsen Ulmen, Eichen und Schwarzlinden zu dickstämmigen, mächtigen und hohen Bäumen heran. Die Ranger kampierten in der Nähe einer der klaren, kalten Quellen, die hier überall entsprangen und dann in den wilden, mit Felsbrocken übersäten Flußlauf mündeten. Der Pedernales stürzte in Stromschnellen die gewaltigen Granitblöcke des Flußbetts hinunter und ergoß sich dann in einen Teich mit kristallklarem Wasser, der nicht weit von der Schlucht entfernt war, in der die Männer kampierten.

»Hör zu, Jack, ich hatte gar nicht vor, da unten zu meutern. Dieser kleine Revolver mag seine Fehler haben, hat uns aber trotzdem den Tag gerettet, oder etwa nicht?«

»Über den Tag kann ich nichts sagen, aber er hat unsere Haut und unsere Frisuren gerettet. Es ist aber ärgerlich, daß er so nahe an das herankommt, was wir brauchen, aber trotzdem noch nicht ganz das Richtige ist. Warum schreibst du Mr. Colt nicht einen Brief und machst ihm ein paar Vorschläge?«

»Ich bin zwar kein großer Briefeschreiber, aber ich könnte es ja mal versuchen. Ein paar Änderungen würden schon genügen. Einen Revolver in jeder Hand, und jeder feuert fünf Schuß ab, ohne daß man nachzuladen braucht. Das würde unsere Probleme mit den Indianern lösen.«

»Bis sie die Dinger in die Hand bekommen.« Hays kämpfte seit sieben Jahren gegen die Comanchen. Er hatte seine Guerillataktik ihrer Kampfesweise nachgebildet. Er war nicht so dumm zu glauben, die Comanchen für geschlagen zu halten, nur weil eine Gruppe von ihnen in Panik geflohen war. »Seit diesem Unentschieden bei Enchanted Rock vor drei Jahren versuche ich Houston dazu zu bringen, diese fünfschüssigen Dinger in großen Mengen zu kaufen.«

»Sie haben dir doch auch damals den Skalp gerettet, oder?«

»Sie und der Felsen. Ich habe noch nie einen Indianer gekannt, der freiwillig auf den Enchanted Rock hinaufklettert, aus welchem Grund auch immer.«

»Sind dir da oben irgendwelche Gespenster aufgefallen?«

»Weißt du, Sam, ich glaube zwar nicht an Geister, aber es ist trotzdem seltsam, mußt du wissen. Da ist dieser Felsen, hundertfünfundzwanzig Meter hoch, und taucht plötzlich aus dem Nichts auf. Sieht aus wie der Rücken irgendeines schlafenden Tieres.« Hays starrte nach Westen, als könnte er dort den mächtigen Felsblock kauern sehen. »Und nachts macht er knirschende Geräusche. Die Spitze glitzert im Mondschein auf unheimliche Weise. Ich nehme an, daß es dafür eine vernünftige Erklärung gibt, doch zum Glück für mich halten Indianer nichts von vernünftigen Erklärungen.«

»Drei Jahre, und erst jetzt bekommen wir die Waffen, die den Unterschied zwischen Verteidigung und Angriff bedeuten können.« Sam schüttelte den Kopf, als er geistesabwesend die papierartige Rinde von einer Zeder schälte. »Houston scheint zu glauben, daß die Schwierigkeiten mit den Indianern vorbei sind. Daß er ihnen die Hand schütteln und sie kaufen kann.«

»Sei nicht ungerecht, Sam. Die Republik hat einfach kein Geld für Waffen.« Hays verbrachte neuerdings einen größeren Teil seiner Zeit in Austin, wo er mit Regierungsbeamten zu tun hatte. Er versuchte vergeblich, Sold für seine Männer und Futter für ihre Pferde loszueisen.

»Lamar hat die Staatskasse bankrott zurückgelassen, nicht wahr? Der hatte immer die Spendierhosen an.«

»Er hat ein großes Rad gedreht, zugegeben. Houston war bereit, die Franzosen mit ihrem Angebot eines Drei-Millionen-Dollar-Darlehens beim Wort zu nehmen. Hast du das gewußt? Dann würden wir in unseren Hosentaschen mit Sous spielen.«

»Ich bin froh, daß der Plan fallengelassen wurde. Dann hätten die Franzosen den Fuß in der Tür gehabt. Noch ein paar Jahre, und dann hätten wir nicht nur gegen Mexikaner und Indianer, sondern auch gegen sie gekämpft.«

Hays ließ sein schüchternes Lachen hören. »Wie ich höre, soll es eine bemerkenswerte Begegnung gewesen sein. Sam Houston und dieser französische Graf, dessen Brust mit Medaillen gepflastert war und auf dessen Schultern das Lametta baumelte. Habt ihr davon gehört?«

»Nein.«

»Der alte Sam hatte die Stiefel wie immer auf dem Schreibtisch liegen, als dieser Franzmann medaillenklirrend hereinkam. All diese Orden und Ehrenzeichen hörten sich an, als würde ein Planwagen voller Maschinenteile heranrattern. Unser illustrer Präsident schlug diese schmutzige alte Indianerdecke zurück, die er immer trägt, und zeigte auf seine Wunden. Er schlug sich auf die nackte, behaarte Brust und brüllte – mal sehen, ob ich es noch zusammenkriege. Er sagte: ›Ein bescheidener republikanischer Soldat, der seine Orden hier trägt, grüßt Sie.‹«

»Sam mag viele Eigenschaften haben, aber Bescheidenheit gehört nicht dazu.«

Sich immer noch leise unterhaltend, kehrten die beiden Männer zum Lager zurück. Dann setzten sie sich wieder zu den übrigen Männern. Die Unterhaltung drehte sich um den Kampf vom Vortag.

»Ich will euch mal was sagen, Jungs«, sagte Smithwick. »Ich habe schon gegen viele Comanchen gekämpft, aber so etwas wie gestern habe ich noch nie erlebt. Ich habe gesehen, wie sie sich in völliger Auflösung zurückziehen, aber so wie gestern haben sie ihre Toten und Verwundeten noch nie herumliegen lassen. Normalerweise lassen sie ein Schlachtfeld sauberer zurück als meine selige alte Mutter ihren Küchenfußboden.«

»Der Trick«, sagte Hays, »besteht darin, sie im ungewissen zu halten. Indianer spielen ihre Karten immer auf die gleiche Weise. Wenn man mitten im Spiel die Regeln verändert und den Einsatz erhöht, wenn man mittendrin ist, werden sie verwirrt. Sie machen ihren Gewinn zu Bargeld, springen vom Tisch auf und rennen los, um sich ein neues Spiel zu suchen.« Hays zog seinen Revolver aus dem Holster und drehte ihn in seinen zarten Händen. »Jungs, Mr. Colts Erfindung hat ganz entschieden die Regeln verändert und die Einsätze erhöht.«

Naduah hörte das langsame Hufgetrappel und ging zur Tür, um hinauszusehen. Es war dunkel draußen, doch im Lichtschein der Nachbarzelte konnte sie sehen, wie Wanderer Night anpflockte. Er legte ihm einen Haufen frischgeschnittenen Grases hin.

»Hast du etwas Wasser für ihn?« Das war alles, was er sagte, als er sich an ihr vorbeidrängte und das Zelt betrat. Sie nahm einen Wasserbeutel aus Magenhaut und rollte den Rand bis zum Wasser herunter, damit Night saufen konnte. Als er damit fertig war, nahm sie etwas von dem Gras und rieb ihm seinen schaumbedeckten Körper ab. Sie tat es nicht nur, um Wanderer mehr Zeit zum Alleinsein zu geben, sondern auch um Night zu beruhigen.

»Armer Night«, murmelte sie. »Du wirst allmählich zu alt für diese Kriegszüge.« Er schüttelte den Kopf langam von oben nach unten, als wollte er ihr zustimmen.

Er ließ den Kopf vor Erschöpfung hängen, und sein Schwanz hing ihm schlaff herunter. Er war am Morgen rasiert worden und sah nackt und häßlich aus. Der Überfall war alles andere als erfolgreich gewesen. Naduah fürchtete sich davor, wieder ins Zelt zu gehen. Sie betrat es schweigend und setzte sich Wanderer gegenüber hin und musterte ihn durch die Flammen des Feuers hindurch.

»Hast du Hunger?«

»Ja.«

Sie schnitt ein Stück Fleisch von der Gabelantilope ab, die sie und Star Name am Tag getötet hatten, und spießte es an einem Stock auf. Wanderer fixierte das Fleisch, dessen Saft auf der heißen Holzkohle gurgelte und zischte. Das Schweigen schien sich endlos hinzuziehen, aber Naduah wartete geduldig. Was auch passiert sein mochte, sie war glücklich, ihn lebendig und unverletzt wiederzusehen. Sie inspizierte ihn mit den Blicken, musterte ihn von oben bis unten, um zu sehen, ob er verwundet war. Schließlich sprach er.

»Wir haben sie dagelassen.« Und dann verstummte er wieder. Er mußte sich sammeln, um seine Schande einzugestehen. »Wir haben die Verwundeten und Toten liegenlassen. Wir sind hundert Meilen nur galoppiert. Die Verwundeten fielen hinter uns vom Pferd, und niemand hielt an, um ihnen zu helfen. Ich habe *Tuhuget Naquahip*, Sore-Backed Horse, aufgehoben und mitgenommen. Aber er war der einzige, den ich retten konnte. Es waren einfach zu viele. Wir haben fast die Hälfte der Krieger verloren.

Wir hatten unsere Reserve-Pferde in einiger Entfernung festgebunden und wollten uns gerade aufteilen und angreifen, als wir die Spuren einer Gruppe umherstreifender Soldaten fanden. Es waren vierzehn, und wir hatten siebzig Krieger, folglich haben wir uns im Hinterhalt auf die Lauer gelegt. Es sah so einfach aus. Wir wollten sie töten, ihre Skalps und Gewehre und Pferde nehmen.« Wanderer saß so reglos da wie eine Statue, die von dem Lichtschein des Feuers blankpoliert wurde. Nur sein Mund bewegte sich.

»Wir griffen sie an, und sie saßen ab, wie sie es meistens tun. Während wir sie umkreisten, feuerten sie ihre Gewehre auf uns ab, aber wir hielten uns außer Reichweite. Als ihre Gewehre leergeschossen waren, griffen wir an. Wir dachten, sie wären hilflos. Sie aber saßen wieder auf und galoppierten uns entgegen. Sie ritten direkt durch unsere Pfeile.

Dann ritten sie Knie an Knie neben uns. Sie feuerten uns mit ihren kleinen Revolvern ins Gesicht. Auf diese Entfernung waren unsere Bogen nutzlos, und außerdem mußten wir unsere Gewehre nachladen. Aber ihre Waffen mußten nicht nachgeladen werden. Sie schossen immer und immer wieder, aus so großer Nähe, daß sie uns mit ihrem Pulver versengten.« Er drehte den Kopf leicht zur Seite, so daß sie die lange schwarze Linie sehen konnte, die seine rechte Wange durchschnitt. »Und ihr Anführer, so etwas wie den habe ich noch nie gesehen. Er war überall, schrie und schoß. Er kann kein Mensch sein.«

»Wie sah er aus?«

»Ein schlanker Mann mit schwarzem Haar. Er sieht jung aus, aber bei weißen Augen ist das schwer zu sagen. Sie sehen alle gleich aus.«

»Hatte er Haar im Gesicht?«

»Nein. Er war bartlos.«

»El Diablo«, sagte Naduah. »Pahayuca hat uns von ihm erzählt. Sie sagen, er sei ein Teufel und kein Mensch. Er schlägt aus dem Nichts zu und verschwindet dann.«

»Ich kann verstehen, was sie sagen.« Wanderer zog den Stock aus der Erde und schnitt sich mit dem Messer ein Stück des halbgaren Fleisches ab. »Was immer er ist, seine Medizin ist mächtiger als jede andere, die ich kenne. Meine Männer gerieten in Panik. Sie flüchteten und heulten vor Angst. Ich konnte nichts tun, um sie aufzuhalten. Die Texaner jagten uns, und ihre Waffen spien immer noch Tod. Sie jagten uns meilenweit. Wir konnten nicht einmal anhalten, um unsere Verwundeten zu versorgen.«

»Du bist der erste, der zurückkehrt.«

»Ich habe Night ziemlich angetrieben. Er verdient eine Rast. Aber so alt er auch ist, er ist immer noch schneller als alle anderen. Ich wollte Iron Shirt als erster berichten. Ich werde jetzt zu ihm gehen.«

»Willst du dich nicht erst ausruhen und zu Ende essen?«

»Nein. Ich möchte nicht, daß ihm ein anderer von der Schande seines Sohnes erzählt. Das muß ich tun.« Er zeigte ihr sein altes zynisches Grinsen, und sie war erleichtert, es zu sehen. »Immerhin habe ich die kleine Befriedigung zu wissen, daß ich recht hatte. Diese Waffen sind besser als Pfeile. Wir müssen sie uns beschaffen.« Damit ging er hinaus in die Dunkelheit.

Die Ratsmitglieder saßen schweigend in Iron Shirts Zelt. Das Wehklagen der trauernden Frauen draußen ließ die Spannung weiter ansteigen. Buffalo Piss und andere Männer, die mit der Gruppe mitgeritten waren, hatten dem Rat schon berichtet. Jetzt war Wanderer dabei, seinen Bericht zu beenden.

»Viele der Männer glaubten, die Texaner seien Teufel und hätten übernatürliche Kräfte. Sie bekamen solche Angst, daß sie nicht mehr kämpfen konnten. Diejenigen von uns, die den Texanern von Angesicht zu Angesicht gegenüberstanden, können verstehen, wie Männer so denken können. Ich aber glaube, daß die Texaner nur eine neue Waffe hatten. Eine kleine Waffe, die so viele Kugeln abfeuern kann, wie ich Finger an der Hand habe. Wir wissen, daß sie ihre Waffen oft verändern. Die hier ist ihre neueste Waffe. Wir müssen herausfinden, wo sie gemacht werden oder wer mit ihnen handelt. Oder wir müssen sie stehlen. Aber wir müssen sie bekommen. Wir können keine Pfeile mehr abschießen, während die weißen Augen nachladen. Diese neue Waffe macht sie uns überlegen.«

Iron Shirt stand neben ihm und stimmte ein Trauerlied für die Seelen der Toten an. Dann richtete er seinen Zorn gegen seinen Sohn.

»Unsere Gruppe hat dreißig Krieger verloren, dreißig ihrer besten jungen Männer. Wir haben davon gehört, daß die Texaner magische Waffen besitzen, die man nicht nachladen muß. Wir haben gehört, daß sie die Krieger jagten und immerzu mit Waffen dieser Größe« – er hielt die Hände hoch, um die Größe des kleinen Colt Paterson zu zeigen – »auf sie schossen und ihnen nicht mal die Zeit ließen, den Verwundeten zu helfen.

Es fällt mir schwer, das zu glauben. Noch nie in meinen fünfzig Jahren hat meine Gruppe solche Schande auf sich geladen. Daß man im Kampf stirbt und vor dem Feind wegläuft, wenn es dumm wäre, stehenzubleiben und zu kämpfen, solche Dinge sind uns schon passiert. Aber Stammesgenossen auf dem Schlachtfeld zurückzulassen, sie im Stich zu lassen, so etwas hat es noch nie gegeben. Ich frage mich, ob diese Geschichte von den Waffen, die feuern können, ohne nachgeladen zu werden, nur eine Erfindung von Männern ist, die ihre Feigheit tarnen wollen. Ich frage mich, ob sie vielleicht nur geglaubt haben, solche Waffen zu sehen.«

Der Rat saß wie vom Donner gerührt da. Einen Mann der Lüge und der Feigheit zu bezichtigen, war ein unerhörter Vorgang. Buffalo Piss wollte gerade aufspringen, doch Wanderer konnte ihn gerade noch beruhigen. Er hatte sich seine Robe über den Kopf gezogen und verbarg das Gesicht, um seinen Zorn zu zeigen.

»Vater Hinter Der Sonne.« Er wandte das Gesicht nach oben, dem Stück Himmel zu, das durch den Rauchabzug zu erkennen war. »Du hast gehört, wessen ich beschuldigt werde. Der Feigheit. Der Lüge, mit der ich meine Schuld verbergen soll. Wenn diese Anschuldigung wahr ist, dann nimm mir mit dem nächsten Blitzschlag und dem nächsten Donnergrollen das Leben.« Er machte eine Pause, als wollte er seinem Gott eine Chance geben, die Richtigkeit von Iron Shirts Worten zu beweisen. Dann wandte er sich um, ohne seinen Vater eines Blicks zu würdigen, und verließ das Zelt.

Schweigen folgte seinem Abgang. Die Männer blieben sitzen und ließen die Worte verebben, bevor sie sich bewegten. Nur selten beschwor jemand den Fluch des *tabbe bekat*, des Sonnen-Tötens. Ohne zu sprechen, drapierte Iron Shirt seine Robe neu. Er zog sie sich wie eine Toga um die Brust und warf sich eine Ecke über die linke Schulter. So zeigten Männer des Volks, daß sie ihre Meinung geändert hatten. Es war Iron Shirts Art, seinen Sohn um Vergebung zu bitten. Doch Wanderer sah es nicht, und sein Vater war zu stolz, seinen Sohn aufzusuchen.

In jener Nacht lag Wanderer stundenlang wach und starrte an die Zeltspitze. Naduah lag neben ihm.

»Hör auf damit«, sagte sie schließlich.

»Womit?«

»Zu brüten.«

»Goldhaar, wie kannst du die Schande verstehen.«

»Ich verstehe sie sehr gut. Ich bin eine verhaßte Texanerin, hast du das etwa vergessen? Ich weiß, was Schande ist.«

»Du bist eine aus dem Volk.«

»Das bist du auch. Und ein großer Häuptling und ein tapferer Anführer. Was geschehen ist, war nicht deine Schuld, und du hättest nichts tun können, um es zu verhindern. Du konntest nichts von den neuen Waffen wissen. Doch jetzt tust du es, und ein solcher Fehler wird sich nicht wiederholen. Hör auf, dir immer wieder selbst weh zu tun.«

»Mein Vater hat mich vor dem gesamten Rat einen Lügner und Feigling genannt.«

»Wenn er dich so genannt hat, wollte er auch Buffalo Piss und Sore-Backed Horse und einige Krieger seiner eigenen Gruppe treffen. Ihr wißt doch alle genau, was ihr gesehen habt, und seid euch darin einig. Niemand denkt wirklich schlecht von dir. Iron Shirt spricht manchmal, bevor er nachdenkt. Das weißt du doch.«

»O ja, das weiß ich sehr gut.« Wanderer lachte sogar ein wenig. »Ich werde aber nicht hierbleiben. Wir werden bald aufbrechen. Auf eigene Faust losziehen.«

»Allein?«

»Allein oder mit jemandem, der mitkommen möchte. Ich denke, daß sich Deep Water, Lance, Spaniard und Sore-Backed Horse anschließen werden. Vielleicht wird sogar Buffalo Piss mitkommen. Du hättest heute nachmittag im Rat sein Gesicht sehen sollen. Morgen werde ich mit den Männern rauchen, die sich uns vielleicht anschließen werden.«

»Wohin werden wir gehen?«

»Nach Süden, zum Südrand der Staked Plains. Dort ist Platz genug.«

»Wanderer.«

»Ja.«

»Ich habe dir etwas zu sagen.«

»Dann sag es mir, Goldhaar. Aber wenn möglich, würde ich eine gute Nachricht vorziehen.«

»Wenn der Frühling kommt, wird Night Vater sein.«

»Und Wind die Mutter?«

»Ja. Und wenn der Frühling kommt, wirst auch du Vater sein.«

Es dauerte einen Moment, bis die Worte Wanderers düstere Stimmung durchdrangen. Als ihm aufging, was sie gesagt hatte, wälzte er sich herum und legte ihr beschützend einen Arm um die Schulter.

»Ein Sohn?«

»Das kann ich nicht versprechen. Aber ob Mädchen oder Junge, auf jeden Fall ein Kind.«

Er zog sie zu sich heran, und sie spürte, wie sein Atem ihr Haar bewegte. In jener Nacht schlief sie in seinen Armen.

40

Hinter Wanderer und Naduah, Star Name und Deep Water schlängelte sich eine Karawane von Ponys, Maultieren und Travois dahin. Zehn Familien und mehrere alleinlebende Männer hatten sich Wanderer angeschlossen, als er das Lager seines Vaters verließ. Iron Shirt blieb halsstarrig in seinem Zelt, rauchte mit seinen Freunden und tat, als wüßte er nichts von der Abreise seines Sohns. Naduah konnte ihn im Zelt hören, wie er laut sprach, als sie an der Spitze der Karawane vorbeiritt. Sie trug Wanderers Schild und Lanze, wie es der ersten Frau eines Anführers zukam. Und ihr jetzt mit rotem Stoff gesäumtes Pumafell war über Winds Flanken drapiert.

Buffalo Piss war mit ihnen gekommen, obwohl er vermutlich nicht bleiben würde. Wie sehr er sich auch über die Penateka beklagte, er kehrte doch immer wieder zu ihnen zurück. Spaniard gehörte ebenfalls zu der Gruppe, dann noch Lance und Sore-Backed Horse, dessen Schulter noch bandagiert war, nachdem die Ranger ihn verwundet hatten. Wanderer hatte ihm das Leben gerettet. Sore-Backed Horse würde es nie vergessen.

Viele der Männer, die an dem Kampf teilgenommen hatten, brachen mit Wanderer auf. Naduah hatte recht gehabt. Iron Shirts Sohn war nicht der einzige, der sich von dessen unbedachten Worten getroffen fühlte. Die Gruppe hatte kaum das Lager verlassen, als ein paar Reiter hinter ihnen herjagten. Der Junge an der Spitze stand auf seinem Pferd und ruderte mit den Armen herum.

»Wartet auf uns!« Es war Upstream, Star Names Bruder, der jetzt sechzehn Jahre alt war. Er und Cruelest One, Skinny And Ugly und Hunting A Wife waren im Galopp durch das Dorf geritten, als sie von Wanderers Aufbruch hörten.

»Wir wollten euch in diesem Herbst besuchen, um mit euch zu jagen«, keuchte Upstream, als er zu ihnen aufschloß.

Cruelest One ritt mit mürrischem Gesicht heran, und Upstream strahlte ihn an. »Cruelest One wollte ohnehin mitkommen und hat mich gebeten, mit ihm zu reiten.«

»Ich wollte nur, daß du mir mit den Pferden hilfst. Ich hatte gedacht, ich könnte dich bei deiner Schwester lassen, wenn wir erst mal hier sind.«

»Die Pferde hüten!« Upstream sah gekränkt aus. »Ich habe mir eine Vision gesucht. Ich bin jetzt ein Krieger.«

»Davon habe ich gehört. Du hast während des ganzen Ritts von nichts anderem gesprochen.«

»Mein neuer Name ist *Esa Habbe*, Wolf Road.«

»Das ist ein guter Name, Bruder«, sagte Star Name.

»Esa Habbe, Wolf Road. Asa Habbe, Star Road.« Naduah spielte mit den Worten und ließ sie auf sich einwirken. Das Volk belegte die Milchstraße mit beiden Namen.

»Takes Down und Mutter und Something Good haben für mich ein eigenes Zelt gemacht. Ihr Frauen könnt es für mich aufbauen.«

»Und was wirst du für uns tun, Bruder?« fragte Star Name und zog eine Augenbraue hoch.

»Ich werde euch Skalps bringen.«

»Wundervoll.« Star Name wandte sich an Naduah. »Schwester, wie magst du deine Skalps, geröstet oder gekocht?«

»Natürlich werde ich auch für euch jagen. Frauen!«

»Wolf Road, wie geht es Takes Down The Lodge und Sunrise und Medicine Woman und Something Good?« wollte Naduah wissen.

»Und Black Bird und der kleinen Weasel?« fügte Star Name hinzu.

»Hat Pahayuca schon angefangen, mit den Texanern Handel zu treiben?« fragte Wanderer.

»Einer zur Zeit.« Upstream, jetzt Wolf Road, berichtete geduldig über alles, was er an Klatsch über die Wasps gehört hatte. Und er kannte das meiste davon. Als sie auch den letzten Tropfen an frischen Neuigkeiten aus ihm herausgequetscht hatten, wandte sich Naduah an Wanderer.

»Du sagtest, wir würden nach Süden reiten.«

»Das tun wir auch.«

»Mein Orientierungssinn sagt mir aber etwas ganz anderes. Wir reiten nach Norden und Osten.«

Er grinste sie an. Nachdem er Iron Shirts Lager verlassen hatte, schien er seine gute Laune zurückgewonnen zu haben. »Wir werden eine Zeitlang nach Norden reiten und dann nach Süden. Ich möchte sehen, wie das Land aussieht. Ich bin seit einem Jahr nicht mehr im Norden gewesen.« Wanderer war jetzt ein einsamer Wolf auf der Suche nach einem eigenen Territorium.

In jener Nacht schlugen sie am Salt Fork des Red River ihr Lager auf. Er wurde auf beiden Seiten von einem zwölf Meilen breiten Streifen wogender, grasbewachsener Prärie gesäumt. Der klare Fluß war sieben Meter breit und wurde an beiden Ufern von riesigen dreieckblättrigen Pappeln gesäumt. Die Frauen beeilten sich, die Zelte aufzubauen, bevor der Regen begann, der schon den ganzen Tag gedroht hatte. Sie konnten ihn beim Reiten sehen, einen rostgrauen Vorhang, der von den schwarzen Wolken am Horizont herabhing.

Naduah nahm sich nicht die Zeit, einen Nässeschutz an der Zeltwand zu befestigen, um ihre Geräte vor dem Schlamm zu schützen. Sie lehnte die beladenen Travois gegen die Zeltstangen und bedeckte sie mit alten Häuten. In dieser Nacht schlief sie bei dem Geräusch des Regens ein, der gegen die gespannte lederne Wand über ihrem Kopf prasselte. Als der nächste Morgen anbrach, war es klar und kühl, und alles wirkte wie frisch geschrubbt.

Als sie an der Spitze der Karawane weiterritten, setzte Wanderer ihr Gespräch vom Vortag fort. Das taten sie oft. Manchmal nahmen sie sogar eine Unterhaltung wieder auf, die vor einem Monat unterbrochen worden war.

»Dein Orientierungssinn ist gar nicht schlecht, Goldhaar. Aber das Reisen auf den Staked Plains ist manchmal verwirrend.«

»Das ist mir nicht entgangen.« Sie erreichten einen hohen Bergrücken, eine Wasserscheide, welche den nördlichen und den mittleren Arm des Red River am Ostrand des Hochplateaus trennte. Von der Höhe aus konnten sie beide Flußtäler sehen, obwohl die Flüsse selbst von den mächtigen Baumkronen an den Ufern verborgen wurden. Die Staked Plains lagen jetzt hinter ihnen, und das zerklüftete Gelände der Staked Plains ging allmählich und kaum merklich in die wogenden Hochebenen des Nordens über. Wanderer zeigte auf die Täler.

»Flüsse verlaufen meist parallel. Wenn du stromaufwärts reist, folge den Bergkämmen in Richtung der Quellen. Wenn du auf einen Nebenfluß stößt, mußt du einen Umweg machen, bist aber zumindest annähernd in der richtigen Richtung. Wenn du aber stromabwärts reist, funktioniert diese Methode nicht. Verstehst du auch warum?«

»Weil man dann auf Sackgassen stößt, wenn die Nebenflüsse in den Hauptstrom münden. Dann muß man in die Schlucht hinunter, den Fluß überqueren und auf der anderen Seite wieder hinauf. Diese Methode könnte man nur benutzen, wenn man bereit ist, eine Menge von Nebenflüssen zu überqueren, nicht wahr?«

»Man könnte. Es gibt aber leichtere Wege, sich zu orientieren.«

»Und die wären?«

»Der Wind. Er weht hier ständig.«

»Hört er je auf?«

Wanderer überlegte einen Augenblick.

»Ich kann mich nicht erinnern, daß er je aufgehört hätte. Es sei denn kurz vor einem richtig harten Nordsturm. Heute nacht werde ich dir Sterne zeigen, die dich führen können.« Er machte sich jedoch nicht mehr die Mühe zu erwähnen, daß sie sich jedes einzelne Merkmal der Landschaft einprägen und im Gedächtnis speichern sollte. Er wußte, daß sie das ohnehin tat.

Als sie nach Norden auf den Canadian River zuritten, schlossen sich ihnen weitere Menschen an. Sie kamen in kleinen Gruppen und wurden von ihren Staubwolken angekündigt. Die meisten waren heimatlose Penateka, die durch die texanischen Siedlungen aus ihrer Heimat vertrieben worden waren. Es fanden sich aber auch Quohadi und *Kotsoteka* ein, Buffalo Eaters aus den Territorien im Osten. Es waren Männer, die Wanderer kannten und mit ihm reiten wollten.

Naduah wunderte sich schon lange nicht mehr, wie schnell sich Neuigkeiten beim Volk verbreiteten, selbst wenn die Menschen in isoliert liegenden Dörfern lebten, die überall in ihrem riesigen Territorium verstreut lagen. Die Neuankömmlinge reihten sich wie selbstverständlich bei den anderen ein. Die Frauen plauderten schon bald wie alte Freundinnen, und die Kinder spielten Fangen. Die Männer ritten nach vorn, um den Anführer der Gruppe zu begrüßen. Niemand stellte ihr Recht in Frage, sich anzuschließen. Beim Volk war man daran gewöhnt, daß jeder kommen und gehen konnte, wie es ihm beliebte.

Schließlich machte die Gruppe auf einem flachen, hohen Hügelkamm halt, der sich mehr als sechzig Meter über das wunderschöne Tal erhob, das sich darunter ausbreitete. Auf der anderen Seite stieg das Tal sanft an und formte einen Hügelkamm mit Felsvorsprüngen auf dem Gipfel. Dort entsprang eine Quelle, deren Wasser sich nach einer Reihe schmaler Wasserfälle in den darunterliegenden Fluß ergoß.

Die Regenfälle hatten die Hügel in frisches Grün getaucht. Kakteen bildeten lebhafte Farbtupfer im Gras – sie leuchteten in Rosa und Gelb, in Weiß, in tiefem Purpur und Karmesin. Die Yuccas, die in dem nassen Herbst besonders gut gediehen, hatten immer noch Stiele mit roten Blüten, die sich aus den Verästelungen ihrer fächerartigen, schwertähnlichen Blätter erhoben. Eine kleine weiße Yuccamotte flatterte an Naduah vorbei. Sie hatte vermutlich vor, ihre Eier abzulegen und dabei die Pflanzen zu bestäuben, die zu ihrem Überleben auf sie angewiesen waren.

Wiesenstärlinge sangen. Ihre gelben Brüste leuchteten hell im Sonnenlicht. Die Luft war süß von ihrem trillernden Flöten. Aus dem hohen Gras tauchte ein bleicher Kojote auf, der in einiger Entfernung vor ihnen hertrottete, den Hügel hinunterlief und unter den Bäumen am Fluß verschwand. Wanderer ignorierte das alles. Er konzentrierte seine Aufmerksamkeit auf die vor ihm liegende Szene.

Am Fuß des Hügelkamms, der sich quer durch das Tal erstreckte, schwärmten Männer aus. Eine etwa fünfundzwanzig Quadratmeter große und wenige Zentimeter tiefe Vertiefung war mit festgetretenem Adobe, das mit Tierblut und Asche vermischt worden war, um es zu härten und wasserabweisend zu machen, gepflastert worden. Drumherum erhoben sich fünfundsiebzig Zentimeter dicke Wände.

In allen Himmelsrichtungen waren ganze Morgen von Land mit einem Netz hölzerner Ziegelformen bedeckt. Jede Gußform maß fünfundzwanzig mal dreiunddreißig Zentimeter und war zwölf Zentimeter tief. Manche waren leer, manche mit dem braungelben Adobe gefüllt, der zum Trocknen in der Sonne lag. Unten wurde ein Ruf laut, als jemand Wanderer und seine Gruppe entdeckte. Die mexikanischen Arbeiter stoben auseinander, um Deckung zu suchen, liefen im Slalom durch das Gitterwerk von Gußformen und wichen geschickt den Haufen von Kies und verbranntem Gras aus, die darauf warteten, mit dem Lehm vermischt zu werden. Fünf Meter lange

Balken wurden einfach fallen gelassen und rollten klappernd den Abhang hinunter. Männer, die gerade dabei waren, den klebrigen Mörtel mit ihren nackten Füßen zu kneten, hinterließen braungelbe Fußspuren auf den niedrigen Mauern, als ihre lehmverschmierten Fußsohlen dahinter verschwanden.

Unter ihrem steinernen Blick lächelte Naduah ein wenig, als sie sah, wie die Männer wie Präriehühner vor ihrem Mann und seinen Kriegern auseinanderstoben. Nur ein Mann blieb furchtlos auf seinem Pferd sitzen. Er ritt ihnen langsam entgegen.

»Es ist Hook Nose«, sagte Wanderer. »Es wäre besser, du würdest dich verstecken, Goldhaar.«

Naduah wich zu den Frauen zurück und zog sich ihre Robe über den Kopf. Sie fühlte sich hier, so weit weg von den Siedlungen, sicherer, doch der Mann, der auf sie zukam, war ein Weißer. Sie wollte kein Risiko eingehen. William Bent reckte die Arme über dem Kopf und schüttelte sich selbst die Hand. Wanderer verschränkte die Zeigefinger zum Zeichen einer friedlichen Begrüßung. Dann gab er seiner Gruppe ein Zeichen, ihm zu folgen. Bent war ein kleiner, dunkelhaariger Mann mit schweren, schiefergrauen Augenbrauen, die sich wie Sturmwolken über einer Hakennase auftürmten. Die Cheyenne nannten ihn Little White Man und hielten ihn für einen der Ihren. Er hatte Old Woman geheiratet, die Tochter ihres Häuptlings Gray Thunder. Die Kiowa und Comanchen kannten ihn als Hook Nose, aber er war allen Indianern bekannt. Schon jetzt sammelten die Frauen in Wanderers Gruppe ihre überschüssigen Bisonroben zusammen, und die Männer überlegten, welche ihrer Ponys und Maultiere sie beim Tauschhandel hergeben würden. William und sein Bruder Charles betrieben schon seit Jahren Handelsposten. Und die Indianer vertrauten ihnen wie nur wenigen weißen Männern.

Die Angehörigen des Volks schlugen für zwei Tage in der Nähe des neuen Handelspostens ihr Lager auf. Und als sie aufbrachen, waren ihre Lasttiere mit Kaliko, Blei, Pulver, Kaffee, Stoffen und Tuchen beladen. Naduah und Star Name hatten leuchtendes neues Zinnoberrot in den Scheiteln ihrer Haare. Sie hatten sich auch die Innenseiten der Ohren damit bemalt, und Naduah hatte sich mit großer Sorgfalt drei senkrechte Linien aufs Kinn getuscht. Wanderer war stumm. Er war enttäuscht, daß in dem Handelsposten keine der neuen Repetierpistolen verkauft wurden. Er war nach Norden geritten, um welche zu finden, und plante jetzt seinen nächsten

Schritt. Er konnte nicht wissen, daß der Hersteller der wunderbaren Revolver, Samuel Colt, bankrott war und daß keine weiteren Waffen hergestellt wurden.

Naduah hörte das Weinen als erste. Sie trat Wind in die Flanken und galoppierte los, stürmte das Flußufer hinunter, dem sie folgten, und ritt in die mit Büschen bestandene Schlucht an dem flachen Flußlauf hinunter. Auf der anderen Seite jagte ein Maultier den Steilhang hinauf und verstreute dabei die gespaltenen Latten aus Weidenholz, die nachlässig auf seinem Rücken festgebunden waren. Wolf Road und Cruelest One machten sich sofort an die Verfolgung.

»Naduah, komm zurück!« Wanderer würde böse mit ihr sein. Sie wußte genau, daß sie nicht blindlings drauflosreiten durfte. An einer Wasserstelle bestand immer die Möglichkeit eines Hinterhalts. Doch ihre Instinkte hatten die Oberhand behalten. Sie hätte diesem Weinen nicht mehr widerstehen können als eine Ricke dem Blöken ihres verängstigten Kitzes. Das Weinen war das eines Kindes.

Sie fand den Jungen, der an einem Felsblock kauerte, vor Entsetzen drauflosplapperte und sich das Bein hielt. Naduah hörte einen trockenen, schwirrenden Laut und das Rascheln von Blättern, als sich eine fast zwei Meter lange staubbraun-schwarze Klapperschlange zwischen den Stielen der Pflaumenbüsche davonschlängelte.

»Wanderer, das Feuerhorn.« Sie brauchte nichts zu erklären. Er sammelte schnell Zweige und trockene Blätter und zog sich den Riemen des Horns über den Kopf. Er zog den Stöpsel aus Hartholz und das feuchte, verfaulte Holz heraus, das die Innenseite auskleidete. Er schüttelte das glühende Stück Holzkohle auf die Zweige und bedeckte sie mit trockenem Moos und blies dann sanft in die Glut, um das Feuer anzufachen. Dann hielt er eine seine Pfeilspitzen in die Flammen und fachte das Feuer immer mehr an, bis das Metall in einem tiefen, durchsichtigen Orangerot glühte.

Während er dies tat, rannte Naduah hinter dem Jungen her, der sofort geflüchtet war, als er die Männer sah. Naduah und Star Name und Deep Water stürzten durch das Unterholz wie Kinder, die hinter einem Kaninchen herjagen. Sie wußten, daß sie den Jungen so schnell wie möglich zum Stehen bringen mußten. Je länger er lief, um so schneller würde das Gift sein Herz erreichen.

Deep Water stürzte sich auf ihn und warf ihn zu Boden. Er hielt die Arme des Kindes fest, während sich Star Name rittlings auf seinen Bauch setzte. Der Brustkorb des Jungen hob und senkte sich. Naduah kniete auf dem unverletzten Bein des Jungen, um es festzuhalten, und hielt seine andere Fessel mit der linken Hand fest. Mit ihrem Messer machte sie kleine Einschnitte über den kleinen Löchern. Sie sog Blut aus den Einschnitten und spie es aus, bis Wanderer mit ihrem Medizinbeutel und der erhitzten Pfeilspitze erschien. Der Junge hatte bisher wie im Fieberwahn auf spanisch geplappert, doch als er jetzt das Metall sah, das intensive Hitze verströmte, schrie er.

Wanderer ignorierte ihn und kniete sich neben Naduah hin. Er bohrte schnell die Spitze des Pfeils in die Löcher, welche die Zähne der Schlange zurückgelassen hatte. Reihen von Zahnabdrücken säumten die kleinen Löcher. Schon jetzt war die Haut dabei, sich zu verfärben und anzuschwellen. Die Hitze brannte das Fleisch aus und trocknete das Gift. Der Junge fiel in Ohnmacht. Naduah streute pulverisierten Tabak auf die offene, häßliche Wunde und band ein Stück Feigenkaktus als Verband daran fest.

Sie bestieg Wind, und Wanderer hob behutsam das Kind hoch und setzte es vor sie. Sie hielt den Jungen in den Armen, bis er das Bewußtsein wiedererlangte. Als sie spürte, wie er sich zu bewegen begann, murmelte sie ihm etwas ins Ohr und versuchte ihn mit den wenigen spanischen Brocken zu beruhigen, die sie kannte. Spanisch war die Sprache des Handels, und die meisten Comanchen kannten ein paar Wörter.

»*Está bien, niñito. No te haremos daño.* Wir werden dir nicht wehtun.«

»*Déjeme. Déjeme. No me maten*«, schluchzte das Kind immer wieder. Es flehte sie an, ihn in Ruhe zu lassen und nicht zu töten.

»Er muß zu den Mexikanern gehören, die für den Händler das Haus bauen«, sagte Wanderer.

»Was wollen wir mit ihm machen?«

»Ihn behalten. Du brauchst Hilfe, wenn das Kind da ist. Der hier kann für dich arbeiten.«

»Wirst du ihn adoptieren?«

»Nein. Wir werden bald einen eigenen Sohn haben.« Da gab es für Wanderer keinerlei Zweifel. »Wenn wir den hier adoptieren, wird das Leben kompliziert, wenn unser Sohn heranwächst.«

Der Junge schien etwa zehn Jahre alt zu sein. Ungebärdiges, schwarzes, drahtiges Haar verdunkelte große runde Augen, die wild in die Runde starrten. Der Kleine trug ausgeblichene braune Baumwollhosen, die zu groß waren und an seiner schmalen Hüfte mit einer ausgefransten Schnur zusammengehalten wurden. Sein Hemd war immer wieder mit Stoffetzen in anderen Farben geflickt worden. Jeder Flicken war von der Innenseite auf die sorgfältig eingeschlagenen Ränder der Löcher angesetzt worden, bis das Hemd wie ein sorgfältig gearbeitetes Kunstwerk aussah. Die Arbeit ließ erkennen, daß jemandem an dem Jungen lag.

Wanderer band ihn auf einem der zusätzlichen Maultiere fest, und die Gruppe setzte ihre Reise fort, die zunächst nach Norden und dann nach Westen weiterging.

»Wohin reisen wir?« fragte Naduah.

»Zum Cimarron River, um Salz zu sammeln. Es ist ein Ritt von nur wenigen Tagen. Dort gibt es eine mit Salz verkrustete Ebene. Sie sieht aus, als wäre sie mit Schnee bedeckt, der geschmolzen und dann wieder zu Eis erstarrt ist. Das Salz glitzert in der Sonne. Da wir ohnehin schon so weit im Norden sind, können wir uns gleich etwas Salz holen.«

»Und dann?«

»Dann reiten wir zum Medicine Bluff.«

»Östlich von hier?« Naduah hatte davon gehört, ihn aber noch nie gesehen.

»Ja. Ich möchte zu den Geistern beten und um einen Sohn bitten.«

»Medicine Woman hat mir mal erzählt, warum man dir den Namen Wanderer gegeben hat. Mir war nie klar, wie recht sie hatte.«

»Würdest du lieber an einem Ort bleiben?« Er sah zu ihr hinüber. »Bist du unglücklich?«

»Natürlich nicht.«

Unglücklich? Sie verbrachte ihre Tage in Gesellschaft von Wanderer und ihren engsten Freundinnen. Sie beobachtete, wie sich die ehrfurchtgebietende, ungeheuer weite Landschaft mehrmals täglich und von Tag zu Tag kaum merklich veränderte. Sie beobachtete, wie die Sonne mit den Schatten der riesigen, sich am Himmel auftürmenden Wolken in wechselnden Mustern schien. Sie sah, wie der Wind aus weiter Ferne näherkam und mit sich kräuselnden Wellen im Gras heranwehte. Sie spürte, wie er sie erreichte und ihr Wangen und Haar kühlte. Selbst Wind und Night benahmen sich wie Fohlen im Frühling. Night keilte aus und wieherte. Er wirbelte herum, um Wind anzustupsen, die ihn zurückstupste. Naduah legte die Hand auf den Bauch und fühlte die kleine Ausbuchtung dort. Nein. Sie war nicht unglücklich.

Naduah hatte die Beine gespreizt und stand mit je einem Fuß links und rechts von der Vertiefung im Geburtszelt. Sie ergriff den Pfahl, um sich abzustützen und um besser pressen zu können. Sie zog die Muskeln zusammen und half dem Kind ans Licht. Die Wehen folgten jetzt in kurzen Abständen aufeinander. *Tawia Petih*, Wears Out Moccasins, hockte neben ihr und hielt ihre großen, eckigen Hände zwischen Naduahs Beine, um das Kind behutsam auf die mit Fellen ausgekleidete Vertiefung legen zu können. Star Name wischte ihrer Schwester mit einem in kaltes Wasser getauchten Stück Stoff den Schweiß von der Stirn. Das Zelt duftete nach verbranntem Salbei, der es reinigen sollte.

Naduah vermißte Medicine Woman zwar oft, jedoch nie mehr als in diesem Augenblick. Sie versuchte, sich die leise Stimme ihrer Großmutter vorzustellen, wie sie beruhigend auf sie einsprach, während das Kind dem Licht zustrebte. Und Naduah bedauerte, daß draußen kein Großvater stand, der sich nach dem Geschlecht seines Enkelkindes erkundigte. Seitdem sie im Herbst vor sechs Monaten Iron Shirts Dorf verlassen hatten, hatten sie ihn nicht wiedergesehen. Es war Wanderer, der jetzt draußen vor dem Zelt stand und wie ein wildes Tier im Käfig auf und ab ging, um auf Nachricht zu warten. Er hatte sich schon die ganze Nacht dort draußen aufgehalten. Deep Water und Sore-Backed Horse warteten mit ihm.

»Hier kommt der Kopf.« Wears Out Moccasins war eine große, kräftig gebaute Frau, die sich zu ihnen gesellt hatte, als sie aufgebrochen waren. »Jede Gruppe braucht eine Medizinfrau«, hatte sie gesagt. »Und außerdem wünscht mein Sohn, der große Kriegshäuptling, daß ich zu Hause bleibe und seiner Frau mit den Kindern helfe. Ich mag die Kinder, habe aber selbst welche großgezogen. Ich möchte reisen und Kriegszüge mitmachen. Ich bin fünfundfünfzig Jahre lang eine gehorsame Tochter, Ehefrau und Mutter gewesen. Jetzt möchte ich etwas Neues probieren.«

Naduah bezweifelte, daß Wears Out Moccasins je gehorsam gewesen war, ließ die Bemerkung aber unkommentiert. Es würde zu nichts führen, mit ihr zu streiten. Außerdem war sie ein willkommener Zuwachs für die Gruppe. Sie war eine mächtige Schamanin. Ihr voller Name lautete Wears Out Moccasins And Throws Them Away. Und sie trug ihre Mokassins nicht auf, indem sie eine gehorsame Ehefrau und Mutter war. Sie begleitete die Männer oft auf ihren Kriegszügen. Und sie besaß genauso viele Pferde wie jeder beliebige Mann. Dafür hatte sie aber nicht Medicine Womans sanfte Stimme oder ihr weiches Lachen. Ihre Hände waren groß und grob. Und ihre Manieren waren ebenfalls grob. Wenn sie jemandem zürnte, brachte sie es fertig, den Betreffenden so zurechtzustauchen, daß er sich wieder wie ein Kind fühlte. Ihr Sohn hatte sich vermutlich gefreut, sie ziehen zu sehen. Ihre Schwiegertochter mußte darüber ohne jeden Zweifel glücklich sein.

»Hier kommt er«, sagte sie.

»Ist es ein Junge?« Naduah reckte den Kopf, um zu sehen.

»Das kann ich noch nicht sagen. Er ist noch nicht weit genug heraus. Aber es wird ein Sohn sein. Wanderer hat mich gebeten, eine Medizin zu machen, damit wir ganz sicher sein können.« Vielleicht hatte das Volk soviel Vertrauen in Wears Out Moccasins' Medizin, weil sie selbst nicht daran zweifelte.

Das Baby verließ die zerrissene Öffnung und fiel ihr in die Hände. Wears Out Moccasins legte das Kind langsam auf das seidige Bett aus Kaninchen- und Hermelinfellen. Ihre Hände waren mehr als nur sanft, als sie die Nabelschnur durchbiß und abband.

»Es ist ein Junge, Schwester«, sagte Star Name. Wears Out Moccasins trottete zur Zelttür.

»*E-hait-sma*, dein enger Freund«, rief sie aus. Draußen war ein Jubelschrei zu hören und das Geräusch rennender Füße. Gleich darauf war Lance zu hören, der die Neuigkeit mit seinem Singsang verbreitete, und auch die Trommeln stimmten schon in den Jubel ein.

Wears Out Moccasins wiegte das laut schreiende Kind in ihren kräftigen Armen und legte Naduah eine große Hand auf die nasse Wange. Es war eine kurze Berührung, nicht lang genug, um der Zuneigung bezichtigt zu werden. Star Name stopfte die verschlungene blutige Nabelschnur in die kleine, perlenbesetzte Tasche, die später in einem Zürgelbaum aufgehängt werden sollte. Wears Out Moccasins trug das Baby zu dem nahegelegenen Fluß, um es zu waschen. Naduah konnte hören, wie das Schreien ihres Sohns zum Kreischen wurde, als ihn das kalte Wasser traf. Sie ging steif zu den aufgestapelten dicken Roben hinüber und setzte sich erschöpft hin. Sie lehnte sich gegen die Rückenstütze aus Weidenzweigen. Star Name reichte ihr ein mit warmem Wasser getränktes Stück Stoff, so daß sie das gerinnende Blut und die Plazenta-Flüssigkeit abwaschen konnte.

Als Wears Out Moccasins zurückkehrte, rieb sie das Baby mit Bärenfett ein und reichte es seiner Mutter. Der Kleine drehte seinen winzigen Kopf nach oben und begann wieder zu wimmern. Wears Out Moccasins hielt ihm mit den Fingern die Nase zu. Sein Gesicht wurde erst rosa, dann rot und schließlich purpurrot, als er gleichzeitig zu schreien und zu atmen versuchte. Als er das Schreien aufgab und sich statt dessen für das Atmen entschied, ließ sie die Nase los. Sofort begann er wieder zu schreien. Sie wiederholte die Prozedur und hielt ihm dann nochmals die Nase zu, bis Naduah fürchtete, sie würde das Kind umbringen. Als Wears Out Moccasins die Nase zum dritten Mal losließ, war das Baby still. Sie reichte es seiner Mutter.

»Jetzt ist er vom Schreien geheilt.«

»Ich hatte schon Angst, er würde die Lektion nicht überleben.«

»Das scheint nur so. Aus diesem Grund kann man es Müttern nicht überlassen, ihren Kindern das beizubringen, was ihnen beigebracht werden muß.«

Naduah blickte auf seinen mit flaumigem schwarzen Haar bedeckten Kopf hinunter, während er sich an ihre Brust schmiegte. Star Name verbrannte mehr Salbei und räumte im Zelt auf. Sie trug die Haut mit dem blutigen Wasser hinaus, das für die Geburt erhitzt worden war. Jetzt erschienen die ersten Frauen, um das Baby zu bewundern. Wears Out Moccasins kochte Wurzeln und Zwiebeln und röstete auf flachen Steinen neben dem Feuer Brot. In der Zeit des Kindbetts durfte Naduah kein Fleisch essen, und so knabberte sie getrocknete Pflaumen, während sie ihren Sohn stillte. Dann wiegte sie ihn sacht in den Schlaf und summte ihm etwas vor, als er in ihren Armen ruhte.

Sie hatte schon viele Babys gesehen, aber noch nie eins so betrachtet wie jetzt. Die Vollkommenheit ihres Babys versetzte sie in Ehrfurcht und entzückte sie. Sie hob eine seiner Hände hoch und inspizierte die winzigen Finger, von denen jeder einen winzigen Fingernagel hatte. Dann nahm sie eines der zarten Füßchen in die Hand und wackelte mit den Zehen, als wollte sie sich vergewissern, daß alles in Ordnung war. Er würde ein kräftiges, gesundes Baby sein.

Drei Tage später verließ Naduah das Geburtszelt, um sich und ihren Sohn im Fluß zu waschen. Dann begab sie sich in ihr eigenes Zelt. Auf der Zelttür war ein schwarzer Fleck aufgemalt, um die Geburt eines Jungen zu verkünden. Wanderer saß davor und rauchte zusammen mit Deep Water, Sore-Backed Horse und Spaniard eine Pfeife. Wanderer nickte ihr nur zu. Sore-Backed Horse jedoch streckte die Arme nach dem Kind aus. Von einem Vater wurde erwartet, daß er seinem Sohn nicht allzuviel Aufmerksamkeit widmete, ein Onkel oder Großvater jedoch durfte es. Und Sore-Backed Horse hatte sich zum Onkel ernannt. Er wog das Baby in den Armen, wobei er darauf achtete, daß er den Hals des Kindes stützte, obwohl er scheinbar nachlässig mit dem Baby umging.

»Was für ein gutaussehender Krieger. Seht ihn euch an. Wann wirst du so einen Mann erzeugen?« fragte er Deep Water. Sore-Backed Horse selbst war Vater zweier Mädchen. »In ein oder zwei Jahren wird er für uns ein Hütejunge sein.«

»Ich denke, daß es mindestens drei oder vier Jahre dauern wird, bis er soweit ist, Sore-Backed Horse.« Naduah nahm ihm das Baby ab und trug den Kleinen ins Zelt. Als ihre Augen sich an das Zwielicht im Zelt gewöhnt hatten, sah sie, daß an dem neuen Wiegenbrett ein Miniatur-Bogen mit Pfeilen und eine kleine Lanze hingen. Daneben baumelte eine ausgestopfte Fledermaus, ein Glücksbringer. Sie erkannte die Fledermaus. Wears Out Moccasins hatte sie ausgestopft, und Naduah mußte unwillkürlich lächeln. Sie konnte sich Wears Out Moccasins vorstellen, wie sie ins Zelt stapfte, Wanderer die Fledermaus mürrisch in die Hand drückte, um dann auf dem Absatz kehrtzumachen und mit schweren Schritten aus dem Zelt zu trotten. Und Wanderer mußte die letzten drei Tage mit der Herstellung der winzigen Waffen zugebracht haben. Sie waren bis ins Detail vollkommen.

Es war offenkundig, daß er die Zeit nicht damit zugebracht hatte, im Zelt aufzuräumen. In den drei Tagen ohne Naduah war es Wanderer und ihrem neuen mexikanischen Sklaven Tso-me, *Gathered Up*, gelungen, aus dem Zelt einen Trümmerhaufen zu machen. Zerfetzte Mokkassins und Kleidungsstücke lagen in Haufen herum. Die Schlafroben lagen überall zerstreut. Neben dem Feuer lag ein Haufen mit abgenagten Knochen, und hier und da lagen Lederreste, Riemen und Holzspäne. Es tat Naduah trotzdem gut, ihre Sachen wiederzusehen.

Ihr schöner Silberspiegel hing auf einer Zeltstange. Ihre Kleidung war auf einer Leine aufgehängt. Dort hing der Sattel, den Sunrise und Takes Down für sie gemacht hatten, und das Pumafell war zusammengefaltet und darüber drapiert. Sie sah das spanische Zaumzeug mit den Silberarbeiten und die perlenbesetzten Mokassins, die Star Name ihr geschenkt hatte.

Mit Star Names Hilfe hatte sie Tage damit zugebracht, das Wiegenbrett zu machen, wobei ihr vorstehender Bauch sie behindert hatte. An die zwei schmalen Bretter, die den V-förmigen Rahmen bildeten, hatte sie mehrere Reihen von Messingplatten gehämmert. Die weichen Lederhüllen waren mit Perlenstickerei geschmückt, an der Vorderseite zusammengebunden und mit langen, üppigen Fransen versehen. Zwischen den Fransen baumelten

Schnüre mit blauen und weißen Pony-Kugeln. Die Kugeln waren groß und massig, und ihre Farben leuchteten. Sie hatten ihren Weg über die Plains auf dem Rücken von Ponys der Händler gefunden, daher ihr Name.

Das Licht im Zelt verdüsterte sich leicht, als Wanderer in die Zeltöffnung trat. Naduah hielt ihm seinen Sohn hoch, damit er ihn ansehen konnte. Doch statt ihn nur anzusehen, nahm Wanderer ihn ihr ab. Während Naduah eine Mahlzeit zubereitete, setzte er sich mit seinem Sohn ans Feuer. Er wiegte das Baby in seinen harten, muskulösen Armen und summte mit leiser, angenehmer Stimme eine Melodie. Das Kind schien seinen Vater ebenfalls zu inspizieren. Der Junge starrte ihn an, bis ihm die Augenlider schwer wurden und er einschlief.

Kurz bevor die Mahlzeit fertig war, erschien Gathered Up. Der Schlangenbiß des Jungen war schnell verheilt, und fast genauso schnell hatte er sich an das Leben des Volkes gewöhnt. Es schien ihm Spaß zu machen, für Wanderers Herde verantwortlich zu sein. Er kam gerade von der Weide, wo er den Pferden Wasser gegeben und ihre Leinen geprüft hatte. Er beugte sich über Wanderers Schultern und hob die Robe leicht an, um dem Baby ins Gesicht sehen zu können.

»Er sieht seinem Vater ähnlich«, erklärte er. Seine großen dunklen Augen blickten ernst drein. Gathered Up hatte im Verlauf des Winters die Sprache des Volkes gelernt, sprach sie aber immer noch mit leichtem mexikanischem Akzent. Statt seiner zerlumpten Kleider trug er jetzt Lendenschurz und Mokassins.

»Setz dich«, sagte Naduah und gab ihm mit ihrer Schöpfkelle ein Zeichen.

Wanderer fand die Tasche mit zerstoßenem verfaultem Pappelholz. Er puderte damit das Hinterteil des Babys ein und wickelte es dann in eine Robe aus Kaninchenfell. Er legte das immer noch schlafende Kind behutsam in eine Röhre aus steifem Rohleder, die an einer Seite zusammengeschnürt war und so eine konisch geformte Wiege bildete. Diese Wiege würde den Säugling davor schützen, nachts zu Schaden zu kommen, da er zwischen seinen Eltern schlief.

Als das Kind seinem Vater zum erstenmal gezeigt wurde, gab es keine besondere Zeremonie. Und beim Volk hatte ein Vater nur selten etwas mit der Säuglingspflege zu tun. Wanderer hatte jedoch ohne Worte gezeigt, was er für seinen neugeborenen Sohn empfand.

Nie wieder würde er Mutteraufgaben übernehmen, aber daß er es einmal getan hatte, sagte Naduah eine Menge. Sie setzte ihm und Gathered Up den dampfenden Eintopf vor und setzte sich zum Essen zwischen sie. Sie fragte sich kurz, ob es einen Menschen gab, der in diesem Moment so glücklich war wie sie.

41

Wanderer und Naduah lagen nebeneinander auf einem Feld aus Feuer. Die Wiese schien in Flammen zu stehen, so dicht standen die Massen leuchtend orangefarbener Margeriten. Ihr Duft überlagerte alles andere. Naduah lag auf der Seite und hatte Wanderer den Kopf auf die Schulter und den Arm quer über seine nackte Brust gelegt. Sein Kopf ruhte in der Beuge seines freien Ellbogens, und die Beine beider waren ineinander verschlungen. An einem Pflaumenstrauch in der Nähe lehnte das Wiegenbrett ihres einen Monat alten Sohns. Seine glänzenden Augen blinzelten zwischen den Fellen hervor, in die er gehüllt lag, und er schien alles aufmerksam zu betrachten. Besonders faszinierten ihn die Vögel, die in den Büschen herumflatterten und sangen. Dog lag mit der Schnauze auf den Pfoten neben ihm. Sie bewachte das Kind wie immer.

Naduah schloß die Augen und atmete tief durch. Der Duft der Blumen war so süß und berauschend, daß er sie leicht benommen machte. Sie versuchte, Düfte der verschiedenen Arten auseinanderzuhalten. Die hell orangefarbenen leuchtenden Blumen waren leicht zu erkennen. Es gab Tausende von ihnen, und sie hatten einen kräftigen Duft. Sie waren wie Gänseblümchen, die gern Gardenien sein wollten. Die pelzigen roten Bälle auf den empfindlichen Geißblattreben hatten ebenfalls einen klar erkennbaren Duft, etwa wie Rosen. Doch die anderen, die Primeln und Kornblumen, die Kräuter und der Rittersporn, die hüfthoch wuchsen, ließen ihre Düfte zu einer berauschenden Mischung verschmelzen. Naduah gab es auf, Pflanzen mit der Nase auseinanderhalten zu wollen.

»Quanah. Wir werden ihn Quanah nennen«, murmelte sie an Wanderers warmer Haut.

»Quanah, *Fragrant.*« Er sprach den Namen laut, um den Klang zu prüfen. »Wenn du ihn so nennen willst, soll er so heißen.« Es war nicht der übliche Weg, einem männlichen Kind einen Namen zu geben, doch Wanderer stellte ihre Entscheidung nicht in Frage. Er spürte tief in sich, daß auch sie Medizin hatte. Daß auch sie eines Tages eine so mächtige Heilerin sein würde wie Medicine Woman und eine so geachtete Schamanin wie Wears Out Moccasins. Wenn sie dem Kind den Namen zu geben wünschte, würde er auf die übliche Zeremonie der Namensgebung verzichten.

Er atmete den Duft ihres Haares, den Geruch von Gras, Blumen und Sonnenlicht ein. Er hob den Kopf, um den Arm frei zu haben, und liebkoste ihre langen, goldenen Locken, die er mit den Fingern glattkämmte. Er ließ ihr die Hand über die Seite gleiten und liebkoste sie bis zu ihrer geschwungenen Hüfte. Er ergriff den Saum ihres Kleides, das hoch auf ihrem Schenkel lag, zog es weiter hinauf und ließ die Hand daruntergleiten. Er liebkoste ihren festen Schenkel und schob sie behutsam auf den Rücken. Dann rollte er sich auf die Seite und beugte sich über sie.

»Deine Haut ist so glatt und so angenehm zu berühren wie der Bauch einer Schlange, die sich in der Sonne auf einem Felsen wärmt.«

Er zog ihr das Kleid fast bis zur Hüfte hoch und studierte das goldene Nest zwischen ihren Beinen. Es faszinierte ihn immer aufs neue. Er spielte mit den gekräuselten zarten Haaren und zwirbelte sie sich um die Finger. Dann ließ er sie Fingerspitzen leichthin über den Flaum auf ihren Schenkel gleiten. Sie lag still da, vollkommen seiner Berührung hingegeben. Seine Hände jagten ihr Schauer über den Körper.

»Mein Wolf, mein einsamer Wolf«, murmelte sie.

Sie streckte die Arme aus und zog sein Gesicht zu sich herunter. Sie preßte den Mund an seinen. Wie das Gold zwischen ihren Beinen war auch das Küssen Wanderer fremd gewesen, aber er hatte inzwischen Gefallen daran gefunden. Während sie sich küßten, fuhr er fort, sie zu liebkosen. Ihre Zunge erforschte seine Lippen, seine Zähne, seinen Mund. Sie wand sich und stöhnte unter seinen Händen, löste seinen Lendenschurz und liebkoste auch ihn. Er wälzte sich sanft auf sie. Gathered Up und eine Gruppe von Jungen donnerten auf ihren Ponys an dem Gestrüpp vorbei, in dem sie versteckt lagen, doch Wanderer und Naduah war es jetzt gleichgültig, ob man sie sah oder nicht.

Dann lagen sie schläfrig und befriedigt eng umschlungen da. Naduah war fast schon eingeschlafen, als sie von der Pferdeweide ein schrilles Wiehern hörte.

»Das war Night.«

»Ich weiß.« Naduah war sofort auf den Beinen und griff nach dem Wiegenbrett. »Es hört sich aber nicht wie sein Notruf an.« Sie schwang sich das Wiegenbrett auf den Rücken, rückte es zurecht und zog die Riemen fest, während Wanderer Bogen und Köcher aufhob. Er rannte den Hang hinauf und lief auf der anderen Seite den sanft abschüssigen Abhang zum Flußbett hinunter, wo die Ponys grasten. Als Naduah und Quanah und Dog erschienen, war Wanderer gerade dabei, von einem nassen, schlaksigen Fohlen die Fruchtblase abzuziehen und ihm die Flüssigkeit von den Nüstern zu wischen. Wind lag noch immer auf der Seite, und Night scharrte mit den Vorderhufen und ging unruhig auf und ab. Er kam näher, um seinen Sohn zu beschnuppern und begann, ihn trocken zu lecken.

»Du hast dir Zeit gelassen, nicht wahr?« Wanderer hob eins der langen, schlaksigen Beine des Fohlens. »Es ist ein Hengstfohlen. Und er ist schwarz wie sein Vater.« Während sie zusahen, erschien unter Winds Schweif noch ein glatter, glänzender und purpurfarbener Beutel.

»Zwillinge!« Naduah versetzte einem Stück Zedernholz einen Fußtritt, um Skorpione zu vertreiben, die sich vielleicht darin versteckten. Dann setzte sie sich hin, klemmte sich Quanahs Wiegenbrett zwischen die Knie und studierte Wind durch den gegabelten Rahmen. »Ich glaubte, mehr als nur vier Beine gesehen zu haben, die in ihr traten. Und außerdem hat sie einen riesigen Bauch gehabt.«

Das zweite Fohlen, ein Stutenfohlen, strampelte sich frei, während das erste seinen großen Kopf auf dem schmalen Hals schwanken ließ und versuchte, dem hellen Sonnenlicht zu entkommen. Das Hengstfohlen war völlig naß und zitterte trotz der warmen Frühlingsluft vor Kälte. Wind und Night begannen, die Fohlen trocken zu lecken, sie mit den Zungen zu massieren und mit ihrem Duft zu prägen.

Wanderer und Naduah sahen zu. In einer halben Stunde würde das Hengstfohlen stehen. Sie wollten sichergehen, daß beide Fohlen gesund waren. Der kleine Hengst zog seine unbeholfenen Beine zu sich heran und versuchte aufzustehen. Seine Vorderbeine rutschten zur Seite, und die Hinterbeine knickten ein. Er blieb einen Moment liegen, um sich zu sammeln, und nahm dann all seine Kräfte für einen neuen Versuch zusammen.

»Er wird ein Ersatz für Night sein.« Wanderer musterte das Fohlen aufmerksam. »Er wird alles haben, was nötig ist.«

»Night kann dich noch viele Jahre tragen.«

»So lange wird es dauern, dieses Fohlen zu trainieren.«

»Glaubst du, daß er genauso gut sein wird?« fragte Naduah.

»Das kann ich noch nicht sagen.«

Der kleine Hengst hatte es endlich geschafft, auf die Beine zu kommen, und stellte triumphierend die Ohren auf. Er trottete zu seiner Mutter, stieß mit ihr zusammen und wäre um ein Haar wieder hingefallen. Er begann, mit den Lippen an ihrer Seite zu tasten. Er suchte die Nahrungsquelle. Naduah hob Quanah auf. Dann begab sie sich mit Wanderer und Dog zurück ins Dorf.

*

Es hatte vor einigen Tagen geregnet, und die wogenden Hügel erstrahlten in frischem, üppigem Grün, das mit dunklerem Unterholz aus Büschen und vereinzelten Bäumen gesprenkelt war. Wanderers Gruppe war wieder unterwegs. Die lange Karawane schlängelte sich über die Hügel wie eine riesige schwarze Schlange, die über einen grünen Teppich gleitet. Beim Reiten zerkaute Naduah ein Stück Dörrfleisch zu Brei. Sie löffelte ihn heraus und langte mit der Hand nach unten, um Quanah damit zu füttern, dessen Wiegenbrett an ihrem Sattelknopf hin. Als sein Mund sich um ihre Finger schloß, meinte sie, unter der Oberfläche seines Gaumens einen harten kleinen Zahn zu spüren.

Vor ihnen tauchte ein Bison aus der Staubwolke der Suhllache auf, in der er sich gewälzt und die Beine in die Luft gestreckt hatte. Er sah aus wie ein Schiff, das sich aus dichtem Nebel löst. Schwarzer Schlamm tropfte ihm vom Rücken und bedeckte die stellenweise wundgescheuerte und zerkratzte Haut. Der Schlamm würde zu einer schützenden Schale eintrocknen und Insekten fernhalten. Eine Wolke von Kribbelmücken, die ihre Pläne durchkreuzt sahen, schwärmten um seinen Kopf. Es war Anfang August, das Ende der Brutzeit, und die Bullen waren gereizt. Dieser rollte mit seinen hervorquellenden Augen und brüllte, bevor er sich umdrehte und wegtrottete. Wanderer machte sich nicht die Mühe, ihn zu verfolgen. Es war ein altes Tier. Seine Füße standen etwas vor, und das Hinterteil war niedriger als beim Durchschnitt. Und die Hinterbeine waren in den Sprunggelenken gebeugter als üblich. Das Fleisch würde zäh sein.

Außerdem hatten die Männer unterwegs schon gejagt. Ganze Beutel voll Bisonzungen und zarter Steaks aus dem Buckel waren an den Lasttieren festgebunden. Am Abend würden sie große Rippenstücke über dem Feuer rösten. Sie würden die saftigen Zungen und das süße, in den Knochen geröstete Mark essen. Beim Gedanken an das Festessen, das ihnen bevorstand, lief Naduah das Wasser im Mund zusammen. Sie hatten mehr Fleisch mitgenommen, als sie brauchten, da sie etwas abgeben würden. Sie waren zu einem Treffen mit José Piedad Tafoya und dessen Comancheros unterwegs.

»Deine Männer scheinen El Gallo zu spielen, Wanderer.« José Tafoya lümmelte an seinem Sattel und beobachtete den Wettbewerb. Abgesehen von ein paar neuen Narben im Gesicht und an den Armen hatte er sich seit den Tagen, in denen er zum ersten Mal mit ein paar beladenen Mauleseln auf den Staked Plains erschienen und hinter den Comanchen hergeritten war, kaum verändert. Wie viele seiner Männer trug José an den Seiten geschlitzte Lederhosen und darunter ausgebeulte weiße Unterhosen aus Baumwolle. Die Spornrädchen seiner Sporen waren riesig und klirrten, wenn er sich bewegte.

»Ich würde es gern mal selbst versuchen«, sagte Wanderer.

»Dann solltest du dich lieber beeilen. Soviel Geflügel haben wir nicht mitgebracht.« Auf der ebenen Sohle des schmalen Tals unter ihnen waren die Comancheros gerade dabei, den Kriegern die Spielregeln beizubringen. Das dauerte nicht lange, da es nicht viele gab. Sie vergruben einen Hahn bis zum Hals im Sand, und vorbeigaloppierende Reiter mußten versuchen, ihn dabei herauszuziehen. Das Spiel dauerte nicht lange, da die Männer des Volkes ihr Ziel fast nie verfehlten. Öfter, als ihm lieb sein konnte, hatte der triumphierende Spieler nur noch den Kopf des Hahns in der Hand, und der Vorrat an Hähnen war begrenzt. José stand auf, legte die gewölbten Hände an den Mund und rief seinem Stellvertreter etwas zu.

»Chino, bring ihnen El Coleo bei.« Dann setzte er sich wieder hin. »Das wird zu Fuß gespielt. Dann werden meine Männer eine größere Chance gegen deine haben.«

»Wie wird es gespielt?«

»Mit einem Bullen. Je gemeiner, desto besser.« Er stand wieder auf und brüllte wieder etwas. »Hol El Bravo, nicht den da. Der ist ein zahmes Haustier. Ein Kätzchen.« Und dann auf spanisch und mit Zeichensprache zu Wanderer: »Ziel ist, hinter dem Bullen herzulaufen und ihn umzuwerfen. Man kann ihn aber nur umwerfen, indem man ihm den Schwanz verdreht, bis er das Gleichgewicht verliert. Natürlich läuft der Bulle manchmal hinter dem Jäger her. Auf diese Weise habe ich letztes Jahr drei Mann verloren. Die Bullen erwischten sie mit den Hörnern am Bauch und rissen sie auf wie diese Boviste, die in feuchter Erde wachsen. Poof. Es sah scheußlich aus. Aber ich verbrachte eine wunderbare Zeit damit, die Witwen zu trösten.«

»Ho-say«, entgegnete Wanderer. Er war anders als die meisten. Er zog es vor, erst über das Geschäft zu reden und dann Geschichten zu erzählen. »Ich suche nach den neuen Pistolen der Texaner. Die viele Male feuern können, ohne daß man sie nachlädt.«

»Ich habe sie gesehen. Ein Mann lädt sie am Sonntag und schießt dann die ganze Woche damit. Sie sind schwer aufzutreiben. Vielleicht kann ich dir bei der nächsten Reise ein paar mitbringen. Wenn du mir dafür Pferde und Vieh aus Texas lieferst. In New Mexico gibt es dafür einen Markt, mein Freund. Ich kann alle gebrauchen, die du nur stehlen kannst.« Dieser magere, braungebrannte Händler zeigte mit dem Kopf nach Westen und auf die mexikanische Provinz. Er schürzte die Lippen, um die genaue Richtung anzugeben. Das war leichter, als die Hände aus dem Umhang ziehen, und außerdem war es bei allen Mexikanern und Pueblo-Indianern zur Gewohnheit geworden.

»Hast du auf dieser Reise die Penateka gesehen?« fragte Wanderer.

»Aber gewiß. Sie gehören zu unseren besten Kunden.« José rülpste und kratzte sich im Schritt. »Sie wollen neuerdings mehr Whiskey haben. Magst du welchen? Ich habe etwas davon in den Hügeln versteckt. Das übliche Arrangement. Kurz bevor sich unsere Wege trennen, bezahlst du dafür, und dann führen dich ein paar meiner Männer, natürlich auf ihren schnellsten Pferden, zu dem Versteck. Das soll nicht heißen, daß wir dir nicht vertrauen, mein Bruder. Es ist nur so, daß wir wissen, wie aufgeregt deine Leute werden, wenn sie Whiskey trinken. Manchmal werden sie ein bißchen *loco*, verrückt.«

»Wir wollen dein Dummheitswasser nicht.« Wanderer zündete sich wieder seine Pfeife an. Deep Water und Sore-Backed Horse gesellten sich zu ihnen.

»Ho-say«, sagte Deep Water, der sich neben Wanderer stellte und nach der Pfeife griff. »Was gibt's Neues aus dem Süden?«

»Texas ist jetzt ein Teil der Vereinigten Staaten.« Tafoya suchte nach Worten, um die Begriffe Territorialgrenzen, politische Organisationsformen und Annexion zu erklären. »Der Große Weiße Vater in Washington hat mit dem Vater in Austin einen Vertrag geschlossen. Sie sind jetzt ein Staat. Jeder, der gegen die Texaner Krieg führt, führt Krieg gegen die Vereinigten Staaten. Das schließt auch Mexiko ein. Ein großer Kriegshäuptling der Vereinigten Staaten hat sich zum

Rio Grande begeben. Dort haben sich texanische Soldaten zu einem Vorstoß nach Mexiko versammelt. Es heißt, daß auch El Diablo Hays und seine Ranger mitkommen werden. Die Armee wird alle Pferde brauchen, die sie nur bekommen kann, um ihren Nachschub zu sichern. Du hast den Texanern wenige Tiere gelassen.«

»Während die Texaner in Mexiko sind, werden wir ihr Vieh stehlen und es ihnen zurückverkaufen«, grunzte Sore-Backed Horse.

»So einfach ist es nicht, Bruder«, sagte José. »Die Vereinigten Staaten sind mächtiger als die Texaner.«

»Kinder sind mächtiger als die Texaner.« Deep Water spie voller Verachtung aus.

»Die Vereinigten Staaten werden Soldaten schicken, um die Siedlungen zu verteidigen.«

»Sollen sie«, sagte Wanderer. »Ich habe diese Truppen mit ihren blauen Jacken im Norden gesehen. Sie bewegen sich durchs Land wie ein Schwarm von Eichelhähern. ›Wumm!‹ Sie feuern abends eine Kanone ab, damit jeder weiß, wo sie sind. ›Wumm!‹ Am nächsten Morgen feuern sie wieder eine ab, damit wir wissen, daß sie noch da sind. Und für den Fall,daß wir ihre Kanonen für Donnergrollen halten, blasen sie den ganzen Tag ihre Hörner. Haben die Blaujacken-Soldaten statt der alten, nutzlosen Gewehre die neuen Pistolen?« Wanderer sah aus, als würde er sofort aufbrechen, falls die Frage bejaht wurde.

»Ich weiß nicht. Aber ich habe eins dieser glänzenden Messinghörner mitgebracht, in die sie blasen. Für zwei Pferde werde ich es dir gern verkaufen.«

»Ho-say«, sagte Sorge-Backed Horse. »Für zwei Pferde würdest du sogar deine Mutter verkaufen.«

Wanderer lächelte und freute sich schon auf einen Zweikampf. Er hatte gelernt, daß man Ho-says Mutter nicht erwähnen durfte. Bei ihr verstand der Mann keinen Spaß mehr. Doch diesmal ließ Tafoya die Bemerkung durchgehen. Er setzte seinen Bericht fort.

»Der Abgesandte des Großen Weißen Vaters der Vereinigten Staaten hat sich mit Old Owl und Pahayuca und Santa Ana getroffen. Old Owl ist jetzt zu einer langen Reise zum Haus des Großen Vaters in Washington aufgebrochen.«

»Wo liegt Wah-sin-tone, Ho-say?«

»*Allí está. Lejos.* Tafoya nickte und schürzte wieder die Lippen, diesmal nach Osten, als läge Washington irgendwo im Land der Wichita. »Nocona, Wanderer, mein Bruder. Wie ich höre, hast du einen

Sohn, einen Säugling. Jetzt brauchst du das Gelbe Haar nicht mehr. Ich werde dir einen guten Preis für sie zahlen.« José sah, wie Wanderer erstarrte, sah die Wut, die sich in seinen harten schwarzen Augen aufbaute. Bei dieser Frau war er sehr besitzergreifend und spielte den Beschützer. Man könnte meinen, sie sei ein preisgekröntes Rennpferd, so wie er sie behandelte. »*Amigo.*« Er hielt eine schmale Hand zum Zeichen des Friedens hoch. »Das sollte nur ein Scherz sein. Ich habe ohnehin nichts mehr übrig, was ich hergeben könnte. Deine Frauen haben alles genommen. Sie haben Chino fast zertrampelt, als sie sich zu den Wagen drängten. Sie werden mich als armen und gebrochenen Mann zurücklassen. Sie haben meine Gutmütigkeit ausgenutzt.«

»Wer Chino niedertrampeln will, muß auch seine Machete niedertrampeln«, betonte Deep Water.

»Und niemand nutzt deine Gutmütigkeit aus. Deine Seele ist ein Bleiklumpen, und für einen guten Preis würdest du selbst den hergeben.«

»Und du würdest ihn kaufen, Sore-Backed Horse. Ich wünschte, meine Seele wäre aus Blei. Blei bringt tatsächlich einen guten Preis.« José wandte sich an Wanderer. »Ich werde später in dein Zelt kommen, um mir deinen Sohn anzusehen. Wie ich höre, sieht er so gut aus wie sein Vater.«

»Sei vorsichtig, Wanderer. Er wird vielleicht versuchen, den kleinen Quanah zu stehlen, um ihn dann an die Pawnee zu verkaufen«, sagte Sore-Backed Horse.

»Das würde er nicht wagen«, sagte Deep Water. »Wears Out Moccasins würde sofort mit ihrer Streitaxt hinter ihm herjagen.«

»Wenn Wears Out Moccasins da ist, ist dein Sohn sicher, *amigo.* Einmal war sie der Meinung, ich hätte sie betrogen, und da hat sie mir fast jeden meiner zarten Knochen im Körper mit einer Schaufel gebrochen, die ich ihr gerade gegeben hatte.«

Die Männer standen auf, streckten sich und gingen auf das Lager zu. Die Krieger und die Mexikaner waren des Spiels, El Bravo zu quälen, überdrüssig geworden und machten sich ebenfalls auf den Weg zu dem Kochfeuer. Spaniard hielt seinen von den Hörnern verletzten Arm beim Gehen vorsichtig fest. Der Kaffeeduft war stark, und in Wanderers Magen knurrte es. Ganze Stapel knuspriger Rippenstücke und Zungen warteten auf sie. Jeder Mann würde mindestens fünf Pfund Fleisch essen. Dann würden sich alle um das Feuer legen und sich bis zum Morgengrauen unterhalten.

Die Frauen würden an eigenen Feuern sitzen und Josés steife Musterkarten mit Kugeln und Perlen studieren. Jede Karte ließ sich aufklappen und zeigte Beispiele der verschiedenen Farben und Größen. Die Frauen würden Stunden brauchen, um zu entscheiden, was sie haben wollten. Schon jetzt hüllten sie sich in die groben, schweren hellbraun und braun und blau gestreiften Decken, die er mitgebracht hatte. Es würde sie glücklich machen, ihren neuen Putz und ihre neuen Küchensachen zu vergleichen. So stand allen eine angenehme Nacht bevor.

Hunderte von Metern in allen Himmelsrichtungen herrschte geschäftiges Treiben im Lager. Die Frauen von Wanderers Gruppe bauten ihre Zelte ab, riefen und lachten und tanzten herum, um zu sehen, welche Gruppen als erste fertig wurden. *Und auf das Ergebnis werden sie wahrscheinlich Wetten abschließen und einige der gerade eingetauschen Dinge verwetten,* dachte Wanderer. Die riesigen Zeltwände lagen überall auf der Erde, daneben Stapel mit Lebensmittelbehältern aus Rohleder, Taschen, bemalte Bisonroben, Werkzeuge aus Horn und Knochen, Äxte, Kessel, die rechteckigen Kleiderbehälter und Hunderte anderer Dinge. Pferde standen geduldig inmitten all des Lärms und der Verwirrung und flatterten mit den Ohren, um die Pferdebremsen zu vertreiben. Ihre Herrinnen banden die Travois-Stangen an ihren Flanken fest und wuchteten den Tieren zusätzliches Gepäck auf den Rücken.

Auf anderen Ponys wurden Kinder zurechtgesetzt, und die Kleinsten, die Ein- bis Zweijährigen, wurden festgebunden. Andere Kinder wurden in Weidenkörben verstaut und auf Travois gebunden. Die älteren Jungen rannten überall herum und bemühten sich, den Älteren nicht vor die Füße zu laufen. Einige der Krieger galoppierten auf ihren Pferden in voller Kriegsbemalung und in ihrem Federschmuck durch das im Aufbruch befindliche Dorf, manche zu zweit oder dritt nebeneinander. Die Hunde lagen hechelnd im Schatten, wo immer sie welchen finden konnten. Wenn jemand aus Versehen auf sie trat, rannten sie jaulend und mit eingeklemmtem Schwanz davon.

Die Comancheros machten sich ebenfalls für die Abfahrt bereit. Sie hoben die riesigen Lasten, wobei sie ihre Knie als Stützen benutzten und Arme und Körper als Hebel. Grunzend, brüllend und fluchend warfen sie die Lasten auf die Rücken der Maultiere. Dann stemmten sie einen Fuß in die Flanke eines Tieres und zurrten die breiten Riemen aus geflochtenem Seegras fest, bis sie so eng saßen wie Damenkorsetts. Sie banden die Schwanzriemen der Packsättel unter den Pferdeschwänzen fest, um die Ladung zu stabilisieren, damit sie nicht nach vorn glitt. Diese Schwanzriemen schnitten den Tieren grausam ins Fleisch, und viele von ihnen bluteten.

Tafoya besaß jetzt die plumpen Karren, von denen der kleine Händler vor sieben Jahren geträumt hatte, als er in Sun Names Zelt saß und um Rachel feilschte, die weiße Frau. Er erinnerte sich mit einer gewissen Zuneigung an sie. Er hatte seinen Erfolg zu einem großen Teil ihr zu verdanken, ihr und dem Preis, den sie gebracht hatte.

Es wurde geflucht und gerufen und gesungen; Peitschen knallten, und man hörte das dumpfe Knallen von Stöcken, mit denen man den Maultieren auf die Flanken schlug. Man hörte das Brüllen von Tieren und das mahlende Kreischen der hölzernen Achsen. Und über allem konnte Wanderer das leise Bimmeln der Glocke an der *madrina* hören, dem Leittier.

»*Qué lío, amigo mio.* Was für ein wundervoller Aufruhr. Und die *madrina* steht still da, als ginge sie das alles nichts an. Du solltest dir für deine Herden auch eine *madrina* anschaffen, eine Leitstute.«

»Ja, damit jeder Mann sofort weiß, wo die Ponys sind, damit man sie um so leichter stehlen kann.«

»Mal ernsthaft, Wandering One. Die Maultiere lieben diese Stute mit der Glocke. Sie werden ihr überallhin folgen. Maultiere gehen die unglaublichsten Bindungen ein. In der Hinsicht sind sie wie Frauen. *Sin verguenzas.* Schamlos. Sie schenken ihre Zuneigung irgend jemandem, sogar einem, der tief unter ihnen steht. Wenn sie es tun, nimm dich in acht, *hombre.* Versuche ja nicht, sie zu verändern. Ihre Liebe ist so unverrückbar fest wie die Berge. Ich habe schon Maultiere gesehen, die ihr Herz an Fohlen und Hunde gehängt hatten. An Bisonkälber. In einem Fall sogar an eine Ente.«

Wanderer lachte.

»Wirklich. Die ganze Horde folgte dieser Ente, wohin sie auch ging. Sie sind wie Frauen, wundervolle Tiere. Störrisch, loyal, dumm. Genau wie Frauen.«

»Chino, schlag dieses *maldito* Maultier.« José zeigte herrisch mit seiner Reitpeitsche mit dem knöchernen Handgriff. »Das da. Schlag hart zu.« Er wandte sich wieder an Wanderer. »Aber wie Frauen werden sie verwöhnt und träge, wenn man sie nicht regelmäßig verprügelt. Meine Männer sind bereit aufzubrechen.« Tafoya streckte die rechte Hand aus, und Wanderer ergriff Tafoyas drahtigen Unterarm kurz unterhalb des Ellbogens. Tafoya tat es ihm nach und klopfte ihm mit der linken Hand nach Comanchero-Manier auf die Schultern. Dann stellte er sich auf die Zehenspitzen und schlang Wanderer die Arme zu einem *abrazo* um den Hals und umarmte ihn erst links, dann rechts.

»Wann werden wir uns wiedersehen, Ho-say?«

»Im nächsten Jahr um die gleiche Zeit, *amigo.*« Er betrachtete nachdenklich die steil aufragenden Felsen der Umgebung. »Und nächstes Jahr werde ich da oben in den Felsen eine kleine Höhle bauen. Das wird ein Lagerraum mit verbarrikadierten Fenstern und einem kleinen Dach. So kann ich meine Handelsware trocken und sicher aufbewahren, damit... sagen wir, keine Kojoten herankönnen. Und dann kann ich mich hier mit noch mehr Gruppen treffen. Vergiß nicht, *jefe,* was ich über die Pferde und Maultiere und das Vieh gesagt habe. Du mußt viele Rinder stehlen. Wenn du mir Vieh bringst, werde ich dir Pistolen mitbringen.«

»Nicht einfach nur Pistolen. Trommelrevolver.«

»*Entendido, amigo.* Verstanden. *Dios te lleve, y la virgen y todos los santos!* Möge Gott dich tragen!« rief er. Als er am Ende seiner zerlumpten Karawane losritt, winkte er noch mal mit ausholender Geste und machte eine Bewegung, die entfernt an das Kreuzzeichen erinnerte.

Wanderer ritt los, um Naduah zu suchen. Sie und Gathered Up beluden gerade das letzte Maultier. Die geschwungenen Holzrahmen des Packsattels paßten so genau auf die Satteldecken aus Rohleder, daß kein Sattelgurt nötig war. Gathered Up reichte Naduah die Gepäckstücke, die diese fest verschnürte. Die beiden arbeiteten gut zusammen. Der Vorgang des Umziehens war von ihnen zu einer solchen Perfektion gebracht worden, daß jeder Handgriff saß und keine überflüssige Bewegung nötig war. Beide wußten, wo jeder kleine Gegenstand am besten Platz fand.

Lance führte sein Pony langsam über den Lagerplatz und rief die Anweisungen für den Marsch aus. Wanderer war mit Tafoya und dessen Händlern so beschäftigt gewesen, daß er noch gar keine Gelegenheit gehabt hatte, Naduah zu erzählen, wohin die Reise gehen sollte. Er ritt jetzt neben ihr her, als sie die Prozession vom Cache Creek wegführten. Wie gewohnt trug sie seine Lanze und sein Schild.

»Lance sagt, daß der Pease River unser Ziel ist«, sagte sie.

»Ja. Ich glaube, daß wir in diesem Herbst dort jagen werden. Er liegt zwischen dem Land der Quohadi und dem der *Tenawa*. Dort gibt es Bisons.«

»Es ist schönes Land.«

»Dann bist du einverstanden?«

»Ja, natürlich. Warum sollte ich nicht?«

»Vielleicht gefällt dir ein anderer Ort besser.«

»Nein. Ich bin überall glücklich, solange du bei mir bist. Und ich glaube, zwischen dem Cimarron und Mexiko schon alles Land gesehen zu haben.«

»Ich nehme an, ich bin ein Wanderer.« Er lächelte. »Wie du weißt, habe ich mehr als nur einen Grund.«

»Welchen Grund hast du noch außer der Tatsache, daß du eigenes Territorium haben willst und gern umherstreifst?«

»Ich mache mir Sorgen, Händler könnten dich eines Tages finden und versuchen, dich zurückzubringen. Oder es den Soldaten erzählen. Ich möchte es ihnen so schwer wie möglich machen, dich in die Hand zu bekommen.«

»Kein Mensch wird mich fangen. Die haben vergessen, daß es mich überhaupt gibt. Eine Bitte habe ich allerdings.«

»Und die wäre?«

»Ich möchte den Winter mit meiner Familie verbringen, mit Pahayucas Gruppe. Ich möchte Takes Down The Lodge und Medicine Woman und Sunrise wiedersehen. Und Something Good und Weasel. Ich möchte ihnen unseren Sohn zeigen.«

»Wir werden diesen Winter in ihrem Lager verbringen.«

42

Wanderer starrte die Bilder an, die mit Holzkohle auf das zusammengefaltete Stück Rinde gezeichnet waren. Er hatte es in der größten Pappel gefunden. Es hatte in einer Spalte gesteckt, die ein Beil zurückgelassen hatte.

»Pahayuca plant, am Canadian River zu überwintern. Das ist gut. Wenn wir uns in diesem Winter langweilen, können wir die Wagen überfallen, die nach Santa Fé unterwegs sind.«

»Hier ist eine Spur.« Naduah stieg ab, um sie sich anzusehen. Die Hufabdrücke befanden sich in der Nähe der Pappel am Rande des gewundenen Pfades, den ein umziehendes Dorf zurückgelassen hatte. »Sie sind vor erst zwei Tagen hier gewesen, am Morgen.« Sie wischte etwas von dem Sand beiseite, der auf den von Pferdehufen zertrampelten Grashalmen eingetrocknet war. Die spröde Schicht aus Sandkörnern bedeutete, daß das Gras vor Morgentau naß gewesen war, als die Hufabdrücke hinterlassen wurden. Und seit zwei Morgen hatte es weder Regen noch Tau gegeben.

»Pahayuca reitet immer noch seinen Braunen. Das Pferd mit den großen Füßen«, sagte Naduah. »Der Braune wird es aber nicht mehr lange machen. Er fängt an, den linken Vorderhuf stärker zu belasten.« Naduah starrte die Hufspuren an. Tränen traten ihr in die Augen. Der runde Hufabdruck in dem weichen Sand brachte eine Flut von Erinnerungen zurück. Dieser Hufabdruck war für sie genauso vertraut wie die Nähte an der Spitze ihres Zelts.

Als sie in das verlassene Lager hineinritten, wußten sie sofort, daß es zuletzt vom Volk benutzt worden war, obwohl die Kiowa ebenfalls offene Waldungen bevorzugten. Die Feuerlöcher hatten einen Durchmesser von 37,5 Zentimetern statt der gewohnten sechzig. Und jeder runde Zeltstandort wies vier größere Löcher auf statt der gewohnten drei, wo die Hauptstangen gesteckt hatten. Naduah konnte schon aus einiger Entfernung allein nach dem Muster der Zeltstangen sagen, ob ein Lager von Kiowa oder vom Volk bewohnt war. Wenn die Kiowa-Frauen ihre kleineren Stangen gegen die drei größeren lehnten, bildeten sie dort, wo sie aus dem Abzugsloch herausragten, eine Spirale. Die Zeltstangen des Volkes waren gleichmäßig zwischen den vier Hauptstangen angeordnet.

Naduah gab Wind die Sporen und ritt Wanderer davon.

»Frau, wohin willst du?« rief er hinter ihr her.

»Ich will sie sehen. Beeil dich!« Er lachte und preßte Night gehorsam die Knie leicht in die Flanken. Das Pony galoppierte los, um sie einzuholen, und der Rest der Gruppe beschleunigte ebenfalls das Tempo. Bei dem Gedanken an die bevorstehenden Reisetage schnitt Wanderer eine Grimasse. Mit ihrer Eile würden Naduah und Star Name um ihn und Deep Water und Wolf Road herum die Zelte abbauen, während sie frühmorgens noch schliefen. Es würde keinen Frieden und keine Ruhe geben, bis sie Pahayucas Gruppe und ihre Familie fanden.

»Star Name, komm schon!» rief Naduah und ruderte mit den Armen. »Sie sind nur zwei Tage vor uns.« Star Name galoppierte heran, worauf die beiden mit dem Wind um die Wette galoppierten und über die Hügel dahinjagten. Mähnen und Schwänze ihrer Ponys standen waagerecht in der Luft. Naduah stand auf Winds Rücken.

»Ich gebe dir einen Vorsprung«, rief sie Star Name zu.

Wanderer schüttelte den Kopf, als er sie in der Ferne kleiner werden sah. Naduah war eine gute Mutter, aber zum Glück hielt auch Wears Out Moccasins ein Auge auf Quanah, der jetzt vor ihr im Sattel saß. Schon bald würde er alt genug sein, selbst auf einem Pony zu reiten, wenn man ihn festband.

Die Gruppe aus Frauen und Mädchen, die sich in der Nähe von Takes Downs Zelt versammelt hatten, war größer als gewohnt. Sie behaupteten, sie hätten sich eingefunden, um gemeinsam zu arbeiten, doch es wurde nicht viel Arbeit geleistet. Handarbeiten lagen vergessen auf Tierhäuten, die überall verstreut lagen. Ahlen steckten in halbfertigen Nähten. Halbfertig gegerbte Häute lagen herum, darauf die Schabmesser. Die meisten waren jetzt schon aus Metall, ebenso die Ahlen und die Nadeln. Und manche Kleider der Frauen wurden bereits aus dem blauweiß gestreiften Drillich und dem roten Baumwollstoff der Händler gemacht. Die Blusen wurden schnell faltig und schmutzig, aber die Frauen mochten ihre fröhlichen Farben.

Die meisten saßen in einem Kreis um den kleinen Quanah. Das Bewußtsein, Hahn im Korb zu sein, stieg ihm zu Kopf. Er krabbelte herum, lachte jeden an und setzte sich in den roten Staub, der an seinem nackten Hinterteil festklebte. Wenn er seine pummeligen Arme ausstreckte und lächelte, konnte keine der Frauen seinen funkelnden schiefergrauen Augen widerstehen. Er wanderte von Hand zu Hand, und die Frauen sagten ihm, wie gut er aussehe.

Wenn er dieses Spiel nicht mehr mochte, half ihm die achtjährige Weasel aufzustehen. Dann ließ er sich vor Freude kreischend rückwärts auf den nächsten breiten Schoß zurückfallen. Weasel half ihm auf die Beine, und er ließ sich wieder hinfallen, bis alle Frauen mit ihm lachten. Sein Lachen war ansteckend, und die warme Sonne wirkte berauschend. Für Dezember war es ungewöhnlich mild.

Naduah und Black Bird, Star Name und Something Good sahen Takes Down The Lodge bei der Arbeit zu. Sie warteten darauf, daß sie mit dem Zeichnen des Umrisses von Naduahs Zeltwand fertig wurde. Die Zeltwand wurde über einen Holzrahmen gespannt, damit sie die Umrisse so zeichnen konnte, wie sie sich bei aufgebautem Zelt präsentieren würden. Mit einem geschälten Weidenstock als Lineal und einem schmalen, flachen Stück Knochen als Bürste zeichnete sie mit schwarzer Farbe sorgfältig die Linien nach, die sie zuvor mit ihrem angespitzten Zeichenstock markiert hatte.

Naduah stand mit einem Wasserbeutel aus Magenhaut daneben, um die Haut anzufeuchten, während ihre Mutter arbeitete. Medicine Woman erhitzte mehr Wasser, um es mit den pulverisierten Mineralfarben zu verühren. Das heiße Wasser ließ sie besser haften. Medicine Woman hielt Stöcke nach Gefühl ins Feuer und hielt die Handfläche hoch, um die Hitze zu prüfen.

»Fertig.« Takes Down trat einen Schritt zurück, um ihre Arbeit zu prüfen. »Helft mir, sie zu senken.« Die anderen ergriffen den Rand der schweren Zeltwand und zogen sie auf den Erdboden, wo sie sie ausbreiteten. Während die schwarze Farbe trocknete, verrührten die Frauen große Mengen gelben Pulvers zu einer dünnen Paste. Sie brauchten recht viel davon, um die riesige Sonne auszufüllen, die Takes Down gezeichnet hatte. Als Behälter für die Farbe verwendeten sie alles, was sie finden konnten – eiserne Pfannen, große Schildkrötenschalen, Hornbecher, Beutel aus Magenhaut. Das Sonnenmuster hatte einen Durchmesser von einem Meter sechzig, und am Rand der Sonne strahlten vier schwarze Linien in die vier Himmelsrichtungen aus. Zwischen den geraden Linien liefen gezackte Muster um das Sonnenbild herum. Sie stellten die Sonnenstrahlen dar. Jede Frau benutzte die Art Bürste, die sie bevorzugte. Black Bird verwendete immer eine weichgekaute Weidenrute, während Naduah das Ende eines Hüftknochens bevorzugte. Die löcherige Struktur des Knochens ließ die Farbe glatt fließen. Takes Down füllte die größeren Felder aus, indem sie die Farbe durch einen hohlen Knochen blies. Star Name und Something Good rieben sie mit Bäuschen aus Bisonhaar in die feuchte Haut ein. Sie rieben fest, damit die Farbe in die Oberfläche des Leders eindrang.

Wears Out Moccasins und Medicine Woman rührten den Leim an, der die Farbe in der feuchten Haut fixieren sollte. Neben ihnen lag ein riesiger Stapel von Blättern des Feigenkaktus, die sie zwischen flachen Steinen zerstießen. Der hervorquellende klebrige Saft würde dem aufgemalten Muster beim Trocknen Glanz verleihen und wasserundurchlässig machen. Blocks The Sun, Pahayucas erste Frau, war zu schwergewichtig, um sich über die Zeltwand zu beugen, so daß sie ihren Beitrag in der Nähe von Medicine Woman und Wears Out Moccasins leistete. Sie war dabei, getrocknete kleine Rehhufe auf einem langen Lederriemen aufzureihen. Naduah würde sie dann an die höchste Zeltstange hängen, wo sie im Wind fröhlich klappern würden.

Die Frauen unterhielten sich bei der Arbeit. Sie hatten zwei Jahre Klatsch und Tratsch nachzuholen und verloren keine Zeit. Als sie ihnen zuhörte, hatte Naduah das Gefühl, als hätte sie das Dorf ihrer Mutter nie verlassen. Sie fühlte sich diesem Leben zugehörig wie früher.

»Heute ist ein Späher von Old Owls Gruppe angekommen«, sagte Takes Down. »Sie werden bald hier sein, um mit uns zu überwintern.«

»Dann ist er von seiner Reise zum Haus des Großen Weißen Vaters in Wah-sin-tone zurück?«

»Ja. Und wie ich höre, soll er die größten Lügen erzählen, die man je gehört hat. Santa Ana droht, seinen Namen in Easop zu ändern, Liar. Sehr unterhaltsame Geschichten. Wir werden uns diesen Winter nicht langweilen.« Takes Downs Haar war von feinen grauen Strähnen durchzogen, die wie Bleistiftlinien wirkten. Doch sonst war sie sich ziemlich gleich geblieben. »Im Frühling wollen Old Owl und Santa Ana und Pahayuca sich mit den Häuptlingen aus Wah-sin-tone treffen. Dann gibt es mehr Geschenke für uns.«

Die Vorstellung, so viel mit den Weißen in Berührung zu kommen, verursachte Naduah Unbehagen, aber sie schwieg.

»Wirst du den Winter über bei uns bleiben, Naduah?« fragte Something Good.

»Natürlich.«

»Sag nicht natürlich«, rief Medicine Woman aus. »Wie wir hören, bleibt ihr Noconi nie mehr als einen Tag oder zwei an einem Ort.«

»Noconi?« Star Name und Naduah sagten es wie aus einem Mund.

»Ja. Hast du es noch nicht gehört, Enkelin? So wird Wanderers Gruppe genannt. Die Wanderer.«

»Die Wanderer, Noconi, das gefällt mir«, sagte Star Name. »Es paßt.«

»Sie nennen uns die Noconi.«

»Ich habe davon gehört«, sagte Wanderer. Auf der anderen Seite des Ledervorhangs, der das Zelt teilte, konnten sie den tiefen Atem von Gathered Up hören. Angesicht seiner vielen Arbeit und der langen Stunden, die er reitend und spielend mit den anderen Jungen verbrachte, fiel es ihm abends nicht schwer einzuschlafen.

»Mein Goldhaar, ich bin unruhig. Die anderen Männer auch. Wir wollen die Wagen überfallen, die am Canadian River entlangfahren. Vielleicht haben sie die neuen Gewehre bei sich.«

»Ich werde mit dir kommen.«

»Was ist mit den kleinen grauen Augen? Willst du unseren Sohn im Stich lassen?«

»Ihn im Stich lassen!« Naduah legte behutsam eine Hand auf Quanahs Rücken, der zwischen ihnen schlief. Er hatte die Beine bis zur Brust hochgezogen, und sein Hinterteil wackelte unter der Bisonrobe. »Den halben Tag weiß ich nicht mal, wo er ist. Weasel bettelt darum, sich um ihn kümmern zu dürfen, und spielt den größten Teil des Tages mit ihm. Und Takes Down The Lodge kann ihn Wears Out Moccasins kaum aus den Armen reißen. Sie und Medicine Woman gehen los, um Kräuter zu sammeln, und er reitet vor der einen oder anderen mit im Sattel. Es sind mehr als genug Frauen da, die sich um ihn kümmern. Außerdem ist Star Name schwanger, und nach diesem Kind wird sie Raubzüge nicht mehr mitmachen können.«

»Ich habe nicht gesagt, daß Star Name mitkommen kann.«

»Natürlich kann sie das. Sie ist meine Schwester. Sie kann besser schießen als Skinny And Ugly.«

»Laß bloß niemanden hören, was du da sagst.«

»Stimmt es etwa nicht? Und schieße ich etwa nicht auch besser als Skinny And Ugly?«

»Doch, das tust du.« Wanderer seufzte. »Warum habe ich nicht Red Foot geheiratet? Sie liegt Buffalo Piss nie in den Ohren, daß er sie auf Raubzüge mitnehmen soll. Und sie schlägt ihn auch nie beim Wettrennen.« Naduah schlug leicht mit ihrem Kissen aus Rehhaut nach ihm.

»Du hattest einen Dorn im Fuß.«

»Ich würde gern glauben, daß das der Grund war, weshalb du gewonnen hast. Na schön. Haltet euch nur möglichst weit hinter den Männern.«

»Wanderer, du brauchst dir keine Sorgen zu machen. Niemand wird mich rauben und dir stehlen.«

»Solange ich am Leben bin, werden sie es nicht.«

Die Planwagen wurden nach der Durchquerung des Sumpfes in der Nähe eines Nebenflusses des Canadian River neu gruppiert. Der letzte Wagen, dessen blaue Ladeflächenwände und hellrote Räder mit rötlichbraunem Schlamm bedeckt waren, rumpelte das Flußufer hinunter auf die Furt zu. Die Neigung war so steil, daß der Wagen hinunterzustürzen und kopfüber ins Wasser zu rollen schien. Seine Bremsen ließen ein hohes, mahlendes Kreischen hören, als sie an den blockierenden Rädern entlangrutschten.

Die Männer, die den Fluß soeben durchschritten hatten, schoben ihren Wagen durch den von den Vorderleuten aufgewühlten Schlamm. Die ersten Wagen hatten sich durch den roten Sand in den darunterliegenden blauen Lehm gewühlt und alles mit rötlichem Schlamm bedeckt. Die Männer stemmten die Schultern gegen die riesigen Räder und grunzten und fluchten, als sie knietief in dem dicken Brei steckten. Andere Männer schnitten Unterholz und warfen es in die Wagenspuren, um den Rädern besseren Halt zu geben.

Es war ein kleiner Treck, wie er im Handel mit Santa Fé noch üblich war. Es war zudem der letzte aus der Stadt vor Einbruch des Winters, der die Stadt mit eisiger Faust umklammern würde. Die Händler hatten es eilig, ihre elf großen Pittsburgh-Wagen nach Kansas City und damit in Sicherheit zu bringen. Jeder der Pittsburghs wurde von zehn oder zwölf Maultieren gezogen und konnte bis zu fünftausend Pfund Ladung transportieren.

Die Eisenwaren und Stoffballen, die sie nach Westen transportiert hatten, waren gegen Felle und Rohhölzer, gegen Silber und Gold von den neuen Minen südlich von Santa Fé ausgetauscht worden. Die neueren Händler der Gruppe hatten auch *mulas* dabei, Ware, auf der sie am Ende der Handelssaison sitzengeblieben waren. Und dann waren da noch die Vorräte, die jeder Mann für die zweimonatige Reise brauchte: Für jeden fünfzig Pfund Mehl und Speck, zehn Pfund Kaffee und zwanzig Pfund Zucker, dazu Bohnen und Salz und Knusperkekse, die harten, flachen Biscuits, die manche Männer Cracker nannten.

Die *remuda* von Reserve-Maultieren trottete hinter den Wagen her. Die Tiere versuchten, sich etwas von dem wilden Roggen zu schnappen und an Mesquitbohnen zu knabbern. Schon jetzt waren ihre unbeschlagenen Hufe glattgerieben und begannen, auf dem schlüpfrigen trockenen Gras auszurutschen. Man hörte das mißtönende Knarren und Kreischen von Geschirren und Ketten, das Läuten von Glocken und das Knallen von Peitschen, da jeder der Fahrer sich bemühte, an die Spitze der Karawane zu kommen. Niemand wollte hinterherfahren und in dem Morast der vorderen Räder und Hufe ausrutschen oder in einer Staubwolke ersticken.

»Alles bereit!« Der Ruf wurde von denen aufgenommen, die schon fertig waren, sich in Bewegung zu setzen.

»Karawane auseinanderziehen!« Der Führer versuchte, die Ordnung aufrechtzuerhalten, doch das war eine undankbare Aufgabe. Jeder Mann war der Meinung, man habe den Captain nur gewählt, um die Schmutzarbeit zu machen und andere herumzukommandieren.

»Aufschließen! Hep!« Die Rufe hallten in der Luft wider, während die Treiber ihre Tiere antrieben. Gewehrschüsse waren zu hören, da die Männer in den vorderen Wagen auf Klapperschlangen schossen, die sich über den Weg schlängelten. Einem der Wagen war eine Haut waagerecht an die Seite genagelt worden. Die Haut war gegerbt und gestreckt und von matter Kupferfarbe. Es war Menschenhaut. Die Männer des Trecks waren irgendwo Indianern begegnet, entweder auf dieser Fahrt oder bei der Anreise von Kansas.

Von einem hohen Bergrücken am Canadian River hatten Wanderer und seine Gruppe die Wagen schon seit Meilen näherkommen sehen. Deren geblähte weiße Planen sahen aus wie Segel auf dem Meer. Die Krieger waren für ihren Empfang gerüstet. Sie hatten die Schwänze ihrer Ponys hochgebunden und sich ihre Roben um die Hüften geschlungen. Jeder von ihnen trug Kriegsbemalung und hielt Lanze und Streitaxt, Schild, Bogen und Pfeile bereit. Wer ein Gewehr besaß, hielt es leicht in der Armbeuge.

Es wurde nicht gesprochen. Jeder wußte, was er zu tun hatte. Sie hatten es schon Hunderte von Malen getan. Wanderer hielt seine Kriegspfeife zwischen den Zähnen, bereit, das Signal zum Angriff zu geben. Der Zeitpunkt war perfekt. Seine Kriegertruppe von fünfzig Männern war den fünfundzwanzig weißen Augen überlegen. Und die Männer unter ihnen waren zu sehr mit ihren Wagen und dem Schlamm beschäftigt, um sie auch nur zu bemerken, wie sie oben auf dem Hügelkamm im Schutz des dichten Buschwerks warteten. Wanderer ließ auf seiner Knochenpfeife einen schrillen Pfeifton ertönen, den Schrei eines Adlers im Sturzflug.

Die Krieger griffen in einer engen Keilformation an und ließen ihr Kriegsgeschrei hören, als sie den Berghang hinunterflogen. Naduah und Star Name hatten sich von der Erregung anstecken lassen. Sie ritten schreiend hinter den Männern her. Die Händler sahen, daß keine Zeit blieb, die Wagen zu einer Wagenburg zusammenzuziehen. In panischer Eile rissen sie so viele Holzkisten und Fässer und Stoffballen von den Wagen herunter, wie sie nur schaffen konnten. Sie nahmen hinter ihnen Deckung, wobei sie ständig schrien. Der heulende Schlachtruf des Volkes sollte jedes einzelne Nackenhaar beim Gegner vibrieren lassen, sein Herz wie wild pochen und seine Tiere durchgehen lassen. Der Schrei war meist erfolgreich. Unten bei den Wagen herrschte völliger Aufruhr.

»Verdammte Scheiße, Jungs. Ich habe meinen Ladestock zerbrochen. Hat jemand einen übrig?«

»Mein Gewehr ist verschlammt!«

»Der Teufel soll das Scheißding holen!« Len Williams drehte sein Gewehr um und schüttelte es. »Ich habe die Kugel ohne Pulver reingestopft.« Es war nicht das erstemal, daß er sich Comanchen gegenübersah, aber es war wie immer ein unbehagliches Erlebnis.

Es gab einander wild widersprechende Befehle, da jeder das Kommando zu übernehmen versuchte. Doch das blieb folgenlos. Gegen das Kriegsgeheul der Krieger, das Stampfen der Pferdehufe, das Wiehern der Tiere und den Lärm der verschiedenen Waffen konnte sich ohnehin niemand Gehör verschaffen. Die meisten der Krieger bildeten einen riesigen Ring, der die Reihe der Wagen umkreiste und mit jeder präzisen Umdrehung näherkam. Schließlich geriet ein Teil des Rings in Reichweite der Gewehre. Die Krieger ließen sich an der Seite ihrer Ponys heruntergleiten und benutzten sie als Schilde, während sie unter den Hälsen der Tiere schossen. Auf der anderen Seite des Rings gerieten sie wieder außer Reichweite, wo sie im Reiten ihre Waffen nachluden. Wanderers Männer verhöhnten die Händler. Sie ritten rückwärts oder standen auf ihren Tieren und machten ausholende obszöne Gesten. Sie riefen Beleidigungen und forderten ihre Gegner heraus.

Der siebzehnjährige Wolf Road, Star Names Bruder, konnte sich nicht beherrschen. Er brach aus dem Ring aus und galoppierte direkt auf die Wagen zu und stürmte durch den gezackten gelben Rand der Mündungsfeuer an der Barrikade aus Kisten. Sein Schlachtruf hörte sich eher an wie das Jaulen eines Welpen, dem man auf den Schwanz getreten hat, doch hielt er unbeirrbar seinen Kurs. Er glitt an der nach außen gewandten Seite seines Ponys herunter und ritt einmal in jeder Richtung vor der Barrikade entlang. Er wiederholte seine Darbietung noch zweimal. Bei seinem letzten Ritt beugte er sich auf die dem Feuer ausgesetzte Seite seines Pferdes herunter. Er zog sein Messer aus dem Gürtel und schnitt im Vorübergehen einem der Maultiere den Schwanz ab. Mit einem Triumphgeheul schwenkte er die blutige Trophäe über dem Kopf, als er sich wieder dem herumwirbelnden Ring von Reitern anschloß.

Während die anderen die Händler beschäftigt hielten, ritten Wanderer, Deep Water sowie eine kleinere Gruppe los, um den letzten Wagen zu untersuchen, der im Schlamm steckengeblieben war, sowie den vorletzten, der bis zu den Achsen im Fluß stand. Ihre Fahrer hatten die Wagen im Stich gelassen, als sie die ersten Schlachtrufe hörten. Sie verschwanden unter den Wagen vor ihnen, als ihnen die ersten Kugeln und Pfeile um die Füße pfiffen.

Jetzt durchwühlte Wanderer die Ladeflächen, um nach Waffen zu suchen. Er fand ein altes Gewehr und reichte es Naduah. Sie wartete geduldig, als wäre dieser Überfall nichts Besonderes für sie. Die anderen begannen, Beutestücke auf die Reservetiere zu laden, die Star Name und Naduah mitgebracht hatten. Dann verschaffte sich Wanderer einen Überblick über das, was sich vor ihnen abspielte.

Es war ein offenkundiges Unentschieden. Wenn der Kampf noch lange weiterging, würden weitere Männer Wolf Roads kühnen Vorstoß nachmachen, und dabei konnte jemand verlorengehen. Es war weit schlimmer, einen Mann zu verlieren, als ohne Skalps zurückzukehren. Und sie hatten eine Menge Beute gemacht und die Reservepferde und -Maultiere der Händler an sich gebracht. Es war an der Zeit, sich aus dem Staub zu machen.

»Wanderer«, rief ihm Naduah von der Ladefläche des Wagens zu, bei dessen Entladung sie half. »Was ist mit denen hier?« Sie hielt einen blaßgelben Metallbarren in jeder Hand, Goldbarren.

»Laß sie liegen. Sie sind zu weich für Kugeln. Nimm aber das Blei.« Als er sah, daß die beiden Frauen und Deep Water fertig waren, ließ er wieder einen schrillen Pfiff ertönen. Die Krieger begannen, ihre magische Einkreisung aufzulösen. Sie folgten Wolf Road, der auf das zerklüftete Gelände im Süden und die Staked Plains zuritt.

Durch sein Teleskop sah Len Williams sie wegreiten. Überall um ihn herum hörte er, wie die Männer ihre Erleichterung hinausschrien und johlten. Sein Partner sah zu ihm herüber.

»Was glotzt du eigentlich da, Len? Glaubst du etwa, diese Rotbäuche werden zurückkommen?«

»Nein, ich glaube, daß wir sie los sind, Bill. Aber da war etwas Merkwürdiges mit ihren Hütejungen. Ich glaube, es waren Frauen. Und eine von ihnen sah weiß aus. Ich könnte sogar schwören, daß sie eine Weiße war.«

»Und wer kann sie deiner Meinung nach sein?«

»Ich habe keine Ahnung. Aber mein Nachbar unten in Limestone County sucht immer noch nach seiner kleinen Nichte. Die Nichte, die, oh, vor zehn Jahren oder so geraubt wurde. Parker heißt sie.

Cynthia Ann Parker. Es gibt Gerüchte, daß man sie hier oben gesehen hat.«

»Unsinn. Die Nation der Comanchen muß inzwischen zur Hälfte weiß sein, wenn man an all die Kinder denkt, die sie im Lauf der Jahre gestohlen haben.«

»Du hast vermutlich recht.« Williams drehte sich um, um bei der Wiederbeladung der Wagen zu helfen. »Trotzdem kann es nicht schaden, es James Parker zu erzählen, wenn ich ihn das nächste Mal sehe.«

Es war Mitte März 1846. Es zeigten sich ein paar erste, winzige Knospen, ein Adler flog nach Norden, vereinzelte Kribbelmücken schwirrten, und in der Luft war ein schwacher warmer Hauch zu spüren. Naduah war dabei, vor ihrem Zelt eine Haut mit dem Schabmesser zu bearbeiten. Dog, die inzwischen so alt war, daß sie auf Reisen immer auf einem Travois lag, ruhte in der Morgensonne. Sie folgte den Strahlen mit den Blicken, als sie durch den Windschutz aus Buschwerk sickerten, das um das Zelt herum aufgebaut worden war.

Quanah spielte gerade eins seiner Lieblingsspiele mit ihr. Auf seinen krummen Beinen taumelte er immer zu Dog hinüber und warf sich ihr zärtlich auf den Rücken, wobei er mit einem Grunzen die Luft aus ihr herausdrückte. Mit einem gequälten Seufzer stand Dog auf, schüttelte ihn ab und begab sich zu einer anderen Stelle. Sie rollte sich so eng wie möglich zusammen und sah Naduah vorwurfsvoll an. Quanah lachte und trottete hinter ihr her. Das Kind war neuerdings kaum noch zu bremsen, und so war Naduah froh, Weasel zu sehen.

»Weasel, rette Dog. Eines Tages wird sie noch die Geduld verlieren und ihn beißen.«

Weasel hob Quanah auf. Er war fast ein Jahr alt und groß für sein Alter. Für eine Neunjährige wurde es allmählich eine unhandliche Bürde.

»*Tameh-tsi*, teurer kleiner Bruder, möchtest du die Geschichte hören, wie der Grashüpfer seinen schönen Mantel bekam?« Weasel setzte sich neben Dog in die Sonne und nahm Quanah auf den Schoß. Der Hund warf ihr einen dankbaren Blick zu.

Beim Kratzen konnte Naduah hören, wie Weasels Mutter, Something Good, die gleiche Geschichte mit den gleichen Wörtern und mit den gleichen Änderungen erzählte. Und Quanah würde abends darauf bestehen, seinem Vater auf den Schoß zu klettern, wenn dieser nach Hause kam, und seine eigene unverständliche Version davon wiedergeben.

Naduah lauschte der Geschichte so konzentriert, daß sie die Schritte nicht hörte. Und sie bemerkte den Mann erst dann, als sein Schatten auf die Tierhaut fiel, die sie vor sich auf der Erde festgepflockt hatte. Aus den Augenwinkeln sah sie, wie Weasel hinter dem Windschutz verschwand und einen protestierenden Quanah hinter sich her zog. Dog stand steifbeinig auf. Ihr Rückenfell stellte sich zu einer Bürste auf. Sie ließ ein tiefes, kehliges Knurren hören.

Das erste, was Naduah sah, waren seine Stiefel. Sie waren groß und staubig. Das Leder war aufgesprungen, da es in der heißen texanischen Luft immer wieder naß geworden und dann getrocknet war. Sie musterte den Mann, blickte an seinen zerknitterten, ausgebeulten Hosen hoch, die von langem Gebrauch und durch unbequemes Reisen ganz fleckig geworden waren. Der Mann wandte der Sonne den Rücken zu, und um seinen Kopf stand ein Strahlenkranz von Licht. Sie kniff die Augen zusammen, um sein Gesicht zu erkennen, und legte sich einen Arm an die Stirn, um die Augen zu beschirmen. Als der Mann sprach, begann Dog hysterisch zu bellen.

»Cynthia Ann. Hör zu. Ich bin ein Freund. Freund.« Len Williams klopfte sich auf die Brust. »Ich bin gekommen, um dich nach Hause zu bringen.«

Seine Worte kamen ihr wirr und unverständlich vor, zugleich jedoch vage und besorgniserregend vertraut. Sie wippte auf den Fersen zurück und zog das Abziehmesser aus der Scheide. Sie erinnerte sich an Cub, der eines Tages spurlos verschwunden und wie vom Erdboden verschluckt war. Vielleicht war es die Erinnerung, vielleicht war es die Sonne, die ihr hell in die Augen schien, aber plötzlich flossen Tränen. Der weiße Mann würde sie nicht einfach so mitnehmen. Sie würde ihn töten. Len Williams machte einen neuen Anlauf.

»Cindy Ann, erinnerst du dich noch an deinen Namen? An deine Mutter? Und deinen Onkel James? Sie wollen, daß du wieder bei ihnen zu Hause lebst.« Es funktionierte nicht. Sie war eine Wilde geworden. Eine Wilde mit Mann und Kind. Aber es mußte Cynthia sein. Sie hatte diese durchdringenden blauen Augen der Parkers. Und an ihrer Nase und dem Kinn war etwas von ihrer Mutter zu erkennen. Sie war eine gutaussehende Frau. Aber hier hockte sie über einer stinkenden Bisonhaut wie irgendeine beliebige überarbeitete Squaw im Dorf. Sie war nicht besser dran als eine Sklavin. Sie trug ihr Haar in Zöpfen, und ihr Gesicht war scheußlich bemalt. Die Sonne hatte sie so schwarz gebrannt, als wäre sie so ein Niggerweib. Williams musterte sie, um Narben, blaue Flecken, Anzeichen von

Mißhandlung zu erkennen. Dann bemerkte er die Tränen, die ihr über die Wangen strömten.

»Prügeln sie dich, Cynthia? Haben sie gedroht, dir weh zu tun, wenn du mit mir sprichst?« Er kauerte sich hin, um ihr Gesicht besser zu sehen, und sein übelriechender, verschwitzter Gestank überspülte sie. Sie sprang auf und rannte los wie ein aufgescheuchtes Reh. Ihr Hund biß William kräftig ins Bein, bevor er hinter ihr herrannte. Williams schüttelte den Kopf und humpelte auf Pahayucas Zelt zu, wo die Männer des Rats auf ihn warteten. Die Verhandlungen wurden wieder aufgenommen. Immerhin war er jetzt einigermaßen sicher, daß sie tatsächlich das vermißte Parker-Mädchen war. Und selbst wenn sie es nicht war, verdiente sie es, von diesen schauerlichen Lebensbedingungen befreit zu werden.

»Häuptling, ich werde dir zwölf Maultiere geben statt zehn und alle Waren, die ich noch übrighabe.« Das stellte einen Gesamtwert von etwa dreihundert Dollar dar. Teuer. Williams zweifelte nicht daran, daß Pahayuca auf Zeit spielte und versuchte, den Preis so weit wie möglich in die Höhe zu treiben. Pahayuca versuchte noch einmal in holprigem Spanisch, dem weißen Mann mit den schlechten Manieren die Situation zu erklären. Er spielte auf Zeit, da er darauf wartete, daß Wanderer von seinem Jagdausflug zurückkehrte.

»Ich kann sie nicht verkaufen. Sie gehört ihrem Mann. Und ich sage dir, daß er sie nicht verkaufen wird. Ihr Vater oder ihre Mutter werden es auch nicht tun.«

Williams biß sich auf die Lippe. Ihre Mutter befand sich in Limestone County und nicht in einem Lager voller Heiden.

»Aber du bist doch der Häuptling. Du kannst ihren Mann dazu bringen, Vernunft anzunehmen. Oder laß sie mich einfach mitnehmen, dann laß ich die Waren und Tiere hier. Wenn ihr Mann sieht, welchen Preis sie gebracht hat, wird er sie schnell genug vergessen.«

Draußen wurde es unruhig. Man hörte Rufe und Hufgetrappel und das Klappern von Pfeilen in Köchern, als Männer von ihren Pferden stiegen. Wanderer schlenderte ins Zelt, gefolgt von Spaniard, Deep Water, Sore-Backed Horse und Sunrise. Gathered Up blieb bei den Ponys. Er und sein Pferd waren völlig außer Atem. Er war dem Jagdtrupp entgegengeritten, um den Männern von dem Angebot des weißen Mannes zu erzählen. Dann hatte er sein Pony dazu getrieben, mit letzer Kraft mit den anderen Schritt zu halten, als sie auf das Dorf zugaloppierten.

Wanderers Zorn schien das Zelt genauso zu erfüllen wie seine

Körpergröße. Die fünf Männer setzten sich und lauschten schweigend, während Pahayuca die Lage erklärte. Er sprach schnell, denn er sorgte sich darum, daß Wanderer in seiner Wut die Regeln der Gastfreundschaft verletzen könnte. Noch nie hatte er Wanderer in den fünfundzwanzig Jahren, in denen er ihn kannte, so zornig gesehen. Nicht einmal damals, als er losgeritten war, um den Tod seines Freundes und Bruders zu rächen.

Wanderer nahm die Pfeife. Er machte sich nicht die Mühe, sich auf Spanisch oder in der Zeichensprache verständlich zu machen. Es war ihm gleichgültig, ob der weiße Mann ihn verstand oder nicht. Er hatte ohnehin nicht viel zu sagen.

»Wenn dieser Mann heute abend nicht mit seinen Maultieren und seinem Tand verschwunden ist, werde ich ihn töten. Wenn er Naduah oder meinen Sohn anrührt, werde ich ihn töten.«

»Sprich nicht vom Töten, *Ara*, du Neffe, den ich liebe wie einen Sohn. Dieser Mann hat unter meinem Dach um Gastfreundschaft gebeten. Ihm darf kein Haar gekrümmt werden«, sagte Pahayuca.

»Dann achte darauf, daß er dein Dach nicht verläßt.«

Die im Kreis versammelten Männer des Rats schnappten nach Luft. Im Rat durfte ein Mann nicht streiten.

»Ein Mann, dem wir in diesem Dorft Gastfreundschaft gewähren, darf nicht getötet werden. Willst du meine Ehre vernichten, mein Sohn?« Pahayuca sagte es mit sanfter Stimme. Wanderer wußte aber, daß ihre Ansichten unversöhnlich waren. Er sprach, um die Spannung zu lösen. Dieser stinkende weiße Mann war nicht den Verlust der Würde wert, den es mit sich bringen würde, wenn er sich mit Pahayuca stritt.

»Ich werde ihn nicht töten, Onkel. Ich will aber auch nichts mehr davon hören, daß Naduah verkauft wird, die Mutter meines Sohnes.« Er stand auf, zog seine Robe um sich und verließ das Zelt. Seine Freunde folgten.

Am nächsten Tag waren die Noconi, die Wanderer, verschwunden. Die Kreise, auf denen ihre Zelte gestanden hatten, waren entblößt und zertrampelt. Sie waren aufgebrochen, ohne jemandem Bescheid zu sagen, und kein Zeichen wies darauf hin, zu welchem Ziel sie aufgebrochen waren. Doch sie hinterließen überall in der Wildnis ihre Spuren, als Wanderer und seine Männer weiße Siedlungen überfielen. Und wohin er auch kam, suchte Wanderer nach Repetierpistolen, von denen er so besessen war. Er wußte, daß sein Volk ohne sie nicht überleben konnte.

Die weißen Männer hatten auch Probleme damit, Pistolen in die Hand zu bekommen. Sie wurden nicht mehr hergestellt. Im November 1846 begab sich Sam Walker nach Osten, um einige davon zu suchen. *Wenn die Leute nur nicht so steif wären wie ihre Hemdkragen und ihre Bettwäsche. Vielleicht brauchen sie Stärke für ihr Rückgrat*. Nach den Texanern kamen sie ihm schwach und langweilig vor. Passanten hatten ihn angestarrt, als er in seiner Lederkleidung und seinen mitgenommenen Mokassins durch die Straßen Washingtons spaziert war. Er hatte das Gefühl, als hätte man ihm alles entwunden, was er kannte und womit er sich wohlfühlte, und ihn in einem fremden Land abgesetzt. Selbst die Sprache kam ihm fremdartig vor. Und die Politiker. Möge mich der Himmel vor ihnen bewahren, dachte er. Er hatte nur einen begrenzten Vorrat an Geduld, der allmählich zur Neige ging. Das Schicksal der Menschen draußen in der Wildnis hing von diesen Leuten im Osten ab, und die hatten keinerlei Vorstellung davon, wie es dort aussah.

Walker war zu seinem Haus in Maryland und zum Farmland außerhalb von Washington zurückgekehrt. Er war dort, um seine Familie zu treffen und seine Ernennung zum Captain in dem vor kurzem aufgestellten Regiment der United States Mounted Rifles entgegenzunehmen. Die Vereinigten Staaten hatten Mexiko den Krieg erklärt.

»Und solange du zu Hause bist, Sam«, hatte Zachary Taylor gesagt, »rekrutiere Soldaten für uns und bestell ein paar von diesen Repetier-Pistolen, von denen du und Hays so geschwärmt habt.« Der General war einen Augenblick lang nachdenklich geworden, was bei ihm nur selten vorkam. Er kratzte sich das dünne Haar an den Seiten seines viereckigen Gesichts. »Wir werden alle Hilfe brauchen, die wir nur bekommen können. Die Mexikaner haben an der Grenze mehr Truppen stationiert, als wir in der gesamten US-Armee besitzen.«

»Ja, Sir.« Walker wandte sich zum Gehen und versäumte es, wie gewohnt zu grüßen.

»Noch eins, Sam. Versuche, dich wie ein Soldat aufzuführen. Trag deine Uniform. Du bist jetzt in der Armee der Vereinigten Staaten. Und nicht bei dieser schmutzigen Bande rüpelhafter Landstreicher. Diesen Rangers.«

Sam grinste ihn an und ging, ohne sich zu äußern oder zu salutieren.

Jetzt saß er in seinen fleckigen und staubigen Lederhosen und weichen Mokassins da. Er kratzte sich den linken Fuß durch das Loch in der Schuhsohle. Seine blaue Dragonermütze mit dem goldenen Adler und dem R auf dem weichen Schirm lag auf dem Schreibtisch vor ihm. Seine engsitzende Uniformjacke mit den Goldknöpfen und den glänzenden Schulterstücken hing im Haus seiner Mutter. Er hatte sie nie getragen.

Samuel Walker befand sich in Samuel Colts Büro in New York City. Falls man es überhaupt ein Büro nennen konnte. Es war ein schäbiges Kabuff in einem heruntergekommenen Teil der Stadt. Die Wände waren mit vergilbten und eingerissenen Plakaten geschmückt, auf denen für Schnupftabak, Medikamente und politische Kandidaten geworben wurde. Draußen vor dem schmutzigen kleinen Fenster ratterten schwere Wagen über die mit Kopfsteinpflaster belegten Straßen, und Sam hörte die schrillen Schreie der Straßenverkäufer.

War Washington mit seinen ungepflasterten Straßen, halbfertigen Gebäuden und weitläufigen Schlammfeldern schon schlimm genug, war New York City weit schlimmer. Samuel Morse hatte seinen Telegraphen erst vor zwei Jahren vollendet, doch schon jetzt hingen Elektrodrähte auf den Hausdächern. Eine Wolke von Kohlenrauch hing ständig über der Stadt, und die Luft war von dem Gestank des Kots tausender Zugtiere zum Schneiden dick. Und die Straßen waren von riesigen Wagen und Menschenmassen verstopft.

Walker hatte die Füße hochgelegt und stützte sich mit den Mokassins an den Sprossen eines geraden hölzernen Küchenstuhls ab. Die einzigen anderen Möbelstücke in dem Büro waren die Stühle, auf denen er und Sam Colt saßen, und der zerkratzte alte Schreibtisch. In seiner Tasche hatte Walker den Brief, den Colt ihm vor zwei Monaten voller Verzweiflung geschrieben hatte.

> »Ich habe soviel von Colonel Hays' und Ihren Erfolgen mit den von mir erfundenen Waffen gehört, daß ich schon lange den Wunsch hege, Sie persönlich kennenzulernen und aus Ihrem Munde zu erfahren, wie sich meine Waffen in verschiedenen Gefechten mehr als üblich bewährt haben.
>
> Alte Offiziere unserer Armee haben so tiefverwurzelte Vorurteile gegen Veränderungen bei alten und wohlbekannten Kriegsgeräten, daß es mir bislang noch nicht gelungen ist, meine Waffen in einem Umfang einzuführen, der für beide Seiten gewinnbringend wäre.«

Der letzte Satz war eine meisterhafte Untertreibung. Sam Colt machte keine Gewinne. Er war bankrott. Seine Waffenwerkstatt war stillgelegt, und die wenigen noch vorhandenen Revoler hatten sich Männer geschnappt, die nach Texas wollten. Sam Walker hatte Colt von deren Erfolg mit seinem Revolver in der Schlacht am Pedernales beschrieben, als die Männer siebzig Comanchen in die Flucht gejagt hatten. Gleichzeitig hatte er einige Veränderungsvorschläge gemacht, welche die Waffe verbessern würden.

Colt hatte überall nach einem Exemplar des Paterson-Revolvers gesucht, den Walker erwähnt hatte. Er brauchte ihn, um die vorgeschlagenen Veränderungen zu demonstrieren. Es ließ sich jedoch kein Exemplar mehr auftreiben, nicht mal vom Erfinder der Waffe. Schließlich hatte er einen Waffenmeister beauftragt, ein Exemplar nachzubauen. Es lag jetzt zwischen ihnen neben Sams Dragonermütze. Walker nahm den kleinen Revolver und wog ihn in der Hand.

»Er müßte schwerer sein, damit wir ihn notfalls auch als Keule benutzen können. Und er könnte ein größeres Kaliber vertragen, mindestens vierundvierzig. Und könnten Sie ihn mit einem Abzugsbügel versehen?«

»Aber gewiß. Ohne Schwierigkeit.« Colt beugte sich vor, jetzt ganz auf Geschäft eingestellt. Seine vorstehenden braunen Augen wurden fast fanatisch, wenn er von seiner Erfindung sprach. Sein buschiges Haar war genauso unordentlich wie seine Orthographie.

»Und Sie müssen das Schloß vereinfachen, so daß der Abzug auch bei nicht gespanntem Hahn sichtbar ist.«

Colt nickte und beugte sich tief hinunter, um besser zu sehen.

»Und außerdem: Warum machen Sie nicht gleich eine sechsschüssige Waffe daraus statt einer fünfschüssigen? Und der Lademechanismus sollte einfacher sein, damit man auch zu Pferde nachladen kann.«

»Das läßt sich machen.«

»Taylor wünscht eintausend Stück davon. Sofort. Für die Truppen in Mexiko. Wann können Sie sie uns liefern?«

»Also, Sam.« Colt ließ sich in seinen Stuhl zurückfallen und fuhr sich mit den Fingern durch das struppige Haar. »Da gibt es ein Problem.«

»Welches?«

»Ich habe keine Waffenwerkstatt mehr. Keinen Ort, an dem ich sie herstellen kann. Aber ich werde mir etwas einfallen lassen. Ich kenne einen Mann, der Jaeger-Gewehre herstellt. Er hat eine Werkstatt in

Connecticut. Leistet wirklich gute Arbeit. Alle Teile seiner Waffen sind standardisiert und austauschbar, und er setzt sie in mehreren Arbeitsgängen zusammen. Es ist ein brillantes Konzept. Ich wünschte, es wäre mir eingefallen. Mit anderen Worten: Seine Leute stellen erst all die Läufe und dann alle Abzugshähne her. Das bedeutet, daß er irgendwann alle Waffen auf einmal fertig hat, statt eine nach der anderen herzustellen.«

»Hört sich gut an. Glauben Sie, daß er Sie für die Revolver mit neuen Werkzeugen und Maschinen ausstatten wird?«

»Ich kann ihn dazu bringen. Er heißt übrigens Whitney. Eli Whitney. Ich werde ihm noch heute schreiben.«

»Diese Idee mit austauschbaren Teilen gefällt mir. Wir werden das in den Vertrag aufnehmen. Und Ersatzteile brauchen wir auch. Und Werkzeuge. Und Munition. Kegel, Schrauben, Gußformen, Kolben, Schraubenzieher, Schraubenschlüssel, Kammerstengel, all diese Dinge.«

Colt schlug mit der Handfläche auf den Schreibtisch.

»Verdammich, Mann, ich bin wieder im Geschäft!« Dann sank er wieder in seinen Stuhl zurück. »Vielleicht.«

»Wo ist das Problem?«

»Die Armee.«

»Aber Zachary Taylor ist doch der Mann, der sie haben will.«

»Das Wort Zachary Taylors ist bei den Politikern, die hier im Osten das Sagen haben, nicht mal einen Berg Pferdeäpfel wert.«

»Ich werde sehen, was ich tun kann.«

Walker ging mit dem Auftrag für die Revolver, seiner überzeugenden Zunge und der engen Uniformjacke, die er verabscheute, zu Präsident Polk. Er zeigte, zu welchen Opfern er bereit war, wenn seine Männer nur die Revolver erhielten. Der Auftrag wurde genehmigt.

Dann brach er nach Baltimore und Fort McHenry auf, um den zweiten Teil seiner Mission zu erledigen, nämlich Truppen für den Konflikt mit Mexiko zu rekrutieren. Während seines Aufenthalts dort skizzierte er ein Bild von der Schlacht am Pedernales, das ihn auf einem schwarzen und El Diablo Hays auf einem weißen Pferd zeigte. Es schickte die Zeichnung an Colt, der danach einen Prägestempel anfertigen ließ. Die Szene fand sich später auf der Trommel jedes der dreiundzwanzig Zentimeter langen und viereinhalb Pfund schweren sechsschüssigen Trommelrevolver wieder, der Walker-Colts.

Schließlich kehrte Walker in das umkämpfte Gebiet zurück, um seine Texaner nach Mexiko zu führen. Sie waren ein wild aussehender Haufen mit riesigen, zottigen Bärten und zerlumpten Kleidern. Das einzige Uniforme an ihnen war der Staub, der sie bedeckte, und die Colt-Revolver, die sie an den Hüften trugen. Sam war dreißig Jahre alt, als er starb. Als er einen Angriff auf Huamantla anführte, wurde er von einer Lanze durchbohrt.

43

Unter Old Owls Freunden hatte die Zeit ihren Tribut gefordert. Er sah sich unter denen um, die übrig waren, und dachte an die, die gestorben waren. Many Battles, Snake, Spirit Talker waren bei dem Massaker am Gerichtsgebäude umgekommen. White Robe. Sein Gesicht war von den Pocken des weißen Mannes vernichtet worden. White Horse war unter den Hufen eines Bisons gestorben, als sein Pony in dem Loch eines Präriehundes gestolpert war.

Die Unterhaltung strömte über Old Owls Kopf hinweg, und er war damit zufrieden. Er rauchte, hörte zu und dachte nach. Seit seiner Rückkehr aus Washington gab es viel Stoff zum Nachdenken. Er wußte, daß sein Volk ihm nicht glaubte, wenn er ihm von den Städten des weißen Mannes erzählte. Und er fühlte sich manchmal schrecklich einsam. Wie ein Mann, der eine großartige Vision vom Paradies gesehen hat und dennoch dazu verdammt ist, an eine trostlose Welt gekettet zu bleiben. Manchmal bezweifelte er selbst, was er gesehen hatte. Und er fragte sich, ob er diese wundervolle Reise tatsächlich gemacht oder nur geträumt hatte.

Er wollte wieder zurück, um mehr von den Wundern der weißen Männer zu sehen. Er und die anderen Häuptlinge, die als Vertreter anderer Gruppen und Stämme mitgekommen waren, hatten mitangesehen, wie ein Metallschlüssel Botschaften hinaustickte. Schon bald, so hatten die weißen Männer versichert, würden sie sich über viele Tagesreisen hinweg in Sekundenschnelle verständigen können. Kein Wunder, daß sein Volk ihm nicht glaubte. Wie konnte jemand so etwas glauben? Und dabei hatte er es mit eigenen Augen gesehen.

An der Tür regte sich etwas, und dann tauchte das breite Hinterteil eines Pferdes auf, das rückwärts in das Rauchzelt tänzelte. Die alten

Männer sprangen auf, schrien und schoben das Tier hinaus, bevor es den Fußboden beschmutzte. Die Jungen ließen sie niemals in Ruhe. Kaum war eine Gruppe für solche Späße zu alt geworden, erreichte eine andere das gefährliche Alter. Es hatte kein Ende. Old Owl drängte sich an dem Pferd vorbei, das in der Verwirrung nervös auskeilte, und blickte hinaus. Natürlich erwartete er nicht, jemanden zu sehen. Die meisten Dorfbewohner schliefen. Und die Jungen blieben nie so lange, daß man sie schnappen konnte.

Aber der Übeltäter war noch da und lachte in der Dunkelheit. Old Owl kniff die Augen zusammen, um besser zu sehen. Als seine Augen sich an die Dunkelheit gewöhnt hatten, erkannte er die weißen Umrisse eines Brustkorbs, der in dem bleichen Mondschein sanft zu glühen schien. Der Übeltäter war kein Junge, sondern ein Mann, der sich auf ein glänzendes, neues Springfield-Gewehr stützte.

»Guten Abend, Großvater.«

»Wee-lah!« Old Owl begann zu weinen. Seine Lippen zitterten, und ihm rollten Tränen über die Wangen. Er packte Cub um die Hüfte, und preßte den Kopf an die Brust seines Enkels. »Bear Cub, du bist wieder da.« Dann trat er zurück und ging um ihn herum, um ihn zu inspizieren.

Nach und nach erschienen die anderen Männer. Jeder von ihnen umarmte Cub und klopfte ihm auf den Rücken. Viele von ihnen mußten sich auf die Zehenspitzen stellen, um ihn zu umarmen. Mit seinen siebzehn Jahren war John Parker fast einen Meter neunzig groß und breitschultrig. Er hatte in den letzten fünf Jahren unzählige Klafter Holz gespalten. Und obwohl er jeden Splitter davon gehaßt und das Holzhacken als Frauenarbeit verflucht hatte, die es in seinen Augen war, hatte es ihm gutgetan. Seine Muskeln spielten unter dem goldenen Flaum auf Armen, Brust und Rücken. Er streckte seine Hand aus, um Santa Ana in dessen gewaltigen Bauch zu pieksen.

»Wir haben einen harten Winter vor uns. Santa Ana hat viel Fett gespeichert.«

Santa Ana ergriff eine Handvoll der Haare auf Cubs Brust.

»Und du läßt dir ein besonders dickes Fell wachsen wie dein Namensvetter, Bear Cub. Es wird tatsächlich einen kalten Winter geben.«

»Das hier sieht wie Sanacos Pferd aus, Cub.«

»Es ist auch meins«, knurrte Sanaco.

»Es war eine Kleinigkeit, es zu stehlen«, sagte Cub bescheiden.

Sanaco hob den Haltestrick und führte sein Pony weg. Die anderen

Männer riefen Gute Nacht und gingen ebenfalls. Jeder begab sich zu seinem Zelt, um zu schlafen. Cub folgte Old Owl ins Zelt und duckte sich in dem niedrigen Eingang. Er erinnerte sich daran, daß er erst nach links gehen und im Kreis um das Feuer herumwandern mußte. Dann setzte er sich davor und wartete, während sein Großvater nach seiner Pfeifenschachtel griff. Santa Ana hatte die Pfeife sorgfältig verstaut, bevor er das Zelt verließ.

»Laß mich das tun, Großvater.« Cub nahm die mit schweren Fransen besetzte Schachtel und lächelte, als das fast vergessene Klirren der Metallglöckchen ertönte. Er zog den langen Stiel aus Pappelholz aus seiner schmalen Tasche, die an der Außenseite des Beutels festgenäht war, und schob ihn in das Loch an dem vorspringenden Fuß der Pfeifenschüssel aus Speckstein.

Cub langte in einen der Beutel und schmierte sich die Finger mit Bisonfett ein. Dann schüttete er in die Schildkrötenschale etwas getrocknete Weidenrinde, zerkrümelte sie mit den Fingern und vermischte sie mit dem Bisonfett, damit sie besser brannte. Darauf fügte er einen gleich großen Teil von gedrehtem Arikara-Tabak aus Mexiko und etwas duftenden Salbei hinzu. Die großen Tabakblätter waren schon in lange Streifen geschnitten und zu Krümeln zerstoßen worden. Cub vermengte alle Bestandteile, bis sie gut vermischt waren. Die Weidenrinde allein hatte einen bitteren Geschmack, und sein Großvater würde es merken, wenn Cub bei der Mischung achtlos war.

Cub stopfte den Tabak fest und reichte die Pfeife an Old Owl zurück und zündete sie mit einem glühenden Holzscheit an, das er zwischen zwei grünen Zweigen hielt. Old Owl sog den Rauch genußvoll ein, und eine zarte Rauchwolke kräuselte sich um seine große Nase und entwich nach oben. Der alte Mann seufzte und sah zu, wie der Rauch durch das Abzugsloch den Sternen zustrebte.

»Du hast eine neue Pfeife, Großvater.«

»Ja. Die alte ist geplatzt. Die hier ist aber sehr gut.« Old Owl nahm sie aus dem Mund und betrachtete sie, als sähe er sie zum erstenmal. »Something Good hat sie für mich gemacht. Der Stiel ist aus einem Stück, nicht gespalten und ausgehöhlt und zusammengeklebt. Something Good steckte einen spitzen Wurzelstock in ein Loch, das sie an einem Ende gebohrt hatte. Dann verstopfte sie das Loch und hielt dieses Ende in die Nähe des Feuers. Der Wurzelstock bohrte sich bis zum anderen Ende durch das weiche Holzmark, um der Hitze zu entgehen. Sehr schlau.« Old Owl gab die Pfeife zurück und gähnte. Er knetete sich die arthritisch geschwollenen Finger und Handgelenke.

»Daß ich dich noch einmal gesehen habe, bevor ich sterbe.«

»Du redest schon seit Jahren vom Sterben. Dabei siehst du genauso aus wie an dem Tag, an dem ich dir weggenommen wurde.«

»Das war der schlimmste Tag meines Lebens, mein Sohn. Zu wissen, daß du weggingst und daß ich nichts dagegen tun konnte. Ich höre deine Hilferufe noch immer. Ich habe monatelang geweint. Ich weine immer noch. Ich weine auch jetzt.« Er schnaubte laut und suchte in dem Gewirr von Dingen, die neben ihm lagen, nach einem Stück Stoff. Old Owl hielt keine sonderlich gute Ordnung, was seine Frau und seine Nichte davon abhielt, sein Rauchzelt zu betreten.

»Sie verstauen die Dinge irgendwo, und ich kann sie nie wiederfinden«, knurrte er. Er fand das Stück Stoff nicht und hielt sich schließlich eins seiner riesigen Nasenlöcher zu und blies durch das andere einen dicken Rotzklumpen auf den Lehmboden. Er wiederholte den Vorgang auf der anderen Seite und trat etwas Erde über die feuchten Stellen.

»Wie bist du hergekommen? Und wo hast du dieses Gewehr her? Hast du noch mehr bei dir? Du hast nicht zufälligerweise Kaffee mitgebracht, oder?«

»Eine Frage zur Zeit. Ich habe dir viele Geschenke mitgebracht. Ich wünschte, ich hätte das Gesicht meines weißen Onkels sehen können, als er sah, daß sein Gewehr, seine Lebensmittel, seine Küchengeräte und seine drei besten Pferde verschwunden waren.« Cub zögerte leicht beim Sprechen, da er nach Worten suchte, die er seit fünf Jahren nicht benutzt hatte. »Ich tat immer so, als würde ich mit meinem Onkel zusammenarbeiten. Er ist bei seinem Volk ein mächtiger, heiliger Mann. Aber ihre Religion ist völlig falsch. Großvater, wenn ich dir erzähle, wozu mich die weißen Männer gezwungen haben, würdest du mir nicht glauben.«

»Doch, das würde ich, Cub. Auch ich bin gereist. Sogar bis zu dem Haus des Großen Weißen Vaters in Wah-sin-tone. Aber sprich weiter. Ich werde dir später davon erzählen.«

»Sie haben mir die Haare abgeschnitten. Das ist ein Grund, weshalb ich bis spät nachts gewartet habe, um dich aufzusuchen. Ich schämte mich, mit kurzen Frauenhaaren durch das Dorf zu reiten.« Er fuhr sich verächtlich durch das Gewirr gelber Locken. »Im vergangenen Jahr weigerte ich mich, mir das Haar schneiden zu lassen. Ich sagte meinem Onkel, ich würde ihn töten, wenn er es berührte. Und im vergangenen Jahr war ich endlich groß genug, es zu tun.

Sie brachten mich dazu, unsere Mutter, die Erde, zu entweihen.

Wenn ich zu den Medicine Mounds reite, um mir eine Vision zu suchen, werde ich um Vergebung bitten. Ich werde alles tun, was ich tun muß, um wieder einer aus dem Volk zu sein.«

»Du bist noch immer einer aus dem Volk, doch daß du auch ein Krieger bist, mußt du beweisen. So wie jeder andere junge Mann.«

»Ich weiß. Ich habe soviel Zeit verloren.«

»Das hat dich noch nie bremsen können.«

»Ich habe versucht, in Übung zu bleiben, aber es ist schwierig gewesen. Nimm doch nur deine Pfeife, zum Beispiel. Mein Onkel nennt heiligen Tabak Teufelskraut. Er will in seinem Haus nichts davon wissen. Und einen Bogen oder Pfeile habe ich seit fünf Jahren nicht mehr gesehen.

Fünf Jahre lang hatte ich das Gefühl, als würde ich durch eine dicke Staubschicht atmen und riechen und sehen. Das Leben der Weißen erstickt mich, raubt mir den Atem, verbrennt mich. Ich werde nie dorthin zurückkehren. Diesmal bin ich groß genug, gegen sie zu kämpfen.«

Cub dachte nach. Sein Haar glänzte, und die Spitzen schienen im Lichtschein des Feuers zu glühen. Er hatte alles ausgezogen bis auf seine schweren, selbstgemachten Hosen aus weicher Wolle. Er hatte den Hosenboden herausgeschnitten, um es beim Reiten bequemer zu haben. Seine Schuhe hatte er weggeworfen, da er das Lager lieber barfuß betreten wollte. Brust, Schulter und Rücken waren bleich. Die tiefe Bräune von Armen und Hals endeten in einem Kreis, wo der Hemdkragen und die aufgekrempelten Hemdsärmel die Haut geschützt hatten.

»Als ich durch das Dorf ging, habe ich das Zelt meines Vaters nicht gesehen.«

»Arrow Point hat uns verlassen. Er lebt jetzt bei den Quohadi. Es kommt mir so natürlich vor, dich wiederzuhaben, daß ich vergesse, wie lange du weggewesen bist. Es gibt so vieles, was du nicht weißt. Deine Schwester hat Wanderer geheiratet. Sie haben einen Sohn. Ich glaube, daß er inzwischen fast drei Jahre alt ist. Wenn man älter wird, Cub, vergehen die Jahreszeiten wie im Flug. Und für mich beginnen sie durchzugehen wie eine Bisonherde.«

»Von der Heirat meiner Schwester habe ich von einem Mann gehört, der versucht hat, sie freizukaufen. Er lebt in der Nähe meines weißen Onkels.«

»Viele der jungen Männer sind mit ihren Familien aufgebrochen, um mit Wanderer und seiner Gruppe zu leben. Wir nennen sie die

Noconi. Dein alter Freund Upstream ist übrigens hier. Er heißt jetzt Wolf Road. Die Gruppen im Norden streichen umher und überfallen die Weißen und machen uns allen Schwierigkeiten.«

»Dann billigst du ihr Verhalten nicht?«

»Billigen? Wie kann ich etwas billigen oder mißbilligen? Sie tun, was sie tun müssen. Ich verstehe ihre Gefühle. Doch wir von den Penateka müssen oft für ihre Raubzüge bezahlen. Unsere Gruppen sind groß, wenn auch nicht mal mehr halb so groß wie früher. Unser Land schrumpft wie Blätter in der heißen Sonne. Es schrumpft mit jeder Jahreszeit mehr und wird zunehmend von Wild entblößt. Man treibt andere Stämme in unsere Jagdgründe, und wir führen ständig Krieg mit ihnen.

Außerdem haben wir uns an die Waren der weißen Händler gewöhnt. Unsere Kinder betteln um Zucker, und unsere Frauen wollen die leuchtenden Farben und Stoffe haben. Wir können den weißen Männern nicht mehr aus dem Weg gehen. Sie sind so mächtig, daß wir sie nicht schlagen können. Die jungen Männer wissen das nicht, aber ich weiß es. Ich habe ihre Städte gesehen und ihre Medizin, und ich weiß, wie viele es von ihnen gibt.« Old Owls Augenlicht mochte zwar getrübt sein, doch seine Vision von der Zukunft war schrecklich klar. Sie hielt ihn nachts wach.

»Wanderers Gruppe ist klein«, fuhr er fort. »Sie sind ständig unterwegs. Sie verweigern jeden Kontakt mit den Weißen. Niemand kann sie fangen. Meist wissen nicht einmal *wir*, wo sie sich aufhalten. Und für die Weißen sind wir alle gleich. Sie bestrafen uns für die Raubzüge anderer, selbst wenn wir versuchen, der Straße des weißen Mannes zu folgen.« Old Owl gähnte wieder.

»Du bist müde, Großvater. Wir können morgen weitersprechen. Wir haben noch viel Zeit, uns zu unterhalten.«

»Na schön, mein Sohn. Schlaf hier bei mir.« Old Owl begann, in seinen Habseligkeiten nach zusätzlichen Bisonroben zu wühlen. Er warf sie über die Schulter auf den Fußboden, damit Cub sich ein Bett machen konnte. »Mein anderes Zelt ist voller Frauen und Kinder. Ich schlafe meist hier, um meine Ruhe zu haben. Wo sind die Geschenke, die du mitgebracht hast?«

»Ich habe sie draußen liegen lassen.« Cub wußte, daß sie dort sicher waren.

»Hast du einige von diesen runden gelben Scheiben mitgebracht, mit denen sich die weißen Männer Dinge kaufen?«

»Nein.«

»Wirklich schade. Erzähl es niemandem, aber ich hebe sie auf, um für eine neue Reise nach Wah-sin-tone zu bezahlen.«

Cub erstickte das Feuer, und dann glitten die beiden Männer unter ihre Roben.

»Enkel, ich bin froh, daß du wieder da bist.«

»Nicht so froh wie ich, wieder hier zu sein, Großvater.« Cub machte eine Pause. Er lauschte dem Schwirren von Insekten, dem fernen Heulen eines Kojoten, dem Wiehern eines Kriegsponys und dem Husten aus einem nahegelegenen Zelt. »Es ist gut, zu Hause zu sein. Ich habe dich sehr vermißt.« Er hatte kaum zu Ende gesprochen, da hörte er schon den tiefen Atem seines Großvaters und ein leichtes Schnarchen. Er wußte, daß das Schnarchen immer lauter werden würde, bis es die gespannte Zeltwand neben seinem Kopf zum Vibrieren bringen würde.

Cub brauchte nicht lange, um seinen Ruf im Dorf wiederherzustellen. Er war größer als alle anderen. Und obwohl die Männer des Volkes an Wildheit wiedergutmachten, was ihnen an Körpergröße fehlte, war Cub sowohl groß als auch wild. Er hatte den geschmeidigen, katzenhaften Gang eines großen, gefährlichen Tiers. Er setzte immer einen neutralen Gesichtsausdruck auf, einen Ausdruck, der keinem Gegner erlaubte zu raten, wie er auf einen Angriff oder eine Belästigung reagieren würde. Er hatte die weißen Augen seit Jahren genarrt und war ein Meister im Bluffen. Ohne daß ein Wort gesprochen wurde, erhielt er einen Platz im Leben der Gruppe und viel freien Raum, wenn er zwischen den Zelten umherschlenderte.

Wettbewerben im Bogenschießen ging er wohlweislich aus dem Weg, doch mit seinem Gewehr traf er besser als jeder andere. Er hatte Munition zum Üben gehabt, während die Männer von Old Owls Gruppe dafür keine hatten erübrigen können. Dafür hatten die meisten der Jungen, mit denen er aufgewachsen war, schon ihre Vision erhalten und waren Krieger geworden. Einige von ihnen zählten sogar Coups und hatten sich im Kampf bewährt. Die Geschichte von Wolf Roads heldenhaftem Ritt bei dem Überfall auf die Karawane im vorigen Winter hatte er schon gehört. Er wußte, daß er sich erst dann wieder wie einer aus dem Volk fühlen würde, wenn er mit den Geistern gesprochen hatte, die ihn lebenslang leiten und führen würden.

Er wartete unruhig und ruhelos darauf, daß seine Großtante, Old Owls Frau Prairie Dog, ihm ein paar Beinlinge machte, einen Lendenschurz und Mokassins. Im Dorf gab es keine, die für ihn groß genug waren. Und in der Kleidung der weißen Männer konnte er sich nicht zu der Begegnung mit seinen Geistern begeben.

Fast eine Woche, nachdem er Sanacos Pferd rückwärts in das Rauchzelt seines Großvaters getrieben hatte, lag Cub nachts wach. Auf der anderen Seite des Zelts hatte Old Owls Schnarchen seine größte Lautstärke erreicht. Doch das Schnarchen war es nicht, was Cub wachhielt. Es waren seine Gedanken. Er mußte losreiten, um sich eine Vision zu suchen, und dann Coups zählen. Er mußte sich im Kampf bewähren. Bis dahin wurde er in der Gruppe nur auf Widerruf anerkannt.

Draußen vor dem Zelt bewegte sich etwas, und schon wurde der Rand der Zeltwand hochgehoben. Cub griff nach dem großen Messer, das er stets neben dem Bett liegen hatte. Jemand von der Größe eines hochgewachsenen Jungen rollte unter der Zeltwand hindurch. Mit einer glatten Körperbewegung schlüpfte sie zu ihm unter die Decken. Die Robe, die sie getragen hatte, hatte sie vorher abgestreift.

»Manita, *Small Hand!*« Cub war verblüfft. Sie hatte ihn schon seit Tagen angestarrt, doch er war davon ausgegangen, daß sie ihn auslachte. Er konnte sich nicht vorstellen, daß sich irgendeine Frau für ihn interessieren könnte. Dazu fühlte er sich mit seiner häßlichen behaarten Brust, seinen kurzen, zerzausten Haaren und den vielen Sommersprossen auf Nase und Wangen viel zu unansehnlich. Das Mädchen legte ihm die schlanken Finger auf den Mund und brachte ihn zum Schweigen. Er führte ihr die Lippen ans Ohr.

»Alles in Ordnung«, flüsterte er. »Ich könnte hier im Zelt ein Gewehr abfeuern, und Old Owl würde es nicht hören.« Solange sie noch den Kopf so nahe hatte, nutzte er die Gelegenheit, an ihrem Ohrläppchen zu knabbern. Und dann, ohne nachzudenken, ließ er die Zunge in ihrem Ohr herumwirbeln. Sie kicherte und unterdrückte den Laut an seiner Brust, was ihm Schauer durch den ganzen Körper jagte. Er fuhr ihr mit der Hand zögernd über ihre runden, festen Hinterbacken und über ihren weichen nackten Körper. Er spürte die Gänsehaut, die seine Zunge verursacht hatte.

Cub hatte noch nie mit einer Frau geschlafen. Sein Herz pochte wild, und als seine Zunge den Gaumen berührte, hatte er das Gefühl, einen heißen Felsen zu lecken. Er war dankbar dafür, daß er sich still verhalten mußte. Er traute sich jetzt nicht zu, sprechen zu können. Er hatte vor dieser kleinen biegsamen mexikanischen Gefangenen mehr Angst als vor den Kriegern, die er bei seiner Ankuft wortlos und allein mit seinen Blicken eingeschüchtert hatte. Er war gewohnt zu kämpfen, überdies jederzeit dazu bereit und zudem ein guter Kämpfer. Doch das hier war anders. Sehr anders. Während seines Lebens bei den Weißen hatte er mehr als nur das Zielschießen versäumt.

Small Hand rollte sich auf ihn und preßte sich sinnlich an ihn, wobei sie mit den Hüften kaum sichtbare, aber drängende Drehbewegungen machte. Sie rieb die Wange in dem Haarteppich auf seiner Brust, und er ließ die Hände über ihren ganzen Körper gleiten und liebkoste jeden Hang und jedes Tal ihres geschmeidigen jungen Körpers. Er spürte, wie sein Schwanz sich regte und anschwoll und vor aufgestautem Verlangen pochend an ihre Hüfte stieß. *Was würden Onkel James und der ältere Daniel sagen?* Dieser boshafte, schadenfrohe Gedanke schoß ihm durch den Kopf, bevor er sich vollständig in ihr verlor. Sie drehte sich auf den Rücken und führte ihn, strich ihm mit den Fingern über die Eier und nahm seinen jetzt erigierten und harten Schwanz fest in die Hand. Sie spreizte ihre schlanken Beine und preßte die Eichel an sich und half ihr, in das enge, schlüpfrige, nasse Loch einzudringen. Er ächzte, als er spürte, wie sie sich eng um ihn schloß, wie ihre intensive Hitze ihn durchdrang und sich in seinen Lenden ausbreitete. Er hielt erschreckt inne, als er in ihr gegen einen gespannten Schild stieß. Er stützte sich auf die Ellbogen, um sie nicht mit seinem Gewicht zu ersticken. Er sah in ihr kleines rundes Gesicht und strich ihr über das dichte, gewellte schwarze Haar.

»Ist dies dein erstes Mal, Small Hand?« murmelte er.

»Ja. Die Frauen haben mir erzählt, daß es weh tut. Ich bin bereit.«

»Wie alt bist du?«

»Ich bin nicht sicher. Ich war sehr jung, als ich gefangengenommen wurde. Ein Baby. Ich lebe seit fast dreizehn Jahren beim Volk. Ich bin aber alt genug, um Kinder zu bekommen.«

»Du bist sehr schön.«

»Du auch, Bear Cub. Ich habe gehört, daß du schon bald aufbrechen wirst, um dir eine Vision zu suchen. Ich wollte zu dir kommen, bevor du wegreitest. Mehrere der jungen Frauen haben dauernd gestichelt, sie würden das lieber selber mit dir machen. Einen Mann wie dich haben sie noch nie gesehen. Du faszinierst sie. Aber ich sagte ihnen, daß ich ihnen die Nasen abschneiden würde, wenn sie dich nur ansähen.« Sie lächelte ihn wollüstig an, und er senkte das Gesicht, um sie sanft auf die Lippen zu küssen. Ihr Mund war voll und weich und eine Sekunde lang nachgiebig. Dann erwiderte sie den Kuß mit großer Wildheit. Sie liebten sich den Rest der Nacht zu der Musik von Old Owls Schnarchen. Als Cub schließlich kurz vor Tagesanbruch erschöpft und glücklich einschlief, schlüpfte Small Hand hinaus und war verschwunden.

Cub wurde früh von einer Hand geweckt, die seine Schulter schüttelte. Sein Großvater saß mit gekreuzten Beinen neben ihm und schüttelte ihn. Er hatte ein säuberlich zusammengefaltetes Paar Beinlinge, einen bemalten Lendenschurz und ein paar Mokassins mit Perlenstickerei auf dem Schoß.

»Willst du den ganzen Tag verschlafen?«

Cub warf die Decken zu Seite, und Old Owl zog seine riesige Nase kraus.

»Puuh. Was hast du heute nacht hier gemacht?«

Cub begann zu erklären, daß es nicht seine Schuld sei, daß er überrumpelt worden war, aber sein Großvater hielt eine Hand mit der Handfläche nach außen hoch und führte sie von links nach rechts. Das Stopzeichen in der Zeichensprache.

»Macht nichts. Ich weiß auch so Bescheid. Wir müssen hier im Zelt Salbei verbrennen, bevor wir jemanden hereinlassen können. Der Geruch der Liebe hat sich auf alles gelegt. Die Leute werden noch glauben, ich hätte mich hier mit Frauen amüsiert. Santa Ana würde mich mein Leben lang damit aufziehen.« Old Owl ließ die Kleider für seinen Enkel liegen und machte sich im Zelt zu schaffen. Er häufte grüne Salbeizweige auf das Feuer und röstete Fleisch zum Frühstück, während das knisternde Feuerwerk der grünen Zweige erstarb. Während er schimpfte, wandte er Cub den Rücken zu, damit dieser sein Lächeln nicht sehen konnte.

»Du willst jetzt aufbrechen, um dir eine Vision zu suchen, das wichtigste Ereignis deines Lebens, und du vergeudest deine Zeit mit Frauen.«

»Die Suche nach einer Vision mag das wichtigste Ereignis meines Lebens sein, Großvater, ich weiß aber auch, welches Ereignis den größten Spaß macht.« Cub gähnte herzhaft und stolperte zum Feuer. Seine Beine fühlten sich etwas weich und unsicher an. Er setzte sich geräuschvoll hin, kratzte sich die Brust und sah sehr selbstzufrieden aus.

»Eingebildeter Jüngling. Diese Dummheit! Nach dem Essen kannst du dich noch mal hinlegen. Dann werden wir über deine Reise sprechen.«

Cub, plötzlich hellwach geworden, setzte sich kerzengerade hin.

»Ich bin nicht müde. Ich möchte jetzt darüber sprechen und so schnell wie möglich aufbrechen.«

»Na schön. Sag mir, was du tun willst, mein Sohn.«

»Ich nehme nur wenige Dinge mit – eine Bisonrobe, eine Pfeife...«

»Ich habe eine Pfeife für dich.«

»Tabak und ein Feuerhorn. Ich trage nur einen Lendenschurz und Mokassins. Ich halte unterwegs viermal an, um zu rauchen und zu beten. Ich werde auf dem Südhang der Medicine Mounds bleiben, damit ich die Sonne auf- und untergehen sehen kann. Ich werde nichts essen, bis ich meine Vision gehabt habe.«

Old Owl gab Cub einen kleinen Lederbeutel.

»Das ist zerstoßene Weidenrinde. Es ist ein sehr starkes Abführmittel. Es wird deinen Körper reinigen und dich für deine Vision bereit machen. Und du wirst Eagle Feather reiten.«

»Eagle Feather ist dein Lieblingspony.«

»Nimm ihn. Und nimm auch dies.« Der alte Mann durchwühlte die Haufen und Bündel, die an den Zeltwänden lagen. Es war das, was sich in einem Menschenleben angesammelt hatte. Er zog eine abgenutzte Röhre aus Rohleder hervor und öffnete sie ehrfürchtig. Die Röhre war zerkratzter, als Cub sie in Erinnerung hatte, und schien auch kleiner zu sein, aber er erkannte sie sofort.

»Nein, Großvater. Dein heiliges Wolfsfell kann ich nicht annehmen.«

»Es ist Zeit für dich, es zu besitzen. Ich habe es dir vor langer Zeit versprochen. Ich brauche es nicht mehr. Und ich werde dir auch eins meiner Lieder geben. Hör genau zu.« Old Owl setzte sich mit dem Gesicht nach Osten vor dem Feuer zurecht. Er begann, seinen bevorzugten Medizingesang mit hoher, zitternder, dünner Stimme zu singen. Cub hatte sich das Wolfsfell auf den Schoß gelegt und hörte gespannt zu. Er konnte fast spüren, wie sich die Kraft des Wolfsfells auf ihn übertrug. Die hypnotische Wiederholung der Worte des Gesangs verstärkte das Gefühl. Es war das heiligste Lied seines Großvaters.

Am Nachmittag, als Cub die wenigen Dinge, die er mitnehmen wollte, am Sattelgurt befestigt hatte, umarmte Old Owl ihn. Cub war immer wieder überrascht, wieviel Kraft in dem sehnigen, gebeugten Körper seines Großvaters steckte. Old Owl hatte Tränen in den Augen, und er wischte sie mit einer Ecke seiner schmutzigen weißen

Weste ab, die inzwischen vor Alter farblos und fadenscheinig geworden war. Die weißen Haare auf seinem Kopf leuchteten silbern in dem hellen Sonnenlicht. Er sah alt und zerbrechlich aus, als Cub sich umdrehte, um ihn mit seinem Gewehr zu grüßen. Er nahm das Gewehr mit, um unterwegs jagen und sich schützen zu können. Es würde eine längere Reise werden als üblich. Nicht jeder nahm den weiten Weg zu den Medicine Mounds auf sich, um dort seine Vision zu suchen.

Er hatte das Dorf verlassen und ritt auf dem Pfad zum Fluß, als eine Gestalt aus dem Gebüsch trat.

»Bear Cub.« Small Hand sagte es mit leiser Stimme. »Ich wollte dir etwas geben, was du mitnehmen sollst.« Sie hielt eine Bisonrobe hoch, deren Gewicht sie taumeln ließ. Es war eine große Robe, aus zwei Häuten zusammengenäht. Eine schmale Linie roter Farbe verbarg die Nähte. Das Fell war sealbraun, und das dichte Unterfell war von langen Haaren durchzogen. Die Robe war wärmer als vier Dekken.

»Möge sie dich warmhalten, bis du zu mir zurückkommst und ich dich wieder wärmen kann.«

Cub rollte die Robe zusammen und band sie auf dem Rücken seines Ponys fest.

»Mein Herz ist froh, Small Hand. Wenn ich nachts darunter liege, werde ich an deine Wärme denken. Am meisten freut sich mein Herz aber über das Geschenk, das du mir letzte Nacht gemacht hast.« Er beugte sich von seinem Pony herunter, um sie leicht auf den Mund zu küssen. Dann richtete er sich auf und ritt langsam los.

Im März des darauffolgenden Jahres, 1849, verließ eine Armee-Expedition Torreys Handelsposten, der sich in einem alten Waco-Dorf etabliert hatte. Die Soldaten hatten Befehl, einen Weg für die Emigranten abzustecken, die zu den Goldfeldern Kaliforniens unterwegs waren, und eine Karte davon herzustellen. Ihr Kommandeur, der Indianer-Agent Robert Neighbors, versicherte sich der Hilfe der Penateka, die ihnen den Weg weisen sollten. Es war eine friedliche Expedition, die wegen Neighbors' Einfluß bei den Comanchen unbehelligt blieb.

Im April schlug die Gruppe in der Nähe einer kalten Quelle, die aus einem Kiesbett entsprang und einen Teich mit klarem Wasser bildete, bevor sie in den nahen Fluß mündete, ihr Biwak auf. Die hohe, wogende Prärie am Canadian River war zu jeder Jahreszeit ein großartiger Anblick, am eindrucksvollsten jedoch im Frühling. Eine Galerie von Hartholzbäumen ragte hoch über dem Lager auf. Die Luft war kühl und klar. Jeder einzelne Stern an dem weiten Himmel sah aus, als hätte man ihn poliert und behutsam an schwarzen Samt geheftet.

Die Pferde und Maultiere fraßen den dicken süßen Roggen. Jedes Tier hatte einen säuberlich gezogenen Kreis abgeerntet, genau den Radius, den der Haltestrick ihnen gab. Während »Major« Neighbors für die Truppe verantwortlich war, war Captain Randolph Marcy von der United States Army für die Marschordnung und das Lager zuständig. Er überließ nichts dem Zufall. Als zusätzliche Schutzmaßnahmen waren die kleinen A-förmigen Zelte in einem Halbkreis um die offene Seite der Weide herum aufgebaut worden. Die Weide selbst lag in einem weiten Rund, das durch die Biegung des Flusses begrenzt war. Ein Angriff von der Wasserseite her war unwahrscheinlich.

Nachdem Marcy die berittenen Wachen für die Herde und die Aussichtsposten auf der Kuppe eines Hügels über dem Lager aufgesucht und ihnen Wachsamkeit eingeschäft hatte, konnte auch er sich entspannen. Er zog geräuschvoll seinen hohen Klappstuhl auseinander. Es war ein kunstvolles Gebilde aus Eichenholz und Leinwand. Er sank mit einem Seufzer hinein und rollte sich eine Zigarette.

»Diese verrückte Erfindung da sieht aus, als wäre sie lebendig und würde dich gleich verschlucken, Randolph«, sagte Neighbors.

»Durchaus nicht. Der Stuhl ist sehr bequem. Und wenn man es auf diesen kleinen Spritztouren nicht bequem hat, wozu soll man sie dann machen?«

»Wenn Gott tatsächlich vorgehabt hätte, den Menschen in dieser öden Wildnis auf einem Klappstuhl sitzen zu lassen, hätte er uns nicht all diese schönen weichen Felsen zum Sitzen hingestreut.«

»Das nenne ich Leben, nicht wahr, Major?« Damit blies Marcy einen Rauchring aus. Auf der anderen Seite des Feuers fiel es John Ford schon weit schwerer, sich zu entspannen.

»Wie soll sich ein Mann bei diesem verdammten Lärm konzentrieren?« Er knallte die Bibel so fest zu, daß er dabei die Kerze ausblies, in deren Lichtschein er gelesen hatte. Old Owl war seit Stunden dabei, seine Medizin-Gesänge zu singen. Er lag flach auf dem Rücken und sang für den riesigen, sternenübersäten Himmel. Der Singsang ging Ford auf die Nerven.

»Sei bloß nicht so gereizt, Rip«, sagte Marcy.

»Ehrlich, Rip, Old Owls Gesang ist mir lieber als deine Vorträge über Alkoholabstinenz«, fügte Neighbors hinzu.

»Das Problem mit dir ist, daß du nicht genug trinkst«, warf Marcy ein.

»Ich trinke überhaupt nicht, und das weißt du genau. Das Trinken ist die Waffe des Teufels, mit der er uns von dem schmalen Pfad der Tugend abbringt.« John Ford hatte sich vor kurzem der Temperenzbewegung angeschlossen. Das war ein Grund mehr, gegen ihn zu sticheln.

»Jetzt hast du es geschafft, Marcy. Gib ihm bloß keinen Vorwand, Streit anzufangen.«

»Woher hast du eigentlich deinen Spitznamen, Rip?« Marcy wechselte das Thema.

»In Mexiko, während des Krieges. Es ist übrigens erst ein Jahr her. Ich war Adjutant. Ich hatte die schmerzliche Pflicht, die Familien der Männer zu benachrichtigen, die im Kampf gefallen waren. Natürlich beendete ich jeden Brief mit einem R.I.P, *Requiescat in Pacem*. Daher der Name.«

»Der paßt zu dir.« Neighbors zwirbelte seine buschigen Koteletten um die Finger.

Ford blickte in die Dunkelheit der warmen Aprilnacht hinaus, in Richtung der Quelle des Gesangs.

»Er rührt Erinnerungen an die Kindheit auf, dieser Häuptling«, sagte Ford. »An das Grunzen von Schweinen, die klagenden Töne eines einsamen Ochsenfroschs, das Brüllen eines kleinen Stiers.«

»Hört mal«, bemerkte Neighbors und legte eine Hand ans Ohr, als wollte er besser hören. »Die scheußliche Melodie eines tiefen Gongs. Das traurige Geheul eines hungrigen Wolfs, das zu dem Kollern eines liebeskranken Truthahns verebbt.«

»Kaum zu glauben, daß dieser ausgetrocknete alte Mann so ein wilder, brutaler Comanchenhäuptling ist«, sagte Marcy.

»Sie sind erstaunliche Leute, diese Comanchen«, sagte Neighbors. »Ich bin einmal Old Owl und Santa Ana und Pahayuca begegnet, sogar dieser Taugenichts Buffalo Hump war vor ein paar Monaten dabei.« Ford lächelte versonnen in sich hinein, als er an Buffalo Humps richtigen Namen dachte und daran, wie er und Wallace und Ben McCulloch ihn vor fast zehn Jahren umgetauft hatten. Neighbors fuhr mit seiner Geschichte fort.

»Bei der Gelegenheit konnte ich sie überreden, uns bei der Erkundung des Wegs zu helfen und die Wagenkarawanen in Ruhe zu lassen. Sie waren sehr aufgekratzt, diese Burschen. Wir saßen den ganzen Abend zusammen, aßen, rauchten und sprachen über Krieg und Pferde und Frauen. Am Ende, das muß ich sagen, hatten wir viel Verständnis füreinander.«

»Stehst du mit Old Owl auf so gutem Fuß, daß du ihn bitten kannst, das Maul zu halten, bevor ich ihm die Ohren an den Wagen nagele und ihm seine Stimmbänder in den Schlund stopfe?«

»Ford, seitdem du religiös geworden bist, hast du jeden Sinn für Humor verloren«, sagte Marcy milde.

»Es ist die Abstinenz, die ihn irgendwie aus dem Gleichgewicht bringt«, sagte Neighbors. »Religiös ist Rip schon immer gewesen. Du hast offenbar noch nie seine berühmte Sonntagsschul-Lektion über den Propheten Jeremia gehört.«

Marcy schüttelte in einer Wolke von Zigarettenrauch den Kopf.

John Ford machte ein ernstes Gesicht und legte die Hand auf seine zerlesene Bibel. Seine blaßblauen Augen, die hohe Stirn und die geschwungene römische Nase verliehen ihm das Aussehen eines Patriziers.

Marcy fuhr herum, als er einen Druck auf der Schulter spürte. Mit einer Reflexbewegung fuhr Fords Hand zur Hüfte, wo seine Revolver im Hosenbund steckten. Hinter Marcy stand ein gebückter Comanche mit einem gutmütigen Grinsen in seinem freundlichen Gesicht.

»Alles in Ordnung, Rip«, murmelte Neighbors. »Das ist nur Sanaco.«

Der Comanche hielt seine breite Handfläche zum Zeichen des Friedens hoch und brachte einen ziemlich zackigen Gruß zustande, den Marcy aus Gewohnheit ebensosehr wie aus Höflichkeit erwiderte.

»Sanaco«, sagte der Mann und zeigte auf seinen breiten Brustkasten. Er tippte sich mit einem schmutzigen Fingernagel auf den halbmondförmigen silbernen Brustschmuck, der dort baumelte.

»Marcy«, erwiderte der Colonel und schnippte sich gegen seinen Mantelknopf aus Messing. Plötzlich sprang der Comanche vorwärts und verpaßte ihm eine stinkende Umarmung. Sanaco erstickte ihn fast mit dem Gestank von Bärenfett, Schweiß und dem Bisonkot, den er sich zu diesem besonderen Anlaß ins Haar gerieben hatte. Sanaco hatte Marcy in seinem Klappstuhl hofhalten sehen und war davon ausgegangen, daß er eine Art Machthaber war.

»*Amigo*«, sagte er und zeigte erst auf sich und dann auf Marcy. »Nermenuh, *amigos, tabbay-boh*, Soldaten. Wir Männer des Volks sind Freunde der weißen Soldaten.«

»Wir sind Freunde des Volks.«

Sanaco gab Marcy ein Zeichen, näher ans Licht zu kommen. Er zog ihn mit einer Hand behutsam am Arm und holte mit der anderen ein schmutziges, zerknülltes Blatt Papier zwischen den Fransen und Falten seines Jagdhemds hervor. Ford war nervös. Seine Hand lag fest auf dem Revolver. Er hatte zu viele Jahre damit zugebracht, Comanchen zu verfolgen, um ihnen zu trauen. Marcy betrachtete die verblaßte, fleckige Handschrift auf dem Papier mit zusammengekniffenen Augen und achtete sorgfältig darauf, Ford nicht in die Schußlinie zu kommen, falls er feuern würde.

»Major, könnten Sie mir etwas Licht bringen?«

Neighbors zog ein brennendes Holzscheit aus dem Feuer und hielt es so, daß Marcy lesen konnte. Sanaco sah ihm mit besorgtem Gesichtsausdruck über die Schulter.

»Ist es ein Empfehlungsschreiben?« wollte Neighbors wissen. »Viele der Penateka tragen so etwas bei sich, um freies Geleit durch das Territorium zu bekommen.«

»Sieht so aus.« Marcy gluckste leise. Sanacos besorgter Gesichtsausdruck wurde noch besorgter.

»Das ist nicht gut?«

»Nicht so gut, wie es sein könnte, Häuptling. Hör zu.« Er las den Inhalt des Schreibens seinen zwei Freunden vor. »Der Inhaber dieses Papiers sagt, er sei ein Comanchenhäuptling namens Sanaco; daß er der größte Indianer und der beste Freund sei, den die Weißen je gehabt hätten, daß er sogar ein erstklassiger Bursche sei; ich halte ihn aber für einen verdammten Schurken, also nehmt euch vor ihm in acht.«

Marcy faltete das Blatt zusammen und gab es Sanaco zurück, der völlig vernichtet wirkte. Er zerknüllte das Blatt und warf es dann ins Feuer. Er wandte sich an Marcy und schüttelte ihm langsam und mit finsterem Gesicht dreimal die Hand. Dann starrte er ihn mit einem festen, ernsten Gesichtsausdruck an, verschränkte mit ihm die rechten Ellbogen und preßte beide Arme an die Seite. Dann wiederholte er den Vorgang mit dem linken Arm und sagte dabei mehrmals: *»Bueno, mucho bueno.«* Dann verschmolz er mit der Nacht und ließ drei lachende und kopfschüttelnde Männer zurück.

Pahayuca traf als letzter der Penateka-Häuptlinge ein. Nach seiner Ankunft waren alle bereit, sich mit Marcy und Neighbors zu treffen, um über Einzelheiten zu sprechen. Sie würden sich über die möglichen Routen unterhalten, über die Mahlzeiten und Geschenke, die sie für ihre Dienste als Kundschafter erhalten würden. Der Delaware-Kundschafter Jim Shaw war als Dolmetscher dabei.

Die Penateka-Häuptlinge gingen feierlich um das Feuer herum, das sie auf traditionelle Weise von links nach rechts umkreisten. Jeder von ihnen hatte zur Feier des Tages seine beste Kleidung angelegt. Sanaco hatte am Nachmittag zwei Stunden vor seinem Spiegel zugebracht. Er hatte sich jedes einzelne Haar von Gesicht und Körper gezupft. Als sie schließlich saßen und die einleitenden Höflichkeitsbezeigungen erledigt waren, erhob sich Old Owls Freund Santa Ana, um zu sprechen. Mit seiner Robe, die er sich wie eine Toga um den Körper drapiert hatte, und seinem klassischen Profil erinnerte er John Ford an einen Römer, der zum Senat sprach. Sein großes, gutmütiges Gesicht war ein Widerhall der Aufrichtigkeit seiner Worte.

Er begann damit, daß er den weißen Männern erzählte, wie das Volk einmal in dieses Land gekommen sei. Und wie gut dieses Land zu ihnen gewesen sei. Er lieferte einen detaillierten Bericht über ihren Lebensstil und ihre Streifzüge, ihre Kriege und Triumphe in den letzten paar hundert Jahren. Er versicherte ihnen, daß sein Volk die weißen Brüder über jede Erhebung und durch jedes *arroyo* des sie umgehenden Territoriums führen werde. Nach einer Stunde endete er mit einer Fanfare. Er legte sich die Hand aufs Herz und beschwor seine nie endende Liebe für die weißen Männer. »Es besteht keine Notwendigkeit«, sagte er, »Soldaten im Land des Volkes zu stationieren. Es wird keinen Krieg mit den Vereinigten Staaten geben. Ich bin kein Comanche, sondern Amerikaner.«

Marcy nahm die Pfeife als nächster, nahm einen Zug und erhob sich, um zu sprechen.

»Wir wissen um eure Liebe zu uns, und wir erwidern sie. Und ich selbst bin nicht wirklich Amerikaner, sondern ein vollblütiger, waschechter, hundertprozentiger, in der Wolle gefärbter Comanche.«

»In der Wolle gefärbt?« Shaw sah Marcy an. Er war außerstande, die Redewendung zu übersetzen.

»Zerbrich dir deswegen nicht den Kopf, Jim. Die Soldaten sind hier zu eurem Schutz stationiert, *jefe*. Sie sollen sicherstellen, daß schlechte weiße Männer euch nicht übervorteilen.« Als Marcy fertig war, sprach Old Owl.

»Ihr sagt uns, daß die Truppen zu unserem Schutz hier sind. Ich weiß genau, daß das nicht so ist.« Er wandte sich an den Agenten

Neighbors. »Als ihr uns vor einem Jahr eine Grenze gezogen habt, habt ihr gesagt, wir dürften südlich davon jagen, wenn wir es wünschten. Daß ich nur den Captain im Fort um Erlaubnis zu fragen brauche. Einmal wollte ich mit einer Gruppe von acht alten Männern und deren Frauen und Kindern nach Süden reiten, um zu jagen. Ich bat um Erlaubnis, und der Captain verweigerte sie mir.

Ich sagte ihm, daß ich keine Krieger bei mir hätte, nur meine Freunde, die alten Männer. Daß wir das Fleisch für unsere Familien brauchten. Er weigerte sich trotzdem. Ich sagte ihm, ich sei ein alter Mann. Daß ich auf diesen Prärien gejagt hätte, bevor er geboren sei, bevor überhaupt weiße Männer hergekommen seien. Er ließ sich nicht erweichen. Und jetzt wollt ihr, daß wir euch dabei helfen, eine Straße für noch mehr weiße Männer zu schaffen. Und wie wird man uns behandeln, wenn sie kommen?« Old Owl hatte offensichtlich intensiv über das Vorhaben nachgedacht, nachdem er ihm zugestimmt hatte. *Der Teufel soll diesen Offizier holen*, dachte Neighbors. Dann stand er auf, um den Häuptling zu beruhigen.

»Die Straße, die wir markieren sollen, wird Menschen durch euer Land führen. Sie werden nicht hierbleiben. Sie gehen weiter auf die andere Seite, um dort nach dem gelben Metall zu graben, das für weiße Männer heilige Medizin ist.« Das zumindest sollte Old Owl verstehen könenn. Der schlaue alte Ziegenbock hatte um Bezahlung in Goldmünzen gebeten. Er hatte offenbar eine neue Reise in den Osten vor. Und er wußte, daß er sich die Passage auf einem Dampfer nicht mit Pferden und Maultieren erkaufen konnte.

»Ich verspreche dir, Häuptling«, sagte Neighbors und hielt die Hand hoch, um seinen Worten Gewicht zu verleihen. »Die Menschen, die diese Straße benutzen werden, werden euch nichts Böses antun. Es werden keine Texaner sein. Sie werden hier durchreiten, und dann werdet ihr nichts mehr von ihnen sehen. Sie werden wie der Wind sein, der auf seinem Weg zu den Enden der Welt durch eure Dörfer weht.«

Robert S. Neighbors war ein guter und aufrichtiger Mann, ein Freund der Indianer. Er glaubte, daß er ihnen die Wahrheit sagte.

44

Cub saß neben dem Bett seines Großvaters. Nachdem er seine Vision gehabt hatte, hatte er sich den neuen Namen Esa Nahubiya gegeben, *Echo Of A Wolf's Howl,* doch Old Owl nannte ihn auch weiterhin Cub. Jetzt saß der Junge da, den Kopf in die Hände gestützt. Er preßte die Finger an die Schläfen, um den pochenden Schmerz dort zu lindern. Der Kopf tat ihm weh, weil er tagelang geweint und nächtelang nicht geschlafen hatte. Er hatte den Medizinmann am Tag zuvor weggeschickt, als für jeden mit Händen zu greifen war, daß die Medizin nichts ausrichtete. Cub hatte gewußt, daß die Medizin wirkungslos sein würde, als sein Großvater die ersten Symptome aufwies. Er hatte die Krankheit als Cholera erkannt. An jenem Morgen hatte Old Owl das Lied gesungen, mit dem er den Tod willkommen hieß, und jetzt lag er im Bett, um dessen Kommen zu erwarten.

Warum hast du die Wagenkarawanen begleitet, Großvater? Ich habe versucht, dich zu warnen, doch du bist ein dickköpfiger alter Mann. Nachdem Old Owl beschlossen hatte, die Straße des weißen Mannes zu beschreiten, und gesehen hatte, was im Osten an ihr lag, suchte er mehr Kontakt mit ihnen. *Du warst auf Kaffee aus, nicht wahr? Und auf die albernen Spielsachen, die die weißen Männer billig kaufen und teuer verkaufen. Billig kaufen und teuer verkaufen. Wieviel Kaffee ist ein Leben wert?* Viertausend Goldsucher waren in jenem Sommer an Old Owls Straße vorbeigekommen, und Old Owl war an ihr zu einer vertrauten Gestalt geworden. Er war das Begrüßungskomitee und die Eskorte.

Auf der anderen Seite des Feuers war Cubs Großtante Prairie Dog eingeschlafen. Sie war über der Brühe eingenickt, die sie in einer vergeblichen Geste für ihren Mann gekochte hatte. Plötzlich erhob sich ein Wehklagen aus dem Zelt nebenan, ein heulender Schrei, der Cub eine Gänsehaut machte. Es war die Stimme von Wild Sage, Santa Anas Frau. Santa Ana mußte an der Cholera gestorben sein. Cub fühlte sich nicht imstande, um den alten Gefährten seines Großvaters zu trauern. Das Geräusch hatte jedoch Prairie Dog geweckt, die jetzt erschöpft, stöhnend und schluchzend im Zelt stand. Sie zog sich ihre Robe über den Kopf und ging hinaus, um ihre Freundin zu trösten.

»Cub.« Der Junge beugte sich hinunter und legte das Ohr an die blau verfärbten Lippen seines Großvaters. »Santa Ana?« Der alte Mann keuchte, weil jedes Wort ihn anstrengte.

»Ja, Großvater. Er ist tot.«

»Meine Tasche.«

Cub wußte, daß er nur eine Tasche meinen konnte. Er nahm den großen, fransenbesetzten Medizinbeutel von seinem Holzpflock.

»Er gehört dir, mein Sohn.« Old Owls Wangen waren vor Hunger und Flüssigkeitsverlust so eingesunken, daß sich die Schädelknochen deutlich abzeichneten. Die bläuliche Haut, die sich über den Knochen spannte, schien durchsichtig zu sein. Seine Augen waren geschlossen und die kreideweißen Augenlider von zarten violetten Adern durchzogen. Seine trockene Zunge war so angeschwollen, daß sie nicht mehr in den Mund paßte und leicht vorstand.

Cub nahm eine von Old Owls Skeletthänden und rieb sie sanft in dem Versuch, der feuchtkalten Haut etwas Wärme zu geben. Er mußte an dem abgezehrten Handgelenk nach dem Puls suchen. Er geriet fast in Panik, weil er dachte, Old Owl sei gestorben. Dann fühlte er das schwache Flattern des Herzens.

Im Zelt herrschte ein schauerlicher Gestank, der durch die Sommerhitze noch gesteigert wurde. Cub und Prairie Dog hatten den alten Mann nach jedem Anfall von wäßrigem Durchfall und Brechreiz gründlich gesäubert, doch der Geruch durchdrang alles. Jetzt hatte Old Owl nichts mehr übrig, was er erbrechen konnte. Er zuckte, als ihn heftige, schmerzhafte Krämpfe seiner sehnigen Muskeln befielen. Als der Flüssigkeitsverlust ihm immer mehr Leben entzog, versank er tiefer in einen lähmenden Schockzustand.

»Wasser.« Cub stand bereit und goß ein paar Tropfen zwischen die ausgedörrten Lippen. Dann goß er sich etwas auf die Handfläche und wusch seinem Großvater Gesicht und Brust damit.

»Tasche.«

»Ich habe dir den Medizinbeutel gegeben.«

»Tasche.«

Cub hielt eine Tasche nach der anderen hoch, während Old Owl sich zwang, die Augen offenzuhalten. Er schüttelte jedesmal kaum merklich den Kopf. Schließlich hatte ihm Cub alle gezeigt.

»Tasche.«

»Wo?«

»Bett.«

Cub stellte sich auf die Knie und suchte unter dem Gewirr von Schachteln an der Zeltwand neben seinem eigenen Bett. Er fand dort eine schwere Ledertasche, die dort versteckt war. Sie war schmucklos, es klirrte aber, als sie mit den anderen Schachteln und Bündeln zusammenstieß.

»Deine.«

Cub knotete die Lederriemen auf, mit denen die Tasche verschlossen war, und warf einen Blick hinein. Sie enthielt einen großen Stapel von Goldmünzen, den gehorteten Schatz, den Old Owl seit drei Jahren aufgehoben hatte. Dies waren die Münzen, die er von den jungen Männern erhalten hatte, wenn sie von Raubzügen zurückkehrten. Er hatte sie davon überzeugt, daß sie nutzlos seien, und sich erboten, sie zu vernichten.

»Deine«, wiederholte er. Und mit etwas, was auf seinem Gesicht fast wie ein Lächeln wirkte, entspannte sich der alte Mann. »Liebe dich, Cub«, flüsterte er. »Stolz.«

»Ich liebe dich auch, Großvater.«

Old Owl zuckte noch einmal und blieb dann still liegen. Sein Gesicht, das jetzt von der Agonie des Körpers befreit war, wirkte friedlich. Cub legte die Hand auf die kalte, knochige Brust und suchte verzweifelt nach einem Herzschlag. Er wußte, daß sein Großvater sterben mußte, er war aber nicht darauf vorbereitet. Und konnte man es je sein? Er legte Old Owl beide Hände auf die Brust, warf den Kopf in den Nacken und heulte. Es war ein tierhafter Laut, ohne jeden Anklang an menschliche Vernunft wie das Geheul seines neuen Namensvetters, des Wolfs.

Vielleicht war es das, was der Wolf ihm zu sagen versucht hatte, als sein Geheul durch die Hügel hallte und Cub seine Vision sah. Bruder Wolf sah die Zukunft und versuchte, ihn zu warnen. Und Cub hatte die Warnung ignoriert. Vielleicht hätte er seinen Großvater daran hindern sollen, den Weißen zu helfen. Er hätte ihn daran hindern müssen, so wie Old Owl vor mehr als zehn Jahren ihm selbst verboten hatte, mit seinem Vater auf den Kriegspfad zu ziehen.

Inzwischen herrschte im Dorf ohrenbetäubender Lärm. Die Trauer um die beiden Häuptlinge nahm mit Cubs Geheul an Lautstärke immer mehr zu. Schließlich schüttelte Cub den Kopf und sah sich um, als erwachte er aus einem Alptraum, um festzustellen, daß die Wirklichkeit weit schlimmer war. Er zog Old Owl die Bisonrobe übers Gesicht und ging hinaus, um Prairie Dog zu helfen, der Frau, die er Großmutter nannte.

In Santa Anas Zelt war es merkwürdig still. Cub warf einen Blick hinein und kniff die Augen zusammen, während sich seine Augen an das Dämmerlicht gewöhnten. Dort lag Prairie Dog in einer größer werdenden Pfütze ihres eigenen Bluts. Sie hatte sich mit ihrem Abziehmesser die Kehle durchschnitten. Die Wunde klaffte wie ein grinsender zweiter Mund. Neben ihr lag Wild Sage. Cub tastete nach ihrem Herzschlag und fand ihn. Als er die Hand von den tiefen Wunden an ihren entblößten Brüsten zurückzog, war sie voller Blut. Sie war vor Erschöpfung, Hysterie und Blutverlust ohnmächtig geworden.

Cub zog Santa Ana die Decke übers Gesicht. Die Haut hing ihm in schweren Falten an dem massigen Körper herunter. Seine eingefallenen Wangen waren eine Karikatur des robusten Mannes, der er einmal gewesen war. Jetzt kamen Frauen ins Zelt gelaufen; sie schrien, rissen sich die Haare aus und zerrten an den Kleidern. Cub überließ es ihnen, sich um Wild Sage zu kümmern. Er hob seine Großmutter auf und trug sie zum Zelt seines Großvaters zurück. Sie war zartgliedrig und zerbrechlich und ihrem Mann mit jedem Jahr immer ähnlicher geworden. Cub bahnte sich den Weg durch die in Gruppen zusammenstehenden Freunde Old Owls, die sich unter ihren Roben zusammenkauerten und schluchzten. Die Menge der Trauernden wurde immer größer, als die Dorfbewohner sich wie wehklagende Schlafwandler zum Rauchzelt ihres Anführers begaben.

Als Cub seine Großmutter behutsam neben ihren Mann gelegt hatte, trug er die wenigen Dinge hinaus, die ihm zustanden und die sein Großvater ihm gegeben hatte. Dann ging er wieder hinein, setzte sich mit gekreuzten Beinen vor die Leichen und zündete Old Owls Zeremonienpfeife an. Er blies den Rauch zum Abzugsloch an der Spitze des Zelts und sandte ein Gebet für die Seelen des alten Paares hinterher. Niemand betrat das Zelt. Es war, als respektierten alle die besondere Beziehung, die Cub zu seinem Großonkel gehabt hatte, als spürten sie, daß Cub jetzt allein sein mußte.

Schließlich zog Cub ein brennendes Holzscheit aus dem Feuer und steckte die Dinge im Zelt in Brand. Während die Flammen langsam emporzüngelten, ging er hinaus und hackte einen großen Arm voller Holz, das er ins Feuer warf. Er warf immer mehr Zweige und kleine Äste in die Flammen, bis die Hitze so stark war, daß er sich nicht mehr in ihre Nähe begeben konnte und Funken aus dem Abzugsloch herunterregneten. Cub stimmte einen Todesgesang an und ein Gebet, während das Zelt niederbrannte.

Als er beobachtete, wie sich die Zeltwand, von dem Feuer im Zelt verzehrt, zu kräuseln und zu schrumpfen begann, dachte er mit

Bitterkeit daran, daß er Old Owl und Prairie Dog nicht mal ein anständiges Begräbnis geben konnte. Er konnte sie weder baden noch ihre Gesichter mit roter Farbe bemalen oder ihre Augen mit rotem Lehm versiegeln. Es würde keine Totenwache für die in ihre besten Kleider gehüllten und auf Decken ruhenden Leichname geben, denen alle die letzte Ehre erweisen konnten. Es würde auch nicht möglich sein, sie auf dem Rücken guter Pferde durchs Dorf zu tragen. Cub konnte sich nicht mal das Haar abschneiden, um seine Trauer zu zeigen. Die Weißen hatten ihn schon geschoren.

Old Owl und Prairie Dog mußten in einem reinigenden Feuer begraben werden, das die Ausbreitung der Krankheit verhinderte. Cub hatte schon die Hand in dem Beutel mit Goldmünzen und war bereit, sie ins Feuer zu werfen und schmelzen zu lassen. Doch er hielt inne. Sein Großvater hatte darauf bestanden, daß er sie nahm. Er würde eine Verwendung für sie finden.

Als das Zelt heruntergebrannt war, begab sich Cub auf die Weide. Schon jetzt herrschte Chaos im Dorf, da verängstigte Familien ihre Zelte abrissen und flüchteten. Sie flüchteten in voller Auflösung und in alle Himmelsrichtungen. Sie zerstreuten sich, um bei Freunden und Verwandten in anderen Gruppen Zuflucht zu suchen. Und sie trugen die Krankheit mit sich.

Methodisch erschoß Cub sämtliche Ponys seines Großvaters mit Ausnahme von Eagle Feather und einem Lastpferd. Old Owl hatte eine Herde von fünfhundert Tieren, und Cub brauchte dazu den ganzen Nachmittag und seine gesamte, sorgfältig gehütete Munition. Die Schreie der Pferde und das Geräusch seines Gewehrs übertönte den Lärm im Lager. Dann kehrte er zu Old Owls Zelt zurück, um die Gebeine seiner Großeltern zu holen. Sie waren noch warm und völlig verkohlt. Er hockte in der Asche und durchsuchte sie nach Knochen. Er schüttelte sie, bevor er sie in einen großen Lederbeutel steckte, den er für diesen Anlaß aufgehoben hatte.

Cub belud das zweite Pony und bestieg Eagle Feather. Er ritt ein letztes Mal langsam durch das Lager. Überall sah er gähnend leere Lagerstätten, zurückgelassen von den Familien, die geflüchtet waren. Wer geblieben war, schien vor Kummer den Verstand verloren zu haben. Es war eine Szene aus der Hölle von Onkel James.

Zum ersten Mal in seinem Leben fühlte sich Cub völlig allein. Selbst als er bei seinen weißen Verwandten gefangen gewesen war, hatte er gewußt, daß Old Owl hier war und daß er ihn eines Tages wiedersehen würde. Old Owl war ein fester Bestandteil seines Lebens gewesen, etwa wie der Nordstern, der auch dann noch da ist, wenn er von Wolken verdeckt wird. Jetzt war Old Owl nicht mehr da.

Als Cub das Dorf verließ, strömten ihm Tränen über die Wangen. Plötzlich schloß ein anderes Pferd wie ein Geistertier aus dem Gebüsch zu ihm auf. Seine Reiterin hatte den Kopf verhüllt. Als sie die Robe zurückzog, sah Cub, daß es Small Hand war.

»Small Hand, geh zurück.«

»Ich komme mit dir.«

»Ich besitze keine Ponys, mit denen ich dich bezahlen kann. Und es wird viele Männer geben, die deinem Vater einen ansehnlichen Preis bieten werden.«

»Mir liegt nichts an anderen Männern. Ich gehe mit dir.«

»Ich weiß nicht einmal, wohin ich gehe.«

»Das ist mir egal.« Small Hand ritt ein paar Minuten schweigend neben ihm her, bevor sie wieder sprach. »Wirst du zu den Weißen zurückkehren?«

»Nein!« Ihm ging auf, wie bitter seine Stimme klang, und er bemühte sich, in einem etwas weicheren Tonfall zu sprechen. »Nein, dorthin kann ich nicht zurückgehen.« Wie sollte er es ihr erklären? Ihm fiel wieder ein, wie einer der Nachbarn seines Onkels damit geprahlt hatte, er habe die Lösung des Indianerproblems gefunden. Wie sollte Cub Small Hand den befriedigten Ausdruck im Gesicht dieses Mannes erklären, als er erzählte, wie er einen gefangenen Comanchen mit Pocken infiziert und dann freigelassen habe, um die Krankheit zu verbreiten? Cub hatte die Geschichte im Haus seines Onkels James gehört, unter rechtschaffenen und gottesfürchtigen Christen. Und niemand hatte den Mann verurteilt. Nein. Cub wußte, daß er nicht dorthin zurückkehren konnte. Er hatte gesehen, was Sitten und Gebräuche des weißen Mannes Old Owl angetan hatten. Überdies, so fiel ihm mit einem praktischen Gedanken ein, würden ihn die Texaner als Pferdedieb aufhängen, falls er zurückkehrte.

»Ich werde wahrscheinlich nach meiner Schwester suchen«, sagte er schließlich.

»Naduah? Die bei den Noconi?«

Cub nickte.

»Small Hand.«

»Ja, Echo Of A Wolf's Howl?«

»Ich bin froh, daß du mit mir gekommen bist.«

Small Hand lächelte ihn scheu an. Ihre Augen füllten sich mit Tränen. Es waren Tränen der Liebe, aber auch der Trauer.

Cub und Small Hand durchstreiften die Comanchería und folgten jeder Spur und jedem Gerücht, das von dem Aufenthaltsort der flüchtigen Noconi wissen wollte. Zunächst waren die beiden bei den Gruppen geblieben, denen sie begegneten. Doch in fast jedem Dorf, in das sie hineinritten, ertönten Klagerufe der Trauer, da die Cholera sich in Texas immer mehr ausbreitete. Familien, die Keimzelle der Gesellschaft des Volkes, waren zerbrochen und zerstört. Auf allen Gesichtern, die sie sahen, fanden sie nur Entsetzen und Verzweiflung. Schließlich weigerte sich Small Hand schluchzend, wieder in einem Lager zu schlafen.

Von da an ritt Cub allein in ein neues Dorf, während Small Hand draußen wartete. Als sich die Krieger mit bereitgehaltenen Waffen versammelten, hielt er zum Zeichen des Friedens die Hand hoch.

»*Hi, haitsi,* hallo, Freunde«, rief er. Dann machte er sich auf die Suche nach den Anführern der Gruppe, während die Kinder hinter ihm herrannten. Sie blickten wie gebannt auf sein Haar, das von der Sonne fast weiß gebleicht worden war. Er rauchte in jedem Lager mit den Ratsmitgliedern und fragte nach Wanderer und dessen Frau, dem Gelben Haar. Dann ritt er wieder hinaus.

Nicht selten wurde er von einigen Männern und Jungen aus dem Dorf begleitet, die ihn und Small Hand für ein paar Meilen das Geleit gaben. Die Männer gaben ihnen Lebensmittel und sahen zu, wie die beiden in der Ferne immer kleiner wurden, als sie vor ihrem Lastpony herritten. Sie besaßen kein Zelt, keine Kleidung zum Wechseln, kein Kochgerät und keine persönliche Habe, nur die wenigen Dinge, die Small Hand in aller Hast in ihre Satteltaschen gestopft hatte, bevor sie Old Owls Dorf verließ, um sich Cub anzuschließen.

Nachts suchten sie Schutz in Höhlen oder in primitiven Laubhütten, die sie in geschützten Erdspalten und Schluchten aufbauten. Wenn sie Hunger hatten, grub Small Hand ein Loch in die Erde und legte Bisonhaut hinein. Sie goß Wasser auf die Haut und erhitzte sie mit Steinen, die sie aus dem Feuer nahm. Wenn das Wasser zu kochen begann, kochte sie einen Eintopf aus dem, was sie am Tag getötet hatten. Wenn es dunkel wurde, schliefen sie engumschlungen ein.

Eines nachts spürte Cub, wie sie ihn sanft wachschüttelte und mit dem Kosenamen anredete, den sie ihm gegeben hatte.

»Sonnenhaar, hör zu.«

Cub wurde langsam wach, blieb aber still liegen. Er atmete flach und lauschte.

»Hörst du es?«

»Du weißt, daß du besser hören kannst als ich, Kleines. Was ist?«

»Ich weiß nicht. Es hörte sich an wie ein Tier in Not.«

»Vielleicht ein Kaninchen, das eine Eule geschnappt hat.«

»Nein. Da ist es wieder. Kannst du es nicht hören?«

Cub lauschte gespannt. Schließlich hörte er einen schwachen Laut, den der leichte Nachtwind in unheimlichen Fetzen zu ihnen herüberwehte. Cub schlug die Robe zur Seite und suchte nach seinen Mokassins. Er schüttelte sie automatisch, um sicher zu sein, daß sie leer waren, und streifte sie dann über. Small Hand tat das gleiche. Schweigend sattelten sie ihre Ponys und verließen ihr Lager und das Lastpony. Im bleichen Lichtschein des Mondes suchten sie sich ihren Weg über die weiten, wogenden Hügel. Als sie näherritten, wurde das Geräusch immer lauter.

»Was ist es, Sonnenhaar?«

»Fiedeln.«

Small Hand machte ein fragendes Gesicht.

»Eine Fiedel ist ein Musikinstrument, auf dem Weiße spielen und zu deren Musik sie tanzen. Wie Trommeln oder Flöten oder Rasseln.«

»Ich mag es nicht. Es hört sich an wie das Klagen toter Seelen, die keine Ruhe finden.«

Cubs Füße aber hatten schon begonnen, unwillkürlich und zur Verwirrung seines Ponys den Takt zu schlagen. Sie stiegen gleich unterhalb des Gipfels des letzten Hügels ab und krochen auf allen vieren hinauf. Sie lagen auf dem Bauch und blickten auf die Karawane unter ihnen. Planwagen bildeten einen Kreis. Die Deichsel jedes Wagens war durch schwere Ketten mit den Hinterrädern des nächsten Wagens verbunden. In der Mitte der Wagenburg brannte ein riesiges Feuer, und die Goldsucher hatten sich versammelt, um darum zu tanzen. An einer Seite standen zwei Fiedler, einer davon war ein großer Mann mit einem wallenden roten Bart.

Noah Smithwick war nicht zu den Goldfeldern unterwegs, sondern begleitete die Karawane auf einem Teil des Weges als Kundschafter. Er hielt seine Geige fest und an seine mächtige Brust gepreßt, und sein Arm flog hin und her. Einige gerissene Saiten seines Roßhaar-Bogens wehten ihm um den Kopf. Er hatte sich ein paar dicke Holzstücke zurechtgelegt, auf denen er stand, damit das Stampfen seines genagelten Stiefels zu hören war. Damit gab er den Takt an.

Ein anderer Mann spielte ein Zigarrenkisten-Banjo, bei dem zurechtgeschnittene Rasierklingengriffe den Bund bildeten. Was dem Instrument an Größe fehlte, ersetzte es durch Lautstärke. Die Rhythmusgruppe bestand aus einem gußeisernen Topf, einer Schöpfkelle und zwei großen Blechlöffeln. Die Löffel wurden mit den Unterseiten aneinandergehalten und schlugen auf dem Schenkel eine klappernde, ungleichmäßige Kadenz. Jemand in der Gruppe war offenbar ein Ire.

Frauen waren nicht zu sehen, und so formierten sich die Männer und tanzten miteinander. Diejenigen, die den Part der Damen spielten, hatten sich Lumpen um Hüften oder Arme geschlungen. Und zwischen den Tänzen wurde das Whiskeyfaß belagert.

Noah stimmte den »Arkansas Traveller« an, und der zweite Fiedler stimmte ein. Zwischen den einzelnen Melodiensträngen hörten sie auf, um wilde Geschichten zu erzählen, und die Männer brüllten vor Lachen. Niemand konnte einen Witz besser und mit unbewegterem Gesicht erzählen als Noah Smithwick. Cub und Small Hand lagen eine Stunde lang da und sahen ihnen zu. Sie waren von dem Rhythmus wie gebannt, der in sie eindrang und sie mit einem vagen Gefühl des Friedens erfüllte.

Die Laute der Geigen weckten in Cub seltsame Sehnsüchte. Er erinnerte sich daran, wie er nachts aus dem Haus seines Onkels verschwunden war. Er war oft fünf Meilen durch den dunklen Wald gelaufen, um an einen Ort zu kommen, wo getanzt wurde. Allerdings konnte er nicht mittanzen. Es wäre unweigerlich im Haus der Parkers bekanntgeworden, und sein Onkel hätte ihm die Peitsche zu spüren gegeben. So stand er allein in der Dunkelheit und sah in die erleuchteten Fenster, stampfte mit den Füßen und wünschte sich, an dem Vergnügen teilnehmen zu können.

Für Cub war die Musik mehr als nur eine Erinnerung an seine Isolation unter den Weißen. Obwohl sie fröhlich waren, hatten die Dissonanzen auch etwas von Einsamkeit und Primitivität an sich. Sie weckten bei Cub etwas, was tief in ihm verborgen lag, etwas Wildes und Martialisches. Es war das Pfeifen des Dudelsacks, den sie imitierten, mit dem Soldaten dazu aufgerufen wurden, in den Hochmooren und Bergen eines fremden Landes zu sterben. Es lag Freude und Tod und Liebe und Krieg in den Tönen. Und aus irgendeinem Grund, den Cub nicht kennen konnte, trieben sie ihm Tränen in die Augen.

Schließlich bemerkte er, daß Small Hand in der kalten Nachtluft zitterte. Er gab ihr ein Zeichen, und sie zogen sich vorsichtig vom Bergkamm zurück. Er legte ihr einen Arm um die Schultern und machte plötzlich ein paar kleine Tanzschritte. Dann überraschte er sie damit, daß er sie herumwirbelte. Er nahm sie in die Arme und drehte sie im Takt der Musik, bis ihre Füße in der Luft schwebten und sie frei herumwirbelte. Sie lachte still mit ihm, und dann gingen sie Hand in Hand zu den angepflockten Ponys zurück.

Am nächsten Morgen ritten sie zu der Stelle zurück, an der sie die Wagenburg gesehen hatten. Der Ort war verlassen, aber nicht leer. Das Gras war von den Tieren und den Tanzschritten der Männer zertrampelt. Überall lagen Dosen und Papiersäcke herum, die der Wind über die Prärie wehte. Sie sahen zerbrochene Achsen und Metallreste. Da lagen weggeworfene Kleidungsstücke, Socken, die eher aus Löchern denn aus Garn bestanden, und die von einem Maultier zerfressenen Überreste eines Strohhuts. Small Hand stieg ab und hob eine leere Flasche in Form einer Hütte auf. Darauf waren die Worte eingeprägt, »Log Cabin Whiskey« sowie der Name des Herstellers, E. G. Booz. Sie hielt Cub die Flasche hin.

»Darin können wir Wasser abfüllen.«

Cub wirbelte herum.

»Laß sie fallen!« rief er.

Er hatte sie erschreckt, und die Flasche glitt ihr zwischen die Finger. Sie zersprang an einem Stein neben ihren Füßen.

»Es tut mir leid, Kleines. Du darfst hier nichts aufheben. Du darfst nicht mal etwas berühren.«

»Aber es könnte doch etwas da sein, was wir gebrauchen könnten.«

»Die weißen Männer übertragen Krankheiten. Sie lassen sie mit ihrem Müll am Weg liegen. Sieh mal.« Er zeigte nach Osten, auf den Pfad, auf dem die letzte Karawane und Hunderte andere wie sie gekommen waren. Selbst nachdem die Karawane längst in den Hügeln verschwunden war, konnte man ihren Weg noch immer zurückverfolgen. Er wurde von einem Schwarm von Geiern markiert, die darüber kreisten und an dem fernen Himmel immer kleiner und kleiner wurden. Der Weg war mit verlassenen Planwagen, zerbrochenen Rädern, Unrat und den verwesenden Kadavern toter Maultiere und Pferde, Ochsen, Bisons und Rehe übersät. Cub und Small Hand überquerten die staubige Fahrspur und setzten ihren Ritt fort. Nicht einmal Cub wußte, daß die Weißen mehr als nur verrotteten Müll zurückließen. Sie vergifteten auch die Wasserstellen.

Schließlich fanden Cub und Small Hand die Noconi, die auf einem hohen Felsplateau oberhalb des Pease River ihr Lager aufgeschlagen hatten. Von dort aus hatte man eine weite Aussicht auf das umliegende Land. Es war ein Land wogender, grasbedeckter Hügel, das mit den gewohnten grünen Zedern und den blaßgrünen Mesquitsträuchern gesprenkelt war. Am Horizont im Norden sah man die Umrisse flacher Felsplateaus, die wie Elefanten aufgereiht waren. Und überall auf den Hügeln, so weit das Auge blicken konnte, sah man eine Herde wilder Mustangs, Tausende von Tieren.

Jede der kleineren Herden oder *manadas* strebte in gemächlichem Tempo dem Fluß zu, der sich durch das Hügelland schlängelte.

Wanderers Gruppe war immer mehr angewachsen, bis mehr als einhundert Zelte unter den Pecanobäumen standen. Die Spitzen der Zelte und die Zeltstangen erstreckten sich über mehr als eine Meile auf dem Hügelkamm. Hier waren keine Klagelaute zu hören und keine Anzeichen von den Krankheiten des weißen Mannes zu sehen. Wanderer und seine Krieger verschmähten Verhandlungen mit den Weißen. Und sie hielten sich von allen Handelsposten und Karawanenrouten fern, es sei denn, sie planten einen Raubzug.

Wanderers Krieger schlugen wie der Blitz zu. Sie stürmten von den Hügeln herunter und verschwanden dann in dem wilden Labyrinth von Lichtungen und *arroyos*, Flußbetten. Sie stahlen nur Waffen und Vorräte, Pferde und Vieh und Maultiere, um ihre Herden zu vergrößern und um mit José Tafoya tauschen zu können. Die Herden der Noconi konnten es an Größe mit den zahllosen Mustangs aufnehmen, die sich unter ihnen bewegten und über die Prärie trabten. Die trainierten Ponys, das Vieh und die Lasttiere grasten auf einer Seite des Lagers, während die wilden Mustangs, die sie eingefangen hatten, auf der anderen Seite festgebunden waren.

Small Hand und Cub ritten gemeinsam ins Dorf hinein, und Wanderer stand auf, um sie zu begrüßen. Sein Zelt war das größte, und es stand in der Mitte des Lagers. An der Seite war eine riesige, leuchtend gelbe Sonne aufgemalt, und in der leichten Brise klapperte eine Schnur mit Rehhufen. Wanderer erkannte Cub sofort. Vermutlich nur wegen der Ähnlichkeit des jungen Mannes mit Naduah und weniger, weil er sich an das Kind erinnerte, das er vor vielen Jahren kurz gekannt hatte.

»*Hi, Tah-mah*«, sagte er und lächelte. »Ich begrüße den Bruder meiner Frau und seine Frau.«

Cub lächelte zurück. Ein Gefühl der Erleichterung überspülte ihn, als hätte er in einem heulenden Schneesturm eine warme, geschützte Feuerstelle gefunden.

»Ich grüße dich, Bruder.« Als er abgesessen hatte, wurde er von Wanderer umarmt.

»Du hast hier irgendwo einen Neffen, Echo Of A Wolf's Howl.«

»Das habe ich gehört. Die Leute sagen, er sieht gut aus.« Cub fragte nicht, woher Wanderer seinen neuen Namen kannte. Vielleicht würde er es später herausfinden, nach dem Essen und bei einer Pfeife. »Wo ist meine Schwester?«

»Sie ist beschäftigt.« Wanderer warf einen Blick zu einem Zelt hin, das etwas abseits von den anderen stand. Es stand in der Nähe eines kleinen, von Quellwasser gespeisten Bachs und einem großen Zürgelbaum. »Sie bringt ein Kind zur Welt. Die meisten Männer sind auf der Jagd. Doch ich bleibe hier, bis das Kind geboren ist.« Wanderer zeigte hinter sich. »Du kannst in dem Gästezelt wohnen, dem da drüben.«

Schweigend führte Small Hand das Reservepony zu dem Gästezelt und begann, ihre wenigen Habseligkeiten auszupacken. Einige der Nachbarsfrauen halfen ihr. Als sie sahen, in welch traurigem Zustand sich Small Hands kleiner Haushalt befand, schickten sie ihre Kinder los, um den Neuankömmlingen Dinge zu leihen und zu schenken. Schon erschienen aus allen Himmelsrichtungen Menschen mit Roben, Kleidung, Lebensmitteln, Schöpfkellen, Behältern. Ein kleines Kind kämpfte sich mühsam mit einem großen Messingkessel voran. Small Hand nahm alle Geschenke mit einem scheuen Lächeln an, führte im Kopf aber streng Buch. Eines Tages würde sie die Freundlichkeit aller erwidern.

Wanderer setzte sich vor sein Zelt und gab Cub ein Zeichen, er solle sich zu ihm setzen. Dann lehnte er sich gegen einen Sattel und streckte bequem die langen Beine aus. Er griff nach seiner Pfeife und dem Flintstein.

»Ich bin froh, daß du hier bist, Echo Of A Wolf's Howl. Naduah wird sehr glücklich sein. Ich glaube, sie hat nie aufgehört, dich zu vermissen. Sie spricht oft von dir. Morgen werden wir die Ponyherde besuchen. Du kannst dir die Pferde aussuchen, die du haben willst.«

Cub wollte protestieren, doch Wanderer hielt die Hand hoch.

»Du brauchst sie nicht zu behalten, wenn du nicht willst. Sie werden dir aber dabei helfen, das zurückzugewinnen, was du verloren hast. Schon bald wirst du viele eigene Pferde haben. Ich habe einen Kriegszug nach Mexiko vor, um mehr zu stehlen.« Er grinste boshaft. »Es gibt in Texas nur noch so wenige gute Pferde. Willst du mitkommen?«

Cub nickte.

»Gut. Erzähl mir, was es bei den Penateka Neues gibt.«

»Das meiste scheinst du schon zu kennen.«

»Man kann nie alles wissen. Und jeder Mann erzählt seine eigene Version. Ich möchte deine hören. Deiner vertraue ich.«

»Das macht mein Herz froh, mein Bruder. Vor allem, da du mich so lange Zeit nicht gesehen hast. Ich kann mich verändert haben. Kann zu einem Weißen geworden sein.«

»Ich weiß, daß es nicht so ist. Ich habe von den anderen Gruppen viele gute Dinge über dich gehört. Und außerdem bist du der Bruder meiner Frau.

Ich habe auch gehört, daß du ohne Gepäck reist. Daß du nach dem Tod deines Großvaters alles verbrannt hast. Und daß du seine Ponys getötet hast. Das war richtig so, so gehört es sich. Die meisten Menschen sind neuerdings so habgierig. Sie scheren den Ponys des Toten meist nur die Schwänze und behalten sie dann. Du hast alles so gemacht, wie es sich gehört.

Mein Herz ist bei deinem Großvater im Grab, mein Bruder. Er war ein großer Krieger und ein weiser Mann.«

Wanderers Augen füllten sich mit Tränen, und beide schwiegen. Dann hörten sie das schwache Wimmern eines neugeborenen Babys, das seine Lunge ausprobierte. Wanderer rannte auf das Geburtszelt zu, gefolgt von Cub, der ihm dicht auf den Fersen war.

45

Ein früher Nordsturm war über das Lager hinweggefegt und hatte heulend das Zelt umtost, um einen Weg hineinzufinden. Die mit schweren Gewichten versehene Ledertür wölbte sich unter der Gewalt des Windes nach innen. Naduah saß auf einem Haufen von Fellen und lehnte mit dem Rücken an einem Bettpfosten. Sie genoß die Wärme des Feuers und die Freude, ihre Freunde und geliebten Menschen um sich zu haben. Sie sah zu den Nähten der Zeltwände hoch, die in dem mit ungeheurer Wucht dahinbrausenden Sturm fest und gespannt blieben. Das Zelt war voller Männer, die rauchten und sich leise unterhielten, und die Kinder warteten darauf, daß das erste Maiskorn zersprang. Wears Out Moccasins rührte die Maiskörner um, die in einem Bett aus heißem Sand langen.

Naduah stillte ihren zweiten Sohn. Sein stetiges, rhythmisches Saugen an der Brust machte sie schläfrig und erfüllte sie mit Zufriedenheit. Sie wußte, daß sich bei den Gruppen im Süden schreckliche Dinge ereigneten, doch die schienen heute abend weit weg zu sein. Sie hatte das Geburtszelt früher als gewohnt verlassen, als sie von der Ankunft ihres Bruders erfahren hatte. Cub hielt ihren neuen Sohn in den Armen und beantwortete ihre Fragen nach Pahayucas Gruppe und ihrer Familie. Sie befänden sich in Sicherheit. Cub hatte sie davor gewarnt, sich zu isolieren, wie sie es vor zehn Jahren getan hatten, als die Pocken ausbrachen. Naduah betrachtete den flaumigen kleinen Kopf ihres Sohns, während sie ihn stillte. Er trug den Namen Nakahtaba, Pecan. Diesen Namen hatte ihm Wanderer gegeben.

»Du hast Quanah den Namen gegeben«, hatte er gesagt. »Dieser Sohn bekommt seinen Namen von mir.« Er starrte auf das winzige, braune, runzlige Baby. »Er sieht aus wie eine Pecannuß.« Und Pecan würde sein Name bleiben, bis ihm jemand einen besseren gab.

Quanah, der jetzt fast fünf Jahre alt war, saß bei Sore-Backed Horse auf dem Schoß und flocht die langen Fransen an den Beinlingen des Kriegers zu einem Zopf. Immer wieder blickte er zu seinem blondhaarigen Onkel hin. Seine schiefergrauen Augen lugten unter geradem, dunkelbraunem Haar hervor, das ihm in die Stirn fiel. Echo Of A Wolf's Howl war nicht unfreundlich, wirkte aber förmlich und unnahbar, als wäre er mit anderen Dingen beschäftigt. Er sah immer so aus, als dächte er an etwas anderes. Das war eine Abwehr, mit der Cub seine weiße Familie auf Abstand gehalten hatte, und dieses Verhalten war ihm jetzt zur zweiten Natur geworden. Quanah wußte nicht genau, wie er sich bei ihm verhalten sollte, und so blieb er lieber bei Sore-Backed Horse. Da konnte er gewiß sein, seinen Willen durchzusetzen. Sore-Backed Horse hatte seit Quanahs Geburt die wichtige Rolle eines Onkels ausgefüllt.

Wenn doch nur Medicine Woman und Takes Down The Lodge und Sunrise hier wären, dachte Naduah. *Und Black Bird und Something Good und die kleine Weasel. Die inzwischen gar nicht mehr so klein ist*, korrigierte sie sich. *Sie muß so alt sein wie Small Hand.* Cub hatte auch berichtet, daß Weasel sogar noch schöner sei als ihre Mutter. Er habe sie besucht, um Something Good vom Tod ihrer Eltern zu berichten. Er erzählte es Naduah jetzt mit zusammengebissenen

Zähnen und bemühte sich, sein Gesicht ausdruckslos zu halten. Naduah liebte Cub, doch auch sie fühlte sich in seiner Nähe unbehaglich. Er besaß nicht mehr die Offenheit und den Humor eines Mannes aus dem Volk.

Star Name und Deep Water und ihre dreieinhalbjährige Tochter Wakare-ee, *Turtle*, waren hier, ebenso Spaniard mit seiner Frau und seiner kleinen Tochter. Der unerwartete Gast jedoch, der sich an diesem Abend an der Zelttür zeigte, war Cruelest One. Er sah aus wie ein böser Geist, den der Sturm hereingeweht hatte. Er betrat das Zelt nach Star Names Bruder Wolf Road und reichte Naduah mit mürrischem Gesicht ein Geschenk. Popcorn, das er bei den Wichita eingetauscht hatte. Er stürmte an ihr vorbei, bevor sie etwas sagen konnte.

Naduah war nicht so überrascht, ihn hier zu sehen, wie sie hätte sein sollen. Sie hatte ihn einmal bei einer ernsthaften Unterhaltung mit dem kleinen Quanah überrascht. Er wußte nicht, daß sie ihn gesehen hatte, und sie würde es ihm nie erzählen. Trotzdem konnte sie für Cruelest One noch immer nicht die leiseste Wärme empfinden. Das taten nur wenige Menschen. Er hatte im Familienkreis jedoch einen Platz erhalten, weil er vor neun Jahren bei der Schlacht von Plum Creek Wolf Road das Leben gerettet hatte. Und weil er still und ohne Worte um einen Platz gebeten hatte.

Gathered Up, der jetzt fünfzehn war, saß neben Wolf Road. Wolf Road und Cub unterhielten alle mit Geschichten aus ihrer Kindheit. Naduah wußte, daß sie vielen Leuten Streiche gespielt hatten, hatte aber keine Ahnung davon, wieviel Ärger sie verursacht oder wie oft sie sich selbst in Bedrängnis gebracht hatten. *Andererseits*, dachte sie, *kennt auch kein Mensch einige der Streiche, die Star Name und ich uns geleistet haben.* Als Cub in Erinnerungen schwelgte, wurden seine Augen lebendig, und sein alter Charme kehrte zurück. Small Hand beobachtete ihn aufmerksam, als sähe sie einen Fremden, dem sie noch nie begegnet war.

Das erste dunkle kleine Maiskorn explodierte mit einem leisen Knall, und die drei älteren Kinder drängten sich heran, um zuzusehen. Sie hatten so etwas noch nie erlebt.

»Zurück mit euch«, sagte Wears Out Moccasins und verscheuchte sie. »Ich brauche Platz.« Die Maiskörner explodierten jetzt stetig, und selbst Wears Out Moccasins gelang es nicht, die Kinder fernzuhalten. Die Erwachsenen beugten sich ebenfalls vor. Popcorn war ein seltener Leckerbissen. Während die Maiskörner zerplatzten, schob Wears Out Moccasins die oben liegenden Körner auf ein flaches

Stück Rinde. Von Zeit zu Zeit hüpfte ein Maiskorn aus dem Sand und flog auf die Erde, und die Kinder balgten sich darum.

Wears Out Moccasins verteilte die Maiskörner zunächst unter den Kindern, denen sie etwas in die kleinen Behälter füllte, die sie ihr entgegenhielten. Eins hatte eine Schildkrötenschale, die nächsten ein kleines Stück Bisonhaut, und Quanah benutzte ein buntes Halstuch, das sein Onkel, Echo Of A Wolf's Howl, ihm geschenkt hatte. Dann wurde der Rest des Popcorns unter den Erwachsenen verteilt. Wears Out Moccasins trat über die Beine hinweg, die ihr den Weg versperrten, als sie die heißen Maiskörner verteilte. Ein paar Minuten lang war nur das Geräusch von Menschen zu hören, die Sandkörner von ihren Popcorns bliesen und das Knirschen der Körner, die von den Zähnen zermalmt wurden. Dann sprach Naduah. Sie reichte Pecan an Star Name weiter.

»Quanah, Mädchen, habe ich je die Geschichte erzählt, wie die Schildkröte Old Man Coyote überlistete, den Schwindler aller Schwindler?«

»Nein«, ertönte es im Chor.

»Vor langer Zeit, so heißt es, kam Old Man Coyote des Weges und begegnete einer kleinen Schildkröte, die gerade dabei war, sich eine hübsche Mahlzeit aus fünf Präriehunden zu rösten. Glaubt ihr, daß Old Man Coyote gern ißt?« fragte sie die Kinder.

»O ja«, riefen sie.

»›Hallo, mein Freund‹, sagte der Schwindler. ›Darf ich etwas von deinen köstlich aussehenden Präriehunden abhaben?‹ ›Nein‹, sagte die Schildkröte und rührte die Holzkohle mit ihrem kleinen Rührstab um. Die Schildkröte wußte, daß sie aufpassen mußte, denn sonst würde Coyote einen Weg finden, selbst alle Präriehunde aufzuessen. Sie behielt ihn sorgfältig im Auge, etwa so.« Naduah kniff die Augen zusammen und zog sich mit den Fingern die Haut um den Mund in Falten. Sie sog die Wangen ein, bis sie wie eine Schildkröte aussah. Dann starrte sie aus den Augenwinkeln Quanah an.

»›Wenn du dein Essen nicht mit mir teilen willst‹, sagte Coyote, ›warum laufen wir dann nicht um die Wette?‹ Die Schildkröte war mißtrauisch. ›Du weißt, daß ich nicht sehr schnell laufen kann. Du wirst mich schlagen‹, sagte sie. Doch Coyote sagte: ›Ich werde mir einen großen Stein ans Bein binden, damit du eine bessere Chance hast. Laß uns über diesen Hügel da laufen und durch die Bäume und am Fluß entlang zu dem großen Felsen. Dann laufen wir im Kreis wieder bis hierher zurück.‹ Die Schildkröte wußte, daß Coyote irgendeinen Trick vorhatte, erklärte sich aber mit dem Wettrennen einverstanden. Es würde ihr Zeit lassen, über einen Plan zur Rettung ihrer Mahlzeit nachzudenken.

Beide rannten los, und es sah aus, als würde die kleine Schildkröte gewinnen. Sie schnaubte und keuchte, als sie mit ihren kurzen Stummelbeinen ihre schwere Schale über den unebenen Boden schleppte. Doch als die Schildkröte müde wurde, holte Old Man Coyote sie ein. Eine Zeitlang liefen sie gleichauf, und dann zog der Schwindler allmählich davon. Er verschwand hinter dem Hügelkamm. Die Schildkröte wurde langsamer, blieb stehen und zog die Beine in die Schale zurück, um nachzudenken. ›Dieser Coyote wird gewinnen‹, dachte sie. ›Er wird als erster wieder beim Feuer sein und alle meine Präriehunde auffressen.‹ Dann hatte die Schildkröte einen Einfall. Sie drehte um und trottete wieder den Hügel hinunter.

Als sie zu ihrem Feuer kam, zog sie die gerösteten Präriehunde an den Schwänzen heraus. Kaum waren sie abgekühlt, schlang sie sie schnell herunter. Dann legte sie die Schwänze wieder sorgfältig ins Feuer, so daß sie aus der Asche herausragten. Dann warf sie die Knochen in den See. Sie hörte Coyote kommen und versteckte sich in dem hohen Gras.

Old Man Coyote war bei der Ankunft völlig außer Atem. Er klopfte sich aber auf den Bauch, als er die Schwänze der Präriehunde aus der Asche herausragen sah. ›Das wird eine wunderbare Mahlzeit‹, sagte er, ›während diese dumme kleine Schildkröte noch weiterkrabbelt, um das Rennen zu beenden.‹ Er zog an den Schwänzen, aber schwups! hatte er sie in der Hand. Er sah, daß er hereingelegt worden war, und hörte, wie die Schildkröte in dem hohen Gras lachte.

›Ich dachte, ich würde dich hereinlegen, Schildkröte‹, sagte er, ›aber statt dessen hast du mich hereingelegt.‹ Coyote ging zum See, um nach den Knochen der Präriehunde zu suchen. Er fischte sie aus dem Wasser und bereitete sich daraus eine magere Mahlzeit zu. Dann machte er sich niedergeschlagen davon, wobei ihm das Gelächter der kleinen Schildkröte in den Ohren dröhnte. *Suvate*, damit ist die Geschichte zu Ende.« Alle klatschten Beifall und trommelten mit den Mokassins auf den festgetretenen Lehmboden und pfiffen.

»Mädchen«, sagte Star Name. »Es ist spät. Legt euch aufs Bett. Dort liegt ihr bequemer, falls ihr einschlafen solltet.« Die beiden Kinder kletterten auf Gathered Ups Bett. Sie rollten sich am Fußende wie zwei junge Welpen zusammen, so daß Wears Out Moccasins auf dem Rest des Betts sitzen konnte. Quanah krabbelte wieder zu Sore-

Backed Horse auf den Schoß, entschlossen, sich auch den Rest der Unterhaltung dieses Abends anzuhören. Doch schon nach wenigen Minuten fiel sein Kopf auf Sore-Backed Horses Brust, und er war eingeschlafen. Wanderer streckte die Arme über den Kopf, legte seine langen Beine zurecht, und wandte sich an Cub.

»Erzähl uns, was es im Süden Neues gibt, Echo Of A Wolf's Howl. Wir hatten einige Berichte gehört, aber die waren ziemlich bruchstückhaft. Oft sind die Boten zu erregt, um glaubwürdig zu sein.«

»Du kannst glauben, was immer sie sagen, und mehr dazu. Kein Mensch kann beschreiben, wie schlecht es dort unten aussieht. Man muß es sehen, um es zu glauben. Ich würde schätzen, daß die Hälfte aller Penateka an dieser jüngsten Krankheit gestorben ist.« Er machte eine Pause, um die Wirkung seiner Worte einsickern zu lassen. Sie wußten alle, daß Cub nicht übertrieb. Naduah meldete sich zu Wort.

»Die Krankheiten der weißen Männer sind schon früher ausgebrochen. Erinnerst du dich noch an das Lager, das wir vor zehn Jahren fanden, Star Name? Das Volk wird auch dies überleben und wieder stark werden.«

»Nein, Schwester«, entgegnete Cub. »Das Volk hat die Krankheit vor zehn Jahren überlebt, aber sie hat es geschwächt zurückgelassen und ihre Zahl verringert. Und das hier ist weit schlimmer. Ganze Gruppen lösen sich auf und zerstreuen sich. Die wichtigeren Anführer sind tot. Es gibt keine Familie, die keinen Verlust zu beklagen hätte. Und jetzt hat jeder vor jedem Angst. Ein Kind mit Durchfall wird einfach im Stich gelassen. Eine Großmutter, die sich übergibt, läßt man sterben. Das Volk ist dabei, seine alten Sitten und Gebräuche aufzugeben. Furcht vertreibt die Menschen von den Traditionen, die sie stark gemacht haben.«

»Was können wir tun?« fragte Star Name.

»Das, was ihr schon tut. Wanderer hat recht. Haltet euch von den Handelsposten und Wagenkarawanen fern. Rührt nichts an, was den Weißen gehört oder den Flüchtlingen der betroffenen Lager.«

»Wir können Menschen, die bei uns Unterschlupf und Schutz suchen, nicht abweisen«, sagte Deep Water.

»Ich weiß. Aber haltet euch von ihnen fern. Bittet sie, am Rand des Lagers zu kampieren. Und eure Kinder dürfen nicht in ihre Nähe kommen.«

»Die beste Verteidigung«, sagte Deep Water, »ist es, die Quelle zu töten. Die weißen Augen haben einen neuen Weg gefunden, uns anzugreifen, indem sie böse Geister unter uns loslassen.«

»Falls es dich tröstet, Deep Water«, sagte Small Hand, die sich mit leiser Stimme aus dem Schatten meldete, wo sie Pecan auf dem Schoß wiegte, »sie sterben auch daran. Bei unseren Reisen haben wir ihre Wege gekreuzt. Und überall haben wir Gräber gefunden, die von den Wölfen mit den Pfoten aufgescharrt wurden. Sie hatten eins der Gräber geöffnet, und wir haben die Überreste gesehen. Es war ein weißes Baby.«

»Aber sie vermehren sich wie die Kaninchen«, fuhr Deep Water fort. »Kaum ist ein Baby tot, wirft eine ihrer Frauen zwei weitere. Wir müssen ihre Frauen und Kinder töten und ihre Häuser und Ernten verbrennen.«

Cub dachte an die Parkers in Limestone County. Da gab es kaum eine Familie, die nicht in jedem Jahr der Ehe ein Kind bekam. Und hier war Naduah eine Ausnahme. Sie hatte in den letzten fünf Jahren zwei Söhne geboren. Dabei wußte das Volk noch nicht einmal das Schlimmste, daß nämlich im Osten Tausende sich darauf vorbereiteten, in die Wildnis aufzubrechen. Old Owl hatte sie gesehen. Aus diesem Grund hatte er den Kampf aufgegeben. Er wußte, daß er aussichtslos war. Cub brachte es nicht über sich, den Männern, die hier beisammensaßen, von den von Menschen wimmelnden Städten hinter den östlichen Bergen und dem großen Fluß zu erzählen. Er wußte, daß sie ihm ohnehin nicht glauben würden. Nicht einmal seine Schwester würde ihm glauben.

»Deep Water hat recht«, sagte Wanderer. »Wir müssen sie überfallen. Nur dürfen wir diesmal in Texas nicht nur auf Beute oder auch nur auf Pferde aus sein. Wenn wir können, werden wir die Pferde, das Vieh und auch Gefangene nehmen. Aber was wir nicht mitnehmen können, werden wir verbrennen und abschlachten.«

»Wann brechen wir auf, Wanderer?« Deep Water war wie immer begierig, sich auf den Kriegspfad zu begeben.

»Das können wir im Rat besprechen. Wir können nach Mexiko reiten, um Beute zu machen, und die Texaner auf dem Weg nach Süden überfallen. Wir werden anders vorgehen als in der Vergangenheit. Wir werden in der Nähe der Siedlungen kein Basislager mehr errichten. Die Rangers sind wieder da, das wäre zu gefährlich. Wir werden uns in kleinere Gruppen aufteilen und den Hauptpfad verlassen. Wir können nachts in den Flußniederungen weiterreiten und uns am Tag verstecken. Dann können wir kurz vor Sonnenuntergang zuschlagen und davonreiten, um uns wieder der Hauptgruppe anzuschließen.«

Wanderer hatte schon seit langer Zeit über den Plan nachgedacht. Er wollte ihn hier bei seinen Freunden prüfen lassen, bevor er ihn im Rat vorbrachte. Cub schwieg und dachte nach.

»Was meinst du, Echo Of A Wolf's Howl?«

»Es ist eine gute Idee, Schwager.«

»Wirst du mit uns reiten?«

»Selbstverständlich.«

Der Winter 1849/1850 war hart. Er überfiel sie und hielt sie in ihrem Lager gefangen. In ihrer gesamten freien Zeit waren sie auf der Jagd, um das Überleben zu sichern. Erst im Frühjahr 1850 brach Wanderers Gruppe nach Süden auf. Sie umfaßte mehr als dreihundertfünfzig Männer. Man hatte die Yamparika und Quohadi, die Kotsoteka und auch die Kiowa benachrichtigt. Wochenlang trafen Männer ein und versammelten sich. Das Trommeln und Tanzen und die Ratssitzungen nahmen kein Ende, und die Lager ertreckten sich zehn Meilen am Pease River. Die Cholera-Epidemie schien ihren tödlichen Lauf beendet zu haben, und jetzt wollte das Volk Rache üben.

Naduah und Star Name und all die, die zurückblieben, sahen, wie die Krieger das Lager verließen. Quanah bestand darauf, die Männer eine kurze Strecke auf seinem rundlichen kleinen Pony zu begleiten. Die Beine des Kindes waren zu kurz, um sich um die Flanken des Pferdes legen zu können, und hüpften beim Reiten auf und ab. Wanderer ritt auf Night vorneweg, seine Stellvertreter hielten sich links und rechts von ihm. Er hatte als Berater die Männer ausgewählt, denen er am meisten vertraute und die im Kampf die meisten Ehren errungen hatten. Auf der einen Seite ritt Big Bow und auf der anderen Cub. Obwohl Cub sich im Kampf erst noch bewähren mußte, erkannten die Krieger stillschweigend Cubs Wissen um beide Kulturen an, die der Weißen und ihre eigene. Sie erkannten, daß sein Rat wertvoll sein würde.

Nights Schwanz war mit Lederriemen hochgebunden und mit Adlerfedern geschmückt worden. Wimpel und Federn und Glöckchen waren ihm in die Mähne geflochten. Seine Augen waren mit den gelben Kreisen ummalt, die er immer trug. Nights Maul war mit grauen Haaren gesprenkelt, und sein fünfjähriger Sohn Raven folgte ihm.

In der rechten Hand hielt Wanderer seinen Coup-Stab. Es war ein schmaler Weidenzweig mit ein paar Adlerfedern und Fellwimpeln, der seinen Eigentümer für Pfeile oder Kugeln unverwundbar machte.

Am linken Arm trug er seinen Schild, und in der linken Hand hielt er seine Lanze. Seine Männer ritten unter dem steten Dröhnen kleiner Handtrommeln. Die Glöckchen an ihren Beinlingen und Hemden klirrten, und man hörte das Knarren von Leder an Leder.

Die Kleidung der Männer war blaßgelb oder braun geräuchert oder in zarten Grün- oder Blautönen gefärbt. Einige waren mit selenhaltigem Lehm eingerieben worden, bis sie sahneweiß waren. Die langen, fransenbesetzten Hemden der Männer waren mit Glöckchen und Quasten aus Skalphaar oder Tierschwänzen behangen. Sie trugen Brustplatten aus zylindrischen Knochen, die in parallelen Reihen hingen und eine Art Lätzchen ergaben. Manche trugen riesige silberne Halsketten. Ihr Haar war gekämmt und geölt, und sie ließen es offen auf die Schultern fallen. Manche hatten Pferdehaar darin verwoben, um es noch länger erscheinen zu lassen. In ihren Skalplocken steckten Federn oder polierte Silberscheiben, die im Sonnenlicht glitzerten.

Alle hielten ihre gut vier Meter langen Lanzen aufrecht, so daß sich ein ganzer Wald von ihnen über die Köpfe zu erheben schien. Die an den Lanzen befestigten Wimpel flatterten in dem leichten Wind. Die Gewehre und Karabiner, um die sich Wanderer und seine Männer bei vielen Überfällen so hartnäckig bemüht hatten, wurden in besonderen Behältern aus Wildleder aufbewahrt und waren an den Seiten der Ponys festgebunden, um jederzeit greifbar zu sein.

Außer von Small Hand und Wears Out Moccasins wurden die Männer von nur wenigen Frauen begleitet. Anders als in früheren Jahren war der Trupp beweglicher als gewohnt. Der Pfad durch das Tal des North Concho River über das Edwards-Plateau bis zum Balcones-Steilhang in der Nähe des Rio Grande war gefährlicher als je zuvor. Nicht nur die Rangers waren hinter ihnen her, sondern auch örtliche Freiwilligentrupps. Und außerdem waren da noch die Truppen der Vereinigten Staaten, mochten sie auch noch so unerfahren sein. Am schlimmsten waren jedoch die immer zahlreicher werdenden Siedler, die sämtlich bewaffnet waren und Blut sehen wollten.

Wanderers Plan erwies sich als erfolgreich. Kleine Gruppen seiner Männer ließen Schrecken und Zerstörung zurück, als sie sich brennend und plündernd den Weg nach Süden bahnten. Sie töteten jeden Texaner, dessen sie habhaft wurden, und verstümmelten die Leichen, damit die Seelen im Paradies nicht akzeptiert wurden. Um die Zeit, zu der ein Trupp zusammengestellt wurde, um sie zu verfolgen, waren sie längst auf und davon. Wenn sie die Szene des

Überfalls verließen, trennten sie sich. Die Hälfte der Männer trieb das gestohlene Vieh davon, und die andere Hälfte bildete die Nachhut. Sie ritten hundert Meilen, ohne anzuhalten. Und meist ließen sie die Texaner ohne Pferde oder bestenfalls mit ein paar armseligen Kleppern zurück. Die Krieger dagegen hatten Reservepferde. Wenn ein Pony erschöpft war, ritt ein Begleiter mit einem frischen Pferd heran, so daß der Mann ohne anzuhalten auf das neue Tier springen konnte. Der Kriegstrupp hatte schon eine große Ponyherde und viel Vieh gestohlen, als er die Berge in der Nähe des Eagle Pass erreichte. Von dort führte der breite, gut markierte Kriegspfad nach Mexiko, den die Comanchen schon seit Jahrzehnten benutzten. Wanderer und seine Männer errichteten ein großes Basislager, das in den Bergen gut versteckt lag. Von dort würden kleinere Gruppen aufbrechen und abgelegene Ranches und wehrlose Höfe in Chihuahua und Coahuila verwüsten. Wenn sie erst mal in Mexiko waren, würden sie arroganter vorgehen und sich kaum noch die Mühe machen, ihre Spuren zu verwischen.

Nach der Errichtung des Basislagers würden die Krieger das Vieh und die Gefangenen dorthin zurückbringen und dann erneut aufbrechen, um weitere Beute zu machen. Die wenigen Frauen errichteten provisorische Zelte, die aus Bisonhäuten bestanden, die um Kegel aus kurzen Zeltstäben geworfen wurden. Die Männer schnitten Unterholz zum Schutz vor dem Regen und häuften es an den äußeren Rändern der Zelte auf. Small Hand und die anderen Frauen führten jetzt ein Leben, das fast so war wie das, das sie vor kurzem aufgegeben hatten, wenn man davon absieht, daß sie weniger zu tun hatten. Und da immer mehr Gefangene gebracht wurden, würden die bald alle anfallenden Arbeiten übernehmen. Wenn Wears Out Moccasins die Männer bei ihren Raubzügen nicht begleitete, wirbelte sie im Lager herum und bemutterte die Männer der Noconi. Die meisten behandelten sie gutmütig, doch mehr als einmal kam es vor, daß sie und Cruelest One sich mitten im Lager in die Haare gerieten.

»Laß meine Mokassins in Ruhe«, schrie er sie an.

»Sie sind völlig zerfetzt. Du siehst aus wie ein ungepflegter Osage«, brüllte sie zurück.

»Ich kann sie flicken, du aufdringliche Bisonkuh.«

»Wenn du sie geflickt hast, sehen sie schlimmer aus als vorher.«

Und in diesem Tonfall ging es weiter. Wenn Wears Out Moccasins nicht gerade Stapel von Kleidungsstücken der Männer einsammelte, unterhielt sie sich mit Small Hand, die sie unter ihre riesigen Fittiche genommen hatte. Sie hatte inzwischen noch mehr Pferde als früher und war äußerst selbstzufrieden. Jeden Tag ritten mehr Männer von ihren vereinzelten Überfällen nördlich des Rio Grande ins Lager. Schließlich waren alle da, und Wanderer berief für den Abend einen Rat ein, bei dem die Pläne für ihre Vorstöße nach Mexiko besprochen werden sollten.

»Small Hand«, sagte Wears Out Moccasins. »Geht es deinem Mann gut?«

»Ich glaube, er fühlt sich nicht wohl.«

»Er kommt mir blaß vor. Wo fühlt er sich schlecht? Vielleicht habe ich etwas, was ihm hilft.«

»Ich weiß nicht«, murmelte Small Hand. Sie hatte Angst, denn zum erstenmal, seit sie ihr Sonnenhaar kannte, spürte sie Furcht in ihm. Sie entschuldigte sich und verließ Wears Out Moccasins, um ihn zu suchen.

Cub saß allein auf einem hohen Felsvorsprung mit Aussicht auf ein ödes braunes Tal, in dem einige vereinzelte Kakteen und Agaven wuchsen.

»Sonnenhaar.«

»Ja, Kleines.«

»Wie fühlst du dich?«

»Schlimmer.«

»Weißt du, was es ist?«

»Ja.«

Small Hand wartete, bis er fortfuhr.

»Cholera.«

»Ka-ler-ah?«

»Die Krankheit des weißen Mannes. Die Krankheit, die meinen Großvater getötet hat.«

»Vielleicht irrst du dich.«

»Ich irre mich nicht. Mein Kot läuft aus mir heraus wie Wasser.«

»Vielleicht hast du verdorbenes Fleisch gegessen, mein Liebster.« Small Hand kam näher und streckte die Hand aus, um seine Stirn zu befühlen. »Ist deine Haut heiß?«

»Bleib von mir weg, Kleines. Komm mir nicht nahe. Geh los und suche Wanderer. Bitte ihn zu kommen, schnell.«

Small Hand drehte sich um und rannte los. Sie rief Wanderer. Als sie zurückkehrten, lehnte Cub an einem Felsen und würgte hilflos. Wanderer wartete, bis er damit aufhörte, und Small Hand gab ihm das Wasser, das sie mitgebracht hatte. Er spie den ersten Mundvoll aus, um den Geschmack von Galle wegzuspülen. Dann trank er gierig aus der Kürbisflasche. Dann verschloß er sie mit dem geschnitzten hölzernen Stopfen.

»Du darfst aus dieser Kürbisflasche nicht trinken, Kleines.«

»Nein, Mann.«

»Cub«, sagte Wanderer und redete ihm mit seinem alten Kosenamen an. »Bist du sicher?«

»Ich bin sicher. Ruf alle zusammen und verlaßt das Lager. Reitet, so schnell ihr könnt und so weit ihr könnt. Und kümmere dich bitte um Small Hand.«

»Ich werde nicht mitgehen, Mann.«

»Doch, das wirst du. Rühr nichts von meinen Sachen an, Bruder. Ich werde sie verbrennen, bevor ich zu schwach werde. Doch du mußt jetzt aufbrechen. Sofort. Nimm alle mit. Und kehre nicht zu diesem Lagerplatz zurück. Sag meiner Schwester, daß ich sie liebe.« Seine letzten Worte gingen fast unter, da die Übelkeit ihn wieder befiel. Er war zu schwach, um zu stehen, und spreizte die Knie, um sich zwischen sie zu übergeben.

»Cub, ich kann den Bruder meiner Frau, den Onkel meiner Söhne und meinen Freund nicht verlassen.«

Cub griff nach der Kürbisflasche mit Wasser.

»Du mußt gehen, gerade weil du all das bist. Hier kannst du nichts ausrichten. Ich bin kein verwundeter Krieger, den du auf den Rücken deines Ponys werfen und retten kannst. Wenn du bleibst, wirst auch du sterben. Und deine Familie wird niemanden mehr haben, der für sie sorgen kann.«

Wanderer stand einen Moment lang reglos da und starrte ihn an. Dann hob er die Hand zum Gruß.

»Ich werde für dich beten, Bruder.« Er wandte sich zum Gehen. »Komm, Small Hand.«

»Nein.«

»Nimm sie mit, Wanderer«, sagte Cub.

Small Hand zog ihr langes, gefährliches Abziehmesser. Sie kauerte, und ihr Blick war starr und tödlich.

»Du kannst mich nicht töten, Small Hand. Du weißt, daß ich dir dieses Messer wegnehmen kann«, sagte Wanderer mit leiser, ruhiger Stimme.

»Du kannst es mir nicht wegnehmen, bevor ich mir die Kehle durchschneide. Willst du für den Tod der Frau deines Schwagers verantwortlich sein?«

»Nein, Small Hand. Bleib hier«, erwiderte er traurig. »So weit ist es mit uns gekommen. Wir lassen die Menschen im Stich, die wir lieben. So tief haben uns die weißen Männer sinken lassen.« Wanderer zog seinen kleinen Medizinbeutel hervor, der auf der Innenseite seines Lendenschurzes hing. Er warf ihn vor Cub und Small Hand, die neben ihm stand, behutsam auf die Erde. »Das ist alles, was ich euch geben kann. Die Medizin hat mich beschützt. Vielleicht wird sie auch euch beschützen. Ich werde euch Ponys dalassen. Und Vieh, damit ihr zu essen habt. Small Hand kann die Tiere töten und schlachten. Wir werden alles zurücklassen, was wir nur können und was für euch von Nutzen sein kann. Wenn du dich erholst, komm zu uns zurück, Cub.«

»Das werde ich, Bruder.« Cub versuchte gar nicht erst, Wanderer für den Medizinbeutel zu danken. Er wußte, daß er der wertvollste Besitz seines Schwagers war. Er war mehr als wertvoll. Er war unschätzbar. Wanderer hatte ein Leben dazu gebraucht, die Dinge zu sammeln, die sich darin befanden. Cub hob ihn auf und legte ihn auf den Schoß.

Er und Small Hand beobachteten, wie Wanderer durch den schmalen Korridor von Felsen verschwand, der zum Lager führte. Small Hand ging mit der Kürbisflasche zu der in der Nähe leise sprudelnden Quelle. Sie hockte geduldig auf der Erde, während das Wasser langsam in die schmale Öffnung der Flasche lief.

»Wenn sie weg sind, werde ich es dir bequem machen.« Sie kniete vor ihm nieder und wusch ihm Gesicht und Brust und spritzte ihm das kühle Wasser auf seine heiße, trockene Haut. »Trink mehr.«

»Mein Körper verlangt nach Salz, Kleines.«

»Ich werde dir eine Brühe machen und Salz hineintun.« Aus der Ferne konnten sie die Rufe im Lager hören, als die Männer packten und sich zum Aufbruch bereitmachten. Wears Out Moccasins erschien in der schmalen Öffnung zwischen den Felsen.

»Small Hand, Echo Of A Wolf's Howl«, rief sie. »Ich habe euch Pemmican und Dörrfleisch und Eintopf neben euer Zelt gelegt. Und ich lasse euch Medizin da. Werd schnell gesund, damit du zurückkommen kannst.«

»Das werden wir, Mutter«, sagte Small Hand. Dann war Wears Out Moccasins verschwunden. Sie konnten Schreie hören. Die Frauen und Kinder, die in Texas gefangengenommen worden waren, wurden getötet. Sie konnten Träger der Krankheit sein. Dann hörten sie Hufgetrappel, das in der Ferne immer leiser wurde. Und dann

Stille. Von der Verbreitung der Nachricht bis zum Abbruch des Lagers waren nur Minuten vergangen.

»Komm, Mann.« Small Hand legte Cub einen Arm um die Hüfte und half ihm auf die Beine. »Wenn du dich hinlegst und ausruhst, wirst du dich besser fühlen. Du wirst wieder gesund werden. Ich verspreche es dir.«

Cub war zu schwach, um ihr zu widersprechen.

46

Naduah und Star Name ritten auf das Lager zu. Sie hatten zwei erlegte Tiere auf dem Rücken des Lasttiers festgebunden. Sie waren mit ihren Ponys in die Herde von Gabelantilopen gestürmt und hatten je eins der geschickt ausweichenden und Haken schlagenden Tiere mit dem Lasso gefangen. Da jetzt eine Woche lang für Nahrung gesorgt war, konnte Naduah wieder an etwas anderes denken.

»Jetzt sind sie schon fast zwei Monate fort.«

»Ja. Ich bezweifle, daß sie vor dem nächsten Vollmond zurück sein werden. Sie werden ihn für Raubzüge nutzen. Ich hoffe, daß der Heimritt für sie geruhsam sein wird. Denn wenn sie wieder da sind, werde ich Deep Water erschöpfen, bis er nicht mehr weiß, ob er Männchen oder Weibchen ist. Er wird eine ganze Woche lang mit dem Lendenschurz in der Hand herumlaufen.«

Naduah lachte.

»Gathered Up hatte letzte Nacht Besuch.«

»Gathered Up?« fragte Star Name. »Ich kann ihn mir einfach nur als kleinen Jungen vorstellen.«

»Nicht nach der letzten Nacht. Sie dachten wohl, ich schliefe. Ich konnte hören, wie sie nebenan kicherten.« Die Frauen hatten für Gathered Up ein eigenes Zelt aufgebaut.

»Wanderer fehlt mir, Schwester«, sagte Naduah. »Ich mache mir Sorgen.«

»Vergeude keine Zeit damit, dir um Wanderer Sorgen zu machen. Mach dir lieber Sorgen, ob es regnen wird. Auf Wanderer kannst du dich verlassen. Er kommt immer zurück.«

»Regen gibt es auch immer«, sagte Naduah.

»Ja. Aber man weiß nie, wann.«

»Und man weiß auch nie, wann Wanderer zurückkommt.«

Beide lächelten.

»Zum Schwimmen ist der Fluß zu niedrig, aber wir können uns wenigstens hinlegen und uns vom Wasser umströmen lassen. Darauf freue ich mich schon«, sagte Naduah. »Das Wasser ist zwar mehr als handwarm, aber es ist besser als gar nichts.«

Star Name wischte sich den Schweiß vom Gesicht. Ihr war so heiß, daß sie nicht einmal den gewohnten Vorschlag machte, um die Wette ins Lager zurückzulaufen.

Es war still im Dorf, da die Männer alle fort waren. Die älteren Männer und Jungen und Frauen verteidigten es und machten nach bestem Vermögen weiter. Aber sie waren an diesen Zustand gewöhnt. Die Kriegertrupps blieben manchmal jahrelang weg. Vielleicht war es deshalb so wichtig, daß die Kinder von den Älteren ausgebildet wurden. Sie waren oft die einzigen, die dazu in der Lage waren.

Die beiden Frauen wurden aus ihrer Lethargie gerissen, als Gathered Up auf sie zugaloppierte. Er winkte ihnen fieberhaft zu, umzukehren. Der kleine Pecan saß vor ihm, und hinter ihm klammerte sich Quanah an seiner Hüfte fest. Ohne Fragen zu stellen, rissen Naduah und Star Name ihre Ponys herum und galoppierten los, um in dem hohen, dichten Gestrüpp von Pflaumen und Eichen und Feigenkakteen Deckung zu suchen. Als sie das Dickicht erreicht hatten, sprangen sie von ihren Pferden herunter und banden sie an Bäumen fest. Beide legten einen Pfeil ein und spannten ihre Bogen. Gathered Ups Pferd war mit Schaum bedeckt. Er reichte ihnen das Baby hinunter und drehte sich um, um Quanah hinunterzuhelfen, doch das Kind war schon heruntergefallen. Quanah rannte zu seiner Mutter. Sein kleiner Bogen war auch schon gespannt.

»Weiße Männer, Mutter, und sie fragen nach dir. Ich werde aber nicht zulassen, daß sie dich kriegen.« Quanah stemmte beide Füße in die Erde, hob seinen Bogen und zielte in Richtung des Lagers.

»Schon gut, Quanah. Niemand hat ihnen gesagt, wo deine Mutter ist.«

»Was ist passiert, Gathered Up?« fragte Naduah.

»Händler. Sore-Backed Horse spricht mit ihnen. Sie haben nach dir gefragt. Er hat ihnen erzählt, daß du mit deinem Mann seinen Vater auf den Staked Plains besuchst. Das sollte sie davon abhalten, nach dir zu suchen.«

»Wenn Wanderer hier wäre, hätte er sie gar nicht erst ins Dorf gelassen.«

»Aber Wanderer ist nicht hier. Sore-Backed Horse hat gesagt, daß er sie so schnell wie möglich loswerden will. Hier.« Gathered Up langte in eine Satteltasche und zog einen mit Pemmican vollgestopften Darm heraus. »Ich habe etwas zu essen mitgebracht, damit wir heute außerhalb des Lagers schlafen können.«

»Wir haben auch was zu essen, Gathered Up«, sagte Naduah und zeigte mit einem Kopfnicken auf die beiden toten Gabelantilopen. »Reiten wir los.« Sie führte die kleine Gruppe auf dem Weg, auf dem sie mit Star Name gekommen war.

»Kein Bad im Fluß«, seufzte Star Name.

Die Vorstellung, daß sich Händler im Dorf aufhielten, gefiel Naduah ganz und gar nicht. Nicht nur weil sie fürchtete, sie könnten versuchen, sie freizukaufen, sondern auch wegen des Todes, den die weißen Männer verbreiteten. Die Spiegel und Kämme, die bunten Perlen und Stoffe faszinierten sie genauso wie die anderen Frauen, aber Wanderer hatte eine tiefe Furcht vor diesen Männern in ihr eingepflanzt.

Komm bald wieder, Wanderer.

Naduah und Star Name hoben gerade ein Grab für Dogs Kadaver aus, als Wolf Road ins Lager ritt.

»Die Krieger sind wieder da«, sagte Naduah.

»Sie sind aber früh dran«, sagte Star Name. »Glaubst du, es ist etwas schiefgegangen?« Sie beeilten sich, ihre Arbeit zu Ende zu bringen.

Sie hatten Dog tot vorgefunden, als sie an jenem Morgen nach dem Wegreiten der Händler zurückgekehrt waren. Die weißen Männer hatten in Naduahs Zelt geblickt, und Dog hatte sie angegriffen. Die Nachbarkinder sagten, sie habe versucht, einem der Männer die Beine abzureißen. Er habe ihr einen harten Fußtritt gegen den Kopf versetzt.

Quanah und Turtle, Star Names Tochter, tauchten hinter dem Zelt auf. Turtle hielt eine Handvoll verwelkter Blumen umklammert. Quanah trug wilde Weintrauben in den gewölbten Handflächen. Sie legten die traditionellen Opfergaben behutsam auf das kleine Grab, während die Erwachsenen zusahen.

Sie wußten, daß Wolf Road sie bald in ihren Zelten aufsuchen würde, und so warteten die beiden Frauen draußen im Freien. Lance verkündete schon, daß niemand im Kampf gefallen sei und daß sie Hunderte von Pferden mitgebracht hätten, als Wolf Road auf sie zukam.

»Ihr seid früher wieder da als erwartet, Wolf Road. Ist etwas schiefgegangen?«

»Dein Bruder, Naduah.«

»Was ist mit ihm? Ist er verletzt?«

»Nein. Er hat die Krankheit des weißen Mannes. Ka-ler-ah. Er hat uns gesagt, wir sollten ihn verlassen. Wir wollten es nicht. Small Hand blieb bei ihm. Wir haben ihnen etwas zu essen dagelassen. Vielleicht wird er wieder gesund. Naduah.« Wolf Roads Stimme hatte einen flehenden Tonfall angenommen. »Er war mein Freund. Ich habe ihn wie einen Bruder geliebt. Ich wollte ihn nicht verlassen. Mein Herz ist noch immer bei ihm. Und bei seiner Frau.«

»Ich weiß, Wolf Road. Ich mache dir keinen Vorwurf.« *Wir müssen sie verlassen!* Ihr fiel wieder ein, wie sie es Medicine Woman gesagt hatte. Sie erinnerte sich, daß sie beim Packen geholfen hatte, während ihre Freundin Owl vor Fieber brennend dagelegen hatte. »Du hättest nichts tun können«, sagte sie laut. »Und vielleicht wird er wieder gesund. Cub hat gesagt, daß manche es schaffen.« Geistesabwesend schob Naduah Quanah ins Zelt. Sie legte ihm eine Hand auf den zerzausten Kopf. War Cub diesmal für immer verloren?

Der Raubzug war ein Erfolg gewesen, obwohl sie ihn vorzeitig hatten abbrechen müssen. Aber die Vorstellung, daß Cub irgendwo in den düsteren Bergen des nördlichen Mexiko im Sterben lag, quälte sie. Sie versuchte, nicht daran zu denken, obwohl der Drang zu weinen ihr Nase und Augen brennen ließ. Wanderer war wieder da, und er brachte siebenhundert Pferde mit. Er hatte keinen Mann im Kampf verloren. Vielleicht hatte er gar keinen verloren. Vielleicht war Cub noch am Leben.

Irgendwo da draußen war Wanderer gerade dabei, Night und sich selbst zu bemalen und beide für den triumphalen Einzug in das Dorf herauszuputzen. Naduah spürte, wie ihr das Herz pochte. Wenn sie die beiden Kinder nicht hätte anziehen müssen, wäre sie auf Wind gesprungen und Wanderer ohne Sattel entgegengeritten. Ihre Finger zitterten, als sie Quanah beim Anziehen half. Sie kniete sich vor ihn hin und tätschelte ihm den Fuß.

Seine Füße waren tief in dem Bärenfell begraben, auf dem er stand. Dann hob er einen Fuß hoch, und sie zog ihm einen der neuen Beinlinge an, die sie für ihn gemacht hatte. Sie waren rot bemalt und hatten mit Metallkegeln geschmückte Fransen. Jeder Kegel war mit einer Quaste aus Roßhaar gefüllt. Als sie ihm die Beinlinge anzog, hielt er das Gleichgewicht, indem er ihr eine Hand auf den Kopf legte. Dann zog er sein Jagdhemd an. An dessen Passe waren Reihen glänzender weißer Karibuzähne angenäht. Und sie befahl ihm, seine guten, perlenbestickten Mokassins anzuziehen.

»Die sind zu eng«, protestierte er.

»Das liegt daran, daß du sie nicht sehr oft trägst. Sie werden sich weiten.« *Gerade dann, wenn er schon wieder aus ihnen herauswächst,* dachte sie. Er wand sich, als sie ihm das Haar bürstete und ihm neue Zöpfe flocht. Dann rückte sie seinen kleinen Köcher aus Eichhörnchenfell auf dem Rücken zurecht und hob seinen kleinen Bogen auf.

»Ich werde Sore-Backed Horse und Wolf Road meine neuen Kleider zeigen«, sagte er und posierte in der Zeltöffnung.

»Mach dich nicht staubig, Grau-Auge. Und wenn du Gathered Up siehst, sag ihm, er soll sich mit dem Anziehen beeilen. Dann kommst du gleich zurück. Wir werden deinem Vater entgegenreiten.«

Ohne zu antworten rannte er in den Sonnenschein des späten Nachmittags hinaus. Naduah blieb unschlüssig stehen und überlegte, was sie anziehen sollte. Sie nahm erst ein Kleid aus seiner Schachtel, dann noch eins, bis das Bett mit Kleidern zugedeckt war. Sie nahm ein Kleid in die Hand, das nach der neuesten Mode geschnitten war. Bluse und Rock waren an der Hüfte zusammengenäht, und die Naht war unter Fransen und perlenbesetzten Applikationen versteckt. Sie hatte das Kleid gerade fertiggenäht, und Wanderer hatte es noch nicht gesehen. Sie legte es wieder hin. Es wäre besser, etwas Vertrautes zu tragen, etwas, von dem sie wußte, daß er es mochte.

Sie wählte eins ihrer älteren Kleider. Der Poncho war sahnegelb, und seine Passe war rostbraun gefärbt und mit dicken Fransen besetzt. Vorn und hinten waren lange, zungenförmige Applikationen angenäht. Die vordere war mit Perlenstickerei in Form von Medaillons geschmückt, und auf die hintere waren dunkelblaue Linien aufgemalt, eine für jede von Wanderers Auszeichnungen im Kampf.

Dann waren da noch Trauben blauer und weißer Kugeln, die auf lange Lederriemen aufgezogen waren und wie Fransen herunterhingen. Die langen Fransen an den Säumen der Ärmel wurden von roten und weißen Kugeln unterbrochen. Daneben hatte das Kleid noch die üblichen Trauben winziger Glöckchen. Naduah streifte sich ihre engen Beinlinge über und schlang sich Lederriemen darum, die sie am

Knie festband. Sie wischte sich den Staub von den Fußsohlen und trat in ihre hohen, weichen Mokassins. Sie waren zu einer blaßgelben Farbe geräuchert und hatten an der Vorderseite grüne Streifen. An den Seiten waren Löcher für die Lederriemen, mit denen sie festgeschnürt wurden. Die Mokassins endeten in breiten Stulpen, die mit langen Fransen besetzt waren.

Naduah betrachtete ihr Gesicht im Spiegel und bemalte sich. Sie tauchte den Zeigefinger in Bärenfett und dann in gelbes Farbpulver. Sie zog sich eine Linie von der Nase über die Wange bis zum Ohr. Dann folgte eine zweite darunter, und dann wurde das Muster auf der anderen Gesichtshälfte wiederholt. Sie wischte sich den Finger ab und zog anschließend drei rote Linien, die sich vom Mund übers Kinn hinzogen. Bei Quanahs Rückkehr würde sie auch sein Gesicht bemalen. Es hatte aber keinen Sinn, zu früh damit anzufangen. Er würde die Farbe nur verschmieren.

Dann schlang sie sich einen Schal aus Otterfell um den Hals. Der buschige Schwanz hing ihr auf dem Rücken, und auf der Vorderseite war eine blankpolierte Scheibe aus Perlmutt befestigt. Die Scheibe sah genauso aus wie die, die Eagle vor vierzehn Jahren bei der Honigjagd als Wetteinsatz angeboten hatte. Dann streifte Naduah sich mehrere mexikanische Silberarmbänder über ihre kräftigen, schlanken Handgelenke und bürstete sich das Haar. Als sie die Zöpfe mit Streifen aus Otterfell befestigt hatte, war Pecan aufgewacht und wimmerte. Sie kaute etwas Pemmican vor und fütterte ihn damit.

Anschließend ging Naduah hinaus, um ihre Pferde zu satteln und zu schmücken. Als sie schließlich alle fertig waren, ritten sie den Kriegern Seite an Seite entgegen. Der Rest des Dorfs folgte ihnen, trommelnd, rufend und singend.

Wanderer sah sie auf sich zukommen. Auf Winds Hinterhand flatterte der Rand des mit rotem Stoff abgesetzten Berglöwenfells. Naduah saß hochgewachsen und kerzengerade im Sattel. Ihr dünnes Wildlederkleid umschmeichelte ihren üppigen, geschmeidigen Körper. Der kleine Pecan baumelte neben ihrem Bein in seinem Wiegenbrett, das am Sattel befestigt war. Quanah saß auf seinem dicken Pony mit dem durchhängenden Rücken und sah aus wie ein kleiner Krieger. Unter seiner Bemalung verzog er das Gesicht zu einer finsteren Grimasse. Er war in den zwei Monaten von Wanderers Abwesenheit sichtbar gewachsen. Ebenso Gathered Up. Wanderer erkannte, daß er ihn bald auf die Suche nach einer Vision vorbereiten mußte.

Als er Naduah näherkommen sah, wünschte er sich für einen kurzen Moment, er wäre der jüngste und unbedeutendste Hütejunge des Kriegertrupps. Er wünschte, er könnte sich mit seiner Geliebten unbemerkt davonstehlen. Am liebsten würde er mit ihr an einen einsamen Ort verschwinden und sie die ganze Nacht lieben. Doch er war kein Hütejunge. Er war ein Kriegshäuptling, der mit Beute und Pferden und der Nachricht zurückkehrte, daß er den Bruder seines Goldhaars im Stich gelassen hatte. Er würde es ihr erzählen müssen, und dabei würde es noch Stunden dauern, bevor er mit ihr allein sein konnte.

Er wurde bei den Festessen und Tänzen zu Ehren der Krieger erwartet. Noch tagelang würden Besucher kommen, um ihm zu gratulieren und das Lager dafür mit Geschenken zu verlassen. Er würde den größten Teil seines Anteils an der Beute verschenken und damit seine Verachtung für materielle Güter beweisen. Er würde zeigen, daß er sehr wohl in der Lage war, jederzeit neue Beute zu machen, wann immer er wollte.

Auch er würde Geschenke erhalten. Einige Familien würden ihn bitten, ihren Söhnen Namen zu geben. Krieger würden sich um seinen Rat bemühen. Jungen würden mit ihm besprechen wollen, wie sie bei der Suche nach ihrer Vision vorgehen sollten. Oder sie würden ihn bitten, ihnen nach der Rückkehr von der Visionssuche ein heiliges Symbol auf ihre Schilde zu malen. Man erwartete von ihm, daß er an sämtlichen Räten teilnahm und diplomatische Beziehungen zu den anderen Gruppen und zu verbündeten Stämmen aufrechterhielt.

Wanderer wollte es auch gar nicht anders. Verantwortung tat ihm gut. Doch dieses eine Mal, nur für wenige Momente, wünschte er ihr zu entfliehen. Er wollte Naduah den kunstvoll gearbeiteten weißen Schal geben, den er ihr mitgebracht hatte. Wollte ihr von ihrem Bruder erzählen. Am meisten wünschte er sich jedoch, wieder ihren nackten Körper neben seinem zu spüren. Sie bis zur Erschöpfung zu lieben und dann zusammengeschrumpft in ihr liegenzubleiben, bis ihre Wärme ihn von neuem erregte.

Sie war jetzt fast bei ihm angekommen, und er hob zum Gruß Schild und Lanze. Sie und Quanah und Gathered Up erwiderten den Gruß mit ihren Bogen und Pfeilen.

Der größte Teil des Dorf schlief, als die Männer des Rats schließlich ihr Rauchzelt verließen. Wanderer war auf dem Rückweg zunächst zum Fluß gegangen, um zu baden. Er trug nur Lendenschurz und

Mokassins und hielt sein verschwitztes Hemd und die staubigen Beinlinge in der Hand, als er durch das stille Lager ging. An jedem Zelt, an dem er vorbeikam, blieb er kurz stehen und lauschte. Diese Wachsamkeit war ihm zu einer Gewohnheit geworden, der er sich kaum mehr bewußt war. Er fühlte sich für jede einzelne Familie verantwortlich und lächelte über das, was er hörte. Den heimkehrenden Kriegern wurde von ihren Frauen ein guter Empfang bereitet.

Als er sein Zelt erreichte, schlief seine Familie schon. An der Zeltwand glühte die vertraute Sonne. Quanah und Pecan lagen zusammengerollt nebeneinander auf ihren Schlafroben auf der anderen Seite des Vorhangs aus Bisonfell. Sie hatten sich freigestrampelt, und er deckte sie wieder zu. Dann betrachtete er sie lange Zeit im Lichtschein der glühenden Holzscheite. Er beobachtete, wie sich ihre Brustkörbe regelmäßig hoben und senkten und wie ihre langen Wimpern flatterten. Sie träumten. Quanah war schon jetzt größer als die anderen Jungen in seinem Alter, und seine Beine streckten sich, was ihm das Aussehen eines Fohlens verlieh.

Wanderer streifte sich im Halbdunkel Lendenschurz und Mokassins ab. Er warf seine Kleidung auf die Leine, die zwischen zwei Zeltstangen gespannt war. Er genoß das Gefühl der auf dem Fußboden ausgebreiteten Felle. Er wackelte mit den Zehen und vergrub seine müden Füße in die weichen Felle. Er fühlte sich sauber, erschöpft und in gewisser Weise im Stich gelassen. Er wünschte, er könnte seine Sorgen genauso leicht abwaschen wie den Schweiß und den Staub. Beim Ritt nach und von Mexiko hatte auch er die Verwüstungen gesehen, welche die jüngste Epidemie des weißen Mannes zurückgelassen hatte. Und vielleicht war auch Naduahs Bruder schon daran gestorben.

Er setzte sich mit gekreuzten Beinen auf das zerwühlte Bettzeug. Naduah hatte sich in der warmen Frühsommernacht ebenfalls freigestrampelt. Wanderer ließ die Hand sanft über ihren glatten Körper gleiten und betastete wieder einmal die vertrauten Rundungen. Sie seufzte und drehte sich erwartungsvoll zu ihm herum, damit er ihr die Brüste liebkosen konnte. Er wollte etwas sagen, doch sie kam ihm zuvor.

»Wolf Road hat mir von meinem Bruder erzählt, Geliebter.« Sie nahm Wanderers Hand, küßte sie und hielt sie sich an die Wange. »Ich weiß, daß du nichts tun konntest.«

»Es war genauso übel, wie er es im Süden gesagt hat, Goldhaar.«

»Ich möchte losreiten und seine Gebeine suchen und auch die von Small Hand, wenn sie mit ihm gestorben ist.«

»Das werden wir tun. Wir werden bis zum Frühling warten, damit sie Gelegenheit haben, zu uns zurückzukehren. Dann machen wir uns auf die Suche nach ihnen.« Wanderer legte sich erschöpft hin und spürte etwas Hartes auf seinem Kissen. Er hob es auf.

»Das hat Gathered Up für dich gemacht«, sagte Naduah. »Er hat in deiner Abwesenheit hart daran gearbeitet. Er hält dich für einen Bruder des Wolfs und einen Vetter des Bären.«

Es war eine schön gearbeitete Reitpeitsche. Ein sechzig Zentimeter langer Peitschenriemen aus Rohleder war zu einer Schlinge zusammengelegt, und die beiden Enden steckten senkrecht in einem polierten Knochengriff. Ein Stöpsel aus Knochen war durch ein waagerechtes Loch getrieben und hielt die Peitschenschnur fest. Der Handgriff war schön geschnitzt, zeigte das Bild eines Wolfs und war mit Perlenstickerei geschmückt. Am oberen Ende des Handgriffs, neben dem Halteriemen, war ein kleineres Loch gebohrt, und an dem geflochtenen Riemen aus Roßhaar, der dort hindurchgezogen war, hing eine Quaste aus flauschigen weißen Brustfedern und eine einzelne Krähenfeder.

»Die Perlenstickerei habe ich für ihn gemacht, aber alles andere stammt von ihm.«

»Sie ist sehr gut gemacht.«

»Sag ihm das. Quanah hat auch ein Geschenk für dich, obwohl die Geschenke, die er vielleicht bekommt, ihn viel aufgeregter machen.«

»Ich habe dir auch ein Geschenk mitgebracht, mein Goldhaar.«

Sie rollte sich herum und schlang ihm die Arme um den Nacken. Sie spürte die sehnigen, glatten Umrisse seiner Schultern, Lenden und Beine.

»Dies ist das schönste Geschenk, das du mir machen konntest«, murmelte sie. »Willkommen zu Hause, mein wandernder Krieger.«

»Du bist die ganze Zeit bei mir gewesen. Der Gedanke an dich.«

Sie hielt sein ernstes, schönes Gesicht zwischen den Handflächen und betrachtete ihn in dem fahlen Licht der glühenden Holzkohle und der Sterne, die durch den Rauchabzug hereinschienen. Worte konnten ihre Liebe nicht ausdrücken. Sie mußte sich damit zufriedengeben, sie ihm zu zeigen.

Wanderer verbrachte die meiste Zeit auf der Weide, wo er intensiv mit Raven arbeitete, dem von Night gezeugten Sohn Winds. Das

Pony war jetzt schon so gut trainiert wie ein durchschnittliches Bisonpferd, aber Wanderer war damit noch nicht zufrieden. Er brachte Raven bei, mit den Ohren Zeichen zu geben, mit ihnen zu winken, wenn Bisons in der Nähe waren, und sie nach vorn zu neigen, wenn ein Mann näherkam. In körperlicher Hinsicht war Raven eine Replik von Night, doch hatten sie unterschiedliche Persönlichkeiten. Das Fohlen war begierig zu gefallen, während Night bei seinem Training ein geschäftsmäßigeres Verhalten gezeigt hatte. Es war, als wüßte er, daß es für beide Seiten von Vorteil war, wenn er mit Wanderer gut zusammenarbeitete.

Quanah war mit seinem Vater mitgegangen, langweilte sich aber jetzt. Er war losgegangen, um mit seinem Bogen Weitschießen zu üben.

»Graue Augen.« Quanah kam sofort angerannt. »Steig auf und zeig mir, wie gut du reiten kannst.«

Das Kind ging ein paar Schritte rückwärts und nahm Anlauf. Quanah preßte die Ellbogen an die Seiten und trommelte so schnell mit den Beinen, wie er nur konnte. Im letzten Moment sprang er hoch und griff nach der Schlinge, die in Ravens lange schwarze Mähne gewebt war. Gleichzeitig krallte er sich mit den Zehen in dem am Sattelgurt befestigten Steigbügel fest und schwang sich auf den Rücken des Ponys. Er setzte sich zurecht und blickte hinunter. Er wartete auf einen Kommentar. Doch während er sich auf seinen Vater konzentrierte, schnalzte Wanderer mit der Zunge, und Raven galoppierte los. Er schleuderte Quanah nach hinten und hätte ihn um ein Haar abgeworfen. Quanah blieb jedoch oben und hielt sich verzweifelt an der Mähne des Ponys fest. Er hüpfte und rutschte, erst auf die eine, dann auf die andere Seite, bis er es schaffte, die Knie in die richtige Position zu bringen, sie dem Pferd in die Flanken zu pressen und es zum Stehen zu bringen. Er sah seinen Vater anklagend an.

»Das war gemein.«

»Sei froh, daß es hier passiert ist und nicht vor deinen Freunden. Die würden dafür sorgen, daß du es nie vergißt. Die würden dich doch noch damit ärgern, wenn ihr alle alte Männer seid und in eurem Rauchzelt die Pfeife herumgehen laßt.« Wanderer lächelte ihn an. »Was hast du gelernt?«

«Daß ich mich auf mein Pferd konzentrieren muß.«

Dann begaben sich beide zum Fluß, wo Raven soff und Wanderer und Quanah ihn mit Grasbüscheln abrieben. Quanah konzentrierte sich auf die Beine des Ponys, da er auch mit ausgestreckten Armen noch nicht höher reichen konnte.

»Zeigst du mir«, fragte er, »wie man schießt, wenn wir hier fertig sind? Sore-Backed Horse sagte, er würde es mir beibringen, sagte aber auch, daß du der Beste wärst.«

»Bring mir ein paar Bisonfladen, während ich Raven anbinde.«

Quanah rannte in den Büschen am Fluß herum, bis er einen Armvoll der großen, runden, getrockneten Fladen beisammen hatte.

»Jetzt leg eine davon an den Stamm der Pappel da drüben, und dann komm her.«

Das Kind tat, wie ihm geheißen. Quanah wußte, daß er jede Minute mit seinem Vater nutzen mußte.

»Laß mich deinen Bogen sehen, mein Sohn.« Wanderer hielt ihn hoch und nahm Maß. Er reichte nicht ganz bis zur Hüfte des Jungen.

»Du wächst schnell. Du brauchst einen neuen. Du wirst entweder von mir oder Sore-Backed Horse einen neuen bekommen. Jetzt zeig mir, wie du einen Pfeil einlegst und den Bogen spannst. Gewöhn dich daran, die Pfeile mit der Spitze nach unten in der linken Hand zu halten. Dann schneidest du dich nicht, wenn du schnell danach greifst.« Wanderer kniete nieder, um besser zu sehen. Er legte seinem Sohn die Arme um die Schultern, um ihm die richtige Position zu zeigen. »Wenn du den Pfeil einlegst, mußt du die Bogensehne anfassen und nicht den Pfeil. Deshalb schneiden wir einen schmalen Schlitz in den Schaft, damit der Pfeil genau um die Sehne paßt. Du brauchst ihn nicht mit den Fingern festzuklemmen.

Der Pfeilschaft sollte lose zwischen deinen ersten beiden Fingern ruhen, wobei du den Daumen auf das Endstück des Pfeils legst, damit er nicht verrutscht.«

Quanah konzentrierte sich darauf, die Bogensehne zu spannen. Der Junge streckte die Zunge aus dem Mundwinkel und kniff die Augen zusammen.

»Nur ruhig Blut, graue Augen. Benutze beide Hände und Arme zusammen. Der linke schiebt, während der rechte zieht. Laß den linken Zeigefinger leicht am anderen Ende des Schafts ruhen, wo er den Bogen kreuzt. Du mußt lernen zu spüren, ob der Schaft sich in der Mitte der Bogensehne befindet, ohne hinzusehen.

Zieh den Pfeil schnell und glatt, in einer einzigen weichen Bewegung, so wie ein junger Baum zurückschnellt, wenn man ihn hinunterbiegt und dann losläßt. Du darfst nicht lange zielen, sonst geht der Schuß daneben. Du mußt erst lernen, weit zu schießen. Du mußt deine Kraft aufbauen. Das Zielen kommt später. Leg einen Pfeil ein, heb den Bogen, spanne ihn und schieß. Versuch's mal.«

Der erste Pfeil flog zur Seite.

»Du ziehst erst in letzter Sekunde den Bogen hoch. Tu es, ohne nachzudenken. Es muß so locker sein, als würdest du deinen Freunden zuwinken. Oder Fleisch aus dem Kochtopf stehlen.«

Quanah versuchte es erneut.

»Diesmal hätte ich es beinahe geschafft!«

»Beinahe ist nicht gut genug. Beinahe wird nicht den Kessel füllen.« Wanderer nahm seinen eigenen Bogen und seinen Köcher. Er hatte schon einen Pfeil in der Luft, der sich in hohem Bogen auf das Ziel zubewegte, bevor Quanah seinen auch nur eingelegt hatte. Der Pfeil traf die Mitte des Bisonfladens und ließ ihn zerbröseln. Quanah lief hin, um einen neuen hinzulegen.

Sie schossen den ganzen Nachmittag. Gegen Ende ihrer Übungen rollte Wanderer für Quanah Bisonfladen zusammen, damit er versuchen konnte, sie in der Luft zu treffen. Während sie übten, gab Wanderer etwas von seinem Wissen an den Jungen weiter, nur so viel, wie das Kind seiner Meinung nach an einem Tag lernen konnte.

»Wenn deine Pfeile feucht sind, mußt du höher zielen. Wenn sie naß sind, fliegen sie nicht so weit. Du solltest allerdings versuchen, sie nach Möglichkeit immer trocken zu halten. Feuchtigkeit lockert auch die Sehnen, mit denen die Federn festgebunden sind. Ich ziehe es vor, die Federn nur an den Enden festzubinden, damit sie sich in der Mitte ein wenig biegen. Ich glaube, daß sie so besser fliegen, doch Sore-Backed Horse ist anderer Meinung. Versuch es mit beiden Methoden, dann kannst du selbst entscheiden.

Es kommt in erster Linie auf den Pfeil an. Schießen kann jeder Bogen. Aber gib dich nie mit einem Pfeil zufrieden, der nicht perfekt ausbalanciert ist. Oder die falsche Größe hat. Du kannst das feststellen, indem du ihn an den Arm legst. Er sollte so lang sein, daß er dir vom Ellbogen bis zu den Fingerspitzen reicht.«

Schließlich war die Sonne schon fast bis zum Horizont gesunken, und kühle Schatten krochen über die Plains und kühlten den Schweiß auf ihren Körpern.

»Es ist Zeit, nach Hause zu gehen«, sagte Wanderer. »Bleib absolut still stehen, dann hebe ich dich auf.« Er band Raven los und ritt gut dreißig Meter weiter. Dann riß er das Pony herum und galoppierte auf das Kind zu, das reglos in seinem Weg stand. Obwohl es aussah, als würde er unter den wirbelnden Pferdehufen landen und zertrampelt werden, zuckte Quanah mit keiner Wimper. Er beobachtete seinen Vater mit seinen ernst blickenden Augen, die die Farbe sich auftürmender Gewitterwolken hatten, und spannte alle Muskeln an, um beim Aufheben zu helfen. Raven galoppierte so dicht an ihm vorbei, daß der Luftzug Quanahs langen Lendenschurz hätte flattern lassen, wenn er ihn getragen hätte. Doch da hatte Wanderer sich schon hinuntergebeugt und den Jungen auf den Rücken des Ponys gehoben.

Quanah schlang seinem Vater die kleinen Arme um die Hüfte, und so galoppierten sie auf das Dorf zu. Wie üblich hatten die Noconi ihr Lager auf dem höchsten Hügel an diesem Teil des Pease River aufgeschlagen. Als sie sich den ersten Zelten näherten, ergriff Quanah die Schultern seines Vaters und stellte sich in kauernder Stellung hin. Er stemmte sich mit beiden Füßen fest auf dem Rücken des Ponys ab und richtete sich langsam auf. Er stützte sich mit den Knien an Wanderers Rücken.

»Mutter! Mutter! Sieh mal!«

Naduah sah, wie die beiden durch das Lager sprengten und Kinder und Hunde auseinanderstieben ließen. Dann langte sie hinunter und hob Pecan auf, der an einem Stück Rohleder zerrte. Am anderen Ende hatte sich sein Lieblingswelpe festgebissen. Beide hatten sich angeknurrt und um das Stück Leder gekämpft. Naduah klemmte sich Pecan an die Hüfte, als Raven plötzlich vor ihr zum Stehen kam und sich fast auf der Hinterhand aufbäumte. Der Welpe klemmte den Schwanz zwischen die Beine und verschwand jaulend hinter dem Zelt. Doch wie Quanah zuckte auch Naduah mit keiner Wimper, obwohl der Staub, der von den Ponyhufen aufgewirbelt wurde, ihre Mokassins bedeckte und sie niesen ließ.

Raven war noch nicht ganz zum Stehen gekommen, da ließ sich Quanah schon zu seiner Mutter hinunterfallen. Er ließ seinen kindlichen, schrillen Schlachtruf hören, als er mit ausgestreckten Armen hinuntersprang. Naduah lachte und trat zur Seite, und Pecan hüpfte bei diesem Ausweichmanöver auf der Hüfte. Quanah landete zusammengerollt, um den Fall abzufedern, und schlug einen Purzelbaum. Er sprang auf und begann sofort zu sprechen und von seinem Nachmittag zu erzählen.

Gathered Up erschien mit einem Arm voller Gras für Raven und Night, die schon vor dem Zelt angepflockt waren. Star Name und Deep Water kamen mit ihrer Tochter Turtle von ihrem Zelt herüber. Dahinter trottete ein hungriger Wolf Road. Beim Essen im Zelt beherrschte Quanah die Unterhaltung.

Als die Mahlzeit vorbei war und die Männer beisammen saßen und rauchten, gingen Naduah und Star Name an die frische Luft. Im Westen wurde das letzte lavendelfarbene Licht des Sonnenuntergangs am Horizont von tiefvioletten, golddurchzogenen Streifen überdeckt. Die Insekten des Spätsommers hatten mit ihrem Abendkonzert begonnen, und von den tieferliegenden Hügeln konnten die beiden Schwestern das Bellen tausender Präriehunde hören, bevor sie für die Nacht in ihren Löchern verschwanden. Der kühle, sanfte Wind strich ihnen zärtlich über die Gesichter. Irgendwo außerhalb des Dorfs brachte ein junger Mann seiner Geliebten mit einer Flöte aus Zedernholz ein Ständchen. Die angenehmen Töne des Blasinstruments, eine klagende Melodie in einer Moll-Tonart, wehten durch das Lager.

Überall um sie herum hob und senkte sich die Ebene wie die Dünung eines grenzenlosen Ozeans, dessen riesige Wellen irgendwo dem aufragenden Himmelsgewölbe begegneten. Die ungeheure Weite der Plains hätte den Menschen des Volks ein Gefühl von ihrer Winzigkeit eingeben müssen, wenn sie auf ihren ständigen Ritten das Land durchstreiften. Statt dessen machte die Weite sie nur selbstbewußter und bestärkte sei in dem Gefühl, daß sie alles überleben konnten. Die wilde Schönheit der Plains ermunterte sie nur in der hartnäckigen Verteidigung ihres Rechts, sie nach Belieben zu durchstreifen. Die Plains waren ihre Heimat, und sie liebten sie. Sie liebten sie, wie sie war, jeden Teil davon.

Als das letzte Sonnenlicht verblaßte und die Sterne zu glitzern begannen, begaben sich die beiden Frauen wieder in das sanft glühende Zelt. In der Zeit, in der sie draußen gestanden hatten, hatte keine von beiden ein Wort gesprochen.

47

Wanderer saß in Pahayucas Ratszelt und sah sich um. Er hatte das verwirrende Gefühl, zehn Jahre zurückversetzt zu sein, in das Jahr 1840. Dieser Rat erinnerte ihn an den Rat, in dem er damals gesessen hatte, nachdem die Texaner bei dem Massaker vor dem Gerichtsgebäude in San Antonio die meisten Penateka-Führer getötet hatten. Sogar Buffalo Piss war hier, genauso störrisch und unbeugsam wie eh und je. Bei dem Rat vor zehn Jahren waren Wanderer die meisten Gesichter neu gewesen. Und viele der Gesichter, die er heute sah, waren ebenfalls neu.

Als Naduah und Wanderer und ihre Krieger nach Süden in Richtung Mexiko geritten waren, hatten sie Pahayucas Gruppe in dem Gebiet am oberen Colorado River gefunden, wo sie immer gejagt hatten. Die Cholera-Epidemie war zu Ende, und die Gruppe der Wasps schien so groß und wohlhabend zu sein wie früher. Doch Wanderer wußte, daß das Erscheinungsbild trog. Er konnte den Unterschied spüren, noch bevor Pahayuca darüber sprach.

Pahayuca ergriff jetzt das Wort. Er hatte sich kaum verändert. Er war zu dick, um Falten zu bekommen, und von zu unerschütterlicher Gelassenheit, um etwas von den Schrecken zu zeigen, die er mitangesehen hatte. Deep Water hatte eine Bemerkung über die Größe der Gruppe gemacht, und Pahayuca erklärte ihm jetzt den Grund.

»Viele von ihnen sind Menschen, die vor der Krankheit des weißen Mannes geflüchtet sind, der Krankheit, die sie ka-ler-ah nennen. Sie hat auch uns betroffen. Viele der Wasps sind daran gestorben. Jedoch nicht so viele wie bei den andern Gruppen. Seit Monaten kommen die Überlebenden zu uns. Sie haben ihre Zelte am Rand unseres Lagers aufgeschlagen, so daß wir jetzt so viele sind wie früher in der alten Zeit.

Aber es ist nicht das gleiche. Diese Menschen haben Teile ihrer Familie verloren. Sie haben ihre Anführer verloren. Sie haben den Glauben daran verloren, daß die alte Medizin sie retten könnte. Wenn sie sich übergeben müssen oder ihre Gedärme sich strömend entleeren oder wenn sie Fieber bekommen, flüchten sie in Panik und lassen sogar ihre Lieben im Stich. Und die weißen Händler bringen immer mehr Whiskey mit. Viele der Krieger verlangen jetzt danach.

Die Führer der Texaner sind neuerdings aber schwach. Nicht so wie La-mar und der Ranger, El Diablo. Ihr großer Rat in Aus-tin schickt Männer, die Honigreden führen und uns Geschenke mitbringen. Sie erwarten von uns, daß wir den Schreibstock berühren und das Land des Volkes verschenken, als handele es sich um Pferde oder Bisonroben. Sie bestehen darauf, daß ich und die anderen Häuptlinge für das gesamte Volk sprechen. Wir haben ihnen immer und immer wieder erklärt, daß wir das nicht tun können. Aber sie sind Dummköpfe, diese weißen Männer. Sie hören nur, was sie hören wollen. Und sie halten ihre Versprechen nicht. Also ziehen wir auch weiterhin auf den Kriegspfad. Und sie geben uns mehr Geschenke, damit wir mit den Raubzügen aufhören.«

Als er geendet hatte, nahm Buffalo Piss die Pfeife und sprach.

»Die Vereinigten Staaten haben mit den Texanern einen Vertrag geschlossen. Sie sagen, sie seien jetzt alle ein Stamm. Das glaube ich aber nicht. Die Vereinigten Staaten schicken *tabay-boh*, Soldaten, die ganz und gar nicht wie die *Tejanos* sind. *Tabay-boh*-Soldaten sind Soldaten, die zu Fuß gehen. Oder Fußsoldaten auf Pferden. Sie haben schöne Kleider, leuchtend rot und blau und orange. Sie verstehen aber nicht zu kämpfen. Und reiten können sie auch nicht. Sie benutzen alte Gewehre, die ungenau schießen und eine kurze Reichweite haben. Wir halten uns außerhalb dieser Reichweite und verhöhnen sie. Sie jagen uns nicht so wie die Texaner und greifen auch nicht unsere Dörfer an.

Ich würde lieber gegen die Cheyenne oder gegen die Apachen oder die Osage kämpfen. Gegen *tabay-boh*-Soldaten zu kämpfen ist so, als kämpfte man gegen Kinder.« Buffalo Piss wandte sich an Wanderer. »Wir sind froh, unsere Brüder zu sehen, die Noconi. Wie sind eure Pläne? Falls ihr nach Mexiko vorstoßt, werden viele unserer jungen Männer mit euch kommen wollen.«

»Wir reiten nach Mexiko, um auf Raubzüge zu gehen und um nach den Gebeinen von Echo Of A Wolf's Howl zu suchen, dem Sohn von Arrow Point und Bruder meiner Frau. Er ist dort an Ka-ler-ah erkrankt. Wir wissen nicht, ob er gestorben ist. Wir wollen herausfinden, was mit ihm geschehen ist. Und auf dem Hin- und Rückweg wollen wir die texanischen Siedlungen überfallen. Eure Männer sind willkommen, mit uns zu reiten. Wir werden den Krieg so führen wie im letzten Jahr. Wir werden uns in kleinere Gruppen aufteilen, Schläge gegen die Texaner führen, so viel wie möglich stehlen und töten und dann verschwinden.«

Als die Noconi-Krieger das Lager der Wasps verließen, war ihre Zahl angeschwollen. Fünfundzwanzig weitere Krieger hatten sich angeschlossen, manche mit Frauen und Kindern.

»Jetzt wird Quanah ein paar Spielkameraden bekommen«, sagte Naduah, als sie an der Spitze der Prozession losritten. »Ich wünschte, wir hätten Pecan mitgenommen. Medicine Woman und Takes Down The Lodge möchten ihn sehen.«

»Er ist zu Hause bei Star Name und Wears Out Moccasins besser aufgehoben. Falls Wears Out Moccasins ihn nicht verwöhnt. Hast du genug Zeit mit deiner Familie gehabt, mein Goldhaar?«

»Ich habe nie genug Zeit mit ihnen. Aber es war gut, sie zu sehen. Zu wissen, daß sie in Sicherheit sind.«

»Du hast dir Sorgen um sie gemacht, nicht wahr?«

»Ja. Auch wenn es die Krankheit des weißen Mannes nicht gegeben hätte. Ich hätte mich um Medicine Woman gesorgt.«

»Ich hatte den Eindruck, daß sie so aussieht wie immer«, sagte Wanderer.

»Sie verändert sich nie. Und sie besteht immer noch darauf, alles selbst zu machen. Aber sie ist so alt.«

Gathered Up und Quanah schlossen zu ihnen auf. Quanah trat seinem alten Pferd in einem vergeblichen Versuch, ihn wie ein Kriegspony zum Galopp zu bringen, in die Flanken.

»Gathered Up«, sagte Naduah, »hast du letzte Nacht geschlafen? Du siehst müde aus.«

»Mir geht's bestens. Meine Kehle ist nur etwas wund. Wanderer, wann werden wir die *Tejanos* überfallen?«

»Bald. Warum? Willst du mitkommen?«

»Natürlich. Ich habe meine Vision gehabt. Ich bin jetzt ein Mann. Es wird Zeit, daß ich damit anfange, Pferde zu sammeln.«

»Ich gehe mit Gathered Up«, sagte Quanah laut.

»Noch nicht, graue Augen«, sagte Wanderer.

»Will ich aber.« Tränen schossen ihm in die Augen und drohten, ihm auf die Wangen zu regnen. »Ich werde die Ponys hüten.«

»Noch nicht.«

Quanah starrte seinen Vater finster an. Wanderer sah ihn sanft an, so wie ein Kojote einen Lagerhund ansieht, der zu vertraulich wird. Das Kind senkte das Gesicht.

»Quanah«, sagte Gathered Up, »willst du dich um die Pferde kümmern, die ich bei dem Raubzug stehle? Wenn du es tust, schenke ich dir eins davon.«

»In Ordnung.« Sein Gesicht hellte sich auf. »Kann ich mir ein Pferd aussuchen?«

»Erst such ich mir eins aus, kleiner Bruder, dann du.«

Sie ritten wieder los. Quanah sprach über Pferde, als hätte er in seinen sechs Lebensjahren alles über sie gelernt.

Als Wanderer mit seinem kleinen Kriegertrupp zurückkehrte, ritt Gathered Up dicht hinter der Spitze auf einem Ehrenplatz. An seiner Lanze baumelte ein frischer Skalp mit blondem Haar. Die Noconi und ihre Verbündeten tanzten bis tief in die Nacht, um Gathered Ups ersten Coup zu feiern.

Wanderer und Naduah und die anderen warfen ihm beim Tanz in der Mitte des Kreises Geschenke zu Füßen. Manche stießen Stöcke in den Boden der Tanzfläche, von denen jeder die Ponys darstellte, die sie dem neuen Krieger schenken wollten. Jeder konnte sich die Geschenke aus dem Kreis nehmen und für sich behalten. Doch es waren nicht viele, die es taten. Es galt als erniedrigend. Schließlich, nach Mitternacht, legte sich Naduah mit ihrer Familie zum Schlafen in ihre Hütten aus Zweigen. Sie erwachte etwa eine Stunde später und lauschte.

»Naduah. Mutter«, flüsterte ihr Gathered Up von seiner Hütte zu.

»Ja, Gathered Up«, rief sie leise zurück. Sie stand auf und zog sich ihre Mokassins an. Sie hüllte sich in der kalten Nachtluft in ihre Robe und ging zu seinem Bett.

»Ich fühle mich schlecht.« Seine großen dunklen Augen verrieten Schmerz. Und sein langes, gewelltes, schwarzes Haar klebte ihm vor Schweiß an der Stirn. Sein Gesicht schien dünner geworden zu sein.

Naduah legte ihm die Hand auf die Wange.

»Hast du dich übergeben? Sind deine Eingeweide gelaufen?«

»Nein. Es ist meine Kehle. Ich kann kaum schlucken.« Auch das Sprechen schien ihm Schmerzen zu bereiten.

»Mir ist aufgefallen, daß du heute abend nichts gegessen hast.«

»Ich habe seit zwei Tagen nichts gegessen. Ich kann nicht schlukken.«

»Ich komme gleich mit meiner Medizin wieder.«

Sie kehrte mit ihrer Tasche zurück und entfachte ein kleines Feuer, um Licht zu erhalten. Sie setzte sich davor und durchsuchte die kleinen Beutel in der Tasche, bis sie den Beutel mit den zerstoßenen Stiernesselbeeren fand. Sie hatten eine sanft betäubende Wirkung, und sie benutzte sie oft bei Halsentzündungen und Zahnschmerzen.

»Schluck die, Gathered Up. Und iß morgen früh ein paar mehr davon.«

Der Junge versuchte zu schlucken und würgte.

»Ich kann nicht.«

Naduah verrührte sie mit Fett, damit man sie leichter schlucken konnte, und hielt sie ihm hin.

»Du mußt.«

Er versuchte es wieder und brachte einige von ihnen herunter.

Naduah trat die größeren Steine zur Seite. Mit einem Stock entfernte sie einen Kaktus und legte sich in ihre Robe gehüllt hin.

»Ich bleibe hier bei dir. Ruf mich, wenn du mich brauchst.«

Im Osten breitete sich das erste Licht der Morgendämmerung aus, als Naduah fühlte, wie eine Hand sie schüttelte. Sie richtete sich auf und entdeckte Gathered Up, der aschfahl und keuchend auf seinem Lager lag. Sein Atem ging stoßweise, und während sie zusah, begann sein Gesicht rot zu werden und dann purpurn. Er drohte zu ersticken. Sie wühlte fieberhaft in ihrer Tasche und zog eine hohle Spule heraus. Sie kniete am Bett des Jungen nieder.

»Mach den Mund auf.«

»Was ist, Goldhaar?« Wanderer stand über sie gebeugt.

»Er kann nicht atmen. Etwas erstickt ihn.« Gathered Up zuckte zusammen, als Naduah ihm den ungefiederten Teil eines Federkiels, die Spule, in die Kehle preßte und an dem vorbeidrückte, was sie blockierte. Er schloß die Augen vor Schmerz, doch sein Gesicht blieb ausdruckslos.

»Erstickt er an einem Stück Fleisch?«

»Er hat seit fast zwei Tagen nicht gegessen.«

Gathered Up lag mit geschlossenen Augen da, und seine dünne Brust hob und senkte sich. Er sog die kühle Luft in kurzen Atemstößen durch die Spule in die Lungen.

»Wanderer, fach das Feuer an und mach die Brühe von gestern abend warm. Ich möchte ihn nicht allein lassen.«

Wanderer gehorchte. Wenn es um Medizin ging, stellte er ihre Macht nie in Frage. Ein paar Minuten später brachte er ihr in einer geschwungenen Schöpfkelle aus Horn etwas dampfende Brühe. Naduah nippte daran und beugte sich über Gathered Up. Sie legte den Mund an seinen und blies ihm die Brühe durch die Spule in die Kehle. Der größte Teil davon lief ihm übers Kinn oder landete auf den Wangen, doch ein Teil blieb in ihm. Geduldig wiederholte sie den Vorgang immer wieder, bis der größte Teil der Brühe verbraucht war.

»Was glaubst du, was es ist, Goldhaar?«

»Ich weiß nicht. Öffne den Mund, so weit du kannst, Gathered Up.« Sie blickte ihm in den Mund und drehte seinen Kopf, um die ersten Lichtstrahlen des Morgens auszunutzen. »Da drinnen ist es geschwollen. Und die hintere Seite seiner Kehle ist mit dicker weißer Haut bedeckt. Sie sieht trocken und hart aus, und das Fleisch drumherum ist rot und entzündet. Wanderer, ich habe so etwas noch nie gesehen.«

»Kannst du ihm helfen?«

»Ich weiß nicht. Hol Gets To Be An Old Man.«

Gets To Be An Old Man war mit ihnen gekommen, als sie das Land der Wasps verließen. Er war so alt, daß er mit Ausnahme einiger langer schneeweißer Haare, die hier und da auf seinem faltigen Skalp sprossen, völlig kahl war. Die wenigen Haare sahen aus wie die breitgeschlagenen, ausgebleichten Fasern der Agave, bevor man sie zu Sisal flicht. Er hatte keine Waffen mitgenommen, als er sich dem Kriegertrupp anschloß. Er war offenkundig nicht daran interessiert, Pferde zu stehlen. Naduah hatte ihn gefragt, weshalb er mitkommen wolle. Er hatte mit einem zitternden Skelettfinger auf sie gezeigt, als fuchtelte er mit einem Hühnerknochen vor ihrem Gesicht herum. Dann beschrieb er mit dem Finger einen weiten Bogen.

»Ich möchte die alten Jagdgründe sehen, bevor ich sterbe, Tochter.« Und jeden Tag ritt er zu einer Seite der Karawane hinüber. Er ritt allein auf einem alten Grauen mit durchhängendem Rücken, der genauso knochig und mutlos aussah wie er selbst. Old Man murmelte während des gesamten Ritts ständig vor sich hin und zeigte auf jeden Hügel und jede Schlucht, jeden Fluß und jeden Felsen. Es hatte den Anschein, als würde er einer Gruppe junger Männer, die zu ihrem ersten Kriegszug aufbrachen, Unterricht erteilen, als würde er ihnen jeden Tag das Gelände erklären, das sie zu erwarten hatten.

Wanderer hatte Gathered Ups Krankheit beschrieben, und Gets To Be An Old Man hatte seine Trommel und seine Adlerfedern zurückgelassen. Immer noch Selbstgespräche führend, trottete er auf seinen krummen Beinen los.

»... zu ein paar Dingen taugen die Cheyenne wenigstens.« Er zog seinen Medizinbeutel aus den Falten seines ausgebeulten Lendenschurzes.

»Was hast du gesagt, Old Man?« Mit zunehmendem Alter hatte

Naduah auch größeren Respekt für Old Mans Fähigkeiten als Heiler entwickelt. Und sie begriff jetzt, warum selbst Medicine Woman ihn in den Fällen hinzuzog, mit denen sie nicht fertig wurde.

»Ich habe gesagt, daß die Cheyenne zumindest zu ein paar Dingen taugen.« Er murmelte weiter, während er sich an die Arbeit machte, und Naduah beugte sich über ihn, um zuzusehen und zuzuhören.

»Damals – in dem Jahr der Schlacht vor dem Gerichtsgebäude, in San Antonio, vor zehn Jahren war das. Als wir mit den Cheyenne Verhandlungen führten. Du weißt doch noch, Wanderer, als wir ihnen all diese Pferde gaben. Eine Menge Pferde. Weißt du noch, wie viele Pferde wir diesen Taugenichtsen von Cheyenne gegeben haben, Wanderer? Oder warst du damals noch nicht geboren?«

»Ich war schon auf der Welt. Ich habe davon gehört, Old Man.«

»Dort habe ich einen ihrer Medizinmänner kennengelernt. Einen sehr mächtigen Mann. Er hat mir dies beigebracht.« Mit einer schlanken Stahlnadel hatte Old Man versucht, kleine, stachelige Kletten auf ein gespleißtes Stück Sehne aufzuziehen. Schließlich warf er das Ganze Naduah hin, da seine Finger zu zittrig und sein Augenlicht für die Aufgabe zu schwach waren.

»Hier, Tochter. Das ist ohnehin Frauenarbeit. Häßlich.« Old Man kehrte zu seinem Monolog über die Cheyenne zurück. »Dieser Cheyenne war der häßlichste Mensch, den ich je gesehen habe. Aber mächtig. Er rettete Hook Nose das Leben, dem weißen Händler oben am Canadian River. Das hat uns Hook Nose selbst erzählt, als die Wasps vor ein paar Jahren dort waren. Und Hook Nose ist der einzige weiße Mann, dem ich je begegnet bin, der nicht lügt.«

Naduah hatte es inzwischen geschafft, die Kletten auf die Sehne zu ziehen, und Old Man bestrich sie mit Markfett von einem Bison. Er hielt die Sehne zwischen Daumen und Zeigefinger hoch und knetete das Fett mit seinen knochigen Fingern behutsam in die Kletten ein.

»Setz dich hin, Junge.« Naduah half Gathered Up, sich aufzurichten, und stützte ihn. Sie beobachtete die Prozedur aus nächster Nähe. Mit einem dünnen, eingekerbten Stöckchen trieb Old Man die Kletten in Gathered Ups geschwollene Kehle. Naduah und Wanderer hielten den würgenden und keuchenden Jungen fest. Old Man blickte ihm immer noch murmelnd und brummelnd in den Mund. Dann zog er die Sehne wieder heraus und zupfte behutsam daran, als hätte er einen Fisch an der Leine. Als er Gathered Up die Sehne mit den Kletten aus dem Mund zog, klebte ein dickes Stück blauweißen Gewebes daran, das so trocken und hart war wie Baumrinde.

»Besser?«

»Ja.« Gathered Up brach auf dem Bett zusammen und sog unter Schmerzen Luft in sich hinein. »Ich kann atmen«, keuchte er.

»In ein paar Dingen kennen sich die Cheyenne aus. Nicht in vielen, aber in einigen schon.« Old Man begann, seine Medizin einzupacken.

»Darf ich das haben?« Gathered Up zeigte auf das, was er haben wollte, das harte, schuppige Stück Gewebe, die Folge der Diphtherie. Dieses Gewebe war mächtig. Es hatte ihn fast getötet. Er nahm es behutsam in die Hand und legte es beiseite. Später, wenn es ihm besser ging, würde er es in seinen Medizinbeutel legen. Er zupfte an dem Lendenschurz des Medizinmanns, um ihn auf sich aufmerksam zu machen. Er sprach in der Zeichensprache, um seine Kehle zu schonen.

»Ich habe bei diesem Raubzug einige Ponys gestohlen. Du kannst jedes davon haben.«

»Ich will sie nicht. Was soll ich damit anfangen? Ich habe mein altes Kriegspony, Lightning.« Er zeigte auf das Wrack, das mit dicken gelben Stummelzähnen graste. »Dies ist sowieso meine letzte Reise. Behalt deine Pferde, junger Mann. Du bist jung. Du brauchst Ponys, um eine Frau zu kaufen. Frauen sind nicht billig. Und sie werden jedes Jahr teurer. Als ich jung war, konnte man eine gute Frau, eine hart arbeitende Frau, für ein Pferd und ein paar Decken kaufen.« Immer noch vor sich hinmurmelnd watschelte Old Man zur Quelle hinüber. Er rollte auf seinen krummen Beinen von einer Seite zur anderen, als er sich zu seinem Morgenbad begab.

Naduah strich Gathered Up leicht über die Hand, als sie seine Dekken zurechtzog. Er lächelte sie an und schloß dann die Augen. Er schlief sofort ein. Während er schlief, baute Naduah für ihn ein Travois.

Die Gruppe ritt weiter durch das menschenleere Land nördlich des Rio Grande. Es war eine Welt, in der Farben noch nicht erfunden zu sein schienen. Die mit Felsbrocken übersäten Hügel hatten neutrale Farbtöne, Braun, Gelb, Gelbbraun und Ocker. Die tiefen Schluchten waren mit einem Gestrüpp aus staubbedecktem Unterholz bewachsen, gelegentlich unterbrochen durch riesige Stacheln des Ocotillokaktus, ein Gelände, in dem es von langen gelben Klapperschlangen wimmelte. Es war ein feindseliges, erbarmungsloses Land, das sich auf hundert Meilen mit spindeldürren Agaven, Kakteen und Mesquitsträuchern, die den Reitern die Beine zerkratzten, gegen Eindringlinge wehrte.

Am zweiten Tag fanden die Noconi in den Bergen den Lagerplatz vom Vorjahr. Der Kriegstrupp zog weiter, um woanders sein Lager aufzuschlagen, damit der alte Lagerplatz unberührt blieb. Wanderer und Wolf Road und Gathered Up begannen, den alten Lagerplatz abzusuchen. Sie sahen sich bei den umgestürzten Trockengestellen um, den Feuerlöchern und den Haufen stacheligen Unterholzes. Sie hielten nach irgendeinem Zeichen Ausschau, das Cub vielleicht zurückgelassen hatte. Sie fanden die Knochen von Tieren und der Gefangenen, die sie vor einem Jahr ermordet hatten. Die meisten Knochen waren säuberlich abgenagt, namenlos und verstreut. Sie waren weiß und trocken, als wären sie ein Element der Erde.

»Wanderer!« Naduah rief und winkte. »Sie sind noch am Leben!«

Sie hockten sich alle um einen keilförmigen Steinhaufen. Für jeden Tagesritt, um den Cub sie bat, hatte er ihnen einen Stein hingelegt. Die Spitze des Keils wies ihnen die Richtung. Naduah hob jeden Stein auf und zählte sie, bis sie einen kleinen Lederbeutel entdeckte, der unter dem Steinhaufen begraben lag. Sie öffnete ihn behutsam und schüttelte sich eine Locke von blaßgelbem Haar auf die Handfläche, das sich von allein aufrollte wie feiner Golddraht, der von einer Spule abgeschnitten worden ist. Das Haar war in der Mitte mit einem Stück Sehne zusammengebunden. Daneben lag ein weiteres Büschel aus schwarzem und gelocktem Haar.

Naduah hielt Wanderer und Wolf Road die Handfläche hin, damit sie sich selbst überzeugen konnten. Sie strahlte sie an. Dann ließ sie das Haar wieder in den Beutel gleiten und steckte diesen in eine größere Tasche, die neben der perlenbesetzten Ahlenhülle an ihrem Gürtel hing.

Als die Gruppe sich in kleinere Kriegertrupps aufteilte, ritt Naduah mit Wanderer und Wolf Road, Sore-Backed Horse, Spaniard, Quanah und Gathered Up, der immer noch schwach war. Wegen Gathered Up verließen sie das Lager als letzte. Naduah blickte beim Wegreiten über die Schulter. Auf einem Bergkamm entdeckte sie eine einsame Gestalt, die über das breite Tal hinausblickte. Gets To Be An Old Man saß auf Lightning und überblickte das unter ihm liegende Land. Von seinem Hochsitz aus konnte er siebzig Meilen nach Mexiko hineinsehen.

Naduah trug Wanderers Lanze und winkte Old Man damit zu. Doch entweder sah er sie nicht oder hielt es für besser, sie zu ignorieren. Er schwelgte vermutlich in Erinnerungen an die Vergangenheit, als eintausend Krieger mit ihren Familien diesen Pfad entlanggeritten waren, um die abgelegenen mexikanischen Höfe auszuplündern.

Vielleicht erinnerte er sich an die Ehren und Geschenke, mit denen sie von den katzbuckelnden Spaniern überhäuft wurden, und an die Furcht, die das Volk überall verbreitete, wohin es auch ritt.

Jetzt sah man die gezackten, häßlichen Umrisse eines Forts der Weißen, das hinter ihnen auf ihrem Weg hockte wie ein schlafender Hund, über den man stolpert, wenn man nachts hinausgeht, um sich zu erleichtern. Als Old Man sah, wie sich die kleinen Gruppen von Männern und Frauen in der riesigen braunen Schüssel des unten liegenden Tals zerstreuten, war er dankbar, alt zu sein, dankbar, daß es für ihn an der Zeit war zu sterben. Er blieb den ganzen Tag auf seinem Pferd sitzen und beobachtete, wie die Wolken auf der blaßbraunen Palette des Erdbodens im Tal ständig wechselnde Schattenmuster schufen. Er beobachtete, wie ein kleiner einsamer Kojote durch das Gestrüpp von Mesquitsträuchern und Kakteen lief, und blickte zum Himmel, als ein Falke seinen Schatten lautlos über das Land gleiten ließ. Und er spürte den Wind, seinen lebenslangen Begleiter.

Er beobachtete, wie der Sonnenuntergang die aufgetürmten, flauschigen Cumuluswolken mit strahlenden, durchsichtigen Farben färbte, die an dem weiten Himmel schöner aussahen als die bemalten Fenster einer Kathedrale. Und als die Farben schwächer zu werden begannen, ließ Gets To Be An Old Man sein Pony Lightning umdrehen und machte sich auf die Suche nach einem Ort, an dem seine Gebeine zur letzten Ruhe gebettet werden sollten.

Das Zelt wirkte vor den vielen Adobe-Bauten der weitläufigen Ranch fehl am Platz. Neben der Zelttür stand ein Schild aus Wolfshaut auf seinem Dreifuß. Eine sehr lange Lanze mit einer schmalen Kriegsschneide lehnte an dem dreibeinigen Gestell. An der Zeltstange flatterte ein Lederriemen voll langer schwarzer Skalps.

Auf dem Hof standen ein paar kleine Packesel. Ein gelegentliches Zucken der Ohren war das einzige Lebenszeichen, das sie von sich gaben. Hühner, die auf der Suche nach Krumen waren, die sie am Morgen vielleicht übersehen hatten, kratzten vor der einzigen rissigen Holztür in der langen, schmutzigen Lehmmauer in der Erde. In einem Corral standen Pferde, in einem weiteren Rinder. Schweine lagen keuchend im Staub und stellten sich vor, es wäre Schlamm.

Ein Rudel von Hunden mit gesträubten Nackenhaaren und gleichzeitig eingeklemmten Schwänzen ließ ein entsetzliches Gebell hören. Die vier Hunde, die Wanderer und Naduah bei sich hatten, bellten zurück und gingen steifbeinig auf die fremden Hunde zu. Spaniard beugte sich hinunter und versetzte einem seiner Hunde einen Schlag, worauf alle Tiere still wurden und nur noch leise knurrten.

Die Tür der Ranch ging auf, und ein Mann trat ins Freie. Er bückte sich, um nicht gegen den Türbalken zu stoßen. Er trug die steifen ledernen Überhosen eines *vaquero*. Er hatte sich einen ausgeblichenen gestreiften Umhang, einen *serape*, um die Schultern gelegt. Er hatte ein offensichtlich gespanntes Gewehr in der Hand und sich seinen großen Strohhut tief in die Stirn gezogen, so daß er das Gesicht beschattete. Als die Noconi näherkamen, hob er das Gewehr.

Vielleicht haben wir einen Fehler gemacht. Vielleicht ist dies der falsche Ort. Naduah versuchte, die Gesichtszüge des Mannes zu erkennen, doch dieser hatte die Sonne im Rücken. Sie erinnerte sich an die langen und schwarzen Skalps an der Zeltstange. Wie viele Gewehre waren hinter der Brüstung auf dem flachen Dach versteckt? Wanderer hob die Handfläche zum Zeichen des Friedens, aber Sore-Backed Horses Hand ruhte auf dem Kolben seines Karabiners, den er behutsam aus dem Sattelholster neben seinem Bein zog. Plötzlich lief der Mann auf sie zu und sprang über die Schweine hinweg, die ihm im Weg lagen. Im Laufen rief er über die Schulter:

»Small Hand, Naduah und Wanderer und Wolf Road sind da.«

Eine kleine Frau in einer weißen Bluse und einem langen Rock aus leuchtend roter Baumwolle rannte barfuß hinter ihm her. Als Naduah vom Pferd stieg, wurde sie von Cub fast über den Haufen gerannt, als er sie in seine kräftigen Arme nahm. Er hob sie hoch und wirbelte sie herum, so daß einer ihrer Mokassins durch die Luft flog. Sie rang keuchend nach Luft, als seine Arme sie zu zerquetschen drohten.

»Cub, du preßt mir die Leber in die Kehle, und gleich fliegen mir die Augen aus den Höhlen. Stell mich wieder hin.«

Er stellte sie auf den Boden und wandte sich an Wolf Road und Wanderer. Während sie alle sich fröhlich begrüßten und einander auf Schultern und Rücken klopften, zog sich Naduah ihr Kleid wieder über die Knie und prüfte, ob etwas in den verschiedenen Taschen und Beuteln zerbrochen war, die an ihrer Hüfte hingen. Sie umarmte Small Hand, die schüchtern abseits stand, und dann begaben sich alle zum Ranchhaus.

Naduah hatte sich seit fünfzehn Jahren nicht mehr in einem festen Gebäude aufgehalten. Sie fühlte sich unbehaglich, als die dicken schweren Wände sich um sie schlossen, als wäre sie von der Außenwelt getrennt. Sie ging schnell durch den Hauptraum und betrat den dahinterliegenden offenen Patio. Von dort konnte sie Cubs Königreich in Augenschein nehmen. Sie setzte sich auf eine Steinbank neben dem kleinen, kreisrunden Springbrunnen in der Mitte des Innenhofs. Eine Quelle füllte den Trog immer wieder mit kaltem Wasser. Naduah ließ die Hand durch das Wasser gleiten, während sie sich umsah.

Ein umlaufender offener Säulengang, von dem Zimmer abgingen, umschloß den Patio auf allen vier Seiten. Jedes Zimmer hatte eine massive Tür, von denen jedoch keine geschlossen war. Einige der Zimmer waren offenkundig Schlafräume. Dort lagen Stapel von Bisonroben und sogar einige Matratzen. Auf den Fußböden waren Wolfsfelle und Bärenhäute als Teppiche ausgebreitet. Ein Vorratsraum war fast bis zur Decke mit getrocknetem Fleisch und riesigen Beuteln aus der Magenhaut von Ochsen voller Talg gefüllt. Ein weiterer Raum war von Wand zu Wand mit Mais angefüllt. Die Maiskolben ergossen sich zum Teil auf den Korridor und fielen sogar über die niedrige Brüstung hinweg, welche die Schweine draußen halten sollte.

»*Patrón, qué haces tú con esos indios bravos?*« Eine kleinwüchsige mexikanische Frau, die so braun und runzlig war wie eine Räucherwurst, fuchtelte mit einem Finger vor Cub herum. Er erwiderte etwas auf spanisch, und sie eilte davon.

»Sie wollte wissen, was ich hier mit einem Haufen wilder Indianer will. Ich habe ihr gesagt, daß sie in meinem Haus willkommen sind und daß sie den Hirten Anweisung geben soll, für euch einen Ochsen zu schlachten. Ihr seid willkommen und dürft bleiben, solange ihr wollt.«

»Ich werde länger bleiben, wenn ich mich draußen aufhalten kann, Cub.« Naduah konnte das Gefühl des Eingesperrtseins nicht mehr ertragen.

»Mein Mann würde auch lieber draußen bleiben«, entgegnete Small Hand. »Aber wenigstens schläft er jetzt bei kaltem Wetter im Haus. Was nicht sehr oft vorkommt.«

»Aber das Zelt wird immer für Gäste wie euch da sein. Und es soll auch zeigen, daß ich einer aus dem Volk bin.«

»Haben Angehörige des Volks dich je überfallen, Bruder?«

»Nein, Wanderer. Sie sehen ja als erstes das Zelt. Aber es kommt vor, daß ich ungebetenen Besuch erhalte. Wenn ihr wollt, könnt ihr mich auf einem meiner Jagdausflüge begleiten.«

»Was jagst du denn?«

»Apachen.«

»Ich habe mich schon gefragt, wessen Skalps das sind, die da draußen an der Zeltstange hängen«, sagte Naduah.

Als Wanderers Gruppe ihr Lager in der Nähe des Ranchhauses aufschlug, tauchten nach und nach die Mexikaner, die Cub *patrón* nannten, vorsichtig aus ihren verschiedenen Verstecken auf. Sie standen neugierig da, als der Ochse geschlachtet und geröstet wurde, und beteiligten sich auch am Essen.

»Cub«, sagte Naduah zwischen zwei Bissen, »wo hast du das alles her? Hast du die Leute getötet, die früher hier wohnten?«

»Nein, Schwester.« Er suchte nach einem Wort für »kaufen« und konnte keins finden. »Ich habe es gegen einen Beutel mit dem gelben Metall eingetauscht, das mein Großvater gespart hatte. Er hat ihn mir gegeben, bevor er starb.«

»Warum bist du nicht zurückgekommen, um bei uns zu leben?«

Diese Frage war für Cub schwer zu beantworten.

»Ich konnte es nicht, Schwester. Ich habe mich verändert. Das Volk hat sich verändert. Small Hand und ich haben es hier besser. Ich vermisse zwar das Leben des Volkes, aber hier bin ich der Häuptling. All das gehört mir.« Seine weitausholende Armbewegung umfaßte die hundert Meilen des braunen Tals und die tiefvioletten, gezackten Berggipfel, die es von dem tiefblauen Himmel trennten. »Ich kann tun, was mir gefällt. Wahrscheinlich hätte ich den mexikanischen« – wieder suchte er nach dem richtigen Wort, »... Regierungsvertretern? Beamten? Politikern? Häuptlingen gar nichts dafür geben müssen. Niemand wollte die Ranch haben. Sie ist seit Jahren verlassen gewesen. Small Hand und ich haben daran gearbeitet, sie wieder instandzusetzen. Die Mexikaner haben große Angst vor dem Volk und den Apachen. Sie sind alle geflohen. Aber jetzt kommen sie zurück, um für mich zu arbeiten.« Er wußte, daß Arbeit für einen anderen etwas war, was das Volk nicht verstehen konnte. Sie würden nie einen Mann begreifen, der mit gebeugtem Haupt und dem Hut in der Hand sich selbst praktisch als Sklaven anbot, um dafür Schutz und Lebensunterhalt zu bekommen. Sie würden auch nicht begreifen, wie abhängig die Mexikaner von ihrem seltsamen, schweigsamen *patrón* waren, einem Mann, der an dem schweißfleckigen Lederband seines zerfetzten Strohhuts eine Adlerfeder trug. Einem Mann, der meist in einem Zelt auf seinem eigenen Hof schlief. Aber wie seltsam Cub auch sein mochte, die *vaqueros* erkannten in ihm einen Mann, der sich gegen alle Widerstände durchsetzen würde.

Seit mehr als hundert Jahren waren die Farmer und Rancher im Norden Mexikos von Comanchen und Apachen terrorisiert worden. Selbst jetzt noch begab sich jeder, der den Patio der Ranch verließ, in eine Kriegszone. Es war ein Niemandsland, in dem kein Pardon gegeben wurde und in dem ein Mann Verstümmelung und Folter zu erwarten hatte, wenn er dem Feind in die Hände fiel. Die Cowboys verließen die Sicherheit der Ranch nur bis an die Zähne bewaffnet. Sie trugen klirrende Munitionsgürtel, Revolver, Gewehre und die riesigen rasiermesserscharfen Macheten und hatten ihre zusammengerollten Decken, ihre Lassos und großen Kürbisflaschen bei sich.

El Patrón ritt oft allein aus. Und manchmal kehrte er mit einem schauerlich schwarzen Apachen-Skalp wieder, der an der Mündung seines Gewehrs baumelte, dessen Kolben auf seinem Schenkel ruhte. Seine Männer jubelten, wenn sie einen dieser Skalps sahen, der im Wind flatterte und sich drehte und dabei wie ein Pferdeschwanz aussah.

Im Lauf der Monate hatte Cub die Männer, die für ihn arbeiteten, zu respektieren gelernt. Neben seinem mächtigen Körper wirkten sie wie Kinder, aber sie hatten gleichwohl Courage. Es war eine stille, fatalistische Tapferkeit, die alle Arten des Schreckens und der Entbehrung ertragen hatte, die ihnen nicht erspart geblieben waren. Sie waren ihr Leben lang Opfer gewesen. Weil sie gezwungen gewesen waren, isoliert und über das ganze Land verstreut zu leben, um dem widerstrebenden, trockenen Erdboden ihrer Heimat einen Lebensunterhalt abzuringen, war es für sie unmöglich gewesen, sich zu verteidigen. In einer Gruppe jedoch waren sie eine Armee, wie sie Cub sich kaum besser wünschen konnte.

Die strenge Disziplin James Parkers und der weise Rat von Old Owl hatten Cub zu einem guten Verwalter gemacht. Was die Ranch betraf, traf er jede Entscheidung selbst. Und auch in fast allen Details des Lebens seiner Arbeiter hatte er das letzte Wort. Er mischte sich nicht ein, weil er es wünschte, sondern weil die Männer es von ihm erwarteten. Sie brauchten ihn. Und obwohl Cub es sich selbst nicht klar machte, brauchte er auch sie.

Wanderer und Naduah und ihre Freunde blieben eine Woche, und die Zeit verging schnell. Schließlich beluden sie ihre Tiere, um nach Norden aufzubrechen. Cub stand da, den Arm um Small Hands Schultern gelegt, und beide winkten zum Abschied. Die kleine Gruppe nahm zwanzig Rinder von Cubs Vieh als Geschenk mit.

Quanah ernannte sich zum Oberhirten und ritt auf seinem geduldigen alten Schecken unter den Rindern umher. Er ließ seine Reitpeitsche knallen und kreischte und schwang sein Lasso. Er konnte es nicht lassen, die Tiere dauernd zu belästigen. Er übte sein Lassowerfen an ihren Hörnern, die gefährlich und gekrümmt und länger als seine ausgestreckten Arme waren. Die Rinder ließen seine Belästigungen über sich ergehen, so wie sie Pferdebremsen und Kribbelmücken, Moskitos und Schlangen ertrugen.

In der Woche bei seinem Onkel war der sechsjährige Quanah zum Hahn im Korb geworden. Er bezauberte die Frauen, die ihm immerzu süße Maiskuchen zusteckten. Er verbrachte jede Abenddämmerung bei den *vaqueros*, die an den grob getünchten Adobe-Wänden der Ranch hockten. Mit ernster Miene probierte er ihre langen, schlanken Maishülsen-Zigaretten aus. Und er lauschte aufmerksam der fremden, weichen Sprache, die über seinem Kopf hin und her summte.

Er hockte jeden Tag stundenlang auf dem krummen Geländer des Corrals aus Zedern- und Mesquitstrauchholz und sah den Männern beim Zureiten ihrer Pferde zu. Er feuerte sie an, wenn sie Stiere »warfen«. Dabei rannten sie neben dem Tier her, packten dessen Schwanz, warfen ein Bein darüber und rissen es zu Boden. Quanah kehrte erst irgendwann in der Nacht ins Gästezelt zurück. Und meist war er heiser, weil er bei den Hahnenkämpfen so geschrien hatte.

»Vielleicht hätten wir ihn bei seinem Onkel lassen sollen«, sagte Naduah, als sie beobachtete, wie der kleine Quanah unter den Rindern umherritt. »Er sagt, er möchte Rancher werden.«

»Nein«, entgegnete Wanderer. »Er würde seinen Onkel *loco* machen. Ich würde es vorziehen, deinen Bruder als Freund zu behalten. Er wäre ein zu furchtbarer Feind.« Wanderers Medizinbeutel steckte wieder in seinem Lendenschurz. Cub hatte ihn ihm zurückgegeben.

»Er ist sehr mächtig, Bruder«, hatte er gesagt. »Er hat mir das Leben gerettet. Doch von jetzt an werde ich meine eigene Medizin machen.«

»Gathered Up«, rief Naduah und drehte sich im Sattel um. »Wie fühlst du dich?«

»Gut. Die Kehle ist wieder in Ordnung.« Er grinste sie mit seinen ebenmäßigen weißen Zähnen an, die in seinem braunen Gesicht blitzten.

»Er hat gestern abend mehr gegessen als zwei von uns«, murmelte Wanderer.

»Wenn er mehr gegessen hat als du und Spaniard, hat er mehr als vier gegessen«, erwiderte Naduah.

Lachend ritten sie auf den Eagle Pass zu, der Begegnung mit den übrigen Kriegern entgegen.

48

Im Spätherbst 1854 ritt Buffalo Piss wieder einmal in das Lager der Noconi. Diesmal wurde er von zehn Familien begleitet.

»Was bringt dich wieder her, Buffalo Piss?« fragte Wanderer. »Du ziehst durch das Land wie die Gänse oder Bisons. Erst ziehst du nach Norden und dann nach Süden. Und jetzt bist du wieder im Norden.«

»Mit den Penateka bin ich fertig.« Buffalo Piss stieg ab und löste den Sattelgurt. »Pahayuca ist nicht mehr einer aus dem Volk. Er ist ein weißer Mann mit roter Haut.« Er betrat steifbeinig das Gästezelt und warf seinen Sattel auf den Fußboden und die Satteltaschen hinterher. Während seine geduldige Frau Red Foot das Gepäck von den Lastpferden nahm und ihre Habseligkeiten zu sortieren begann, lümmelte sich Buffalo Piss unter den Männern hin, die es sich in Wanderers Zelt bequem gemacht hatten. Er zog seine Robe zornig über den Kopf und verschränkte die Arme auf seinen hochgezogenen Knien, nicht nur, um seinen Zorn zu unterdrücken, sondern auch, um sich vor dem kühlen Novemberwind zu schützen.

»Hast du Hunger, Buffalo Piss?« fragte Naduah.

»Ja.«

Die übrigen Männer schwiegen. Sie warteten darauf, daß er erzählte, was vorgefallen war. Er aß den Eintopf, den Naduah ihm brachte, zog dann seine Pfeife hervor und zündete sie an. Er wölbte die Hände um den Pfeifenkopf, damit der Wind sie nicht ausblies, und nahm, noch immer grollend, ein paar tiefe Züge. Die Pfeife schien ihn ein wenig zu beruhigen. Er kam gleich zur Sache.

»Sie wollen uns wie ihr Vieh in einem Corral einsperren. Erinnert ihr euch an den *tabay-boh*-Soldaten Marcy? Der vor fünf Jahren zu uns kam und uns die ka-leh-ra brachte? Jetzt wollen er und sein Agent Neighbors, daß wir in ein winziges Stück Land umziehen und dort bleiben, damit es mit den Texanern keinen Krieg mehr gibt. Sanaco sagte ihnen, sie sollten die Texaner einsperren. Sie seien es, die für alle Schwierigkeiten verantwortlich seien.«

»Wir haben die Männer gesehen, die das Land stehlen und es mit ihren Stöcken in der Nähe des Brazos River vermessen«, sagte Sore-Backed Horse.

»Pahayuca zieht doch nicht um, oder?«

»Er denkt darüber nach. Es sind nicht mehr viele mächtige Häuptlinge da, die sich ihm widersetzen könnten. Pahayuca gefallen die Geschenke, die er bei den Honigreden erhält. Und er ist jetzt ein alter Mann. Er hat mehr als sechzig Jahreszeiten gesehen. Er ist so dick geworden, daß er keucht, wenn er hinausgeht, um sich zu erleichtern. Es wird nicht mehr lange dauern, dann muß er auf einem Travois gezogen werden. Könnt ihr euch vorstellen, daß er seine Krieger auf einem Travois in die Schlacht führt?« Buffalo Piss klopfte die Asche aus seiner Pfeife und zündete sie wieder an. »Es kann sein, daß er geht, Wanderer. Die Dinge stehen schlecht. Das Wild ist knapp. Die Jagd in diesem Herbst war kaum der Rede wert. Es wird einen langen, harten Winter geben.«

»Ich weiß. Night hat sich schon die Rinde der Pappeln angesehen. Er scheint zu wissen, daß er eine Menge davon wird essen müssen.«

»Die Pfade und Wagenkarawanen der Weißen haben die Wanderungen der Herden durcheinandergebracht und das Wild vertrieben«, fuhr Buffalo Piss fort. »Sie schießen die Bisons und lassen sie einfach liegen und verwesen. Sie töten alles, was sich bewegt. Und was sie nicht treffen, wird vom Lärm ihrer Waffen vertrieben.« Die Angehörigen des Volks zogen es immer noch vor, ihre Nahrung mit Pfeil und Bogen zu jagen. Sie sparten Munition und Gewehre für zweibeinige Jagdbeute. »Es werden noch mehr Penateka herkommen. Sie wollen auf Raubzüge gehen.«

»Wir heißen sie willkommen«, sagte Wanderer.

Pahayuca fühlte sich in dem hölzernen Gebäude unwohl. Die Dielenbretter fühlten sich seltsam an und schwankten unter seinen Mokassins. Sie knarrten, als träte er auf kleine Tiere. Es gab keinen Stuhl, der groß genug für ihn war, doch hätte er sich ohnehin in keinen gesetzt. Er stand vor dem Schreibtisch, der ihn von dem Kommandeur des Forts trennte. Es gab keine Pfeife, kein Feuer, keinen

Kreis von Männern, der die Dinge so besprach, wie es sich gehörte. Menschen rannten herein und hinaus, unterbrachen Pahayuca, eine demütigende Unhöflichkeit. Colonel Neill unterschrieb Papiere, während er sprach und zuhörte. Jim Shaw stand in der Nähe, um zu dolmetschen.

Im Staub vor der Tür des Obersten lag eine Leiche, die darauf wartete, begraben zu werden. Es war nicht mehr kalt, sondern wie gewohnt plötzlich sehr heiß geworden, und die Leiche mußte bald begraben werden. Pahayuca hatte sie die ganze Nacht betrachtet, als er vor seinem Zelt saß, mit seinen Geistern sprach und nachdachte. Das Leichentuch, das man über den Leichnam gebreitet und festgebunden hatte, glänzte schwach im Mondschein, und seine Ecken flatterten im Wind wie ein Geist, der sich von seinen Fesseln zu befreien sucht.

Pahayuca und vierhundertfünfzig Angehörige seines Volks kampierten im Fort. Sie waren gekommen, um sich die Lebensmittelrationen zu holen, die ihnen ihr Agent versprochen hatte. In der Reservation am Clear Fork des Brazos River kamen die Rationen immer zu spät an, doch nie so spät. Jetzt gab die Leiche da draußen Pahayuca noch mehr Grund, sich unbehaglich zu fühlen. Der Mann war an den Pocken gestorben. Sogar jetzt stellten sich die *tabay-boh*-Soldaten am Krankenrevier an, um sich impfen zu lassen.

»Häuptling, die Lebensmittel werden bald kommen. Die Flüsse sind nach der Schneeschmelze angeschwollen. Die Planwagen haben es schwer, durchzukommen.«

»Colonel, die Kinder meiner Gruppe haben Hunger. Sie weinen um etwas zu essen. Die Mägen unserer Frauen sind leer. Wir Männer müssen zusehen, wie unsere Lieben mit jedem Tag dünner werden. In der Reservation gibt es keine Bisons. Wir wollen sie verlassen, um sie zu jagen. Stell dir vor, wie es wäre, wenn du deine Familie hungern sehen müßtest.«

»Ich kann euch nicht gehen lassen.« *Ein bißchen Hungern wird dem Burschen guttun. Diesem Fleischberg, seiner Frau, kann es auch nicht schaden,* dachte Neill. »Es ist zu deinem eigenen Schutz, Pahayuca. Die Regierung der Vereinigten Staaten sagt, daß Indianer, die außerhalb der Reservation angetroffen werden, als feindselig gelten und entsprechend behandelt werden. Ich habe das Gesetz nicht gemacht. Ich befolge nur Befehle.« Es fiel Shaw immer schwer, Comanchen zu erklären, was »Befehle« waren. Neill wühlte in seinen Papieren und hoffte, das werde den Häuptling entmutigen und endlich dazu bringen, sich zu trollen. Der Colonel war ein vielbeschäftigter Mann, und die Leiche da draußen begann zu verwesen. Er konnte es durch das offene Fenster riechen. *Wo zum Teufel ist dieses Beerdigungskommando? Ein verwesender Leichnam und eine Herde mürrischer, schmutziger Indianer, die auf meiner Schwelle hocken. Verdammt!* Er überlegte. *Was soll aus einem Tag werden, der so anfängt?*

Es kam Pahayuca nicht in den Sinn zu bitten. Er hatte sein Anliegen so beredet vorgebracht, wie es ihm möglich war. Und man hatte ihm seine Bitte verweigert. Es war demütigend genug, um Jagderlaubnis bitten zu müssen. Er würde sich nicht noch mehr demütigen, indem er mit dem Colonel stritt. Aber eine Bitte hatte er noch.

»Colonel.«

Neill blickte gereizt hoch.

»Mein Volk ist den Pocken des weißen Mannes ausgesetzt gewesen. Willst du deinem Doktor ›befehlen‹, auch uns zu kratzen, um die Krankheit von uns fernzuhalten?« Pahayuca hatte nicht nur die Idee der Befehlshierarchie begriffen, sondern wußte auch, was vorbeugende Medizin ist.

»Nein. Es gibt kaum genug Impfstoff für die Soldaten und die Offiziersfamilien. Wir können nicht vierhundert Indianer impfen. Shaw, sag dem Häuptling, er soll sein Volk in die Agentur zurückbringen und dort auf den Lebensmittelnachschub warten. Es gibt nichts, was ich noch für ihn tun könnte. Britt«, brüllte er zu der offenen Tür hin. »Wo ist dieser Nigger?« In der Tür tauchte das schwarze schweißglänzende Gesicht der Ordonnanz auf. »Wo sind diese verdammten Iren mit ihren Schaufeln? Da draußen liegt eine stinkende Leiche, die begraben werden muß.«

»Ja, Sir.« Das Gesicht verschwand.

Pahayuca drehte sich um und ging in die warme, duftende Märzluft und den Sonnenschein hinaus. Er rief Blocks The Sun und Silver Rain und Something Good zu, sie sollten sich bereitmachen, das Fort zu verlassen. Dann gab er Weasel ein Zeichen, die von einer Gruppe von Soldaten umringt war. Den Rekruten war es nicht erlaubt zu heiraten. So waren überall in der Nähe des Forts Bordelle entstanden; Saufarmen oder Zapfstellen hießen sie bei den Soldaten.

Ein paar Männer hatten das Glück, rechtzeitig vorgesorgt und ein weibliches Wesen in Reserve zu haben, wie sie es ausdrückten. Eine Frau, die sie irgendwo versteckt hielten. Die Cherokee-Frauen wurden wegen ihrer Schönheit besonders geschätzt. Doch im Umkreis von hundert Meilen konnte es keine Frau an Schönheit mit der neunzehnjährigen Weasel aufnehmen. Und sie wußte es. Wohin sie auch ging, wurde sie von weißen Männern umschwärmt. Das war noch eine Last, die Pahayuca auf der Seele lag.

Gedemütigt und zornig trottete Pahayuca zu seinem Zelt. Er durchsuchte seine Habseligkeiten nach dem wasserdichten Beutel, der die Empfehlungsschreiben verschiedener weißer Häuptlinge enthielt. Er setzte sich mit gekreuzten Beinen vor das Feuer und warf eins der Schreiben nach dem anderen in die Flammen, während seine Frauen, Töchter und Enkeltöchter die Hausratsgegenstände hinaustrugen und das Zelt um ihn herum abbauten.

Pahayuca und seine Gruppe von Wasps ritten vom Fort in Richtung der Agentur los, damit die Soldaten ihnen nicht folgten. Doch als sie erst einmal außer Sichtweite waren, vorbei an den Holzfällerkommandos und den Wasserholern und den Soldaten, die sich auf der Jagd befanden, ritt Pahayuca nach Westen und Norden und auf den Pease River und das Land der Noconi zu.

Die Wasps schafften es bis zum südlichsten Arm des Pease River, doch dort wurde sie von den Pocken eingeholt. Als aus den Zelten die Klagerufe aufstiegen und die Familien sich zu zerstreuen begannen, sattelte Weasel ihr Pony und machte sich allein auf den Weg, um Naduah und Star Name zu suchen. Ihre Familien waren erkrankt.

Naduah kam zu spät. Als sie mit Star Name und Wolf Road und Weasel vor dem vertrauten Zelt mit Takes Downs großer gelber Sonne ankam, sah sie Pahayuca mit erhobenen Armen davor stehen. Er hatte sich den rechten Zopf abgeschnitten und das Gesicht schwarz angemalt. Er sang sein Gebet für die Seelen seiner Schwester, Medicine Woman, seines Neffen Sunrise und der Frau seines Neffen, Takes Down The Lodge.

Weinend und klagend liefen Star Name und Wolf Road los, um ihre Mutter zu suchen. Black Bird war verschont worden, doch ihr Gesicht war mit Pockennarben bedeckt. Sie saß wehklagend und jammernd in ihrem Zelt. In ihrer Trauer hatte sie sich die ersten Glieder des Mittel- und des Ringfingers ihrer linken Hand abgeschnitten. Ihr Haar lag in zottigen Büscheln zu ihren Füßen.

Naduah stand benommen in der Türöffnung des Zelts ihrer Mutter. Sie konnten nicht tot sein. Nicht Medicine Woman und Takes Down und der stille Sunrise. Nicht alle. Something Good zupfte Naduah am Ärmel und versuchte, sie wegzuziehen. Obwohl Naduah mehr als zehn Zentimeter größer war, benutzte Something Good noch immer den alten Kosenamen.

»Kleines, es wäre besser, du würdest draußen bleiben, dann können wir das Zelt mit ihnen verbrennen.« Something Good hatte schon viel Kummer gesehen, aber trotzdem strömten ihr die Tränen über die Wangen.

Naduah schien sie nicht zu hören. Sie stand wie erstarrt in der Türöffnung und sah sich unter den vertrauten Gegenständen im Zelt um. Der rechteckige Spiegel mit den daran baumelnden Federn und Glöckchen hing immer noch an einer Zeltstange. Da hingen Sunrises Köcher aus Otterfell und sein Bogen. Und Medicine Womans Beutel aus Kaninchenfell lag geöffnet neben ihrem Bett. Der Inhalt war entweiht und lag überall auf dem Fußboden zerstreut, so daß jeder ihn sehen konnte. Sonst schien im Zelt alles ruhig zu sein. Als würden seine Bewohner nur schlafen. Schluchzend ging Naduah auf die andere Seite des Zelts hinüber und stopfte die gebündelten Blätter, Pulverpäckchen und Wurzeln wieder in den Beutel. Sie verschloß ihn und hängte ihn sich an die Hüfte. Die Leichen lagen unter Bisonroben auf den Betten. Sie stand vor der Gestalt ihrer Großmutter und zwang sich, mit der Hand nach der Decke zu greifen. Sie mußte es sehen. Sonst würde sie für den Rest ihrer Tage glauben, es wäre nicht geschehen. Sie zog die Decke zurück und würgte, als sie die verwüsteten Überreste dessen sah, was einmal das freundliche, sanfte, humorvolle Gesicht ihrer Großmutter gewesen war.

Dann sah sie sich ihre Mutter und ihren Vater an. Anschließend verließ sie das Zelt, um Wolf Road und Star Name zu suchen. Pahayuca stand immer noch draußen und ließ seinen Klagegesang hören, und sie ging um ihn herum. Sie kehrte mit den beiden anderen zurück. Weasel und Something Good halfen ihnen, die verhüllten Leichen hinauszuziehen und auf Ponys festzubinden. Dann bestiegen sie ihre Pferde. Die kleine Begräbnisprozession begab sich durch die Überreste des Lagers zu den Schluchten unten am Flußufer. Naduah und die anderen begruben Medicine Woman, Takes Down The Lodge und Sunrise. Sie zwängten sie tief in Erdspalten und häuften Steine auf die Leichen, um Aasfresser fernzuhalten.

Nach ihrem Tod hatte Something Good die Umsicht und die Tapferkeit aufgebracht, bei jeder der Leichen die Knie hochzuziehen, bevor die Totenstarre eintrat und es unmöglich machte, die Lage der Toten zu verändern. Naduah und Star Name pflückten ein paar Sträuße der Frühlingsblumen, die überall wuchsen, und legten sie zusammen mit Lebensmittelgaben auf die Gräber. Naduah legte Sunrises Bogen und Köcher quer auf die Steine seines Grabs.

Nachdem sich der erste Schock gelegt hatte, begann sie sich daran zu erinnern, was sie verloren hatte. Das elfenhafte Lachen ihrer Großmutter, Takes Downs stille Anweisungen, die Abende, die sie gemeinsam am Feuer verbracht hatten, um sich zu unterhalten und Geschichten zu erzählen. Sie meinte Sunrises sanfte Stimme zu hören, der ihr Reit- und Schießunterricht gegeben hatte. Ihr ganzer Körper wurde von Schluchzern geschüttelt. Weinend und mit schrillen Klagelauten jammernd zog sie ihr Abziehmesser aus der Scheide. Sie ergriff dicke Büschel ihres blonden Haars und begann, dichte Strähnen abzuschneiden. Sie schnitt sich in Arme und Brüste und riß an den struppigen Resten ihres Haars. Sie schrie ihre Trauer in den Himmel über ihr.

Auf den Knien liegend und vornübergebeugt weinte und stöhnte sie stundenlang, wobei sie sich hin und her wiegte. Schließlich sank sie zu Boden und schlief im Freien ein. Something Good und Weasel deckten sie und Star Name zu, als sie vor Erschöpfung bewußtlos geworden waren. Dann hüllten sie sich in ihre Roben, um über die beiden zu wachen.

Naduah trauerte noch einen Tag. Dann verbrannte sie das Zelt ihrer Eltern. Star Name und Wolf Road halfen ihr, Sunrises Ponys zu töten. Sie hielten ihre Halteleinen fest und schnitten ihnen die Kehle durch. Als die drei zusammen mit Black Bird zwischen den verbliebenen zwanzig oder dreißig Zelten des Lagers hindurchritten, entdeckte Naduah ein Kind, das allein vor einem Zelt saß. Sie brachte Wind zum Stehen.

»Wo sind deine Eltern, Tochter?«

Das Mädchen sah benommen zu ihr hoch, als hätte sie nicht gehört.

»Wo ist deine Familie?« wiederholte Naduah.

»Tot.«

»Alle?«

»Alle.«

»Und wie ist dein Name, Kind?«

»Kuyusi, *Quail*.«

»Komm mit uns, Quail.« Naduah streckte die Hand aus. Quail benutzte sie, um sich daran hochzuziehen und Wind zu besteigen. Sie setzte sich hinter Naduah. Als sie wegritten, standen die Hunde von Quails Familie auf und trotteten hinter ihnen her.

Im November 1855 machte Kompanie A des vor kurzem aufgestellten Kavallerieregiments an der Furt des Red River halt. Auf der anderen Seite war Texas. Sie hatten sich den liebevollen Namen »Jeff Davis' Eigene Truppe« gegeben, und zwar zu Ehren des Schöpfers der Kavallerie, des Kriegsministers der Vereinigten Staaten. Doch mit der besonderen Logik des Militärs hatte dieses allererste Kavallerieregiment die offizielle Bezeichnung Zweites Kavallerieregiment erhalten. Die Kavallerie bestand erst seit sechs Monaten und war schon jetzt die Elite der Streitkräfte der Vereinigten Staaten. Davis warf herkömmliche Verfahren über den Haufen, als er diese Einheit aufstellte. Und er hatte Kongreßabgeordnete und Generäle angebrüllt, um seinen Willen durchzusetzen.

»Ich weiß, daß es dreimal soviel kosten wird wie eine Infanterieeinheit, gottverdammich. Aber es wird zehnmal so effektiv sein.«

Jefferson Davis begab sich ins Herz des Pferdezuchtgebiets nach Louisville, Kentucky, um seine neue Einheit aufzustellen. Er wählte persönlich jeden Offizier aus und nahm dabei keine Rücksicht auf Dienstrang und Anciennität. Und jeder Offizier erhielt das Recht, seine Unteroffiziere auszuwählen. Davis bot den erprobten Indianerkämpfern der Texas Rangers Offiziersposten an und machte Albert Sidney Johnson, den früheren texanischen Kriegsminister, zum Kommandeur. In Wahrheit wurde die Kavallerie nur aufgestellt, um gegen Comanchen zu kämpfen.

Davis rekrutierte Truppen in Kentucky, Ohio und Indiana, den Staaten, die für ihre Pferde und Reiter berühmt waren, obwohl das Zweite Kavallerieregiment sowohl seiner Zusammensetzung wie seiner Aufgabenstellung nach eher eine Südstaaten-Einheit war. Davis entsandte Beauftragte, welche die reinblütigsten Pferde auswählen und kaufen sollten, die sich auftreiben ließen. Jede der zehn Kompanien des Regiments ritt Pferde von der gleichen Farbe.

Die Pferde der Männer von Kompanie A waren Apfelschimmel. Sie paßten gut zu den schwarzen, rundkronigen Jeff Davis-Hüten ihrer Reiter. Jeder Mann hatte die Hutkrempe an der Seite mit einem Messing-Ornament hochsteckt, und an den Hutbändern der Offiziere hüpften weiche graue Straußenfedern.

»In Viererreihen angetreten!« Ein Hornsignal ertönte, als Sergeant McKenna den Befehl erteilte. Die Dragonersäbel, die zu den Ausgehuniformen der Unteroffiziere gehörten, rasselten schwer. »Gelenkknacker« wurde sie genannt. Sattelleder knarrte, als sich die Männer in Viererreihen gruppierten, um den Fluß zu überqueren. Das Wasser spritzte ihren Pferden um die Beine, und die Sonne glitzerte auf dem von den Hufen aufgewirbelten Gischt und auf den

Messingbeschlägen der Sättel. Jeder Mann trug einen neuen Springfield-Karabiner, einen Hinterlader, der in einem Holster am linken Knie steckte. Und jeder trug ein Paar Colt Navy-Revolver des Kalibers .36 an den Hüften.

Für ihren Grenzübertritt nach Texas hatten die neunzig Mann von Kompanie A ihre Ausgehuniform angezogen. Ihre maßgeschneiderten dunkelblauen Jacken waren hüftlang und hatten hohe Kragen sowie zwölf glänzende Knöpfe an der Vorderseite. Offiziere und Unteroffiziere hatten gelbe Biesen an den Außennähten ihrer blauen Hosen. Die Messingbeschläge und die hohen schwarzen Stiefel waren auf Hochglanz poliert. Kompanie A glitzerte, als sie losritt. Jeder bewegte sich mit der unbewußten Geschmeidigkeit eines Mannes, der im Sattel zu Hause ist. Den Soldaten folgten schwarze Sklaven und Diener, die auf Maultieren ritten oder auf Planwagen fuhren.

Das Hufgetrappel verebbte allmählich, als die Männer auf der texanischen Seite des Flusses haltmachten. Sie warteten auf weitere Befehle und die Ankunft der Gebirgshaubitze, die im Troß folgte. Die Kanone war für zwölfpfündige Geschosse ausgelegt.

»Schwadronsweise formieren! Links schwenkt! Vorwärts marsch!«

Als sich die Kolonne wieder in Bewegung setzte, ritt Sergeant McKenna neben dem stellvertretenden Kommandeur des Zweiten Kavallerieregiments her. Colonel Robert E. Lee war ein stiller, liebenswürdiger und umgänglicher Mann, weshalb McKenna beschloß, ihn direkt anzusprechen.

»Sir.«

»Ja, Sergeant?«

»Ich bin der Meinung, wir sollten jetzt Deckung suchen und für heute nicht mehr weiterreiten.«

»Ich sehe die schwarzen Wolken im Norden, Sergeant. Die sind aber am Horizont, noch Meilen entfernt.«

»Es wird hier kalt sein, bevor man eine Kanne Kaffee kochen kann.«

»Sergeant, ich möchte Ihre Worte nicht anzweifeln, aber für die Jahreszeit finde ich es ungewöhnlich mild.« Einzelne Windstöße kräuselten das Gras wie Katzenpfoten die Oberfläche von Wasser. »Der Wind scheint etwas aufzufrischen, aber das«, Colonel Lee zerrte an seinem hohen engen Kragen, »finde ich eher eine Erleichterung, um ganz offen zu sein. Das Gewitter wird bestimmt erst losschlagen, wenn wir das Biwak für die Nacht aufgeschlagen haben.«

»Bitte sehr um Vergebung, Sir. Aber ich lebe in diesem Staat, seit ich ein kleiner Krümel war. Das ist ein schweres Wintergewitter, was da aus dem Norden auf uns zukommt. Und die bewegen sich schneller als eine Schlange mit einer Biene im Hintern. Die krempeln alles um und lassen uns die Ärsche abfrieren.«

Lee zuckte kaum merklich zusammen. Es war nicht schwer, die Texaner unter den Männern zu erkennen.

»Wir reiten noch ein paar Stunden weiter, dann werden wir sehen, wie das Wetter aussieht, Sergeant.«

»Zu Befehl, Sir.«

Innerhalb einer Stunde war die Temperatur um zehn Grad gefallen, und sie fiel weiter. Der Wind hatte die Temperatur schon fast auf den Nullpunkt sinken lassen. Die Männer von Kompanie A lösten ihre hinter den Sätteln festgebundenen Wintermäntel, rollten sie auf und zogen sie an. Die riesigen schwarzen Wolken, die am Himmel heranrollten, schienen unter ihrem gewaltigen Gewicht immer tiefer und tiefer zu sinken. Ein Kojote schlich zitternd davon. Sein Fell wurde vom Wind auf dem Rücken aufgerichtet.

Sand begann um die Männer zu wehen. Und dann, als die Windböen Sturmstärke erreichten, schnitten ihnen erbsengroße Stücke spitzer Kieselsteine ins Fleisch. Sand und Kies vermischten sich mit einem kalten Regen, der ihnen fast waagerecht ins Gesicht trieb. Am Ende schien es Schlamm zu regnen, der den Männern in die Hemdkragen troff und ihnen scheuernd über den Rücken lief.

»Kolonne rechts um. Im Eilschritt zu den Felsen da drüben«, rief McKenna. Der riesige Felsblock ragte steil aus der Ebene auf, und an seinem Fuß war er von grünen Zedern gesäumt. Der Wind peitschte Sergeant McKenna die Worte aus dem Mund, und er mußte an der ganzen Marschkolonne entlangreiten, um die Anweisungen zu wiederholen. Der Regen wurde noch stärker und zu nadelspitzen Graupeln, als die Temperatur immer weiter fiel. Der Pfad wurde zu einem Morast aus klebrigem roten Schlamm, der sich an den Hufen der Pferde zusammenklumpte. Dann begannen die Tiere auf dem Eis auszurutschen, das sich über dem Schlamm bildete. Um drei Uhr nachmittags war es stockdunkel, und überall am Horizont zuckten Blitze.

»*Herr, laß uns einen Unterschlupf finden, und ich werde Deinen Namen nie mehr mißbrauchen.*« McKenna zog sich den Kragen höher und ließ den Kopf tief zwischen die Schultern gleiten.

Als sie den zweifelhaften Schutz der Felswand erreichten, war

McKenna vor Kälte und Nässe schon ganz benommen. Kalte Schauer schüttelten ihn. Er eilte zwischen den Männern umher und achtete darauf, daß sie die Pferde und Maultiere möglichst geschützt anpflockten und ihre kleinen A-förmigen Zelte und die großen, kegelförmigen Sibley-Zelte für die Offiziere sturmsicher befestigten. Die Zeltwände flatterten und hüpften in ihren Händen, und es waren sechs bis zwölf Mann nötig, bis ein Zelt gesichert war. McKenna kroch mit den anderen Unteroffizieren in eins der Sibley-Zelte und kauerte sich hin, um warm zu werden.

»Jesus am Kreuz, wie lange soll das noch dauern, McKenna?«

»Einen Tag mindestens. Meist drei. Genau weiß man's nie. Vielleicht eine Woche.«

Regenwasser begann ins Zelt zu sickern, doch alle waren schon zu durchnäßt, um sich darüber noch Gedanken zu machen. Es ließ sich ohnehin nichts dagegen tun. Die Männer setzten sich auf das untere Ende der Zeltwand, um sie mit ihrem Körpergewicht niederzuhalten. Sie erzählten Geschichten, um sich die Zeit zu vertreiben, und mußten dabei fast schreien, um sich in dem heulenden Sturm und dem explosionsartigen Donnergrollen Gehör zu verschaffen. Gegen Mitternacht, als das Gewitter vorbei war, drang ein Schrei durch den Wind zu ihnen ins Zelt. McKenna sprang auf.

»Gott der Gerechte. Was war das?« fragte jemand aus der Dunkelheit im Zelt.

»Du gehst da raus, McKenna?«

»Aber sicher. Zu stickig hier drinnen. Ich werde wohl einen Spaziergang machen und rauchen. Ich seh' vielleicht mal nach, ob die Pferde noch angepflockt sind und was sie so schreien läßt. Will jemand mitkommen?«

»Ich gehe mit dir, Mac.«

»Du bist verrückt. Es sind minus zwanzig Grad da draußen«, sagte die gedämpfte Stimme einer der anonymen Gestalten im Zelt.

»Wer hat da gefurzt?« fragte eine andere.

McKenna und Casey gingen hinaus und taumelten, als der Wind sie mit voller Wucht traf. Es schneite, und dabei lag der Schnee schon gut dreißig Zentimeter hoch. Sie tappten behutsam weiter. Ihr Weg wurde von den Feuern in den Zelten erleuchtet. McKennas Fuß stieß gegen den Kadaver eines Maultiers, das als letztes in der Reihe angepflockt war. Er tastete sich daran herum.

»Tot. Erfroren. Härter als die Kekse meiner Schwester.«

»Hier liegt noch eins«, sagte Casey.

Dann sahen sie die Augen. Zwei riesige, glühende Augen.

»Hol mich der Teufel! Die sind ja so groß wie Untertassen.«

»Dann stell dir die Größe des Tiers vor, das drumherumgewickelt ist.«

Mit einem unirdischen Schrei sprang die Katze sie an. Beide feuerten gleichzeitig und schossen ihre Revolver leer. Der Puma fiel fast vor ihren Füßen tot um. Obwohl es zu dunkel war, es zu erkennen, hatte das Tier Schaum um die Schnauze. »Vergiß die Pferde«, sagte McKenna und zog sich zu den Zelten zurück. McKennas Herz hörte erst dann auf zu pochen, als seine Hand die steife Leinwand eines Sibley-Zelts berührte. Er zog die Türklappe beiseite und steckte den Kopf hinein.

»Hat jemand von den Herren etwas Tabak, den er gegen eine Tasse Kaffee eintauschen will?«

»Kommen Sie rein, oder bleiben Sie draußen, Sergeant.«

»Jesus, es ist ja kälter als die Zehennägel eines Eisbären.«

McKenna und Casey drängten sich hinein und setzten sich zu den Offizieren, die durch das Unwetter zu ihresgleichen geworden waren. Jemand unter den glühenden Lichtfunken im Zelt reichte ihnen eine Zigarette. Die beiden Sergeants teilten sie sich.

»Kaffee würde uns gar nicht guttun«, sagte jemand.

»Irgend so ein verdammter Idiot hat den Ofen vergessen.«

»Was war das für ein Geräusch da draußen, Sergeant McKenna?«

»Ein Puma. Großer Bursche. Ist jetzt aber tot.«

Casey wog seinen leeren Revolver in der Hand.

»Gott sei Dank gibt es diese Colt-Revolver«, sagte er.

»Na ja, Sir, Sie wissen, wie es ist«, meldete sich ein junger Leutnant zu Wort. »Gott hat manche Männer groß und manche klein gemacht. Aber Colonel Colt hat sie alle gleich gemacht.«

Als Kompanie A ins Camp Cooper ritt, war der glitzernde Glanz verschwunden. Die Männer waren so mit Staub und getrocknetem Schlamm bedeckt, daß man kaum noch sagen konnte, welche Farbe ihre Uniformen oder ihre Pferde hatten. Der Himmel war bleigrau, und ein feiner Nebel begann sich auf die kahlen Hügel zu senken. Das erste, was sie von dem Fort zu sehen bekamen, war der Friedhof. Sergeant McKenna verließ die Kolonne und las laut vor, was auf einem der Gedenksteine stand.

»O bete für den Soldaten, du gutherziger Fremder,
er streifte so manches Jahr auf der Prärie umher.
Er hat die Comanchen von unseren Hütten ferngehalten
Und sie über die Grenzen von Texas hinausgejagt.«

Auf dem nackten, gefegten Viereck zwischen den Reihen halbfertiger Baracken aus Holz, Leinwand und Lehm marschierten fünf Männer im Kreis herum, die strafexerzieren mußten. Zwei von ihnen schleiften Kugeln und Ketten hinter sich her. Ein sechster war in Ohnmacht gefallen und lag, wo er gestürzt war. Vor dem Befehlsstand hatten sich viele Soldaten und Hunde versammelt, und es war niemand da, die Neuankömmlinge zu begrüßen. Dann löste sich ein Mann aus der Menge, bestieg sein Pferd und ritt ihnen entgegen.

Lee saß kerzengerade auf seinem großen Apfelschimmel. Trotz des Wetters brachte er es fertig, frischgewaschen und gestärkt auszusehen. Er und Colonel Neill salutierten und stellten sich vor.

»Süßer Jesus«, sagte Neill. »Bin ich froh, Sie zu sehen. Soldaten, die wirklich englisch sprechen. Bisher hatte ich nur irische Kartoffelfresser und dickschädelige Deutsche.«

»Froh, Ihnen zu Diensten zu sein, Colonel Neill. Was geht da drüben vor?« Lee nickte zu der Gruppe der Männer hinüber.

»Kommen Sie mit. Das müssen Sie sich ansehen. Ihre Männer übrigens auch. Warum lassen Sie sie nicht antreten? Zurück da. Bewegt euch.« Er bahnte sich mit den Ellbogen einen Weg durch die Menge. »Jetzt lassen Sie die neuen Soldaten, die frisch aus dem Osten sind, mal sehen, was für eine Art Feind sie hier erwartet. Das soll nicht heißen, daß sie ihn wirklich zu sehen bekommen«, murmelte er zu Lee. »Sie werden sie kaum zu Gesicht bekommen. Ich bezweifle, daß West Point sie auf so etwas vorbereitet hat.«

Die Männer bildeten eine Gasse, und so konnte Lee einen auf der Erde liegenden nackten Leichnam sehen. Er kämpfte einen würgenden Brechreiz nieder.

»Sie sind Bestien, diese Comanchen«, sagte Neill beiläufig. »Sie haben nicht einen Tropfen Mitleid oder Menschlichkeit oder Dankbarkeit in sich.« Er nickte zu dem Leichnam hin. »Ein Wehrpflichtiger. Hat sein Holzfällerkommando verlassen und wurde gefangengenommen. Vermutlich von den gleichen Comanchen, die wir den ganzen Winter durchgefüttert haben. Wir haben ihn nur fünfunddreißig Meilen von hier entfernt gefunden. Die Indianer haben ihn auf dem Rücken liegend auf der Erde festgebunden und auf seiner Brust und seinem Bauch ein Feuer gemacht. Darauf haben sie eine Mahlzeit gekocht und sie vermutlich mit seinen Schreien gewürzt.«

Neill zog eine kleine Derringer-Pistole aus der Tasche.

»Darf ich vorschlagen, Colonel Lee, daß jeder Ihrer Männer eine dieser Pistolen bei sich hat, um sie notfalls gegen sich selbst zu richten? Ihre Männer können ihre Zelte da drüben aufschlagen. Baracken müssen sie sich selbst bauen, genau wie meine Männer. Sie sollten sich lieber beeilen. Einen Vorgeschmack auf unsere Winter haben Sie inzwischen ja schon mit diesem Nordsturm bekommen, den wir gerade hinter uns haben. Der richtige Winter aber kommt erst noch. Es ist schwer, hier Bauholz zu finden. Muß über zehn Meilen herantransportiert werden. Für den Bau unserer Baracken hier haben wir die umliegende Gegend abgeholzt. Und die sanitären Verhältnisse sind schlecht. Das Wasser ist oft ungenießbar. Es ist so alkalisch, daß die Leute die Ruhr bekommen. Bei meinem letzten Kommandoposten starben jedes Jahr mehr als hundert Männer an Krankheiten und Dysenterie. Mittel gegen Skorbut muß jeder Mann selbst bezahlen, indem wir seine ohnehin schmalen Rationen weiter kürzen. Viele wollen das nicht, so daß wir viele Fälle von Skorbut haben. Und das Krankenrevier ist ein Pestloch. Hinzu kommt, daß die Langeweile Disziplinprobleme mit sich bringt. Zu jeder Zeit ist jeder zehnte Mann zu irgendwelchen Strafarbeiten abkommandiert. Pöbel. Das ist es, was wir hier haben. Der schlimmste Abschaum, den uns der Osten schicken kann.

Und dann die Rationen. Wenn die Planwagen hier ankommen, hat der Speck schon so viele Maden, daß er aus eigener Kraft herlaufen könnte. Und im Mehl wimmelt es von Rüsselkäfern. Die Winter sind schlecht, aber die Sommer sind noch schlimmer. Ich habe gehört, daß Sie in Mexiko gedient haben, Lee, aber wenn Sie noch nie einen Sommer in Texas verbracht haben, können Sie sich nicht vorstellen, wie es ist. Sogar Ihre Augäpfel werden einen Sonnenbrand bekommen. Wenn ich sterbe und in die Hölle komme, würde ich es sehr übelnehmen, wenn der liebe Gott von der mir zugedachten Zeit nicht die Jahre abzieht, die ich hier zugebracht habe. Ach, übrigens, Colonel...«

»Ja«, sagte Lee mild.

»Willkommen in Texas.«

49

Wind war für harte Ritte inzwischen zu alt geworden, machte sich beim Zähmen von frischgefangenen wilden Mustangs aber noch immer nützlich. Sie war jetzt an ein junges Hengstfohlen gebunden, ein schwarzes Tier mit weißen Flecken und Blessen. Man hatte den Schecken gezwungen, Wind drei Tage lang zu folgen, seit dem Nachmittag, an dem Quanah ihn seinem Vater gezeigt hatte.

»Den da will ich.«

»Bist du sicher?«

»Ja.«

»Er sieht nicht sehr gut aus.«

»Ist mir egal. Ich mag sein Aussehen.«

»Er sieht mir nicht freundlich aus. Hast du dir schon einen Namen für ihn ausgedacht, oder willst du warten, bist du weißt, daß du ihn auch reiten kannst?«

»Ich kann ihn reiten. Sein Name ist Polecat. Er wird ein gutes Pferd sein. Er ist schlau, und er ist schnell, und er ist beweglich. Ich habe ihn beobachtet.«

Wanderer lächelte in sich hinein. Seine Anweisungen waren auf fruchtbaren Boden gefallen. Quanah hatte sich tatsächlich ein gutes Pony ausgesucht. Und dabei hatte er das Pferd am Ende seiner gut sechs Meter langen Laufleine beobachten müssen. Näher ließ Polecat niemanden heran, möglicherweise mit Ausnahme Naduahs. Sie schaffte es, das Vertrauen selbst des wildesten Ponys zu gewinnen. Und dieses Tier war besonders wild.

Wanderer hatte den Schecken gekrellt, d. h. mit einem Streifschuß vorübergehend gelähmt, etwas, was viele Männer versuchten, doch nur wenige schafften. So hatte er ihn fangen können. Er hatte ihm den muskulösen Teil des Halses direkt über der Wirbelsäule durchschossen. Der Schuß lähmte ihn zwei oder drei Minuten lang, gerade lange genug, um das Tier mit Stricken zu fesseln. Wenn Wanderer nur um Haaresbreite danebengezielt hätte, wäre die Wirbelsäule zerschossen worden. So endeten viele Mustangs im Kochtopf.

Als die Zeit kam, das Pony zu zähmen, kam Quanah zu seiner Mutter.

»Warum bittest du nicht deinen Vater oder Sore-Backed Horse oder Wolf Road, dir zu helfen?«

»Weil alle sagen, daß du Ponys am besten zureiten kannst.«

Naduah hatte ihre Handarbeit beiseite gelegt und war mit ihm gegangen. Jetzt stand Polecat hinter Wind und sah sie bösartig an. Seine Stirnlocke wirkte wie eine Ponyfrisur, was ihm das Aussehen eines entschlossenen Jungen verlieh. Er war klein. Wanderer hätte ihm bequem die Ellbogen auf den Rücken legen können. Das Pferd war drahtig und sah zäh aus, hatte einen großen Rumpf, dünne Beine, und Mähne und Schwanz waren voller Kletten. Die Knochen seines schmalen Kopfs zeichneten sich deutlich ab, und seine großen spitzen Ohren waren nach vorn gestellt. Seine hellen Farbtupfer waren so unregelmäßig verteilt, daß er aussah, als hätte jemand einen Eimer mit Tünche über ihn ausgegossen. Sein dichtes, staubiges Winterfell löste sich in dem warmen Spätfrühlingswetter in großen Fetzen ab, was ihm ein schmutziges und mottenzerfressenes Aussehen verlieh.

»Quanah, willst du ihn zum Fluß führen und ihn im Wasser besteigen?«

»Nein, ich will ihn hier reiten.« Seit dem Besuch bei seinem Onkel auf dessen Ranch in Mexiko vor fünf Jahren war Quanah entschlossen, sein erstes richtiges Pony so zuzureiten, wie die *vaqueros* es taten.

»Dann sollten wir ihm einen Sattelgurt anlegen und ihm eine Leine um Widerrist und Brust binden, damit du dich mit den Knien daran abstützen kannst. Wir wollen mal sehen, ob du mit deinem Lasso so gut bist, wie du immer behauptet hast. Ich werde ihn dazu bringen auszukeilen, und du kannst ihm die Hinterbeine mit dem Lasso fesseln.«

Tatsächlich hatte Quanah mehr getan, als nur Behauptungen aufzustellen und zu prahlen. Er hatte sich bei jeder möglichen Gelegenheit in einen Hinterhalt gelegt und Naduah und Gathered Up und Quail und Pecan mit dem Lasso eingefangen. Er lauerte irgendwo in den Ästen eines Baums über einem Pfad und ließ die Schlinge hinuntergleiten, wenn sie vorbeigingen. Er fing auch die Hunde mit dem Lasso ein, bis sie alle eine weiten Bogen um ihn machten. Sogar die dummen Hühner gingen ihm aus dem Weg.

Er rollte sein Seil auf mexikanische Manier zusammen und stellte sich hinter Polecat. Das Pony drängte sich an Wind und beobachtete den Jungen aus dem Winkel eines seiner großen klugen Augen. Quanah summte leise vor sich hin, bis Naduah einen Schritt auf das Pony zuging. Polecat keilte instinktiv aus, und Quanah warf ihm das Seil über die Hinterhufe. Das Seil bewegte sich so schnell, daß das Auge nicht folgen konnte, und Quanah zog die Schlinge zu, bevor Polecat aufging, was geschehen war.

Das Tier wirkte verärgert und gedemütigt, und so war es schon schwieriger, die Vorderbeine mit dem Lasso zu erwischen. Am Ende hatten sie es geschafft. Schließlich hatten sie ihn zwischen zwei Bäumen festgebunden. Vorder- und Hinterbeine waren gespreizt, was ihm das Gleichgewicht nahm. Naduah löste ihm den Stirnriemen und führte Wind weg. Dann befestigte sie eine weitere lange Leine an Polecats Hals, deren Ende sie wegen der Hebelwirkung um einen Baum schlang. Sie schnürte ihm den breiten ledernen Sattelgurt um den Leib und befestigte eine zweite Schnur um die Brust. Quanah sprang hinauf und ließ die Steigbügel unbeachtet. Polecat zuckte und legte die Ohren an. Der Junge preßte die Knie unter die Leine und drückte sie dem Tier fest in die Flanken.

»Fertig?« fragte Naduah.

»Fertig.« Dann löste Naduah die hintere Leine. Polecat rührte sich nicht.

»Er ist ja schon zahm. Was hast du mit ihm gemacht, Mutter? Er keilt ja nicht aus.«

Naduah löste die Vorderleine und ließ sie mit einer leichten Handbewegung hochschnellen, damit sie lose um die Hufe fiel. Aber die Hufe waren nicht mehr da. Polecat bäumte sich auf und kippte dann nach vorn, bis es aussah, als stünde er auf der Oberlippe. Er wirbelte auf der Stelle herum wie ein betrunkener Kreisel. Er klappte in der Mitte zusammen und begann mit einer Reihe wilder Hüpfer. Naduah, die sich immer noch an der Leine festklammerte, wurde hinter ihm hergeschleift. Sie rannte los, um Schritt zu halten, und lachte Quanah an, der auf dem Pferd herumhüpfte wie ein Wassertropfen in einer heißen Bratpfanne.

Polecat tanzte geschmeidig auf den Hinterhufen und machte es dann plötzlich andersherum. Er stellte sich auf die Vorderbeine und keilte mit den Hinterbeinen in den Himmel aus. Quanah verlor schließlich den Halt und wurde in hohem Bogen abgeworfen. Er sprang wie ein Ball hoch, als er auf die Erde aufprallte, und blieb dann still liegen, um seine Knochen zu zählen und abzuwarten, ob der Schmerz sich legte, bevor er sich wieder bewegte. Polecat ging zu ihm hinüber und schnaubte ihm besorgt ins Ohr. Dann begann er, nach den Wurzeln zu suchen, die Quanah ihm manchmal mitbrachte, und verließ ihn.

Als Naduah ankam, wälzte sich Quanah auf der Erde herum und lachte. Polecat kitzelte ihn immer noch, blies ihm auf Bauch und Rippen und schnupperte an der Hüfte. Er knabberte an dem Lebensmittelbeutel, den Quanah dort festgebunden hatte. Naduah strich dem Pony über den Hals und bot ihm eine Distel an, um es abzulenken. Während Polecat sie mit vor Ekstase geschlossenen Augen behutsam aß, rollte sich Quanah zur Seite und stand auf. Dann humpelte er wieder zurück und zog sich die größeren Kakteenstacheln aus dem Unterarm.

»Ich habe meinen Medizinbeutel mitgebracht«, sagte Naduah. »Ich dachte, du könntest ihn vielleicht gebrauchen. Ich werde Salbe auf diesen Kratzer tun.« Quanahs Knie waren blutig und wundgescheuert.

»Später. Ich werde ihn wieder reiten.«

Während Polecat eine zweite Distel verdaute, sprang ihm Quanah wieder auf den Rücken. Das Pony keilte ein paarmal halbherzig aus und trippelte dann nur noch ausgelassen herum. Dann tänzelte Polecat am Ende der Halsleine, die Naduah immer noch in den Händen hielt. Er umkreiste sie im Schrittempo.

»Ich löse jetzt die Halsleine«, rief Quanah. »Er lernt so schnell, daß ich ihn am späten Nachmittag so weit haben werde, daß er auf Kniekommandos hört.« Er beugte sich vor, um den Knoten zu lösen. Mit geschmeidiger Eleganz und äußerst sparsamen Bewegungen ließ Polecat das Kind in hohem Bogen über den Kopf schnellen. Quanah fand sich plötzlich rücklings auf der Erde liegen und blickte erstaunt hoch. Naduah mußte sich hinsetzen, um nicht vor Lachen hinzufallen.

»Das wird länger dauern, als ich dachte«, sagte Quanah grimmig. Polecat stand mit lammfromm gesenktem Kopf vor ihm. Er machte den Eindruck, als wäre der Sturz ein schrecklicher Irrtum, für den er sich von ganzem Herzen entschuldigte.

»Graue Augen, du hast dir das schlaueste Pferd ausgesucht, das ich seit Night gesehen habe. Er gibt seine Absichten nicht mal mit den Ohren zu erkennen. Er hat auch mich getäuscht.«

Das Kind stand auf und bürstete sich den Staub ab. Dann ging Quanah steifbeinig auf das Pony zu und versuchte, nicht zu humpeln.

»Warte, graue Augen. Laß ihn ein paar Minuten ausruhen.« Naduah musterte Polecat aufmerksam.

»Ich muß wieder aufsitzen. Ich muß ihm zeigen, wer hier der Chef ist.«

»Ich glaube nicht, daß das bei dem hier funktionieren wird. Er will dir nur zeigen, daß du ihn nicht bezwungen hast. Er will dein Freund sein, doch nur zu seinen Bedingungen. Warum führst du ihn nicht zum Fluß und läßt ihn saufen? Du kannst ihn auch abreiben. Du kannst ihn von den Kletten befreien und ein bißchen striegeln. Sprich zu ihm wie zu einem Freund. Und morgen wird er dich reiten lassen, darauf könnte ich wetten.«

»Meinst du wirklich?«

»Ja.«

»Na schön. Wenn du es sagst.« Quanah hob das Leitseil auf, zog aber nicht daran. Er legte es sich beiläufig über die Schulter. Polecat wieherte, damit Wind ihnen folgte. In den drei Tagen, in denen sie zusammengebunden gewesen waren, hatte er die alte Stute liebgewonnen. Naduah kehrte zu ihrer Handarbeit und zu ihrem Klatsch mit Star Name zurück.

»Mutter, komm doch mit. Ich werde uns ein paar Heuschreckenbeine kochen.«

»Ich begreife nicht, wie ihr Jungs mit nichts als ein paar Heuschreckenbeinen im Magen den ganzen Tag spielen könnt. Mir scheint, Eidechsen hätten mehr Fleisch.«

»Das haben sie auch, aber Heuschreckenbeine schmecken besser.«

»Hast du Little Bit mitgebracht? Willst du ihn essen?«

Quanah sah sie schockiert an.

»Little Bit würde ich nie essen. Er ist der beste Ringer im Lager.«

Dessen war sich Naduah sehr wohl bewußt. Quanahs Teil des Zelts war vollgestopft mit Dingen, die er mit Wetten auf Little Bit gewonnen hatte. Die Jungen banden oft zwei Heuschrecken mit einem kurzen Stück Sehne zusammen und trieben sie mit dem Stachelstock dazu an, entweder zu kämpfen oder zu flüchten. Das Insekt, das als erstes auf dem Rücken lag, hatte verloren. Quanah hatte mit Little Bit schon viele Kämpfe gewonnen. Das Insekt war riesengroß, fast so groß wie die Faust seines Eigentümers. Quanah hatte ihm den Namen Little Bit gegeben, um andere Jungen dazu zu verleiten, auf ihre eigenen Heuschrecken zu setzen. Doch inzwischen war Little Bits Ruf in der Gruppe so verbreitet, daß niemand mehr gegen ihn antreten wollte. Quanah hob ihn für bessere Zeiten auf, etwa wenn sie mit anderen Gruppen ein gemeinsames Lager hatten.

Quanah trottete neben Naduah her und malte sich die Laufbahn aus, die er mit Polecat haben würde. Er mußte von Zeit zu Zeit laufen, um mit ihren langen Beinen Schritt zu halten. Die beiden Ponys folgten. Wann immer Polecat das Gefühl hatte, nicht genug Aufmerksamkeit zu erhalten, stieß er dem Jungen mit dem Maul zwischen die Schulterblätter und warf ihn fast zu Boden.

Sergeant McKenna legte einen Jutesack auf den Rücken seines Pferdes und faltete darüber sorgfältig die Satteldecke zusammen, die er mit den Fingern glattstrich. Ein wundgerittenes Pferd bedeutete Bestrafung und, was noch schlimmer war, Verachtung. McKenna würde sich jedoch ohnehin vorsehen. Casey war gerade dabei, eine Wunde auf seinem Pferd mit Kalomel zu behandeln. Doch als er das weiße Pulver in die Wunde blies, wehte ihm der stürmische Wind es wieder ins Gesicht. Er nieste herzhaft.

»Mac, bläst der Wind hier immer so?«

»O nein. So bleibt es nur eine Woche oder zwei. Dann besinnt er sich anders, und dann stürmt es eine Zeitlang wie wahnsinnig. Du wirst noch dahin kommen, daß dir eine Dauernahrung aus Alkalistaub richtig schmeckt. Der Mensch gewöhnt sich an alles, nur nicht daran, daß man ihm die Haut abzieht. Ich hab mal gesehen, wie ein paar Tonkawa einem Gefangenen bei lebendigem Leib die Haut abzogen. Der arme Kerl ist kurz danach auch gestorben.«

»Gott im Himmel!«

»Hat dein Gaul Maden?«

»Ja. Ich habe so etwas noch nie gesehen. Diese verdammten Fliegen legen ihre Eier in jede Schnittwunde und jeden Kratzer, den sie finden können.«

»Die finden sie auch. Oh, verdammt«, knurrte McKenna. »Da kommt der Hornist. Ich wünschte, er würde dieses verdammte Horn mal verlieren. Diese West Point-Offiziere können ohne Hornsignal nicht mal würfeln, habe ich recht? Und dieser Captain Oakes hat immer einen Hornisten bei sich, der Fanfarenstöße losläßt, wenn sein Herr und Meister furzt.«

»Du weißt doch, was Sam Houston über die Männer von West Point sagt. Wenn man die Eier von Hausgeflügel nimmt und sie in Adlernester legt, ist der Versuch, daraus Adler zu machen, genauso erfolglos wie das Unterfangen, Jungen, die keine Fähigkeiten haben, durch eine militärische Ausbildung zu Generälen zu machen.«

»Nun, um die Wahrheit zu sagen, so schlecht wie die meisten sind sie auch wieder nicht. Wenn man sie nur von ihren Hörnern losbekommen könnte, wären sie schon in Ordnung.«

McKennas Hosen waren fadenscheinig. Sie waren auf der Innenseite der Schenkel und am Hosenboden mit Rehleder verstärkt. Seine lose, einst marineblaue Drillichjacke war halb aufgeknöpft und zu einem tiefen Lila ausgebleicht. Er hatte sich am Morgen zwar gewaschen, doch in den einwöchigen Bartstoppeln seines Gesichts hatte sich trotzdem schon wieder Staub abgesetzt.

Er warf seinen leichten kalifornischen Sattel über den Rücken seines stahlgrauen Pferdes und zog den Sattelgurt fest. Er schüttelte die große Lederunterlage, die ihm als Matratze und Bettlaken gedient hatte, und warf sie über den Sattel. Das Loch darin zog er über den Sattelgurt. Das Leder bedeckte den Sattel und den Rücken des Pferdes und schützte so beide vor Regen.

Casey stopfte seine Tagesration an Pemmican und harten Keksen, eingemachten Kartoffeln, Mehl, Tee, Zucker und Schweineschmalz in seine Satteltasche. Bevor er eine flache hölzerne Feldflasche mit seiner zusammengerollten Decke über der Satteltasche festband, nahm Casey einen Schluck. Er verzog das Gesicht.

»Schon warm, und dabei ist es erst sieben Uhr morgens. Ich hoffe, wir finden heute einen Fluß, der noch Wasser führt. Ich könnte ein Bad vertragen.«

»Das könnten wir alle.« McKenna zog die Nase kraus. Er schwang sich auf sein Pferd. »Pferde satteln. In Reih und Glied antreten.«

Man hörte das Klirren von Sporen und das Scheppern von Metall.

»In Viererreihen angetreten. Fertig zum Aufsitzen. Aufsitzen!« Sättel ächzten, als das Gewicht von vierundzwanzig Männern sie traf. »In Viererreihen rechts schwenkt. Vorwärts marsch!«

Die Männer von Kompanie A brachen zu einem neuen ganztägigen Patrouillenritt auf. Mit ihrem Hornisten machten sie Lärm. Und sie hatten Anweisung, in dem Gebiet südlich des Red River und nördlich der mexikanischen Grenze zu bleiben. Doch beschnitten sie erfolgreich die Freiheit des Volks, das es seit jeher genossen hatte, frei auf seinen Kriegspfaden zu reiten.

Zunächst hatte die Kavallerie oft die Verfolgung aufgenommen, wenn sie die Spuren von Kriegertrupps entdeckte, und sie über Hunderte von Meilen verfolgt. Captain Oakes und seine Männer hatten bewiesen, daß die schwereren, mit Getreide gefütterten Pferde die leichteren Ponys der Indianer bei Dreihundert-Meilen-Ritten durch unwegsames Gelände erschöpfen konnten, wenn die Patrouillen einander ablösten. Sie hatten Comanchen ohne eigene Verluste bekämpft und getötet. Und sie hatten die Krieger in die Wildnis der Staked Plains und die zerklüfteten Hochebenen nördlich des Red und Canadian River zurückgetrieben.

Jetzt war ihre Beute schwerer zu finden. Es gab nur noch wenige Kriegertrupps, die nach Süden vorstießen. Die Patrouille bewegte sich auf Gelände, das von Colonel Robert Lee und seinen Landvermessern kartographiert worden war. Sie folgten den Delaware-Kundschaftern, die den Spuren der Comanchen nachritten. Die Monotonie ihres Jobs ließ sich nur mit der Monotonie der Landschaft vergleichen. Beim Reiten knurrte Casey, ein Mann aus Virginia, etwas hinter seinem Halstuch hervor, das er sich über Mund und Nase gezogen hatte. Er trug es in einem vergeblichen Versuch, den Staub fernzuhalten.

»Gott muß Texas als einen Ort erschaffen haben, an dem er all seine überschüssigen Dornen und das überschüssige Ungeziefer loswerden konnte.«

»Das Land wäre schon in Ordnung, wenn es hier nur Wasser gäbe«, sagte McKenna.

»Das könnte man auch von der Hölle sagen.«

»Kopf hoch, Case. Wir werden bald nach Utah reiten.«

»Davon habe ich gehört. Hältst du es für wahr?«

»Hört sich an wie die Art Dummheit, zu der nur diese hohen Tiere fähig sind. Vom Captain an aufwärts können sie Ärsche und Ohren nicht mehr auseinanderhalten.«

»Na hör mal, Mac, seit über einem Monat haben wir keinen Comanchen auch nur von fern gesehen.«

»Und was hat das deiner Meinung nach zu bedeuten?«

»Wir haben sie in die Flucht geschlagen.«

»Casey, ich mag dich, wirklich. Aber wenn du das glaubst, bist du genauso dämlich wie die Offiziere.«

»Wo sollen sie denn sein?«

»Da oben.« McKenna wies vage nach Norden in Richtung der Staked Plains. »Sie behaupten, wir könnten da oben auf den Staked Plains nicht Krieg führen. ›Kein Wasser.‹ Wenn das stimmt, haben die Comanchen Mittel und Wege gefunden, ohne Wasser auszukommen. Es gibt nur einen Weg, dieses verdammte Ungeziefer zu erledigen, nämlich sie gründlich zu schlagen. Und diejenigen, die dann noch übrigbleiben, geben klein bei und werden sich künftig benehmen. Aber nein. Wir müssen mit dem Hut in der Hand an der Grenze stehenbleiben und darauf warten, daß sie so nett sind und zum Spielen herauskommen. Comanchen mögen zwar rotbäuchige Wilde sein, aber dumm sind sie nicht. Beileibe nicht. Sie sind durchaus fähig, unsere Grenzen zu erkennen, so wie sie auch die Reichweite eines Karabiners einschätzen können. Und sie werden sich außerhalb dieser Reichweite halten.«

»Teufel auch, was soll's«, sagte McKenna resigniert. »In Utah können wir doch genauso schlecht gegen die Indianer kämpfen wie hier.«

»Aber wir haben doch schon gegen viele von ihnen gekämpft. Und wir haben sie vor uns hergejagt. Das mußt du doch zugeben.«

»Oh, ich bin der erste, der das zugibt. Natürlich haben wir sie schon früher verjagt, weiß Gott. Das Problem ist nur, daß sie immer zurückkommen. Man sollte meinen, daß die da oben das inzwischen auch begriffen hätten.« Über das Geklapper der Hufeisen und das Scheppern des Geräts erhob sich Sergeant McKennas Bariton.

Roll your tail
And roll her high;
We'll all be angels
By and by.

I got a girl
In Tennessee;
I love her
And she lets me.

Die Männer stimmten in den Refrain ein. Irgendwo unter den Mannschaften schmetterte ein irischer Tenor einen weiteren Vers. Je länger der Morgen sich hinzog, um so anzüglicher wurden die Verse.

Die Noconi hatten sich ebenfalls in die Wildnis der Staked Plains zurückgezogen. Sie hatten ihr Lager in der Nähe eines kleinen Flusses aufgeschlagen, der kurz hinter seiner Quelle in den Red River mündete. Naduah und Star Name hatten ihre Zelte unter der größten Pappel auf dem Plateau aufgebaut. Gleich daneben strömte der klare Süßwasserfluß dahin, der sechzig Zentimeter tief und vier Meter breit war. An seinen Ufern standen hohe Pappeln, und daneben wuchsen ganze Wiesen voll dichtem wildem Roggen. Das Tal wurde auf beiden Seiten von sieben Meter hohen Steilhängen aus sandigem rotem Lehm begrenzt. Auf der Ebene dahinter waren die Erhebungen runde, kegelförmige Hügel, die von dem ewigen Wind herausgefräst worden waren.

Vom Lager an stromabwärts zogen sich Hunderte von Morgen mit kleinen, knapp zwei Meter hohen Pflaumenbäumen hin. Sie standen dicht an dicht und trugen so viele Früchte, daß ihre Äste sich auf die Erde neigten. Unter ihnen wuchsen zahlreiche Wildrosen, Johannisbeeren und Stachelbeeren. Das Ganze wurde von großen Mengen von Feigenkakteen durchzogen. All diese Pflanzen bildeten einen soliden Teppich, auf dem dicke Schlangen und Eidechsen sich in der Sonne aalten.

Quanah und die anderen Elf- und Zwölfjährigen hatten am Rand des Lagers gerade ein Wettschießen begonnen, bei dem Sore-Backed Horse als Schiedsrichter fungierte. Ziel des Wettschießens war es festzustellen, wie viele Pfeile jeder Junge in die Luft schießen konnte, bevor der erste Pfeil zu Boden fiel. Als die Pfeile hoch in die Luft schwirrten, sahen sie aus wie Vogelschwärme.

Die meisten der Männer, die nicht gerade auf der Jagd waren oder ihre Waffen reparierten, saßen beim Würfelspiel. Sie hatten sich um Bisonhäute versammelt, die mit einem Stück Kreide unterteilt waren. Würfel waren zwei glatte, zehn Zentimeter lange Stäbchen, die auf der einen Seite platt und auf der anderen geschwungen waren. Ein Spieler hielt die Stäbchen zwischen Daumen und Zeigefinger und warf sie entweder auf einen flachen Stein in der Mitte der Bisonrobe oder ließ sie darauf fallen. Seine Punktzahl hing davon ab, auf welche Markierung die Stäbchen fielen.

Einige Penateka, Gefolgsleute von Buffalo Piss, spielten mit einem schmierigen Satz lederner Spielkarten Poker. Buffalo Piss spielte ebenfalls. Er saß unter seinem schwarzen Sonnenschirm, der schon bessere Tage gesehen hatte. »Brag« oder »Poker« war ein Spiel, das die Penateka von gelangweilten Soldaten in Camp Cooper gelernt hatten, als sie dort den Winter verbracht hatten. Sie hatten sofort Gefallen daran gefunden. Kaum hatten die Männer des Volks das Spiel begriffen, begannen die Soldaten zu verlieren. Kein weißer Mann konnte so gut bluffen wie die Penateka.

Im Schatten der Bäume arbeiteten die Frauen oder würfelten oder übten Tretball. Der siebenjährige Pecan und seine Freunde hockten auf den Wurzeln der riesigen Pappel und plapperten. Die Mädchen, die neben dem riesigen Baum wie Zwerge wirkten, bauten kleine Zelte auf, während die Jungen mit ihren winzigen Bogen und Pfeilen Eichhörnchen jagten. Naduah saß vor ihrem Zelt, während Star Name die feinen, blassen Haare im Gesicht ihrer Schwester auszupfte.

»Aua!«

»Tut mir leid. Ich bemühe mich, sanft zu sein.«

»Mutter, sieh mal!« Pecan kam angelaufen und hielt eine Flasche vor sich. Sie war mit rotem Lehm beklebt und mit einem hölzernen Stopfen verschlossen. Sie hob den Stopfen heraus und schüttelte die Flasche, so daß das zusammengefaltete Papier darin aus dem Hals der Flasche lugte.

»Wo hast du das gefunden?«

»Es war in der Nähe der Pappel vergraben. Was bedeuten diese magischen Zeichen?«

»Ich weiß nicht.« Naduah starrte auf die braunen Schriftzeichen, die wie Würmer über das vergilbte Papier krochen. Sie konnte sich nach dem wenigen Unterricht, den sie vor zwanzig Jahren gehabt hatte, an nichts mehr erinnern. Dennoch studierte sie den Zettel, denn sie wußte, daß er etwas zu bedeuten hatte. Die Tinte war verblaßt, aber die Buchstaben waren klar zu erkennen und ließen auf einen gebildeten Urheber schließen.

> »Am 16. Tag des Juni 1852 hat eine Forschungsexpedition, bestehend aus Captain R. B. Marcy, Captain G. B. McClellan, Lt. J. Updegraff und Doktor G. C. Shumard, mit fünfundfünfzig Mann von Kompanie D des Fünften Infanterieregiments hier ihr Lager aufgeschlagen. Wir haben heute den nördlichen Arm des Red River bis zu seinen Quellen zurückverfolgt.«

»Auf dem Baum sind auch Schriftzeichen, Mutter. Komm, sieh sie dir an.« Er zog sie an der Hand zu der Pappel. Ein Teil der Rinde war abgeschält worden, und in das rohe Holz waren die Worte eingeschnitzt: »Forschungsexpedition, 16. Juni 1852«.

»Das müssen weiße Männer gemacht haben«, sagte Star Name.

»Scheint so. Aber welche weißen Männer würden es wagen, hierher zu kommen?« Das Papier und die eingeritzten Buchstaben am Baum machten Naduah besorgt. Die Noconi schlugen ihr Lager an Orten auf, zu denen kein weißer Mann je kam, abgesehen von den wenigen Comancheros, und die waren nicht wirklich weiß.

Das Militär der Vereinigten Staaten reagierte manchmal nur langsam, doch Captain Marcys vier Jahre alter Bericht über seine Forschungsexpedition wurde von den höheren Kommandostellen endlich ernst genommen. Marcy hatte bewiesen, daß Patrouillen, ganze militärische Marschkolonnen und Nachschubwagen die Staked Plains überqueren und unterwegs gutes Wasser und Nahrung finden konnten.

Marcy war ein gründlicher Mann. Er besaß ein scharfes Auge, ein vorzügliches Gedächtnis und einen klaren Kopf. Er erforschte nicht nur das Territorium, sondern brachte auch Künstler und Kartographen mit. Er beschrieb ausführlich Flora und Fauna, den Erdboden und die geologischen Formationen. Er nannte die besten Routen. Er beschrieb detailliert jeden Tagesmarsch und gab sogar die Entfernungen zwischen den Wasserstellen an. Marcys Bericht war ein Handbuch für jeden, der in die Wildnis aufbrechen wollte. Es war nur eine Frage der Zeit, bis jemand davon Gebrauch machte.

Als Wanderer an jenem Abend zurückkehrte, zeigte ihm Naduah das Papier und die Schriftzeichen an der Pappel. Er starrte sie lange Zeit an, bis das Licht so schwach wurde, daß er kaum noch etwas erkennen konnte.

»Weiße Männer.«

»Es müssen Weiße gewesen sein«, sagte sie.

»Weiße Männer hier. Die Botschaften hinterlassen. Sie würden nur für andere weiße Männer Botschaften hinterlassen, damit die sie finden.« Als Wanderer in dem dunkler werdenden Zwielicht neben ihr stand, konnte Naduah seine Wut spüren. Sie selbst empfand jedoch nur Verzweiflung. Jetzt blieb ihnen nichts mehr. Kein Ort, bis zu dem die weißen Männer sie nicht verfolgen würden. Die Ungeheuerlichkeit dieser Erkenntnis überwältigte sie. Hier, auf den Staked Plains. Fast erwartete sie, daß jeden Augenblick weiße Männer hinter den Bäumen auftauchen und auf sie zu schießen beginnen würden.

Sie blickte noch einmal über die Schulter und betrachtete die aufragenden Säulen der Pappeln und die flackernden Schatten der Fledermäuse. Ein Gürteltier, das sich mit einem trockenen Rascheln den Weg durch das Unterholz bahnte, ließ sie zusammenzucken. Ihr Herz pochte wie wild. Naduah haßte die Weißen. Sie wünschte sich inbrünstig, es gäbe eine Möglichkeit, sie alle loszuwerden, für immer.

»Die *tabay-boh*-Soldaten zu Pferde verlassen das Land«, sagte Wanderer. »Die Kundschafter von Buffalo Piss aus dem Süden berichten, daß es in den Forts keine mehr gibt. Dort halten sich nur noch die unbeholfenen Fußsoldaten auf. Es wird bald Vollmond sein. Ich plane wieder einen Überfall auf die Häuser und Dörfer von Texas. Was soll ich dir mitbringen?«

»Skalps.« Naduah sagte es mit großer Wildheit. »Bring mir so viele Skalps mit, wie du nur kannst. Und ich möchte mit dir gehen.«

»Es ist zu gefährlich. Auch wenn die Reitersoldaten nicht mehr da sind, ist der Süden jetzt trotzdem voll von Weißen. Ich möchte dich nicht verlieren, mein Goldhaar. Ich nehme Quanah als Hütejungen mit. Und ich werde dir Skalps bringen. Sie sind der Grund, weshalb ich aufbreche.«

50

Naduah packte ihre Sachen im Lichtschein des glimmenden Feuers in der Mitte des Zelts schnell zusammen. Draußen ließ der blaßrosa Lichtschein der Sonne, die noch unter dem Horizont begraben lag, erahnen, daß es bald wieder einen Sonnenaufgang geben würde. Wanderers Kriegertrupp war vor wenigen Stunden losgeritten, und Naduah machte sich bereit, den Männern zu folgen.

Wenn Wanderer sie entdeckte, würde es zu spät sein, sie nach Hause zu schicken. Auch wenn sie allein losritt, um ihn zu treffen, wußte sie, daß er sie nicht allein zurückschicken würde. Das war eins der wenigen irrationalen Dinge an ihm. Vielleicht schickte er jemanden mit ihr zurück, doch sie verließ sich auf ihre Fähigkeit, selbst zurechtzukommen. Das mußte sie oft genug.

Sie nahm nur ein paar Reserve-Mokassins mit, ihr Nähzeug, Kleidung zum Wechseln, etwas Pemmican und Dörrfleisch, Bogen und Köcher und eine Bisonrobe. Die Dinge, die sie sonst täglich brauchte, steckten schon in den Taschen, die sie am Gürtel trug. Sie hatte einen Flintstein und Zunder und ihre Ahle, die in dem kleinen perlenbestickten Lederzylinder mit einer engschließenden Kappe steckte, der an den Lederriemen herunterrutschte und festgebunden wurde. Und dann hatte sie noch den Beutel mit Farbe und Spiegel bei sich, die Pinzette und die Haarbürste, die Takes Down ihr vor vielen Jahren geschenkt hatte.

Sie stand in der Mitte des Zelts und ging im Geist den Inhalt ihres Medizinbeutels durch. Er war gut ausgestattet. Und sie beschloß, ein Kriegsbeil mitzunehmen, außerdem die alte Wolldecke, die Sunrise ihr vor zwanzig Jahren geschenkt hatte. Die Decke war inzwischen fadenscheinig und dünn, jedoch ein Bindeglied zu ihren toten Eltern.

Sie trug ihre Beinlinge und einen von Wanderers Lendenschurzen. Sie hatte eins von Gathered Ups alten Jagdhemden an, das für Quanah weggelegt worden war, da er es tragen sollte, wenn er hineinpaßte. Es war für sie etwas zu klein und spannte über ihren vollen Brüsten. Sie streckte die Arme zu Flügeln aus und riß sie mehrmals an den Schultern scharf zurück und weitete so das weiche Leder, damit es besser paßte. Der schwere Fransenbesatz am Saum fiel ihr fast bis auf die Knie.

Sie zog das Ende ihres äußeren Gürtels durch die Schlitze an der breiten, perlenbestickten Scheide ihres Messers und band den Gürtel an der Hüfte fest zu. Die Seite der Scheide, die von der Klinge berührt wurde, war mit Messingplatten belegt, um sie zu verstärken. Schließlich steckte sie sich das Haar hinter die Ohren. Sie trug es noch immer kurz zum Zeichen der Trauer um ihre Eltern.

»Reitest du hinter Wanderer her, Mutter?« Quail erhob sich auf einen Ellbogen und gähnte. Sie nannte Naduah Mutter, brachte es jedoch nie über sich, Wanderer Vater zu nennen. Manchmal erinnerte sich Naduah daran, wie befangen sie sich in Wanderers Nähe gefühlt hatte, als sie in Quails Alter war.

»Ja. Kümmere dich um Pecan. Er ist letzte Nacht bei einem Freund geblieben. Star Name wird dir helfen, wenn du es brauchst.«

»Wanderer wird mit dir böse sein.«

Naduah sah das Kind zärtlich an.

»Es wäre nicht das erste Mal.« Sie wußte, daß Wanderer nie richtig zornig war, soweit es sie betraf.

Sie schlang sich Köcher und Bogen auf den Rücken und nahm ihren Sattel auf eine Schulter. Mit ihrem Gerät unterm Arm trottete sie durch das schlafende Dorf und wich geschickt den Trockengestellen aus. Als sie an Star Names Zelt vorbeikam, blieb sie stehen und kratzte an der Zeltwand, denn sie wußte, wo Star Names Kopf lag. Es war ihr altes Signal aus der Kindheit. Star Name taumelte verschlafen heraus. Sie hatte sich ihre Bisonrobe um den Leib geschlungen.

»Du reitest ihm nach.«

»Ja. Ich mag nicht mehr zu Hause bleiben.«

»Ich auch nicht.« Star Name klopfte sich auf ihren geschwollenen Bauch. »Eine Zeitlang kann ich aber nicht mit auf den Kriegspfad.«

»Bitte kümmere dich um Pecan und Quail, solange ich nicht da bin.«

»Das tue ich«, sagte Star Name und gähnte. »Ich mache gerade ein paar neue Satteltaschen. Bring mir ein paar Skalps mit, mit denen ich sie schmücken kann.« Star Name grinste. Das Teufelchen tanzte in ihren Augen. Naduah lachte.

Die Vögel waren inzwischen wach und zwitscherten und lärmten hoch oben in den Bäumen. Die Hunde streunten durchs Lager und schnüffelten überall herum. Naduah konnte die ersten zittrigen Töne von Lances Guten-Morgen-Gesang hören. Es war Zeit aufzubrechen. Sie umarmte Star Name und ging den Weg zur Weide hinunter. Die hinter ihr auf der Erde schleifenden Fransen der Satteltaschen zeichneten Wellenlinien in den Staub.

Naduah ritt wie selbstverständlich in das Basislager des Kriegertrupps, als die Männer gerade bei ihrer Abendmahlzeit saßen. Es war leicht gewesen, sie zu finden. Sie hatte nur den Rauchsäulen ihrer Signalfeuer auf den Bergkuppen und ihrer Kochfeuer zu folgen brauchen. Wanderer war zu den alten Taktiken zurückgekehrt. Er vertraute darauf, daß die Siedlungen wieder hilflos waren. Die Ranger waren aufgelöst, und die reitenden Soldaten hatten Texas verlassen. Und somit würden Wanderers Kundschafter das provisorische Lager verlassen, um Pferde und Vieh der Texaner zu suchen. Dann würde sich die Gruppe teilen und zuschlagen und die gestohlenen Tiere zum Basislager zurücktreiben.

Ein paar einfache Hütten waren in einem offenen Hain riesiger, tiefgrüner Eichen aufgebaut worden, deren Kronen sich wie ein Baldachin über ihnen ausbreiteten. Das umliegende Land war zerklüftet und wild. Da waren spitze Hügelkuppen, hohe schmale Bergkämme und tiefe, gewundene Felsschluchten voller Unterholz und Bäumen. Es war Land, das nur wenige weiße Männer betreten würden, und dennoch lag es kaum einen Tagesritt von ihren abgelegenen Farmen und kleinen Häusergruppen nördlich und westlich von Austin entfernt.

Wieder einmal würden die Texaner voller Furcht und Grauen miterleben, wie im September der Comanchen-Vollmond aufging. Wenn sein strahlender Lichtschein die Spitzen der Bäume und Büsche überspülte, die Türpfosten beschien und durch die Spalten der geschlossenen Fensterläden sickerte, schlief kein Mensch ruhig. Und die Siedler verfluchten dieses Licht.

Es war Dämmerung, und der Mond war noch nicht aufgegangen, als Naduah zwischen den Kochfeuern des Lagers, den provisorischen Trockengestellen und den Schilden auf ihren Dreifüßen hindurchritt. Sie nickte und sprach mit den Männern, an denen sie vorbeiritt, bis sie schließlich Wears Out Moccasins fand, die unter einer riesigen, verwachsenen, silbrigen alten Eiche kochte. Sie war wie üblich mitgekommen, um ihre ohnehin schon große Herde zu mehren.

»Wears Out Moccasins, wo sind Quanah und Wanderer?« fragte Naduah.

Wears Out Moccasins sah von ihrem Eintopf hoch, der in seiner Bisonhaut köchelte. Sie neigte ihr Doppelkinn, das ihr wie Rüschen am Hals hing, in die Richtung, aus der Naduah soeben gekommen war.

»Sie folgen dir.«

»Sie folgen mir?«

»Ja. Sie reiten seit zwei Tagen hinter dir her.« Naduah stieg ab und pflockte ihr Pony an, das kojotenfarbene Tier, das Wanderer ihr vor dreizehn Jahren geschenkt hatte. Es hatte die Farbe von Sahne, einen schwarzen Schwanz und eine schwarze Mähne, schwarze Strümpfe und einen schwarzen Streifen auf dem Rücken. Mit der Spitze ihres Messers spießte Naduah ein Stück Bisonfleisch aus der Haut auf, die wie ein Kessel an einem Dreifuß hing. Sie ignorierte die Asche der heißen Felsbrocken, die den Eintopf zum Kochen gebracht hatten, und riß mit den Zähnen ein Stück ab. Durch den Dampf sah sie Wanderer und Quanah auf Raven und Polecat näher kommen. Sie ging vom Feuer weg, um sie zu begrüßen.

Sie strich Raven über den Hals, und Polecat beschnupperte sie. Er wartete auf den Leckerbissen, den sie sonst immer für ihn hatte. Als er ihn nicht fand, biß er sie leicht in die Schulter.

»Wears Out Moccasins sagt, daß ihr mir gefolgt seid.«

»Ja«, sagte Wanderer. »Ich habe den grauen Augen beigebracht, wie man eine Spur verfolgt.« Er glitt von Raven herunter, der sofort zu grasen begann. Seine Hand, die Naduah leicht berührte, war seine Begrüßung.

»Mutter, ich habe die seltsamsten Tiere gesehen. So etwas habe ich vorher noch nie gesehen.« Quanah platzte fast vor Eifer, ihr alles zu erzählen. »Kein Mensch wird mir glauben, und als ich Vater holte, um sie ihm zu zeigen, waren sie verschwunden.«

»Graue Augen«, sagte Wanderer. »Wenn du nicht aufpaßt, wirst du bald einen neuen Namen erhalten. *Esop*, Lügner, Geschichtenerzähler.«

»Ich habe sie aber gesehen. Zwei Stück. Sie waren größer als Hirsche und hatten die Farbe von Kojoten. Und jedes von ihnen hatte zwei große Höcker auf dem Rücken wie Bisons. Und lange dünne Beine und große platte Füße. Und sie aßen Mesquitsträucher. Nicht die Bohnen, sondern die Dornen. Und Kakteen auch.«

»Du kleiner Lügner«, rief Sore-Backed Horse aus der Gruppe von Männern, die sich jetzt mit ihren Pfeilen um das Feuer setzte. »Na los, erzähl uns noch mal von deinen kojotenfarbenen, zweihöckrigen Bison-Hirschen.« Die Männer lachten.

»Ich hab' dir ja gesagt, daß sie mir nicht glauben. Aber ich habe sie trotzdem gesehen.«

»Vielleicht hattest du eine Vision und wußtest es nicht«, sagte Naduah.

»Ich glaube nicht. Ich pinkelte gerade. Kann man beim Pinkeln eine Vision haben, Vater?«

»Ich nehme an, daß es möglich ist.«

»Quanah«, rief Sore-Backed Horse erneut.

»Dein Onkel will dich sehen, graue Augen.«

»Er will mich nur ärgern.« Trotzdem preßte Quanah den Absatz in Polecats Flanken und ritt auf die Gruppe zu.

»Er kann wunderschöne Geschichten erzählen, aber die hier ist die beste, die ich gehört habe«, sagte Naduah, als sie auf Wanderers Laubhütte zugingen. »Seit wann wußtest du, daß ich hinter euch herritt?«

»Ich habe erwartet, daß du uns folgen würdest. Du warst so sanft und ergeben, als ich dir sagte, du müßtest dableiben. Die Kundschafter haben dich am Tag nach unserem Aufbruch entdeckt.«

»Bist du böse mit mir?«

»Ja. Ich werde dich später verprügeln. Wenn ich nicht mehr so hungrig bin.« Er ließ seine Satteltaschen und sein Gerät fallen und begab sich zu Wears Out Moccasins' Eintopf. Als er mit dem Essen fertig war, ging er zu Sore-Backed Horse und Spaniard, Deep Water, Cruelest One und den anderen hinüber, die er gebeten hatte, den Raubzug mit ihm zu leiten. Quanah zündete feierlich die Pfeife an und kümmerte sich um das Feuer. Seine Hände zitterten vor Eifer, alles richtig zu machen.

Naduah breitete ihre Schlafroben unter den Bäumen aus, wo sie die Männer beobachten konnte, die in ihre Decken und Roben gehüllt um das Ratsfeuer saßen. Ihre Stimmen waren in der stillen Nachtluft mal lauter, mal leiser zu hören, als sie die heilige Pfeife behutsam von Hand zu Hand gehen ließen. Diese Männer waren stark und tüchtig und vertraut. Sie fühlte sich in ihrer Nähe sicher und behaglich.

Leuchtkäfer schwirrten um sie herum. Grillen zirpten. Der Widerschein der Flammen tanzte auf den Gesichtern der Männer. Sie konnte Wanderer hören, der die Berichte der Kundschafter mit den Männern besprach. Er ging ausführlich auf das Gelände ein, ging die besten Routen und die sichersten Rückzugsmöglichkeiten durch. Dann begannen sie, ihr Kriegslied zu singen. Die anderen Männer fielen ein, bis fast alle sangen. Als sie geendet hatten, sang Wanderer einen seiner Medizin-Gesänge. Als der letzte Ton verebbte, hörte Naduah Raven in der Nähe wiehern, und in der Ferne heulte ein einsamer Wolf. Naduah fielen die Augen zu, und sie lächelte, als sie sie schloß. Sie war jetzt dort, wo sie sein wollte.

Sie hörte, wie Wanderer mit sanften Schritten auf sie zukam. Sie hörte das leise Rascheln, als er sich die Beinlinge auszog, hörte, wie sein Lendenschurz zu Boden fiel. Sie rollte die dicke Robe auf, so daß auch für ihn Platz war. Sie war nicht mehr zugedeckt und zitterte in der Kühle. Dann legte er sich neben sie und zog seine Robe über sie beide. Sie genoß es, seine Wärme und seine Berührung zu spüren. Er nahm sie in die Arme und küßte sie auf den Hals.

»Frau.«

»Ja.«

»Bist du bereit, jetzt deine Schläge auf dich zu nehmen?«

Bevor sie antworten konnte, preßte sich sein Mund fest auf ihren.

Als Naduah aufwachte, schienen die goldenen Sonnenstrahlen schräg durch die Baumkronen und brachen sich in dem dichten Laubwerk. Das Licht ergoß sich in Bündeln durch die Rauchsäulen von Wears Out Moccasins' Feuer auf die Erde. Ein Kreis von Kühen umringte sie und starrte neugierig auf sie herunter. Lange grüne Speichelfäden hingen ihnen aus den Mäulern, und sie betrachteten sie mit ihren großen, rollenden braunen Augen. Naduah richtete sich auf und versuchte sie mit den Armen zu verscheuchen. Erschreckt wirbelten sie herum und trotteten weg, um sich der Herde anzuschließen, welche die Männer gestohlen hatten.

Die Männer des Lagers waren schon auf den Beinen und machten sich für ihre Raubzüge bereit. Sie hatten sich in kleinere Gruppen aufgeteilt und würden auf verschiedenen Pfaden aufbrechen. Naduah fragte sich, was Wanderer bei der Rückkehr mitbringen würde.

Rufe Perry war mit dem Rösten der Kaffeebohnen fertig und kippte sie aus der eisernen Bratpfanne auf ein viereckiges Stück Rehleder. Er achtete sorgfältig darauf, nichts zu verschütten. Kaffeebohnen waren kostbar. Er legte den Beutel mit den Bohnen auf einen flachen Felsen und begann, mit einem Stein auf sie einzuschlagen.

»Rufe, ich kann mir nicht vorstellen, daß es irgendwas gibt, was besser riecht als richtiger Kaffee, es sei denn gärende Maismaische oder das frischgebackene Brot meiner Frau. Seit mehr als einem Monat habe ich nichts gegessen als aufgewärmten trockenen Mais.« Palestine Hawkins langte in sein Hemd, das an seinem Gürtel eine Art Beutel bildete. Er zog ein Bündel von ungesponnenem Leinen hervor, das so blaß war wie sein zerzaustes, von der Sonne ausgebleichtes Haar. Er riß ein Stück von dem Werg ab und steckte sich den Rest wieder ins Hemd. Dort wurde er wieder zu einer weiteren anonymen Ausbuchtung unter dem schmutzigen Sommerjagdhemd aus grobgewebtem Stoff. Er begann, sein Gewehr mit dem Werg zu reinigen.

»Du bist doch ein offiziell bestallter Intendant und damit zuständig für Lebensmittel und andere Vorräte, Pal. Was hast du denn sonst noch da an deinem Bauch gehamstert?«

Palestine legte sein Gewehr beiseite und langte hinter sich. Er löste den Streifen aus selbstgewebtem Stoff, den er als Gürtel trug. Er zog sich das Hemd aus den ausgebeulten Reithosen und ließ die unter dem Hemd versteckten Bündel auf die Erde fallen.

»Wollen mal sehen. Da sind Lederstreifen, damit ich diese verdammten Mokassins festbinden kann. Mein Tabak und Flintstein. Etwas Dörrfleisch und Kuchen für unterwegs.« Er faltete das schwere Wachstuch auseinander, in dem er die zerkrümelten Maiskuchen aufbewahrte, und bot Rufe etwas davon an. »Aus echtem Sam Houston-Mais hergestellt, dieses Zeug.«

»Du bist in San Jacinto dabeigewesen, Pal?«

»Ja. War gerade fünfzehn damals. Ich sah, wie Sam einen abgenagten Maiskolben aus der Tasche zog und damit diesem kleinen Hühnerdieb zuwinkte, dieser Ratte Santa Anna. Sam sagte ihm, er habe zwei Tage gekämpft, ohne etwas anderes zu essen als ein paar Maiskörner. Dann teilte er, was noch übrig war, mit uns, die neben ihm standen. Er sagte uns, wir sollten die Körner pflanzen und den Mais zur Erinnerung an diesen Tag genießen. Der alte Sam wußte, wie man sich in Szene setzt.«

Perry nahm ein Stück von dem Brot und aß es.

»Wenn man bedenkt, wo du das Brot aufbewahrst, weiß man, daß es wenigstens genug Salz kriegt. An einem heißen Tag besonders viel, könnte ich mir vorstellen.«

»Der Mensch sollte alles Lebensnotwendige immer in Griffweite haben«, sagte Hawkins. »Oder in der Nähe des Magens, je nachdem, wie die Lage es erfordert.«

»Du erinnerst mich an einen Freund von mir.«

»Du meinst doch nicht etwa Noah Smithwick, oder?«

»Du kennst ihn?«

»Ich kenne ihn. Wann immer von Essen die Rede ist, fällt den Leuten meist Noah ein.«

»Hast du je die Geschichte von Noah und Big Foot Wallace gehört, als sie sich nachts einmal in ein Dorf der Waco schlichen, um zu erkunden?«

»Ich glaube nicht. Und wenn doch, macht es nichts. Erzähl sie ruhig. Eine gute Geschichte vor dem Essen regt den Appetit an.« Hawkins schnitt sich mit seinem geschwungenen Bowie-Messer ein Stück von seinem Tabak ab. Auf der fünfundvierzig Zentimeter langen Klinge waren in zierlicher Schrift die Worte »Echter Arkansas-Zahnstocher« eingraviert. Hawkins stopfte sich seine Speisekammer wieder ins Hemd und wandte sich erneut seinem Gewehr zu. Von dem nahegelegenen Fluß konnten sie hören, wie Carlin und Dunn, die badeten und ihre Kleider wuschen, lachten und planschten.

Perry schüttelte sich seine dichte schwarze Mähne aus dem Gesicht und kippte die gemahlenen Bohnen in den Kaffeetopf. Er lehnte sich gegen seinen Sattel und streckte die langen Beine aus. Rufus Perry war nicht der Junge mit dem frischen Gesicht, der er einst gewesen war. Er war jetzt vierunddreißig, und eine lange Narbe, die ein Pfeil zurückgelassen hatte, zog sich quer über seine rechte Wange. Und in seinem pechschwarzen Haar zeigten sich schon die ersten drahtigen grauen Strähnen.

»Nun ja, Big Foot und Noah und die Jungs versteckten sich in diesem Indianerdorf und planten, im Morgengrauen anzugreifen. Da sie noch ein paar Stunden warten mußten, rollte sich der alte Noah zusammen und fing an zu schnarchen und zu grunzen wie ein Rudel Wildschweine, die nach derselben Eichel wühlen. Big Foot weckte ihn auf und tadelte ihn ganz sanft. ›Captain‹, sagte Noah, ›Sie sollten keine Gelegenheit auslassen, zu essen oder zu schlafen, denn man weiß nie, wann man wieder eine bekommt.‹«

»Das hört sich wirklich nach Noah an.«

»Die Hunde der Indianer bekamen Wind von ihnen und fingen an zu heulen. Und damit war das Rennen eröffnet, wobei Noah und Big Foot die Favoriten waren, denn für sie stand zuviel auf dem Spiel. Sie mußten gewinnen. ›Captain‹, flötete Noah, ›sieh mal da drüben. Da hängen geröstete Bisonrippen. Wie wär's? Wollen wir nicht anhalten und erst mal frühstücken?‹ Inzwischen hatten die Indianer in das Geheul der Hunde eingestimmt, und Big Foot sagte: ›Noah, ich habe Besseres zu tun.‹

Er legte noch etwas zu, und seine Beine trommelten wie Kolben kurz vor dem Platzen des Kessels. Noah schnitt sich im Vorbeirennen ein Stück von dem Fleisch ab und warf es über die Schulter. Die Indianer waren ihnen inzwischen so dicht auf den Fersen, daß Big Foot sagte, er könne ihren Atem riechen. Wie ein alter Bärenköder bei der Hatz. Und er spürte nicht mal mehr die Erde unter den Füßen, so schnell rannte er.

Zwei Meilen entfernt fanden sie endlich Deckung unter ein paar Bäumen am Fluß. Dort lagen sie und keuchten, während die Indianer und ihre Hunde allmählich leiser wurden. Beim Laufen hatte Big Foot mächtigen Appetit bekommen, und er wandte sich an Smithwick. ›Noah‹, sagte er, ›ich glaube, ich könnte jetzt diese Rippen vertragen.‹ Noah sah ihn ein bißchen einfältig an. ›Zu spät, mein Freund. Ich habe sie aufgegessen.‹ Und damit hielt er ein paar Knochen hoch, die säuberlicher abgenagt waren und mehr glänzten als dein Gewehrlauf. Er hatte beim Laufen das ganze Stück verschlungen.«

Beide glucksten. Perry blickte zum Fluß, wo die anderen Männer waren.

»Die machen ziemlich viel Krach da unten.«

»Es ist hier in der Gegend ruhig gewesen. Keine Überfälle. Laß sie doch, sie wollen nur etwas Spaß haben.«

»Ich habe gehört, daß man hier Spuren von Indianern gesehen hat.«

Perry goß sich gerade Kaffee in seinen großen Metallbecher ein, als ein Pfeil durch die Luft schwirrte und sich in seine Schulter bohrte. Perry griff nach seinem Gewehr und ließ es dann fallen, als sein Arm taub wurde. Er zog seinen Colt aus dem Gürtel und feuerte mit der linken Hand, während er rückwärts zu seinem Pferd kroch.

Pfeile umschwirrten sie wie wütende Insekten. Rufe hörte sein Pferd aufschreien, als ein Pfeil sich in dessen Auge bohrte. Hawkins' Pferd riß seinen Weidepflock heraus und flüchtete in Panik. Perry und Hawkins rannten im Zickzack auf einen riesigen, umgestürzten Baumstamm zu. Sie sprangen darüber hinweg. Während Perry an seinem Revolver herumfingerte und ihn hektisch zu laden versuchte, zog Hawkins seinem Freund den Pfeil aus der Schulter. Die Krieger griffen jetzt mit lauten Schlachtrufen an wie ein Rudel Hunde, die einen Waschbär einen Baum hinaufgejagt haben. Dunn und Carlin wateten aus dem Fluß und rannten zu ihren Pferden, ohne sich um ihre Kleidung zu kümmern.

»Der Fluß, Pal.« Perry befolgte seinen eigenen Ratschlag. Ein Pfeil bohrte sich ihm in die Hüfte und tauchte auf der anderen Seite halb wieder auf. Ein zweiter streifte seine Schläfe. Von Blut fast geblendet, stolperte er und fiel neben Carlins Pferd auf Hände und Knie. Ein weiterer Pfeil traf Hawkins im Rücken und lähmte ihn von der Hüfte abwärts. Sein Colt wirbelte ihm aus der Hand und blieb außer Reichweite liegen. Perry versuchte zu Hawkins zu kriechen, um ihm zu helfen.

»Mach, daß du wegkommst, Rufe. Du kannst nichts mehr machen. Carlin, Dunn, nehmt ihn mit. Um Gottes willen, nehmt ihn mit!« schrie Hawkins, aber die anderen Männer ignorierten ihn. Als sie ihre Pferde in Richtung Fluß antrieben, humpelte Perry hinter ihnen her. Er schaffte es noch, den Schwanz von Carlins Pferd zu greifen, als sie alle in den tiefen, schnell dahinströmenden Fluß stürzten. Perry wickelte sich den Schwanz um eine Hand und hielt mit der zweiten den Revolver über Wasser. Das Pferd zog ihn quer über den Fluß, und am anderen Ufer schleppte er sich auf das niedrige Ufer.

Der erste Comanche, der größer war als die anderen und schneller lief, erreichte Hawkins, der sich tot stellte. Perry konnte die grotesken schwarzen Kreise sehen, die sich der Mann um die Augen gemalt hatte, als er den zu Boden gefallenen Revolver in den Gürtel steckte und sich hinunterbeugte, um Hawkins' Skalp zu nehmen. Palestine holte mit seinem Bowie-Messer aus und zog es mit einer blitzschnellen Bewegung zur Seite, worauf der Angreifer zusammenklappte und zu Boden fiel. Dafür rannten acht andere Männer auf ihn zu.

Perry wischte sich das Blut aus den Augen und erhob sich auf die Ellbogen. Er stützte seinen Revolver mit einer Hand ab und zielte sorgfältig. Es wäre ein Wunder, wenn der Schuß auf diese Entfernung sein Ziel erreichte, doch er mußte es versuchen. Er hatte nur noch eine Kugel übrig. Er richtete den Lauf auf Palestines Kopf und sah die Dankbarkeit in dessen Augen, kurz bevor er feuerte. Dann wurde er ohnmächtig.

Perry sah nicht, wie die Kugel seinen Freund tötete. Er spürte nicht, wie Dunn ihm Revolver und Messer wegnahm, bevor er ihn mit Carlin verließ. Noch sah er, wie die Comanchen den gestürzten Häuptling ins Gebüsch zurücktrugen. In weniger als einer Minute war die Lichtung, auf der das Lager gewesen war, leer und still.

Als Perry aufwachte, taumelte er zu einem Dickicht, in dem er keuchend liegenblieb. Er hielt sich das Hemd an den Kopf, um den Blutstrom zu stoppen, und stopfte sich Erde und Blätter in seine anderen Wunden. Er blieb den ganzen Tag dort liegen, bis die Sonne untergegangen war und er zum Fluß kriechen konnte, um zu trinken. Er rollte sich in einem Loch unter den Wurzeln einer Eiche zusammen und schlief.

Am nächsten Morgen machte er sich auf, das fünfundsiebzig Meilen entfernte Austin zu erreichen. Sieben Tage später brach er halbverhungert und schmutzverkrustet auf der Schwelle des ersten Hauses am Rande von Austin zusammen.

Wanderer lag bewußtlos auf dem Travois, das Sore-Backed Horse und Deep Water für den Rückweg zum Basislager gemacht hatten. Naduah unterdrückte einen Schrei, als sie die Decke hochhob und die blutigen Blätter und das verkrustete Gras abschälte, die Deep Water als provisorische Kompresse aufgelegt hatte. Aus dem sauberen, purpurroten Schnitt in Wanderers glattem, goldbraunem Bauch quollen Eingeweide hervor. Sie wühlte fieberhaft in ihrem Medizinbeutel. Sie zog einen Beutel mit *puoip*-Wurzel heraus. Ihre Finger zitterten, da sie es so eilig hatte.

Sie kaute auf der Wurzel herum, als sie die Stacheln von dem dikken Blatt eines Feigenkaktus absengte. *Was würde Großmutter tun?* Naduah versuchte sich zu beruhigen, indem sie an Medicine Woman dachte. Hatte ihre Großmutter den Mann, den sie liebte, den für sie wichtigsten Menschen auf der Welt, je wie ein Reh aufgeschlitzt vor sich liegen sehen? Vielleicht hatte sie es. Medicine Woman hatte nie über ihren toten Mann gesprochen. Es war schon lange her gewesen. Takes Down hatte Naduah aber einmal erzählt, Medicine Woman habe ihn sehr geliebt. *Was hast du getan, als er starb, Großmutter?* Sie fragte sich, was sie tun würde. *Hilf mir, Medicine Woman*, flehte sie stumm.

Sie säuberte die Wunde von Schmutz und wusch sie mit warmem Wasser. Dann holte sie tief Luft und beugte sich über Wanderers reglosen Körper. Sie preßte die Eingeweide mit den Handflächen behutsam, aber fest wieder zurück. Dann spie sie den Wurzelsaft in die Wunde. Wanderer grunzte einmal leicht. Sie sah in seine dunklen, leuchtenden Augen. Er lächelte sie an, bevor er die Augen mit gleichmütigem Gesicht wieder schloß.

Naduah schlitzte das Kaktusblatt der Länge nach auf, jedoch nicht ganz. Sie bog das durchschnittene Kaktusblatt auseinander und hielt es über die Wunde.

»Wears Out Moccasins.«

»Ja, Tochter.« Die Frau ragte hinter Naduah auf.

»Drück die Wunde zu.«

Wears Out Moccasins kniete sich mit einem lauten Ächzen und knackenden Kniegelenken hin und beugte sich über Wanderer. Mit der Schmalseite ihrer Hände schob sie die Wundränder zusammen. Naduah legte das Kaktusblatt darauf und preßte die geschnittenen Oberflächen gegen das Fleisch auf beiden Seiten und hielt die Ränder zusammen.

»Halt es so fest.« Wears Out Moccasins hielt die Kompresse mit einem leichten Druck ihrer Hände fest, während Naduah ihre alte blaue Decke in Streifen riß. Mit den Streifen band sie das Kaktusblatt fest. Dann setzte sie sich schwach und erschöpft auf die Fersen.

»Wird er überleben, Mutter?« Quanah stand mit vor Sorge aufgerissenen Augen an ihrer Schulter.

»Ich glaube ja. Wenn sich die Wunde nicht entzündet.«

Wears Out Moccasins machte für Wanderer ihre Bisonmedizin. Sie sang den größten Teil der Nacht und schüttelte die Rassel, die aus dem Skrotum eines Bisonbullen gefertigt worden war. Sie wedelte sich mit einem Bisonschwanz um den Kopf, als sie sich in ihrem schwerfälligen Tanz bewegte und kreiste. Dann steckte sie den Schwanz in den Mund und blies Wanderer an. Schließlich begab sie sich zu ihren Roben und legte sich schlafen.

Naduah und Quanah saßen die ganze Nacht neben dem Travois. Sie schmiegten sich zum Schutz vor der Kälte eng aneinander. Im Morgengrauen wurden sie von Sore-Backed Horse geweckt.

»Naduah, wir müssen aufbrechen. Die Kundschafter haben weiße Männer gesehen. Es kann sein, daß sie uns verfolgen.«

»Er hat soviel Blut verloren. Können wir nicht noch einen Tag warten?«

»Sore-Backed Horse hat recht, mein Goldhaar.« Wanderer sprach mit leiser Stimme. »Wir müssen jetzt aufbrechen. Graue Augen.«

»Ja, Vater?« Quanah trug in der kalten Morgenluft nur seinen Lendenschurz, und er hatte am ganzen Körper Gänsehaut.

»Bring die Pferde und das Vieh. Beeil dich.«

Der Junge rannte los und blieb nicht einmal stehen, um sich die Mokassins überzustreifen.

»Er ist ein guter Sohn, Wanderer«, sagte Sore-Backed Horse. »Er wird viele Pferde stehlen und dir im Alter ein Trost sein. Er ist auch ein wundervoller Geschichtenerzähler. Hirsche mit Höckern.« Sore-Backed Horse gluckste leise vor sich hin, als er losging, um seine Habseligkeiten zusammenzusuchen.

Als Quanah die Zweige einer langen Weidenrute abriß, mit der er das Vieh antreiben wollte, stand er dankbar auf einem Fleck, den der schlafende Körper einer Kuh gewärmt hatte. Die Wärme fühlte sich an seinen kalten nackten Füßen wunderbar an. Quanah sah sich all die Pferde und das Vieh an, all das, was die Männer seines Vaters gestohlen hatten, und empfand Stolz. Der Junge hielt die Weidenrute in einer Hand, nahm Anlauf und sprang von hinten auf Polecats Rükken. Er hielt sich mit den Händen auf dem Hinterteil des Ponys fest, um sich selbst in die richtige Position zu bringen. Inzwischen konnte Polecat eine Viehherde fast allein bewältigen, doch Quanah machte immer eine große Schau daraus, wenn er die Tiere zusammentrieb. Mit lautem Geschrei und wilden Schlägen seiner Weidenrute, die er zischend durch die Luft wirbeln ließ, bis sie sang, trieb er die Tiere ins Lager.

Eine Stunde nach Tagesanbruch verließen die Krieger das Lager. Einige der Krieger hatten sich dafür entschieden, zu bleiben und sich auf eigene Faust auf den Kriegspfad zu begeben, so daß es jetzt eine kleinere Gruppe war, die Wanderers Travois folgte. Als sie einen hohen Bergrücken erreichten, hielten sie reglos an und sahen voller Erstaunen hinunter. Dort unter ihnen, in einer langen, gewundenen Linie, die sich langsam durch die trockene Talsenke schlängelte, befanden sich fünfzig von Quanahs Hirschen mit Höckern.

»Seht euch das an!« zischte Quanah. »Siehst du, Onkel. Du schuldest mir ein Pony.« Sore-Backed Horse war dumm genug gewesen, eine Wette darauf einzugehen, daß es solche Tiere nicht gebe.

»Du kannst jedes Pony haben, nur das nicht, auf dem ich reite.«

Naduah ließ das Lastpony wenden, so daß Wanderer auf seinem Travois ebenfalls ins Tal sehen konnte. Geistesabwesend strich sie sich ihr kurzes Haar aus der Stirn und steckte es hinter die Ohren. Das tat sie immer, wenn sie verwirrt war.

»Was sind das für Tiere?« wollte sie wissen.

»Ich weiß nicht, mein Goldhaar. Ich habe so etwas noch nie gesehen.«

Die Karawane unter ihnen bestand aus zweihöckerigen Kamelen, die zusammen mit Reitdromedaren zu einem Preis von 30000 Dollar importiert worden waren. Die Tiere waren ein Bestandteil von Jefferson Davis' Einfall, ein Kamel-Korps aufzustellen. Auf sie setzte er seine Hoffnung bei der Lösung der Transportprobleme in einem Krieg in der Großen Amerikanischen Wüste. Es hätte funktionieren müssen. Kamele waren für Gelände und Klima perfekt geeignet. Sie aßen Dornen und Mesquitsträucher, die kein Maultier anrühren würde. Ihre Füße waren unempfindlich gegen den heißen, steinigen Erdboden. Sie gediehen, waren fruchtbar und vermehrten sich. Und schon bald machten sich einige auf und davon, wie die beiden, die Quanah gesehen hatte. Den Soldaten jedoch sagten sie nicht so zu wie hundert tänzelnde Vollblüter von gleicher Farbe.

Von ihrem Ausguck auf dem Bergrücken konnte Naduah nicht hören, wie dort unten auf all diesen schlaksigen, torkelnden Kamelen mit ihren scheinbar gummiweichen Gelenken geflucht wurde. Die meisten der *tabay-boh*-Soldaten konnten nicht auf den Höckern sitzen. Und diejenigen, die es doch schafften, wurden von dem ewigen Schwanken seekrank. Und wie Dummköpfe fühlten sie sich alle. Die meisten würden am Ende zu Fuß zu ihrem Basislager zurücklaufen, Klein-Ägypten, wie Camp Verde inzwischen genannt wurde.

Das Volk beobachtete die bizarre Prozession, bis sie hinter einem Felsplateau verschwand. Dann setzten die Noconi ihren Ritt nach Hause fort.

»Glaubst du, daß Ho-say für die einen Markt hat?« fragte Naduah.

»Ich werde ihn fragen«, sagte Wanderer mit einem leichten Lachen, das ihm offensichtlich Schmerzen verursachte. »Die Kundschafter haben Spuren von Kriegertrupps gefunden. Jetzt, wo die reitenden Soldaten nicht mehr da sind, will jeder alles nachholen, was er in dem Jahr versäumt hat, in dem uns ihre Patrouillen zur Untätigkeit verdammt hatten.« Wanderer ärgerte sich, daß er gerade dann, als reiche Beute winkte, verwundet sein mußte. »Bevor ich wieder gesund bin, werden alle Pferde und Rinder gestohlen sein.«

»Mach dir keine Sorgen, mein Wanderer«, sagte Naduah. »Die weißen Männer besorgen immer mehr davon. Du wirst Ho-say im Herbst viel Vieh verkaufen können.«

Wanderer war noch sehr schwach und fiel in einen tiefen Schlaf. Er schlief mehrere Stunden, ohne von dem Schwanken und Schütteln des Travois geweckt zu werden. Hawkins' Revolver lag neben ihm in den Decken verstaut wie das neue Spielzeug eines Kindes. Es hatte zwölf Jahre gedauert, doch endlich besaß er einen von Colts Trommelrevolvern.

51

In Januar 1858 ernannte der Gouverneur von Texas John »Rip« Ford zum Captain und Oberbefehlshaber der reorganisierten Ranger. Rip hatte Befehl, sämtlichen Spuren feindseliger oder der Feindseligkeit verdächtiger Indianer zu folgen, erbarmungslos zuzuschlagen und keinerlei Einmischung in sein Vorgehen hinzunehmen, von welcher Seite auch immer.

Ende April hatte Ford seine Streitmacht beisammen, einhundert kampferprobte und sattelfeste Texaner sowie einhundertelf Anadarko- und Tonkawa-Kundschafter. Die Kundschafter wurden von dem Sohn ihres Indianeragenten geführt, dem neunzehnjährigen Sullivan Ross, dessen College gerade Semesterferien hatte. Bei dieser Expedition gab es kein Signalhorn. Keine rasselnden Säbel, keinen Drill, keine schweren Wagen, kein Feuer und keine auffälligen Biwaks. Rip Ford folgte Jack Hays' Beispiel, ohne Feuer zu lagern und schnell, mit leichtem Gepäck und leise zu reiten.

Nachdem Häuptling Placido Bericht erstattet hatte, wandte sich Ford an den hochgewachsenen, ernsten jungen Mann, der neben ihm ritt.

»Was hat der Häuptling gesagt, Sul?«

»Er sagt, daß die Spuren über den Red River und nach Oklahoma führen. Er sagt, daß es den Rangern noch nie erlaubt gewesen ist, dorthin zu reiten. Er möchte wissen, ob wir umkehren werden.«

»Ich habe Befehl, Indianer zu bekämpfen«, sagte Ford, »und nicht, Geographie zu lernen. Wenn Placido zurückkommt, dann sagen Sie ihm, daß seine Männer gute Arbeit leisten.«

»Es gibt nichts, was sie lieber mögen, als Comanchen zu jagen. Besonders dann, wenn einhundert weiße Männer mit Revolvern und

Springfield-Gewehren hinter ihnen stehen, wenn sie die Comanchen erst mal in der Falle haben.«

»Sie sind gute Kundschafter.«

»Das sind sie. Wenn sie nur damit aufhören würden, einander aufzuessen.«

»Sie essen sich doch nicht gegenseitig auf!« Ford hatte schon eine Menge erlebt, aber manches erschreckte ihn immer noch.

»Mein Vater hat den Verdacht, daß sie es tun. In der Reservation. Es gibt mehr schwangere Frauen, als Geburten gemeldet werden. Viel mehr.«

»Sie essen ihre Babys?«

»Als Eintopf gekocht. So sagen die Gerüchte. Wir haben sie aber noch nicht dabei erwischen können. Und vielleicht stimmt es auch nicht. Wenn die Leute glauben, daß sie ihre Feinde aufessen, werden sie ihnen alles mögliche zutrauen.«

Ford erinnerte sich daran, wie nach der Schlacht am Plum Creek unter Kartoffeln und Mohrrüben und Rüben auch Hände und Füße in dem riesigen Waschkessel geköchelt hatten. Genug von diesem Thema.

»Sieht aus, als würde es Regen geben«, sagte Ford.

»Ich hoffe nicht«, erwiderte Ross. »Wenn diese verdammten Rehlederhosen naß werden, fühlen sie sich an wie die Haut einer Leiche, die drei Tage im Wasser gelegen hat.«

Als die Marschkolonne den Red River erreichte, löste sich die Truppe auf. Die Ranger rannten los, um zu trinken und ihre Feldflaschen zu füllen, bevor ihre Pferde den Grund aufwühlten. Die Kundschafter hatten seit Meilen keine Spuren von Comanchen mehr gesichtet, und so zogen die Männer sich aus und setzten sich ins Wasser. Sie schrubbten sich mit Sand und brüllten anzügliche Lieder. Über dem Hemdkragen und unterhalb der Ellbogen waren sie bronzefarben oder knallrot und überall sonst so weiß wie geschälte Kastanien.

Ford saß am Ufer, rauchte eine Maishülsen-Zigarette und wartete geduldig. Neben ihm hockte Placido. Quer auf dem Rücken seines Ponys war ein vor kurzem getötetes Reh festgebunden. Das Abendessen war gesichert. Die Kundschafter erlegten den größten Teil des Wildes, da ihre Bogen und Pfeile stumm waren.

»Haben Sie was zu rauchen, Cap'n?« fragte Placido.

Ford zog noch eine Zigarette aus der Hemdtasche und reichte sie dem Tonkawa. Dann zündete er sie mit seiner eigenen an und beobachtete Placido aus den Augenwinkeln. Er versuchte sich vorzustellen, wie der würdige alte Mann ein menschliches Baby aß. Und er dachte an die Geschichten, die er gehört hatte. Etwa daran, daß die Tonkawa ihr Essen am liebsten so zubereiteten, daß sie brennende Holzstücke in das Fleisch eines lebenden Gefangenen trieben und das halbgare Fleisch drumherum aßen.

Lieber nicht daran denken. Kein weißer Mann würde je wirklich verstehen, wie Indianer über bestimmte Dinge dachten oder weshalb sie es taten. »Sie sind die rätselhaftesten Kreaturen in Gottes Schöpfung«, wie es einer seiner Männer ausgedrückt hatte. Wie immer ihre Eßgewohnheiten sein mochten, so waren die Tonks tapfere Verbündete. Gelegentlich schien der alte Placido fast fanatisch bei seinem Bemühen zu sein, Comanchen aufzuspüren. Und wohin er auch ging, hatte er immer einen einzelnen Pfeil bei sich, der ganz anders war als seine eigenen. Es war ein Pfeil, auf dessen Schaft drei rote Linien aufgemalt waren.

»Häuptling«, sagte Ford, um das Schweigen zu brechen, obwohl Placido durchaus zufrieden zu sein schien, einfach nur dazusitzen, ohne zu sprechen. »Warum jagst du nie die Truthähne, die hier überall herumlaufen?«

Der Tonkawa dachte kurz nach und legte sich die englischen Wörter seiner Antwort zurecht.

»Truthahn jagen nicht gut. Ein Reh sehen Indianer und sagen, ›Vielleicht Indianer, vielleicht aber auch Baumstumpf‹. Truthahn, der sagen, ›Indianer, um Himmels willen!‹, und dann ist er weg.« Placido flatterte mit seinen knochigen Ellbogen und ließ ein warnendes Kollern hören, das in der Ferne die Truthähne ängstlich flüchten ließ. »Wir essen hier, Cap'n?«

»Nein. Wir werden erst wie gewohnt den Fluß überqueren. Zu dieser Jahreszeit könnten wir den Fluß nach dem Essen sonst zwei Meter höher vorfinden.«

Vierundzwanzig Stunden später befanden sich die Ranger tief auf Comanchen-Gebiet und ritten nach Norden auf den Canadian River zu. Die Kundschafter fanden viele Spuren ihrer Feinde. Sie konnten ihre Erregung kaum zurückhalten. Die Ranger hielten ihre Waffen bereit.

Naduah und Wanderer saßen vor ihrem Zelt und aalten sich wie Eidechsen in der warmen Maisonne. Die Blumen, das Gras und die frischen grünen Frühlingsblätter bedeckten mehr als die Narben auf dem Land. Sie bedeckten auch Narben auf dem Herzen. In der Schönheit des Frühlings wurde das Leben wieder lebenswert.

Als wäre es eine Reaktion auf das Zusammengepferchtsein während des langen, kalten Winters 1858, hatten die Noconi ihre Zelte auf den grasbedeckten Hängen der Antelope Hills in weitem Abstand voneinander aufgebaut. Außerhalb des Dorfes wanden sich schmale, von unbeschlagenen Hufen und Mokassins festgetretene Pfade durch einen pastellfarbenen Teppich aus Blumen. Die Luft war von ihrem schweren Duft erfüllt. Von Zeit zu Zeit bog ein Hund oder ein kleines Kind von einem Pfad ab, und nur das wogende Gras und geknickte Blumen markierten den Weg. Ständig war das Summen von Bienen zu hören, und Naduah zählte acht Kolibris. Andere Vögel flatterten zwischen den Gruppen kleiner Eichen und Mesquitsträucher umher, die überall auf dem Lagerplatz wuchsen.

An den Zeltstangen flatterten Wimpel und Federn. Die große gelbe Sonne auf Naduahs Zeltwand schien eine eigene wohltuende Hitze zu verströmen. Die Schnur mit Rehhufen, die an der Zeltwand herabhing, klapperte fröhlich. In der Nähe schabten die dreizehnjährige Quail, Star Names zwölfjährige Tochter Turtle und einige ihrer Freundinnen eine riesige Bisonhaut. Quail konnte zupacken und arbeitete gut. Sie war pummelig und ernst, und ihr Gesicht hellte sich wirklich nur dann auf, wenn Gathered Up in der Nähe war. Niemand hatte Quanah oder Pecan oder deren Freunde gesehen, seit sie bei Tagesanbruch verschwunden waren.

Die jüngeren Kinder rannten herum und spielten und lachten, während ihre Hunde hinter ihnen herjagten. Lange, schlanke, scherenförmige Travois lehnten aufrecht an den Zeltwänden. Werkzeuge und Gerät lagen auf hohen Gestellen, damit sie bei Regen trocken blieben. Das gedämpfte Klappern von Lances Medizin-Rassel und das dumpfe Geräusch seiner Trommel waren überall im Dorf zu hören. Er war wohl dabei, jemanden zu heilen. Gathered Up saß in der Türöffnung seines Zelts und schnitt behutsam an den Teilen eines neuen spanischen Sattels mit einem hohen Sattelknopf und einer aufragenden Hinterpausche herum, die er von Zeit zu Zeit prüfend zusammensetzte.

Vor einem Nachbarzelt hielt Wears Out Moccasins mit den älteren Damen des Dorfes hof. Sie saß unter ihrem geliebten Sonnenschirm, einem großen gelben Schirm, der wie eine kleinere Ausgabe der Sonne glühte. Sie hatte zwei Pferde geboten, um ihn von Cruelest One zu erhalten. Er hatte ihn nicht hergeben wollen und hart verhandelt. Ihre Rufe und Schreie waren im ganzen Lager zu hören gewesen. Naduah hatte schon Angst gehabt, Wears Out Moccasins würde den kleinwüchsigen Krieger in ihrer Aufregung zerquetschen. Aber am Ende hatte sie das gute Stück bekommen. Dann hatte sie den Schirm an einem Dreifuß befestigt, um in Ruhe darunter sitzen zu können.

Eine kleine Schar zottiger Hühner und ein schmutziger Hahn rannten zwischen den Frauen herum und kratzten in der Erde. Wenn es in der Nähe keine Büsche oder Bäume gab, schliefen die Hennen in Wears Out Moccasins' Zelt. Wenn das Lager umzog, stopfte Wears Out Moccasins die Hühnereier in ihren mächtigen Busen, um sie warm zu halten.

Ihr Hahn, den sie Old Buzzard nannte, hegte einen besonderen Groll gegen Männer und Hunde. Er brachte schon den jungen Hunden bei, was er von ihnen hielt. So sprang er etwa einem Welpen ins Gesicht, krähte und flatterte mit den Flügeln, wobei er mit dem Schnabel nach den Augen und der zarten Schnauze hieb. Die Folge war, daß sämtliche Hunde einen weiten Bogen um ihn machten.

Quanah war von diesem Hahn fasziniert. Er beobachtete ihn oft aus sicherer Entfernung, wenn er methodisch eine Henne nach der anderen bestieg und bediente. Der Junge hatte es einmal versucht, sich ihm von hinten zu nähern, und sich hinter einem dicken Stück Rohleder versteckt. Der Hahn hatte sofort angegriffen und seine scharfen Krallen tief in dem Leder vergraben. Quanah rechnete sich aus, daß er ein Vermögen gewinnen konnte, wenn es ihm gelang, Wears Out Moccasins Old Buzzard abzuschwatzen und mit ihm Hahnenkämpfe zu veranstalten. Doch damit hatte es keine Eile. Noch war Old Buzzard der einzige Hahn im Dorf.

In der Nähe der Stelle, an der Naduah und Wanderer saßen, nahm ein winziger Zaunkönig, den der Lärm und die Bewegung im Lager völlig unberührt ließen, in einer flachen Vertiefung voller Staub ein Bad. Er flatterte mit den Flügeln und plusterte die Federn auf, damit der Staub überall eindrang und Milben davon abhielt, sich einzunisten. Wanderer reinigte den alten Hall-Karabiner, den er vor achtzehn Jahren aus dem Lagerhaus an der Golfküste mitgenommen hatte.

Er benutzte ihn kaum noch. Er zog das neuere Springfield-Gewehr vor, das er bei Tafoya und dessen Comancheros eingetauscht hatte. Es war eine offizielle Waffe der US-Armee. Mit seiner feinen Nase für krumme Geschäfte hatte Ho-say genau die Offiziere in New Mexico ausfindig gemacht, die bereit waren, für Vieh aus Texas Gewehre herzugeben.

Das alte Hall-Gewehr war kaum noch zu gebrauchen. Das Verbindungsstück zwischen Patronenkammer und Lauf war abgenutzt und lose. Wenn das Gewehr abgefeuert wurde, explodierten Pulvergase neben Wanderers Ohr mit einem schmerzhaft lauten Knall. Doch Wanderer brachte es nicht über sich, eine Waffe wegzuwerfen. Der alte fünfschüssige Colt Paterson, den er vor sechs Monaten dem weißen Mann abgenommen hatte, lag eingewickelt vor ihm. Er war sein kostbarster Besitz, und die Waffe sollte als nächste gereinigt werden.

Die Wunde, die Wanderer sich bei dem Kriegszug im letzten Herbst zugezogen hatte, war sauber verheilt und hatte auf seinem harten Bauch eine glänzende, erhabene Narbe zurückgelassen. Sore-Backed Horse hatte ihm Linien auf den Bauch tätowiert, die von der Narbe ausstrahlten. Wanderer war schon wieder auf dem Kriegspfad, noch bevor die Wunde aufgehört hatte zu jucken. Überall in den umkämpften Gebieten ließen er und seine Männer und andere Krieger des Volks brennende Farmen und Leichen zurück, die von der Sonne aufgetrieben wurden.

Jetzt arbeitete er träge und langsam, als er still in der Sonne saß und den Abzugsbügel aus Messing mit einem Lederlappen auf Hochglanz und jedes einzelne Teil des Schußmechanismus mit einem weichen, eingeölten Stück Kaliko säuberte. Naduah kniete hinter ihm und bürstete ihm das Haar. Er mochte es, wenn sie es tat. Von Zeit zu Zeit schloß er genüßlich die Augen. Dann erschien ein Ausdruck auf seinem Gesicht, etwa wie bei einem Hund, dem jemand mit langen Fingernägeln den Rücken am Schwanz kratzt. Wanderer war neununddreißig Jahre alt, wirkte aber zehn Jahre jünger.

»Halt still.« Naduah zerrte an einer Haarsträhne. Er hatte sein Haar gewaschen, und es war noch etwas feucht. Es reichte ihm bis über die Hüfte und hing ihm dick und lose herunter. Es war rabenschwarz und gewellt, da er es meist in Zöpfen trug. Während sie es bürstete, konnte Naduah sehen, wie die Sonne dem Haar rostbraune Glanzlichter aufsetzte, und sie entdeckte auch ein paar silbergraue Strähnen.

Naduah war seit fast drei Monaten wieder schwanger. Sie hatte es Wanderer am Morgen erzählt. Sie wußte, daß er stolz auf sie war. Alles in allem war es ein schöner Tag gewesen. Als sie der Meinung war, einen Wanderer vor sich zu haben, der kaum entspannter sein konnte, brachte sie zur Sprache, was ihr auf der Seele lag.

»Ich habe ein Gerücht gehört, daß dein Vater herkommen will. Die Leute sagen, er will bei uns sein Lager aufschlagen und seine Enkel sehen.«

»Davon habe ich auch gehört.«

»Willst du ihn sehen?«

Seine Antwort war ein steinernes Schweigen.

»Mein Wanderer, du hast Iron Shirt seit fünfzehn Jahren nicht mehr gesehen.«

»Und wenn es fünfzig Jahre wären, möchte ich ihn trotzdem nicht sehen. Er hat mich so entehrt, wie es noch kein Mann getan hat.«

»Vielleicht will er sich entschuldigen.«

»Iron Shirt? Der weiß gar nicht, wie man das tut.«

»Allein schon sein Kommen ist eine Art Entschuldigung. Er ist jetzt ein alter Mann. Du bist sein einziger Sohn. Was immer er getan hat, er hat es verdient, seine Enkel zu sehen, bevor er stirbt.«

»Naduah, du hast so eine Art, mich dazu zu bringen, immer das zu tun, was du willst. Diesmal aber nicht. Ich werde nie wieder mit Iron Shirt sprechen. Er ist in meinem Zelt nicht willkommen. Selbst der schlimmste meiner Feinde würde meine Gastfreundschaft erhalten, wenn er darum bäte. Doch nicht mein Vater. *Suvate*, mehr habe ich dazu nicht zu sagen.«

Naduah schwieg. Ohne ein Wort flocht sie ihm die Zöpfe. Bei der Arbeit studierte sie sein klares, feingemeißeltes Profil. Die scharfen Winkel seiner Wangenknochen und der Nase verrieten Stärke, und in den vollen, sinnlichen Kurven von Mund und Kinn lag Sanftheit. Doch jetzt war sein Gesicht eine schöne Maske, die sie von den Gedanken hinter seiner Stirn ausschloß. Urplötzlich verlor der Nachmittag seinen Reiz.

Für den Rest des Tages sprachen beide nicht mehr miteinander. Je länger das Schweigen dauerte, um so fester schien es zu werden, wie zarte, gesponnene Seide, die einen Kokon bildet. Naduah hatte Angst, etwas zu sagen, Angst, ihre Stimme könnte die Liebe beschädigen, von der sie wußte, daß sie in Wanderers Schweigen verborgen lag.

Sie war erleichtert, als Pecan nach Hause kam und lossprudelte, um von all dem zu berichten, was er am Tag erlebt hatte. Vielleicht würde sein Geplapper Wanderer von seinem Zorn ablenken. Doch Wanderers Antworten waren so knapp und ließen so lange auf sich warten, daß Pecan es aufgab, mit ihm zu sprechen.

»Pecan«, fragte Naduah. »Wo ist Quanah?«

»Ich weiß nicht. Hier kommt Gathered Up. Frag ihn.«

Gathered Up pflockte sein Pony vor seinem Zelt an und kam zu ihnen herüber.

»Gathered Up, hast du Quanah gesehen?«

»Nein. Vielleicht bleibt er heute nacht mit seinen Freunden draußen. Er sprach davon, er wolle die Hirsche mit den Höckern jagen, die wir gesehen haben. Keiner der Jungen will glauben, daß es sie gibt. Und Sore-Backed Horse tut so, als hätte er sie nie gesehen. Er macht Quanah wütend. Jedenfalls will er eins dieser Tiere schießen oder einfangen.«

Naduah lächelte leicht, als sie sich vorstellte, wie Quanah ein Kamel mit dem Lasso einzufangen versuchte.

»Quail, komm zum Essen«, rief Naduah. Dann begaben sich alle ins Zelt.

Quanah kehrte in jener Nacht nicht zurück. Er war aber nicht auf Kameljagd. Er ritt auf Polecat allein nach Westen und hielt nach Iron Shirt Ausschau. Er hatte viele Geschichten über seinen Großvater gehört und war entschlossen, ihn kennenzulernen. Als die Nacht hereinbrach, fand er ein kleines Jagdlager mit fünf Zelten. Sie gehörten Quohadi aus Iron Shirts Gruppe, und sie bestanden darauf, daß er mit ihnen aß. Sie luden ihn ein, dort zu schlafen und am nächsten Morgen die drei Meilen zum Hauptlager zu reiten.

Er hatte gerade gefrühstückt und band an Polecat den Sattelgurt fest, als die Tonkawa sie von Süden her angriffen. Die Menschen im Lager flüchteten in alle Himmelsrichungen und rannten zu ihren Ponys. Quanah sprang auf Polecat und trieb ihn nach Osten an, zurück zum Lager seines Vaters. Er und sein Pony kamen schweißgebadet und mit Schaum bedeckt an, und Quanah lief schon, kaum daß seine Füße den Boden berührten.

»Vater.« Seine Stimme veränderte sich und brach, als er rief. »Sie greifen Großvater an.«

»Iron Shirt?« Wanderer legte den Pfeil beiseite, den er gerade fertigstellte.

»Ja. Ich glaube, es sind Tonkawa. Und weiße Männer. Hunderte von ihnen.«

»Sag Lance, er soll es bekanntmachen. Dann komm sofort wieder her. Du wirst uns zu ihnen führen.«

Quanah rannte los, um den Ausrufer zu suchen, und Wanderer verschwand im Zelt.

»Du wirst ihm helfen.« Es war keine Frage.

»Natürlich. Sie greifen nicht nur meinen Vater an. Sie greifen das Volk an. Es sind Tonkawa und Texaner.«

Naduah reichte ihm schweigend seine Kriegskleidung. Sie suchte seine Waffen und seine Munition zusammen, während er sich schnell anzog und sich das Gesicht schwarz anmalte. Innerhalb von Minuten ritten er und Quanah an der Spitze der einhundertfünfzig Krieger aus dem Lager. Naduah und die anderen Frauen begannen, das Dorf abzubauen, um zu flüchten.

Die Noconi-Krieger hielten auf der Spitze des höchsten Hügels kurz inne, um auf Iron Shirts Lager hinunterzusehen. Wanderer schickte einen protestierenden Quanah zurück, um seiner Mutter und Quail zu helfen. Dann setzte er sich hin, um die Lage zu überdenken. Das Tal unter ihnen schien lebendig zu sein. Überall wimmelte es von Menschen. Dreihundert in aller Hast bemalte Krieger aus Iron Shirts Gruppe ritten außerhalb des Lagers auf und ab. Jeder Mann zeigte seine reiterischen Fähigkeiten und schleuderte den Angreifern Beleidigungen entgegen. Die Männer suchten Zeit zu gewinnen, da sie den Rückzug ihrer Frauen und Kinder decken wollten.

Die Hügel waren mit dunklen Punkten übersät. Es waren die Familien, die schnell alles eingepackt hatten, was sie ergreifen konnten, und sich dann zerstreut hatten. Sie trieben ihre Tiere vor sich her. In der Ferne konnte man die schwächer werdenden Rufe von Frauen hören, die nach ihren vermißten Kindern riefen.

Als die übereifrigen Tonkawa das Jagdlager am Morgen angegriffen hatten, hatten sie das Überraschungsmoment der Ranger ruiniert. Ford verfluchte seine Kundschafter, als er beobachtete, wie zwei Comanchen losgaloppierten, um die Haupttruppe zu warnen. Jetzt waren seine Tonkawa genauso hysterisch wie ihre Feinde. Sie schrien ihren Haß hinaus, ruderten mit den Armen herum und brüllten Obszönitäten. Und die Comanchen-Krieger umkreisten sie und riefen ihnen Herausforderungen zu.

Die bärtigen, zerlumpten und staubbedeckten Texaner saßen inmitten der Indianer wie das Auge im Zentrum eines Hurrikans. Sie beobachteten aufmerksam die herumwirbelnden Körper, als sie ihre Waffen prüften und ihren Kautabak von einer Seite zur anderen schoben. Als sie so kampfbereit waren, wie sie nur sein konnten, warteten sie darauf, daß Ford das Signal gab.

Er ließ sich Zeit. Der Kampf dauerte schon fast eine Stunde, als Wanderer auf einer Hügelkette erschien. Dann gab ihnen Iron Shirt die Chance, auf die Ford gewartet hatte. Während Wanderer vom Hügel aus die Szene beobachtete, galoppierte sein Vater vor seine Männer. Seine Stimme wurde vom Wind in Fetzen zu den Noconi herübergeweht, die immer noch unbemerkt geblieben waren. Iron Shirt rief seinen Männern zu, sie sollten ihm folgen und den weißen

Augen und deren feigen Aasgeiern, den Tonkawa, ein für allemal ein Ende machen.

»Ich bin magisch«, rief er. »Ich bin unbesiegbar. Mein Atem bläst Kugeln weg.« Er schwang Lanze und Schild über dem Kopf und verhöhnte die schweigenden Texaner. Er trug seinen metallenen Küraß, dessen Plättchen sich wie Schindeln übereinanderschoben und sein Jagdhemd bedeckten. Sein riesiger Bison-Kopfschmuck hatte Federn und rote Flanellstreifen, die von den Spitzen der Hörner flatterten. Er ritt stolz auf und ab und achtete nicht auf die Schüsse, die auf ihn abgefeuert wurden.

»Pockmark«, rief Placido seinem besten Scharfschützen zu. »Seine Eisenjacke bedeckt seinen Kopf nicht. Ziel auf den Kopf.«

Jim Pockmark zielte. In der allgemeinen Verwirrung um ihn herum war er die einzige reglose Gestalt. Er feuerte. Ein gedämpftes Klirren ertönte, als Iron Shirt wie ein Sandsack von seinem Pony fiel. Er blieb reglos auf der Erde liegen. Die Quohadi waren wie vom Donner gerührt und schwiegen. Es war unmöglich. Und das war genau die Gelegenheit, auf die Ford gewartet hatte. Die Medizin war gebrochen. Die Quohadi waren demoralisiert. Ford spie zwischen den Zähnen in hohem Bogen ein Stück braunen Kautabaks aus und befahl den Angriff.

Dann geschah alles auf einmal. Ford führte die Texaner und Tonkawa an, die schreiend und feuernd eine Streitmacht angriffen, die fast doppelt so groß war. Und mit einem hohen, jodelnden Schlachtruf stürmte Wanderer den Hügel hinunter, als verfolgte er seine eigene Stimme. Seine Männer folgten dicht hinter ihm, zum Kampf bereit. Doch Wanderer hatte etwas anderes vor. Ohne das Tempo zu verlangsamen und alles niederreißend, was sich ihm in den Weg stellte, galoppierte er auf die Stelle zu, an der sein Vater gefallen war. Inmitten des allgemeinen Durcheinanders konnte Wanderer Iron Shirts Kriegspony sehen und konzentrierte sich darauf. Das Pferd wich nie von der Seite seines Herrn und Freunds.

Es schien eine Ewigkeit zu dauern, bis er den Leichnam erreichte. Wanderer wich Angreifern bewußt und automatisch aus. Er preßte Raven ständig die Knie in die Flanken und trieb ihn in möglichst gerader Linie vorwärts. Als er sich im Kampfgetümmel befand, fiel es ihm schwerer, sich zu orientieren, doch er ritt auf die Eiche zu, in deren Nähe Iron Shirt gefallen war. Wenn es nötig wurde, wehrte er sich gegen Angreifer, doch es geschah fast geistesabwesend. Der Lärm und der Gestank, der beißende Geruch von Schweiß und der süße Duft von Blut waren ihm vertraut.

Er konzentrierte sich so ausschließlich darauf, den Leichnam seines Vaters zu erreichen, daß er nicht bemerkte, wie Deep Water und Sore-Backed Horse ihn flankierten. Sie wehrten Schläge ab, die ihm galten, und schützten ihn mit ihren Schilden und Leibern.

Er kam an, als sich Placido gerade über den alten Mann beugte. Er wollte den Küraß abnehmen und Iron Shirt das Herz herausschneiden. Später, wenn er Zeit dazu hatte, würde er es essen und mit ihm die Medizin seines Feindes verschlingen. Er sah hoch, als Wanderer von seinem Pony heruntersprang. Die beiden Männer starrten sich über den Leichnam hinweg an. Es waren zwanzig Jahre her, seit Placido und seine Männer Wanderers Freund Stück für Stück getötet hatten, aber Wanderer würde dieses Gesicht nie vergessen. Und Placido hatte Wanderers Gesicht nicht vergessen. Er wußte, daß dies der Mann war, der seine Familie getötet und sein Dorf zerstört hatte.

Das Schlachtfeld hatte sich auseinandergezogen, da Ford den alten Trick von Hays verwendete, immer und immer wieder gegen die Comanchen anzurennen. Er verhinderte so, daß sie ihren magischen Kreis bildeten, denn dieser war effektiv, auch wenn er in Wahrheit nichts mit Magie zu tun hatte. Schon bald gab es keine Schlacht mehr, sondern eine Reihe von Scharmützeln, als die Comanchen flohen. Deep Water und Sore-Backed Horse stürzten sich ins Getümmel und lieferten sich im Reiten Kämpfe mit den Rangern, die hinter ihnen herjagten. Es war, als wären die beiden Häuptlinge allein. Sie standen sich von Angesicht zu Angesicht gegenüber.

»Dein Vater?« Placido gab Wanderer ein Zeichen. Er sah die Ähnlichkeit der beiden Männer und begriff, daß sie verwandt waren.

»Ja.«

»Dein Pfeil?« Er hielt den Schaft mit den drei roten Streifen hoch.

»Ja.«

»Du hast meine Familie getötet.«

»Ja. Ich habe meine Rache bekommen.«

»Aber ich habe meine noch nicht bekommen.«

»Ich werde gegen dich kämpfen. Du kannst deine Gelegenheit zur Rache haben.«

»Nein. Ich will nicht dein Leben. Ich will mehr. Ich habe von dir gehört, Wanderer, von deiner Frau mit dem Goldhaar und deinen Kindern. Der gelbe Skalp deiner Frau wird meine Lanze schmücken. Jedesmal, wenn du auf die Jagd gehst oder auf dem Kriegspfad bist, wirst du dich fragen, was du bei deiner Rückkehr vorfinden wirst. Eines Tages wirst du nach Hause kommen und nur einen Kreis voller

Asche sehen, wo dein Zelt einst stand. Deine Frau wird geschändet und verstümmelt sein und deine Kinder lebendig verbrannt.« Tränen strömten dem alten Häuptling über das zerfurchte Gesicht. »So wie ich meine Familie wiedergefunden habe.«

Er wandte Wanderer den Rücken zu und ignorierte den fünfschüssigen Colt, den sein Feind lose in der Hand hielt. Er bestieg sein Pony und ritt langsam davon. Wanderer sah ihn wegreiten. Dann bückte er sich und hob schnell den Leichnam seines Vaters auf Ravens Rücken. Hier gab es für ihn nichts mehr zu tun. Wieder einmal hatten die Repetierwaffen sein Volk in die Flucht gejagt. Nur wenige seiner Männer besaßen sie. Sie waren für die weißen Augen keine ebenbürtigen Gegner. Vielleicht standen ihnen hier nur halb so viele Ranger gegenüber, doch deren Waffen verschafften ihnen eine fünffache Überlegenheit.

Wanderer ritt schnell und hart in die Richtung, in die seine Familie und seine Gruppe geflüchtet waren. Jetzt hatte er nur noch einen Gedanken, sie zu schützen. Placidos Drohung erfüllte ihn mit schrecklichen Bildern. Der Red River war keine Barriere mehr, welche die weißen Soldaten und ihre Verbündeten zurückhielt. Zum ersten Mal in seinem Leben begann Wanderer eine Ahnung davon zu bekommen, wie sich ein gehetztes Tier fühlen muß.

52

Wanderer und Naduah, ihre Familie sowie achtzig oder neunzig ihrer Freunde saßen auf dem höchsten Bergkamm auf ihren Pferden und blickten auf den Red River hinunter. Die Noconi waren zwei Tage vor den Rangern geflohen, ohne anzuhalten, bis Wanderers Kundschafter berichteten, sie würden nicht mehr verfolgt. So hatten sie erst jetzt Gelegenheit, Iron Shirt zu beerdigen.

Auf den Hügeln, die sich unter ihnen in alle Richtungen erstreckten, zitterten und blitzten die Blätter der Bäume in dem ständigen Wind wie Signalflaggen. Der gleiche Wind zerrte an den Decken, in die sich die Trauernden gehüllt hatten. Er ließ die langen Wimpel, die an Mähnen und Schwänzen der Ponys festgebunden waren, wehen und flattern, als Wanderer das Trauerlied des Volkes anstimmte. Sein Gesang war ein wilder, melancholischer Singsang in einer Moll-Tonart, der eine Stunde dauerte. Von Zeit zu Zeit erhob sich eine Frauenstimme zu einem schrillen Ton der Verzweiflung. Jetzt, da es zu spät war, jetzt, wo es in diesem Leben keine Versöhnung mit Iron Shirt geben würde, bedauerte Wanderer seine Halsstarrigkeit.

Naduah saß auf ihrem kojotefarbenen Pony mit der schwarzen Mähne, den schwarzen Strümpfen und dem schwarzen Schwanz. Sie trug zum Zeichen der Trauer Lumpen und hielt den Leichnam ihres Schwiegervaters fest, der auf Iron Shirts Kriegspony saß. Am Morgen hatten Naduah und Star Name die Knie des alten Häuptlings hochgezogen. Sie hatten ihm die Beine brechen müssen, um es zu schaffen, und hatten sie festgebunden. Ungeachtet der Tatsache, daß er zu riechen begann, badeten sie ihn und malten ihm das Gesicht rot an. Dann versiegelten sie ihm die Augen mit rotem Lehm aus dem Fluß. Sie legten ihm die besten Kleider an, die sie in der Unordnung ihrer zweitägigen Flucht hatten finden können.

Nachdem jeder Gelegenheit erhalten hatte, den Toten noch einmal zu betrachten, hüllten sie ihn in Decken und schnürten sie zu. Dann brachten sie ihn hierher, wo er über das Land hinausblicken konnte, das er so geliebt hatte. Er ritt sitzend auf seinem Pony, und links und rechts von ihm ritten Naduah und Star Name, um seinen Leichnam zu stützen. Der dreizehnjährige Quanah trug Kriegslanze und Schild, Bogen und Köcher seines Großvaters.

Als Wanderer mit seinem Gesang fertig war, hoben er und Gathered Up, Sore-Backed Horse und Deep Water den in Decken gehüllten Leichnam vom Pony herunter. Sie senkten ihn in eine tiefe Erdspalte in der Nähe des Steilhangs. Wanderer kletterte in die Felsspalte hinunter, um den Leichnam seines Vaters behutsam in die richtige Stellung zu legen, so daß Iron Shirt mit dem Gesicht nach Westen lag. Naduah führte das Pferd des Häuptlings zum Rand der Öffnung. Bevor das Tier erkannte, was mit ihm geschah, schlitzte sie ihm die Kehle auf. Die Luft, die plötzlich aus den Lungen des Tiers schoß, ließ das Blut gurgelnd hervorströmen. Es gab einen häßlichen, röchelnden Laut, als das Tier nach Luft rang und starb. Das Blut des Hengstes lief an dem Kadaver in Strömen hinunter, die von dem durstigen Erdboden aufgesogen wurden.

Weitere Männer halfen dabei, das Pferd an den Rand zu schieben und es neben Iron Shirts Leichnam zu pressen. Jeder trat vor und hob große Felsbrocken auf, die überall herumlagen. Sie warfen sie in die

Erdspalte, bis sie sie ganz ausfüllten. Quanah hob Arme und Gesicht zum Himmel. Er schloß seine ernsten grauen Augen und sang für die Seele seines Großvaters ein Gebet. Doch bei seinem Singsang quollen ihm Tränen in die Augen. Er dachte, wie glücklich Iron Shirt war. Er war im Kampf gestorben. Damit war ihm ein Platz im Paradies sicher. Quanah schickte ein weiteres stummes Gebet an den Großen Vater hinter der Sonne. Er betete, auch er selbst möge im Kampf sterben. Naduah brachte Wildblumen, die sie neben die Waffen streute, die Quanah auf das Grab gelegt hatte. Andere Frauen legten Lebensmittelopfer nieder. Dann bestiegen alle ihre Pferde und ritten ins Lager zurück.

Es war Juli, und die Plains waren ausgedörrt. Tag um Tag brannte die Sonne von einem erbarmungslosen, heißen, wolkenlosen Himmel herab. Staubteufel wirbelten wie verrückt quer durch die Hügel und ließen einen Strudel aus Blättern und Zweigen und Kies zurück. Sore-Backed Horse nannte sie Geister der Toten. Die Lagerhunde lagen in dem gefleckten Schatten verkümmernder Mesquitsträucher und hechelten. Die Luft roch nach Staub und Pferdeäpfeln. Der Fluß war bis auf ein paar schaumbedeckte Tümpel ausgetrocknet. Naduah mußte Gras auf die Oberfläche legen und das Wasser durch die grüne Schicht saugen, um Fliegen und Käfer herauszufiltern, die dort schwärmten. Morgen würden sie packen und auf der Suche nach einem besseren Lagerplatz mit einer Wasserquelle wegreiten.

Die Seiten des Zelts waren etwa dreißig Zentimeter hoch aufgerollt, und die Lederrollen waren mit gegabelten Stöcken festgesteckt. Als es dämmerte, stimmten die Moskitos ihr tägliches Abendkonzert an. Naduah rollte die Zeltwand wieder herunter, damit sie mit ihren Freundinnen im Zelt sitzen konnte, wo der Rauch ihres kleinen Feuers ihnen einigen Schutz vor den Insekten bot. Als sie die letzte Astgabel herauszog und die schwere, staubige Zeltwand herunterrollte, lief ein großer Skorpion aus den Falten der Zeltbahn und sprang ihr auf den Arm. Sie schüttelte ihn ab, und die Hunderte von Skorpion-Babys, die auf dem Rücken ihrer Mutter ritten, rannten in alle Richtungen auseinander.

Naduah zertrat so viele, wie sie nur erwischen konnte. Dann ging sie hinein, um ihre Unterhaltung mit Star Name und Wears Out Moccasins fortzusetzen. Star Names Tochter Turtle nähte im Lichtschein des Feuers ihr erstes Paar Mokassins zusammen. Quail war unruhig. Sie stand auf und ging von Zeit zu Zeit hinaus. Naduah wußte, daß sie draußen stand und sehnsüchtig Gathered Ups Zelt anstarrte.

Weasel war auch bei ihnen. Ihr Mann hatte Pahayucas Gruppe schließlich verlassen und sie mitgenommen. Sie war jetzt zweiundzwanzig und immer noch schön. Ihr Gesicht war jedoch erschöpft und traurig. So viele ihrer Lieben waren gestorben, und die anderen wirkten in diesen Tagen verzweifelt. Weasels Mutter, Something Good, hatte sich völlig abgekapselt und sprach kaum mit jemandem.

Pahayuca war in die Reservation am Clear Fork des Brazos River zurückgekehrt. Weasel sagte, sein Freund, der Indianeragent Neighbors, habe ihn dazu überredet. Doch immer noch gab es keinen Frieden. Die Texaner gaben den Penateka die Schuld an jedem Überfall, der sich ereignete. Sie sagten, Neighbors verhätschele seine Indianer und biete ihnen nach ihren blutigen Ausschreitungen Unterschlupf. Manchmal überfielen die weißen Männer das Volk und stahlen dessen Ponys. Oder sie stahlen Pferde anderer weißer Männer und hinterließen Indianerpfeile und Mokassinspuren.

Die Reservation war zu klein, doch die Wasps fürchteten sich, sie zu verlassen, um auf die Jagd zu gehen. Sie wußten, daß sie jederzeit zu Gejagten werden konnten, wenn sie die Reservation verließen. Jeder Texaner, der sie als Indianer erkannte, durfte auf sie schießen. Sie durften keine Waffen besitzen, um zu jagen oder sich zu verteidigen. Und selbst wenn man ihnen die Waffen erlaubt hätte, hätte jede Verteidigung nur Vergeltung nach sich gezogen.

»Und unsere Frauen«, sagte Weasel, »verkaufen sich für Whiskey und ein paar Fetzen Stoff an die weißen Männer. Was wird aus uns werden, Schwestern? Wie kann ich ein Kind auf die Welt bringen, wenn die so aussieht?«

»Du mußt viele Kinder tragen, Tochter«, sagte Wears Out Moccasins. »Unsere Kinder sind unsere einzige Hoffnung. Sieh dir Naduah an. Sie ist schon wieder angeschwollen. In drei Monaten wird sie ihrem Mann ein drittes Kind gebären.«

»Wenn ich du wäre, Naduah«, sagte Star Name, »würde ich Wanderer bitten, noch eine oder zwei Frauen zu heiraten, damit du nicht soviel Arbeit hast. Wenn er sie wünscht, kann er sich drei oder vier Frauen leisten.« Deep Water verhandelte gerade wegen einer zweiten Frau, und Star Name gefiel das. Ein weiteres Paar Hände würde ihr die Freiheit geben, wieder mit Deep Water auf den Kriegspfad zu ziehen.

»Vielleicht liebt Wanderer dich nicht, Naduah, denn sonst würde er noch eine Frau heiraten, um dir das Leben leichter zu machen«, neckte Weasel.

Naduah würdigte diese Bemerkung keiner Antwort. Sie mochte zwar bezweifeln, daß die Sonne aufgehen würde oder daß der Frühling auf den Winter folgt, vielleicht auch, daß die Bisons auch weiterhin millionenfach in der Prärie umherstreifen würden, doch sie würde nie anzweifeln, daß Wanderer sie liebte. Es war schwieriger, die einzige Frau eines Häuptlings zu sein. Es gab eine Menge Arbeit zu tun. Doch es kam weder ihr noch Wanderer je in den Sinn, ihr Leben zu ändern.

Als sie der Unterhaltung der Frauen lauschte, fragte sie sich, wie Quanah in den kommenden Monaten zurechtkommen würde. In Gathered Ups Zelt, das keine zehn Meter entfernt lag, bereitete er sich darauf vor, zu der Suche nach einer Vision aufzubrechen. Die älteren Männer berieten ihn. Dort im Zelt hing der Tabakrauch dick in der Luft. Wanderer sprach gerade und erzählte von den Pflichten eines Mannes und seinen Verpflichtungen gegenüber seiner Familie, seiner Gruppe, seinen Geistern und sich selbst.

»Ein Mann aus dem Volk kriecht nicht vor seinen Geistern auf dem Bauch, wie es andere Stämme tun«, sagte Wanderer. »Er fleht auch nicht und sagt nicht, er sei unwürdig. Er braucht auch kein Dummheitswasser oder Stiernesselbeeren oder *wokowi*, die Kaktus-Fruchtknoten, um seine Vision zu sehen. Seine Träume kommen ohne jede Hilfe zu ihm, durch die Kraft seines eigenen Willens. Er reinigt seinen Körper, um rein und würdig zu sein. Er öffnet seinen Geist, um die Botschaft der Geister zu empfangen. Er befreit sich von den Ablenkungen der Sinne, von Schmerz und von Hunger. Er lernt, was es heißt, von den Dingen dieser Welt völlig frei zu sein und sich wie ein Adler über sie zu erheben. Er erreicht eine andere Ebene des Seins. Er weiß, was es bedeutet, mit der Schöpfung eins zu sein.«

»Wenn du zurückkehrst, Neffe«, sagte Sore-Backed Horse, »wirst du ein Mann sein. Du wirst das Leben nie wieder mit den gleichen Augen betrachten.«

»Du kannst nicht mehr wie ein Kind handeln«, fügte Deep Water hinzu. »Du mußt tapfer sein, weise, vernünftig und in der Freundschaft loyal. Anderen gegenüber mußt du großzügig sein.«

»Am wichtigsten ist jedoch«, fuhr Wanderer fort, »daß du alles aus eigener Kraft meisterst. Am Ende bist du selbst der einzige, auf den du dich wahrhaft verlassen kannst. Höre dir jeden Rat anderer an, aber handle nur nach deiner eigenen Entscheidung.«

Niemand äußerte sich zu der Möglichkeit, daß Quanah keine Vision haben würde. Und falls ihm dieser Gedanke Sorgen machte, zeigte er es nicht. Er saß ernst und feierlich da und hielt seinen Medizinbeutel auf dem Schoß. Naduah hatte ihn aus der vollständigen Haut eines Skunks gemacht. Der Schwanz hing immer noch daran. Skunks waren sehr mächtige Tiere. Sie fürchteten nichts. Dieser war eines Nachts vor zwei Jahren kühn in ihr Zelt hineingegangen. Er hatte den siebenjährigen Pecan in den Finger gebissen. Das Kind versteckte sich unter den Decken, während der Skunk mit den Vorderpfoten daran zerrte und versuchte, zu ihm durchzukommen. Quanah tötete ihn, indem er ihm mit einem sauberen Schnitt den Kopf abhieb.

»Erzähle uns, wie Tiere uns helfen können, Quanah«, sagte sein Vater.

Quanah wiederholte, was er gelernt hatte.

»Der Bär kann Wunden heilen und mich ins Leben zurückbringen. Der Adler und der Falke besitzen mächtige Kriegsmedizin. Wenn ich Wolfsmedizin habe, kann ich wie sie barfuß im Schnee laufen. Der Kojote erzählt mir die Zukunft.«

Das Gespräch zog sich bis tief in die Nacht hin, nachdem die restlichen Bewohner des Dorfs ihre Feuer mit Asche bedeckt hatten und für die Nacht unter ihre Roben gekrochen waren. Wie bei seinen Ponys war Wanderer auch bei seinem Sohn entschlossen, ihm die bestmögliche Ausbildung zu geben.

Es war spät am Abend, als Quanah drei Wochen später zurückkehrte. Er hatte sich verändert. Er ritt langsam ins Lager. Sein Gesicht war älter geworden und sein Verhalten noch würdiger und selbstbewußter als beim Aufbruch zu seiner Visionssuche. Er saß ab und pflockte Polecat an, während seine Mutter und sein Vater neben der Zelttür auf ihn warteten. Sie brauchten nicht zu fragen, ob er seine Vision gesehen hatte. Sie war noch immer auf seinem Gesicht. Keiner der beiden würde ihn auch bitten, davon zu erzählen. Es war sein Erlebnis und ausschließlich seins.

»Wie sollen wir dich jetzt nennen, mein Sohn?« fragte Wanderer.

»Quanah. Ich soll den Namen behalten, den meine Mutter mir gegeben hat.«

Naduah sah, daß er jetzt diesen abwesenden Blick seines Vaters hatte, als würde er in die Menschen hinein- und durch sie hindurchblicken, statt sie anzusehen.

»Star Name und Quail, Wears Out Moccasins und Weasel und ich haben ein Zelt für dich gemacht, Quanah.«

»Mein Herz ist froh, Mutter. Ich werde ihnen allen Geschenke bringen, wenn ich mich als Krieger zum ersten Mal auf den Kriegspfad begebe.«

»Komm herein und iß und ruh dich aus.« Naduah meinte, er sähe dünner aus als vor drei Wochen. Vielleicht hatte er mehr als die üblichen vier Tage gehungert. Er war lange Zeit weggewesen.

»Vater«, sagte er und tauchte einen Finger in den Kessel mit Fleisch, »die gelben Beine, die Pferde-Soldaten, sind wieder da. Ich habe eine ihrer Patrouillen gesehen. Ich habe sie in ihrem Lager beobachtet. Ich wollte eins ihrer Pferde stehlen, aber da waren zu viele Wachen.« Er sagte es beiläufig, aber Naduahs Herz machte trotzdem einen Satz. Sie konnte sich vorstellen, wie Quanah sich anschlich, um eine Patrouille von gelben Beinen auszuspähen. Und wenn ihre Wachposten ihn gesehen hätten...

Es fiel ihr so schwer, ihn ziehen zu lassen, zuzugeben, daß er kein Kind mehr war. Es war schlimm genug gewesen zu sehen, wie er das Lager verließ, um mit seinen Freunden zu spielen, denn sie wußte, was für wilde Dinge die Jungen anstellten. Doch jetzt würde das Spiel tödlich sein. Die Gefahr hatte sich vervielfacht. Für einen kurzen Moment wünschte sie sich, sie könnte die Zeit anhalten und die Veränderung verhindern, die unweigerlich kommen mußte. Am liebsten würde sie ihn das großäugige, ausgelassene, liebevolle Kind bleiben lassen, das er immer gewesen war. Der Sohn, den sie gepflegt und umsorgt hatte, wenn er krank war, den sie gefüttert und dem sie geholfen und stundenlang zugehört hatte, war plötzlich ein Fremder.

Sie verscheuchte den Gedanken. Er war unwürdig. Natürlich würde er ein Krieger sein. Etwas anderes war undenkbar. Sie lächelte ihn an. Und er grinste zurück. Es war dieses altbekannte, unverschämte, freche Grinsen, an das sie sich so gut erinnerte. Als hätte er verstanden, was sie gerade fühlte, sprang er sie an. Er drückte sie auf die Schlafroben und kitzelte sie. Sie balgten sich und lachten wie früher, als er noch ein Kind war.

»Vorsichtig, graue Augen«, rief Wanderer. »Deine Mutter ist in ihrem Zustand für solche Späße nicht geeignet.«

»Oh, das war mir gar nicht aufgefallen«, sagte Quanah und tätschelte Naduahs riesigen Bauch. »Wann ist meine Schwester fällig?«

»Im Herbst. In zwei Monaten«, erwiderte sie. »Du wünschst dir also eine Schwester?«

»Ich nehme an. Einen Bruder habe ich ja schon. Ich brauche eine Schwester, die mich bedienen und dir helfen kann.« Dann wurde er wieder ernst. »Vater, wann begeben wir uns auf den Kriegspfad? Ich muß Coups zählen.«

»Zuerst gehen wir auf die Jagd. Ein Bison kann ein gefährlicherer Gegner sein als ein Mann. Jetzt erzähl uns von den gelben Beinen. Wie viele waren es? Was für Waffen hatten sie? Hatten sie Planwagen bei sich? Wo hatten sie ihr Lager? Später kannst du dem Rat von ihnen berichten.« Wanderer sprach es nicht aus, aber er half Quanah dabei, seine erste Ansprache an den Rat der Gruppe zu proben. Er wollte sicherstellen, daß der Junge alle Informationen parat hatte, die er brauchen würde, und daß er sie gut präsentierte.

Als Quanah sprach und ausführlich von allem erzählte, was er gesehen hatte, wußte Wanderer, daß er sich keine Sorgen zu machen brauchte.

Das Signalhorn der Kavallerie schien den Krampf auszulösen, der Naduahs Unterleib zusammenzog. Es war noch dunkel, vor dem ersten Licht der Morgendämmerung, und sie spannte sich an, um zu sehen und zu hören. Als könnte jemand durch die Zeltwand und die Dunkelheit dahinter durchsehen. Wanderers Seite der Schlafrobe war warm und leer. Sie konnte hören, wie er in der Dunkelheit seine Waffen zusammensuchte. Das Pulverhorn stieß klappernd gegen den metallenen Gewehrlauf. Naduah unterdrückte einen Schrei, als die Wehe einsetzte. Wanderer brauchte nichts zu wissen. Er hatte schon genug Sorgen.

»Quanah, komm mit«, rief er. »Pecan, hol die Pferde. Quail, hilf Naduah. Rette, was du kannst. Wir treffen uns an der Furt zehn Meilen stromaufwärts.« Dann rannte er hinaus, dicht gefolgt von Quanah. Draußen waren Rufe und Schreie zu hören, als die Männer losrannten, um ihre Familien zu verteidigen, und die Frauen packten ein, was sie nur greifen konnten, und machten sich zur Flucht bereit. Aus der Ferne konnte Naduah Gewehrfeuer hören.

Als der Schmerz nachließ, stand sie schwerfällig auf und taumelte zur Tür. Unter einem heller werdenden Himmel konnte sie sehen, wie Gestalten in sämtliche Richtungen auseinanderliefen. Krieger rannten und ritten zum Rand des Lagers. Sie würden die Soldaten so lange wie möglich abwehren, doch hatten sie dazu nur sehr wenig Zeit.

Naduah zog sich ihr Kleid über den Kopf. Es fiel ihr schwer, es über den Bauch zu ziehen. Sie hob ihren Medizinbeutel und einen Sack mit Pemmican auf. Sie warf ein paar Decken auf den Stapel, und ihr Bogen und ihre Pfeile landeten obenauf. Als sie sich aufrichtete, ignorierte sie die Erinnerung an den Schmerz, der sich noch irgendwo unter ihrem Magen hielt, und an das brennende Stechen im Kreuz.

Drei ihrer Travois lehnten draußen an der Zeltwand. Die Noconi zogen so oft um, daß sie sich oft nicht die Mühe machten, sie auseinanderzunehmen. Quail und Naduah arbeiteten fieberhaft, wobei sie manchmal zusammenstießen, so daß sich die Leinen verhedderten. Als Pecan mit den Ponys ankam, banden sie die Travois an den Lastpferden fest.

»Pecan, wo ist Night?« rief Naduah. Sie konnte hören, daß die Gewehrschüsse und die Rufe der Männer immer näher kamen. Gleichzeitig wurde es immer heller. Nur wenige Minuten waren vergangen, doch sie hatte das Gefühl, als wäre sie wie ein Insekt in dem langsam fließenden Harz gefangen, das am Stamm einer Fichte herunterkriecht.

»Ich habe die stärksten Pferde geholt«, sagte Pecan. »Nur die, die wir gebrauchen können.«

»Los, hol Night.«

»Er ist alt.«

»Hol Night.« Ihre Stimme wurde lauter und klang fast hysterisch. Sie mußte schreien, um sich durch das Geheul der Hunde und das Jammern der Kinder, die nach ihren Müttern riefen, Gehör zu verschaffen. Der Junge fuhr herum und rannte zur Weide zurück. Naduah lief ins Zelt und riß den runden Silberspiegel vom Haken. Das spanische Zaumzeug lagte sie über den Arm. Sie hatte es seit fünfzehn Jahren wie ihren Augapfel gehütet und würde lieber das Leben verlieren, als es zu opfern. Sie wickelte die Sachen in die Decken, mit denen das Gepäck bedeckt war.

Sie spürte, wie der Schmerz wieder einsetzte, und ging in die Knie. Sie lehnte sich gegen die Travois-Stäbe und hielt Bogen und Pfeile in der Hand umklammert.

»Quail, das Baby kommt. Ich werde auf dem dritten Travois fahren müssen. Treib die Ponys zusammen. – *Bitte nicht*«, flüsterte sie. »*Nicht jetzt.*«

Nur wenig entfernt band die in ihre Decke gehüllte Star Name ein paar Taschen am Sattelgurt ihres Ponys fest. Eine Gestalt mit einem zerdrückten Schlapphut kam gebückt aus dem Schatten hinter einem Zelt hervorgelaufen.

»Star Name, lauf!«

Star Name wirbelte herum, und McKenna feuerte. Eins der Zelte war in Brand gesteckt worden, und durch Rauch und Staub hindurch sah Naduah Star Name zu Boden fallen. Naduah legte blitzschnell einen Pfeil ein, der schon in McKenna steckte, bevor dieser nachladen und feuern konnte. Er stürzte mit einem überraschten Ausdruck auf das Gesicht. Das Gewicht seines Körpers trieb ihm den Pfeil durch die Brust, so daß er im Rücken wieder herauskam.

Gathered Up ritt vorbei. Er beugte sich hinunter, hob Star Name auf und legte sie Naduahs kojotefarbenem Pony quer auf den Rükken. Quail hielt den vor ihr liegenden Körper fest, als sie auf Naduahs Pony losritt. Dann ergriff Gathered Up das Gewehr. Er hielt es hoch, um vor Naduah zu salutieren.

»Du bist jetzt ein Krieger«, rief er. »Wanderer hat mich geschickt, um dir bei der Flucht zu helfen.« Naduah ließ sich behutsam auf die gewebte Travois-Bespannung und die zerwühlten Roben nieder. Sie steckte Bogen und Köcher unter eins der Lederbänder, die das Gestell zusammenhielten. Gathered Up hieb mit der Peitsche erbarmungslos auf die Ponys ein.

Sie galoppierten durchs Lager, wobei die Travois wie wild über Steine und herumliegendes Gerät hüpften. Dornige Mesquitzweige peitschten Naduahs Gesicht und Arme und malten ihr Muster aus langen roten Striemen auf die Haut. Als die Stangen des Travois schwankten und sich bogen, packte sie sie mit ihren verkratzten, weißen Knöcheln. Die Finger ihrer linken Hand hatte sie sich zerkratzt, als sie im Vorüberfahren gegen einen Baumstamm geraten war.

Benommenheit, Übelkeit und Schmerz befielen sie, aber sie bemühte sich, bei Bewußtsein zu bleiben. Wenn sie jetzt in Ohnmacht fiel, würde sie vom Travois hinunterfallen und von den Pferden zertrampelt werden. Das Lager war ein einzigs Chaos aus durchgehenden Ponys und fliehenden Menschen. Maultiere keilten aus und schrien heiser, so daß alle nur halb festgebundenen Gegenstände durch die Luft flogen.

Das Pony wich aus, um ein kleines Kind, das verwirrt in seinem Weg stand, nicht niederzutrampeln, und Naduah spannte sich an, um nicht hinunterzurollen. Der Himmel hatte jetzt eine bleigraue Farbe. Es waren die Umrisse von Soldaten zu sehen, die durch das Gestrüpp der Büsche im Lager hindurch wie Geister wirkten. Ihre Silhouetten, die von Ästen und Blättern zerteilt wurden, waren wie aus Bruchstücken zusammengesetzt. Wie die Tarnmuster auf Mottenflügeln.

Als Quail, Gathered Up und Naduah außerhalb des Dorfs eine steile Schlucht hinunterritten, wurde das Gewehrfeuer allmählich leiser. Statt dessen hörten sie heftiges Donnergrollen.

Eine Stunde später, als sie die Furt des Flusses erreichten, begann es zu regnen. Der Fluß war tief und strömte schnell dahin, doch an der flachen Furt hatten sich hundert Flüchtlinge eingefunden, um auf die andere Seite zu kommen. Sie stürzten sich Hals über Kopf in den Fluß. Hunde bellten, als sie von der Strömung fortgerissen wurden. Kleine Kinder klammerten sich an ihre Travois fest und würgten und schüttelten die Köpfe, als die Gischt sie traf. Auf einem Travois lagen drei Kinder, die sich mit einer Hand festklammerten und mit dem anderen Arm je einen winzigen, wimmernden Hundewelpen festhielten.

Einige Frauen hielten die Lanzen ihrer Männer hoch. Sie benutzten sie als Zeichen, damit ihre zerstreuten Familien wieder zusammenfinden konnten. Naduah hielt nach Pecan und Wanderer und Quanah Ausschau und knirschte mit den Zähnen, um gegen die Wehen anzukämpfen, die jetzt in immer kürzeren Abständen aufeinanderfolgten.

»Quail«, rief sie.

»Ja, Mutter.«

»Star Name?«

»Sie ist tot.« Quail schluchzte mit gesenktem Kopf. Ihre Tränen mischten sich mit den Regentropfen, die auf Star Names erschlafften Körper fielen, der quer auf dem Widerrist des Ponys lag. Naduah war zu verwirrt und aufgewühlt, um die Nachricht voll zu erfassen. Sie würde später trauern.

»Gathered Up«, sagte sie, »binde den Leichnam meiner Schwester auf das zweite Lastpony. Quail, such nach Wears Out Moccasins. Meine Zeit ist gekommen.«

Als Gathered Up den Leichnam auf das zweite Pferd geladen hatte, ritt er vor ihnen her und bahnte ihnen in dem Gedränge von Menschen und Tieren am Flußufer einen Weg.

Wanderer. Wo bist du, Wanderer? Naduah keuchte, als das eiskalte Wasser sie traf. Es war noch kälter als der Regen, der in großen Tropfen vom Himmel fiel. Blitze zuckten, und Donner grollte in widerhallenden Explosionen, die den Himmel aufzureißen schienen. Als die drei auf der anderen Seite waren, hielten sie inne, um nach Wears Out Moccasins und dem Rest von Naduahs Familie Ausschau zu halten.

Flüchtlinge drängten sich an ihnen vorbei und rempelten einander an, als sie das abbröckelnde Flußufer hinaufeilten. Jemand hob ein Kind auf, das von einem Travois gefallen und unabsichtlich zurückgelassen worden war. Mütter rannten im Zickzack zwischen den Ponys herum und suchten nach ihren verlorengegangenen Kleinkindern. Manche banden die Ladung auf ihren Maultieren fest oder verteilten das Gewicht auf ihren Pferden anders, um sie vor Erschöpfung zu bewahren. Manchmal ritten drei oder vier Kinder auf einem Pferd. Sie saßen hintereinander, und die hinten sitzenden hielten den Vordermann eng an den Hüften umschlungen. Ihre Gesichter schienen nur aus Augen zu bestehen.

Auf der gegenüberliegenden Flußseite kamen jetzt diejenigen, die zu Fuß am schnellsten waren, zusammen mit den Reitern an. Unter ihnen ritt auch Wanderer.

»Naduah!« Der Schrei schien ihm tief aus der Brust zu kommen, als er Raven in scharfem Galopp ins Wasser trieb. Erst als er an ihrer Seite war, begann sie zu weinen und hilflos zu schluchzen. Er schüttelte sie sanft.

»Jetzt ist alles gut. Ich bin da.«

»Bitte geh nicht.« Sie hielt seinen Arm umklammert. Sie fühlte sich so hilflos und aufgedunsen. Unfähig, sich zu bewegen, zu laufen oder sich zu verteidigen.

»Ich werde bei dir bleiben.«

Allmählich wurde sie ruhiger.

»Es tut mir so leid, Wanderer. Ich hatte Angst.«

»Ich hatte auch Angst, mein Goldhaar. Ich fürchtete mich davor, dich verletzt wiederzufinden.» Er sah, wie ihr Schmerz über das Gesicht huschte. »Kommt das Baby?«

»Ja.«

»Quail, hol Wears Out Moccasins. Sie ist dicht neben mir über den Fluß gegangen.« Er strich Naduah das nasse Haar aus dem Gesicht und beugte sich über sie, um sie vor dem Regen zu schützen. Sie hatte noch nie etwas so Schönes wie seine großen dunklen Augen gesehen. »Wears Out Moccasins würde das Dorf nicht verlassen, bevor sie an einem *tabay-boh*-Soldaten einen Coup gezählt hat.« Er lächelte, und sein Lächeln schien sie in dem kalten Regen zu wärmen.

»Wanderer«, sagte Gathered Up. »Quanah kommt. Und Pecan ist eben auf der anderen Seite angekommen. Er hat Night bei sich.«

Wanderer saß auf und ritt unruhig am Flußufer auf und ab, während er auf seine Söhne wartete.

»Er geht zu weit stromabwärts«, brummelte er zu Gathered Up. »Pecan!« Wanderer rief und winkte, aber Donnergrollen übertönte seine Stimme. Das Pony des Kindes watete ins Wasser, gefolgt von Night.

»Treibsand?« fragte Gathered Up.

»Ja.« Wanderer galoppierte auf das andere Flußufer zu, um zu seinem jüngsten Sohn zu kommen. Pecan überquerte den Fluß sicher, aber Night rutschte auf einer Sandbank aus und stolperte. Als sich das Leitseil spannte, drehte Pecan sich um und sah, was geschehen war. Er begann verzweifelt an dem Seil zu zerren und versuchte vergeblich, Night herauszuziehen. Doch als das Pony sich zu befreien versuchte, versank es immer tiefer. Nights Augen quollen hervor, als er sich bemühte, die Hufe freizubekommen. Er wieherte, als er Wanderer kommen sah, der den Grund prüfend mit dem Schaft seiner Lanze absuchte. Wanderer nahm Pecan das Leitseil ab.

»Tut mir leid, Vater.« Das Kind schluchzte. Wanderer ignorierte Pecan und starrte nur sein geliebtes Pony an. Es war ein besonders gefährlicher Abschnitt von Treibsand. Der gefährlichste Treibsand, den es gab. Wanderer wußte, daß Night um so tiefer einsinken würde, je mehr er sich bemühte freizukommen. Und Night kämpfte verzweifelt.

In der Menge, die darauf wartete, den Fluß zu überqueren, entstand Unruhe. Jemand war mit der Nachricht angekommen, die Soldaten rückten näher. Die Menschen rannten los, sprangen in den Fluß, stießen und schubsten sich gegenseitig. Wanderer blickte von Night zu dem Travois hinüber, auf dem Naduah in Decken gehüllt lag. Wears Out Moccasins hatte sie gefunden und gab ihm ein Zeichen, er solle sich beeilen. Er zog seinen Revolver aus der eingeölten Lederhülle. Naduah sah, wie Wanderer auf Nights Kopf zielte. Sie schloß die Augen und zuckte zusammen, als der Schuß losging.

Kurz darauf ritten sie weiter, und Wanderer, Gathered Up, Quanah und Pecan galoppierten los, um sie einzuholen. Der Regen wurde zum Wolkenbruch, und der Wind trieb ihnen das Wasser ins Gesicht, als bestünde es aus spitzen Nadeln.

»Wir müssen einen Unterschlupf für sie finden. Das Baby bewegt sich nach unten. Bald wird der Kopf da sein.« Wears Out Moccasins mußte schreien, um sich im Donnergrollen, dem Wind und dem Regen Gehör zu verschaffen.

»Es gibt keinen Unterschlupf.« Wanderer führte sie in eine Schlucht, die den Wind fernhielt. Er und Quanah und Gathered Up hielten Bisonhäute über Naduah, während Quail und Wears Out Moccasins dem Baby auf die Welt halfen. Niemand brauchte Wanderer zu sagen, daß sein drittes Kind ein Mädchen war. Wears Out Moccasins wischte den kleinen Körper ab, so gut es ging, wickelte das Baby ein und vergrub es in Naduahs Roben. Sie und Quail befestigten in aller Hast einen gewölbten Gitterrahmen aus dünnen Pappelstangen auf dem Travois und banden Bisonhäute darauf. Die Häute würden Mutter und Kind ein wenig vor dem Regen schützen.

Es regnete den ganzen Tag und die ganze Nacht. Als am nächsten Morgen die Dämmerung anbrach, konnte man sie kaum wahrnehmen. Der Himmel hing noch immer voll dunkler Wolken, und der Regen strömte immer noch herab. Sie ritten einen weiteren Tag im Regen. In der folgenden Nacht wurde er schwächer, doch niemand stieg ab, um zu schlafen. Das Wasser hatte Taranteln aus ihren Erdlöchern gespült. Der Erdboden schien von ihnen zu wimmeln und sein Aussehen zu verändern. In dieser Nacht schlief jeder auf seinem Pony oder gar nicht.

Nachdem sie Star Name beerdigt hatten, versteckten sie sich eine Woche in Höhlen oder schliefen im Freien, bis sie nach und nach die zerstreuten Menschen der Noconi wieder beisammen hatten. Dann kehrten sie in ihr Dorf zurück, um zu retten, was noch zu retten war. Der Regen, der ihnen auf der Flucht so zugesetzt hatte, hatte auch die meisten ihrer Zelte gerettet. Sie waren so naß geworden, daß die Soldaten sie nicht hatten niederbrennen können, als sie von der Jagd auf die Überlebenden zurückkehrten. Wären die Kavalleriesoldaten Texaner und keine US-Truppen gewesen, hätten sie alles zertrümmert, was sie nicht verbrennen konnten. Für die Kavallerie war es ein Job, Indianer zu jagen. Für die Texaner war es eine Vendetta. Die Kavallerie mußte erst noch lernen, daß sie dem Volk die Lebensgrundlagen entziehen und seine gesamte Lebensform zerstören mußte, um es zu vernichten.

Doch auch so hatte der Regen, der in Strömen durch die Zelte geflutet war, viele Dinge aufgeweicht und zerstört. Aasfresser hatten den größten Teil der Lebensmittelvorräte gefressen. Die Trockengestelle waren umgefallen und leer. Die Ponyherden hatten sich zerstreut. Und auf der Suche nach Waffen und Souvenirs hatten die Soldaten die Zelte geplündert.

Ein kalter Wind wehte den Noconi entgegen, als sie in der Dämmerung in das verlassene Dorf hineinritten. Ein Krähenschwarm schien sich in dem Gestrüpp von Baumästen verfangen zu haben, die sich schwarz vor dem grauweißen Himmel abzeichneten. Sie beschwerten sich mit hohlem Krächzen über die Störung. Während sich die Männer und Jungen auf die Suche nach den verschwundenen Ponys begaben, durchwühlten die Frauen die durchnäßten Haufen ihrer Habe.

Naduah war froh, als sie am nächsten Morgen alles zusammengepackt hatten, was noch zu verwenden war, und aufbrachen. Der Ort verursachte ihr Unbehagen, als wäre er von Geistern bewohnt. Was er auch war. Sie hatten Leichen herumliegen sehen, die dort liegengeblieben waren, wo sie hingefallen waren oder wohin Wölfe sie geschleppt hatten. Naduah konnte Star Names Zelt nicht ansehen, ohne zu weinen.

Als die lange Kolonne der Noconi das Lager verließ, ritt Wears Out Moccasins neben Naduah her.

»Du hast das Wiegenbrett gefunden, Tochter.«

»Ja. Es lag noch unbeschädigt im Zelt.«

»Deine Tochter zu sehen, wie sie an deinem Sattel in ihrem Wiegenbrett hängt, ist wie Salbe auf einer offenen Wunde oder ein Feuer an einem kalten Tag. Sie sieht im Schlaf so friedlich aus. So neu und voller Zuversicht für die Zukunft. Wenn ich sie ansehe, kann ich daran glauben, daß alles wieder gut sein wird. Hast du ihr schon einen Namen gegeben?«

»Nein. Quanah nennt sie Grub, Raupe, weil sie so zappelt. Aber sie hat noch keinen richtigen Namen.«

»Ich habe einen Namen für sie.«

»Wir würden uns geehrt fühlen, wenn du ihr einen Namen gibst.«

»Sie sollte Toh-tsana Kohno heißen, *Hangs In Her Cradle*.«

»Toh-tsana Kohno soll ihr Name sein. Ich werde sie wahrscheinlich aber Topsana nennen, meine schöne kleine Blume.«

Als sie weiterritten, fragte sich Naduah, wie die Zukunft ihrer Tochter aussehen mochte. Die Zukunft war immer ungewiß gewesen. Der Winter stand bevor, und sie hatten kaum Fleisch. Sie würden lange und angestrengt jagen müssen, um die Verluste auszugleichen. Sie hatten auch schon früher manchmal ihre Lebensmittelvorräte verloren. Und sie hatten überlebt. Sie überlebten immer. Naduah tröstete sich mit diesem Gedanken, als wäre er ein winziges glühendes Holzscheit in einer düsteren Welt.

Den Traum, in dem die Zeit stehenblieb, hatte sie seit langer Zeit nicht mehr geträumt. Den Alptraum, in dem alle reglos dastanden und die Köpfe zu einer Öffnung in einer Wand aus Baumstämmen wandten. Dahinter verbarg sich etwas Schreckliches, Rätselhaftes. Man hörte das Klirren von Metall, und die Szene explodierte. Naduah rannte, stürzte, fiel, schrie und kämpfte vergeblich, um sich von den riesigen Händen zu befreien, die sie in einem eisernen Griff hielten. Dann war sie wach. Furcht schnürte ihr die Kehle zu, und das Trommeln ihres Herzens hallte ihr im Kopf wider.

Sie blieb still liegen, da sie zuviel Angst hatte, sich zu bewegen, und lauschte der Stille. Sie hörte den leisen Atem ihrer Kinder und von Quail. Draußen ließ eine sanfte Brise die Metallkegel auf dem Schild neben der Zelttür klirren. Sterne glitzerten an dem winzigen Stück des eisigen Himmels, das sie durch den Rauchabzug erkennen konnte. Sie blickte hinauf, benommen vor Furcht und Erschöpfung, der Folge eines weiteren langen Marsches und von Hunger. Das Zelt neigte sich und wirbelte um sie herum. Sie schien wie ein Falke am Himmel zu schweben und zu den Sternen hinunterzublicken, als sähe sie in einen tiefen Teich. Die Sterne schienen auf dessen Grund zu glitzern wie blanke Kieselsteine.

Neben ihr regte sich Wanderer. Und als sie ihn spürte, geriet die Welt wieder ins Lot. Sie maß seinen glatten, straffen Körper an ihrem und streckte sich aus, um möglichst viel von ihm zu berühren. Sie roch den rauchigen Duft seiner Haut, als sie die warme weiche Robe enger um sie beide zog. Wanderers Hand bewegte sich leicht über ihren Bauch und die Rippen. Sie hielt inne und wölbte sich um die Brust über ihrem Herzen. Er fühlte ihr Herz pochen wie das Herz einen kleinen gefangenen Tiers.

»Es ist Winter«, flüsterte er. »Sie werden nicht kommen. Wir sind sicher.« Seine starken, geschmeidigen Finger bewegten sich an ihrem Körper hinunter. Sein dichtes schwarzes Haar fiel ihr auf die Schultern, als er sich auf sie legte und sich mit den Armen abstützte.

Winter

»Wir haben ihnen ihr Land genommen, ihren Lebensunterhalt, wir haben ihre Lebensform zerstört, ihre Lebensgewohnheiten, und Krankheit und Verfall unter sie gebracht; und dafür und dagegen haben sie Krieg geführt. Hätte jemand weniger erwarten können?«

General Philip Sheridan

»Die einzigen guten Indianer, die ich je gesehen habe, waren tot.«

General Philip Sheridan

53

Seit dem Angriff auf Naduahs Dorf war mehr als ein Jahr vergangen. Es war ein hartes Jahr gewesen. Die Noconi zogen ständig um und gingen den Kavallerie-Patrouillen aus dem Weg, die den südlichen Teil ihres Gebiets durchstreiften. Die Jagd im Herbst war nicht gut gewesen. Die Bisons wollten sich nicht zeigen. Obwohl es schon Mitte Dezember war, war Wanderer mit seinen Söhnen und den Männern der Gruppe unterwegs, um sie zu jagen. Wie gewohnt mußten die Frauen und Kinder und Alten für sich selbst sorgen.

Die Gruppe hatte ihr Lager an einem kleinen Fluß aufgeschlagen, einem Nebenfluß des Prairie Dog Town River. Die roten Felsen brachen den Wind ein wenig. Die Präriehunde in ihrem riesigen Dorf unter den Sandhügeln jenseits der Klippen bellten normalerweise, wenn sich jemand näherte. Doch jetzt hatten sie sich in ihre Erdlöcher zurückgezogen und die Öffnungen mit Unkraut und Erde verschlossen. Das war ihr Signal, daß ein Sturm unmittelbar bevorstand.

»Mutter, es wird einen Staubsturm geben«, sagte Quail.

»Ich weiß.« Naduah keuchte beim Laufen. »Schneide ihm den Weg ab.« Das Gürteltier, hinter dem sie herjagte, schlug Haken und versuchte verzweifelt, ihr zu entkommen. Sein grauer Schuppenpanzer kräuselte sich, als es weitertrippelte, unter Mesquitsträuchern verschwand und durch Gruppen von Kakteen hindurchwieselte.

Der Himmel war dunkelgrau. Die Wolken hingen tief am Himmel und wirkten wie die Unterseiten von Granitblöcken. Schon jetzt konnte Naduah spüren, wie ihr winzige harte Sandklümpchen in Gesicht und Arme stachen. Ihr Haar wehte ihr in Strähnen um den Kopf. Sie war beim Hinfallen schmutzig geworden, rannte aber unverdrossen hinter dem Tier her.

Schließlich war sie nahe genug herangekommen, um es am Schwanz zu packen. Sie hob die Hinterbeine hoch, achtete aber darauf, daß die Vorderbeine weiterhin die Erde berührten. Das Gürteltier scharrte in dem felsigen Erdboden und kratzte wie wild mit seinen starken Krallen. Es wirbelte Kies auf und einen Haufen ausgetrockneter Klümpchen von Kaninchenkot. Wenn sie das Tier vollständig hochgehoben hätte, wäre es zu ihr zurückgeschnellt, hätte ihr vielleicht in die Hand gebissen und sich ihrem Griff entwunden. Und da sie zu erschöpft war, es weiterzuverfolgen, hätte sie es verloren. *Ich bin alt*, dachte sie. *Ich habe nicht mehr die Kraft, die ich früher hatte.* Quail nahm ihr das Gürteltier ab.

»Halt es am Körper fest«, sagte Naduah. »Sonst wird es zappeln und sich befreien.«

»Ich weiß.« Das Mädchen hielt das Tier an den Seiten und trug es zum Zelt. Das Gürteltier kämpfte noch immer und ruderte vergeblich mit den Beinen in der Luft herum. Der Kopf schleuderte von einer Seite zur anderen. Naduah folgte in gebeugter Haltung und mit gesenktem Kopf. Sie kniff die Augen zusammen, um sich vor dem Sand zu schützen, der mit dem kalten Dezemberwind herangeweht wurde.

Sie konnte fühlen, wie ihr das Herz in der Brust pochte, und legte eine Hand darauf, als wollte sie es beruhigen. Sie war benommen und keuchte, und ihre Lungen brannten vom Einatmen der eisigen Luft. Einen Augenblick lang fühlte sie sich so düster wie die Landschaft um sie herum. Die Sandhügel waren mit spröden, rostig wirkenden Sträuchern bewachsen, und die gezackten Spitzkuppen im Norden sahen wie fleckige, abgebrochene Zähne aus. Fluß und Nebenfluß waren mit einem dünnen Eisfilm überzogen.

Naduah wußte, daß sie das Gürteltier nicht weiter hätte verfolgen können. Sie konnte nicht mehr kilometerweit laufen. Es hatte mal eine Zeit gegeben, in der sie das Gefühl gehabt hatte, ewig rennen zu können. Sie erinnerte sich an die überschäumende Lust der Läufe mit Wanderer. Damals hatten sich ihre langen Beine leicht in den Gelenken bewegt. Und damals hatte sie mit ihm Schritt halten können, als er mit ausgreifenden Schritten loslief, damals hatte sie sich in den Hüften so graziös bewegt wie eine Gabelantilope. Nein, sie war nicht mehr die geschmeidige junge Frau, die sie einmal gewesen war.

Es war eine Erleichterung, das Zelt zu betreten und dem schneidenden Wind zu entkommen. Quail hatte den Panzer des Gürteltieres schon aufgebrochen und war dabei, das Fleisch herauszulösen. Gürteltierfleisch war eine Köstlichkeit. Und selbst wenn es nicht geschmeckt hätte, hätten sie es dennoch gegessen. Naduah hortete ihren Pemmican-Vorrat. Den würde sie brauchen, wenn der Winter am tiefsten war, in dem Monat, In Dem Die Babys Nach Nahrung Schreien.

Im Moment spielte der Winter nur mit ihnen wie eine Katze, die eine Maus gefangen hat und sie wieder freiläßt, damit sie sie wieder fangen kann. Erst würde es kalt sein, dann würde es ein paar warme Tage geben. Doch der Indianische Sommer konnte Naduah nicht täuschen. Sie wußte genau, wieviel Nahrung ihre Familie brauchte, um gut über den Winter zu kommen. Und in diesem Jahr hatten sie zuwenig.

Sand wurde in Körnern und ganzen Klumpen gegen die Zeltwand geweht und ließ ein trockenes, kratzendes Geräusch hören, als würden kleine Krallen das Zelt bearbeiten. Es war keine gute Zeit, das Lager abzubrechen und umzuziehen. Doch einige der Dorfbewohner brachen schon auf. Sie folgten Wears Out Moccasins bei ihrer Suche nach den Männern. Naduah konnte das Geklapper und die Rufe von Menschen hören, die ihre Habe zusammenpackten und sich in die Prozession einreihten. Die Hunde bellten, begierig, wieder auf die Reise zu gehen, und jagten mit den Jungen hinter kleinen Tieren her.

Laß sie gehen, dachte Naduah. *Wenn ich morgen packe, ist es früh genug.* Sie warf das Gürteltierfleisch zusammen mit dem Rest des Pferdes, das Gathered Up geschlachtet hatte, in den Topf. Bei dem Geruch, den der Topf verströmte, zog sie die Nase kraus. Naduah mochte Pferdefleisch nicht. Maultier schmeckte besser, eher wie Rindfleisch. Pferdefleisch war faserig. Es roch schlecht und hatte einen eigenartigen, leicht süßlichen Geschmack.

Wie sehr sie Wanderer und die beiden Jungen auch vermißte, war sie dankbar, mit dem, was sich im Topf befand, nicht mehr als drei Menschen ernähren zu müssen. Zumindest ließ Quail nie ein Wort der Klage hören. Und Gathered Up war es gleichgültig, was er aß. Ihm war nur eins wichtig: daß es immer reichlich zu essen gab. Er war wie ein gefräßiger Hund, der ein Stück Filet mit der gleichen Gier herunterschlingt wie Lagerabfälle. Wenn aber nicht viel zu essen da war, gab Gathered Up einen Teil seiner Portion wortlos den jüngeren Kindern ab.

Hangs In Her Cradle war jetzt fünfzehn Monate alt. Ihre Mutter nannte sie Flower oder manchmal auch Grub, je nach Laune. Das Kind schlug mit Naduahs großer, geschwungener Hornkelle gegen eine eiserne Bratpfanne. Die Kleine brauchte beide Hände, um die Kelle zu schwingen, tat es aber mit großer Begeisterung. So ging sie an alles heran.

»Quail«, rief Naduah. »Füttere Flower.«

Quail redete dem Kind gut zu, so daß es zu ihr auf den Schoß kam. Sie löffelte sich kalten Maisbrei auf die Finger und fütterte sie damit. Dann kaute sie etwas Pemmican vor und gab es Flower.

»Wo ist Gathered Up?« fragte sie.

»Er reitet mit Wears Out Moccasins zum Ende des Tals. Er wird bald wieder da sein.«

Gathered Up war so etwas wie ein weißer Rabe. Er akzeptierte seinen Status als zeitweiliger Krieger und zeitweiliger Diener mit Anstand und Würde. Seit dem Kavallerieangriff blieb er öfter zu Hause. Er wußte, daß Wanderer seine Familie verlassen mußte, um Jagden und Überfälle zu leiten, und so blieb er zu Hause, um Naduah, Quail und die kleine Flower zu beschützen.

Obwohl Gathered Up nie adoptiert worden war, war er in Naduahs Augen ein Sohn. Mit seinen ebenmäßigen weißen Zähnen, die in einem schnellen, schüchternen Lächeln aufblitzten, und seinen dichten schwarzen Wimpern, die sich über seine Augen senkten, war es kein Wunder, daß Quail ihn nicht unbedingt als einen Bruder ansah. Naduah wußte, daß die Schlafroben des Mädchens nachts oft leer waren und daß Quail bei Gathered Up war.

Gedankenverloren und ohne auf das vertraute Geräusch von Wind und Sand und den Lärm der aufbrechenden Menschen zu achten, fischte Naduah in dem großen eisernen Topf hinter einem Stück Gürteltierfleisch her. Sie hatte es gerade mit der Messerspitze aufgespießt und hob es an den Mund, als sie Hufgetrappel hörte. Sie hielt mit dem Messer in der Luft inne und lauschte. Das Getrappel kam aus Südosten, der falschen Richtung. Quail lief zur Tür.

»Soldaten!« schrie sie.

Naduah ließ das Messer fallen und riß ihre Tochter an sich. Sie lief zu ihrem Pony, das draußen angepflockt war. Sie hielt das Kind auf dem Rücken des Pferdes fest, während sie aufsaß. Dann hüllte sie Flower in die Decke, die sie sich um die Schultern gelegt hatte. Quail saß dicht hinter ihr und klammerte sich an ihr fest. Naduah galoppierte los und hielt auf das Ende des kleinen Flußtals zu. Dort war das Wasser flach und frei von Treibsand. Naduah kniff die Augen zusammen, um durch den überall herumwirbelnden Sand und die Verwirrung um sie herum sehen zu können.

Die Flucht der Noconi beschleunigte sich noch, als die ersten Schüsse dröhnten. Frauen ließen fallen, was sie gerade zu retten versuchten, oder trieben ihre Lasttiere mit Peitschenhieben zum Galopp an. Ladungen fielen herunter oder schleiften hinter den Ponys her. Die Ranger stürmten in wildem Galopp ins Lager und schossen dabei um sich. Die meisten der Frauen waren in Bisonroben und Dekken gehüllt und gingen vornübergebeugt, um sich vor dem scharfen Wind zu schützen. Es ließ sich unmöglich feststellen, ob es Krieger waren oder nicht. Die Ranger hatten keine Zeit für Freundlichkeiten. Es waren zwar Frauen, aber die schossen zurück.

Für Männer wie Ezekiel Smith wäre es ohnehin gleichgültig gewesen. Er jagte Comanchen und Mexikaner mit der gleichen Begeisterung. Wann immer ein Indianer taumelte und fiel, ließ er einen Freudenschrei hören. Und er wirbelte überall herum, um Kinder und Verwundete über den Haufen zu reiten und niederzutrampeln.

Naduah ritt mit den Beinen und dirigierte ihr kojotefarbenes Pony mit Fersen, Knien und Schenkeln. Mit einem Arm hielt sie ihre Tochter fest, und mit der anderen beschirmte sie sich die Augen. Sie konnte durch den herumwirbelnden Sand kaum sehen, jedoch hören. Und sie wußte, daß sie verfolgt wurden. Als sie das Klicken eines Bolzens hörte, spannte sie den ganzen Körper an und wartete auf den Schuß. Als er losging, fragte sie sich kurz, wie lange die Kugel brauchen würde, um sie zu erreichen, und was es für ein Gefühl sein würde, wenn sie traf.

Dann hörte sie einen Schlachtruf. Sie blickte sich über die Schulter und sah, daß Gathered Up gefeuert hatte. Er galoppierte hinter ihnen her und versuchte, die weißen Männer abzuwehren. Vor ihnen lag die Mündung des Flusses. Wenn sie ihn erst einmal überquert hatten, konnten sie sich in dem Gewirr von Felsen und Schluchten auf der anderen Seite zerstreuen und Deckung suchen. Dann sah Naduah, wie fünfzig Männer auf dem Kamm des Hügels auftauchten, der zum Fluß hin abfiel. Die Halstücher, die sie sich über die Gesichter gezogen hatten, um Staub und Sand herauszufiltern, ließen sie noch bedrohlicher erscheinen. Sie feuerten auf die Frauen und Kinder und alten Männer hinunter, die den Fluß zu überqueren versuchten. Sul Ross hatte gut geplant, als er seine einhundertzwanzig Ranger und Tonkawa-Kundschafter im Gelände verteilt hatte. Er hatte einige hierhergeschickt, um Fluchtversuche zu vereiteln.

»Weiter das Tal hinauf«, rief Gathered Up und winkte mit dem Karabiner in diese Richtung. Quail schrie auf, als sie mit einer Kugel in der Seite stürzte. Gathered Up galoppierte zu ihr. Er steckte den Arm durch die Schlinge in der Mähne seines Ponys und ließ sich an der Seite tief hinuntergleiten, so daß er sein Pferd als Schild benutzte. Im letzten Moment schwang er sich hinunter und hob Quail auf und setzte sie hinter sich. Dort sackte sie mit den Armen um seine Hüften und dem Kopf an seinen Rücken gelehnt zusammen. Naduah kehrte um, um ihnen zu helfen.

»Reite weiter«, rief Gathered Up. Aus den Augenwinkeln sah Naduah, wie zwei Männer ihre Gewehre in Anschlag brachten und feuerten. Sie sah Quail und Gathered Up zusammenzucken, als eine der Kugeln Quail durchschlug und auch Gathered Up traf. Sie sah, wie die beiden vom Pferd fielen. Dann flüchtete sie. Ihre Tochter jammerte vor Angst und klammerte sich an Naduahs Arm, als diese sich über sie beugte und sie vor den Kugeln zu schützen versuchte. Für einen Moment durchzuckte Naduah die schauerliche Vorstellung, eine Kugel könnte auch ihren Körper durchschlagen wie den Quails und auch ihr Kind treffen.

Gathered Up richtete sich auf, kniete und hielt die Hand auf Quails Brust, um einen Herzschlag zu spüren. Doch Quails Herz schlug nicht mehr. Gathered Up erhob sich und warf sein leergeschossenes Gewehr auf die Erde. Er nahm seinen Bogen und traf einen seiner Verfolger, bevor er selbst wieder getroffen wurde. Ohne auf das Blut zu achten, das ihm aus Wunden in der Brust und an der Schulter strömte und am Arm herunterlief, ging er zu einem Baum hinüber. Er stellte sich mit dem Rücken dagegen und begann mit lauter, klarer Stimme seinen Todesgesang anzustimmen.

Wohin ich auch gehe,
Fürchtet man mich.
Wohin ich auch gehe,
Ist Gefahr.
Wohin ich auch gehe,
Ist der Tod.
Doch jetzt werde ich
Nicht mehr gehen.

Er hielt sein Messer in der unverletzten Hand bereit und sang weiter, während die weißen Angreifer um ihn herumritten. Sie schienen zuzuhören und seinen Mut zu bewundern. Offenbar warteten sie darauf, daß er seinem Leben selbst ein Ende machte. Dann hob einer von ihnen sein Gewehr und zielte auf Gathered Ups Kopf. Gathered Up ignorierte ihn. Er starrte starr geradeaus und blickte durch die Männer, die ihn umringten, hindurch und in die Ferne. Der Schuß ging los.

Gathered Up war schon tot, bevor sein Körper an der groben

Baumrinde heruntterglitt und zur Erde fiel. Er hatte aber getan, was er beabsichtigt hatte. Er war im Kampf gestorben und hatte sich damit einen Platz im Paradies gesichert. Und er hatte den Feind von Naduah und ihrem Kind abgelenkt. Nur zwei Männer verfolgten sie noch und galoppierten in dem wirbelnden Sandsturm das schmaler werdende Tal hinauf.

Naduah konnte sie hinter sich hören. Sie wußte, daß die größeren Pferde der Weißen ihr Pony langsam einholten. Schon bald würde sie in Reichweite ihrer Gewehre sein. In ihrer Verzweiflung hob sie sich die kleine Flower über den Kopf. Sie hoffte, daß diese weißen Männer kein Kind töten würden. Viele von ihnen taten es nicht.

»Gottverdammich!« fluchte Ross. »Es ist eine Squaw. Reite du hinter ihr her, Tom.« Er rief, um sich in dem tosenden Wind und gegen Lieutenant Kallihers bellenden Husten Gehör zu verschaffen. Als er dann sein Pferd herumriß und zum Dorf zurückritt, gab Kalliher seinem Pferd die Sporen und holte Naduahs Vorsprung immer mehr auf.

Mehrere Meilen ritten sie in gestrecktem Galopp. Naduahs Pony sprang über Steine, Felsbrocken und Chaparral-Gestrüpp hinweg. Kallihers Pferd flog hinter ihr her. Es war ein Vollblut, ein Rennpferd, der ganze Stolz des Lieutenant. Und der Hengst war in seinem Element. Das war Tom Kalliher nicht. Er hustete und spie. Er hatte Kopfschmerzen, und seine Augen waren voller Sand und brannten. Der Wind hatte sein Gesicht gerötet und wund gemacht. Er fluchte ständig verbissen vor sich hin.

Das Tal begann allmählich schmaler zu werden. Am Ende wuchsen die Felsen zusammen. Dort entsprang der Fluß aus einer Quelle, die von einem Morast aus eisigem Schlamm umgeben war. Naduah drehte zu dem Felsen hin ab und suchte nach einem Weg hinaus. Sie trieb ihr Pony die Geröllhalde am Fuß der Felsen hinauf, doch es rutschte aus, da seine Hufe auf Geröll, Kies und Sand ausglitten. Wie ein in die Enge getriebenes Tier versuchte sie es immer wieder, bis ihr Pferd vor Erschöpfung schnaubte.

Dann bekam sie wieder einen klaren Kopf und beruhigte sich. Der Mann hatte nicht versucht, sie zu erschießen. Er war einer dieser weißen Dummköpfe, die keine Frauen töteten. Jedenfalls nicht absichtlich oder ohne provoziert zu werden. Er dachte geringschätzig über sie. Er hielt sie für ungefährlich und war wohl der Meinung, keinen Krieger vor sich zu haben. Eine Frau, die im Kampf einen Feind getötet hatte. Das war erniedrigend, bedeutete aber wenigstens, daß ihre Tochter vielleicht verschont blieb. Wenn sie statt ihres Kindes doch nur ihren Bogen und ihre Pfeile mitgenommen hätte. Wenn die kleine Flower doch nur bei ihrem Vater in Sicherheit wäre.

Sie war aber nicht in Sicherheit. Sie war hier und klammerte sich jetzt, stumm vor Entsetzen, an ihre Mutter. Und Naduah war wehrlos. Sie wendete ihr Pony und blieb reglos sitzen, um die Ankunft ihres Feindes zu erwarten. Ihre Decke bildete eine Kapuze, die sie sich tief ins Gesicht zog. Sie versuchte, den Sand abzuhalten und ihre blauen Augen zu verbergen.

Doch Kalliher hatte ohnehin kaum einen Blick für sie, als er sie ins Dorf zurückreiten ließ. Er hustete immer noch, und seine Gefangene und sein Pferd bereiteten ihm beide einiges Kopfzerbrechen. Immer wieder versuchte Naduah auszubrechen, in das Gestrüpp zu reiten und das Tal zu verlassen. Kalliher mußte ihr immer wieder den Weg abschneiden, und seinem Pferd paßte es nicht, eine Zirkusnummer als Kuh-Pony vorzuführen. Der Hengst hatte ein feuriges Temperament und keilte immer wieder aus und bockte. Kalliher verfluchte sich, weil er es versäumt hatte, ein Seil mitzunehmen. Obwohl er keineswegs sicher war, daß es ihm gelungen wäre, die Frau damit zu fesseln. Sie war eine hervorragende Reiterin. Kalliher wußte, daß er sie nicht hätte fangen, geschweige denn wieder ins Dorf zurücktreiben können, wenn sie nicht mit dem Kind belastet gewesen wäre.

Als er mit ihr das Comanchen-Lager erreichte, hatte sein irisches Temperament die Grenzen seiner Geduld erreicht. Schließlich hatte er sein Gewehr gespannt und auf die Körpermitte seiner Gefangenen gezielt, vor der das Kind saß. Er starrte sie zornig an, um ihr zu zeigen, daß es jetzt genug war: Keine weiteren Tricks, sonst erschieße ich das Baby. Er hätte das Kind nicht getötet, wußte aber, daß eine Comanchin es von ihm erwarten würde. Comanchen töteten Gefangene, die ihnen Schwierigkeiten bereiteten, ohne Bedenken und durchaus nicht immer gnädig mit einer Kugel.

Die Waffe noch immer auf sie gerichtet, trieb er sie dorthin, wo Sul Ross im Schutz eines Zeltes stand. Bei ihm war Häuptling Placido. Der Wind hatte sich etwas gelegt, und damit flog auch nicht mehr soviel Sand herum. Nur kleine Sandwolken wirbelten über den Erdboden und schnitten ihnen in die Fesseln. Dafür wurde es bitterkalt. Der Schaum auf den Flanken der beiden Pferde begann zu gefrieren. Kalliher saß ab und versuchte, sein Vollblut zu beruhigen. Während er seinen Hengst anpflockte, wärmte er die Luft mit Flüchen.

»Der Teufel soll dieses Wetter holen, Ross. Ich habe ein wunderbares Tier für so eine dreckige, alte, scheißefressende Squaw fast zu Tode gehetzt. Hätte sie lieber erschießen und mir all diesen Ärger ersparen sollen«, knurrte er. »Bei allen Teufeln, sieh dir an, wie Prince zittert, sollte man das für möglich halten? Er wird wahrscheinlich an Lungenentzündung sterben. Bei diesem Wetter so mit Schaum bedeckt. Meine Eier sind so durchgefroren, daß sie ›Jingle Bells‹ spielen, wenn sie zusammenstoßen.« Kalliher räusperte sich und spie mit dem Wind einen großen Schleimklumpen aus.

»Jingle Bells?« fragte Ross.

»Das ist zu Hause in Boston ein neues Lied. Jeder singt es.« Kalliher stimmte ein paar Takte an, während Ross dem kojotefarbenen Pony ein Seil um den Hals warf. Er band es an einer freistehenden Zeltstange fest. Der Bewohner des Zeltes war mit dem Abbau beschäftigt gewesen, als der Angriff erfolgte, und die Zeltwand war halb heruntergezogen.

Als Ross das Pony festband, wehte ein Windstoß Naduah die Decke aus dem Gesicht. Sie senkte den Blick, doch nicht schnell genug. Ross hatte ihre Augen gesehen.

»Du, Tom, das ist eine weiße Frau.«

»Weiß, Teufel auch. Sie ist eine dreckige alte Squaw. Wir sollten sie an die Hunde verfüttern. Oder an die Tonkawa«, fügte er hinzu.

»Wir gern nehmen.« Placido trat vor. Kaum hatte er ihre Augen gesehen, wußte er, wer sie war. Sein Gesicht wirkte jetzt fast jungenhaft und eifrig unter seiner runzligen, stoischen Maske. Auf diesen Moment hatte er lange gewartet.

»Langsam, langsam, Häuptling. Du wirst wie wir alle die üblichen Rationen essen«, sagte Ross. »Indianer haben keine blauen Augen, Tom. Ich sage dir, sie ist eine Weiße. Wer ist sie? Was meinst du?« Er trat näher heran, um genauer hinzusehen. Sie starrte ihn finster an, sah sich aber gleichzeitig um, ohne die Augen zu bewegen.

Sie sah alles, was am Rand ihres Blickfelds vorging, und berechnete ihre Fluchtchancen. Die waren nicht gut. Das Dorf war voll von Ross' Freiwilligen. Sie warfen Gegenstände aus Taschen und Schachteln auf die Erde und suchten nach Souvenirs. Manche waren dabei, Leichen zu skalpieren, meist Frauenleichen, die überall auf dem gefrorenen Boden herumlagen. Ezekiel Smith geriet in Ekstase. Er schnitt einen langen Streifen Fleisch aus dem Rücken eines Leichnams und führte einen Freudentanz auf. Er wedelte mit dem Fleisch herum, als wäre es ein Wimpel.

»Aus diesem Indianer hier mache ich mir einen Streichriemen für mein Rasiermesser, Jungs«, rief er.

Naduah wußte, daß sie und ihre Tochter bei dieser grimmigen Kälte ohne Waffen oder Geräte dastehen würden, selbst wenn es ihnen gelang zu fliehen. Sie hatte in der Eile ihr Messer fallen lassen, um Flower zu retten. Das Kind war für die Kälte nicht richtig gekleidet.

»Tom«, sagte Ross, »sag Sergeant Spangler, er soll um das Lager herum Wachen aufstellen. Wir werden ein paar Tage hierbleiben, bis das Wetter sich bessert. Und vielleicht können wir die Männer aus dem Hinterhalt überfallen, wenn sie zurückkehren. Wir sollten für sie eine Überraschungsparty schmeißen.«

Als Kalliher losging, ritten zwei Männer heran. Naduah erkannte das Pferd, das sie mit sich führten, als das Pony von Gathered Up.

»Raten Sie mal, wen wir hier haben, Captain«, johlte Kelly.

»Der mexikanische Koch sagt, es ist der alte Häuptling Nocona persönlich«, fügte Garret hinzu. »Kelly und ich haben uns seinen Skalp geteilt. Als Trophäe.« Jeder von ihnen wedelte mit einem blutgetränkten Zopf herum, an dem noch Haut und Haare hingen. Einer der Männer schob Gathered Ups Leichnam vom Pferd und ließ ihn zu Boden fallen.

Mit einem lauten Wehklagen sprang Naduah vom Pferd. Sie setzte Flower ab und rannte zu Gathered Ups regloser Gestalt hin. In ihre Decke gehüllt, kniete sie sich über ihm nieder und wiegte sich, wobei sie untröstlich schluchzte. Sie hielt ihm die Hand, die jetzt schon starr wurde wie ein kleines Tier, dessen Seele ihre Behausung verlassen und ihre Wärme mitgenommen hat.

Flower klagte im Gleichklang mit ihrer Mutter, und Kelly hob sie auf. Er tätschelte sie unbeholfen und versuchte, sie zu beruhigen, doch sie schrie nur noch lauter. *Frauen und Kinder,* dachte Ross. *Das ist mir vielleicht ein Sieg.* Der Mann, der vor ihnen ausgestreckt lag, war der einzige Krieger in dem ganzen Haufen. *Was soll's,* dachte er müde, *es gibt nur einen Weg, sie zu schlagen. Man muß den Krieg zu ihnen tragen.* Doch wenn man herausfinden mußte, wenn der Staub sich gelegt hatte, daß man nur Frauen und Kinder und alte Leute getötet hatte, war das schon hart für einen Mann. Sogar Kelly und Garret waren niedergeschlagen. Sie standen alle hilflos daneben, als Naduah trauerte. Ihre Trauer war der ihrer Frauen so ähnlich.

Kelly schaukelte das Baby in einem unbeholfenen Versuch, es abzulenken. Wie die meisten Texaner trug er abgetragene, selbstgemachte Hosen, die an der Hüfte zwischen den Hosenträgern klafften und sich an den Knien ausbeulten. Seine Socken, die längst reif für den Mülleimer waren, hingen ihm in Falten um die Fesseln und bedeckten die Oberseite seiner geflickten, schiefgetretenen Mokassins. Sein Mantel war so farblos wie formlos. Es kam weder Kelly noch den anderen in den Sinn, sich mit dem toten Mann zu vergleichen, der vor ihnen lag. Selbst in seinem skalpierten Zustand sah Gathered Up gut aus. Seine engsitzenden, fransenbesetzten Beinlinge folgten den Umrissen seiner muskulösen Beine. Sein Hemd war so geschneidert, daß es ihm perfekt paßte. Auf eine unerklärliche Weise war Gathered Up unter diesen Männern Sieger geblieben. Noch im Tod nötigte er ihnen Respekt ab.

Dann begann das Weinen an den Nerven der Männer zu zerren. Genau wie weiße Frauen wußten auch Comanchen-Squaws nicht, wann sie aufhören mußten. Garret versuchte es damit, das Kind anzugrinsen, als Kelly es auf den Armen schaukelte. Er verzog das Gesicht zu lächerlichen Grimassen, um die Kleine zum Lachen zu bringen, doch die ließ ihre Schreie nur zum Kreischen werden. Es war dieses Kreischen, das schließlich Naduahs Trauer durchdrang. Wenn das Kind die weißen Männer zu sehr irritierte, würden sie es vielleicht gegen einen Baumstamm schlagen und seinem Leben so ein Ende machen.

Als sie aufstand und die Arme nach ihrer Tochter ausstreckte, fiel ihr die Decke vom Kopf herunter. Die Männer konnten sehen, daß das schmutzige, verfilzte Haar darunter blond war. Als sie dem weißen Mann Flower abnahm, starrte sie ihn direkt an. Ihre tiefblauen Augen glühten vor Haß. Für einen Moment wurde Ross nervös. Wenn sie unter ihrer Decke ein Messer versteckt hatte, würde sie nicht zögern, es zu benutzen. Er war erleichtert, als sie sich über das Baby beugte und leise summte, um es zu beruhigen.

Vielleicht hat Kalliher recht, dachte Ross. *Ob blond oder nicht, sie ist eine Squaw. Genauso eine Comanchin, als wäre sie unter dem Gemurmel eines Hexendoktors, der sich über sie beugte und etwas vor sich hinmurmelte, in einem Tipi geboren worden. Sieht verdammt hartgesotten aus, dieses Weib.*

»Ist das vielleicht die Frau des Häuptlings?« Kelly verschluckte sich fast bei den letzten Worten. Eine weiße Frau, die mit einem Comanchen verheiratet war, das war für ihn schwer begreiflich. Er wußte von weißen Frauen, die von Indianern benutzt worden waren. Sie waren Opfer. Leibeigene. Sklavinnen. Doch daß eine Frau sich dem freiwillig aussetzen könnte, ging über seinen Horizont. Er fragte sich, ob es ihr wohl Spaß machte.

Unter den Soldaten verbreitete sich das Gerücht, der Tote sei der berüchtigte Häuptling Nocona, der Texas fünfundzwanzig Jahre lang terrorisiert hatte. Männer kamen, um sich Souvenirs zu holen. Sie schnitten sich Stücke aus dem Jagdhemd heraus, das Naduah für Gathered Up gemacht hatte, und aus seinen Beinlingen. Zwei Männer veranstalteten ein Tauziehen um einen seiner Mokassins. Naduah wiegte Flower in den Armen und sah ihnen zu. Ihr Gesicht war ausdruckslos, doch Ross konnte die Verachtung spüren, die unter der Maske steckte.

Placido sah ebenfalls schweigend zu. Der mexikanische Koch, ein früherer Gefangener, mußte mehr von der Comanchen-Sprache vergessen haben, als er zugeben würde. Dies war nicht Wanderer, obwohl die Frau ganz gewiß Wanderers goldhaarige Frau war. Vielleicht war der Tote ein Mitglied der Familie oder ein geliebter Sklave. Vielleicht hatte der Koch das Wort Nocona gehört, aber den Rest des Satzes nicht verstanden.

Wie auch immer. Placido lächelte in sich hinein, als er wegging, um bei der Zerstörung des Dorfs zu helfen. Wanderer war am Leben. Wenn die weißen Männer wieder weg waren, würde er irgendwann zurückkehren müssen. Der Tonkawa wußte, daß die Texaner bis ans Ende aller Tage hier sitzen konnten, Wanderer aber nie in die Falle locken würden.

Es gab nur zwei Dinge, die Placido bedauerte. Er wünschte, er könnte Wanderers Gesicht sehen, wenn er in sein verwüstetes Lager zurückkehrte. Und er wünschte, er könnte den nackten und verwesenden Leichnam der blauäugigen Frau als eine Art Gruß von seinem alten Freund Placido mit ausgestreckten Gliedmaßen in der Erde festgenagelt vor Wanderers verkohltem Zelt zurücklassen.

Der Lichtschein und die Hitze der Lagerfeuer wurden in jener Nacht durch die brennenden Zelte noch verstärkt. Ein paar Zelte wurden geschont, um den Männern Schutz vor der Kälte zu bieten, obwohl die meisten Männer es vorzogen, im Freien zu schlafen. Sie klagten, der Gestank in den Zelten sei unerträglich. In Wahrheit waren sie nervös, als könnten die Geister der Zeltbewohner zurückkehren, um Rache zu nehmen. Außerdem bestand die Möglichkeit, daß die Jäger zurückkehrten, und Ross' Freiwillige hatten keine Lust, in den Zelten überrascht zu werden, falls das passierte. Sie machten sich primitive Unterstände und saßen an den Lagerfeuern.

Naduah saß zusammen mit Ross und Kalliher und einigen anderen in der Nähe eines Lagerfeuers. Sie hielt sich so weit im Hintergrund wie nur möglich, konnte sich aber nicht zu weit zurückziehen. Die Nachtluft war kalt, einige Grad unter Null, und die kleine Flower hatte nur einen Mokassin. Naduah hatte versucht, ein anderes Paar zu finden, als die Soldaten ihr erlaubten, einige ihrer eigenen Dinge auszusuchen, die sie mitnehmen durfte. Das Zelt war jedoch geplündert worden, und Flowers zweites Paar Mokassins, die mit dem Perlenbesatz, waren verschwunden. Vielleicht hatte sie jemand mitgenommen, um sie einem Kind zu schenken.

Als sie in dem Zelt war, hielt sie nach ihrem Messer oder einer anderen Waffe Ausschau, doch auch die waren alle verschwunden. Überdies wurde sie bei der Suche sorgfältig bewacht. Niemand trat ihr zu nahe, doch ein Mann mit einem Gewehr beobachtete sie ständig.

Das wunderschöne spanische Zaumzeug, das Wanderer ihr vor zwanzig Jahren geschenkt hatte, fehlte ebenso wie ihre guten Kleider und der Spiegel mit dem Silberrahmen. Alles, was sie wiederfinden konnte, waren ihr Sattel, den ein weißer Mann unbequem finden würde, ein paar einfache Kleider für sich selbst und ihre Tochter, einige Decken und ihr Berglöwenfell. Den Medizinbeutel hatte sie auch gerettet, der einmal Medicine Woman gehört hatte, und sie hatte seinen verstreuten Inhalt sorgfältig wieder hineingelegt. Dann war sie zurückgetreten, als die Texaner große, knisternde Fackeln aus Zedernholz an die Habe ihrer Familie hielten und nicht nur den Lebensmittelvorrat für den Winter in Brand steckten, sondern ihr ganzes Zuhause.

Tränen strömten ihr über das Gesicht, als die Flammen ihr Zelt verzehrten und an den Nähten fraßen, die sie so sorgfältig zusammengenäht hatte. Sie hatte das Gefühl, als würde mit den Zeltstangen und der Zeltwand ihr Leben schrumpfen und verkohlen, während die Texaner um sie herum lachten und scherzten.

Als sie jetzt mit ihnen am Feuer saß, behielt sie ihre Trauer für sich. Sie weigerte sich, mit dem Dolmetscher zu sprechen oder auch nur jemanden anzusehen. Sie hielt Flower auf dem Schoß, die in ihre Decke gehüllt war.

Unter der Decke hielt Naduah den einzigen Wertgegenstand umklammert, den die weißen Männer übersehen hatten. Das Gold der Adler-Münze und der Kette fühlte sich in ihrer Hand warm und glatt an. Mit den Fingerspitzen betastete sie das Relief der Münze. Dabei erinnerte sie sich an Something Good und die Nacht, in der sie die Nachricht vom Tod von Wanderers Bruder erhielten. Es war die gleiche Nacht gewesen, in der Wanderer sie gebeten hatte, sich um sein Kriegspony zu kümmern.

Sie dachte daran, wie oft sie mit der Münze gespielt hatte, als sie auf Wanderers starker, nackter Brust lag. Nachdem sie sich geliebt hatten, hatte sie sich immer die Kette um die Finger geschlungen, während sie schweigend nebeneinanderlagen. Er ließ die Münze immer bei ihr, wenn er fortritt. Er ließ sie als einen Teil von sich und als Teil der Vergangenheit zurück, als Erinnerung an seinen toten Bruder und an Something Good.

Geistesabwesend rieb Naduah den nackten Fuß ihrer Tochter mit der anderen Hand und versuchte, ihn zu wärmen. Dann bemerkte sie, daß einer der Männer einen kleinen Mokassin in den Händen drehte. Sie fixierte ihn, bis er sie ansah. Er sah von ihr zu dem nackten Fuß des Kindes und blickte dann auf den Schuh. Er hatte offensichtlich vorgehabt, ihn zu behalten. Schließlich hielt er ihn ihr hin. Naduah nickte, und Flower krabbelte von ihrem Schoß hinunter. Sie watschelte zu dem Mann hin, nahm den Mokassin und kehrte zu ihrer Mutter zurück. Naduah streifte ihn der Kleinen über und stopfte sie dann wieder unter die Decke.

Ross sah ihr verwirrt zu. Wer war sie? Sie weigerte sich hartnäkkig, auf Fragen zu antworten. Es ging das Gerücht, daß sie Cynthia Ann Parker war, die seit mehr als vierundzwanzig Jahren vermißt wurde. Möglich war es. Sie konnte jetzt etwa dreiunddreißig Jahre alt sein. Die Sonne hatte ihr Gesicht tiefbraun gefärbt, und um die Augen hatte sie feine Fältchen. Sie war schmutzig, aber das war schließlich jeder hier. Ross konnte immer noch den Sand in den Ohren fühlen, der ihm nach dem Sandsturm auch im Haar klebte. Ihr Haar war zwar gekämmt, war jedoch kurzgeschnitten. Sie hatte es sich hinter die Ohren gesteckt. Das war für keine Frau eine kleidsame Frisur.

Dennoch. Angesichts des harten Lebens, das sie geführt haben mußte, und der vielen Jahre, die inzwischen verstrichen waren, war sie immer noch eine gutaussehende Frau. Ihre Gesichtszüge waren ebenmäßig, und ihr Mund war breit und stark. Ihre vollen Lippen waren sinnlich geschwungen. Dennoch waren ihre Augen das Fesselndste an ihr. Ross konnte gar nicht aufhören, sie anzusehen. Sie waren groß und ausdrucksvoll und von einem strahlenden Blau. Sie mußte in jüngeren Jahren eine Schönheit gewesen sein. In gewisser

Weise war sie das immer noch. Sie hatte eine Aura von Kraft und Würde an sich.

Wenn sie tatsächlich das Mädchen der Parkers war, hatte sie Glück. Ihre Familie war im Osten von Texas sehr einflußreich geworden. Und die Parkers hatten nie aufgehört, nach ihr zu suchen. Es war mehr als wahrscheinlich, daß man sie zu Hause willkommen heißen würde. Und das konnte man nicht von vielen befreiten Frauen sagen, die Gefangene der Indianer gewesen waren. Diese Weiße war besser dran, wenn sie diesem schmutzigen, gefährlichen und erniedrigenden Dasein entfliehen konnte. Doch Ross fragte sich kurz, warum er das Gefühl hatte, ein schönes wildes Tier dazu zu verurteilen, sein Leben in einem Käfig zu beenden.

Fast eine Woche verging, bevor Überlebende des Angriffs Wanderer und seine Männer fanden. Die drei Frauen ritten wehklagend ins Lager. Wears Out Moccasins war eine davon. Wanderer packte sie an den Schultern und schüttelte sie, was eine beachtliche Leistung war.

»Wo ist Naduah?«

»Ich weiß nicht«, schluchzte Wears Out Moccasins.

»Was ist mit ihr passiert?«

»Ich weiß es nicht.«

»Wer waren sie?«

»Texaner.«

»Sonst noch jemand?«

»Tonkawa. Ich habe Placido gesehen.«

»Du mußt sie gesehen haben. Wo ist sie?« Wanderer schrie fast und sah sie mit wilden Augen an. Placidos Drohung dröhnte ihm in den Ohren. Es war das erste Mal, daß Quanah seinen Vater die Selbstbeherrschung verlieren sah.

»Ich weiß nicht. Ich weiß nicht! Sie haben so viele getötet.« Wears Out Moccasins schluchzte.

Wanderer blieb nur noch so lange im Lager, wie er brauchte, um seine Waffen zu holen. Dann sprang er auf Raven und galoppierte nach Osten zum Lagerplatz am Pease River. Quanah folgte ihm auf Polecat. Sie rasteten und aßen nicht, bis sie auf dem hohen Felsen standen, von dem sie das Dorf überblicken konnten. Leichter Schneefall setzte ein. Der Schnee war wie durchgesiebtes Mehl. Er hüllte die verkohlten Ruinen der Zelte und Trockengestelle in gnädiges Weiß. Das Lager war verlassen. Die Frauen hatten Angst, ohne ihre Männer zurückzukehren. Sie waren nur kurz ins Dorf gekrochen, um sich durch die Haufen verbrannter Dinge hindurchzuwühlen und nach Sachen Ausschau zu halten, die noch zu retten waren. Dann hatten sie sich wieder versteckt.

Sogar auf dem Felsen waren Spuren des Angriffs zu sehen. Ein Sattel lag noch dort, wo er hingefallen war. Da lagen Taschen und Schachteln, die von den Lasttieren heruntergefallen waren. Als Wanderer mit seinem Sohn den Pfad ins Tal hinunterritt, fanden sie immer mehr Gegenstände. Kleine Bogen und Pfeile, Kleidungsstücke, einen einzelnen Mokassin, Schöpfkellen und Töpfe, Beutel mit feiner Perlenstickerei, einen zerbrochenen Spiegel, Werkzeuge, Federn, Lederstücke und Seile. Da lag ein Album mit Daguerreotypien, das bei irgendeinem Überfall gestohlen worden war. Die aufgeweichten Blätter waren dabei, sich aufzulösen. Da lag ein langes, geschwungenes Pulverhorn, das mit Messingplättchen verstärkt war. Schnüre voller bunter Kugeln, die von einem Händler stammten, lagen wie leuchtende Prunkottern in dem braunen Gras.

Wanderer und Quanah fanden die erste Leiche am Rand des Lagers. Die Angreifer hatten sie beim Aufräumen übersehen. Die restlichen Leichen, sechsundzwanzig Tote, waren wie Klafterholz übereinandergestapelt. Sie waren in den Stellungen erstarrt, in denen sie gefallen waren. Arme und Beine ragten aus dem Stapel hervor wie beschnittene Äste. Es war so kalt gewesen, daß die Wölfe die Leichen nur hatten annagen können. Sie hatten nicht viel gefressen.

Ein Pferd lag verhungert auf der Erde, noch immer angepflockt. Doch sein Körper bewegte sich, als versuchte es aufzustehen. Als Wanderer und Quanah näherkamen, tauchte ein Geier aus der geweiteten Analöffnung des Ponys auf. Weitere Vögel bewegten sich noch in dem Kadaver. Sie hatten sich durch den After hindurchgefressen und geschmaust, bis das Pony zu hart gefroren war.

Als Wanderer und Quanah durch die Ruinen ritten, flatterten geschwärzte, halbverbrannte Zeltwände schlaff im Wind. Ein einsamer Hund heulte sein Elend hinaus. Als Vater und Sohn ihr Zelt erreichten, hielten sie an. In der Mitte des verkohlten Haufens der Habe ihres Lebens lag ein unbeschädigter Pfeil. Um den Schaft waren drei rote Ringe gemalt. Wanderer starrte ihn an, als wäre er ein Geist. Mit pochendem Herzen suchte er nach irgendeinem Zeichen von Naduah und seiner Tochter. Als er keins fand, beruhigte er sich ein wenig. Wenn Placido es geschafft hätte, seine Drohung wahrzumachen, hätte er die Überreste der beiden so sichtbar zurückgelassen, daß sein Feind sie nicht hätte verfehlen können.

Wanderer und Quanah ritten zu den aufgestapelten Leichen. Sie machten sich an die grausame Arbeit, Leichen aus dem Stapel herauszuziehen, um zu sehen, ob Naduah sich unter ihnen befand. Sie war nicht da, dafür aber entdeckten sie die Leichen von vielen Frauen ihrer Freunde. Beide Männer weinten bei dieser Arbeit.

»Was sollen wir jetzt tun?« fragte Quanah, als sie es hinter sich gebracht hatten.

»Wir warten auf die Männer. Sie werden bald da sein. Sie werden ihre Frauen begraben wollen.«

»Und was wirst du danach tun?«

»Sie suchen.« Der ruhige, abwesende Ausdruck auf Wanderers Gesicht beunruhigte Quanah genausosehr wie das Schreien seines Vaters.

»Wo willst du nach ihr suchen?«

»Wo ich sie vor vierundzwanzig Jahren gefunden habe. Im Osten.«

Wanderer zog sein Messer aus der Scheide. Er schnitt sich die Zöpfe ab und ließ sie zu Boden fallen. Die Zöpfe waren gut neunzig Zentimeter lang und sein ganzer Stolz. Er ging weg, um seinen Verlust allein zu betrauern. Es würde eine sonderbare Trauer sein, eine Trauer um einen geliebten Menschen, der nicht tot war.

54

Sul Ross' mexikanischer Koch setzte Naduah das gleiche Essen vor wie den Männern. Das Brot war ausgetrocknet und hart wie ein Eisenklumpen. Es hatte keinen Geschmack und lag ihr wie Staub im Mund. Sie zerkaute es langsam, wobei sie mit den Gedanken weit weg war und das riesige leere, braune Land nach Wanderer absuchte. Als sie mit dem Essen fertig war, versuchte der Koch erneut, mit ihr zu sprechen. Sie wandte sich von ihm ab, zog ihren Poncho hoch und begann, Flower zu stillen.

Sie hatte die Arme um das Kind gelegt und ließ sich von dem kleinen, saugenden Mund und den kleinen Händen besänftigen, die sich warm an ihre Brüste preßten. Sie fühlte sich eingehüllt und vor ihren

Feinden beschützt. Sie war ein weicher Kern in einer harten Schale aus Haß und Verachtung. Sie hörte einfach auf, die Stimme des Kochs zu hören, und dieser zuckte die Achseln, hob die Augen zum Abendhimmel und ging. Als ihre Tochter mit ihrer Mahlzeit fertig war und an ihrer Brust ruhte, summte Naduah ihre leise etwas vor. Ihr Lied war ein Wiegenlied und zugleich ein Trauergesang.

Sul Ross beobachtete Naduah und fragte sich, was sie dachte. Es war beunruhigend, eine weiße Frau zu sehen, die sich wie eine Wilde verhielt. Vielleicht hatte man sie so sehr zum Tier werden lassen, daß sie nie wieder wie ein zivilisierter Mensch würde denken können. Wie auch immer: Sobald sie das Fort erreichten, würde sie nicht mehr sein Problem sein. Er hatte schon einen Boten losgeschickt, um in Camp Cooper Bericht zu erstatten und die Parkers zu benachrichtigen, daß Cynthia Ann gerettet worden sei. Wenn sie tatsächlich Cynthia Ann Parker war, bezweifelte Ross, daß das Wiedersehen mit ihrer Familie eine fröhliche Angelegenheit sein würde.

Ross fühlte sich erleichtert, als er die aus groben Planken und Baumstämmen bestehenden Gebäude von Camp Cooper in der verlassenen Brazos-Reservation sah. Um seine Schutzbefohlenen vor rachsüchtigen Texanern zu schützen, hatte Indianeragent Neighbors die Penateka auf Oklahoma- und indianisches Territorium geführt. Er brachte sie »aus dem heidnischen Land Texas« hinaus, wie er sich ausdrückte. Folglich befanden sich in Camp Cooper keine Comanchen mehr, die vielleicht versuchen würden, dieser Frau zur Flucht zu verhelfen. Ein Dolmetscher war jedoch noch da. Er konnte sich als nützlich erweisen, wenn es darum ging, von ihr Informationen zu erhalten.

Sul Ross war froh, seine Schutzbefohlene bald übergeben zu können. In Wahrheit wäre »Gefangene« eine bessere Bezeichnung für sie gewesen. Er brachte es nicht über sich, sie nach all dem, was sie durchlitten hatte, zu fesseln, doch während des Ritts mußte er Tag und Nacht einen Wachposten für sie abstellen. Selbst als sie mit steinernem Gesicht starr geradeaus blickte, was meist der Fall war, schien sie das Gelände nach einer Öffnung abzusuchen, durch die sie entschlüpfen konnte.

Naduah setzte eine starre Maske auf, als sie sich dem Fort des weißen Mannes näherten. Ein leichtes Zucken um ihre Mundwinkel war der einzige Hinweis auf ihre Furcht. Als sie den festgetretenen Exerzierhof erreichten, sah sie die Frauen, die auf sie warteten. Blasse Frauen, die wie Maden in voluminösen Kleidern und Schals wirkten.

Sie würden sie natürlich foltern. Das war etwas, was die rachsüchtigeren Frauen gefangenen Feinden anzutun pflegten. Naduah hatte eine klare Vorstellung davon, wie sie Stück für Stück unter Schmerzen starb. Sie nahm sich zusammen, um ihrem Schicksal mit der Würde und dem Mut einer Frau aus dem Volk zu begegnen.

Ihre Eskorte wurde vom Kommandeur des Forts und seinen Offizieren begrüßt. Sie begleiteten die Ranger zu einem großen Zelt aus weißer Leinwand. Ross gab Naduah ein Zeichen, sie solle absitzen. Sie tat es und hielt Flower eng an sich gepreßt. Sie sah, wie die Männer ihre wenigen Habseligkeiten in das Zelt trugen und neben die Pritsche legten, die säuberlich bezogen und hergerichtet worden war.

Die Frauen schnatterten wie Elstern und holten sie ein. Sie hielten Naduahs Arme umklammert und trieben sie auf eines der langen, niedrigen, windschiefen Gebäude zu, in denen die Offiziersfamilien wohnten. Sie nannten sie die Hühnerställe. Eine riesige schwarze Frau, offensichtlich eine Sklavin, watschelte hinter ihnen her. Sie schüttelte den Kopf und ließ ein mitfühlendes »ts-ts« hören. Naduah zuckte bei dem Laut leicht zusammen, der sich so ähnlich anhörte wie der Alarmruf ihres Volkes.

Die Frauen griffen noch fester zu. Sie hatten nicht die Absicht, diesen aufregenden Fund einfach laufen zu lassen. Naduahs Rettung war das interessanteste Ereignis im Fort, seitdem Molly, die Frau des Lieutenant, unter den Büchern ihres Mannes Rabelais entdeckt hatte. Sie erfreute die anderen Ehefrauen mit ausgewählten Passagen, wenn die Frau des Colonel abwesend war.

Das Haus schloß sich um Naduah, und sie konzentrierte ihre Aufmerksamkeit auf den großen hölzernen Badezuber, der vor dem Herd stand und mit dampfendem Wasser gefüllt war. Die Zimmerdecke war so niedrig, daß sie meinte, sie würde gleich herunterfallen und sie erschlagen. Die großen, schweren Möbelstücke ließen den Raum so überfüllt wirken, als würden Bisons sich in einem winzigen Canyon drängen. Die dunklen Holzwände würden das Licht nie so hereinlassen wie es die Zeltwand ihres Zeltes tat. Das einzig Fröhliche an diesem Ort war das Feuer, das in dem großen steinernen Kamin flackerte.

Die schwarze Frau hob die kleine Flower behutsam auf und blieb neben der Tür stehen, wo sie die Kleine behutsam in ihren gewaltigen Armen wiegte. Sie sang ihr mit gedämpfter Stimme etwas vor. In dem düsteren Zwielicht schien das strahlende Weiß ihrer Zähne und der hervorquellenden Augen von ihrem dunklen Gesicht losgelöst zu sein. Zum erstenmal seit dem Angriff lächelte das Kind und lachte und stieß der Mammy die Finger in den Mund. Die Frau hatte die Figur von Wears Out Moccasins und die gleiche, etwas barsche, wenn auch sichere Art, mit Kindern umzugehen. Naduah fühlte sich getröstet. Was immer mit ihr geschah, das Kind würde vielleicht verschont bleiben.

Naduah ließ es zu, daß die Frauen sie auszogen und in dem Zuber neben dem Feuer badeten. Wenigstens würde sie sauber sterben. Sie ging davon aus, daß die Frauen sie für die Siegesfeier vorbereiteten. Als sich alle um sie drängten, sah sie nicht, wie eine der Frauen ihre Kleider hinaustrug und sie einer Ordonnanz mit dem Befehl übergab, sie zu verbrennen. Die Frau hielt Naduahs altes, fleckiges Arbeitskleid und die Mokassins auf Armeslänge von sich, als hielte sie eine tote Maus am Schwanz hoch.

Als Naduah sauber war, stand sie teilnahmslos, abweisend und vor Kälte zitternd auf den groben Fußbodendielen. Die anderen wirbelten geschäftig um sie herum, hielten Röcke und Blusen hoch und diskutierten, was ihr passen und ihr am besten stehen würde. Naduah war für sie ein Gegenstand, eine Puppe, die sie aus Mitleid herausputzen wollten. In diesem gottverlassenen Vorposten waren sie wohl der Meinung, sie sei womöglich noch schlimmer dran als sie selbst. Sie war eine Frau, die man bemitleiden mußte, eine Frau, die sie für eine Weile von ihrem eigenen trübseligen Leben ablenken würde.

Die Eigentümerin eines graunußbraunen Wollrocks zupfte diesen an Naduahs Hüfte zurecht, während eine andere Frau eine blauweiße Kalikobluse zuknöpfte. Die Frauen beschlossen, auf Unterhosen zu verzichten. Niemand wollte den Versuch wagen, sie Naduah anzuziehen. Als Molly, die junge Frau des Lieutenant, an Naduahs Hals einen Schal aus gelbem Leinen zuband, starrte sie ihr in die Augen und schüttelte traurig den Kopf.

»Arme, arme Frau«, sagte sie. »Du armes Ding.«

Naduah war die Frau eines Häuptlings. Sie war bei ihrem Volk eine geachtete Heilerin. Ihr Rat war bei allen Frauen in der Gruppe gesucht. Wenn sie umzogen, trug sie den heiligen Schild ihres Mannes und seine Lanze. Und sie ritt auf seinem besten Kriegspony an der Spitze der Kolonne. Sie wurde von einem Mann geliebt, wie ihn keine dieser Frauen je kennenlernen würde. Sie war darauf gefaßt, unter Qualen zu sterben und von den Frauen der Feinde ihres Mannes langsam zu Tode gequält zu werden. Doch gegen Freundlichkeit oder Mitleid hatte sie sich nicht gewappnet. Das einfache Mitgefühl in den blaßgrünen Augen der Frau berührte Naduah, wie Schmerz und Grausamkeit es nie vermocht hätten. Sie begann zu weinen.

Bevor jemand reagieren konnte, rannte sie um die Frau des Lieutenant herum, an der erstaunten schwarzen Frau vorbei und zur Tür hinaus. Sie lief schluchzend über den Exerzierhof und riß an den Kleidern, die sie einschnürten und ihre Fesseln einengten. In ihrem nassen Haar bildeten sich Eiskristalle, aber der kalte Wind auf ihrer entblößten Brust fühlte sich nach der stickigen Luft im Blockhaus wie ein willkommenes Bad in einem strömenden Fluß an. Was auch immer geschah, sie war Wanderers Frau und würde sich wie eine Frau aus dem Volk kleiden.

Die schwarze Frau trottete schwerfällig hinter ihr her und wedelte mit einer Wolldecke, um sie zu bedecken. Die Männer, die auf dem Hof herumlungerten, sahen amüsiert zu und hofften, Naduah würde sich sämtliche Kleider vom Leib reißen, bevor jemand sie einfing. Weinend und jammernd watschelte die kleine Flower hinter ihrer Mutter her. Als die Frauen erschienen, war Naduah in dem Leinenzelt. Sie stand auf dem Wollrock, der zerknüllt zu ihren Füßen lag. Sie hatte das beste ihrer noch vorhandenen Kleider angezogen und suchte nach Beinlingen.

Die Frauen drängten sich kichernd an der Tür und überlegten, was sie jetzt tun sollten. Jemand hatte das Kind hochgehoben und die Kleine im Zelt hingestellt. Sie rannte zu ihrer Mutter und umklammerte deren Beine, die sie an den Knien umschlungen hielt. Naduah hielt ihre Beinlinge in einer Hand und starrte ihre Feindinnen herausfordernd an. Ihre Augen blickten verzweifelt, und man sah ihnen an, daß Naduah wußte, daß sie in der Falle saß.

»Sie ist wie ein wildes Tier«, sagte Molly.

»Wir werden sie mit einem Wachposten hierlassen, damit sie sich beruhigen kann. Sie hat Schreckliches durchgemacht.« Die Frau des Colonel hatte stahlgraues Haar und dazu passende Augen sowie das Auftreten einer Frau, die sich auf Kasernenhöfen auskennt. Wäre sie ein Mann gewesen, hätte man sie längst zum General ernannt. Als die Frauen zu ihren Quartieren zurückgingen, hielt ihnen die Frau des Colonel einen Vortrag.

»All diese Jahre bei den Wilden. Sie ist wahrscheinlich verrückt. Es gibt keine Worte dafür, welch bestialischer Grausamkeit man sie ausgesetzt hat. Oder welche schändlichen Akte sie mitangesehen hat.« Die Frau konnte sicher sein, die Aufmerksamkeit aller zu haben. Die anderen Frauen hofften, sie würde sich etwas näher über die schändlichen Akte äußern. »Wir werden tun, was wir können, um sie sicher zu ihrer Familie zurückzubringen und in die Obhut Gottes zu geben, aber wir dürfen nicht zulassen, daß ihre heidnischen Manieren uns anstecken. Diese zügellose Zurschaustellung ist ein Beweis für ihren völligen Mangel an Moral. Ihr Mädchen haltet euch von ihr fern. Habt ihr verstanden?«

»Ja, Ma'm«, antworteten sie wie aus einem Mund.

Der kürzeste Tag des Jahres stand unmittelbar bevor, und die Dunkelheit setzte früh ein. Mit ihr kam Molly. Ihr dichtes, hochgestecktes rotgoldenes Haar leuchtete im Lichtschein des kleinen Feuers, an dem sich der Wachmann wärmte, wie ein Glorienschein. Sie lächelte ihn engelhaft an, als er seine rissigen Hände an den Flammen wärmte. Er hatte so lange keine Frau mehr gehabt, daß er sich zwischen dem Drang, auf die Knie zu fallen und sie anzubeten, und dem Verlangen, sie zu Boden zu werfen und zu vergewaltigen, hin und her gerissen wurde. Unfähig, sich zu etwas aufzuraffen, starrte er sie einfältig an.

»Ich bin gekommen, um die arme Frau zu besuchen, die Sie bewachen, Gefreiter.«

»Der Colonel sagt, daß niemand da rein darf, nur wenn ihr die Mahlzeiten gebracht werden.« Der Gefreite hatte inzwischen die Sprache wiedergefunden, die jedoch kurz ins Falsett hochrutschte, was sein Gesicht im Lichtschein des Feuers noch rosiger werden ließ.

»Damit meint der Colonel natürlich keine Männer. Ich bin hier, um der Frau etwas Gutes zu tun. Es wird nur ein paar Minuten dauern.« Bevor der Soldat sein bißchen Verstand zurückgewinnen konnte, war sie schon ins Zelt geschwebt und blieb dicht hinter der Tür stehen. Das Zelt war kalt und dunkel und roch nach muffigem Segeltuch. Molly sah im Dämmerlicht Mutter und Tochter in mehrere Decken gehüllt zusammengekauert auf dem Bett sitzen. Für einen kurzen Moment beschlich Molly Furcht. Vielleicht war die Frau tatsächlich wild. Vielleicht würde sie angreifen. Molly sprach Naduah sanft auf spanisch an und kramte die wenigen Brocken hervor, die sie in New Mexico in Fort Bascom gelernt hatte.

»*Señora, tiene frío?* Ist Ihnen kalt?«

Sie erhielt keine Antwort. Der neue kegelförmige Sibley-Ofen in der Mitte des Zeltes war leer. Die Frau hatte das Holz herausgenommen und versucht, auf dem Boden Feuer zu machen, hatte aber keinen Flintstein bei sich gehabt. Molly ging langsam zu dem Holz hinüber, wobei sie Naduah sorgfältig im Auge behielt. Sie bückte sich und hob Zunder und Kienspäne auf. Sie legte sie in den Ofen zurück. Anschließend ging sie hinaus und brachte ein brennendes Holzscheit vom Feuer des Wachpostens mit. Sie zündete das Holz an und vergewisserte sich, daß es weiterbrannte. Sie wärmte sich die Hände an dem allmählich heiß werdenden Eisenblech. Sie lächelte Naduah an.

»*¿Tiene frío la bebé?* Ist dem Baby kalt?«

Naduah nickte. Molly öffnete die Arme und fragte so ohne Worte, ob sie das Kind einmal halten dürfe. Naduah reichte es ihr, wobei ihr Tränen in die Augen quollen. Molly wiegte die Kleine und zog die Decke zurück, um sich das Gesicht anzusehen. Die riesigen braunen Augen des Babys sahen aus wie die eines Rehkitzes, das von der großen weiten Welt erschreckt wird.

»*Qué hermosa eres.* Wie schön du bist«, murmelte Molly zu der Kleinen hinunter. »*¿Cómo se llama la niñita?* Wie heißt die Kleine?«

»Topsana, *flor.*« Es war das erste Wort, das Naduah gesprochen hatte.

»*Flor,* Flower. Kleine Prärieblume. Eine hübsche kleine Susan mit schwarzen Augen.« Molly trug sie zum Bett und setzte sich neben Naduah. Sie suchte nach weiteren Worten.

»*¿Qué puedo hacer para tí?* Was kann ich für dich tun?«

»Nocona.« Naduah begann zu weinen, da sie die Tränen nicht mehr zurückhalten konnte.

»*¿Qué es, pobrecita?* Was ist, meine arme Kleine?« Molly legte ihr einen Arm um die Schultern, und Naduah lehnte sich schluchzend an sie.

»Nocona« war alles, was sie sagen konnte. Die beiden Frauen saßen nebeneinander und hielten sich in den Armen. Das Kind lag zwischen ihnen. Naduah ließ ihrem Kummer freien Lauf. Als sie schließlich still wurde, suchte Molly in ihrem Mieder, bis sie ein feines, spitzenbesetztes Taschentuch fand. Sie trocknete Naduahs Tränen und hielt es ihr dann hin, damit sie sich die Nase putzen konnte. Eine Ecke des Taschentuchs hob sie sich für ihre eigenen Tränen auf.

»Jetzt leg dich hin, meine Liebe, und schlaf. Du hast eine schreckliche Zeit hinter dir.« Molly machte sich nicht mehr die Mühe, spanisch zu sprechen. Auf die Worte kam es nicht mehr an. Nur darauf, daß sie überhaupt etwas sagte. Sie schob Naduah sanft aufs Bett und legte Flower neben sie. Sie deckte beide mit Wolldecken zu, sah noch einmal nach dem Ofen und ging auf Zehenspitzen hinaus.

Sie sah nicht mehr, wie Naduah von der wackeligen Pritsche aufstand und alle Decken auf den Fußboden zog und vor den Ofen legte. Sie legte sich zwischen die Decken und hielt Flower in den Armen. Sie weinte die ganze Nacht leise vor sich hin. Außerhalb der Vorpostenlinie des Forts heulten die Wölfe, die in großen Rudeln über die kahlen Hügel streiften.

»Trage meine Worte zu Wanderer, Bruder Wolf. Sag ihm, wo ich bin. Sag ihm, daß ich ihn liebe. Führe ihn zu mir. Bitte, mein Bruder.«

Sie war gerade in einen unruhigen, erschöpften Schlaf gefallen, als das Signalhorn sie noch vor Tagesanbruch mit einem Wecksignal hochschrecken ließ. Sie richtete sich mit einem Ruck auf. Ihr Herz machte einen Satz. Sie machte sich auf einen neuen Angriff gefaßt, bis ihr einfiel, wo sie sich befand. Sie legte sich wieder hin und schloß die Augen, als könnte sie damit alles von sich fernhalten. Sie spürte eine intensive Sehnsucht danach, Lances Morgengesang zu hören. Ihn zu hören würde bedeuten, daß die Welt wieder im Lot war.

Ben Kiggins, der Dolmetscher in Camp Cooper, saß mit einigen Männern in der baufälligen Hütte, die offiziell als Rekruten-Unterkunft geführt wurde, und spielte Karten. Der Nordwind pfiff durch die Ritzen zwischen den Baumstämmen, wo der Lehm herausgefallen war. Die Männer verstopften die Ritzen mit Lumpen, schafften es aber nie, alle abzudichten. Marineblaue Armeedecken, welche die Fenster der Nordwand bedeckten, blähten sich leicht bei jedem Windstoß.

Die Kartenspieler kauerten vor dem Ofen. Ein speckiger schwarzer Kavallerie-Filzhut lag in der Mitte der Decke, um die die Männer saßen. In dem Hut lagen Schuldscheine, kleine Tabaksbeutel, ein paar kleine Messer und einige Münzen. Keiner der Männer hatte je genug richtiges Geld in der Hand, um es zu verwetten. Die Männer waren so in ihr Spiel vertieft, daß sie gar nicht aufblickten, als die Tür aufging.

»Ben«, rief der Corporal, der gerade hereingekommen war. Kiggins grunzte.

»Kiggins, sie wollen, daß du in das Zelt der Squaw kommst. Sie scheint etwas zu wissen.«

»Verdammt noch mal!« Kiggins warf seine weichen, schmierigen Spielkarten hin. »Den Teufel tut sie.« Er stand auf und ging steifbeinig hinaus. Auf der Decke lag eine aufgedeckte Straße.

Naduahs Zelt zerrte an seinen Befestigungen und blähte sich in dem stöhnenden Wind. Sie kauerte auf einer kleinen, grob zusammengezimmerten Holzkiste. Sie hatte die Ellbogen auf die Knie gestützt, und ihr Kinn ruhte in den Handflächen. Sie starrte blicklos zu Boden, und Tränen fielen lautlos in den Staub. Ihre Tochter schlief in der Nähe des Ofens in einem Nest aus Wolldecken. Naduahs Onkel, Isaac Parker, saß behutsam auf dem Rand der Pritsche. Er beugte sich zu Naduah vor und legte die Unterarme auf die Schenkel. Seine kräftigen, arthritischen Finger hatte er zwischen den Knien gefaltet. Sein graues Haar war kurzgeschnitten und von der breiten Stirn in einer Welle nach hinten gebürstet. Er sah hoch, als Kiggins eintrat. Seine klaren blauen Augen waren blaß und freundlich und arglos. Sein Mund ähnelte dem Naduahs.

»Ich hatte fast schon aufgegeben«, sagte er. »Nichts schien zu ihr durchzudringen. Ich wollte gerade gehen und sagte ›arme Cynthia Ann‹. Der Name muß etwas in ihr angerührt haben. Sie tätschelte sich und sagte: ›Cincee Ann. Ich Cincee Ann.‹ Gelobt sei der Herr! Ich weiß jetzt, daß dies meine seit so langer Zeit verschollene Nichte ist. Gott hat sie aus ihrer Sklaverei erlöst.« Es hatte den Anschein, als wollte Bruder Isaac mit einer Predigt beginnen oder, was noch schlimmer wäre, mit einem Gebet, so daß Ben Kiggins sich beeilte, ihm zuvorzukommen.

»Was soll ich sie fragen?«

»Fragen Sie sie, ob sie sich an ihre Mutter erinnert. Sagen Sie ihr, daß ihre Mutter gestorben ist, daß wir aber ihr Grab besuchen können. Sagen Sie ihr, daß ihr jüngerer Bruder Silas und ihre Schwester Orlena sie sehen wollen. Sagen Sie ihr, daß ich der Bruder ihres Vaters bin. Meine Frau und ich würden uns freuen, wenn sie bei uns leben würde.«

Kiggins hielt eine Hand hoch.

»Sie sollten nichts übereilen, Mr. Parker.« Er hockte sich hin, um Naduah auf gleicher Höhe in die Augen sehen zu können. Auf spanisch und in Zeichensprache und mit einigen Brocken der Comanchensprache übermittelte er die Botschaft ihres Onkels.

»Nocona« war alles, was sie antwortete.

»Ist das der Häuptling, der ihr Mann war?« Isaac Parker zuckte bei diesen Worten mit keiner Wimper. Er hatte sich darauf eingestellt, was er bei der Begegnung mit seiner Nichte vorfinden würde.

»Ja. Er wurde getötet, als er sie verteidigte. Sie nimmt es ziemlich schwer.« Kiggins wandte sich wieder Naduah zu und wies sie darauf hin, daß Nocona tot sei. Er fragte, ob sie zurückkehren wolle, um nach seinem Leichnam zu suchen. Comanchen waren groß darin,

Knochen mit sich herumzuschleppen. Eine widerwärtige, schauerliche Sitte. Naduah antwortete schnell in der Zeichensprache und kämpfte ihre Tränen nieder.

»Sie sagt, er sei nicht tot. Sie will ihn suchen. Sie sagt, ihre Söhne seien bei ihm.«

»Sagen Sie ihr, daß wir alles in unser Macht Stehende tun werden, um ihr dabei zu helfen, ihre Familie wiederzufinden, wenn sie mit uns kommt. Das verspreche ich ihr.«

Naduah glaubte ihm nicht. Sie starrte erst Kiggins, dann den hochgewachsenen alten Mann mit dem glatten Gesicht auf der Pritsche an. Isaac Parker erwiderte ihren Blick mit zwingender Intensität. Seine blauen Augen hielten ihren Blick gefangen. Sie sprachen ohne Worte zu ihr und flehten sie an, es sich zu überlegen. Sie schüttelte sich, um den Bann zu brechen, und blickte wieder hartnäckig auf die Kieselsteine und den Staub und die Zweige auf dem Fußboden hinunter. Sie mochte ihn. Seine Augen besaßen die Macht, sie dazu zu verhexen, ihn zu mögen. Es war ein Trick.

Parkers Knöchel waren weiß vor Anspannung, als er seine verschränkten Finger zusammenpreßte. So nahe daran. Er hatte sie fast erreicht.

»Mr. Kiggins«, sagte er mit leiser Stimme, »erklären Sie meiner Nichte, daß ich ihr Onkel bin. Was heißt Onkel in der Comanchensprache?«

»*Ara.*«

»*Ara.*« Er wiederholte es, und Naduah blickte bei dem vertrauten Wort hoch.

»Sagen Sie ihr, daß sie die Tochter meines teuren toten Bruders ist. Sie und ich haben das gleiche Blut in den Adern. Sagen Sie ihr, daß sie im Osten von Texas eine große Familie hat. Sie wollen alle ihre geliebte Tochter wiedersehen. Ich verstehe auch, daß sie ihren Mann und ihre Söhne liebt und wiedersehen möchte. Wir wollen ihr helfen. Sagen Sie ihr, daß wir lange Jahre darauf gewartet haben, sie wiederzusehen. Unsere Herzen sind voller Freude. Erklären Sie ihr das.« Parker sprach zwar zu Kiggins, wandte den Blick jedoch keine Sekunde von Naduah.

Es war eine lange Ansprache. Als Kiggins geendet hatte, suchte Naduah im Gesicht ihres Onkels, versuchte in ihm zu lesen und es zu deuten. Sie musterte die Fältchen um seine Augen und seinen Mund. Es waren Lachfalten und keine Zornesfalten. Die Stetigkeit seines Blicks und die Größe seiner Pupillen zeigten, daß er die Wahrheit sprach. Seine Augen waren lebendig und ausdrucksvoll und nicht ausdruckslos wie so viele hier im Fort. Sein Mund war entspannt und ruhig, nicht angespannt und gemein. Er hatte die Augen und den Mund eines Geschichtenerzählers, wie Kavoyo, Name Giver.

Zum erstenmal seit jenem entsetzlichen Nachmittag im Sandsturm mit der schmerzlichen Trennung spürte sie so etwas wie Hoffnung. Diese war so leicht und zerbrechlich und farblos wie der verletzte Flügel einer Motte, aber es war eine Hoffnung. Sie sprach ein kurzes Wort auf spanisch.

»*Voy*, ich gehe.«

Isaac Parker verlor keine Zeit, sondern brach sofort mit seiner Nichte auf. Es war eine Sache, zu der Suche nach einem Comanchen-Häuptling aufzubrechen. Eine ganze andere, wenn ein Comanchen-Häuptling nach einem selbst suchte. Auf den Rat von Tom Kalliher hin verkaufte er Naduahs Pony an den Quartiermeister des Camps.

»Dieser Gaul mit dem kurzen Maul ist schnell«, sagte Kalliher. »Glauben Sie mir, wenn Sie die Mähre behalten und Ihre Nichte sie besteigt, werden Sie nur noch Schuhsohlen und Arschlöcher zu sehen bekommen. Verzeihen Sie den Ausdruck. Wenn ich Sie wäre, würde ich die Finger davon lassen.«

Doch als Isaac seinen Wagen mit ihren Habseligkeiten belud, weigerte sich Naduah, ohne das Pferd mitzukommen. Sie verschränkte die Arme auf der Brust und verwendete das einzige englische Wort, das sie gelernt hatte.

»Nein.«

»Ich dachte, Comanchen-Squaws seien gehorsam und unterdrückt«, knurrte Parker, als er das Pony zurückkaufte.

»Sie haben wohl noch nie eine erlebt, die auf Sie schießt«, bemerkte der Quartiermeister.

Schließlich rumpelte der Planwagen mit einer kleinen Eskorte von Soldaten in Richtung Osten los. Die Frauen von Camp Cooper standen im Wind. Die staubigen Säume ihrer langen schwarzen Mäntel wehten ihnen um die Fesseln. Molly winkte, als sie sie losfahren sah, und die Frau des Colonel bemerkte den besorgten Ausdruck auf ihrem Gesicht.

»Es wird ihr gutgehen«, sagte sie.

»Ich hoffe es.«

»Ich weiß es.«

»Woher wollen Sie das wissen?«

»Ich habe mir den Sitz auf dem Wagen ihres Onkels angesehen.«

»Und was haben Sie daran erkennen können?« Molly sah die Frau des Colonel an, als hätte die sich plötzlich in eine vollkommen andere Person verwandelt.

»Der Sitz war am äußeren Rand abgenutzt. Wo ein Mann auf einem Wagen sitzt, läßt Rückschlüsse auf seinen Charakter zu. Ein großzügiger Mann sitzt immer auf der Seite, so daß noch Platz für Leute bleibt, die er unterwegs mitnimmt. Ein Geizkragen sitzt immer in der Mitte. Sie wird es guthaben.«

Als der Wagen an den letzten Gebäuden vorbeirumpelte, begann Naduah, die Hügel nach Zeichen von Wanderer und einem Kriegertrupp abzusuchen. Sie spitzte die Ohren, um sein Signal zu hören. Sie lauschte aufmerksam jedem einzelnen Vogelruf. Sie wußte, daß er sie suchen würde, wußte aber auch, wie aussichtslos es für ihn sein würde, das Fort anzugreifen.

Sie versuchte, seine Möglichkeiten abzuschätzen, diese kleine Gruppe zu finden. Er würde es nicht schaffen, sie zu verfolgen, obwohl sie darauf bestanden hatte, ihr Pony zu behalten, weil sie hoffte, er könnte die Hufspuren des Pferdes erkennen. Die Umgebung des Lagers war ein Filigranmuster von Fahrspuren, die von Militärkommandos zurückgelassen worden waren, die Holz, Wasser und Wild geholt hatten. Da waren auch die Spuren der Männer, die den Müll in Wagen wegfuhren und in die Schluchten der Umgebung kippten. Da waren die Spuren von Patrouillen und beladenen Planwagen, von Marketendern, Händlern und Besuchern. Da waren die zertrampelten Felder, auf denen die Männer am Sonntag ihre Pferderennen abhielten, und die Pfade, die zu den »Wohnblocks« führten, der kleinen Ansammlung von Hütten, in denen Leute wohnten, die durch die Nähe des Lagers ihr Auskommen zu finden hofften.

Doch obwohl Naduah wußte, wie unmöglich die Situation war, konnte sie es nicht lassen, die Gegend abzusuchen. Und sie konnte auch nicht aufhören, sich Wanderer vorzustellen, wie er aus einem dieser dichten Zedern- und Eichenhaine auf den Hügeln hervorgaloppierte. Während die Maultiere dahintrotteten, stellte sie sich immer wieder diese Szene vor.

Während Naduah mit ihrem Onkel langsam nach Osten reiste, saß Wanderer mit Deep Water und Sore-Backed Horse und den anderen Männern des Rats der Gruppe zusammen. Sie hatten sich um ein Feuer an der Öffnung einer großen Kalksteinhöhle versammelt, um nicht mehr dem heftigen Nordwind ausgesetzt zu sein. Hinter ihnen, in der Höhle, hörten sie, wie Wears Out Moccasins sich laut bei ihren Freundinnen beklagte. Es hörte sich an, als wollte sie auf eigene Faust einen Rachefeldzug organisieren.

Manche Familien hatten aus dem alten Lager noch ein paar Dinge gerettet, die noch zu gebrauchen waren, und waren dann hierher geflüchtet. Jetzt drängten sie sich hier zusammen. Wer Glück gehabt hatte, im Schutz dieser Höhle und einer anderen in der Nähe. Die anderen bauten sich aus Unterholz, Häuten und Decken provisorische Zelte. Was an Lebensmitteln da war, teilten sie miteinander, doch es war nicht viel. Ein paar Schachteln mit Pemmican waren den Flammen entgangen und von den Aasfressern seltsamerweise unberührt gelassen worden. Als die Frauen sie aufmachten, entdeckten sie den Grund dafür. Die weißen Männer hatten hineinuriniert und die Lebensmittel darin so verdorben.

Die Männer des Rats besprachen die Verluste. Die Lage war verzweifelt. Der schlimmste Teil des Winters wartete noch auf sie, geduldig und unausweichlich wie eine Eule, die über einem Mauseloch auf einem Ast hockt. Das Leben würde in den kommenden Monaten härter und nicht leichter werden.

»Ich sage, wir sollten zu den Staked Plains aufbrechen«, sagte Deep Water. »Wir können die Gruppe von Wanderers Vater suchen oder bei anderen Noconi-Gruppen unser Lager aufschlagen. Sie werden uns helfen und uns die Ponys leihen, die wir für die Jagd brauchen.«

»Kein Mensch hat noch Ponys, die für die Jagd zu gebrauchen sind«, sagte Wanderer.

»Dann sollten wir zu den nächstgelegenen Siedlungen reiten und uns dort ein paar stehlen. Sie bauen Nahrung für ihre Pferde an, damit die im Winter zu essen haben.«

»Geh, wohin du willst«, sagte Wanderer. »Ich gehe meinen Weg.«

»In den Osten?« fragte Sore-Backed Horse.

»Ja.«

Es wurde still. Es würde Sore-Backed Horse schwerfallen zu sagen, was er jetzt sagen mußte. Doch vielleicht würde es für ihn leichter sein als für die anderen Männer, die jünger waren als Wanderer oder ihn weniger gut kannten.

»Wanderer, sieh dich um. Dies ist dein Volk. Sie haben ihre Gruppen und Familien verlassen, um dir zu folgen. Sie sind weggegangen, weil sie dich bewunderten. Sie glauben an deine Macht, deine Medizin. Sie sind jetzt Noconi. Wanderer. Du hast sie so geachtet gemacht wie die Quohadi. Jetzt brauchen sie dich. Du kannst sie nicht im Stich lassen.«

»Es gibt andere Anführer.«

»Nein. Es sind nur wenige Anführer übrig. Solche wie dich gibt es nicht mehr. Nicht unter den jungen Männern. Wenn du gehst, geben diese Menschen vielleicht auf und sterben. Du hast starke Medizin. Sie wird uns dies überleben lassen. Ohne sie wird es unter ihnen noch mehr Kummer geben.«

»Meine Medizin hat uns nicht beschützt. Sie hat nicht mal meine Familie beschützt.« Seine Stimme klang bitter. »Wäre ich doch nur dagewesen, als die Texaner angriffen.«

»Wirst du mit uns kommen?«

Wanderer starrte mit unbewegtem Gesicht ins Feuer. Doch Sore-Backed Horse wußte, welcher Kampf hinter dieser Stirn tobte.

»Wenn die Leute sich erholt haben, wenn die Kinder nicht mehr vor Hunger weinen, der ihnen den Bauch zusammenkrampft, wenn die Männer sich nicht mehr schämen, weil ihre Familien hungern, werde ich mit dir gehen, um sie zu finden.«

»Du bittest mich, mich zwischen meiner Frau und meinem Volk zu entscheiden.«

»Ja.«

Niemand sonst sprach ein Wort. Es war, als wären die zwei Männer allein. Schließlich sprach Wanderer mit leiser Stimme.

»Ich dachte, ich wüßte schon jeden Grund, weiße Menschen zu hassen. Doch alle Gründe zusammengenommen sind nicht so stark wie dieser.«

Hinter Wanderers ausdruckslosem Gesicht konnte Sore-Backed Horse die Qual erkennen. Sie leuchtete ihm aus den schwarzen Augen wie Signalfeuer auf einem nächtlich dunklen Hügel. Er würde bei ihnen bleiben.

»Mein Herz fühlt mit deinem Herzen, mein Bruder«, sagte Sore-Backed Horse. »Wir werden sie finden, wie lange es auch dauern mag.«

55

Der riesige Erntemond strahlte hell und wurde an einem schwarzen, samtenen Himmel immer wieder von leuchtenden, perlgrauen Wolken verdeckt. Das verwüstete Fort wirkte geisterhaft in dem hellen Mondschein. Die Palisade hatte Lücken, und die Klettertrompete hatte große Teile dessen erobert, was übriggeblieben war. Der größte Teil einer Wand war verschwunden. Dort, wo ein Lagerfeuer außer Kontrolle geraten war, standen nur noch verkohlte Stümpfe. Die Blockhäuser auf dem Gelände waren im Lauf der Jahre abgetragen und geplündert worden, um aus dem Material neue Häuser zu bauen. Auf dem Hof hinter dem zertrümmerten und verfaulenden Tor stand das Unkraut brusthoch.

Wanderer saß eine Stunde lang auf Raven und starrte das nahe am Navasota River gelegene Parker's Fort an. Quanah saß geduldig neben ihm, aber Sore-Backed Horse war unruhig.

»Wir müssen weiter, Bruder. Hier können wir nichts mehr tun. Diese Mauern werden nie zu uns sprechen. Sie geben uns keinerlei Hinweis darauf, wo sie ist. Und die weißen Menschen schwärmen hier so wie Moskitos an einem stehenden Tümpel.«

»Wir werden bald aufbrechen.«

»Ist das der Ort, an dem du Mutter gefunden hast?« fragte Quanah.

»Ja. Auf diesem Abhang. Sie war damals ein Kind. Ein blauäugiges, goldhaariges Kind.«

»Wie können wir sie wiederfinden?«

»Ich weiß es nicht. Ich war sicher, daß sie sie hierher zurückbringen würden. An diesen Ort.« Er konnte nicht glauben, daß sie nicht da war.

»Über ein Gebiet von hundert Meilen sind Hunderte von Häusern der Weißen verstreut«, sagte Sore-Backed Horse. »Wir können nicht zu jedem hinreiten und nach ihr fragen. Wir können nicht jedes Haus erkunden. Wir können die Männer nicht zusammenholen und sie angreifen. Es sind zu viele. Es kann sein, daß sie sich hier nicht einmal aufhält.« Sore-Backed Horse haßte den harten Klang seiner Worte, als er sie aussprach. Doch sie mußten gesagt werden. Er würde Wanderer überallhin folgen. Er würde an dessen Seite gegen jeden Feind kämpfen. Er würde ihm jedoch nicht erlauben, sich wie ein Narr aufzuführen.

Sore-Backed Horse hatte gewußt, wie dies enden würde, als sie zum erstenmal ganze Gruppen von Häusern fanden statt abgelegener einzelner Häuser. Da hatte sich der Rest des großen Kriegertrupps der Noconi aufgeteilt, um auf Raubzüge zu gehen. Wanderer jedoch war hartnäckig weiter nach Osten geritten. Sein Freund und sein Sohn waren mit ihm geritten. Schließlich bahnten sie sich ihren Weg durch ein gefährliches Gewirr von Pfaden und Straßen, von Feldern und Zäunen und gezackten Baumstümpfen. Die Lichter weit entfernter Fenster flackerten auf den Hügeln wie Leuchtfeuer. Von Caddo oder Wichita, Tonkawa, Kichiwa oder Karankawa war keine Spur zu sehen. Es war, als hätte es sie nie gegeben. Als besäßen die Weißen Medizin, sogar das Andenken an diese Stämme auszulöschen. Wenn Wanderer das Fort nicht mit eigenen Augen angestarrt hätte, hätte er sich vielleicht gefragt, ob alles ein Traum gewesen war. Das Land schien anders zu sein. Die Wälder waren gerodet und das Gras durch säuberlich gesäte Reihen von Getreide ersetzt worden.

Du hast dich geirrt, Vater, dachte er. Iron Shirt hatte einmal gesagt: »Wir werden alt und sterben, aber das Land verändert sich nie.« Die weißen Augen hatten das Land geändert. Sie hatten in fünfundzwanzig Jahren so viel zerstört. Nach weiteren fünfundzwanzig Jahren würde Wanderer siebenundsechzig sein, so alt wie Pahayuca jetzt war. Welche Veränderungen würde er sehen, wenn er so lange am Leben blieb? Plötzlich sah er die Zukunft. Er sah sich selbst als einen Fremden in seinem eigenen Land. Der Schauder, der ihn erzittern ließ, wurde nicht von dem kalten Herbstwind verursacht. Wenn er sein Goldhaar nicht finden konnte, würde er schon bald den Tod im Kampf suchen.

Zum erstenmal gestand Wanderer sich ein, daß er sie vielleicht nicht finden würde. Er wußte, daß Sore-Backed Horse recht hatte. Noch nie hatte er sich so schwach und so hilflos gefühlt. Am liebsten wäre er kreuz und quer durchs Land geritten, um nach ihr zu rufen. Am liebsten würde er in jedes flache, viereckige Holzhaus hineinstürmen und ihre Rückkehr verlangen.

In schierer Verzweiflung warf er den Kopf in den Nacken und ließ ein hallendes Wolfsgeheul hören. Als das letzte Echo, das ihn zu verhöhnen schien, erstarb, wartete er auf eine Antwort. Er wußte, daß Naduah diesen Ruf als seinen erkennen würde. Falls sie irgendwo in Hörweite war, würde sie antworten. Doch alles, was sie hörten, war das hysterische Bellen von Hunden auf irgendeinem Hof in der Dunkelheit.

»Wirst du jetzt umkehren, Wanderer?«

»Noch nicht.«

»Dann werden wir bei dir bleiben.«

»Nein. Es wäre besser, wenn ihr euch wieder den anderen anschließen würdet. Es wird hier schon für mich schwierig sein, mich zu verstecken. Für uns drei noch schwerer.«

»Sie ist vielleicht gar nicht in Texas.«

»Sie ist hier. Ich weiß es. Ich kann noch nicht aufgeben, Sore-Backed Horse.«

»Ich werde bei dir bleiben, Vater.«

»Nein.«

»Sie ist meine Mutter. Ich liebe sie auch.« Quanah widersprach seinem Vater nie. Er hütete sich davor. Doch diesmal mußte er es versuchen. Wanderer schien zu verstehen.

»Nein.« Er sagte es mit leiser und sanfter Stimme.

Quanah und Sore-Backed Horse kehrten um und waren schon bald in der Dunkelheit verschwunden.

Als Wanderer im Herbst 1861 in der Nähe von dem alten Parker's Fort nach Naduah suchte, befand sie sich nur hundert Meilen entfernt. Ihr Onkel Isaac hatte sein kleines Holzhaus vor zwanzig Jahren in der Nähe von Fort Bird erbaut. Birdville wurde die erste permanente Siedlung am oberen Trinity River, die jedoch kaum mehr wuchs. Das Dorf im Osten, Fort Worth, war vor kurzem zum Sitz der Kreisverwaltung gewählt worden.

Isaac und Bess Parkers Haus war nach Westen hin gelegen, so wie ein Spieler sich gern so hinsetzt, daß er die Tür sehen kann. Der Westen war wildes, unberechenbares Land. Die Comanchen griffen vom Westen her an. Am Ende jedes Nachmittags, wenn sie ihre Arbeit erledigt hatte und die Sonne unterging, saß Naduah auf einem harten, geraden Stuhl auf der durchhängenden hölzernen Veranda.

Ihr Gesicht machte immer einen entrückten Eindruck, doch zu diesen Zeiten war sie noch weiter weg. Ihre Augen weigerten sich, sich auf das Spalier mit Kletterrosen an der Veranda oder auf die hohen Bäume und die kleinen Hügel, die sich um das Haus duckten, zu konzentrieren. Statt dessen sah sie auf den fernen Horizont, auf den sie ihr ganzes Leben lang zugeritten war. Sie war an weite Räume und riesige Entfernungen gewöhnt, die sie lockten, die ihr jeden Tag Freiheit und Veränderung boten. »Das ist der Prärie-Blick«, hatte ihr Onkel Isaac das genannt.

Aufmerksamkeit legte sie nur dann an den Tag, wenn sie mit ihrer

Tochter spielte oder Hausarbeiten machte. Sie hackte Holz und holte Wasser, ohne sich zu beklagen. Sie lernte spinnen; es schien ihr zu gefallen. Am Abend krempelte sie oft Wolle und häufte die säuberlich aufgerollten Bündel in einem Korb neben ihrem Stuhl auf.

Bess Parker beobachtete die reglos dasitzende Naduah. Alle beobachteten sie. Ständig. In den ersten zwei Monaten bei ihnen hatte sie neunmal versucht, zu fliehen. Sie hatten ihr Pony verkaufen müssen. Das kojotefarbene Tier hatte Naduah beim erstenmal fast entwischen lassen. Sie hatten sie nur eingefangen, weil die kleine Flower sie behinderte.

Getreidefutter und ein gutes Leben hatten das Pony ohnehin unmöglich werden lassen. Die Stute ließ nur Naduah an sich heran. Je mehr sie verwöhnt wurde, je besser man sie behandelte, um so ungenießbarer wurde sie. Schließlich biß sie Isaac Parker einmal hart in den Arm. Naduah sagte nichts, als man sie wegführte, aber zwei Tränen liefen ihr über die Wangen. Sie bekam ein Zimmer ohne Fenster und mit einer Tür, die sich nachts von außen verriegeln ließ.

»Was geht in ihr vor? Was meinst du, Mr. Parker?« Bess saß in ihrem Lieblingsstuhl am Vorderfenster, wo sie am Nachmittagslicht nähen und ihre Nichte gleichzeitig im Auge behalten konnte. Ihr Mann saß in der Nähe.

»Ich weiß nicht, Mutter.« Isaac legte das Zeitungsblatt weg, in dem er gelesen hatte. Er legte seine Brille darauf und rieb sich die Augen. »Es ist so schwierig, mit ihr zu sprechen.«

»Es wäre leichter, wenn sie eine christliche Zunge lernen würde. Sie ist nicht dumm, aber ich habe noch nie einen so störrischen Menschen gesehen.«

»Ja, ja, sie ist ohne jeden Zweifel eine Parker.«

»Nur äußerlich.«

»Sie ist unglücklich, Mutter. Sie will ihre Kinder sehen. Ich habe ihr versprochen, daß sie sie wiedersehen wird und daß ich ihr dabei helfen werde.«

»Ich weiß, daß du das getan hast. Es macht dir zu schaffen, nicht wahr, daß du dieses Versprechen nicht halten kannst?«

»Ich kann ihr nicht einmal erklären, warum ich es nicht halten kann. Ich versuche, ihr vom Krieg zu erzählen, davon, daß die Männer entweder im Feld sind oder hier gebraucht werden, falls die Yankees kommen. Es gibt niemanden, der mit ihr reiten könnte. Und die Comanchen und Kiowa befinden sich wieder auf dem Kriegspfad. Sie wissen immer, wann unsere Verteidigung schwach ist. Sie sieht mich nur mit diesen Augen an, die verwundet und stolz und traurig zugleich sind. Manchmal frage ich mich, ob es richtig von mir war, sie hierher zu bringen.«

»Was hättest du sonst tun können, Mr. Parker? Sie bei diesen Wilden lassen? Natürlich hast du richtig gehandelt. Die sind doch Heiden, diese Comanchen.

Ich fürchte, Mr. Parker, daß ihre Seele verdammt sein wird, wenn wir sie nicht erreichen können. Heute habe ich endlich diesen scheußlichen alten Beutel aus Kaninchenfell weggeworfen, den sie hatte. Himmel, du kannst dir gar nicht vorstellen, was da drin war. Schauerliche Dinge. Eine mumifizierte Maus. Und ein Kaninchenfuß. Und Stücke getrockneter Eingeweide von Tieren. Krallen und Zähne. Stinkende Wurzeln und Blätter und andere Sachen, deren teuflischen Zweck ich nicht mal zu raten wagen würde.

Himmel, wurde sie wütend, als sie bemerkte, daß der Beutel weg ist. Es war das erste Mal, daß ich sie so erlebte. Sie hat sonst immer dieses ausdruckslose Gesicht, wie du weißt. Sie sprach mehr als in der ganzen Zeit seit ihrer Ankunft, und ich war froh, daß ich kein Wort davon verstanden habe. Sie hat meinen schönen Tonkrug kaputtgemacht. Sie hat ihn einfach gegen die Wand geworfen.«

»Wir werden einen neuen kaufen. Ich glaube nicht, daß sie dir weh tun würde.«

»Oh, das glaube ich auch nicht, jedenfalls nicht jetzt, wo sie sich wieder in ihr Schweigen zurückgezogen hat. Der Krug ist mir egal. Das sind nur irdische Güter. Aber sie hat mir Angst eingejagt. Sie ist sonst so hilfsbereit und so gut zu dem Kind. Ich hatte mich schon an diesen wilden Ausdruck in ihren Augen gewöhnt. Sie meint es damit nicht wirklich böse.

Ich habe die letzten ihrer Indianerkleider genommen und die auch vergraben. Schon schlimm genug, daß sie da draußen wie eine Squaw in eine Decke gehüllt dasitzen muß. Es ist mir egal, was die Nachbarn denken, aber ich habe es satt, daß die Leute herkommen, um sie anzugaffen, als wäre sie ein Monstrum aus irgendeinem Zirkus. Sie verhält sich dabei so, als würde sie sie gar nicht sehen.«

»Ich glaube auch nicht, daß sie es tut, Mutter.«

Big Bow bemerkte die Veränderung in Wanderers Augen sofort. Während sie dahinritten, fragte er Sore-Backed Horse danach.

»Nein«, erwiderte Sore-Backed Horse. »Der Zorn verläßt ihn nie mehr. Sein Lachen ist verschwunden. Ich habe es weder in seinen

Augen gesehen noch in seiner Stimme gehört, seit seine Frau vor fast zwei Jahren geraubt wurde.«

»Es gibt andere Frauen. Ich würde mich freuen, jede von meinen mit ihm zu teilen.«

»Es gibt für ihn keine anderen Frauen. Er hat seitdem keine mehr gehabt. Er weigert sich, auch nur darüber zu sprechen. Am glücklichsten habe ich ihn in dieser ganzen Zeit gesehen, als du ihm von diesem Überfall erzähltest.«

»Ich dachte mir, daß ein Angriff auf Placidos Lager ihn interessieren würde. Die Shawnee und Caddo haben recht. Es ist Zeit, daß wir uns zusammenschließen und gemeinsam gegen die Weißen und deren Verbündete kämpfen. Und seitdem die Tonkawa in die Reservation gezogen sind, sind sie leicht zu finden.«

Die Krieger ritten über die sanft wogende Ebene. Das Gras reichte den Ponys bis zu den Knien. So weit das Augen blicken konnte, gab es nichts als Präriegras. Sie folgten dem Washita River ins Territorium Oklahoma, wo Placidos Dorf lag.

Wanderer ließ die Männer anhalten, weil er eine zusammengebrochene Grassodenhütte inspizieren wollte. Das Haus war in einen Hügel hineingegraben worden, der die Rückwand bildete. Die anderen drei Seiten bestanden aus dicken Grassoden, die in zwei Reihen aufeinandergeschichtet worden waren. Gras und Blumen wucherten auf dem zum Teil eingestürzten Dach. Das Haus war erst vor kurzer Zeit aufgegeben worden. Die Tür aus Segeltuch hing immer noch schief an dem zerbrochenen Stab aus Pappelholz, der als Türfüllung diente. Mit Holzkohle hatte jemand etwas auf das fleckige graue Segeltuch geschrieben:

»250 Meilen zum Postamt.
100 Meilen zum Brennholz.
20 Meilen zum Wasser.
6 Zoll zur Hölle.«

Quanah bückte sich und ging hinein, um sich umzusehen. An den Deckenbalken hingen Bahnen aus zerfetzter, verstaubter Leinwand. Der Stoff war dort gespannt worden, damit nicht dauernd Sand und Erde hineinregneten. In der Ecke lag eine alte Strohmatratze. Der größte Teil der Grasfüllung war von Ratten und Mäusen zerstreut worden, die sie als Baumaterial für ihre Nester verwendet hatten. Quanah sah einen zerbrochenen dreibeinigen Holzstuhl und eine verrostete Kerzengußform. Es stank nach Staub, Tierlosung und toten Insekten. Quanah war froh, wieder nach draußen zu kommen und aufzusitzen.

In einiger Entfernung fanden sie drei Bretter, die wie ein Dreifuß zusammengenagelt waren. Sie überlegten, was es sein konnte, denn sie gingen davon aus, daß es nur das Werk von Weißen sein konnte. Sie konnten nicht wissen, daß es ein »straddle bug« war, ein Zeichen, mit dem ein Siedler den Anspruch auf sein Land markierte.

Ebensowenig konnten sie wissen, daß Präsident Lincoln vor fünf Monaten ein Gesetz unterzeichnet hatte, demzufolge jeder einhundertsechzig Morgen Land erhalten sollte, der fünf Jahre lang darauf leben und den Boden kultivieren konnte. Schon bald waren die Plains mit diesen rätselhaften Markierungen übersät, denen schon bald immer mehr Grassodenhäuser folgten.

Wanderer und seine Männer konnten nicht wissen, daß der neue »Heuschrecken«-Pflug es möglich machte, die kompakte Masse der Büffelgraswurzeln zu durchschneiden und lange Streifen fruchtbaren schwarzen Bodens freizulegen. Sie konnten nicht wissen, daß das Geräusch, das dieser Pflug machte und das sich wie das Zerreißen von Leinwand anhörte, das Schreien der Präriehühner und das lange, klagende Pfeifen des einsamen Falken ersetzen würde. Eins wußten sie jedoch, etwas, was weder die Regierung der Vereinigten Staaten noch die Siedler wußten. Sie wußten, daß einhundertsechzig Morgen in einem derart trockenen Land nicht ausreichten, um einen Menschen zu ernähren.

»Wanderer«, rief Big Bow, »es sind gute Gewehre, die deine Männer haben.«

»Ja.« Stolz schwang in seiner Stimme mit. »Tafoya hat sie uns besorgt. Der Krieg zwischen den weißen Männern hat seinem Viehhandel gutgetan. Die Blaujacken bezahlen ihn gut für Vieh aus Texas. Und uns bezahlt er auch gut.«

»Vater, da kommt Buffalo Piss mit Männern der Penateka.« Mit seinen siebzehn Jahren war Quanah gut einen Meter achtzig groß und dazu eine kräftiger gebaute Ausgabe seines Vaters. Sein dunkles, ovales Gesicht hatte eine schön geschwungene Adlernase und hohe Wangenknochen. Seine grauen Augen hatten einen Stich ins Blaue. Sie lagen tief in den Höhlen und blickten meist brütend drein wie die seines Großonkels Daniel. Sein Mund war voll und breit wie der seiner Mutter. Sein dichtes, dunkelbraunes Haar hatte er sich hinter die Ohren gesteckt, so daß es ihm lang auf Schultern und Rücken fiel.

Wanderer ritt Buffalo Piss entgegen und umarmte ihn. Welche Differenzen sie in der Vergangenheit auch gehabt haben mochten, so hielt Wanderer Buffalo Piss jetzt für einen Kampfgefährten. Er war ein Mann, der noch wußte, wie es gewesen war, ohne Störung durch die weißen Männer zu leben. Ohne ihren Verrat und ihre Krankheiten. Gemeinsam ritten die beiden Männer auf das Hauptlager der beiden vereinten Kriegstrupps zu.

In jener Nacht ließen mehr als dreihundert Krieger der Shawnee, der Delaware, der Caddo, der Kiowa und des Volks ihre Ponys gemeinsam grasen. Ihre Schlafroben und säuberlich aufgeschichteten Waffen und Satteltaschen wurden stammesweise in Gruppen gesammelt. Doch an den kleinen Feuern saßen Angehörige aller Stämme zusammen, um zu prahlen und sich gegenseitig zu verspotten. Ihre Anführer saßen inmitten des Wirrwarrs aus Ausrüstungsgegenständen und angepflockten Kriegsponys.

Es war ein Waffenstillstand, bei dem allen Beteiligten nicht ganz wohl war, vor allem was die Delaware betraf. Die Soldaten in der Indianeragentur waren jedoch Konföderierte, und die Delaware waren mit den Truppen der Union verbündet. Überdies hatten sie zunehmend bei den Shawnee eingeheiratet, die sich den Rachefeldzug ausgedacht hatten. Den anderen war es gleichgültig, wer im Krieg des weißen Mannes auf wessen Seite stand. Sie wußten nur, daß der Bürgerkrieg Soldaten und kämpfende Männer aus ihrem Land abzog und es wehrlos zurückließ.

Im Lager war es ruhig. Sogar die Jungen gingen lautlos von Herde zu Herde, als sie ihre Ponys bewachten. Sie unterhielten sich stumm in Zeichensprache, um ihren künftigen Konkurrenten und anderen Gruppen und Stämmen auf den Zahn zu fühlen. Es wurde weder laut gesungen noch getrommelt. Beim Würfelspiel hörte man nur gedämpfte Laute, was die Spannung größer machte als gewohnt.

Doch obwohl sie sich leise verhielt, war es die größte Gruppe von Kriegern, die sich in der Nähe eines Forts versammelt hatte, seit die Kavallerie vor sieben Jahren damit begonnen hatte, Patrouillen durchs Land reiten zu lassen.

Als der Rat um Mitternacht zu Ende ging, verließ Wanderer die überall herumliegenden schlafenden Gestalten und ging an den Männern vorbei, die immer noch in kleinen Gruppen beisammensaßen und rauchten. Die Glut ihrer Pfeifen sah aus, als wären es winzige, funkelnde Sterne. Er bewegte sich vorsichtig durch die Dunkelheit und wich den vielen frischen Pferdeäpfeln aus, deren Duft sie verriet.

Der Geruch brachte Erinnerungen an heiße Nachmittage auf der Pferdeweide zurück, als er Wind trainierte und mit dem Kind arbeitete, das einmal seine Frau werden würde. Der Schmerz in ihm tat genauso weh wie die Bauchwunde, die Naduah geheilt hatte. Er rieb mit den Fingern über die lange Narbe. Es würde eine Nacht der Erinnerungen werden.

Er dachte an ihre Augen, die so schön waren wie ein klarer Sommerhimmel. Sie war ein so ernstes Kind gewesen. Es war ihm schwergefallen, sie nicht anzulächeln, als sie bei seinem Unterricht vor Konzentration die Stirn in Falten legte. Wanderer stürmte mit geballten Fäusten durch die stille Nacht. Er bekämpfte den Impuls, die Hände nach ihr auszustrecken und den Versuch zu machen, sie zu berühren.

Er wollte ihr über das dichte, honigfarbene Haar streichen. Er wollte sie neben sich sehen und ihren Duft einatmen, wenn sie neben ihm ritt, ging oder schlief. Wenn er ihren warmen, nackten Körper nur noch einmal spüren konnte.

Er saß mit gekreuzten Beinen in dem feuchten, kalten Sand am Fluß. Das leicht gurgelnde Geräusch des dahinströmenden Wassers schien immer anders, zugleich aber immer gleich zu sein. Es übertönte andere Laute und half ihm dabei, in sich hineinzuhorchen. Sein Volk schrieb nicht. Die Quohadi und Noconi erinnerten sich an die Dinge, die sie wissen mußten. Und Wanderers Gedächtnis war besser als das der meisten.

Er begann damit, daß er sich den allerersten Tag ins Gedächtnis zurückrief, den Überfall, bei dem er sie hochgehoben und hinter sich auf Night gesetzt hatte. Er erinnerte sich daran, wie sie ihre kleinen Arme eng um seine Hüfte schlang. Sie war für ihn nichts als ein Kind wie jedes andere gewesen. Er hatte sie mitgenommen, weil er Pahayuca versprochen hatte, sich nach einem Mädchen für Sunrise und Takes Down The Lodge umzusehen. Er hatte weder sie noch die anderen Gefangenen getreten, als die Krieger in jener ersten Nacht tanzten. Doch das lag daran, daß er es niemals tat, und nicht etwa daran, daß Naduah schon damals etwas Besonderes für ihn bedeutete.

Wann war sie für ihn mehr geworden als eine gefangene kleine Range? Er rief sich jeden Tag des Ritts zu Pahayucas Lager ins Gedächtnis zurück. Es war an dem Morgen passiert, an dem sie gleichmütig zu ihm hochgeblickt hatte, als er sich hinunterbeugte, um die Schlinge um ihren Hals durchzuschneiden. Als sie dachte, er würde sie töten. In diesem Moment hörte sie auf, seine Gefangene zu sein. Statt dessen wurde er zu ihrem Gefangenen. Er dachte daran, wie er sie mit den anderen Kindern in Pahayucas Lager hatte spielen sehen. Er dachte daran, wie ihr langes blondes Haar ihr beim Laufen lose um die Schultern fiel.

Als der Schmerz zu groß wurde, schloß er die Augen und ließ die Tränen ungehindert über die Wangen strömen, bis er sich wieder beruhigt hatte. Dann nahm er seine Erinnerungen dort wieder auf, wo er sie kurz zuvor verlassen hatte. So blieb er die ganze Nacht vollkommen reglos sitzen. Er war bei dieser Reise durch seine Vergangenheit von Bildern und Stimmen umgeben. Kurz bevor die ersten blassen, rosafarbenen Lichtstreifen am Horizont auftauchten, liebte er sie zum allerersten Mal. Er tat es langsam, behutsam und mit großer Zärtlichkeit. Als er fertig war, gab er ihr einen leichten Abschiedskuß und prägte sich ihr Gesicht ein, wie sie ruhig schlafend neben ihm lag.

Er hatte seinen Medizingesang und ein Gebet beendet, als er über sich auf der steilen Uferböschung langsames Hufgetrappel hörte.

»Vater?«

»Ich bin hier.«

Es war Zeit aufzubrechen. Er stand auf und ging zu Quanah und Polecat hinüber. Er schwang sich mühelos hinter seinem Sohn auf das Pony, und sie ritten zum Lagerplatz zurück. Als sie näherkamen, hörten sie die gedämpften Laute leiser Stimmen, ein gelegentliches Klirren von Metall auf Metall, das Schnauben eines Ponys oder das Aufstampfen eines Hufs. Als sich der Himmel aufhellte, zeichneten sich am Himmel dreihundert Männer ab. An diesem Tag würde Wanderer seinen zwei ältesten Feinden begegnen, Placido und dem Tod. Er war für beide gerüstet.

Der Kriegertrupp teilte sich, als er in gestrecktem Galopp auf die schlafende Indianeragentur hinunterstürzte. Die Hälfte der Gruppe, die es auf Beute abgesehen hatte, griff das Bürogebäude an, das Lagerhaus und die Verpflegungsausgabestelle. Wanderer führte die anderen in einem scharfen Ritt zu dem fünf Meilen entfernten Tonkawa-Lager. Als sie näherkamen, stieß eine Frau, die am Fluß verbeulte Blechkübel mit Wasser füllte, einen Warnruf aus. Er kam jedoch zu spät.

Die Krieger stürmten in das Dorf und schossen auf jeden, der von den aus Zweigen und Leinwand zusammengeflickten Zelten wegrannte. Die Frauen und Jungen, die alten Männer und wenigen Krieger, die sich nicht auf der Jagd befanden, wehrten sich. Sie hatten den neuen Randfeuer-Repetiergewehren des Volkes, den Henrys, nichts Gleichwertiges entgegenzusetzen. Wanderer hatte von Tafoya zwei Dutzend der Gewehre erhalten und seine Männer damit bewaffnet. Das hatte selbst die Armee der Vereinigten Staaten nicht in nennenswertem Umfang geschafft. Nur wenige der Winchester-Henrys wurden 1861 und 1862 hergestellt, und viele davon landeten in den Händen des Volkes. Wanderer wußte nicht, wer der weiße Verräter war, der die Armeegewehre an Tafoya verkaufte. Es war ihm auch gleichgültig.

Er ritt in die Mitte des Dorfes und sprang inmitten der schreienden, flüchtenden Tonkawa vom Pferd. Mit Bogen und Köcher auf dem Rücken und seinem Revolver im Gürtel brüllte er los, um den Lärm zu übertönen:

»Placido!« Bei jedem Schrei feuerte er, bis das Gewehr heißgeworden war und er die fünfzehn Patronen im Magazin verschossen hatte. Einige der Tonkawa waren nackt aus ihren Betten gestürzt. Als sie sich jetzt durch den Staub in Sicherheit zu schleppen versuchten, erinnerten sie Wanderer an große Schnecken, die sich nur langsam und mühsam fortbewegen. Er verschwendete keine Munition darauf, sie zu töten. Das würde später ein anderer mit dem Messer erledigen. Er nahm sich auch nicht die Zeit, sie zu skalpieren. Er hatte sich schon all die Coups verdient, die er in seinem Leben brauchte. Die sollte sich jetzt irgendein junger Mann holen.

Dann sah er, wie Placido durch den Rauch und die Staubwolken auf ihn zuging. Wanderer ließ sein leergeschossenes Gewehr fallen und zog einen seiner Mokassins aus. Er schob einen großen Stein an dessen Spitze. Er wirbelte den Mokassin herum und schleuderte ihn mit äußerster Kraft weg. Dann wandte er sich Raven zu, der geduldig in der Nähe stand und darauf wartete, ihn fortzutragen. Er schrie das Pony an und fuchtelte mit den Armen. Raven lief ein paar Schritte, blieb dann aber stehen und wartete erneut. Placido hatte seine Schritte beschleunigt und kam schnell näher. Wanderer zog seinen Colt-Revolver und zielte auf Ravens Kopf.

»Ich werde dich im Paradies wiedersehen, mein Bruder«, war alles, was er noch sagen konnte. Er feuerte, und das Pony stürzte. Es trat noch einmal mit seinen langen Beinen und lag dann still da. Wanderer warf seinen Colt weg. Jetzt war er hier angewurzelt. Er konnte weder weglaufen noch wegreiten. Mit gezücktem Messer drehte er sich um und stellte sich Placido.

Placido hielt sein langes Jagdmesser ebenfalls locker in der schmalen Hand. Er war mehr als zehn Jahre älter als Wanderer, aber größer. Er hatte eine größere Reichweite. Er befand sich noch immer in allerbester körperlicher Verfassung. Die beiden Männer umkreisten einander. Die Muskeln ihrer angespannten Schultern und Arme spielten und wogten unter der bronzefarbenen Haut. Wanderer tänzelte leicht rückwärts, als Placido einen Scheinangriff führte und sein Messer in einem weiten Bogen schwang, so daß es über der Narbe auf Wanderers Bauch eine feine rote Linie zurückließ.

Wanderer wußte, daß er nahe herankommen mußte, denn sonst würden Placidos längere Arme den Sieg davontragen. Er stürzte vor und packte den alten Häuptling am Handgelenk, als dieser gerade den Arm hochreißen wollte. Beide Männer hielten sich gegenseitig fest und standen schwankend da. Jeder strengte sich bis zum Äußersten an, um dem Gegner das Messer in den Leib zu stoßen. Beide wußten, daß sie eine schnelle Entscheidung suchen mußten. Überall um sie herum tobte der Kampf. Wanderer fürchtete, jemand könnte ihn töten, bevor er Rache nehmen konnte. Schlimmer noch war die Gefahr, daß einer seiner Männer oder ein Verbündeter der Shawnee Placido tötete und ihn damit seiner Chance beraubte.

Wanderer drehte blitzschnell sein Handgelenk herum und entriß es Placidos Griff. Er nutzte die Wucht der Bewegung, um den Arm hochzureißen und dem älteren Mann die Kehle zu durchschneiden. Als das warme Blut ihn überspülte, hatte Wanderer für einen Moment das Gefühl, wieder fünfzehn zu sein und gerade seinen ersten Grizzlybären erlegt zu haben. Dann entglitt Placido seiner Umarmung, fiel zu Boden und streckte Arme und Beine von sich. Wanderer keuchte, als er die Leiche mit dem Fuß auf den Rücken rollte.

Er schnitt Placido Brust und Bauchhöhle auf und ließ das Messer vom Hals bis zum Nabel gleiten. Er zog Placido diagonale Schnitte durch den Torso, die Arme und die Beine, damit dieser verkrüppelt und verstümmelt im Paradies ankam. Dann riß er seinem Feind den Lendenschurz ab und schnitt ihm Penis und Hoden ab. Mit der Klinge seines Messers öffnete er Placidos Mund und stopfte die Genitalien hinein. In Placidos künftigem Leben würde kein Vergnügen auf ihn warten.

Wanderer blieb einen Moment mit geschlossenen Augen stehen. Hände und Arme, Kopf und Brust waren mit rotem Blut bedeckt. Er fühlte sich ausgelaugt, jedoch nicht seiner Kraft beraubt, sondern jedes Gefühls. Er hatte Jahre auf diesen Augenblick gewartet, und jetzt war er vorbei. Selbst die Verstümmelung der Leiche hatte ihm keine Befriedigung verschafft. Überdies war Placido schon tot gewesen, so daß die Verstümmelung sich im Leben nach dem Tode nicht als behindernd auswirken würde. Jetzt gab es für Wanderer nichts mehr zu tun, und er fühlte sich betrogen. Placido hatte keine Zeit gehabt zu leiden.

»Vater!« Zwei Schüsse dröhnten fast gleichzeitig, doch Placidos sechzehnjährige Frau feuerte, bevor Quanah es tat. Wanderer spürte, wie ihre Kugel ihm gegen den Kopf prallte wie die Schmalseite einer Hand. Sie durchpflügte seinen Skalp und schlug ihm einen Teil des Schädels ab. Als er stürzte, galoppierten Quanah und Sore-Backed Horse heran, um ihn zu retten. Als sie ihn erreichten, hoben sie ihn hoch und setzten ihn hinter Quanah auf Polecat. Dann hieben sie auf ihre Ponys ein und sprengten los, um sich in Sicherheit zu bringen.

Sie und die anderen Noconi-Krieger ritten drei Tage lang nach Westen. Wanderer war auf einem Reservepferd festgebunden. Die Krieger waren überzeugt, daß die Soldaten ihnen folgen würden. Trotz des Bürgerkrieges konnten die Weißen einen Angriff auf eine Einrichtung der Regierung nicht ungestraft lassen. Wanderer war einen großen Teil der Zeit ohne Bewußtsein, und während er schlief, band Quanah den Kopf seines Vaters fest, so gut es ging. Doch als Wanderer aufwachte, riß er an den Verbänden und öffnete die häßliche, gezackte Wunde, worauf der Blutstrom noch stärker wurde.

»Du mußt erlauben, daß wir dir helfen.« Quanah starrte ihn zornig an.

»Nein. Rühr die Wunde nicht an.«

»Aber Fliegen werden dort ihre Eier ablegen. Die Wunde wird sich entzünden.«

»Ich weiß.« Wanderer wurde wieder ohnmächtig.

Als sie das Lager der Gruppe erreichten, waren die Wundränder angeschwollen und schmerzten. Die Wunde verströmte einen üblen Geruch und fühlte sich kühl an. In ihr wimmelte es von Maden, die sich ins Gehirn fraßen. Die Männer trugen Wanderer in ein Zelt und legten ihn auf die Roben. Quanah und Sore-Backed Horse saßen bei ihm. Fast alle Angehörigen der Gruppe versammelten sich an der Zelttür, warteten jedoch draußen.

»Wo ist Pecan?« fragte Wanderer flüsternd.

»Ich weiß es nicht«, sagte Quanah.

Wanderer versuchte, sich aufzurichten, war jedoch zu schwach. Er konnte nur kurz die Augen aufschlagen.

»Du hast deinen Bruder zurückgelassen?«

»Wir versuchten, deine Haut zu retten«, sagte Sore-Backed Horse. »Pecan muß bei Cruelest One sein. Er kümmerte sich um die Ponys. Der kommt schon zurecht. Und noch eins, Bruder.« Sore-Backed Horse beugte sich vor, um Wanderer die gute Nachricht zu bringen. »Wir haben mehr als hundert Skalps genommen. Von diesem Schlag wird sich Placidos Volk nie mehr erholen.«

Wanderer entspannte sich. Seine innere Verkrampfung löste sich. Seine Lippen kräuselten sich leicht, doch sein Mund war trotzdem noch ein straff gespannter weißer Strich, der den Schmerz im Zaum hielt. Quanah wußte, daß sein Vater sich zum Sterben entschlossen hatte, versuchte aber nochmals, ihn zu retten.

»Laß mich Wears Out Moccasins holen. Sie kann dir helfen.«

»Nein. Wenn deine Mutter mir nicht helfen kann, will ich keine Hilfe.« Seine Stimme war nur noch ein Flüstern, und Quanah beugte sich über ihn, um ihn zu hören. »Mein Sohn.«

»Ja, Vater.«

»Kämpfe gegen sie. Werde nie ein roter weißer Mann wie die Kaffee-Häuptlinge. Weiße Männer arbeiten. Ein Mann, der arbeitet, kann nicht träumen. Wir gelangen aber nur durch Träume zur Weisheit.«

Dann brach seine Stimme. Er sang seinen Todesgesang schweigend; nur die Lippen bewegten sich. Sein Herz flatterte noch ein letztes Mal und hörte dann auf zu schlagen.

Drei Jahre lang fragte Naduah ihren Onkel Isaac jeden Tag, wann sie sich auf die Suche nach Wanderer und ihren Söhnen begeben würden.

»Bald«, lautete seine stereotype Antwort. »Wenn der Krieg vorbei ist.« Dieser kam aber nicht zu einem Ende. Die Weißen hörten nicht auf, einander zu bekämpfen, wenn das Wetter schlecht war oder wenn es angezeigt zu sein schien, mit dem Feind einen vorläufigen Frieden zu schließen. Sie kämpften immer weiter, ein trostloses Jahr nach dem anderen.

»Cynthia Ann, es wird jetzt draußen dunkel und kalt. Komm jetzt mit dem Kind herein«, rief Bess von der Tür her. Dann zog sie den Kopf herein und brummelte zu ihrem Mann: »Dieses Kind gehört ins Bett. Die Kleine ist krank und sollte nicht draußen sein.«

»Im Bett zu liegen, würde ihr jetzt auch nicht helfen, Mutter. Laß sie in Ruhe«, sagte Isaac Parker.

Sie haben Angst, dachte Naduah. *Sie haben Angst vor der Nacht und dem Vollmond. Sie haben Angst vor dem Volk, vor Wanderer.* Comanchen-Krieger drangen immer tiefer und tiefer in das besiedelte Gebiet ein und schlugen überall unerwartet zu. Die Straßen waren mit Menschen überfüllt, die nach Osten flohen. Naduahs Tante und ihr Onkel hatten ihren alten Planwagen mit allem beladen, was er fassen konnte. Sie hatten die Kuh an der Ladeklappe festgebunden und Käfige mit gackernden Hühnern an den Seiten. Sie hatten die Hunde gerufen, die Fensterläden verriegelt und waren hierher gefahren, zum Haus von Naduahs jüngerem Bruder Silas und dessen Frau Amelia. Damit befand sich Naduah weitere hundert Meilen vom Land der Noconi entfernt.

Jeden Tag betete sie, der Überfall möge kommen, der Überfall, vor dem ihrer Familie und deren Nachbarn so graute. Sie flehte die Geister – falls es hier irgendwelche gab – an, die Krieger auf dieses Haus losstürmen zu lassen, auf dieses freundliche Gefängnis mit dem weißen Lattenzaun und dem langen, luftigen, von Klettertrompeten überwucherten Laufgang. Sie würde die darin wohnenden Menschen schützen und darum bitten, daß man sie verschonte. Doch sie würde mit Wanderer und den Kriegern wegreiten.

»Cynthia Ann Parker, komm herein.«

Naduah erhob sich langsam und trug Flower zu ihrem Schaukelstuhl in der Ecke neben der Feuerstelle. Das Kind jammerte leise vor Schmerz, als wüßte es inzwischen, daß Weinen vergeblich war. Die Gelenke des Mädchens waren rot und angeschwollen und schmerzten bei jeder Berührung. »Rheumatismus« nannte Bess das. Drei Tage lang hatte Flower alles von sich gegeben, was man ihr zu essen gegeben hatte. Sie war schwach und ausgemergelt. Naduah wiegte sie auf den Armen und sang ihr ein Wiegenlied des Volkes vor.

»Ich will dich in eine Decke aus Wind hüllen.
Ich will dich in einer Wiege aus Träumen schaukeln.
Ich werde dir ein Wiegenlied vom Gras singen.«

Das Kind war fünf Jahre alt. Die Kleine sprach die Sprache des weißen Mannes. Die Sprache des Volkes verwendete sie nur, wenn sie mit ihrer Mutter allein war. Beide saßen abends stundenlang auf der Veranda, bis sich die Moskitos oder die Kälte zu nachdrücklich bemerkbar machten. Dann zogen sie sich in den Schaukelstuhl am Herd zurück.

Tante Bess hatte durchzusetzen versucht, daß Naduah mit Flower nur englisch sprach, doch Naduah hatte sie wie immer nur störrisch und stumm angesehen. Da hatte Bess das Thema fallen lassen. Folglich erzählte Naduah ihrer Tochter jeden Abend mit leiser Stimme Geschichten von ihrem Volk. Manchmal mußte sie innehalten, wenn die Sehnsucht ihr die Kehle zuschnürte und ihre Worte erstickte.

Im Winter erzählte sie Geschichten von Old Man Coyote. Im Sommer erzählte sie vom Schwimmen im Fluß und den Spielen der Kinder. Oder sie schilderte, wie es war, auf einem Pony, das wie der Wind dahinfliegt, über die Plains zu reiten. Und sie erzählte Flower von dem Vater, an den die Kleine sich nicht erinnern konnte. Naduah wußte, daß die Geschichten für das Kind alle gleich waren. Die Schwindler-Geschichten waren für sie ebenso real wie die Geschichten von der Kindheit ihrer Mutter. Ihr Vater war eine ebenso mythische Gestalt wie Old Man Coyote.

Naduah strich Flower das lange dunkle Haar aus der trockenen Stirn. Sie spürte, wie das Fieber unter ihrer Hand pulsierte. Tante Bess hatte für die Kleine einen weißen Arzt holen lassen. Er hatte ihr in die Kehle und unter die Augenlider gestarrt. Dann war er kopfschüttelnd gegangen. Naduah hatte die Niederlage in seinen Augen gesehen.

Naduah tat für Flower, was sie konnte. Ihr Beutel mit heilenden Wurzeln und Kräutern war jedoch verloren. Ihr war nur erlaubt, die wenigen Pflanzen zu sammeln, welche die Weißen kannten. Und von den Kräutern, die Medicine Woman benutzt hatte, wuchsen hier ohnehin kaum welche. Auch ihre Macht war verloren. Im Lauf der Zeit spürte Naduah immer mehr, wie die Kraft zu heilen in ihr schrumpfte, so wie ein Fluß bei Dürre austrocknet. Die Geister mieden dieses Land, das von Pflügen zerfurcht wurde und in dem man die Bäume fällte und deren Stümpfe verbrannte.

Schließlich schlief Flower erstmals wieder seit zwei Tagen. Naduah hielt ihre Tochter fest in den Armen und wünschte sich fest, sie möge am Leben bleiben. Durch beider Kleidung konnte sie die Hitze des kleinen Kinderkörpers spüren. Naduahs Arm wurde allmählich taub, doch aus Angst, sie könnte dem Kind weh tun und es durch den Schmerz wecken, wagte sie es nicht, sich zu bewegen.

Die Parkers schienen zu verstehen. Sie bliesen die Kerzen aus, die sie nicht mitnahmen, und begaben sich still in ihre Schlafzimmer. Mrs. Parker kehrte mit einer Wolldecke zurück, mit der sie Naduah und Flower behutsam zudeckte. Naduah sah mit Tränen in den Augen zu ihr hoch.

»Was für ein liebes kleines Mädchen. Sie ist alles, was du hast, nicht wahr?« murmelte Mrs. Parker. Sie strich Naduah übers Haar und legte eine kühle Hand auf Flowers fieberheiße Stirn. »Du arme, verlorene Seele.« Sie begab sich zu Bett. Ihre langen, bauschigen Röcke raschelten auf dem Schindelfußboden wie trockenes Laub. Riesige, sich verändernde Schatten folgten ihrer Kerze durch den Raum. Dann blieb nur noch das Feuer im Herd, das einen warmen, flackernden Lichtschein verbreitete und ein beruhigendes Knistern hören ließ. Naduahs Kopf fiel ein paarmal auf die Brust, und dann schlief sie schließlich ein.

Plötzlich schreckte sie aus dem Schlaf hoch und wußte, daß etwas nicht stimmte. Flower fühlte sich kalt an. Fieberhaft tastete Naduah nach einem Herzschlag. Sie schüttelte das Kind behutsam, um es zu wecken, doch Flowers kleine Seele war entwichen, als ihre Mutter schlief. Sie hatte sich allein auf ihre lange Reise begeben. Schon bald würde die Leichenstarre eintreten.

Naduahs Wehklagen erfüllte den Raum und hallte von den schweren Wänden wider. Es entwich aus dem Blockhaus und wirbelte auf der Suche nach dem Geist des Kindes durch die Dunkelheit. Die Einsamkeit und der Kummer, die sich jahrelang aufgestaut hatten, fanden endlich eine Stimme. Naduahs Schreie waren so durchdringend und laut, daß es den Anschein hatte, als würden sie sie innerlich zerreißen.

»O Herr im Himmel!« Bess Parker stand in der Tür ihres Schlafzimmers. Sie hatte sich beide Hände in den Mund gesteckt, und ihre Augen waren vor Entsetzen weit aufgerissen. Isaac Parker und sein Neffe Silas hielten lange, spitz zulaufende Kerzen hoch, damit sie sehen konnten.

»Hör auf, Cynthia«, rief Isaac. »O mein Gott.« Er drückte seiner Frau die Kerze in die Hand und rannte los, um Naduahs Arm zu packen, doch sie war zu stark für ihn.

Die Messerklinge strich ihm über die Hand und durchschnitt die Haut. Naduah hatte die Brüste entblößt. Das Blut aus langen Schnittwunden, die sie sich kreuz und quer durch die Brüste gezogen hatte, färbte sie rot. Bevor Isaac reagieren konnte, legte Naduah die ersten beiden Finger ihrer linken Hand auf den Tisch und hackte sie ab. Noch immer war der Schmerz nicht stark genug, um die Qual ihres Herzens zu überdecken. Als Isaac das Messer endlich zu fassen bekam, hielt sich Naduah die Klinge schon an die Kehle.

Silas und Amelia hielten Naduah fest, während Isaac ihr das Schlachtermesser entwand. Sie brach auf dem Fußboden zusammen, schluchzte und zerkratzte die Dielenschindeln mit den Fingernägeln. Bess lief überall im Raum herum und sammelte alle Messer, Hackmesser, Äxte und alles andere ein, was sich als Waffe verwenden ließ. Sie flüchtete damit in ihr Schlafzimmer, um sie zu verstecken, und kehrte dann zurück und kniete sich neben Naduah nieder. Sie ignorierte das Blut, schlang die Arme um Naduah, schluchzte mit ihr und wiegte sie, als wäre sie ein Kind.

Naduah brauchte eine Woche, um sich alle Tränen aus dem Leib zu weinen. Dann setzte sie sich in dem Sepialicht des Winters auf die Veranda. Den ganzen Tag und bis in die Nacht hinein starrte sie nach Westen. Mit ihren Tränen schwand auch jede Hoffnung, Wanderer wiederzusehen. Sie verweigerte die Nahrung, die Bess und Amelia ihr brachten. Es gab nur einen Grund zu essen. Zu leben.

56

Der wunderbare Duft von Kaffee legte sich auf alles. Armeeköche hatten große Säcke mit grünen Kaffeebohnen in eiserne Pfannen geleert. Sie hatten sie geröstet und dann gemahlen. Jetzt brodelte der Kaffee in der Nähe des Medicine Lodge Creek in dreißig Eisenkesseln mit je zwanzig Gallonen Fassungsvermögen. Der Kaffee war fast fertig und so dick, daß man ihn hätte schneiden können. Menschen drängten sich, um ihre Blechtassen oder Hornbecher zu füllen.

Selbst im Oktober noch brannte die Sonne im südlichen Kansas heiß vom Himmel. Die schwitzenden, fluchenden Köche standen unter Laubdächern und verteilten Brot, Bohnen und gepökeltes Schweinefleisch an Hunderte von Indianern, die keinerlei Vorstellung davon hatten, was es heißt, sich in einer Schlange anzustellen. Als die Bohnen ausgeteilt wurden, klapperten Blechkellen auf Blechteller. Hinter den dicht an dicht stehenden Vorratswagen der Armee und den Sanitätswagen brüllte das Vieh, das für die Abendmahlzeit getötet und geschlachtet werden sollte. Überall summten Fliegen in dikken Wolken herum.

Die Feldküchen der Armee waren Tag und Nacht in Betrieb. Das mußten sie auch. Sie sollten viertausend Krieger, deren Familien und die eintausend Soldaten ernähren, welche die Friedenskommission aus Washington als Eskorte begleitet hatten. Es war der Herbst des Jahres 1867, und von den Stämmen der südlichen Plains hatte sich die größte Zahl von Vertretern eingefunden, die sich je zu Honigreden versammelt hatten. Da waren Kiowa, Kiowa-Apache, Southern Cheyenne, Arapaho und Angehörige des Volks.

Sam Houston hatte über die Indianer einmal gesagt: »Füttert die Indianer oder tötet sie. Und wenn man die humanitäre Seite der Angelegenheit mal außer Betracht läßt, ist es billiger, sie zu füttern.« Der Kongreß stimmte zu. Der 1866 zur Untersuchung der Indianerfrage gebildete Kongreßausschuß hatte berichtet, daß es eine Million Dollar koste, jeden Indianer zu töten. Und so war dieses Treffen einberufen worden.

Es war ein Spektakel für Ohren und Augen. Es wurden Befehle gebrüllt, Schlachtrufe ertönten, man hörte galoppierende Hufe, Trommeln, Hornsignale, und Unteroffiziere riefen Befehle. Es gab Pferderennen und Mannschaftsexerzieren, Wimpel aus Flanell und Kaliko und Militärflaggen. Man sah Federn und blitzende Säbel. Die schnurgeraden weißen Reihen von A-förmigen Armeezelten, die alle mit den schwarzen Ofenrohren ihrer Sibley-Öfen säuberlich ausgerichtet waren, waren von blaßgelben, kegelförmigen Zelten umgeben, die überall auf den grasbewachsenen Hügeln verstreut lagen. Viele der Zelte, vor allem die der Cheyenne, waren bunt mit Jagdszenen und geometrischen Mustern bemalt.

Überall sah man Tiere. Ponys und Maultiere, Kavalleriepferde, Ochsen und Vieh grasten meilenweit in allen Himmelsrichtungen. Aufgeregte Hunde rannten ebenso wie kleine Jungen in Rudeln umher.

Die Penateka waren am Vorabend aus ihrer Reservation im Territorium Oklahoma im Süden angekommen. Die Yamparika, Quohadi und Noconi waren ebenfalls erschienen. Wanderers Leute wurden jedoch nicht mehr Noconi genannt. Aus Achtung vor ihrem toten Häuptling hatten sie sich in Dert-sa-nau-yu-ca umbenannt, Those Who Move Often. Oder, wie sie von manchen der Einfachheit halber genannt wurden, Messy Campers, Die Mit Den Schmutzigen Lagern.

Sore-Backed Horse war jetzt der Friedenshäuptling der einst von Wanderer geführten Gruppe. Er hatte Quanah und Pecan adoptiert, und als Pecan an der Cholera starb, hatte Sore-Backed Horse ihn wie einen Sohn betrauert. Doch so sehr Quanah den alten Freund seines Vaters auch liebte, war er oft anderer Meinung als er. So auch jetzt.

»Onkel, wie kannst du auch nur in Betracht ziehen, das Papier des weißen Mannes zu unterschreiben? Sie lügen immer, diese Papiere.« Quanah war zweiundzwanzig und auf dem Weg, zum Anführer zu werden, schon weit vorangekommen. Sore-Backed Horses Entscheidung, sich den Friedenshäuptlingen anzuschließen, war ein Affront gegen Wanderers Andenken. Sie stellte auch eine Bedrohung von Quanahs Zukunft als Krieger dar.

»Wir können gegen die Veränderung nicht ankämpfen, mein Sohn. Selbst dein Vater hat gesagt, daß sich in der Lebensspanne eines Mannes alles verändert. Man kann die Veränderung nicht so töten wie einen Grizzlybären oder einen Ute.«

»Nichts konnte meinen Vater verändern. Er hätte das Land, das er so liebte, nie hergegeben.«

»Wir geben nichts her. Man kann das Land nicht hergeben. Schwarze Zeichen auf einem Papier bedeuten gar nichts. Die Weißen machen Versprechungen, und wir machen Versprechungen. Sie halten ihre nie. Warum sollten wir also unsere halten? Die Decken, die sie uns vor zwei Jahren versprachen, waren so dünn, daß sie unter unseren Sätteln auseinanderfielen. Wir machten uns nicht mal die Mühe, zurückzureiten und den Rest zu holen. Und die meisten der Dinge, die sie uns versprechen, kommen nie an. Aber sie verteilen hier Geschenke. Sie haben Sättel und Zaumzeug und Zucker und Tabak und Kaffee und Farbe mitgebracht, so viele Dinge, daß man sie gar nicht aufzählen kann.«

»Aber keine Waffen oder Munition«, bemerkte Quanah.

»Nein. Die müssen wir entweder stehlen oder sie von Ho-say und seinen Männern bekommen.« Sore-Backed Horse krampfte sich zusammen. Er wurde von einem Hustenanfall geschüttelt, der ihm fast die Eingeweide zerriß. Er spie aus und sah, daß der Speichel Blutflekken enthielt. Er hatte sie am Morgen zum ersten Mal bemerkt. *Was für ein stiller Feind das Alter doch ist*, dachte er, als er sich die roten Flecken ansah, die wie helle Farbtupfer wirkten. *Es hat sich an mich herangeschlichen, wie sich eine Spinne an ihr Opfer anschleicht, und meine Augen verdüstert.* Doch dafür hatte ihm das Alter eine klare Vision verliehen. Er wußte, wie die Zukunft aussehen würde. Er konnte sehen, was die weißen Männer tun konnten. Er wünschte, er besäße noch den Optimismus und die Arroganz der Jugend wie der

Sohn seines geliebten Freundes. Für einen jungen Menschen war das Leben um soviel einfacher und noch voller Zuversicht.

Eine hochgewachsene, magere, leicht gebückt gehende Gestalt näherte sich der Gruppe von Männern, die bei Quanah und Sore-Bakked Horse saßen. Philip McCusker war ein offizieller Dolmetscher der Friedensverhandlungen. Er wurde von allen Stämmen respektiert, und alle mochten ihn. Er war der zweite Mann von Weasel, Something Goods Tochter. Er hatte sie geheiratet, nachdem ihr erster Mann bei einem Jagdunfall ums Leben kam. Er verstand das Volk wie nur wenige weiße Männer.

Er setzte sich neben Quanah und nahm die Pfeife, die ihm gereicht wurde. Sein dicker, herabhängender Schnurrbart drapierte sich über dem Pfeifenstiel. Er sog einmal an der Pfeife und reichte sie dann weiter. Er erkundigte sich höflich nach dem Wohlbefinden der Familie jedes Mannes. Er sprach über das Wetter und pries die neuen Zündnadelgewehre von Remington, die allmählich immer häufiger wurden. Dann wandte er sich mit gedämpfter Stimme an Quanah.

»Darf ich dich unter vier Augen sprechen?«

Quanah nickte und stand auf. Gemeinsam bestiegen sie eine hohe, grasbewachsene Erhebung, von der man das ganze riesige Lager überblicken konnte.

»Was ist, Ma-cus-ka?«

»Ich habe Nachricht von deiner Mutter.«

»Ist sie am Leben?« Quanah packte McCusker am Arm, als wollte er die Nachricht aus ihm herausschütteln.

»Nein, mein Bruder», erwiderte McCusker. »Die Worte, die ich äußern muß, sind scharf und schmerzhaft wie Messer. Ich habe nicht den Wunsch, sie meinem Bruder ins Herz zu stoßen. Doch ich muß es tun.« Er verstummte.

»Haben sie sie getötet? Sie gefoltert?« Quanah machte den Eindruck, als wäre er bereit, es ganz allein mit der gesamten weißen Rasse aufzunehmen.

»Nein. Sie waren freundlich zu ihr. Sie haben sie wie ihresgleichen behandelt. Aber sie weigerte sich, weiß zu werden. Sie blieb immer eine aus dem Volk. Sie ist an gebrochenem Herzen gestorben.«

»Wann?«

»Vor drei oder vielleicht vier Jahren. Sie haben ihr ein schönes Begräbnis mit einer würdigen Trauerfeier bereitet. Die Frauen weinten um sie und legten ihr Blumen auf das Grab.«

»Weißt du, wo sie begraben ist?«

»Ich kann es herausfinden. Doch du kannst nicht dorthin, Quanah. Sie haben dort eine solche Angst vor dem Volk, daß sie dich töten würden.«

»Und meine Schwester?«

»Sie ist an einem Fieber gestorben. Sie war fünf Jahre alt. Alle liebten sie.«

Quanah fühlte sich hilflos, verwaist und völlig allein gelassen. Seine Mutter war schon seit drei oder vier Jahren tot. Was hatte er gerade getan, als sie ihr Leben aushauchte? Hatte er gerade gegessen, geschlafen, bei einer Frau gelegen oder vielleicht gewürfelt, während sie litt? Warum hatte er ihren Tod nicht gespürt? Ihr Geist hätte ihm irgendeine Botschaft senden müssen. Irgendeine Störung der alltäglichen Ordnung der Dinge hätte ihn auf ihren Tod hinweisen müssen. Es hätte ihn irgendein Abschiedsgruß erreichen müssen. Wie war ihr Leben unter den Fremden gewesen, den Fremden, die ihre Familie waren? Es gab so viele Fragen, die er stellen wollte, doch er wußte, daß McCusker wahrscheinlich nicht viele von ihnen beantworten konnte. Er versuchte es mit einer leichten Frage.

»Was für Menschen sind die weißen Verwandten meiner Mutter?«

McCusker dachte über die Frage nach.

»Es sind gute Menschen. Sie sind bei den Weißen sehr geachtet. Und sehr religiös.«

»Die Religion des weißen Mannes«, sagte Quanah verächtlich.

»Religion ist Religion. Du mußt zugeben, daß die Weißen sehr mächtige Medizin haben.«

»Schlechte Medizin. Sie setzen Krankheiten und die Zerstörung von Mutter Erde als Waffen ein.«

»Die Parkers leben weit vom Land des Volkes entfernt. Sie begehren es nicht. Sie bringen auch keine Krankheiten.«

»Pau-kers?«

»Parker. Das ist der Name, den die Verwandten deiner Mutter für die ganze Familie verwenden. Sie fügen ihren Namen den Namen Parker hinzu.«

In Quanahs grauen Augen leuchtete ein merkwürdiges Licht auf, das Dämmern einer Vorstellung, die ihm noch nie gekommen war. Plötzlich sah er die wundervollen tiefblauen Augen seiner Mutter. Es waren Augen, die er als Kind wegen des Lichts darin geliebt hatte, wegen des Lachens und der Zärtlichkeit darin und nicht wegen ihrer fremdartigen Farbe. Es waren die Augen einer Weißen. Die Erkenntnis traf ihn plötzlich. Er war nicht allein. Er hatte Verwandte, denen er noch nie begegnet war. Denen er vielleicht nie begegnen würde. Weiße Verwandte.

»Die Familie meiner Mutter ist meine Familie. Ich bin auch ein Par-ker.«

»Ja, das bist du. Das ist nicht zu leugnen.«

»Quanah Par-ker.« Quanah gefiel es. Es sprach sich gut.

»Erfreut, sie kennenzulernen, Mr. Parker.« McCusker lachte und streckte seine knochige Hand aus. Quanah nahm sie und schüttelte sie fest.

»Ma-cus-ka.«

»Ja.«

»Dadurch ändert sich nichts. Die weißen Augen sind immer noch meine Feinde. Ich werde sie bis zu meinem Tod bekämpfen. Sie haben meine ganze Familie getötet. Und sie zerstören die Gruppe, die mein Vater geführt hat. Those Who Move Often werden bei den Kriegern schon bald so zum Gespött werden, wie es die Penateka jetzt sind.«

Unter ihnen kam Bewegung in die Tausende von Männern, die sich dort versammelt hatten. Ausrufer der verschiedenen Stämme ritten durch ihre jeweiligen Lager, schlugen ihre kleinen Handtrommeln und riefen die Krieger zur Eröffnung der Friedensverhandlungen. Die meisten hatten sich den ganzen Morgen darauf vorbereitet. Jeder Mann war sorgfältig bemalt und hatte seine beste Kleidung angelegt. Hemden und Beinlinge waren reich geschmückt. Die Ponys waren mit Wimpeln und Federn, Glöckchen und Farbe bedeckt. Das allgemeine Durcheinander nahm allmählich Züge von Ordnung an, als die Reiter auf der Ebene zusammenströmten, wo sie ihren Auftritt haben würden. Die Anführer der Stämme hatten schon beschlossen, wie dieser Auftritt aussehen sollte.

»Willst du mitmachen, Quanah?«

»Nein. Ich werde von hier aus zusehen.«

»Dann muß ich jetzt los. Sie brauchen mich als Dolmetscher.«

Quanah umarmte McCusker. Er ergriff ihn an den Schultern und blickte ihm direkt ins Auge. Beide Männer waren fast einen Meter neunzig groß.

»Mein Freund«, sagte Quanah, »du hast mir eine traurige Nachricht gebracht. Ich stehe aber in deiner Schuld, weil du sie mir gebracht hast.«

»Meine Frau und ihre Familie haben deine Eltern sehr geliebt.«

»Sag Something Good und Weasel, daß mein Herz mit ihnen über den Tod Pahayucas trauert. Ich habe hier erfahren, daß er gestorben ist, weiß aber nicht wie.«

»Cholera. Es war schlimm in diesem Sommer.«

»Von den Alten wird bald keiner mehr da sein. Ihre Rauchzelte werden leer und ihre Feuer kalt sein. Wer wird sie ersetzen?«

»Die Anführer des Volks werden sich ändern müssen, Quanah. Du kannst die weißen Männer genausowenig aufhalten, wie du den Wind anhalten oder die Flüsse andersherum fließen lassen kannst. Und du wirst einer dieser Anführer sein. Du mußt deine Wahl treffen. Wenn du störrisch an den alten Sitten festhältst, wirst du wie die Bisons sein, die blind auf einen Steilhang zustürmen. Ich muß mich beeilen. Die weißen Männer werden schon nach mir suchen.«

Die beiden Männer salutierten, und McCusker rannte mit ausgestreckten Armen den Hügel hinunter, um das Gleichgewicht zu halten. Quanah beobachtete das Spektakel unten im Tal.

Die Kavallerie stellte sich in Viererreihen auf, eine nach der anderen. Die vier zivilen Regierungsbeauftragten und die drei Generäle ritten an der Spitze der langen Kolonne. Die Indianer hatten ein riesiges Dreieck gebildet, das wie eine Pfeilspitze wirkte, die auf die Soldaten zielte. Es entstand eine lange Pause, als beide Formationen innehielten. Die massierten bewaffneten Reiter hoben sich mit ihren blitzenden Uniformen und mit ihren kaum wahrnehmbaren Bewegungen dunkel von dem gelben Gras des Abhangs ab. Dann setzte sich plötzlich der Keil in Bewegung. Jeder Mann gab seinem Pferd die Sporen und ritt so schnell los wie nur möglich.

Als die Krieger den Rand der riesigen flachen Ebene erreichten, bog die Spitze des Keils ab und begann zu kreisen. Einige Reiter lösten sich in präzisen Reihen von ihm, bis sie fünf konzentrische Kreise bildeten, die sich alle in gestrecktem Galopp bewegten. Die gewaltigen Kreise bewegten sich auf die weißen Männer zu, wobei die Kreise zu Ellipsen wurden, da die den Soldaten am nächsten reitenden Männer kaum wahrnehmbar weitere Bogen beschrieben, während die am hinteren Ende reitenden Indianer aufschlossen.

Etwa fünfzig Meter vor der Kolonne der gespannt wartenden Soldaten kam das Rad so plötzlich, wie es sich in Bewegung gesetzt hatte, zum Stillstand. Mehreren tausend Kehlen entfuhr ein wilder, heulender Schlachtruf. Black Kettle von den Cheyenne, Satanta von den Kiowa, Ten Bears von den Yamparika-Comanchen und Sore-Backed Horse von den Dertsanauyuca ritten langsam vor. Jeder von ihnen begleitete zwei Regierungsbeauftragte zurück zu dem großen Rat.

Die Krieger bildeten eine säuberliche Gasse durch die fünf Kreise. Die Häuptlinge führten die Beauftragten durch die Reihen von Reitern, von denen nichts zu hören war außer dem Flattern ihrer Federn an Schilden und Lanzen und dem Klirren der Glöckchen an ihren Hemden und Beinlingen. In der Mitte wartete ein junger Mann mit der reich geschmückten, langen Pfeife, deren Kopf aus glattem, poliertem rotem Pfeifenstein bestand. Er hielt sie behutsam in seinen ausgestreckten Händen. An dem geschnitzten Pfeifenstiel baumelten Bündel von Adlerfedern, Streifen weißen Hermelinfells sowie ein Stoffstreifen mit kunstvoller Perlenstickerei. Nach der Rauchzeremonie begannen die Gespräche.

Quanah blieb bei den Quohadi, die sich weigerten, an den Verhandlungen teilzunehmen. Big Bow erstattete ihnen am Ende jedes Tages Bericht, als die Männer bei ihrer Abendmahlzeit aus geröstetem Maultier beisammensaßen. Die Lichter der Lagerfeuer blitzten meilenweit in alle Richtungen über den dunklen Hügeln. Die Nacht war kühl und fühlte sich an wie schwarzer Satin auf der Haut. Die Geräusche des riesigen Lagers klangen gedämpft und fern. Der sternenübersäte Himmel schien so nahe zu sein, als könnte man ihn berühren.

»Wie gehen die Gespräche? Was für Forderungen stellen die weißen Männer?« fragte Quanah.

»Die gleichen wie immer. Wir müssen einen anderen Weg einschlagen, denn sonst werden wir leiden und sterben. Die weißen Männer wollen uns helfen.«

»In dem Punkt sagen sie jedenfalls die Wahrheit. Sie wollen uns dabei helfen, zu leiden und zu sterben«, warf Deep Water ein. Big Bow fuhr geduldig fort.

»Sie sagen, daß sie einen Teil des besten Landes ausschließlich für uns bereitstellen wollen, bevor die weißen Siedler alles wegnehmen.«

»Das sollen sie mal versuchen«, sagte Buffalo Piss zornig.

»Sie werden Land bereitstellen, von dem sich nicht mal ein paar Familien ernähren können.« Sun Name von den Yamparika war mit den Jahren rundlicher geworden, war aber noch immer kräftig gebaut. Er blickte die anderen wütend an. »Ich habe ihnen gesagt, daß ich lieber draußen in der Prärie bleibe und Dung esse, als mich in einer Reservation einsperren zu lassen.«

»Du wirst keinen Dung essen müssen, Bruder. Es wird immer Bisons geben«, sagte Quanah.

»Wenn die in der Reservation besser leben als wir draußen auf den Staked Plains, wird es auch für uns Zeit sein, in die Reservation zu gehen.«

»Was haben die Anführer des Volkes gesagt, Big Bow?« fragte Buffalo Piss.

»Ten Bears hat die längste Ansprache gehalten. Er sagte: ›Ihr wollt uns in eine Reservation stecken, Häuser für uns bauen und Medizinzelte für uns errichten. Ich will sie nicht. Ich wurde auf der Prärie geboren, wo der Wind frei weht und wo nichts das Licht der Sonne bricht. Ich möchte dort sterben und nicht von Mauern umgeben. Als ich in Was-in-tone war, hat mir der Große Weiße Vater gesagt, daß sämtliches Comanchenland uns gehört und daß niemand uns daran hindern darf, darauf zu leben. Warum also bittet ihr uns, die Flüsse und die Sonne und den Wind zu verlassen, um in Häusern zu leben?

Wenn sich die Texaner aus meinem Land herausgehalten hätten, hätte es Frieden geben können. Doch das Land, auf dem wir leben müssen, wie ihr sagt, ist zu klein. Die Texaner haben schon das beste Land in Besitz genommen, wo das Gras am dichtesten wächst und das Holz am besten ist. Hätten wir dieses Land behalten, hätten wir vielleicht die Dinge getan, um die ihr bittet. Doch dafür ist es zu spät. Der weiße Mann hat das Land, das wir liebten. Und wir haben nur den Wunsch, auf der Prärie umherzustreifen, bis wir sterben.‹

Er hat noch mehr gesagt, doch das war der wichtige Teil«, beendete Big Bow seinen Bericht. »Als es dunkel wurde, habe ich mich zu den Wagen geschlichen«, fuhr er mit seinem alten schelmischen Lächeln fort. »Sie sind tatsächlich voller Geschenke. Ein ganzer Wagen ist mit Töpfen und Pfannen und Eimern beladen. Auf einem weiteren liegen Spiegel und Schachteln voller Kugeln und Zinnoberrot. Meine Frauen werden außer sich sein vor Freude. Ah.« Ein seliger, lüsterner Ausdruck huschte über Big Bows gutaussehendes, faltenloses Gesicht. »Wie sie mich lieben werden, wenn ich ihnen so viele wunderschöne Dinge mitbringe.«

»Big Bow.« Quanah war entsetzt. »Du wirst dieses Papier doch nicht unterzeichnen!«

»Natürlich nicht. Aber die Geschenke nehme ich an. Für sie sieht ein Indianer wie der andere aus.«

»Was für Geschenke gab es sonst noch?« wollte Buffalo Piss wissen. Die Unterhaltung setzte sich die ganze Nacht fort.

Nach dem letzten Verhandlungstag saßen die Regierungsbeauftragten der Friedensgespräche vor ihren Zelten auf Segeltuchstühlen und lauschten den Trommeln und dem Singsang, den Rufen und dem Gelächter, das sie umgab. Philip McCusker saß bei ihnen. Er hatte seine langen Beine links und rechts von seinem Stuhl hingestellt, die Ellbogen auf die Knie gestützt und das Kinn auf die Handflächen gelegt. Er starrte ins Feuer, als die Männer um ihn herum rauchten und sich zu ihrer Arbeit gratulierten. McCusker ignorierte sie und dachte an seinen nicht lange zurückliegenden Besuch in Washington. Die Häuptlinge dazu zu bringen, den Vertrag zu unterschreiben, war eine Kleinigkeit im Vergleich zu der Arbeit, die erforderlich war, um den Kongreß dazu zu bringen, ihn zu ratifizieren. Und die Versprechungen einzulösen.

Washington City. Schon die Worte machten McCusker deprimiert. Er war erleichtert gewesen, wieder in den Westen zurückzukehren. Die Stadt war nach den fünfjährigen Kämpfen, die innerhalb und außerhalb der Stadt getobt hatten, noch immer ein Trümmerhaufen. In den Parks gab es noch immer provisorische Lazarette. Die mit Kopfsteinpflaster belegten Straßen waren von den mit Eisenbändern beschlagenen Rädern der schweren Kanonen und Munitionswagen aufgerissen und voller Schlaglöcher. Sämtliche Bäume waren gefällt. Das Holz war in den Lagerfeuern der Soldaten verbrannt worden. Auf dem Potomac schwamm eine zähe Brühe aus Abwässern und Unrat. Der Fluß stank. Die ganze Stadt stank.

Inmitten dieses Chaos versuchten einige Männer, ein bitter zerstrittenes und geteiltes Land weiterzuregieren. McCusker konnte es dem Kongreß nicht verübeln, daß er der Indianerfrage nicht soviel Aufmerksamkeit widmete, wie eigentlich nötig gewesen wäre. Die Probleme des Wiederaufbaus ließen sie vergleichsweise trivial aussehen. Im letzten Jahr waren in Texas dreihundertvierundachtzig Menschen von texanischen Mitbürgern ermordet worden. Indianer hatten sechsundzwanzig Texaner getötet.

Einige Männer in Washington schrieben die Schwierigkeiten mit den Indianern zynisch rachsüchtigen Weißen und Profitjägern zu, korrupten Händlern und Bauarbeitern und Eisenbahnbossen, welche die Armee mit Nachschub versorgten. Sie zeigten mit dem Finger auf die Indianerverwaltung des Bundes, die mit an Sicherheit grenzender Wahrscheinlichkeit korrupt war. Und sie beschuldigten die geschlagenen konföderierten Texaner, stark übertriebene Berichte über Indianerüberfälle vorzulegen. Die Jagd auf Indianer gab den Besatzzungstruppen des Bundes neben dem Schikanieren der Texaner etwas zu tun.

Es war eine unmögliche Situation. McCusker sah klar vor sich, was passieren würde, wenn diese Kommission nach Washington zurückkehrte. Der Kongreß würde endlos über den Vertrag debattieren und damit blockieren oder die Ratifizierung einfach verschieben. Die Indianer würden die Geduld verlieren und sich desillusioniert wieder auf den Kriegspfad begeben. Manche dieser Politiker waren durchaus wohlmeinend, hatten aber keinerlei Ahnung von der Komplexität des Problems. Andere wiederum widmeten den Indianern keinen Gedanken mehr, nachdem sie ihnen ihr Land genommen hatten.

McCusker sah voraus, daß sich der Krieg noch jahrelang hinziehen, Millionen von Dollar und Tausende von Menschenleben kosten würde. Solange es noch junge Männer wie Quanah Parker gab, würde Krieg herrschen. Und es würde die häßlichste Form des Krieges sein, ein Krieg, bei dem Frauen und Kinder die Opfer waren. McCusker schüttelte den Kopf, um wieder klar denken zu können. Er spürte das Bedürfnis, von den weißen Männern und ihrem Gerede vom Töten aus Vergnügen wegzukommen. Ihre Prahlereien, wie man Indianerfrauen besprang, widerten ihn an. Ihre blasierte Überheblichkeit machte McCusker krank. Er stand auf und murmelte seinen Gutenachtgruß. Er holte seine Bettrolle aus seinem Zelt und marschierte los, um Quanah und die Quohadi zu suchen.

Am nächsten Morgen wurde er von einer bizarren Kakophonie geweckt. Die Männer, die dösend an den glimmenden Lagerfeuern gelegen hatten, sprangen auf und griffen zu ihren Waffen. McCusker begann zu lachen.

»Was ist, Ma-cus-ka?« fragte Quanah.

»Signalhörner. Lieber Gott, das hatte ich ganz vergessen. Auf einem dieser Planwagen befanden sich mehr als dreitausend überschüssige Armeehörner. Diese elenden Dummköpfe müssen sie mit dem restlichen Zeug verteilt haben. Diese Indianer müssen sie fast unter Androhung von Gewalt verlangt haben. Keine Ruhe mehr für die Sünder, Jungs. Aufstehen und auf sie mit Gebrüll. Ist noch etwas von diesem Maultier übrig? Ich habe Hunger.«

Sie ließen sich Zeit mit dem Essen und dem Einpacken ihrer Ausrüstung. Dann ritten sie langsam durch das Hauptlager und sahen voller Verachtung auf das Chaos bei den Armeewagen. Schwerbeladene Indianer verstreuten sich in alle Richtungen.

»Sieh dir Kicking Bird an«, sagte McCusker. Der würdige Kiowa-

Häuptling trug Mokassins, Lendenschurz und eine hohe schwarze Angströhre, an der viele lange rote Bänder hingen. Auf dem Rücken waren vier Wimpel befestigt, die fast bis zur Erde hingen.

»Was wirst du jetzt tun, Quanah?« fragte der Dolmetscher.

»Kann ich dir vertrauen, Ma-cus-ka?«

»Ja, Bruder. Ich dolmetsche. Ich trage nichts weiter und verrate auch keine Geheimnisse.«

»Wir werden die neuen Viehpfade überfallen. Die weißen Männer haben damit begonnen, große Viehherden durch Texas nach Norden zu treiben. Wir werden ihr Vieh stehlen und es Tafoya in der Nähe von Quitaque gegen Waffen verkaufen.«

»Nun«, sagte McCusker, »es mag zwar sein, daß den Demütigen die Erde gehört, aber ihr Vieh werden sie nie besitzen. Du gehst also nach Texas zurück.«

»Natürlich. Es ist meine Heimat. Ich werde mit den Quohadi auf den Staked Plains bleiben und von dort auf den Kriegspfad ziehen.«

»Dann hast du also nicht vor, dich zu ergeben und in der Reservation die jährliche Austeilung abzuholen? Sie werden dich Jahr für Jahr bezahlen.« McCusker kannte die Antwort.

»Wir brauchen ihre Geschenke nicht. Wir holen uns, was wir haben wollen. Sag den weißen Häuptlingen, daß die Quohadi Krieger sind. Wir werden uns erst ergeben, wenn die gelben Beine in die Staked Plains kommen und uns besiegen.« Quanah salutierte mit seiner Lanze, als er mit den Quohadi von McCusker wegritt. »Lebewohl, Ma-cus-ka«, rief er. »Vergiß Quanah Parker nicht. Vielleicht wirst du meinen Namen eines Tages in Texas hören.« Quanah grinste.

McCusker winkte zurück. *Ich bin sicher, daß ich ihn hören werde, Mr. Parker.*

57

Im Sommer 1870 begab sich ein blonder junger Jäger mit blauen Augen, der frisch aus dem Osten eingetroffen war, auf die Bisonjagd, um die Armee mit Fleisch zu beliefern. Siebenundfünfzig der Bisonhäute schickte er seinem älteren Bruder nach New York City, um zu erfahren, ob sie sich verkaufen ließen. Als die Häute in einem offenen Wagen den Broadway hinuntergerollt wurden, wurden sie von zwei Gerbern entdeckt. Die Männer folgten dem Wagen bis zu dessen Bestimmungsort und boten dem Bruder des Jägers pro Tierhaut drei Dollar und fünfzig Cent.

Nachdem sie mit den Häuten experimentiert hatten, bestellten sie zweitausend weitere zum gleichen Preis. Der Auftrag entsprach einem Gesamtwert von siebentausend Dollar. Die beiden hatten ein neues Gerbverfahren entwickelt, das es ermöglichte, zu jeder Zeit des Jahres gesammelte Häute zu verwenden. Der Bruder regelte seine laufenden Geschäfte, packte und brach zu den Great Plains auf, um bei der Beschaffung der Häute zu helfen. Damit war die Lawine losgetreten. Tausende von Männern, die von der Gier getrieben wurden, schnell reich zu werden, folgten ihm.

Christian Sharps tat den Bisonjägern den Gefallen, ein schweres Gewehr mit einem achteckigen Lauf zu entwickeln, das großem Druck standhielt. Die Kimme des Gewehrs war auf eine Schußweite von neunhundert Meter geeicht. Ein erwachsener Bison ließ sich mit dieser Waffe auf eine Entfernung von fünfhundertfünfzig Metern erlegen, und ein guter Schütze konnte damit zweihundertfünfzig Tiere pro Tag töten. Dodge City wurde zum Zentrum des Handels, da dort die beladenen Wagen zusammenströmten, um ihre Fracht der neuen Bahnlinie anzuvertrauen. Die riesigen Berge von Häuten und die Männer, die sie herantransportierten, konnte man schon von weitem riechen. Und die Jäger waren meist weder verwöhnt noch wählerisch. In den Bordellen von Dodge City tauchten schon bald Schilder mit der Aufschrift »Bisonjäger unerwünscht« auf.

Gut ein Jahr später, Ende Oktober 1871, ritt Quanah mit einer Gruppe junger Männer von dem im Süden gelegenen Canadian River zum Blanco Canyon am Rand der Staked Plains. Ihr Ziel war das Nachschublager von Bad Hand oder Three-Fingered Kinzie, wie Colonel Ranald Mackenzie genannt wurde.

Quanah und seine Krieger verfolgten Bad Hand und seine Soldaten schon seit Wochen. Die Quohadi ritten in gestrecktem Galopp in einer langen Formation in Form eines fliegenden V von den hohen Bergkämmen herunter und zerstreuten sich dann in dem hohen Gras, wenn die gelben Beine ihre fruchtlosen, massierten Angriffe vortrugen. Jetzt war Quanah entschlossen, das Nachschublager zu finden, von dem seine Kundschafter berichtet hatten, und Bad Hand der Notwendigkeit zu entheben, Futter für seine Pferde und Maultiere zu liefern.

Quanahs Pony schnaubte und tänzelte ein paar Schritte zur Seite. Quanah legte dem Hengst eine Hand auf den Hals, um ihn zu beruhigen. Das Pferd war völlig schwarz und so gründlich gestriegelt worden, bis es wie ein Obsidian glänzte. Der Hengst war durch Raven auch ein Abkömmling von Night, und der alte Polecat war mächtig eifersüchtig auf ihn.

Alle Ponys waren nervös, und die Männer wußten, warum. Über dem vor ihnen liegenden Bergkamm kreisten Geier. Als die Krieger die nächste Anhöhe erreichten, traf sie der Gestank wie ein Keulenhieb. Die Ebene unter ihnen war mit verwesenden Bisonkadavern übersät. Diese Massentötung hatte jedoch etwas Sonderbares an sich. Man hatte den Tieren die Häute abgezogen, das Fleisch jedoch liegen lassen und der Verwesung preisgegeben.

»Wer vergeudet soviel Fleisch?« Mit seinen fünfundfünfzig Jahren war Cruelest One der bei weitem Älteste in der Gruppe.

»Weiße Männer«, erwiderte Quanah. Er zog sich sein Halstuch über Mund und Nase, um sich vor dem Gestank zu schützen, so gut es ging.

»Sollten wir uns das nicht mal ansehen?«

»Nein. Wir haben nicht genug Zeit. Ich will noch vor dem Abend Bad Hands' Lager finden. Wir werden im Licht des Vollmonds angreifen.«

Mackenzie und seine Offiziere beendeten gerade die Abendmahlzeit, als der Angriff erfolgte. Die Männer saßen mit ihren Zigarren und Pfeifen beisammen, als sie das Hufgetrappel hörten. Sie sprangen auf.

»Eine Stampede?« rief jemand.

»Nein«, sagte Mackenzie müde. »Quanah Parker.«

Inzwischen wußten sie alle, wer der junge Kriegshäuptling war. Die Texaner empfanden sogar so etwas wie perversen Stolz auf ihn.

Er war letztlich einer von ihnen. Und er lieferte den verdammten Yankees im gesamten Panhandle, dem schmalen »Pfannenstiel« im Nordwesten von Texas, eine eindrucksvolle Verfolgungsjagd.

»Verdammt!« brüllte jemand. »Nicht schon wieder.«

Die Männer rannten los, um Deckung zu suchen, und ergriffen ihre Waffen, als schon die ersten Reiter schreiend ins Lager sprengten. Die Hufe der Ponys ließen Funken sprühen, als sie über die Lagerfeuer hinwegdonnerten.

Quanah leitete den Angriff. Er war größer als die anderen, und für Soldaten, die es nicht mehr schafften, ihre Pferde zu besteigen, wirkte er noch größer. Sein Gesicht trug Kriegsbemalung und war so schwarz wie das Pferd, das er ritt. Sein Gesichtsausdruck wilder Freude wirkte im Lichtschein des Feuers grotesk. Die Glöckchen an seinem Jagdhemd und den Beinlingen klirrten wie verrückt, als er seinem Pony die Fersen in die Flanken stieß, um seinen Vorsprung vor den anderen zu halten.

Mit der rechten Hand feuerte er aus dem Colt-Revolver seines Vaters. Mit der linken fuchtelte er über dem Kopf mit einer Decke herum, um die Pferde der Feinde in Panik zu versetzen und eine Stampede auszulösen. Seine Männer waren ihm dicht auf den Fersen. Sie alle ritten in gestrecktem Galopp durch das Lager. Die Ponys sprangen über die kleinen Zelte der Wehrpflichtigen hinweg und landeten manchmal auf einem, das krachend zusammenbrach und sich um die Beine des Pferdes wickelte. Sie ritten Wagen über den Haufen und ließen Ausrüstungsgegenstände scheppernd durch die Luft fliegen.

So urplötzlich, wie sie aufgetaucht waren, waren sie auch wieder verschwunden. Mit ihnen verschwanden siebzig von Mackenzies Pferden und Maultieren. Die Soldaten hörten, wie die Quohadi Beleidigungen und Schmähungen riefen. Sie trieben ihre neue Herde mit Schreien an, als sie in die kalte, sternklare Nacht verschwanden. Mackenzie bückte sich, um seinen umgekippten Klappstuhl aufzurichten und zusammenzulegen. *Alle Stämme der Plains sind gute Pferdediebe*, dachte er, *aber die Krone gebührt den Comanchen*.

»Treiben Sie die Pferde zusammen, die sie nicht erwischt haben. Wir werden sie verfolgen.«

»Aber Sir, es braut sich ein Sturm zusammen.«

»Wir werden sie verfolgen, Lieutenant.«

Am Himmel flimmerten die Sterne und waren dann plötzlich verschwunden. Wolken verdeckten sie, als hätte man Kerzenflammen erstickt. Der Wind wurde kälter. *Verdammt,* dachte Mackenzie, *schon wieder so ein texanischer Nordsturm. Die kommen immer, wenn man sie am wenigsten gebrauchen kann. Doch wann,* fragte er sich und verzog das Gesicht, *kann man sie schon gebrauchen?* Immerhin machte derselbe Wind auch Quanah Parker und seiner Horde von Rohlingen zu schaffen. Irgendwie bezweifelte Mackenzie jedoch, daß der Sturm den Indianern so zusetzte wie den Weißen.

Es hätte Mackenzie zutiefst befriedigt, am nächsten Tag mitzuerleben, wie seine Nemesis in dem Schneesturm mit dem gesamten Dorf den Rückzug antrat, um Vergeltungsmaßnahmen der Armee zu entgehen. Männer, Frauen und Kinder mußten ihre ganze Kraft aufbieten, um gegen die stechenden, blendenden Eisnadeln, die ihnen ins Gesicht wehten, anzukämpfen. Als aus dem Eisregen schwerer nasser Schneefall wurde, quälten sich Mensch und Tier durch tiefe Schneeverwehungen.

In den folgenden drei Jahren schrumpfte die Zahl der Quohadi in der Wildnis immer mehr. Bad Hand und seine Soldaten setzten die Verfolgung unerbittlich fort, zerstörten ihre Lager und Lebensmittelvorräte und nahmen ihre Frauen und Kinder als Geiseln. Am Ende war es jedoch nicht die Armee, die den Quohadi die schlimmsten Opfer auferlegte.

»Die weißen Bisonjäger, die sind es, gegen die ihr kämpfen müßt.« Sun Name war ein alter Mann. Er war noch immer bereit, jederzeit in den Kampf zu ziehen, hatte aber nichts dagegen, die jüngeren Männer von Gruppe zu Gruppe reisen zu lassen. Quanah war dabei, Krieger für die Schlacht zu sammeln, mit der er die weißen Augen ein für allemal aus dem angestammten Indianerland vertreiben wollte. Und Sun Name erklärte ihm, wo er seine Anstrengungen konzentrieren sollte.

Quanah nickte. Auf der anderen Seite des Ratsfeuers sah er Esa Tai, *Coyote Dung,* aufstehen, der etwas sagen wollte. Quanah zügelte seine Ungeduld. Was Coyote Dung zu sagen hatte, hatte er schon oft gehört. Coyote Dung war zwar jung, aber schon jetzt ein mächtiger Medizinmann. Er hatte Zeugen, die beschworen, sie hätten Kugeln von ihm abprallen sehen und miterlebt, wie er ganze Wagenladungen von Patronen ausgespien habe. Andere hatten ihn sich in den Himmel erheben und mit dem Großen Geist beraten sehen. *Den Großen Geist hat er wahrscheinlich auch gelangweilt,* dachte Quanah.

Coyote Dung war ein Mann voller Rachegelüste gegen die Weißen, die seinen Onkel ermordet hatten. Und er besaß einen Geltungsdrang, der selbst bei einem Mann aus dem Volk ungewöhnlich war. Er war jedoch nützlich. Immer mehr Krieger wollten sich dem Kampf anschließen. Quanah und Coyote Dung hatten mit den Anführern der verschiedenen Gruppen und Stämme geraucht, die sich weigerten, auf Dauer in den Reservationen zu leben.

Jetzt befanden sie sich bei Sun Names Yamparika. Sie besprachen mögliche Ziele für den Kriegszug und planten, wo und wann sie sich treffen sollten. Als Quanah die Pfeife entgegennahm, hüllte er sich in seine Robe und sprach.

»Ich habe die Worte von Sun Name gehört, und sie haben einen Platz in meinem Herzen gefunden. Als wir hierher ritten, kamen wir an toten Bisons vorbei. So weit das Auge blickte, sahen wir nichts als Kadaver. Wo einst die Herden dahinzogen und grasten und den Jahreszeiten folgten, gibt es jetzt nur noch Tod. Die Krähen und Geier sind so vollgefressen, daß sie nicht mehr fliegen können.

In dem Friedensvertrag von Medicine Lodge, der vor sieben Jahren geschlossen wurde, wurde unserem Volk versprochen, daß die weißen Männer südlich des Arkansas River keine Bisons jagen würden. Doch jetzt hört man ihre Gewehre schon am Canadian. Sie brechen das Gesetz, und die Soldaten gebieten ihnen nicht Einhalt. Sie haben neben den einstürzenden Mauern des alten Ladens des Händlers Hook Nose Häuser gebaut. Von dort schicken sie Wagen voller Roben nach Osten. Sie sind weit von den Forts entfernt. Die Patrouillen kommen nur selten dorthin. Ich sage, wir sollten sie angreifen.«

Während die Männer Quanahs Plan besprachen, entwickelte er ihn in Gedanken weiter. Als der Rat beendet war, hatte er eine klare Vision davon, welche Form sein Haß und seine Rache annehmen sollten. Durch beharrlichen Nieselregen ging er zu Sun Names Gästezelt, in dem er wohnte. Vor der Tür kauerte eine Gestalt, die unter einer Decke zitterte. Der feine Regen hatte die Decke mit winzigen Tropfen bedeckt, die in dem Lichtschein des Feuers im Zelt funkelten. Vielleicht war es eine der Frauen, die das Zelt für ihn hergerichtet hatten. Doch warum wartete sie draußen? Dann hustete die Gestalt, und Quanah erkannte, daß es keine Frau war.

»Sore-Backed Horse«, flüsterte er heiser. Es überraschte ihn, den alten Mann hier zu sehen. »Warum bist du hier? Die jungen Männer sprechen davon, dich und die Penateka, die sich auf die Seite der weißen Männer geschlagen haben, zu töten.«

Sore-Backed Horse hustete wieder. Er konnte nicht aufhören. Das Blut, das ihm in die Kehle stieg, ließ ihn würgen. Mit einer blutenden Lunge war er tagelang durch den kalten Frühlingsregen geritten, um Quanah zu suchen.

»Komm rein«, sagte Quanah und faßte ihn sacht am Arm. Er schloß die Türklappe hinter sich, um sie vor Einblicken zu schützen. Er gab Sore-Backed Horse eine warme, trockene Robe und nahm ihm die durchnäßte Decke ab. Sore-Backed Horses große, traurige Augen glänzten fiebrig. Sein von grauen Strähnen durchzogenes Haar war zum Zeichen der Trauer kurzgeschnitten wie das einer Frau. Die tiefen Furchen, die sich von der Nase bis zu den herabhängenden Mundwinkeln hinzogen, hatten sich vor Trauer tief eingegraben. Quanah sah den Hunger auf dem eingefallenen Gesicht des alten Mannes und bot ihm etwas von dem Eintopf an, den Sun Names erste Frau ihm dagelassen hatte. Dann fragte er erneut: »Warum bist du hier, Onkel?«

»Um dich zu bitten, in die Agentur zu kommen, damit es kein weiteres Blutvergießen mehr gibt.«

»Und lebt ihr gut in der Reservation?«

»Nein. Du weißt, daß wir das nicht tun. Die Rationen kommen entweder nicht rechtzeitig an oder werden gestohlen. Das Mehl ist voller Sand und das Fleisch voller Maden. Ich bin zu alt, um auf die Jagd zu gehen, und meine Familie ist tot. Ich muß mein Essen bei den Offizieren in Fort Sill erbetteln.«

»Und du willst, daß auch wir so leben? Dafür sollen wir unsere alte Lebensweise aufgeben?«

»Quanah, sie werden euch irgendwann alle töten, wenn ihr euch nicht ergebt und in die Agentur kommt.«

»Um uns zählen zu lassen.«

»Ja, um euch zählen zu lassen.«

Das war genauso schlecht wie alles andere, was die weißen Augen taten. Jeder wußte, daß es Unglück brachte, das Volk zu zählen.

»Ich habe deinen Vater wie einen Bruder und dich wie einen Sohn geliebt. Ich möchte nicht erleben, wie man euch jagt und in Ketten in die Agentur bringt. Wer sich auflehnt, wird aufgehängt. Sie erdrosseln diese Männer, damit ihre Seelen verdammt sind.« Sore-Backed Horse erwähnte nicht, daß die Weißen ihm die schreckliche Verantwortung aufgebürdet hatten, unter den Angreifern die auszuwählen, die hingerichtet werden sollten. »Ich wünsche mir nicht, eines Tages nach euren Gebeinen suchen zu müssen, die irgendwo unter denen der toten Bisons ausbleichen.«

»Onkel, ich weiß, daß der Kampf gegen die weißen Männer bedeutet, daß wir als Volk zum Untergang verdammt sind. Sie lassen uns aber keine Wahl. Ich ziehe es vor, hier als freier Mann zu sterben, statt auf ewig ein Gefangener zu sein.«

»Und eure Frauen und Kinder? Was ist mit deren Zukunft?«

»Wir kämpfen für ihre Zukunft.«

»Dann wünsche ich euch Glück. Wenn einer von uns den Ochsen eines weißen Mannes tötet, um seine hungernde Familie zu ernähren, kommen die weißen Männer, um uns zu bestrafen. Sie führen deswegen Krieg. Sie selbst aber töten weiter die Bisons, die wir zum Essen brauchen. Sie essen nicht, was sie töten, und bleiben ungestraft. Ich bin ein alter Mann. Meine Hoffnung ist verbraucht, vergeudet. Etwas davon muß ich mir jedoch noch bewahrt haben, jedenfalls genug, um für euren Erfolg zu beten.«

Quanah begann, seinen Vorrat an Pemmican und Dörrfleisch in Satteltaschen zu packen. Dann stopfte er noch Decken hinein.

»Hier«, sagte er. »Nimm die. Damit kommst du zumindest eine Zeitlang durch. Ich werde bis zum Morgengrauen mit dir reiten. Es wäre nicht sicher für dich, bei Sonnenaufgang noch hier zu sein.«

Sore-Backed Horse zögerte.

»Nimm sie, Onkel«, sagte Quanah sanft. »Du hättest für meinen Vater oder für mich das gleiche getan.«

Unfähig, ein Wort hervorzubringen, nahm Sore-Backed Horse die Lebensmittel und die Decken und verschwand mit Quanah in die Nacht.

Billy Dixon taumelte vor Erschöpfung, als er in der kleinen Siedlung Adobe Walls Jim Hanrahans Saloon betrat. Wie die drei anderen Gebäude bestand der Saloon aus Doppelreihen von Pfählen, die senkrecht in die Erde getrieben und deren Zwischenräume mit festgestampftem Lehn ausgefüllt worden waren. Selbst zu dieser frühen Morgenstunde standen Männer an der Bar aus Packkisten voller Splitter und tranken.

»Ich brauche einen Drink, Jim.«

»Das sieht man dir auch an, Dixon.«

»Dudley und Williams sind tot. Mein Gott, sind die tot.«

»Was ist passiert?« William Barclay Masterson war ein gepflegter junger Mann, der auf seine Kleidung großen Wert legte. Unter den schmutzstarrenden Gesichtern im Salon wirkte er völlig fehl am Platz.

»Rothäute. Sie haben ihnen die Köpfe abgestützt.« Billy Dixon leerte seinen Whiskey in einem langen Zug und hustete.

»Was meinst du damit?« fragte Hanrahan und lehnte sich über den Tresen.

»Die Comanchen haben Dudley und Williams die Köpfe abgestützt, damit sie sehen konnten, was mit ihnen passiert.«

»Ich glaube nicht, daß ich mir das anhören will«, murmelte jemand.

»Die Rothäute schnitten ihnen Zungen und Ohren ab und stopften ihnen die Eier in den Mund. Williams trieben sie einen Pfahl durch den Bauch. Beide wurden säuberlich in Streifen geschnitten.« Dixon zog das Messer durch die Luft, um das Muster der Schnitte zu demonstrieren. Dann stellte er sein Glas mit einem Knall auf den Tresen, um Nachschub zu verlangen.

»Wo waren ihre Kapseln?« fragte Hanrahan, als er eingoß. Die meisten der Männer trugen selbstgemachte Kapseln aus Patronen des Kalibers .50 bei sich, die statt Pulver Zyanid enthielten. Diese Kapseln waren für jeden Mann so unentbehrlich geworden wie seine zusätzliche Feldflasche mit Wasser. Wenn Indianer angriffen und an Flucht oder Verteidigung nicht zu denken war, konnte ein Jäger immer die Kapsel zerbeißen.

»Ich habe keine Ahnung, wo ihre Kapseln waren. Jesus! Noch einen Drink, ja, Jim.« Dixon wandte sich zu den Männern um, die ihn umringten. »Hat jemand ein Gewehr zu verkaufen? Ich habe meins im Fluß verloren. Die Indianer waren hinter mir her. Ich habe eine Wagenladung voller Häute und meine gesamten Vorräte verloren.«

»An all diesen Gerüchten über die Indianer muß was dran sein«, sagte Masterson. »Ich glaube, ich werde auf meine Waffen besonders achtgeben.«

»He, Bat, willst du mir nicht diese rundläufige Vierundvierziger verkaufen?« Dixon und Masterson waren die beiden jüngsten Männer im Lager und standen mehr als nur eine Stufe höher als der Durchschnitt. Sie suchten nicht die Nähe der anderen, sondern hielten sich meist für sich. Die Männer im Lager verbrachten eine Woche voll innerer Unruhe. Bisonjäger mit ihren Trupps von Hautabziehern suchten in Adobe Walls Zuflucht. Sie brachten Nachrichten von weiteren Morden mit. Antelope Jack und Blue Billy seien zerstückelt aufgefunden worden.

Am Sonnabend, dem 27. Juni 1874 hatten sechsundzwanzig Männer ihre Bettrollen in den beiden Läden und dem Salon ausgebreitet.

Die einzige Frau im Lager war Mrs. Olds, die ihrem Mann beim Betrieb des Restaurants in einem der Läden half. Die Pferde waren in einem Corral aus schweren, angespitzten Pfählen eingeschlossen.

Auf einem Hügelkamm oberhalb von Adobe Walls saß Quanah reglos auf seinem Pony. Der Himmel ließ die erste Morgendämmerung ahnen. Die dunkelgrauen Wolken am Himmel sahen aus wie geriffelter Schiefer auf dem Grund eines uralten Flußbetts, begannen aber schon, sich aufzulösen. Der Himmel würde bald klar sein.

Wenn seine Mutter ihren Sohn und dessen Pony hätte sehen können, wäre sie bestürzt gewesen. In ihrer Kriegsbemalung sahen sie aus wie Wanderer und Night. Naduah hätte viel näher herangehen müssen, um zu bemerken, daß Quanahs Gesicht voller war als das seines Vaters. Seine Augen waren eher dunkelgrau als schwarz. Und die schweren Augenlider verliehen ihm ein schläfriges, sinnliches Aussehen, das durch seine vorstehenden Wangenknochen und den breiten, vollen Mund noch betont wurde. Von vorn sah er aus wie ein Krieger des Volks. Im Profil jedoch neigte sich seine Nase wie bei seiner Mutter und sprang nicht vor wie die seines Vaters.

Sein Oberkörper war entblößt. Auf den Muskeln von Rücken, Schultern und Brust glänzte Biberöl. Die kunstvoll gearbeiteten Quasten an den Enden seines roten Lendenschurzes reichten ihm im Stehen bis unter die Knie. Die breiten Enden seiner Beinlinge und die Spitzen seiner Mokassins waren mit feiner Perlenstickerei besetzt. An seinen durchstochenen Ohrläppchen baumelten zwei kleine ausgestopfte Vögel. Seine dicken Zöpfe waren mit seidig glänzendem Otterfell umhüllt. An seiner Skalplocke hing eine Adlerfeder.

Langsam wurden weitere Gestalten hinter ihm sichtbar. Es waren Männer der Quohadi, der Yamparika und der Kotsoteka, der Arapaho, Cheyenne und Kiowa. Die Krieger jeder Gruppe und jedes Stamms wurden von ihren jeweiligen Häuptlingen geführt. Coyote Dung verließ die Phalanx und ritt etwas zur Seite. Er war nackt und trug nur Gewehr und Lanze. Er hatte sich und sein Pferd mit Ockerfarbe bemalt und sich Salbei ins Haar geschlungen. Wie er sagte, brauche er keine weitere Bekleidung. Seine Medizin werde ihn beschützen.

Quanah glaubte ihm fast. Coyote Dung hatte vorhergesagt, zum Zeichen, daß der Große Geist ihnen beistehen werde, werde es Feuer am Himmel geben. Und das Feuer war erschienen, ein glühender Ball mit einem langen Schweif dahinter wie Rauch, der sich kaum wahrnehmbar an dem schwarzen Nachthimmel bewegte. Dort hing er und bewegte sich jede Nacht nur ein kleines Stück weiter. Der Coggia-Komet strahlte ungewöhnlich hell. Die nebelhafte, dunstige Zone um seinen Kern herum bestand aus mehreren Schichten, die mit bloßem Auge klar zu erkennen waren. Es war ein ehrfurchtgebietender Anblick.

Dieser Überfall konnte nicht scheitern. Selbst wenn Coyote Dungs Medizin nicht so mächtig war, wie er und seine Anhänger behaupteten, nahmen doch siebenhundert ausgewählte Krieger daran teil, die besten aus vier Stämmen. Und Quanah hatte den Kriegszug gut geplant. Im Lager befanden sich nur fünfundzwanzig bis fünfzig Männer. Schlafende Männer.

Er spürte, wie sich die Erregung tief in ihm regte, unterhalb des Magens. Bald würden sie schreiend durch das Blumenmeer des Abhangs reiten und die Jäger in ihren Betten töten. Sie würden den weißen Augen eine Lektion erteilen und sie aus den Plains verjagen. Nach dieser Niederlage würde es niemand mehr wagen, sich hier zu zeigen. Der schwarze Hornist, ein Deserteur der Kavallerie, hielt sein Horn bereit, um zum Angriff zu blasen.

Der Tag wurde heller. Quanah konnte jetzt die vier rechteckigen, soliden Gebäude sehen, die sich an den Grund des Hochtals schmiegten. Sie wirkten winzig. Dabei lag der Canadian River dahinter noch weit tiefer. Sein gewundener Lauf zeigte sich an Weiden, Pappeln, Seifen- und Zürgelbäumen unterhalb der aufragenden Felsen, die das Tal begrenzten. Jenseits des Flusses dann dieser großartige Anblick: – dunkelblaue Hügelketten, die sich bis zu einem blassen, blaugrauen Horizont hinzogen. Vögel begannen in dem hohen Gras zu singen. Es würde einen Tag geben, der für den Kampf wie geschaffen war.

Von seiner Position aus sah Quanah nicht die Lichtpunkte der kleinen Fenster von Hanrahans Saloon. Ebensowenig konnte er sehen, daß die Männer darin nicht schliefen. Das Knacken eines Firstbalkens, der unter der Belastung von Tonnen trockenen Lehms, aus dem das Dach des Saloons bestand, zu bersten begann, hatte die Männer im Haus geweckt. Seit zwei Stunden arbeiteten sie daran, den Balken zu ersetzen. Während sich die Krieger angriffsbereit machten, standen die Männer an der Bar, um sich auf Kosten von Hanrahan einen Drink zu genehmigen.

Billy Dixon und Bat Masterson gingen in die klare, frische Morgenluft hinaus. Sie erleichterten sich und versuchten dabei, ihre Namen in den Staub zu schreiben, als Billy auf dem Hügelkamm eine leichte Bewegung entdeckte. Masterson sah, wie er sich anspannte.

»Was ist?« fragte er.
»Ich weiß nicht.«

Die beiden zogen sich zurück und suchten dabei die umliegenden Hügelkämme ab, als das Hornsignal ertönte. Als hätte ein Zauberer mit seinem Stock ein Zeichen gegeben, schossen auf den Bergen Indianer hervor. Jeder Mann war mit wilden Mustern in Ocker, Rot und Schwarz oder Weiß und Gelb bemalt. Die Ponys waren ebenfalls bemalt und mit bunten Bändern und Federn geschmückt. Die Krieger strömten den blumenübersäten Abhang herunter, und ihre Schlachtrufe verschmolzen zu einem lauten Ruf, der das Tal erfüllte. Die Krieger schienen direkt aus der aufgehenden Sonne zu strömen. Sie badeten in deren goldenem Lichtschein.

Dixon und Masterson rannten zur Tür des Saloons. Sie schlugen mit den Fäusten dagegen, als die ersten Kugeln ihnen Staub um die Füße spritzen ließen. Die Tür wurde einen Spaltbreit geöffnet, und sie taumelten hinein. Billy legte den Lauf seines vierundvierziger Sharps-Gewehrs auf ein Fenstersims und begann methodisch, einen der Reiter nach dem anderen aus dem Sattel zu schießen, bevor diese nahe genug waren, ihre eigenen Waffen einzusetzen. Andere Jäger, die sich noch nicht angezogen hatten, luden ihre Gewehre mit Geschossen aus Patronengürteln, die sie sich um ihre kratzige lange Unterwäsche aus Wolle geschlungen hatten.

»Whoopee!« Dixon konnte seinen Überschwang nicht zurückhalten. Er wandte sich um und grinste seinen Freund an. »Na, ist das nichts? Es müssen tausend Rothäute sein. Ich bin froh, daß ich es miterleben darf. Es wäre mir allerdings lieber, ich hätte mein Big Fifty dabei.«

»Dixon, du bist völlig verrückt.« Masterson kauerte an der Holzwand. Er schob mit zitternden Fingern Patronen in sein Remington-Gewehr.

Wütend attackierte Quanah die Tür zum Saloon und trieb sein Pony in einem Versuch, sie aus den Angeln zu heben, rückwärts dagegen. Als die weißen Männer den Lehm aus den Ritzen zwischen den Baumstämmen herausschlugen und durch die Öffnungen zu feuern begannen, wurde das Kreuzfeuer mörderisch. Quanah zog sich auf eine sichere Entfernung zurück und schloß sich den Reitern an, welche die Gebäude umkreisten. Er ließ sich an der abgewandten Seite seines Ponys herunter und feuerte unter dem Hals des Pferdes hindurch. Eine wirklich sichere Entfernung jedoch lag weit jenseits der Reichweite seines Gewehrs. Das Dröhnen der Bisongewehre übertönte allmählich das Knallen der kleineren Waffen der Angreifer. Die Jäger konnten das Geräusch jedes einzelnen Big Fifty daran erkennen, wie sein Eigentümer es lud. Das vierzehnpfündige Sharps-Gewehr konnte eine schwere, selbstgemachte, mit einhundertzehn Gran Pulver geladene Patrone über eine größere Entfernung und genauer ins Ziel bringen als industriell hergestellte Munition. Und während die meisten Männer im Lager außer vom Trinken und Würfelspielen, vom Fluchen und Herumhuren und vielleicht auch vom Pferdediebstahl nur wenig verstanden, schießen konnten sie.

Als die Stunden vergingen und der Tag heißer wurde, wurde offenkundig, daß es um Coyote Dungs heiligen Krieg nicht gut stand. Viele Männer waren gefallen, und ihre Leichen mußten in Sicherheit gebracht werden, um später beerdigt werden zu können. Quanah wurde das Pony weggeschossen. Als er hinter einem verwesenden Bisonkadaver Deckung suchte, traf ihn ein Querschläger in den Rükken. Es war keine schwere Verwundung, doch sie lähmte ihm für Stunden Schulter und Arm. Und sie schien zu bedeuten, daß einer seiner eigenen Männer versucht hatte, ihn zu töten.

Die Angreifer zogen sich auf einen Bergkamm hoch über dem Lager zurück, um herauszufinden, wer auf ihn geschossen hatte. Um einen möglichen Ausbruchsversuch der Jäger brauchten sie sich nicht zu sorgen. Im Corral war kein einziges Tier mehr am Leben. Als jeder Mann geschworen hatte, den Schuß nicht abgegeben zu haben, blieb den Anführern nur die Schlußfolgerung, daß die weißen Männer ungesehen von hinten feuern konnten.

Es erhob sich ein leises Murren gegen Coyote Dung, der in einiger Entfernung noch auf seinem Pony saß. Und dann, als spielten die Götter mit ihnen, traf eine verirrte Kugel Coyote Dungs Pferd und ließ ihn auf der Erde landen. Danach brachte niemand mehr den Mut auf, das Lager direkt anzugreifen. Für den Rest des Tages und bis zum nächsten Morgen belagerten sie es im Schutz von Wagen und aufgestapelten Bisonhäuten, von Büschen und dem Corralzaun.

Schließlich zogen sich immer mehr desillusionierte Krieger zurück und ritten davon. Die Zielgenauigkeit der Jäger und die Reichweite ihrer Gewehre hatten sie geschlagen. Coyote Dung hatte ein neues Pferd gefunden und sah sich auf dem Bergkamm von allen Seiten bedrängt. Er starrte die zornigen Häuptlinge an, die ihn umringten. Quanah sah mit steinernem Gesicht zu, als einer seine Reitpeitsche hob und auf den Medizinmann zuging.

»Es ist nicht meine Schuld, daß der Angriff fehlschlug«, rief

Coyote Dung. »Ein Cheyenne hat vor dem Kampf einen Skunk getötet. Er hat meine Medizin zerstört.« Er retirierte auf seinem Pferd vor den bedrohlich näherkommenden Männern.

Das ist vielleicht nicht der einzige Skunk, der sterben muß. Quanah wendete sein Pony. Er würde zu den Staked Plains zurückkehren. Hier konnte er nichts mehr tun.

In den Häusern unten im Tal begannen die Jäger aufzuatmen. Der beißende Gestank von Pulver legte sich allmählich, und jemand hatte Wasser aus dem Brunnen ins Haus gebracht. Im Saloon stank es noch immer nach ungewaschenen Leibern, deren Geruch durch Furcht noch stechender wurde, doch daran waren die Männer gewöhnt.

»Bat, gib mir mal dein Sharps«, sagte Dixon.

»Was willst du tun? Sie haben sich zurückgezogen.«

»Ich kann einige von ihnen da drüben auf dem Bergkamm sehen.«

»Du bist *loco*, Dixon. Du kannst sie nicht treffen. Sie sind eine Meile weg.«

»Wollen wir wetten?«

»Teufel auch, ja.« Masterson hielt den Männern seinen schmukken schwarzen Bowlerhut hin, und sie warfen ihm Münzen hinein.

Dixon kniff die Augen zusammen und zielte sorgfältig.

Quanah sah die winzige Rauchwolke, die am Saloonfenster aufstieg, und sah, wie der Mann mit der Reitpeitsche fiel, bevor das dumpfe Dröhnen des Gewehrs zu hören war. Das beendete den Kampf. Die Krieger zerstreuten sich. Ein Gewehr, das einen Mann auf eine Meile treffen konnte, hatte ihnen eine totale Niederlage beigebracht.

Die Nacht brach herein. Es war bitterkalt. Der Wind fuhr stöhnend durch die Säulen und mißgestalteten Felsblöcke in der schmalen Schlucht vor dem Palo Duro Canyon. Quanah zog sich seine Bisonrobe enger um die Schultern und preßte sich so dicht wie möglich an die schützende Felswand. Er saß allein auf dem schmalen Felsvorsprung auf halber Höhe der hohen Canyonwand. Unter ihm kauerten hundert Zelte an dem zugefrorenen Fluß.

Die dunklen Zeltstangen, die aus den geschwärzten Häuten um die Abzugslöcher herausragten, waren alles, was die Zelte von dem Schnee unterschied, der alles bedeckte. Die Ponyherde war unter den kahlen Pappeln des Hains auf Futtersuche. Baumrinde war alles, worauf sie hoffen konnten. Das Nagen an dem gefrorenen Holz hatte die Mäuler der Pferde rissig und wund werden lassen. Sie bluteten.

Der Erdboden war grau vor lauter herumliegenden Zweigen, doch Quanah war zu weit entfernt, um die Blutstropfen zu sehen, die den Tieren von den Mäulern tropften.

Auf der anderen Seite des Canyons, auf einem anderen Felsvorsprung, sah Quanah eine leichte Bewegung. Es war einer seiner Wachposten. Seine Männer hielten Wache. Dennoch fühlte er sich allein und verlassen. Er hatte die Meinung des Rats gehört, doch er hatte die Entscheidung zu treffen. Aus diesem Grund hatte er sich hierher begeben. Es war, als könnte er dort oben, wo er sich über allem befand, eine klarere Vorstellung von der Zukunft, aber auch von Vergangenheit und Gegenwart gewinnen.

Er sah auf das stille, schweigende Dorf hinunter. Er wußte, daß dort Menschen waren, die sich in den Zelten um die Feuer und die fast leeren Töpfe versammelten. Der Topf seiner eigenen Frauen und Kinder war ebenfalls fast leer. Die Überreste ihrer toten Ponys wurden nur noch portionsweise verteilt. Jeden Morgen gruben sich die Jungen Pfade durch den Schnee, um zu den Herden zu kommen, und brachten die krepierten Tiere zurück. Sie mußten von den gefrorenen Kadavern Gliedmaßen absägen. Wenigstens hier oben konnte Quanah nicht mehr die Babys hören, die vor Hunger schrien.

Es war März 1875. Es war der kälteste Winter seit Menschengedenken. Am Nachmittag hatte eine Gruppe, die auf Nahrungssuche gewesen war, die Leiche Spaniards mitgebracht. Sie hatten ihn nur mit Lendenschurz und Mokassins bekleidet gefunden, wie er mit einem Arm auf dem Rücken seines Lieblings-Kriegspferds dagestanden hatte. Er und das Pony waren völlig steifgefroren. Als sie ihn von dem Lastpony herunterhoben, rieselte ihm der Schnee wie Pulver aus seinem gekräuselten grauen Haar. Quanah grüßte ihn jetzt im Geiste.

Ich grüße dich, alter Freund meines Vaters. Du hast die Reservation und den Whiskey verlassen und bist hergekommen, um mit uns zu sterben. Du wolltest dich lieber dem Winter und den Plains ergeben als den weißen Männern.

Quanah leistete sich für einen kurzen Moment die Schwäche, an Selbstmord zu denken. Doch er wußte, daß er es nicht tun konnte, wie leicht es ihm auch fallen mochte. Seine Familie brauchte ihn. Seine Gruppe brauchte ihn. Und angesichts ihrer verzweifelten Not fühlte er sich hilflos.

Bad Hand und seine Soldaten hatten die Quohadi den ganzen Herbst und den ganzen Winter gejagt und verfolgt. Mackenzies

Männer froren und hungerten und dürsteten und verfluchten ihn, doch wenigstens brauchten sie weder Frauen noch Kinder zu beschützen. Sie waren frei, ständig durchs Land zu streifen und die Gruppen in ewiger Unruhe zu halten und selbst beim schlimmsten Wetter vor sich herzutreiben.

Quanah und seine Männer hatten die Schwächeren in der Gruppe an ihren Ponys festgebunden, damit sie nicht herunterglitten, wenn ihnen vor Kälte die Gliedmaßen einschliefen oder die Erschöpfung sie überwältigte. Als sie durch heulende Nordstürme ritten, schlug Quanah mit seiner Reitpeitsche oder seinem Bogen auf die Männer ein, wenn sie sich in den Schnee legten und nicht mehr weiterwollten. Am Tag schmolz der Schnee, um abends wieder zu einer glitzernden, harten Eiskruste zu gefrieren. Quanah rieb den Kindern Ruß um die Augen, um sie vor Schneeblindheit zu schützen, doch es half nicht viel. Die Teile ihrer Gesichter, die dem gleißenden Lichtschein ausgesetzt waren, schwollen an und bekamen Blasen. Ihre Augen schwollen zu. Die Lippen wurden ausgedörrt und platzten auf, und die Haut löste sich in ganzen Fetzen ab. Als die Temperatur auf dreißig Grad unter Null fiel, gefroren Finger und Zehen und fielen ab.

Als die Schneeverwehungen mehr als meterhoch waren, konnten sich nicht einmal mehr die Männer aufrecht einen Weg bahnen. Sie mußten kriechen und Hände und Knie in die Löcher stecken, welche die vor ihnen Kriechenden in den Schnee gedrückt hatten. Nachdem zwanzig oder dreißig Männer so eine bestimmte Strecke zurückgelegt hatten, war der Schnee fest genug, daß auch die Pferde und Maultiere durchkommen konnten. Das Vieh war im Winter schon früh krepiert. Die Tiere hatten Eisregen eingeatmet und waren erstickt.

Irgendwie schaffte es Quanah, daß seine Gruppe den erbarmungslosen Verfolgern Bad Hands immer eine Spur voraus blieb. Die anderen Gruppen hatten nicht soviel Glück gehabt oder nicht soviel Einfallsreichtum bewiesen. Und von José Tafoya waren sie alle verraten worden. Der dürre kleine Comanchero hatte es nicht aus freien Stücken getan. Als Bad Hand ihn gefangennahm, hatte er so getan, als wüßte er nichts über den Aufenthaltsort des Volks. Doch da hatte Mackenzie jedes zivilisierte Verhalten abgelegt. Er hatte befohlen, Tafoya an einer senkrecht stehenden Wagendeichsel aufzuhängen und ihm die Luft abzudrehen, bis sein Gedächtnis sich besserte. José war wieder so weit zu Verstand gekommen, daß er sich an die Pfade und Verstecke der Quohadi erinnern konnte.

Und Mackenzie hatte inzwischen gelernt, daß er nicht den Versuch machen durfte, erbeutete Ponys in die Forts zurückzutreiben. Als er die größte noch verbliebene Gruppe der Quohadi angegriffen hatte, hatte er Befehl gegeben, die Ponys zu erschießen. Tausende von ihnen. Außerdem hatte er das Lager, Zelte, Lebensmittel und Roben niederbrennen lassen, alles. Quanah hatte geweint, als er die Verwüstung entdeckte.

Hatte Coyote Dung sie alle einem Fluch ausgesetzt, als er einen Winter prophezeite, wie sie ihn noch nie gesehen hätten? Seine Vorhersage für den Sommer hatte sich mit Sicherheit bewahrheitet. Nach dem Debakel von Adobe Walls hatte Coyote Dung gesagt, die Regenfälle würden aufhören. Und das hatten sie auch.

Quanah erinnerte sich, wie es gewesen war. Sogar in der klirrenden Kälte auf seinem Felsvorsprung konnte er sich erinnern. Zwei Monate lang war die Gruppe über die trockenen, ausgedörrten Plains geritten. Der Erdboden platzte in der mörderischen Hitze auf, und die Schollen schrumpften zusammen. An einem quälend heißen Tag nach dem anderen pulsierte die Sonne an einem weißen Himmel, und der Horizont vibrierte in der flirrenden Hitze. Wasserlöcher, Flüsse und Bäche trockneten aus. Das Volk grub in den ausgetrockneten Flußbetten, um Feuchtigkeit zu finden. Die Menschen stopften sich feuchten Sand in den Mund und versuchten, daraus Wasser zu saugen.

Sie hatten ihren Pferden die Ohren aufgeschlitzt und das Blut der Tiere getrunken. Am Ende hatten sich einige sogar Wunden in die Unterarme geschnitten, um sich die Lippen anzufeuchten. Abgemagerte, hohläugige Krieger teilten das wenige Wasser unter den Kindern auf. Quanah stellte einen Wachposten ab, der die Magenhäute mit Wasser im Auge behalten sollte. Seine Männer bedrohten Erwachsene mit dem Tod, wenn sie den Lebensmittelvorrat anrührten, der für die Kinder aufgespart wurde. Viele der Ponys starben. Die überlebenden Tiere hatten von dem ewigen Herumreiten wundgescheuerte und blutige Rücken. Elsternschwärme umkreisten die Herde und stürzten sich auf das bloßliegende Fleisch der Pferde, aus dem sie Stücke herauspickten, bis die Ponys schrien und sich außer sich vor Angst auf der Erde wälzten, um die Quälgeister loszuwerden.

Es hatte den Anschein gehabt, als versuchte sogar die Natur, das Volk in jenem Sommer in die Knie zu zwingen. Als hätten es die Weißen geschafft, Mutter Erde gegen sie aufzubringen. Als der Himmel sich im August im Osten schwarz färbte, wandten die Quohadi die Gesichter dorthin und warteten auf den ersten kühlen Wind, der Regen bedeutete.

Doch die Schwärze am Horizont wurde nicht durch Gewitterwolken verursacht. Es waren Heuschreckenschwärme. Sie bedeckten das Land mit ihrer lebenden, wimmelnden Masse. Sie fraßen jede grüne Pflanze auf, die es geschafft hatte, die Dürre zu überleben, und machten sich dann über die Haarseite der Wolldecken her. Die Angehörigen von Quanahs Gruppe rösteten die Insekten, um sie zu essen. Quanah erinnerte sich noch, wie ihre spröden Panzer knirschten, als er in sie hineinbiß.

Damals, als sich seine Haut so heiß anfühlte, daß er sie kaum berühren konnte, und ihm die Hitze bis ins Knochenmark drang, hatte es den Anschein gehabt, als würde er sich nie wieder abkühlen. Nie mehr würde er erleben, wie kaltes Wasser ihn umspülte, nie mehr würde er barfuß durch den Schnee laufen oder den Kopf in den Nakken legen, um mit der Zunge Schneeflocken aufzufangen. Jetzt zitterte er im Wind.

Am schlimmsten war jedoch der Herbst gewesen. Oder das, was die Herbstjagd hätte sein sollen. Es waren keine Bisons mehr da, die sie hätten töten können. Die Jagdtrupps ritten Hunderte von Meilen über die Plains, um nach Spuren der Tiere zu suchen. Doch alles, was sie fanden, waren Kadaver und Knochen. Die nach Millionen zählenden Herden von Tieren, die einst die Prärie geschwärzt hatten, waren verschwunden.

Manche glaubten, die Bisons würden wiederkommen, daß sie nur weitergewandert seien wie in den vergangenen Jahren auch. Doch Quanah wußte es besser. Und selbst er mußte sich zwingen, die Tatsache anzuerkennen, daß die Herden tatsächlich verschwunden waren. Doch wenn die Bisons verschwinden konnten, dann war alles möglich, jeder Schrecken, jede Tragödie.

Mehr als Bad Hand, mehr als die entsetzliche Dürre und die Heuschrecken des Sommers und die Kälte des Winters trieb der Hunger Gruppe um Gruppe dazu, sich zu ergeben und in der Reservation Zuflucht zu suchen.

»Ich würde lieber draußen in der Prärie bleiben und Dung essen«, hatte Sun Name gesagt. Die weißen Männer hatten dafür gesorgt, daß es nicht einmal mehr den gab. Sun Name war der letzte gewesen, doch auch er hatte sein Volk schließlich nach Osten geführt. Quanah hatte ihn mit gesenktem Haupt ziehen sehen.

Jetzt wußte Quanah, daß sie auf den Staked Plains allein waren, er und seine kleine Gruppe von vierhundert Männern, Frauen und Kindern. Sie waren die letzten Angehörigen des Volks, die Freiheit kosten durften, wie bitter sie auch sein mochte. Vor einigen Tagen war ein Bote aus der Reservation angekommen. Bad Hand hatte ausrichten lassen: »Ergebt euch, oder seht mit an, wie eure Frauen und Kinder sterben.« Und Quanah wußte, daß Kinzie die Macht besaß, seine Worte wahr zu machen. Der Bote hatte Quanah mitgeteilt, daß er keine Zusage gebrochen habe, da er nie einen Friedensvertrag mit den weißen Männern unterschrieben habe; er habe gekämpft, um seine Heimat zu verteidigen. Bad Hand respektierte Quanah als einen mutigen Gegner und würde nicht erlauben, daß man ihn wie einen Verbrecher bestrafte.

Selbst nachdem er seine Entscheidung getroffen hatte, blieb Quanah noch eine Weile auf dem Felsvorsprung sitzen. Er spürte den Wind und die Kälte mit allen seinen Sinnen, kostete, schmeckte sie und hörte sie auch. Er blickte zum letzten Mal auf das erhabene weiße Königreich des Palo Duro Canyon hinunter. Dann stand er auf und streckte seine verkrampften Muskeln. Langsam ging er den gewundenen Pfad zum Grund des Canyon hinunter. Beim Gehen sah er die Zeltwände in der dunkler werdenden Abenddämmerung leuchten.

Einen Monat später ritt er an der Spitze seiner zerlumpten, hungernden Gruppe von den Staked Plains hinunter. Er hielt den Kopf gerade und wiegte sein Gewehr in der Armbeuge. Seine Lieblingsfrau We-keah trug seinen Schild und seine Lanze. Kundschafter mußten ihr Kommen bemerkt haben, denn Bad Hand ritt ihnen persönlich entgegen. Quanah ritt weiter, bis er Knie an Knie neben dem Colonel saß. Als er ihm sein Gewehr reichte, sah er ihm offen in die Augen. Er sprach nur ein Wort. »*Suvate*. Es ist zu Ende.«

Nachbemerkung der Autorin

Quanah Parkers hungernde Gruppe war die letzte, die in die Reservation von Fort Sill im Territorium Oklahoma hineinritt. Mit ihnen erhöhte sich die Gesamtzahl derer, die sich ergeben hatten, auf 1597 Menschen. Nur jeder zwölfte Angehörige des Volks hatte die letzten fünfundzwanzig Jahre mit ihren Kriegen und Krankheiten überlebt.

Die Kapitulation der Comanchen und ihr Umzug ins Indianerterritorium öffnete ihr Land für die Texaner. Die Grenze zum Indianergebiet rückte in den nächsten acht Jahren weiter nach Osten als in den vorhergegangenen vierzig Jahren, in denen sich das Volk mit aller Macht dagegengestemmt hatte. Schon bald wimmelte es in den Plains von Farmern und Ranchern. Das Land wurde übermäßig abgeweidet. Meilen einst wogenden Graslands wurden zu öden Flächen, auf denen nur Mesquitsträucher wuchsen. Pflüge setzten den fruchtbaren Boden dem ewigen Wind aus, der im Verlauf der Jahre Tonnen davon wegwehte. Flüsse, die man umleitete, um die Felder zu bewässern, wurden zu schlammigen Rinnsalen.

Bad Hand Mackenzie hielt sein Quanah gegebenes Versprechen. Weil der junge Häuptling keinen Friedensvertrag unterzeichnet und so nie sein Wort gebrochen hatte, wurde er weder bestraft noch eingesperrt. Er befand sich nicht unter den Rebellenführern, die man in einen Käfig steckte, einen unvollendeten Eiskeller aus Stein und ohne Dach, über dessen Mauern man den Insassen Fleisch zuwarf. Und er wurde auch nicht wie so viele andere in ein langes, einsames Exil nach Florida verbannt.

Dennoch war das Leben in der Reservation für das Volk hart. Die versprochenen Essensrationen waren auch weiterhin knapp oder von schlechter Qualität. Ein großer Teil der Lebensmittel war ungenießbar. Da waren etwa Steine in den Säcken mit Speck und Kohlen in den Fässern mit Pökelfleisch. Selbst bei allerbesten Absichten war der Transport der Waren ein ernstes Problem. Die Fracht mußte über eine Entfernung von dreihundert Meilen herantransportiert werden, oft durch tiefen Schlamm und angeschwollene Flüsse. Manchmal erkrankten die Ochsen an der Rindermalaria und starben, was ganze Wagenkarawanen stranden ließ.

General Miles berichtete, daß »die jämmerlichen jährlichen Zuteilungen, welche die Regierung ihnen zugestand, meist schon nach sechs Monaten erschöpft waren«. Und die Vergabe der Almosen war demütigend, denn sie wurden widerstrebend gegeben und im Zorn angenommen. Hinzu kam, daß Soldaten auf das ohnehin spärliche Wild in der Reservation Jagd machten. Das war eine illegale Praxis, deren Fortsetzung der Kommandeur des Forts jedoch erlaubte.

Selbst die wohlwollende Verwaltung der Quäker-Agenten erwies sich als grausam. Die Soldaten, die sie regiert hatten, konnten die Angehörigen des Volks zumindest verstehen und respektieren. Die Männer Gottes jedoch nahmen den Kriegern ihren eigentlichen Grund zum Leben, den Krieg. Sie hatten keine Möglichkeit mehr, innerhalb ihres Stammes Achtung zu gewinnen. Sie suchten Trost im Whiskey, dem »Dummheitswasser«, das die Angehörigen des Volks bis dahin immer abgelehnt hatten.

Das Volk und ihre Verbündeten, die Kiowa, hatten ihre Zelte auf der Westseite des Cache Creek errichtet, wo das Wasser verseucht war, nachdem es durch das Fort geströmt war. Während sich die Offiziere und ihre Frauen abends zu geselligem Beisammensein und Rasenkrocket zusammenfanden, litten die Indianer in dem moskitoverseuchten Sumpf, in dem ihr Lager stand, an Malaria. Auch Quanah zog sich 1875 die Krankheit zu.

Nach seiner Genesung bat er um Erlaubnis, seine weißen Verwandten aufzusuchen und zu sehen, wo seine Mutter ihre letzten wenigen Lebensjahre verbracht hatte. In der Rehlederkleidung des Volks, nur weniger Brocken des Englischen mächtig und bewaffnet nur mit einem Empfehlungsschreiben des Indianeragenten, machte er sich auf den Weg durch Texas, um die Parkers zu suchen. In dem Brief des Agenten hieß es: »Dieser junge Mann ist der Sohn von Cynthia Ann Parker und hat vor, die Verwandten seiner Mutter zu besuchen. Bitte zeigen Sie ihm den Weg und gewähren Sie ihm nach Möglichkeit jede Hilfe.«

Man kann sich vielleicht vorstellen, welche Gedanken ihm durch den Kopf gingen, als er durch das reiste, was einmal das Land seines Volkes gewesen war, oder wie er von den Texanern, seinen früheren Feinden, empfangen wurde. Es heißt, manche hätten ihn gut behandelt, da sie stolz darauf waren, den berühmten Häuptling kennenzulernen, und daß andere sich feindselig gezeigt hätten. Die Familie seiner Mutter jedoch hieß ihn willkommen. Sein Großonkel Isaac brachte ihm während seines Aufenthalts etwas von den Lebensgewohnheiten des weißen Mannes bei. In manchen Geschichten heißt es, daß Quanah auch nach Mexiko gereist sei, um den Bruder seiner Mutter zu besuchen, John Parker.

Als Quanah in die Reservation zurückkehrte, begann er sein Volk auf den Friedenspfad zu führen. Die Anpassung war für die Comanchen jedoch schwierig. Die Häuser, welche die Regierung für die Indianer baute, brachten es mit sich, daß die alten Dorfgemeinschaften auseinanderbrachen und daß Familien voneinander getrennt lebten. Die Häuser waren ohnehin kaum zu gebrauchen, es sei denn als Lagerräume. Die Comanchen sagten, es gebe zu viele Schlangen in ihnen. Es gefiel ihnen jedoch, sie zu betreten und drinnen loszuschreien, da es ihnen Spaß machte, in den leeren Räumen das Echo zu hören. Ein kleiner Comanchenjunge bat seine Mutter, sein Bett in die Feuerstelle zu stellen, damit er durch den Kamin zu den Sternen hinaufsehen könne.

1878 flehte das Volk den Agenten an, Pässe für die Bisonjagd auszustellen. Der Agent, der durchaus guten Willens war, stimmte zu. Der gesamte Stamm, fünfzehnhundert Menschen, bereitete sich auf das Ereignis vor. Sie feierten wie in früheren Tagen, da sie sich an die Geschichten, die Tänze und die Medizin erinnerten, die noch vor wenigen Jahren ein Teil ihres Lebens gewesen waren. Alle machten sich voller Freude zu den Plains im Westen auf. Eine kleine Militäreskorte begleitete sie, um darauf zu achten, daß sich niemand versucht fühlte, den Texanern die Pferde zu stehlen.

Kundschafter wurden hinausgeschickt, und der Rest der Gruppe hielt nach deren Signalfeuern Ausschau. Doch keins war zu sehen. Die Jäger ritten tagelang weiter. Alles, was sie zu sehen bekamen, waren die nackten Schädel und die ausgebleichten Knochen der Bisons. Wochen vergingen. Die Blätter wehten von den Bäumen herunter, und der Wind wurde kälter. Doch die alten Männer schworen, die Bisons würden zurückkehren wie schon immer. Sie machten noch mehr Medizin. Schließlich kehrten viele Angehörige des Volks in die Reservation und zu den mageren Rationen zurück, die dort auf sie warteten, da sie den Hunger nicht länger ertragen konnten.

Andere weigerten sich hartnäckig, ihre alten Jagdgründe zu verlassen, und die Militärs brachten es nicht über sich, sie darauf hinzuweisen, daß ihre Pässe abgelaufen waren. Als es kälter wurde, schickte ihnen der Agent Wagenladungen mit Lebensmitteln nach. Seine Abgesandten fanden sie in einem Schneesturm hungernd in ihren Zelten kauernd. Man konnte sie schließlich überreden, in die Agentur zurückkehren. In einer langen, zitternden, schweigenden Marschkolonne verließen sie den Friedhof, der einmal ihre Heimat gewesen war.

Quanah mußte erkannt haben, daß ein Hirtendasein besser zu seinem Volk paßte als der Ackerbau. Wie ein Krieger es ausdrückte, würde der Ackerbau ihren überarbeiteten Frauen nur eine weitere Bürde aufladen. Quanah wurde Viehzüchter und zu einem einflußreichen Anführer seines Volks. Wenn es um Ökonomie ging, erwies er sich als fortschrittlich und sorgte sogar dafür, daß Comanchenland an texanische Rancher verpachtet wurde. Wohlhabende Viehzüchter wie Charles Goodnight und Burk Burnett wurden für ihn zu engen Freunden.

Sie und andere texanische Rancher ließen aus Wichita Falls Bauholz heranschaffen und bauten für Quanah am Fuß der Wichita-Berge ein ansehnliches zweistöckiges Haus mit zweiundzwanzig Zimmern. Quanah ließ auf dem Dach riesige Sterne aufmalen und richtete für jede seiner fünf Frauen identische Wohnungen ein. Eine seiner Frauen bemerkte einmal, Quanahs Größe liege nicht in der Tatsache, daß er Diplomat und sowohl bei seinem Volk wie bei den Weißen ein Häuptling sei, sondern darin, daß er es geschafft habe, in einem Haus mit fünf Frauen Frieden und Ordnung aufrechtzuerhalten.

1884 ernannte ihn die Regierung zum Häuptling der Comanchen. 1886, als er sich in Fort Worth aufhielt, gab er in der Zeitung eine Anzeige auf, in der er um ein Bild seiner Mutter bat. Sul Ross, der Mann, der 1864 den Angriff auf Naduahs Dorf geleitet hatte, beschaffte sich eine Kopie der Daguerreotypie, die wenige Tage nach dem Angriff gemacht worden war, und schickte sie ihrem Sohn. Sie zeigt Naduah, wie sie ihre Tochter stillt und traurig in die Kamera starrt. Quanah ließ nach dem Bild ein großes Gemälde malen, das er in seinem Haus aufhängte.

Nach und nach drängten sich immer mehr weiße Siedler auf dem Territorium der Indianer. Die Stämme sahen sich einem immer stärker werdenden Druck ausgesetzt, ihr Land zu verkaufen. 1889 ordnete Präsident Harrison die Freigabe des noch unbesetzten Indianerlandes an, und die »Boomers«, die Wanderarbeiter, zogen zu Tausenden dorthin. Einige Jahre später erhielt jeder Indianer einhundertsechzig Morgen Land, und einhunderttausend Menschen meldeten sich zu dem »run« auf das, was noch übriggeblieben war.

Quanah lernte in Oklahoma City Teddy Roosevelt kennen und arrangierte für ihn eine Wolfsjagd. 1905 wurde er eingeladen, bei der Parade zu Roosevelts Amtseinführung zu erscheinen. Man wählte ihn zum Präsidenten des lokalen Schulkomitees und zum stellvertretenden Sheriff von Lawton in Oklahoma. 1897 jedoch verlor Quanah sein Richteramt am Gerichtshof für Gesetzesübertretungen der Indianer in der Reservation. Der Grund waren seine vielen Ehefrauen. Als ein Beamter erklärte, Vielweiberei sei illegal, und Quanah müsse sich für eine Lieblingsfrau entscheiden und die anderen verstoßen, sah er den Mann mit feierlichem Ernst an. »Sag du es ihnen«, erklärte er. Man ließ die Angelegenheit fallen.

Obwohl Quanah zu einer Berühmtheit wurde und eng mit den Weißen zusammenarbeitete, blieb er stets ein Comanche. Es kam zwar vor, daß er gelegentlich einen steifen Derbyhut und Stiefel und Maßanzüge trug, doch sein Haar trug er auch weiterhin in Zöpfen. Viele seiner Kinder traten zum Christentum über, Quanah selbst jedoch nie. Er gab sich ausgiebig dem Peyote-Genuß hin und hielt am Recht der Indianer fest, sich die illusions- und traumfördernden Eigenschaften dieser Kakteenart zunutze zu machen. Er gilt heute als Begründer des Peyote-Kults unter den Indianern der Plains und als Gründer der American Indian Church.

1910 schrieb er an die Parkers im Osten von Texas und bat darum, man möge ihm die Gebeine seiner Mutter zusenden. Die Texaner weigerten sich, bis sein Brief an einem Sonntag von der Kanzel verlesen wurde. In ihm hieß es unter anderem:

> »Meine Mutter, sie mich gefüttert, mich tragen in ihren Armen, mich wiegen in Schlaf. Ich spielen, sie glücklich. Ich weinen, sie traurig. Sie lieben ihren Jungen. Sie nahmen meine Mutter weg, nahmen Texas weg. Nicht zulassen, daß ihr Junge sie sehen. Jetzt sie tot. Ihr Junge wünscht sie begraben, an ihrem Grabhügel sitzen. Mein Volk, ihr Volk, wir jetzt alle ein Volk.«

Die Gebeine wurden nach Oklahoma geschickt, und Quanah schnitt sich zum Zeichen der Trauer die Zöpfe ab. Er starb kurz darauf am 11. Februar 1911. Er wurde in voller Comanchenkleidung begraben. Als er starb, lebten in Oklahoma sogar noch weniger Comanchen als vor fünfunddreißig Jahren, als er sich ergeben hatte. Die Krankheiten des weißen Mannes forderten noch immer ihren Tribut.

Noch viele Jahre, nachdem Quanah Parker seine Gruppe in die Reservation geführt hatte, konnte man in der Prärie lange, tiefe Furchen sehen, die sich bis zum Horizont erstreckten. Obwohl sie von Gras überwuchert waren, markierten sie auch weiterhin die Pfade, die Tausende von Ponyhufen, Mokassins und Travois bei ihren Reisen in beide Richtungen zurückgelassen hatten, als sie den Jahreszeiten und den Bisons folgten. Die Furchen waren die Pfade eines Volks, das auf Reisen am glücklichsten gewesen war.

Wenn der Wind gerade richtig steht und man aufmerksam lauscht, lassen sich das Lachen und die Gespräche, die Rufe und Gesänge des Volks dort noch immer hören. Vielleicht wandern die Comanchen noch immer frei auf diesen Pfaden, wie sie es immer getan haben, frei im Geist.

Suvate.

Quanah Parker, um 1880

LEGENDE

1. PARKERS' FORT
2. FT. HOUSTON
3. BENT'S FORT
4. CLEAR FORK RESERVATION
5. ANTELOPE HILLS
6. ADOBE WALLS
7. PEASE RIVER
8. CAMP COOPER
9. FORT SILL

Siedlungsgrenze von 1840 - - - - - - - - -

Comancheria ————————

Die Hauptgruppen des Comanchen-Stammes
PENATEKA – Honey Eaters
QUOHADI – Antelope
NOCONI – Wanderers
KOTSOTEKA – Buffalo Eaters
YAMPARIKA – Yap Root Eaters

Hinweis: Die eingezeichneten Staaten-Grenzen sind die heutigen